这里是

红军走过的地方

降边嘉措 著

作家出版社

降边嘉措

　　本书作者十二岁参加人民解放军，跟随进藏部队参加了被刘伯承元帅称为"第二次长征"的进军西藏、解放西藏的全过程，从小受到红色文化的熏陶，在长征精神哺育下成长。

目　录

但是，英雄的红军不是石达开。红军飞夺泸定桥，粉碎蒋介石企图让红军做"石达开第二"的阴谋。党中央、毛主席的英明指挥，红军将士的英勇奋战，是决定性的因素。泸定地区各族人民的积极支援，也发挥了重要作用，为长征的胜利，作出了巨大贡献，他们不无自豪地说："泸定桥的十三根铁索，托起了人民共和国的大厦。"

1935 年夏天，红军在长征途中，三路大军，十几万人，浩浩荡荡来到雪山草地，在这片古老而神奇的土地上，撒下了革命的种子。

雪山可以作证，草原可以作证，江河可以作证，蓝天可以作证：自从盘古开天地，自从青藏高原由海平面隆起，雪山草地从来也没有见过如此壮丽的场景；雪山草地敞开她博大的胸怀拥抱英雄的红军；藏族同胞满腔热忱地迎接远方的亲人。

这片辽阔而美丽的土地，伴随着红军长征爬雪山、过草地的脚步声而闻名世界。从那以后，"雪山草地"成为东部藏区的象征，成为共产党领导下的中国革命历史上一座不朽的丰碑。

一方面军经过八个月的长途跋涉来到雪山草地，四方面军强渡嘉陵江，策应中央红军，两路红军在雪山脚下胜利会师，这是长征途中的一个重大胜利。壮大了革命的力量，也粉碎了国民党蒋介石企图阻止两路红军会合的阴谋。

两军会师后，敌军震惊，一片慌乱；我军振奋，一片欢腾，出现了对敌不利、对我有利的大好形势，从中央领导到广大指战员，欢欣鼓舞，革命前景一片光明。

但是，在这关键时刻，张国焘的政治野心大膨胀，大暴露，他错误地估计形势，把红四方面军看成他向党争权的资本，向党闹独立性，给党和红军的统一投下越来越严重的阴影。党中央和毛泽东也因此而面临一种新的挑战、新的困境。毛泽东后来说，他在长征路上同张国焘的斗争，是他一生中"最黑暗的一段路程"。

　　毛泽东、周恩来不愧为伟大的政治家和思想家。朱德、彭德怀、刘伯承、林彪、徐向前不愧为杰出的军事家，同时也是杰出的政治家和思想家。到了藏族地区之后，他们审时度势，调查研究，根据新的情况，很快对政策和策略作了调整。他们发现，在中央苏区、在川陕根据地，在内地其他地方行之有效的"打土豪、分田地"的政策，在藏族地区无法实行，勉强实行，弊多利少。与此同时，共产党和红军领导人敏锐地注意到宗教在藏族群众中有很深的影响，土司头人、上层人士和喇嘛活佛与广大群众也有着密切联系。因此，毛泽东、周恩来亲自会见藏族人士，建立友好联系，宣传红军的民族政策和宗教政策。

　　两军会师之后，就红军的战略方针，党中央与张国焘发生了激烈争论。这是一场关系到党和红军的安危、关系到中国革命的前途和命运的重大斗争。

　　会合以后，双方指挥员都有一个共同的愿望：现在两大主力会师了，就应该迅速地联合起来，形成统一的力量，而不应该各行其是。

　　党中央和大多数红军将领包括四方面军总指挥徐向前、李先念等人主张北上，建立川陕甘根据地；张国焘却主张南下，他提出蛊惑人心的口号"打到成都吃大米"。

　　人们通常都会用"爬雪山，过草地"来形容长征的艰难。这里说的雪山是夹金山，草地就是方圆数百里的若尔盖草原。历史上从来没有大军走过。国民党蒋介石断定红军不敢过草地。

　　红军长征以来经过了许多艰难险阻。有反动派人为设置的，也有自然界造成的。后者是江河、雪山和草地。强渡江河就整个队伍而言，过的时间长，危险性大；就个人言，个把小时就能渡过去。雪山再难爬，凡能过者一两天就能过去。但是，穿越草地，茫茫几百里，要一个多星期才能走过，最长的要十多天。过草地是红军长征经历的最大的艰难险阻。这种艰难是我们今天难以想象的。

红军走出水草地之后，极度饥饿，极度衰弱，减员很多，已成疲惫之师，前有堵兵，后有追敌，加上张国焘搞分裂，另立"中央"，丧心病狂地"开除"毛泽东、周恩来和张闻天等人的党籍，并叫嚣要"通缉"他们。形势非常严峻，非常危险。在这关键时刻，红军得到藏族同胞和杨积庆土司的热情帮助，由于杨土司开仓放粮，支援红军，给中央红军创造了一个非常短暂而又非常难得、非常宝贵、非常重要的休整机会，使党中央在相对安全、相对安静的环境里召开了一次极其重要的中央政治局会议，即"俄界会议"。这也是中央红军进入雪山草地后，在藏族地区召开的最后一次中央政治局会议。

正因为这样，迭部地区被称作红军长征途中一个重要的"加油站"。

蒋介石得知红军出了大草地，十分震惊。他怎么也没料到，缺吃少穿、疲惫不堪的红军能如此快地走出荒无人烟、极难行走的沼泽地。9月7日，恼羞成怒的蒋介石通电悬赏缉拿毛泽东、林彪、彭德怀等红军领导人。悬赏的价格为：生擒毛泽东者奖10万元，献首级者奖8万元；生擒林彪、彭德怀者，各奖6万元，献首级者各奖4万元；生擒博古、周恩来者，各奖5万元，献首级者各奖3万元；凡生擒共产党中央委员，第一、三军团师以上领导干部者，各奖3万元，献首级者各奖2万元。

蒋介石历来迷信"重赏之下必有勇夫"，"诱惑之下必出叛徒"。但是，这一次他却失灵了。

经过休整的红军，精神振奋，斗志昂扬。9月17日夜，在林彪指挥下，一举攻克国民党军队苦心经营的天险腊子口。

18日，迎着灿烂的朝霞，林彪在陈光和左权的陪同下登上山峰，举目四望，群山巍峨，森林茂密，峡谷幽深，河流湍急，他感慨无限，说："我要拿一个团守卫腊子口，蒋介石一个军也不要打算过去。"林彪对红军战士的英勇善战，感到骄傲。

在长征时期，周恩来是红军的最高领导人，有"最后的决定权"，为长征的胜利作出了别人无法替代的巨大贡献。很多人至今不清楚，杨土司开仓放粮，与周恩来事先所做的深入细致的工作，有着密切联系。周恩来曾通过华尔功赤烈、索观瀛等上层人士向沿途的土司头人和高僧大德宣传党的民族政策和宗教政策，劝他们不要听信国民党反动派的谣言，要与红军合作，支援红军北上抗日。

由于杨土司开仓放粮帮助红军，致使国民党军阀鲁大昌腊子口防务失利，1937年8月26日夜，鲁大昌下毒手将杨积庆及长子杨琨等一家七口人杀死。年仅七岁的幼子杨复兴因熟睡滚落到床底下，未被发现，奇迹般地活了下来。

新中国成立不久，周恩来总理得知杨土司还有一个儿子幸存，即杨复兴，便安排他为全国政协委员和西北军政委员会委员。后来又追认杨积庆为革命烈士。

第十三章　张国焘另立"中央" / 286

西方有句谚语：上帝要让谁灭亡，必先让他疯狂。张国焘率部南下，如今在他手下有近九万红军，加上后勤人员有十万之众，而毛泽东和周恩来那边只有区区数千人。此时的张国焘踌躇满志，是他一生中最得意的时刻。10月5日，在卓木碉的白莎喇嘛寺，张国焘主持召开高级干部会议，宣布成立"临时中央"，自任主席。并强行通过他自己起草的《决议》，指出："毛泽东、周恩来、博古、洛甫应撤销工作，开除中央委员会及党籍，并下令通缉。杨尚昆、叶剑英应免职查办。"

张国焘疯狂了。这是灭亡之前的疯狂。

第十四章　百丈关受挫 / 296

毛泽东和中央多次告诫张国焘，"南下是死路一条"，"只有北上才是出路"，苦口婆心地劝他与中央红军一道，北上抗日。但是，张国焘冥顽不化，顽固地坚持错误路线和方针，一意孤行，冒险南下。

百丈决战，是红军南下以来打得最激烈、最残酷的一场恶战。

百丈决战，是四方面军从战略进攻转入战略防御的转折点，也是张国焘南下方针碰壁的主要标志。

假若说，湘江之败，标志着博古以及他所依靠的军事顾问李德错误路线的彻底破产，那么，百丈关之败，则宣告张国焘分裂主义错误路线的彻底失败。

第十五章　把民族工作提到重要地位 / 313

自从红军进入藏族地区以后，为了在雪山草地站稳脚跟，争取最广大的藏族僧俗群众的拥护和支持，建立最广泛的抗日民族统一战线，共产党和红军必须制定一套正确的民族政策，并强调指出："少数民族工作是党当前工作的一个新的问题"，要求各部队"把民族工作提到重要地位"。

红军经过的各少数民族地区，自然环境和社会情况都非常复杂，阶级矛盾和民族矛盾十分尖锐。同时，苦难深重的各少数民族人民渴望解放的心情也非常迫切。红军长征途经这些地区，客观上就给党和红军广泛地与少数民族接触，运用马列主义民族理论正确地处理许多复杂而紧迫的民族问题提供了条件，从而在革命的实践活动中大大地丰富了党的民族政策的内容。

第十六章　建立"格勒得沙共和国中央政府" / 326

为使少数民族人民真正获得解放，党和红军十分重视帮助各族人民建立自己的革命政权。在红军的帮助下，根据中央的这些方针政策，我国民族地区第一批临时性的民族自治政权——工农兵苏维埃或革命委员会先后建立起来。

1935 年 11 月 18 日在绥靖（今金川）召开各族代表以及党政军民代表数千人参加的群众大会，宣布格勒得沙共和国中央政府正式成立。这是在共产党领导下建立的第一个民族自治地方，也是实行民族区域自治的一次成功尝试。民族区域自治是中国共产党把马列主义的基本原理与我国实际情况相结合，解决中国民族问题的基本政策。

第十七章　丹巴藏民独立师 / 342

组织少数民族人民自己的革命武装，是党的民族政策的一项基本方针。四方面军南下占领丹巴后，在组建丹巴县苏维埃政府的同时，即开始组建丹巴民族地方武装。1936 年 1 月中旬，丹巴藏民独立师正式建立。马骏（藏族）任师长，李中权任政治委员，金世柏任副师长，团营连排干部正职由藏族干部担任，副职和政治工作干部及军事、文化教员由主力红军派干部担任。

这是在共产党领导下建立的第一支以藏族人民的优秀儿女组成的革命武装，在支援红军北上抗日的过程中，发挥了重要作用。

也使红军摆脱敌人的围追堵截，胜利实现北上抗日。在我军的历史上，在我国民族关系史上，成为永久的佳话。朱德总司令和刘伯承总参谋长也永远受到彝族人民和藏族人民的怀念和爱戴。

波巴政府成立不久，1936年6月底，红二、六军团也到达甘孜，与四方面军会合，两个方面军在甘孜绒坝岔胜利会师。这便是长征过程中著名的"甘孜会师"。

甘孜地区各族僧俗群众为迎接二、六军团，胜利实现"甘孜会师"，作出了重要的贡献。

中央对二、四方面军的胜利会师，非常重视。毛泽东、周恩来、张闻天等六十八位党政领导人和红军高级将领联名致电祝贺，在共产党和红军的历史上是非常罕见的，甚至可以说绝无仅有。说明中央对二、四方面军的胜利会师，给予高度评价，也抱以极大的期望。两支部队，共有近六万人，比在陕北的中央红军多得多，很好地团结这支部队，关系到党和红军的前途和命运。

1936年七八月间，在朱德、刘伯承、贺龙、徐向前、任弼时、陈昌浩，还有张国焘率领下，红军离开甘孜，离开雪山草地，向遥远的北方走去，走向抗日前线。

经过各级苏维埃政府的协商和联络，加上一些开明的土司头人的资助和布施，在高僧大德的主持下，从甘孜到丹巴，有几十个大小寺院举行法会，焚香祈祷，在藏传佛教的历史上，还从来没有如此壮观的祈祷法会。在辽阔的雪山草地升起缕缕青烟，寄托着广大藏族僧俗百姓对红军的无限深情和衷心祝福。

二、四方面军在甘孜胜利会师，准备共同北上，与中央红军会合的时候，张国焘带着"非我族类，其心必异"这样一种深深的偏见，毫无根据地怀疑马骏有二心，不愿随红军北上，反而会从背后协助反动派攻击红军。7月初，五军团和驻丹巴的红军开始北上时，他下令秘密处决丹巴藏族独立师师长马骏，并取消独立师番号，制造了一起重大的悲剧，给革命事业造成了严重损失。

张国焘下令撤销独二师即丹巴藏民独立师的番号后，这支队伍很快就散了，原有近三千多人的部队，一下子走了一千多，只剩下一千多人。上级决定，将他们与格勒得沙革命军以及地方武装合编在一起，组建番民骑兵独立师，任命参加红军仅一年多的年轻战士桑吉悦希为独立师的党代表，归四方面军总部直接领导，随主力一同北上。

老同志们说，红军第三次过草地，比第一、二次要艰苦得多。第一、二次，在半农半牧区，还有点吃的，第三次，不得不走草原的纵深地带。因为国民党中央军以及四川、青海和甘肃的地方军阀几十万大军从上下左右向红军压来，形成严密的包围圈，蒋介石一再叫嚣要把红军消灭在雪山草地。

草原深处，人烟稀少，泥泞难行。草地本来就穷，不产粮食，人也少，几万大军来回走，粮食差不多吃光了。

但是，藏族同胞还是想方设法找粮食，支援红军，一些寺院把多年积存的粮食和茶叶都拿出来了。藏族人民为了帮助红军过草地，为了中国革命的胜利，作出了巨大贡献，也付出了极大的代价。

百岁老红军张天伟是四方面军的侦察参谋，曾三次过草地，历尽艰辛。张老满怀深情地说：十多万大军过草地，有的部队还来回走，三过草地。没有藏族同胞的热情支援，红军很难走出草地，度过那艰难的岁月，走向胜利。

解放前的藏族社会，各地区虽然有所不同，但从总体来看，基本上停留在封建农奴制社会，实行政教合一的政治制度，具有明显的部落社会的特征，宗教在社会生活的各个方面，具有广泛而深刻的影响。寺院也是一个重要的经济实体，他们拥有自己的庄园、土地、牧场和牛羊，还有马帮和商号。某些寺院的经济实力比土司头人还要大。因此，在当时的情况下，寺院是最有能力帮助红军的。正因为这样，如何正确对待宗教和信教群众，以及宗教界上层人士、喇嘛活佛和高僧大德，是一个非常重要的问题。

由于红军执行了正确的民族政策和宗教政策，争取和团结了大多数寺院和宗教界人士站到红军的方面，得到这些寺院的帮助和支持，使红军渡过难关，从雪山草地走向胜利的坦途。

中国共产党和中国工农红军汇聚了中华民族的优秀儿女，他们是中华民族的精英和脊梁，而这些优秀儿女在长征途中大部分来到了雪山草地，他们吃着藏族人民支援的糌粑和牛羊肉，骑着藏族人民支援的骡马，度过了最艰难的岁月，走向胜利的前方。

在雪山草地这片苍茫而又辽阔，美丽而又神奇的土地上，从来也没有汇聚过这么多的英雄豪杰，这么多的民族精英，这是开天辟地第一回。在古老的神州大地，从来没有任何其他地方汇聚过如此众多的英雄豪杰、民族精英。中央苏区也没有。这是藏族人民的光荣，是藏族人民的骄傲，也是藏族人民对中国革命应该担当的一份责任和义务，一个神圣的历史使命。

毛主席说："长征一结束，新局面就开始了。"

红军经过长征，到达陕北后，1936年在定边县创办中共中央党校，学校专门办了一个少数民族班，桑吉悦希任学员班班长。

毛主席亲自担任中央党校校长，那时毛主席、周恩来、朱德、刘少奇、张闻天等中央领导人经常来党校讲课，对他们这批少数民族干部更是给予无微不至的关怀。

作为马克思列宁主义普遍真理与中国革命的具体实践相结合的毛泽东思想，就是在延安时期基本形成，并不断发展和完善。

作为毛泽东思想一个重要组成部分的我们党关于国内民族问题的理论、方针和政策，也是在延安时期基本形成，在新中国成立后，不断成熟，不断完善，不断丰富，不断发展。这些少数民族红军战士成了党的民族工作战线的领导力量和骨干队伍。

在日伪顽百万大军层层包围的险恶环境下，党中央、毛主席在领导

这里是红军走过的地方

神圣的抗日战争，与穷凶极恶的法西斯强盗浴血奋战的同时，在延安阴暗狭窄潮湿的窑洞里，在忽明忽暗的煤油灯下，描绘着建设新中国的美好蓝图，规划着解决包括西藏问题在内的国内民族问题的最佳方案，在这些年轻的少数民族红军战士面前，展现了新中国灿烂辉煌的前景。

在那艰难的日子里，格达活佛始终坚信朱总司令的话："三五年后红军一定会回来，藏族人民一定会获得翻身解放。"他设法买了一本有朱德照片的书供在家里，又请人从青海西宁买回一张《八路军山西奋战图》，挂在墙上，时常对着这些图片思念亲人，并为他们战胜日寇、早奏凯歌而日夜诵经祈祷。

格达活佛拿着念珠计算，一天又一天，一月又一月，一年又一年，三年过去了。红军没有回来。1936年离开甘孜，三年之后，全面抗战进入高潮，毛主席、朱总司令一定是带领红军打日本去了。又过了两年，就是五年了。红军还是没有回来。又过了三年，三加五，应该是八年，红军没有来。等呀等，红军还是没有回来。等得格达活佛着急。那么，这"三五年"究竟是多长时间？格达这位经常给别人占卜打卦的活佛，自己却犯难了，算不出来了。

1950年春天，终于从内地传来喜讯：在共产党、毛主席领导下，新中国成立了。不久，又传来新的喜讯，西康和平解放了，他的老朋友刘伯承将军率领红军要到西藏来。格达活佛又掰着指头数：毛主席、党中央离开藏区，到今年整整十五年。格达活佛兴奋地说："三五一十五，朱总司令说得多准啊！总司令不信佛，不打卦，但他老人家比我们喇嘛活佛打卦、占卜、讲预言，说得还要准！"

长征时担任红军总参谋长的刘伯承元帅，解放后担任西南军政委员会主席、第二野战军司令员，他所率领的部队担负了进军西藏、解放西藏、巩固西南国防、完成祖国统一大业的光荣使命。刘伯承将"进军西藏、解放西藏"，称为我军历史上的"第二次长征"。

率部进藏的十八军主要领导人，都是参加过长征的老红军。

按照《中华人民共和国宪法》和《民族区域自治法》规定，我们国家建立了 5 个自治区，30 个自治州，119 个自治县、旗，1200 多个民族乡。

其中，内蒙古自治区成立于 1947 年，在建国之前，其他所有自治地方都是新中国成立后建立的。新疆维吾尔自治区成立于 1955 年；广西壮族自治区和宁夏回族自治区成立于 1958 年；西藏自治区成立最晚，建国十六年后，于 1965 年 9 月正式成立。

原西康省和四川省的藏族、彝族地区，是中国内地最晚解放的地区。但是，在三十个自治州里，最早成立的是甘孜藏族自治州；紧接着成立了阿坝藏族自治州和凉山彝族自治州。这是为什么呢？这是因为，红军长征路过这些地方时，撒下了革命的种子，新中国成立后，在共产党、毛主席民族政策阳光雨露哺育下，开花结果了！解放后成立的甘孜藏族自治州基本上就是当年红军在甘孜建立的苏维埃波巴政府的基础上成立的；阿坝藏族自治州，基本上就是当年红军在金川建立的苏维埃格勒得沙波巴政府的基础上成立的；而凉山彝族自治州，基本上就是当年红军在冕宁建立的苏维埃政府的基础上成立的。这三个自治州的主要领导人，也都是当年在长征途中参加红军的藏族和彝族同志。

第三十三章　没有走完的长征路 ／ 619

红军长征走过金沙江以东的广大藏族地区，包括现在的四川省阿坝、甘孜两个自治州，云南省迪庆藏族自治州，甘肃省甘南藏族自治州以及青海省果洛藏族自治州，在这辽阔的土地上，在雪山草地，宣传了革命的道理，撒播了革命的种子。如今遍开幸福花，结下了累累硕果。

在革命年代，这片辽阔壮丽的土地和世世代代生活在这片土地上的藏族人民，为中国革命作出了重大贡献；在改革开放的新时代，雪山草地和生活在这片土地上的藏族人民，必将继承和发扬长征精神，为建设繁荣富强的社会主义祖国，建设富裕文明的社会主义新藏区，为中华民族的伟大复兴，作出新的更多更大的贡献。

长征精神永放光芒！

前言 *最悲壮也最辉煌的诗篇*

早在十六年前，1995 年纪念长征胜利六十周年，在谈到红军长征经过四川境内的情况时，原中共中央委员、四川省委书记谢世杰同志指出：

"六十年前，以毛泽东同志为代表的中国共产党领导中国工农红军进行的长征，是前无古人的人间奇迹，是惊天动地的壮丽史诗。红军长征在四川，是长征史诗上光辉的篇章。

"红军长征途中，中共中央多次在四川境内召开了关系党和国家命运的政治局会议和其他重要会议。红军三大主力的长征，从 1934 年 10 月开始，到 1936 年 10 月胜利结束，历时两年。其中，在四川经历的时间达一年零八个月。红军一、二、四方面军途经四川百分之六十的县，在四川境内成功地实现了一、四方面军懋功会师和二、四方面军甘孜会师。四渡赤水河，巧渡金沙江，抢渡大渡河，飞夺泸定桥，爬雪山过草地的英雄创举和人间奇迹，都发生在四川境内。红军在四川经历了漫长的艰难转战、恶劣的斗争环境、敌我力量的生死搏斗。正如毛泽东同志所说：'天上每日几十架飞机侦察轰炸，地下几十万大军围追堵截。'蒋介石为了追堵'剿灭'红军和乘机打进四川、控制西南，除派'参谋团'和数万嫡系部队入川之外，仅 1935 年就坐镇四川一百五十多天，亲自扮演战场指挥官的角色。这样，在一段较长的时间里，中国革命的领导核心和反革命的总头目都在四川。另一方面，张国焘分裂党和红军的活动，主要是在懋功会师后于四川境内发生；党和红军与张国焘分裂主义的斗争，从长征的角度看，也主要发生在四川。红军要和雪山草地等极其恶劣的自然环境斗，要和数倍于己、武装到牙齿的敌人斗，还要和张国焘的分裂主义斗，其局面之严重，矛盾之复杂，斗争之激烈，是罕有其匹的。"

谢世杰同志强调指出："红军长征在四川，主要是转战于四川盆地和川西高原的少数民族地区。党和红军在居住着几十个兄弟民族的四川，成功地开展了民族工作，取得了丰富的实践经验，发展了马克思主义的民族理论，为以后更加成熟的民族政策的制定和实施，奠定了坚实的基础。"

谢世杰同志满怀深情地说："红军长征来到四川，在巴山蜀水播下了革命的种子，唤起了四川各族人民对革命的向往和同情。全川各族人民为支援红军长征，作出了巨大的贡献，还有数以十万计的四川儿女参加红军，数以万计的四川儿女英勇捐躯，长眠在长征路上。

"红军长征在四川，留给了四川各族人民取之不尽、用之不竭的精神财富。它将激励全川共产党员和各族人民，发扬长征精神，战胜前进道路上的任何艰难险阻，为建设有中国特色的社会主义而努力奋斗。"[1]

谢世杰书记的这段话，概括地论述了红军长征经过四川境内的过程、意义及其深远影响，对我们有很大的教育和启发。

需要说明和补充的是：谢世杰同志在这里说的，红军长征"在四川境内"，大部分时间是在川西北的藏族地区，即今甘孜藏族自治州和阿坝藏族羌族自治州境内，而不是川西平原、四川盆地。红军长征在川历时一年零八个月，即20个月，其中在阿坝和甘孜两个藏族自治州共计18个月。甘孜州土地面积为15万平方公里，辖18县，红军走过了其中的15个县，停留达16个月。根据国务院规定，其中有7个县88个乡被命名为革命老区。

阿坝州土地面积为8.42万平方公里，辖马尔康、金川、小金、阿坝、若尔盖、红原、壤塘、汶川、理县、茂县、松潘、九寨沟（原蓝平县）、黑水等13县，红军走过了整个阿坝草原，停留达18个月之久。红原县就是为纪念红军长征走过这片土地，从若尔盖草原和松潘草原划分出来，于1960年建县而

---

[1] 谢世杰：《〈长征在川大事记要〉序言》，吴启权著，四川人民出版社1995年11月版，第1～2页。

发展起来的草原新城。在筹备建县时，"红原"这个名称就是根据周恩来总理的提议而确定的。周恩来总理解释说："红原"，就是红军走过的草原，红色的草原，革命的草原。[*1] 周总理还亲自题词："**红军长征走过的大草原**"。阿坝州13个县，其中12个县都沿用旧名称，只有"红原"县是新设置、新命名的。阿坝州有9个县114个乡镇被命名为革命老根据地。经党中央、中央军委批准建立的红军长征总碑园也在松潘县。负责长征总碑园建设的就是老红军战士、原十八军第一参谋长、西藏军区司令员陈明义将军和藏族老红军天宝。邓小平同志题写碑名。

十分难能可贵的是，红军在极其艰难的条件下，在雪山草地播下革命的火种，在这里建立了少数民族地区最早的革命政权之一——大金格勒得沙苏维埃政府和甘孜苏维埃波巴政府，以及其他各级苏维埃地方政权。

当时在四川省和西康省（当时正在筹建）境内，还建立了三个省委，即：中共川陕省委、四川省委和西康省委。川陕省委书记是周纯全，时任四方面军政治部主任兼四军政委，军长是著名战将许世友，解放后均被评为开国上将；四川省委书记是傅钟，时任四方面军政治部副主任，解放后被评为开国上将，任总政治部副主任；西康省委书记是廖志高，解放后依然担任西康区党委书记、西康省省长，后来又担任中共西南局书记、四川省委第一书记。

此外还有中共冕宁县委，由于当时具体的历史条件，共产党和红军无法进入大小凉山深处的彝族地区发展，只能以冕宁为中心，逐渐向腹心地区开展工作，冕宁县委实际上领导着整个大小凉山地区的工作，相当于省委机关。县委书记是冕宁县人陈野萍，解放后担任中央组织部部长；副书记李井泉，解放后被评为开国上将，先后担任中央政治局委员、全国人大副委员长、西南局第一书记、四川省委第一书记、成都军区第一政委等职。

川陕省委是四方面军在川陕根据地建立的，四方面军强渡嘉陵江、开始长征后，随军行动，与徐向前率领的四方面军总部在一起，省委机关设在理番县（即理县）；四川省委在大金县；西康省委在康定县；冕宁县委在冕宁县。这些

---

*1　2001年6月，天宝访谈录。

地区都是藏族和彝族地区，国民党反动势力达不到，所以才能公开活动。

三个省委和冕宁县委在建立党的各级组织和地下组织、开展游击战和武装斗争、发动和组织群众支援红军、打击和牵制国民党军队和民团等地方武装方面，开展了卓有成效的工作，为红军走出雪山草地、胜利完成长征，作出了重大贡献。四川各族人民也为此付出了巨大牺牲，不少优秀的四川各族儿女，献出了自己宝贵的生命。

20 世纪 30 年代中期，这块鲜为人知的古老而神奇的土地，伴随着中国工农红军长征爬雪山、过草地的脚步声而闻名世界。从那以后，"雪山草地"成为川西北草原的象征，成为中国革命历史上一座巍峨的丰碑。

中国共产党和中国工农红军在这里经历了她的发展历史上最艰难、最危险的岁月，国民党蒋介石调动中央军和地方军阀的几十万大军围追堵截；张国焘分裂党、分裂红军、另立"中央"的严重事件都发生在这里。为了避免党和红军的分裂，为了确定红军前进的正确方向，中共中央在这里召开了七次政治局会议，以及中革军委和其他一些重要的中央会议。仅此一点，也可以看到当时情况的紧急，形势的严峻，斗争的尖锐复杂。红军在这里翻越了十余座海拔四千米以上的雪山，走过了人迹罕至的水草地，有的部队还三过草地，历尽艰辛，书写了最悲壮也最辉煌的诗篇，最终铸造了伟大的长征精神，使中国革命化险为夷，转危为安，转弱为强，转败为胜，从胜利走向新的更大的胜利，迎接新中国的诞生。

红军长征途经雪山草地时，藏族人民为之做向导、当翻译、抬伤员、告敌情、筹粮草、备寒衣、牵军马、献牦牛，组织马帮、运输队和担架队。与此同时，不少藏族、彝族和羌族青年参加红军。有一万多名各族儿女随军北上，用鲜血和生命为中国革命的胜利建立了不朽功勋。

亲历长征的藏族老红军天宝、扎喜旺徐、胡宗林等同志，还有陈明义、李中权、张天伟等老将军看了谢世杰书记的文章和有关资料，也有很深的感触。同时认为，现在很多人对这段历史过程了解不够、认识不够、学习不够、深入不够、宣传不够，更没有人进行系统的调查研究，写出一部有分量的书。天宝和扎喜旺徐对我说：你是作家，又当过解放军，我们知道，你对红军、解放军有很深的感情，对我们人民军队的光荣传统，对我们红军、解放军的历史，也有所了解，这个任务，最好由你来承担。他们满怀深情地说："我们全力支持。"陈明义和李觉（原十八军第二参谋长、西藏军区副司令员兼参谋长）也很支持他们的想法，鼓励我下功夫写好这本书。

那时，我正在写《雪山名将谭冠三》。谭冠三是我们原十八军的老政委，跟着毛主席、朱总司令闹革命，参加过湘南暴动和井冈山斗争，又跟随毛主席、朱总司令参加长征，来到雪山草地。在写作这部传记的过程中，我采访了几十位老红军、老同志，他们都是谭冠三的老战友，其中有三十多位是参加过长征的老红军，包括洪学智上将（原中央军委委员、总后勤部部长，50年代和80年代两次被评为上将，全军仅洪学智一人）、陈再道上将（原全国政协副主席、武汉军区司令员）、廖汉生中将（原全国人大副委员长、青海省军区政委）、孙毅中将（原总参谋部顾问）、梁必业中将（原总政治部副主任）、傅崇碧中将（原北京军区政委、北京卫戍区司令员）、王宗槐中将（原二炮副政委）、谭友林中将（原乌鲁木齐军区政委）、徐深吉中将（原空军副司令员、长征时任番民骑兵师师长）、李中权少将（原北京空军副政委、丹巴藏民骑兵师政委）、王幼平将军（原十八军第一任副政委、外交部副部长）、王伟（老红军、原团中央书记处书记）、陈明义少将（原十八军第一参谋长、后任成都军区副司令员兼西藏军区司令员）、李觉少将（原十八军第二参谋长、西藏军区副司令员兼参谋长，后任核工业部副部长兼第一任核武器研究院院长、青海原子弹研究基地总指挥）、陈子植少将（原西藏军区副司令员兼参谋长）、唐平铸少将（原《解放军报》总编辑）、樊近真（张国华将军的夫人）、李光明（谭冠三夫人、老红军，曾三过草地）等，使我受到很大的教育，心灵受到极大的震撼。所采访的内容、思考的问题、搜集的资料，远远超出写作谭冠三传记的范围，因此，我很痛快地承担了这个任务。

实际上，我与红军长征的故事，有着更久远的渊源。我出生在四川省甘孜藏族自治州巴塘县，那里是红军走过的地方。红军长征时，贺龙率领的六军团就从我们县境内经过，留下了很多传奇的故事，在我的故乡撒下了革命的种子。1950年夏天，遵照毛主席、朱总司令的命令，进藏人民解放军来到我的故乡，我随即参军入伍，到拉萨，参加了"进军西藏、解放西藏"的全过程。当年指挥人民解放军进藏的刘伯承司令员，将"进军西藏、解放西藏"称作我军历史上的**"第二次长征"**。率领我们进藏部队的毛主席、中央人民政府驻西藏代表、中共西藏工委书记张经武，十八军军长张国华、政委谭冠三、副军长昌炳桂、副政委王幼平、第一参谋长陈明义、副参谋长陈子植、政治部主任刘振国、52师师长吴忠、53师师长金绍山、康藏公路筑路部队副司令员胥光义等都是参加过长征的老红军，他们用长征精神教育进藏部队全体指战员：**"继承红军长征的光荣传统，完成进军西藏、解放西藏的神圣使命"**，成为最响亮的口号。

甘孜藏族自治州是新中国成立后建立的第一个民族自治地方，州长天宝、副州长沙纳等人都是参加过长征的藏族老红军。他们牢记毛主席**"继承革命传统，争取更大光荣"**的教导，以长征精神教育全州各族人民。在当时，把支援解放军"进军西藏、解放西藏"，胜利完成我军历史上的**"第二次长征"**作为全州各族人民的主要任务，在他们的带领和教育下，长征精神深入人心。

1954年，组织上派我们一批藏族战士到成都西南民族学院学习。西南民族学院院长王维舟、教育长张天伟，都是参加过长征的老红军。总务长黄德璋、总务处长袁孝刚、藏彝文教研室党团支部书记丹巴扎西，也都是参加过长征的藏族老红军。他们言传身教，经常给我们讲长征的故事，用长征精神教育全体师生员工，办好西南民族学院。

可以说，我是在长征精神教育下成长的，对参加过长征的老红军怀着深厚感情和崇高敬意。有关长征的革命回忆录，是我最爱阅读的作品。

60年代末，在"文革"期间上级领导指示我们民族出版社翻译《毛主席诗词》，并指定我负责藏文版的翻译工作。在翻译过程中，我不但认真学习和研究了毛主席诗词的思想性和艺术性，而且对毛主席关于长征的诗篇有了进一步的认识和感受，对长征的意义有了更深刻的理解。

尽管天宝和扎喜旺徐等老红军给我讲了多次，催促了多次；陈明义、李觉等老首长一再鼓励，遗憾的是，因种种原因，未能动笔。但是，学习、采访和考察的工作一直没有停止。令人痛心的是，这期间，十分关心、积极支持本书写作的天宝、扎喜旺徐、陈明义、李觉等老红军、老首长永远地离开了我们。

光阴似箭，十五年的时间很快就过去了。2010年初，为纪念中国共产党建党九十周年、辛亥革命一百周年，中国作家协会组织部分作家进行"走进红色岁月"的采风活动，我主动报名，得到批准。去年4月，随中国作协采风团到革命圣地瑞金采访，在长征的出发地实地考察。中国作家协会主席铁凝，党组书记、副主席李冰等作协领导对这一活动非常关心和重视，亲自为我们壮行，给予关怀和鼓励，作了重要指示，使我深受教育和鼓舞。考察回来，又听取我们的汇报，关心创作过程中的困难和问题。

9月，我申报大型纪实文学《这里是红军走过的地方》，被列为中国作协重点作品扶持项目，得到支持和资助。

这样，我便开始写作《这里是红军走过的地方》。天宝、扎喜旺徐、陈明义、李觉等老红军、老首长的嘱托得以完成，我的心愿得以实现。为党的九十年华诞，为西藏和平解放六十周年这一光辉的节日，献上一瓣心香。

降边嘉措

2011年7月18日于北京

第一章 悲壮的战略转移

第五次反"围剿"失利

在红军初创时期就担任红军总参谋长，亲身经历、亲自领导长征全过程的刘伯承元帅在《回顾长征》这篇重要文章里，开篇就说：

"从一九三四年十月到一九三六年十月的整整两年中，中国工农红军离开了原来的根据地进行了震惊世界的二万五千里长征。长征中，红军斩关夺隘，抢险飞渡，杀退了千万追兵阻敌，翻越了高耸入云的雪山，跋涉了渺无人烟的草原，其神勇艰苦的精神，充分显示了共产主义运动无比顽强的生命力，表现了共产党领导的军队无坚不摧的战斗力量。

"但是，为什么要举行长征？红军为什么能够胜利地完成这个伟大的壮举？其中却有许多经验教训值得记取。"[1]

刘伯承元帅接着说："党中央六届四中全会以后，开始了土地革命时期以王明为代表的第三次'左'倾机会主义路线对党的统治。一九三一年十一月的中央根据地党代表大会和一九三二年十月的宁都会议，根据六届四中全会的错误纲领，污蔑毛泽东同志的正确路线为'富农路线'和'极严重的一贯的右倾机会主义错误'，并改变了中央根据地正确的党的领导和军事领导。到一九三三年初，临时中央因为白区工作在错误路线的领导下遭受严重损失而迁入中央根据地，更使错误路线得以在中央根据地和邻近根据地进一步地贯彻执行。"[2]

---

[1] 刘伯承：《回顾长征》。

[2] 刘伯承：《回顾长征》。

正如刘伯承元帅所指出的那样，大革命失败后，以毛泽东为代表的中国共产党人，将革命的基点放在反革命力量比较薄弱的边远农村，实行工农武装割据，井冈山道路，为中国革命指出了胜利航向。

1929 年初，毛泽东、朱德率领红四军下井冈山，经过在闽西、赣南一年多的迂回转战，红一方面军（即中央红军），发展到近四万人，占当时全国红军的三分之一以上，闽西、赣南连成一个大的苏维埃区域。中央为使其成为指导其他各个根据地的中心，便将其称为"中央苏区"。1930 年 12 月至 1931 年 9 月，在毛泽东的指挥下，中央红军连续粉碎国民党军的三次"围剿"，中央苏区进一步扩展。有了这个基础，1931 年 11 月 7 日，在瑞金召开中华苏维埃第一次全国代表大会，正式宣布中华苏维埃共和国临时中央政府成立，毛泽东当选为主席。从那以后，红军战士和革命群众就亲切地称毛泽东同志为"毛主席"。

那时的"红色中国"，拥有 12 块根据地，总面积达 40 余万平方公里，人口约 3000 万。在第四次反"围剿"胜利后，中央苏区发展到鼎盛时期。1933 年 8 月，中央红军有 13 万人；中央苏区辖有 4 个省级苏维埃政权，含赣、闽两省的 60 个行政县，其总面积为 8.4 万平方公里，比现在的宁夏回族自治区还要大，相当于两个半海南岛；人口 450 多万，是全国最大的革命根据地。

既然如此，中央红军为什么要进行战略转移呢？

这是临时中央的"左"倾错误领导造成的恶果。1931 年 1 月六届四中全会以后，以王明为代表的"左"倾教条主义和宗派主义路线在中共中央占据统治地位，白区党的组织几乎完全遭到破坏，苏区绝大部分都丢了。这时，王明到莫斯科任中共驻共产国际代表团团长。临行前，1931 年 9 月成立由博古负总责的临时中央。1933 年年初，临时中央在上海也待不住，就到了中央苏区。临时中央到中央苏区后，不作反思，更不严肃认真地总结经验教训，在政治上继续推行"左"倾路线；组织上大搞宗派主义；军事上实行脱离中国革命实际的所谓"正规战"。国民党反动集团不甘心连续四次对红军"围剿"的失败，在蒋介石直接指挥下，从 1933 年 9 月开始，又调集五十万重兵发动空前规模的第五次"围剿"。

在这关键时刻，1934 年 1 月召开了六届五中全会。本来，应该冷静地、严肃认真地总结经验教训，改弦更张。但是，临时中央继续坚持错误，使第三次"左"倾路线发展到顶点。当时，王明在苏联，选举博古为党中央负责人。这时，他们错误地认为"中国革命危机已到了新的尖锐的阶段——直接革命形势在中国存在着"；认为第五次反"围剿"的斗争，"即是争取中国革命完全胜利的斗争"。在博古、李德错误的军事指挥下，不承认敌强我弱这一基本的客观事实，要求实现阵地战和单纯依靠主力军队的所谓"正规战";要求战略的速决战和战役的持久战;要求"全线出击"和"两个拳头打人",反对诱敌深入,把必要的转移当作所谓"退却逃跑主义"加以批判,他们要求陈兵敌区,"御敌于国门之外"。他们不了解人民战争的特点,否定了游击战和带游击性的运动战在当时条件下的必要性和重要性,要求固定的作战路线和绝对的集中指挥。总之,在第五次反"围剿"作战中,开始时实行了进攻中的冒险主义。

广昌一战,红军损失很大。从此"左"倾路线又实行了防御中的保守主义,主张分兵把口,因而完全处于被动,东堵西击,穷于应付,以致兵日少而地日蹙。

最后,又拒绝了毛泽东、彭德怀、刘伯承等同志将红军主力转至外线,在运动中调动和歼灭敌人,用以保卫和扩大根据地的建议。彭德怀在红军中具有崇高威望,他们拿他没有办法;博古和李德却不顾周恩来和朱德的反对,蛮横地撤销了刘伯承红军总参谋长的职务,派他到红五军团任参谋长。

临时中央不仅将毛泽东排斥出党政军领导岗位,还抛弃前四次反"围剿"战争在毛泽东、周恩来、朱德、彭德怀指挥下取得胜利所采用的成功的战略战术,完全听凭所谓共产国际派来的军事顾问李德的错误军事指挥。博古、李德强令中央红军同数倍于己的强敌"以堡垒对堡垒","短促突击",打"正规战",结果历经一年的消耗,中央红军遭受重创,北大门广昌丢掉了,南大门会昌的筠门岭丢掉了,东线长汀和西线兴国都守不住了,中央苏区日益缩小,最后不得不实行战略转移。

被迫放弃中央苏区

放弃中央苏区,实行战略转移,是一个非常重大的决策,首先要请示共产国际。早在1934年4月广昌战役失败,红军遭到重大损失时,中共中央已经有了这个想法。6月,经共产国际批准,中共中央开始在极小范围内作战略性的部署和技术性的准备。对于战略性的部署,中央采取了两大举措:一是派出寻淮洲、乐少华、粟裕率领的红七军团(后与赣东北方志敏领导的红十军会合,组成红十军团)北上,转战闽浙皖赣,力图调动敌军;二是令任弼时作为中央代表与萧克、王震率领的红六军团西进,到湘西一带去找贺龙的红二军团。前者是为了调动和牵制敌人,后者带有探路性质。但是,对于转移的具体方向和路线,中央一直未作认真思考,也拿不出一个成熟的方案,当时的主要精力在忙于应付国民党军对中央苏区四面八方的合围进攻。到9月,对打破国民党军的"围剿"已完全无望,又获悉国民党军准备加紧进攻红都瑞金的部署,由博古、周恩来、李德组成的中央最高领导机构"三人团"才决定由中革军委制定战略转移的具体路线。

这时，粤军首领陈济棠与蒋介石有深刻的矛盾，经中央批准，朱德以个人名义给陈济棠写信，并派潘汉年和何长工与陈济棠秘密谈判，达成借道转移的协议。与粤军达成借道协议，对中央红军来说，具有重要意义，使红军减少了许多损失。在周恩来直接领导下，潘汉年曾长期在上海从事地下工作，有与国民党上层打交道的丰富经验，因此，在与陈济棠谈判过程中发挥了重要作用，为红军长征立了头功。

这时，中央才做出了一个战略转移的方案，转移路线选择在西南方向突破粤军设置的封锁线，然后走赣粤边界进湘南，沿着红六军团西进路线渡过湘江，再掉头北上湘西地区，与红二、六军团会合，建立新的巩固的根据地。当时中共中央确定的最终目标是进行大反攻，恢复中央苏区。根据这个决定，各路红军在10月上旬陆续集结在便于通过赣粤边界进入湘南方向的于都地区。

实施战略转移

根据中央"三人团"的要求，准备转移的红军统一编队。军委机关编为军委纵队（代号"红星"），由叶剑英任纵队司令员兼政委。博古、李德、周恩来、朱德随该纵队行动。中央各机关（包括党、政、工、团和卫生、后勤部队，以及担架队等）为中央纵队（代号"红章"），由李维汉任纵队司令员兼政委，邓发任副司令员兼副政委，毛泽东、张闻天、王稼祥等随该纵队行动。陈云、刘少奇、凯丰分别担任第五、第八、第九军团中央代表，随各军团行动。

当时中央红军共有五个军团：第一军团，林彪任军团长、聂荣臻任政委，辖三个师；第三军团，彭德怀任军团长、杨尚昆任政委，辖三个师；第五军团，董振堂任军团长、刘伯承任参谋长，辖两个师；第八军团，周昆任军团长、张云逸任参谋长、罗荣桓任政治部主任，辖两个师；第九军团由罗炳辉任军团长，辖两个师。

1934年10月7日，中共中央和中革军委命令：红军各军团撤离战场，在于都集结转移。中央两个野战纵队于10月10日傍晚从瑞金的中革军委所在地出发，13日，抵达于都。红军各军团也于10月上、中旬先后到达指定地区集结，做突围前的最后准备。

一般研究党史、军史的人，将1934年10月10日晚中革军委从瑞金出发那一天，作为长征的开始。

从1934年10月16日晚，红军开始渡过于都河，踏上战略转移的艰难征程。因此，于都河渡口，被称作长征第一渡口。

各军团的行军任务是：

林彪率领的一军团1.99万余人担任突围转移的左路前锋。

彭德怀率领的三军团1.78万余人担任突围转移的右路前锋。

董振堂率领的五军团1.21万多人，担任突围转移的总后卫，在西进征途中殿后。

新组建、由周昆任军团长的八军团1.09万人，担任突围转移的右翼拱卫，随三军团路线往西前进。

罗炳辉率领的九军团1.15万多人，担任突围转移的左翼拱卫，随一军团跟进。九军团是唯一没有经过于都集结出发的红军队伍，他们从战场上撤下来后，没有得到休整机会，就仓促踏上了征程。

中央两个野战纵队分别于17日晚和18日晚，在于都县城东门浮桥等渡口过于都河。

由于"左"倾路线的错误指导，使中国革命遭受严重损失，白区党的组织几乎遭到百分之百的破坏；红色革命根据地丧失百分之九十。党中央和中央红军不得不放弃浴血奋战创立的中央苏区，实行悲壮的战略转移。

整个队伍是甬道式序列行进。

按照瑞金和兴国革命历史博物馆公布的数字，离开中央苏区参加战略转移突围的红军，总计为86789人。临时紧急征集的挑夫和民工约为1万多人。总计10万人。

红军离开浴血奋战创建的苏区西行远征是非常感人的一段历史。几十年的时间过去了，但是，于都的人民没有忘记这段悲壮的历史。2010年4月，中国作家协会组织的采风团到瑞金采风时，老红军的后代、革命博物馆年轻的讲解员满怀深情地向我们讲述那个刻骨铭心的告别场面：

> 深秋星夜大地凉，月圆月缺苍穹暗。
> 于都河畔火把明，风萧萧兮江水寒。
> 红军远去别苏区，何时再能把家还。
> 男女老少来相送，热泪沾衣叙情长。

这个场景顿时构成一幅巨大的画卷，这是中华民族历史上从未有过的悲壮离别曲。

长征亲历者、兴国籍的萧华将军在著名的《长征组歌》里这样描述了当时的情景：

> 红旗飘，军号响。子弟兵，别故乡。
> 王明路线滔天罪，五次"围剿"敌猖狂。
> 红军急切上征途，战略转移去远方。
> 男女老少来相送，热泪沾衣叙情长。
> 紧紧握住红军的手，亲人何时返故乡？

乌云遮天难持久，红日永远放光芒。

革命一定要胜利，敌人终将被埋葬。

血染湘江

　　蒋介石在判明红军西行的战略意图后，很害怕两支红军会合，在湖南重建根据地，将湘鄂川黔的苏区连为一体，形成更大的红色区域。因此，在红军还未完全突破第三道封锁线时，就任命双手沾满革命人民鲜血的老牌反共分子何键为"追剿军"总司令，统领湘、粤、桂军和中央军，共二十六个整师、三十余万兵力，组成五路大军，前堵后追，左阻右截，企图迫使红军进入湘江以东的全州、灌阳和兴安三县交界的东西不足六十公里、南北不到一百公里的三角地区。为了实现这一"围歼"计划，沿湘江、潇水两岸建起大小碉堡五百五十多座，构筑第四道封锁线，妄图以其优势兵力和精良装备，再加上潇、湘"天堑"，将红军逼进他们制造的"瓮"中，以便一举"捉鳖"。

　　蒋介石则亲率国民党中央军周浑元部及部分湘军在后面追击。此时的蒋介石踌躇满志，得意洋洋，以为定能将红军全歼于湘江、潇水之间了。

　　1934年11月20日，白崇禧见红军的一支部队占领了湘南的江华，又向广西恭城奔来，白崇禧同粤军和湘军一样，不愿同红军硬打而消耗实力，以防红军进入本省或被蒋介石吞掉，就借口兵力不够及防止红军南进广西，在11月21日忽然从兴安、全州、灌阳撤兵，使湘桂军阀联合防守的湘江防线出现了一个缺口。何键为求自保，也不尽快派兵南移接防，致使这一百三十里防线无兵防守达七天之久。

　　顺利通过第四道封锁线的机会到来了。可惜，红军未能抓住这一良机。

　　11月25日，中革军委才下达抢渡湘江的命令。林彪、聂荣臻率领的红一军团先头部队于11月27日赶到界首，未经战斗就占领了这一渡口，很快控制了界首以北六十华里的湘江两岸。这时军委纵队也到达了离渡口不到八十公里的灌阳以北的桂岩地区。

　　剩下的问题就是争取时间。十万火急的命令一道接一道。遗憾的是，中央军委纵队就是加快不了行军的速度。11月26日，走了八公里；27日，只走了六公里；28日，走了二十八公里；29日，走了三十二公里。足足四天，才走到湘江岸边。最高"三人团"是想转移到湘西去。临突围前，政治动员加强迫命令，在很短的时间里，雇用了上万名挑夫，绑了三千多副挑子，兵工厂拆迁一空，其他工厂都卸走机器，凡是能够搬走的值钱的东西都装箱，驮在骡马和驴子上带走，组成了庞大的后方运输队。需要七八个人抬的石印机，需要十几个人抬的大炮底盘，也舍不得丢下，在山间羊肠小道上艰难行走，延误了战机。

在蒋介石的严厉督促下，11月29日，湘军和桂军蜂拥而来，敌人向正在渡江的红军发起了猛烈进攻。先期到达湘江的红一军团和红三军团为掩护党中央安全过江，与优势的敌军展开了殊死决战。红军的阻击阵地上，炮弹和重磅炸弹的爆炸声不绝于耳，许多来不及构筑工事的战士们被震昏了，耳鼻出血。装备单一的红军要用血肉之躯抵挡敌人飞机和重炮的狂轰滥炸，战斗极其惨烈。但"保卫中央纵队安全渡江"的口号仍响彻在阵地上空。

蒋介石亲往南昌行营督战，决心打赢这一仗。

红军西征一个月，突破前三道封锁线，尽管没有打大仗、硬仗，但长途行军、气候渐冷、水土不适等原因，也使红军遭到严重损失。这时，长征开始时的8.6万多人，减少到6.4万多人。据统计，突破第一道封锁线时，损失3700多人；突破第二道封锁线时损失9700多人；突破第三道封锁线时，损失8600多人。红军过第四道封锁线的实际兵力，为6.4万人左右，减员2.2万余人。雇用的挑夫和民工的损失也很大，死伤过半。还有不少人丢下东西逃跑，过湘江时只剩下3000多人。

就在红军突破第三道封锁线的时候，各路敌军已开始向湘南地区开进，准备实施所谓的"湘江会战"。

早在红六军团西进前后，湘桂两省军阀就已有守备湘江沿线的考虑。1934年8月间，桂系军阀预料红军将突围而走，白崇禧遂亲赴江西安远，准备将桂军第44师回撤。9月底10月初，该师回到桂北后，立即赴全州、兴安一线构筑工事，共构筑碉堡一百四十座。同时，湘系军阀何键在得知红军有向西转移的意图后，也令湘西各县加修碉堡，其中自衡阳经祁阳、零陵至黄沙河一线，共修碉堡四百一十座。10月25日，当红军突破第一道封锁线后，蒋介石即判断中央红军入湘后有与贺龙部会合的可能。于是，29日决定派薛岳率八个师取道龙冈、桂东、资兴、郴州、桂阳、新田、永州线进行截击，迫使红军不能北上，致力西进；30日又命令薛岳部于11月24日以前集结于永州附近，令桂军加强对黄沙河、全州、兴安、桂林之碉堡线的控制，命令南路军节节阻击，迟滞红军，以便决战。11月6日，南昌行营电令：歼灭红军于"湘漓两水以东地区"。[*1]

为了实现以上作战计划，蒋介石共投入兵力约十六个师七十七个团，近三十万人，

---

*1 蒋介石：《南昌行营鱼亥行战电令》（1934年11月6日），载胡羽高编《共匪西窜记》，贵阳羽高书店1946年印制，第123页。

在湘江以东地域部署了一个大包围圈，并打算自东向西收缩，企图在湘江东岸逼红军决战，依仗其数量和装备上的优势，将中央红军消灭。

湘江之战于 11 月 25 日打响。惨烈的湘江之战，主要在三个战场展开。

首先是 11 月 28 日开始的灌阳新圩阻击战。当天凌晨，中革军委命令三军团 5 师阻击桂军向新圩进攻，要他们"不惜一切代价，全力坚持三天至四天"，掩护中央两个纵队过江。战斗打响后，红军坚守阵地，与敌军反复争夺山头，进行白刃战，击退敌数十次进攻。该师浴血奋战三昼夜，师、团、营、连干部几乎全部非伤即亡。全师三千多人，损失两千多人。

二是 11 月 29 日打响的兴安光华铺阻击战。承担阻击任务的是 3 师 10 团，迎击桂军四个团的猛烈进攻。为此，彭德怀将指挥部设在湘江边的一座祠堂里，亲自指挥这场关系重大、异常残酷的阻击战，三天三夜没合过眼。经过浴血奋战，在付出巨大的伤亡后，终于守住了第二道阻击线。

三是 11 月 29 日开始的全州觉山铺阻击战。这是敌我双方投入兵力最多的一场血战。觉山铺是国民党军抢占湘江主要渡口的咽喉要冲。从全州急于南下封锁湘江的湘军三个师，向一军团 2 师阵地发动猛烈攻势。数十门大炮和数架飞机狂轰滥炸，将红军阵地前的松树林炸得只剩下根根树桩。次日凌晨，1 师急速赶来投入战斗。聂荣臻回忆当时的情景时写道："部队非常疲劳，赶到的战士站在那里就睡着了。但军情紧急，不得不立即动员，进入阵地。这一天的阻击战进入高潮。敌人一次次的冲锋，投入的兵力越来越大，阵地上硝烟弥漫。战至下午，敌人从三面进攻。经过顽强拼杀，我军守住了主要阵地。"[*1]

12 月 1 日，对于中央红军来说，是生死攸关的一天。这一天，战斗空前激烈。敌人对红军发动了全线进攻，企图夺回渡口，歼红军于半渡状态之中。凌晨 1 时半，中革军委下达紧急作战命令。两小时后，以中共中央、中革军委、红军总政治部名义联署下达必须保证执行军委命令的政治指令。在我军历史上，为了打一仗，像这样既下军事命令，又下达政治指令的情况，极为罕见，由此也可以看到当时的危急程度以及中央领导的焦急情绪。指令指出："1 日战斗，关系我野战军全部……我们不为胜利者，即为战败者。""胜负关系全局……望高举胜利的旗帜向着火线上去！""我们不为胜利者，即为战败者"的口号震荡着、激励着每一个红军战士的心灵。牺牲已到最后关头，生死存亡在此一举。有的红军战士高唱《国际歌》："这是最后的斗争，团结起来到明天，英特纳雄耐尔就一定要实现！"冒着敌人密集的炮火，顶着头上敌机像雨点般的扫射，

[*1] 《聂荣臻传》编写组：《聂荣臻传》，当代中国出版社 1994 年 12 月版，第 135 页。

不顾炸弹在身边爆炸，拼命向敌人发起反冲锋。

这是生死存亡的一战，是意志的较量。狭路相逢勇者胜。红军将士硬是用刺刀、手榴弹打垮了敌军整连、整营的一次次进攻，湘江两岸洒下了无数红军将士的鲜血，渡口始终牢牢地掌握在红军手中。三分之二的部队还未过江，而敌军已疯狂逼近，不惜一切代价与红军的前锋部队抢夺渡口。

国民党军在飞机的掩护下发起全线进攻。国民党空军欺负红军没有防空能力，实行超低空飞行，对红军战士狂轰滥炸，企图从气势上压倒红军战士，摧毁红军战士的心理防线，瓦解斗志。原红五军团的徐深吉回忆当时的情形时说："我抬头一看，机翼上的国民党党徽看得清清楚楚，气得我直咬牙，恨不得一枪把那狗日的打下来。不行啊，我们没有高射机枪，更没有高射炮，一点还击能力都没有。"红军战士简直成了敌机的活靶子。

炸弹落入湘江，激起几丈高的水浪，炸弹的气浪和江水的波涛，形成巨大冲击力，将正在过江的红军战士卷入江中。面对如狼似虎的敌人，红军将士与之展开肉搏厮杀。前面的战士倒下了，后面的指战员顶上去，用血肉之躯筑起屏障，为中央纵队和后续部队过江争取更多时间。后面的部队不顾饥饿疲劳，争分夺秒，急奔湘江渡口。浮桥炸断了，会水的战士泅渡，不会水的战士拉着接长的背包绳过江。敌机疯狂向江中扫射，炸弹在抢渡的部队中炸开。倒下的红军不计其数，殷红的鲜血将碧绿的湘江染成"赤水河"，烈士的尸体和遗物浮满江面，顺流而淌。战况之惨烈，不忍目睹。

到当日 17 时，中央机关和红军大部队共八个师有六个师在付出巨大代价之后，终于拼死渡过了湘江。下午，敌军全部占领渡口，严密封锁了两岸。担任掩护的三个军团的后卫部队无法过江，有的被击散，有的被围杀。

一、三军团作为全军的前锋，冲破敌人的严密封锁，杀开了一条血路，占领了湘江渡口，打得非常顽强，非常艰苦，非常惨烈。中央纵队却带着笨重的辎重，做大搬家式的行军，甬道式前进，行动非常缓慢，迟迟不能过江。刘伯承批评是"抬轿子行军"，一、三军团成了"轿夫"，中央纵队成了坐轿子的"老爷"。彭德怀直截了当地说："是抬着棺材走。"中央纵队过不了江，担任后卫的五、八、九军团和少共国际师就不能过江，要阻击数倍于己的敌军的追击。敌军在飞机、大炮的掩护下，向红军阵地轮番发起猛烈进攻，后卫部队比前卫部队打得更加顽强，更加艰苦，非常壮烈，牺牲也更加惨重。

在红一、三军团与左右两翼的敌人进行恶战的同时，红五军团也在文市附近与追敌进行激战。红五军团是在宁都起义的烈火中诞生，在反对敌人"围剿"战斗中成长的，是党绝对领导下的一支劲旅。整个湘江战役中，红五军团一直担任着后卫任务，顽强地阻击优势敌人的尾追。他们坚决执行中革军委命令，每天打阻击，走夜路，饿肚皮，急行军，边打边走，向湘江前进。由于他们的成功阻击，保证了党中央和野战军主力安全渡江。

当红一军团，中央纵队，军委纵队，红三军团，红八、九军团等渡过湘江后，敌人分两路从左、右两翼迅速地向湘江合拢过来，想占领界首的桥头阵地。

这时，已经是夜晚9点钟。红五军团第13师离湘江渡口还有九十里。怎么办？已经打了大半天仗，又走了五六十里路，全天还没有吃顿饭，指战员们又饥又渴又疲劳。

必须连夜出发，立即行动，与敌人抢时间，争取渡江的胜利。具有艰苦奋斗精神的红13师的红军战士们，他们在领导的动员之下，不顾"左"倾领导者规定的条条框框，自觉进行轻装，抛掉了被服等个人用品，只背着枪械、子弹、手榴弹等武器，人人抱着"无论如何要渡过湘江的决心"，连夜向湘江疾进。同志间互相鼓舞："不掉队！""不落伍！"一口气跑了九十里，抵达湘江边的时候，天还没有亮。

初冬天气，寒气袭人，水深流急，冰凉刺骨。江边已无浮桥，又无渡船。战士们不管这些，他们毫不犹豫，脱掉鞋袜，跳进江中，渡过江去。

当红13师的英雄战士们渡过江去的时候，后面的追敌也很快来到了江边，但是，他们只好隔江兴叹，追不上了。

红五军团的34师，担负着湘江战役总掩护的任务。这是一个善于打阻击的部队，走在全军的最后。红34师在水车一带打阻击战，连续苦战数天。当他们掩护全军渡过了湘江，又掩护红13师渡过湘江以后，于12月2日到达湘江边上。正要过江时，湘江两岸的敌人已经封锁了渡口，湘江东岸的敌人已经合围，英勇的红34师陷入了数十倍于己的优势敌人的重重包围之中。

红五军团军团长董振堂过江以后，命令无线电队在江边架起电台，与被围的红34师联络，但一直没有联络上。

湘江以东的敌人把全部兵力都压在红34师身上。敌人以百倍的疯狂向红34师猛攻。红34师孤军奋战，英勇拼杀，弹尽粮绝，大部壮烈牺牲。师长陈树湘率领一二百人，经过艰苦战斗，突出重围，转战于灌阳、道县一带，虽经顽强战斗，给敌以重大杀伤，但前无接应，后无援兵，孤军奋战，终因寡不敌众，弹尽粮绝，全军覆没。陈树湘师长在激烈的战斗中多处负伤，腹部中弹，肠子也流了出来。由于流血过多，陈树湘昏迷过去了。这时敌人冲破红军的防线扑上来，将陈树湘俘获。敌保安司令何汉听说抓到红军的"大官"，立即命令士兵用担架抬走，要到长沙去邀功请赏。途中，陈树湘师长醒过来，发现自己被敌人俘虏，趁敌军不注意，用尽全身力气，将自己的肠子扯断，宁死不做俘虏，壮烈牺牲，年仅二十九岁。

陈树湘牺牲后，敌人见无法抬到长沙去请赏，便残忍地割下他的头，送回他的原籍长沙县，悬挂在小吴门的城楼上，陈树湘师长的头正对着自己的家门。家里还有年轻的妻子和出生不久的儿子。反动军官猖狂叫嚷："要让穷鬼们看看跟着共产党闹革命的下场。"红军离开苏区后，国民党反动派疯狂反扑，陈树湘的妻子和儿子也被残忍地杀害，敌人要将共产党、红军斩尽杀绝！

为了掩护全军渡过湘江，红五军团付出了惨重代价。红五军团只有34师和13师两个师，如今，两条胳膊断掉了一条，担负后卫掩护任务的重担，就只有13师一个师来承担了。军团长董振堂和参谋长刘伯承的担子更重了。

新组建的红八军团损失更为惨重，从红八军团的命运，可以看到战斗之惨烈。1934年9月21日，也就是长征开始前仅一个月，根据中革军委的命令，由红21师和中央警卫师（即红23师）在江西兴国县崇贤均合编，组成红八军团。中央任命周昆为军团长，政治委员黄甦，参谋长唐浚（后改任张云逸代），政治部主任罗荣桓。整个军团约为一万人，部队的武器很差，很少，枪支还不到三千支，平均三个人一支枪。也就是说，整个红八军团里基本上都是在几天里紧急扩红招募的新兵，绝大部分是根本没有参加过战斗的兴国籍子弟。当时年仅十九岁、任红八军团21师62团政委，解放后担任北京卫戍区司令员的开国中将温玉成不无感慨地说："由于战事频繁，红八军团没有来得及集中起来开一个成立大会，许多战士也没有来得及进行起码的军事训练就投入了战斗，参加了长征。"

1934年10月9日，红八军团经兴国县古龙、梅告，于都县罗坳进入瑞金。次日，即10月10日，中共中央和红军总部悄然从瑞金出发，率领红一、三、五、八、九军团连同后方机关开始了前途未卜的悲壮的漫漫征程。我们在瑞金和兴国长征纪念馆看到当年中革军委的统计表格显示：从中央苏区出发时，红八军团共有10922人。

蒋介石亲自指挥，急调三十万大军，分成三路，前堵后追，企图将红军消灭在湘江两岸。当时，国民党蒋介石给红军共设置了四道封锁线，10月21日，突围第一仗首先在安远和信丰间的版石圩打响。红八军团虽是新军而且是初次参战，却打得英勇顽强，越过三道封锁线进入湖南后，红八军团变为长征部队的左后翼。

顽强拼杀，突破三道防线，红八军团的损失也非常严重。中革军委决定将红八军团压缩改编成一个师，为21师，命令刘少奇负责改编。但是，还没有来得及改编，刘少奇还没有到任，突破第四道封锁线的战斗，即湘江之战开始了。红八军团又匆匆忙忙投入战斗。

这是一场惨烈的战斗，国民党蒋介石以重兵在湘江堵截，并派湘军和粤军、桂军从两翼向红军袭击，每天有几十架飞机在头上狂轰滥炸，而红军却毫无防空能力，红军的阵地在不断丢失，不断缩小。假若红军不能迅速突破敌人的湘江封锁线，就有全军覆灭的危险。

战斗力较弱的红八军团，却担负着十分艰巨的任务，既要掩护中央机关过江，自己也得边打边撤，没有部队掩护和接应。等中央机关渡过湘江，红八军团成了全军的后卫，也是整个中央红军在最后的部队，而且与中革军委失去联系，并与前面的队伍相去甚远。

12月1日上午，红九军团和红五军团13师刚过湘江，凤凰嘴渡口被敌机炸断，这对被打散后突围出来的红八军团来说，无疑是致命的打击。敌人已将火力集中起来对付这支最后过江的红军部队，桥被炸断，他们只能涉水过江，红八军团的指战员们面对敌人的各种枪弹扫射，炮弹打击，头上飞机的轰炸，几乎没有还手之力和招架之功。敌机疯狂地向红军战士俯冲，仿佛要触到水面，机翼上的青天白日徽章都清晰可见，简直肆无忌惮，狂妄至极，江中不断涌起巨大的水浪，红军战士一片片倒下去，沉入水中，倒下的红军不计其数。不断地又有红军战士的遗体和枪支随着巨大的水浪翻上来，烈士的尸体和遗物浮满江面，整个湘江血水茫茫。

当天晚上，政治部主任罗荣桓收容过江人员，整理队伍，发现全军团战斗人员仅剩六百余人，连挑夫、勤杂人员等加在一起，不足一千人。

鉴于红八军团损失严重，基本丧失战斗力，1934年12月18日，中央政治局在黎平召开会议，决定取消红八军团建制和番号，将其并入红五军团。

红八军团从建立到撤销建制，只有短短两个月，成为红军历史上存在最短的部队。

从红八军团的命运，可以看到中央红军从长征一开始，便面临极其严峻的形势，力量之悬殊，战斗之激烈，损失之惨重，是建军以来从未有过的。

兴国人民没有忘记，红八军团的绝大多数战士都是兴国籍的子弟兵。

兴国县是著名的将军县，1955年被授予将军军衔的，就有一百多人。2010年4月笔者参加中国作协"红色之旅"采风采访团到兴国时，老区的同志怀着悲痛的心情向我们讲述当时的情形，他们说：中央红军长征两万五千里，据不完全统计，有两万八千多名兴国人牺牲。就是说，在漫漫长征路上，每走一里路，就有一个多兴国人倒下去。

湘江战役中，红九军团担负着断后任务，与红五军团交替掩护主力前进。罗炳辉军团长亲自对部队动员，坚定地说："同志们，我们一定要把敌人顶住，无论付出多大代价，都要保护先头部队渡过湘江。"

1934年11月28日，当湘江大战拉开序幕的时候，中革军委命令红九军团在永明东南阻击桂敌。当时桂敌一个旅正在向红军主力方向疾进。红九军团立即命令红9团、红 7 团阻敌，在牡牛岭、青塘一线与敌展开了激战，阻挡了敌人的前进。

12 月 1 日拂晓，红九军团因敌情紧急，采取急行军，越过都庞岭高山，向全州方向前进。下午 4 时，进到全州以南的大镇石塘圩。当时形势异常险恶：天上有二十余架敌机疯狂地向红军轮番轰炸扫射，据守全州之敌倾巢向红军出击，道州之敌迅速西进，从桂林北上的桂敌向红军逼近。

从石塘圩到湘江边有九十里。中革军委命令红九军团限当晚 11 时以前渡过湘江，由红 2 师一部掩护，渡江后立即以一部占领西岸高地，掩护后卫的红五军团 13 师和 34 师。时间只有七小时，而且有一段夜行军，必须每小时走十三里，才能完成任务。由于形势危急，快做好的饭也没有来得及吃，部队立即出发，分成十余路纵队向湘江边跑步式地勇猛前进。敌人追得很紧，逼得很近，流弹在红军行军纵队上空呼啸而过，情况非常紧急。

12 月 2 日 1 时半左右，红九军团分头到达了湘江渡口徒涉场。这时，追敌已从北、东、南三个方向向红军逼近。指战员们不管江风江水凉气袭人，脱下长裤，举起枪支和包袱，分成几十路纵队，一个接一个地跳入江中，顺利地涉水渡过了湘江。

先头过江的红 7 团、红 9 团的战士们，迅速地占领了对岸的沿江土坡高地，掩护后面的大军渡过。

红九军团一过湘江，军委即命令他们于拂晓前赶到茶寨，又是一个九十里的行程，只有半跑步式的行军速度才能赶到。他们连湿透了的衣服也来不及拧干，就立即强行军前进了。

湘江之战中，红九军团消灭了大量敌人，自己也遭到了重大损失。

在湘江作战中，还有一支最年轻的红军部队，即著名的少共国际师。说他年轻，是因为全体战士的平均年龄只有十七岁，是典型的娃娃兵。而指挥这一万多名红军健儿的将领师长彭绍辉年仅十九岁，政委萧华只有十八岁。这支部队虽然在长征前夕已经纳入红一军团的建制，但由于战斗需要，中革军委命令他们随红五军团殿后，执行掩护中央纵队的后卫任务。他们在文市完成阻击追敌的任务后，按照中革军委的电令，星夜向界首渡口疾进。一路上，他们击溃几起追敌，并在重围中救出了王诤、袁任远率领的红八军团无线电队。王诤解放后曾任第七机械工业部部长，为"两弹一星"工程作出了重要贡献。袁任远解放后曾任青海省省长，他曾多次感慨地说："是一群红小鬼救了我们！"彭绍辉和萧华从王诤、袁任远那里了解到八军团已被敌人打散，他们也与上级失去联系，于是率领部队立刻赶往界首。界首渡口早已被林彪率领的红一军团占领。不料，在前往界首渡口途中，遭遇湘军刘建绪部，这是在整个湘军中极其凶悍又极其反动、坚决反共的一支部队。两军相遇，展开了一场激烈的恶战，双方的伤亡都很严重。这时，林彪命令红2师参谋长聂鹤亭率领一支部队来接应，两军会合，杀开一条血路，少共国际师才渡过了湘江。一清点，全师指战员不到四千人，损失过半。不久，像八军团一样，中革军委命令，少共国际师的建制被撤销，划归一军团指挥。

湘江之战，从1934年11月25日中革军委下达作战命令，到12月3日中央红军后卫部队惨败，共经历九天血战。红军广大指战员表现了顶天立地的英雄气概和大无畏的牺牲精神，前仆后继，英勇杀敌，在党史、军史、战史上写下了极其光辉而又惨烈的一页。红军虽然突破了第四道封锁线，但也付出了巨大的代价，红军损失三万八千多人，中央红军的总数已不足四万人。红军将士血染湘江，血流成河，惊心动魄，悲壮惨烈。当地群众有一种说法："三年不喝湘江水，十年不吃湘江鱼。"

《长征组歌》第二曲《突破封锁线》里这样唱道：

> 路迢迢，秋风凉。敌重重，军情忙。
> 红军夜渡于都河，跨过五岭抢湘江。
> 三十昼夜飞行军，突破四道封锁墙。
> 不怕流血不怕苦，前仆后继杀虎狼。
> 全军想念毛主席，迷雾途中盼太阳。

三军今日奔何处?

湘江一战，是红军有史以来最大的一次惨败。血的事实，宣告了"左"倾教条主义军事路线的彻底破产，使广大红军指战员对博古和李德的指挥的怀疑、不满以及积极要求改变领导的情绪，达到了顶点。

经过惨烈的湘江战役，红军广大指战员都在思索，今后的路怎么走，仗怎么打？为李德担任翻译的伍修权所写的《七律·历史转折》一诗反映了大家的忧虑，该诗写道：

> 铁壁合围难突破，暮色苍茫别于都。
> 强渡湘江血如注，三军今日奔何处?

"奔何处"，是广大的红军指战员关心的问题。对于"奔何处"的问题，中央领导层产生了激烈争论。

湘江战役后，中央红军仍按原定计划，继续向湘西前进。这时，蒋介石已判明红军的行动企图，在红军前进的道路上部署了重兵，企图在中央红军北去湘西的途中，加以围歼。

鉴于强大敌军继续"追剿"，红军不得不进入深山区，翻越老山界。这是从江西出来后过的第一座难行的高山，海拔在两千米以上，为华南第一峰，山势陡峻，群峰林立，人烟稀少，是瑶族聚居区。长征时任中央军委第二纵队政治部宣传干事、解放战争时期和新中国成立后，长期担任中宣部部长的陆定一曾写过一篇著名的文章，记述红军过老山界的过程，文章的题目就叫《老山界》。文章讲述了红军第一次翻越大山，第一次遇到少数民族同胞的情形。这篇文章还被编入中学课本。

过了老山界，就是湖南，往西走不远是通道。中央领导在这里继续讨论"奔何处"问题。

由于湘江之战的严重损失，博古、李德情绪低落，博古一度甚至企图自杀，指挥红军摆脱危局的重任，就落到"三人团"成员周恩来身上。1934年12月12日，中央红军到达湖南省南边陲的通道县。国民党军为阻止中央红军到湘西与红二、六军团会合，在通道的东面和北面诸县构筑碉堡，集结近二十万军队，布置一个大口袋，以逸待劳，等待红军去钻。面临五六倍于己的强敌，中央红军如按原定计划北上湘西，势必陷入敌人布下的口袋阵，招致严重后果。周恩来于12月12日召开紧急会议，讨论红军进军路线问题。出席会议的有博古、周恩来、张闻天、王稼祥，还有李德。周恩来邀请不是领导核心的毛泽东参加会议。在此危急关头，毛泽东根据当时的军事态势，积极向中央建议，力主放弃原定北去湘西会合红二、红六军团的计划，改向国民党统治力量薄弱的贵州前进，以摆脱敌人，争取主动。张闻天、王稼祥在转移途中已被毛泽东说服，完全赞同毛泽东的意见。周恩来通过湘江战役的反思也明确表示支持，与会多数人赞同毛泽东的主张。博古虽不再坚持，但也没有放弃最终北上与二、六军团会合的既定战略方针。只有李德还顽固坚持立即北上湘西，反对进军贵州。会议决定中央红军暂不北上去会合红二、红六军团，而在西进过程中寻求机动，初步确定了"奔何处"的问题。周恩来为了争取博古同意，只明确了立即西进黔东而不北上湘西。这是中央高层第一次否定李德的主张，为遵义会议改组中央领导奠定了初步基础。

这便是长征途中著名的"通道会议"，也称作"通道转兵"。

此后，中央一路走，一路开会，讨论红军向何方和怎样走的路线问题。党的历史上发生的第一次伟大转折，是这一系列重要会议共同作用的结果。

中央红军于1934年12月15日进占黔东南的黎平。这里是以侗族为主的少数民族之乡，紧邻湘桂两省，处于云贵高原向湘桂丘陵的过渡带，是三省交界的地方，也是三不管、也管不了的地方，红军才有可能在这里暂时停留。18日，在周恩来主持下，中共中央政治局在此召开会议，与会人员有博古、周恩来、张闻天、王稼祥、毛泽东、刘少奇、朱德、邓发等，讨论通道会议未能解决的战略发展方向。博古讲了由黔东北上湘西，同二、六军团会合的主张。李德因身体不适没有出席会议，但表达了要坚持北上与二、六军团会合，在湘西一带建立根据地的意见。毛泽东根据敌人已在湘西布重兵，并正向黔东北集结的情况，进一步建议中央放弃北上计划，向黔北遵义地区进军，在那里建立新根据地。会议经过激烈争辩，最后接受毛泽东的建议，并通过根据他的发言写成的《中央政治局关于战略方针之决定》。决定指出：鉴于目前情况，政治局认为过去在湘西创立新的苏维埃根据地的决定已不可能，决定在以遵义为中心的川黔边地区创建新的根据地。

黎平会议肯定了毛泽东的正确意见，改变了中央红军的前进方向，使红军避免了可能覆灭的危险，同时也为后来的遵义会议做了思想上和组织上的准备。

开完会后，周恩来将中央政治局决定的译文送给李德看，李德大发脾气，质问周恩来。两人用英语对话，吵得很厉害。此前没有与李德争吵过、平时也很少发火的周恩来，这次向李德发了大火，拍得桌子上的马灯跳起来熄灭了。周恩来明确地对李德说：你只是共产国际派来的顾问，没有指挥权，红军的指挥权在中央。后来周恩来在延安整风期间讲述这段历史时说：中央的争论在黎平尤其激烈。李德主张折入黔东，是非常错误的。这要陷入蒋介石的罗网。毛主席主张到川黔边建立川黔根据地。我决定采纳毛主席的意见，西进渡乌江北上。李德因争论失败大怒。此后与李德的关系渐渐疏远。

这次黎平会议，周恩来的态度起了重要的作用。他是会议的主持者，是有最后决定权的"三人团"的成员，又是中央领导层的关键人物，如果他的态度不坚决，黎平会议不可能作战略上的"转兵"。黎平会议决定传达后，上上下下都拥护。杨尚昆在回忆录里说：黎平会议的决定大家听了十分高兴。这一来，打乱了蒋介石原来的部署，把几十万敌军甩在阻挡红军去湘西的道上，使我们取得了主动。彭老总和我立刻联名向军委发电，坚决支持新的战略方针。

黎平会议之后，中央红军分两路向黔北挺进，连克锦屏等七座县城，于1934年12月底进抵乌江南岸的猴场。12月31日晚至次日凌晨，中共中央在猴场召开政治局会议，作出《关于渡江后新的行动方针的决定》，提出首先在以遵义为中心的黔北地区，然后向川南发展，创建川黔边新的根据地的战略任务。会议还决定，"关于作战方针，以及作战时间与地点的选择，军委必须在政治局会议上作报告"，以加强政治局对军委的领导。这个决定，实际上剥夺了博古、李德的军事指挥权。这便是著名的"猴场会议"。1935年1月初，中央红军分别从回龙场江界河、茶山关渡过乌江，1月7日晨，红军先头部队进占黔北重镇遵义，在这里休整了十二天。党中央就在这时候召开了扩大的中央政治局会议。

这时，王明"左"倾错误统治全党已达四年之久，给党和红军造成了极其严重的损失。还在中央苏区时，许多干部就对中央主要领导人在军事指挥上的错误产生怀疑和不满，一些军团指挥员在作战电报、报告中提出批评意见，有些同志甚至同李德发生激烈的争论。彭德怀、刘伯承则当面批评李德和博古，由于彭德怀在红军中具有崇高威望，他们拿彭德怀没有办法，便下令撤销了刘伯承红军总参谋长的职务，派到红五军团当参谋长。毛泽东等人也多次提出自己的正确主张，但都没有被接受。这就更加激起广大指战员的不满情绪。

长征开始后，随着红军作战迭次失利，特别是湘江战役的惨重损失，使这种不满情绪达到顶点。党和红军的许多领导人和广大干部战士，从革命战争正反两方面的经验教训中认识到，第五次反"围剿"的失败和红军战略转移中遭受的挫折，是排斥了以毛泽东为代表的正确领导，贯彻执行错误的军事指导方针的结果，强烈要求改换领导，改变军事路线。毛泽东在行军途中对张闻天、王稼祥及一些红军干部反复做深入细致的工作，向他们分析第五次反"围剿"和长征开始以来中央在军事指挥上的错误，得到他们的理解和支持。周恩来、朱德与博古、李德的分歧越来越大，也支持毛泽东的正确意见。

这时，中央大部分领导人对于中央军事指挥的错误问题，基本上取得一致意见。在这种形势下，召开一次政治局会议，总结经验教训，纠正领导上的错误的条件已经成熟。同时，中央红军攻占遵义，把敌人的几十万追兵抛在乌江以东、以南地区，取得了进行短期休整的机会，也为中央召开遵义会议提供了必要条件。

遵义会议实现伟大的历史性转折

1935 年 1 月 15 日至 17 日，中共中央政治局在遵义召开扩大会议。出席会议的政治局委员有张闻天、周恩来、毛泽东、朱德、陈云、博古，候补委员有王稼祥、刘少奇、邓发、何克全（凯丰），还有红军总部和各军团负责人彭德怀、刘伯承、林彪、聂荣臻、李富春、杨尚昆、李卓然。共产国际驻中国军事顾问李德及担任翻译工作的伍修权也列席了会议。

会议着重总结了第五次反"围剿"失败的经验教训。首先由博古作关于反对第五次"围剿"的总结报告。他过分强调客观困难，把失败原因归之于反动力量的强大，而不承认主要是由于他和李德压制正确意见，在军事指挥上犯了严重错误所造成的。

接着，周恩来就军事问题作副报告，指出第五次反"围剿"失败的主要原因是军事领导的战略战术的错误，并主动承担责任，作了诚恳的自我批评。同时也批评了博古和李德。张闻天按照会前与毛泽东、王稼祥共同商量的意见，作反对"左"倾军事错误的报告，比较系统地批评了博古、李德在军事指挥上的错误。毛泽东接着作了长篇发言，对博古、李德在军事指挥上的错误进行了切中要害的分析和批评，并阐述了中国革命战争的战略战术问题和今后在军事上应采取的方针。朱德、王稼祥、刘少奇等多数同志也相继发言，不同意博古的总结报告，同意毛泽东、张闻天提出的意见。会议最后指定张闻天起草决议，委托常委审查，然后发到支部讨论。

会后，张闻天根据与会多数人特别是毛泽东的发言内容，起草了《中央关于反对敌人五次"围剿"的总结的决议》（简称"遵义会议决议"）。这个决议，在中共中央离开遵义到达云南扎西（今威信）县境后召开的会议上正式通过。决议明确指出，博古、李德以单纯防御路线代替了决战防御，以阵地战、堡垒战代替了运动战，是第五次"围剿"不能粉碎的主要原因。决议充分肯定了毛泽东等在领导红军长期作战中形成的战略战术基本原则。

遵义会议还制定了红军今后的任务和战略方针，决定红军渡过长江在成都之西南或西北地区建立根据地。会后，又根据敌情的变化，决定中央红军在川滇黔三省广大地区创造新的根据地。

遵义会议改组了中央领导机构。由于中央的错误领导使中央苏区和中央红军遭到严重危害，博古再继续负主要军事领导责任既不合适，也不可能了，在高级干部中要求改变最高指挥的呼声已很强烈。增选毛泽东为中共中央政治局常务委员，取消博古、李德、周恩来组成的"三人团"，由中革军委主要负责人朱德、周恩来指挥军事，周恩来为下最后决心的负责者。

随后，进一步调整了中央领导机构。2月5日，在川滇黔交界的一个鸡鸣三省的村子，中央政治局常委分工，决定由张闻天代替博古担任总书记；以毛泽东为周恩来在军事指挥上的帮助者。3月中旬，在贵州鸭溪、苟坝一带，成立了由周恩来、毛泽东、王稼祥组成的新的"三人团"，周恩来为团长，负责指挥全军的军事行动。会后，中央常委又分工，以"泽东同志为恩来同志的军事指挥上的帮助者"。这就撤销了博古、李德最高的军事指挥权。

尽管毛泽东在这时还不是负主要责任的领导，但他在党内军内的崇高威望、实际的军事谋略和指挥才能，已使他实际上处于核心地位。中央最高领导层的改组，虽然才仅仅是开始，但为确立毛泽东在全党全军的领袖地位迈出了具有决定意义的一步。

遵义会议是在紧急的战争形势下召开的，没有全面地讨论政治路线方面的问题，而是集中地解决了党内所面临的最迫切的组织问题和军事问题，结束了"左"倾教条主义错误在中央的统治，确立了毛泽东在红军和中共中央的领导地位，中国革命的航船终于有了一位能驾驭其进程的舵手！这些成果，是中国共产党同共产国际中断联系的情况下独立自主地取得的，这样重大的决定，不是经过共产国际提出或批准，而是由中国共产党自己作出，在党的历史上是第一次，标志着中国共产党在政治上开始走向成熟。这次会议，在极端危急的历史关头，挽救了党，挽救了红军，挽救了中国革命，在中国共产党和红军的历史上，是一个生死攸关的具有极大的历史意义的转折点。以毛泽东为代表的党中央，制定了一条正确的政治路线和军事路线，屡遭挫折的红军从此有了从胜利走向胜利的保证！

《长征组歌》中的《遵义会议放光辉》以极其欢快的心情唱道：

> 苗岭秀，旭日升。百鸟啼，报新春。
> 遵义会议放光辉，全党全军齐欢庆。
> 万众欢呼毛主席，马列路线指航程。
> 雄师刀坝告大捷，工农踊跃当红军。
> 英明领袖来掌舵，革命磅礴向前进！

刘伯承元帅在《回顾长征》里分析遵义会议的影响和作用时说："遵义会议以后，我军一反以前的情况，好像忽然获得了新的生命，迂回曲折，穿插于敌人之间，以为我向东却又向西，以为我渡江北上却又远途回击，处处主动，生龙活虎，左右敌人。我军一动，敌又须重摆阵势，因而我军得以从容休息，发动群众，扩大红军。待敌部署就绪，我们却又打到别处去了。弄得敌人扑朔迷离，处处挨打，疲于奔命。这些情况和'左'倾路线统治时期相对照，全军指战员更深刻地认识到：毛主席的正确路线和高度发展了的马克思主义的军事艺术，是使我军立于不败之地的唯一保证。"[1]

---

[1] 刘伯承：《回顾长征》。

第二章 刘伯承总参谋长与"彝海结盟"

冲出重围，化险为夷

遵义会议之后，摆在中央红军面前的形势仍然是十分严峻的。

敌我力量对比非常悬殊。在中央红军周围的国民党中央军和地方军阀部队约有一百五十个团，四十万人。他们拥有比较先进的武器，有红军没有的空军，占有绝对制空权，粮食被服弹药供应充足；而中央红军仅有三万多人，武器弹药不足，粮食被服缺乏。敌我兵力对比为十比一，敌强我弱，敌大我小，敌优我劣的形势十分明显。

在战略态势上，敌处战略进攻，我处战略防御；敌处主动地位，我处被动地位。

根据这种形势，毛泽东、周恩来和新的中央领导采取了与过去博古、李德截然不同的战略战术，机动灵活，四渡赤水，甩掉了蒋介石几十万大军的围追堵截，获得了战略的主动权。红军也付出了巨大牺牲，这一时期，红军减员达一万多人。

红军四渡赤水成功，令恼怒的蒋介石急忙从重庆飞抵贵阳，决计在黔北遵义地区将中央红军一网打尽。他再次宣称：红军是强弩之末，左突右击，已"走投无路"，望我"军政同仁，同心协力，剿赤成功"。但是，他又打错了算盘。中革军委决定继续向南发展。为了争取南下先机，红军加快南下速度，1935年3月28日冒着狂风暴雨，进入乌江北岸地区。随后几天是清明时节，连日阴雨，乌云密布，能见度低，敌机无法侦察和轰炸，摸不准红军去向。这是天助红军！在蒋介石严令各路大军堵截时，红军各部于31日在金沙县南渡过乌江进抵息烽西北地区，神秘地跳出了敌军的合击圈。

渡过赤水，红军向金沙江前进。在谈到红军巧渡金沙江的经过时，刘伯承说："金沙江穿行在川滇边界的深山峡谷间，江面宽阔，水流湍急，形势非常险要。如果我军不能北渡，则有被敌人压在深谷歼灭的危险。这时，蒋介石似乎已经发觉了我军的行踪，天天派飞机来侦察。我军分三路连夜向金沙江平行疾进：一军团抢龙街渡，三军团抢洪门渡，干部团抢绞车渡，五军团仍旧殿后掩护。

"干部团偷渡金沙江，袭击并消灭了川军一排守敌，迅即以一部控制了绞车渡两岸渡口，前后共获七只小船。而团主力则由北岸的深谷，疾进至几十里外的高原，击溃了川军援兵。这时洪门渡因江流太急，无法渡过；龙街渡又因江面太宽，敌机可以低飞骚扰不便渡江；因此，一、三军团都集中到绞车渡渡江，而仍以五军团的一个师担任掩护。

"三天后，敌人的敢死队13师约五六个团的兵力，向绞车渡追来，被我五军团打了个措手不及，沿河溃退下去。原来蒋介石也发觉了我军的战术方针有了新的变化，于是就在贵阳召开会议，研究我军近来的作战特点，规定了'长追稳打'的战术方针，以免被我军歼灭。现在敌13师见脱离主力太远，被我一追，不知虚实，不敢轻举妄动，就在团街固守起来。我军就依靠绞车渡七只小船，经过九天九夜全部渡过江去。第二天，敌人的大队人马才赶到，而这时候，船只已经烧毁，红军早已远走高飞了。"[1]

在回顾这段历史时，萧华在《长征组歌》唱道：

> 横断山，路难行。敌重兵，压黔境。
> 战士双脚走天下，四渡赤水出奇兵。
> 乌江天险重飞渡，兵临贵阳逼昆明。
> 敌人弃甲丢烟枪，我军乘胜赶路程。
> 调虎离山袭金沙，毛主席用兵真如神。

这是对毛泽东自遵义会议后指挥红军化险为夷、变被动为主动、出神入化的军事指挥艺术的生动描述。

通过彝族区

遵义会议之后，红军取得了一系列胜利，但也蒙受了巨大损失。在第二次攻打遵义时，三军团参谋长邓萍壮烈牺牲。邓萍是红军一位优秀的指挥员，也是长征以来牺牲的最高级别的指挥员，年仅二十八岁。彭德怀得知与自己出生入死、朝夕相处的战

---

[1] 刘伯承：《回顾长征》。

友牺牲后，迅速赶到战场，抱起邓萍的遗体，这位钢铁般坚强的将军禁不住泪流满面。

调虎离山，奇袭金沙江之后，中央红军于1935年5月16日从会理出发北进。从会理到大渡河行程约五百公里。

四川军阀与蒋介石的中央军历来就有矛盾，而四川军阀当中，有不少人是朱德和刘伯承的旧朋好友，刘伯承作为"川中名将"，在这些部队中有很高的威望。朱德和刘伯承就利用这种关系给他们写信，或派人劝说，要他们不要与红军作对，红军也不会同你们作战，更不会抢你们的地盘，只是借道过路。于是这些四川军阀纷纷闪开了一条通道。极少数川军遵照蒋介石的命令企图阻止红军，但很快被击溃。红军长驱直入，先后占领了德昌和西昌，于1935年5月19日占领了泸沽。

当时红军前面真是困难重重，经过两占遵义，四渡赤水，巧渡金沙江，在云贵高原的崇山峻岭之中，做无依托、无后方、无补给、更没有根据地的长途奔袭，得不到任何补充和休整，千难万险，九死一生，红军严重减员，指战员们已疲惫不堪。

蒋介石则急速命令中央军星夜追击，同时严令四川军阀严加防堵，不让中央红军到四川与四方面军会合。按照蒋介石的命令，蒋介石嫡系中央军薛岳部正日夜兼程迎头赶来，向大渡河疾进，企图抢占大渡河北岸，阻止红军渡河。后面尾追红军的几路国民党军队，也都进至金沙江一线，紧紧咬着不放。假若红军不能迅速占领大渡河，那就不可能向北，只能向西进入人烟稀少的川康交界地区，困难和危险更大。当时中央红军还是想尽快与四方面军会合，向人烟比较稠密、粮食供应比较富裕的川陕甘边寻求发展，并提出了"赤化全川"的口号，而不愿到人烟稀少又偏僻的藏族地区去。此时，摆在红军面前的只有一条路，就是要克服一切困难，不惜一切代价，冲破天险大渡河。

而当时中央红军经过长途奔袭，已成疲惫之师。劳师远征，要冲破大渡河天险，谈何容易！蒋介石也早已看到这一点，亲自飞到昆明，坐镇指挥，部署"大渡河会战"，扬言要让红军成为第二个石达开，在大渡河畔结束历时五年多、动用一百多万军队的"剿匪大业"，收其"全功"。

红军当时有两条道路可走：一条是从泸沽东面翻越小相岭，经越西县城到大树堡，由此渡过大渡河，对岸是富林（今汉源），便可直逼雅安，威胁四川军阀的心脏——成都。另一条是经冕宁、大桥、拖乌到安顺场，这是一条险峻崎岖的小路，而且要经过彝族聚居区。为在大渡河一带围歼红军，蒋介石断定红军只能走大路而不敢走小路，因此，为在大路上围追堵截红军作了周密部署，把兵力重点部署在富林方向。

中革军委和毛泽东决心打破蒋介石的如意算盘。他们知道，蒋介石部署的"大渡河会战"的关键是固守大渡河，不使红军渡河，待尾追红军的十万中央军渡过金沙江后，在金沙江与大渡河之间的深山峡谷中南北夹击红军。因此，打破蒋介石如意算盘的关键是赶在中央军追上来之前渡过大渡河。可是，怎样才能渡过大渡河呢？毛泽东决定避开大路而选择小路，他断定蒋介石以为红军不敢走小路，因此小路的防备一定较弱。

中革军委和毛泽东决定组织一支先遣队，侦察了解大渡河边国民党军队的布防情况，以便决定从何处渡过大渡河及如何渡过大渡河。这是一个艰巨的任务，关系着红军的前途。派谁去呢？中央首先想到了红军总参谋长刘伯承。遵义会议后，恢复了刘伯承总参谋长的职务。

刘伯承1892年出生在四川省开县张家坝一户普通的农民家庭。参加过讨袁战争，在战斗中负伤，失去右眼。因战功卓著，智勇双全，被誉为"川中名将"。1926年经周恩来介绍，加入中国共产党。1926年11月，根据党的派遣，与朱德一起领导了著名的"顺泸起义"。1927年8月，与周恩来、朱德、贺龙、叶挺一起领导了著名的南昌起义，任起义军参谋长，是中国工农红军的创始人之一。在中央苏区，任红军总参谋长，是红军一位卓越的领导人。中央把率领先遣部队的重任，交给了刘伯承。

1935年5月19日，中革军委决定抽调一军团的部队组成先遣队，进入彝族地区，打开通道。

5月20日，中革军委在礼州发出了总司令朱德关于经过彝族地区，抢渡大渡河的命令："我野战军迅速北进，取得大渡河点，以便早日渡河。"

中革军委任命刘伯承为先遣队司令员，红一军团政治委员聂荣臻为政治委员，任命红一军团政治部组织部部长萧华为群众工作队队长。

5月20日，刘伯承带着总部的命令来到一军团司令部，向林彪、聂荣臻等军团领导传达了总部关于部队继续北上的指示，决定由一军团参谋长左权率领5团一部和军团侦察连，经越西向大树堡大张旗鼓地挺进，制造红军要向富林渡河的假象，迷惑和吸引富林以及其他地方的敌人；刘伯承和聂荣臻则率领1师1团、军团工兵连和以萧华为首的工作队组成先遣队，通过彝族地区，抢占安顺场渡口。

正当先遣队整装待发之时，中共冕宁地下党主动派人到泸沽，向刘、聂首长汇报敌情，红1团侦察组亦汇报了两条行军道路的里程、居民、给养和敌军布防情况。根据这些情况，刘伯承认为，敌人显然已判定我军将走西昌、玉林大道，把富林作为防守的重点。我军如从富林渡河，正遇敌人主力，不易成功，建议军委改变行军路线，走冕宁、安顺场小路。聂荣臻同意刘伯承的意见，并提出让左权、刘亚楼带第5团往越西方向佯动，迷惑和钳制敌人。当即由刘伯承起草电报，发给军委。因军委在行军中，电台联络不上。刘、聂果断决定，红1团先开到冕宁后再与军委联络。

5月21日凌晨,红1团到达冕宁,与军委取得联络,军委和毛泽东完全同意刘、聂的建议,红1团和红军主力改经冕宁、安顺场小路向大渡河前进,红5团则继续经越西北进,以吸引、迷惑并钳制大道上正面之敌。军委强调必须"绝对保守改道秘密","严密搜捕敌探"。

刘伯承对左权说:"红军的这次行动能否成功,很大程度上取决于你们的任务完成得好坏。你们一定要大造声势,让假象迷惑敌人。"

左权深知这次行动的意义,坚定地表示:"请总参谋长放心,我们坚决执行好总部的命令。"

红军为强占大渡河争取时间,就必须经过彝族居住的凉山地区,这样必然会遇到一些困难:一是语言不通,障碍甚大。二是历史上形成的民族隔阂很深,短期内不易消除。三是地广人稀,走上百里的山路往往见不到一个寨子。四是在国民党反动派煽动和策划下,少数民族上层土司、头人利用他们的统治势力和影响,暗地进行破坏活动,甚至公开组织反革命武装,阻挡红军。

先遣队司令部设在城内天主教堂。聂荣臻亲自接见神职人员,向他们宣传共产党和红军的主张及保护宗教的政策。早年留学法国的聂荣臻,用法语与五个法国修女交谈,劝她们不要惊慌。这些法国修女见红军首长态度和蔼,知识渊博,深为敬佩。

红军一到冕宁,就与地下党组织一起,在冕宁城乡迅速开展各种革命活动,建立红色政权组织。

5月22日,在有冕宁城乡彝汉群众一千余人参加的大会上,宣布成立冕宁县革命委员会。朱总司令在会上作了重要讲话,他讲解了党的民族政策,号召彝汉群众团结起来,打倒日本帝国主义,打倒国民党和四川军阀,推翻旧政权,建立新中国。县革命委员会以红军代表李井泉为主席,陈野萍为副主席,廖志高、李祥云等为委员。后来红军离开冕宁时,李维汉根据军委指示,通知县委书记廖志高随军北上。廖志高即和李井泉一起,带几个彝族干部参加了长征。同时也留下了陈野萍等一些同志坚持斗争。

在冕宁,还成立了上千人的抗捐军,打土豪,斗恶霸,支援红军。红军离开后,抗捐军改编成三百人的游击队,由留下的红军干部黄应龙任游击队司令员,坚持开展革命斗争。

在冕宁,同在越西一样,红军废除了"换班坐质"制度,打开监狱,放出了彝族首领,请他们喝了酒,缓和了气氛。懂汉语的彝族首领还告诉了红军一些情况,有的还表示愿意给红军带路。但因历史上反动派造成的民族隔阂太深,加上这一带彝族内部争斗比较复杂,一些彝族首领并没真心对待红军,致使先遣队遇到了许多困难。由于刘、聂首长坚决执行党的民族政策，才得以较顺利地通过彝族区。[1]

当时有不少彝族青年参加红军，据中共凉山州委党史办公室统计，有二百多名彝族青年加入红军队伍，并参加了长征。到延安时，剩下二十多人。新中国成立后，建立凉山彝族自治州时，先后有八位彝族老红军担任州级领导。这些彝族红军战士和留在当地参加革命斗争的彝族青年，为红军大部队顺利通过凉山地区发挥了重要作用。

靠政策走路，靠政策取得胜利

中央红军进入贵州、云南少数民族地区之后，就十分注意搞好同少数民族同胞的关系，并从当时的实际出发，制定了许多方针和政策，提出了保护少数民族群众利益的口号。

1935 年 5 月 12 日，中央红军巧渡金沙江，进入四川省境内后，以朱德总司令的名义发出了《中国工农红军布告》，布告说：

中国工农红军，解放弱小民族；
一切彝汉平等，都是兄弟骨肉。
可恨四川军阀，压迫彝族太毒；
苛捐杂税重重，又复妄加杀戮。
红军万里长征，所向势如破竹；
今已来到川西，尊重彝人风俗。
军纪十分严明，切莫怀疑畏缩；
赶快团结起来，共把军阀驱逐。
设立彝人政府，彝族管理彝族；
真正平等自由，再不受人欺辱。
希望努力宣传，将此广播西蜀。

中国工农红军总司令朱德
1935 年 5 月 12 日 [2]

---

[1] 郑广瑾、方十可：《中国红军长征记》，河南人民出版社 1987 年 6 月版，第 430 页。
[2] 李勇、殷子贤编著：《红军长征编年纪实》，中共中央党校出版社 1996 年版，第 74 ～ 75 页。

1935 年 5 月 19 日，总政治部发布关于少数民族工作的指示，指出："野战军今后的机动和战斗，都密切地关联着少数民族的问题。这个问题之解决，对于实现我们的战略任务有决定的意义。因之，各军团政治部必须立即把这个问题提到最重要的地位。"[1]

中国共产党领导的中国工农红军始终坚决地贯彻执行党的民族政策。遵照中央的精神，早在 1931 年 6 月 20 日，处于地下状态的中共四川省委就发出了《告西藏民族和川边彝族劳苦群众宣言》，明确提出："中国工农红军的成功，一定要中国境内少数民族的革命互相帮助才能打倒我们共同的敌人。"同时响亮地提出了"一切少数民族解放万岁"的口号。[2]

长征开始到少数民族地区后，在 1935 年 2 月的扎西会议上，中央提醒红军指战员"特别注意党的少数民族政策"。[3]

从冕宁到大渡河，中间隔着凉山地区。这里聚居着彝族同胞。彝族是我国具有悠久历史和古老文化传统的一个民族，他们世代繁衍生息在群峰耸立、气势磅礴的康藏高原和云贵高原的东南部边缘地带。数千年来，彝族同胞对于缔造我们伟大的祖国，维护统一，作出了巨大的贡献。

当时凉山地区的彝族还保存着奴隶制度。奴隶制度是以奴隶主占有生产资料和生产工具包括奴隶为基础的社会制度。凉山地区彝族没有一个统一的政权，具有部落社会的性质，是由几个互不隶属的黑彝家支分割统治，主要分为果基、倮伍、罗洪三个支派。每一个家支，就是一个父系血缘（部分地区也有母系血缘）集团，一个独立王国。解放前各部落、各家族之间时常发生武装械斗，相互兼并和掠夺，造成民族内部的矛盾和隔阂，严重阻碍了彝族内部的团结和社会的发展。

彝族同胞长期以来聚居在大小凉山，由于生产力和生产关系的落后，还是一个尚处在奴隶社会的民族。历代反动统治阶级一贯推行民族压迫和民族歧视政策，对彝族军事上征剿，政治上歧视，经济上掠夺，文化上同化；在彝族内部，制造矛盾，分化瓦解，分而治之，使彝族人民遭受阶级压迫和民族压迫的双重苦难。狡黠的汉族商人经常利用彝族人民的朴实诚恳，对他们进行欺诈和剥削；国民党军阀又经常对他们进行"剿讨"和抢掠。这一切，都引起了彝族人民对汉人的猜忌和敌视，造成了极深的隔阂和成见。因此，他们特别反对汉人的"官兵"入境。显然，在当时要让彝族同胞能够很快地从本质上理解红军是什么样的军队，理解共产党与国民党有本质的区别是

---

[1] 李勇、殷子贤编著：《红军长征编年纪实》，中共中央党校出版社 1996 年版，第 75 页。

[2] 萧锋：《长征日记》，上海人民出版社 1979 年版，第 41 页。

[3] 萧锋：《长征日记》，上海人民出版社 1979 年版，第 41 页。

很困难的。在这种情况下，要顺利地通过彝族地区，不是一件容易的事情。

这是自长征以来党中央和中央红军第一次来到少数民族聚居的地方，也是第一次执行共产党的民族政策的成功实践。

为了争取时间，又必须要经过大凉山的彝民区。在当时，赖以克服这个困难的唯一武器，就是党的正确的民族政策。先遣队临行前，毛泽东亲自向刘伯承、聂荣臻指出："先遣队的任务，不是去与彝族群众打仗，而是去宣传党的民族政策，用政策的感召力与彝民达到友好，争取说服他们，用和平的办法借道彝民区。只要全体红军模范地执行纪律和党的民族政策，就一定能取得彝族人民的信任和同情，彝民不但不会打我们，还会帮助我们通过彝族聚居区，抢先渡过大渡河。"

为顺利通过彝族地区，1935 年 5 月 20 日，毛泽东召集冕宁地下党的廖志高、黄映龙、陈荣檀等了解彝族地区的情况。毛泽东指出：形势是前后都有敌人，前面是川军拦阻，后面是薛岳追兵，我们要在这里同敌人周旋是不容易的。但还是有办法，那就是通过彝族地区，所以最要紧的是团结好彝族。毛泽东要求先遣队对彝族风俗习惯进行调查，并对红军全体指战员进行党的民族政策教育。[1]

遵照中央和毛主席的指示，刘伯承、聂荣臻、左权、刘亚楼、萧华亲自对部队进行党的民族教育，刘伯承对萧华等工作队的负责人说：我们这次是第一次到兄弟民族聚居的地区，一定要搞好与彝族同胞的关系。我们要坚决执行总司令的布告和总政治部的指示，执行好党和红军的民族政策。刘伯承强调指出："我们通过彝族地区，不是靠打仗，不是靠武力，而是靠党的正确的民族政策。一定要靠政策走路，靠政策工作，靠正确的民族政策取得胜利。"然后率两支先遣队分路前进。

冕宁以北的拖乌地区为彝族聚居地，按照果基、罗洪、俸伍三支划分区域，形成各自的大小部落，彼此经常互相"打冤家"，抢占地盘，械斗不息。由于国民党反动派和地方军阀的长期压迫，与汉族的隔阂、猜疑很深，存在着根深蒂固的敌对情绪，这就给红军通过彝区带来很大困难。

在冕宁，毛泽东、朱德和刘伯承与总部请来的一位彝族翻译进行了亲切的谈话。这位彝族同胞三十多岁，头缠厚厚的灰布，上披一件披肩，下穿宽大的裤子，打着赤脚，长得非常剽悍，会说一口流利的四川话。朱德、刘伯承与他亲切握手，并叫他"老根"（即"老乡"）时，他放声开怀大笑。毛泽东了解到彝民酷爱喝酒，就让人拿酒来给他喝，他毫不推辞，把大碗白酒一饮而尽。一边喝酒，一边听毛主席、朱总司令和刘总参谋长给他讲红军的政策，讲红军反对军阀，北上抗日，借彝民区通过的道理。

---

[1] 杨国宇、陈斐琴、李鞍明、王伟编：《刘伯承军事生涯》，中国青年出版社 1982 年 7 月版，第 94 页。

这位彝族同胞认真听讲，频频点头，豪爽地说："皮娃子的事格老子去说通，大军不要放在心上，你们会很快过去的。"这样，这位彝族同胞成为红军通过彝族区的得力助手和翻译。

由刘伯承、聂荣臻率领的先遣部队于 5 月 21 日到达大桥，在地下党的帮助下，找了几个向导和翻译，其中一位还是藏族，他经常帮助汉商和藏商到凉山地区跑买卖，会说一口流利的彝语，还懂各地的方言。

误解与冲突

部队在行进中不时受到彝民的袭击，有的同志负了伤。第一先遣队工兵连进入深山后，武器和工具全部被彝民抢走，衣服全被扒光。消息传来，各部队普遍产生了急躁情绪，都来向毛主席和红军总部请示怎么办。毛主席指示说："一定要尊重彝族同胞，不准打枪，不准伤害彝族群众。"又说："早晨，刘伯承总参谋长带领的先遣队已进入彝族区。他是四川人，又带了翻译。先遣队的任务，不是去打仗，而是去宣传党的民族政策，用政策的感召力与彝民达成友好。"

毛泽东又亲自对战士们进行教育，他说："四川的彝族人和贵州的苗族人都一样，他们都是受白军压迫最厉害的民族，所以他们也最痛恨白军。可是他们对我们就不同了，我们尊重他们，把他们看成是我们的弟兄，要和他们团结起来，共同反对白军的压迫。"毛主席又说："我们朱总司令和刘总参谋长都是四川人，他们最了解彝族人了。彝族人听说朱总司令的队伍来了会高兴的。"[1]

毛泽东要求部队准备一些酒、绸缎、衣服、枪支等，作为礼物送给彝族同胞。还要求每个指战员也给彝族同胞准备一件小礼物。

毛主席还亲自对彝族上层人士进行争取说服工作，请来当地彝族头人果基达涅，与他进行亲切交谈，详细询问彝族区各方面的情况。果基达涅详细说明这一带的地理民情，从冕宁到大渡河各个彝族家支及其头人果基小叶丹、果基洛莫子、罗洪作一、罗洪点都等人情况。毛泽东对他具体阐述了党的民族政策和北上抗日的主张，果基达涅很快理解红军的主张并表示同情。毛泽东给他赠送一份礼品，并委托他与彝族家支四位头人联系，把红军的礼品分别转送给这四个彝族首领。[2]

先遣队于 22 日进入彝区。在红军过额瓦垭口时，发现树林中有成群结队的彝人出

---

*1 杨国宇、陈斐琴、李鞍明、王伟编：《刘伯承军事生涯》，中国青年出版社 1982 年 7 月版，第 95 页。
*2 杨国宇、陈斐琴、李鞍明、王伟编：《刘伯承军事生涯》，中国青年出版社 1982 年 7 月版，第 96 页。

没，并发出呼啸，企图阻止红军前进。部队被迫缩短行军距离。走到彝海子时，突然从后面额瓦方向传来枪声，也涌出成百上千的彝人，手舞大刀长矛和棍棒，高声吼叫着向红军冲来。红军坚持执行党的民族政策，决不打枪，于是部队停止前进，通过翻译向他们喊话，因此，没有发生冲突。

5月23日，部队向彝族同胞聚居的山林进发。这时，正值春天，曲折的山路两旁，山青草绿，林木葱茏，各种野花竞相怒放，景色十分秀丽。但是，部队指战员们对此却无心观赏留恋，大家只是一个劲地急速向前走。

"呜嗬！""呜嗬！"……猛然间发出响彻山谷的呼喊，彝族同胞成群结队地拿着大刀、土枪、长矛、棍棒挡住了去路。部队只好停下来，许多彝民密密麻麻地把部队围了起来。工作队队长萧华通过翻译，大声地向他们说明情况，告诉他们：我们不是国民党军队，我们是共产党领导的红军，是彝族人民的兄弟，是专门打国民党反动派的。红军不是来抢劫彝民同胞的，只是借道北上，并不在此长驻。彝族同胞们似乎对这番话不太理解，更不相信，仍然挥舞着手中的武器，高声喊叫着不让部队通过。

正在这时，先遣队的后面突然响起了枪声，一股彝民在一些人的唆使下，袭击了王耀南带领的工兵连。由于工兵连没有什么武器，刘伯承总参谋长又下了死命令：不准向彝族同胞开枪。所以许多架桥器材和物品被一哄而上的彝民抢光了，有的战士身上的衣服也被扒去了。所幸的是，彝族同胞只是抢了武器和东西，并没有伤害人。

消息不断传到先遣队的指挥部，一些人非常着急，感到前有堵截，后有追兵，红军处境十分危险，停在这里实际上是坐以待毙。个别同志提出，不行就干脆用武力解决，强行通过。刘伯承知道，动用武力解决，对于红军来说是轻而易举的事，仅靠先遣队就可以打开一条通路。但是，他心里更清楚，红军的性质和任务绝不容许这样做。特别是他想起毛泽东临别前的嘱托："过彝族区，一定要尊重彝族同胞，不能打枪，不能伤害彝族兄弟。先遣队的任务，不是去打仗，而是去宣传我们党的民族政策，用政策的感召力去与彝族达成友好。"毛泽东的这些话，使刘伯承坚定了执行好民族政策的信心。他告诉周围的同志，不要着急，彝族群众主要是对我们不了解，只要他们了解了我们，不但不会打我们，而且还会帮助我们通过这个地区。安抚了周围同志的急躁情绪以后，刘伯承又叫人立刻通知工作队和部队，要坚决执行好党的民族政策，耐心做好宣传工作，决不允许开枪伤害一个彝胞。[1]

经翻译向彝胞喊话、做宣传解释工作仍不见效果，忽然从山谷垭口处有几个人骑

---

[1] 杨国宇、陈斐琴、李鞍明、王伟编：《刘伯承军事生涯》，中国青年出版社1982年7月版，第94～95页。

马奔来，翻译认得为首的是果基支头人果基小叶丹的四叔果基约达。翻译上前联系，说红军首长要同他谈话。果基约达欣然同意了，当即挥散了集聚的人群。工作队队长萧华同果基约达就地坐下，进行交谈，说明红军是为受压迫的人打天下的，此来并不打扰彝人同胞，红军刘司令统率大队人马路过此地，只是借路北上。并根据彝人十分重义气的特点，又告诉他，刘司令愿与彝族头人结为兄弟。起初，果基约达有些半信半疑，可是，当他环顾红军的军纪十分严明，并不像地方军阀那样恶狠狠地涌进堡子烧杀抢掠，便消除了怀疑，接受了结盟的提议。

小叶丹全名为果基小叶丹，果基或音译为古鸡、古基，小叶丹或音译为小约旦。彝族实行父子联名制，按这一习俗，小叶丹的全名应为果基·木吉·叶丹。果基为家支名称，木吉为父名，叶丹为本名。为了与同名的叶丹相区别，于是加上"小"字。按照彝族习俗，在一般情况下称呼"果基叶丹"即可，但是在某种场合，为表示庄严和郑重，就必须称呼父子联名的全称。

小叶丹出生于 1894 年。果基家族系凉山彝族传说中的两个始祖之一的曲涅之后裔，是凉山地区最大的家支之一。所谓"家支"，是凉山彝族奴隶制度下的一种父系血缘集团组织，内部严禁通婚。在当时，凉山彝族地区有一百多个互不隶属、各有固定地域的黑彝家支，实际上起着地方政权的作用。家支内有大小头人，按习惯处理内外事务。

果基家族世居于凉山腹地之中的普雄一带（今越西县境），直到 19 世纪末，其先人才辗转迁徙到冕宁县彝海乡白沙村。

果基小叶丹兄弟共六人，他排行第四，自幼就性情倔强、豪爽，青年时代即善交际、讲义气。由于处在贵族地位，耳濡目染，在中年时已熟悉本民族的习惯法与典故，能言善辩，成为当地彝族的政治代表、重大事件的裁决者之一。他不仅在本家族内颇有声望和号召力，就是在冕宁一带也是有影响的头人，被视为"善于辞令的尊者"。

萧华率红军来到果基的地盘时，果基与罗洪两个家族正发生械斗。小叶丹是果基家的领袖，他欣然答应与红军结盟。

彝海结盟

萧华立即将这一情况向刘伯承、聂荣臻报告，刘伯承立刻骑马来到彝海子边。同时，果基小叶丹带领当家娃子（即从奴隶中选拔的管家）沙马尔各也来了。果基小叶丹见了刘伯承，便要摘牛黑帕子行磕头礼，刘伯承急忙上前扶住说："大哥不要这样。"

果基小叶丹问："你是刘司令？"刘伯承答："我是刘伯承司令。"果基小叶丹接着说："我是小叶丹，我们大家讲和不打了。"刘伯承告诉果基小叶丹说，红军是共产党领导的军队，是为受压迫的人打天下的。共产党实行汉彝平等，同彝族同胞是一家人，自己人不打自己人，要团结起来去打国民党军阀，以后红军回来，要帮助大家过好生活。这样，通过翻译进行交谈，很顺利地达成了协议。于是，刘伯承和果基小叶丹欣然决定，在彝海子边打鸡吃血酒结拜兄弟。

彝海，原名"鱼海子"，彝语叫"乌勒苏泊"，意即海子，是一个美丽的高山淡水湖，犹如一颗熠熠生辉的蓝宝石镶嵌在冕宁县城以北海拔两千多米的高山上，面积约二十万平方米，呈元宝形，四周山峦环抱，林木葱郁。就在这个山清水秀的地方，果基小叶丹叫人找来一只鸡，但没有酒和酒杯。刘伯承便从红军警卫员皮带上解下两个瓷盅，叫警卫员舀来彝海的水，以水代酒。当沙马尔各杀了鸡，将鸡血滴入两个瓷盅后，小叶丹要刘伯承先喝，按照彝人风俗，先喝者为大哥，兄弟就应该服从大哥。刘伯承高兴地端起瓷盅，大声地发出誓言："上有天，下有地，今天我同果基小叶丹在彝海子边结为兄弟，如有反复，天诛地灭。"说完一口喝下血酒。果基小叶丹笑着叫好，也端起瓷盅来大声说："我小叶丹同刘司令结为兄弟，愿同生死，如不守约，同这鸡一样地死去。"说完后也一口喝干。刘伯承当众将自己随身带的左轮手枪送给了果基小叶丹，结盟便告结束。

傍晚，红军先遣部队仍然返回大桥宿营。刘伯承邀请果基小叶丹叔侄一同到大桥。红军把街上所有的酒都买来，又按价付钱收下群众送来的猪羊肉，设宴祝贺结盟。同时还邀请了罗洪支头人罗洪作一和汉人陈志喜等一同赴宴。席间，刘伯承劝解彝人内部不要打冤家，要"汉保彝，彝保汉，团结打刘家"（指四川军阀刘湘和刘文辉）。

当晚，刘伯承把一面写有"中国夷（彝）民红军沽鸡（果基）支队"的红旗赠给小叶丹，并任命小叶丹为支队长，其弟古基尔拉为副队长。第二天，刘伯承送了十支步枪给小叶丹，小叶丹把自己的坐骑大黑骡子送给刘伯承。刘伯承对小叶丹说："后面红军大队还多，拜托你一定要把全部红军安全送过彝区。红军走后你要打起红旗坚持斗争，将来我们会回来的。"

对于彝族其他家支，红军也同样严格地执行党的民族政策，得到了他们的理解。

刘伯承元帅在回顾这段不同寻常的经历时说：四渡赤水、巧渡金沙江之后，"从此我军跳出了数十万敌人围追阻击的圈子，取得了战略转移中具有决定意义的胜利。在会理休息了五天，继续北上。经西昌、泸沽，进入彝族同胞聚居的地方。我们坚定地执行了毛主席制定的民族政策，与沽基（即果基）族首领结盟修好；并使老伍（即保伍）族中立；对受蒋介石特务支持利用，不断袭击我们的罗洪族，则反复说明我们是帮助少数民族求解放的。就这样依靠党的民族政策，顺利地通过了彝族地区，赶到河南岸的安顺场渡口"。[1]

刘伯承在这里所说的"与沽基族首领结盟修好"，就是人们常说的"彝海结盟"。

红军从咱家乡过

结盟之后，红军先遣部队在果基小叶丹的带领下，通过俄瓦彝海子向北前进。沿途山上山下，到处是成群结队的彝人，发出"啊吼"的呼喊声。但是，这次的呼喊声不像昨天的怒目相待，而是热情的欢迎和欢送了。刘伯承在喇嘛房与小叶丹分手，红军留下参谋丁伯霖做后续部队的联络员。果基小叶丹派娃子（即奴隶）沙马尔各、沙马巴黑、果基子达、果基特达做向导，把刘伯承、聂荣臻率领的部队一直护送到筲箕湾，再由果基阿最支送到岔罗，出了彝区，直抵安顺场。

通过彝族地区的道路畅通了。先遣队继续前进。一路经过雀儿窝、拖乌、鲁坝、铁寨子等，经过与彝人交涉，都能够顺利通过。过一个村寨换一个带路的彝人向导，交接很有秩序。

小叶丹忠实地执行了刘伯承的嘱托，将彝民组织起来，护送红军后续部队过境。他昼夜奔忙，往返于大桥镇和筲箕湾。小叶丹派了一些联络员和向导为红军带路，当红军经过别的家支时，别的家支知道是小叶丹的朋友，他们不再叫喊，并对红军表示欢迎。经过七天七夜，红军大队一路畅行无阻，没有费一枪一弹就顺利地通过彝族地区，直抵安顺场，为红军抛开敌人的追赶和封锁，向大渡河挺进，赢得了宝贵的时间。蒋介石反动派妄图利用彝族人民阻止红军北上的阴谋彻底破灭。

"五彩云霞空中飘，天上飞来金丝鸟，红军是咱们的亲兄弟，长征不怕路途遥。索玛花开一朵朵，红军从咱家乡过……"一曲充满民族风情的《情深谊长》，展现了长征时红军与彝族同胞结下的深情厚谊，同时也将我们带入那彝海结盟的难忘岁月。

"彝海结盟"体现了党的民族政策的胜利，体现了少数民族同胞对红军的爱戴和军民的团结。"彝海结盟"给奇迹般的万里长征增添了光彩的一笔。

红军走后，许多彝民为了纪念红军，把当年出生的孩子取名为"红军子"或"红军姆"（即"红军女"之意），还有许多人冒着生命危险，把红军留下来的东西保存起来，视如珍宝。

---

[1] 刘伯承：《回顾长征》。

特别是红军果基支队，他们举着刘伯承赠给的旗帜，牢记刘伯承"一个指头没有劲，十个指头捏在一起力量就大了"的话，不仅自己拿起武器和国民党反动派展开了长达数年的游击战，而且还联合了倮伍、罗洪家族的武装一起组成游击队，打击国民党派到这一带的军队，有名的扯羊村和野鸡洞保卫战，就是他们打的。

在那艰苦斗争的岁月里，果基支队的战士们眼看自己的房屋被国民党军队焚毁，牛羊被抢劫，却千方百计保护刘伯承赠给的旗帜。小叶丹把这面红旗当作民族团结的见证和民族解放的希望，在战争环境里，身边的许多东西都丢掉了，唯有"中国夷(彝)民红军沽鸡(果基)支队"的旗帜始终保存着。他将这面旗帜藏在背篼下面特制的夹层里，从这里转移到那里。在最艰难的时刻，小叶丹含着热泪勉励自己的妻子和弟弟，不要忘了刘伯承司令的嘱托，不要忘记共产党红军的恩情。他说："红军一定会回来的，刘伯承司令我信得过，他绝不会骗我。万一我死了，你们一定要保护好这面红旗，将来把它亲手交给红军。"

由于小叶丹与刘伯承结盟，并帮助红军顺利通过凉山地区，国民党中央军和四川地方军阀对小叶丹十分仇恨，他们挑动和利用彝族同胞内部打冤家、搞武装械斗，趁机用阴谋手段卑鄙地杀害了小叶丹。但是，彝族同胞并没有被吓倒，并没有屈服，他们更加怀念红军，更加怀念刘伯承司令。

彝族同胞一年一度的火把节，他们总是聚集在彝家海子旁边，跳起锅庄舞，放声歌唱：

> 清清海水流不尽啊，
> 红军啊，"三斗三斤"（意即很多很多）。
> 红军一去已数春啊，
> 也不呀，捎个信。
> 彝家盼红军啊，
> 三天三夜呀，说不尽。
> ……
> 彝家受尽千年苦啊，
> 彝家有苦无处倾。
> 一心啊，盼红军，
> 盼您啊，回来救彝家人。
> ……

民族团结的丰碑

1935 年 5 月，红军通过凉山地区，刘伯承与小叶丹歃血为盟，成为中国工农红军长征史上的一段佳话。也是关于我国民族关系永久的佳话，永久的象征，永久的纪念！

彝海结盟，筑起民族团结的丰碑。彝海结盟是中国共产党民族政策的一次成功实践，它是民族团结和军民团结的典范，是中国共产党民族政策的胜利，是红军长征史上光辉的一页。

1950 年 5 月 21 日，西康省解放后，小叶丹的妻子遵照丈夫的遗嘱，郑重地把刘伯承赠送给"中国夷（彝）民红军沽鸡（果基）支队"的队旗亲手献给了人民政府。

现在，这面旗帜珍藏在北京中国人民革命军事博物馆。它是彝族人民的光荣，红军的光荣，长征的光荣。它记载了红军与彝民的深厚情谊，是共产党和红军的民族政策伟大胜利的见证。

为了表彰和纪念小叶丹对革命事业的贡献，人民政府追认小叶丹为革命烈士。

通过彝海结盟，播下了革命的火种，推动了少数民族地区革命斗争的不断发展，改善了彝汉之间的民族关系。彝海结盟不仅对当时的革命具有重大的历史意义，同时，对于今天的社会主义建设事业也有极其重大的现实意义。

1980 年 7 月，彝海被列入四川省重点文物保护单位，在当年结盟处兴建了"彝海结盟纪念碑"。彝海，一个传奇的海子，因彝海结盟被重重地载入中国史册。

纪念碑的主体为一组人物雕塑，刘伯承和小叶丹并肩站立，高举酒碗，对天盟誓。碑座背面是用汉、彝、英三种文字刻写的碑文，记述了彝海结盟的过程。碑文的结束语是这样写的：

"彝海结盟是民族团结和军民团结的典范，是中国共产党民族政策的胜利，是红军长征史上光辉的一页。"

这就是对"彝海结盟"最高的评价。彝海结盟所凝聚的军民团结、民族团结精神正在祖国大地上薪火相传，并发扬光大。今天，西昌卫星发射基地的每一次发射成功，都凝聚着凉山各族人民的心血，英雄的凉山人民是人民军队从胜利走向胜利的历史见证和坚强后盾。

为了永远纪念这段民族团结的佳话，正在筹建彝海结盟纪念馆，馆长是当年刘伯承元帅和小叶丹结盟仪式的主持人沙马尔各的后代沙马依古。

第三章　大渡河畔英雄多

红军不是石达开

红军顺利走过大小凉山的彝族地区，便急速向大渡河挺进。

中央红军从江西苏区出发以来，多有江河阻拦。每遇至此，国民党蒋介石必利用江河天堑，部署重兵前堵后追，给红军前进造成极大的困难，使红军遭到巨大损失，欲置红军于死地。但是，天堑不助蒋，他每次的如意算盘都被红军打得粉碎。潇水—湘江—乌江—赤水河—金沙江，都阻挡不了英雄红军前进的步伐，这一个个天堑都变成了通途。现在，波涛汹涌、浊浪滔天的大渡河，又横亘在红军面前。在这种情况下，能否强渡大渡河，冲破敌人的封锁，成为决定红军命运的又一关键之战。

蒋介石深知，中央红军只要过了大渡河，就再没有什么大江大河的天然屏障能够阻挡红军前进。那时的红军将如虎添翼，再与红四方面军会合，要消灭红军就更加困难。因此，红军过金沙江后，蒋介石亲自部署"大渡河会战"，企图凭借大渡河天险，使中央红军成为"石达开第二"。

蒋介石急令第二路军前线总指挥薛岳率主力北渡金沙江向四川省西昌进击；令川军第二十四军主力在泸定至富林（今汉源）沿大渡河左岸筑堡阻击；以第二十军主力及第二十一军一部向雅安、富林地区推进，加强大渡河以北的防御力量，企图凭借大渡河天险南攻北堵，围歼中央红军于大渡河以南地区。

1935 年 5 月 10 日，蒋介石从贵阳飞抵昆明，以便就近督促各路人马围攻红军。一到昆明，他立即给大渡河南北的各路部队发出急电："大渡河是太平天国石达开全军覆灭之地，今红军已进入这崇山峻岭、一线中天、江河阻隔、给养困难的绝地，必步石达开之覆辙无疑。"他命令各部："努力作战，建立殊勋。"

蒋介石还激励其部下说："红军此次进入凉山大渡河地带，此乃我军聚而歼之的大好时机，各部官兵，人人洞悉七十二年前石达开率师八十万尚败亡在这里的故事。"又说："红军的形势更比石达开困难，尤望各军师长人人效法当年骆秉章生擒石达开的壮志，立即率部围击，在大渡河夹击红军，予以聚歼。"蒋介石决心要使红军重演七十二年前太平天国将士全军覆灭的悲剧，让毛泽东成为第二个石达开。

其实，历史记载非常清楚，石达开率部到达大渡河畔时，仅有四万余人。而蒋介石为了提高部下在大渡河地域歼灭红军的信心，竟然不惜编造历史，把在大渡河失败的四万太平军夸大为八十万。

为保证围歼中央红军，蒋介石一方面命令尾追红军的十万国民党军队迅速渡过金沙江，分几路向红军夹击，企图迫使红军向大渡河靠近；另一方面命令前头截击红军的国民党军队，迅速集结于大渡河北岸，企图凭天险之河而扼守，将红军消灭于大渡河之南。为使红军无法渡过大渡河，蒋介石还命令防守大渡河的部队：收缴南岸渡河的船只以及渡河材料，全部集中于北岸；搜集南岸民间粮食，运送北岸，实行坚壁清野；扫除障碍，假如南岸居民房屋可资红军利用掩护其接近河岸者，悉数加以焚烧。

5月26日，蒋介石飞抵成都，其参谋团也随同移驻成都。到了成都，蒋介石就在北校场召集四川各路军阀头子开会，制定新的围剿红军的计划。

蒋介石集中川军二十余万人，加上薛岳兵团和胡宗南部，共计三十多万人的兵力，决定采取"南追北堵，集中兵力，分区封锁""统一川军，困死共军"的反革命策略。

蒋介石又急电刘文辉，强调指出：

"大渡河之险，共军断难飞渡。薛岳总指挥率领十万大军跟随于后，望兄督励所部，严密防守，务将共军消灭于大渡河以南，如所部官兵敢有疏忽职守，致使河防失守者，定以军法从事。"[*1]

蒋介石摆好了阵势，满以为石达开的历史悲剧，将在这里重演。

大渡河，是长江的一条支流，古名沫江，当地人又叫铜河。大渡河边的安顺场，是1863年太平天国名将翼王石达开全军覆没的地方。历史有惊人的相似之处，七十二年后的1935年5月，中央红军也来到了这个历史上著名的地方。

大渡河在安顺场的这一段河宽约三百米，水深十余米，流速每秒约四米，水中礁石很多，是中央红军长征途中遇到的又一道天险。曾任美国总统国家安全事务助理的布热津斯基于1981年7月来中国旅游，参观了安顺场红军渡河点之后写道："在我们

---

*1　刘革学：《中国地方军阀大结局》，湖北人民出版社2007年版，第259页。

走近大渡河时，曾经一度怀疑它是否真的像长征战士在回忆录中描述的那样水流湍急，险象环生；及至亲眼目击，才知并非言过其实。这条河水深莫测，奔腾不驯，加上汹涌翻腾的漩涡，时时显露出河底参差狰狞的礁石，令人触目惊心，不寒而栗；有几处，河水还以异常的速度倒流回环。我们一行之中谁也没有见过这种水流现象，时而回流，时而顺流，时而倒流，似乎和地球的引力场不发生关系，原来大渡河自有它自己的生活规律！"[1]

需要说明的是，布热津斯基是 1981 年 7 月来到大渡河边，那时距离红军长征已经四十六年，这几十年来，由于上游建了许多电站和水库，层层截流，加之上游的生态环境遭到严重破坏，全球气候变暖等诸多因素，大渡河的流量比当时减少了许多，流速不那么急，渡河的困难也不那么大了。假若时间倒退四十六年，布热津斯基到大渡河边，他又会作何感慨呢？

大渡河发源于青海省玉树藏族自治州杂多县，"杂多"，藏语，"杂曲"即大渡河，"多"意为"上游"；"杂多"，就是大渡河的发源地。大渡河全长一千多公里，两岸系横断山脉，崇山峻岭，高耸挺拔，河道陡峭，险滩密布，水流湍急，渡口极少。安顺场是这一带唯一的渡口，大部队通过极其困难。1863 年 5 月，太平天国翼王石达开率部由滇入川，抵达安顺场时，山洪突发，河水暴涨数丈，致使四万人马被阻于此四十七天，遭清军围堵，全军覆没。历史似乎无独有偶。石达开的悲剧，蒋介石希望重演。在太平军兵败之后七十二年，中央红军几乎是沿着石达开的行军路线来到安顺场。中央红军同七十多年前的太平军相比，形势更加严峻。红军到达这里的时间比太平军晚半个月，已是洪水期，河面宽达三百多米，抢渡很困难。国民党军的布防严密，从安顺场的上游泸定桥至下游渡口，长数百公里都沿河陈兵，严加防范，将所有船只、粮食和其他一切可被利用的物资器材，统统搜索走了。

离大渡河仅十几里的安顺场是个小镇，有近百户人家，是四川军阀刘文辉部队的防地。这小小的安顺场，因当年太平天国著名将领石达开命殒于此而震惊天下。七十二年过去了，红军将士们从吹来的江风中仿佛依然闻到了淡淡的血腥。

但是，红军不是太平军，刘伯承、聂荣臻率领先遣队冒着大雨，日夜兼程，经过一百六十多里的急行军，于 5 月 24 日晚赶到离大渡河只有十多里的一个小山村宿营。

由左权、刘亚楼率领的红 5 团，一路严格执行党的民族政策，经过勇敢机智的斗争，胜利地到达大树堡。在这里，进行了非常逼真的佯攻，把敌人主力牢牢地吸引在富林一线，为红 1 团在安顺场强渡大渡河创造了有利条件。

---

[1] 布热津斯基：《沿着长征路线朝圣记》。

这时，军委总部传来命令，要先遣队连夜偷袭大渡河南岸安顺场渡口的守敌。

接到命令，刘伯承和聂荣臻立即去找红1团团长杨得志和政委黎林交代任务。杨得志和黎林到附近向老乡了解情况刚回来，见司令员和政委一起匆匆赶来，知道有紧急情况，立即迎上去，杨得志忙问："司令员，有情况？"

"对！"刘伯承说，"周浑元、薛岳、吴奇伟的部队跟上来了，前面刘湘、刘文辉的部队也在向大渡河沿岸调动。这一带是河谷，两侧是四五十里的高山，在这样的大沟谷中，部队无回旋余地，兵力也无法展开，极易被敌人伏击消灭。形势比较严峻。"

"形势是很严峻的。"聂荣臻强调说，"蒋介石和四川的军阀们已经扬言，说我们是'石达开第二'，必然要重蹈失败的覆辙。"

"不过我们也有有利的地方，就是由于我军在大树堡的佯攻，使敌人没有摸清我们红军主力在哪里，现在还没有来得及作进一步的布防。根据这个情况，"为了引起注意，刘伯承停了一下，习惯性地摸了摸眼镜，将它扶正，然后加重语气说，"总部命令我们：连夜偷袭安顺场，夺取船只，强渡大渡河。"

"好！"杨得志坚决地说，"情况也基本弄清楚了，安顺场有敌人两个连驻防，对岸有敌人一个团把守，目前都没有什么防备。"

刘伯承、聂荣臻与杨得志、黎林一起研究了战斗部署：确定黎林带领2营在下游担任佯攻，吸引对岸敌人的主力；杨得志带1营先夺取安顺场，而后强渡。[*1]

国民党军根本没有想到红军会来得这么快。几天来，一直传说着红军要从下游大树堡渡河，他们也不相信红军会经过彝族地区到安顺场。当红军逼近敌人哨兵排所在的安顺场镇外山洞时，他们还在酣睡。接着，杨得志率部一个突然袭击，使他们措手不及，然后以迅雷不及掩耳之势冲向街心，经过不到三十分钟的战斗，就把两个连的敌人大部给歼灭了，胜利地占领了安顺场。

这时，担任夺船任务的2连也缴获了一条船，并控制了渡口。按原定计划，夺得渡船后要立即渡河。但听当地老百姓说，大渡河水流急漩涡多，河底净是暗礁，对岸又是峭壁，夜里万万不可过河。要想过河，须在晴朗的白天，把船拉到上游一里多的渡口，斜划过去才行。刘伯承不得不改变计划。

5月25日，雨停了，乌云还密布在大渡河的上空。天刚蒙蒙亮，红1营的战士就列队在安顺场渡口，要强渡过河，解决对面守敌，为大部队扫除障碍。

25日晨，刘伯承、聂荣臻亲临前沿阵地指挥。红1团第1营营长孙继先从第2连

---

*1 杨国宇、陈斐琴、李鞍明、王伟编：《刘伯承军事生涯》，中国青年出版社1982年7月版，第100～104页。

挑选十七名勇士组成渡河突击队，连长熊尚林任队长，由帅士高等八名当地船工摆渡。由于渡船很小，挑选出来的十七名勇士只能分两批过河。7时强渡开始，在杨得志指挥下，岸上轻重武器同时开火，掩护突击队渡河，炮手赵章成两发迫击炮弹命中对岸碉堡，因而获得"神炮手"的美名。在轻重机枪掩护下，第一批勇士登上了船，奋力向对岸划去。渡船离岸不久，马上成为对岸敌人火力攻击的目标，枪弹炮弹不断在船的左右落下，形成了一道道火网。炮弹炸起的水花不断将船吞没，巨浪又不断将船推出，渡船随时都有被炮弹击沉或被急浪打翻的危险。勇士们冒着对岸敌军密集的火力，在惊涛骇浪中翻滚，不顾生死，奋力拼搏。所幸的是，巨大的水浪也起了掩护作用，使敌人的炮弹不能准确命中渡船。

刘伯承、聂荣臻等指挥员们站在岸边，焦急地注视着河面，并命令红军加强火力，掩护渡河。杨得志命令再打两炮，正中川军阵地。突击队冒着川军密集的枪弹和炮火，在激流中前进。快接近对岸时，川军向渡口反冲锋，经过一番拼搏，渡船终于靠岸了。勇士们一跃而上，一阵猛烈冲杀，占领了北岸渡口，击溃守敌，占领了滩头阵地。在强大火力网的掩护下，十七位勇士扑向敌群，十七把大刀左劈右砍，敌人溃不成军，向山上逃命。抢渡大渡河的战斗胜利了。突击队迅速登岸，并在右岸火力的支援下奋勇冲杀，击退川军的反扑，控制了渡口，后续部队及时渡河增援，一举击溃川军一个营，巩固了渡河点。随后，红一军团第1师和干部团由此渡过了大渡河。

这便是长征途中著名的"十七勇士强渡大渡河"，是长征路上又一个英雄壮举。在红军历史上，创造了奇袭成功的经典战例！

在刘伯承、聂荣臻指挥下，红军先遣队渡河成功，打开了中央红军大部队北进的通道。

但是，大渡河河面太宽，水流湍急，不能架桥。找到的船只很少，仅红1团经过一天才全部渡完。照这个渡法，全军过河要一个多月。而后面的尾追之敌正向大渡河逼近，形势仍很严峻。

此时，大部队来到离安顺场约五六里的一个山脚下休息。附近有一块石碑。战士们围着观看碑文，毛泽东来到了战士们中间，他看完了碑文，对大家说，这块石碑是为太平天国的翼王石达开在这里全军覆没而刻立的。太平天国因为内部分裂，石达开带领四五万人马，离开南京，在1863年4月间来到这里，打算在安顺场渡河，正遇上山洪暴发，渡河不成，四面受困：前有大渡河，后有彝民，左有山峰和绝崖，右有清兵和民团。本来，彝民和石达开的关系，开始是友好的，但因为石达开疑心太重，把关系搞糟了。后来，清兵又占领了对岸，地主武装民团也不断地骚扰。因此，石达开的人马，在安顺场一直被围困了四十多天，也没有能渡过河去，石达开本人动摇，军心不固，以致全军覆灭。

接着，毛泽东对石达开的失败从战略上进行了分析，他说："石达开如果是一个很有才干的战略家的话，既然渡不过大渡河，为什么不沿着左岸直上，进入西康？为什么不向下走，到大树堡拐回西昌坝子？或者再往下走，到大凉山以东的岷江沿岸去呢？那里的机动地区不是很大吗？"

历史是一面镜子；历史是昨天对今天的嘱咐，是过去对未来的昭示。讨论历史教训是为了指导现实的斗争。毛泽东又说："近百年以后的今天，我们中国工农红军也来到石达开失败的地方。蒋介石和四川军阀抱着很大的幻想，他们以为摆在我们面前的是石达开的命运，这已是注定了的，因此，他们幻想把红军也消灭在安顺场。你们说，我们能走石达开的老路吗？"

红军战士们响亮地回答着："哼，敌人是在做梦！现在，我们的先遣队已经渡过大渡河了！"毛泽东高兴地说："同志们，你们说得对！敌人的好梦是做不成的。石达开没有走通的路，我们一定能走通。我们共产党人是顶天立地的英雄，大渡河算不得什么困难！我们一定能渡过河去！"[1]

这时，追敌薛岳的先头部队已到西昌，杨森二十军的先头部队已到金口河，离安顺场只有几天行程。如何在短期内把红军全部渡过大渡河是尚待解决的难题。

26日上午，中央和军委纵队就到了安顺场。毛泽东一到安顺场，顾不得一夜行军的疲劳，在林彪的陪同下，立即赶往渡口，向刘伯承、聂荣臻了解战斗情况，研究渡河问题。他还沿着渡口的沙地，边走边观察大渡河的情况。中午，中央首长在先遣司令部吃饭，席间端上缴来的米酒。毛泽东首先端起大碗米酒，向先遣司令和干部战士们祝贺胜利，接着向刘伯承详细询问彝海结盟的情况。毛泽东风趣地说："诸葛亮七擒七纵才使孟获心服。你怎么一下子说服了小叶丹呢？"刘伯承回答说："主要的是我们严格执行了党的民族政策。"毛泽东又问："你跟小叶丹结拜，真的跪在地上起誓吗？"刘伯承回答说："那当然，彝人最讲义气，他看我诚心诚意，才信任我们。"毛泽东爱打破砂锅问到底："那彝人下跪是先跪左腿呢，还是先跪右腿呢？"这个问题刘伯承可没注意，他被问住了。周恩来善于解人之难，他岔开话题说："后续部队通过彝族区时，小叶丹打着'中国夷（彝）民红军沽鸡（果基）支队'的旗帜来欢迎，伯承、荣臻他们简直把彝区赤化了。"朱德接着表扬说："先遣队逢山开路，遇水搭桥，功劳不小。"这时，刘伯承摆出了面临的困难："总司令先别论功行赏，我正为在这大渡河架不起桥发愁呢！"

接着，刘、聂汇报了架桥和寻找渡船的情况，说明在短时间内全军渡河存在的困

*1 吴吉清：《在毛主席身边的日子里》，江西人民出版社1983年10月版，第236～237页。

难。毛泽东深知石达开覆灭的历史教训，对红军渡河的多种可能早有筹划。他微眯着眼睛看着红军仅有的一条船在波浪里颠簸，不由得低眉沉思，问刘伯承道："一条船，将红军两三万将士全送过去，要多少时间？"

刘伯承语气里也显出了焦急："又找到了两条，正在修补。即使三条船，也不可能在很短的时间内渡完。试了无数次，水流太急，把二十四根头号铁索都冲断了，桥又架不成。"

"蒋介石是不会让我们慢慢过河的。"毛泽东提议立即召开军委会，在会上，毛泽东说："大部队一时难以过河，而敌53师等部正向我军赶来，红军依然面临着巨大的危险。只有夺取泸定桥，才能使大部队顺利过河，才能到四川去与四方面军会合，这是一个战略性措施。"

蒋介石也想到了这一点，得知红军在安顺场突破大渡河后，急忙从重庆飞到成都，严令刘文辉二十四军把守泸定桥，又急调川军两个旅增援泸定桥，并派部队分几路前往增援。企图扼守天险，阻击红军渡过大渡河。

要桥不要命

5月26日中午，周恩来、张闻天等中央领导到达安顺场。中央立即召开会议，研究决定：兵分两路。红1师和陈赓、宋任穷率领的干部团在这里渡河，为右纵队，由刘伯承任司令员，聂荣臻任政委，罗瑞卿任参谋长，萧华任政治部主任，沿大渡河东岸朝北前进，策应西岸，准备攻打泸定桥；由林彪率一军团主力和五军团为左纵队，从大渡河西岸迅速北上，夺取泸定桥；军委纵队和红三、九军团从泸定桥过河。要求两路红军夹河而进，两岸部队互相策应，溯河而上，火速夺占泸定桥。军委纵队及红三、九军团随左纵队跟进。

从安顺场到泸定桥，有二百四十里，军委要求在两天内赶到。毛泽东特别指出："这是一个战略性措施，只有夺取泸定桥，我军大部队才能过大渡河，避免石达开的命运，才能到川西去与四方面军会合。"[1]

中央和毛泽东这样组成右纵队也是有战略考虑的：红1师是一支能打善战的部队，有很强的战斗力；干部团军政干部齐全，年轻又有实践经验，只要有群众，就能开展创造革命根据地的工作；又配备了一个能独立开展新局面的很强的军政领导班子。万一与左纵队会合不了，就由刘伯承和聂荣臻率领到川西创造个局面。毛泽东特别指

---

[1] 《聂荣臻回忆录》（上），战士出版社1983年版，第260～261页。

出：只有夺取泸定桥，我军才能避免石达开的命运。假如两路不能会合，被分割了，刘、聂率部队单独走，到川西搞个局面出来。

从中央的部署和毛泽东的指示，可以清楚地看到，当时的形势依然十分危险。中央红军入川，是为了与四方面军会合，"赤化全川"，建立新的革命根据地。假若被大渡河阻挡，不但不能与四方面军会合，中央红军本身也要分成两个部分，局面将更加严峻。

兵贵神速。必须和敌人抢时间，争速度，必须在敌人增援部队到达之前夺取泸定桥。军委和毛泽东命令先头团加速向泸定桥前进。

5月27日，刘、聂率领右纵队向泸定桥进发，他们在崎岖难行的道路上急速前进，胜利占领了泸定桥南五十里的龙八步，为左纵队进军泸定桥创造了有利条件。

遵照军委命令，林彪率部急速前进，左纵队以红2师4团为先头团，在大渡河西岸向泸定桥疾进。5月27日晨，他们从安顺场出发，第一天走了八十余里，在什月坪宿营。左纵队沿河只有一条路，时而傍河，时而翻山，左边是波涛汹涌的大渡河，右边是峭壁千仞的高山。他们先后遭遇到敌军两道防线、两个多团兵力的阻击。28日5时出发，不久，军委来电命令他们"于明天夺取泸定桥"。

接到命令，红4团在黄开湘、杨成武带领下，不敢有一分钟的迟疑，跑步前进。晚上7点多的时候，离目的地还有一百一十里，天又突然下起瓢泼大雨。天黑、路滑、风狂、雨暴，这样到天亮能走一半就不错了。这时，他们发现敌人在对岸与自己平行前进，顾不得停下来吃饭，饿了就嚼口生米，渴了就捧把雨水喝，只为要赶到敌人前面达到泸定桥。恰在这时，西康省地下党组织当地群众给他们派来了向导，送来了干粮，并介绍了当地的地势地貌和川军的布防情况。这真是雪中送炭，极大地鼓舞了红军战士必胜的信念，他们加速前进。

到杵泥坝时，对岸的敌人点起了火把疾进。这给了杨成武启示，在地下党派来的人员帮助下，他命令战士们把附近村庄老乡家的竹篱笆全部找来，绑成火把，并布置熟悉敌情的司号员和俘虏在必要时与对岸"联络"，以便伪装成敌人。于是，大渡河两岸，敌我双方的火把在夜空里燃烧，隔河相望，就像在山谷里盘旋的两条火龙，把大渡河水映照得通红，景色十分壮观，若不是处于紧张的战争环境，还会以为是民间在过节舞龙！

"啥子部队哟？"敌人微弱的问话从对面传过来。

地下党的同志熟悉川军的情况，知道白天被红4团击溃的团长的名字，提高嗓门喊："萧绍成团的！你们呢？"

"38团的。你们也往泸定桥赶吗？"

"一样，都是刘长官派的差！"……

就这样，敌人稀里糊涂地与红四团并行了三十多里。雨下得越来越大，夜也越来越深了。突然间，对岸那条火龙不见了。杨成武看看怀表是整整 12 点，为了摸清敌人的情况，他又让司号员吹号问敌人干什么了。敌人深信红 4 团是他们的人，因此回答："宿营休息了！"

敌人休息了。战士们士气陡涨，一个跟着一个，打着火把冒雨前进。

由于急行军，又多是走夜路，掉队的人很多，团长找不到营长，营长找不到连长，连长找不到战士，部队的建制全被打乱了，有的指挥员很着急，担心不好指挥。这种情况反映到正在后面跟进的军团长林彪那里，林彪果断地说："不要管什么建制，不要问是哪个部队，只要是红军就行，要桥不要命。命令部队跑步前进，夺取泸定桥。"

作为先头部队的红 4 团以超高速的急行军，翻山越岭，以一天一夜急行二百四十里的速度，终于在第二天即 29 日早上 6 点钟到达了泸定桥西岸，占领了西岸全部沿岸阵地。终于赶在了援敌前面。

但是，到达并不是目的，红 4 团的目的是完成中革军委交给的光荣任务：抢占泸定桥，占领泸定城，掩护中央和红军主力渡过天险大渡河。

大渡桥横铁索寒

红军长征飞夺泸定桥的英雄壮举，几乎是尽人皆知，人人称颂。泸定桥在泸定县境内，泸定县是汉族和藏族、彝族多民族同胞聚居的地方。但是，泸定桥的名声远比泸定县本身还要大，知道泸定桥的人比知道泸定县的人还要多。

而泸定县在四川省甘孜藏族自治州境内，属于藏族地区，更是鲜为人知。著名的二郎山耸立在泸定县东面，历史上是汉藏两个兄弟民族聚居区域的分界线，也是四川盆地与青藏高原的接合部。二郎山以东是富饶的川西平原，二郎山以西是壮丽的青藏高原的东部边缘。习惯上将二郎山以东称为"关内"，以西称为"关外"。

遵照党中央、毛主席的命令，解放后人民解放军就是沿着红军走过的道路，翻越二郎山，开始了进军西藏、解放西藏的伟大征程。进藏部队翻越的第一座大山，就是二郎山。一曲《歌唱二郎山》，传遍神州大地：

二呀么二郎山，高呀么高万丈，
古树那荒草遍山野，巨石满山冈，
羊肠小道那难行走，

康藏交通被它挡。

二呀么二郎山，哪怕你高万丈，
解放军铁打的汉，下决心坚如钢，
誓把公路修到那西藏。

不怕那风来吹呀不怕那雪花飘，
起早晚睡忍饥饿个个情绪高，
开山挑土架桥梁，
筑路英雄立功劳立功劳。

二呀么二郎山，满山红旗飘，
公路通了车，运大军到边疆，
开发那福源，人民那享安康。

前藏和后藏呀处处受灾殃，
帝国那主义国民党狼子野心狂。
人民痛苦深如海，日日夜夜盼解放。
中国共产党呀像红太阳，
解放军真坚强，下决心进西藏，
保障那胜利巩固那国防。

前藏和后藏呀真是好地方，
无穷的宝藏没开采，遍地是牛羊。
森林草原到处有，人民财富不让侵略者他来抢。
巩固国防先建设边疆，帐篷变高楼，荒山变牧场。
侵略者胆敢来侵犯，把它消灭光。

也就是说，中央红军从中原的腹心地区出发，这个时候，已到了关外。

大渡河的西岸连着被称为"蜀山之王"的中国第二高峰贡嘎山，东岸是二郎山。两山夹峙，大渡河水在陡峭狭窄的山谷中奔腾，激起一丈多高的水柱，发出雷鸣般的轰然巨响，令人惊心动魄，目眩神迷。泸定桥就飞架在距离水面数丈的高空上。

泸定桥在泸定县城，为康熙年间所建。桥西岸连接着海拔 7000 多米高的贡嘎山，东岸紧挨着海拔 3400 多米高的二郎山。两岸山势险峻，巍峨陡峭。泸定桥横跨于咆哮如雷的大渡河上，长 103.67 米，宽 3 米，由 13 根粗铁链索组成。桥身有 9 根铁链，平行系于两岸。每根铁链相距 1 尺，上铺木板，以做桥面。左右两边各有 2 根铁链，作为桥栏。铁索桥高于河面数丈，悬于半空，人行桥上，左右摇晃，随桥起伏；俯视河下，波涛汹涌，浪花飞溅，涛声轰鸣，头晕目眩，胆战心悸，甚感危险。就是现在去旅游的，心脏不好、血压高的人，也不敢轻易从铁索桥走过。

东桥头与县城相连。桥头有个碉楼，上面悬挂着康熙皇帝书写的"泸定桥"三个大字。

泸定桥，是四川军阀二十四军军长刘文辉的防区，他令其第 4 旅在这里防守。该旅旅长袁国瑞率旅部驻扎在飞越岭下的龙八步，命令团长李金山率 38 团（缺一营）防守泸定铁索桥，杨开诚团长率领 11 团布防于海子山、冷碛一带；谢洪康团长率 10 团驻扎在飞越岭，做总预备队。

红军在安顺场强渡大渡河成功，敌人甚为震惊，立即把防御重点转到泸定桥上。刘文辉命令第 4 旅死守泸定铁索桥，蒋介石急忙调兵向泸定桥增防和"追剿"。

李金山团长命令 38 团将桥上的木板全部撤除，只剩下十三根寒光闪闪的铁索，空荡荡地悬挂在激流之上，十分险要，就连这些穿山越岭、万里征战的红军战士，看了都不禁倒抽一口冷气。

泸定桥守敌为 38 团的两个营，以一个营负责守桥，一个营布防于左翼阵地，在东岸桥楼上垒起了沙袋。敌人从桥西开始撤除桥板，大部已撤向东岸。川军集中兵力封锁铁索桥，不时向西岸扫射，打迫击炮。敌人认定这里河水咆哮，红军无法泅水，不能船渡，也不可能另架浮桥，要想过河只能通过铁索桥，他们以为只要严密封锁铁索桥，红军插翅也难飞渡，所以非常狂妄地向红军叫喊："你们飞过来吧，我们缴枪啦！""有种的给老子飞过来！""为什么不过来呀！老子都等得不耐烦了。"

对于敌人的挑衅，红军战士们给予了最响亮的回答："老子不要你的枪，要你们的桥！""你们等着缴枪吧！"

林彪亲临前线指挥，经过一番紧张的准备，决定由红 4 团第 2 连连长廖大珠等二十二名战士组成突击队，廖大珠任突击队长；由 3 连连长王友才率领 3 连为第二梯队，负责铺桥板。战斗部署是：以一个主力营正面突击，以两个主力营组成严密的火网掩护，阻止两侧援敌；以军团教导营部署在打箭炉（康定）方向警戒。

5 月 29 日下午 4 时，黄开湘和杨成武手握短枪，站在桥头上发出总攻命令。全团几十名司号员组成的司号队同时吹起了冲锋号，霎时所有的武器一齐向对岸开火，炮弹旋风般地砸向敌人阵地。

突击队在全团火力掩护下冒着川军的密集火力，手持冲锋枪，背插马刀，腰缠手榴弹，大声呼叫着冲上了铁索，向对岸冲击。当接近桥头时，3连战士紧跟在突击队后，腋下夹着木板，一边匍匐前进，一边铺设桥面。然后又匍匐于一百多米长的铁索上激战，就在突击队几乎接近敌人桥头的时候，泸定城西门外突然燃起熊熊烈火。原来，敌人为了防止红军攻进城去，把从桥上抽下来的木板集中在城外，加上稻草和木柴，然后浇上煤油，企图用火阵来阻挡红军前进的步伐。突击队面对这突如其来的冲天烈焰，一时手足无措，呆住了。杨成武在西岸桥头情不自禁地振臂高呼："同志们，到了胜利的最后关头，拿出你们的勇敢精神，冲啊！"突击队员精神振奋，一个一个奋不顾身地冲进火海。敌人被红军英勇的气势吓呆了，扔下武器，像丢了魂一样，纷纷从桥头工事里钻出来，掉头就跑。后续部队也进城了，与敌人展开了两个小时激烈的巷战，歼敌大部，占领了泸定城。这样的速度和意志力、战斗力达到了人类体能的极限，创造了人类战争史上急行军和在铁索上匍匐战斗的空前纪录。

这一次战斗，红4团以十七名战士阵亡的代价，取得了夺取泸定桥、占领泸定城的辉煌胜利，使红军主力得以源源不断地渡过大渡河，使蒋介石在大渡河畔"聚歼"中央红军的计划彻底破产。

当一轮明月从巍巍贡嘎山升起时，红军已全部占领了泸定城。与此同时，红1师和干部团击溃川军的阻击，他们在途中把与红4团赛跑的敌人吃掉了，一路马不停蹄，胜利到达泸定城，策应了红4团的夺桥战斗。5月的最后一天，刘伯承、聂荣臻率右翼纵队到达泸定桥，林彪前去迎接，两支队伍胜利会合。

半夜12点多钟，刘伯承、聂荣臻走进泸定城，顾不上休息，立即一边视察部队，一边问这问那，了解情况，听取汇报。已经是下半夜两点多钟了，刘、聂首长提出要去看泸定桥，杨成武提着马灯，陪着两位首长从桥东走向桥西。他俩仔细地观察着每一根铁索，有时俯视大渡河里雾气弥漫的急流，有时远眺大渡河两岸黑黢黢的群山。当他俩从桥西返回桥东，走到铁索桥中间的时候，刘伯承突然停住了脚步，手扶桥栏，在桥板上重重地连跺了三脚，激动地说："泸定桥，泸定桥！我们为你花了多少精力，费了多少心血！现在我们胜利了，我们胜利了！"聂荣臻也兴奋地说："对，我们胜利了！"刘伯承又说："应该在这里竖一块碑！记下我们战士的不朽功勋！"

红4团飞夺泸定桥的战斗，打得非常漂亮。红一军团出版的《战士报》，在"我们铁的红军，无坚不摧、战无不胜的勇敢精神，扫平一切当前敌人！"的大标题下，报道了红1团和红4团安顺场强渡和飞夺泸定桥的光辉事迹。中革军委发给红4团一面奖旗，给黄团长、杨政委及首先过桥的突击队员每人发了一套印有"中革军委奖"字样的列宁服，一支钢笔，一个日记本，一个搪瓷碗，一双筷子。在当时这是最高的物质奖赏。[1]

万里长征，英雄的红军战士斩关夺隘，屡建奇功，中央都没有给予这样的奖赏和这样高的荣誉，足见飞夺泸定桥的重要意义。

1935 年 6 月 1 日，中央红军千军万马从泸定桥上越过天险大渡河，6 月 2 日，全部过了大渡河，粉碎了蒋介石歼灭红军于大渡河以南的企图。毛泽东高兴地说："中国共产党领导的红军不是太平军，我和朱德也不是'石达开第二'，蒋介石的如意算盘又打错了。"

毛泽东对夺取泸定桥的胜利给予了热烈的赞扬。他说："我们英勇的红 4 团和红 1 师的同志们，已经完成了一项光荣伟大的任务，夺下了泸定桥，为红军渡过大渡河开辟了道路。"毛主席又说："我们的红军真是无坚不摧，所向披靡，有这样的红军战士，我们还有什么克服不了的困难？"[2] 朱总司令也一再表扬红 4 团夺取泸定桥的胜利是战略的胜利。

红军飞夺泸定桥的胜利在敌人内部引起了巨大震惊。蒋介石大发雷霆，通令给刘文辉记大过一次，"戴罪立功"，令刘文辉对所部各负责长官"查明严处"。敌方有的高级将领对红军组织大渡河战役的卓越才能，情不自禁地加以称赞："自朱毛西窜以来，曾渡贡水、章水、来水、潇水、湘水、清江河、乌江河、赤水河、白层河、黄泥河、金沙江，然无有过大渡河之奇妙者。洪杨之役，翼王石达开西行至此，而殒命。而今朱毛至此，竟安全通过。"[3]

聂荣臻元帅对大渡河战役的出色指挥有一段精辟的论述。他说：大渡河战役，"单从战役的指挥来说，我认为我们的确走了几步关键性的险棋。我们都走胜了。单就一军团范围来说，这次胜利，是几个部队自觉地互相在战术上密切配合、执行统一战役计划取得的结果。如果没有 5 团远离主力去吸引敌人对安顺场的注意力，1 团在安顺场能否夺得那条小船渡河成功，还是一个疑问，固然夺得那条小船带有一定的偶然性。如果不是 1 师渡江，与 2 师 4 团夹江而上，飞夺泸定桥是否能够那样及时得手，也很难预料，固然 4 团动作神速勇猛确有独到之处。如果我们当时夺不到泸定桥，我军又是一个怎样处境？那就很难设想。总之，当时棋势虽险，我们终于取得成功。确实来之不易，但也绝非偶然。我们和国民党的斗争，常常是棋高一着，出敌意外。这是因为我们是中国共产党领导的工农红军，有敌人根本不能和我们相比的政治素质和以劣胜优的机动灵

*1 郑广瑾、方十可：《中国红军长征记》，河南人民出版社 1987 年 6 月版，第 466 ～ 467 页。

*2 吴吉清：《在毛主席身边的日子里》，江西人民出版社 1983 年 10 月版，第 239 页。

*3 胡羽高编：《共匪西窜记》，贵阳羽高书店 1946 年印制，第 168 页。

活的战术素养，特别是我军指挥员那种无限忠于党、忠于人民、忠于中国革命的伟大的牺牲精神，所以有时能绝处逢生，再开得胜之旗，重结必胜之果"。[1]

几年以后，美国女作家史沫特莱在记述朱德总司令生平的传记《伟大的道路》一书中，在叙述这一事迹时写道："红军穿过彝族地区的深山密林，直奔万马奔腾的大渡河，蒋介石同时也飞到成都，命令华西军阀（指四川军阀）重演大渡河一带消灭石达开太平军的历史。朱德将军奚落地提起蒋介石的命令时说道：我们体现了马克思的名言，世界历史上的重要事件，可以说都出现两次，第一次是作为悲剧出现，第二次是作为喜剧出现。蒋介石在成都等了几个月，可是历史并未重演。"

红军飞夺泸定桥，粉碎蒋介石企图让"朱毛红军"做"石达开第二"的阴谋，党中央、毛主席的英明指挥，红军将士的英勇善战，是决定性的因素。但是，泸定地区各族人民的积极支援，也发挥了重要作用。他们不无自豪地说："泸定桥的十三根铁索，托起了人民共和国的大厦。"

现在，一些年轻人听了红军一天急行二百四十里，飞夺泸定桥的故事，根本不相信，认为这是不可能的，仅仅是为了对年轻人进行"革命传统教育"。无独有偶，一个美国学者写书，煞有介事地作了一番分析论证，通过对人的身体各种指标的计算，认为红军一天急行二百四十里，还要在敌人的枪林弹雨下在冰冷的铁索上匍匐一百多米，飞夺泸定桥，是根本不可能的，完全是杜撰的故事，是"共产党的宣传"。

美国人与我们的历史文化、价值观念有很大区别，人家不相信，并不奇怪。我们有的年轻人居然也这么认为，就有点不可思议。他们怎么会这样提出问题呢？！仔细分析，也顿悟开来。现代物理学不是讲"场"吗，对一些人来说，和平环境与战争年代，是否犹如牛顿力学和爱因斯坦的相对论一样，分属两个"场"呢？如果是这样，那怎么能用和平环境的常态，去想象战争年代那种非常态，我们的红军战士创造的奇迹呢？在非常时期的非常状态，人迸发的巨大能量确实是常态下不可能想象的。正如相对论对于牛顿力学定律难以理解一样。

从另一方面来讲，年轻人不理解，外国人不相信，认为是"杜撰"，也不是完全没有原因、没有道理的。最主要的是长期以来，我们自己没有把历史事实、当时的真实情况讲清楚，讲全面，讲完整。把真事讲假了、讲歪了、讲偏了，难怪有人把真事当假的。

人们不相信红军战士一天一夜能走二百四十里，还有一个原因。1935 年红 4 团抢夺泸定桥到现在已经七十多年了，在解放后，尤其是在红卫兵大串联，在改革开放之

---

[1] 《聂荣臻回忆录》（上），战士出版社 1983 年版，第 264 ～ 265 页。

后，进行革命传统教育、开展"红色旅游"，走进"红色岁月""重走长征路"的人，一批又一批，难以计数，但是，没有一支队伍，没有一个人，在从安顺场到泸定桥这一地段，在最好的身体状况、最好的天气条件、最好的旅行装备、最好的客观环境下，在一天一夜里走完这段路。人们做过各种试验，都失败了。更何况现在的自然环境和交通条件比七十多年前不知要好多少！这个事实，也是一些人不相信的一个重要原因。

但是，当年红军战士的的确确是在一天一夜的时间里，冒着大雨，忍着饥饿和疲劳，在高山峡谷中走了二百四十里。这是千真万确的历史事实。不但红军这么讲，连国民党和刘文辉的二十四军官兵也不得不承认，他们说："红军硬是凶啊！""凶"，四川方言，意为"厉害""能干"。

那么，红军为什么能够创造如此难以想象的人间奇迹呢？

红军的英勇顽强，能征善战，自然是非常重要的因素，但是，当地群众和地下党的积极支持和帮助，也是取得胜利的重要保证。自从红一、四方面军进入四川省境内后，四川省和西康省（西康省当时还在筹建之中）的地下党为了支援红军，冒着暴露组织的巨大危险，公开、半公开地出来活动，发动沿途的汉族、藏族和彝族同胞，为红军筹粮，做干粮，带路，收容伤病员和掉队的战士，帮助他们归队。从安顺场到泸定桥，全是山路，有的地方是茂密的森林，有的地段是刺人的灌木林，遮天蔽日，崎岖难行，岔路很多，很容易迷路。若没有当地群众带路、做向导，夜晚打火把，很容易迷路，只好在山里打转转。急行军一昼夜，红军战士总不能一点也不吃不喝，为了抢夺时间，"要桥不要命"，部队不能也没有时间、没有条件停下来烧火做饭。那怎么办？只能吃干粮。谁来做干粮？地下党组织群众做，并且要送到红军战士手中，他们才有可能一面吃干粮，一面走路，分秒必争，不失战机，抢夺泸定桥。

如果没有地下党和当地群众的帮助，红军不可能创造这样的英雄壮举。

你相信不相信，是你的事，但是，历史事实，的确是这样。如果说是奇迹，那么，是英雄的红军在各族人民的支援和帮助下，创造的常人和庸人们难以想象的奇迹。我们有责任把这一事实讲真实，讲清楚，讲全面，不要为了强调这一面，而忽视了另一面，还历史的本来面目，这样也才能有说服力，才能真实可信，才能真正起到教育人民的作用，也才能真正经得起历史的检验。

担任泸定桥防务的是国民党二十四军军长刘文辉部，红军渡过大渡河后，他受到蒋介石的严厉训斥，并给他"记大过"处分，令其"戴罪立功"。1935 年 5 月 31 日，刘文辉在成都专门为"大渡河会战"失利发表讲话，极力为自己辩护。他在分析遭到失败的原因时，说：

第一，"朱毛自窜入川境，即极力避与军队（指国民党军队）接触"。就是说国民党几十万军队布下口袋阵，妄图"聚歼""会剿"，却找不到红军主力。红军主力在大山之中，在群众之中，没有一个人向国民党当局通风报信，领取巨额赏钱。

第二，红军"与土人有勾结"。[1] 刘文辉在这里所说的"土人"，指的就是在西康省境内的藏族、彝族和羌族等少数民族同胞。

1927年蒋介石发动"四一二"政变，血腥屠杀共产党人和革命人民，在南京建立"国民政府"。第二年，即1928年宣布筹建西康省和青海省，任命刘文辉为"西康建省委员会委员长"；同年12月任命孙连仲为青海省主席，后由青海地方军阀马步芳继任。国民政府于1928年筹建青海省，当年即正式建成，并任命孙连仲为省主席；但到1935年红军长征进入西康省境内，历时七年，西康省依然在"筹建"之中，蒋介石和国民政府一直没有正式任命刘文辉为西康省主席。这期间，刘文辉苦心经营西康，对康区的民心社情有深入了解，他深知康区的"土人"即藏、彝、羌等少数民族人民不满意历代反动统治阶级实行专制独裁和大汉族主义统治，造成很深的民族隔阂，各界人士提出了"康人治康"的要求，反对刘文辉为代表的四川军阀统治西康人民。这是西康省长期不能正式成立的重要原因。刘文辉的话，从反面证明共产党、红军实行的以"民族平等、民族团结"为核心内容的民族政策，深得西康省境内各族同胞的欢迎和拥护。刘文辉说：红军"与土人有勾结"，得到他们的衷心拥护和积极支援，是红军能胜利渡过大渡河的重要原因。

1950年，人民解放军开始向西藏进军，在离泸定桥不远的地方又修了一座大渡河铁桥，这是进藏部队在康藏公路上修建的第一座公路桥，也是解放后在大渡河上修建的第一座现代化桥梁。时任西南军政委员会主席的刘伯承题写桥名：**"大渡河桥"**。

朱德总司令题写对联：

万里长征犹忆泸关险，三军远戍严防帝国侵。

总司令始终没有忘记"万里长征"，没有忘记飞夺泸定桥的英雄业绩。泸定桥既是红军长征英勇顽强战胜敌人的历史见证，又是古代劳动人民建桥艺术和智慧的结晶，它将永远被载入史册。

向雪山草地进发

1935年6月1日，中央红军攻占泸定县化林坪。在张闻天同志主持下，立即召开

---

[1] 郑广瑾、方十可：《中国红军长征记》，河南人民出版社1987年6月版，第469页。

政治局会议。会议分析了中央红军过了大渡河以后的形势，决定避开人烟稠密地区，向北走雪山线，以实现与红四方面军的会合。

中革军委决定："迅速攻占清溪（当时为汉源县县城所在地），并迂回荣经。"红九军团同日进至汉源西面的富庄。

中央立即召开干部大会，毛泽东主持会议，简明扼要地讲了当前最紧迫的任务，即中央红军的前进方向；张闻天在大会上作渡过大渡河以后的形势与任务的报告。

根据周恩来的提议，这次会议还决定，派政治局候补委员陈云和潘汉年到上海。中央给他们的任务是：

第一，向共产国际汇报遵义会议的决议和中央红军的情况，以期得到共产国际的批准和认同。

早在遵义会议之后不久，中央就曾考虑派人到上海，张闻天认为潘汉年是最佳人选，曾同他谈话，交代任务。但因战事紧迫，一直没有找到合适的时机。

中央红军离开瑞金开始长征的头一天即 1934 年 10 月 9 日，上海中央局遭到破坏，由于叛徒告密，主要领导人全部被捕、被杀。当时，中央红军、瑞金中央局不能直接与在莫斯科的共产国际联系，必须通过上海中央局。当时，上海地下党有三部电台，一部功率大，一部常用，一部备用。两部电台被破获，发报员叛变。瑞金中央局和中央红军断绝了与共产国际的一切联系。这样，中央红军面临的困难就更大了。

当时，中国共产党是共产国际的一个部分，受共产国际领导，一切重要问题都要得到共产国际的批准。王明这个"左"倾冒险主义路线的制定者，还作为中共驻共产国际代表在莫斯科。因此，向共产国际汇报中央红军的真实情况，就显得更为重要和迫切。

第二，恢复遭到严重破坏的上海地下党组织。

陈云和潘汉年都是中央特科的主要领导，直接受周恩来的领导。陈云和潘汉年离开泸定前，周恩来单独找他们谈话，作了具体的指示。陈云和潘汉年跟随周恩来来到宝兴县，在中央红军准备过夹金山的时候，陈云和潘汉年则在宝兴县地下党的帮助下，准备回上海。地下党决定派宝兴县人、地下党员席懋昭和陈梁负责护送。席懋昭和陈梁很痛快地接受了这一重要任务，席懋昭告别妻子贺伯琼，匆匆收拾行装，便与地下党的负责人以及陈云、潘汉年一起，周密地商议行程路线，并得到周恩来的批准。日理万机的周恩来抽空亲自接见了席懋昭和陈梁，嘱咐他们事关重大，一定要十分小心谨慎，不能有一点疏忽，一定要把这两位同志平安地护送出四川。席懋昭后来回忆说，他是第一次见到中央首长，使他深受鼓舞。

陈云和潘汉年出川要经过国民党军警宪特戒备森严的雅安、成都、重庆三大险关，十分危险。为了避免让迎面而来追击红军的国民党军发现，他们决定绕道荥经，转向雅安。在中央红军尚未翻越夹金山之时，陈云和潘汉年向周恩来、张闻天、毛泽东、朱德、刘伯承等中央领导人告别，最后听取中央的指示。刘伯承对出川路线作了具体交代。第二天清晨，在席懋昭和陈梁的带领下，陈云和潘汉年冒着蒙蒙细雨，沿着山间泥泞小道出发了。途中遇到逃往荥经老家的天全县教育局的杨局长，此人是红军攻下天全县时被红军抓获的，在陈云、潘汉年出发之时，红军故意放跑他，利用他逃往荥经的机会，为他们带路。陈、潘等人谎称是为躲避红军而出逃的商人，于是他们结伴而行，翻山越岭，多次避开地方民团的盘查，顺利到达荥经县。然后又机智地应付敌人的岗哨盘查，顺利通过雅安，到达成都。

为追剿红军，当时蒋介石正坐镇成都，戒备森严，军警密布，特务猖獗，四处搜查，随意抓人。为了不引起敌人的注意，陈云和席懋昭在一起，由于语言等方面的困难，尽量让陈云少出面，潘汉年和陈梁单独活动。潘汉年很快找到刘伯承的好友——成都美丰银行的董事长胡会著先生，通过他在春熙路的《新新新闻》刊登了一则《廖家骏启事》，称："家骏此次来省，路上遗失牙质图章一个，文为廖家骏印，特此登报，声明作废。"这是事先与周恩来商量好的暗号，向中央报告他们已安抵成都。然后在胡会著先生的帮助下，与银行的办事员一起到了重庆。

到了重庆，陈云和席懋昭在胡先生的安排下，在他的朋友家住宿；潘汉年拿着刘伯承的亲笔信，去找他的弟弟，几经周折，潘汉年终于找到了刘伯承的弟弟，他们三人都住在他的家。刘伯承的弟弟又设法买了两张到武汉的船票。一天清晨，席懋昭和陈梁送陈云和潘汉年到朝天门码头。临别时，陈云十分感激地紧紧握住席懋昭的手，鼓励他一定要坚持斗争，将革命进行到底，革命一定会成功，四川一定会解放。直到轮船起航，向东驶去，席懋昭挥手致意，依依惜别。

陈云和潘汉年到武汉后，无法直接到上海，他们二人都是国民党特务机关早已熟知的重要人物，中央政治局委员、特科负责人顾顺章就是在武汉被捕的。顾叛变投敌后，也一直在帮助特务追捕他们两个人，各个关卡，盘查甚严。

陈云和潘汉年在一起，目标太大，考虑到陈云年纪较大，语言不通，行动不便，潘汉年建议陈云乘船直接回上海，他南下广州，辗转到香港，然后才回到上海。后来陈云和潘汉年先后到莫斯科向共产国际汇报，胜利完成了中央交给的任务。

后来的事实证明，根据周恩来的提议，及时派陈云、潘汉年回上海，是非常必要的，发挥了巨大作用。

陈云后来作为中共驻共产国际代表团成员，与王明、康生一起留在莫斯科。潘汉年很快回到上海，在极其困难和危险的情况下，恢复和发展各种组织，领导上海地下党的工作。并根据周恩来的指示，与进步的新闻媒体和进步青年广泛联系，宣传红军打破国民党蒋介石的围追堵截，胜利北上抗日的消息，揭露国民党反动派关于中央红军已被"歼灭"，"苏维埃革命运动已经完蛋"的谎言，给革命人民以希望和信心。自从中央红军离开苏区以来，整个舆论被国民党当局控制，通篇是红军被"围堵"，被"瓦解"，被"歼灭"的负面消息，进步的新闻工作者得不到任何真实的信息。中央红军胜利北上抗日的最新的也是最真实的消息，第一次是通过潘汉年向外界传播的；后来又经过宋庆龄向海外传播。

席懋昭和陈梁成功护送陈云、潘汉年出川，准备返回宝兴，追赶红军。这时，中央红军已经翻越夹金山到雪山草地。席懋昭突然在重庆的大街上发现一张通缉他和妻子贺伯琼以及魏守瑞等宝兴县地下党的布告。他十分震惊，但依然镇定冷静，徒步十多天，来到雅安。在青衣江边等船时，恰遇宝兴县灵关镇的陈大伯父子，告诉他贺伯琼被捕，魏守瑞被敌人残酷杀害。陈大伯还对他说：官府之所以暂时不杀贺伯琼，可能就是为了等你上钩。劝他不要回灵关老家。陈梁还没有暴露，席懋昭让他先回灵关镇找组织，自己折返成都，准备找组织。但当时形势非常严峻，地下党组织被打散，他无法联系，决定先回仪陇躲藏，然后取道北川，到西北方面去找红军。1935 年 7 月，席懋昭回到仪陇观音乡，得知敌人早已守候在他家，便悄悄跑到阆中县小黄沟席正惠家躲藏。后来特务抓到他年幼无知的弟弟，严刑拷打，席懋昭因此被捕，并被押解到仪陇监狱，而此时贺伯琼也被押送到仪陇监狱。夫妻俩关在一个监狱，达一年零八个月之久。在狱中，席懋昭和贺伯琼这一对患难的革命夫妻，机智勇敢地利用敌人内部矛盾和他们的社会关系坚持斗争，推翻了原告灵关豪绅、前任校长徐和谦的控告，致使国民党"行营"军法处不得不撤销原控，将席、贺两案移交仪陇县地方法院处理。不久，发生"西安事变"，席懋昭利用国共合作的新形势，向"行营"上书喊冤，在著名民主人士张澜先生的声援下，终于在 1937 年 3 月出狱。

1937 年 5 月，席懋昭与程坤跋等热血青年奔赴延安，参加抗战。到了延安，得到中央组织部的热情接待，恢复了组织关系，并分配席懋昭到中央党校学习。他被编入由邓力群（解放后任中央政治局委员、中央宣传部部长、中国社会科学院副院长等职）任班主任的第 13 班学习，开始了新的学习生活。

11 月下旬，陈云到延安，他俩再次相见，彼此都很高兴，陈云给席懋昭以亲切关怀和帮助，并向邓力群等人介绍了席懋昭护送他和潘汉年出川的经过，称赞席懋昭"机智能干，立了大功"。

1938 年 4 月，中央派席懋昭回四川做地下工作。从 1938 年 5 月至 1948 年 3 月，在极其艰难危险的环境中，席懋昭一直在天全、懋功、雅安、芦山一带辗转活动，开展革命斗争。在车耀先、罗世文等领导的四川地下党遭到敌人破坏、与组织失去联系的艰难形势下，席懋昭依然毫不动摇，坚定地独自开展革命活动。1948年3月18日，为了迎接解放，席懋昭到芦山做土匪头子程志武的转化工作，途中不幸被敌特追踪逮捕，作为"要犯"，被秘密押送到重庆"中美合作所"渣滓洞。

重庆解放前夕，国民党实行血腥大屠杀，1949年11月27日，席懋昭同志英勇就义。

十一届三中全会以后，1981年4月，时任中央政治局常委、中纪委第一书记的陈云同志得知席懋昭同志早于1949年11月27日在重庆渣滓洞被国民党杀害，但因种种原因，一直没有作出结论时，对他的复查工作极为关心和重视。多次函电中共四川省委和仪陇县委，为复查工作提供了重要线索。1982年2月20日，陈云同志亲笔署名为席懋昭同志写了翔实而又珍贵的证明材料，郑重指出："我认为应该肯定席懋昭同志为革命烈士，并记下他在完成护送我出川这一党的重大任务中的功绩。"

1955年，潘汉年同志被错误地打成"反革命分子"，长期关押在秦城监狱，当时中央还没有为他平反。因此，陈云同志在信中只说席懋昭同志护送他，而没有提潘汉年同志。

1984年5月28日，四川省人民政府决定追认席懋昭同志为革命烈士，并追记大功一次。

令人痛心的是，这一天来得太晚了。

现在再回过头来谈决定派陈云和潘汉年回上海的中央会议。

1935年6月1日泸定会议是中共中央和中革军委在关外，也就是今甘孜藏族自治州境内召开的第一次重要会议，也是在长征途中召开的一次重要的会议，确定了渡过大渡河之后中央红军的前进方向。

根据泸定会议决定，6月2日至8日，中央红军从泸定县化林坪出发，陆续进入荥经县境。红军在行进途中，不断遭到敌机的扫射和轰炸。当中央警卫营和毛泽东等人路过荥经县三合乡茶合岗时，两架敌机从水子地方向飞来投弹，一颗炸弹落在毛泽东等人身边，警卫班长胡长保为保卫毛泽东英勇牺牲。

敌人已轰炸到中央首脑机关，连毛主席和其他中央领导人的安全都受到威胁，说明当时的形势到了十分危急的程度。

就在同一天，6月1日，薛岳根据蒋介石的电令命第90师欧震部、第92师梁华盛部分别于6月3日和4日从西昌出发，到达汉源；命第五纵队李韫珩部，由冕宁、越西向泸定、康定之线推进。

也就在同一天，6月1日，四川"剿匪"总司令刘湘电令川军各部："朱、毛、徐、张各匪将会合，恐有回窜，饬各部迅速构筑工事碉堡，限20日完成，实行封锁。"

还是在这一天，6 月 1 日，蒋介石重庆行营参谋团发布命令：令川军二十一军和李家钰部、孙震部、王瓒绪部、杨森部、刘文辉部、郭勋祺部、王泽浚部以及中央军胡宗南部、薛岳部分别在灌县、什邡、彭县、绵竹、新津、威州、茂县、平武、松潘、江油、懋功、宝兴、芦山、天全、名山、冕宁、越西等地围堵红四方面军和中央红军，并命令别动队派员"分往督促指导"，构筑碉堡，围歼红军。就是说，国民党蒋介石布置了一个很大的包围圈，企图"围歼"红军。

　　单纯从军事上考虑，无论国民党蒋介石也好，四川军阀刘湘也好，蒋介石的谋士高参也好，他们的用心不可谓不良苦，他们的部署不可谓不周密。但是，都已晚了！就晚一两天，当他们绞尽脑汁、挖空心思在筹划围歼红军的阴谋时，红军已经胜利渡过大渡河。浩浩荡荡、气势汹汹而来的中央军和地方军阀们，看着波涛汹涌的大渡河，只能望河兴叹！

　　6 月 2 日，中央红军全部渡过大渡河，根据 6 月 1 日中央会议精神，分左、中、右纵队向天全、芦山前进，以期同四方面军会合。

　　也就在同一天，蒋介石在成都发布《劝告四川绅耆服务桑梓，协助剿匪，拯救民众书》，称"朱毛溃奔川南，徐匪倾巢西窜，察其企图，实欲会股川南，另创苏区"。[*1]

　　与此同时，蒋介石还威胁利诱和煽动藏族、羌族土司头人阻击红军，给土司头人加官晋爵，颁发委任状，根据土司头人地盘的大小和势力的强弱，分别任命为"反共救国军"总司令、司令、"保安司令"等头衔，一时间，到处都是"司令"，要他们组织藏民武装，"反共救国"，"保境安民"。平时一味从藏族地区巧取豪夺、横征暴敛的国民党中央军和四川地方军阀，这时却突然"大方"起来，慷慨地拨给他们枪支弹药，还给一定的经费，用各种办法煽动他们与红军作战，不让红军到雪山草地来。

　　更为恶毒的是，国民党蒋介石极力挑拨民族关系，煽动民族仇恨。他命令部下用飞机散发传单，对共产党和红军极尽攻击谩骂之能事，以挑起藏族僧俗大众对红军的恐惧和仇恨。飞机有时一天多达八九架次，平均每天散发传单两万多张，而且传单都是用藏汉两种文字对照印制的。针对雪山草地的具体情况，蒋介石大力推行所谓"七分政治，三分军事"的反革命方针，妄图把红军困死、饿死、冻死在雪山草地。蒋介石叫嚷，要在川西北地区把红军"根本歼灭"。

[*1]　以上见吴启权著《长征在川大事记要》，四川人民出版社 1995 年 11 月版，第 76～77 页。

第四章　红军来到雪山草地

雪山草地迎亲人

1935 年春天，共产党领导的中国工农红军在长征途中，来到雪山草地，红一、红二、红四方面军，都曾到过金沙江以东的广大藏族地区，在那里撒下了革命的种子。

第一个到川西草原的，是红四方面军；最后离开藏族地区的，也是红四方面军，他们前前后后在这一地区停留达一年零四个月之久。继四方面军之后，一方面军和二方面军先后来到雪山草地。三路大军，十几万人，来到雪山草地。雪山可以作证，草原可以作证，江河可以作证，蓝天可以作证：自从盘古开天地，自从青藏高原由海平面隆起，雪山草地从来也没有见过如此壮丽的场景；雪山草地敞开她博大的胸怀拥抱英雄的红军；藏族同胞满腔热忱地迎接远方的亲人。

20 世纪 30 年代中期，这块鲜为人知的古老而神奇的土地，伴随着中国工农红军长征爬雪山、过草地的脚步声而闻名世界。从那以后，"雪山草地"成为东部藏区的象征，成为共产党领导下的中国革命历史上一座不朽的丰碑。

当时，西康尚未建省，这些藏族地区分别隶属于四川省、云南省、青海省和甘肃省，包括从夹金山到腊子口的广大藏族地区。中央红军长征，从江西出发，到陕北，历经十二个省，而在四川省境内停留的时间最长，经历的斗争最复杂、最艰险；四川省境内，在藏族地区的时间又最长，环境最艰苦，条件最困难。红军长征，从 1934 年 10 月开始，到 1936 年 10 月胜利结束，历时两年。其中，在四川经历的时间达一年零八个月。红军一、二、四方面军途经四川百分之六十的县。这期间，在四川藏族地区历时一年零四个月之久。二、四方面军的后卫部队，停留的时间要更长一些。在红军的历史上，具有重大历史意义的两次会师，即一、四方面军的"达维会师"和二、四方面军的"甘孜会师",都发生在藏族地区。红军走出川西北草地,又走到青海省和甘肃省的藏族地区,翻过腊子口,到陕北,与刘志丹领导的红军会合,建立新的革命根据地,开创了新的局面。

中央红军即一方面军从江西根据地出发,冲破敌人的四道封锁线,血染湘江水,战况空前惨烈,损失无比巨大。然后攻占遵义,四渡赤水,突破乌江,巧渡金沙江,飞夺泸定桥,进入藏族地区,与四方面军胜利会师。

四方面军从川陕根据地出发,强渡嘉陵江,策应中央红军。但是,两军会师后,张国焘野心膨胀,分裂红军,另立"中央",二过草地,率队南下,血战百丈关,损失惨重,部队损失过半,从八万多人锐减到四万多人。百丈关战役,是长征途中继湘江之战后一次惨重的失败。四方面军第一次进入藏区,与一方面军会师达维时,号称有十万多人,其中战斗人员有八万多人;第二次进入藏区时,只有四万多人。二方面军历尽艰辛,从迪庆高原过金沙江进入藏区,到达甘孜,与四方面军会师。

在国民党蒋介石统治势力相对薄弱的地方,藏族的僧俗大众给红军创造了一个远离战火硝烟、相对安宁的环境,提供了一个难得的休整机会,同时也给红军提供了一个解决党内军内的分歧、克服张国焘的错误路线和分裂主义活动,冲破国民党蒋介石几十万大军的围追堵截,最终实现北上抗日的条件和环境。

中国共产党和中国工农红军在雪山草地经历了她的发展历史上最艰难、最危险、同时也最悲壮、最辉煌的岁月,国民党蒋介石调动中央军和地方军阀的几十万大军围追堵截;张国焘分裂党、分裂红军、另立"中央"的严重事件都发生在这一地区。这种严峻的形势是党和红军的历史上从未有过的。为了冲破国民党反动派的围追堵截,粉碎敌人将红军困死、饿死、消灭在雪山草地的阴谋,为了避免党和红军的分裂,为了确定红军前进的正确方向,为了纠正张国焘的严重错误,维护党和红军的团结和统一,中共中央在这里召开了七次政治局会议,此外还召开了中央常委、中革军委和其他一些重要的军事会议。如此密集地召开一系列重要的中央会议,这在我党和我军的历史上是从未有过的。仅此一点,也可以看到情况的紧急、战斗的激烈、形势的严峻、斗争的尖锐复杂。红军在这里翻越了十余座海拔四千米以上的雪山,走过了人迹罕至的水草地,有的部队还三过草地,历尽艰辛。十分难能可贵的是,红军在极其艰难的条件下,在这一地区建立了少数民族地区最早的革命政权之一——格勒得沙共和国中央革命政府和波巴人民共和国中央革命政府;在很多县、镇、乡建立了苏维埃波巴政府,在偏僻遥远的雪山草地,也建立了苏维埃红色政权。这在雪山草地的历史上,在藏民族发展的历史上,具有深远的意义和影响。解放后在甘孜藏族自治州被命名为"老革命根据地"的就有7个县、88个乡,阿坝藏族羌族自治州被命名为"老革命根据地"

的有9个县、114个乡镇。

一般人只知道在井冈山，在中央苏区，在湘鄂赣、鄂豫皖，在陕甘宁、川陕边等地有苏维埃红色政权，有革命根据地，却很少有人知道在遥远的雪山草地也曾建立苏维埃红色政权，创建革命根据地，曾经为中国革命的胜利，付出了巨大的牺牲，作出了重要的贡献。

红军长征途经雪山草地时，藏族人民为之做向导、当翻译、抬伤员、告敌情、筹粮草、备寒衣、牵军马、献牦牛、开山路、搭桥梁，组织运输队和担架队，救治伤病员，收容掉队和离散的红军战士，并帮助他们归队。主力红军离开雪山草地北上抗日之后，又保护、安置了大批伤病员和体弱生病不能跟大部队走的红军指战员，使他们没有遭受国民党反动派的杀害。西路军在马步芳统治地区全军覆灭的遭遇与红军在雪山草地得到保护的情况截然不同，成为鲜明对比。马步芳疯狂叫嚣："宁死一万人，不失一寸土"，追随蒋介石，坚决反共，不遗余力。而广大藏族僧俗群众则积极支援、救助和保护红军，很多红军战士在藏族地区生活了十多年，直到全国解放，雪山草地升起五星红旗，终于等到了自己的军队回来，共同迎接新中国的诞生。与此同时，有一万多名藏族和羌族及其他兄弟民族的优秀儿女参加红军，组建了三个有正式红军番号的藏民独立师，若干个藏民独立支队和骑兵连、骑兵大队。中国工农红军历史上第一个骑兵师是在藏族地区组建的。他们是红军战士与藏族人民的优秀儿女共同组成的一支革命武装，是中国共产党和毛泽东主席、周恩来副主席、朱德总司令领导的中国工农红军的一个组成部分。红军北上抗日，他们又告别家乡，随军北上，再走水草地，翻越大雪山，用鲜血和生命为中国革命的胜利建立了不朽功勋。

"强渡嘉陵江，迎接党中央"

当中央红军突破国民党军队的重重防线，进入四川时，为策应中央红军北上，红四方面军强渡嘉陵江，向西突进。

因距离近，最早到藏族地区、走进雪山草地的，是徐向前将军率领的红四方面军。

1931年11月7日，以鄂豫皖的红四军和刚成立的红二十五军及一些地方武装为基础，在湖北省红安县（原黄安县）的七里坪镇组建红四方面军。七里坪是红安县偏北的一个小镇，在这里打响了黄麻起义的第一枪。七里坪是鄂豫皖苏区的中心，当年被称为列宁市，红安几乎家家都有人参加红军。当地有首民谣唱道："小小黄安，人人好汉。锣鼓一响，四十八万。男将打仗，女将做饭。"仅红安就走出了董必武、李先念两位国家领导人和二百二十三位将军，成为著名的"将军县"；解放后的八大司令员中，有六名是鄂豫皖苏区的。我的母校、原西南民族学院副院长张天伟同志就是红安人，参加了黄麻起义。张老今年整整一百岁，自称"百岁老红军"，依然精神矍铄，身体硬朗。每当谈到黄麻起义的时候，总是神采飞扬，引以为骄傲和自豪，兴之所至，有时还会高歌一曲红军歌谣。黄麻起义到现在，已经八十二年，像张天伟这样的老红军，在全党、全军也为数不多，真是革命的宝贵财富。

1932 年 10 月，鄂豫皖苏区未能粉碎蒋介石的第四次"围剿"，被迫西征转战三千里，翻越大巴山，年底进军川北，开创了以通（江）南（江）巴（中）为中心的川陕革命根据地，成立了川陕省委及各级红色政权。他们宣传群众，发动群众，扩大红军，到 1935 年春，这块根据地达到它的鼎盛时期，面积达 4.2 万平方公里，人口逾 500万，形成包括 22 个县（市）的革命政权，红军发展到 5 个军 8 万余人，加上地方武装和干部，号称有十万之众，极大地威慑四川军阀的反动统治，有力配合了各根据地红军的反"围剿"斗争。毛主席曾高度评价川陕根据地的战略意义和作用，毛泽东指出："川陕苏区是中华苏维埃共和国的第二大区域，川陕苏区有地理上、资源上、战略上和社会条件上的许多优势，是扬子江南北两岸和中国南北两部间苏维埃革命发展的桥梁。"[1] 中共驻共产国际代表团也曾要求党中央速派一批得力干部，加强对陕南和陕北游击运动的领导，以便使川陕根据地有巩固的战略后方，直至与新疆打通联系，以苏联为依托和可靠后方，进而发展西南、西北的革命形势。可见，巩固和发展川陕根据地，乃是土地革命战争进程中党的重要战略目标之一。

徐向前在分析开始长征的过程时说：

"红四方面军的长征，是整个红军长征的重要组成部分。这支部队从撤离川陕革命根据地起，先后转战于川西平原、川西北、川西南、西康东部及甘南地区。广大指战员英勇奋战，流血牺牲，不畏艰难险阻，数翻雪山，三过草地，打破数十万敌军的围追堵截，有力策应了红一、二方面军的北上，为革命武装向大西北的战略转移作出了积极贡献。但是，由于张国焘的分裂主义和南下方针，也一度使这支英勇的红军队伍遭受过不应有的挫折和损失。红四方面军的长征历程，艰难、曲折、复杂，有丰富的经验教训可资借鉴。

"具有历史意义的长征，以主力红军在敌人重兵压迫下脱离原有根据地，流动转战，寻机建立新的革命根据地为主要特征。毫无疑义，这是党和红军在土地革命战争后期进行的一个战略大转移，或者叫战略总退却。这种战略退却的目的就是要赢得时

---

*1　毛泽东：《中华苏维埃共和国中央执行委员会与人民委员会对第二次全国苏维埃代表大会的报告》。

间，瓦解敌人，养精蓄锐，以便后来转为反攻。"[1]

那么，至1935年上半年，川陕根据地形成才两年多时间，红四方面军为什么会撤出那里，实行战略转移呢？

回答这个问题，必须从当时的形势和条件说起。因为一定历史时期、历史环境的形势和条件，是制定红军战略行动方针、任务的基本出发点。

红四方面军进军川北，立脚生根，基本原因之一就是利用了敌人营垒的矛盾和缺口。那时，四川军阀各领"防地"，混战不已，并且反对蒋介石的势力入川"剿赤"，从而给了红军以可乘之隙。但是，从1933年秋末起，这个条件便逐步发生了变化。四川军阀混战结束，形成以刘湘为头子的相对统一局面；红军经过反"三路围攻"和三次进攻战役，迅猛发展，直接危及各路军阀的生存。于是，为了他们共同的利益，联合起来，集中二十多万兵力，向川陕根据地发起六路围攻，持续时间达十个月之久。1934年8月，敌"六路围攻"被彻底粉碎后，四川军阀更是惶惶不可终日，只得向蒋介石告急求援，请其派兵入川，统一指挥"剿赤"事宜。

这对蒋介石来说，是求之不得的事。早就觊觎"天府之国"的蒋介石踌躇满志，亲自部署了针对红四方面军的"川陕会剿"计划，妄图将红四方面军扼杀在嘉陵江东岸，以便实现他谋划已久的"双管齐下""一箭双雕"意图。

1935年，粉碎敌人"六路围攻"后，已成燎原之势的川陕革命根据地成了蒋介石的心腹大患，他亲自坐镇西安，调集刘湘、胡宗南部共五十三个团的人马，加上川陕两省的军阀势力，在很短的时间内，国民党蒋介石在川陕根据地周围集结的兵力达二百个团以上，在北起广元朝天驿、南至南部新政约约六百里长的嘉陵江西岸广大地区，纵深直至涪江沿岸，层层设防，封锁船只，重兵把守，妄图把四方面军堵截在江东，东西堵截，南北夹击，一举消灭红四方面军于大巴山下。

蒋介石"围剿"红军的新战略是：并进合围，步步为营，全面封锁，持久作战。四方面军若要固守根据地，打破敌人的新"围剿"战略，就必须拥有足够支持持久战争的人力、物力、财力。然而，川陕根据地经过连年不断的战争消耗，已元气大损，疮痍满目；张国焘推行王明一套"左"的路线，搞"肃反"扩大会，杀害了一大批优秀的共产党员和红军战士，极大地削弱了红军的战斗力，更加剧了自己的困难。要粮没粮，要款没款，要兵源没兵源，真到了民穷财尽的程度。根据地到了这般地步，要再去支持一场类似反"六路围攻"那样的持久战，已是不可能了。

在这种情况下，四方面军总部在清江渡召开军事会议，史称"清江渡军事会议"，

---

[1]　徐向前：《红四方面军的英勇长征》，载《军史资料》1986年第5期。

讨论战略方针和任务。会议制定了依托老区、收缩战线、发展新区的"川陕甘计划"，拟集中主力，打击胡宗南部，夺取甘南的碧口及"文（县）、武（都）、成（县）、康（县）"地区，补充自己，冲破敌人的"川陕会剿"。接着，四方面军即发起广（元）昭（化）战役[*1]。但是，仗打得不理想，未能消灭胡宗南伸进四川的力量，只好另寻战机。那时，党中央率红一方面军已转移到川黔边，急需四方面军策应。

1935 年 1 月 22 日，遵义会议之后，中央电令四方面军全力西渡嘉陵江，挥师西进，策应北上，在广大无堡垒地带机动作战，策应红一方面军从泸州上游渡江入川。据此，四方面军重新调整部署，一面令部队迅速造船，一面以一部兵力出击陕南，调动沿江敌人，为强渡嘉陵江创造条件。

陕南战役[*2]，达到了调动沿江敌人的目的。但红一方面军土城一战受阻，决定改向川黔滇边转移。四方面军因受中央 1 月 22 日作战方针的牵动，在东线、南线敌人压迫下，已陆续放弃万源、通江、仪陇等县城，主力集中在嘉陵江东岸的苍溪、旺苍、南江、巴中间，如箭在弦，非进不可。四方面军总部决定，发起强渡嘉陵江战役。一是为了策应红一方面军北上；二是为了创造战机，夺取甘南，实现"川陕甘计划"。

嘉陵江西岸北起广元、南至南部沿江防线，由川敌邓锡侯、田颂尧两军扼守。而阆中、苍溪附近的沿江地段，敌守备力量薄弱，江面宽阔，水流较缓，便于红军偷渡、强渡。于是四方面军总部便决定，采取偷渡与强渡相结合、多路突击、重点突破的战法渡江；而后北卷西扫，摧毁敌人江防支撑点，乘胜进击甘南。

红四方面军在"强渡嘉陵江，迎接党中央"口号的激励下，迅速完成了渡江准备。但敌人为阻止四方面军西渡，江上船只全被敌人掠往西岸，并在沿江重要滩头修筑碉堡，布置障碍，妄图把红军堵在江东，包围消灭。

四方面军总指挥徐向前、副总指挥王树声、红三十三军军长王维舟等亲临前线，夜行晓宿，沿江跋涉四百多里，观察敌情，寻找渡口，设渡江指挥所于塔子山后的谭家大院。王维舟是川北根据地创始人之一，熟悉地理民情和敌我双方态势，所以徐向前特地带他来考察。最后，选定距苍溪县城东南三公里处的塔山湾渡口作为强渡地点。这里山势险峻，叶茂林深，既便于集结千军万马，隐蔽接敌，又可以居高临下，充分发挥我军火力优势。与此同时红军还克服重重困难，依靠地方党组织和苏区人民群众

---

*1 广（元）昭（化）战役，指 1935 年 1 月 22 日，红四方面军以主力一部，向进驻广元、昭化的胡宗南部发起进攻，准备得手后即下甘南的战略要地碧口，依托老区，向甘南发展。因胡部顽强据守，火力又强，红军未能攻克广元、昭化，仅消灭胡部千余人，月底才结束此战役。

*2 陕南战役，1935 年 2 月初，红四方面军集中 12 个团北出陕南，先后攻占宁强、勉县和阳平关重镇，歼国民党军 4000 余人，缴枪 5000 余支，达到了调动嘉陵江东岸国民党军北上的目的。

的智慧和力量，短短一个月之内，在王渡镇秘密赶造出七十五只木船和三座浮桥的材料，并于渡江前夕，翻越四十里山路，肩抬背扛，陆地行舟，将木船全部运抵塔山湾。同时还在苍溪王渡镇东河里完成了划船、泅水等渡江作战训练。

1935年3月28日夜，四方面军总部下达了"急袭渡江"的战斗命令。28日晚9时许，位于苍溪以南塔子山附近的中纵队红三十军，首先开始强渡。满载着渡江突击队的几十只战船如离弦之箭，悄无声息地进入了江中，借着夜幕和江涛声的掩护，偷袭一举成功，神勇的红军健儿直到连续摸掉敌人三道岗哨，攻至敌守军营部时，敌人才发觉并开枪扫射，进行抵抗。转瞬间偷袭变为强攻。红军在塔子山上的二十门迫击炮和几十挺机枪一齐怒吼，在强大的火力掩护下，突击部队舍生忘死，向西岸敌人阵地冲去。当晚，连克蚕丝观、赵家山、杨家坝（敌旅部）据点，歼灭守敌三个连，大江西岸方圆十余里，完全落入红军掌控之中。红军随即向纵深发展。

3月29日拂晓，第二梯队红四军渡江，投入战斗。红军陆续渡江，扩大战果。

与此同时，南北两翼的红三十一军一部在鸳溪口强渡成功，从右侧向北进击；红九军主力在苍、阆交界处的涧溪口强渡成功，沿八庙、盘龙、东岳庙向剑阁方向进击。三路劲旅汇成滚滚铁流，乘胜向纵深发展，势不可当。

到3月29日中午，红四方面军大部队架浮桥过江，迅速向敌阵地两翼席卷。至此，国民党军阀惨淡经营三个多月的六百里江防，一夜之间被我英勇的红军彻底冲垮，土崩瓦解！

红军渡江后，兵分两路，一路由阆中直逼南部，一路由徐向前亲自率领直逼剑阁、广元、昭化、剑门关，各路红军如猛虎扑羊，横扫沿江敌人，红军连战连捷，势如破竹，一天就向纵深挺进七十里。

渡江作战的第二阶段是向西进击，摧毁敌人的纵深防御，解除红军夺取甘南的后顾之忧。四方面军以一部兵力居右，遏阻胡宗南部南下；一部兵力居左，监视田颂尧部北进；而以主力径取梓潼、江油、中坝，打击邓锡侯部。邓锡侯为解江油之围，亲率十八个团从绵阳北进，被红军在江油附近打援，歼灭四个团，余敌溃逃而去。红军乘胜进占中坝、彰明、北川。这时，四方面军总部想集中兵力，北进迂回碧口，进取文、武、成、康地区。徐向前给张国焘发报，左催右催，但他就是不表态。那时，他已决定放弃川陕根据地，正和陈昌浩忙于指挥大搬家，部队只好就地发动群众，待命行动。强渡嘉陵江战役，遂于4月21日结束。

这次战役从3月28日至4月21日，历时二十四天。四方面军跨江而进，横扫直荡，先后攻克阆中、南部、剑阁、昭化、梓潼、青川、平武、彰明、北川等九座城镇，歼敌十二个团，共一万余人，控制了东起嘉陵江、西至涪江之间二三百平方公里的广大地区。因张国焘迟疑不决，致使北进甘南的战机丧失，"川陕甘"计划未能实现。

平武县白马镇是藏族聚居的地方，有人将他们称为"白马藏族"。相传是格萨尔王时代霍尔白帐王的后代。红军到平武，也就是第一次来到藏族地区。但红军只是路过，没有停留，径直向西挺进。

强渡嘉陵江战役，是红军史上对敌正面作战投入兵力最多、历时最长、规模最大的一次大江大河作战。它的胜利，使红四方面军士气空前高涨，国民党军阀心惊胆战，实现了"强渡嘉陵江，迎接党中央"的战略目标，为中央红军入川创造了极为有利的条件。

徐向前在回忆当时的情况时说：

"1935年5月初，党中央率红一方面军渡过金沙江，继续北上，准备在川西北建立根据地。西进川西北，接应中央红军，遂成为红四方面军的主要行动方针。

"蒋介石为防止我一、四方面军'合股川西'，以便各个击破，调动刘湘、邓锡侯、孙震、胡宗南等部，四面围堵，企图将我军主力聚歼于江油、中坝地区。5月上旬，我军先后撤出彰明、中坝、青川、平武等地，向岷江地区西进。沿途经激烈战斗，突破邓锡侯在土门、北川河谷设置的数道防线，中旬进占茂县。继以一部沿岷江南下，控制了文镇关、雁门关、威州等要点，攻克理县，逼近汶川。另一部沿岷江北上，进据松潘以南的镇江关及平武以南的片口等地。这一带为汉、藏、羌、回等民族杂居区域，高山连绵，人口稀少，粮食产量甚低，交通运输不便，绝非大军久驻之地。

"两军会师，指日可待。我们一面指挥前线部队，遏阻川敌和胡宗南部的进攻；一面分兵发动群众，筹集粮食、被服、牛羊、盐巴、茶叶、羊毛等，在全军开展制作和捐献慰问品的活动，准备迎接红一方面军。从军队到地方，从总部到连队，一派紧张而热烈的景象。5月下旬，我们派三十军政委李先念率领该军第88师和九军25师、27师各一部，翻山越岭，西进小金川地区，消灭守敌邓锡侯一部，迎接中央红军。"[1]

从徐向前的文章，我们可以清楚地看到：四方面军的战略目标一开始就指向"小金川地区"即嘉绒藏族地区。

4月下旬，蒋介石为了防止红军在嘉陵江与沛江之间建立根据地，严令刘湘组织十多个旅的兵力，分左右两路由罗江、绵阳等地向北进攻；胡宗南所部由碧口、文县地区向南进攻；以邓锡侯、唐式遵各一部守备昭化至阆中沿江一线，防止红军东返；以李家钰部防守阆中及其以西地区，阻止红军南下，企图南北夹攻围歼红四方面军主力于江油、中坝地区。

---

[1] 徐向前：《红四方面军的英勇长征》，原载《军史资料》1986年第5期。

红四方面军根据当时的敌情，决定甩开敌人，继续西进岷江地区，占领松潘、理番、茂县等国民党势力相对薄弱的藏族地区，以摆脱被动局面，并策应中央红军，争取早日实现两个方面军的会合。

5月初，四方面军五个军十一个师三十三个团，以及党政机关、学校、工厂等共八万多人，先后撤出彰明、中坝、青川、平武等地，分数路向岷江地区西进。

红四方面军的长征由此开始了。

强渡嘉陵江，是红四方面军战史上重要的一笔，毫无疑问也是红四方面军万里长征的开始。传统的观点认为，中央开始长征不久，就有要求红四方面军配合行动的电文，红四方面军强渡嘉陵江是为了配合准备北上的中央红军而采取的重大军事行动。从战局发展来看，四方面军西渡嘉陵江后，的确与北上的中央红军形成了互为犄角之势，后来两大红军又成功会师。但是通过分析中央和红四方面军之间来往的电文，通过分析红四方面军强渡嘉陵江前后一系列重大行动，可以这样认为，强渡嘉陵江，还有其他方面的原因，是红四方面军一次有计划、有目的的战略行动。

红四方面军撤出川陕根据地，跟红一方面军撤出中央根据地的一个很大不同点在于，红一方面军是在第五次反"围剿"失败后被迫撤出中央根据地开始长征的，而红四方面军是在反六路围攻取得胜利后主动撤出川陕根据地开始长征的。那么红四方面军撤出还有更深层的原因，是什么？

1932年10月，红四方面军主力撤离鄂豫皖革命根据地到达陕南。当时适逢四川军阀混战，川北敌人守备空虚，红四方面军遂在陕南和川北党组织的配合下，乘机入川。1933年元旦前后迅速解放了地处大巴山、米仓山南麓的通江、南江、巴中，这里山川纵横，险峰林立，只有崎岖的小路蜿蜒穿行于茂密的原始森林之中。这里人烟稀少，封闭落后，与四川盆地的富饶形成强烈的反差。但是这里与井冈山、大别山有相似之处：地处偏远，军阀的统治比较薄弱；山高路险，易守难攻，适合红军的休养生息；经济落后，人民贫苦，适宜发动群众闹革命，建立根据地。红四方面军从鄂豫皖西行千里，能在这里落脚生根，与上述条件有直接关系。

红四方面军初到通南巴，把根据地由三个县发展到八个县，活动范围扩大到二十二个县，红军发展到八万多人。川陕根据地全盛时发展到东起城口，西抵嘉陵江，南到营山、渠县，北至陕南的镇巴、西乡、宁强的广大地区。

1933年10月，四川军阀首领刘湘纠集各路军阀势力，组织一百二十个团，二十多万兵力，对川陕苏区发动六路围攻。这场较量长达十个月，是红四方面军入川以来规模最大、最残酷的战役。川陕根据地的反六路围攻，固然以红军的胜利和刘湘的失败而告终，但此时的川陕根据地已经到了民穷财尽的地步。根据地的惨状是惊人的，有的村庄，大人小孩都死完了，无人收拾尸体。死尸发臭，老百姓中了毒，得了瘟疫，三十里以内的老百姓都得瘟疫死掉了。川陕根据地的深山老林，在军事上适合红军据险而守，可一旦受到经济封锁，就显现出脆弱的一面。徐向前回忆当时的情形说："十个月的反六路围攻，固然以我军的胜利和敌人的失败而告终，但川陕根据地的元气，却受到了严重损伤。我们的面前，废墟一片，困难重重。战争结束后，我从前线回到后方。沿途所见，皆为战争破坏带来的灾难景象。良田久荒，十室半毁，新冢满目，哀鸿遍野。令人惊心惨目！红军士兵的来源到了山穷水尽的地步。物资短缺，补给困难。南江和通江的盐井，被敌破坏殆尽，短期难以恢复。敌人的经济封锁日甚一日。根据地急需的食盐、粮食、衣被、药物等无法解决。随着饥饿现象的日趋严重，伤寒、痢疾等传染病猖狂蔓延，夺去了不少人的生命。根据地的秩序大不如前，逃难的、抢东西的、当土匪的屡有发生。"[1]

可以说，红四方面军这样一支大军想再坚持下去几乎是不可能的了。战争不仅是战场上的军事斗争，而且要有雄厚的人力财力做后盾。

这就是说，四方面军在原来的川陕根据地难以坚持下去，更没有可能和条件到人口稠密、物产丰富、被称作"天府之国"的川西平原和大、中城市落脚，不得不到国民党反动派统治力量相对薄弱的偏僻的雪山草地来寻求发展，休养生息。

在雪山草地建党建政

1935 年 5 月中旬，红九军、红三十军经北川攻占墩上、土门，沿途击溃敌人五个团的阻击，占领茂县、威州、理番；红四军和三十一军占领了松潘、平武以南的镇江关、片口等地。红军横扫川军，浩浩荡荡来到了雪山草地，控制了以茂县、理番为中心的广大藏族地区，为两大红军的会合创造了良好的条件。

从我们现在所能看到的资料来看，红军最早到藏族地区，是在 1935 年 5 月 22 日。这一天，红四方面军九军的一部于 5 月 22 日从茂县附近循四方面军总部工兵架设的竹索桥西渡岷江，分别向理番、黑水前进。30 日，进占理番县城薛城。6 月 3 日，先头部队进抵理番通往懋功的要地猛固。

见证这一伟大历史事件的首先当然是当地的藏族、羌族和汉族同胞。至今健在的理番县人胡宗林、原西南民族学院总务长黄德璋、总务处长袁孝刚等藏族老红军亲身见证了这一伟大的历史事件，他们不久参加红军，并直接参加了具有伟大历史意义的

---

[1] 徐向前：《红四方面军的英勇长征》，原载《军史资料》1986 年第 5 期。

达维会师！此外，还有"百岁老红军"张天伟也是如此。

1935 年 5 月 26 日左右，徐向前率领红四方面军总部来到理番县扎谷垴镇。理番县属于嘉绒藏区，"扎谷垴"即扎西岭，因方言的差异，出现了不同的译音。当时，以周纯全为书记的川陕省委也同时到达扎谷垴。张国焘带领党政机关在茂县。在短短几天里，大约有十万红军和地方工作人员以及民工挑夫，到了茂县、威州、理番、松潘、平武等藏族地区。这是一次空前未有的壮举，在雪山草地的历史上，从未有过。

也就是说，中国工农红军大部队数万人在 1935 年 5 月 22 日至 26 日左右来到藏族地区，徐向前率领的四方面军总部设在理番县。张国焘一到茂县，就将原国民党县政府作为军政委员会总部，并立即召开高级干部会议，宣布成立中共西北特委，自任书记。从徐向前的回忆录看，这样重大的事情，事先竟然没有同作为总指挥的徐向前商量。

在当时那样一种革命战争环境里，形势发展很快，革命热情高涨，工作效率极高，在短短十几天甚至几天里就轰轰烈烈地宣传群众、发动群众、组织群众，开展建党、建政、"扩红"、打土豪、分田地、筹集军粮和军需物品等一系列工作。热情之高，速度之快，效率之高，是现在和平年代的人难以理解、难以想象的，更是无法办到、无法企及的。红军很快在这一地区建立了苏维埃政权、党的组织、农会，还有赤卫队、妇女会、儿童团等各种群众组织。

在这种群众组织的基础上，1935 年 5 月 30 日，在张国焘主持下，召开了茂县第一次工农兵代表大会，通过《茂县第一次工农兵代表大会决议》，并宣布成立茂县苏维埃政府，同时建立了中共茂县委员会。这是红军到藏族地区后，建立的第一个县级苏维埃政府和县委组织。这之后，威州、理番、松潘、平武、大金等地也建立了县委和县苏维埃政权。接着又建立乡、镇各级基层苏维埃政权机构。

就在这次大会上，张国焘宣布成立中华苏维埃共和国西北联邦政府，原计划调周纯全任西北联邦政府主席，但很多人认为周纯全声望不够，不能服众，经过讨论，最后还是决定由张国焘担任主席。成立以张国焘为主席，熊国炳、刘伯承为副主席的中华苏维埃共和国西北联邦政府，产生了由张国焘、熊国炳、周纯全、徐向前、王树声、陈昌浩、曾传六、谢富志、苟先良、刘瑞龙、李维海、余洪远、祝义亭、马维钧、叶德贵、罗大洲、傅钟、黄超、罗南辉、王维舟、徐士奎、何柱成、李中权、张琴秋、吴永康、李特、何畏、李先念、詹才芳、王建安、余天云、孙玉清、王宏坤、余岱生、周于富、白文龙、高作凤、萧成英、沈修义、黄心正、周先坦、郑义斋、倪志亮、吴玉章、刘志丹、徐海东、孟光远、刘伯承、谢得成等四十九人组成的联邦政府执行委员会。与会者还决定尽快拟定有关布告和成立宣言，以便公开宣传西北联邦政府的成立。5月30日，张国焘以主席名义在茂县发布《中华苏维埃共和国西北联邦政府成立宣言》，正式宣告了西北联邦政府的产生。宣言里说："中华苏维埃共和国西北联邦政府的成立，树立了西北革命斗争的中心，统一了西北各民族解放斗争的领导，从此南取成都、重庆，北定陕、甘，西通青、新，进一步与中央红军西征大军打成一片。"

张国焘按照川陕苏维埃政府的模式，在西北联邦政府中设置了几个部门、法院和基层区、乡人民革命政府，搞得麻雀虽小，五脏俱全，仿佛要在这个少数民族地区扎根创建根据地。张国焘把声势造得很大，在《中华苏维埃共和国西北联邦政府布告》第一号中声称："本政府自成立日起，坚决率领红四方面军三十万健儿，陕北红二十六军，陕南红二十五军，川南红九十三军，并团结领导西北一万万五千万民众配合中央红军六十万西征大军，以钢铁力量贯彻下列主张。"这显然把刘志丹、徐海东等陕北红军也纳入他的势力范围。在《西北特区委员会庆祝西北联邦政府成立祝辞》中说："这一旗帜的树起，统一了西北各民族解放战争的领导，奠定了中国革命西北后方的大本营，西可收复西藏、西康；北可抵至新疆、青海；南可进取云南、贵州，以与陕甘川黔苏区打成一片。围绕这一旗帜的周围，有中央六十万西征大军，有陕南红二十五军，陕北红二十六军，有萧、贺红二、六军团，有古宋、叙永的川南红九十三军，有无数的陕甘回民暴动，有邛大赤区，有安绵的农民斗争，有广安革命兵变区域，有黑水、芦花、理番的番民暴动。"这里的"番民"，指的就是藏民。[1]

6月1日，张国焘、徐向前决定派红三十军政委李先念率88师前往懋功方向接应中央红军。

6月2日，张国焘、徐向前、陈昌浩联名致电中共中央，说："我们已派一小部队向西南进占懋功，与你们取得联络。"

与此同时，红九军一部从米亚罗经红桥镇，翻越红桥山，下红桥沟，进入懋功县境，在阎王桥一带同当地民团的两个连交火，将其击溃，继续向懋功进击。6月8日，红九军一部首先占领懋功，歼灭四川军阀邓锡侯部两个营及地方反动武装近千人，并占领懋功县城以南的达维镇。为与中央红军会师，奠定了良好基础。

红军到大小金川的情况，吴启权著的《长征在川大事记要》里有这样的记载：

"1935年6月8日，红四方面军九军一部于是日晨占领懋功（今小金）县城，歼灭'懋（功）、抚（边）、绥（靖）、崇（化）剿匪军团联合办事处'组织的'屯殖军'残部、县'保卫团'及部分区团武装近千人。红74团于是日晚乘胜占领懋功以东九十

---

*1 《第四方面军战史资料选编——长征时期》，解放军出版社1992年版，第28～31页。

里之要镇达维，并向日隆关东面地区警戒，以阻击灌县方面之敌。"[1]

同一天，中共中央、中革军委下达指示："今后我军战略任务是以主力乘虚迅取懋功、理番，以支队掠邛崃山东迷惑敌人，然后归入主力，达到与四方面军会合，开展新局面之目的……我军基本任务是用一切努力，不顾一切困难，取得与四方面军直接会合，如再遇特殊情况，使我们暂时无法进达岷江上游时，则以大小金川流域为临时立足之地，争取以后与四方面军直接会合。"是日夜，红一军团第1团占领芦山。[2]

实际上，四方面军这时已经占领懋功、理番等地，中央尚不知道。但是，这个指示电提出："我军基本任务是用一切努力，不顾一切困难，取得与四方面军直接会合，如再遇特殊情况，使我们暂时无法进达岷江上游时，则以大小金川流域为临时立足之地，争取以后与四方面军直接会合。"这一点非常重要。第一，强调指出"用一切努力，不顾一切困难，取得与四方面军直接会合"；第二，"如再遇特殊情况，使我们暂时无法进达岷江上游时，则以大小金川流域为临时立足之地，争取以后与四方面军直接会合"。

这种提法，与中央提出的"赤化全川"的方针相一致。

"大小金川流域"都是藏族地区，即现在的四川省阿坝藏族自治州境内。就是说，中央已把目光投向藏族地区，凸显了雪山草地的战略地位。

正是出于这样的战略考虑，红军在进入雪山草地后，便开始大规模的"扩红"活动，动员藏族、羌族和当地的汉族青年参加红军。

"红军是穷苦人的朋友！"

2005年夏天，在纪念红军长征胜利七十周年的时候，第一批参加红军、如今还健在的藏族老红军胡宗林（藏名仁钦索朗）在成都西藏自治区干休所，满怀深情地回忆了红军来到雪山草地以及自己参加红军的过程。

2011年3月4日，在纪念建党九十周年、西藏和平解放六十周年前夕，笔者再次拜访了这位老红军，请他讲述那难以忘怀的革命经历。胡老说：

我是四川阿坝藏族羌族自治州理县人。1920年出生，属猴。到我十五岁那年，即1935年，我的命运发生了根本性的改变。1935年夏天，红军长征来到雪山草地，来到

---

[1] 吴启权：《长征在川大事记要》，四川人民出版社1995年11月版，第79页。

[2] 吴启权：《长征在川大事记要》，四川人民出版社1995年11月版，第79～80页。

我的家乡，从此改变了我个人的命运，同时也改变了我们藏民族发展的历史进程。

同志们知道，在共产党、毛主席领导下，中国工农红军所进行的长征，是一场前无古人、也很可能是后无来者、惊天地泣鬼神、具有伟大历史意义的重大事件；而在整个长征过程中，爬雪山、过草地，又是最艰苦、最困难的路程。因此，人们常常用'雪山草地'来形容长征的艰难困苦。这里所说的雪山，主要指的是夹金山，还有党岭山和折多山等海拔四千米以上的大雪山；过的草地，是若尔盖草原，也就是川西大草原。

雪山草地都在我的故乡，即现在的阿坝藏族羌族自治州境内。你们年轻人没有经历过长征，但看过电影、电视剧，听过萧华同志创作的《长征组歌》吧？红军不怕艰难险阻，以坚定的革命信念，顽强的革命意志，忍饥抗寒，相互搀扶，顶着狂风暴雪，一步一步地翻越雪山的情景，给人留下深刻印象。大家也看到这样的画面：有的战士被狂风吹下山去，有的不慎跌进深渊。电影、电视剧里表现的只是很小的一部分，实际上要艰难得多；在雪山草地牺牲的同志，也比画面上表现的要多得多。为了中国革命的胜利，为了我国各族人民的翻身解放，为了新中国的诞生，有很多战友献出了宝贵生命，长眠在雪山草地。

《长征组歌》是我最爱听的革命歌曲之一。每当听到"过雪山草地"一节，我更动感情，因为这是写我们自己亲身经历的事，感同身受，刻骨铭心，终生难忘，让我心潮激荡，热血沸腾，感慨万千，浮想联翩。

说到这里，这位年过九旬的老红军，满怀激情地引吭高歌：

> 雪皑皑，野茫茫。高原寒，炊断粮。
> 红军都是钢铁汉，千锤百炼不怕难。
> 雪山低头迎远客，草毯泥毡扎营盘。
> 风雨侵衣骨更硬，野菜充饥志愈坚。
> 官兵一致同甘苦，革命理想高于天。

胡老说：萧华同志是参加过长征的老红军，他有亲身经历，所以写得真实生动。你们听，歌词里说得多好啊！"雪皑皑，野茫茫。高原寒，炊断粮。红军都是钢铁汉，千锤百炼不怕难。"

胡宗林说："我的长征故事，就从过雪山草地讲起。"

胡老怀着沉重的心情，回忆起他童年苦难的生活，他说：

从前，我们这里属部落社会性质，由土司统治。清乾隆十七年（1752），清军剿灭杂谷土司苍旺，改土归流，置理番直隶厅，取"治理番民"之意。民国初期，改厅州为"理番县"，"理番"，就是"治理番人"。"番人"，亦称"番民"，指没有开化的少数民族，在当时，主要指藏族，还有羌族和其他少数民族同胞，有民族歧视的因素，不利于民族团结。解放后，根据党的民族平等、民族团结的政策，经政务院批准，改为理县。一字之改，意义重大，充分体现了共产党、毛主席以民族平等、民族团结为核心内容的民族政策，体现了党和国家对包括藏族在内的我国各族人民的尊重和亲切关怀。

我的父亲是一位普普通通的藏族农民，他一辈子受苦受穷，去世得早，我没有见过我的生身父亲。后来母亲改嫁了，继父是汉人，叫胡德昌。所以我从小就既懂藏话，也懂汉话，不像当地纯藏族那样，我不怕汉人。我们家很穷，母亲又生了一个小妹妹，一家四口，生活更困难。爸爸妈妈就把我送给一家头人当娃子，从小就受了很多苦。可以说，我的童年是在受苦受难、挨饿挨冻的日子中度过的，是在主人家的打骂声中长大的。

1935 年的四五月份，说是红军要到我们藏区，谣言四起，闹得人心惶惶。有人说，"红军杀人如割草""红军要把蛮子杀光""红军不信佛，要灭族灭教""红军长着獠牙，专吃娃娃，尤其喜欢吃胖娃娃"，等等，说得非常吓人。

谣言归谣言，挡不住红军到雪山草地。很快听说红军到了松州、茂州、威州和理番。松州，就是现在的松潘；茂州是现在的茂县；威州是现在的汶川县；理番就是我的故乡理县。

大概是这一年的 5 月份，红军真的到了我们家乡。先是到了县城，后来才知道，红四方面军九军的一部于 5 月 22 日从茂县附近循四方面军总部工兵架设的竹索桥西渡岷江，分别向理番、黑水前进。30 日，进占理番县城薛城。31 日，占领扎谷垴。6 月 3 日，先头部队进抵理番通往懋功的要地猛固。这一下，有钱的、当官的都害怕了。我们的主人家也带着金银财宝和细软跑了，我们这些用人也没有人管，我就跑回家了。妈妈和继父也很害怕，问我见到红军没有，主人家到哪里去了。没几天，当官的、有钱的，差不多都跑光了。我们也跟着跑到山里去了。

几天后，红军从理番县城到寨子里，有支部队到了我们九子屯。我们在山里躲了一两天，见红军越来越多，看那样子，红军一时半会儿也走不了，大人们觉得，老躲在山里也不是个办法，就商量着说，应该到寨子里去看看。

这时，有从外地回家的，也有路过的人，大家纷纷向他们询问有关红军的事，说好话、说坏话的都有。有人说："红军对穷人好，他们不打骂老百姓，更不杀人。"就是说红军不好的人，也说红军不随便杀人，更不吃人。胆子大一点、好奇心强一点的人说："我们到寨子里去看看，红军究竟是一个什么样的军队。"大人不敢去，让几个孩子先去看看。一共找了六个人，都是穷人的孩子，让我们先到二瓦寨去看看。我在外地当了几年用人，继父是汉人，所以懂一点汉话，胆子也比较大，就跟着几个孩子去了。当时有人传说："红军喜欢吃娃娃，而且先吃胖娃娃。"大家还是很害怕，让瘦子走在前面，胖子在后面。那时我天天半饱半饿，还要干很多活，营养不足，可是不知为什么，我长得还是比较胖，用现在的话说，是个"小胖墩"，在六个人里面，我最胖。我怕红军吃我，所以走在最后面。按照大人的吩咐，我们连夜往寨子里赶。

我们还没有进寨子，快到寨子外面的龙王庙时，突然听到树上有个声音，大声对我们喊话："站住！不许往前走。"我们心想：怎么树上有这么大的声音？是人，还是鬼？我们几个孩子都很害怕，扭头就往回跑。

树上的声音又对我们喊："站住！不要害怕，不要跑。"说着，有人从树上跳下来，手里还拿着一支枪，原来是个当兵的。我们认定他就是红军。他穿一身灰色军装，帽子上还有一个红五星，过去我们从来没有见过这种穿戴的军人。

这时，从龙王庙里走出一个人，身上也挎着枪，对我们说："不要怕，进屋来坐。"见我们不回话，仍然有点害怕的样子，又问我们："你们是不是穷人的娃娃？"我们回答说："是。"那个人又问："有没有富人的娃娃？"我们说："没有，一个也没有。"

停了一会儿，那人又问："你们后面有没有带枪的人？"我们回答说："没有。"

"寨子里有没有带枪的人？"

"没有。"

"山上有没有带枪的人？"那个军人又问。

"有。"我们回答说。

这些话好像引起红军的警觉，立即问："有多少人？"

我们几个人七嘴八舌地回答说："不多，都是寨子里的人，拿的是自己的枪。"得知山上没有军队，红军好像放心了。

这时，天已大亮，那个人的态度立即变得很友好，很和蔼，亲切地说："快进屋去，烤烤火，走了一夜，多冷啊！"我们感到很亲切，很温暖，但还是有点害怕，不敢进去，也没有要跑的想法，因为我们的任务是要看看红军究竟是什么样的部队，乡亲们还等着我们回话。

正在我们要进又不敢进、犹豫不决的时候，从里面出来一个大一点的孩子，劝我们进屋坐一坐。仔细一看，我还认得这个人，他是龙王庙旁边砖瓦场一个泥瓦匠的孩子，汉人，大家都叫他"林秃子"，据说小时候头上长过疮，疮好后，留下疤痕，不长头发。

他对我们说："红军是好人，不像官府和有钱人说的那样坏，红军更不吃人，不吃娃娃。"他还说："红军可喜欢小孩啦，还给我们白米饭吃。"

对林秃子的话，我们半信半疑，我们担心他是在红军的逼迫下，故意说一些好听的话来骗我们。

这时，又从庙子里走出几个人来，也是和颜悦色的，对我们很友好，与过去听说的完全不一样，与国民党军队和当地土司家的士兵也不一样。

一个军官模样的人关切地对我们说："听说你们走了一夜，恐怕是又冷又饿，快进屋烤烤火，吃点饭。"

林秃子也劝我们不要怕，快进屋去。我这个人，年纪不大，可是胆子比较大，加上认识林秃子，心想，他不会骗我们，就对小伙伴们说："进屋去，能烤火，又给饭吃，还站着干什么？进去吧！"大家觉得我说得有道理，走了一夜，真是又冷又饿。

我们一面烤火，一面聊天，林秃子对我们说："我们也不能白吃人家的饭。红军需要柴火，我就是上山打柴时，遇到他们的，我把柴火给他们，他们给我大米饭吃。"

我问他，我们应该怎么办？他说，我们先不忙着吃饭，红军人多，需要柴火，我们每人先去打一捆柴。大家说："好！"就跟着他去打柴。

我们都是穷人的孩子，上山打柴是一件很容易的事，很快每人背一捆柴来了。红军很高兴，要给我们钱，我们说："不要钱，这柴火是公家的。"

红军感到很奇怪，怎么会是"公家的"？

林秃子说："我们图省事，没有上山，是从砖瓦场拿来的。"

"砖瓦场的东西能随便拿？那是谁家的？"

"是官府办的。"

红军笑了笑说："那不收钱就算了，我们吃饭吧！"

我们正说着，有几个红军端着香喷喷的大米饭给我们吃，还劝我们不要客气，要吃饱。我们这些穷孩子，见了香喷喷的大米饭，哪能客气什么，美美地吃了一顿。

我平生第一次吃那么香的大米饭，而且吃得很饱很饱。红军通过那个瓦匠的孩子，夹带着藏话和汉话，还打着手势对我们说：红军与国民党的军队不同，不打人骂人，更不抢老百姓的东西。我们是穷人的队伍，是藏族同胞、羌族同胞和各兄弟民族同胞的朋友。

这些话我听得很新鲜：我们这些穷人的孩子，还能做红军的"朋友"？我一面吃饭，一面暗自想着这句话。

后来我才发现，红军做了两种饭，一种是大米饭，一种是包谷饭，给我们吃大米饭，红军自己吃包谷饭。这件事，使我很感动。

那一天，红军给我们讲了很多道理，我年纪小，汉话懂得也不多，很多道理我听不明白。但我认准了一点，红军对我们穷人好，给我们大米饭吃；对我们藏族好，不骂我们是"蛮子""野人"，称我们是"同胞"，还要和我们做"朋友"。

后来红军进寨子找老乡，交朋友，大人不敢出来，就先和我们这些孩子交朋友，还要我们去劝上了山的人回来，照看好自己的家畜家禽，种好庄稼，不要让地里的庄稼荒废了，要不秋天没有收成，一年都得饿肚子。红军同我们小孩说话，后面有大人看着，听着，大家觉得他们讲得合情合理，说到我们穷人的心里去了，逐渐消除了对红军的恐惧心理，慢慢地回到寨子里了。

我的妈妈带着妹妹也回家了。

红军就把大家请到龙王庙"摆龙门阵"，后来回想，就是开"群众大会"。到会的有百十来人，主要是老人、小孩和妇女，青壮年不多，大部分还在山里，他们还有些害怕，还在观望。红军同志给大家讲了共产党、红军的政策。一听到"共产党"三个字，大家又害怕了，因为这之前，国民党和土司头人造了很多谣言，说了共产党的许多坏话。红军就耐心地给我们讲共产党、红军的阶级政策和民族政策，让我们不要听信国民党反动派和官府的谣言，也不要听信土司头人的谣言，说共产党、红军是为天下穷人谋幸福、求解放的，要让穷人们都能过上好日子。

那时我也不懂什么是"幸福"，什么是"解放"，总的感觉是共产党、红军对我们穷人好，给我们大米饭吃，自己吃包米饭，还要帮助我们穷人过好日子。心想，他们都是一些好人。

几天后，来了三位红军，都佩带手枪，很威武，说是来接替先来的那些红军，他们要继续往前走，那三位红军管理我们九子屯的事，一位负责人姓杨，大家叫他"杨队长"。后来才知道，那三位红军是红三十一军政治部派到我们九子屯的工作队。这是我第一次听到"工作队"这个新名词；他们也是我遇到的第一个工作队，对引导我走上革命道路，产生了重要影响。

三位干部要大家都帮助做宣传解释工作，动员到山里的人回家。我们那里有位石匠，姓朱，汉族，大家都称他"朱石匠"或"朱师傅"，他孤身一人，没有家室。朱石匠为人仗义，办事公道，乐于助人，在各族群众中较有威望。红军就让他到山里去动员老乡们回来。果然有效，几天后，大部分人都回来了，国民党反动派和土司头人造的各种谣言不攻自破。

有一天晚上开大会，那三位干部对大家说，明天县衙门要开大会，大家都可以去参加。我一听，既兴奋又惊讶，我知道县衙门，那不是什么人想去都可以去的地方。

衙门分大堂、二堂、三堂，大堂是审老百姓的地方，二堂专审官员，三堂是审女犯的地方。老百姓交公粮，给县老爷送礼品，也要到大堂，二堂和三堂，一般人是不能进的。现在红军说，我们老百姓空着手，也能到县衙门去开大会。我当然要去。

这天晚上的大会，与我还有一点关系，可以说在我的人生道路上，是一个新的起点。

杨队长站在场子中央，对大家说：根据上级指示，我们二瓦寨要选五个代表，参加工作队。为什么要选五个？他解释说：一个工人代表，一个农民代表，一个识字的，有文化的代表，要能够写写算算。用现在的话说，就是知识分子。一个妇女代表，一个少年儿童代表。大家不知道什么叫"少年儿童"，杨队长解释说，就是"娃娃们的代表"，大家一听，哈哈大笑："娃娃们还要代表？真是新鲜事！"

在工作队指导下，大家七嘴八舌地议论了一会儿，开始选举。第一个选工人代表，我们那里没有工厂，没有现代工人，就是普通的工匠也很少。一提到"工人"，大家都想到"朱石匠""朱师傅"，一致选他，没有什么争议。

农民代表选谁？一位干部说，要选真正靠种田过日子的贫苦农民。大家想到二瓦寨的朱昆清，是一个羌族。他为地主种田，辛辛苦苦、累死累活干一年，秋后交完租子，连口粮都不够，还要到外地打短工挣钱，养家糊口，是一个真正的贫苦农民。经过一番议论，大家同意选朱昆清。

第三个要选识字的人。大家说，识字的人都在衙门办事，我们这个地方的人穷，没有人能够上学念书，哪里去找识字的人？那几位干部启发大家：你们好好想想，有没有秀才和学生，这么大个寨子，总会有几个识字的，乡亲们写个信，算个账，总得有人帮忙！这一提示，大家想起一个人来，说：有一位叫张二先生的，是羌族，别的寨子的人，也是个穷苦人家，现在就住在我们二瓦寨，他是个热心人，经常帮我们藏民写个信，算个账，这几天就在帮助红军写传单和标语口号。

三位干部一听，非常高兴，说：现在就把他请来。刚才你们选的代表，都是我们在记录，我们记的不算数，要你们自己登记上报。

这样，就把张二先生请来记录，他就当选为"识字人"的代表。

时间长了，我记不清张二先生叫什么名字。后来他也当了红军，听说成为一位很优秀的干部，在战争年代牺牲了。解放后，我还在县的历史材料里，看到过他的名字。

接着选妇女代表。有人提议选杨二姐。她是个藏族，在守备府当女奴。为什么叫"女奴"？她是猛洞沟的人，杨家用二百元钱把她买来做家奴，连名字也改了，不许用藏名。家奴没有人身自由，比我们还苦，我们虽然也很穷，但有人身自由，这里过不下去，还可以到别处去谋生。她却不行，是人家用钱买来的，要终身为奴，苦得很。杨二姐人很聪明，针线活做得很好。大家说，选她好，她能够为穷苦百姓，尤其是穷苦的姐妹们办事。这样，代表当中，民族成分也比较全了，汉族、羌族、藏族都有了。

最后一个，要选少年代表。工作队看中了我，但他们没有提，让大家提。乡亲们认为我比较积极，比较活跃，就喊着我的小名"虎生"，选我做少年儿童代表。小朋友们更是热情，不但选我，还把我往前推。我的藏名叫"仁钦索朗"，是喇嘛正式给取的，母亲改嫁后，继父给我取名叫"胡宗林"，以后就一直用了汉名。

有的乡亲说："小虎生家很穷，能为穷人办事。他身体好，语言能力也好，懂藏话，懂汉话，还懂羌话，又很懂事，很勤快，你们用起来也方便。"工作队也当即表了态，说："好，就是他啦！"

这样，五个代表都选好了，工作队宣布散会。说，当选的代表和年轻人就不要回家啦，可以住在衙门里。明天开会，很重要，大家都要到。年轻娃娃爱热闹，都没有走，杨队长让我负责，管好这些娃娃。工作队还让我们"守岁"，也就是值夜班。工作队三个人也很负责，轮流查哨。

第二天一早，在衙门开伙，大家一起吃饭。我感到很高兴，过去我们这样的穷人，连衙门的门也进不来，现在能住在衙门，吃在衙门，真是翻身解放了。

吃了饭，杨队长带我们到二堂开会。这可是过去只有官员们才能到的地方，现在我们这些穷人，也能堂堂正正地坐在这里开会，议论国家大事。

参加会议的有五个代表，工作队的三个干部，还选了几位德高望重的老人，共十几个人。

杨队长宣布，现在召开我们九子屯的苏维埃代表会，经上级批准，我任主席，朱石匠任副主席，朱昆清任农委委员。杨二姐负责动员和组织姐妹们支援红军，以后要成立妇女组织。让我当少先队队长，还任命了两个副队长，一个是"林秃子"，另一个是朱家的一个孩子，羌族，我们一起放过羊，现在想不起叫什么名字了。林秃子负责发展队员，接待过路红军。正副队长三个人，包括三个民族成分，工作队想得很周到。

九子屯苏维埃成立，别的屯和寨子的人也到县上、到衙门里开会。县上和衙门里热闹非凡，昔日县老爷作威作福的地方，如今普普通通的老百姓们像主人一样，大摇大摆地进进出出。我当时打心眼里感到高兴，我们穷人也有扬眉吐气的一天！后来又召开了一次由各屯、各寨子的人参加的大会，成百上千的人会聚在一起，红军的领导讲话，后来知道叫"作报告"，讲共产党和红军的政策，讲穷苦人要翻身解放的道理。那位领导特别强调地说："红军是穷苦人的朋友！""是藏族同胞、羌族同胞的朋友！"

好多道理我听不明白，也不懂，但我记住了那位首长讲的两句话："红军是穷苦人的朋友！""是藏族同胞、羌族同胞的朋友！"我很兴奋，很激动，感到这世道真的要变了。

我们少先队组织起来后，就要站岗放哨。那时社会也不稳定，谣言很多，说红军的坏话。工作队和民兵负责抓这些不法分子和造谣分子，关在衙门或官寨里，让少先队员们看管。我们少先队人虽小，但很负责，工作很认真，坏分子都怕我们。

苏维埃政府成立后，最重要的工作是宣传群众，组织群众，动员跑到山里的人回家。由于我们的工作做得深入细致，不但穷人们大部分回来了，就是富人们差不多也都回来了，连杨守备的四弟也回来了。他一回来，影响很大。

然后就让苏维埃政府和下属的各种组织帮助红军采购军需用品，买粮食，买盐巴。我们九子屯本来就穷，采购不到多少东西，就到别的地方去。

仅仅过了半个多月，工作搞得很有成绩，杨队长到县上，向县苏维埃和上级机关汇报，受到嘉奖，认为九子屯的工作很有成绩。上级让各级苏维埃向各地发展，向基层发展。在九子屯，不但在我们二瓦寨，还要求发展到别的寨子。全屯都要成立苏维埃政府。我就到了穆卡寨，我曾在那里放过羊。那里住着很多部队，懂汉话的人也多，工作起来比较方便。

在谈到自己参加红军的过程时，胡老说：

这时，到过理番县和路过理番县的红军越来越多，理番县的地位也显得越来越重要。后来才知道，5月下旬，徐向前总指挥率领的四方面军总部由茂县移驻理番下东门，后来迁到扎谷垴镇。"扎谷垴"，是藏语"扎西朗"的译音，意为"吉祥之地"，是川西北交通要冲和商贸集散市场之一。从此，扎谷垴镇在红军长征的过程中，具有重要的作用和影响。

红军到理番县不久，就开始招兵，他们叫"扩兵""扩红"。我当了一段时间的少先队队长，对红军的了解多了，也有了感情，就想当红军。我没有同家里人商量，自己做主，对杨队长说，我想当红军。杨队长说："好啊！小小年纪，有志气。"当时我也不懂什么革命道理，只认准了一个理：当了红军，再不用伺候人，再不会挨打挨骂，也不会饿肚子，还有大米饭吃。

我知道，当了红军以后要走远，也很想念妈妈和妹妹。我对杨队长说："我要请个假，到家里去，给妈妈说一声。"杨队长同意了，说应该给她老人家说一声。

工作队离家只有半里多路，很快就到了。给妈妈一讲，妈妈说："你现在大了，也懂事了，你自己拿主意吧！"话虽这么说，但妈妈却难过地哭了。妹妹也哭了。我心里也很难受，眼泪止不住往下流，但我强装笑脸，对妈妈说："红军是穷人的队伍，红军的领导都是好人，对我们藏民很好，您放心好啦！"

妈妈一面流着泪，一面说："这些道理我懂。杨二姐也到家里来了，她说，我们妇女要积极做好支援红军的工作。现在公家发了布，要我们姐妹们帮红军做鞋子和衣服。还说，不要绣花，不讲究做得好看，要结实、耐穿。"说着，妈妈把自己做的军鞋拿给我看。

妈妈上上下下打量了我一遍，难过地说：你长这么大了，没有穿过一件像样的衣服，都是补丁压补丁，你看你的裤子破成什么样子，大腿上的肉都露在外面。现在当兵要出远门，你把我的裤子穿去吧！说着从箱子里拿出一件绣着花边的裤子给我。我说不要，部队上会发的。妈妈坚持说："这是妈的一点心意。"硬让我穿。

妈妈的裤子又肥又大，妈妈把绣着花边的裤腿往里卷。我总算穿了一件没有补丁的完整的裤子。妹妹笑着说："哥哥穿妈妈的花裤子！"

第二天，杨队长让我到县上，到地方部报到。这时，杨队长已担任九子屯苏维埃政府主席，大家都叫他"杨主席"，可是我叫惯了"杨队长"，改不过来。

在县上，地方部尚部长亲自接见了我，鼓励我在部队上要好好学习，努力工作，并派人把我送到学兵连。学兵连在城外的校场坝，队部在一位姓邓的中药铺的院子里，大家称他为"邓先生"，他的院子很大，整个队部住在里面，也不显拥挤。

这时我才知道，有很多青年人当了红军，理番县成立了新兵连和学兵连，大部分都是少数民族。新兵连，主要是培训新入伍的战士，经过短期训练，分配到战斗部队。学兵连，培训的时间长一些，当作学生，作为干部来培养。我被分配在学兵连。开始时只有三十多人，后来发展到一百五十多人，内部叫训练大队，藏族占三分之二，羌族、汉族占三分之一。上级派了两个团级干部管理，归政治部领导，称连长、政委，而不叫"指导员"，说明上级对我们学兵连的重视。

政委单独找我谈话，这是部队首长第一次单独找我谈话，显得很庄重、很严肃，谈话的主要内容，我现在也还记得清。

政委首先说：你是我们红军到藏族地区后，第一批参加红军的藏族同志，组织上对你们这批红军战士很关心、很重视，会认真加以培养，以后会成为骨干力量。所以，对你们的要求也会严格一些，高一些。接着，政委拿着本子，对我提出了几条具体要求：

第一，好好学习，学习内容包括军、政、文三个方面。然后作了具体解释。

第二，服从命令，听指挥，这是革命军人最基本的要求。

第三，要懂礼貌。

第四，军容要整齐。

第五，要讲卫生。

第六，要好好团结，对待战友们要像对待亲兄弟一样。

第七，严格遵守党和红军的纪律和各项政策。

政委特别强调，红军要有铁的纪律。

学兵连有三个排，一个管理排，负责后勤供应。

学兵连有个藏族战士叫袁孝刚，也是我们理番县人，他比我大几岁，汉话说得也好，他很能干，杀猪、宰羊、办宴席，样样都会，很快就让他当了管理排副排长。袁孝刚解放后担任西南民族学院总务处长，从长征时期他就担任后勤供应工作。

几天后，上级给我们新兵发军装，银灰色的新军装，八角帽，上面还有鲜红的五角星，腿上打着绑腿，穿着草鞋，挺精神，也挺威风，新兵们个个都感到很高兴。

学兵连驻地离我们家不远，一天，政委和连长让我回家去看看妈妈，说：老人家会惦记着你。临走，政委还给我两件衣服，一件是妈妈给我的那条裤子。发新军装后，我就把它洗干净，叠好保存。另一件是条新的便裤。政委说：把妈妈的裤子还给她老人家，这一条，是部队送给她老人家的。拿着这两条裤子，我心里很感动。

那时快到吃晚饭的时间，有的同志关心我，说打一碗肉菜，回家和妈妈一起吃。袁孝刚说："不用，我已经给他准备了一坨肉。"我把肉放在新发的挎包里，还有两条裤子，回到家里。

我穿着一身崭新的灰军装，戴着顶八角帽，上面有颗鲜红的五角星，腿上打着绑腿，穿一双草鞋，显得很精神，很威武。走进家门，妈妈和妹妹都很高兴。妹妹看着我，好像不认识似的，打量了半天，然后拍着手，对妈妈说："哥哥变啦！变得很威风。"

我把妈妈给我的裤子还给妈妈。妈妈看着我身上的新军装，知道再不用穿她的花裤子，没有说什么就收下了。我又把那条新便裤给妈妈，说："这是红军领导送给您的。"妈妈双手捧着裤子，心情好像很激动，半天说不出话来。这时，我也不知道应该用什么话来安慰妈妈，就拿出那包肉，对妹妹说："哥哥带得有肉，帮妈妈一起做晚饭去，今天我们'打牙祭'。"

我们兄妹俩，帮妈妈烧火、洗菜，不知道是因为高兴，还是难过，妈妈眼里噙着泪珠，一面擦眼泪，一面做饭。那天妈妈做了好几样菜，晚上，我们三人围着火塘吃饭。妈妈用关切的目光看着我，不停地往我碗里夹菜，她自己却很少吃。妈妈感情深重地说："你爸爸要是看到你现在这个样子，他也一定会很高兴。"

到山里后，继父和我们走散了，到了另一个寨子。后来他们那里也成立苏维埃政府，寨子里没有识字的，他们就请他留在苏维埃政府当文书。继父托人捎口信说，他最近工作很多，等忙过这一段就赶紧回来。那时时局变化很快，到我离开故乡开始长征时，继父也没有回家。

第二天一早，按规定，我就回部队。杨主席派苏维埃政府的一位干部，带着两个年轻人到我家，说这两个青年人当了红军，都是羌族，懂汉话，上级决定送他俩也到学兵连学习，让我一起带去。学兵连又多了两个我们九子屯的战士。

不久，大部队来了。红军的队伍越来越多，从我们家乡走了几天也没有走完，还带着机枪和大炮。好像红军的队伍很多很多，永远也走不完。后来我们才知道，先到我们家乡的部队，是红三十一军，军长是红四方面军副总指挥王树声兼任，政委是倪志亮。张国焘、徐向前、陈昌浩等领导人也都来了，他们经过我的家乡，到县城去了。从5月到8月，四方面军的五个军，即四军、九军、三十军、三十一军、三十三军，差不多都从理番县经过。据有关资料统计，连同地方武装和随军行动的地方党政机关、学校、医院和加工厂职工等总计约十万人。

红军纪律严明，保护人民群众的利益，几万大军来到我们这样一个贫穷的山区，却丝毫也没有损害群众的利益。乡亲们无限感慨地说：历史上哪有这样好的军队啊！

从一件事，可以看到红军的纪律有多么严明，他们是怎样用实际行动保护人民群众的利益。有一次，一匹军马没有看好，践踏了老百姓的青稞地，徐向前总指挥知道后，亲自下令，将那匹黑马拴在田头，以示惩罚。并指示战马所在部队向藏胞赔礼道歉，赔偿损失。这使理番县各族人民深受感动，他们从这样一件事，认识到红军是什么样一支队伍。

红军的影响大了，红军的名声好了，红军的势力大了，参加红军的人也多了，"扩红"活动搞得轰轰烈烈。我们理番县是个小县，当时全县总人口不到三万人，就有五百多人当红军，大部分是藏族，还有羌族和汉族。光我们镇就有几十个人，恐怕是红军进入藏区后，第一批参加红军的藏族战士。天宝（桑吉悦希）、沙纳、杨东生（协饶顿珠）、袁孝刚、孟特尔等很多同志都是那个时候参加红军的。

几万人的部队从我们家乡经过，浩浩荡荡，很是威风。老人们说，世世代代从来也没有这么多当兵的人到我们家乡，这真是开天辟地头一回。我们这些新当兵的，也很高兴，因为，这是我们自己的队伍。徐总指挥住在扎谷垴镇，指挥几万红军。那时我们理番县可热闹、可风光啦！

四方面军约十万人，在理番县和周围几个县住了三个多月，而理番县不足三万人，红军却没有饿肚子，相反却得到了休整的机会，并得到了兵员的补充。这是为什么呢？这是因为得到理番县和嘉绒地区，也就是今阿坝地区各族人民的真诚拥护和热情支援。

理番县是比较贫穷的地方，粮食产量不多，但我们那里有养猪的习惯，家家户户都养猪，就是穷得吃不起饭的人家，也要养猪。我们家很穷，也养了几头猪。我们那地方养猪不喂粮食，打猪草喂。我小的时候，父母亲经常让我去打猪草。我长大了，到外面去做工，妹妹接着打猪草。

老百姓把猪肉卖给红军，吃不完，还腌腊肉。红军给大洋。后来听老同志们讲，四方面军从川陕根据地出来，一路打土豪，拔官寨，得到很多银元，还有马蹄银和金条、金砖。老百姓得到银元，也非常高兴。很多人家从来也没有见过这么多的银元，卖猪卖粮的积极性更高了。理番县和嘉绒地区的各族人民为支援红军、保证长征的胜利，作出了重要贡献。

过去与我们一起在西藏工作的原西藏军区政委任荣、司令员陈明义，都是红四方面军的干部，陈明义在总部当作战参谋，在徐向前总指挥身边工作，他了解的情况更多、更全面。他曾多次对我说："理番县人民对红军的帮助很大，可以说对长征的胜利，对中国革命的胜利，作出了重要贡献。"

红军到理番县以后，军纪严明，严格遵守群众纪律和党的民族政策，实行民族平等和民族团结，宣传工作做得深入细致，所以得到各族人民的衷心拥护。参加红军的积极性也很高。出现了父母送孩子当红军，兄妹几个、姐妹几个一起参加红军的动人情景。还有母女几个人一起当红军的。

我看到一本书，里面写道，说他"经过调查研究"，发现整个藏族地区，当时只有一个女同志参加红军，这不是实事求是，他的调查是很不深入、很片面的。我只讲一个例子，说明当时藏族人民参加红军的积极性有多高！

理番县有一位叫杨金莲的大妈，藏名叫班登卓，那时已经五十九岁。她有个女儿叫湘萍，二十三岁，当了童养媳，她不满这个婚姻，听了红军的宣传，毅然决然参了军，又回家动员妈妈、妹妹和弟弟一起当红军。弟弟叫唐自群，那一年才十二岁。五十九岁的大妈带着自己的儿女一起当红军，一时传为佳话。老太太带着儿女，一直走过雪山草地，到了革命圣地延安。杨金莲活到一百零一岁，直到"文化大革命"结束，1977年在北京逝世。儿子在战争年代牺牲。老婆婆去世了，但她的两个女儿还健在，一个在北京，一个在武汉。

从当年5月四方面军到理番县，至8月离开，在3个多月的时间里，仅理番一个县，参加红军的就有500多人。离开家乡出县境，快到草地时，经过整顿，有的身体不好，组织上把他们留下了，也有个别"脚底擦油"，溜掉的，一统计，有380人，其中男的370人，女的10人；藏族185人，羌族157人，汉族38人。

此外还有不少人参加游击队和各级苏维埃政权的地方武装。一方面军路过藏区时，也有不少人参加。

这些同志经过长征，后来又参加抗日战争和解放战争，一些同志还参加了抗美援朝。到解放时，经理番县有关部门调查了解，参加革命的同志只剩下十七人，他们分布得很广，有的在北京，有的在四川，有的在沈阳，有的在新疆，还有的在广东、武汉，在西藏还有我。

在我今天给你们讲长征故事的时候，这些老同志只剩下四个人了，一个在北京，一个在沈阳，一个在武汉，还有我在西藏自治区驻成都干休所。

说到这里，我们清楚地看到，胡老的眼睛里噙着泪珠，这位意志坚强、喜怒哀乐不易外露的老红军战士，也难以抑制激动的心情。他沉默良久，好像有意让自己激动的心情平静一些。我们怀着崇敬的心情，看着这位走过万里长征的艰难征程，历经雪山草地的凌厉风霜，经受过抗日战争和解放战争战火洗礼的老红军战士，不敢打搅，也不忍打搅。

过了一会儿，胡老的心情略为平静一些，他满怀深情地说：为了藏族人民的翻身解放，同时也是为了我国各族人民的翻身解放，让各族人民都能过上美好幸福的生活，无数革命先烈献出了自己最可宝贵的生命。我们子孙后代，应该永远记住他们，记住他们的牺牲，记住他们的贡献，记住他们的业绩，记住他们的恩情。假若没有千千万万革命先烈的无私奉献和英勇牺牲，就没有我们今天的幸福生活！

在谈到红四方面军的主力为什么集结在理番县，徐向前的总指挥部为什么设在理番县的扎谷垴镇时，胡宗林说：

我们理番县位于嘉绒地区，即今阿坝州的东南部，东邻汶川，西南连小金，西接马尔康，北依茂县、黑水，西北靠红原。红原县是解放后新建的县，当时是若尔盖大草原的一部分，地跨岷江上游支流扎谷垴河两岸。县境地处青藏高原东南部，邛崃山脉东部边缘，也是汉藏两个兄弟民族交汇的地位，汉藏人民历来友好相处，往来密切。境内群山连绵，峰峦重叠，海拔1422至5922米，高低悬殊，沟谷纵横。山峰最高处，比著名的夹金山要高得多。扎谷垴河由西北流向东南，横贯全境，至汶川注入岷江，水流湍急，切割强烈，县境流长146公里。境内千山峭立，万水奔流，古树挺拔，山岩险峻，壁立千仞。理番县历史上自秦设置官道相通，但多为鸟道，有所谓"抬头一线天，低头一片洋"的说法，山高路险，交通闭塞，商旅艰难。国民党时期曾筹划修建大道，但始终不过是纸上谈兵而已。加上长期的民族隔阂，土司头人拥兵自重，各霸一方，械斗不止，碉楼林立，易守难攻。英勇的红军，从川西平原，经过千辛万苦，来到我们的地方，在当地各族人民的支援和帮助下，找到了一个很好的环境，便于休整，并得到发展。而国民党中央军和四川军阀几十万大军，集结在近在咫尺的宝兴、邛崃一带，虽然拥有精良的装备，充足的给养，还有飞机掩护，就是进不来，也不敢进。这是红军能够取得长征最后胜利的一个重要原因。

胡宗林（仁钦索朗）的情况有很大的代表性和典型性。与他同时参加红军，解放后依然健在，并在各个岗位担任重要领导职务的天宝（桑吉悦希）、扎喜旺徐、沙纳、黄德璋、袁孝刚、杨东生（协饶顿珠）、王寿昌、孟特尔等藏族红军战士，大体都有过这样的经历。

脱掉袈裟，穿上军装

桑吉悦希（天宝）从小当喇嘛，在朝佛的路上，遇到红军，于是便脱掉袈裟，穿上军装，成了一名年轻的红军战士。他说："1935 年夏天，红军长征来到雪山草地，来到我的家乡。从此也改变了我个人的命运。"

桑吉悦希是四川阿坝藏族羌族自治州马尔康县党坝乡人，1917 年 2 月出生在一个贫苦农民家庭。天宝后来风趣地说，我的年龄好记，是十月革命的同龄人。清朝末年，实行"改土归流"，那些地方与本土的藏区不同，开始从农奴制度向封建社会发展，虽然仍由过去的土司头人统治，但封建农奴制逐渐瓦解，开始有了地主经济，天宝家也属于贫农，已经不是完全依附于农奴主、束缚在庄园里、没有人身自由的农奴，虽然要受残酷的地租剥削，但还是有人身自由。这也是一种社会进步吧！

川西草原是康藏高原与四川盆地的接合部，与内地的交往较多，受汉文化的影响也较大，一般人也都懂一点汉话；不会讲的，也能听懂几句。

因家境贫苦，又缺少劳力，外公家只有他母亲一个孩子，外公和外婆不愿让他们唯一的女儿嫁出去，想找个上门女婿，但因家境贫穷，没有人愿意上门，所以结婚较晚。后来找了一个女婿，是结过婚的，带着一个女儿上门，这便是天宝的姐姐。

天宝还有两个弟弟，大弟弟长期流落异乡，以乞讨为生；二弟弟被人贩子拐卖到牧区为奴。直到解放后，天宝才找到大弟弟，安排了工作；小弟弟一直没有下落。每当说起两个弟弟悲惨的命运，天宝总是黯然神伤，十分痛心。令天宝感到欣慰的是，姐姐一直活到改革开放之后，有一个幸福的晚年。他的姐姐从未上过学，是位普普通通的农民。她勤劳朴实，心地善良，对天宝非常关心和照顾。天宝对姐姐十分尊重和关心。尤其在解放以后，处于领导岗位的天宝，对于依然是农民的姐姐，在条件允许的情况下，尽可能给予帮助和照顾。

按照当地藏族的习俗，一家人有一个男孩，首先要送去当小喇嘛，有三个，要送两个。天宝家有三个男孩，他又是老大，当小喇嘛的义务，自然就落到天宝身上。进了寺院，老喇嘛给他取了个法名：桑吉悦希。

据天宝回忆，他的故乡党坝是一个很偏僻、很闭塞的地方，寺院也很小，喇嘛不多，只有十几二十人，没有活佛，有一位老喇嘛管事，可能属于堪布之类的住持。老喇嘛教他们学藏文，学念经，主要是学念经。现在回想起来，那位老喇嘛学问也不高深，除了死背经书，没有讲授过什么教义和佛理。寺规也不太严，可以经常回家，有时帮妈妈和姐姐做点家务，有时去放羊，有时就和小伙伴们一起玩。

外界人不知道，以为进了寺院，穿了袈裟的人都叫"喇嘛"。其实，喇嘛和扎巴有严格区别，初入寺院的叫"扎巴"，到拉萨朝佛，在三大寺学过经的，才能称作"喇嘛"。"喇嘛"是"至高无上的人"的意思。在全民信教的藏族地区，喇嘛是"三宝"之一，是比较受人尊敬的。

在谈到自己童年和少年时代的生活时，天宝说：因家境贫穷，加上我们地方没有学校，我小时候没有读过书；当了几年扎巴，因为寺小喇嘛少，又没有精通佛学的老师，也没有学会藏文和佛经。天宝又风趣地说：我们家祖祖辈辈都给土司头人当奴隶，是一个地地道道的劳动人民家庭，可我因为当了喇嘛，很少参加劳动，没有认真地种过地，放过羊，有点像"无业游民"，过着"不劳而获"的生活。

天宝十八岁那一年，他的命运发生了历史性、革命性的变化。

1935年春天，共产党领导的中国工农红军在长征途中，来到川西大草原，来到他的故乡。

红军到来之前，国民党反动派散布了许多谣言，破坏民族团结，除了散布共产党"杀人放火""共产共妻"之类在内地说滥了的谎言，还针对藏族地区的情况，造谣说共产党来了"不让藏民信教"，要"毁坏寺院""强迫喇嘛还俗""斗争活佛，戴高帽子，拉去游街示众"，甚至耸人听闻地说什么要"灭族灭教"……一时间闹得人心惶惶。不但土司头人和有钱人家跑到城里躲避，连喇嘛和普通的藏民群众也有不少人逃到山里去了。

天宝回忆当时的情形说：我们家穷，三兄弟都还没有结婚，我又是个小扎巴，不怕共产党、红汉人"共产共妻"，但对共产党、红军也不了解，也跟着乡亲们跑到山上去了。

天宝说：在穷人当中，对红军又是另一种说法，他们说，红军对穷人好，"是穷人自己的队伍"，红军"打土豪，分田地"，"是穷人的好朋友，富人的死对头"。

这些话，在群众当中也发生了重大影响，不少群众在偷偷地观察这支从未见过的被称作"红军"的汉人队伍。藏民发现红军纪律严明，他们不进寺院，不住民房，宁可冒着雨雪风霜，挨饿受冻，也不骚扰百姓。对藏民态度友好，尽管言语不通，也总是笑嘻嘻的，有的人打着手势，也想同藏民交流几句。还把没收土司头人的东西，分给穷人。与清朝时代的"辫子军"、国民党的"汉兵"截然不同。所有这些，给当地群众留下了很好的印象。一些大胆一点的人，尤其是年轻人，也敢于同红军接触，有的青年甚至参加了红军，帮红军做事。

天宝回忆当时的情形，他说，他参加红军，有一定的偶然性。前面谈到，按照藏传佛教的传统，出家进寺院，叫"扎巴"，只有到拉萨朝拜释迦牟尼佛像、在三大寺学经回来后，才能称作"喇嘛"，否则白了头也是一个"老扎巴"，让人看不起。那一年桑吉悦希十八岁了，也算成年人了，他不愿当一个老也长不大、受人歧视的"老扎巴"，但家境贫穷，没有去拉萨朝佛的盘缠。当地有个说法："不能到拉萨朝拜释迦牟尼佛，能拜见木雅的释迦牟尼佛也能成正果。"木雅寺在原西康省乾宁县境内，而马尔康县属四川省管辖。在当时条件下，要到木雅朝佛，也非易事。要跨省界。桑吉悦希就离开故乡，到木雅去朝佛。还没有到康定，那里兵荒马乱，人心惶惶，说："红军要来了！"刘文辉的二十四军，也在调动部队，准备打仗，路途不通。桑吉悦希也不知道发生了什么事，只好返回故乡。一路之上，听到许多关于红军的传闻，也弄不清真假。后来遇到一个他认识的年轻人也当了红军，还当了队长。天宝当时也不知道"队长"是多大的官，但他能管几十号人，今天在这家打土豪，明天给乡亲们分浮财，十分风光。这使天宝十分羡慕，也十分动心。心想：他们能当红军，我为什么不能当红军？年轻人容易冲动，他没有同父母亲商量，就报名参加了红军，当即脱去袈裟，穿上了一套不太合身的半新不旧的军装。唯一留下了形影不离的护身符，藏语叫"嘎乌"，紧紧地贴在内衣里面。天宝说，这个护身符一直跟随他走过长征路，每天晚上放在枕头下，朝它磕头，祈祷佛祖保佑一路顺利，第二天行军时，又把它戴上。到延安后才将它收起来。后来到内蒙古时又戴上了。这是后话。

桑吉悦希的"革命行动"受到红军战士和青年朋友的喝彩。天宝自己也感到十分得意，他长这么大了，还从来没有在众人面前如此风光过。因为天宝当过扎巴，懂一点藏文，在他们当中，算是个知识分子，红军领导人说：小喇嘛当红军，在群众中会产生很好的影响。居然任命他为副队长。天宝也不知道什么叫"影响"，更不知道他能"影响"什么。天宝说：在后来的革命生涯中，"影响"是使用频率最高的一个词汇。天宝后来才知道，他们这个队伍不简单，叫作"共产主义少年先锋队"，他们的宗旨是要在中国实现共产主义。这么看来，他这个"副队长"的官也不小，任务还十分艰巨。

少先队的目标虽然十分远大，但当时他们的任务又十分简单而明确：为红军筹集粮草，打土豪，分田地，发动群众，支援红军。

天宝于同年参加中国共产党，介绍人是吴瑞林。成为红军队伍中的第一批藏族战士之一；也是中国共产党的第一批藏族党员。因为我们党在建党初期、在大革命时期，乃至长征以前的土地革命时期，都没有能在藏族地区开展工作。因此，长征之前，我们党内没有一个藏族党员；在三十多万红军中，没有一名藏族战士。

天宝回忆当时的情形说：那时我们的热情高涨，革命积极性很高，打土豪，分田地，把土司头人家多余的衣服和东西分给穷人，东西多得很，皮袍、氆氇，还有绸缎等很贵重的东西，也不管好坏，价值多少，拿着什么，就分什么。穷人们分到东西，更加热爱红军，青年们踊跃参加红军。那时叫"扩红"，革命形势发展很快，整个阿坝地区几乎都被红军占领。各县、各乡都成立了"苏维埃政权"。

沙纳、黄德璋、袁孝刚、孟特尔、协饶顿珠（杨东生）以及扎喜旺徐等同志，差不多都是这一时期参加红军的。他们都见证了这一历史。

为什么在短短几个月的时间里，有那么多藏族青年踊跃参加红军，投身革命呢？老红军扎喜旺徐生前在回顾这段历史时曾经说过这样一段话：

"我是当娃子出身的，没有上过学，没有文化，不懂藏文，更不懂汉文，是有些人说的那种'双文盲'，大道理讲不出来，问我为什么参加共产党、参加红军？因为共产党、红军对我们少数民族好，讲民族平等、民族团结。国民党反动派欺负我们，压迫我们，骂我们是'蛮子''野人'，共产党、红军尊重我们，关心我们，称我们是同胞，是兄弟，说汉族、藏族，各族人民都是一家人，是亲兄弟。共产党、红军打土豪、分田地，帮助我们穷人翻身解放，过好日子。所以我拥护共产党和红军，参加共产党和红军，一辈子不后悔，一辈子不变心。"

扎喜旺徐的一席话，很有代表性，反映了当时很多藏族青年参加红军的根本原因。

毛主席说："长征是宣言书，长征是宣传队，长征是播种机。"红军在长征途中，宣告了旧世界即将灭亡，新世界即将诞生；宣传了革命的真理，宣传了共产党、红军以民族平等、民族团结为基本精神的中国几千年历史上从未有过的崭新的民族政策，在雪山草地撒播了第一批红色的革命火种。

继四方面军之后，毛主席、周副主席、朱总司令率领的中央红军也来到藏族地区。这一行动，使国民党军队和当地政府十分震惊。1935年6月9日当天，国民党西康专员公署专员陈启图向所属各县通告红军动态，称"毛（泽东）、徐（向前）交会已成事实"。也就是说，一、四方面军会师，连敌人也不得不承认"已成事实"。

在红军大规模"扩红"，大批藏族青年踊跃参加红军的同时，为了策动藏族的土司头人和上层喇嘛活佛阻止红军到藏族地区，也就在 6 月 9 日这一天，蒋介石亲自在成都召见昌都类乌齐宗昌齐呼图克图诺那，诺那表示愿意组织藏族地方武装防堵红军。22 日，蒋介石任命诺那为"西康宣慰使"，以后又任命诺那为"西康建省委员会"委员。与此同时，国民党蒋介石任命了一批藏族的土司头人和上层喇嘛活佛"保安司令""反共救国军司令""民团团长"等职，策动他们组织地方武装，"保境安民"，反对红军到藏区。

毛主席第一次踏上藏族地区

中央红军强渡大渡河，占领泸定城之后，大部队没有进驻只有几十里路的康定城。康定当时是筹建中的西康省省会，地处青藏高原东缘，曾有"川边锁钥"之称，历来就是藏汉贸易的中心和茶马古道上的重镇。一首《康定情歌》，更是让康定县名扬天下。

红军领导通过地下党了解到，康定有川军刘文辉部二十四军重兵把守，泸定至康定，是一条狭窄的山路，崎岖难行，大部队难以展开。为了避开中央军和川军的追堵，中央红军迅速向人烟稀少的川西北方向前进。1935 年 6 月 7 日，进占天全；8 日，绕过雅安市，突破国民党军队芦山、宝兴防线，歼敌一部。6 月 9 日，先头部队一军团 2 师第 4 团在陈光师长和黄开湘、杨成武率领下，攻克位于大雪山夹金山脚下的宝兴县城。

宝兴县，这个位于雪山脚下的小县城，当时还不为人知，如今已名扬天下。宝兴是我国的国宝大熊猫的故乡。早在 19 世纪，1869 年 5 月，法国生物学家戴维神甫等在宝兴盐井乡邓池沟发现了憨态可掬的大熊猫，这是大熊猫第一次被当地原住民族以外的人看见，他们十分惊奇，当作稀世珍宝，然而当地居民却习以为常，司空见惯，并没有认识大熊猫的价值和意义。戴维将大熊猫制成标本，带回巴黎展出，震惊世界。

1926 年至 1928 年间，在当地群众的帮助下，美国总统富兰克林·罗斯福的两个儿子曾在宝兴陇东镇的赶羊沟和鹿井沟等地捕猎到几只大熊猫，并带回国展览。这是大熊猫第一次远渡重洋被带到美国。几年后，美国服装师露丝女士在夹金山山麓的草坡上找到一只幼崽大熊猫，带回美国芝加哥等地展览，使更多的人对大熊猫发生兴趣。但是，直到这时，国人仍对大熊猫这种生长在我国藏族地区的珍稀动物缺乏了解。

实际上，宝兴地区不但是大熊猫的故乡，而且气候宜人，风光优美，自然资源极为丰富。宝兴地处横断山脉青衣江上游。在古代，是羌族和藏族聚居的地方。吐蕃时期，喇嘛教即藏传佛教已传入这一地区，并为羌人所接受。在元代，喇嘛教已取代青衣羌人的传统文化，成为主流文化。其社会形态，与嘉绒地区相同，属于部落社会，由部落首领统治。元代归附朝廷，向金川纳贡。明代初年，部落首领苍旺业卜（也有人译作"才旺耶布"）率宝兴蕃部归顺大明，于洪武六年（1373）招至京师，赐授"董卜韩胡宣慰使司"，从此宝兴成了土司世袭领地，由穆坪土司统治了数百年。

1927年，蒋介石背叛革命，发动"四一二"政变，残酷屠杀共产党人和革命群众，并在南京建立国民政府。不久，便将国民党蒋介石的统治势力扩展到边疆地区，1928年，国民党政府实行"改土归流"，以夹金山为界，在雪山的东部地区设置宝兴县。据说，之所以取名为"宝兴"，是采用了《礼记·中庸》篇中的"宝藏兴焉"之意，说明宝兴地区物华天宝，资源丰富。

1928年6月，建昌道道尹黄煦昌奉命率垦务队到穆坪行改土归流事，当即设立筹备处。经过一年多的筹备，1929年12月28日，中华民国内政部正式行文批准成立宝兴县。至此，结束了穆坪土司对宝兴地区长达五百多年的统治，土司制度也永远地退出了历史舞台。

红军到宝兴时，废除土司制度仅六年，它的社会基础依然存在。

宝兴历史上是茶马古道的重要集散地。乾隆年间，清军攻打大小金川，也是以宝兴为基地，清军从这里翻越夹金山，攻打大小金川。为了追剿红军，国民党军又把宝兴作为重要防区，在这里筹集粮食，建立军械库和仓库，储藏被服等物品。具有讽刺意味的是，国民党军还没有到达，只有当地民团把守，红军却先到了宝兴，所有这些准备用来"剿共"的枪支弹药和军需物品，统统都成了红军的战利品，为红军翻越夹金山，进入雪山草地，提供了极大的便利。

中央红军从泸定出发，急速向夹金山方向前进。

1935年6月初攻克天全城，一、三军团主力至十八道水（今仁义乡）分兵两路：一路前往灵关(1950年前属于天全)，一路经老场去芦山。去芦山的红军打下芦山城后，昼夜兼程，经清源、仁加坝至双河场。在双河场又分兵两路：多数经芦山县双石镇的西川，翻垭子口到灵关；少数经太平、中林，翻大瓮顶到宝兴的盐井坪。另一支部队从芦山城出发，翻灵鹫山，直插灵关。

在红军到灵关之前，国民党反动派和地方土豪劣绅大作反动宣传和威胁，使不明真相的老百姓人心惶惶，犹如惊弓之鸟。一天，灵关场上的团正杨南甫带着几十名团丁，到处恐吓乡亲们，不准留在家里，否则按"通匪"论处。霎时间，整个灵关场到处哭爹叫娘，呼儿唤女，牵牛牵羊，肩挑背扛，乱成一片。就在这时，地下党员、灵关小学校长席懋昭带着一些进步青年赶到，分别暗中对老乡做工作，说："不要跑，红军是咱们穷人的队伍，是专打像杨南甫那些坏人的。"通过宣传，乡亲们的情绪稳定下来了。

6月7日下午，从天全方向飞来一架国民党的飞机，在灵关上空盘旋侦察，这时以杨南甫为首的地主武装更是惶恐不安，四处设卡，堵道口，守桥头，气氛显得异常紧张。

6月7日下午6时左右，红军先遣队——一军团2师4团在席懋昭等的策应下，经十八道水、苦蒿坪，至朱沙溪与恶霸裴学仁堵路口的几个团丁进行了一次小交锋后，来到灵关铁索桥西桥头。这时，天色已经很晚，伸手不见五指。东桥头那边有灵关团正杨南甫的十多名团丁把守着。红军吹响冲锋号，喊杀声惊天动地，团丁吓得个个抱头逃窜，还边跑边喊："红军打来了！"一个团丁还没有跑进村子，就被追上来的红军击毙。灵关场口设卡的团丁，听见密集的枪声和喊叫声，一个个也逃得无影无踪。

红军先遣队进入了灵关场，街上一片寂静，家家关门闭户。红军战士为了不打扰群众，夜间就在街道两旁的房檐下席地而坐，露天歇息。到了半夜，躲在家里的老乡以为红军已走，悄悄从门缝往外窥视，只见街道两边坐满了红军。第二天天明，红军挨家挨户地宣传"红军是穷人的军队，是来打富济贫的！"等等。老乡见红军对他们确实秋毫无犯，放下心来，纷纷走出家门。有的为红军烧茶送水，有的向红军介绍情况，也有的悄悄给逃到山里或他乡的亲人带信，叫他们放心回来。灵关场活跃起来了，红军在中共地下党员席懋昭、魏守端的带领下，打开地主的粮仓，把粮食分给老乡们，乡亲们个个喜笑颜开，感动地说："红军真是我们穷人的队伍呵！"

6月8日中午，从芦山经双石镇西川、垭子口和从芦山翻灵鹫山的两支红军队伍，几乎同时到达灵关场，在当地群众的大力支持下，红军主力部队顺利通过灵关，安全挺进宝兴。

红军先头部队占领宝兴县城之后不久，毛泽东和周恩来、张闻天、朱德、刘伯承等中央领导人沿着红4团走过的路线，随即来到宝兴县城。毛主席一贯重视调查研究，到了藏族地区这样一个对毛主席来说十分陌生而又重要的地方，自然要亲自进行调查研究。在宝兴县城没有住多久，他让周恩来副主席、张闻天同志、朱德总司令和刘伯承留在县城指挥部队过雪山，自己带着翻译、向导和警卫员等少数红军战士继续前行，作调查研究。翻译和向导都是地下党帮助找的十分可靠的人。

硗碛位于宝兴县北部、夹金山南麓，这里地理位置偏僻，气候寒冷，生产落后，民众生活贫困，居民大部分是贫苦的藏民。过去是穆平土司的属民。

1935年6月11日中午时分，中央红军先遣队红2师4团进抵宝兴硗碛寨。硗碛的藏汉人民听说红军到来，遂在小街上挂起三道欢迎红军的横额（当地居民叫"天花"），街头摆起了"吉露"——用红布围着大方桌，桌上放放着一个盘子，盘内放着十样果品（谓之"十样锦"）和长颈水壶。家家门前放着开水，喇嘛吹起了长号和唢呐，群众燃放鞭炮，敲锣打鼓把红军迎进村寨。据当地老人后来回忆，当时迎接红军的情景，简直热闹得像过节一样。

中央红军进寨后，十分注意执行党的民族政策和做宣传工作。随先遣队来的杨参谋向额德姆等二十多位喇嘛和群众宣布了红军纪律：一、不进老百姓的住房；二、保护寺院；三、不随便吃群众的东西；四、不拿走藏民一点财物等。杨参谋还给红军战士们定了一条纪律：不准任何人进入喇嘛寺的经堂。红军战士为了不扰民，全部坐在道路旁、屋檐下休息。饿了，吃随身携带的干粮；渴了，喝溪沟中的冷水。红军到达之后的第四天，喇嘛进殿念经，杨参谋还派了两个战士在门口站岗，不准战士们去围观。喇嘛"吃茶"的时候，有个战士出于好奇跑去看，当场受到严厉的批评。

杨参谋临走之前，还把寺院后由土司占据的一大片土地（现在夹金山林业局所在地）划给喇嘛寺经营，并写了一张字据，盖上红军的印章，交给额德姆喇嘛，作为土地归寺院的凭证。[*1]

红军颁发的归还寺院土地的凭证，寺院的堪布一直珍藏着，1958 年当地进行民主改革时，寺院才将这个土地凭证交给宝兴县人民政府。

毛主席等人从宝兴县城走了一百多里路，历时两天，于 6 月 13 日到了夹金山南面的硗碛寨，这里是藏族同胞聚居的地方。解放后宝兴县划归四川省雅安市，硗碛寨建立了硗碛藏族自治乡，是距离成都最近的藏族聚居地方。也就是说，整个硗碛寨只有一个乡那么大，由几个自然村组成。但是，地理位置却十分重要，是从被称作天府之国的四川盆地通往青藏高原，也就是从汉族地区通往雪山草地、通往藏族地区的重要通道。

从我们现在所能找到的资料来看，毛主席在长征途中，于 1935 年 6 月 13 日第一次来到藏族地区，第一次见到藏族同胞。[*2]

"硗碛"是嘉绒藏语，意为"美丽的地方"，任何人来到这个雪山巍峨、森林茂密、资源丰富、风景秀丽的地方，看到这里湛蓝的天空，祥瑞的白云，都会不由自主地赞叹这是一个"美丽的地方"！的确，硗碛寨的风光十分秀丽，毛主席和红军到这里整整五十年后，在改革开放的 80 年代，硗碛寨作为大熊猫的故乡，被列为国家级自然保护区，又是四川地区一个重要的旅游景点，吸引着日益增多的国内外游客。日益发达的旅游业，成为硗碛藏族自治乡和宝兴县一个重要的经济增长点。但是，此时此刻，毛主席和他率领的红军战士，却没有心情领略这壮丽的景色。

硗碛寨周围有五条小河，分别顺着夹金山、巴郎山往东流。五条溪沟的雪水汇合

---

*1 罗布江村、徐学初：《四川藏区的红军故事》，四川民族出版社 2006 年 8 月版，第 19 页。

*2 吴启权：《毛泽东长征在四川》，四川人民出版社 1996 年 10 月版，第 332 页。

在一起，成为青衣江的上游。这五条小河把硗碛地区冲积成几块大小不等的坝子。周围山上，原始森林郁郁葱葱，十分繁茂。森林下面，有一座座独具特色的藏式碉楼，当地汉族同胞将这些不同于汉区瓦房和茅草房的楼房称为"锅庄楼"。据说，当时毛主席对这种碉楼、这种叫法，十分感兴趣。毛主席就曾住在一家"锅庄楼"，与井冈山的"八角楼"比另有一番风情。硗碛人民很好地保护着毛主席和朱总司令曾经住过的"锅庄楼"，如今成为重要的红色旅游景点。别具一格的"锅庄楼"，作为民族民俗风情，如今也成为外地来客的一个看点。

硗碛寨只有一条不长的小街，有一百多户人家，五六百人。大部分是藏族，也有少数几家汉民。在人口稠密、市场繁荣的成都平原，是小得不能再小的村寨，但是在藏族地区，硗碛寨已经算是一个大寨子，在周围的汉、藏民族当中，都已小有名气。

明末清初，藏传佛教最兴盛的时候，据说宝兴县有很多喇嘛寺，较大的有四座。宝兴是汉藏文化交汇的地方，这里的寺院也体现了这种特色，向导告诉毛主席：当地人都称寺院为"喇嘛寺"，喇嘛主要是藏族，也有少数汉族，大多数是贫苦农民和外来的人。喇嘛寺一般都有汉族名称和藏族名称。比如：宝兴的四大喇嘛寺，分别以"福、禄、寿、喜"四个字命名，三个在城里，一个在硗碛寨，叫"永寿寺"，藏语叫"扎西曲科岭"，意为"吉祥弘法宝地"，与"永寿"没有什么关系。这种现象引起毛主席极大兴趣，他要亲自到寺院去看看。

永寿寺位于夹金山支脉的央金娜姆神山之上，"央金娜姆"，意为"吉祥仙女"，距硗碛寨只有六七里路。依山势而建，层次分明，金碧辉煌，十分壮观，与寨子里破旧的民房，成为鲜明对比，强烈反差，也给毛主席和红军战士们留下深刻印象。永寿寺最兴盛时有四五百喇嘛，大小金川的藏民也有到这里来当喇嘛的，红军到这里时，已经衰败，香火不旺，只有六七十个喇嘛，没有活佛，由一个曾到拉萨学经的堪布主持寺院事务。毛主席受到那位堪布的热情接待，向毛主席介绍了有关情况。这是毛主席看到的第一个喇嘛寺，他认真地参观了寺院，不断地向堪布提出各种问题，对喇嘛寺有了一个深刻的印象。毛主席在寺院里参观了两个多小时。走出寺院时，毛主席看到红军战士在寺院的院墙上新刷的大字标语，其中有两条特别显眼："红军保护番人！""回番民族宗教信仰自由！"

毛主席连连点头称赞："写得好！写得好！"又问堪布："长老看得懂吗？"堪布双手合十，恭敬地说："我略懂汉文，这些标语的意思和贵军对藏民的政策，红军长官前两天已经给我们宣讲了，我们衷心拥护。"毛主席通过翻译对堪布和围上来的喇嘛们说："共产党、工农红军尊重番民的风俗习惯和宗教信仰，听说喇嘛在群众中有大的影响，信教群众相信你们说的话。"毛主席举起手，指着院墙上的标语说："希望你们把这些内容讲给乡亲们，告诉他们不要听信国民党反动派的造谣诬蔑，劝那些跑到山里的人，尽快回乡，安居乐业，该务农的务农，该念经的念经，不要自相惊扰。"

那位堪布双手合十，真诚地说："好！好！我们一定照红军长官的话去做。"

当晚，毛主席一行，又回到硗碛寨住下。吴启权在《毛泽东长征在四川》一书中，这样描写了硗碛寨的景色："白天的硗碛是美丽的，雄伟壮观。到了晚上，硗碛的景色更加迷人：抬眼望去，黝黑的天幕上缀满星星，星斗又大又明，一弯新月剪纸般贴在夹金山的峰巅之上，美不胜收。"[*1]

可惜，毛主席和红军战士没有时间，也没有这样的好心情欣赏这美不胜收的景色，在硗碛寨没有待多久，便向头道桥继续前进。由于红军和地下党做了很好的宣传工作，向藏族同胞讲述了党的民族政策；红军到了之后，又很好地执行了党的民族政策，尊重藏族同胞的风俗习惯和宗教信仰，保护喇嘛寺庙，在广大藏族同胞面前，展现了与国民党反动军队完全不同的人民军队的崭新形象，在很短的时间里，便得到了广大藏族同胞的信任和拥护。红军战士不打搅喇嘛，不住寺院，寺院的喇嘛就主动来拜访和慰问红军。

清末民初，四川境内连年不断的军阀混战，加之实行"改土归流"之后，土司势力遭到极大削弱，永寿寺的香火远没有过去兴旺，但是，在这边远的藏区，与贫穷的老百姓相比，寺院还是富裕的，虽然规模不大，但也有自己的商号和马帮，有很多历年积累起来的储存。堪布和长老打开仓库，将保存多年的粮食、茶叶和盐巴等物品，捐献给红军，为红军翻越夹金山提供了很大帮助。曾经当过喇嘛的藏族老红军天宝说：解放以后，毛主席、朱总司令和周恩来总理、刘伯承元帅等中央领导人曾多次讲过这些情况。毛主席说：藏族同胞，包括喇嘛寺，曾经帮助过红军，对中国革命是有贡献的。

《文化宝兴》一书在谈到红军到硗碛寨的情况时说：

1935 年 6 月 11 日，中央红军先遣队到了硗碛，他们积极宣传红军的主张："红军是穷人的军队，是打土豪劣绅，保护穷人的！""红军和夷民是一家"等标语口号很快消除了多数藏民的疑虑。

6 月 12 日，硗碛街上挂起了三道欢迎红军的"天花"（即树枝和鲜花做的牌坊）。红军大部队一到，街上五十多户人家都出来鸣放鞭炮，上茶送水，几十个喇嘛在经堂门口排成两行，吹起四莽四号，击鼓撞钟，以示欢迎；红军"鲜花队"（宣传队）也唱起歌跳起舞。其热闹情景，犹如过年一般。

[*1] 吴启权：《毛泽东长征在四川》，四川人民出版社 1996 年 10 月版，第 332 页。

红军进寨后，严格遵守党的民族政策，积极向群众宣传红军纪律：一、不进老百姓的住房；二、保护寺院；三、不随便吃群众的东西；四、不拿走藏民一点财物等。红军说到做到，战士们全部坐在屋檐下、路边上休息，吃的是干炒面，喝的是溪沟凉水，谁也不随便进入喇嘛庙，深受藏民和喇嘛们的称赞。[1]

翻越夹金山，中央红军来到雪山草地

当毛主席在进行调查研究的同时，周恩来、张闻天、朱德、刘伯承等人正在指挥红军紧张地进行过雪山的准备。他们为部队筹集粮食，赶做服装，找翻译和向导，招募挑夫、马夫和抬担架的民工。在这方面，当地地下党的席懋昭、贺伯琼、陈梁、彭龙伯等同志提供了很大帮助。第一批参加红军的藏族老红军彭德璋、袁孝刚、胡宗林等同志回忆当时的情形说，数万红军进入藏区，情况不熟，语言不通，需要大量翻译和向导，由于缺乏懂汉藏两种语言的翻译，把宝兴县烟馆里的烟鬼们也抓来了，这些"烟鬼"大部分是经营长途贩卖的商人，他们长期往来于汉藏地区，懂得汉语和藏语，又熟悉地理地貌、民风民情，既可以当翻译，又可以当向导，还可以利用他们做情报工作，了解敌情。

中央红军从中央苏区出发时，正是初秋时节，江西和福建气候温和，红军战士穿的都是单衣。经过八个多月的激烈战斗，艰难跋涉，途中又没有得到任何补充和休整机会，上自中央领导，下至普通战士，都可以说是"衣冠不整，衣衫褴褛"，甚至"衣不蔽体"。在这种情况下，要翻越大雪山，是很困难的。红军必须筹集必要的服装和粮食。

红军从宝兴和周围的县城筹集了一大批布匹，又从硗碛寨等藏寨和彝寨筹集了许多羊皮、氆氇、皮货和毡毯等物资，由于战事紧迫，根本来不及缝制军装，也找不到那么多裁缝，只好将布匹和氆氇剪开，一人几尺，分给战士们，像披袈裟一样，裹在身上，以御风雪。在那种情况下，羊皮、氆氇和毡毯等物品是最可宝贵的东西，中间剪开一个大口子，套在头上做坎肩。这种坎肩不是每一个红军都能得到，周恩来副主席明确指示，首先要给董必武、林伯渠、徐特立、谢觉哉等几位革命老人，其次要给王稼祥等有病的领导人，还要保证给蔡畅、贺子珍、刘英等女红军。刘伯承说：给邓大姐（邓颖超）也要做一件。然后再酌情分给其他指战员们。整整半个世纪以后，1985年，在纪念中央红军长征胜利五十周年的时候，时任中央政治局委员、全国政协

---

[1] 宝兴县"四个文化"编委会编：《文化宝兴》，中国铁道出版社 2004 年 9 月版，第 126 页。

主席的邓颖超在人民大会堂湖南厅对十世班禅副委员长说："当年我是穿着藏族同胞做的羊皮坎肩翻过了夹金山。要是没有藏族同胞做的羊皮坎肩，我可能会冻死在雪山上。"邓颖超还说："那件羊皮坎肩我一直穿到陕北，还舍不得丢掉。"

红一军团2师缴获国民党的军需物资后，立即上缴总部，总部分配给中央机关和各部队。中央领导几乎每人分得一件大衣，为翻越雪山发挥了重要作用。为此，刘伯承总参谋长通令嘉奖2师指战员。

经历过那段艰苦岁月的老红军们说：当时的情形，并不像我们现在在电视和电影里看到的那样，红军战士高举红旗，排着整齐的队伍，穿着整洁的军装，冒着大风雪，精神抖擞地前进。那时穿的五颜六色，什么颜色都有；什么样的穿着都有，奇奇怪怪。只要能防风寒就行，没有什么讲究。远远看去，根本不像一支有组织的军队。天宝这位作风稳健、谨言慎行、说话很注意分寸的老红军也说："那时的中央红军，简直像叫花子一样。"

为大军筹备粮食，更是一个十分艰巨而又重要的任务。藏彝族地区人烟稀少，物产不丰，自给尚且极为困难，历史上常常要用农牧交换、以物易物等方式，从汉族地区购买粮食。所以红军主要到芦山、天全、邛崃等邻近的县城用打土豪、斗地主、没收政府的粮食等方法筹集粮食。与此同时，在当地尽可能征集一部分青稞和糌粑面。

毛主席和红军战士第一次在硗碛寨吃到青稞和糌粑面。1955年2月24日，是藏历木羊新年，达赖副委员长和班禅副主席在中南海邀请毛主席、刘少奇委员长、周总理等中央领导共度藏历新年，按照藏族的礼节，达赖和班禅用"祝苏琪玛"招待。"祝苏琪玛"，用糌粑面等五谷制作，意为祈愿五谷丰登，人畜两旺，俗称"五谷斗"。毛主席亲手从"五谷斗"里抓了一小把"祝苏琪玛"，慢慢品尝，连声说："很香，好吃，好吃！"然后对达赖和班禅说："糌粑是好东西，我吃过。"又指着身边的周总理和刘少奇委员长说："我们大家都吃过。"说到这里，毛主席沉吟片刻，满怀深情地说："长征时，我们是吃着藏族同胞的糌粑过雪山草地的。"毛主席抓起一小撮糌粑对达赖、班禅说："就是你们的这个东西救了红军战士的命，藏族同胞对中国革命是有很大贡献的。"

刘少奇和周恩来这两位亲历过长征的领导人异口同声地表示赞同，说："有很大的贡献。"接着每人都抓了一把"祝苏琪玛"放在嘴里，慢慢品味。

毛主席的一席话，给年轻的达赖和班禅留下了深刻印象，后来他们在不同的场合，曾多次谈到这件事。

为了御寒，红军战士在翻越夹金山之前，根据马帮和向导的建议，熬花椒、辣椒和生姜汤，能找到一点红糖，更是补养的佳品。据马帮介绍，喝了这种汤，不但能增加身体的热量，还能增强抗缺氧的能力。藏寨和彝寨有很多野生的山花椒，而且味道很纯正，比坝子里的好吃。红军就派人到藏寨和彝寨搜集，又到汉族地区搜集辣椒和生姜。为了熬花椒、辣椒和生姜汤，把宝兴县和周围地区的辣椒和生姜差不多都搜集光了。四川人爱吃辣椒，每天都少不了，等红军走了以后，他们只好到外地去采购。

为了熬花椒、辣椒和生姜汤，把硗碛寨家家户户大一点的锅都借来了，寨子里的锅不够，就到寺院里去借。喇嘛寺还用大铜锅熬砖茶为红军战士御寒提神。

在做了尽可能充分的准备之后，中央红军升始翻越夹金山。

中央红军进入藏区的道路是非常艰难的，要翻越高耸入云的夹金山。大渡河挡不住红军，蒋介石又寄希望于雪山，他企图凭借夹金山来阻止中央红军与红四方面军会合。为了粉碎蒋介石的阴谋，中央决定在追兵到来之前，尽快翻越夹金山。中革军委将夺取懋功的任务交给了红一军团，红一军团派红2师师长陈光率红4团为前卫，于1935年6月12日前达到；红2师政委刘亚楼率红5团跟进；林彪、聂荣臻率军团部和红1师、红三军团的彭雪枫师随后。

夹金山位于宝兴县城西北，懋功以南，是一座海拔4124米的大雪山。这里地势陡险，山岭连连，重峦叠嶂，危岩耸突，哨壁如削，空气稀薄，严重缺氧。山上积雪终年不化，气候瞬息万变。"夹金"藏语，是一个护法神的名字。当地群众传说，这位名为"夹金"的护法神，保护着当地百姓的安康；当地群众也把夹金山当作神山来崇敬。

夹金山是青藏高原与四川盆地的接合部，也是汉族地区和藏族地区的交界处。山的东面是汉族地区，西面是藏族地区。

6月11日上午，红4团进抵宝兴县的大硗碛。总参谋部动员大家做好翻山的准备工作，主要是准备衣服、烈酒、辣椒，以御寒壮气；还要拐棍，以借力爬山。

12日清晨，红4团指战员们吃了饭，又喝了花椒、生姜和辣椒汤，暖身子。在山脚下一块较大的草坪上，由陈光师长主持，举行了誓师动员大会，杨成武政委作了简短的动员，响亮地提出"征服夹金山，创造行军奇迹"的口号，然后在藏族向导的带领下，开始爬山。每个人的手里拿着一根木棍，无数根木棍一齐指向天空，呼喊口号，像平地树起的一片无叶的森林，声势浩大，蔚为壮观。9时许，红4团浩浩荡荡地沿着河边的小路，向夹金山麓进发。后续部队也在这里举行誓师会或阅兵式，以壮声威，鼓舞士气。现在，当地政府和群众将这片草坪命名为"誓师坪"，以作纪念，并进行革命传统教育。

从"誓师坪"到山顶，有三十多里的路程。夹金山是一座典型的高原雪山，一日有四季，一天多景色。山脚下至半山腰，是茂密的原始森林，主要是雪松和云杉，高大挺拔，郁郁葱葱，遮天蔽日。林中有各种珍奇的野生动物和鸟类，也是国宝大熊猫的栖息地。半山腰是高山草甸，是很好的牧场，那里还有温泉，可以洗澡。再往上，是一片岩石和风化了的碎石，这是高原特有的一种地貌，藏语叫"杂日"，意为碎石山。过了岩石区，是真正的雪山，积雪终年不化。每当暴雪过后，路面的积雪会有齐腰深。

6月12日，先头部队翻山的那一天，天气晴朗，是少有的好天气。当地僧俗群众高兴地说："菩萨保佑，天助红军！"

刚开始，在密林丛中，路还算好走。爬到山腰以后，路变得狭窄而陡峭，雪越来越深，空气越来越稀薄，气温也骤然下降。太阳虽然还是那么灿烂，但没有一点暖意，在这皑皑白雪面前已经失去了威力，直让人觉得周天寒彻。红4团努力地往上攀登，每走一步，都要付出极大的代价。但红军战士的意志十分顽强，谁也没有叫苦，谁也没有叫累，有时谁不小心滑倒了，旁边的同志立即把他扶起。有的不慎掉到几米深的雪窝里，不等他喊，就有几个人递去木棍、绑腿，拉的拉，拽的拽。被救的人爬上来，拍去身上的雪，又继续前进。

过了一会儿，寒风又呼啸起来，顷刻间乌云蔽天。山峰上的雪一堆堆向下倒塌，翻卷不息，一泻千丈。凛冽的大风裹挟着冰块、雪屑，硬生生地打在战士们脸上、手上，就像刀割似的。虽然这时他们把所有能披的东西都裹在身上了，还是觉得冷。好容易爬到山顶，突然下起一阵冰雹，劈头盖脸地打下来，他们无处藏身，只好用手捂着脑袋继续赶路。冰雹过后，又是万里晴空，阳光刺目。好在下山时，已不像以前那样吃力了。

红4团于12日晚到达达维。

继红4团翻越夹金山之后，中央红军后续部队源源不断地翻越夹金山。

一位老红军回忆过雪山时的情形说：

"我们占领天全、芦山后，就进入了平原，进入了一个比较好的地方。这里是汉人地区，村庄稠密，粮食丰富。部队驻了下来，好好休息了几天。打从过金沙江、大渡河以来，我们经常吃不饱饭，加上在彝族地区不能打土豪，生活就更加艰苦。来到了天全、芦山地区后，各个部队就开始准备翻越夹金山。司令部的同志到处展开调查工作，搜集有关情况，研究过山时的注意事项；政治机关则会同供给部门调查土豪，抓地主，征集资财物资，为部队过雪山准备粮食、草鞋等。各级军政指挥员也在层层向部队进行过雪山的动员。各部门都为过雪山做了一些精神上和物资上的准备。

"同时，我们还在驻地附近大做宣传工作。当地的老百姓，那个时候没有听说过红军，也不知道有红军，一开始见了我们就跑。这时看到我们一不拉夫，二不抓壮丁，买东西还给钱，说话也和气，从不打人、骂人，所以老百姓都很奇怪：这个军队是从哪里来的，怎么这样好啊？跑出去的老百姓就在当天下午陆续回来了。于是我们就召开群众大会，宣传'三大纪律、八项注意'和'十大政策'。宣传队则到处贴布告，写标语。对带不走的粮食和其他物资，除留一部分给后面的部队外，都分给了穷人。我们还乘机开展扩兵工作，宣传穷人要当红军。有的扩来三四个，有的扩来一两个。

"休整了几天之后，部队继续行军，经宝兴来到夹金山下。夹金山海拔4200米，到达山顶，要经过九拐十三弯。山上终年积雪，即使在我们翻越夹金山的6月中旬，山上也还是雪的世界，厚厚的积雪从山的这一边，一直铺到山的那一边。

"红一军团是2师走在前面，1师随2师跟进。2师翻过山后，不断给我们传来情况，说山上大雪纷飞，气候变幻无常，要想过山，必须要在上午9点以后、下午3点以前，别的时间都不能过。他们还说，上山时要尽可能地多穿衣服，喝些白酒或辣椒汤以增加点体温，最好每个人有根拐棍，以防滑倒。另外，他们还提醒说，一定要带足干粮和蔬菜，以防备万一一天过不去，就得准备两天过。

"2师传过话来，在山上，坐下以后，风太大、太冷，受不了；上面空气稀薄，人没有力气说话；上山后要立即下山，不要在山上停留，以免消耗体力。我们就分别下到连队，把这些情况和需要注意的事项，一一向各个连队的指战员交代清楚。

"1935年6月13日，我们1师部队开始翻越夹金山。我们是从上午9点钟开始上的，经过了'九拐十三弯'，每拐一个弯大家就休息几分钟，一直到下午3点才攀上山顶。在山下时，看到的还是一片葱绿，虽然没有大树，但小树很多，草也很茂密。一到上面，绿色就不见了，成了光秃秃的一片褐黄色。再往上，便成了雪的世界。山脚下还是酷暑天气，开始走不久就大汗淋漓。可是一到上面，冻得人牙齿咯咯响，全身发抖。才刚刚走到'五拐'这地方，雪就有一米深。越往高走雪就越深，到山顶上差不多就有一米五到两米深了。

"到了第九个弯的时候，已快靠近山顶了，上面的弯就越来越小，到这时，人就不好受了，只觉得呼吸短促起来，只能大口大口地喘气。战士扛步枪的还好，扛重机枪的可真是有点够呛。那个时候一挺重机枪三个人扛，一个人扛枪座子，一个人扛枪腿，一个人扛枪身。我们政治处正好走在机枪连的后头。看到扛重机枪的战士挺累，走不了，想帮他们，但我们也扛不了。最后，我们政治处的同志就帮他们扛步枪，让他们腾出人手来，由三个人扛重机枪改为六个人轮流扛，好不容易才把重机枪弄上了山顶。

"在夹金山的顶峰，有一个用石头垒起来的小塔，塔上插有两杆白旗，有人说那就是神仙塔，到那里后要磕头，以求神仙保佑平安下山。我们队伍一到山上，连停都没有停，就拼命往山下跑，一直跑了半个小时以后，才觉得人好受多了。我们翻越山顶下山时，已是下午三四点钟，等跑到半山腰，天就快黑。我们摸着黑一直往山下走。"

这里说的"神仙塔"，藏语叫"拉泽"，也就是蒙古族的"敖包"，是焚香祭神的地方。在藏族地区每一座山口，差不多都有"拉泽"，用来祈祷祝福，保佑平安。

96

长征到达陕北后，红一军团政治部编了一首叫作《十二月长征》的歌，其中有几句歌词是："六月里来天气热，夹金山上还积雪，胆战心惊上雪岭，下山猛虎扑羊群。"

毛主席过大雪山

当年毛主席和其他中央领导人是怎么过雪山的，我们很难了解清楚，缺乏必要的资料。有关的文章是很多很多的，可以说难以计数；影视作品里也有很多表现。但真实性究竟有多少，就很难说了！哪些是真正的历史事实；哪些是文学描写；哪些是想象的；哪些又是杜撰的，甚至胡编乱造的，很难分析清楚，也没有必要分析得那么清楚。

关于毛主席长征的整个经历以及翻越夹金山、过草地的具体情景，我认为，早在20世纪50年代末60年代初毛主席和亲身经历过长征的老一辈无产阶级革命家们健在时，毛主席的警卫员陈昌奉、吴吉清，翻越夹金山时担任中央红军先头部队的红4团政委杨成武等人写的回忆录比较真实可信。长征时期第一批参加红军的藏族老红军天宝、沙纳、胡宗林、黄德璋、袁孝刚等人，也是毛主席翻过夹金山到达维之后，才第一次见到毛主席、周副主席、朱总司令、刘伯承总参谋长以及其他中央领导人，这之前的情况，他们也是听老同志们讲述的。当然，他们谈的情况，准确度和可信度比之后来的传说逸闻要高得多，因为他们听到的仅仅是十几天甚至几天前的事，大家身临其境，亲身经历，记忆犹新。天宝曾经在刘伯承主席直接领导下工作。他说：刘帅曾多次给他和西南军政委员会的干部讲过长征时的情形，用于指导解放后西南地区的民族工作。

根据陈昌奉、吴吉清、杨成武等亲身经历过的同志的回忆，大致可以作这样的叙述：

周恩来因病，他与王稼祥都是坐担架，被民夫抬过夹金山。贺子珍、邓颖超等人是先骑马，到了半山腰，遇到暴风雪，骑马很危险，何况她们过去没有骑过马，有被吹下山去的危险，只好用担架抬。抬担架的大部分是在宝兴县和碛碛镇招来的民夫，大部分是藏族，也有少数身强力壮的汉族农民。毛主席、朱总司令、张闻天和刘伯承总参谋长都是骑马过山。下山不能骑马，要战士们搀扶，这是常识。

夹金山下有两棵硕大的松树，当地群众称它们为"拴马树"，相传毛主席和朱总司令的战马曾拴在这两棵树上，后来被视为珍宝，不许砍伐。旁边有一眼清凉甘甜的山泉，说毛主席、朱总司令、周副主席等领导人曾在这里休息饮水。这眼山泉也得到当地藏民的保护。

林伯渠、谢觉哉、徐特立、董必武，以及陆定一、成仿吾等老同志，都有马骑。

中央红军从江西出发，长途奔波，战马早就走不动了，被淘汰了，即便有几匹，也都是内地的马，肺活量小，只能在平原走，根本上不了高原，何况是海拔四千多米的大雪山。红军在过雪山时用的马，绝大多数都是在宝兴一带征集的，属于建昌马，有从当地买的；有雇用马帮的；有从国民党部队和地主武装缴获的；也有头人和永寿寺支援的。这种建昌马肺活量大，耐寒力强，适宜于高原环境。这些老同志都没有骑过马，况且这些马大部分都没有经过调教，野性很大，生手骑这种马，很容易出事，所以这些老同志每个人都安排了一两个民夫照顾。这些都是周恩来和刘伯承根据向导和翻译的建议，精心安排的。抬担架、牵牲口的民夫，有的是当地地下党动员群众自愿参加的；有花钱雇的；还有不少人是因情况紧急，红军在行军途中，又没有那么多钱，强征强拉来的。当时，中央机关和军团部配备了担架队，各师团也配备了担架队，抬伤病员和年老体弱的同志过山。

在谈到过雪山的情形时，时任三军团政委的杨尚昆说："中央红军离开会理后，抢渡大渡河，飞夺泸定桥，于6月12日翻过夹金山。那个雪山海拔高、空气稀薄，能过去全靠那时年轻体壮，吸一口气，慢慢走，还是过去了。有的人例如林彪就过不去，头一天上到半山腰，他喘得不行，就下来了。第二天是用担架把他抬过去的。"[1]

林彪那一年才二十八岁，正值盛年，作为军团长尚且翻不过山，可见困难之大。当时是谁把林彪抬过去的？是当地的藏族和汉族民夫，而主要是藏族民夫，汉族民夫体力不支，不适应高寒缺氧的环境。红军战士更不行，经过八个多月的长途奔波，疲惫不堪，自己行走尚且十分艰难，要抬担架爬几千米高的大雪山，就更加困难。

聂荣臻在回忆录里说，过夹金山时，他生病了，一大早就坐担架上山。参谋长左权也生病了，他也让左权坐担架。就是说，一军团的三位主要领导人都是坐担架过来的。

按照杨尚昆在回忆录里的说法，一军团军团长林彪第一次徒步爬山，但因身体虚弱，到半山腰又返回硗碛寨，第二次被人抬过山。三军团军团长彭德怀、政委杨尚昆、五军团军团长董振堂、九军团军团长罗炳辉等人，身体好，对自己要求严格，率先垂范，不坐担架，骑马翻山。他们的模范行为，给广大指战员以极大的鼓舞。

1935年6月14日晨，毛泽东和其他中央领导吃过早饭，喝了一碗热乎乎的辣椒水，身上穿着夹衣夹裤，几乎每个人都配发了一件在宝兴等地缴获的国民党军队的军大衣，还有一件新缝制的羊皮坎肩；脚上穿着一双毛皮鞋。后勤部门在当地紧急采购和征集了一批皮衣、棉衣和毛皮鞋。在这方面，地下党西康省委发动群众，做了大量

---

*1 杨尚昆：《回忆长征》，载《党史研究》1986年第5期。

工作。天宝、袁孝刚等参加过达维会师的藏族老红军回忆说，他们亲眼看到毛主席、朱总司令等中央领导都穿着皮鞋，只不过是毛色不同，样式不同，并不像有些书上描写的，在电影和电视剧里表现的，从井冈山到瑞金，从瑞金到雪山草地，从雪山草地到延安窑洞，毛主席始终一贯地穿着一双黑色布鞋。穿布鞋过夹金山，脚是要被冻坏的，更何况毛主席和中央红军都是从福建和江西这些气候十分温和的地方来的。再说，走了那么远的路，从中央苏区穿来的布鞋早也该穿坏了！据后勤部门统计，草鞋的寿命最长是一个星期，棉鞋是两个星期。为了不让红军战士赤脚过雪山草地，后勤部门尽最大努力筹集军鞋。在这方面，地下党和当地群众作了巨大贡献。

毛主席骑着一匹经过驯服的建昌马，这是一匹走马，而不是跑马，这种马走得稳，耐力强，能持久，但跑不快，骑兵根本不用这种马，它跑不快，不能打仗，上战场是要挨打的。就是说，这种马过去是专供有钱人、当官的和土司头人、商人骑的。据四川省民委民族研究所在20世纪80年代的调查资料统计，当时至少征集了上千匹骡马供中央红军在过雪山时使用，团以上干部几乎都配备有骡马。这是四川各族人民对工农红军、对中国革命的一个贡献。进入雪山草地后，遵照周恩来和刘伯承的指示，把这些新征来的马匹分配给中央领导和老同志、女同志。在藏族向导和警卫员的引导下，慢慢向着高耸入云的夹金山攀登。

在所有描写红军过雪山草地的书籍，在《长征》等电影、电视剧里，毛主席都穿着件棉大衣，拄着根木棍，迈着坚定有力的步子前进。这种形象很英武、很豪迈，充分展现了毛泽东的领袖风范和英雄气概。有的书里说，爬雪山时，毛主席给红军战士讲革命传统，鼓舞士气；有的书里还说，有个战士走不动，毛主席要背他走。这可能吗？按照红三军团政委杨尚昆的说法：连林彪都过不了山，第一天退回去，第二天才用担架把他抬过去。林彪那一年才二十八岁，比毛主席年轻许多，那时他没有负伤，身体很好，都坚持不住，要坐担架，毛主席骑马过雪山草地也是很正常的，不算"特殊化"，丝毫也不影响毛主席的光辉形象。

一般来说，中央领导人和部队指挥员的年龄都比战士们大，行军走路，肯定比不过年富力强的战士们。当时的形势非常严峻，国民党几十万军队从各个方面追击、包围，中央领导人对进入雪山草地后的情况不甚了解，与四方面军也没有联系上，情况十分危急，战局瞬息万变，稍有不慎，就有可能造成不可挽回的损失。在这种情况下，毛主席和中央领导为了不搞"特殊化"，为了"以身作则""率先垂范"，不骑马，不坐担架，让身强力壮的年轻战士们跑到前面，他们在后面慢慢走，怎么指挥打仗？怎么作决策？怎么指方向？遇到紧急情况，怎么处置？！

几十年的时间过去了，英雄的工农红军爬雪山过草地的壮举，已经成为永恒的历史，在共产党领导下的革命史册上，留下了永放光芒的辉煌篇章。至于当年毛主席等中央领导和红军战士是骑马？是坐担架？还是步行？谈论这些问题已经没有什么意义。但是，这些问题又一而再、再而三地被提出来，成为长征历史上的一个重要话题。这是为什么呢？这是因为，不少亲身经历的老同志们认为：对各族人民和当地地下党给予红军的巨大帮助没有给予充分的肯定，没有实事求是地予以表述和体现，甚至完全被遗忘。当地人民也一再提出这样的问题：

红军走了以后，国民党反动派和当地的土豪劣绅、民团和保安队等反动武装，以"通匪""资匪"的罪名对革命群众和支援过红军的老百姓进行疯狂迫害，残酷镇压，那么，我们不是白受罪了吗？

我们节衣缩食，把粮食、茶叶、布匹等送给红军，这些东西又到哪里去了？

毛主席和中央领导都没有骑马，没有坐担架，都是徒步过雪山，那我们宝兴人民支援的上千匹骡马到哪里去了？成百上千的民夫干什么去了？帮谁去了？

工农红军是各族人民自己的军队。人民军队忠于人民，为人民而战；人民群众关心、爱护和帮助自己的军队，军民鱼水情，这是天经地义的。正如毛主席生前所指出的那样："军民团结如一人，试看天下谁能敌？"这是人民军队不能被任何残暴的敌人和艰难困苦所屈服，而能够战胜一切残暴的敌人、克服一切艰难险阻最根本的原因。因此，实事求是地、恰如其分地表现各族人民对红军的帮助和支援，丝毫也不影响红军的英雄形象。恰恰相反，能够更好地体现人民军队的本质特征，体现人民军队与各族人民的血肉联系和鱼水深情。

红军为什么战无不胜？因为红军是各族人民自己的军队，忠于人民，为人民而战，得到各族人民的拥护和支持。

国民党为什么失败？因为国民党脱离人民，压迫人民，与人民为敌，最终被各族人民所唾弃。

道理就这么简单。

第五章　达维会师

意外的惊喜

中央十分重视与四方面军会合这一战略目标，就在占领芦山、宝兴的当天，即 1935 年 6 月 8 日，中共中央和中革军委发布指示：

"今后我军战略任务是以主力乘虚迅取懋功、理番，以支队掠邛崃山以东迷惑敌人，然后归入主力，达到与四方面军会合，开展新局面之目的……我军基本任务是用一切努力、不顾一切困难取得与四方面军直接会合。如再遇特殊情况，使我们暂时无法直达岷江上游时，则以大小金川流域为临时立足之地，争取以后与四方面军直接会合。"

《指示》强调指出："取得懋功及小金川流域是关系全局枢纽，各兵团首长必须向全体指战员指出其意义，鼓动全军以最大的勇猛果敢机动迅速完成战斗任务，以顽强意志克服粮食与地形的困难，此时政治工作须特别努力。"[1]

由于交通的阻隔和敌人的封锁，毛泽东和中央当时并不知道，早在 6 月 3 日，四方面军已经占领理番县城薛城，6 月 8 日，也就是中央发出指示的当天，四方面军已占领懋功县城和县城以东四十五公里、夹金山北麓的达维镇，并派李先念部接应。与中央红军只有一山之隔，为两军会师创造了极好的条件。

军委把翻越夹金山夺取懋功（今小金）的任务交给了红一军团。红一军团决定由红 2 师师长陈光率红 4 团携带电台为前卫，限他们在 6 月 12 日赶到懋功；由红 2 师政委刘亚楼率红 5 团在红 4 团之后跟进。林彪、聂荣臻率军团部和红 1 师及红三军团一部在红 5 团之后跟进。

---

[1]　吴启权：《毛泽东长征在四川》，四川人民出版社 1996 年 10 月版，第 332 页。

6月11日，陈光带着一部电台，率领以黄开湘为团长、杨成武为政委的红4团进抵夹金山南麓的硗碛镇。

为先头部队带路的是当地的一个藏民，叫旺堆，他经常为当地汉商赶马帮，熟悉道路，懂一点汉语，既能当向导，又能当翻译，还取了一个汉名，叫马登洪。地下党从众多的向导中选了马登洪，推荐给红军先头部队。宝兴县"红军过夹金山纪念馆"里，专门介绍了马登洪为先遣部队带路的事迹，还有马登洪老人的一张照片。当年马登洪三十多岁，身强力壮。送过红4团之后，以后又曾多次为后续部队带路。后来还参加了苏维埃政权的工作。解放后老人还健在，没有马帮了，就在家务农。据说那张照片还是解放后专门到县城里的照相馆照的。除此而外，没有留下任何资料。为先遣部队带路的，除旺堆即马登洪外，还配备了其他几个向导和翻译。夹金山山高路险，崎岖难行，一个团几千人，队伍拉得很长，半山以下全是茂密的原始森林，小股部队很容易在这里隐蔽，过去常有拦路抢劫的土匪在这里活动。

红军入川后，国民党军和地方民团活动猖獗，为了防止敌军和地主土豪武装的袭击，红军做了充分准备，要求各营连在遇到紧急情况时，能够独立作战。因此，各营、连都配备了向导和翻译。此外，还征用骡马和民夫，雇用马帮，组织运输队、担架队和收容队，为部队运粮，照顾伤病员。

6月12日清晨，红4团从硗碛镇出发，向夹金山进发。走到半山腰时，突然雨雪交加，寒风吹得衣着单薄的战士们浑身哆嗦，牙齿打战，这时羊皮和氆氇做的坎肩起了很大作用。将到山顶，突然下起一阵冰雹，核桃大的雹子劈头盖脸地打在战士们的头上、身上。下山时，已不像上山那么吃力。战士们从山顶上一下来，就感到精神振奋。从山顶下来，过了雪线、草甸以后，就到了夹金山北麓当时属懋功县（今小金县）达维乡一侧木城沟磨盘石一带。这里上面是灌木林，下面是针叶林。红4团的队伍行进在林中的小路上。

突然，磨盘石下面响起一阵枪声，红4团的指战员们一个个警惕地注视着前方，握紧手中武器，准备立即冲杀。黄开湘和杨成武跑向前卫班，观察前面情况。从望远镜中看见山下影影绰绰有少数人来回走动，那些人身上背着枪，头上戴着军帽，显然是一支军队。但到底是什么军队？说是国民党部队，却没有再向红4团射击；说是自己人，也不对，因为4团是中央红军的前卫团，前面再没有派出先遣部队了。黄开湘和杨成武立即派出侦察员，由马登洪带路，去探明情况，并叫司号员用号音与对方联络。对方回答了，但从号音中也判断不出是敌是我，他们大声向对方喊话，因距离太远，对方也听不见。4团又以战斗姿态向前推进。忽然，山风送来一阵很微弱的呼声，战士们屏息细听，还是听不清。战士们越朝前走，对方的声音就越大，最后他们仿佛听到"我们是红军"的声音。对方真的是红军？4团指战员还是半信半疑。这时，一个侦察员飞奔回来，边跑边喊道："是红四方面军的同志呀！"与此同时，山下传来了"我们是红四方面军"的清晰喊声。顿时，一片欢呼声在夹金山下响起。4团的指战员们万万没有想到，就在夹金山下，他们意外地会见红四方面军的战友们，于是，**蜂拥而下**，与红四方面军的战友们拥抱狂欢。

小金县是藏族聚居地区，属小金川流域。小金，藏名音译，意为"小河之滨"。清乾隆年间，朝廷两次出兵对嘉绒地区进行征剿，为表彰武功，将此地改名为"懋功"，即盛大的功绩之意。这个改名，带有歧视和征服的含义。解放后，1953年，遵照政务院的决定，将懋功县更名为小金县。"达维"意为石碉。清代以前，居住在这里的藏民在村寨西侧山岩上修筑了一座高达十余丈、造工精巧的石碉，因而得名。

那里有座小桥，两支红军在桥头会师。后来被命名为"会师桥"，作为重要的革命遗址保存下来。这就是长征历史上著名的"懋功会师"，也称作"达维会师"。

达维这个被雪山环抱的小镇，因红军两大主力在这里会师而名扬天下，永远地载入了中国共产党领导的中国革命的光荣史册。

红2师在当天致中央的报告中说："四方面军之25、26两个团合组成两路军于本月8日占领懋功准备向天全前进，找野战军取得联络，其主力在茂州、理番附近，并带有张国焘、陈昌浩、徐向前来信。"[1]

两路红军的先头部队胜利会师的喜讯，很快传遍整个部队，全军上下一片欢腾，精神振奋。

杨成武将军在《翻越夹金山，意外会亲人》一文中回忆当时的情形时说：

我们红4团完成了夺取泸定桥的任务后，乘胜向西北疾进，连续占领北龙坪、天全等地，6月11日下午，进抵四川边境宝兴县属的大硗碛。这里是雪山地带的起点，高耸入云的大雪山——夹金山，横挡住我们的去路。

夹金山位于宝兴之西北，懋功（今小金）以南，海拔四千多米。山上白雪皑皑，雪光耀眼。从山下望去，像是用银子砌起来的。山峰被云层笼罩着，真有"不见庐山真面目"之慨。我们早就听到过许多夹金山奇险的传说，但是，哪怕它再奇险，我们也决心以前卫团的英雄姿态跨过去，为数万英雄红军开辟出前进的道路。

为了取得爬雪山的常识和经验，我们组织了几个工作组，深入当地居民访问。年长的老乡谆谆告诫我们：早晨、晚上切勿过山，这时，山上大雪纷飞，寒气逼人，山

---

[1] 吴启权：《长征在川大事记要》，四川人民出版社1995年11月版，第81页。

岚四起，遮蔽天日。要通过，必须在上午 9 时以后，下午 3 时以前，而且要多穿衣服，带上烈酒、辣椒，好御寒壮气；还得拿根拐棍，借力爬山。

这时正是盛夏，我们身上只穿一件单衣。这里居民既少又穷，烈酒、辣椒无法买到，能找到的只是每人一根木棍。看来，我们只能以内心的革命烈火去战胜雪山的严寒，用手中的木棍去征服雪山的艰险。

我们把爬雪山将要遇到的困难详细地向部队作了交代，要大家想办法克服困难，做到爬过雪山不落一个人，不掉一匹马。

战士们豪迈地说："乌江我们最先强渡，泸定桥是我们亲手夺过来的，敌人的层层截击都被我们突破，谅这座夹金山也只能乖乖地驯服在我们的脚下。"

"强帮弱，大助小，走不动的扶着走，不能扶的抬着走，让每个战友安全越过夹金山！" 12 日清晨，在洪亮的集合号声中，部队从邻近的几个小村落向大硗碛村集结，进行翻雪山前的动员。每人手中拿着一根木棍，有的小心翼翼地夹在腋下，有的兴致勃勃地上下挥舞。随着"征服夹金山，创造行军奇迹"的口号声，无数根木棍一齐指向天空，像平地竖起的一片无叶的树林。

9 时许，队伍浩浩荡荡地沿着河旁的小路，向夹金山麓进发了。来到山下，气温骤降，脚下的路冻得梆硬，木棍着地发出"咯咯"的响声。我们一鼓作气，爬上山腰。举目环视，险峻情景使人触目惊心。左面是深厚松软的雪岩，右边是陡立险峻的雪壁，路中间是晶亮硬滑的积雪，一不小心就会滑下雪岩，越陷越深。先头班用刺刀在雪上挖着踏脚孔，后面的就手拉着手，踏着他们走过的脚印，谨慎地前进。行进间不时响起惊喊声，喊声起处，立刻就有成群的人用木棍、绑腿帮助掉进雪岩的同志往上爬。救出来的人，很快拍打干净身上的雪块，又继续前进。

山上雾霾漫天，时浓时淡，人行其中，宛如腾云驾雾。山风卷着雪花，漫天飞舞。单薄的军衣，抵挡不住风雪的吹打，脸上、身上像被无数把尖刀剐着。我们浑身哆嗦，牙齿打战，就是把所有能披的东西都披在身上，也无济于事。越往上爬，空气越稀薄，呼吸越困难。人们头晕腿酸，一步一停，一步一喘。这时候，要是有谁停步坐下，就会永远起不来。因此，每人都拼尽全身力气，互相搀扶着，同残酷无情的大自然搏斗。将到山顶，突然下起一阵冰雹，核桃大的雹子劈头盖脸地打来，打得满脸肿疼。我们只好用手捂住脑袋向前走。

冰雹过后是万里晴空，阳光耀眼。到了山顶，举目一望，只见千里冰雪，银峰环立，除开山峰上几根孤零零的电线杆式的少数民族竖起来的"旗杆"以外，是一片琼玉世界。俯视山下队伍，像一条灰色长龙，蜿蜒而上，把这个一望无边的琼玉世界划成两半。此一情景真是：

天空飞鸟绝，群山兽迹灭。

红色英雄汉，飞步碎冰雪！

山顶上的一段道路是曲折的盘道，绕着夹金山的主峰，蜿蜒而过。经过四五个小时的紧张搏斗，我们全团人马都安全翻过山顶，无一掉队。下山时，已不像上山那么吃力，山歌声此起彼伏，荡漾山谷。战士们好像要让高傲的夹金山认识认识它的征服者的英雄气概。

下至半山，在路边的山坡上，有一群群的牦牛在悠然戏逐。这是我们在跨越夹金山的过程中第一次看见的动物。它们发觉浩浩荡荡沿山而下的队伍，吓得四散奔跑。

将到山脚，一条深沟切断去路，我们只得沿着沟边绕道而下。突然山脚下响起一阵枪声，战士们一个个警惕地注视着前方，握紧手中武器，准备向前冲杀。

团长和我跑向前卫班，观察前面的情况。从望远镜中看见山下不远是一个颇大的村庄，在村子周围的树林中，影影绰绰的有不少人来回走动，他们身上背着枪，头上戴军帽，显然是一支军队。是什么军队？说是敌人吧，他们并没有向我们射击；是自己人？我们是前卫团，前面再没有自己的部队了。这一情况着实使我们纳闷。团长和我研究后，立即派出三个侦察员去探明情况，并试着叫司号员用号音同他们联络。他们回答了，但从号音中也判断不出是敌是我。我们又叫人大声向他们喊话，因距离太远，对方听不见，我们只得以战斗姿态向前推进。忽然，山风送来了一阵很微弱的呼声，我们屏息细听，还是听不清楚字句。于是我们加快速度前进。渐渐地，这声音越来越大了，仿佛听见是"我们是红军"！红军？真的是红军？我正在半信半疑，一个侦察员飞奔回来，他边跑边喊："是红四方面军的同志呀！""红四方面军的同志来了！"

与此同时，山下也传来了"我们是红四方面军"的清晰喊声。顿时，响起了一片欢呼，震得山谷抖动。万想不到就在这座夹金山下，会见了我们日夜盼望着的亲人——红四方面军的同志！

我们蜂拥而下，同四方面军的同志紧紧握手，热泪夺眶而出，长时间地沉醉在欢乐中。二百多天，一万多里的征战，我们遭遇到的是敌人的层层阻击和想象不到的重重困难。此刻突然和另一红军主力，最亲密的同志会合了，我们怎能不激动！怎能不欢欣若狂！

我们欢呼着涌进达维村，四方面军的同志忙着把自己住的房子让给我们住，88师的首长立即来看我们，同战士们欢谈，还送给我们三十担粮食，做面葫芦慰劳我们。村头村尾的每一角落都有一群群的战士在愉快地交谈，互相询问情况。两支红军主力的会师，对一、四方面军的每一个同志，都是极大的鼓舞。当同志们相互进一步了解到对方艰苦奋斗、英勇奋战的经历后，就更增加了革命的胜利信心。

晚上，我们在达维村的广场上开了一个会师联欢晚会。熊熊的篝火映红了天空，战士们的脸上闪射出欢乐的光辉。在四川民歌、评书、兴国山歌……的间隙中，连续爆发出震天动地的欢呼声。这歌声，这欢呼声，不仅道出了红军战士心头欢腾的情绪，而且是一支雄伟的历史进行曲，它向全国人民宣布：红军的两大主力已汇成一道巨大无比的洪流。

当夜，团长黄开湘同志和我睡在四方面军同志为我们准备好的床上。在漫长的征战途中，从来没有在这样舒适的环境中睡过。然而，我们久久不能入睡。会师带来的欢乐情绪在我们心头奔腾起伏。后来，我们干脆来个"长夜话"，时而谈起经历过的惊涛骇浪，时而谈起革命的美好远景……

次日，晨曦初露，我们即辞别了红四方面军的同志。88 师的首长依依不舍地送我们出发。我们怀着无比兴奋的心情，向懋功、毛儿盖继续前进。[1]

在两军会师的当天晚上，在理番县扎谷垴镇的红四方面军总指挥徐向前亲自起草电文，向毛泽东、周恩来、朱德等领导人表示热烈欢迎。电报里说：

泽东、恩来、朱德诸同志：

谨将我方详情报告如下：

一、敌情（略）

二、我方现阵地及各军位置如下（略）

三、目前我军之主要敌人为胡宗南及刘湘残敌，我军之当前任务必先消灭其一个，战局才能顺利开展，因之或先打胡或先打刘亟待决定者。

弟等意见：西征军万里长征，屡克名城，迭摧强敌，然长途跋涉，不无疲劳，休息补充亦属必要，最好西征军暂位后方阵地休息补充，把四方面军放在前面消灭敌人，究以先打胡先打刘，何者为好，请兄按各方实况商决示知为盼。

四、此方对番回夷羌少数民族工作正加紧进行中，理（番）懋（功）一带大约地瘠人稀，粮食不丰，大金川之丹巴、崇化、绥靖一带或较此为好，马塘以上即为小草地，居民游牧生活者为多，然人烟亦密。

---

[1] 杨成武：《忆长征》，现代教育出版社 2005 年 8 月版，第 121～123 页。

五、三十军政委李先念同志已来懋功，并带电台一架，在懋功之部队目前应如何配合兄方行动，请直接示知之。

六、以后关于党政军应如何组织行动，总方针应如何决定，兄等抽人来懋或我方抽人前来，请立即告知。电码密本请编好告知，以便灵通消息。

最后红四方面军及川西北数千万工农群众，正准备以十二万分的热忱欢迎我百战百胜的中央西征军。

活捉蒋介石、刘湘！

中央西征军胜利万岁！

西北革命胜利万岁！

中华苏维埃万岁！

国焘、昌浩、向前（向前代笔）

再带各方地图数份请收

1935 年 6 月 12 日夜于理番 *1

中央红军和四方面军的懋功会师，意义非常重大，改变了川西北地区敌我力量的对比，粉碎了蒋介石妄图分割围歼红军的阴谋，为两支红军在中央和军委直接领导下开创新的局面创造了有利条件。

13 日，李先念率红四方面军 88 师两个团抵达懋功县城。

同日，中央红军一军团第 4 团由陈先率领，到达懋功县城。

1935 年 6 月中国工农红军总政治部于当天给各军团发出《关于一四方面军会合后加强政治工作的指令》，要求各军团政治部"迅速传布与四方面军会合的捷报"，"迅速争取与四方面军的全部会合"，"解释两大主力的会合是为着以更大的战斗胜利消灭敌人，赤化川西北以至全四川"，"克服以为会合后可以放下担子安心休息的情绪"。指令还要求"在部队发动与四方面军联欢与慰问的盛大运动，号召每个战士准备娱乐、准备礼物会亲爱的兄弟"。

毛泽东、周恩来、朱德、张闻天等到达维

从夹金山下来，毛泽东在来迎接他们的红四方面军红 88 师师长韩东山的陪同下，

---

*1　吴启权：《毛泽东长征在四川》，四川人民出版社 1996 年 10 月版，第 336 ～ 337 页。

来到了达维镇喇嘛寺。他与韩东山亲切交谈，详细询问了红四方面军部队的情况，从军队的建制、干部的成分、思想状况、战士们的生活、训练、学习，一直问到师团的历史、党组织的建设、部队战斗力、军民关系等。韩东山对这些问题作了详细汇报，并说："我们部队的指战员都是来自鄂豫皖和四川的贫苦农民，打仗都非常顽强勇敢，一上战场没有一个怕死的，都是拼命地往前冲。"毛泽东听了非常高兴，说："是啊！这就是红军的作风！我们从江西出发那天起，飞机在头上飞，敌人在地上追，我们还是闯过来了！"后来，他又找韩东山谈了一次话，进一步了解有关情况，并热情地鼓励说："中国的革命才刚开始，道路还很遥远，斗争还很复杂，一定要不断学习，不断前进，努力工作，为党为革命奋斗到底。"

1935 年 6 月 14 日晚上，总政治部在达维镇外喇嘛寺附近的坡地上，举行了两军会师联欢会。达维喇嘛寺是个很小的寺院，只有二十多个喇嘛，没有活佛，在藏区也没有多大影响，但是，由于中央红军和四方面军的会师大会在这里举行而载入史册，名扬天下。达维寺也是周恩来、朱德、张闻天、彭德怀、刘伯承、林彪等领导人见到的第一座寺院，使共产党和红军的领导人对喇嘛寺有了一个直观的了解。毛泽东曾在硗碛寺参观考察，其他中央领导只是路过，而没有参观考察。

会场很简单，搭了个简易讲台，挂了几盏油灯和大汽灯。联欢会由周恩来主持，他说："今天，我们在这里召开一个联欢晚会，热烈欢迎四方面军的同志们！"他的开场白，引起了会场的一片欢笑声。

接着，韩东山在会上讲话，他对中央红军的到来表示热烈欢迎，并详细汇报了红四方面军的战斗历程。他的讲话激起了一阵阵热烈的掌声。随后，毛泽东和朱德相继在会上讲话。毛泽东说："这次会师具有伟大的历史意义，是红军战斗史上的重要一页，是中华苏维埃有足够战胜国民党反动政府和完成北上抗日任务的力量表现。我们在中央苏区就知道四方面军的同志在党的领导下，作战英勇，创造了川陕苏区，消灭了很多敌人，各方面都有很大成绩。"

朱德说："我们红军是打不垮、拖不烂的队伍，是为劳动人民求解放的队伍。我们从离开中央苏区那天起，每天都是同超过我们几倍的敌人作战，但是敌人的围追堵截不仅没能消灭我们，我们却大量消灭了敌人，战斗中虽然有一些伤亡，但我们却锻炼得更加坚强，扩大了革命影响，沿途撒下了革命种子，会师的胜利证明我们的红军是不可战胜的！"

"今天胜利会师了。我们一、四方面军是一家人，要在党中央领导下，为彻底消灭蒋介石反动派，赶走日本帝国主义而共同奋斗！"

讲话结束后，周恩来宣布庆祝演出开始。一方面军战士剧团演出了活报剧和歌舞，并共同高唱《两大主力会合歌》：

> 两大主力军邛崃山脉胜利会合了，
> 欢迎四方面军百战百胜英勇兄弟！
> 团结中华苏维埃运动中的力量，嗳！
> 团结中华苏维埃运动中的力量！
> 坚决赤化全四川！
> 万余里长征经历八省险阻与山河，
> 铁的意志血的牺牲换得伟大的会合！
> 为着奠定赤化全国巩固的基础，嗳！
> 为着奠定赤化全国巩固的基础，
> 高举红旗往前进！

歌词是陆定一写的，时任《红星报》主编。他是我们党优秀的理论家，长期担任中央宣传部部长。歌曲是李伯钊谱写的，她是留苏学生，杨尚昆的夫人。她是当时为数不多的红军中的女文艺战士。解放后，她以亲身经历创作了歌剧《长征》，第一次在新中国的舞台上表现了长征这一伟大的壮举。

经四川省委和各级苏维埃政府动员和组织，一部分藏族群众和达维寺的喇嘛也参加了会师庆祝大会。这可能是藏族群众和喇嘛第一次参加共产党和红军组织的活动。

刘伯承在谈到达维会师时，以喜悦的心情说："1935 年 6 月，红军飞渡大渡河后，在汉源打了一仗，击溃四川军阀四个团，旋经天全、芦山、宝兴，翻越了长征途中第一座大雪山——夹金山，占领川西北之大维（达维）、懋功等地，与四方面军胜利会合。"[1]

第一军团政治委员聂荣臻回忆起当时的情景，兴奋地说：

"6 月 12 日，我们进到大硗碛，已经进到了夹金山的脚下。这时陈光同志发来电报，他们已经翻过夹金山，到了达维，与四方面军的先头团第 80 团会合，并得知四方面军的 25 师已经在 8 日占领了懋功。接到电报真是高兴极了，给我们翻越夹金山增添了力量。在大硗碛住了一夜，第二天，天刚亮就开始上山。像我们这些病号，为了不致中途落伍，更是早上路，未等天亮就动身了。

"这时，左权同志也病了。我和左权同志都是带病过夹金山的。那天一大早，他们用担架抬着我。一上坡，我想起左权同志行走更困难，就赶紧下来。我说：'我可以挂

---

[1] 刘伯承：《回顾长征》。

一根棍慢慢地走，左权参谋长还在后边，你们抬抬他，帮一帮他吧！'"

聂荣臻接着说："夹金山，是我们长征路上过的第一座雪山，地图上的海拔高度主峰是四千五百米左右，但是从大硗碛往上走并没有这样高，因为我们到大硗碛时，海拔高度已经很高了。困难的是山上空气稀薄，天气变化无常。上午爬山，如天气正常，人们开始还并不觉得什么。已经经过反复动员，人们的精神准备都很充足。山坡是原始森林，一片片，一丛丛，铺撒在茫茫浩瀚的'六月雪'中，这些奇特的景色把人们的注意力吸引住了。再加上鼓动工作，把人们的劲头鼓得很足。但一过中午，天气骤变，先是大雾，随后是毛毛细雨，转眼又成了霏霏白雪，随风狂舞，把我们红军战士一个个都变成了雪人。尤其是到了傍晚，天气奇冷。战士们衣着不多，临时打开背包，把能穿的都穿在身上，或者干脆把被子、毯子披在身上。我上到山上感到气也喘不上来。山顶空气稀薄，不能讲话，只能闷着头走，不管多累，也不敢停下来休息，一坐下来就可能永远起不来了。我们警卫班的同志，身体都是比较健壮的，也有的走着走着不知怎么的，倒下来就完了。在山上我们牺牲了一些同志。就整个来说，我们全靠万众一心，群策群力，互相帮助，发挥了阶级友爱，胜利地翻越过了夹金山。我也和大家一起，因为想到我们盼望已久的四方面军的战友就在山脚下，自己也说不清当时是哪里来的那一股体力，硬坚持着越过了雪山。我一打听，左权同志也过来了。林彪这一天反倒掉了队，没有能过夹金山，过去他几乎是从来不掉队的。

"6月14日晚上，我们到了达维，我开始见到四方面军的同志了，那个高兴劲，简直无法形容。真是他们高兴，我们也高兴。"[1]

6月15日，中央领导人离开达维向懋功前进。出发前，毛泽东又与韩东山进行亲切的谈话，他说："我们走后，部队还得几天走完，你们的任务是把警卫布置好，提高警惕，坚决消灭敌人，掩护部队安全通过。现确定将五军团37团交给你指挥，我们在懋功要开一个重要会议，等我们从懋功出发，你们再向懋功行动。明白吗？"

"明白！徐总指挥也早指示我们要在这里坚守七天，坚决完成掩护警戒任务！请主席放心，我保证完成任务！"韩东山坚定地回答。[2]

6月16日，毛泽东到达懋功后，会见了在那里迎接他的红三十军政委李先念。这位二十六岁的军政委第一次见到毛泽东，显得十分激动。毛泽东亲切地问他多大岁数，三十军有多少人。李先念一一作了回答，并汇报了红四方面军的情况，还说因为时间短，迎接中央的准备工作做得不够，请中央谅解。

---

[1] 《聂荣臻回忆录》（上），战士出版社1983年版。
[2] 韩东山：《攻克懋功会师达维》，载《艰苦的历程》（下），人民出版社1984年版，第54页。

毛泽东等中央领导同志住在一座法式建筑的天主教堂院内。当天晚上，在天主教堂的东厢房里，毛泽东、周恩来、朱德、张闻天等中央和军委领导会见了李先念。毛泽东代表党中央和红军全体同志，对四方面军全体指战员表示亲切关怀和慰问，并充分肯定了四方面军的成绩，给四方面军很高的评价。他说："过去两支红军独立作战，现在会合了。这样，我们的力量更大了。"他详细询问了红四方面军的情况，李先念作了详细汇报。毛主席还打开一幅军用地图，边看边问李先念："岷（江）嘉（陵江）地区的气候怎样？地形怎样？人民群众的生活条件怎样？还能不能打回去？"李先念说："岷、嘉两江之间地区，大平坝子很多，物产丰富，人烟稠密，是汉族居住地区，部队的给养和兵源都不成问题。从战略地位看，东连川陕老根据地，北靠陕甘，南接成都平原，可攻可守，可进可退，回旋余地大。如红军进入这一地区，有了立足之地，可以很快休整补充，恢复体力，再图发展。而且现在茂县、北川还在我军控制之下，可以打回去，否则再打过岷江就难了。"李先念继续说："来懋功的一路上，只看到很少的藏族牧民，筹粮很难，大部队久驻无法解决供给。大小金川和邛崃山脉一带高山连绵，谷深流急，大部队很难运动，不容易在这里站住脚。向西和向北条件更差。"李先念总的思想是说明无论从地理条件、群众基础，还是从红军急需休整补充的实际情况和发展前途看，会师后向东北方向，首先是向岷、嘉地区发展比较有利。毛泽东在倾听李先念汇报时，全神贯注，频频点头，他正在思考全局的大问题，准备制定两军会合后的战略方针。李先念汇报后，毛泽东精辟分析了当时的形势和任务，他说："全国抗日高潮正在到来，整个形势对我们很有利，一、四方面军要在党中央的统一领导下，相互学习，亲密团结，完成党交给的任务。"又说："今后一、四方面军的行动方针，就是北上抗日，建立川陕甘革命根据地，促进全国抗日高潮的发展。"[1]

五十年后，身为中国国家主席的李先念对索尔兹伯里回忆当年的情形说："我们到后他们跟着就到了，没想到他们来得这么快。我们做了最大努力，甚至补充给他们一千来人。一、四方面军之间根本没有任何可争吵的。"[2]李先念诚恳谦虚的态度，给毛泽东留下了良好的印象。

为庆祝红军两大主力会师，总政治部在懋功召开了红一、四方面军驻懋部队联欢庆祝大会。在会上，红88师政委郑维山代表红四方面军致欢迎词，表示坚决听从党中央的指挥，一定虚心向中央红军学习，团结奋斗，并肩前进争取新的胜利。毛泽东和朱德在会上作了重要讲话。朱德说：红军两大主力会师，开创了中国革命史上的新纪

---

*1 韩东山：《攻克懋功会师达维》，载《艰苦的历程》（下），人民出版社1984年版，第54～55页。
*2 索尔兹伯里：《长征——前所未闻的故事》，解放军出版社1986年版，第279页。

录，是对国民党反动派的重大打击。过去就耳闻过四方面军的光荣战绩，相信两军会合后，一定会打更多的胜仗，消灭刘湘、胡宗南、邓锡侯等军阀更多的部队。毛泽东和朱德号召一、四方面军全体同志在党中央统一领导下，互相学习，亲密团结，开创革命的新局面。他们的讲话得到热烈欢迎。"庆祝胜利翻越夹金山！""庆祝一、四方面军两大主力胜利会师"的口号声此起彼伏，气氛非常热烈，充满战友深情。会后，由战上剧团演出了活报剧《一只烂草鞋》等文艺节目。在天主教堂里，两军团以上干部集中开了一次会，进行了会餐。

那几天李伯钊和她率领的文工团成了大忙人，所到之处都要进行慰问演出。当天晚上，她又亲自登台，表演了拿手的苏联水兵舞，引起台下一片叫好和欢呼。在场的童小鹏（红一军团干部）把这些都写在日记里："6月16日，到懋功城。晚与四方面军之一部开联欢会，每个人都兴高采烈的。四方面军的同志对待我军非常之和蔼和敬慕，且军风纪、纪律等均表现比我军好，的确可学习！"[1]

懋功会师具有伟大的历史意义，1986年，在纪念长征胜利五十周年的时候，李先念说："懋功会师，标志着我们党和我们军队团结胜利的一个新开端，在我党、我军历史上写下了光辉的篇章。五十年过去了，懋功会师所体现的党和人民军队团结一致，争取胜利的精神，我们要永远继承和发扬。"[2]

亲密的友谊

中共中央领导和中央红军的领导在懋功休整了三天。这期间两支部队相互联欢、慰问、交谈，非常亲切。他们相互握手、拥抱，欢呼跳跃，同声欢唱着《两大主力会合歌》，歌声震荡，欢声雷动，两军指战员沉浸在无比欢乐之中。

朱德和刘伯承还特意到住处看望红四方面军指战员，询问红四方面军的休整情况，对广大指战员表示亲切关怀。

1935年6月16日，中共中央和中革军委提出在川陕甘建立根据地的战略方针和首先向岷、嘉地区发展的行动计划，并致电红四方面军领导人征求意见。

6月18日，中共中央率领中央红军，沿抚边河北上，向两河口进发。李先念按照中央的部署，命令第88师继续留在达维镇，防御东面敌人的进攻，又派出一部分部队

---

[1] 《童小鹏军中日记》，解放军出版社1986年版，第138页。
[2] 李先念：《红军团结胜利的篇章——忆懋功会师》，载《中国工农红军第四方面军战史资料选编（长征时期）》，解放军出版社2005年版，第191页。

沿小金川河西进丹巴，再沿大金川河北进，以保障党中央北上的左翼安全。李先念和一部分部队又在懋功住了几天，负责党中央的后卫。

按照蒋介石的命令，国民党中央军和四川军阀气势汹汹而来，但总是比红军晚一步。中央红军与红四方面军会师后，敌人从东、南、北三个方面继续向红军进逼，企图把红军困死在人烟稀少的川西北少数民族地区。在这种形势下，部队保持会师时的团结合作、共同奋斗的精神，特别重要。为此，在党中央领导下，双方都做了许多工作，对加强部队建设，执行中央北上战略方针，创造了有利条件。

当红军热烈欢庆胜利会师之时，国民党阵营却陷入一片混乱，发出一阵阵哀叹：他们阻止红一、四方面军两大主力会合的计划破产了，国民党一个高级将领无可奈何地承认了他们的失败："国军防止朱毛西窜之声，早已传之数年，今朱毛毕竟西窜，而达其预定之目的矣。在朱毛西窜当中，行营三令五申，严防朱毛与徐匪向前会合，声犹在耳，墨尚未干，而朱毛毕竟与徐匪向前、张匪国焘会合矣。然而全川之六路大军，不能拒堵徐匪之南窜，中央与各省数十万劲旅，不能截拒朱毛之西奔。虽有河山之险隔，给养之困难，病疫之交侵，霜雪之严冷，均不足以慑匪胆，而刺激其改变初衷。两大洪流，竟于中华民国二十四年六月十六日（应为6月12日），在懋功之达维合拢。查国军电令，一再言曰，须收聚歼之效，今使之聚矣，何以不歼。然在分窜之中，各部尚不能击破，今既会合，则已蔓不歼，尚可聚歼之大言不惭哉"。[1]

这一段评论，除了骂共产党和红军是"匪"，诬红军长征是"窜""西窜""南窜""分窜"之外，其余评论是相当客观的，既承认红军的坚定意志，红军的顽强的战斗力，红军长征的伟大胜利，红军的不可战胜，又承认蒋介石围追堵截红军计划的破产，讥讽蒋介石再谈"聚歼"红军，就是"大言不惭"。

但是，在国民党军队，这种"大言不惭"的将军，大有人在。6月14日，在两大红军胜利会师以后，川军二十军军长杨森为了避免承担"剿匪不力"的责任，像刘文辉那样，再遭训斥，受"记大过"处分，致电蒋介石，谎报"战功"，说什么获得"灵关大捷"，称"在芦山，宝兴，天全之灵关，截断朱德匪部三千余人，失其归路……二千余人投江，余悉被生擒"。骗取了蒋介石的传令嘉奖和赏金。

同样是在这一天，蒋介石发布《劝告川康陕甘宁青民众协剿赤匪书》。

两军胜利会师，使蒋介石感到震惊，他严令各部加紧围剿。按照蒋介石的命令，国民党第二路军总指挥薛岳率其主力追剿红军到达汉源县，1935年6月16日抵荥经。

1935年6月15日，以中华苏维埃共和国中央政府主席毛泽东，副主席项英、张

*1 胡羽高编：《共匪西窜记》，贵阳羽高书店1946年印制，第481页。

国焘和革命军事委员会主席朱德、副主席周恩来及王稼祥的名义发布《为反对日本并吞华北和蒋介石卖国宣言》。同日，中革军委编印出版的《红星报》发表题为《伟大的会合》的社论，指出两大主力的新会合，是"历史上空前伟大的事件"，是"中华苏维埃运动大发展的基点"。"我们每个部队都准备着，在与四方面军亲爱的弟兄相见时，举行大规模的以至各连队的联欢会和交换战斗经验。"

同日，张国焘、徐向前、陈昌浩及四方面军全体指战员为一、四方面军会师向毛主席、朱总司令、周政委、中央红军全体指战员同志们发出致敬电，内称：

"懋功会合的捷电传来，全军欢跃。你们胜利地转战千余里，横扫西南，为反帝的苏维埃运动与神圣的民族革命战争历尽艰苦卓绝的长期奋斗，造成今日主力红军的会合，定下了赤化川西北的最有利的基础条件。我们与你们今后在中国共产党统一指挥之下，共同去争取西北革命的胜利，直至苏维埃新中国的胜利。"

此时，中央红军由第一、三、五、九军团和军委纵队组成。其中除一军团辖第一、第二师外，其余军团均不设师。整个中央红军共有十六个建制团。就是说，号称四个军团加军委纵队，实际上只有一个军的兵力。

16日，红军总司令部、总政治部联合发出关于一、四方面军会合后部队休整的规定，要求中央红军各部到达规定地区后，一律休整三天。指示各部在休整期间，就"开干部会，报告与四方面军会合赤化川陕甘的战略意义及今后战斗任务"。

1935年6月15日，中央也给张国焘等人发去一封热情的复电：

张主席、徐总指挥、陈政委并转红四方面军全体红色指战员

亲爱的兄弟们：

来电欣悉。中华苏维埃运动二大主力的会合，创造了中国革命史上的新纪录，展开中国革命新的阶段，使我们的敌人帝国主义国民党惊惶战栗。我们久已耳闻你们的光荣战绩，每次得到你们的捷电，就非常欣喜，此次会合使我们更加兴奋。今后我们将与你们手携着手，打大胜仗，消灭刘湘、胡宗南、邓锡侯等军阀，赤化川西北。我们八个月的长途行军，是为苏维埃而奋斗。我们誓与你们一起，为苏维埃奋斗到底，特此电复。

朱、毛、周及中央野战军全体指战员[1]

---

[1] 《第四方面军战史资料选编——长征时期》，解放军出版社1992年版，第57页。

会师的喜悦，使红军上上下下都沉浸在欢乐和兴奋之中。对经过长途跋涉和艰难作战的两大主力红军来说，会师是一个历史性的转折，革命形势必然会大踏步地向前发展。当时有谁能预料到，中央与红四方面军的领导者张国焘之间会发生一场严重的分歧和斗争。

当时，毛泽东等中央领导人尚未与张国焘等四方面军的领导人见面，就会师后红军的去向，进行频繁的电报往来。在毛泽东、周恩来、张闻天、朱德到懋功的当天，就战略方针问题致电四方面军，指出："今后我一、四方面军总的方针应是占领陕甘川三省，建立苏维埃政权。"而"坚决地巩固茂县、北川、威州在我手中，并击破胡宗南之南进，是这一计划的枢纽"。[1]

同一天，红四方面军一部占领大金川东岸要镇崇化。

从这些日程表，可以看出当时形势的紧迫，也可看出两军会师后，全军上下欢欣鼓舞、斗志昂扬、准备迎接新的胜利的大好局面。

四方面军喜迎中央红军

四方面军总指挥徐向前元帅在回忆当时的情形时说：

当时红四方面军上上下下都在大力筹集为中央红军准备的各种物品。"西北高原气候变化多端，昼暖夜寒，要多筹集些羊毛羊皮，制作毛衣、毛袜、皮背心。根据我军西征转战的经验，炊具容易丢，伙夫不够用，部队经常开不上饭，直接影响行军和作战。估计转战中的一方面军也会遇到同样的困难，所以我提议从各部队抽一批炊事员，带上粮食、盐巴、炊具，跟88师行动，会师后立即补充到一方面军，先解决吃饭问题……一些重要地点，总经理部分别设立了粮站，专门积蓄粮食，有的粮站积存达二百万斤以上。盐巴极缺，各部队都组织了些人到山里选石头，熬盐巴（那一带有种白石头可以熬盐）。指战员普遍会打草鞋，又学会了剪皮衣服，撕毛线，捻羊毛，织毛衣、毛背心、毛袜子。从前方到后方，从总部机关到连队，从地方政府到人民群众，处处在为迎接中央红军忙碌，气氛热烈而紧张，十分感人。"[2]

1935年6月17日，红五军团致电红四方面军：

"朱主席转张副主席、徐总指挥、陈政委及红四方面军全体英勇的弟兄们：我野战

---

[1] 参见吴启权著《长征在川大事记要》，四川人民出版社1995年11月版，第81～84页。

[2] 徐向前：《红四方面军的英勇长征》，载《军史资料》1986年第5期。

军先头部队与红四方面军先头兵团会合的捷报传来，全体战士欢腾无比，会合歌声远震邛崃，我猛进剧社已先期出发前来联欢，我全体战士正在准备赠礼，昨日击溃杨森的一旅团于宝兴附近，现益加倍努力，定要粉碎任何牵制我们全部会合的敌人，求得与我英勇亲爱的红四方面军迅速配合作战，打大胜仗，大量消灭敌人，为赤化川西北赤化全中国奋斗到底。伟大的会合万岁！苏维埃的中国万岁！"

6月18日，红军总政治部发布《赤化川陕甘计划下之战斗任务大纲》，人纲中说："现在还只是取得与红四方面部分的会合，要争取与四方面军全部的会合和达到川西北苏区，不是没有困难的。"需要"我们以胜利的战斗打破之"，"更需要发扬我们最近的节省粮食与过夹金山的勇气来克服"。

当时红军驻在懋功一带，已经感到粮食问题突出。这一带是藏族聚居的地区，群众少，耕地少，耕作粗放，农业产量低，大部队难以久驻。6月20日18时，朱德、周恩来、王稼祥发布《筹办、节省及携带粮食办法》的指示，指出："我野战军目前所处地域给养非常困难。"规定"各部队除五天休息所需的粮食外，应筹足七天粮食准备携带，以后不论向何地行动或休息，都应有七天储粮"，并规定了各军团的筹粮地区。还规定"每人每天食量：（一）麦子一斤四两。（二）包谷杂粮一斤二两。（三）牛羊猪等不做菜，应烤成肉干，代替干粮，每一斤鲜肉作半算"，"每天改成两餐，一稀一干"。

6月20日出版的《红星报》第22期，发表了《一片阶级友爱的热忱，赠给四方面军的弟兄们》的报道，记述了一方面军募捐慰劳四方面军的部分情况。报道说："'坦克'（红一方面军某部代号——引者注）看见了四方面军，立即发起慰劳运动，在一声号召之下，马上募集了七百九十余元，没有一个不参加的，表现异常热烈！""'太阳'纵队（红一方面军某部代号——引者注）在政治处的号召之下，募了七百多元来慰劳百战百胜的四方面军，也是没有一个不捐的，特别是三科和野战医院为最多，刘光省同志一个人捐了二十元。""这是阶级友爱的热情，这是阶级团结的精神，这是我们的力量，我们野战军和四方面军的同志将依靠着这种力量很有配合地作战，不断地取得伟大的胜利！"

同日《红星报》上还发表了《红一方面军一个战士的谈话》和《四方面军一个战斗员的谈话》。

6月24日，《红星报》发表了红四方面军战士致中央西征军全体红色战士书：

英勇的同志：

亲爱的弟兄们！

帝国主义国民党日夜不安惊恐万状地怕我们钢铁般的革命力量的会合，

想尽千方百计来阻碍我们，但是反革命的企图，终归失败了！

亲爱的同志们！

你们真行，你们真是我们的大哥，你们真是中国革命的英勇战士，你们由江西，而广东，而广西，而湖南，而贵州，而云南，而四川、西康的八省长征，历尽艰苦卓绝的奋斗，横扫西南势如破竹的胜利一天一天地传来，使我们的冲锋一天一天地加紧！

好了，6月13号的一天，接着我西路军九军、三十军之一部的同志们来电说：已在懋功前面同你们第一军团第二师的亲爱的同志们相会，他们热烈地呼唤，万分的喜悦，我们闻听这一伟大胜利消息，立即进行了庆祝大会，喜欢得跳高飞舞狂呼口号。

亲爱的弟兄们！

我们自从消灭了四川刘湘的六路进攻以后，北上汉中，连占宁羌、勉县，进围褒城、南郑，消灭杨虎臣部一旅之众，解决胡宗南部两团，缴获自动步枪、机关枪、长枪甚多，再南下营、仪，完全消灭罗泽州部全师，俘官兵三千余人。为着与你们胜利的会合，所以飞越嘉陵江，消灭田颂尧、邓锡侯残部溃不成军，昭、广、剑、阆、苍、南先后占领，再进而抢渡涪江，江油、梓潼、彰明、平武、北川也插遍了苏维埃红旗，近日下土门，占茂县，取威州，过岷江，进理番，出懋功，不仅是将邓锡侯、李家钰打得鸡飞狗走，溃灭不远。这半年来，缴获敌人枪支上两万支，轻重机关枪自动步枪迫击炮约千余门，同时更伟大胜利的结果，就是与我中央西征大军会合了。这些胜利的战争，都由于我中央西征军英勇奋斗之配合之所获得。

亲爱的弟兄们，我们彼此如钢如铁的两大革命主力的打成一片，将我们战争经验结合起来，严整我们的武装，加紧我们的军政学习，在中央的统一指挥下，大大发挥我们百战百胜的威风，进行革命的比赛，趁着帝国主义国民党地主资产阶级反动统治骇得目瞪口呆惊惶发抖之时，将他们快快地送入坟墓中去，将革命的火焰燃遍全中国！

中国工农红军第四方面军第四军、第九军、第二十五军、
第三十军、第三十一军、第三十三军、第三十四军、
独立一、二、三、四、五师全体战士[1]

胡宗林这位参加红军不久的藏族战士，也参加迎接中央红军的工作，他回顾当时的情形时说："上级领导告诉我们，一定要遵照徐总指挥和总部的指示，做好欢迎和慰问工作。我们学兵连也积极组织慰问品，我们在很短的时间里，准备了三百多件衣服、二百多双草鞋，此外还有毛手套、毛袜子、毛背心和皮坎肩，有的还在上面绣上字：'向一方面军老大哥学习！''团结起来，北上抗日！''打倒国民党反动派！'

"这之后，从川北下来的红四方面军和从南方上来的中央红军，在夹金山脚下会合，浩浩荡荡，气势雄伟。古老的雪山草地，从来也没有这么热闹，这样充满生机活力，大家都非常兴奋。四方面军准备了很多慰问品，送给老大哥，还要开联欢会，宰猪杀羊'打牙祭'，热闹得很，简直像过年一样。我是穷苦人家出身，过年也没有什么好吃好喝的，照样要干活，更没有这么开心，这么高兴。

"这时，袁孝刚大显身手，几乎天天宰猪杀羊，操办宴席，招待一方面军同志和从四川来的四方面军战友。他积极肯干，待人宽厚，办事公道，群众关系也好，上级就让他当了副连长。"

懋功县城不大，坐落在一个长长的高山峡谷中。山谷里隆起一座扁平的山，县城就建在被重峦叠嶂包围着的扁平的山上。小金川河围绕县城深深的谷底流过。据史料记载，明朝将这里称为金川寺，因有一座藏传佛教寺院而得名；清朝设美诺直隶厅和懋功屯务厅；民国置懋功县。就在毛泽东等人进入懋功县城的当天，红军总司令部、总政治部联合发出《关于一、四方面军会合后部队休整的规定》，要求中央红军各部到达规定地区后，一律休息三天。具体区域划分是：一军团在抚边、木坡、八角等地域，三军团在官寨、达维地段，五、九军团在大硗碛，军委纵队在懋功。各部在休整期间，应"开干部会，报告与四方面军会合赤化川陕甘的战略意义及今后战斗任务，并开各连队军人会进行解释"；同时，还要以团为单位召开同乐会、集中礼物与四方面军部队进行广泛的联欢和学习活动。

按照总司令部和总政治部的要求，红一方面军部队在各级政治机关组织下，与四方面军部队开展了广泛的联欢和慰劳活动。1935年6月21日，红一方面军在懋功天主教堂举行了干部同乐会，两个方面军驻懋功部队的团以上干部全部参加。《红星报》报道了同乐会的盛况：

尚未开会时，唱歌呀，谈话呀，"两方面军干部互相谈论过去的战绩，整个会场充满着愉快的表情"。大会开始后，党中央和总政治部的代表博古和朱总司令讲了话，告诉全体干部目前的有利的环境，两大主力会师的意义，与红军的战斗任务。接着便是"五大碗"的会餐。然后便是精彩的晚会。据《红星报》1935年6月20日和27日报道，晚会上演出了两个方面军的文艺节目，有"火线"剧社的唱歌跳舞，有"太阳"纵队以十七勇士抢渡大渡河为题材的《十七个》，最后"猛进"剧社表演《破草鞋》。这两个戏无论在剧情上或者在艺术上都是成功的。边章五同志的京调、李伯钊同志的跳舞，都博得了大家的掌声，会场空气极盛一时，为反攻以来第一次！

23日的下午，"太阳"篮球队与四方面军驻懋功部的篮球队举行友爱的比赛，开始是分开打，以后又混合打，球艺虽由于双方的长期行军与作战而表现着生疏，但活跃的精神、英勇的表演，处处都显示出百战百胜的红色健儿的大好身手！

在慰问活动中，一、四方面军指战员均以捐钱、捐物的形式，积极参与。一方面军的"坦克"部队，一次动员之后，即捐款近800元，军委纵队也捐了700多元；6月14日一天，九军团即募集到银币1.2万元，用以慰问四方面军。由于四方面军的动员号召更早，所以其慰问品显得更为丰富，仅总政治部收到的四方面军第二批慰问品就有：三十一军衣服495套、又下装19件、草鞋1386双、手巾152条、鞋子169双、袜子419双、袜底191双、毯子100床、红匾2面；特委草鞋481双、布鞋28双、手巾50条、袜子146双、袜底113双、衣服33件、袜套13双；九军汗巾203条、袜子357双、毯子4床、单衣11件、袜底37双、草鞋293双、皮衣47件、鞋20双、牙粉3瓶、香皂2块、旗子2面；四军有草鞋1236双、鞋135双、汗巾171条、单衣191件、袜子690双、匾4面、对子4副；军需处有棉大衣若干件。

藏族战士经历的"达维会师"

中央红军在毛主席、周副主席、朱总司令和张闻天的率领下，经过艰苦转战，胜利地渡过了金沙江、大渡河，经天全、宝兴，翻过夹金山，进入懋功地区。懋功地区全是藏族聚居的地方，而红一方面军没有一个藏族战士，也缺少能够担任翻译和向导的人。四方面军总部决定从各部队紧急抽调一部分刚参军的藏族战士到懋功，参加迎接一方面军的工作。天宝、沙纳、袁孝刚等人都被调去，是第一批到达懋功的藏族战士。解放后，袁孝刚担任西南民族学院总务处处长。西南民族学院的创始人、第一任院长王维舟，是川陕根据地的创始人之一，长征时任红四方面军三十三军军长；副院长张天伟也是四方面军的老战士，至今健在。遵照毛主席"**发扬革命传统、争取更大光荣**"的教导，王维舟院长把长征的历史作为西南民族学院入学教育的重要内容，是政治科（即后来的政治系的）的必修课。而主讲人就是黄德璋、袁孝刚和张天伟。

天宝、袁孝刚等人是幸运的，他们参军不久，便有机会见到毛泽东、朱德、周恩来、张闻天、刘伯承等中央领导人，直接参加我军历史上许多重大的活动。中央红军飞夺泸定桥，经天全、芦山、宝兴到达懋功。杨成武、黄开湘率领的红4团是一支英雄的部队，创建于井冈山根据地，在长征途中屡建战功。飞夺泸定桥的这一英雄行为，在全军传颂。他们翻过夹金山不久，天宝、袁孝刚便见到了这支英雄的部队，并为他们服务。袁孝刚这个宰猪出身的藏族战士，上级分配他宰猪杀羊，为英雄的部队"摆宴席"。袁孝刚大显身手，用当地的"五大碗"盛宴慰问英雄，给长途跋涉的红军战士留下了深刻印象。

泸定桥在新战士天宝心里留下了深刻印象。解放后，天宝担任甘孜藏族自治州州长，泸定桥在他的管辖范围。再后来，他担任阿坝州州长，懋功又在他的领导下。因此，天宝对泸定桥和会师桥有着特殊的感情。

杨成武将军后来说："天宝等人是我们见到的第一批藏族同胞，当时汉话讲得还不好，但对同志热情忠厚，工作认真负责，帮了我们很大的忙。若没有他们，我们情况不熟，语言不通，真是寸步难行啊！"

在迎接一方面军、两路红军会师的过程中，天宝、沙纳、黄德璋、袁孝刚、胡宗林等刚刚参加红军的年轻战士们和藏族同胞发挥了重要作用，给困难中的红军以有力的支持。

"刘伯承总参谋长亲切看望我们"

为了表达党中央、中革军委对四方面军广大指战员的关怀，进一步促进中央红军与四方面军的团结和友谊，两河口会议后，中央立即派出由刘伯承、李富春、林伯渠、王稼祥、李维汉等人组成的中央慰问团，到四方面军驻地扎谷垴去传达贯彻两河口会议精神，宣传北上抗日的战略方针。

由于刘伯承在广大红军指战员当中享有崇高威望，对刘伯承总参谋长所传达的中央精神和讲述的道理大家十分信服，徐向前甚至想请刘伯承担任四方面军的领导，自己到中央做个普通工作。徐向前在《徐向前回忆录》中这样说：

"两军会合之初，我就想离开四方面军，去中央做点具体工作。因为自从在鄂豫皖和张国焘、陈昌浩共事以来，我的心情一直不舒畅。张国焘对我用而不信，陈昌浩拥有'政治委员决定一切'的权力，锋芒毕露，喜欢自作主张。许多重大问题，如内部'肃反'问题、军队干部的升迁任免问题，等等，他们说了算，极少征求我的意见。特别在川陕根据地，取消了原来的中央分局，由张国焘以中央代表身份实行家长制的领导，搞得很不正常。我处在孤掌难鸣的地位，委曲求全，凭党性坚持工作。既然两军已经会合，我就想趁此机会，离开四方面军。我在下东门见到陈昌浩时说：'我的能力不行，在四方面军工作感到吃力，想到中央去做点具体工作。听说刘伯承同志军事上很内行，又在苏联学习过，可否由他来代替我。'我请陈昌浩把我的要求，向张国焘郑重反映。"[1]

徐向前的名字早已声震遐迩，威慑敌胆。1935年2月2日，蒋介石悬赏"银洋十万元"，指名通缉朱德、毛泽东和徐向前。尽管如此，徐向前依然对刘伯承那样敬重、钦佩和信任。陈昌浩坚决反对，徐向前考虑到各方面的因素，也就没再坚持自己的意见。

对这些情况张国焘十分恼火，他表面上对中央慰问团表示"热烈欢迎"，暗地里却严格限制四方面军的指战员与中央慰问团接触，把一些可能向中央慰问团反映情况的人隔离起来，像对廖承志、罗世文、朱光等人即采取了这种措施。张国焘甚至在中央慰问团到来前后，竟下令秘密杀害了个别了解他底细的人。曾任鄂豫皖红四军政治委员、为建设鄂豫皖根据地作出过重要贡献的曾中生，就是在中央慰问团到来之后遭到杀害的。而在此之前，中央和毛泽东曾几次要张国焘把曾中生交中央，都被张国焘以种种理由拒绝。曾中生被杀害后，张国焘为了逃避罪责，向中央谎报说曾中生已逃跑，不知去向。[2]

尽管张国焘严密封锁消息，实际上是做不到的。刘伯承、李富春等人利用各自的渠道，接触了许多四方面军的指战员，向他们宣传了中央的精神，了解到张国焘反对中央、分裂中央的许多情况。中央慰问团一方面迅速向中央反映情况，一方面耐心地与张国焘协商部队迅速北上的问题。

刘伯承既有革命家的智慧、军事家的气概，又有长者风范，和蔼可亲，平易近人。他深入到基层慰问广大的红军战士，传达中央精神，倾听他们的呼声，了解他们的困难和问题，给广大指战员们留下深刻印象。几十年的时间过去了，胡宗林在回忆刘伯承总参谋长来看望他们的情景时，依然是那么动情。他说：

我到学兵连不久，就听老同志们说：毛主席、朱总司令率领的中央红军，也来到了雪山草地，与四方面军胜利会师。中央红军，也就是一方面军，大家都称他们为"老大哥"。

也就在先头部队会师的当天，徐向前在理番县的扎谷垴代表四方面军致电党中央，表示四方面军全体同志"正以十二万分的热忱，欢迎我百战百胜的中央西征军"。西征军，就是中央红军。四方面军的总部，就在我们理番县扎谷垴，当时，我们学兵连也

[1] 《徐向前回忆录》，解放军出版社2008年版，第316～317页。

[2] 杨国宇、陈斐琴、李鞍明、王伟编：《刘伯承军事生涯》，中国青年出版社1982年7月版，第107～108页。

在扎谷垴。

到了学兵连，上级让我在连部当传令兵，一面学习，一面工作。在那些日子里，我这个传令兵也很忙，今天接待这支部队，明天给另一个部队送慰问品。袁孝刚宰猪杀羊，我给他当下手；还要做翻译，当向导，带民夫，运送粮食，采购蔬菜，忙得很。

一方面军经过艰苦的战斗，冲破敌人的围追堵截，损失很大，鉴于这种情况，6月下旬，四方面军把三个建制团，共三千八百多人，连同武器装备，划归一方面军。而四方面军新兵多，缺少军事骨干和政工干部，一方面军就派了不少骨干，到四方面军任参谋、参谋长或政治部主任等职。两大主力红军胜利会师，亲密团结，搞得红红火火，热热闹闹。

两大主力胜利会师，壮大了革命力量，形势非常之好。我们这些刚刚参军的战士，也感到很高兴，心想：我们的队伍这么强大啊！

7月初，党中央、毛主席派刘伯承、李富春、林伯渠、王稼祥、李维汉、廖承志等人组成中央慰问团到四方面军驻地理番县扎谷垴慰问四方面军广大指战员，同时帮助传达、贯彻两河口会议精神，促进两支部队的团结，宣传北上抗日的战略方针。

扎谷垴离我们学兵连所在地不远，上级告诉我们，刘伯承总参谋长要来看望学兵连的官兵，要我们做好迎接的准备。大家都非常高兴，立即打扫营房，布置会场。一天上午，刘伯承总参谋长骑着马，只带了两名参谋，来到学兵连，由三十一军政治部张主任陪同。我们全连官兵，军容整齐，列队欢迎。张主任和连首长把刘伯承总参谋长请到军人俱乐部，张主任作了简短讲话，因为我们都是新兵，都不认识刘伯承总参谋长，张主任首先介绍了刘伯承的经历和身份，说他参加过南昌起义和中央苏区的斗争，现在担任红军的总参谋长，称他是我们红军的创始人之一，是一位杰出的军事家。大家听了肃然起敬，这样一位红军的主要领导人，专门来看望我们这个只有一百多人的学兵连，说明上级对我们的关心和重视，大家都很高兴，也很感动。张主任接着向总参谋长汇报了学兵连的情况。

刘伯承发表了重要讲话。他是四川人，讲的是四川话，大部分我都听得懂。总参谋长说，我们中央慰问团的第一个任务，是代表党中央、中革军委和毛主席、朱总司令慰问四方面军的广大指战员，也包括在座的学兵连的全体同志。说到这里，刘伯承总参谋长举起手，庄重地向大家敬了一个礼。大家报以热烈的掌声。

刘伯承接着说，我们的第二个任务是学习，向英勇善战、功劳卓著的四方面军指战员们学习。刘伯承着重讲了第三个任务，是促进和加强一方面军和四方面军的团结。他说，当然不只是一方面军和四方面军的团结，我们讲的团结，包括多方面的内容，党和军队的团结，军队和地方的团结，军队和军队的团结，地方和地方的团结，汉族和藏族、羌族、彝族同胞的团结，各民族同胞的团结，等等。刘伯承强调指出："团结就是力量，团结就是胜利。只有团结，才能克服困难，战胜敌人，夺取革命的最后胜利。"

我是第一次见到刘伯承总参谋长这样高级的领导，心情特别激动，他讲的话，印象也特别深刻，几十年的时间过去了，讲话的主要内容，依然记得很清楚。

胡宗林说：刘伯承和蔼可亲、平易近人的作风，也给我留下了深刻印象。讲完话，总参谋长从讲台走下来，与战士们亲切交谈，连长和政委也向他汇报有关情况。刘伯承走到袁孝刚前面时，政委说：他是我们学兵连的副连长，并介绍了他的情况，刘伯承高兴地握着袁的手，问："你是本地藏族？"袁孝刚马上一个立正姿势，说："报告首长，我是理番县的藏族。"刘伯承微微一笑，轻轻拍着袁的肩头，亲切地说："随便摆摆龙门阵，拉拉家常，不要那么严肃。"

刘伯承又问："藏名叫什么？"

"索朗多尔吉。"

"索朗多尔吉，这个名字很好听嘛！"刘伯承点点头，又问："什么时候当的红军？"

"报告首长，今年5月底，红军到理番县后参的军。"

"好！好！听说理番县的藏族同胞和羌族同胞当红军的积极性很高，这说明他们的觉悟很高，革命积极性很大。"

总参谋长的话还没有说完，一位同志说："袁孝刚刚一入伍，就当了副排长，不到两个月，就当了副连长。我们好多同志当了两三年兵，打过很多仗，有的还负过伤，才当个排长，有的还是副排长。"我们连的文书也跟着说："我当兵也三年多了，才是一个排级待遇。他们就仗着会讲一点本地话，占了便宜，上级对他们也格外重视。"

听了这些议论，刘伯承先是笑了笑，然后严肃地说："'会讲一点本地话'，就很不简单。这本地话，不是一般的四川方言、江西方言、湖南方言，而是藏语，是另一种语言。刚才你们政委介绍了，你们连里很多同志会讲三种话，藏话，羌话，汉话，比如袁孝刚同志，就会讲三种话，这就是本事。你们就不会讲，没有这个本事，这一点就不如这些新同志。"

刘伯承提高声音，对大家说："我们现在到了雪山草地，到了藏族地区，就要很好地团结藏族同胞，尽可能多地吸收藏族和羌族当中的年轻人，吸收他们当中的优秀分子参加红军，壮大我们的力量。上级对他们给予更多的关怀，他们进步快一点，也是完全应该的。"

我和文书站在一起，刘伯承走到我面前时，政委介绍说："他叫胡宗林，是连里的传令兵。"

刘伯承点点头说:"传令兵的工作很重要。"又问我:"你的藏名叫什么?"

"仁钦索朗。"我大声回答。

刘伯承慈祥地笑了笑,说:"这个名字也很好听嘛!"

接着,总参谋长又同好几个战士交谈,询问他们学习和生活的情况。

刘伯承对张主任和全连指战员说:"三十一军办学兵连,是一个创举,是培养少数民族干部一种很好的形式,你们要继续把它办好,还应该扩大和发展,多培养一些。学兵连不但有藏族、羌族,还有汉族,这就很好嘛!民族大团结!各民族的同志可以互相学习,取长补短嘛!"

刘伯承又说:"别的部队有条件的,也应该办这样的学兵连。"

刘伯承总参谋长对学兵连的重视和积极评价,使我们大家都受到很大的教育和鼓励,领导上办学的责任心更强了,我们的学习积极性和自觉性也更高了。[1]

刘伯承还到扎谷垴一个寨子看望和慰问藏族同胞,那里的群众不懂汉语,组织上就派天宝给总参谋长当翻译,但那个时候天宝只懂一些简单的日常用语,深一点的话,他就听不懂,更翻译不出来,弄得他十分紧张,生怕首长批评,头上都冒出了汗。总参谋长却一点也没有责怪他,亲切地拍着他的肩膀说:"没有关系,不要紧张,以后好好学,一定会成为一个好的翻译。"

天宝生前也曾多次谈到他第一次见到刘伯承总参谋长,为他翻译的情形。几十年的时间过去了,每当天宝回忆第一次给刘伯承元帅当翻译的情景时,总是满怀感激之情。

在学兵连的日子里

刘伯承总参谋长看望学兵连,并指示要把学兵连办好。徐向前和四方面军各部队首长就更加重视学兵连,加强了教学工作,使之成为培养藏族和羌族等少数民族红军战士的一个重要阵地。

胡宗林回顾他所在的学兵连的情况时说:

在学兵连,主要的课程是军、政、文。

军,学姿势教练,从老百姓变成当兵的,要像个军人,还要学队列训练。没有教

[1] 2005年6月,胡宗林访谈录。

打枪。我们那里民间都有枪，再穷的人家，也有火枪、土枪，用来防身，都会打枪，不用教。汉族教官感到很惊奇，他们不知道，这就是藏族部落社会的特殊情况。

文，要学识字，学唱歌。我们那些穷孩子，大部分没有上过学，有的连自己的名字都不会写，要从头学。记得用顺口溜的方式教我们认字："一画念个一，二画念个二，三画念个三，四画不成字，横着竖着都不成字。"……这样学起来，很有兴趣，学得快，记得牢。接着就学"共产党、红军、工人、农民……"这些词汇，还教我们学习写自己的名字、籍贯、民族等常用的词汇。教我们唱革命歌曲，天天都要唱，从歌词中学革命道理，学认汉字。

政，就是学政治。红军队伍，最注重政治思想教育，给我们讲红军的宗旨，讲红军的光荣传统，讲红军的纪律；还讲党和红军的民族政策和宗教政策。教我们做群众工作，做"扩兵"工作。后来与一方面军会师后，发现一个最大的区别是，一方面军称新入伍的为"战士"，领导干部叫指挥员；四方面军称我们"士兵"，领导干部叫"官"。人家叫"扩红"，我们叫"扩兵"。

上级认为我们学兵连有人才，懂两三种话的人很多，熟悉当地情况，都是穷人家的孩子，政治上可靠，能吃苦，会干活，规定我们的任务，一是学习，二是做群众工作。经常把学员抽去，到地方上，或别的部队去工作。有时还调到别的军，调到总部去工作。我自己也曾多次被抽调去担任翻译，买粮买肉，买柴火。这些工作都是作为个人参加，最多也是抽去三四个人。有一次，我被派到扎谷垴喇嘛寺作宣传。扎谷垴喇嘛寺是我们地区最大的一座寺院，平时有几百个喇嘛，除了藏族僧人，还有从东北、湖北、陕西、四川、内蒙古等地来的信徒，影响比较大，举行重大法会时，能集合上千人。每年农历正月初十，要跳神；藏历年、羌历年，都要举行法会，周围的群众都会来参加，这时会有一两万人。

喇嘛寺很有钱，有自己的造币厂，银元堆积如山。这在内地是不可想象的，私造银钱是犯法的，要杀头的。寺院还有自己的武装。红军到理番县之前，国民党的特务分子也潜入寺院，挑拨离间，造谣诬蔑，挑动喇嘛寺与红军作对；被红军打垮、打败的国民党散兵败将，也跑到寺院，此外还有当地的屯兵和土匪，都汇聚在寺院，提出所谓"武装保卫寺院"的口号来欺骗群众，企图煽动不明真相的群众来反对红军。

寺院离四方面军总部不远，总部想通过和平协商，让红军顺利通过。寺院在山上，道路在山脚，寺院封锁道路，红军就无法通过。在这种情况下，1935年6月16日，总部派出以四方面军副总指挥兼三十三军军长王维舟为负责人的工作组，由刘瑞龙、杜义德等十多人到寺院，与堪布等寺院负责人协商。上午10点多，谈判正在进行，在国民党军队和特务分子的挑动下，早已埋伏在周围的几十个喇嘛和屯兵，突然冲进坝子，有的拿着大刀砍杀红军，有的拿着火枪，向红军射击。当场有几位红军战士被打死打伤，徐向前总指挥的警卫参谋也被打死。

王维舟指挥部队，立即冲出包围。谈判宣告破裂，和平解决的道路也被堵死。

鉴于这种情况，总部决定武装解决。

6月18日，总部命令妇女团担任进攻扎谷垴喇嘛寺的任务。妇女团的团长兼政委是著名的女英雄张琴秋。妇女团到理番县后，征召了一批藏族女兵，她们也参加了战斗。同时命令学兵连参加战斗，要求我们在19日上午务必赶到。连长周兴是位老红军，很有战斗经验，接到命令，他决定带着文书和我，还有两个战士，跑步赶到指定位置，政委带着部队，迅速赶上。我们提前一天，于18日上午赶到。

我们到达时，战斗已经打响。妇女团有三个连投入战斗，从三面向寺院发起猛烈进攻，还有总部炮兵的炮火支援。枪一响，国民党散兵败将和特务分子早就跑得不知去向，喇嘛和屯兵乱作一团，红军从三个方向冲进寺院，打死打伤数十人。战斗很快就结束了。

胡宗林说："上级命令我们学兵连协助妇女团打扫战场，帮她们烧水做饭，抬担架。这次战斗，红军的损失很小，只有几个伤员，没有一个同志牺牲。我们看到妇女团的战士们，穿着整齐的军装，戴着八角帽，扛的全是德国造的马枪，口径都很新，一人一支枪、一把大刀，威风凛凛，神气得很。我们都非常羡慕。

"扎谷垴战斗，我们虽然没有打一枪，也总算全建制地参加了战斗。还受到上级的表扬。后来回想，可能是上级给我们一个锻炼的机会。"

赶走了国民党的散兵游勇和特务分子，寺院恢复宁静，王维舟再次进寺院向广大僧众宣传共产党和红军的民族政策和宗教政策，争取他们与红军合作，支援红军。经过王维舟耐心细致的说服教育，寺院住持和广大僧众表示要与国民党反动派断绝关系，与红军合作。寺院主动拿出大批粮食、茶叶、盐巴和布匹支援红军，还有大批银元和黄金。胡宗林说："我这个穷人的孩子，从来也没有见过这么多银元和黄金。平常人家有一点点黄金就不得了。寺院的黄金都是大块大块的，叫什么金砖、金锭，还有拳头那么大的金坨坨，真是让我们开了眼界。我们这些新战士高兴得不得了。"

红军又拿这些银元和黄金去买粮食和布匹。

胡宗林说：

那时，国民党的飞机经常到理番县和附近的几个县轰炸、撒传单，有汉文的，也有藏文的。内容无非是攻击诬蔑红军，要藏族僧俗群众联合起来，阻挡红军到藏区，再就是投炸弹，投下很多炸弹，企图炸红军，封锁运输线。我们事先都挖好了防空洞，飞机一来，我们就躲进防空洞，所以损失不大。

到了8月下旬，整个部队往西撤，准备北上。上级指示，学兵连的学习要结束，分配到各个部队。袁孝刚副连长，已分配到三十一军保卫部，结业前夕，周兴连长让我到保卫部请袁归队，最后给大家办一次酒席。到了保卫部，部长先不同意，他怕政治部叫回去后，不让他回来，说保卫部很需要袁孝刚这样的同志。部长亲自给我们的政委打电话，要保证袁孝刚回来，他才同意借人。政委说："我们学兵连的学习结束了，结业前，大家热闹热闹，没有别的意思，不会扣押你的人。"保卫部的领导才同意让袁孝刚跟我走。

回到连里，政委高兴地说："看来我们学兵连办得不错，我们的学员各部队争着要。"

事实的确是这样，分配方案是由政治部确定的，各个师团都要求增加名额。不但本军的各部队要人，别的军和总部机关也要人。张主任说："看来我们当初培养的人还是太少，满足不了部队的需要。刘总参谋长就曾指示我们要扩大、要发展。"

当天下午，举行结业典礼，政委和用人单位的代表，都发表讲话，充分肯定三个多月来我们的学习成绩。

那天晚上，由袁孝刚操办，办了一次很丰盛的酒席，每个桌子都是八小碗，中间一个大碗，九样菜。我们都是穷人家的孩子，从来也没有吃过这样丰盛的酒席，战士们高兴地说："今天这个牙祭打得真过瘾。"

会餐后，按照我们地方的规矩，举行了盛大的篝火晚会，请当地老百姓参加，也等于召开了一次军民联欢晚会。

第二天，学员们怀着依依惜别的深情，各自走向新的岗位。我被分配到我参军时的单位三十一军地方工作部。

到了地方部，尚部长亲自参加，为我开了欢迎会，又准备了好多菜"打牙祭"。同志们这样欢迎我、关心我，我自己也很感动，暗暗下定决心：一定要努力工作，绝不辜负组织上和同志们对我的关心和爱护。

部里还给我发了一匹马，是建昌马，个头小，耐力强，能走路。鞍鞯也都是齐全的。我非常高兴，抱着枣红马，亲了又亲，精心喂养。这些马都是在当地征集和购买的。

胡宗林所在的学兵连只是一个连，四方面军五个军，加上司令部、政治部和总经理部（后来统一改称总后勤部）总共办了几十个学兵连，培养了大批新战士，尤其是藏族、羌族等少数民族的红军战士，后来他们大多数成为红军的骨干力量。

前面谈到，四方面军一到藏区后，即宣布成立中华苏维埃西北联邦政府、四川省委以及各县、各乡镇的苏维埃政府。当时，各级苏维埃政府最主要，甚至可以说唯一的任务就是动员群众支援红军。在人烟稀少、物产不丰的雪山草地，突然之间来了十几万红军，粮食是极大的问题。所以支援红军，最主要的就是为红军筹粮。粮食，关系到十几万红军的生死存亡，这就需要大批的藏族和羌族干部。

红军筹粮，主要有以下几种方式：

第一，在宝兴、天全、芦山等汉族地区筹集粮食，那些地区是产粮区，粮源比较富裕，但运输是极大的困难。四方面军和中央红军都曾组织很多运粮队，也雇用马帮。但是，中央红军翻越夹金山仅仅几天后，尾追而来的中央军和以逸待劳的四川军阀三十多万人马，东起宝兴，西到康定、雅安，对进入雪山草地的红军进行合围，而且每天都派飞机进行轰炸，企图将红军困死、饿死在雪山草地。从内地运粮的道路很快就被切断。

第二，初到藏区的红军，也依然采用在内地打土豪、分田地、分浮财的办法，发动贫苦群众，斗争土司头人，没收他们的粮食和财物，大部分留给红军自己用，一部分分给贫苦群众。除了没有搞土地革命，其他一切都与内地的做法差不多。第一批参加红军的藏族战士回忆当时的情形说：他们都是穷苦人家的孩子，缺衣少食，都分到了浮财，感到很高兴；参军后参加工作组，又带领乡亲们去打土豪、分浮财。他们大部分都有这种经历。

为了发动和争取群众，红军进入各村寨后，一面帮助老百姓生产，一面通过各种形式宣传党的方针政策，宣传抗日救国的主张，说明红军是劫富济贫、保护穷人、帮助穷苦人闹翻身的队伍；同时，在县城张贴"打倒日本帝国主义！""打倒国民狗党！""打倒蒋介石！""打土豪，分田地！""灭蒋兴藏！"等标语。

但是，很快发现这种办法也不行。土司头人，相对于贫苦群众和奴隶、娃子来说，是很富裕、很有钱，他们之间是压迫与被压迫、剥削与被剥削的关系，处于尖锐的阶级对立之中，可是，由于藏族地区人烟稀少，土地贫瘠，生产力低下，产量很低，就是把土司头人的全部存粮拿来，也解决不了红军的用粮。而且由于历史上遗留下来的民族矛盾和民族隔阂，这种做法只能加深民族矛盾，所以也坚持不下去。因此，红军很快在政策和策略上作了调整。

第六章 新局面，新问题

两军会师后，敌军震惊，一片慌乱；我军振奋，一片欢腾，出现了对敌不利、对我有利的大好形势，从中央领导到广大指战员，都希望能开创革命的新局面。如果两支主力红军能够在党中央的集中领导下团结一致地统一行动，一个革命的新局面必定会很快创造出来。革命前景一片光明。

但是，在这关键时刻，张国焘的政治野心大膨胀、大暴露，他错误地估计形势，把红四方面军看成他向党争权的资本，向党闹独立性，给党和红军的统一投下越来越严重的阴影。党中央和毛泽东也因此而面临一种新的挑战、新的困境。毛泽东后来说，他在长征路上同张国焘的斗争，是他一生中"最黑暗的一段路程"。

因此，可以说当时红军面临两个重要问题，关系到红军的生死存亡。

第一个问题是张国焘野心膨胀，妄图篡夺党和红军最高领导权，党和红军面临分裂危机，关系到党和红军的生死存亡。

第二个问题是给养问题，十多万大军一下子来到这人烟稀少、贫瘠荒凉的雪山草地，国民党蒋介石几十万大军从外面严密封锁，切断运输线，吃饭是个大问题。这同样关系到红军的生死存亡。

毛泽东会见张国焘

一、四方面军会师后，十余万工农红军控制着松潘（不含松潘县城）以南、北川以西、夹金山以北、大金川以东约 1.5 万平方公里的地区。这时，中央和毛泽东分析了由红军两大主力会师而造成的敌我态势的巨大变化、全国日益高涨的抗日民主运动、红军所处的战略位置等条件，改变了会师前所计划的"创建川西北新苏区"的战略方针，提出了"建立川陕革命根据地"的新主张。

1935 年 6 月 23 日，毛泽东、周恩来、朱德、张闻天、刘伯承等人从懋功出发，取道双柏、八角、木坡、抚边前往懋功以北七十公里的两河口。毛泽东当时的心情，《毛泽东长征在四川》里作了这样的描述：

"这是一条古道，毛泽东骑在马上，仿佛看见了古道的昔日景象：往来的马帮正疲困地走着，前头的颠顿着瘦瘦的颈子，晃荡着红璎珞下的大包铃，叮当叮当，单调而凄凉；后面的驮马挂着包包锣，偶尔敲出沉重的锣声，在山谷里荡起悲怆的回响；而那赶马人高亢悠长的歌声，向雪山倾诉过多少生活的艰辛和旅途的荒凉，倾诉过多少对新的生活的热切向往！毛泽东心情沉重，思绪万千。"[1]

当天晚上，毛泽东等人在抚边屯的屯治所在地抚边宿营。抚边，大约在懋功县城至两河口的中间。

6 月 24 日，毛泽东等人抵达两河口。

两河口是两河的交汇之处。一条叫梦笔河，它是从北面的大雪山——梦笔山下来的河；另一条叫虹桥河，它是来自东面的大雪山——虹桥山下来的河。还在中央红军于 6 月 12 日翻越第一座大雪山夹金山之前，红四方面军迎接中央红军的先头部队就已于 6 月 5 日从理番县的米亚罗翻越了虹桥大雪山。

虹桥河与梦笔河在两河口相汇，因而得名，形成了一个满是野花的三角形绿洲，两河口镇就坐落在这片绿洲上。

虹桥河与梦笔河汇合以后，称为抚边。抚边河一路潺潺湲湲地从两河口流下，到老营猛固后注入小金川河。

虽然两河口镇周围青山亘古，绿水自流，风景秀丽，但两河口镇却只有一条街道、百余户居民。

镇子虽小，但地理位置十分重要。两河口是懋功北部的重镇，当时被称为"绥（靖）、抚（边）、卓（克基）、松（岗）各土之中枢"。北越梦笔山至卓克基约五十公里。过了两河口，便进入大石板沟，即到达缓平渡的山脚，并由此开始上山坡，一直到达木城，从木城至梦笔山垭口约六公里。

两河口周围山上种植青稞、圆根（类似萝卜的高山作物）、蚕豆、油菜的农民多为藏族；两河口镇的居民中，汉人又较多，他们宁肯自己的住房差一点，也花钱修了一座金碧辉煌的关帝庙。

关帝庙里有一块大的影壁，一座不小的大殿，两侧分别是一座钟楼、一座鼓楼，

---

[1] 吴启权：《毛泽东长征在四川》，四川人民出版社 1996 年 10 月版，第 355 页。

后面山坡上还有一个小小的观音阁。

毛泽东与贺子珍住在关帝庙的大殿里，周恩来、朱德、张闻天和刘伯承则住在山坡上的民房里。从行军中的住宿情况看，毛泽东似乎不大愿意同中央其他领导人在一起，总是特立独行，单住一处。而周恩来总是与朱德、刘伯承、张闻天等人在一起。对离开了领导岗位的博古和李德等人，也尽量给予关照，总是把他们安排在离自己较近的地方。

毛泽东、周恩来、朱德、张闻天在6月20日给在茂县的张国焘发电报，请他从茂县赶来懋功会商。

这时中央红军经过长途行军作战，部队损耗很大，已不足两万人。根据徐向前的提议，红四方面军支援了中央红军大量武器、弹药和物资，并应中央要求，为红一方面军调去了三个建制团共三千八百余人的兵力。

毛泽东、周恩来、朱德、张闻天、刘伯承等中央和军委首长到达懋功县两河口时，红四方面军的同志非常热情和友好，给中央红军送粮食、送衣服，还给中央领导同志每人送了一套粗呢制服。毛泽东、周恩来、朱德对红四方面军很关心，关照中央和军委总部同志要多多了解红四方面军的情况，做好团结工作。毛泽东在同张闻天交谈时，就要张闻天注意做陈昌浩、傅钟、张琴秋等同志的工作，因为张闻天与他们是莫斯科中山大学时的同学。

两军会师后，中共中央根据新的情况，改变了原定在川西北建立根据地的方针，决定北上建立川陕甘根据地。1935年6月16日，中共中央以朱德、毛泽东、周恩来、张闻天名义发出了《为建立川陕甘三省苏维埃政权给四方面军电》，明确提出了建立川陕甘革命根据地的方针，指出："为着把苏维埃运动之发展放在更巩固更有力的基础之上，今后我一、四两方面军总的方针应是占领川陕甘三省，建立三省苏维埃政权，并于适当时期以一部组织远征军占领新疆。"目的在于打通国际线，争取社会主义苏联的援助。中央指出："目前计划则兄方全部及我野战军主力均宜在岷江以东，对于即将到来的敌人新的大举进攻给以坚决的打破，向着岷、嘉两江之间发展。至发展受限制时，则以陕、甘各一部为战略机动地区。因此，坚决地巩固茂县、北川、威州在我手中，并击破胡宗南之南进，是这一计划的枢纽。中央认为，以懋功为中心之地区纵横千余里，均深山穷谷，人口稀少，给养困难。大渡河两岸直到峨眉山附近情形略同。至于西康情形更差。敌如封锁岷江上游，则北出机动极感困难。因此，邛崃山脉地区只能使用小部队活动，主力出此似非长策。"

中央的这个方针，与红四方面军总指挥徐向前的主张是一致的，因为蒋介石判断红一、四方面军会合后，"不外乎横窜康、青，北向甘、陕两途"，因而以胡宗南部二十七个团，布于松潘至平武一线，遏阻红军北进；以刘湘、孙震、李家钰等部川军九十余团，固守江油、汶川、灌县一线；以杨森、邓锡侯部川军五十余团布于名山、芦山、雅安、荥经一线，防阻红军东出；以刘文辉、薛岳等部尾追红军，并策应岷江东岸；以马步芳部布防于青、甘边，防堵红军西出青海。又因为川西北山大地广，人稀粮少，且是少数民族地区，历史上形成的民族隔阂不易消除，建立革命根据地很不容易。据此，徐向前与李先念等人交换意见，对下一步向哪个方向发展问题进行探讨，一致认为还是实行川陕甘计划比较好。与中央红军会合后，两军的力量加在一起，北上消灭胡宗南一部分主力，争取在川陕甘边创造根据地，与通南巴的游击区打通联系，再图发展，似为上策。为此，6月12日，徐向前起草的给中央的报告里说："目前我军之主要敌人为胡宗南及刘湘残敌，我军之当前任务必先消灭其一个，战局才能展开，因之或先打胡或先打刘须亟待决定者。""西征军万里长征，屡克名城，迭摧强敌，然长途跋涉，不无疲劳，休息补充亦属必要，最好请西征红军固阵休息补充，把四方面军放在前面消灭敌人，究以先打胡先打刘何者为好，请兄方按各方实况商决示知为盼。"[1] 徐向前是赞同中央的川陕甘方针的。

然而，张国焘的态度不同。住在茂县的张国焘、陈昌浩没有同住在理番县的徐向前商量，6月17日，以西北革命军事委员会主席张国焘和四方面军总政委陈昌浩名义复电中央，强调"北川一带地形给养均不利大部队行动；再者水深流急，敌已有准备，不易过"。"沿岷江北打松潘，地形粮食绝无"。复电虽同意向川陕甘发展，但要求"组织远征军，占领青海、新疆"。为此，复电中提出了西移作战方案，要一方面军沿大金川北打阿坝，四方面军转进松潘以西，出甘肃、青海。电报最后又说，"如之暂时利南进攻"，并提出主力伺机东向陕西发展。为解决给养困难，隐蔽作战企图，暂时可南下先取岷江以西的天全、芦山、名山、雅安地区。

张国焘实际上提出了与党中央不同的另一个战略方针。

朱德、张闻天、毛泽东、周恩来不同意西移作战或南下进攻方案，于6月18日再次致电张国焘、陈昌浩、徐向前，指出："目前形势须集中火力首先突破平武，以为向北转移枢纽。其已过理番的部队，速经马塘绕攻松潘，力求得手。"否则，两个方面军"如此大部队经阿坝与草原游牧区域入甘、青，将感绝大困难"；南向川康边之雅安、名山、邛崃、大邑等地发展，"即一时得手，亦少继进前途。因此，力攻平武、松潘是此时主要一着"。

6月19日，张国焘、陈昌浩再次复电中央，说平武地形不利于我方进攻，同意打

---

[1] 《徐向前回忆录》，解放军出版社2007年8月版，第305～306页。

松潘，主张"一方面军南打大炮山，北取阿坝，以一部向西康发展；四方面军北打松潘，东扣岷江，南掠天（全）芦（山）灌（县）邛（崃）大（邑）名（山）"，并说"目前给养困难，除此似别无良策"。

6月20日，中央又电张国焘，指出："从整个战略形势着想，如从胡宗南或田颂尧防线突破任何一点，均较西移作战为有利。请你再过细考虑！""如认为绝无办法，则需暂时抛弃川陕甘方针，改变为向川西南发展。"

中央要张国焘"立即赶来懋功，以便商决一切"。[1]

张国焘，江西萍乡人，1919年在北京大学读书时，曾参与领导"五四"运动。1920年参加建立北京共产党早期组织。1921年7月出席中共"一大"，被选为中央局委员，任组织主任。1927年在党的"八七"会议上当选为临时中央政治局候补委员。1928年在中共六届一中全会上当选为中央政治局委员，1930年任中共驻共产国际代表团副团长。1931年回国后，进入鄂豫皖苏区，任中共鄂豫皖中央分局书记兼军委主席。同年红四方面军成立后，是红四方面军的主要领导人，并当选为中华苏维埃共和国临时中央政府副主席。红一、四方面军会师不久，他便与党中央在战略方针上产生了分歧。

为了欢迎张国焘的到来，总政治部在两河口镇外一块大平地上，布置了欢迎会场。

1935年6月24日，张国焘一行从理番下东门出发，溯扎谷垴河而上，经扎谷垴镇到达米亚罗。然后由米亚罗进沟，翻越虹桥雪山，向懋功县两河口进发。

张国焘每到一地，红四方面军都要向中央红军总部通报。

对当时的情景，《毛泽东长征在四川》里作了这样的描述：

6月25日早晨，微风拂煦，朝霞满天。住在两河口关帝庙大殿里的毛泽东起了个大早。他带上警卫员陈昌奉，来到两河口镇外，在梦笔河与虹桥河交汇的地方停了下来。周围山上，苍松翠柏，郁郁葱葱，云蒸霞蔚，气象万千。抬头望，右边虹桥河方向群峰高耸，云雾盘旋在半山腰，云上的山尖仿佛会摇动。两河口的峡谷中，树丛和间或的农田直铺山底，其间有几座藏族寨楼掩映在绿树丛中，早醒的炊烟和晨雾融合回荡，飘飘忽忽，宛如一幅淡雅恬静的藏家山水小品。在毛泽东站立的地方，小桥伫立在小河之上，桥边兀立着几株绿叶葱茏、高可参天的白杨树。梦笔河与虹桥河汇合成的抚边河静静地淌过桥下，撞出几朵浪花，留下几个漩涡，又静静地奔向远方。

当毛泽东正沉浸在两河口的诗情画意中，突然听到陈昌奉说：

---

[1] 徐向前：《历史的回顾》，解放军出版社1985年版，第422～423页。

"主席，机要参谋来了。"

机要参谋送来一封电报："西北革命军事委员会张国焘主席预计下午四五点钟到达两河口。"

毛泽东立即到关帝庙后面山坡上的房子里，找到张闻天和朱德，商量迎接张国焘的事。

毛泽东并不打算找周恩来，因为周恩来在翻越夹金山时就患了重病，许多天来一直发烧咳嗽。谁知周恩来闻信还是来了。[1]

三天前，当毛泽东他们还在懋功县城时，就商量过要隆重迎接张国焘。因为红一、四方面军懋功胜利会师，使川西北地区的红军力量空前集中，完全粉碎了蒋介石分割、围歼红军的阴谋。两军会合以后，要搞好团结，统一作战部署，才能进一步打破蒋介石的围堵计划，建立新的革命根据地，意义非常重大。

只有百余户人家的两河口镇，这一天按毛泽东的要求，打扮得格外漂亮。这个默默无闻的穷乡僻壤，第一次用石灰水在高大的藏式墙壁上刷出了大幅标语：

"欢庆一、四方面军胜利会师！"

"一、四方面军在党中央领导下，努力工作，互相学习，亲密团结，完成党给予的一切任务！"

"占领川陕甘三省，建立三省苏维埃政权！"

"向百战百胜的红四方面军学习！"

"中国工农红军万岁！"

"打倒刘湘、胡宗南、邓锡侯！"

"中国共产党万岁！"

高原的天气，说变就变。下午，一阵狂风过后，突然雷声大作，下起倾盆大雨来。两河口镇上的一些标语，被大风刮跑了。

下午3点钟过后，毛泽东、朱德、张闻天、博古、刘伯承等领导人和他们的随行人员，冒着大雨，溯虹桥河而上，步行了近两公里路，来到一个草坪上。中央直属队的干部和战士们，早已集合在这里原地休息。

按照毛泽东的安排，草坪上已搭好了一个讲台，以便举行欢迎张国焘的仪式。毛泽东等人到了这里，就一面在讲台旁边的帐篷里躲雨，一面等待张国焘的到来。

毛泽东在帐篷里才待了一会儿，就听帐篷外有人在喊：

---

[1] 吴启权：《毛泽东长征在四川》，四川人民出版社1996年10月版，第366页。

"周副主席，你的病还没有好，就不要来了嘛！"

毛泽东走出帐篷一看，周恩来和他的警卫员魏国禄正冒着大雨走了过来。还没有等毛泽东开口，周恩来倒先讲了起来：

"润之，我的病好多了。考虑和张国焘在南昌暴动以后，已有八年没有见面了。我今天抱病而来接他，更表示我们的诚意。两个方面军会师才几天，他就和我们在战略方针上发生了分歧。我还是记住你那句话，'会师了，要讲团结'。我今天既是为他而来，更是为四方面军数万干部战士而来。"

听了周恩来的解释，毛泽东只说了一句话："好好，既来之，则安之。"

下午5点钟过，骑着白马的张国焘才在骑兵警卫排的护卫下，到达草坪。

下马以后，张国焘与毛泽东、周恩来、朱德、张闻天、博古、刘伯承等人一个个拥抱、寒暄。

在欢迎会上，朱德首先致欢迎词。他热情地说："同志们！两大主力红军的会合，欢呼快乐的不只是我们自己，全中国的人民，全世界被压迫者，都在那里庆祝欢呼！这是全中国人民的胜利，是党的列宁战略的胜利。"

张国焘在讲话中公开提出了与党中央北上方针相对抗的西进方针。他说："这里有着广大的弱小民族（藏、回），有着优越的地势，我们具有创造川（四川）、康（西康）、新（新疆）大局面的更好条件。"这次讲话，给两军会师的有利形势蒙上了阴影。

接着，毛泽东讲话，指出一、四方面军的会师，大大增强了红军的力量，使集结在这个地区的红军兵力空前壮大，为开创新局面创造了有利条件。

朱德、毛泽东与张国焘讲完话以后，就肩并肩地一路谈笑风生，走到两河口镇。

在两河口镇的关帝庙里，举行了宴会。

张国焘倒了一杯酒，递到毛泽东面前：

"润之兄，我代表四方面军，敬你一杯酒，向英勇奋斗的一方面军表示敬意！"

毛泽东接过酒杯：

"特立兄，鄙人没有海量，但今天是相逢聚首之喜，这杯酒我非喝不可。"

毛泽东一饮而尽，然后，倒了一杯递给张国焘：

"四方面军百战百胜，劳苦而功高，这次为迎接一方面军又竭尽全力，我代表一方面军深表感谢，回敬特立兄一杯。"

看见张国焘干完了那杯酒以后，毛泽东为了活跃气氛，就高声说道：

"如果特立兄不能吃辣子，你就不可能是一个真正的革命者。"

和张国焘一样祖籍江西的博古，听了毛泽东这句话，当即表示异议：

"我们江西人中，不乏伟大的革命者，而他们并不喜欢吃湖南的辣子。"

毛泽东勉强但却笑呵呵地承认了这一点。

毛泽东与张国焘互敬了三杯酒以后，张国焘走到周恩来面前：

"恩来兄，刚才润之兄说今天你是抱病来接特立。特立实在不敢当啊！来，特立敬恩来兄一杯！"

周恩来接过酒杯，一饮而尽。然后，也倒了一杯酒，送到张国焘手上：

"特立兄，四方面军为迎接一方面军，立下了大功，我回敬特立兄一杯酒。"

张国焘一面饮酒，一面狡黠地把话锋一转：

"恩来兄，一方面军现在有多少人？"

周恩来没有马上作答，委婉地反问一句：

"四方面军呢？"

张国焘寻思，周恩来身为红军总政委、军委副主席，难道还不知部队的人数？明明知道，为什么又不作答？看起来必定有隐衷，否则，为什么要反问四方面军呢？

于是，张国焘说：

"四方面军有十万人马。"

张国焘回答的这个数字有点夸张，因为四方面军当时有八万多人，另两万人是非战斗人员，张国焘这样回答是有意显示四方面军的实力。

周恩来是位天才外交家，他对张国焘说：

"嗬！不错嘛！特立兄领导有方。一方面军西征以来，走了八个省，几经征战，有些损失，现在还剩三万多人。"

周恩来回答的这个数字也有些夸张。实际上，一方面军从长征出发时的八万六千多人，由于遵义会议前博古和李德的错误领导，渡过湘江以后就只剩下了三万多人，而到了懋功时就仅有一万多不到两万人了。周恩来心想，不能告诉张国焘这个一万多人的实际数字，以免他产生轻视中央一方面军的想法。

周恩来和毛泽东一样，真是太了解张国焘这个人了。[1]

后来在延安整风和"文革"期间谈到党内路线斗争时，周恩来都曾谈到过这件事，说张国焘这个人有野心，想摸中央的底，在党内斗争中他是讲实力地位的。

这期间，陈昌浩也来看张闻天，畅叙旧谊。谈到过去，津津乐道，然而当张闻天一问到四方面军的现有兵力、装备和今后的打算时，善于言辞的陈昌浩却闪烁其词，不肯吐露真情了。张闻天在和他各方面的接触中，了解到很多情况。他及时地与毛泽东和周恩来、朱德商量，他认为，张国焘在两军会师后的思想状况不利于红军的发展；

---

[1] 参见吴启权著《毛泽东长征在四川》，四川人民出版社1996年10月版，第367～371页。

他自恃兵强马壮，瞧不起中央红军；他轻视遵义会议后党中央和中革军委的统一领导；保守退却思想浓厚，害怕损失实力，想在这一带按兵不动，并有退向川西北、过草原的打算，缺乏创造新苏区根据地的观念。针对张国焘的思想情况，毛泽东、张闻天、周恩来、朱德就如何维持和发展红一、四方面军会师的有利形势，如何搞好两军的团结，多次进行商讨。他们研究确定，要张闻天写一篇阐述建立川陕甘根据地战略方针的文章。6 月 24 日，张闻天很快写出了《夺取松潘赤化川陕甘！》一文，并在油印的《前进报》上发表。文章深刻论述了北上建立川陕甘新苏区根据地的可能性与必要性，明确提出："我们现在必须集中我们的全部力量，首先突破敌人北面的防线，将红军主力转入川陕甘的广大地区内寻求在运动战中大量地消灭敌人。因此夺取松潘控制松潘以北的地区，消灭胡宗南的部队，目前成为整个野战军与四方面军创立川陕甘新苏区的最重要的关键，也是我们工农红军目前的紧急任务。"文章还提出了"同一切右倾机会主义的动摇作斗争，是目前整个党与工农红军的严重任务"。[1]

两河口会议定方向

1935 年 6 月 26 日，中共中央在两河口召开了政治局扩大会议。参加会议的有毛泽东、朱德、周恩来、张闻天、王稼祥、博古、张国焘、刘少奇、凯丰、邓发、刘伯承、李富春、林彪、聂荣臻、彭德怀、林伯渠等。会议在两河口一个喇嘛寺里召开，这是第一次在喇嘛寺召开中央会议。由中央纵队秘书长刘英担任记录，王首道也参加了会议的秘书工作。会议集中讨论战略方针问题，主要是围绕要不要攻打松潘来讨论，从战略上讲这是关系向北还是向南问题，从战役部署上说就是由哪个部队担任攻打松潘的先锋问题。

会议在张闻天的主持下进行。首先由周恩来代表中央作报告，他分析了当前形势，阐述了战略方针、战略行动和战争指挥问题。

周恩来代表党中央和中革军委首先作关于目前战略方针问题的报告，着重阐述了以下三个问题：

一、关于战略方针。一、四方面军在会师以前的战略方针是不同的。四方面军决定西去懋功向西康；一方面军决定到岷江东岸，并派支队到新疆。两个方面军会师后在什么地区创建新根据地，首先要便利于我军作战，应力求具备如下三个条件：1. 地域宽大，好机动。松潘、理番、懋功地域虽大，但路狭，敌人容易封锁，我不易反攻。

---

[1] 转引自莫休著《大雨滂沱中》，载《党史资料》1954 年第 1 期。

2．群众条件好，汉族人口较多的地方。松潘、理番、懋功、汶川、抚边等八个地区人口只有二十万，且藏民占多数。3．经济条件好，要比较宽裕。松潘、理番、懋功一带粮食缺少，牛羊有限，布匹不易解决，军事补给困难，在大草原和游牧地，既不习惯又不安全。鉴于此，党中央决定在川陕甘建立新根据地，而且必须迅速前进。

周恩来强调指出：在什么地方创建新苏区，首先必须有利于我们的作战，其次必须有利于消灭蒋介石的主力。在地区选择上，应是：地域宽大，好机动；群众条件好，汉族人口多；经济条件比较优裕，能解决红军给养的地方。他说，川、陕、甘三省广大地区具有上述优良条件，一、四方面军会合后，新的战略方针即是集中主力向北进攻，在岷山以北建立川陕甘革命根据地，首先占领甘南。并强调两个方面军应集中指挥，指挥权要集中于军委，这是最高原则。

二、关于行动方针。目前一、四方面军的战略行动转移，如向南是不可能；向东过岷江也不可能，因岷江东岸有敌兵力一百三十个团，对我不利；向西北是广大草原。在这种情况下，党中央认为现只有一个转向到甘肃。应向岷山山脉以北、背向西，这一地域道路多，人口多，山少，我可用运动战消灭敌人，以实现建立川陕甘根据地的战略方针。

三、关于战略指挥。指挥问题的最高原则是：1．应集中统一，集中军委。2．使作战更有力量，须统一为左、中、右三个纵队。3．为克服粮食、气候、地形、少数民族区等各种困难，须加强政治工作。

在讨论周恩来的报告时，张国焘首先发言。他虽然勉强地接受了中央政治局决定的北上在甘肃南部建立根据地的战略方针，但对中央北上战略方针仍持半信半疑的态度。他承认一、四方面军会合后，消灭敌人更有把握，但对具体战略方向，又含糊其词。他认为：由于胡宗南部有二十个团兵力牵制我们，还有蒋介石的部队，"我们去甘南还是立足不稳的，还要移动地区，还要减员，所以去甘南，一定要取得主力打下胡敌至少几个团，才能立稳运动战中各个击破敌人"。

张闻天、彭德怀、林彪、博古、毛泽东、王稼祥、邓发、朱德、刘伯承、聂荣臻、凯丰、刘少奇等先后发言，一致同意周恩来的报告提出建立川陕甘根据地的战略方针。认为这是前进的唯一正确的方针。实现这一战略方针的关键是，应首先迅速攻打松潘，进占甘南，消灭敌人有生力量，建立革命根据地。还强调，统一组织与指挥两个方面军对实现战略方针的重要性与迫切性。

毛泽东在发言中同意周恩来的意见。他强调指出，在川陕甘建立根据地有它的好处：把苏维埃运动放在更加巩固的基础上。他要求在四方面军应作解释，因为他们是要打成都。他强调应迅速北出松潘，今天决定，明天即须行动。这地区条件太坏，后退不利，应力争六月底突破岷江以北地区，以便消灭胡敌，进入甘南。他建议统一指挥问题，由政治局常委和军委解决。

博古发言还强调：必须有一定的地区根据地，做出模范来影响全国，现在甘川陕首先甘南，依靠群众工作，游击战争，这能影响全国。

会议最后一致通过了周恩来的报告提出的战略方针，并责成张闻天为中央政治局起草一个会议决定。

1935年6月28日，中央政治局作出《关于一、四方面军会合后战略方针的决定》，明确指出："在一、四方面军会合后，我们的战略方针是集中主力向北进攻，在运动战中大量消灭敌人，首先取得甘肃南部，以创造川陕甘苏区根据地，使中华苏维埃运动放在更巩固更广大基础上，以争取中国西北各省以至全中国的胜利。""为了实现这一战略方针，在战役上必须首先集中主力消灭与打击胡宗南军，夺取松潘与控制松潘以北地区，使主力能够胜利地向甘南前进。"《决定》认为："必须派出一个支队，向洮河、夏河活动，控制这一地带，使我们能够背靠于甘、青、新、宁四省的广大地区，有利地向东发展。"《决定》还认为，大小金川流域，"不利于大红军的活动与发展，但必须留下小部分力量发展游击战争，使这一地区变为川陕甘苏区之一部"。《决定》最后尖锐地指出："为了实现这一战略方针，必须坚决反对避免战争退却逃跑以及保守偷安停止不动的倾向，这些右倾机会主义的动摇是目前创造新苏区的斗争中的主要危险。"

两河口会议确定的北上建立以甘南为中心的川陕甘苏区根据地的战略总方针，为一、四方面军共同北上，深入发展革命运动，指明了正确的前进方向。

张国焘原来认为中央红军兵强马壮，他曾宣传中央红军有"五十万大军"，有"三十万之众"。这时他得知中央红军长途征战仅剩一万余人，顿时变了脸色，野心膨胀。在这次会议上，他明里不好反对攻打松潘，心中不愿攻打松潘，不愿承担攻打松潘的重任。他意在保存实力，不愿同胡宗南部战斗。他讲话不紧不慢，不阴不阳，绕圈子，不直截了当，脸上看不出春夏秋冬。他摆出各种困难，反对北上，理由是北有雪山草地，气候严寒，行动不利，部队长途行军，减员必大；北面有胡宗南部二十余团兵力，即便到了甘南也站不住脚。他主张依托懋功地区，避开胡宗南部，先向南打成都，然后向川康边发展。由于大多数同志同意中央意见，他最后不得不表面上同意北上建立川陕甘革命根据地的方针。

两河口会议决议表明，以党中央和毛泽东的正确战略方针战胜了张国焘的错误方针。张国焘在《我的回忆》中谈到两河口会议时，不得不承认："大多数表示支持毛的主张。"

徐向前初会毛泽东

徐向前作为四方面军总指挥，统率十万大军，在红军中有崇高威望。达维会师时，他在理番县，也没有能参加两河口会议。在谈到当时的情形时，徐向前说：

"就在我们出发的当天，中央慰问团抵扎谷垴，慰问四方面军。慰问团成员有李富春、林伯渠、罗迈（李维汉）、刘伯承等同志。张国焘在扎谷垴，迎接慰问团。后来我听说，张国焘曾在那里借口'统一军事指挥'，向中央要权。还煽动一些同志，向中央建议由我当红军副总司令，陈昌浩当总政治委员，周恩来当总参谋长等。陈昌浩也发电报要求由张国焘任军委主席，朱德任前线总指挥，周恩来兼总参谋长。我当时被蒙在鼓里，对这些事情一概不知。"[1]

在黑水，徐向前见到彭德怀，两位将军见面，还有一定的戏剧性。徐向前在回忆录里说："7月中旬，三军团已进抵黑水、芦花地区。彭德怀军团长得悉我军正向维谷开进，当即亲率一个团前来接应。维谷渡口的索桥遭敌人破坏，大家只能隔河相望。那里水流甚急，水声很大，双方说话听不大清楚。我见对岸有个身材粗壮、头戴斗笠的人，走路不慌不忙，估计是彭军团长。相互招手后，我便掏出笔记本，撕下张纸，写上——彭军团长：我是徐向前，感谢你们前来迎接。捆在块石头上，扔过河去。两岸的同志，十分高兴，互相喊话、招手、致意。第二天早晨，我从维谷赶到亦念附近，找到一条绳索，坐在竹筐里滑过河去，与彭德怀同志会见。我们谈了些敌情及沿途见闻，还商谈了部队架桥事宜。他给我的印象，是个开门见山、性格爽直的人。"[2]

在芦花，徐向前第一次见到毛泽东，这次会见，给徐向前留下了深刻印象，几十年后，他满怀深情地回忆当时的情形：

"因桥未架好，大部队无法过河，我们在维谷一带住了两天，才抵芦花。张国焘、陈昌浩和党中央领导机关，也陆续来了。在那里，我见到了毛泽东、周恩来、朱德、刘少奇、张闻天、博古等同志。见到这么多中央领导同志，我既高兴又拘谨，对他们很尊重。毛主席还代表中华苏维埃政府，授予我一枚五星金质奖章。这不是给我个人的荣誉，而是对英勇奋战的红四方面军全体指战员的高度评价和褒奖。"[3]

徐向前接着说："红四方面军88师和一方面军先头部队已占领毛儿盖。王树声率

---

[1] 《徐向前回忆录》，解放军出版社 2007 年 8 月版，第 315 ～ 316 页。

[2] 《徐向前回忆录》，解放军出版社 2007 年 8 月版，第 318 页。

[3] 《徐向前回忆录》，解放军出版社 2007 年 8 月版，第 318 ～ 319 页。

后卫部队陆续撤出岷江东岸，向黑水、芦花、松潘地区集中。胡宗南部正加强对松潘的固守，薛岳一部亦进抵平武、文县，配合胡敌防我北出甘南。那时我和总司令接触最多，几乎天天在一起核对敌情、调动队伍。我对周围敌军的兵力部署、番号、装备、位置、作战特点及我军各部队的驻地、人数、行进方向等，全装在脑子里，记得滚瓜烂熟，能有问必答，总司令对这点比较满意。他认为红四方面军的干部年轻、有朝气，部队生龙活虎，纪律严明，是支难得的有战斗力的队伍。他说一方面军过去也是这样的，但经过万里转战，损失不小，十分疲劳，亟待休养生息，恢复元气。他希望一、四方面军的指战员互相学习，取长补短，团结一心，渡过眼前的困难，争取更大的发展。他的这些话，完全是顾全大局的肺腑之言，给我留下了难忘的印象。朱总司令作风朴实，宽厚大度，平易近人，为接近过他的干部、战士共同称道。有次，我去他住地，他正坐在房里烧糌粑吃。见我来到，高兴地说：来吧，我们一起吃！我俩边吃边谈，无拘无束。此情此景，至今仍历历在目。"[1]

对于张国焘到两河口以来的无礼态度和争权野心，政治局的同志都反对，有的同志非常气愤，说他要夺中央的权。毛泽东进行了慎重的考虑，认为张国焘领导着几个军数万人的队伍，要团结他北上抗日，对他的职务应该有一定的安排。毛泽东分头找政治局同志商量，商定增补张国焘为中革军委副主席。

1935 年 6 月 29 日，中共中央政治局召开常委会议，决定增补张国焘为中革军委副主席，徐向前、陈昌浩为中革军委委员。张国焘对于这个决定"欣然表示赞成，认为这是我们会师后统一指挥的当然步骤"。但他又攻击这个决定是出自"中央急于控制第四方面军的意图"，"实际由中央直接指挥第四方面军，立即实行北进"。[2]

同一天，中革军委根据政治局两河口会议精神，制定了以夺取甘南、赤化川陕甘为目的的《松潘战役计划》，规定红军在岷江东岸大石桥地区和懋功地区各留一个支队，掩护主力北进，保障后方安全，并将一、四方面军分编为左、中、右三路。一方面军为左路军，四方面军为中路军，右路军和岷江支队，向松潘及其西北地区开进，迅速消灭松潘地区胡宗南部，控制松潘及东北各道路，以利向北作战和发展。总的战略目标是攻占松潘，北出甘南。

随后，中央红军开始北进，红一军团和红三十军一部向松潘以西的毛儿盖地区前进，于 7 月 10 日攻克哈龙，16 日攻占毛儿盖。其他部队进至卓克基、黑水、党坝地区。

---

[1] 《徐向前回忆录》，解放军出版社 2007 年 8 月版，第 319 页。
[2] 《张闻天文集》（一），人民出版社 1983 年版，第 546 页。

张国焘阳奉阴违

张国焘是个两面派，他对两河口会议采取了阳奉阴违的态度。会议一结束，他就采取政客手腕，在背后进行拉人活动。红一军团和红三军团是中央红军的两大主力，他的手首先伸向这两个军团。两河口会议结束的第二天，他就请聂荣臻和彭德怀去吃饭，对聂、彭二人表示关怀，说他俩"很疲劳"，"干劲很大"，并说他准备拨两个团给聂、彭补充部队，一千人左右，张国焘的"关心"，引起了他二人的警惕。

张国焘特别在彭德怀身上下功夫。《彭德怀自述》中对这一点写得很清楚："张国焘派秘书黄超来亦念，住在我处。说此地给养艰难，特来慰劳，送来几斤牛肉干和几升大米，还送来二三百元银洋。我想这是干吗？黄住下就问会理会议情形。我说，仗没打好，有点右倾情绪，这也没有什么。他们为什么知道会理会议？是不是中央同他们谈的呢？如果是中央谈的，又问我干什么？他又说，张（国焘）主席很知道你。我说，没见过面。他又说到当前的战略方针，什么'欲北伐必先南征'。我说，那是孔明巩固蜀国后方。他又说，西北马家骑兵如何厉害。把上面这些综合起来，知来意非善，黄是来当说客的。不同意中央北上的战略方针，挑拨一方面军内部关系，阴谋破坏党内团结。把全国形势看成漆黑一团，这是明显的。送了一点点吃的这倒不稀奇，送二三百银洋引起我很高警惕，完全是旧军阀卑鄙的手法。"

彭德怀接着说："在亦念时，黄超谈话就说出来了，他说，实际主事人是毛而不是张闻天（当时张闻天是总书记，他们并没有放在眼下）。这话当然不是一个年不满三十的黄超所能理解的，而是老奸巨猾的张国焘口里吐出来的。"[*1]

张国焘的幕后活动没有奏效，聂荣臻和彭德怀他都没有拉动。

中共中央为贯彻两河口会议精神，派出了由王稼祥、李富春、林伯渠、李维汉、刘伯承等同志的慰问团，到扎谷垴去慰问红四方面军，并传达两河口会议精神。扎谷垴是四川省苏维埃政府所在地，是红四方面军的后方。张国焘也赶忙去扎谷垴，迎接慰问团。实际上，他是去限制慰问团的，他对慰问团表面上很客气，派红四方面军的干部陪同，吃得很好，但就是不让慰问团接近红四方面军的指战员。他还背着慰问团，召开师以上干部会议，以传达两河口会议精神为名，大肆散布他反对北上的主张。他歪曲事实真相，诋毁中央路线，攻击中央领导人"右倾逃跑"。他挑拨一、四方面军的关系，破坏党和红军的团结。他还把他所领导的地区当成了"独立王国"，不接收中央

---

*1 《彭德怀自述》，人民出版社 1981 年版，第 200 ～ 201 页。

派去的干部。开始，洛甫与李维汉谈话，要他参加慰问团后，就留在那里担任川陕省委书记。如果做不成，就到白区当四川省委书记。然而张国焘不欢迎，他派人陪着李维汉，实际上把李维汉控制了，不让他出去与人接触。后来，中央打电报要李维汉在红四方面军担任纵队政治部主任，他因了解到张国焘反对中央的底细，感到无法担任这一职务，即向中央发报，陈述自己不懂军事，无法胜任纵队政治部主任职务。中央明白他的处境不妙，立即回电要他回中央机关工作。党中央派到红四方面军去工作的一个重要干部，就这样被张国焘软顶了回去。

张国焘对担任中革军委副主席并不满足，还加紧向中共中央伸手要权。1935 年 7月 1 日，他致电中央，提出"我军宜速决统一指挥的组织问题"。他煽动一些同志，向中共中央建议改组军委和红军总司令部，提出由徐向前任红军副总司令，陈昌浩任红军总政委，周恩来任总参谋长。7 月 16 日、18 日，红四方面军政委陈昌浩致电中革军委，称"浩甚望指挥统一"，要求由张国焘任军委主席，朱德任前敌总指挥，周恩来兼总参谋长。"浩坚决主张集中军事领导，不然无法顺利灭敌。"张国焘这些争权活动，都是背着徐向前进行的。徐向前说："我当时被蒙在鼓里，对这些事情一概不知。"[*1]

当中共中央率中央红军北进时，张国焘扬言要"审查中央路线"，他借口"统一指挥"和"组织问题未解决"，故意拖延红四方面军的行动。为此，毛泽东与张闻天等同志一直商量怎样使一、四方面军团结一致、统一行动问题，认为关键就在张国焘。当时周恩来高烧不退，病中仍为两军的团结操心。周恩来深知张国焘的为人，不满足他的权欲，是不会甘心的，主动提出将自己红军"总政委"的职务让给他。在与张闻天商量时，毛泽东说："张国焘是个实力派，他有野心，我看不给他一个相当的职位，一、四方面军很难合成一股绳。"毛泽东认为："张国焘想当军委主席，这个职务现在由朱总司令担任，他没法取代。但只当副主席，同恩来、稼祥平起平坐，他不甘心。"张闻天说："我这个总书记的位子让给他好了。"毛泽东认为不妥，说："不行，他要抓军权，你给他做总书记，他说不定还不满意，但真让他坐上这个宝座，可又麻烦了，这样革命的政治方向都会改变了。"朱德也提出把自己的职位让出。毛泽东经反复思考，认为应尽量考虑张国焘的要求，但军权又不能让他全抓去，说："我同意恩来的意见，让他当总政委吧。"于是，中革军委公布了由朱德任红军总司令、张国焘任红军总政委的命令，规定"一、四方面军会师后，一切军队均由中国工农红军总司令、总政委直接统率指挥"。此后，张国焘才开始调动红四方面军主力北上。

这样，周恩来只剩下军委副主席一个职务，充分体现了周恩来顾全大局、立党为

*1 《徐向前回忆录》，解放军出版社 2008 年版，第 315 ～ 316 页。

公、不谋私利的高风亮节。

对于这次解决组织问题，彭德怀评价说："毛主席在同张国焘的斗争中，表现了高度的原则性和灵活性。在黑水寺开中央会议时（我没参加），张国焘要当总政委，洛甫提议把总书记交给张国焘，毛主席不同意。宁愿交出总政委，不能交总书记。张国焘当时不要总书记，他说，总书记你们当吧，现在是打仗嘛。如果当时让掉总书记，他以总书记名义召集会议，成立以后的伪中央，就成为合法的了。这是原则问题。"[1]

7月21日至22日，中共中央在芦花召开政治局扩大会议，听取四方面军汇报。张国焘报告了四方面军工作情况，徐向前、陈昌浩作了补充发言。会议对红四方面军从鄂豫皖到川陕苏区的历史进行了审查，肯定了成绩，指出了缺点，总结了经验教训，并对张国焘的错误进行了批评。会议要求张国焘指挥红四方面军迅速北进。

为了统一指挥，7月21日，中革军委作出了《关于一、四方面军组织番号及干部任免的决定》，决定以红四方面军总指挥部为红军前敌总指挥部，以徐向前兼总指挥，陈昌浩兼总政委，叶剑英为参谋长；将红一方面军之第一、三、五、九军团依次改为第一、三、五、三十二军；红四方面军之第四、九、三十、三十一、三十三军番号不变。

张国焘担任红军总政委后，立即收缴了红一方面军各军团互相通报的密电本及一、三军团与军委、毛泽东通报的密电本，从此一、三军团只能与前敌总指挥部通报，一、三军团之间的联络隔断了，与中央也不能直接通报了。

为了红军的生存

十几万大军，一下子来到人烟稀少、地瘠民贫的雪山草地，吃饭问题成了一个严重的困难。两军会师后，如果中央能迅速作出决策，确定红军前进的方向，尽快离开这里，情况也不会那么严重。但是，由于张国焘野心膨胀，伸手要权，在中央上层发生了激烈争论。这期间，广大指战员只能坐等，休整待命。吃饭问题就变得更加突出。

筹集粮食，成为当时红军最重要的任务，关系到红军的生死存亡。

红军到雪山草地不久，粮食就极度缺乏，为了筹集粮食，中央决定成立筹粮委员会，任命政治局候补委员刘少奇为主任。筹粮委员会吸收了一些略懂汉语的藏族青年，同时也吸收了一些到藏区经商的汉族商人和马帮。

---

[1] 《彭德怀自述》，人民出版社1981年版，第202页。

红军总政治部 1935 年 6 月 25 日在两河口发布《关于收集粮食的通知》，其中规定：

"甲、在收买粮食时，必须很好地向群众作宣传，使群众自愿将自己所有的粮食拿一部分出来卖给红军，并帮助红军去收集粮食。

乙、收买粮食时一定要给足价钱。

丙、群众仅存很少的自己吃的粮食，不得他本人的同意不应强迫购买……

丁、群众逃跑不在家时，购买他的粮食一定要找得邻近的群众同去，并将钱付给邻近的群众，留信给逃跑的群众。"

1935 年 7 月 1 日，中革军委发出指示，指出："为克服粮食困难，部队要严格执行阶级路线，没收土司、反动头人的粮食，应分一部分给群众，绝对不能侵犯群众的利益。"指示还说："不得杀食耕牛、小牛和小猪。"

从这些指示可以看出，红军刚到藏族地区时，还是采用内地"打土豪、分田地"的办法，强调要"严格执行阶级路线，没收土司、反动头人的粮食"；同时又充分考虑到基本群众的利益："应分一部分给群众，绝对不能侵犯群众的利益。"还特别强调："严禁侵犯群众，特别是少数民族群众的利益。""不得杀食耕牛、小牛和小猪。"这就保护了基本群众和少数民族的利益，也保护了生产力。

几天后，总政治部发现原定的政策根本行不通。很多藏胞因对红军不了解，听信国民党反动派的谣言，逃到山里去。如果还按老政策办，红军很快就会绝粮，乃至饿死。严重的情况来得如此之快，迫使总政治部在 7 月 3 日下达训令，改变了方针，指出："目前我们正处在夺取松潘、赤化川陕甘的战斗关头，为着实现这个历史任务，克服目前放在我们面前的粮食困难，是具有严重的战略意义的任务。估计到前进路上收集粮食的更加困难，和胡敌在松潘附近已经把粮食完全收集，和番人的坚壁清野，更必须决心用大力来克服粮食困难。各部队政治部必须发动连队用一切办法，如没收、搜山、收买等收集粮食。"[1]

在迫不得已的情况下，总政治部命令"各部队政治部必须发动连队用一切办法，如没收、搜山、收买等收集粮食"。

又过了两天，7 月 5 日，针对征粮工作中发生一些违反群众纪律的问题，中革军委和总政治部发出《关于在松潘筹借粮食的规定办法》，指出：没收土司的粮食、牲畜要向群众解释，对群众的粮食一定要用钱买或茶叶换，若无钱时要给购粮证明，说清以后付。

后来，针对日益严重的粮食困难，又规定除前线部队外，红军指战员都要参加筹

---

[1] 《中国工农红军第四方面军战史资料选编》，解放军出版社 1992 年版，第 153 ～ 154 页。

粮工作，并划定各部队的筹粮区域：红一军团全部及三十军一部在毛儿盖、波罗子（即今小黑水地区）；三军团全部和三十一军一部在芦花沿黑水河至茂县西部地区；五、九军团及九军一部在卓克基、马尔康及抚边等地。

7月8日，中革军委组织别动队，上山召回少数民族，收集粮食。规定对地里已经成熟的麦子、青稞由筹粮机关指定部队收割，统筹分配，不得自由收割。

7月18日，红军总政治部发出《关于收割番民麦子问题的通令》。

在采用正常的办法不能筹集到红军必需的粮食时，不得不采取非正常的手段，红军允许战士们到地里去收割已经成熟或基本成熟的庄稼。

1935年7月，除了前方的红一军团和担任后卫的五军团有些战事，红军大部处于休息状态。据童小鹏日记的统计，1935年7月，行军九天，休息了二十二天。对一支连续行军一万多里、疲劳不堪的大军来说，确是难得的喘息机会。

休整期间的主要任务是筹粮。田野里的青稞已到收获季节，7月18日，红军总政治部下令收割田里的麦子，并作下列规定：

一、各部队只有在用其他办法不能得到粮食的时候，才许派人到番人田中去收割已熟的麦子。

二、收割麦子时，首先收割土司头人，只有在迫不得已时，才去收割普通番人的麦子。

三、收割普通番人的麦子，必须将所收数量，为什么收割麦子的原因等（照总政所发条子）用墨笔写在木牌上，插在田中。番人回来可拿这木牌向红军部队领回粮钱。

四、只割已成熟麦子及其粮食，严格禁止去收割未成熟的麦子及洋芋等。[1]

红军初到藏区，不熟悉情况，藏区的主要农作物不是麦子，而是青稞。青稞是一种耐高寒的作物，磨成面，就是糌粑，是藏民的主要食品。文件里说的"麦子"，实际上大部分是青稞。

命令一下，各部队纷纷行动起来。田野里一片繁忙景象。由于上级规定每人要完成三十斤的任务，也就顾不得是谁家的麦子及麦子成熟与否，只管先收了再说。为此，时任中央红军总供给部长的林伯渠特别规定："湿麦三斤抵一斤。"规定得如此细致。林伯渠统计，第一阶段筹粮（7月5日至8月15日），收麦连同搜索，共得七十三万斤。[2] 这已是尽力而为，但对十多万大军来说，仍是杯水车薪，不够几天吃的。

聂荣臻元帅回忆说："在饥饿中，能吃到一点正经粮食就不错了。蔬菜简直谈不上，

146

---

[1] 军事科学院编：《中国人民解放军第二次国内革命战争史料选编》第7辑第3册，解放军出版社出版，第183页。

[2] 中央档案馆藏：《林伯渠同志长征日记》。

能吃到一点豌豆苗那就美极了。我还记得有这么一件事，警卫员弄来一些从一面破鼓上剪下来的牛皮煮着吃，还开玩笑说，颇有点像海参的味道哩！部队到了毛儿盖，粮食情况才比较缓和了。因为毛儿盖周围是个农牧区，土地肥沃，青稞比较多，蚕豆长得很高，藏民养的牛羊也不少。当然，对当时那么多部队来说，仍然只能救一时之急。"[1]

原红四方面军老战士宗国治回忆说："毛儿盖本来是一个很小的番区，数百人家，地方很小，拥挤了无数的部队，当时准备干粮是我们全军的中心紧急工作，但该地粮食缺少得很，又值春禾未熟之期，任务是这样的艰巨迫切，怎么办呢？后来就决定采集未成熟的青稞麦穗，每天早上8点钟部队全体出动，到麦地里采集麦穗。我们没有任何工具，只得用手指甲将麦穗掐下来，用火将麦芒烧掉，用手搓出少得可怜的麦粒来，再用锅炒干，做行军的唯一食粮。采来的麦穗是作为行军用的，所以我们当时不敢吃，只有采能吃的野菜充饥。记得我连在马塘山担任警戒时，打死一只野牛，全连每人都分了几两牛肉，我们班分了有一方尺大小，大家围了一堆火烤着吃。我那时十三岁，未吃到牛肉，和班长争闹起来（在采集干粮时这样的纠纷很多）。后经指导员把班长和我都叫去，解释了一下，问题解决了。"

最高领导层就红军的去向问题发生激烈争论，大部队只能停止待命。部队闲的时间久了，难免要出问题。一、四方面军之间为粮食问题发生争执，甚至发生武装冲突，相互抢粮，成为当时的一个主要矛盾。7月18日，红一军团因驻地转移，1师在毛儿盖存的一批粮食由四方面军三十军88师接管。后来一军团政治部主任刘晓去要粮食，遭到拒绝。一军团政委聂荣臻立即发电报向总部反映：

林（指林彪）转先念同志并报朱、张（指朱德和张国焘）：

在毛儿盖附近所收集之粮食，截至15日止，除各部队带足十日外，得储约在十万斤以上。最多为1师驻地。当1师出发时，仅一部成仓。88师政治部及直属队驻在该地区，并要其看守该地区粮食，以便报告军委，但被其拒绝。告之此地粮食均应供给前线。去人说明统筹分配，仍要清理，亦被拒绝，并给刘晓同志以难堪。我以其组织上不清楚，与之解释亦不了解，故将刘晓同志撤回，勿与争执。现已清理存储约五万斤左右，连日前线运去粮食不少，请先念同志查明。三十军各团现有粮食若干照规定现差若干，如已进足，望通知88师政治部主任将驻地之粮食清理成仓，以便计划继续供给前线和后续部队。并须尊重军委统筹分配原则。否则各自为政，先头部队觅食易，后续

---

[1] 《聂荣臻回忆录》，解放军出版社1986年版，第281页。

部队则困难。[1]

朱德、张国焘接到电报，非常重视，第二天立即致电三十军政委李先念，要他处理此事。电报指示："望先念令 88 师政治部依照军委筹粮与分配的电令执行，在毛儿盖暂由一军团政治部统筹检查分配，其他不应拒绝。"[2]

红三十军 88 师是最早与一方面军见面，参加过达维会师的部队，与一方面军有亲密的友谊，尚且发生这样的争执和矛盾，其他部队的情况可想而知。

解放后，刘晓转到外交战线，是一位优秀的外交家，长期担任驻苏大使，处理重要而又复杂的中苏关系。当一些老红军在一起，回忆过雪山草地的峥嵘岁月时，他们说：刘晓当大使，处理复杂的中苏关系，与赫鲁晓夫修正主义集团进行面对面的尖锐斗争，表现得机智勇敢，从容不迫，游刃有余，却处理不了两支兄弟部队之间的粮食问题，只好向林、聂首长汇报，请总司令出面解决。这也从另一个方面反映了粮食问题的极端重要性。

1935 年 8 月 3 日，中革军委机关报《红星报》发表题为《为筹集充足粮食而斗争》的社论，强调指出："筹集充足的粮食，是当前极重要的战斗任务。"

这就是说：缺粮到了非常严重的地步，收不到粮食，就让部队直接到老百姓的地里去收割。

一位军旅作家在谈到当时的情况时这样写道：

"在这片广阔荒凉的土地上，一场为粮食、为红军的生存而战的斗争开始了。"

红军在藏区搜集粮食的具体过程，一、四方面军都没有留下完整的记载。红二方面军长征结束后，方面军政治部主任甘泗淇同志给中央写了一份详细的《二、六军团长征的政治工作总结报告》，其中谈到在藏区筹粮时的情况和对策，他说：

在番区解决给养，我们感觉番区粮食的缺乏和群众的藏匿粮食，以及群众的逃匿山中，使我们在给养上感觉很大的威胁。搜索粮食我们所采取的办法如下：

——搜山：群众和土司头人喇嘛的粮食，大部早已匿藏山上，牛羊亦早已迁避。我们为着解决给养问题，不能不实行搜山。自然我们在搜山原则上是要调查土司头人的粮食或牛场，而征发其一部分，尽量不侵犯群众的利益。但实际上在山上是万难见到群众，无从调查与分别清楚，有时番民武装掩护这些粮食或牛场，经我们射击，即

---

[1] 军事科学院编：《中国人民解放军第二次国内革命战争史料选编》第 7 辑第 3 册，解放军出版社 2008 年版，第 197 页。

[2] 转引自刘统著《北上》，广西人民出版社 2004 年 5 月版，第 80 页。

已逃散一空，也弄不清是谁的，所以实际上在搜山时是侵犯了群众利益的。

——挖窖：番区粮食有许多是埋在房子里、土里、夹墙中与偏僻的地方，我们因粮食困难，一到宿营地即实行挖窖，搜得了不少粮食。

——借贷券：我们在搜山、挖窖时所得的粮食是完全不知是谁人的，给钱无法交给谁手。我们才入番区时，如群众未在家，吃了他的粮食，有的将钱放在经堂内，写一个条子给该主人，有的交给当地某一喇嘛。结果部队先行后进，有的番民乘前梯队走后，即乘机乱搜。事实上这些钱不知落在该家主人没有，因此我们由供给部印发一种借贷券（内容是：因取粮食时主人已逃，钱不便交与别人，特按所吃粮食定出价格，说明以后如遇任何红军，即可持此券去接钱），在搜山与挖窖获得粮食如无主人时留下此券。

——购买：如群众或喇嘛在家，我们对他们的粮食一般是用钱购买的。我们在噶陀寺首先征得守家喇嘛的许可，在寺内进行清查，并召集喇嘛开会，经过通事说明向他们购买的理由，取得其同意，动员他们帮助集中，按价给钱。

——乐捐：经过通事向喇嘛鼓动，结果喇嘛寺有自动乐捐的（如中甸、白玉、噶陀寺）。

——赔偿价格：收集粮食后，有些群众有自动回来的，有因宣传回来的。群众回来后即召集茶话会，经通事向之宣传鼓动，并赔偿其一部分钱，这样群众是欢喜的（如在党村、中咱）。

——要求赔偿：我们在仁波寺时该寺喇嘛顽强抵抗，我们死伤数人要求其赔偿（多少粮食），结果他送来了一些。[1]

甘泗淇，长征时任红二方面军政治部主任，解放后 1955 年被评为开国上将，任总政治部副主任，他在报告里讲的情况，比较符合实际情况。二方面军就是经过我的故乡北上的，报告中提到的一些地方，都属于我们甘孜州，而"党村"和"中咱"两个村，都在巴塘县境内。前面谈到，红军到来之前，国民党反动政府采用造谣诬蔑、威胁利诱等各种办法，挑动藏民反对红军，实行坚壁清野，企图困死、饿死红军。因此，不少人将牛羊赶到山里，把粮食等食物藏到山里。但是，报告中提到的，藏民将粮食藏在地下、夹墙和地窖里，这倒不是为了防备红军。藏族地区高寒缺氧，干旱少雨，农作物生长困难，以牧业为主，粮食不能自给，大部分要通过"茶马互市""农牧交换"的形式，从外地购买。寺院、土司头人、商人都会储存很多粮食，普通人家也会储存

*1 《中国工农红军第二方面军战史资料选编》（四），解放军出版社 1996 年版，第 174 页。

一些，以备荒年。那时军阀混战，部落之间打冤家，兵连祸接，战乱不止，还要备战。藏区干燥，不像成都平原那样潮湿，所以能够存放很久，有的甚至存放十几年、几十年之久，不会腐烂。粮食、盐巴、茶叶、腊肉、干牛肉等食品储存量多少，是看富有程度的重要标志。

在三个方面军里，二方面军的人数最少，在藏区的时间最短，所经路线又是相对富裕的康区，筹粮尚且如此困难，一、四方面军的困难就可想而知。

红军到藏区后，通过搜山、挖窖等办法，把人家储存了十几年、几十年的食品都挖了出来。红军进了寺院，不但把仓库、地窖、夹墙里的粮食挖出来，佛塔和菩萨肚子里的粮食也搜出来了。按照藏传佛教的规矩，在修建佛像和佛塔时，里面要填装许多珍贵的东西，佛教术语称"装藏物"，藏语叫"松究"。装藏物越多越珍贵，被认为越有灵气，越有加持力。

林伯渠，当时的红军总供给部长，负责着全军的粮食征集、发放工作。1935 年 6 月 18 日到达懋功后，立即领导开展筹粮。第一天，6 月 19 日筹集 1.7 万斤。第二天筹到 4.1 万斤。然而这一点有限的存粮很快被吃光。6 月 24 日林老的账上仅收麦 30 斤、猪 1 只；25 日收粮 280 斤、大米 8 斤。此后整整一个月，林老的日记上居然没有粮食的入账！在 7 月 31 日的日记上，林老焦虑地写道："筹粮与分粮，到极紧张时。"[1]

粮食筹不够，但人是要天天吃饭的。十多万红军面临严重的饥饿威胁。谁也不愿坐以待毙，各部队都行动起来，投入搜索粮食的战斗。

林彪、聂荣臻指挥的红一军团是先头部队，萧锋是军团直属队的党总支书记，他在那部著名的《长征日记》里有详细记载："6 月 26 日他们刚开始北进，部队就缺粮了。战士、干部都吃不饱，腿没有劲。"6 月 29 日，部队行军到了梭磨。"这里的村子较大，有二百多户居民，青稞麦的长势较好。部队原地休息、筹粮。"但是"藏民躲的躲、逃的逃，把粮食都藏起来了。为此，大家积极动脑筋想办法搞粮食。炮兵连司务长率战士挖到一个地窖，找到了上百斤腊肉和许多粮食。主人不在，留了借条"。消息传开，各连队纷纷仿效。7 月 2 日到康猫寺宿营后，"各单位分头筹粮。工兵连挖地窖，搞到一千多斤粮食"。

村庄里的粮食很快被搜罗一尽，红军战士又分头四下活动，寻找藏匿在野外的藏民和粮食。在波罗子，一天，萧锋带着警卫连到几十里外的青山找粮。"途中，在半山坡，忽然看到山洞里跑出四个大人一个小孩，黑糊糊的拼命往山下跑。我们走到洞里一看，留下四袋青稞麦。我们打了张借条：你藏的四袋青稞麦，红军借用一下，等革

*1　中央档案馆藏：《林伯渠同志长征日记》。

命胜利后，加倍偿还。借走了人民的粮食，心里真难过，可是又没有别的法子。"[1]

彭德怀指挥的红三军团在亦念住了十儿大，藏民都跑光了。地里的青稞很有限，不够红军几天吃的。当时任 11 团团长的王平回忆："部队没有吃的，不得不宰杀藏民留下的猪狗牛羊。彭（德怀）军团长说：'一听到这些牲畜的叫声，我的心就跳。不宰吧，部队又没有吃的，实在是叫人为难。'藏民有时晚上跑下山来，在驻地外边喊：'红军，你们什么时候走啊！你们再不走，把粮食吃光了，我们就得饿死！'听着这些喊叫声，更是叫人揪心。但在万般无奈的情况下，也不得不违心地这样做。"[2]

王平也是开国上将，先后担任志愿军副政委、南京军事学院政委、武汉军区第一政委、总后勤部政委等职。

共产国际军事顾问李德当时随红一方面军行动，他在回忆录中描述道："至于我们和当地民众的关系，比起从泸定到懋功的行军途中还要恶劣。严格地说，几乎没有什么关系。如果我们在懋功以南还偶尔能遇到一些居民，虽然几乎都是川西人，那么在懋功北面就根本不见人迹。村落和院宅被遗弃了，贮存的粮食被收藏和搬走了，牲口也被赶走了，周围根本没有可以买到或者可以从地主那里没收到的东西。不论人家愿意与否，我们不得不拿走所搜出的一切，甚至最后一粒粮食，并且不得不接二连三地派征粮队进山，去逐猎散游的牲畜。我们越往北走，给养情况就越发严重。"[3]

百岁老红军张天伟说：红四方面军战士们的眼睛盯着藏族土司的碉楼和喇嘛庙。这些金碧辉煌的巨大建筑物与荒野中贫民的破烂小房形成了巨大的反差。在红军战士看来，那里的财富都是剥削来的，都属于该打的土豪。一路上，这些土司官寨和喇嘛庙给红军带来了两大好处：一是房子大，可以给几千红军当宿营地；二是粮食财产多，可以补充给养；三是金银财宝、银元多，可以拿去换粮食。

肖永正，当年李先念部红三十军供给部的粮秣科长，回忆他筹粮的经历：部队快要到达毛儿盖时，总供给部长林伯渠开了一张六十万斤的领粮条，让他带着一个运输队去某地领粮。他带着各师的运粮队共两千人马，兴冲冲地到了指定地点，没想到粮食已经被先头部队领完了。肖永正顿时着急上火，这关系到一个军的生存，责任重大啊。他们被一方面军的同志领到一座巨大的土司官宅里休息，这座依山建造的高大石楼，足够容纳几千人。肖永正还在为粮食发愁，突然，奇迹出现了。他回忆："正当我上楼的时候，给我管马的小鬼急急忙忙从楼下跑上来对我说：楼下发现了一个洞，黑

---

[1] 萧锋：《长征日记》，上海人民出版社 1979 年版，第 102 页。

[2] 《王平回忆录》，解放军出版社 1992 年版，第 109 页。

[3] 奥托·布劳恩：《中国纪事》，现代史料编刊社 1980 年版，第 172 页。

糊糊的，一眼望不到底，好像是个无底洞。我跟小鬼下楼一看，原来是石头砌的墙壁和石板地之间塌了一个口，一眼看去，漆黑一片，深不见底。我点着火把，踩着梯子朝下走，走下去几丈深的地方，我很敏感地嗅到谷物气味。心里猜想，这里准是个很大的粮窖。倒是小鬼眼尖，看清了里边的东西，他惊呼起来：'粮食！粮食！这么多粮食！'我们将火把举起一照，果然是金黄一片，都是上好的青稞麦。小鬼高兴地在'麦海'上翻身打滚。穿过'麦海'又出现了一间地窖，里面整整齐齐地码着整只整只的腊猪、腊羊及整块整块的腌猪肉和牛油，而且还有不少布匹。"当时大家激动的心情，如同阿里巴巴发现了四十大盗的宝藏。于是，土司的全部储藏，统统被红军搬了个干净。[1]

红军占领毛儿盖，即向松潘前进。松潘自清朝以来，就是川西北高原的军事重镇，控扼通向陕西、甘肃的主要通道。松潘城小而坚，城内多是汉人，四周是藏民。城墙高大坚固，四周有四座城门，城门上有碉楼。城外有山可做制高点，易守难攻。红军到来之前，胡宗南部奉命进驻松潘，堵截红军北上。胡宗南在红军来到后，迅速收缩兵力集中在松潘城内外，决心死守松潘。

此时，徐向前率领红军的中路军，正艰难地向松潘前进。他回忆说："由茂、理到松潘，山高林深路险。又因地震关系，山石不断塌方，极难通行。部队一边清理塌方，一边行进，每天只能通过一个团。三十一军有个班，行进途中遇上塌方，全部牺牲。我军刚到川西北时，计划占领松潘，但因行进困难，才被胡宗南部抢先一步控扼，打了一下，攻不动，退到镇江关一带。这次调兵上去，准备再打松潘，是硬着头皮干的。"[2]战事的发展证实，徐向前的担忧不是没道理的。

1935年7月下旬，红一军团和四方面军的四军、三十军从几个方向对松潘外围守敌发起进攻，打算一鼓作气拿下松潘。但是胡宗南部队顽固抵抗。在松潘以西的羊角塘，红一军团与胡宗南的廖昂旅激战一天，敌军凭借碉堡工事和优势的火力，使红军难以前进，只好撤回卡龙。许世友、王建安率领的四军猛冲猛打，给胡宗南的丁德隆旅以沉重的打击，推进到离松潘城十几里的牦牛沟。胡宗南毕竟是蒋介石的嫡系，硬着头皮顶住不逃跑。他把指挥部移到前线山上，亲自坐镇。招呼后续部队，迅速向松潘靠拢。

红军攻打了十天，没取得多大进展。一些阵地来回拉锯，得而复失。由于缺粮，战斗部队每日一干一稀两顿饭。肚子填不饱，冲锋没力气。一边作战还要一边筹粮，这还怎么打仗呢？再有，红军长征以来，重武器都丢光了，只有步枪和很少的机枪，

---

[1] 萧永正：《一次意外的发现》，载《星火燎原》丛书之二，解放军出版社1986年版，第341页。

[2] 徐向前：《历史的回顾》，解放军出版社1985年版，第425页。

在坚固的碉堡面前就无计可施，强行攻坚只能白白牺牲战士的生命。权衡利弊，红军总部下令停止进攻松潘，将部队撤回毛儿盖。原定的松潘作战计划实际上无法实施了。

按照徐向前总指挥的分析，红军之所以没有打下松潘，一个重要原因是部队缺粮。战士吃不饱肚子，怎样还能打仗？

原胡宗南部的一个叫李炳藻的军官《在川西北截击红军的经过》一文中说：其实，胡宗南的日子也并不比红军好过。他的部队到松潘后，多数人水土不服，吃青稞就泻肚，只好从四百里外的江油雇挑夫向松潘运粮。道路艰险，要越过海拔 5568 米的雪宝顶，比夹金山还高一千多米。今天这里是风景如画的国家级黄龙旅游胜地，当时对挑夫来说却是死亡之路，单身爬山尚且吃力，何况背负百斤呢？靠人力运到松潘的粮食相当有限，根本填不饱这支大军的肚子。胡宗南下命令说："国难当头，一切要节约。上自司令官下至士兵，每天只吃一餐，放午炮吃饭。"于是全军勒紧裤腰带（当然，胡宗南不会真的挨饿，他有饼干、罐头吃）。当红军到来时，究竟能否守住松潘，胡宗南也是心惊胆战，没有把握。想不到抵抗了几天，红军居然主动撤离了。胡部上下自然是庆幸万分，松了一口大气。[1]

松潘战役停止后，红军的形势更为严峻：北上的大路被胡宗南挡住，西边的阿坝草原是一片荒无人烟的旷野，南边的退路又被四川军阀刘湘阻塞。在面临困境的局面下，红军中大多数人都盼望尽快离开，选择一条适合生存和发展的新路。

在这种情况下，为了红军的生存，也发生了许多违反群众纪律，与民争粮的事。小说《亮剑》和电视连续剧《亮剑》里都有这样一个情节：李云龙为了给红军战士找粮食，"纵兵抢粮"，违反了群众纪律，被撤去团长职务，下到连里当马夫。这虽然是文艺作品，但也有生活依据，反映了当时的客观事实。小说和电视剧是按照现在的观点、现在的需要撰写和拍摄的，在当时，没有一个红军将领因"纵兵抢粮"而受到处分。

翻过夹金山以后，就进入了藏民地区。问题逐渐严重起来。主要是缺粮和饥饿。

部队翻过雪山以后继续前行，一直沿着大金川北进。河川里的水很深，水流也很急，是从山上下来的雪水，很凉，就像冰水一样。不久，部队就越过懋功，抵达卓克基、两河口。这一带已经全是藏族同胞的地区了，见不到一个汉人。藏人的房子一般都建筑在山坡上，至少距离山底两里路以上，山沟里见不到一个村子。部队往往在走

---

[1] 李炳藻：《在川西北截击红军的经过》，载《围追堵截红军长征亲历记》（上），中国文史出版社 1990 年版，第 388 页。

了一天之后，还要爬上二至五里山路，才能到达山上寨子里的宿营地。第二天早晨出发，又要从山上下来，继续在山沟里行进，弄得十分疲劳。就这样上山下山地一直走到了两河口刷经寺。

由于藏民对红军不了解，附近的藏人都跑光了。但家里的东西却没有弄走，家里不仅有粮食，还有猪、鸡、牛、羊。一开始，红军严格遵守"三大纪律，八项注意"，没有动庙里和藏民家的任何东西。可是走了几天以后，没有吃的了，困难来了，怎么办呢？老百姓都跑了，一个藏人也见不到。原先从芦山、天全带来的粮食都吃完了，眼看部队断了炊。那时大家矛盾得很，一方面要讲纪律，另一方面部队又确实没有吃的。红军也是人，也必须吃饭，不吃饭就不能生存，更不用说去行军打仗了。

一开始，老百姓地里的豌豆苗可以弄点来吃。可光吃豌豆苗不能解决饥饿问题，于是进一步发展到吃老百姓家里的粮食。有的文章里说，那个时候吃了藏民百姓的东西，有的留了钱，有的留了借条。不过实事求是地讲，据经历过长征的老红军回忆，绝大多数情况都不是这样的，因为即使想留钱，我们红军也没有钱。有的人倒是写了条子，说是以后还，可谁都明白，这是"老虎借猪，一借不还"。以后，那是到什么时候啊！后来有的干脆连条子也不留了，哪里还能还，不可能还了。所有的部队都一样，见到了就吃，找到了就拿，把藏民家里的东西吃光，既不给钱，也不留条了。

部队继续向前进，困难就更大了。大概藏民知道了红军在前面的行为，就把家里的食物搬到外面山上埋藏了起来，还把锅碗瓢盆也都搬到山上藏起来。没有吃的，怎么办？为了生存，只能公开地违反纪律了。有就拿，没有就搜，搜不到就挖。有时候，一挖，就能在地下挖出一窖一窖的青稞麦！凡是挖到这样的大地窖，一个部队拿不了，就赶紧通知另外一个部队来驮。有时，油、盐等物品也可以从地下挖到。挖了以后，没有留钱，也没有留什么条子，只要能弄到就行，大家分了吃了。

由于国民党的挑拨离间，藏民都上山了，一方面军经过藏民区域时，看到的全都是一个个空荡荡的山寨和村落，沿途十室九空。红军来到一个人烟如此稀少的地方，即便留了条子，老百姓也不敢保存，让国民党和土司头人知道了，会以"通匪""资匪"论处，惨遭迫害。无房可住，连个问路的人也找不到。见不到人，没有吃的，有时找到的，又是一点青稞，伙夫都不知道怎么做着吃。部队为了生存下去，不得不到处去抓他们的牛羊，不得不想方设法把他们埋在地下的粮食挖出来。

毛主席说："这是我们欠下的唯一外债！"

著名美国作家、中国人民的朋友埃德加·斯诺在《红星照耀中国》一书中说：在川西北这片广阔荒凉的藏民区，粮食就是生命。埃德加·斯诺在书中写道："在当时的环境下，只有靠枪才能得到食物，红军被迫为几头牲畜而打仗。毛泽东告诉我当时有这样的说法：'买一头羊要搭上一条人命。'他们从藏人的地里割青稞，收甜菜、萝卜等蔬菜。他们就是在这样极其缺乏给养的情况下过了大草地。'这是我们欠下的唯一外债，'毛泽东幽默地说，'有朝一日我们一定要向藏民偿还我们不得不从他们那里拿走的那些东西。'"[1]

　　长征胜利，到达陕北，建立了以延安为中心的抗日革命根据地。斯诺是到根据地访问的第一位外国记者，受到毛主席的亲切接见，进行了长时间谈话。当时，日本帝国主义大举进攻，国民党胡宗南部数十万大军包围边区，国民党采取政治上打压、军事上围困、经济上封锁的办法，控制陕北根据地的发展。但是，根据地人民在共产党、毛主席领导下，贯彻"自力更生，丰衣足食"的方针，使根据地得到很好的发展，与国民党统治区贪污腐败、民不聊生的情况，形成鲜明对比。毛主席自豪地对斯诺说："边区政府既无内债，又无外债。"但是，毛主席没有忘记，**"欠下的唯一外债"**，那就是红军过雪山草地时，欠下藏族人民的一笔债。而且庄严承诺：**"有朝一日我们一定要向藏民偿还我们不得不从他们那里拿走的那些东西。"**

　　这就是说：毛主席高度评价红军过雪山草地时，藏族人民所作的巨大贡献，充分肯定为了中国革命的胜利，藏族人民所作出的巨大的民族牺牲。

　　四川省阿坝藏族羌族自治州文物管理所编印的《红军长征过阿坝论文选编》一书，在谈到红军筹粮工作时说：

　　在红军长征过境、留驻的十六个月里，先后创建了"松理茂赤区"及"大小金川根据地"，其总辖域面积不足六万平方公里，人口仅有二十余万，人均年有粮不足六百斤，大牲畜不到两头。在这种条件下，却承担着对十多万主力红军的支援任务，藏、羌等人民面临着十分繁重而神圣光荣的时代使命，为红军筹集粮食两三千万斤（包括红军收割老百姓麦子，取走家里的粮食留下借条），大小牲畜二十万头，熬制土盐五千余斤，还有大量的猪膘、干牛肉、油和蔬菜等。当时军民同吃草根、树皮，共同度过了艰难的岁月。

　　雪山草地间的赤区各族人民节衣缩食支援红军，所承受着的牺牲是巨大的，也是很有价值的，保存了中国革命的基本武装力量，很多人作出了自我牺牲，献出了自己的生命。红军北上后，苏区人民遭到了白色恐怖的报复。

　　红军因粮食问题付出了巨大的牺牲，三次过草地、爬雪山和1936年夏季饥饿、疾

---

[1]　斯诺：《红星照耀中国》，河北人民出版社1992年版，第159页。

病造成巨大减员，红军在雪山草地减员万人以上。

毛泽东主席分别在延安和新中国成立后，曾对此有过多次讲述，高度评价了红军长征翻雪山、过草地时期藏、羌人民的革命斗争业绩，高度概括地比喻为"牦牛革命"。还曾一再表示说长征时期在川西北地区"我们是欠了番（藏羌）民债的，欠了债是要偿还的。"[1]

据《红军长征在雪山草地：大小金川革命根据地编写征集提纲》载："征粮和筹粮是苏区最重要的工作，粮食实行了统一征收、运输、保管，实行了配给制，采取对反动派和地主没收、对农民购买的办法筹粮。1936年春耕以后，粮食越来越短缺，以至断绝，军民吃榆树皮、酸酸草根、生梨疙瘩。人民群众仍然每天打野菜送给红军。这时红军组织队伍到边远牧区去买牦牛。"余洪远和徐向前的回忆录里都提到在观音桥和杜柯河一带赶回数千头牦牛。

长征时任川陕省委委员的谢兴华回忆说："1935年底，那时我兼任大金省委粮食委员长，正在四大坝带着人搞粮食，有个小土司答应给我们送五万斤粮食来，条件是我们拿钱买，这个人很守信用。他送来了五万斤包谷、豌豆，还搞了一万多斤蔓菁（甜萝卜）。我们在那里买了一百万斤的样子。"

谢兴华接着说："1936年春天，粮食问题很严重，前方需要供应，我们在后方也没有吃的，那时我在负责筹粮工作，马尔康一带的苏维埃成员、藏民们帮助我们买了不少的牛羊和粮食。牛、羊关了一条山沟，最少也有几万头；粮食约有四十万斤。""四大坝的粮食多，糖萝卜很多，又大又甜，前前后后在那一带买的粮食有一百万斤左右。"谢兴华又说："一次在金川沙尔尼西边，通过一个小头人做工作，就买到藏民粮食五万斤。"

另一位老红军何书祥回忆说："在左路军南下时，我们三十一军93师276团在阿坝担任后卫掩护任务，在一条山沟里发现一万多头牛羊，主人也找不见，不知道是谁的。那时候没有吃的，光洋也用完了，我们就一路赶着这些牛羊，除了路上吃了的，到了绥靖就上交分配了。"[2]

总后勤部副部长熊贤约1984年4月17日对阿坝州党史办的同志回忆说："第二次过草地前，三十一军没有吃的，就用梨子（金川那里盛产雪梨）做干粮，那时候梨子还小，不好吃；因为部队大，人多，那一带地方小，出产的东西也少。我们的部队过

[1] 陈学志、范永刚主编：《红军长征过阿坝论文选编》，四川省阿坝藏族羌族自治州文物管理所2006年编印，第164页。

[2] 朱成源主编：《长征在雪山草地》，四川民族出版社1986年版，第254页。

去过来两次，把那个地方的什么东西都吃光了，部队没有吃的，拉藏民的牛和羊，只好有什么能吃的就拿什么了。要保存一支革命队伍，那时候也就只得这样子啦。"

老红军刘忠在《回忆我的一生》中说："一天，我向军团长汇报部队吃饭有问题，罗局长（罗瑞卿）说：'粮食是困难的，现在刚到草地边沿，还能找到藏民的粮食，进入大草地就没有人烟了，红军的纪律是个问题。但为了保存中国革命的这批种子，不能不这样做，将来中国革命胜利了，一定要来对藏民同胞好好赔偿。'"[1]

红军初到黑水时，由于得不到当地群众的理解和支援，几乎陷于绝境。后来很好地实行党的民族政策和宗教信仰政策，得到各界人士的理解和支援。"红军在黑水共筹集军用粮食710万斤，其中在境内驻扎整训时耗用约600万斤，带走约110万斤；借用宰食各类牲畜3万余头，折合肉约100万斤；借用各类油1万多斤；还借用了一大批牲畜皮张、牛羊毛和野兽皮。"[2]

---

[1] 转引自陈学志、范永刚主编《红军长征过阿坝论文选编》，四川省阿坝藏族羌族自治州文物管理所2006年编印，第163～164页。

[2] 朱成源主编：《长征在雪山草地》，四川民族出版社1986年版。

第七章 毛泽东、周恩来会见藏族人士

毛主席曾经谆谆告诫全党同志："政策和策略是党的生命，各级领导务必充分注意，万万不可粗心大意。"

毛泽东、周恩来不愧为伟大的政治家和思想家。朱德、彭德怀、刘伯承、林彪、徐向前不愧为杰出的军事家，同时也是杰出的政治家和思想家。到了藏族地区之后，他们审时度势，调查研究，根据新的情况，很快对政策和策略作了调整。他们发现，在中央苏区、在川陕根据地、在内地其他地方行之有效的"打土豪、分田地"的政策，在藏族地区无法实行，勉强实行，弊多利少。既然中央认为红军无法在地瘠民贫的少数民族地区长期停留，无法建立新的巩固的根据地，而必须尽快离开，那么，勉强实行"打土豪、分田地"的政策，一旦红军离开之后，土司头人、贵族农奴主立即会回来反攻倒算，进行阶级报复，残酷镇压广大农奴和贫苦的农牧民群众。在这种情况下，"打土豪、分田地"，广大藏族的农奴和贫苦农牧民群众不但不能受益，反而会受到伤害，对红军迫切需要的筹粮筹款活动，也没有什么好处。与此同时，共产党和红军领导人敏锐地注意到宗教在藏族群众中有很深的影响，土司头人、上层人士和喇嘛活佛与广大群众也有着密切联系。因此，必须深入了解相关的阶级关系、民族关系、社会情况、宗教信仰、民风民俗等诸多方面的情况，制定一套适合藏族地区的方针、政策和策略。

毛主席一再告诫全党同志，要胜利完成中国革命的任务，必须把马克思列宁主义的普遍真理与中国革命的实践结合起来。那么，到了藏族地区，就必须把马克思列宁主义的普遍真理与藏族地区的实际结合起来，革命和建设事业才能取得成功。

要了解藏族地区的情况，首先应该从自己脚下这片土地开始。

独具特色的嘉绒地区

红军初次到达的达维、小金、大金、理番、茂县、马尔康、阿坝、黑水、松潘、丹巴等地，都属于嘉绒地区。

四川省阿坝藏族羌族自治州的小金县与甘孜藏族自治州的丹巴县相邻处有一座闻名全藏区的神山，叫"墨尔多"。它属于藏族念神类的神山，又有"斯巴杰姆"之称，意为"创世之神"。这座神山的周围多为深山河谷，海拔较低，气候温和，居住在这里的人们大多数从事农业生产，有的地方是半农半牧，也有纯牧区。神山的东面是小金川河，藏语叫"曲琼赞拉"，意为"护法厉神"；西面是大金川河，藏语称"曲钦赞拉"，意为"大河厉神"；其上游梭磨河藏语称"察曲"，意为"热水河"。这三条河汇合后即为著名的大渡河，是长江上游一条重要的支流，藏语叫"嘉绒杰姆俄曲"。"嘉绒"就是以上述山名、河名和环境特点综合而构成的地名，可以译作"大渡河大峡谷"。

嘉绒藏区指的就是以墨尔多神山为中心的大小金川河和梭磨河流域，包括四川阿坝藏族羌族自治州的小金、金川、马尔康、汶川、理县、壤塘、阿坝、红原、黑水和甘孜藏族自治州的丹巴、道孚、康定、泸定、色达等县的全部或部分地区，以及雅安市宝兴县的西北部。

居住在上述地区的藏族泛称为"嘉绒哇"（即嘉绒人）。它与"安多哇""康巴哇""木雅哇"等一样，是对不同地区的藏族人的称谓，犹如四川人、广东人，都是汉人。

7世纪中叶，今阿坝州地区成为大唐与吐蕃王朝的临界地带，汉文化与藏文化的密切交流和广泛传播，使藏、羌、汉各族之间的联系日益紧密。宋置茂州通化、威州维川两郡；元设茂州、松州总管府及军民安抚司，始行土司制。清乾隆年间在汶理茂及大小金川等地实行"改土归流"，废除土司制度。但实际上土司制度又未能真正废除，直到解放初期实行民主改革前，依然由土司统治。

1927年，蒋介石发动"四一二"政变，在南京建立国民政府之后，茂县置四川省松理懋茂汶屯殖督办署，至1935年改置四川省第十六行政督察区。

红军到雪山草地时，嘉绒地区属于刚刚设置的"四川省第十六行政督察区"管辖，目的是要加强这一地区的防务，阻止红军北上或南下，也不让红军在雪山草地落脚。

嘉绒地区，又称"四土"地区，主要使用嘉绒方言，亦受康方言的影响。在宗教信仰上，信奉藏族原始宗教苯教的居多，"墨尔多"就是苯教的一座神山，佛教是后来传入这一地区的。这一地区的宗教、文化，在总体上与其他藏族地区相同，但又有鲜明的地方色彩。在社会制度、军事体制、经济生产、生活方式等方面，又有自己的特色。在嘉绒地区，有所谓"嘉绒十八王国"之说。翻译成汉文，有人称作"嘉绒十八部落"，有人称作"嘉绒十八土司"，实际上他们自己称"嘉绒十八王国"，一个大的土司，就是一个小的王国。直到解放后藏区实行民主改革，依然保持着鲜明的部落社会的特征，每一个大的土司，就是一个小的"独立王国"，各个土司之间，拥兵自重，互不统属，互相征伐，竞相兼并，相互抢夺土地、草原、牛羊，乃至百姓。抢来对方的百姓，就成为自己的百姓和奴隶。长时期无休无止的部落战争和冤家仇杀，给广大藏族人民造成深重灾难，破坏了藏民族内部的团结和统一，严重阻碍了藏族社会的发展和进步。

因此，无论是嘉绒地区内部的关系，还是嘉绒部落与旧时朝廷和周边地方政权之间的关系，都呈现出错综复杂的局面。在历史上，曾发生过一些重大战争，其中最著名的是清乾隆年间的两次"金川之役"。清廷两次重兵征剿金川，史称"金川之役"（历史上大、小金川合称金川），是乾隆帝"十全武功"的头一个武功，并首次实施了后来对我国少数民族地区影响深远的土屯制度。民间称"乾隆王打金川"。

第一次金川战役用兵 7.5 万余人，耗银 2000 余万两。第二次金川战役先后出动兵力近 20 万，仅阵亡文武官员就多达 732 名，士兵 2.5 万余人，耗资白银 7000 余万两。清军残酷杀戮金川地区的百姓，十室九空，战后仅万余人幸存。

清王朝自己也受到严重损失，逐渐走向衰败，"康乾盛世"不复存在。

清朝廷两次进剿，对嘉绒百姓即今阿坝州和甘孜州各族人民来说，无疑是一次空前未有的浩劫，生命财产遭受严重损失，社会生产力遭到严重破坏，各民族之间造成深深的创伤和隔阂，历经数百年难以平复。到解放后，在共产党、毛主席民族政策的光辉照耀下，民族关系才逐渐得到改善，社会生产力才逐渐得到恢复和发展。

而在当时，国民党中央军和四川地方军阀以及各种民团、地主武装、"袍哥"等组织，纠集在一起，企图利用这里地势险峻、山崖陡峭、河流湍急、碉楼坚固、易守难攻、交通闭塞等特点，加上历史上形成的民族隔阂，将红军困死、饿死，最后消灭在雪山草地。

嘉绒人民有着反侵略、爱祖国的光荣传统，金川之役以后，尽管自己遭到严重伤害，但面对帝国主义的侵略，嘉绒藏族官兵曾西到西藏边境打击廓尔喀的入侵，东至浙江沿海抗击英军的入侵，为保卫祖国神圣领土作出了重要贡献。

在文化内涵上，嘉绒藏族在语言文字、宗教历史、文学艺术、音乐舞蹈、民俗风情、生活习惯、民居建筑等方面继承了藏民族古老而深厚的传统文化的共性；同时，由于其独特的地理位置，又形成了具有地方特色的区域文化。例如，在语言方面，嘉绒藏区的方言还保留着大量古藏语词汇、古藏语读音和大量的古藏语生活名词术语；在宗教方面，它还保存有藏族本土宗教——苯教；在建筑方面，仍存有大量精美的石砌楼房以及八角、六角、四角等形态的碉楼；在服饰方面，它有不同于牧区的农区特色。[1]

嘉绒地区与原西康省即今四川省甘孜藏族自治州（即康巴地区）紧紧相连，它们既有共同之处，又有各自的特点。整个嘉绒藏区的面积约有十多万平方公里，相当于两个半台湾省；比浙江省和江苏省还要大。从语言上讲，嘉绒语属于嘉绒方言；而甘孜地区则属于康方言。

嘉绒地区地处青藏高原东缘与四川盆地西北边缘交错的接触带，属高原林地，地形复杂，地势西北高、东南低。西北部为高原区，海拔平均 3500 至 4000 米，丘状高原与山原地貌广布，是长江水系与黄河水系的分水岭。后来红军渡过的噶曲（白河）、那曲（黑河）、贾曲（青河）三条河蜿蜒流淌，自南向北注入黄河。岷江、大渡河汇百川至东南奔腾出山，注入长江，水利资源十分丰富。

东南部为高山峡谷区，岷山、九顶山、邛崃山山脉雄峙其间，山势陡峭，峰峦叠嶂，沟壑纵横，谷底幽深，河谷最低海拔 780 米，最高峰四姑娘山海拔 6250 米，亦为州境内之最高峰。山峰与山谷的落差如此之大，不仅在我们国内，就是在世界上也极其少有，这就形成了它既险峻又壮丽、既富饶又苍茫的地势地貌特征。

这里顺便作一点叙述，自改革开放以来，嘉绒境内的九寨沟、黄龙、熊猫故乡卧龙自然保护区，以及"四姑娘山"风景区，已成为国内著名的旅游胜地。很多人望文生义，以为四姑娘山这座神奇秀丽的雪山，与四位美丽的姑娘有什么关系，其实与"姑娘"没有任何关系。那座山藏语叫"古拉"，按照当地藏胞的说法，与夹金山一样，是嘉绒地区的保护神，它守护着嘉绒地区壮美的雪山和辽阔的草原，保护着当地百姓的安宁。当地群众就把它当作圣山，每逢年节，都要去朝拜，焚香祝福。按照嘉绒方言的读法，要把上加字和字根都读出来，念成"斯古拉"。当地汉族同胞认为"斯古拉"不好听，不好念，也不知道是什么意思，不如利用谐音，称为"四姑娘山"，不但好听好念，还可以令人产生无限的遐想。于是，这"四姑娘山"的名称就流传开了。

"四姑娘山"是从四川盆地进入雪山草地的必经之途。红四方面军就是翻越"古拉"雪山到雪山草地；后来红军长征南下川西、北上陕甘，都曾经过这里。"四姑娘山"是绵延起伏的青藏高原距离被称作"天府之国"的川西平原最近的一座雪山，它神奇秀丽、巍峨挺拔、直插蓝天，与千里沃野、万顷良田、一马平川的川西坝子，形成强烈反差，鲜明对比，的确像一尊威严神圣的保护神，守护着美丽的家园，又向世人展示

---

[1] 参见《嘉绒藏族的历史与文化》"编者的话"，四川民族出版社 2008 年 11 月版，第 1～2 页。

雪域高原的风采。

而在当时，红军战士们却没有心思欣赏这壮丽的景色。

"嘉绒三雄"与工农红军

当时的嘉绒地区，土司林立，守备并雄，各霸一方，各自为政，时而联合，时而厮杀，械斗不息，互扰不已。其中影响较大的有麦桑（中阿坝）土司华尔功赤烈、卓克基土司索朗次仁（汉名：索观瀛，字海寰）和黑水大头人鲁尔资巴（汉名：苏永和），这三位土司头人，被称为"嘉绒三雄"。这"三雄"都与红军有着密切联系。

红军到藏区之后，中央领导人很快就发现，在藏族地区不能简单地采用内地"打土豪、分田地""杀富济贫"的方法。在藏区，杀了富，既济不了贫，更解决不了红军的筹粮问题，反而加深了民族矛盾和民族隔阂，把很多基本群众赶到民族宗教界上层人士那一边，给我们的工作造成困难，而给国民党反动派以可乘之机。于是，在坚持发动群众、依靠群众的同时，开始对民族宗教界上层人士做统战工作。嘉绒三雄便成为主要的团结、争取对象。国民党和四川地方军阀早在拉拢收买他们，给他们封官许愿，给钱给枪。因此，毛主席、周副主席亲自做他们的工作。朱总司令和刘伯承利用他们的特殊身份，在军务繁忙之中，也抽时间做上层人士的工作，广交朋友，化敌为友。

华尔功赤烈生于 1916 年，身材魁伟，相貌堂堂，举止儒雅，一表人才。其父杨俊扎西，原是上果洛（今属青海省果洛藏族自治州，与阿坝毗邻）人，因麦桑老土官甲丹蚌死后乏嗣，孤女华尔诺招其为婿，承袭麦桑土司官位。华尔功赤烈聪明好学，在少年时代就表现出不同于一般头人子弟的气质。他曾出家为僧，在寺院刻苦学经，笃信佛法，在佛学方面有一定的造诣，为他后来从政为官奠定了很好的基础。他善思考，急公义，扶危困，深为僧俗民众所喜爱。其父临终时，华尔功赤烈被迫还俗即麦桑土司官位，但保留还俗喇嘛的身份。按照藏传佛教的规矩，这不叫"失戒""破戒"，而是"奉还戒律"。

华尔功赤烈承袭麦桑土司官位时，还不到二十岁。其父弥留之际，恐他性情温良，面善心慈，不能守业，也来了一出"白帝城托孤"，把第一大臣特尔多叫到跟前，尽吐衷肠，嘱托特尔多以父辈身份有权杖勉华尔功赤烈勤政；华尔功赤烈即给特尔多下跪口称"仲父"（其实特尔多只长华十二岁）。杨俊扎西又把四大臣、老民（低于土官的一级行政官员）和部分百姓代表叫到跟前说："你们大家要不要华尔功赤烈当你们的土司？如果要，他就是你们的儿子了，你们大家都要听他的话，替他分担忧愁，保全阿坝。"华尔功赤烈立即应声向大家叩头，在场的人都感动得落了眼泪，齐声说："愿与少土司共生死，绝不丧失阿坝一头羊、一根草、一寸土！"

华尔功赤烈是嘉绒地区的大土司，藏语称作"本钦"，意为"大官人"。在嘉绒地区，无人不知，每当提到他的名字，都会让普通百姓感到敬畏。那时国民党的官员到草地考察，结果发出这样的感慨："在草地，很多人不知道蒋委员长，但没有人不知道华尔功赤烈。"

华尔功赤烈手下有四个大臣——特尔多、梭罗、戎本、窦根，还有帮特尔多办"外交"的助手香根。华尔功赤烈对特尔多始终以仲父相敬重，不因自己年龄渐长而有所懈怠。解放初期，1950年年底，由于国民党残匪的挑拨和煽动，黑水地区发生武装冲突，四川省委派茂县专区张承武副专员调解黑洼和黑水的械斗，带着松潘县长任太和到阿坝。华曾对张副专员、任县长说："特尔多和我父亲一样，我年少承袭父职，年幼不谙事理，多有疏漏，何能保全至今，全仰仗仲父的勤奋操持。"特尔多激动地流着热泪说："全是老土司的福佑和少土司的英明。"

华尔功赤烈知恩感恩、尊重老人和老友的品德也受到草原人民的赞颂。

华尔功赤烈笃信佛教，属宗喀巴的黄教，但他也十分关心其他教派的存在和发展，如对黑教（苯教）、花教（萨迦派）、红教（宁玛派）和白教（噶举派），他都允许在他部落里并存和传播。华尔功赤烈不分教派，每年都向草原上的各个寺庙供奉许多钱财，这也是得人心之举。

索观瀛，藏名索朗次仁，生于1898年，比华尔功赤烈大十八岁。索观瀛是汶川县瓦寺第二十二世土司索怀仁的嫡传独子，是瓦寺宣慰使唯一继承人。汶川是深山峡谷中的一个小县城，过去不为人知，2008年"5·12"大地震之后，得到全国各族人民的关注，一个高原新城正在建设之中。

索观瀛虽是嘉绒藏族中的名门，出身于土司世家，但他从小生活在汉人圈子里，读汉书，讲汉话，习汉俗，受汉族文化和汉族官仪影响甚深，这在嘉绒十八部落中是少有的。他的先辈曾参加四川地区的辛亥革命活动，受到近代革命思潮的影响。因此，虽未曾谋面，但他对参加过辛亥革命和护法运动的朱德和刘伯承两位川中名将，十分崇敬。索观瀛出身于这样的家庭，加之瓦寺地处藏、羌、汉、回多民族杂居之地，历来重视各民族间的团结和睦，共存共荣。索观瀛当政后，十分重视发展民族友谊，改造农业，引进商业，发展牧业，允许汉商到藏区经商，并予以保护，不让土匪抢劫，他正确处理政教关系，倡导佛教，发展教业，取得一系列成就，在嘉绒地区有很大影响，与华尔功赤烈的关系也很好，他们两人管辖的地区之间，从未发生过争斗。

苏永和（藏名鲁尔资巴，又叫道尔吉巴桑），1909年出生于黑水河下游二水（基郎）头人之家，其父恩吉布，其兄贡让（苏永清）。苏永和是黑水地区最大的头人，他精明能干，粗通汉语，与国民党中央政府、四川的地方军阀、西藏地方政府等各个方面，都有一定的交往。既到过成都、重庆，又到过拉萨，在嘉绒十八部落的土司头人当中，也算一个见多识广的人。

1934年底1935年初，中央红军开始长征，红四方面军反"六路围剿"取得胜利之后，国民党政府为了拉拢藏族地区的土司头人，煽动他们反对红军，委任了一大批"司令""宣慰使"之类的官职。华尔功赤烈、索观瀛被委任为"保安司令"，苏永和则被委任为"反共救国军司令"。但是，当红军真的来到雪山草地之时，他们都没有与红军对抗。

在嘉绒三雄中，最早与红军建立联系的是苏永和。1935年6月，徐向前、陈昌浩率部占领茂县后，为迅速进军到懋功（小金），迎接中央红军，特派红四方面军政治部副主任曾传六到黑水东境门户赤不苏与苏永和谈判借道过境问题。苏永和当即应允，并正式签订了《和平协议》，称为"曾苏协议"。这可能是红军与藏族上层人士签订的第一个"和平协议"。

"曾苏协议"墨迹未干，胡宗南已率兵到松潘，蒋介石坐镇成都督战。在当时，胡宗南的部队比红军多得多，装备比红军好得多，枪支弹药比红军充足得多，经费比红军充裕得多。苏永和断定红军打不过国军，在雪山草地站不住脚，当胡宗南派少校参谋李洱康（国民党中央军军长李阳山之子）到黑水，策动苏永和反共，并立即调拨了一批枪支弹药，他马上又答应了。结果红军借道部队刚入黑水，苏永和即背信弃义率部突袭红军的过境部队，造成一定的伤亡。为此，胡宗南以南京政府的名义，委任苏永和为"松（潘）理（县）游击剿匪司令"。这时四川省政府主席刘湘为策动苏永和"狙击"红军，又委任苏永和为"松理茂（县）守备司令"之职。苏永和平步青云，一下子获取两个"司令"的称号，自感有了争雄雪山的资本。所以，积极反对红军北上，使红军在黑水境内遭受很大损失。为此，蒋介石特颁给苏永和一枚"三级云麾勋章"，并大肆宣扬苏永和"反共救国"的"功绩"，号召藏族各界人士效法。在藏族上层人士中，苏永和是第一个、也是唯一一个获得蒋介石亲自颁发的"三级云麾勋章"的人，为此，他自己曾十分得意。

当中央红军和四方面军在雪山草地胜利会师并占领苏永和的老窝黑水城之后，胡宗南也帮不了他的忙，胡的部队始终未能进入雪山草地，苏永和只好率领他的部队逃到山里去了。红军当时的主要任务是北上抗日，只要他不继续与红军作对，也就没有追击。

1936年，四方面军南下时，特务头子康泽派副师长李海澜以"振兴委员会"名义到黑水。李是政客，在黑水滞留时间较长，与苏永和结拜为兄弟，向苏传授许多蜀汉魏三国争斗典故，为苏制定了"远交近攻""战战和和""不战不和""兵不厌诈"和"奖掖骁勇"等谋略，唆使他继续与红军为敌，并争雄嘉绒地区，说"国军"会帮助他成为嘉绒地区最大的头人。苏永和野心膨胀，更加坚定了"反共救国"的立场，四方面军南下时，他又从后面袭扰。

毛主席会见的第一位藏族人士

华尔功赤烈和索观瀛的态度则与苏永和截然相反。他们一方面与国民党中央政府、四川地方军阀以及近在咫尺的胡宗南部虚与周旋，表面应付，既欣然接受国民党的委任，也接受他们发给的枪支弹药，表示要"坚决阻击红军"，"绝不让红军在雪山草地立足"，实际上则积极与红军联系。

达维会师不久，毛泽东、周恩来、朱德、张闻天、刘伯承等中央领导人就来到马尔康，并在那里召开了著名的卓克基会议。索观瀛把自己的官宅让出来，让中央领导人住，中央政治局的会议就是在他的官宅里召开的。这是继遵义会议以后，自长征以来中央在远离炮火硝烟、比较宁静、宽敞舒适的环境里召开的一次重要会议。

马尔康是天宝的故乡，那时他叫桑吉悦希，他参加红军不久，就被派到卓克基官寨，给中央机关做服务工作，当翻译，搞接待，跟首长下乡，采购粮食和牛羊肉等等，所以很早就接触了很多中央领导人，也进入他们的视线，引起他们的关注。中央召开卓克基会议期间，他就做服务工作，主要是为首长养坐骑。天宝说：现在书上写的，电影、电视剧里演的，毛主席和中央首长都是步行，我在达维第一次见到毛主席、朱总司令、周副主席、刘伯承总参谋长，他们都有马骑，首长都配有警卫员和马夫。不要说中央首长，连师长、团长大部分都有马骑。实事求是嘛！中央首长骑马也算不得特殊化，工作需要嘛！首长们年纪大，工作多，操心的事多，有的身体也不那么好，行军走路，赶不上年轻战士，还怎样指挥打仗?！没有马不行啊！我就给首长喂过马，不论白天黑夜，首长什么时候要用，我们就得准备好，要不会误大事。天宝还给刘伯承养过马、当过翻译，从那时起，他就认识了刘伯承，一直得到刘伯承的关怀和爱护。天宝说，刘伯承是总参谋长，军务繁忙，给他配备了两匹好马。

实际上天宝这些刚参加红军的藏族战士的主要任务，还不是直接喂马养马，而是筹集马料和饲草。人要吃粮，马要喂料，不吃料，马是跑不动的。喂马养马的事，由马夫负责，马夫有红军战士，也有民夫，主要是藏族。

马尔康现在是阿坝藏族羌族自治州的首府，它的南面是夹金山，是邛崃山脉最西一支，东面是鹧鸪山，这两座山都在海拔四千米以上，是常年不化的大雪山。

在马尔康县城东十多公里，有一个卓克基乡，索观瀛就住在这里，并盖了一座在当地、当时的条件下堪称豪华而宏伟的官宅。现在旧址前的门口有两棵粗壮的老杨树，如今七十多年的时间过去了，这两棵树已长成参天大树，三个人都合抱不过来。树的旁边立了块石碑，上书"红军树"三个字。据说，当时有一排杨树，当年中央领导人在官寨开会时，他们的坐骑就拴在这些树上。

在索观瀛的官宅，有很多藏书，大部分是藏文经典，也有一部分汉文。在这雪山环绕、在一般人看来十分偏僻的蛮荒之地，能够看到这么多汉文藏书，使毛主席十分惊讶，也很感兴趣，酷爱读书的毛泽东在书房里随意浏览、翻阅，他想了解这个官宅的主人在读什么书，关心什么问题。无意间，毛主席看到一本《三国演义》，是木刻刊印，字很大，线装本，印装十分精致。这使毛主席十分惊讶，他年轻时在北京大学图书馆当过管理员，对那里的藏书十分熟悉，只有北大图书馆才有这样精致的线装本，中央苏区都没有这样的书。毛主席不禁感叹，毕竟是天府之国，有很深的文化底蕴，又是刘备和诸葛亮建功立业的地方，虽然刘备和诸葛亮都不是四川人，但四川人却以刘备和诸葛亮为自豪，三国文化成为巴蜀文化的一个重要组成部分。所以，四川人印制出这样的《三国演义》，毛主席一点也不感到奇怪，使毛主席感兴趣的是，这座官宅的主人怎么会珍藏这样的书？他懂汉文吗？知道三国吗？

毛主席拿着《三国演义》问他的警卫员陈昌奉："你看过这本书没有？"陈昌奉回答说："没有。"陈昌奉又补充说："我也找不到这本书呀！"

毛主席说："有人说我不懂马克思主义，山沟沟也没有马克思主义，我是靠《孙子兵法》和《三国演义》指挥打仗。其实啊，我们中央苏区还没有这样好的书。现在我真要好好看看这本书，考虑我们下一步的仗怎么打，路怎么走。"毛主席把线装本《三国演义》高高地举起来，对陈昌奉和身边的人说："看它能不能给我一点帮助。"毛主席立即请总参谋长刘伯承去找这位主人，他想见到他，交个朋友。

党的"五老"之一的谢老谢觉哉回忆他当时看到的卓克基官宅时，作了较为详细的描述。谢老这篇文章非常有名，收进了很多文集，不但是一份珍贵的历史文献，也是一篇优秀的散文。谢老在文章里说：

卓克基是清高宗劳师伤财，费几年工夫，才克服的所谓小金川的七大土司之一。土司宫设在几条河的汇流点，前临急流，后倚峻岭，一石块砌的四方桶子，高达八丈，宽广约十丈，前栋两层，后栋、左栋、右栋均四层，屹立万山中，俨然一座大建筑。

下层：上栋是大厨房，巨大的锅子几十口，左右为马厩和下人的住室等，中间的坪颇大。第二层大概也是些下人的住室，及收藏食物器具被服的屋子，有一些高大的木橱子。第三层就美丽了，有玻璃窗和雕镂而坚厚的木门与木壁。右栋数室，陈设颇精，有状若货架和壁相连的架子，分许多格，格内陈设一些玉如意、小玉佛、铜佛、瓷佛及其他古玩等；有床作长方形木池，无架；有精致的书案，均是坚木做的，这大概是土司的卧室。左栋为两大厅，有木炕，桌凳壁饰，都雅致。上栋为佛堂。第四层：上栋为大佛堂，有几面大铜鼓，藏经很多，黑底白字，像我们裱装的字帖一样，但墨色发光，纸亦坚致，佛幛很多，绸质的，壁画因年久，熏黑，看不清楚。佛外围有很多木轴，可以转动，这是卷"藏经"的，但上面已没有经。右栋一小佛堂。左栋是新装饰的佛堂，壁画新鲜美丽，马象狮虎、英雄甲胄等宗教图画，栩栩如生，连屋顶都是。这种神秘的美术，我们看见的，除达维喇嘛寺伟大的美丽的壁画外，要算这里。前面一小客室，题"蜀锦楼"三字，是一位曾在广州大元帅府做过事的过客题的，还题了一首不大佳的古诗。前面平台，可容一连人的操练，屋顶佛幡颇多，有高达三四丈的。

现任土司叫索观瀛，在成都大学读过书，刘文辉送了他两架机枪及若干步枪，又卧室里有几本《三国演义》，以及"蜀锦楼"的题字，可见此人已有几分汉化。[1]

宫旁建一碉，系石块垒上的塔，比屋还高，各层有高尺许的洞，即炮眼。这样的碉，藏民地颇多。"圣武记"上说碉多么险，攻碉多么困难。有一封奏折上说："番人"（即藏民）十多天可建一碉，而"官军攻下一碉，需时月余，牺牲士兵常至数百"。但实际这种碉不像国民党筑的碉，在山顶及要害地，而是像内地土豪家筑的避土匪抢劫的楼子。我们在云南扎西地方看见很多，湖南也有，叫做箭楼，可以防小匪，不可以御大兵。红军经过藏民区，没有据碉来防御我们的。

藏民种的地，都是土司的，要向土司纳租。土司什么都派差，烧的柴，吃的肉，甚至门前守卫的都是居民轮派。藏民见了土司就跪下，等他过去了才敢起来。至于土司对地方做了些什么，只看土司宫前一条木桥"万古流芳"的捐名碑上，第一名索长官捐大树两根，其余是该村各户捐派的。看那些名字，知道有少数汉人在此寄居。[2]

谢老谢觉哉观察得很仔细，描写得也很生动，对于了解当时的情况很有好处。索观瀛主动与红军联系，并将自己的官宅让给红军，但考虑到当时复杂的政治形势，胡宗南几十万大军近在咫尺，他自己没有敢与红军直接联系，而是躲到山里去了。但他

*1 原编者注：据说四川军阀侵蚀土司，学了帝国主义勾结中国军阀的法子，时常把各土司请了去，一住几个月，吃花酒，坐汽车，看电影，抽大烟，使他们乐而忘归，渐渐就可以向土司地方进行各种剥削，同时送他们一些洋枪，使他们对土人有镇压反抗的把握。

*2 谢觉哉：《卓克基土司宫》，载李海文主编《中国工农红军长征亲历记》，四川人民出版社、人民出版社2010年8月版，第312～314页。

并没有走远，刘伯承通过翻译，很快找到索观瀛，并请他回自己的官宅。

索观瀛粗通汉语，在一位参谋的引领下，他拜会了刘伯承总参谋长，刘伯承与他亲切交谈，刘伯承的话，他都能听得懂，刘伯承的长者风范，亲切和蔼的态度，使索观瀛十分感动。刘伯承劝慰索观瀛，让他对共产党、红军不要有什么顾虑，并简要地介绍了共产党和红军的政策，刘伯承说："你是藏人，我是汉人；你是大头人，我是共产党，但我们都是中国人，都是一家人，一家人要亲密团结。"刘伯承又说："再说，我们都是四川人，都是老乡，老乡见老乡，格外亲。我不会骗你。以后的实践会证明，我讲的话都是真的，共产党、工农红军与国民党蒋介石不同，我们会真诚地帮助藏族同胞发展进步，实现民族复兴。"刘伯承的一席话，使索观瀛非常感动，他也有很多话要对刘伯承总参谋长讲。

刘伯承说："今天是我们的毛主席要见你，我们先去见毛主席，以后我们再慢慢谈。"

在索观瀛官宅的大客厅里，毛主席会见了索观瀛。见客人进来，毛主席起身相迎。一见到毛主席，索观瀛按照藏族礼节，躬身致意。这一天，是毛主席第一次会见藏族的上层人士，毛主席也不知道应该怎么还礼，便拉着索观瀛的手，请他落座。索观瀛早就知道"朱毛红军"，听说过毛主席的威名，知道他是共产党、红军的最高领导人。今天，威名满天下、让国民党军队闻风丧胆的毛主席就和自己面对面地坐在一起，他简直有点不敢相信，有些拘束，不知如何是好。毛主席也看到了这一点，就亲切地说："这里是你的家，你是这座官宅真正的主人，我们只是暂借几天，你要客气起来，我们反客为主，就有点对你不住了。"毛主席说得很亲切，也很风趣，但他一口浓重的湖南话，加上紧张，索观瀛一句也没有听懂。看到索观瀛一脸的茫然，毛主席和刘伯承都感到他没有听懂，刘伯承赶紧让参谋去请翻译。

这位翻译是理番县的藏族，那一年有三十多岁，他曾到过内地，为汉商和马帮当过翻译，汉语讲得很流利。毛主席通过翻译同索观瀛亲切交谈。

毛主席首先向索观瀛了解了草地各部落和他自己的情况，管辖范围有多大？有多少武装？有多少百姓和牛羊？各部落和各头人之间是什么关系？问得很详细，然后又简要地询问了国民党胡宗南给他委任了什么官？四川省主席刘湘又给他委任了什么官？给了多少枪和钱？索观瀛尽可能详细地做了回答和说明。

然后毛主席拿着一沓纸问索观瀛："你相信这里面说的那些话吗？"毛主席拿的是国民党用飞机散发的传单，都是用汉、藏两种文字印制的。

索观瀛犹豫了一下，坦率地说："不完全相信，但是……"

毛主席亲切地说："往下说！"

索观瀛说："我们也不知道你们共产党、红军对我们藏民的态度。他们的话我们听得多了，国民党大大小小的官员，我也见过不少。可是过去没有见过共产党和红军，今天是第一次见到您和刘总参谋长。"索观瀛笑了笑说："不见不见，一见就见到最大的官！"

毛主席严肃地说："我们共产党、红军与国民党蒋介石对藏族同胞的态度是根本不同的，国民党蒋介石认为自己人多，势力大，就欺负你们、压迫你们；我们共产党、红军是要帮助你们，帮助你们发展，帮助你们进步。"

索观瀛似懂非懂、似信非信地点点头。毛泽东也知道历史上长期以来形成的民族隔阂，不是一两句话就能消除的，加上国民党反动派大肆造谣，诬蔑攻击红军，更增加了这种隔阂、误解和不信任。当前红军最主要的任务是要争取包括上层人士在内的藏族同胞站到红军这一边，帮助红军渡过难关，走出雪山草地，至少不让他们站在国民党反动派那一边，反对红军。毛主席问索观瀛："我们朱德总司令的布告你看到了吗？"

索观瀛说："听说过。我们还听说刘总参谋长与小叶丹喝血酒，立盟誓，结为朋友。但没有看到你们官方的布告。"索观瀛特别强调了"官方"两个字。毛泽东明白，索观瀛不但听到民间的传闻，更想直接知道共产党、红军最高领导人的政策。毛泽东颇有感触地说："看来，蒋委员长的宣传工作做得比我们好。人家把他们的反动传单印得这么好，还翻译成藏文，用飞机散发。我们写几份布告，贴在墙上，连索观瀛这样见多识广的大头人都看不到，广大藏族同胞就更难看到。"

毛主席通过索观瀛和翻译，还了解到孙中山的《总理遗嘱》《五权宪法》、蒋介石的一些重要文告，都已翻译成藏文，广泛散发，甚至连刘文辉的一些讲话也翻译成藏文。蒋介石于6月2日刚刚发表的《劝告四川绅耆服务桑梓，协助剿匪，拯救民众书》也已翻译成藏文，广为散发。而共产党和红军的文献，直到毛主席和中央红军到了雪山草地、与藏族同胞见了面，一份也没有翻译成藏文。红军到藏区后，国民党军队还经常派飞机骚扰，散发传单，甚至进行轰炸。只是由于这里海拔高，群山耸立，飞机不敢低空飞行，炸弹往往扔在大山里，对红军没有造成什么威胁。但是，传单散发的量很大，吹来吹去，有不少传单吹到藏族同胞手里。

这件事，引起了毛主席的关注。

毛主席对刘伯承说："伯承同志，这件事就请你负责，赶快组织人把总司令的布告翻译成藏文，用国民党的办法，用藏汉两种文字刻印，广为散发。"

刘伯承说："好，我这就去办。"

毛主席又叮嘱刘伯承："以后重要的文告，都要翻译成藏文。"

毛主席又给索观瀛概括地讲了共产党、红军对包括藏族同胞在内的我国各少数民族的基本政策，还特别提到1931年11月中央制定的《中华苏维埃共和国宪法大纲》，其中有一条，专门谈到共产党的民族政策。

这是在共产党领导下制定的第一部宪法，全文如下：

中华苏维埃共和国宪法大纲

（一九三一年十一月七日中华苏维埃第一次全国代表大会通过）

中华苏维埃第一次全国代表大会谨向全世界与全中国的劳动群众，宣布他要在全中国所实现的基本任务，即中华苏维埃共和国的宪法大纲。

这些任务，在现在的苏维埃区域内，已经开始实现，但中华苏维埃第一次全国代表大会认为这些任务的全部完成，只有在打倒帝国主义国民党在全中国的统治，在全中国建立苏维埃共和国的统治之后，而且在那时，中华苏维埃共和国的宪法大纲才更能具体化，而成为详细的中华苏维埃共和国的宪法。中华苏维埃全国代表大会，谨号召全中国的工农劳动群众，在中华苏维埃共和国临时政府的指导之下，为这些基本任务在全中国的实现而奋斗。

一、中华苏维埃共和国的根本法（宪法）的任务，在于保证苏维埃区域工农民主专政的政权达到他在全中国的胜利。这个专政的目的，是在消灭一切封建残余，赶走帝国主义列强在华的势力，统一中国，有系统地限制资本主义的发展，进行国家的经济建设，提高无产阶级的团结力与觉悟程度，团结广大的贫农群众在他的周围，以转变到无产阶级专政。

二、中华苏维埃政权所建立的是工人和农民的民主专政的国家，苏维埃全部政权是属于工人农民红军兵士及一切劳苦民众的。在苏维埃政权下，所有工人农民红军兵士及一切劳苦民众都有权选派代表掌握政权的管理。只有军阀、官僚、地主、豪绅、资本家、富农、僧侣及一切剥削人的人和反革命分子，是没有选派代表参加政权和政治上自由的权利的。

三、中华苏维埃共和国之最高政权为全国工农兵会议（苏维埃）的大会。在大会闭会的期间，全国苏维埃中央执行委员会为最高政权机关，中央执行委员会下组织人民委员会，处理日常政务，发布一切法令和决议案。

四、在苏维埃政权领域内的工人、农民、红军兵士及一切劳苦民众和他们的家属，不分男女种族（汉、满、蒙、回、藏、苗、黎和在中国的台湾、高丽、安南人等）宗教，在苏维埃法律前一律平等，皆为苏维埃共和国的公民。为使工农兵劳苦群众真正掌握着自己的政权，苏维埃选举法特规定：凡上述苏维埃公民在十六岁以上均享有苏维埃选举权和被选举权。直接选派代表参加各级工农兵会议（苏维埃）的大会，讨论和决定一切国家的地方的政治事务，代表产生方法以产业工人的工厂和手工业工人农民城市贫民所居住的区域为选举单位，这种基本单位选出的地方苏维埃代表有一定的任期，参加城市或乡村苏维埃各种组织和委员会中工作，这些代表须按期地向其选举人作报告。选举人无论何时，皆有撤回被选举人及实行新选举的权利。为着只有无产阶级才能领导广大的农民与劳动群众走向社会主义，中华苏维埃政权在选举时给予无产阶级以特别的权利。增多无产阶级代表的比例名额。

五、中华苏维埃政权以彻底改善工人阶级的生活状况为目的，制定劳动法，宣布八小时工作制，规定最低限度的工资标准，创立社会保险制度与国家的失业津贴，并宣布工人有监督生产之权。

六、中华苏维埃政权以消灭封建制度及彻底地改善农民生活为目的，颁布土地法，主张没收一切地主阶级的土地，分配给贫农中农，并以实现土地国有为目的。

七、中华苏维埃政权为保障工农利益，限制资本主义的发展，更使劳苦群众脱离资本主义的剥削，走向社会主义制度为目的。宣布取消一切反革命统治时代的苛捐杂税，征收统一的累进所得税，严厉地镇压中外一切资本家的怠工和破坏的阴谋。采取一切有利于工农群众并为工农群众所了解的走向社会主义的经济政策。

八、中华苏维埃政权以彻底地将中国从帝国主义压榨之下解放出来为目的。宣布中国民族的完全自主与独立，不承认帝国主义在华的政治上经济上的一切特权。宣布一切与反革命政府订立的不平等条约无效。否认反革命政府的一切外债。在苏维埃区域内帝国主义的海陆空军绝不容许驻扎，帝国主义的租界租借地无条件地收回，帝国主义手中的银行、海关、铁路、航业、矿山、工厂等一律收回归国有，在目前可允许外国企业重新订立租借条约，继续生产，但必须遵守苏维埃政府一切法令。

九、中华苏维埃政权以极力发展和保障工农革命在全中国胜利为目的，宣告拥护和参加革命的阶级斗争为一切劳苦民众的责任，特别规定逐渐实行普遍的兵役义务，由志愿兵制过渡到征兵制度，唯手执武器参加阶级斗争的权利，只能属于工农劳苦群众。苏维埃政权下，反革命和一切剥削者的武器必须全部解除。

十、中华苏维埃政权以保证工农劳苦民众有言论出版集会结社的自由为目的。反对地主资产阶级的民主，主张工人农民的民主，打破地主资产阶级的经济的政治的权力，以除去反动社会束缚劳动者农民自由的一切障碍，并用群众政权的力量，取得印刷机关（报馆印刷所等）开会场所及一切必要的设备，给予工农劳苦群众，以保障他们取得这些自由的物质基础。同时反革命的一切宣传和活动，一切剥削者的政治自由，在苏维埃政权下都绝对禁止。

十一、中华苏维埃政权以保证彻底地实行妇女解放为目的。承认婚姻自由，实行各种保护妇女的办法，使妇女能够从事实上逐渐得到脱离家务束缚的物质基础，而参加全社会经济的政治的文化的生活。

十二、中华苏维埃政权以保证工农劳苦民众有受教育的权利为目的。在进行国内革命战争所能做到的范围内，应开始施行完全免费的普及教育，首先应在青年劳动群众中施行并保障青年劳动群众的一切权利，积极地引导他们参加政治和文化的革命生活，以发展新的社会力量。

十三、中华苏维埃政权以保障工农劳苦民众有真正的信教自由的实际为目的。绝对实行政教分离的原则，一切宗教不能得到苏维埃国家的任何保护和供给费用，一切苏维埃公民有反宗教的宣传的自由，帝国主义的教会只有在服从苏维埃法律时，才能许其存在。

十四、中华苏维埃政权承认中国境内少数民族的自决权，一直承认到各弱小民族有同中国脱离，自己成立独立的国家的权利。蒙、回、藏、苗、黎、高丽人等，凡是居住中国地域内的，他们有完全自决权：加入或脱离中华苏维埃联邦，或建立自己的自治区域。中华苏维埃政权在现在要努力帮助这些弱小民族脱离帝国主义、国民党、军阀、王公、喇嘛、土司等的压迫统治，而得到完全的自由自主。苏维埃政权更要在这些民族中发展他们自己的民族文化和民族语言。

十五、中华苏维埃政权对于凡因革命行动而受到反动统治迫害的中国民众以及世界的革命战士，给以托庇于苏维埃区域内的权利，并帮助和领导他们恢复斗争的力量，一直达到革命的胜利。

十六、中华苏维埃政权对于居住苏维埃区域内从事劳动的外国人，一律使其享受苏维埃法律所规定的一切政治上的权利。

十七、中华苏维埃政权宣告世界无产阶级与被压迫民族是与他站在一条革命战线上，无产阶级专政的国家——苏联是他的巩固的联盟。

索观瀛的官宅里有蜡版，就在那里刻成蜡版印刷。当时由陆定一主编的《红星报》，也在这里刻印了几期。中央政治局候补委员、宣传部长凯丰发表的批评四方面军的文章《番民工作中的几个问题》，也是在索观瀛官宅刻印的。文章表面上看是讨论"番民工作"，实际上是批评了整个四方面军的工作。文章发表后，引起四方面军广大指战员的极大愤怒，连一贯宽厚待人的徐向前也表示不满，认为不利于团结。也就是说，索观瀛的官宅一时间成为红军高层领导活动的中心。

索观瀛后来说，毛主席这次同他谈了两个多小时。时间虽然不长，但意义却非常重大，创造了几个"第一"。据索观瀛、华尔功赤烈等藏族的上层人士和天宝、沙纳等藏族老红军回忆，索观瀛可能是得到毛主席接见的第一位藏族人士，地点是在他的官宅。

根据毛主席的指示，将朱总司令的布告翻译成藏文。这是自共产党和工农红军建立以来，第一次将共产党和红军的重要文献翻译成藏文，广为散发，让中央的精神直接与广大藏族同胞见面。后来又翻译了《中华苏维埃中央政府宪法大纲》等文献。

为毛主席第一个担任藏语翻译的是理番县的那位年轻人，后来他与袁孝刚、胡宗林等藏族青年一起参加了红军，被编入番民师。次年第三次过草地后，张国焘强行解散番民师的官兵，并取消番民师的番号。那位翻译也被遣散，他和一些藏族红军再次走过水草地，返回故乡，以后就再没有他的下落。

后来索观瀛不无自豪地说："我过去对共产党、红军不了解，一接触，就见到了毛主席。我是第一个见到毛主席的藏人。"

新中国成立后，1952年，毛主席通过四川省委特别邀请索观瀛到北京做客。在天宝陪同下，索观瀛专程到北京，受到毛主席亲切接见。毛主席还特别设家宴款待，毛主席对索观瀛说："长征时我曾住过你的官寨，印象很深。今天我特意请您到我家来做客。"

索观瀛又创造了一个"第一"，他是受毛主席邀请到毛主席家参加家宴的"第一位"藏族人士。

这之后，也没有听说毛主席邀请哪位藏族人士到家里做客，以家宴款待。因此，索观瀛很可能是唯一一位受到毛主席"家宴"款待这样礼遇的藏族人士。索观瀛也十分珍视毛主席对自己的关怀和厚爱。

周恩来、彭德怀会见华尔功赤烈

华尔功赤烈也不含糊，他说："我见到的官也不小，是周副主席和彭德怀将军。"这是事实。一军团在前面开路，三军团殿后，驻在阿坝。在毛主席接见索观瀛的同时，彭德怀会见了华尔功赤烈。当时红军最缺乏的是粮食，彭德怀得知华尔功赤烈是一位大头人，他有很大的牧场，有很多牛羊，就通过翻译和向导找到华尔功赤烈。彭德怀是个爽快人，见到华尔功赤烈，说了几句问好的话，便开门见山地说："大头人，我们红军现在很困难，没有粮食，战士们都饿着肚子。当兵的饿着肚子，还怎么打仗？所以我想请大头人支援我们一些牛羊和粮食。"彭德怀是一位真诚的人，不会说假话，也不愿说官话、大话，在当时那样一种特殊情况下，说红军买卖公平，要购买粮食和牛羊，根本不现实。红军，尤其是中央红军经过长途跋涉，手头没有钱，沿途"打土豪"得到的钱也都早已花光。要说"借"，也有点假，怎么借？什么时候还？彭德怀就用了"支援"这样一个词。那位翻译也很有水平，他准确地表达了彭德怀的原意。

华尔功赤烈与索观瀛和苏永和不同，一直在牧区长大，不会说汉话。但华尔功赤烈也是一位爽快的人，他通过翻译说："彭军团长，您可能还不知道，我们这里是牧区，是高寒地区，牧民根本不会种粮食，种了也不长，只有坝子里的人种点青稞。我们自己吃的粮食，都是从外面买的。"华尔功赤烈接着说："牧区嘛，别的没有，就是有牛羊。我们可以支援大军一部分牛羊，以解大军的燃眉之急。"

华尔功赤烈是聪明人，他也了解红军当时的处境和彭德怀将军的意思，用了"支援"这样的词。

彭德怀真诚地说："感谢你的帮助，牛羊也行。"

华尔功赤烈又说："我的官宅里储藏了一点粮食，以备不时之需，我让官家清理一下，尽可能支援一点。"

彭德怀一再表示感谢，然后带华尔功赤烈去见周副主席。周恩来在过雪山前就病了，一直高烧不退，是用担架抬过来的。周恩来虽然病得很厉害，但他一直坚持工作，指挥红军度过这最艰难的时刻。

听了彭德怀的汇报，周副主席对华尔功赤烈给予红军的支援和帮助表示感谢。那一天周恩来依然发着高烧，身体虚弱，说话很吃力，他就静静地躺着，请华尔功赤烈介绍藏区的情况。

中央红军翻过夹金山，进入藏族地区，并与四方面军胜利会师以后，虽然得到了一个暂时的休整机会，但是，局势却依然十分严峻。国民党蒋介石估计红军要北出草地，向陕甘宁方向发展，便采取了北堵南压的部署。国民党中央军的薛岳、吴奇伟部到达江油、平武一带，接替胡宗南的防务。胡宗南专管松潘和上、下包座的防御，并构筑了碉堡，修建了简易机场，防止红军北上，对红军构成直接的威胁。王军、毛炳文、鲁大昌等部进驻甘肃的临潭、天水和宁静、会宁一线，构成两道封锁线。孙震、邓锡侯等五路大军，分别由江油、绵竹、灌县、汶川等地向红军占领的北川、茂县等地逼近。杨森、刘文辉的部队集结于芦山、丹巴、康定一线，堵住红军南下北川的道路，几十万川军为了保住自身的地盘，从南面步步进逼，缩小对红军的包围。在蒋介石的严令督促下，李家钰部占领威州，王瓒绪部进攻茂县，杨森部进攻懋功。围困红军的国民党军队总计达二百多个团，约四十万人，他们企图把红军围困、消灭在岷江以西、懋功以北的地区。

作为党中央和红军的主要领导人，病中的周恩来在考虑如何使红军迅速摆脱这困难而被动的局面。周恩来明白，在当前形势下，做好藏族同胞和他们当中的上层人士的工作十分重要。而在众多的上层人士当中，被称作"嘉绒三雄"的三位大头人，具有重要影响。

以后，周恩来又请华尔功赤烈和索观瀛来谈过几次，当时周恩来作为中央的主要领导人，已经意识到南下是没有可能、没有希望的，只能北上。北上陕、甘、青（海）、宁（夏），还要通过广大的藏族地区，周恩来得知华尔功赤烈和索观瀛在嘉绒地区有很高的声望，在其他藏族地区也有广泛的社会联系，就请他俩作详细介绍。华尔功赤烈说，青海玉树的囊谦土司、卓尼的杨积庆土司，我们都有很好的交往。华尔功赤烈还特别提到，卓尼的杨积庆土司我们不但是朋友，而且是教友，我当过喇嘛，他虽然没有当过喇嘛，但笃信佛法。他的先辈主持刊印过藏文《大藏经》，在藏族地区很有影响，我家就请了一部，共有一百零八卷。

周恩来听了很高兴，就请通过他的关系，向囊谦土司、德格土司、杨积庆土司以及其他僧俗人士广泛宣传共产党、红军的民族政策和宗教政策，不要听信国民党反动派的谣言。

华尔功赤烈信守诺言，给红军支援了一批牛羊，彭德怀当即分配给各部队宰杀，以肉代粮。羊皮可以做皮衣和坎肩，牛皮去毛后可以做鞋子。由于来不及很好地硝鞣，穿起来很硬，但也总比打光脚好。在高原，在山地，草鞋穿不了两天，也没有稻草做草鞋。实际上并不像影视剧里所表现的那样，红军从中央苏区一直穿着草鞋到陕北高原。那是不可能的。

华尔功赤烈又从自己的仓库里拿出一部分粮食，送给周恩来和彭德怀。周恩来把粮食分配给中央纵队，心细如发的周恩来明确指示中央纵队司令员兼政委李维汉，首先保证董必武、林伯渠、徐特立、谢觉哉、蔡畅、邓颖超、贺子珍、康克清、成仿吾等老同志和其他病人的需要。不吃一点粮食，只吃牛羊肉，嚼得牙根痛，吸收不好，消化不良，胃酸胃痛。老同志和女同志的消化功能更差。

彭德怀则把粮食全部分配给部队，自己和战士们一样吃牛羊肉。

红军离开阿坝，过草地时，华尔功赤烈又送了一批马匹。

后来在大金建立格勒得沙苏维埃政府时，华尔功赤烈和索观瀛都积极参加，并当选为委员。

毛泽东、周恩来、彭德怀、刘伯承会见索观瀛和华尔功赤烈，在藏族民族宗教界上层人士和广大群众中产生了重大影响，上了山的人纷纷回家，并积极支援红军。

后来，华尔功赤烈与周恩来、彭德怀建立了亲密的友谊。

解放后，李维汉长期担任中央统战部部长，曾当面向华尔功赤烈、索观瀛、德格土司、降央伯姆等人表示感谢。李维汉在谈到统战工作的重要性时，曾多次指出：统一战线是我们党克敌制胜的三大法宝之一，长征时我们党的统战、民族工作从总体方面来讲是成功的，为保证长征的胜利，发挥了重要作用。

1949 年盛夏，彭德怀司令员率领解放军大踏步向兰州城下推进、向大西北胜利进军的喜讯传到草地时，华尔功赤烈派大管家特尔多带领八名随员，秘密地从阿坝出发，他们化装成经商的马帮，带去阿坝草地的特产：酥油、奶酪和人参果，辗转走了近四个月，出草地，进甘肃，经宝鸡、天水，在兰州城下才拜见了他们日夜企盼的彭德怀司令员，善于辞令的特尔多，用草原牧民惯用的诗一般的语言向彭总献词：

> 吃了我们的酥油奶渣，
>
> 您就是我们部落的人啦，
>
> 出产这些礼品的土地，
>
> 已经张开双臂迎候您……

这首古老的藏族《迎宾曲》，使彭总十分高兴，他热情接待来客。

彭总说："过去红军过草地，吃了你们的酥油青稞，广大藏族人民支援了我们北上抗日。我们永远感谢雪山草地的藏族同胞。没有你们的支援，就没有中国今天的革命胜利。华尔功赤烈远道派你们来前线劳军，我代表我全军将士向华尔功赤烈和你们表示感谢。"彭总还对特尔多说："我因当前军旅事忙，正在打仗，不能即刻回拜华尔功赤烈，但我们一定会回到阿坝来，请你转达我对华尔功先生的问候。"

彭总亲自设便宴招待特尔多一行，并赠送一部分枪支弹药。彭总还以中国人民解放军副总司令的名义委任华尔功赤烈为"阿坝藏族人民保安司令"，并颁发了关防、委任状和旗帜。

华尔功赤烈还通电宣布阿坝草原和平解放。这是在 1949 年 8 月兰州解放前夕，新中国尚未成立，比解放大军入川早四个月；比刘文辉、潘文华、邓锡侯在 1949 年 12 月 12 日宣布起义，西康和平解放也要早四个月。如果从特尔多等人离开阿坝时算起，要早八个月。阿坝首举解放的义旗，是全川第一个宣布接受共产党领导和解放军任命的地区，尤其是在藏族的上层人物中，正式派员与解放军联系的，华尔功赤烈是第一人。格达活佛、德格土司和夏克刀登是第二批人。

1950 年 3 月，解放军 179 师（"临汾旅"）挺进松潘，县城迅即解放。华尔功赤烈闻信立即派管家香根带着他的致敬信到松潘祝贺，欢迎人民政府派员到草地，并调解墨洼与黑水的械斗。这时，茂县军区和专员公署下令双方从械斗现场撤兵，脱离接触。华尔功赤烈首先响应，说服墨洼士兵从对峙的壤口一线撤回本部落。而后，于1950年11月，松潘县长任太和到阿坝，茂县副专员张承武到黑水，亲自参加调解。华尔功赤烈表示："解放了，绝对听从人民政府的指令，保证不再进行部落间的武装械斗，汉藏民族要团结，藏族内部也要团结。"胜者让了人，问题迎刃而解。这场延续了近两年的械斗，在新中国成立后得到圆满解决，在雪山草地树立了一个良好的榜样。

大西南解放后，成立了以刘伯承为主席的西南军政委员会，刘伯承诚邀华尔功赤烈和索观瀛担任西南军政委员会委员，共商建设大西南的有关事宜。不久，周恩来总理邀请他们两位到北京参加全国政协会议，并担任委员。后来又当选为全国人大代表。他们两位还先后担任阿坝藏族自治州副州长、四川省政协副主席等职。

第八章 "北上"与"南下"之争

张国焘野心膨胀

两军会师之后，就红军的战略方针，党中央与张国焘发生了激烈争论。这是一场关系到党和红军的安危、关系到中国革命的前途和命运的重大斗争。

会合以后，双方指挥员都有一个共同愿望：现在两大主力会师了，就应该迅速联合起来，形成统一力量，而不应该各行其是。懋功会师后，徐向前就建议一、四方面军的部队和干部相互调剂补充。刘瑞龙回忆说："会师后，徐向前同志看到一方面军减员太大，急需补充，又考虑到互相学习，主动向中央建议，请一方面军调几位得力干部到四方面军各军任参谋长，四方面军抽调建制部队补充一方面军。张国焘开始不同意，经徐向前同志做工作并经中央批准，这一建议才得以实现。一方面军派来担任各军参谋长的有李卓然、陈伯钧、张宗逊、李天佑、李聚奎、郭天民、朱良才等同志，对四方面军部队建设，起了积极作用。四方面军抽调给三军团的部队是 90 师的 270 团和 89 师直属队共两千六百余人；抽调给一军团的部队是 98 师的 294 团共两千余人和 11 师 32 团一千二百余人。后来，这些编入一方面军的部队在战斗中都发挥了他们的作用。"[*1]

四方面军在会师初期，给一方面军的支援和帮助是真诚的，实实在在的。他们对一方面军是尊重的。但是张国焘认为中央犯了路线错误，所以打了败仗，丢掉了苏区，一路逃到这里。如果不是他的接济，很快就会被消灭。所以，中央现在应该听他的，让他来领导。部分红四方面军的干部对一方面军尊敬友好的心理，在会合后不久

[*1] 刘瑞龙：《难忘的征程》，载《回顾长征》，人民出版社 1985 年版，第 617 页。

便渐渐淡化了。在他们看来，一方面军也没有想象的那么不得了，这支长途跋涉的队伍，衣衫褴褛，军容不整。对比之下，四方面军的精神面貌要强得多。在会合之后，四方面军的干部很少讲一方面军的坏话。相反，如聂荣臻所说，"在两个方面军会合以后，一方面军中也确有人从不正确的动机出发，歪曲地把一方面军的情况和遵义会议的情况，偷偷地告诉了张国焘。也使张国焘起了歹心，认为中央红军不团结，他有机可乘。"[1] 当时中央的一些举动，也激化了一、四方面军之间的矛盾。三十军领导向张国焘报告："中央曾派遣一些调查人员到三十军中去调查实况。这些调查者往往夸大第四方面军的缺点，特别是找到几个军官骂士兵的例子，就泛指第四方面军中有浓厚的军阀习气。那些调查者往往利用四方面军一般干部只知道毛泽东、朱德等人的名字，而不知所有政治局委员的名字这一事实，硬说第四方面军不尊重中央。"三十军政治部把中央调查人员与他们的谈话都记录下来，交给张国焘。一方面军的各种文件，也通过各种渠道送到了张国焘的手里。[2] 所以，张国焘与中央的关系迅速恶化，想当领袖的欲望急剧膨胀，绝非偶然。而当时发生的一些事情和政治气候，确实产生了对他有利的因素。

两军会师前，一方面军离开根据地，长途奔袭，极度疲惫，急需一个稍微安宁的环境，进行休整补充。因此，急欲与四方面军会合。四方面军也热诚欢迎"老大哥"中央红军入川，徐向前致电中央，表示"十二万分的欢迎"。可是，会师不久，就发生了分歧和矛盾，而且日益激化，影响了两军的团结。

两军的分歧和矛盾，不仅表现在高层，甚至蔓延到基层，连那些刚参加红军不久的藏族、羌族战士也受到影响。四方面军部队的一些称号，沿用国民党军队，如：称警卫参谋为"副官"，警卫员为"勤务兵"，"饲养员"为"马夫"，炊事员为"伙夫"。四方面军没有后勤部，有个"总经理部"，总管后勤供应工作，彼此间称兄道弟，或称呼官衔，很少称"同志"。一方面军的一些人，就说他们不是红军，像"国民党军队"，是"旧军队"。四方面军派一些新参军的藏族、羌族青年到一方面军担任翻译和向导，他们竟然问他们："你们为什么不当红军？他们（指四方面军）是军阀队伍，是土匪。"这些战士回到原部队一说，引起四方面军干部战士极大愤慨，气愤地说："说我们是土匪，他们才是叫花子部队，到我们这里要饭来了。""说我们有军阀作风，他们才是真正的老爷兵，连马都不会骑，一个个坐担架行军，怎么打仗？难怪老打败仗，连中央苏区都丢了。"一些人还在中央红军编辑的《红星报》上公开发表文章，批评四方面军

---

[1] 《聂荣臻回忆录》，解放军出版社 1986 年版，第 278 页。
[2] 张国焘：《我的回忆》第 3 册，东方出版社 1991 年版，第 247 页。

的"错误"，这更引起了四方面军广大指战员的不满。

谈到当时的情况时，徐向前说："从这以后，我们耳闻目睹的一些不利于两军团结的现象，就日渐增多起来。有些话很难听。张国焘对下面散布：'中央政治路线有问题''中央红军的损失应由中央负责''军事指挥要统一'，据说还派人找一方面军的同志了解会理会议、遵义会议的情况等，实际上是进行反中央的活动。在此同时，凯丰、博古他们则指责四方面军撤离鄂豫皖和退出通南巴是'逃跑主义'，还有什么'军阀主义'啦，'土匪作风'啦，'政治落后'啦，甚至公开写文章抨击。他们这种'左'的做法，与当初刚到中央苏区时，对待毛主席和一、三军团差不多，只能激起四方面军干部的反感。许多指战员想不通，憋着一肚子气。这也给了张国焘以挑拨的借口……再往后，教条主义者对红四方面军的那些指责就听得多了，不少干部向我反映。我虽然教育干部不要向底下散布这些东西，但说老实话，心里是不痛快的，四方面军这支部队是从鄂豫皖的一支三百来人的游击队发展起来的，打了那么多硬仗、恶仗，是党领导的队伍，发展到八万多人，很不容易。尽管部队存在这样或那样的缺点，但本质是好的，是坚决打蒋介石的，是实行土地革命的，是拥护第三国际的，是听党的话的，是和人民群众血肉相连的，是竭诚拥护同中央红军会合的。怎么又是军阀，又是土匪，又是落后，又是逃跑的?！不看主流，把四方面军说得漆黑一团，对两军团结对敌，没有任何好处，我确实想不通。"[1]

徐向前是一位非常严谨、又非常厚道的军事家、革命家，在党内、军内从不搞宗派、拉山头，严于律己，宽厚待人。但是，在几十年之后，到了耄耋之年，本应心静如水，但是，当谈到一方面军一些人对四方面军不公平的评论和指责时，不平之情溢于言表，足见当时对他们的伤害之深，严重影响了两支革命队伍的团结。

张国焘回到理县红四方面军总部，连续召开会议，与干部谈话，把大家的火都激起来了。于是他开始鼓动上上下下向中央伸手要权，理由是要"统一指挥"。1935 年 7 月 1 日，张国焘在致中央的电报中谈毛儿盖战役实施的部队调遣和部署时，强调指出："我军宜速解决统一指挥的组织问题，反对右倾。"暗示如果不这样做，就会引起部队调动的混乱，给敌军以可乘之机。几天后，张国焘向中央慰问团的成员、红一方面军总政治部副主任李富春提出改组充实总司令部的建议，推荐徐向前任红军副总司令，陈昌浩任总政委。李富春感到事关重大，便给中革军委领导人朱德、周恩来、王稼祥、毛泽东发了一封电报：

---

[1] 徐向前：《历史的回顾》，解放军出版社 1985 年版，第 427 页。

朱、周、王、毛：

张国焘来此见徐、陈，大家意见均以总指挥迅速行动，坚决打胡（胡宗南）为急图，尤关心于统一组织问题，商说明白具体意见，则为建议充实总司令部，徐、陈参加总司令部工作以徐为副总司令，陈为总政委。军委设常委，决定战略问题。我以此事重大，先望考虑。立复。

富春

7月6日1时[1]

中革军委对此保持沉默，没有答复。几天后，四方面军的电报纷纷传来，口气也越来越不客气。毛泽东后来愤怒地说："各种燕雀们都打电报来了。"[2] 就是指这些事。

7月9日，在张国焘授意下，以周纯全为书记的中共川陕省委领导成员联名致电党中央："依据目前情况，省委有下列建议：为统一指挥，迅速行动，进攻敌人起见，必须加强总司令部。向前同志任副总司令，昌浩同志任总政委，恩来同志任参谋长。军委设主席一人，仍由朱德同志兼任，下设常委，决定军事策略问题。请中央政治局速决速行。并希立复。"[3] 一个川陕省委居然对中央说三道四，插手最高领导层的人事安排，显然是张国焘在后面策动。中央依然没有反应。

7月16日，陈昌浩出面了。他没有那样直截了当，而是委婉地致电中革军委朱德、张国焘、周恩来、徐向前："阿坝应速取。浩甚望指挥统一，大振士气，提高军纪、党纪，坚决反右、肃反，争此大胜。一切可见代呈。唯浩只在中央及军委领导下坚决工作，但决不敢问，且无能另当大任也。如何？盼复。"

7月18日，陈昌浩在致张国焘、徐向前转朱德的电报中再次恳求："全局应速决，勿待职到。职坚决主张集中军事领导，不然无法顺利灭敌。职意仍请焘任军委主席，朱德任敌前总指挥，周副主席兼参谋长，中政局决大方针后，给军委独断专行……浩连日不得指示，现在决亲来面报。"[4]

在红四方面军领导人的再三催促下，中央无法再保持沉默。形势很明显：红四方面军人多势众，没有他们的配合，一方面军是孤掌难鸣。中央急于北上，摆脱在藏区缺衣少食和到处挨打的被动局面。但是张国焘按兵不动，非要先解决权力分配的问题

*1 《第四方面军战史资料选编——长征时期》，解放军出版社1992年版，第82页。

*2 1937年3月30日延安中共中央政治局扩大会议上毛泽东的发言。

*3 《第四方面军战史资料选编——长征时期》，解放军出版社1992年版，第85页。

*4 《第四方面军战史资料选编——长征时期》，解放军出版社1992年版，第88页。

才肯行动，看来不让步是不行了。于是，毛泽东和张闻天认真地商量这个重大问题。张闻天的夫人刘英回忆：

> 毛泽东、张闻天等同志一直商量怎样使一、四方面军团结一致、统一行动，认为关键就在张国焘。恩来同志发高烧，病中仍为此事烦心。我听到毛主席和闻天反复商量，谈得很具体。毛主席说："张国焘是个实力派，他有野心，我看不给他一个相当的职位，一、四方面军很难合成一股绳。"毛主席分析，张国焘想当军委主席，这个职务现在由朱总司令担任，他没法取代。但只当副主席，同恩来、稼祥平起平坐，他不甘心。闻天跟毛主席说："我这个总书记的位子让给他好了。"毛主席说："不行，他要抓军权，你给做总书记，他说不定还不满意。但真让他坐上这个宝座，可又麻烦了。"考虑来考虑去，毛主席说："让他当总政委吧。"毛主席的意思是尽量考虑他的要求，但军权又不能让他全抓去，同担任总政委的恩来商量，恩来一点也不计较个人地位，表示赞同。[*1]

芦花会议解决组织问题

芦花会议（又称黑水芦花会议）是红军长征途中，中央政治局继两河口会议之后召开的一次重要会议。

张国焘在两河口会议上虽表示拥护党中央关于在甘南建立根据地的北上方针，会后口头上也赞成攻打松潘、平武地区，但行动上却借口所谓"组织问题"没解决，按兵不动，故意延宕四方面军的行动。1935 年 7 月 5 日，张国焘在扎谷垴召开四方面军干部会议，肆意歪曲中央路线，挑拨一、四方面军之间的关系，并策动"川陕省委"和四方面军领导人，以向中央建议加强军委领导为名，直接指名要由张国焘出任中央军委主席。党中央拒绝了他们的无理要求，但为了顾全大局和增进两大主力红军的团结，中央军委于 1935 年 7 月 18 日仍任命张国焘为红军总政委。这样，张国焘才开始调动部队北进。但是，由于张国焘的阻挠，红军进展迟缓，使《松潘战役计划》未能实现。在这种情况下，中央军委于 7 月 20 日又制定了《松潘战役第二步计划》。

为了增强一、四方面军的团结和信任，进一步统一两大主力红军的行动，中央政治局于 7 月 21 日至 22 日在芦花（今黑水县城）举行会议。参加会议的有周恩来、朱德、张闻天、毛泽东、王稼祥、博古、凯丰、邓发、李富春、徐向前、刘伯承、张国焘、陈昌浩等。

---

*1 《在历史的激流中——刘英回忆录》，中共党史出版社 1992 年版，第 79 页。

会议的中心议题只有一个：研究解决统一指挥和组织领导问题。

张闻天首先发言，他提出：中革军委设总司令，由朱德兼任。张国焘任红军总政委，是军委的总负责者。军委下设小军委（军委常委），过去是四人，现增为五人，陈昌浩同志参加进来，主要负责人还是张国焘。周恩来调到中央常委工作，在国焘尚未熟悉前，恩来暂帮助工作，这是军委的分工。关于总政治部，本是王稼祥任主任，因病实际是博古。现决定博古任主任，设副主任两个：富春和四方面军一个。昌浩、向前两同志仍任原职，更扩大权力，前面部队都归他们指挥。

张闻天讲完后，张国焘、毛泽东等相继发言。张国焘提出要向中央委员会增补人员。毛泽东说：提拔干部是需要的，但不需要这么多集中在中央，下面也需要人。婉转地拒绝了张国焘的要求。与会人员一致同意张闻天的意见。最后张闻天说：大家意见一致，很好，张国焘任总政委，徐向前任前敌部队指挥，陈昌浩为政委，博古任总政治部主任。权力分配的第一次会议就这样结束了。[*1]

根据会议的决议，当天军委向各部队发出通知：

各兵团首长：

奉苏维埃中央政府命令：一、四方面军会合后，一切军队均由中国工农红军总司令、总政委直接统率指挥。仍以中革军委主席朱德同志兼总司令，并任张国焘同志为总政治委员，特电全体知照。

7月21日，中央军委发布命令，对一、四方面军组织番号和干部任免作相应的调整。命令如下：

各军首长：

我一、四方面军会合后，各军组织番号及其首长均有变更，军委现决定：组织前敌总指挥部，即以四方面军首长徐向前兼总指挥，陈昌浩兼政委，叶剑英任参谋长。

原一军团改为一军。军长林彪，政委聂荣臻，参谋长左权。

三军团改为三军。军长彭德怀，政委杨尚昆，参谋长萧劲光。

五军团改为五军。军长董振堂，代政委曾日三，参谋长曹里怀（代）。

九军团改为三十二军。军长罗炳辉，政委何长工，参谋长郭天民。

---

*1　程中原：《张闻天传》，当代中国出版社1993年版，第241页。

原第四、九、三十、三十一、三十三等五个军番号仍旧。

四军以许世友为军长，王建安为政委，张宗逊为参谋长。

九军以孙玉清为军长，陈海松为政委，陈伯钧为参谋长。

三十军以程世才为军长，李先念为政委，李天佑为参谋长。

三十一军以余天云为军长，詹才芳为政委，李聚奎为参谋长。

三十三军以罗南辉为军长，张广才为政委，李荣为参谋长。

特电知照。

朱张周王[1]

同日，军委还发布《关于松潘战役军队部署的决定》，宣布："任徐向前为前敌总指挥，陈昌浩为政委，前方一切作战部队均归其统率指挥。并即以四方面军总指挥部兼前敌总指挥部。"[2]

这一次大幅度的调整，张国焘得到了红军的指挥大权。前方作战也由红四方面军负责指挥，红一方面军退居次要地位。中央作了很大让步，尤其是周恩来，为顾全大局，把红军总政委的位子让给张国焘，自己只剩下一个军委副主席的职务，充分体现了周恩来立党为公的高风亮节和博大胸怀。

杨尚昆在回忆录里说：

两军胜利会师，大家都兴高采烈，特别是中央红军，在离开中央苏区后走了八个多月，打了许多恶仗，人困马乏，部队减员很多，出发时 8.6 万多人，到懋功时还剩两万多人，而且枪支弹药很少，衣着也不整齐，破破烂烂，五颜六色都有，就是领导干部也不成样子，穿的是用藏民的毡包做的毛坎肩，披在身上像一个破口袋。一军团的团一级干部比我们稍强一点，还有一个菜盒子，我们连菜盒子都没有，这主要是由于物资匮乏，当然，和彭总一贯艰苦朴素的治军作风也有关系。

四方面军号称十万人，实际战斗人员是八万多人。当时有一万多人的二、六军团已在湘鄂川黔建立起新的革命根据地。在三支红军中，数四方面军的队伍最大。他们原来在物质条件较优的四川通南巴地区，5 月初，中央红军北渡金沙江后，从川陕革命根据地撤出来，向北上的中央红军靠拢。部队离开根据地才一个多月，打的仗不多，所以军容比较整齐。师以上的干部，每人有十几个背篓，由民夫挑着，里面装着腊肉、香肠之类的东西。我们在懋功第一个见着的四方面军领导干部是第三十军政委李先念。他请我吃了一顿饭，十几个菜。我已经将近一年没有吃过如此丰盛的饭了！四方面军是党领导的革命队伍，是党的财富，但张国焘却把它看成个人的资本，瞧不起穿得破破烂烂的中央红军，瞧不起党中央。

两军会师后，军营里的热烈气氛还没有消散，问题就发生了，而且是战略方针上的分歧：中央主张北上，张国焘主张西进。中央认为，两军会合，总兵力十万，这是伟大的胜利，红军应在川陕甘建立根据地，要北上击破已抵达阿坝一带的蒋军胡宗南部，先机在阳江和嘉陵江之间站稳脚跟，再向甘肃推进。这是一个发展革命的方针。张国焘的西进却相反。他认为红军已经退出原有根据地，是失败了。革命处在低潮，应该躲开敌人，到川西和西康地区保存实力，休养生息。川康地区人口稀少，粮食困难，深山穷谷，地形不利，不仅难以发展，并且缺少回旋余地，敌人只要在隘口派驻少量兵力，你就出不来。这样，在全国抗日救亡的热潮迅速高涨的大气候下，共产党和红军就起不了任何作用。这是一个对革命前途悲观失望、无所作为的方针。这种分歧，在会师前已经存在，而在会师后6月26日召开的政治局两河口会议上便明朗化了。

我没有参加两河口会议，听彭德怀同志回来传达说：毛主席和周恩来同志在会上阐明北上的必要性，提出两军在统一指挥下攻打刚到达松潘的敌军胡宗南部，会议决定任命张国焘为中央军委副主席，徐向前、陈昌浩为军委委员。张国焘勉强地表示同意。在讨论过程中，博古等几个同志不讲方法和策略，挖苦张国焘的西进主张是麻雀飞进阴沟里，进得去出不来，只有死路一条。自以为资格老又有本钱的张国焘一下就跳起来，气势汹汹地质问：你说我是麻雀，你博古懂得什么？你把中央苏区这么大块根据地都丢掉了；你们打了败仗，不能说要由李德负责，他是外国人，你们都要负责。并且肆无忌惮地攻击许多同志。这当然不是一时冲动，而是有深刻根源的，在以后就越来越明显地表现出来。

两河口会议后，张国焘回到扎谷垴，拥兵自重，政治野心毕露。他这个人城府很深，是个脸上没有春夏秋冬的人，也就是说脸上没有表情，说起话来很慢，还哼哼哈哈的，在肚子里打主意，有时又很粗暴、很跋扈。他对中央和军委攻打松潘的战斗部署按兵不动，却在四方面军的高干会议上攻击周恩来同志，攻击朱德总司令，甚至公开否定遵义会议，说什么遵义会议不能算，我是政治局委员，我没有参加，要重新开会。随着，就一步一步地进行分裂和夺权活动：

他先策动川陕省委向中央"建议"以陈昌浩取代周恩来为红军总政委，军委设常委，要政治局"速决迅行"。这分明是要挟中央。

同时，他又挑拨和拉拢中央红军的干部。两河口会议后的第二天，张国焘请聂荣臻和彭德怀两人吃饭。他知道中央红军长途跋涉，仗打得很苦，彭德怀在会理会议上又受到点委屈，以为有隙可乘，便提出给二军团补充四个团的兵力，还让秘书黄超送来几斤牛肉干、大米和二三百块光洋，说是给彭总"解决困难"。彭总一眼就看穿了他的用意，说："我的困难是部队的困难，你这两百块光洋我不要。"后来彭总多次对我说："我是行伍出身，对旧军阀的那一套我还不清楚吗？张国焘算什么东西，把我看成军阀了！"这件事，彭向毛主席报告了。我和张国焘是在莫斯科时认识的，在上海全国总工会工作时又在一起，对外曾以表兄弟关系相掩护，个人关系还可以。所以在黑水芦花时，他也请我吃了一顿饭。他见面就说："老杨啊，你原来是个文才，现在投笔从戎，抓枪杆子啦！辛苦，辛苦！"讲了些东拉西扯、不着边际的话，我就礼貌地应付了一下。[1]

如果说，两河口会议是张国焘分裂活动的开始，那么此后的两个月内，在政治局芦花会议、沙窝会议上他便得寸进尺地进攻，酿成严重的党内危机。

徐向前说张国焘有野心

徐向前回忆当时的情形说：

两军会合后面临的主要问题，是确定战略行动方针。也就是说，要解决在哪里建立立脚点，创造根据地，休养生息，进图发展的问题。党中央和毛泽东同志听取了李先念介绍的情况，经过认真研究，提出北上川陕甘边建立根据地的方针。但张国焘想南下川康边。为此，6月26日，中央政治局于两河口举行会议，讨论战略行动方针问题。28日，作出了"集中主力向北进攻"，"首先取得甘肃南部以创造川陕甘根据地"的决定。同时，中央军委制定了松潘战役计划，以松潘为突破口，打开北进甘南的通道。具体部署是：以岷江东岸四方面军一部，组成岷江支队，由王树声率领，牵制川军及胡宗南部南向；岷江西岸红一、四方面军主力，分三路北进松潘地区及其东北地带，突击胡敌侧背，攻取松潘。右路由陈昌浩率领，中路由徐向前率领，左路由林彪、

---

[1] 杨尚昆：《回忆长征》，载《党史研究》1986年第5期。

聂荣臻、彭德怀、杨尚昆率领，以中、左两路为中心，迂回攻击松潘守敌。

松潘一带，山高谷深，粮缺人稀，大部队运动十分困难。该城城墙坚厚，地势险要，确有"一夫当关，万夫莫开"之势。自明朝以来，就是扼控川西北至甘南的军事重镇。根据那里的地形条件和军委的作战部署，我们决心以黑水、芦花为战略后方，北出迂回松潘，实行多路突击。7月6日，我和陈昌浩分别率中、右纵队，从理县、茂县出发；岷江支队也开始行动。10日，一、四方面军先头部队攻占毛儿盖。中旬，岷江支队进占距松潘十余里的塔子山，与胡敌对峙；右路纵队一部，攻克松潘附近的要点牦牛沟；中路纵队沿途拔除一些敌据点后，进至维谷附近，因受黑水河所阻，经先期到达芦花的彭德怀率一个团架桥接应，才顺利渡河，于中旬末抵黑水、芦花地区。

胡敌发现红军企图攻击松潘，北进甘南，即将主力二十七个团集结在松潘、漳腊、南坪一线，凭险遏阻。追击中央红军的薛岳部，亦从川南北进川甘边，配合胡敌截击我军。我一、四方面军主力北进后，懋功、绥靖、北川、茂县、威州等地，均为川军占领。敌前堵后追，企图将红军压入荒无人烟的草地，陷我于不战而毙的绝境。

大敌当前，情势艰险，党和红军的团结，具有头等重要的意义，但是，两军会合后不久，这种团结便受到损害，并且发展到日趋明朗化的地步。

察其原因，主要是张国焘怀有野心，想当头头，和中央闹对立。同时，博古、凯丰等同志对四方面军横加指责，乱扣帽子，也起了不好的作用。张国焘与中央闹矛盾，始自战略方针问题。当两军会合时，中央主张北上，他则主张南下，这才召开两河口会议，统一战略思想。他见一方面军损失很大，兵力不多，野心便油然而生。两河口会议后，中央慰问团到扎谷垴慰问四方面军，他竟借口"统一军事指挥"，公然伸手向中央要权。此后，又不断向下面散布"中央政治路线有问题""中央红军的损失应由中央负责""军事指挥不统一""人家瞧不起四方面军这些老土"等，还派人找一方面军的同志了解会理会议、遵义会议的情况，实际上是进行反中央的活动。博古、凯丰等亦不顾两军团结的大局，指责四方面军撤离鄂豫皖和川陕根据地是"逃跑主义"，还有什么"军阀主义""土匪作风""政治落后"等等，甚至公开写文章抨击。这套"左"的做法，伤害了四方面军广大指战员的感情，也给了张国焘以挑唆的借口。

为夺取松潘，我和陈昌浩、叶剑英率前敌指挥部及一部兵力，于7月22日出发，向毛儿盖进军。在毛儿盖，组织部队多路突击松潘。但因敌人兵力集中，凭险固守，我军装备太差，不论正面进攻或迂回突击，均难奏效。此路不通，只得另辟北进的通道。[1]

---

[1] 徐向前：《历史的回顾》，解放军出版社 1985 年版，第 431～432 页。

沙窝会议解决"政治路线"问题

1935 年 8 月初，军委在毛儿盖召开军事会议，重新研究敌情，确定行动方针和部署。

1935 年 8 月 1 日，中央军委放弃了原定的《松潘战役计划》。3 日制定了《夏洮战役计划》，决定：攻占阿坝，迅速北进夏河流域，消灭敌人主力，形成在甘肃南部广大区域发展之局势。为执行这一计划，中央还决定将一、四方面军主力混合编成左、右两路军。左路军以四方面军之第九、三十一、三十三和一方面军之第五、三十二军组成，由朱德、张国焘、刘伯承率领，从卓克基攻阿坝；右路军以一方面军之第一、三军和四方面军之第四、三十军组成，由徐向前、陈昌浩率领，从毛儿盖攻班佑。党中央和中央军委随右路军行动。彭德怀率三军及四军一部殿后，掩护中央机关前进。

为了推动张国焘执行中央的北上方针，党中央政治局决定在毛儿盖以南的沙窝举行会议。1935 年 8 月 3 日，由张闻天签发了《八月四日在沙窝召开政治局会议》的通知。沙窝会议开了三天，8 月 4 日至 6 日。到会的有张闻天、毛泽东、朱德、周恩来、张国焘、陈昌浩、刘伯承、傅钟、凯丰、邓发、博古十一人。会议有两项议程：一是讨论一、四方面军会合后的形势与任务；二是讨论组织问题。

会上，张闻天首先代表政治局作《关于一、四方面军会合后的形势与任务》的报告。在讨论这一报告即第一项议程时，毛泽东首先发言，就决议草案作了补充说明。他着重分析了西北地区的有利条件和困难条件。指出有利条件是：一、西北地区的主要敌人是蒋介石，他用全部力量来对付我们，但总的方面他的统治是削弱了；二、西北地区一是帝国主义和封建势力统治最薄弱的地方，二是蒙、回、藏等少数民族最集中的地方，他们的革命要求很强；三、靠近苏联，受苏联影响大，且能得到政治上物质上的帮助。这些特点于革命有利。困难条件是：人口稀少，物资缺乏，少数民族和气候复杂等，但这些都是能够克服的。

朱德、邓发、凯丰、张国焘、陈昌浩、刘伯承、周恩来、傅钟、博古等相继发言。发言者赞同张闻天的报告，并对决议草案的内容提出一些补充意见。同时，强调必须提高党在红军中的威信，认为这是增强红军战斗力的关键。这实际上是不指名地批评了张国焘的错误。

张国焘发表长篇讲话，回答一些人对他的批评，他认为退出川陕根据地和在少数民族地区建立联邦政府是正确的。同时批评一方面军退出中央革命根据地是打掩护战，有失败情绪，部队疲劳，纪律松弛，减员很大，应好好总结这方面的经验教训。陈昌浩在发言中也为张国焘的错误辩护，声称张国焘"没有反党的意思"，认为决议草案对张国焘的批评有些是"误会"。

张闻天就第一项议程的讨论作结论说：对决议案大家意见无大分歧，同志们也都是一致的，这是一、四方面军胜利前进的保障。他还说：关于一方面军，四方面军的批评是好的，是帮一方面军来纠正缺点的。但须注意可能发生的不好影响，过分的批评会妨害团结。

会议基本上通过了决议案，并责成政治局常委对决议案进行最后修改。

8月5日，沙窝会议通过《关于一、四方面军会合后的政治形势与任务的决议》，共分七个部分，其要点如下：

一、关于目前政治形势的特点。帝国主义更进一步侵略中国，特别是日本帝国主义企图制造"华北国"；中国的经济与政治形势更加严重；国民党的统治日益削弱和崩溃；苏维埃运动在中国南部虽遭受到部分损失，但广大的游击战争继续坚持着，"尤其是一、四方面军两大主力在川西北的会合，造成了中华苏维埃运动在西北开展极大胜利的前途。一切这些，证明中国革命形势的依然存在，证明苏维埃革命并未低落，而是继续发展着"。

二、关于一、四方面军会合后的基本任务。重申两河口会议决定的北上方针的正确性，强调创造川陕甘根据地是一、四方面军面临的历史任务，它将"推动整个中国革命前进与发展"。为了巩固根据地，规定了深入进行农民土地斗争、彻底解决土地问题、建立工农苏维埃政权和群众武装、严厉镇压反革命等各项基本政策。

三、关于加强党在红军中的领导。强调党对红军的绝对领导，指出："没有中国共产党就没有中国工农红军，就没有苏维埃革命运动。"还肯定遵义会议以后"在军事领导上无疑义的是完全正确的"，"完成了党中央预定的战略方针"。

四、关于一、四方面军的团结问题。强调加强一、四方面军团结的极端重要性。指出："目前在一、四方面军内部产生的某些个别问题，主要的是由于相互了解得不够，缺乏对于一、四方面军的正确的估计。"并充分肯定了两个方面军的成绩，认为："一方面军一万八千里的长征是中国历史上的空前的伟大事业"，"最后达到了与四方面军会合的预定目的，使蒋介石等进攻我们的计划完全失败"。而"四方面军英勇善战，不怕困难，吃苦耐劳，服从命令，遵守纪律等许多特长，特别是部队中旺盛的攻击精神与战斗情绪，是现在一方面军应该学习的"。同时也指出了两个方面军的弱点与不足。还强调坚持一、四方面军的团结是完成创造川陕甘苏区历史任务的必要条件。

五、关于少数民族中党的基本方针。主要是承认民族的自决权，帮助他们的民族独立与解放运动。为了团结和争取广大藏族同胞，明确提出"灭蒋兴番"的口号，号召汉族和番民团结起来，打倒国民党蒋介石，振兴番族。

六、关于目前的中心工作。提出在部队中进行宣传鼓动、军事政治教育训练、严紧纪律、加紧阶级教育等当前十二项中心工作，以提高部队的战斗力。

七、关于苏维埃革命胜利的前途与两条战线的斗争。提出要开展反对"左""右"错误的两条战线斗争，特别要坚决反对各种右倾机会主义的动摇，如"对于党中央所决定的战略方针表现怀疑""企图远离敌人避免战斗""对创造新根据地没有信心""对革命前途悲观失望"，等等。只有开展两条战线的斗争，才能够完成创造川陕甘苏区，取得苏维埃革命在全国胜利的历史任务。

沙窝会议明确提出了少数民族问题的"基本方针"，强调指出"主要是承认民族的自决权，帮助他们的民族独立与解放运动"。这在当时来说，具有重要的针对性和现实意义。

沙窝会议对于加强一、四方面军的统一领导与团结，坚定创建川陕甘根据地的必胜信心，起了积极的作用。同时，这次会议也开始公开暴露出张国焘与党中央的政治分歧。

张国焘终于摊牌了。他要求将四方面军中九名干部提拔为政治局委员，当时连他本人在内，中央政治局共有八名政治局委员，两名政治局候补委员。如果按张国焘的意见办，四方面军一下有了十名政治局委员，在中央政治局自然形成多数，中共中央就是张国焘的天下了。面对张国焘咄咄逼人的进攻，中央委婉而坚决地拒绝了他的要求，作了部分的妥协。在中央政治局内张国焘的人虽然还是少数，但在红军指挥机构里四方面军占了明显优势。总政治委员是张国焘，红军作战指挥，他有决定之权。前敌指挥部是徐、陈的，打仗要靠他们。总之，中共中央已经对张国焘作了最大限度的让步，就是为了团结他。因为眼下中央要靠红四方面军强大的力量打开北上之路。周恩来在会上对张国焘半开玩笑半认真地说："一方面军从江西拖出来，确实拖瘦了；像王稼祥同志一样，骨瘦如柴。你（张国焘）胖胖的，还要你帮助帮助，这是兄弟之情。"

中央领导人都明白：张国焘之所以反复纠缠政治路线问题，是要在党内树立他的权威。特别是他目前处于人多枪多的优势地位，使中央更为担心。虽然双方在决议中都高唱加强一、四方面军兄弟般的团结，但隔阂和矛盾却越来越深，成为两大山头的对立。当沙窝会议讨论第二项议题——组织问题时，一场权力分配的较量就无法回避了。

张闻天宣布这次会议要吸收四方面军干部参加中央工作，由政治局提议：

补选三个中央委员：徐向前、陈昌浩、周纯全。

补选三个中央候补委员：何畏、李先念、傅钟。

中央政治局补选二人：陈昌浩为政治局委员，周纯全为政治局候补委员。

张国焘立即说："在坚决提拔工农干部上可以多提几个人。"

毛泽东说："四方面军的干部有很多好的干部，而我们只提出这几个同志，是很慎重的。本来政治局不能决定中央委员，现在是特别情形下这样做。其他干部更可以吸收到各军事政治领导机关工作。"

张国焘态度强硬地说："本来要提出（四方面军）九个同志都到政治局，以便提拔工农干部和学习领导工作。"

毛泽东委婉地拒绝他的要求，说："国焘同志的意见是很好的，将来可以多吸收到中央机关及其他部门来。"

张国焘不好再闹，中央对方案又作了调整，陈昌浩和周纯全均为中央政治局委员。[*1]

毛泽东又提议：恢复红一方面军司令部，由周恩来同志负责。四方面军不变，红军仍然分成两个方面军。对红军指挥机关又作了若干调整，经大家一致通过，红军指挥机构和负责人的情况如下：

中国工农红军革命军事委员会

主席	朱 德		
副主席	张国焘	周恩来	王稼祥

中国工农红军总司令部

总司令	朱 德	
总政治委员	张国焘	
总参谋长	刘伯承	
总政治部主任	陈昌浩	
副主任	杨尚昆	周纯全

红军前敌总指挥部

总指挥	徐向前
政治委员	陈昌浩

---

*1　程中原：《张闻天传》，当代中国出版社1993年版，第246页。

参谋长　　　　叶剑英

副参谋长　　　李　特

政治部主任　　陈昌浩（兼）

副主任　　　　傅　钟

工农红军第一方面军

司令员兼政委　周恩来

参谋长　　　　周　昆

政治部主任　　朱　瑞

副主任　　　　罗荣桓

工农红军第四方面军

总指挥　　　　徐向前

副总指挥　　　王树声

政治委员　　　陈昌浩

参谋长　　　　倪志亮

副参谋长　　　王宏坤

政治部主任　　李卓然

副主任　　　　傅　钟　曾传六

　　沙窝会议终于结束了，张国焘怒气未消地和陈昌浩一路走一路说。陈昌浩激动地问张国焘："为什么中央这样顽强地抹杀四方面军一般同志的意见？如果你进一步明确宣布中央政治路线完全错误，中央领导破产，将会发生什么后果？如果这样做，是不是会迫使中央让步？"[1]张国焘还下不了这样的决心，和中央决裂，毕竟不是随便干得的事。

　　在四方面军总部，徐向前正焦急地等着他们回来。徐向前说："张、陈回到总部，张国焘满肚子不高兴，脸色阴沉，不愿说话。陈昌浩向我发牢骚，说中央听不进国焘的意见，会上吵得很凶。我对张国焘、陈昌浩说：现在不是吵架的时候，这里没有吃的，得赶紧走。我们在前面打仗，找块有粮食吃的地方，你们再吵好不好呀！当时的确到了闹粮荒的地步，我心里急得很。部队天天吃野菜、黄麻，把嘴都吃肿了。供应

---

[1]　张国焘：《我的回忆》第3册，东方出版社1991年版，第262页。

中央领导机关的粮食，眼看快要吃完。周恩来同志患疟疾，病得起不了床，我去看望他时，带去几斤牛肉，算是头等补养品。我想，这么困难的情况下，要命第一。我一再催促张国焘、陈昌浩早走，原因就在这里。"[1]

在徐向前等人的催促下，张国焘总算答应走了。他也认为毛儿盖地域狭小，不宜久留。但他打算和中央分开，免得在一起吵个没完。毛泽东等也十分赞同。按照夏洮战役计划，红军部署又作了一些调整。8月12日，在中央和前敌总指挥部的领导下，右路军的红一、三军团，四军、三十军、军委纵队、红军大学陆续开始行动，向班佑、巴西地区进发。

左路军在红军总司令部率领下，红五军团、九军、三十一军、三十二军（原红九军团）、三十三军及军委纵队一部，本应在卓克基一带集结，向阿坝地区前进。可是张国焘迟迟未动。据他说是因为地形道路不熟，总参谋长刘伯承派出侦察部队，费了几天力气才画出比较准确的行军路线图。出发前，张国焘又担心后方安全，打算分兵回击抚边之敌。8月15日，中央急电张国焘："不论从地形、气候、敌情、粮食任何方面计算，均须即以主力从班佑向夏河急进，左路军及一方面军全部应即日开始行动……一、四方面军主力均宜走右路，左路阿坝只出一部，掩护后方前进，五军、三十二军速离开毛（儿盖）。目前应专力北向，万不宜抽兵回击抚边、理番之敌。"[2]

8月19日，张国焘、朱德率左路军开始行动。董振堂的五军团为先头部队，由查理寺探路向班佑前进。大部队和红军总部依次向阿坝进发，没有一支部队来向右路军靠拢。张国焘致电徐向前、陈昌浩："阿坝仍须取得，一是财粮来源，必要时可助右路；二是可多辟北进路；三是后方根据地……大金川、大藏寺有三四条平行路向阿坝北进，人粮甚多，比芦花、毛儿盖好多了。"[3]

中央再次面临决策

自从中央1935年8月15日致电张国焘要他"专力北向"，张国焘仍率左路军向阿坝进发。8月18日，徐向前、陈昌浩又致电朱德、张国焘汇报他们已经开始北上："四方面军走右路，一方面军走左路，平行前进，兵力颇集结。拟主力走洮、岷一带。"劝告张国焘"如阿坝已为我占，则左路军大部不应深入阿坝，应从速靠紧右路，速齐并

*1　徐向前：《历史的回顾》，解放军出版社1985年版，第262页。
*2　《第四方面军战史资料选编——长征时期》，解放军出版社1992年版，第123页。
*3　《第四方面军战史资料选编——长征时期》，解放军出版社1992年版，第125页。

进，以免力分"。但是，不管谁劝，张国焘就认准了阿坝，哪里也不想去。

沙窝会议后，张国焘在毛儿盖召集四方面军军以上干部会议，非法审查中央路线，公开进行分裂党和红军的活动。当时，敌人正加紧在南线进犯红军，造成对红军后方的严重威胁。据此，党中央改变了夏洮战役计划，决定将红军主力集中到右路，主攻班佑。党中央于1935年8月15日电示张国焘："一、四方面军主力，均宜走右路。左路阿坝只出一部，掩护后方前进"，"目前应专力北向"。19日，张国焘致电右路军前敌总指挥部，一面同意中央15日的行动计划；一面却强调攻取阿坝的重要性。

由于张国焘的拖延，红四方面军主力迟迟未能北上，耽误了一个多月时间，给了蒋介石以充分的调兵遣将堵截红军东出北上的机会。

红军先头部队到达毛儿盖后，7月中旬，蒋介石在成都召开了薛岳部师长以上将领的军事会议，部署新的围堵计划。蒋介石在会上说，根据胡宗南纵队情报，红军先头部队已抵毛儿盖。他判断当前红军主力可能向西北移动，但松潘西北是草地不能行动。其突围路线可能是两条：一条是从毛儿盖、松潘经腊子口出甘南；一条是从理番出平武、青川、碧口，沿阴平故道再出文县、武都。在甘陕边之凤县、两当地区活动的徐海东部，有进军甘南接应红军主力北上之企图。根据这一判断，他决定：命薛岳率部于8月上旬将二路军前敌总部推进至文县，周浑元纵队推进至武都，对徐海东部布置堵截，吴奇伟纵队北进至平武、青川，与胡宗南部联防；以三路军胡宗南部归薛岳指挥，集中在松潘、漳腊营、黄胜关一线，并以胡部进出上下包座担任封锁，堵截红军主力北上。8月，上述各部先后到达指定战略位置。

红军失去战机，面临更加严峻的局面。

毛儿盖会议

为了进一步统一战略思想，1935年8月20日，中央政治局在毛儿盖举行会议，着重讨论红军主力的发展方向问题。是以主力经阿坝向青海，还是北上经班佑入甘南向东发展，中央再次面临抉择。到会的政治局委员有张闻天、毛泽东、博古、王稼祥、陈昌浩、凯丰、邓发，以及徐向前、李富春、聂荣臻、林彪、李先念十二人。朱德、刘伯承和张国焘因在左路军，周恩来患重病，彭德怀在前线，均未参加会议。

毛泽东首先在会上作关于夏洮战役后的行动问题报告。指出：我们到达夏洮地区以后，有两个行动方向：一向陕西，一向青海、新疆、宁夏方向。报告认为，红军主力应向东向陕甘边界发展，不应向黄河以西。其理由有四点：

一、从敌情来说，如我们向黄河以西，敌人则在黄河以东筑封锁线，把我们限在黄河以西。这个地区虽然大，但多是草地、沙漠，人口也很少，将会发生很大的困难。因此，我们要迅速攻破敌人迫我向黄河以西的封锁计划，第一步占洮河流域，第二步占天水一带，第三步在平凉一带击敌，向陕西发展。求得在运动战中消灭敌人。

二、从地形来说，由兰州至潼关一带地域广大，我们需要在广大的区域建立政权，创造后方。

三、从经济条件来说，西北要比黄河以东差，同时气候寒冷，给养困难。

四、从民族条件来说，黄河以西大部是回族、蒙古族，汉族很少，我们到西边去，只能扩大回民的人民革命军，而不能扩大红军本身。

基于上述四方面条件，红军主力应向黄河以东，支队向黄河以西去破坏敌人的封锁计划。报告指出：夏洮战役的目的，主要是得到洮河流域的东岸。我们应以洮河流域为基础建立川陕甘革命根据地。因为这一区域，背靠草地，四川军阀很难来；西北靠黄河，便于作战；同时又可以黄河以西为退路。将来向东大发展时，后方应移到甘肃东北与陕西交界的地区去。

陈昌浩、王稼祥、凯丰、林彪、博古、徐向前相继在会上发言，一致赞同毛泽东的报告，主张以岷州洮河为中心向东发展，并强调指出，不应把向东向西看成一个小问题，这是一个根本原则问题，应克服一切困难，坚决向东发展。还认为，要达到夏洮战役的战略目的，左路军一定要向右路军靠拢，左路军的行动应以右路军的进展为转移。徐向前表示完全赞成毛泽东的意见，他说："原则上的问题，中央早已决定，战略方针当然是向东。我军北出甘南后，应坚决沿洮河右岸东向，突破岷州王均部的防线，向东发展。万一不成，再从河左岸向东突击。"陈昌浩也完全同意毛泽东的意见，主张快速北进，集结最大兵力，向东突击，以实现中央既定方针。

会议气氛良好，意见一致，毛泽东挺高兴，特地表扬了陈昌浩的发言。毛泽东在会上作结论时说：今天讨论意见是一致的。第一，向东还是向西，是全局中的关键。向东，是积极的方针，我们必须要采取这一方针。否则，将被敌迫我向西，陷红军于不利境地。第二，为配合全国红军，全国革命运动，亦应向东。第三，从洮河左岸或右岸前进，可视情况而定，如有可能，即采取包座至岷州的路线北出。这一路线，可集中三个军，甚至全部集中走这路线。昌浩同志最大限度集结兵力的意见，是正确的。占领西宁，目前是不对的。第四，左路军应向右路军靠拢。阿坝可速打一下，后续部队应不经阿坝而向右路军靠拢。左路军应看成战略预备队，战役预备队还赶不到，不能指望。总之，必须坚决向东打，以岷州、洮河地区为中心向东发展，绝不应因遇到一些困难，转而向西。

会议最后决定由毛泽东起草一个决议，作为对两河口会议通过的《关于一、四方面军会合后战略方针的决定》的补充。

会议通过的《关于目前战略方针之补充决定》的主要内容是：

一、根据敌我情况，为实现两河口会议的决定，要求主力部队迅速占取以岷州为中心之洮河东岸地区，并依据这个地区向东进攻，以便取得陕甘之广大地区，作为苏维埃运动继续发展之有力支柱与根据地。

二、开辟甘陕地区，不论目前与将来之发展上，都是有利的，而且依据我们现有的力量，是完全能够实现的。

三、为着实现这个战略决定，当前的夏洮战役是一个有决定意义的关键。因此，应力争控制洮河，首先是洮河东岸地区，粉碎敌人兰州、松潘封锁线之计划，以处于有利的机动地位，而便利于继续战胜敌人。"集结最大限度的主力于这个主要方向，坚决与果敢作战，灵活与巧妙的机动，是这个战役胜利之保证。"

四、决定指出："政治局认为，在目前将我们主力西渡黄河，深入青、宁、新僻地，是不适当的，是极不利的（但政治局并不拒绝并认为必须派遣一个支队到这个地区去活动）。目前采取这种方针是错误的，是一个危险的退却方针。这个方针之政治的来源是畏惧敌人，夸大敌人力量，失去对自己力量及胜利的信心的右倾机会主义。"最后，政治局号召全体党员、红色指战员，"团结在中央的路线之下，歼灭敌人，实现赤化川陕甘，而为苏维埃中国确定巩固不拔之基础"。

毛儿盖会议是两河口会议、沙窝会议的继续和发展。这次会议确定的以岷州、洮河为中心向东发展的行动方针，是对两河口决定的补充，对于明确红军主力发展方向，克服张国焘的分裂主义危险，起了积极的作用。

毛儿盖会议改变了夏洮战役的具体部署，变右路军为北进主力，左路军为战略预备队，从阿坝地区东折，向右路军靠拢，共出甘南。这次会议具有重大的历史意义。后来的历史发展，证明了中央和毛泽东制定的战略方针和改变战役部署的主张的正确性。

8月20日和21日，徐向前、陈昌浩连电朱德、张国焘，告以毛儿盖会议作出的新决定，即以岷州为根据地向东发展，首先以岷、洮、哈达铺为主要目标，争取在洮河东岸与敌决战，目前主力西向或分兵出西宁，均不妥当。左路军占领阿坝后，不必肃清该地区之敌，可速向右路军靠拢，以便集中力量灭敌，速出甘南。接着，中央政治局也将《中央关于目前战略方针之补充决定》的精神电告朱德、张国焘。

第九章　走进茫茫大草原

草原茫茫

人们通常都会用"爬雪山，过草地"来形容长征的艰难。这里说的雪山是夹金山，草地就是方圆数百里的若尔盖草原，汉族同胞通常称之为川西北大草原。

草地是川西北特有的自然地貌。它位于青藏高原与四川盆地的过渡地带，在今天四川省的阿坝、红原、松潘、若尔盖县境内。其范围大致包括烈尔郎山（今若尔盖县北）以南，浪架岭（今松潘西）以西，查针梁子（今红原县南）以北，平均海拔在三千五百米以上，纵长六百余里，横宽四百余里，面积约为六万平方公里。地势平坦，一望无际。白河(即噶曲河)和黑河(那曲河)由南向北注入黄河，天然河道迂回摆荡，水流滞缓，汊河、曲流横布，由于排水不畅，潴水形成了大片沼泽。水草盘根错节，结络而成的片片草甸，覆于沼泽之上。它其实就是高原湿地，汊河横生，水流淤滞而成沼泽。经年水草，盘根错节，草甸之下，积水淤黑，浅处齐膝，深处没顶。远远望去，似一片灰绿色海洋，不见山丘，不见树木，人烟荒芜，茫茫无垠。草地气候恶劣，年平均温度在摄氏零度以下，夏季平均气温为摄氏十度，且温差很大。时而晴空万里，烈日炎炎；时而电闪雷鸣，雨雪交加。雨雪冰雹来去无常，晴空迷雾变幻莫测。每年的5月至9月为草地雨季，滞水泥泞的沼泽更成漫漫泽国。除了夏季有牧民在边缘地带放牧，草地深处极少有人前去冒险。红军正是在这个季节过草地的。

半个世纪后，美国作家索尔兹伯里探访长征路来到若尔盖，亲身体验了草地变幻无常的天气。他写道：

"五十年后的1984年6月，草地依然如故。夜间，大地结满了银霜，气温在摄氏零下六七度；黎明时，天气还是好好的，红艳艳的太阳钻出地平线照耀着草地，可是，早上 8 时，天色突然变暗，乌云聚积起来，开始下起了蒙蒙细雨，一切都在雾气中变得朦胧灰暗。接着大雨和着狂风倾盆而下，瞬间又是雨雪交加。没过多久，纷飞的鹅毛大雪遮盖了道路、草地和山峦，到处茫茫一片，赶路的马帮躲避在背风的地方，一群群的牦牛和绵羊变成了缓缓移动的雪堆。大雪下了两个多小时之后减弱了下来。旷野上又刮起了大风，风中的太阳变得苍白、黯淡、颤颤发抖。风没有停，又下起了雨。到了后半晌，天空露出了湛蓝，阳光普照，白雪融化了，使人感到一丝春意；但当太阳的光辉沉落到黄河彼岸的时候，春意便在冰霜中消逝了。"[1]

1935 年 8 月 18 日，右路军先头部队——红三十军的 264 团、265 团在前敌总指挥部参谋长叶剑英率领下，最先踏上了草地行军的征程，向班佑进发。在他们的左翼，红一军团 4 团于 21 日从毛儿盖出发，走另一条路线进入草地。中央军委纵队与前敌总指挥部随一军团大部队行动，病中的周恩来与彭德怀的三军团走在最后。

过草地在红军长征的历史中一直被看做是最艰苦的经历，一些著作和回忆录叙述，过草地犹如一场死亡行军。《红军长征在四川》中写道：

"8 月的草地，对刚刚踏上这片土地的红军指战员来说，真是别有一番景象：牧草肥美，繁花似锦，然而随着前进步伐而来的，是大自然残酷的折磨和死神的威胁。这里无路可循，部队只有在藏族向导的指引下，踏着草甸缓慢行进。软绵绵的草甸，随着战士们脚步的移动，发出嘁嚓嘁嚓的声音。稍有不慎，将草甸踩穿，整个人便陷入沼泽，抢救不及，少顷没顶。部队进入草地后，几乎无日不雨，雨水不仅淋透了战士们的衣衫，也淹没了部队前进的路线。有些地段，连续几十里水深没膝，使向导也难以寻找过去游牧留下的痕迹。有的战士因此而偏离了行军路线，陷身淤泥，被沼泽吞噬。8 月也正是草地冰雹逞凶的季节，有时面对着铺天盖地而来的冰雹，战士们连藏身之地也找不到。茫茫草原之上，除偶有几米或几十米高的浅山隆起外，见不着一株较为高大的树木，常常使人方向莫辨，有时部队艰难地行进了几个小时，却仍旧回到了原地。"[2]

毛主席指示我们过草地

毛泽东对草地行军极为重视，曾直接向索观瀛等藏族人士调查，得知有史以来从来没有大军经历过这片水草地行军。他亲自抓右路军草地行军中的重大问题，到前敌

---

[1] 索尔兹伯里：《长征——前所未闻的故事》，解放军出版社 1986 年版，第 305 页。
[2] 中共四川省党史工作委员会编：《红军长征在四川》，四川省社会科学院出版社 1986 年版，第 203 页。

总指挥部，与徐向前、陈昌浩、叶剑英一起研究右路军北上的具体部署和行军路线，决定派叶剑英为过草地的先遣司令。他亲自向过草地先遣团——第一军第4团政委杨成武交代任务。

杨成武、黄开湘率领的红4团，在长征路上一直打先锋，这次过草地，毛主席和中央军委又将先锋探路的任务交给了他们。杨成武在《忆长征》一书中，专门有一章回忆过草地的情况，标题就是《毛主席指示我们过草地》，杨成武回忆当时的情况说：

早就听说，出了毛儿盖、松潘以西，是一片荒无人烟的草地，正因为如此，敌军胡宗南等部在松潘一带大筑碉堡，派兵固守，妄图与甘南构成封锁线，压迫我们西走，让红军自己消灭在茫茫的雪山、草地上。

中央军委早已识破了敌人的阴谋，但是，为了麻痹敌人，仍派我们红4团攻打了松潘。当我们悄悄撤出战斗以后，便同全军上下一起参加了筹粮活动，为过草地做准备。

8月17日清晨，我正在与团里的几个干部开会，商量一些事情，突然，接到军团首长通知，要我火速骑马赶到毛儿盖，说毛主席、党中央十分关心先遣团进入草地的行动，4团担任先遣，要我直接到中央军委毛主席那里去领受任务。军团首长还指示我们，最近周副主席病得很厉害，接受了主席的指示以后，一定要去看看周副主席。

去军委开会，过去有过，毛主席在会议上我也见过，但单独到军委，从毛主席那里当面接受任务，这还是第一次，心中不免有点激动。

我怀着兴奋的心情，带着骑兵侦察排，从驻地波罗子附近，飞奔党中央的驻地毛儿盖，十几匹快马像一股疾风，忽而飞上高坡，忽而驰下山谷，在一起一伏的高原上，扬起阵阵烟尘。由于急于听取毛主席的指示，我还是嫌马儿跑得太慢。

几十里路，很快就到了。

到了毛儿盖，进入党中央的所在地，我们就直趋毛主席的住处。

毛主席与周副主席的住处在一起，他们住的房子是藏民用木头架起来的普通房子。分上、下两层，按照藏族人的习惯，底层关牲口，楼上住人。在楼外空地上，我刚好碰到保卫局局长邓发同志，邓发同志热情地与我握手，然后引我进楼去见毛主席。

我们一前一后，登上通往楼上的小木梯，踏上楼板，听说周恩来副主席住在西屋，现在他病了。邓发同志领着我穿过中间的屋子。这屋子中间有藏区常见的炊事用具，除此外，还有一张铺。据邓发同志说，这是他的住处。邓发同志指着北面一间屋子说：

"毛主席就住在屋里！"

我抑制住内心的激动，整了整军衣，喊了声报告。

毛主席正俯身观看一张地图，闻声后回过头来，瞅着我说："你来了，很好！"随即与我握手，并指指旁边的木头墩子，要我坐下。

毛主席看出我的激动，有意缓和气氛说："坐下来，慢慢说。"他态度和蔼，脸上露出了笑容。

"主席，军团首长要我直接到你这里接受任务！"我虽坐下了，但仍按捺不住内心的激动。

"对，这一次你们红4团还是先头团！"毛主席点了点头，铿锵有力地说。

"是！"我站了起来。

毛主席说："原想要6团去，但试了一下，没有奏效。"

毛主席一手叉腰，一手指着地图，对我说："这一次你们红4团还是先头团。要知道草地是阴雾腾腾、水草丛生、方向莫辨的一片泽国，你们必须从茫茫的草地上走出一条北上的行军路线来。"

稍顿了一下，毛主席又指着地图说："北上抗日的路线是正确的路线，是中央研究了当前的形势后决定的。现在，胡宗南在松潘地区的漳腊、龙虎关、包座一带集结了几个师，东面的川军也占领了整个岷江东岸，一部已占领了岷江西岸的扎谷垴；追击我们的刘文辉部已赶到懋功，并向抚边前进；薛岳、周浑元部则集结于雅州，如果我们掉头南下就是逃跑，就会断送革命。"

毛主席说到这里，右手有力地向前一挥，说："我们只有前进。敌人判断我们会东出四川，不敢冒险走横跨草地，北出陕、甘的这一着棋。但是，敌人是永远摸不到我们的底的，我们偏要走敌人认为不敢走的道路。"

接着，毛主席又详细地告诉我过草地可能遭到的困难。他说草地不见人烟，连树林也没有，行人走过，有时水可浸到膝盖边，夜间寒冷多雨露，就是白天，也气候多变，忽而阴天，有时飘来雨雪，必须作好最坏的打算……然后，他又具体指示解决困难的办法。说完这些，他又强调说：

"克服困难最根本的办法，是把可能碰到的一切困难向同志们讲清楚，把中央为什么决定要过草地北上抗日的道理向同志们讲清楚。只要同志们明确了这些，我相信没有什么困难能挡得住红军指战员的。""要尽量想办法多准备些粮食和衣服，减少草地行军的困难！"

我汇报说有藏民给他们当向导，毛泽东说："这样好！要教育大家尊重少数民族，团结好少数民族。"又嘱咐说："一个向导解决不了大部队行军的问题，你们必须多做一些'由此前进'并附有箭头的路标，每逢岔路，插上一个，要插得牢靠些，好让后面的部队跟着路标，顺利前进。"

毛泽东要我到徐总指挥那里去一下，去接受具体指示。

徐总指挥热情地接待了我，我按照毛主席的指示，把4团接受中央军委交与的先头任务作了汇报。他又向我交代了一些具体注意事项。

从徐总指挥那里出来，我又赶紧去看望周副主席，我想从周副主席那里接受一点指示，但是医生劝阻说，周副主席病重，要我暂时不要探望，以免惊动正睡着的周副主席。我只见到了邓颖超同志，她详细地告诉我周副主席的病况，并要我转告同志们不要惦念。当时环境艰苦，粮食极度困难，尤其药物，更是奇缺，眼看就要向草地进军，周副主席病重，委实叫我们担心，我们多么希望他快点恢复健康！

离开邓颖超同志的时候，已近黄昏，按照毛主席的指示，我又返回到他的住处，以便看看还有什么事。

毛主席请我一起吃晚饭，最后毛泽东叮嘱说："望你完成任务。"我接受了任务，迅速返回部队，认真做好各项准备工作，于8月21日开始向草地前进。[*1]

最艰难的历程

红军长征以来经过了许多艰难险阻。有反动派人为设置的，也有自然界造成的。后者是江河、雪山和草地。强渡江河就整个队伍而言，过的时间长，危险性大；就个人言，个把小时就能渡过去。雪山再难爬，凡能过者一两天就能过去。但是，穿越草地，茫茫几百里，要一个多星期才能走过，最长的要十多天。过草地是红军长征经历的最大的艰难险阻。这种艰难是我们今天难以想象的。

首先是行走难。一望无涯的草地，遍是水草沼泽泥潭，没有路，人和骡马须踏着草甸走，从一个草甸跨到另一个草甸跳跃前进；或者拄着棍子探深浅，几个人搀扶着走。这样，一天下来，精疲力竭。经历过草地的人总结说，过草地有三怕：一怕没踩着草甸陷进泥沼，来不及抢救被污泥吞噬。二怕下雨。草甸本来就难走，下着雨，更容易掉进泥沼。三怕过河。这时的身体已很虚弱，挨冻受饿，经不住冰冷的河水刺激。几乎每过一条河，都有不少战士被大水冲走吞没。

其次是饮食难。准备的青稞麦炒面，干吃很难受，口渴难熬。带青稞麦的，一颗颗咬着吃；带得少，一颗颗数着麦粒吃，尽量节省多吃一两天。一般战士准备的干粮，两三天就完了。带了一些牛羊肉，但到了草地没有办法蒸煮，只能生吃，但汉族战士绝大多数不习惯，咬得牙根疼，就是咽不下去，有人称之为"茹毛饮血"，回归原始。

还有一半的路程靠吃野菜、草根充饥。有的有毒，吃了会中毒死亡。后续部队吃不上野菜，就将身上的皮带、皮鞋，甚至皮毛坎肩脱下，还有马鞍子，煮着吃。有的战士饿得实在没吃的，就将厕的屎里没有消化的青稞麦，一粒一粒挑出来，洗了再煮着吃；饮水难，潴水有毒，没有喝的，连人尿、马尿都喝。

再次是御寒难。草地天气，一日三变，温差极大。下午往往突然黑云密布，雷电交加，暴雨冰雹铺天盖地而来，或者雾雨朦胧。夜间降温至零度左右，冻得人们瑟瑟发抖。过草地前，大多衣单，太冷了，就喝点酒或咬点辣椒驱寒，但两三天后也没有了。草地行军，衣服总是湿的，身上几乎没有干过，能冻死人。饥寒、疲劳、疾病夺去了许多战士的生命。死亡越来越多，后边的人顺着连绵不绝的尸体，就可以知道行军路线。

还有宿营难。草地尽是泥泞渍水，很难夜宿。找不到干一点的地，就在草地里露宿。或就地而卧，或坐着打盹，或背靠背睡一会儿。若风雨交加，就在风雨淋浇之下熬过一夜。夜里太冷，次日清早，往往会看到草地上长眠一些战士，甚至是跟自己靠着背的战友。有一个班，就是这样整整齐齐地两人一组，背靠背，怀里抱着枪，像熟睡了的样子再也没有醒过来。过草地，每天都有掉队的。有的收容队，每天能收容掉队的上百人。晚上露宿，三五人一伙背靠着背休息。第二天，一推一摸，这些同志的身体完全冰冷僵硬，离开了这个世界。在将走出草地的最后两天，像这样静静地长眠在草地的战士成片成堆。

红军过草地真可谓"饥寒交迫、冻馁交加"。亲身经历过的老同志说：红一方面军一直长途跋涉，体力消耗太大，实在经不起恶劣环境的折腾，过草地减员尤多。即使出草地到了班佑寨，出逃回家的藏民，后来发现家家几乎都有死去的红军。他们或倚在屋壁边，或倒在地上，抬出去时稍用力一拉，尸体的手脚都掉了。仅这个寨子，找到死去的红军就有七八百人。

张闻天的夫人、中央纵队秘书长刘英在回忆录中说：红军过草地牺牲最大，这七个昼夜是长征中最艰难的日子。走出草地后，离农区不远了，附近有粮、有水、有牛羊，饥疲万分的大部队能得到休整，不少人有久旱逢甘霖般的欣喜，激动地说："我觉得是从死亡的世界回到了人间。"[1]

红军过草地究竟牺牲了多少同志，至今没有一个确切数字。阿坝自治州党史办公室有一个统计材料说：红军三大主力在两年里数次过雪山草地期间，非战斗减员在万人以上。

---

[1] 刘英：《难忘的三百六十九天》，载《瞭望周刊》1986年第40期。

童小鹏的回忆

童小鹏是福建人，从小参加革命，是著名的"红小鬼"，长期担任周恩来的秘书，先后担任中央办公厅副主任兼总理办公厅主任。"文化大革命"前调中央统战部任秘书长兼总理联络员。"文革"期间，统战、民族宗教、人大、政协机关都已瘫痪，停止工作。人大是最高权力机关；政协是政治协商机构，包括各民主党派；统战部是党的机关；民委是国家机关；还有国务院宗教局，当时国家机关全部实行军管，但又牵涉到少数民族等问题，中央采取慎重态度，没有实行"军管"，而派军代表领导，由东海舰队政治部主任刘友法任军代表，统一领导这几个部门，被称为"四大机关军代表"，实际上起着军管会的作用。"文革"期间童小鹏这位红小鬼也遭到了批斗，但因他出身贫农，又是红小鬼，长期在周总理身边工作，得到周总理的亲自关怀和保护，没有受到更多更严重的批斗，只是"靠边站"，经军代表安排，童小鹏经常向机关的干部群众讲革命传统，他讲得最多的是井冈山的斗争和长征故事。童小鹏是位勤奋而有心的人，在长征那样艰苦的环境，他也坚持记日记，做笔记。这位红小鬼有着坚强的党性、坚定的革命信念，在那样一个特殊的政治环境里，经常给我们这些年轻干部讲革命传统，讲红军长征的故事。改革开放后，他出版了很多回忆录，还出版了长征日记。在长征日记里，记述了过草地的经过：

1935 年 8 月 23 日：很久以前就准备要过草地，今天要开始向它前进了，大家都很想早点到达，尝尝草地究竟是一个什么味道，巴不得一跨就过。

早饭后就戎装出发了，从通哈龙道上二十里便分路了，仍沿河而上，沿途仍见着高山树林，天的确可恶得很，出发后不久即下雨了，难道知道我们要过草地而故意捣乱不成？因下雨气候很冷，有些同志又没有雨具来抵抗，所以因体弱而冻毙在路旁的倒有几个。

行约七十里到腊子塘，河边搭棚露营。

8 月 24 日：开始进入草地了，渐渐地不见了森林，地面也渐渐地开阔了，两边虽然是山，但比较低了，且满山是青草而不是旁的东西，路上尽长的青草，若不是向导领路的话，的确连方向都找不到，最讨厌的是天仍连绵下雨，淌得满身透湿，路上尽是水泥更使两腿难走。

沿途都没见有什么树林，最后见着树林了，便开始露营（分水岭，约七十里）。这树林系先头部队驻的，故还有旧的用树枝搭的棚子，我是分到一个旧棚，加上油布虽不漏，然而地湿又不平，棚小又过矮，的确转身都转不得，但在这个环境下来说还是一个上等货呢。

因没有锅灶，只得自己吃干粮，大家都用自己的瓷缸当铜锅烧开水，煮稀饭，任我所欲，倒觉有点趣味。

8月25日：早饭后继续出发，这一路的确是纯粹的草地了，山不高，但全是青草，真的是连一根小棒棒也找不到。路大部是在山间的平坝，最后也爬了一些小山坡，约行六十里，到后河露营。

此地虽有地名但等于零，只是一块长满青草的山麓而已。山脚下虽然有一块大草坪，然而因为中间有一不规则的小河，左弯右弯东转西转，都把这块地盘占据去了。只得就在山麓住下，又因无树林，大家都用带来的木棍撑起，上搭油布或毯子，倒也不错。只因为无柴，大家过的"寒食节"而已。这小河水有毒，色带赤，吃多了即肚子疼。

8月26日：行约二十里，即到一极大平坝，右边一条极大的路来会合，据说是右路军从哈龙来的，河边小树林中还有火烟、棚子，大概昨晚在此露营。到这里路大且干燥，一望平原，数万战士蠕蠕道上，均可一瞥而见。行二十余里转右，又是这样的大块草地，接着再行约二十里，即在山麓露营。途中过河五六次，相当讨厌，最后一次水急且深，我几乎被水冲倒，惊得相当。

此地又是没柴，同志们均回去三四里河边拾柴，晚上才没有过"寒食节"。

8月27日：原来据地图所示，走五天草地可到班佑，此地仍为草地无粮食，但有百余间牛房。今天大家都高兴得很，一路走都两眼直前，恨不得牛房就在面前显露。但是调查不确，走了约七十里，天将黑暗仍未见有牛房，只见山间河边有些连绵的小森林，有些前面部队露营过的痕迹——火堆、棚子，结果还未到，只得在河边树林内露营，于是今天大家都大失所望。天仍下雨真是可恶！因之天气很冷，脚因终日沾着水，的确很难过。

8月28日：大家都肯定地说："今天无论如何可到班佑了。"一路走仍两眼直前地瞭着，巴不得就在面前，沿山旁走约二十里进入平坝。好了，见着前面山边火烟缭绕，于是大家都高兴得很了，都估计前边一定是班佑，不然为什么会有这么大团的火烟呢？再大踏步地前进，便证明了，于是盼望几天的班佑的确到了。

休息时听得走前面的同志说，右进二十五里便有很大的村落，且不是草地。听后大家都喜出望外！竟料想不到草地就这样轻便地过了。再走十五里草坪完了，这时，的确是两个世界了：回头看，后面是一块荡荡的大草坪，所有的只是凌乱的百余间牛房在陈列着，上面笼罩着一团青烟，路是稀溶酱烂，走在上面连草鞋都差不多拔不起来；这一边是一个山坑，山上都长着树林，路大而干，走起来煞是有劲！的确没有想到就这样不知不觉，忽地结束了草地的生活。

走二十余里，看到了草地未见过的麦地、菜圃、木房，均显露在眼帘内，巴西到了，于是即布置宿营。[1]

文如其人，从童小鹏的日记中可以读出一种革命的英雄主义和乐观的气派，任何困难在他们眼里都是可以克服的。日记的真实性也是无可置疑的。一军团即将走出草地的时候，军团政委聂荣臻 1935 年 8 月 26 日给后卫的三军团首长彭德怀、李富春和因病随他们行动的周恩来发了一封电报：

彭李并转周：

一、我率军直、一师及军委纵队、红大等已超过色既坝约四十里处露营，无森林，高地尚干燥，明日可到班佑。

二、由毛（儿盖）第一日到腊子塘约六十里，路不好走，架有树棚可宿。第二日到分水岭，行程约五十里。附近有森林露营。第三日到后河七十里，可寻我们露营形迹择地露营。昨夜无雨，尚无大苦。

三、此地系小草地，并不如未行时想之严重。只要有相当准备与天气好，无问题。在战士中须正确解释，排除恐惧。不过你们须注意者：在战士中雨具和衣服要有调剂，一军此次因衣服太缺和一部分身体过弱，以致连日来牺牲者约百余人。经过我们目者均负责掩埋，在后面未掩埋的一定还有。你们出动时，请专派一部掘具前行，沿途负责掩埋。

四、沿途木牌路标甚少而小，地面铲之路标因雨不易见。你们前进时须注意我们之形迹。

一军团直属队党总支书记萧锋在后面负责收容队的工作，据他的行军日记记载，刚进入草地两天，一些人的粮食就已经吃完了。到第四天，大多数单位都已绝粮，靠挖野菜、煮皮带度日了。萧锋向聂荣臻政委汇报说：四天来根据十四个单位统计，掉队 250 人，牺牲 120 人。聂指示：没有粮食就拔野菜吃，担子挑不动就丢掉，实在不行，骑的骡马也可以杀掉吃。[2]尽管如此，死亡人数仍然不断增加。走出草地后，聂荣臻收到周恩来 9 月 4 日发来的电报说："据三军团收容及沿途掩埋烈士尸体统计，一军团掉队落伍与牺牲的在 400 以上。"嘱咐他们要"特别注意改善给养，恢复体力"。[3]

---

[1] 《童小鹏军中日记》，解放军出版社 1986 年版，第 151～154 页。

[2] 萧锋：《长征日记》，上海人民出版社 1979 年版，第 111 页。

[3] 金冲及主编：《周恩来传（1898—1949）》，中央文献出版社 2001 年版，第 363 页。

过草地只有五六天时间，怎么会死那么多人呢？主要问题是无粮造成的饥饿。最根本的原因是中央与张国焘长达一个多月的争论，使整个红军动弹不得，把这个地区本来就很少的粮食消耗殆尽，就是不走也照样会饿死人。正如《红军长征在四川》中描写的：

"过草地之前，部队曾开展了筹粮工作，按要求每人应准备十天所需的十至十五斤干粮。但这一地区物产不丰，许多部队远未达到要求，有的甚至仅筹到两天的干粮。行程未及一半，一些单位即告断炊。草地荒无人烟，根本谈不上沿途补充粮食。由于连日降雨，积水泛滥，淹没草甸，许多地方甚至连野菜也无从寻觅。草原中许多潴淤之水，因陈年衰草腐蚀其中，不仅不能饮用，如若伤口染上，很快肿溃，重者使人致残。有时不慎跌跤，干粮掉进毒水中，即不能食用。有的战士不堪忍受饥渴之苦，不慎喝了有毒的水，吃了有毒的野菜，因而付出了宝贵的生命。有时虽遇溪流小河，却因无柴烧火，连开水也喝不成。一面是艰难的行军，一面却又忍饥受渴，指战员的体质日渐衰弱，不少战士走着走着突然倒下去，便再也起不来了。"[1]

1935年9月1日，毛泽东率中央机关到达班佑寨，第二天来到若尔盖的巴西乡班佑寺院，住进寺庙二层靠东边一间木屋里，用几块木板搭成一张床，这样他在走出草地后第一次可以在床上睡觉了。

右路军前敌总指挥部也住在班佑寺。中央在这里召开巴西会议，研究红军下一步行动及如何说服远在阿坝的左路军共同北上。

牛羊肉干邀明月

关于过草地及翻译和向导的特殊作用，时任红三军团第13团政委的张爱萍将军多次讲过。13团团长是彭雪枫，政治部主任江华，胡耀邦任党总支书记。《张爱萍传》里也有这样一段记载：

草地是什么模样呢？红三军团团史这样记载：

"整个草地是一片泽国，没有树林，没有石头，天空不见飞鸟，地上没有走兽，到处是一丛丛野草，一个个泥潭，一片片散发腐臭气味的黑色污水。草地气候恶劣，一日多变。时而骄阳似火，热浪袭人；时而浓雾弥漫，天昏地暗；时而狂风四起，大雨滂沱；时而漫天飞雪，冰雹骤降。"[2]

---

[1] 中共四川省党史工作委员会编：《红军长征在四川》，四川省社会科学院出版社1986年版，第203页。
[2] 《中国工农红军第三军团史》，国防大学出版社1992年版，第379页。

一位亲历者这样记述："……大部分地区的水，内含毒素极多，不仅吃之可以致命，有时脚上被草根刺破了，被水一泡，就要红肿起来，被刺之伤口即溃烂……万一不留神，则陷入泥中，骡马陷入其中，若任其自然，则绝对爬不起来。人亦如此，一坠其中，亦不易挣扎起来，使你两条大腿此起彼落……我想'蜀道之难'恐难比其万一。"[1]

张爱萍和他的 13 团当然还有所有北上的红军，就是在这恶劣得不能再恶劣的环境里，向前挣扎、向前迈进的。茫茫荒原泽国，一望无际，哪里有路呀，全靠"通司"（翻译）在前边带路。

13 团所找的通司，是位十二三岁的藏族男孩，饥饿赐给了他一副瘦小的骨架，也赠与了他吃苦的精神，一双大眼睛，很是机灵。他是靠平时在草地边缘那点有限的常识，来辨认哪儿的草丛硬一些，哪儿的地面不易下陷。但是，这里毕竟不是草地的边缘。他更知道这里特别需要谨慎小心，常常迈一步看半天，瞅准了再迈第二步……后面长长的队伍再一步一步地跟着他前进。就是这样，还有失脚落入泥潭的。旁边的同志去拉，有的拉了上来，有的连拉的人一起拉了进去……

夜，草地奇寒。而红军同志衣着单薄，唯一可靠的抗冷办法是或两人或三人背靠着背地坐着打个瞌睡，以相互的体温取暖。一堆篝火，谈天说地，驰骋想象，笑语飞扬，该算是草地的节日了。但经常遇到的是找柴不到，干草奇缺，甚至连能容两个人背靠背坐在一起的地方也没有，只有孤孤零零地一个人抱着膀蹲在那里，或不管三七二十一地坐在水渍渍的地面上。善于突然袭击的暴雨又常常这个时候光临，狞笑着，抽打着，嘲弄着……无论多么坚强的人此时都不能不周身颤抖心血趋冷，而体质稍弱者，常常也就在此时停止了脉跳。同志的离去，是令人悲伤的，但不悲观："同志，你已经为独立、自由、幸福的中国尽了最后一口气！安息吧，你的任务我们来完成！"脱下军帽，恭恭敬敬地鞠个躬，又向前迈进了……[2]

张爱萍认为，最大的威胁还是饥饿。饥饿在进攻，红军在还击！吃野菜，吃草根，吃煮不烂的皮带——是的，不少同志都吃，彭德怀军长也和大家一样地吃。眼看着饥饿吞噬了不少人的生命，他忍痛下令枪杀包括自己的坐骑在内的几匹战马，用以挽救指战员的生命。

就在 13 团指战员同饥饿进行顽强抗争的时候，一天傍晚，总政治部巡视员冯文彬牵着马从后边赶来。他是到沿途部队巡视工作的。马背囊装得鼓鼓的。

* 1 《中国工农红军第一方面军长征记》，人民出版社 1955 年 5 月版，第 299 页。

* 2 《张爱萍传》，人民出版社 2000 年 1 月版，第 212 ～ 213 页。

张爱萍捷足先登，掏出一看，竟是牛羊肉干。遂高兴地说："我们现在可要'打土豪'了！"

冯文彬说："'分田地'更好，我是登门慰问！"

张爱萍说："快请胡耀邦来！"

冯文彬说："你这是旧情难忘啊！"

胡耀邦来到13团后执意到连队里去。于是，过草地就随3营行动。

张爱萍知道胡耀邦没带干粮，这几天也一定是饥肠辘辘，所以就首先想到他。

至于冯文彬说的"旧情难忘"，是指在中央苏区打"AB团"的时候，胡耀邦被打成"AB团"，险遭杀害，这话用在胡耀邦身上就更合适了。

正如张爱萍所料，本来就瘦小的胡耀邦此时更瘦了。四人相见，可谓老友重聚，加之他们都喜欢舞文弄墨，均值风华正茂之时，更巧的是，草地上空来了一位稀客——月亮，明晃晃地挂在天际，为这小小的聚会平添了十二分的情致，他们竟你一言我一语对起诗来。现在能够回忆起来颇具情趣的是这么几句：

张爱萍：牛羊肉干邀明月。

胡耀邦：水乡泽国没酒喝。

彭雪枫：该请老乡杜康来。

冯文彬：马瘦路遥没法驮。

胡耀邦说："是没法驮酒还是没法驮杜康？"

冯文彬说："仁者见仁智者见智，你认为没法驮什么就没法驮什么。"

胡耀邦说："那你怎么有法驮牛羊肉干呢？"

冯文彬说："你小子吃我的喝我的还找我的茬儿！"

"那是你有茬儿，没得茬儿就没法找了。"胡耀邦说着扮了个鬼脸，眼珠子一转说，"还真有个茬儿，我说'没酒喝'，你就说'没法驮'，一首诗里两个'没'，还都是在第五个字上，要改改，要改改！"

冯文彬说："这个茬儿找得还满是那么回事儿呢，改！"

大家你一言我一语，最后改成了："打倒老蒋醉弥陀。"每人兴致勃勃地又重新吟诵了一遍：

牛羊肉干邀明月，水乡泽国没酒喝。

该请老乡杜康来，打倒老蒋醉弥陀。

越过三百多公里草地后，到达了班佑。张爱萍在老乡全用牛屎巴糊的牛屎屋里，记下了过草地的感受：

> 绿原无垠漫风烟，蓬蒿没膝步泥潭。
> 野菜水煮果腹暖，干草火烧驱夜寒。
> 坐地随意堪露宿，卧看行云逐浪翻。
> 帐月席茵刀枪枕，谈笑低吟道明天。

事过四十七年后，1982年盛夏的一天，作为国务院副总理的张爱萍到成都视察工作，在省委机关见到了当年带红军过草地的通司。这位通司就是天宝，已经六十多岁了，时任省委领导。当年给哪支部队当翻译、带路过草地，他自己也说不清楚。从他说的一些情况判断，当年他给带路的部队，不是张爱萍所在的13团。但是，张爱萍对他格外地亲近和尊敬，再三感谢他当年的带路之情，还询问了他几十年来的工作、生活情况，问他有什么要求。天宝说："您是将军书法家，我想请您给我写几个字作纪念。"

张爱萍说："这好办。不过我不是什么书法家。我们是风雨同舟、同过草地的患难朋友。"当即，便展纸挥毫，写了一首诗赠给天宝：

> 山河半壁倾，红军万里征。
> 西向过草地，北上来问津。
> 藏胞小兄弟，带路乐同行。
> 四十七年后，纵饮锦官城。[1]

周恩来警卫员顾玉平的回忆

顾玉平，红都瑞金人，长征前，顾玉平调任周恩来的警卫员，他跟随周恩来走过了长征的全过程。

2004年纪念长征七十周年时，新华社记者专程到瑞金拜访了顾玉平老人。

老人满怀深情地说：在异常艰苦、极度紧张的行军战斗环境中，周恩来一方面要同战士一样行军作战，一方面还要看电报、批文件，和别的领导研究作战计划，指挥

---

[1] 《张爱萍传》，人民出版社2000年1月版，第215～218页。

红军作战，决定行军路线。他常常连吃饭睡觉都顾不上，宿营时通常彻夜不眠。

顾玉平说，长征路上，邓颖超和周恩来并不在一起。"邓大姐在干部休养连。"他特意告诉记者，那是长征中的一个特殊的连队，连毛泽东、周恩来、朱德他们在路上碰到休养连，也会停下来，下马打招呼。

顾玉平说，第一次见到邓颖超的时候，自己非常紧张。大概是看他紧张得可爱，邓颖超笑眯眯地看着他，连声说："好，好。"又问他叫什么名字，什么时候参军。"开始时，我第一次到女同志身边工作，很紧张，一直立正在那，正言正语地回答她。邓大姐见我这样窘，忍不住笑出了声，说：'顾玉平，我看你有点紧张，是不是？没关系，熟悉了就好。我们的任务就是跟上队伍，不要掉队。另外，这里有几个同志，抬担架的，挑担子的，喂牲口的，你协助照管一下，再就是我有病，这里没有炊事员，你把饭弄一弄。大家在一起了，有什么问题多商量，你看行不行？'"

从顾玉平的回忆，可以看出红军队伍里，有"抬担架的，挑担子的，喂牲口的"，他们都是征召来的民夫，大部分是藏民，需要红军战士来"照管"。

顾玉平接着说：当时，自己也不知道邓颖超得了什么病，黄瘦黄瘦的，平时行军常常坐着担架。她慈爱、厚道，当时，大家都亲热地喊她"小超同志"。后来，顾玉平也学着大家的样子，叫她"小超同志"。

红军长征到达毛儿盖时，周恩来病了。一发病就高烧不退，直到昏迷。顾玉平说，当时，由于得疟疾的人很多，一开始时是按疟疾治疗的，但症状始终不消。直到后来经过被红军俘虏的两名原国民党军医的进一步诊断，才确诊为肝脓疡。

但是，在长征途中，做穿刺、开刀都不具备条件，只好用冰敷。战士们从六十里外的雪山上取来了冰块，敷在他的肝区上方，控制炎症不再发展。为了防止溃疡部位化脓穿孔引起腹膜炎，就用口服药停止肠蠕动，三天中粒米未进，排了半盆绿色的脓，才慢慢地好起来。

此时，正好邓颖超也病了。但是，她坚决要守护周恩来。顾玉平回忆说，当时，三天三夜，邓大姐一直守护在总理身边，我们谁劝她休息都不管用。有天晚上，她把周恩来脱下的灰毛背心拿过来，在油灯下抓虱子，整整掐死一百七十三只，血把她的两个指甲都染红了。

"总理病好后，邓大姐非常高兴，告诉我们，根据医学书籍记载，这种病死亡率极高，只有极个别患者在肝化脓部位与肠接触的地方穿孔，脓液经过肠子排出体外，而得以活命。恩来同志就是这种极少见的治愈病例之一。"顾玉平说，自己当时却觉得，像周恩来这样伟大的人，无论如何都不会死。

过草地时，周恩来还是不能动，坐担架走。邓颖超就骑马跟在他后面。七天七夜中，周恩来又发过一次高烧，当时仅有一支退烧针，给他注射后，烧也奇迹般地退了。

实际上，顾玉平说，过草地时，邓颖超也病了，而且病得很重。过草地的第一天，邓颖超的挑夫因为又冷又饿，滑倒在了河里。顾玉平他们赶紧把他救起来，邓颖超指挥大家在树林里烧起火，想让他暖和过来，但是这位同志最终不幸牺牲。

邓颖超本人，也在过草地的第一天遇险。因为骑的马惊了，她掉进了沼泽地。当时，周恩来的担架已经走过去了，大家都不在身边，她一个人躺在沼泽地里，不敢动。幸好后边来了人把她拉了出来。

"当时，天正下雨，她全身连泥带水，湿透了。第二天就发高烧、拉肚子。过草地的七天七夜，几乎没吃一粒米。"顾玉平说，就是这样，第三天，在过一条河时，邓颖超还坚持自己走过冰冷刺骨的河水。

"河水很深，水流也急，下面又有淤泥，开始时人都没法徒涉。后来，毛泽东和周恩来动员大家解下绑带，连接起来，派人牵着先过河去，系在对岸的树上，然后大家扶着绑带绳过河。"顾玉平说，当时，毛泽东和周恩来都过去了，但干部休养连的老同志和许多伤病员，身体虚弱，就是扶着绳子也经不起水流的冲击。后来，警卫营的同志们跳下水去，站在激流中筑成一道水中的人墙，让老同志、大姐们和伤病员从他们身边通过。

战士们要把患病的邓颖超抬过去，但她坚决拒绝了，咬着牙，扶着战士们的肩膀，走到了对岸。

到草地的最后一站巴西时，邓颖超已经拖得不成人样了——终于见到了房子，大家都很兴奋。那种房子是上下两层的，上层住人，下层养牛羊。邓大姐身体虚弱得连楼梯都上不去，躺在地上休息了两个多小时。当时，蔡大姐（指蔡畅）和其他同志来看她，看见她这个状态，都掉泪了。[1]

右路军走出水草地

经过六七天极为艰苦卓绝的草地行军，右路军终于跨越"魔毯"，走出了草地，到达班佑、巴西、阿西一带。毛泽东和中央机关住在阿西，徐向前、陈昌浩、叶剑英和前敌总指挥部住在巴西，两地距离很近。

距离巴西、班佑一百多里的上下包座，是红军通往甘南的必经之地，胡宗南部在这里扼守，堵截红军北上。

---

[1] 参见《我的长征》，解放军文艺出版社 2004 年版，第 433 ～ 446 页。

徐向前、陈昌浩因一、三军长征中减员较多，向党中央建议由三十军、四军承担攻打包座的任务，党中央和毛泽东批准了这一建议。前敌总指挥部致电红三十军首长："敌胡宗南部已进占包座，并以49师向包座增援，企图阻击我军北进。根据中央的指示，要占领包座，消灭49师。你部立即转向东行动，以最快的动作强占包座，而后歼灭49师，保障全军顺利北进！"

红三十军军长程世才、政委李先念立即命令以89师为前卫，全军火速向包座进发。然后他二人策马直奔中央驻地，在一座寺庙里见到了毛泽东等首长。因为没有桌椅板凳，毛泽东把一张川陕甘交界的地图铺在地下，大家围着地图或蹲下，或找一块木板坐下。毛泽东详细询问了部队的情况，如掉队多少，各连多少人，战士们情绪高不高，生活怎样，部队政治工作怎样，粮食困难是否克服了，打仗准备给养了没有，等等。程世才和李先念一一作了详细汇报。接着，毛泽东就当前的形势和任务作了简要的阐述。他说："九一八"事变后，日本侵略军侵占了全东北，现在又向华北步步逼近，而蒋介石却一再退让投降，这些都激起了全国人民的极大愤慨，国内各种矛盾日益激化，抗日民主运动的高潮已经到来。根据中央的决定，我们要北上抗日，以推动全国抗日民主运动的发展。接着，他详细阐述了建立川陕甘根据地的条件和意义，他用手指着陕西西南部、甘肃南部、四川的北部说道："我们要建立川陕甘革命根据地，这里地域宽阔，交通方便，是我国西北部人口比较稠密、物产比较丰富、汉族居民比较多的地区，而且敌人力量相对薄弱，加上派系复杂，内部矛盾较多，这些都有利于我军发展壮大，站住脚跟。"在谈到当前任务时，毛泽东指出，为着实现川陕甘计划，"第一步先要出击甘南，接着向东发展。但现在胡宗南抢先占了包座，又派其49师赶来增援，我们如果不消灭这个敌人。就走不脱"。又说："向前同志向中央建议由你们三十军、四军来承担这个任务，中央经过研究同意了这个建议。"[1] 接着，徐向前对攻打包座的任务作了具体的布置。程世才、李先念接受任务后，立即赶回部队，进行战斗部署。

毛泽东和徐向前决定，在敌援兵到来之前，速战速决，首先拿下上下包座，而后集中兵力打敌援兵。在徐向前的亲自部署指挥下，从1935年8月29日至31日，红三十军和红四军广大指战员奋勇战斗，攻占了上下包座，共毙伤敌师长伍诚仁以下4000余人，俘敌800余人，缴获长短枪1500余支，轻重机枪70余挺，电台1部，七八百只牦牛和马匹，以及大批粮食和弹药。包座之战，是红一、四方面军会师后，红四方面军在毛泽东亲自领导下，在徐向前直接指挥下的第一次战斗，打开了红军北

---

[1] 程世才：《包座之战》。

出甘南的通道。粉碎了敌人阻止红军北进的企图，为红军的下一步发展创造了有利条件。毛泽东表扬说："四方面军干部战士英勇善战，打得好！"

红军右路军北出草地，包座大捷的消息传到了蒋介石耳里，蒋顿时大怒，立即下令把49师师长伍诚仁撤职查办。并急电兰州朱绍良，令新编14师鲁大昌部扼守岷县及腊子口；令胡宗南部速回甘肃西固堵截；令王均部在岷县、天水、武山地区防堵。这时敌人在甘南兵力比较空虚，利于红军出击。为督促左路军迅速北进，党中央于8月24日致电张国焘，指出："我纵队到甘南后，应迅速以主力出击洮河东岸，占领岷州、天水间地区，打破敌人兰州、松潘封锁计划；并依据以岷州为中心的洮河地区，有计划地大胆地向东进攻，以便取得甘陕两省广大地区，为中华苏维埃运动的有力根据地。"还指出，如果违反这一方针，而以主力向洮河以西，则我将处于地形上、经济上、居民条件上比较大不利之地位。因而严令张国焘率左路军迅速出墨洼、班佑，与右路军并肩东进。张国焘抵制中央毛儿盖会议的决定，仍坚持左路军以阿坝为后方，出夏河、洮河地区，左右两路分兵北进。徐向前得知张国焘的态度后，与陈昌浩商量，认为张国焘总和中央闹别扭不好，而且从军事上看，左右两路军集中兵力出甘南是上策。因而徐、陈于8月24日致电朱德、张国焘，陈说利害，力请左路军向右路军靠拢，共同北上。强调指出："目前箭已在弦，非进不可"，"弟意右路军单独行动不能彻底消灭已备之敌，必须左路马上向右路靠近，或速走班佑，以便两路集中向夏、洮、岷前进。主力合而后分，兵家大忌，前途所关，盼立决立复示，迟疑则误尽中国革命大事"。张国焘对这些劝告当作耳旁风，不为所动。

1935年8月29日，中央政治局制定了北出甘南的行动计划，9月1日，毛泽东、徐向前、陈昌浩把这一行动计划电告张国焘：右路军以主力向东推进，第一步以一、三军控制罗达地区；四军、三十军主力控制白骨寺地区，以一部控制包座。平行向东推进，以便随时与胡敌五个旅进行有把握的作战，待左路军到达后，即以两个支队向南坪、文县佯动，集中主力向东北武都、西固、岷州间打去。

然而，张国焘仍然按兵不动。毛泽东、张闻天反复考虑如何使张国焘转弯，徐向前也非常焦急。毛泽东找徐向前、陈昌浩商量，如何做张国焘的工作，催他带左路军来。徐向前说："如果他们过草地困难，我们可以派出一个团，带上马匹、牦牛、粮食，去接应他们。"毛泽东很赞同，说："这个办法好，一发电报催，二派部队接，就这么办。"于是，毛泽东、徐向前、陈昌浩联名向张国焘发电报，催他带左路军上来。并令四军31团准备粮食，待命前去迎接。

9月初，在党中央的一再催促下，在徐向前、陈昌浩的多次劝说下，张国焘终于率左路军迈出了极为艰难的一步。左路军开始向草地前进，前卫红五军到达了墨洼附近。但是，张国焘很快变了卦。9月3日，张国焘致电徐向前、陈昌浩并转呈中央，电称："（噶曲河）上游侦察七十里，亦不能徒涉和架桥。各部粮只能吃三天，25师只两天，电台已绝粮，茫茫草地，前进不能，坐待自毙，无向导，结果痛苦如此。决于明晨分三天全部赶回阿坝。""如此影响整个战局，上次毛儿盖绝粮，部队受大损；这次又强向班佑进，结果如此。再北进，不但时机已失，恐亦多阻碍。""拟乘势诱敌北进，右路军即乘胜回击松潘敌，左路备粮后亦向松潘进。时机迫切，须即决即行。"这份电报的实质是主张南下，反对中央的北上方针，他所提的两个"理由"，实际上是两个借口。其一是所谓噶曲河涨水，无法徒涉和架桥。当时，坚持北上的朱德曾派人骑马探测河水深浅，最深的地方也不过齐马肚子，队伍是完全可以渡过的。何况，红四方面军有支一百多人的有经验的造船队，随左路军行动，完全可以就地取材，营造简便的渡河工具，或搭浮桥，渡过河去。其二是所谓粮食缺乏。其实阿坝地区粮食较为丰富，又得到华尔功赤烈等人的资助，有大批牛羊。张国焘以前的电报曾强调这点，现为了政治需要，他改变了腔调，他不顾朱德坚持北上的意见，反而要朱德与他一起发电报命令右路军南下，遭到朱德的严词拒绝后，他竟擅自以红军总司令部名义电令右路军南下，与党中央的北进方针相抗衡。

包座大捷后，前敌总指挥部命令林彪红一军向俄界地区探路前进。党中央和毛泽东希望利用有利时机早日北进，并反复研究如何做好张国焘的工作。为此，党中央几乎每天开会，研究解决办法。毛泽东、洛甫、博古多次与陈昌浩谈话、做工作，争取他参与做张国焘的工作。9月8日，徐向前、陈昌浩致电朱德、张国焘请示："胡不开岷，目前突击南坪、岷时间甚易。总的行动究竟如何？一军是否速占罗达？三军是否跟进？敌人是否快打？飞示，再延实令人痛心。""中政局正考虑是否南进，毛（泽东）、张（闻天）皆言只有（要）南进便有利，可以交换意见；周（恩来）意北进便有出路；我们意以不分散主力为原则，左路速来北上为上策，右路南去南进为下策，万一左路无法北进，只有实行下策。如能乘（敌）向北调时（取）松潘、南坪仍为上策。请即明电中央局商议，我们决执行。"[1]

同一天，张国焘来电，命令徐、陈率右路军南下。这样，张国焘坚持南下方针与党中央坚持北上方针的斗争，激化到了针锋相对的地步。陈昌浩拿着电报找徐向前商量怎么办，徐说："这样重大的问题，不向中央报告不行，你还是跑一趟吧！"陈即带着电报去找张闻天、博古，决定当晚到周恩来（因生病起不了床）住地开会，出席会议的有毛泽东、张闻天、周恩来、博古、王稼祥、陈昌浩、徐向前。会前，毛泽东等

---

[1] 《徐向前回忆录》，解放军出版社2008年版，第331页。

拟好了一份给张国焘的电文，会上念了这份电文，陈昌浩表示同意电报的内容，建议力争左右两路军一道北上，如果不成，是否可以考虑南下。徐向前表示同意中央的意见；对南下问题考虑不成熟，没有表态。当晚22时，中央即以与会七人的名义致电左路军朱德、张国焘、刘伯承，指出：

朱张刘三同志：

目前红军行动是处在最严重关头，需要我们慎重而又迅速地考虑与决定这个问题。弟等仔细考虑的结果认为：

（一）左路军如果向南行动，则前途将极端不利，因为：

（甲）地形利于敌封锁，而不利于我攻击，丹巴南千余里，懋功南七百余里均雪山、老林、隘路。康泸，天芦雅名邛大直至懋抚一带，敌垒已成，我军绝无攻取可能。

（乙）经济条件，绝不能供养大军，大渡河流域千余里间，术（求）如毛儿盖者，仅一磨西面而已，绥崇人口八千余，粮本极少，懋抚粮已尽，大军处此有绝食之虞。

（丙）阿坝南至冕宁，均少数民族，我军处此区域，有消耗无补充，此事目前已极严重，绝难继续下去。

（丁）北面被敌封锁，无战略退路。

（二）因此务望兄等深思熟虑，立下决心，在阿坝、卓克基补充粮食后，改道北进，行军中即有较大之减员，然甘南富庶之区，补充有望，在地形上、经济上、居民上、战略退路上，均有胜利前途。即以往青宁新说，已远胜西康地区。

（三）目前胡敌不敢动，周、王两部到达需时，北面仍空虚，弟等并拟于右路军抽出一部，先行出动，与二十五、（二十）六军配合行动，吸引敌人追随他们，以利我左路军进入甘肃，开展新局（面）。

以上所陈，纯从大局前途及利害关系上着想，万望兄等当机立断，则革命之福。

恩来、洛甫、博古、向前、昌浩、泽东、稼祥
九月八日二十二时

9日，张国焘再电徐、陈并转中央，再次反对中央北上方针，坚持南下方针。电称：

（甲）时至今日，请你们平心估计敌力和位置、我军减员、弹药和被服等情形，能否一举破敌，或与敌作持久战而击破之；敌是否有续增可能。

（乙）左路25、93两师，每团不到千人，每师至多千五百战斗员，内中病脚者占三分之二。再北进，右路经过继续十天行军，左路二十天，减员将在半数以上。

（丙）那时可能有下列情况：

1. 向东突出岷西封锁线，是否将成无止境的运动战，冬天不停留行军，前途如何？

2. 若停夏、洮是否能立稳脚跟？

3. 若向东非停夏、洮不可，再无南返之机。背靠黄河，能不受阻碍否？上三项诸兄熟思明告。

4. 川敌弱，不善守碉，山地隘路战为我特长。懋、丹、绥一带地形少岩，不如通、南、巴地形险，南方粮不缺。弟亲详问25、93等师各级干部，均言之甚确。阿坝沿大金川河东岸到松岗，约六天行程，沿途有二千户人家，每日都有房宿营。河西四大坝，卓木碉粮、房较多，绥、崇有六千户口，包谷已熟。据可靠向导称：丹巴、甘孜、道孚、天、芦均优于洮、夏、邛、大更好。北进，则阿坝以南彩病号均需抛弃；南打，尽能照顾。若不图战胜敌人，空言鄙弃少数民族区，亦甚无益。

5. 现宜以一部向东北佯动，诱敌北进，我则乘势南下，如此对二、六军团为绝好配合。我看蒋与川敌间矛盾极多，南打又为真正进攻，决不会做瓮中之鳖。

6. 左右两路决不可分开行动，弟忠诚为党、为革命，自信不会胡说。如何？立候示遵。[1]

张国焘"立候示遵"是假，命令中央执行他的命令是真。接到张国焘的电令后，前敌总指挥部的态度立即发生变化，陈昌浩明确表示同意南下，徐向前不愿把四方面军的部队分开，也只好表示南下。陈昌浩即去中央驻地，向毛泽东等转告张国焘要右路军南下的电令，并反映他与徐向前同意南下的意见，受到了毛泽东等的严肃批评。陈昌浩不但不接受中央的正确批评，反而对中央不接受张国焘和他的意见很不高兴，

---

[1] 《徐向前回忆录》，解放军出版社2008年版，第332～334页。

极不满意。

对于张国焘的反党阴谋和陈昌浩态度的变化，彭德怀有明显察觉。在北进途中，他就发现张国焘有野心，心存警惕。当红三军跨越草地，到达巴西、阿西地区后，为了防止突然事变，他采取了几项措施：秘密派红11团隐蔽在东住处不远，以备万一；因张国焘收掉了各军团互相通报的密电本，他令另编密电本，以沟通与红一军的联络；他每天去前敌总指挥部，了解情况，观察动静。《彭德怀自述》中写道："某日午前到前总，还在谈北进。午饭后再去，陈昌浩完全改变了腔调，说阿坝比通、南、巴（川东北）还好。一个基本的游牧区，比农业区还好，这谁相信呢？全国政治形势需要红军北上抗日的事，一句也不谈了。我没吭声，只是听了就是。这无疑是张国焘来了电报，改变了行动方针。我即到毛主席处告知此事，并问毛主席，我们坚持北进，拥护中央，他们拥护张国焘南进方针，一军团已前走两天，四方面军如解散三军团怎么办，为了避免红军打红军的不幸事，在这种被迫的情况下，可不可以扣押人质？主席想了一会，答曰：不可。当时我难过：如强制三军团南进，一军团不能单独北进了；中央不能去，一军团单独北进也起不了作用。一同南进，张国焘就可能仗着优势军力，采用阴谋手段，将中央搞掉。"[1]

形势越来越严峻。毛泽东的性格是坚持真理，不怕挑战。在接到张国焘的电令后，党中央当天致电张国焘命令他速即率部北上："陈谈右路军南下电令，中央认为是不适宜的。中央现恳切指出，目前方针，只有向北才是出路，向南则敌情、地形、居民、给养，都对我极端不利，将要使红军陷于空前未有之环境。中央认为：北上方针绝对不应改变，左路军应速即北上，在东出不利时，可以西渡黄河占领甘、青交通新地区，再行向东发展。"晚上，毛泽东亲自到徐向前的住处，站在院子里问道："向前同志，你的意见怎么样？"徐回答说："两军既然已经会合，就不宜再分开，四方面军如分成两半恐怕不好。"毛泽东已了解徐向前的态度，未再表示什么，就要他早点休息，遂告辞而归。

一方面军单独北上

9月9日，张国焘又背着中央另电陈昌浩率右路军南下，企图分裂和危害党中央。

这样，局势便发展到千钧一发的危急地步。右路军前敌指挥部参谋长叶剑英看到张国焘发给陈昌浩的那份电报，立刻秘密地赶往中共中央驻地巴西向毛泽东报告。毛

---

[1] 《彭德怀自述》，人民出版社1981年版，第202页。

泽东迅速抄下电文（1937年3月，毛泽东在政治局会议上讲道，电文中有：南下，彻底开展党内斗争），并同张闻天、博古等磋商，然后一同到三军团司令部，先在周恩来住地召开非正式会议，然后召开中央政治局紧急会议（即著名的巴西会议）。现在在巴西依然有这两处遗址，并作为重要的革命遗址，得到保护。会议分析了红一、四方面军会师以后张国焘分裂党和红军，抗拒中央命令的种种表现，分析了张国焘倚仗优势兵力，企图凌驾和危害党中央的危险处境。毛泽东等同志一致认为，在这种危急情况下，再继续说服、等待张国焘率领左路军北上，不仅没有可能，而且会招致不堪设想的严重后果。为了坚持北上建立川陕甘根据地的方针，也为了给整个红军北上开辟道路，会议决定采取果断措施，立即率领红一、三军、军委纵队一部，组成临时北上先遣支队，到阿西集合，继续北上，向甘南前进。会议决定以后右路军统归军委副主席周恩来指挥，并委托毛泽东起草《中共中央为执行北上方针告同志书》。

巴西会议意义非常重大，在危急情况下又一次挽救了党和红军。毛泽东后来评价说："由于巴西会议和延安会议（反对张国焘路线的斗争是从巴西会议开始而在延安会议完成的）反对了张国焘的右倾机会主义，使得全部红军会合一起，全党更加团结起来，进行了英勇的抗日战争。"

杨尚昆说："长征中有个一方面军的一、三军团脱离危险地区单独北上的事。那时四方面军的领导人张国焘主张南下，反对北上。为了坚持北上，党中央和毛主席同张国焘分裂党、分裂红军、企图危害中央的行为进行了斗争，率领一、三军团单独北上。毛主席当时的工作非常紧张。如果没有这一步，等到胡宗南、马步芳、朱绍良把腊子口、西兰公路完全封锁起来，采取蒋介石在江西的办法，筑碉堡，那我们飞也飞不出来。毛主席率一、三军团单独北上，是极为关键的一步，没有这一步，也就没有一年以后三大主力红军在西北的大会合。"[1]

准备单独北上的工作在秘密而迅速地进行。北上红军凌晨2时出发，毛泽东率部在前，彭德怀率部在后掩护中央机关北上。彭德怀因叶剑英与陈昌浩同住一处，担心他能否脱身。正怀疑之际，叶率二局（局长曾希圣），连地图都拿来了[2]，毛泽东非常高兴地说："剑英同志，你出来了，好！好！现在情况紧急，我们不能在此停留，应立即向俄界前进，与一军团会合。"后来，毛泽东引用"诸葛一生唯谨慎，吕端大事不糊涂"这句话，来称赞叶剑英的历史功绩。[3]

---

[1] 杨尚昆：《毛泽东是个了不起的人物》，载《中国出了个毛泽东》，解放军出版社1991年版，第73页。

[2] 《彭德怀自述》，人民出版社1981年版，第203页。

[3] 宋时轮：《最艰难处显奇才》，载《萦思录》，解放军出版社1986年版，第62页。

中央机关和总政治部的组织工作，由中央组织部部长李维汉负责。洛甫亲自向李维汉交代任务，他说："张国焘有电报说，如果毛泽东、洛甫、博古、周恩来等不同意南下，就把他们软禁起来。"洛甫要李维汉把党中央机关、政府机关、总政治部等单位在次日凌晨从班佑带到巴西，会同党中央一同北上，并叮嘱他对上述决定要绝对保守秘密。李维汉立即分别通知凯丰（负责党中央机关）、林伯渠（与曹菊如共同负责政府机关）、杨尚昆（负责总政治部），叫他们明天凌晨组织部队行动，对下只说到黑水打粮，叫各单位负责人准备好。当天晚上，李维汉到街上走了两趟，观察动静，看看有没有人发现中央机关的北上意图，他见四方面军的同志没有丝毫察觉，才放心了。9月10日凌晨，李维汉亲自站在路口等候、指挥，党中央机关和总政治部都出发了，唯有中央政府机关因银行、辎重多还没有走出来，他立即跑到政府机关驻地去督促，告诉他们不用打包了，把东西丢掉些，要带的东西驮在牲口上，马上出发。这样，政府机关也很快出发了，他们安全到达巴西，并立即向阿西前进。

中央机关出发时，有人问："出什么事啦？""到哪儿去啊！"凯丰对大家说："都不要问，快走！不要出声，不打火把，一个跟着一个，跟我走！"他们一口气急行军十来里路，这时张闻天等数人骑马跑来了，张闻天对大家说：现在张国焘要搞分裂，我们不得不离开这里，我们当然还是要想办法争取不分裂，但是，现在情况非常紧急，三十军发现我们突然行动，李特带了队伍来追，部队在那边山头顶着，你们赶快往北边走吧！

红军大学情况比较复杂。红一、四方面军会师后，军委干部团与四方面军军事学校合编成中国工农红军大学，校政委何畏，教育长李特，都是张国焘的积极追随者；政治部主任刘少奇，党总支书记莫文骅，临时主持政治部工作。军委干部团编成红军大学的特科团，团长韦国清，政委宋任穷。特科团的干部都是一方面军的，学员主要来自四方面军。特科团的干部对张国焘的分裂行径早就憋了一肚子气，强烈要求执行中央北上方针，反对南下方针。团政委宋任穷曾对总政治部代主任李富春和红军大学政治部主任刘少奇提出："北上一定要把我们红军学校特科团带上，否则，我们开小差也要北上，那时候可不要因为开小差而开除我们的党籍。"[1]

9月10日凌晨，军事顾问李德来到了莫文骅床边，把他叫醒说："快起来，中央决定北上，命令即到，你把身边的人组织好，要密切注意李特，不要让他把队伍带走，同时，要防备他整你。"莫文骅意识到这是军委示意他通知的，立即召集有关人员动员布置，并派青年干事张正光到骑兵科长苏进处，通知他立即出发随中央直属队北进。

---

[1] 宋任穷：《红军长征中的干部团》。

凌晨 3 时许，由毛泽东、周恩来亲笔署名要红军大学立即向北出发的命令送到了红军大学。特科团接到命令后，韦国清、宋任穷立即集合全团干部、学员准备出发，韦、宋简要地向大家说明了当前面临的情况：现在有两个方针，一个是向甘肃、陕西北上，一个是回过头去向南，再一次过草地，大家看怎么办？又说明：北上是中央的方针，南下不是中央的方针，愿意北上的跟我们走，不愿北上的可以留下。干部和学员们一致回答："我们要北上，不要南下！"于是特科团出发北上了。红军大学全部都出发了。何畏一接到北上命令，就借口找军委谈谈，溜到陈昌浩那里去了。

北进中，李德与特科团同行，他对张国焘分裂党和红军的行为也表示不满，对宋任穷说："我同你们中央一直有分歧，但在张国焘分裂的问题上，我拥护你们中央的主张。"

这时，红一军已到达甘肃南部俄界，巴西地区仅有红三军和中央机关、红军大学一起。在单独北上行动中，毛泽东要求红三军派一支部队掩护中央机关北上。彭德怀决定让红 10 团担负这一任务，并要军参谋长萧劲光与红 10 团一道行动，以便及时处理特殊情况。彭德怀亲自向红 10 团政委杨勇交代任务，他说："张国焘闹上了。他要南下，让我们也跟他走，那不成！中央已决定我们单独北上。你们团的任务就是掩护中央机关，保障他们的安全，要格外小心，以防万一。"杨勇小心地说："这样一来，红军不就分裂了吗？"彭说："那也没得办法，我看这是暂时的，以后还要走到一块儿。"杨勇又担心地问："他们人多势众，会不会来打我们？"彭说："有可能，要做好这方面的准备，但尽量避免冲突。"

杨勇接受了任务，连夜作了妥善布置，并到各营逐一仔细检查。他对部属反复叮嘱："我们不先开枪，向他们申明不打自己人的道理。但绝不能放下武器，更不允许他们冲击中央机关，保卫党中央的绝对安全，是我们的神圣职责！"[1]

杨勇率红 10 团勇敢机智地担负保卫中央机关北上的任务，直至顺利到达陕北。

毛泽东和彭德怀随红 10 团在后尾前进。在行进中他俩边走边谈，彭德怀问毛泽东："如果他们扣留我们怎么办？"毛泽东回答说："那就只好一起跟他们南进吧！他们总会要觉悟的。"

1935 年 9 月 10 日，党中央发表了毛泽东连夜起草、用蜡版刻印的《中央为执行北上方针告同志书》，强调指出："只有中央的战略方针是唯一正确的，中央反对南下，主张北上。"并深刻分析了南下方针的错误："南下的出路在哪里？南下是草地、雪山、老林，南下人口稀少，粮食缺乏，南下是少数民族的地区，红军只有减员，没有补充，敌人在那里的堡垒线已经完成，我们无法突破，南下不能到四川去，南下只能到西藏、

---

[1] 姜锋等：《杨勇将军传》，解放军出版社 1991 年版，第 68 页。

西康，南下只能是挨冻挨饿，白白地牺牲生命，对革命没有一点利益，对于红军，南下是没有出路的，南下是绝路。"党中央号召红军指战员："坚决拥护中央的战略方针，迅速北上，创造川陕甘新苏区去！"*1

徐向前说："哪有红军打红军的道理！"

1935 年 9 月 10 日凌晨，党中央率三军团、中央机关和红军大学北进。天亮后，徐向前刚刚起床，指挥部的人就来向徐向前、陈昌浩报告：叶剑英同志不见了，指挥部的军用地图也不见了。徐向前和陈昌浩大为吃惊。

接着，前面的部队打来电话报告："中央红军已经连夜出走，还放了警戒哨！"

红军大学政委何畏坐着担架（在懋功战斗中负伤）来总指挥部，向陈昌浩报告说：党中央、军委直属单位和毛泽东已率领第三军向北挺进了。他还拿着毛泽东、周恩来亲笔署名要红军大学立即向北出发的命令，他问："是不是有命令叫走？"陈昌浩说："我们没下命令，赶紧叫他们回来！"

接着，红四方面军有个不明真相的干部打电话向陈昌浩请示："中央红军走了，还对我们警戒，打不打？"陈昌浩问徐向前："这事怎么办？"徐向前毫不迟疑地说："哪有红军打红军的道理！叫他们听指挥，无论如何不能打！"陈昌浩表示同意，按徐向前的意见作了答复，避免了一场红军自相残杀悲剧的发生。

随后，陈昌浩立即召集四军、三十军的指挥部部分领导干部开会。会上，陈说：他们走了，怎么办？李特、何畏主张派部队尾追；徐向前坚决不同意这种做法，认为不能用对付敌人的办法，去对付我们自己的同志。其他与会的同志都同意徐向前的意见。这样，陈昌浩才说："既然这样，就分道扬镳吧，他们走他们的，我们走我们的。"

陈昌浩对张国焘的南下命令执行很坚决。会后，他派李特带了一队骑兵追赶中央，"劝说"中央率军南下。陈昌浩还写了一封信给彭德怀，要他停止北进，回头南下，遭到彭德怀的严词拒绝。毛泽东对彭德怀说："打个收条给他，后会有期。"

李特追上红三军后，毛泽东出来面见李特。李特气势汹汹地质问毛泽东："总司令没有命令，你们为什么走啊？"毛泽东义正词严地说："是中央政治局决定的。"毛泽东对李特坚持张国焘那套论调进行了严肃的批评，同时要他转告张国焘、陈昌浩执行中央决定，率部北上。毛泽东对他说了一些很感动人心的话，说："党中央认为北上方针是正确的，下川康十分不利，希望张国焘、陈昌浩认清形势，率领左、右路军跟进。

*1　郑广瑾、方十可：《中国红军长征记》，河南人民出版社 1987 年 6 月版，第 587～588 页。

如果一时想不通，过一段时间想通了，再北进，中央也欢迎。望以革命大局为重，有何意见，可随时电商。"

陈昌浩派来的传令兵骑马赶上了红军大学的队伍。传令兵通知：部队原地停下，并说这是陈昌浩送来的张国焘的命令。红军是很守纪律的，部队就地停了下来。

这时，毛泽东、张闻天、王稼祥、叶剑英、杨尚昆等领导同志，也在红军大学前头半山坡上一块平地上停了下来。特科团领导同志也赶到毛泽东眼前。李特持枪带着一批骑兵也赶来了，他的警卫员手提驳壳枪，指头按着扳机，表情凶狠，气氛非常紧张。李特质问毛泽东："现在总部政治委员张国焘同志来了命令要南下，你们怎么还要北上？"

在李特的威胁、要挟面前，毛泽东从容不迫，镇定自若，对李特晓以大义，耐心地分析了当前的政治、军事形势，恳切地说明在当前形势下我军只能北上，万万不能南下。他说："这件事可以商量，大家分析一下形势，看是北上好，还是南下好，现在只有北上一条路可以走，因为南边集中了国民党的主要兵力，而陕西、甘肃的敌人比较薄弱。这是一。第二，北上抗日，我们可以树起抗日的旗帜。南下是没有出路的，是得不到全国人民拥护的。"毛泽东正告李特："彭德怀同志率领三军团就走在后面，彭德怀同志是主张北上，坚决反对南下的，他对张国焘同志要南下，火气大得很哩！你们考虑考虑吧！大家要团结，不要红军打红军嘛！"毛泽东的严正警告和耐心说服，彭德怀能征善战的声威，使李有所顾忌，不敢轻举妄动。毛泽东又非常诚挚地对李特说："请你向国焘同志转达我的意见，根据对当前政治形势的分析，南下是没有出路的，南面的敌人力量很大，再过一次草地在天全、芦山、甘孜建立革命根据地是很困难的。我相信，只有北上才是真正的出路，才是唯一正确的。我相信，不出一年你们一定会北上的。你们南下，我们欢送，我们前面走，给你们开路，欢迎你们后面来。"

最后一句话，毛泽东重复讲了三遍，使当时在场的同志十分感动，几十年后依然记忆犹新，难以忘怀。

李特见要挟党中央和一、三军南下无望，便退一步说："根据张国焘同志的命令，红军学校的四方面军学员要南下。"

毛泽东答复说："可以，红军学校的四方面军学员回去跟四方面军南下吧。我们特科团的干部要北上。"

毛泽东当即令韦国清、宋任穷集合特科团全体同志，他对四方面军的学员进行了亲切的讲话，分析了当前政治、军事形势，阐述了北上方针的正确性，指出南下是没有出路的，他反复强调说："南下的路是走不通的，你们将来一定要北上的。现在回去不要紧，将来还要回来的，你们现在回去，我们欢送，将来回来，我们欢迎。"他语重心长地说:"同志们,再见!"[1]

徐向前回忆当时的情形说:"毛主席和党中央决定,单独带一、三军团北上(一军团已在俄界),速出甘南。他们于9日夜间开拔,第二天凌晨,我们才知道。那天早晨,我刚刚起床,底下就来报告,说叶剑英同志不见了,指挥部的军用地图也不见了。我和陈昌浩大吃一惊。接着,前面的部队打来电话,说中央红军已经连夜出走,还放了警戒哨。何畏当时在红军大学,他跑来问:是不是有命令叫走?陈昌浩说:我们没下命令,赶紧叫他们回来!发生了如此重大的意外事件,使我愣了神,坐在床板上,半个钟头说不出话来。心想这是怎么搞的呀,走也不告诉我们一声呀,我们毫无思想准备呀,感到心情沉重,很受刺激,脑袋麻木得很。前面有人不明真相,打电话来请示:中央红军走了,还对我们警戒,打不打?陈昌浩拿着电话筒,问我怎么办?我说:哪有红军打红军的道理!叫他们听指挥,无论如何不能打!陈昌浩不错,当时完全同意我的意见,作了答复,避免了事态的进一步恶化。他是政治委员,有最后决定权,假如他感情用事,下决心打,我是很难阻止的。在这点上,不能否认陈昌浩同志维护团结的作用。那天上午,前敌指挥部开了锅,人来人往,乱哄哄的。我心情极坏,躺在床板上,蒙起头来,不想说一句话。陈昌浩十分激动,说了些难听的话。中央派人送来指令,要我们率队北进;陈昌浩写了复信,还给张国焘写了报告。

"'男儿有泪不轻弹'。然而,那两天我想来想去,彻夜难眠,忍不住偷偷哭了一场。我的内心很矛盾。一方面,几年来自己同张国焘、陈昌浩共事,一直不痛快,想早点离开他们。两军会合后,我对陈昌浩说,想去中央做点具体工作,的确是心里话。我是左思右想,盘算了很久,才说出来的。另一方面,右路军如单独北上,等于把四方面军分成两半,自己也舍不得。四方面军是我眼看着从小到大发展起来的,大家操了不少心,流了不少血汗,才形成这么支队伍,真不容易啊!分成两半,各走一方,无论从理智上或感情上说,我都难以接受。这也许是我的弱点所在吧!接着,中央又来电报要我们带着队伍北上。并说:中央已另电朱、张取消8日南下电令。陈昌浩决心南下,骂中央是什么'右倾机会主义'啦,'逃跑主义'啦。我想,是跟着中央走还是跟着部队南下呢?走嘛,自己只能带上个警卫员,骑着马去追中央。那时,陈昌浩的威信不低于我,他能说会写,打仗勇敢,又是政治委员。他不点头,我一个人是带不动队伍的,最多只能悄悄带走几个人。想来想去,还是决定和部队在一起,走着看吧!这样,我就执行了张国焘的南下命令,犯了终生抱愧的错误。"[2]

---

[1] 参见郑广瑾、方十可著《中国红军长征记》,河南人民出版社1987年6月版,第588~592页。

[2] 《徐向前回忆录》,解放军出版社2007年8月版,第334~336页。

两军会师不久，中央与张国焘发生了"北上"与"南下"之争。但是，当时谁也没有想到会出现这样一个结局。正如毛泽东所说的那样：两支队伍屁股对屁股走了。其结果，使革命事业遭受严重损失，使数万名经过革命战争锻炼和考验的优秀红军健儿作了无谓牺牲。与此同时，也葬送了张国焘自己的政治前程，他的个人野心不但没有得逞，反而落得个众叛亲离、投敌叛变的可耻下场，成为遗臭千年的历史罪人。

胡宗林述说过草地

作为一个基层战士，胡宗林在回顾当时的情形时说：

两大主力会师后，中央在懋功的两河口召开会议，制定了北上抗日的方针。这些事当时我们都不知道，只知道跟部队走，上级叫干什么，就干什么。

我们离开家乡，跟随四方面军总部，第一次翻越夹金山，向阿坝挺进。红三十一军最先到理番、懋功地区，最后撤离。后来才知道，中央在阿坝召开了一系列重要会议，决定一、四方面军混合编为左路军和右路军，一方面军第五军团、九军团和四方面军第九军、三十一军、三十三军为左路军，以卓克基为中心集结部队，由朱德总司令、总政委张国焘、总参谋长刘伯承率领。卓克基就在马尔康，离我们部队所在地不远。一方面军第一军团、三军团和四方面军第四军、三十军组成右路军，以毛儿盖为中心集结部队，由毛泽东、周恩来和党中央直接领导。右路军内设前敌指挥部，徐向前任总指挥，陈昌浩任政委，叶剑英任参谋长，中共中央、中革军委随右路军行动。

我分配到三十一军政治部地方部，后来又改称民运部、群工部，在部队做群众工作。我们属于左路军，跟朱总司令、张国焘、刘伯承总参谋长在一起。

开始进军时，又把我派到先遣队。先遣队下面分征粮队和收容队，负责为部队征集粮草，收容前面兄弟部队留下的伤病员和掉队的战士，工作多得很。我被分配到收容队，负责人是政治部的总务处长，名字忘记了。

收容队里，只有几个人有马骑，其他都是从保卫部和地方部等部门抽调来的干部战士，不少人是老红军。见我们待遇好，有马骑，一些老兵不服气，发牢骚、讲怪话，有的也是开玩笑，他们见我这个刚参军不久的新兵有马骑，就说："你凭什么这样特殊？参军才几天，就享受排级待遇，还有马骑。我们当了几年兵，打过多少次大仗恶仗，还要自己背背包走。"有的说："我们当了几年兵，打了很多仗，身上挂了好几处花，连个班长都没有捞上，你们才当几天兵？连枪也不会打，国民党兵没有见过一个，凭什么享受连级、排级待遇？"

收容队里就我一个藏族，他们私下里叫我"小蛮子"，说："这个小蛮子为什么这样特殊？"

针对战士们的这些议论，上级说：在少数民族地区，红军多招一名战士，比在川北招收一百名战士的作用还要大，要很好地发挥这些少数民族红军战士的作用，他们是我们革命队伍里的宝贵财富。

说归说，老同志们对我们这些新战士还是很关心、很照顾的。我们相处得很好。

在红军部队，严格执行党的民族政策，提倡民族平等和民族团结，严格禁止称少数民族同胞为"蛮子"，谁要这么叫，是要受批评的；情节严重，造成恶劣影响的，还要给予处分。

解放前，我们那里民族隔阂、民族歧视还是很严重的，过去受国民党反动统治阶级的影响，把少数民族，尤其是藏族，称作"蛮子"，而且把我们分成几个等级，一种叫"熟蛮子"，指受汉族文化的影响比较深，比较开化、能讲一点汉话，还能拿藏区的土特产到县城或汉族地区做生意的人。一种叫"生蛮子"，指靠近县城或汉族地区，与汉族有些交往，会说几句汉话，但交往不多的。一种叫"野蛮子"，或者叫"死蛮子"，指生活在深山老林的藏民，如黑水、芦花一带的藏民，他们与外界的交往比较少，有的基本上没有什么联系，甚至没有见过汉人。

这种传统观念是根深蒂固的，不是经过党和红军的教育、作几条规定，就能消除的。受这种传统观念的影响，我们自己也觉得做个"藏民"不光彩，受人歧视，出了理番县，在过草地前重新登记时，我们都把自己的民族成分改为"汉族"，籍贯改为"灌县"，只用汉名，不再用藏名。

出了县境，就翻越夹金山进入草地。

当时由于我自己年纪轻，身体好，从小受过苦，翻山时也没有觉得太苦、太难。但是，夹金山毕竟是红军进入藏族地区后，翻越的第一座大雪山，海拔高，高寒缺氧，道路艰险，尤其是它的北坡，非常陡。山上终年积雪不化，气候恶劣，时而狂风大作，时而大雪纷飞，给红军战士造成很大困难，有的战士因缺氧、劳累，走不动，有的被暴风雪吹倒，跌进深渊，不见踪影。

学兵连的学习结束，把我派到收容队时，我并不知道收容队是干什么的，更不知道它的重要性，还认为没有到总部机关或战斗部队体面和光荣。第一次翻越夹金山时，我才真正懂得什么是"收容"工作，应该怎样做收容工作，也才懂得收容工作的重要意义。

我牵着我的建昌马，把因高原反应严重、走不动路的战士驮上，送过山去，然后又翻过山来，接别的同志。有时帮女同志和体弱的同志驮背包和粮袋，让他们徒步行军。

这样，几万大军走了七八天，将近十天，光我们三十一军一万多人，也走了四五天。这些日子里，我来来回回走了好几趟。因为是一段一段送病号、驮背包，送一段又返回来，所以只算过一次。由于我表现好，第一次过夹金山，受到地方部和收容队领导的表扬。

过了大雪山，就往若尔盖大草原走。

到了草地，就是纯牧区，完全是藏族聚居的地方，不像在理番县，还有不少汉族、藏民、羌民也懂一点汉话，那里的藏民不懂汉话，红军战士又不懂藏话，就特别需要翻译，到处都喊叫缺少通司，我们这些人的作用就显得大了，不管我们这些藏族战士在哪个部队、担任什么工作，有个不变的任务，就是当通司，做翻译。那时我年纪轻，身体好，收容和翻译这两项工作也都要我做，跑前跑后，成了个"小忙人"。上级对我们这些刚入伍的藏族、羌族同志很关心、很照顾。老通司是连级待遇，我们这些小通司是排级待遇。我入伍早一点，又经过学兵连训练，享受副连级待遇。通司都有马骑。我把自己的马喂得很好，骑得少，经常帮伤病员驮东西。

到了阿坝地区，我们第一次过草地。我们只懂四土话，不懂草地话。首长让我们地方部去找懂草地话的通司和向导。我们到处找，找到几个人，一了解，这些人都到过外地，见识广，不但会讲草地话，还熟悉路况。但他们都抽大烟。红军纪律严明，是不允许抽大烟的。向上级汇报，上级说，现在情况紧急，管不了人家抽不抽大烟，只要能当翻译、做向导，都给我们找来。首长还指着我的鼻子说："你这个小鬼给我听好，可不允许你跟着抽大烟。"

四方面军八万多人，一方面军一万多人，分左、右两路大军，浩浩荡荡过草地。水草地一望无际，茫茫苍苍，远方与蓝天相接，除此之外，一棵树也没有，牧民也很少，只能零零星星看到几顶牛毛帐房。

按规定，各师团都有自己的征粮队和收容队，而我们是三十一军的收容队，负责全军的收容工作，任务很重。

水草地很难走，一天也走不了多远。早上出发时，往前看，可以看到前面在冒烟，我们知道，这就是我们今天的目的地；回头望，可以看到远处还在冒烟，那是我们昨天的宿营地。我们就这样一天一天地、艰难地往前走。每天宿营的地点，都是先头部队事先侦察好、安排好了的，选在比较干燥的地方，插上红旗，作为标志。最后一支部队路过后，就把红旗拔掉，说明部队已经全部走过了。如果到了晚上还赶不到宿营地，那就很困难了，甚至非常危险，看不清前进的路，会迷失方向，或者在水草地上宿营，会陷进去，连救都没有办法救。

茫茫草地，荒无人烟，无边无际。高原的气候也十分恶劣，忽而冰雹雨雪，淋得你浑身透湿，个个像落汤鸡似的；忽而狂风大作，把帐篷、油布掀翻，甚至将人吹倒，吹到水草地里，再也爬不起来；忽而又是晴空万里，骄阳似火。高原的阳光，紫外线特别强，暴晒一两个小时，就能晒得你脱皮。

我们在这样艰苦的环境中，以顽强的毅力，忍饥挨饿，坚忍不拔地缓步向前。

走了几天，我们走到噶曲河边，这是黄河上游的一条支流，上面的雪水融化汇聚而成，河水清澈，河床是白色的鹅卵石，在高原强烈的日光照射下，就像一条飘动的哈达，因而取名为"噶曲"，翻译成汉语，称作"白河"。

到噶曲河时，接到上级命令，停止前进，就地休整。各部队统计人数，重新整编。前面谈到，在理番县参加红军的，有五百多人，到这时只有三百八十多人。有的被分配到别的部队，有的人在过雪山草地时牺牲了，而有的人吃不了苦，回家去了。首长说，这三百八十多人是经过革命斗争的锻炼和考验，是革命的骨干，革命的火种。鼓励我们不管遇到什么样的艰难困苦，也绝不动摇，绝不当逃兵，要坚持革命。

这时，党中央、毛泽东、周恩来、徐向前等率领的右路军，经过千辛万苦，付出重大牺牲后，胜利走出了草地，并且打了个胜仗，在包座河边消灭了胡宗南的一个师。按照原定计划，左路军应向东靠拢右路军。

两天后，突然接到上级命令，部队不北上，而要南下，往回走。这时我们才明白为什么到了噶曲河边，命令我们"停止前进，就地休整"。

两军会师后，一方面军只有一万多人，而四方面军有八万多人，加上地方武装等人员，有十万多人。面对这种情况，张国焘认为四方面军人多势众，个人野心急剧膨胀，突然下命令，要四方面军南下。张国焘提出"打到成都过年""想吃大米，就要南下"等蛊惑人心的口号。他公开反对中央北上的正确方针，说："红军北上，不拖死，也得冻死、饿死。"

当时，有的部队已经进入草原纵深地带，到达墨洼（即麦洼）；有的部队快走出草地，到甘肃边境。我们还好，只走到半路。这在长征途中，算是第一次过草地。张国焘一声令下，几万大军，又折回来，往阿坝走，这算第二次过草地。打了一个来回，造成很大的损失。

我们普通的指战员，当时也不知道中央内部的这些矛盾和斗争，更不知道张国焘的个人野心和阴谋，只是跟着队伍走。四方面军里四川人很多，由于水草地实在是太艰苦、太难走，一听说不走水草地，要往回走，要到"成都吃大米"，大多数人都非常高兴，后卫变前卫，争先恐后往回走。有的同志说："我再也不到这个鬼地方，撒尿也不朝这个方向撒。"我们收容队也成了先遣队，一些伤病员走得比一般人还要快。

周恩来过草地

正当部队准备过草地的重要时刻，周恩来又病倒了，这使张闻天、毛泽东等中央领导人非常着急。

自从长征以来，周恩来一直非常忙碌，白天与战士一道行军，到宿营地后，要工作到深夜才能休息。他太累了，身体日益消瘦，本来就不短的胡子，显得更长了。到毛儿盖后，他每天照常工作到很晚。一天，他突发高烧，一量体温，摄氏 39.5 度，第二天烧得更高，全天昏迷不醒。邓颖超一直在他的身边精心照护，毛泽东、徐向前、叶剑英等都来看望。毛泽东非常关心周恩来的病情和治疗问题，他问总卫生部的同志："傅连暲能不能回来？"卫生部同志说，太远了，回不来，但是，一支队那里还有个姓戴的医生。毛泽东要卫生部立即发电报叫那位戴医生马上到毛儿盖来。戴医生很快来了，王斌、李治两位医生也来了。经过他们的精心治疗，周恩来的体温逐渐恢复正常，神志也清醒了。他们的诊断是，周恩来患的是肝脓疡。这种病治好的机会是很少的，尤其在长征这样极艰苦的条件下。但是经过两个多月的精心治疗和护理，周恩来竟奇迹般地痊愈了。在周恩来重病的那些日子里，毛泽东关怀备至，每天都来看他，每次部队来了人，毛泽东都嘱咐他们去看看周副主席，使周恩来精神上得到了很大的安慰。毛泽东还要彭德怀负责照顾周恩来的工作。

然而周恩来这次肝脓疡痊愈的疤痕，四十年后却生出了肿瘤。1975 年 3 月 20 日，周恩来在给毛泽东的信中谈到自己的病情时写道："这一大肠内的肿瘤位置，正好就是四十年前我在沙窝会议后得的肝脓疡病在那里治好的，也正是主席领导我们通过草地北上而活到现在的。""好了的疮疤，现在生出了肿瘤。"[1] 正是这个肿瘤与膀胱癌一道夺去了周恩来的生命。

在一方面军过草地的时候，王寿昌一直跟中央领导人在一起，跟周副主席在一起，给他们带路，为他们当翻译。

关于王寿昌过草地的情况，还有个小故事。他帮助红军参加达维会师，做了许多工作，受到周副主席的表扬。一、四方面军会师后，把一批藏族战士送到一方面军去，帮助工作，王寿昌也被送去，分配在总部。当红军准备北上过草地时，他犹豫了，不想跟着红军走。这有几方面的原因。一是他与胡宗林、袁孝刚、天宝等人不同，他是丹巴县的一个小土司，家境比较富裕，不想跟着共产党闹革命。他本来就没有想参军，

---

[1] 《周恩来书信选集》，中央文献出版社 1988 年版，第 634 页。

是红军硬请他来当翻译。二是他已结婚，丹巴被称为"美人谷"，以出美女闻名，有位漂亮贤惠的妻子，还有一个可爱的小儿子，才五六岁。父母亲和妻子多次托人带信，派管家找到部队，让他回家。他也动了心。刚好那时他生了一场病，发高烧，他就趁机向部队领导请假，要回家去。但是，部队领导认为他是一个难得的人才，不让他走。这事反映到总部，刘伯承亲自找他做工作，对他说：家里的事，我们可以请地方的同志帮助。王寿昌说：我身体不好，现在病成这样，不但帮不了红军，还会成为一个拖累。刘伯承说：没有关系，你走不动，我们给你马骑。王寿昌笑着说：我本来就是骑着自己的马，被他们硬拉来的。

不管怎么说，王寿昌被留下来了。红军分左、右路军北上时，朱德和刘伯承被分配到左路军，同张国焘在一起。临走时，刘伯承把王寿昌介绍给周副主席，说一方面军更需要这样的人才。到了草地中央，王寿昌患病，发高烧，他又要回家，不想继续往前走。红军就让民夫用担架抬，让他指路。这样过了草地。

后来王寿昌正式参加了红军，入了党。解放后当选为全国人大代表，任全国政协委员、甘孜州副州长等职。天宝、沙纳他们是亲密战友。到了延安，这些藏族战士在一起开玩笑时，说自己觉悟高，是自愿参加红军，只有王寿昌是红军战士"抬"到革命队伍的。这是后话。

王寿昌说，过草地时，他的任务是当翻译和向导，他记得走进草地前总理就病了，病得很重，一直是坐担架，抬担架的绝大部分都是在当地招的藏族民夫，也有一部分是当地的汉人，主要是跑小买卖、搞运输的四川人。

关于周恩来过草地的情况，《周恩来传（1898—1949）》里是这样描述的：

"8 月 21 日，右路军开始北过草地。正在病中的周恩来随彭德怀率领的红三军团殿后。由于他连续发了几天高烧，五六天没有吃什么东西，身体十分虚弱，不要说过草地，就是在平地上行走也不行。怎么办？彭德怀十分着急。他苦苦思索了一阵，断然决然地说了一个字：'抬！'他嘱咐三军团参谋长萧劲光：你具体安排一下，立即组织担架队。实在不行的话，宁可把装备丢掉一些，也要把周恩来等领导同志抬出草地！萧劲光最后决定从迫击炮连抽人组成担架队，把带不走的迫击炮埋掉，担架队分成几个组，轮流抬着重病中的周恩来、王稼祥等，向草地进发。陈赓自告奋勇，担任队长。兵站部部长兼政委杨立三坚持要参加给周恩来抬担架。"[1]

《周恩来传（1898—1949）》中这一段，注释里写得很清楚，是根据《萧劲光回忆录》写的。萧劲光是当事人，是三军团参谋长，应该有权威性和真实性。

* 1 《周恩来传（1898—1949）》，人民出版社、中央文献出版社 1989 年版，第 292 ～ 293 页。

在一篇题为《最苦最累的工作，让最霸蛮的长沙人来担负》的文章中也讲了这件事。

文章里说，长沙的几位党史专家不约而同地谈到了一群长沙人将周恩来抬出草地的故事：在长征途中，周恩来身患肝脓疡，高烧不退，多日昏迷不醒。毛泽东见状十分担心，就令当时三军团司令员彭德怀想办法把周恩来抬出草地，彭德怀向参谋长、长沙人萧劲光交代，要他无论如何，即使丢光装备，也一定要把周恩来抬出草地。

萧劲光忍痛将带不走的迫击炮埋掉，组成数个担架队，轮流抬周恩来穿越草地。在过草地时，干部团团长、湘乡人陈赓自告奋勇当队长，同战士们抬担架。到最后，因为饥饿、疾病和恶劣环境造成严重减员，周恩来的担架成为最重的负担，在过一条小河时，兵站部长、长沙县人杨立三自己已在重病中，但仍霸蛮抬着周恩来蹚过小河。1954 年，杨立三去世，周恩来无论如何要给他抬棺送葬，对此他对侄女周秉德说："他（指杨立三）给我抬过担架，把我从草地里抬出来的。"

这几段文字写得很感人，突出了长沙人的"霸蛮"性格，但却不真实。

就在《周恩来传（1898—1949）》这同一本书里，前两页，即 291 页里说："这时，周恩来突然病倒了。"接着引用三军团政委杨尚昆的话说："长征中的恩来同志，也和在中央苏区一样，军委的主要工作都落在他身上。"

书中接着说："在长征的那些日子里，他常常整夜不睡，实在支持不住，就伏在桌子上眯一会儿，抬起头来接着又工作。到毛儿盖以前他已有病。到毛儿盖后，由于粮食缺乏，他同大家一起吃野菜和青稞。他的身子终于支持不住了。

"这次病，来势异常猛烈。连续几天，周恩来一直发着高烧，不能进食，医生最初当作长征路上的多发病——疟疾来治。但几天后烧仍然不退，而且发现肝部肿大，皮肤发黄。王斌、李治两位医生检验后，确诊是肝炎，已变成阿米巴肝脓肿，急需排脓。但在这种环境下无法消毒，根本不能开刀或穿刺。医生只能用治痢疾的阿米丁，并让卫士到六十里以外的高山上取冰块冷敷在他的肝区上方。"[*1]

说明当时周恩来的病已经很重。1935 年 8 月 20 日上午，中央政治局在毛儿盖开会，毛泽东作了夏洮战役后的行动问题的报告。这是一次非常重要的会议。"周恩来因病没有参加会议。"

从以上简要的叙述，可以看出：

在毛儿盖时，周恩来已经病得很重，"来势异常猛烈。连续几天，周恩来一直发着高烧，不能进食"，"肝部肿大，皮肤发黄"，"确诊是肝炎，已变成阿米巴肝脓肿，急

---

*1 《周恩来传（1898—1949）》，人民出版社、中央文献出版社 1989 年版，第 292 页。

需排脓"。在这种情况下，周恩来不但不能走路，连骑马也是不可能的，只能坐担架。

当时毛泽东、周恩来及中央都在毛儿盖。毛儿盖是华尔功赤烈的地盘，经红军做工作，他已对红军采取友好的态度，积极支援和帮助红军，会见了周恩来和彭德怀。毛泽东、周恩来、朱德等红军领导人都曾在他的官寨住宿，四方面军的总部就设在他的官寨。

毛儿盖相对来说，人口比较稠密，比较富裕，牛羊多，也有粮食。何况华尔功赤烈富甲一方，完全有能力帮助红军，事实上也给予了很大的帮助和支援。

王稼祥早在中央苏区时就负了重伤，长征一开始就是坐着担架走来的。邓颖超等同志也身患重病，是坐着担架翻越夹金山的。红军领导应该想到，在过草地之前就尽可能做好各种后勤保障，包括组织担架队。按照王寿昌、天宝和丹巴扎西等人的回忆，事实上在毛儿盖地区做了大量的过草地的后勤准备。中央任命政治局候补委员刘少奇为筹粮委员会主任，可见中央是高度重视的。王寿昌一直在周恩来身边担任向导和翻译；丹巴扎西在运输队。

胡宗林说他们三十一军和整个四方面军每个团都有担架队和收容队，更何况中央领导机关！

因此，不可能在进入草地五六天后，才由彭德怀下决心组织担架队，让参谋长萧劲光负责。陈赓"自告奋勇"担任队长。

书里说："萧劲光最后决定从迫击炮连抽人组成担架队，把带不走的迫击炮埋掉，担架队分成几个组，轮流抬着重病中的周恩来、王稼祥等，向草地进发。"

这就更不可能、更不可信。中央红军从苏区出发时，是抬着大批辎重，等于大搬家，作甬道式行进，严重妨碍了部队行军的速度，极大地影响了战斗力。对此，彭德怀、刘伯承、林彪等人曾提出严厉批评。彭德怀更形象而又尖锐地说是"抬着棺材行军"。湘江之战，损失惨重，红军才不得不扔掉坛坛罐罐，轻装行进。经过四渡赤水，穿越大小凉山，巧渡金沙江，抢夺大渡河，翻越大雪山，长途奔袭八个月，中央红军有没有迫击炮还是一个问题，进入草地之前飞夺泸定桥，走出草地之后第一仗突破腊子口，攻打包座和松潘，这些极为重要的战斗中，红军都没有使用炮兵的记载，只有轻重机枪。一、四方面军会师后，实施的第一个战役是松潘战役。一个小小的松潘县城，红军久攻不下，不得不撤出战斗，放弃"松潘战役计划"。徐向前分析原因有二：第一，因为缺粮，战士吃不饱，冲不上去；第二，没有重炮，打不开城墙。

假若当时真有迫击炮连，那是极珍贵的武器。武器是战士的生命，应该很好地保护。从中央苏区经过千辛万苦，带到雪山草地，再过几天就要走出水草地，迎接新的战斗，怎么舍得轻易扔掉呢？"把带不走的迫击炮埋掉"。在水草地，连牺牲的红军战士都没法掩埋，哪有时间和精力"埋掉"那些笨重的家伙?！假若真的需要在草地紧急组织担架队，也应该从战斗部队和后勤部门中挑选。稍有军事常识的人都知道，侦察部队是军队的耳目，炮兵是战争之神，不到万不得已是不会轻易动用这两支部队的。

"陈赓自告奋勇，担任队长。"电视连续剧《陈赓大将》里，还有这样的描写：陈赓亲自上山去取冰，为周恩来退烧，然后陈赓还亲自为周恩来抬担架。

这更不可能。陈赓与周恩来有着非同一般的深厚的战斗友谊，陈赓对周副主席十分敬重和爱戴。我们完全相信，为了周副主席，陈赓会牺牲一切，包括自己的生命。

问题在于，当时还没有这个必要。那时陈赓是干部团团长，宋任穷是政委。干部团的成员，都是红军的骨干，是红军的精英，一旦需要，他们当中的每一个成员都可以去带兵打仗。何况干部团本身的战斗力也很强，是中央红军的一把钢刀，要用在最关键、最需要的地方。带好这支队伍，十分重要。

再说，陈赓在鄂豫皖苏区时，腿上负了重伤，不得不到上海去治疗，在上海，见到鲁迅，向他介绍了红军的情况，使鲁迅甚为感动，萌发了要写红军的创作冲动。这是中国现代文学史上的一段佳话。陈赓走路都不方便，要在水草地抬担架，是不可能的。

陈赓逝世时，周总理在广州，总理十分悲痛，立即致电中央，建议追悼会推迟举行，他要亲自参加，表明周恩来与陈赓的深厚情谊。但也没有说陈赓为周总理抬过担架，周总理也没有为陈赓抬灵柩。

杨立三当时任兵站部长兼政委，组织担架队和运输队，做好后勤保障，是兵站部职责所在。杨立三年轻，他参与抬周副主席，是合情合理的。1954年，杨立三去世，周恩来亲自给他扶灵，表示对在最困难的雪山草地为自己抬担架的感激之情。

陈赓是大将，杨立三是少将，陈赓与周恩来有着生死与共的深厚的革命情谊。

何况陈赓自己进入草地不久就病了，枪伤复发。干部团是中央的一支主力部队，一个铁拳头，主要领导不能一时或缺。中央调陈赓到总部，任命韦国清为干部团团长。韦国清，壮族，曾参加百色起义。1955年被评为开国上将。在少数民族干部中，被评为上将的只有他和乌兰夫两位。解放后先后担任中央政治局委员，广西壮族自治区党委第一书记、自治区主席，广州军区副政委兼广西军区第一政委，总政治部主任，全国人大副委员长等职。是一位优秀的解放军将领。

几十年的时间过去了，往事如烟，随风飘逝，当年究竟谁为周恩来及其他中央领导和伤病员抬担架，已不重要。问题的关键在于：应该还历史的本来面目，实事求是。红军过雪山草地，是红军历史上最艰苦卓绝也最英勇顽强的壮举，感天地而泣鬼神，充分证明红军都是钢铁汉，证明共产党、毛主席领导的工农红军是不可战胜的。与此同时，我们也不应该忘记：在这一过程中，各族人民，尤其是藏族人民和他们的优秀儿女，作出了巨大的牺牲和重要的贡献。为毛泽东、周恩来、王稼祥等中央领导抬担架的主要是阿坝地区的藏族民夫，这里也有华尔功赤烈和索观瀛等上层人士的一份贡献，还有很多来自四川的汉族同胞。

1936 年 8 月，二、四方面军过草地时，任弼时病了；他的夫人怀有身孕，在草地生了一个女儿。任弼时为了纪念这不同寻常的艰难历程，给女儿取名为"任远征"。任弼时、他的夫人和小远征，都是藏族和汉族民夫用担架抬出草地，抬过雪山，到陕北的。

1982 年，时任全国政协主席的邓颖超，在与十世班禅副委员长谈论西藏工作时，邓颖超说："藏族同胞对我们祖国的贡献很大，对中国革命的贡献很大。过草地时，我和恩来先后生病，还有稼祥，走不动，连马也不能骑，只好坐担架。主席因为太劳累，担子太重，也病倒了，坐了几天担架。抬担架的大部分是藏族同胞。红军战士从江西出来，一路征战，十分疲劳，身体衰弱，自己走路都很困难，更不要说抬担架。"邓颖超满怀深情地说："要不是藏族同胞的帮助，我们可能都走不出草地。藏族同胞对汉族同胞的情谊，藏族同胞对中国革命的贡献，我们永远也不会忘记，也不应该忘记。"一席话，使十世班禅非常感动。

前面谈到，彭德怀、陈赓对周恩来的尊重、关心、爱护，是不容置疑的。如果需要，彭德怀、陈赓都会挺身而出去保护周恩来，也可能亲自去抬周副主席。因为红军需要周恩来，我们的党需要周恩来，中国革命需要周恩来。

问题在于，当时还没有这个必要。彭德怀、陈赓作为红军的高级将领，担负着更为重要的责任。组织担架队、抬担架这样的事，应该让别人去做。事实上，也有人在做，而且在当时的情况下，做得很好！假若要陈赓这样的红军高级将领担任担架队队长、亲自去抬担架；而周恩来也只是身患重病、被人抬着走的重病号，从上面的描写，就看不出作为新"三人团"的主要领导、军委副主席、一方面军司令员兼政委的周恩来在雪山草地，尤其在过草地时做了什么工作，只是被动地让人抬着走。那么，从另一方面看，党和红军的统战工作、群众工作也做得太差，得不到藏族、羌族和汉族人民的拥护和支持。

在过草地前，已经组织了以身强力壮、适应高原气候、熟悉草原情况的藏族牧民为主的担架队，还配备有向导和翻译，还有大量的收容队和运输队。这些工作大部分是西北联邦政府、少数民族委员会和党的西北特区委员会及其下属机构进行的。徐向前在回忆录里说："我军进入川西北地区时，即组成了中华苏维埃西北联邦政府、少数民族委员会和党的西北特区委员会。张国焘任联邦政府主席，周纯全任民族委员会委员长。"[1]

徐向前在这里完全是正面提到这些组织机构及其工作，没有任何批评。

徐向前在他的回忆录里反复强调：应该把张国焘个人的错误和罪行，与四方面军以及与四方面军有联系的广大指战员和革命群众严格加以区别，广大指战员和革命群众为革命所作的贡献，应该得到充分尊重和肯定。当年担任红四方面军三十军政委、后任中华人民共和国主席的李先念等老同志也多次阐述过这样的观点。

正因为在过草地这样最艰难的岁月，周恩来副主席身边一直有一批刚刚参加红军的年轻的藏族战士，有一批藏族的民夫和民工，有华尔功赤烈、索观瀛等上层人士支援的牦牛运输队，因此，促使周恩来副主席更深入地去考虑怎样进一步做好民族工作和上层统战工作，使红军尽快地、顺利地走出雪山草地，开辟新的胜利的道路。

在进入草地前，周恩来就通过华尔功赤烈、索观瀛和刷经寺、阿坝县的格尔登寺、郭芒寺等的民族宗教界人士和喇嘛活佛，向红军要经过和可能经过的藏族地区的各界人士写信、托人带话等各种形式宣传共产党和红军的民族政策和宗教政策，揭露国民党反动派散布的谣言。那时周恩来是中央和红军的主要领导人，新"三人团"的主要成员，有"最后的决定权"，担负着指导全军的重任，加之身体不好，很多工作是通过西北联邦政府、少数民族委员会和党的西北特区委员会等机构进行的。

解放后，华尔功赤烈多次说过："遵照周副主席的指示，我曾给卓尼土司杨积庆、囊谦土司、孔萨土司、德格土司等人写过信。"由于当时邮路不通，又事关重大，他是派专人送去的。索观瀛也写过类似的信，派专人给有关土司和寺院送去。

杨积庆土司能够开仓放粮，支援红军，与在周恩来副主席的直接关怀和指导下做的这些工作，有着密切联系。

统一战线是共产党克敌制胜的三大法宝之一，周恩来是党的统战工作的创始人之一，也是从事统战、民族、宗教工作的光辉典范。就是在雪山草地这样最艰难的岁月，周恩来依然开展了卓有成效的统战、民族、宗教工作，为红军胜利走出雪山草地作出了重要贡献。当时情况复杂，斗争尖锐激烈，形势千变万化，要果断而正确地处理这些问题，是很不容易的，而且周恩来又身患重病。即便在这种情况下，在考虑党和红军前途和命运的重大问题的同时，周恩来也亲自做深入细致的统战工作，广交朋友，结识了华尔功赤烈、索观瀛这样的上层人士，也结识了天宝、沙纳、扎喜旺徐、王寿昌这样的红军战士，直到新中国成立，保持着友好的关系，他们对周恩来十分信任、

---

[1] 《徐向前回忆录》，解放军出版社 2008 年版，第 308 页。

尊重和爱戴，周恩来对他们也非常关怀和爱护。郭沫若在他的抗战回忆录《洪波曲》里，对"周公"即周恩来作了这样的评价："周公考虑问题的敏捷，如雷电行空；处理问题的缜密，如水银泻地。"

周恩来的这种工作精神，在雪山草地表现得也十分突出，取得了巨大成功，为红军走出雪山草地，作出了重大贡献。

假若否认了各族同胞（主要是藏族人民）对红军的帮助和支持，在十多万红军队伍里，连一个抬担架的藏族同胞都没有，都跟国民党反动派跑了，迫不得已，需要彭德怀军团长亲自安排，需要身担重任、身负重伤的陈赓这样的高级将领亲自来抬担架，不但贬低了周恩来的作用和他所做的卓有成效的工作，实际上也否定了党和红军的群众工作、统战工作、民族工作和宗教工作，损害了共产党和红军的形象。

事实证明，党和红军的群众工作、统战工作、民族工作和宗教工作取得了巨大成功，对红军胜利走过雪山草地，发挥了重要作用。

天宝、李中权、张天伟、胡宗林都在左路军，第一次过草地，他们到噶曲河就返回阿坝了。陈明义在四方面军总部当参谋，跟着徐总指挥到毛儿盖，然后南下，折回阿坝。

为了尽可能顺利地通过水草地，中央领导、红军总部、红四方面军和一方面军，尽最大努力，做了各种准备。川康省委及各级地方党委、各级苏维埃政权都发挥了重要作用。毛泽东、朱德、周恩来、彭德怀、刘伯承、王维舟等领导人找华尔功赤烈、索观瀛等上层人士，帮助筹粮，粮食不够，就征集牦牛。牦牛全身都是宝，被称为"高原之舟"，在高原，尤其在雪山和草地，是最好的运输工具，抗严寒、抗缺氧的能力比骡马都强，而且有骡马所没有的持久的耐力。既可驮运，又可以当坐骑，缺粮时，又可宰杀食用，是最新鲜、最富营养价值的食品。

可能是由于得到长征时过雪山草地的经验教训的启示，解放后，1950年至1951年，人民解放军进军西藏、解放西藏时，朱总司令、刘伯承司令员特别指示进藏部队领导，要尽可能多地采购牦牛，组织牦牛运输队，以保障部队的给养。对有关问题，作了详尽的指示。进军西藏、解放西藏这一艰巨而又光荣任务的胜利完成，证明朱总司令、刘伯承司令员的指示是完全正确的。

天宝回忆第一次过草地的情形时说：当时，他在四方面军总部，担任翻译和向导，有机会见到朱总司令、张国焘（那时他任红军总政委。但四方面军的人习惯称他为"张主席"，因为他是川陕根据地苏维埃政府主席），还有红军总参谋长刘伯承等领导人。

天宝说，当时领导上让藏族战士们当翻译和向导。天宝只懂一点汉话，实际上当不了翻译，他自己还要别人帮他翻译。他是喇嘛出身，过去没有出过远门，不熟悉路，也当不了向导，只是跟着老同志们走，他们让他做什么，就做什么。过草地，最大的困难是容易迷路，千里草原，迷迷茫茫，无边无际，不知道哪里能走，哪里不能走。一旦陷入水草地，就越陷越深，很难爬出来。其次是缺粮，粮食吃光了，杀战马、挖野菜。

天宝说，当时红军找了一些到过内地、跑过生意、上过学、懂汉话的藏胞当翻译，找一些赶过马帮、走过草地的人带路。刘伯承总参谋长把他们当作宝贝，亲自给他们布置任务。

过水草地，最重要的是要选好路线。那时不但红军不熟悉路况，藏族战士，请来的向导，走过草地的也不多。向导探好路，天宝和总部的参谋、干事的任务就是向后续部队传达总部的命令，应该从哪里走，不能从哪里走。

解放后，天宝担任阿坝州州长，若尔盖大草原是他的工作范围。天宝说：就是现在看来，当年红军过草地选择的路线是最佳路线，除个别人外，整个部队没有迷路，没有走弯路。

正确路线的选择，向导们功不可没。

部队缺粮，只能挖野菜。但水草地的许多野菜有毒，不能吃。吃错了，不但要闹病，还会死人。红军战士经过长途跋涉，浴血奋战，身体衰弱，抵抗力差，更容易出问题。总部就请藏族同胞帮助，把野菜分类绘出图来，印发各部队，当时总部只有几台油印机，缺乏油墨纸张，连图也印不出来，只好采集标本，拿到各部队，说：这个可以吃，那个不能吃。天宝就干这个事。

原藏民独立师政委李中权将军在《李中权征程》中回忆当时的情形时说："草地上有许多有毒的野菜，总部不得不把有毒的野菜分别绘出图来，印成文件下发部队。可还是有一些同志误食了有毒的野菜而中毒身亡。没有粮食，我们就把皮带截成一小块一小块的，放在铁饭盒里用水煮来吃。过草地的艰辛，是常人所难以想象的。"

饥饿，是草地行军的又一个大问题。当时红军的粮食本来就很缺，到了水草地，由于缺少燃料，只能烧点开水冲糌粑糊糊喝，或生吃青稞，无法煮饭。后来连糌粑和青稞也没有了，只能靠挖野菜充饥。水草地的野菜有很多种是有毒的，误吃有毒的野菜，会胀肚，导致上吐下泻，严重的会中毒而死。最后连野菜也挖完了，只得把皮带、背枪带、皮靴等一切能吃的东西煮来充饥。据经历过长征的老同志回忆，进入草地后，敌人不敢来追，所以基本上没有战斗，但是，饿死、冻死、累死的人难以计数。爬过雪山，又走过草地，红军战士的体力消耗很大，已经是筋疲力尽，疲惫不堪，更严重的是，没有粮食，基本上处于半饥饿状态，正如萧华将军在《长征组歌》中所描述的那样：

雪皑皑，野茫茫。高原寒，炊断粮。

红军都是钢铁汉，千锤百炼不怕难。

雪山低头迎远客，草毯泥毡扎营盘。

风雨侵衣骨更硬，野菜充饥志越坚。

官兵一致同甘苦，革命理想高于天。

粮食，走出水草地的红军，最需要的是粮食。

第十章　杨土司开仓放粮帮助红军

中央红军走出水草地

在有关长征的图书和影视作品里，在谈到攻打腊子口时，毫无例外地有这样的叙述、这样的画面：

红军指战员吃草根、煮皮带，在齐腰深的水草地艰难跋涉，相互搀扶，一个个衣衫褴褛，衣不蔽体，疲惫不堪，极度饥饿，极度衰弱，用《国际歌》悲壮的旋律做伴奏音乐，更显得艰苦卓绝。但是，一走出水草地，振奋人心的、嘹亮的冲锋号一吹，红军战士一个个生龙活虎般地冲向高耸入云的山峰，几个手榴弹扔出去，就突破了天险腊子口，排山倒海似的向前冲锋。

这种描写，这样的画面，很好看、很激动人心、很鼓舞斗志。但是，历史事实却不是这样。红军走出水草地之后，极度饥饿，极度衰弱，减员很多，已成疲惫之师。前有堵兵，后有追敌，加上张国焘搞分裂，另立"中央"，丧心病狂地"开除"毛泽东、周恩来和张闻天等人的党籍，并叫嚣要"通缉"他们，形势非常严峻、非常危险。在这关键时刻，红军得到藏族同胞和杨积庆土司的热情帮助，补给了粮食，得到了极其宝贵的十多天的休整机会，在一个相对安全的环境里，召开了具有重大历史意义的俄界会议。正因为这样，迭部地区被称作红军在长征途中一个重要的"加油站"。

林彪率领的红一军团奉命由巴西、阿西茸北进，经过达拉沟，于 1935 年 9 月 5 日抵达川、甘边界的俄界村（即今甘肃省迭部县高吉村）。"俄界"和"高吉"都是不同的音译，"俄界"村，藏语叫"郭界"，意为八个山头。该地四周有八个山头，如同八瓣莲花环绕着整个村子，因而得名。"达拉"藏语意为"老虎山"，是说那里有座山，像一尊老虎。俄界是达拉乡的一个村庄，有三十多户人家，信奉苯布教。

红一军团的先头部队，经过艰难的跋涉，付出巨大牺牲之后，终于走出了川西北水草地，到达甘肃南部藏族地区。

中央红军在极其艰难的情况下，走出水草地，又面临更为艰难复杂的局面。时任三军团政委的杨尚昆在回忆录里说："和四方面军暂时分手后，我们陕甘支队7000余人进入甘南。"就是说，当时红一军团、三军团加上中央纵队，中央红军总共只有7000余人。一些资料里说，只有4000～5000人。张国焘在回忆录里说："中央红军到陕北时，究竟有多少人，成为毛泽东的一个最高机密。"他估计只有4000多人。而当时四方面军还有8万多人。中央红军的一支劲旅、董振堂率领的红五军团和罗炳辉率领的红九军团，还与张国焘率领的左路军在一起。假若两支红军发生内部冲突，四方面军占着绝对优势。

前面谈到，彭德怀担心张国焘"可能仗着优势军力，采用阴谋手段，将中央搞掉"，准备"扣押人质"。毛泽东也作了最坏的打算，一旦张国焘用优势兵力威胁中央，为了避免"红军打红军"的不幸事件发生，中央红军准备与张国焘一同南下，然后再伺机北上。

红军内部发生了严重的分歧乃至分裂。

而敌人方面则加紧了对中央红军的前堵后追。国民党第八战区司令长官、甘肃省绥靖主任朱绍良部和地方军阀鲁大昌部，正集结在迭部一带，堵住中央红军前进的道路，不让他们与陕北红军会合。后面有胡宗南部从包座一带往前推进。

这时，国民党蒋介石用威胁利诱等各种办法，严令杨积庆土司率领他的一万多名藏民骑兵在卓尼、迭部一线阻击红军，待红军走出水草地后，立即予以围歼。

杨土司号称有"两万骑兵"。单单从数字上看，不足两万也有一万多人，但不是正规的部队。有明显的部落社会的特征，"寓兵于民"，平时为民，战时为兵。这是长征途中红军遇到的最大的一支藏族武装力量。如果动员起来，被国民党所利用，来反对红军，将会给红军造成巨大困难。

杨积庆是什么人？

卓尼土司是甘肃、青海藏区即安多地区最大的一家土司。第十九代卓尼土司罗桑丹增朗杰多吉，汉名杨积庆，生于1889年。前面谈到，自明朝以来，朝廷在藏族地区实行土司制度，在委任土司职务的同时，赐以汉姓；清继明制，继续赐以汉姓，所以很多土司头人都有两个名字。朝廷命官在自己管辖范围内，也往往给当地藏族人士赐姓取名。杨积庆从小敏而好学，精明能干。他于1902年以侄孙身份破例承袭土司之位，并兼护国禅师，主持禅定寺教务。

由于连年军阀混战，部落仇杀，民族之间的矛盾冲突，卓尼土司的势力在上一辈即十八代土司杨作霖时期受到很大削弱，但到杨积庆时仍然有48个旗的辖地，东至岷州归安里交界60里，南至西固四川松潘龙安交界400余里，西至洮州户口六哨蚩库交界130里，北至洮州作盖交界110余里，共属520族、11599户。外部有土兵2000名，内有马兵500名、步兵1500名。原设守备1员、千总2员、把总4员、外委7员，把守暗门5座、隘口25处。清政府多次实施"改土归流"，企图将卓尼土司废除，由朝廷任命官员，但终因地广势重，朝廷式微，鞭长莫及。

卓尼土司延续到杨积庆时，时局发生了很大变化。辛亥革命的爆发，冲击了延续几千年的封建统治的社会基础，各族人民在觉醒，一场新的革命，一场伟大的民族解放运动正在孕育。但在这场伟大的暴风雨来临之前，阶级矛盾、民族矛盾愈演愈烈，军阀混战、地方割据的情形日趋严重。杨积庆意识到，在这样复杂的社会变革之中，如何正确地把握形势的发展，处理好各方关系，是保存自己的关键。

与前十八代土司相比，杨积庆更善于审时度势，估计时局的发展。对此，《大公报》年轻的记者范长江敏锐地注意到，并对他有较高的评价。他在《中国的西北角》一书中说：杨积庆"虽未迈出卓尼一步，但每天都看全国各大报纸，及时掌握国内外形势。他在上海、天津等地设有商行，常有书信、货物来往。他的思想比较开明，易于接受新鲜事物，推广先进技术和文化。杨积庆还有多方面的兴趣，爱好摄影，还在卓尼首次架设电话，组装五百瓦的发电机，这在当时的藏族地区来讲，是比较先进、比较超前的"。

辛亥革命后，为了控制边疆，拉拢少数民族的上层人士，1914年北洋政府的陆军总长段祺瑞授予杨积庆陆海军"五等文虎勋章"，并签发执照。

陆海军勋章执照：

　　大总统为杨积庆劳绩昭著，给予五等勋章用示奖励，特给执照以资证明。

陆军总长段祺瑞

中华民国三年十二月二十六日

这可能是北洋政府授予藏族上层人士的第一枚勋章。

由北洋政府的陆军总长段祺瑞亲自颁发委任状，足见当局对杨积庆土司的重视。蒋介石篡夺北伐的胜利成果，在南京建立国民政府之后，对边疆少数民族的上层人士和土司头人继续采取压制、羁縻和拉拢等各种手段，一方面在回族、藏族和其他少数民族之间制造矛盾，挑动民族仇杀，加深民族隔阂，以便分而治之，各个击破；另一方面，又对甘南的杨积庆、黄正清等土司头人采取怀柔政策，加封了很多头衔。

1934 年 10 月，红军开始长征后，国民党蒋介石为了阻止红军北上抗日，对川西北和西康、青海、甘肃藏区的土司头人大加封赏，发给枪支弹药，并给予经济上的资助，挑动他们去打红军。杨积庆被委任为"洮岷路保安司令"。

1935 年 8 月，红军进入草地后，国民党蒋介石估计红军会北出甘陕，便任命甘肃地方军阀鲁大昌为国民革命军第二集团军第七方面军陇西路总司令，后改编为新编陆军 154 师师长。鲁大昌是一个极其反动而又极其残忍的地方军阀，他死心塌地追随国民党蒋介石反共反人民，遵照蒋介石和第八战区司令长官、甘肃省绥靖主任朱绍良的命令，在岷县、腊子口、西固等地布下重兵，修筑坚固工事。他命令杨积庆土司拆毁栈道和桥梁，破坏道路，并带领他的两万多名藏兵截击红军，不让红军走出迭部峡谷，进而将红军消灭在雪山草地之间，以此来向国民党蒋介石邀功请赏。

但是，杨积庆土司表面上接受国民党蒋介石的委任，听从朱绍良和鲁大昌的命令，虚与委蛇，实际上暗地里与红军联系，帮助红军。

杨土司开仓放粮帮助红军

走出草地的中央红军，面临严重危险，又极度疲惫、极度饥饿。在这最艰难的时刻，卓尼土司杨积庆不仅没有按照国民党的命令攻打红军，反而开仓放粮，帮助了困难中的红军。

红军到甘川边境将要向迭部进发的消息，杨积庆早有所闻。按照周恩来副主席的嘱托，华尔功赤烈和索观瀛已经秘密派专人给杨土司送信，告诉他万万不可听信国民党当局的话，不要上国民党的当，与红军作对。简要地介绍了红军对藏民的态度和方针政策，并说他们已经同红军成了朋友，尽其所能帮助和支援红军，希望杨土司也能这样做。还送去了朱德总司令《告番人同胞书》等红军的文献。

就在红军到达迭部的几天前，《大公报》年轻的记者范长江从上海来到迭部，专门会见杨土司，向他介绍了国内形势，说红军可能要到你们地方，红军是路过这里，北上抗日，不会伤害你们，你们不要听信国民党的谣言，不要同红军作对。

1935 年 8 月 1 日，党中央发表了著名的《八一宣言》，提出了建立广泛的抗日统一战线的方针，杨积庆土司及时得到这些信息。红军提出了"灭蒋兴博""振兴博族""红军不压迫番民"的口号，所有这些，使杨土司深受感动和教育。

与此同时，杨土司的好友、进步人士王佐卿即贡觉才让（1931 年在杨积庆部任参谋长，上学时曾参加过共青团，当时任杨积庆驻兰州办事处主任）、续范亭（辛亥革命前同盟会会员，1933 年在邓宝珊新编第一军任参谋长，抗日战争期间到陕甘宁边区，1947 年 9 月逝世，后追认为中共党员）等人也对杨土司进行开导和劝说，让他不要与红军作战，而应该帮助困难中的红军。在这关键时刻，杨土司经过反复思考，通观全局，作出了果敢的决定，密令迭部仓官杨景华（藏名丹增），秘密召开迭部辖区头人和总管会议，传达他的口谕："不要把枪口对准红军，不要阻击，开仓给粮食吃，让其顺利过境。"并组织当地百姓抢修了按照国民党政府的命令已经拆除的木桥和栈道，为红军通过迭部峡谷、翻越腊子口提供了极大的方便。

在迭部沟，杨土司家共有五个粮仓，依山势而建，利用自然形成的山洞开凿而成，十分坚固，这个地方既比较偏僻，便于保密防守，又比较干燥，雨雪进不来，便于长期保存。这些粮仓都编了号，是杨土司的战略仓库，发生战争或部落武装械斗时才能启用，杨土司家自己的仓库在卓尼县城。

红军到来之前，杨景华（丹增）密令管家打开两个粮仓。黄开湘、杨成武率先遣团到迭部沟发现粮仓，大喜过望。进去一看，满满地堆满了粮食、茶叶和盐巴等食物，还有风干了的牛肉。这些食品都用牛皮口袋装着，一包有六十到八十斤。这是藏区独有的包装法，能防雨防潮，又便于驮运，红军战士是早已见过。一包包粮食和茶叶，依山势整齐堆砌，如同一道道墙。他们并不知道是杨土司有意开仓放粮，黄开湘、杨成武立即命令战士们搬运，能带多少带多少，并就地烧火做饭，饱食了一顿。一个团的官兵连吃带拿，尽情享用，只拿了仓库里的一个角。红 4 团的战士们看着带不动的粮仓，遗憾地离去，继续朝前进。临走，用白灰在山洞口写着几个大字："红军战友们，山洞里有粮食。"

第二天，林彪、聂荣臻、左权率一军团到达迭部沟，看到这么多粮食，高兴得不得了，像红 4 团一样，连吃带拿。林彪、聂荣臻是否知道杨土司有意开仓放粮，现在无从得知，但林彪注意到这么多粮食、这么重要的粮仓却无一人看守，让红军轻易获得，其中必有缘故。这么多粮食，一军团也吃不完、拿不走，后面还有中央纵队和大部队，要很好地留给他们，便命令政治部的干部，把红 4 团写的标语涂掉，重新写上："此处粮食为红军所用，各部队必须十分珍惜，节约使用。"

两天后，毛泽东、周恩来、张闻天、彭德怀率中央纵队和三军团来到迭部沟，他们打开了另一个仓库，照同样的办法，连吃带拿，继续经迭部沟向俄界村前进。

为了遮人耳目，不让国民党当局发现，杨积庆将这些事都交给他最信任的管家去办，自己则住在卓尼的土司官寨，公开举行各种公务活动，到卓尼寺（即禅定寺）发放布施，大张旗鼓地举行佛事活动，还请了不少汉族的信众参加。佛事活动结束，又大办酒席，宴请汉官，以应付国民党当局。

《长征组歌》的作者萧华上将，长征时任一军团政治部群工部部长，"文化大革命"结束后担任全国政协副主席，他在《忆红军长征在少数民族地区》一文中说："长征途中，红军还特别注意了对少数民族上层人士的工作。在紧密依靠广大贫苦群众的同时，团结和争取民族、宗教界上层人士，集中力量打击国民党军阀和反动的封建地主武装。红军的这一正确政策，对顺利地执行战斗任务起了决定性的作用。"萧华又说："在甘南，卓尼土司杨积庆受红军政策感召，主动撤出铁布（即迭部）防务，并将鹦哥花园仓粮几百石接济过境红军。由于争取了民族、宗教上层人士的合作，为红军争取了战机，避免了许多不必要的流血和损失。今天回顾这些情况，更加深切地感受到党的民族政策的英明和正确。"[1]

贡觉才让老人的回忆

贡觉才让（王佐卿）老人是杨积庆土司的挚友，30年代初投身革命，曾参加共青团，是藏族中最早参加革命活动的青年，后来与组织失去联系，自己创办企业，结交了很多爱国进步的人士。他回忆当时的情形说：

要讲卓尼藏族支援长征红军，还要先讲续范亭和我交朋友的一段事，我早认识驻甘肃国民党陆军新编第一军军长邓宝珊，邓宝珊平易近人，尤其对甘肃人特别好，当时去他家的甘肃人很多，我隔些时间也去看他。他知道我的底细。1934年，我创办家庭工业社，制造洗衣肥皂，我拿着样品送给他看，碰上续范亭在他家中。邓向我介绍续范亭是他军的中将总参议，又对续范亭说："他叫王佐卿，就是从卓尼出来，代表杨土司在外办事的人。现在自己办工业了。"

续范亭对我创办工业很感兴趣。他又特别关心藏民，当即向我询问藏民的生活、风俗习惯、土司的来历等等。我们一见如故，谈得很投机。以后就经常来往。我住贡元巷，他住曹家巷，相距几百公尺。不但我随时去他家，他每日起得很早，出来散步就转到我家。看着我做肥皂，坐着谈论。他讲爱国的道理，我知道他是老同盟会员。以长兄敬之，他也视我为弟，对我畅谈他的阅历和见解。他一双大眼炯炯有神，忧国忧民时浓眉紧蹙，他最痛恨不抵抗主义。常说："不抗日就是无耻，不抵抗就是投降，

*1　萧华：《忆红军长征在少数民族地区》，载《党史资料通讯》1986年第5期。

称不上什么主义。"

他不断开导我说："做一个人就要有民族气节，要做到临财毋苟得，临难毋苟免，做一个顶天立地的男子汉。无论干什么也好，都不能忘本。我们生在中国，长在中国，是一个中国人，就得爱自己的祖国，爱自己的同胞，必须随时随地反抗外来的侵略。为国家民族出力，为国家民族牺牲，才不愧为一个中国人。"

说到国难严重时，他几乎要哭出来。他总是说："国民党中央军的将领都是脓包，他们搞的攘外必先安内，只能亡国，救中国靠的还是红军。"

我和续范亭成为挚友，是基于我以往受党教育的思想基础，而续范亭谆谆教导，对我影响也很大，使我有了坚定的抗日思想，对党搞武装斗争的红军也有了明确的认识，因此我能在红军长征过卓尼地区时，和续范亭研究，出谋建议卓尼土司杨积庆支持红军。

那是 1935 年夏末秋初天热之时，一天上午，我刚熬成一锅肥皂，西关马车店的一个店家，引来两个藏民，说是卓尼洪布（即土司）派来的。他们拿着一个写着我的名字和地址的纸条，让店家引着直接找我，回避开驻兰办事处。我即让店家回去，他们两人身穿皮袄，虽然赤裸上身，也热汗淋淋，就席地坐在南房檐下阴凉处，我叫家人端馍倒茶让他们吃喝。他们和我谈起话来，先探问了我的藏名，又谈问了老家情况，弄清没找错人，方从项上戴的护身佛的盒子里取出一封信。信是写在薄薄的优质纸上的，仅一面，字很小，是杨积庆的亲笔，下署他的大号子余。信上说：绥靖公署（朱绍良）令暂编 154 师鲁大昌驻防岷县，固守腊子口天险，阻击红军；令我部藏民从后路突击红军。要坚壁清野，要将少衣无食、疲惫不堪的红军，消灭在窄狭山区，以绝后患。军令特严，难以违抗。但自知卓尼弹丸之地，兵力不经，弹药不多，恐不是红军对手。而鲁大昌又在岷县虎视眈眈。若和红军打仗，消耗了兵力，定亡于鲁。若不打红军，又怕红军侵占地盘，建立根据地。失去地盘我将无处容身，因之万分为难，进退维谷。卓尼交通不便，消息又不灵通，昼夜苦思无以为计，想弟在省城，见闻较广。希有以教我，念及世谊。幸勿见外。回信仍着来人带回，立盼立盼。此信看过立付丙丁。

我看过信，觉得他说得很凄惨。心想要救红军，也要救他和卓尼人民。一时想不出什么办法，即嘱两个来人回店休息，等候两天。我想了一夜，心中有了一些主张，不知能否可行？次日早晨，我即到续范亭家中找他，探探红军的消息，他已出去了。我到他弟弟房中坐了一会儿，想他白天很忙，我就回来了，晚上我又去找，见到了他。我问他，消息如何？他反问我，听见了什么？

我说："传说红军过来要攻兰州。"

他说："没有那么大的力量。"

我又说："要过我们卓尼，绥靖公署命令鲁大昌固守腊子口，阻击红军，命令杨土司从后路突击。"

他说："我已经知道了，你说怎么办？"

我说："我对杨土司说，红军是北上抗日的，不占地盘，要支援过境。"

他说："好！你回去对他这样讲吧！"

我就将杨土司来信给他看，他看着点了点头，随手点火将信烧了。

他说："自古用兵，兵马未动，粮草先行。能给准备些粮食吗？"

我们藏民习俗，到自己家里的客人，一定让吃饱。我说支援过境，就是要支援粮食。我想土司一定会支援粮食，就点头应诺。

他深思地说："道理一定要讲清楚，要告诉他，只有红军能救中国。全国人民一致拥红军北上抗日。"他顿了顿又说："还要虚张声势，遮人耳目。"

我说："我明白了。"

他说："你去写个信稿，拿来我看看。"

我连夜起草信稿，针对杨土司的顾虑，简单地分析了国际和国内形势，说明红军北上抗日大义凛然，救亡图存，在此一举。全国人民无不把驱逐日寇，收复失地，复兴中华的重大责任，寄托在红军身上，况红军转地十余省，所向无敌，我们卓尼民兵乃乌合之众，平时无组织、无训练、无纪律、无后援，绝非红军对手，千万不可轻动，自取失败。为了自保本身，我建议：一面调兵虚张声势，准备出击；一面速派心腹人员，迎接红军，从速接济红军足够粮食与军鞋，支援过境。指路让红军打败鲁大昌，也可以解除卓尼的危难。除此别无良好的办法，千万保密，以防意外。

我写好信稿，第二天早上拿去让续范亭看了，他深深地赞同说：

"这样办是好的！"

我回来将信抄好，已经中午了。即去西关车马店，让来人把马牵上，跟我到家。我让他二人吃喝毕了，仍在护身佛盒子里装好信，给了他二人四斤大饼和两斤酱牛肉做干粮。就叫他们连夜动身回去，避开国民党军警岗哨的盘查。他们走了，我很紧张，一夜没睡，心想只要过了临洮，就不会出事了。第二天出去打听，没有什么不好的消息，去曹家巷，续范亭问我："人走了吗？"

我说："连夜走了，不知平安否？"

他也注意着，说没听见在西路抓什么人。过了半月，我收到杨积庆来信，信中说：人到信收，别无他事。我才放下了心。

贡觉才让接着说：杨积庆是有见识、有能力的领袖人物。他拿定主意，干得就很出色。他在前山（现卓尼县地区）集兵上万，虚张声势，喊着要打红军，以遮人耳目；同时在后山（现迭部县地区）也有部署，以防不测。他派密使以洮岷路保安司令名义密迎红军，指路让红军从腊子口攻出，去打败鲁大昌军。支援红军粮食，也想了些遮人耳目的办法。他密令下迭部管家把崔古粮仓的粮食，偷偷献给红军，令守仓官和两个藏兵把内部仓门全开了锁。只锁着大门，他们都以躲红军为名，跑进深山老林回避了。红军来到后，砸开了大门上的锁，就得到了粮食。红军按部领粮。送军鞋比较困难，也不能发动群众做，只把从绥靖公署给准备兵领的六十双军鞋，送给了红军。

毛主席、周副主席率领的红一方面军，于 1935 年 9 月 5 日进入迭部，在迭部得到了足够的粮食和休整的环境，养精蓄锐。于 9 月 16 日，一举攻破腊子口天险，打败了鲁大昌军。顺利地直奔陕甘宁边区了。

贡觉才让说：红军方面也赠送给杨积庆步枪数十支、手提机关枪（冲锋枪）三挺，没有子弹。红军过后，杨积庆把红军送的好枪留下，把自己的坏枪上缴绥靖公署，报称是打红军的战利品。因续范亭曾任绥靖公署参谋长，其中有他的人鼎力相助，就将绥靖公署蒙过去了。

支援红军的事过后，续范亭就离开兰州去南京了。行前，他对我关怀备至，问我以后生活怎么维持？嘱我不要跟国民党搞军政之事。我答："我就搞手工业，为救国出一份力量。"他十分赞同。我把在上海学习制造肥皂的笔记，通过自己的实践经验，整理成了一本书，他即在手抄稿前写序言道：

"予友王君佐卿，陇右志士也。愤国家之危亡、力谋所以拯救之者，乃弃军政而学工业……"最后写："续范亭敬序。"

他还自己去找邓宝珊请为我写了"救国之基"四字，鼓励我搞工业。[1]

看人观其友

汉族有句古话"看人观其友"，这是很有道理的。很多人不了解杨积庆土司，但是，从杨积庆交往的朋友，我们可以看到他的政治理想、政治态度和道德情操。从我们现在所能看到的资料来看，杨积庆之所以做出"开仓放粮，帮助红军"这样的壮举，除他本人的政治态度、政治理想、政治追求外，对他有直接影响的，有三位汉族朋友，

---

[1] 贡觉才让（访谈时 88 岁）：《一个老藏民的革命回忆录——卓尼藏族支援红军一方面军始末》，载甘肃省甘南藏族自治州卓尼县党史办公室编印《杨积庆资料》，第 11～17 页。

一位是范长江，前面已经介绍，下面还会谈到；另两位是续范亭和邓宝珊。

续范亭（1893～1947），山西省崞县（今原平市）西社村人，著名爱国将领。早年参加孙中山领导的同盟会。1911年辛亥革命时，任革命军山西远征队队长，后组织西北护国军，讨伐袁世凯。1925年前后任国民军第三军第2混成支队参谋长、第6混成旅旅长、国民军军政学校校长。大革命期间受冯玉祥聘请，在西安担任军事政治学校校长，与共产党人最早有过接触，后来一度归隐，"九一八"后出山练兵准备抗战。1935年，续范亭在南京拜谒中山陵时悲愤地写下《哭陵》一诗："赤膊条条任去留，丈夫于世何所求？窃恐民气摧残尽，愿把身躯易自由。"并在中山陵前剖腹自戕，要求抗日，后被人抢救。

他在南京发表《告民众书》，悲愤地说："余今已绝望，故捐此躯，愿同胞精诚团结，奋起杀敌。"续范亭的壮举，是对蒋介石不抵抗政策的有力揭露和抗议，激励了全国人民的抗日热情。遇救不死的续范亭继续为抗日奔走。他赞同共产党停止内战、团结抗日的主张。而这时中央红军正开始进行艰难的长征，对主张"反蒋抗日"的共产党和红军，也是道义上的有力支持。

续范亭1937年与共产党人合作，创建山西新军。1939年，他参与指挥反击国民党顽固派的战斗。1940年任晋西北军区副司令员。

续范亭不仅是一位军事家、政治家，而且是一位特殊的诗人，在战争时期，他用一个军人特有的犀利笔锋，以诗文做武器，大胆泼辣，力透纸背，痛击反动势力。在延安，续范亭与董必武、徐特立、吴玉章、谢觉哉、林伯渠这著名的"五老"情深意笃，他们互相赠诗，共勉共慰。续范亭是"怀安诗社"的成员，他为老友杜仲虑写的悼诗："……我病君三顾，君亡我未临。月圆君已逝，月缺我方闻。伯仁非我杀，我竟死伯仁。陵园剑不利！湖水一何深？万古中天月，千秋烈士心……"慷慨悲歌，感人肺腑。续范亭对毛主席十分敬仰，曾写《赠毛主席》一诗，诗中写道："领袖群伦不自高，静如处子动英豪。先生品质难为喻，万古云霄一羽毛。"

1947年9月12日续范亭病逝于山西临县。

临终前，续范亭给党中央和毛主席写了一封遗书，正式提出加入中国共产党的请求。党中央接受了他的请求，1947年9月13日，续范亭被追认为中国共产党正式党员。

毛泽东为续范亭撰写挽联，对他的一生给予高度评价：

为民族解放，为阶级翻身，事业垂成，公胡遽死？
有云水襟怀，有松柏气节，典型顿失，人尽含悲。

邓宝珊（1894～1968），甘肃天水人，国民党的陆军上将。曾任华北"剿总"副司令。

邓宝珊是民国时期纵横西北几十年的智囊人物，早年参加中国同盟会，是国军的陆军上将。辛亥革命时，曾参加新疆伊犁起义。1924年任国民二军师长。后代理甘肃省主席。

"九一八"事变后，国民党中央任命邵力子为甘肃省政府主席，邓宝珊为西安绥靖公署驻甘行署主任，主管军事。3月，邵、邓联袂到兰州。这时，甘肃的地方武装林立，各据一方，就地征敛；加之数年间兵连祸结，灾害频繁，民生凋敝。邓宝珊决计不扩一兵，专务安民，任续范亭为参谋长，悉力整编省内武装，协调与青海马麟的关系，争取和平环境，以利百姓养息，并与邵力子合作，整顿省政。邵、邓从这时起，建立了友谊关系。1935年4月，邵力子调任陕西省政府主席，邓暂时代理主持甘肃军政事务，继续稳定各派力量，安抚流亡人口。

同年8月1日，中共中央发表了《为抗日救国告全体同胞书》，号召全国人民团结起来，为停止内战，一致抗日而努力。邓宝珊受此感召，奔走晋、冀、鲁三省，会晤阎锡山、宋哲元、韩复榘，恳劝他们同仇敌忾，抗击日本侵略者；又到西安与杨虎城、张学良进行了晤谈。这时，红军长征经过甘肃境内，他对蒋介石堵截红军的命令采取消极、敷衍态度。红军攻占会宁后，朱绍良曾命令新11旅殊死反攻，他婉转向朱说明，即使牺牲这个旅也无济于事，朱只好同意撤退。

抗日战争期间，邓宝珊任第二十一军团军团长、晋陕绥边区总司令，多次到延安与毛泽东、周恩来等中共领导人会晤，赞同抗日民族统一战线政策。

1948年8月，任华北"剿总"副总司令，年底代表傅作义同人民解放军代表谈判，达成和平解放北平（今北京）协议，为北平的和平解放，作出了重要贡献。

中华人民共和国成立后，邓宝珊受中共中央、毛主席的派遣，回到甘肃工作，先后任甘肃省人民政府主席、省长；曾当选为全国政协第一届委员会委员，第三、四届委员会常委，第一、二、三届全国人大代表。

邓宝珊于1968年11月27日病逝于北京。

续范亭、邓宝珊等人都有着强烈的爱国主义精神，坚决反对日本帝国主义侵略，怀抱救国救民之大志，所有这些都给杨积庆土司以深刻影响。何况邓宝珊是甘肃省行署主任，续范亭是他的参谋长，是杨土司的直接上司，他们对蒋介石堵截红军的命令共同采取消极态度，虚与委蛇。

华尔功赤烈、索观瀛等土司头人，早于杨土司与红军建立了联系，通过各种形式影响了他，而杨积庆与诺那活佛那样一心投靠国民党的上层人士则采取疏远的态度。

当事人的回忆

杨积庆土司不但帮助了中央红军，第二年二、四方面军到迭部时，继续开仓放粮，支援红军。吴国屏当时是杨积庆房科，即办公室的工作人员，他在《卓尼土司杨积庆给红军供粮的回忆》一文中说：

民国二十五年（1936）夏，我从兰州乡村师范肄业回来，经人介绍到杨土司房科（办公室）里工作。大约在农历六月间的一天，下迭部八旗仓官杨景华，派心腹玉录、苏奴吾子（这两人是卓尼沟左力寺管家）来博峪衙门给土司杨积庆送信。他们一到，把信交给副官赵希荣，即去木耳村杨景华家里住宿。赵希荣接到信立即送给杨积庆，杨拆阅后觉得事关重大，即问："送信的人哪里去了？"赵说："他们住在木耳村，准备明天回去。"杨积庆怕他俩泄露来卓的目的，立即命令我到木耳村去把那两人叫回来，并嘱咐我："等天黑叫来，不要从大街上走，顺着林边绕道去经堂院后门口等着，你来报告我……"

我遵命去木耳村找见玉录和苏奴吾子，在晚上10点左右，按司令指示的路线把他俩领来，我从前门进去报告司令，这时司令独自一人在他的卧室等候，情绪很紧张，见我来了，即问："叫来了没有？""叫来了，在后门口等候。"他拿起手电和一封信，命三总管包世吉开了后门走出去，这两人见司令来了，趴倒叩头，杨说："再不要叩头，快起来，你们今晚连夜返回，无论如何将这封信交给旦子（杨景华的藏名），不能耽误。"玉录和苏奴吾子满口答应，一定办到。他们走后，我们回到司令的卧室，司令怕他俩再返回木耳村过夜，又派我拿了他的手电去看，一直跑到博峪小沟门，见他俩朝禾驼寺方向走去，我赶上去又叮咛了一番，告别回来报告了司令，他才放心。

这时已到夜里12点左右，我到了房科，书记官张志平还没有睡，当我一进门，张志平就问："事情办完了吗？""办完了。"他接着说："这事千万不能外传。"我问："旦子来信说的啥？"张说："红军已到四川的秋吉、召藏一带。可能来迭部，请示司令怎么办。司令看了信当时就烧了，我执笔，他口示，写了回信。指示旦子如果红军来了，不要阻击，开仓避之……"

过后不久，大约是农历七月初，红军到了迭部，听说是朱德、徐向前等同志率领的四方面军和二方面军一部，连续走了十几天，约十万人。红军到后，仓官杨景华按照杨积庆的指示，将曹日仓的麦粮暗中开放接济了过境红军。当时这个仓设两个仓库，共装小麦四五十万斤，红军走后，一个仓库内的粮食全部吃用完，另一个仓库里用去了多半仓。红军总政治部在仓板上写下了"此仓内粮食是杨土司的家粮，希望各单位节约用粮"等，还在仓内留下了苏维埃纸币两捆，支付粮款。后来土司杨积庆为掩饰开仓接济过境红军的问题，将这些纸币和一些破旧枪支（买的），作为阻击红军的战利品，交给了国民党省政府。因国民党省政府在红军过甘前曾命令杨土司阻击。

红军进入岷县，和国民党新编 154 师鲁大昌打仗。徐向前所属第九军一部则沿洮河南岸西进，行至西泥河时，奉命把守西泥沟卡子的杨土司纳麻旗长宪褚得胜和民团连长刘双喜统统逃避。刘双喜一直跑到纳浪岳父家里躲起来，红军相继来到纳浪，恰巧也到这里碰上了刘双喜，刘正躺在床上吸大烟。一位红军同志见他身穿军服，地下还立着一支步枪，便问："同志，你是哪一部分的？""我们是卓尼杨土司的部下。"这位红军同志笑着说："杨土司和我们是一家，不要怕，我们红军不扰民，不拿群众一针一线。"接着从衣袋里掏出一疙瘩草浆大烟给了刘双喜并询问路线，继续西进，过羊化桥，翻青石山，经新堡，占领新城。

红军占领临潭县府新城后，杨积庆暗中写信，命我挑选两匹好马和六七只肥羊，派张连福子（龙门沟人）和手枪队班长麻丑个星夜到新城红军指挥部呈送书信和礼物，表示友好，互不冲突。信是杨积庆亲自起草，张志平誊写的，信上只签了杨积庆的名，未盖章，信纸和信封都是空白的，没有用印有洮岷路保安司令部衔的信纸和信封，防止泄密。从此后红军和杨土司的关系更密切了，凡是山上插有麻呢旗的村庄，红军不进入。在旧城马步芳匪军马得胜部进攻红军，几次失败，马得胜令杨积庆出兵协助，消灭红军，而杨积庆以种种借口，按兵未动。红军在临潭住了一个多月，于农历八月十三一部分从石门沟一带东进，一部分由新堡方向原路返回，过洮河羊化桥，然后焚桥以防敌人追兵，直抵岷县。

从此以后，岷县的鲁大昌以阻击红军有功，得到胡宗南的赏识，报请国民党中央将鲁部改编为中央陆军 165 师，归胡宗南指挥。而杨积庆却成了"罪人"，被鲁大昌以"开仓放粮、私通红军"等罪名告在了绥靖公署主任朱绍良处。朱绍良接到状子一面发电谴责，一面派副官班鑫来卓查处。当时杨积庆很发愁，即召集秘书长杨一俊、一团长郝应隆、三团长杨英商议对策。大家认为杨英能说会道，交际也广，推举他先到班鑫的住处，献上金条并奉承了一番，班鑫收了金条，脸上露出了笑容，态度和气了。第二天杨积庆亲自出面，筹办了洮砚一台、麝香两颗、红花半斤、狐皮两张等礼物送给班鑫，并恳求班在朱绍良处说些好话，"我们没有给红军供粮。"班鑫收了礼物，满口答应"一定办到"。离卓返回。班鑫走后不久，朱绍良调往南京，此事也就没有追究了。可是鲁大昌并吞杨家、图谋卓尼的野心不死，见告不倒杨积庆，就阴谋计划策动和派营长窦得海率队夜间潜入博峪，煽动杨的部下姬从周、方秉义，在 1937 年农历七月十九杀害了杨积庆。

我还记得，解放后 1950 年 9 月下旬，中央派慰问团带了周总理的信来卓慰问，信已遗失，大意是对杨土司当年红军过境时开仓供粮，接济红军表示感谢。同时给杨复兴及其部属赠送了礼物。给杨复兴送了红、紫色的缎子四板，毛主席丝织像一张；给杨景华、雷兆禅、赵国璋三个团长每人送了丝织杭州西湖景、金笔、笔记本和茶杯；给其他官员每人送了金笔、笔记本、茶杯和纪念章等。[1]

贡觉才让和吴国屏的回忆，是最直接的见证，应该是最真实、最权威的事实，也应该是有说服力的。

不应该发生的不幸事件

尽管杨积庆密令属下百姓不要与红军作对，不要阻拦红军，但是，有个叫旺堆的小头人，他手下有百十来人，带着他的队伍走过迭部山谷时，正好遇到一支红军沿迭部河谷上来，旺堆看见这支队伍衣衫褴褛、疲惫不堪，拖着沉重的步子缓缓前行，但每个人几乎都背着枪，并没有战斗准备，旺堆便起了歹心，认为自己的队伍能够打败这支"汉兵"，抢夺他们的枪支弹药。当时的藏民爱枪如命。有枪、有马、有头人，是部落社会的重要特征。旺堆便下令袭击红军。红军没有一点防范，开始时有伤亡。但红军毕竟是久经战斗锻炼的军队，立即占好地形，给予还击。双方处于对峙状态。

旺堆本来就没有打算阻击红军，杨土司又有密令，不准与红军作对，他怕事态扩大，杨土司会责罚自己；更怕打不过红军，反被他们消灭，于是便让懂汉话的士兵向红军喊话："红军朋友，你们从我们地方过，我们不会为难你们，不会伤害你们。但你们必须把枪放下，作为过路费，我们还可以给你们粮食，我们知道你们很缺粮！"

红军用密集的射击回答他们。双方继续交火。红军一面还击，一面往回撤，后面还有红军队伍。受伤不能走的人，表现得十分顽强，好像在说："你们不是要枪吗？红军战士的枪，绝不能给你们。"便用尽最后的力气，拉开枪栓，扔到河里，使枪成为一根铁棍，毫无用处。

这次不幸事件，使红一军团后卫部队伤亡一百多人。这是一方面军进入甘南藏族地区后，第一次也是唯一一次同藏民武装发生冲突，受到了很大损失。事后杨土司严厉责骂了旺堆，但也不敢处置他，怕国民党当局知道。

---

[1]　吴国屏：《卓尼土司杨积庆给红军供粮的回忆》，载甘肃省甘南藏族自治州卓尼县党史办公室编印《杨积庆资料》，第 140～143 页。

第十一章 突破天险腊子口

意义重大的"俄界会议"

由于杨土司开仓放粮，暗地里支援红军，给中央红军创造了一个非常短暂而又非常难得、非常宝贵、非常重要的休整机会。使党中央在相对安全、相对安静的环境里召开了一次极其重要的中央政治局会议。

这也是中央红军进入雪山草地后，在藏族地区召开的最后一次中央政治局会议。

党中央和毛泽东、周恩来率红三军、军委纵队和红军大学一部，离开巴西地区迅速北进，于1935年9月11日晚陆续到达甘南俄界（今甘肃迭部县高吉村），与先期到达的红一军会合。当天，党中央致电张国焘，令其立即率左路军北上。电文指出：

国焘同志：

一、中央为贯彻自己的战略方针，再一次指令张总政委立刻率左路军向班佑、巴西开进，不得违误。

二、中央已决定右路军统归军委副主席周恩来同志指挥，并已令一、三军团在罗达、俄界集中。

三、左路军立即答复左路军北上具体部署。

但是，张国焘再次抗拒中央命令。9月12日22时，他以"红军总政委"的身份，直接致电一、三军团林彪和彭德怀，声称"一、三军团单独东出，将成为无止境的逃跑，将来真会悔之无及"。攻击"诸兄不看战士无冬衣，不拖死也会冻死。不图以战胜敌人为先决条件，只想转移较好地区，自欺欺人论真会断送一、三军团的"。严令一、三军团："望速归来，受徐陈指挥，南下首先赤化四川，该省终是我们的根据地。"

当时中央红军面临的形势非常严峻，前面有国民党第八战区朱绍良和鲁大昌的数十万部队在堵截；后面有薛岳和胡宗南几十万中央军在追击。此外还挑动西北地区以马步芳、马鸿逵为首的回民武装和藏族的土司头人武装来阻截红军。恰在这时，党内出现了严重分裂，张国焘不执行党中央北上抗日的决定，带着四方面军南下，另立"中央"，分裂党、分裂红军，并丧心病狂地以伪中央名义"开除"毛泽东、周恩来、张闻天、博古等人的党籍，竟然还下令"通缉"毛泽东、周恩来等人。形势非常危急。

到了迭部境内，经过连续作战、长途跋涉、极度饥饿、极度疲惫的红军得到了一次非常难得的休整机会。于9月11日和12日在俄界村（今达拉乡高吉村）召开了中央政治局扩大会议，即著名的"俄界会议"。

参加会议的有张闻天、博古、毛泽东、王稼祥、凯丰、刘少奇、邓发，还有蔡树藩、叶剑英、林伯渠、罗迈（李维汉）、李德、一军团的林彪、聂荣臻、朱瑞、罗瑞卿，三军团的彭德怀、杨尚昆、李富春、袁国平、张纯清等共二十一人。

过草地时，周恩来患疾，连续数日高烧不退，处于昏迷状态。到了迭部，尚未痊愈，身体极度虚弱，不能参加会议，由张闻天主持，毛泽东作主题报告。

会议开始，毛泽东作了《关于与四方面军领导者的争论及今后战略方针的报告》。报告主要讲了以下几个问题：

关于红军今后向北行动的问题。毛泽东说，我们坚持北上方针，但张国焘却反对，坚持机会主义方针。一、四方面军会合后，张国焘起初是按兵不动。7月中旬，党中央指示红军集中，结果由于张国焘从中阻挠而未能实现。

张国焘到芦花时，中央政治局决定他任红军总政委，他才调动红四方面军北上，但未到毛儿盖又动摇了。到了阿坝后便不愿北上，而要右路军南下。这时，中央政治局的几个同志在周恩来处开了一个非正式会议，决定给张国焘发电报，要他北上。张国焘公然抗拒中央的决定，拒不执行北上的方针，这是不对的。毛泽东强调说，张国焘坚持南下是没有出路的，因为南面地形不好，又是少数民族地区，给养无法解决，红军作战只有减员，没有补充来源，战略退路也没有，如果不迅速北上，部队会大部被消灭。很明显，中央不能把一、三军团带去走这条绝路。

关于在何处建立根据地问题。毛泽东说，不管张国焘等人如何阻挠破坏，中央坚持过去的方针，继续向北的基本方针。红军总的行动方针是北进，但考虑到目前党中央是率领一、三军团单独北进，力量是削弱了，从当前的敌我形势出发，行动方针应该有所变化，首先打到甘东北或陕北，以游击战争来打通国际联系，靠近苏联，在陕甘广大地区求得发展。毛泽东分析了陕甘一带的地势、居民和敌我双方的情况，认为只要我们团结一致，又有正确的领导，依靠游击战争，是可以战胜敌人达到目的的。

关于张国焘错误的性质和处理办法问题。毛泽东指出张国焘在通（江）南（江）巴（中）苏区时已经犯了部分的严重错误；在粉碎四川敌人的六路围攻，退出通南巴苏区后，便形成一条错误路线。当一、四方面军会合后，中央曾想了许多办法来纠正张国焘的军阀主义倾向，但没有结果。张国焘的错误发展下去，可能成为军阀主义，或者反对中央，叛变革命。同张国焘的斗争，是两条路线的斗争，应采取党内斗争的方法处理。最后作组织结论是必要的，但现在还不要作，因为他关系到团结和争取整个四方面军的干部，也关系到一方面军在他那里的很多干部的安全。你开除他的党籍，他还是统率几万军队，还蒙蔽着几万军队，以后就不好见面了。我们要尽可能地做工作，争取他们北上。

毛泽东报告后，彭德怀作关于军队组织问题的报告。根据当时的具体情况，机关人员过多，部队中战斗人员太少，彭德怀提出应对现有的部队进行整顿，精减机关人员，充实到部队中去。会议进行了认真的讨论。大家一致同意毛泽东和彭德怀的报告，严厉谴责张国焘分裂党和红军、抗拒中央决定的严重错误，同意暂不给张国焘作组织结论，并要求在一、三军团中加强教育解释工作。

邓发、李富春、李维汉、李德、王稼祥、彭德怀、聂荣臻、杨尚昆、林彪、博古、张闻天等在发言中一致同意毛泽东的报告，并谴责张国焘的反党分裂活动。指出：张国焘对抗中央北上方针，是给胡宗南吓怕了，完全丧失了建立根据地和革命前途的信心，我们同张国焘的分歧，不仅是战略方针的分歧，而且是两条路线的分歧。

毛泽东作会议结论时再次强调指出：我们同张国焘的斗争，"是两条路线的分歧，是布尔什维克主义与军阀主义倾向的斗争。张国焘是发展着的军阀主义的倾向，将来可发展到叛变革命。这是党内空前未有的"。

关于组织问题，会议决定：

一、将原有一、三军团缩编为中国工农红军陕甘支队，由彭德怀任司令员，毛泽东兼政治委员，林彪任副司令员，王稼祥任政治部主任，杨尚昆任政治部副主任。

二、成立"五人团"，作为全军最高领导核心，由彭德怀、林彪、毛泽东、王稼祥、周恩来组成。

三、组成编制委员会，主任为李德，委员为叶剑英、邓发、蔡树藩、李维汉，负责部队的编制。

俄界会议还作出《关于张国焘同志的错误的决定》。《决定》指出：

听了毛泽东同志关于与四方面军领导者的争论及今后战略方针的报告之后，政治局同意已经采取的步骤及今后的战略方针。并指出：

（甲）四方面军领导者张国焘同志与中央绝大多数同志的争论，其实质是由于对目前政治形势与敌我力量对比估计上有着原则的分歧。张国焘同志从对于全国目前革命形势的紧张化，特别是由于日本帝国主义的积极侵略而引起的全中国人民反日的民族革命运动的高涨估计不足，更从对于中央红军在反对敌人五次"围剿"的斗争中及突围后的二万余里的长征中所取得的胜利估计不足出发，而夸大敌人的力量，首先是蒋介石的力量，轻视自己的力量，特别是红一方面军的战斗力，以致丧失了在抗日前线的中国西北部创造新苏区的信心，主张以向中国西南部的边陲地区（川康藏边）退却的方针，代替向中国西北部前进建立模范的抗日的苏维埃根据地的布尔什维克的方针。必须指出张国焘同志这种机会主义的倾向，于胜利地粉碎了四川敌人对于通南巴苏区的进攻之后，自动放弃通南巴苏区时已经开始形成。目前分裂红军的罪恶行为，公开违背党中央的指令，将红四方面军带到在战略上不利于红军发展的川康边境，只是张国焘同志的机会主义的最后完成。

（乙）造成张国焘同志这种分裂红军的罪恶行为的，除了对于目前形势的机会主义估计外，就是他的军阀主义的倾向。这种倾向表现在张国焘同志不相信共产党领导是使红军成为不能战胜的铁的红军的主要条件，因此他不注意去加强红军中党的与政治的工作，不去确立红军中的政治委员制度，以保障党在红军中的绝对领导。相反的，他以非共产党的无原则的办法去团结干部。他在红军中保存着军阀军队中的打骂制度，以打骂的方式和凌驾的方式去凌驾地方党的政权与群众的组织，并造成红军与群众间的恶劣关系。此外，他以大汉族主义去对待弱小民族。这种军阀主义倾向是中国军阀制度在红军中的反映。这种倾向使英勇善战的年轻的红四方面军，在其向前发展上受着莫大的障碍。

（丙）由于张国焘同志的机会主义与军阀主义的倾向，所以他对于党的中央，采取了绝对不可容许的态度。他对于中央的耐心的说服、解释、劝告与诱导，不但表示完全的拒绝，而且自己组织反党的小团体同中央进行公开的斗争，否认党的民主集中制的基本组织原则，漠视党的一切纪律，在群众前面任意破坏中央的威信。

政治局认为张国焘同志这种右倾机会主义与军阀主义的倾向是有着他长期的历史根源的。张国焘同志在中国共产党内，犯过很多机会主义的错误，进行过不少派别的斗争。四中全会后一个短时期内，他虽是对于当时改造了的中央表示服从与忠实，但他对于自己过去的错误是并没有彻底了解的。因此他在远离中央，并在长时期内脱离中央的领导之后，又产生了新的机会主义与军阀主义的倾向。很明显的张国焘同志这种倾向的发展与坚持，会使张国焘同志离开党。因此政治局认为必须采取一切具体办法去纠正张国焘同志的严重错误，并号召红四方面军中的全体忠实于共产党的同志团结在党中央的周围，同这种倾向作坚决的斗争，以巩固党与红军。

1935 年 9 月 12 日在俄界 *1

为教育并挽救张国焘本人，党仍给他以改正错误的机会，并争取四方面军的广大指战员，所以，这个《决定》当时只发给党的中央委员，没有向全党公布。

俄界会议公开批判了张国焘的反党分裂活动和军阀主义倾向，改变了在陕甘建立根据地的战略方针，确定用游击战争来打通国际联系，创建新的根据地。

俄界会议的成功也充分表现了毛泽东卓越的斗争艺术。对此彭德怀评价说："毛主席在同张国焘的斗争中，表现了高度的原则性和灵活性。""一、四方面军分裂后，一、三军团到俄界会合，当晚中央召开了会议，有人主张开除张国焘党籍，毛主席不同意。说，这不是他个人的问题，应看到四方面军广大指战员。你开除他的党籍，他还是统率几万军队，还蒙蔽着几万军队，以后就不好见面了。在张国焘成立伪中央时，又有人要开除他的党籍，毛泽东也不同意。如果当时开除了张国焘的党籍，以后争取四方面军过草地，就会困难得多。就不会有以后二、四方面军在甘孜的会合，更不会有一、二、四方面军在陕北的大会合了。上述做法是在党内路线斗争中原则性和灵活性结合的典范。"*2

中央红军住宿旺藏寺

俄界会议后，红军在未受任何阻击的情况下，顺利地通过了达拉沟天险。这里有

---

*1 《第四方面军战史资料选编——长征时期》，解放军出版社 1992 年版，第 152 ～ 153 页。

*2 《彭德怀自述》，人民出版社 1981 年版，第 204 页。

尼傲、九龙两个峡谷，两个峡谷长三四华里，宽则只有二三十米宽，最狭窄处，则只有十米左右宽，只能容一人一马通过。悬崖对峙，两边的山高不见顶，站在谷底仰望，只见一线蓝天；峡谷里一天的日照时间只有四五个小时，谷底深处，则终日晒不到太阳，整天总是阴冷阴冷的。悬崖中间是人工凿成的木桥栈道，下面是湍急奔腾的白龙江水，实有"一夫当关，万夫莫开"之险。这些地区都属于卓尼土司杨积庆的管辖范围，在他的安排下，被国民党军队毁坏的木桥和栈道都已修复，沿途藏族群众纷纷回村送粮送衣，红军也回赠了枪支、碎银、苏维埃纸币等。

走过峡谷，中央红军来到旺藏乡。毛主席就住在旺藏乡次日那村一处藏族民房的楼上。底层是泥土墙体，二层是未经刷漆的木板结构，院里有一个简易的木楼梯，上到二楼，毛主席就住在一间很昏暗的小房子里，毛主席在这里住了三天。这座房子现在基本上还保存完好，改革开放后，作为重要的历史文物得到保护，供游人参观。

旺藏乡有个旺藏寺，是一个比较大的寺院，当时有四五百个喇嘛，到旺藏寺后，除黄开湘、杨成武率领的红 4 团作为先遣部队准备攻打腊子口，整个中央红军几千人绝大多数都住在旺藏寺。

旺藏寺始建于清乾隆九年（1744），修建了一座有两根长柱子的经堂，首次创建了这座格鲁派寺院——卓尼禅定寺的属寺旺藏寺扎西彭措岭。据《迭部史话》介绍："初建时因苯教盛行，皈依佛教出家为僧者很少。乾隆十九年至二十五年，卓尼第十三代土司杨昭之祖母仁钦华宗护政，曾下令'兄弟二人者一人须出家，兄弟三人者二人须出家为僧'。自此，寺僧增多，鼎盛时达四百余人。"由卓尼禅定寺派朝吾活佛达摩和玛日活佛二人担任法台，后成定制。所派法台均系学经于卓尼禅定寺，在该寺居巴扎仓毕业取得"俄仁巴"学位的僧人。该寺有清晰的法脉传承和健全的宗教仪轨。历史上，在迭部境内有时轮续部传承的只有旺藏寺。该寺高墙深院，寺内大小经堂、僧房林立，俨然是一座小城堡。庭院内花草树木布置十分得体，清静幽雅。其中大经堂有八根长柱子，共七间，内供有观世音、弥勒佛、集密、宗喀巴、释迦牟尼、度母、药师、文殊等铜制鎏金佛像共二十四尊，另有泥塑和唐卡佛像，以及达益仓活佛敬献的嘉木样旦巴加措舍利宝塔。有《甘珠尔》《丹珠尔》、宗喀巴三师徒著作，一切智嘉木样大师著作，《尤东巴》《当增》等重要经卷。有各种经典版刻。此外有欢喜佛殿、宗喀巴殿、观音殿等，殿堂内有不胜枚举的三所依。[1]

为了指挥的方便，毛泽东、周恩来等人也搬进了旺藏寺。

旺藏寺给红军提供了几万斤粮食，还有牛羊肉、酥油、盐巴等食品，使红军的给

---

[1] 杨高峰主编：《迭部史话》，甘肃文化出版社 2010 年 3 月版，第 100～102 页。

养再次得到补充，同时也保证了腊子口战役的胜利。

旺藏寺是红军长征过程中在藏族地区住宿的最后一个寺院。

毛泽东到藏族地区后，看到的第一座寺院是宝兴县硗碛寨的永寿寺；毛泽东住宿的最后一座寺院是迭部县的旺藏寺。

毛泽东等中央领导人与红军于1935年9月18日离开旺藏寺，翻过腊子口进入汉族地区。从那以后，直到毛主席逝世，在四十一年的时间里，毛主席再没有到过藏区的寺院。1955年2月，毛主席曾对达赖说：康藏、青藏两条公路已经修通。你和班禅来的时候是骑马来的，回去的时候可以坐汽车。短短几个月，就有这样的变化，说明我们国家的发展是很快的，不但超过了敌人的估计，而且也超出了我们自己的预期。我们的认识往往赶不上形势的发展，往往会犯右倾的错误。

毛主席又对达赖说："公路通车，是个成绩，但这不够，这仅仅是建设新西藏的开始，以后我们还要修铁路，等铁路修好了，我会坐火车到西藏去看你们，我还想去看布达拉宫。"毛主席转过身对陪同接见的中央统战部副部长刘格平说："我们一起去好不好？"刘格平马上说："我愿意陪主席一起去。"

毛主席又慈祥地微笑着问达赖："你们欢迎不欢迎？"

达赖双手合十，兴奋地说："欢迎！欢迎！西藏人民都会非常欢迎，毛主席能到西藏来，是我们西藏人民的光荣和幸福！"

毛主席高兴地说："到时候你要陪我去参观布达拉宫。"[1]

遗憾的是，毛主席的这一愿望没有能实现。

毛主席和中央军委在这里下达了攻打腊子口的命令。

1935年9月16日，毛泽东向林彪、聂荣臻、罗瑞卿、刘亚楼等人部署腊子口战斗。

林彪和聂荣臻从旺藏寺毛泽东的住处出来，天正在下着毛毛细雨，前面高峻的腊子山正锁在云雾里。白龙江的支流石沙河从栈道底下奔腾而过。一尺多宽的小小栈道，被荒草和枝条掩盖。他们顺着这条小径一直走到2师师部，与左权一起实地勘察了地形，向2师师长陈光和政治委员萧华布置了攻打腊子口的任务。

在左权、陈光、萧华的陪同下，林彪亲自到了腊子口山脚下查看地形，并在那里设指挥所，就近指挥。林彪的指挥所设在山脚下一个较大的山洞。由于众所周知的原因，林彪的指挥所被毁坏，而且不对外讲。改革开放后，尊重历史、尊重事实，迭部县文

---

[1] 刘格平（回族，中央统战部副部长，受中央委派陪同达赖在内地参观访问，并护送到成都）、图旺（达赖的翻译）、居勉多吉（中共西藏工委社会部保卫科科长，时任达赖副委员长的警卫干事）访谈录。

物部门和旅游部门现在正在维修、恢复原样，供游人参观；也可给研究者们提供一个更直观、更接近当时历史事实的现场。

遵照毛主席、中央军委的指示，林彪在这座简陋的指挥所架起电话，并给红2师师长陈光和红4团团长黄开湘、政委杨成武下达了攻打腊子口的命令。

突破天险腊子口

腊子口距岷县只有八十公里，这一带的地势地貌既不同于川西北大草原，与西北黄土高原也有很大不同，大多是石质的山体，山高而险峻。但植被很好，有茂密的原始森林，景色秀丽。在当时，红军没有时间也没有心思欣赏这秀丽的景色。他们看到的是腊子口的地势十分险峻，两边是陡峻的哨壁，中间夹着峡谷，有一座木桥架在白龙江上，过桥后就是一条很窄的路，路与河都在两边的峡壁之间延伸。

蒋介石得知红军出了大草地，十分震惊。他怎么也没料到，缺吃少穿的红军能如此快地走出荒无人烟、极难行走的沼泽地。1935年9月7日，恼羞成怒的蒋介石发电给第三路"剿匪"军总司令朱绍良，令其悬赏缉拿毛泽东、林彪等红军领导人，悬赏的价格为：生擒毛泽东者奖10万元，献首级者奖8万元；生擒林彪、彭德怀者，各奖6万元，献首级者各奖4万元；生擒博古、周恩来者，各奖5万元，献首级者各奖3万元；凡生擒共产党中央委员，第一、三军团师以上领导干部者，各奖3万元，献首级者各奖2万元。

从蒋介石悬赏的这个价格看，林彪、彭德怀仅次于毛泽东，可见他对林彪、彭德怀的痛恨。

蒋介石历来迷信"重赏之下必有勇夫"，"诱惑之下必出叛徒"。但是，这一次他却失灵了。

红一方面军到达腊子口之前，国民党剿总司令朱绍良就早已让新编第154师师长鲁大昌派兵在此据险扼守，敌12师唐维部随后增援。蒋介石也亲自电令鲁大昌要"加强工事，严整战备"。

此时，右侧有胡宗南的主力正在靠拢，后面有闹分裂的张国焘，中央估计他会搞阴谋诡计，加害中央。如果红军不能尽快突破腊子口防线，就有被三面合围的危险。

桥头筑有坚固的碉堡，桥西是纵深阵地，桥东山坡上筑满了三角形碉堡。腊子口后面建有仓库，囤积着大批粮食，敌人做了长期死守的准备。桥头守军两个营，整个腊子山梯次配备了一个旅。在岷州城内，还驻扎着鲁大昌四个团的主力部队，随时可以增援。

16日夜，战斗打响了。攻打腊子口的是2师4团，2营6连担任主攻。由于口子太窄，敌人用手榴弹控制了木桥前面那段隘路，五十米的路面上铺了一层手榴弹破片和没有拉弦的手榴弹，有的地方已经堆了起来。6连已伤亡多人。

午夜2点钟，林、聂令6连撤下来休息，重新组织进攻。

他们来到4团指挥所，组织指战员共同想办法，经讨论决定：由黄开湘亲自带两个连，在离腊子口数百米处渡过白龙江，仍以6连正面进攻，吸引住敌人；以1、2连从腊子口的右侧，攀登陡峭的崖壁，摸到敌人背后去进行突袭。

这时，林彪、聂荣臻、左权就站在相距二百米远的栈道旁边的树林里，敌人的子弹不时飞进树林，2师政治部组织科长刘发英就是在这里负重伤后牺牲的。

主攻的6连重新调整部署，组织敢死队，隐蔽地接近到桥的这一端。一个战士抓着桥下横木过桥时掉进了激流，把敌人惊动了，敌人向桥下猛烈射击，从而也就吸引了敌人的火力，连长胡炳云乘机带着人冲上去，与敌人展开肉搏战。

正在这个节骨眼儿上，腊子口背后的半山腰升起一颗表示迂回成功的白色信号弹。白色信号弹刚从高空闪烁着徐徐下降，红色信号弹接着飞向夜空。

放信号的是4团通信股长潘峰，他只顾高兴，忽略了上前一步便是悬崖，就这样从悬崖上滚落下来，多亏一棵小树把他挡住了，才没掉进激流。他从昏迷中醒过来时，天已拂晓，发现敌人正向后溃退。他成了腊子口战役胜利的目击者。

腊子口的顶峰披上红霞时，6连敢死队与4团团长黄开湘率领的迂回部队胜利会师。敌人逃跑时在老林里放起了火，一时间火乘风势，烈焰腾空，噼噼啪啪之声遍山崩响。红军战士们在忽闪忽闪的火焰中冲过去，勇追不舍。

腊子口战役是红军在长征中出奇制胜打的一场硬仗。

占领腊子口后，林彪在陈光和左权的陪同下登上山峰，举目四望，群山巍峨，森林茂密，峡谷幽深，河流湍急，他感慨无限，说："我要拿一个团守卫腊子口，蒋介石一个军也不要打算过去。"他对红军战士的英勇善战，感到骄傲。

陈昌奉，长征时为毛主席的警卫员，解放后曾任江西省军区司令员、江西省委书记。他在《不到长城非好汉》一文中这样回忆腊子口战役：

9月中旬的一个夜晚，我们到了离腊子口很近的一个村庄。我给主席搭好了铺，准备请他休息。主席却又到前面部队去了。我赶到那里，见桌上摆满了地图，不少首长正在向主席汇报腊子口的情况。

听说，腊子口是甘肃、四川两省的"天险门户"，也是我们北上抗日很重要的一个关口。如果不能突破腊子口，很可能要南下再回草地，也许西进绕道进青海或者进川东北过汉中。这一切当时都是行不通的，只有突破腊子口，才能尽快地到达抗日前线，保证毛主席北上抗日正确路线的顺利实现。但是腊子口确实是一个天险。这个山口子也就是三十多米宽，两边都是悬崖绝壁，右边绝壁下的腊子河，激流飞溅，汹涌澎湃，灰色的水柱冲击得绝壁上的石块、树叶落入水中，一眨眼的工夫就不见了。就在这绝壁激流间架着一座独木桥。桥上、桥西、桥东，甘肃军阀鲁大昌不仅修有碉堡、阵地，还有几个团的兵力居高临下在防守着。我们抓到的俘虏说："红军长官，腊子口是天险。飞鸟可过，走兽难行呀！你们绕道走吧！"俘虏的话，激起了大家更旺盛的战斗情绪，增强了非拿下腊子口不可的决心。我听"上干队"（干部团的一个队，多是负责同志）的首长说：长征以来，没有人走过的大森林，我们穿过了；没有人爬过的雪山，我们登上去了；没有踩过的草地，我们把它踩平了。不就是个腊子口吗？有什么了不起！特别是担任主攻腊子口任务的那个营，原是懋功一、四方面军会师后，四方面军编入右路军的一支很有战斗力的部队。大家说：打好第一仗，去见毛主席。

那一夜，天快亮了主席才回住地来休息。

第二天，天险腊子口终于被我们攻破了。主席到攻占腊子口的部队里看望了指战员（那时四方面军的同志还不认识主席）。后来在陕北的一次会议上，主席作报告的时候又问："哪些是打腊子口的同志？站起来看看！"英雄们红光满面地刷的一声站起来，大家都报以热烈的掌声。*1

陈昌奉在这里说的"四方面军很有战斗力的部队"，说的就是担任攻坚任务的4团2营，根据徐向前的提议，整建制划归一方面军。突击连连长叫胡炳云，四川南充人，解放后曾任兰州军区副司令员兼陕西省军区司令员，开国少将，他曾撰文详细介绍攻打腊子口的情况。

腊子口战役前，朱绍良和鲁大昌命令保安司令杨积庆率领他的两万保安部队（号称"两万骑兵"，实际只有一万多人）配合鲁大昌部死守腊子口。但在战斗打响前，杨积庆以"保卫卓尼城和禅定寺"为借口，撤走了他全部的保安部队。这是腊子口战役能够顺利进行的一个极为重要的原因。

现在，甘南藏族自治州和迭部县政府把原来很狭窄的腊子口遗址，扩展成了一条四十米宽的公路和广场，腊子口战役纪念碑就建在这里。由当年腊子口战役的指挥者之一杨成武将军题写碑名。

在不远处，还修建了腊子口战役纪念馆，搭建了一些藏式帐篷和木屋，作为旅游

---

*1 杨高峰主编：《迭部史话》，甘肃文化出版社2010年3月版，第54～55页。

的配套设施。这里已成为红色旅游和进行传统教育的好地方。

毛主席说："我们锻炼得更加坚强了。"

张国焘分裂红军，抗拒中央命令，率部南下，指战员中议论纷纷，军心浮动。党中央率一、三军团单独北上，部队中有人担心红军的力量削弱了，对革命的前途感到忧虑。为了及时把俄界会议精神传达到红军指战员，解释部队中存在的种种认识问题，毛泽东、张闻天等中央领导同志亲自给部队做宣传教育工作。就在彭德怀、林彪准备攻打腊子口的时候，毛泽东在驻地附近的一个大森林里集合部队，召开大会，张闻天、博古、邓发、李德、李维汉等出席。

毛泽东在会上发表了重要讲话，他说：

"同志们！你们好！我们最近召开了一个重要会议，揭发批判了张国焘的逃跑主义和分裂党、分裂红军的罪恶阴谋。并决定：我们的红军还要继续北上。这不仅是我们的希望，也是全国人民的希望。"

毛泽东接着说："前几天，当我们迅速脱离危险地区后的行军路上，张国焘曾指使陈××派遣了十多个武装骑兵，趁着部队休息，叫喊：'是四方面军的回去！'这充分暴露了张国焘他们分裂党、分裂红军的大阴谋。但是，他们没有得逞。那天，虽然有的同志跟他们走了，但是，四方面军的广大指战员是好的，是坚决拥护党中央北上抗日方针的，我们有信心取得北上抗日的胜利！"

毛泽东充满信心地说："从表面上看，我们的人数是少了，但从质量上看，我们锻炼得更加坚强了。今后，我们一定能'以一当十'，而且一定能够起到'以一当几十'的作用。张国焘分裂党、分裂红军的罪恶目的，不仅不能得逞，而且是不会有好结果的。我们完全可以预料：他们将来一定会回来的。我们为他们的先遣队，为他们回来开路，为他们将来北上扫清道路。"

毛泽东最后号召："同志们！让我们紧紧地团结起来，向种种困难作斗争。胜利一定属于我们党所领导的英勇红军的！"[1]

毛泽东生动有力的讲话，使广大指战员一扫因张国焘闹分裂而带来的一片愁容，鼓舞了大家的信心和勇气。

腊子口战役的胜利，为毛泽东的讲话作了最生动也最有力的论证。

1935年9月18日，红军先头部队占领哈达铺。

---

*1 刘清明：《从巴西到俄界》，载《四川文史资料选辑》第72辑，第158～159页。

9月18日，毛泽东、张闻天和彭德怀率陕甘支队，离开旺藏寺，翻越腊子口，于19日到达哈达铺。

周恩来因病重，高烧不退，留在旺藏寺休养，陕甘支队即一、三军团都离开了旺藏寺，身边只有警卫人员、医务人员和一个警卫班，共二十多人。旺藏寺喇嘛用藏药给周恩来治病，让他服用麝香和熊胆，退烧消炎。这可能是周恩来第一次服用藏药，效果很好，很快退了烧。休息了三天，周恩来急欲追赶部队，在旺藏寺喇嘛和当地藏胞的护送下，于20日翻越腊子口，21日到达哈达铺，与毛泽东、张闻天、彭德怀等人相会。

也许是由于这次服用藏药，藏医为周恩来治病，给他留下了深刻印象。新中国成立后，作为共和国第一任总理，周恩来十分关心藏医藏药的保护和发展，明确指示：藏医藏药是我们祖国传统医学中医中药的一个重要组成部分。"文化大革命"时期，各省、自治区大搞精简机构，大砍大减，在西藏，有人要撤销拉萨市藏医院，并入西藏自治区人民医院，设藏医科。周总理知道后，立即指示时任卫生部部长的刘湘萍，藏医院不能撤，还要发展。在周总理的关怀下，拉萨市藏医院才得以保存，在改革开放的大好形势下，得到前所未有的发展。

作为共和国总理，身系国家安危，心里装着五十六个民族的同胞兄弟，日理万机，千头万绪，还要关心一个处级单位的医疗机构的设置问题，这不是一件寻常之事，不能不让人感动万分，感慨万千，更加敬仰和热爱人民的好总理！[1]

关于藏医为周恩来治病的情况，《迭部史话》里有这样的叙述：

（1935年9月11日）傍晚5时，毛泽东等中央首长安全到达俄界时，周恩来的病，由于山道颠簸和粒米未进而更趋严重了。翌日，中央政治局召开扩大会议（俄界会议），周恩来因病未能参加。当晚，他的病更重了，一直昏迷不醒，发高烧，说胡话。毛泽东和几位中央首长及医护人员急得团团转，也毫无办法。这时，村头传来了几声枪响，一会儿通信员报告说，警卫团抓了一个偷偷进村的藏民，司令部正在讯问。原来该村的藏民因受反动宣传的蛊惑，红军到达时，全部躲避到对面山林中了。毛泽东等人到司令部一看，只见一个蓬头垢面的藏族小伙子，瞪着一双惊疑而畏惧的大眼，愣愣地凝视着大家，一语不发。通过翻译询问，才知道他叫赛浪，母亲在山里得了重病，是回家来拿藏药的。毛泽东和几位中央首长商定，在征得赛浪同意后，由卫生部派两位

---

[1] 1981年5月在拉萨，中共西藏自治区党委原副书记、西藏自治区人民政府原副主席郭锡兰，拉萨市藏医院院长强巴赤烈访谈录。

医生到对面山林中去为赛浪母亲治病。

大约过了两个小时，赛浪背着他母亲回村了，随行的还有他的妻子、妹妹和一个面目黑瘦的老喇嘛。赛浪介绍说，这位老喇嘛是他的伯父，在附近高吉寺当藏医。据卫生部的两名医生说，赛浪母亲患的是重感冒引发伤寒，打了两针、服了退烧药后，已经好多了。同时还推荐说这位老喇嘛是位医术高超的藏医，他曾在西藏大昭寺学医，获得藏医高级职称"格西"学位，在这一带为僧俗群众看病，很有名气。毛泽东和中央首长及卫生部领导与医生们磋商后决定，恳请老喇嘛给周恩来用藏医治疗肝病。9月18日凌晨，毛泽东随攻打腊子口的红四团先行出发了，留下卫生部领导和几位医生及警卫员，在俄界村和高吉寺住了三天，让藏医老喇嘛给周恩来进行治疗。几天以后，周恩来一行三十多人随后卫部队赶到了哈达铺，与毛泽东等中央首长会合。他的病情虽未痊愈，但能吃饭行军了，也能从事领导工作了。这段长征途中鲜为人知的藏医为周恩来治疗肝病的经历，至今还流传在俄界一带。[1]

这里说，周恩来"在俄界村和高吉寺住了三天"，"俄界村和高吉寺"范围太广，实际上周恩来住在旺藏寺，那是禅定寺的子寺，而禅定寺的住持是杨积庆本人，旺藏寺的法台要由杨积庆委派。

假若当时中央和周恩来本人对杨积庆土司在政治上没有高度的信任，假若对周恩来的安全没有绝对的保证，假若中央和周恩来本人对当时的环境条件和政治形势没有准确的把握，中央断然不敢、也不会把周恩来一个人留在后面，这是长征以来从未有过的。

毛泽东和其他中央领导人1935年6月13日到达宝兴县硗碛寨，于1935年9月18日离开旺藏寺，翻越腊子口，在藏族地区共停留九十七天。

周恩来因病在旺藏寺休养三天，共停留整整一百天。

当时在哈达铺并无敌军，红军在这里缴获大批军粮和公盐，并且获得了一些国民党地区的报纸《大公报》《山西日报》等。从报纸上得知陕北还有革命根据地。后来彭德怀在其《自述》中说："在哈达铺休息了四五天，从报纸上看到陕北有刘志丹苏区根据地，很高兴。"聂荣臻在其回忆录中说："9月19日，我和林彪随二师部队进驻哈达铺。在这里我们得到一张国民党的《山西日报》，其中载有一条阎锡山的部队进攻陕北红军刘志丹的消息。我说，赶紧派骑兵通信员把这张报纸给毛泽东同志送去，陕北还有一个根据地哩！这真是天大的喜讯！"

---

[1] 杨高峰主编：《迭部史话》，甘肃文化出版社2010年3月版，第46～47页。

当时还有这么一件事：国民党军鲁大昌部的一个少校副官从兰州回来，路经哈达铺，带着几个驮子的书籍、报纸、衣物等，被红军侦察连（连长梁兴初、指导员曹德连）捕获，从这些驮子里查获到一批近期报纸，上面登载了徐海东率红军和陕北刘志丹红军会合的消息，还有敌人诬称"匪区"的陕北革命根据地略图等。据张闻天1935年9月22日的读报笔记记载，7月29日《大公报》的社论《论陕乱》中说："第一，国人应注意者，现在不独陕北有共军，陕南亦然，徐海东一股猖獗已久迄未扑灭，故论陕乱，不能专看北部。第二，过去所谓陕北——榆林、绥德、延安属，近则韩城一带也观共军迹，是由陕北而关中矣。第三，就陕北言，兵队确不为多，就全陕论，则目下集中之军队殆不下十师以上，而共方总数通南北计之有械者尚不过万余。""关于农村赤化问题，陕北确甚于陕南，陕南赤区小，为时也暂，陕北则有广大之区域，与较久之根据地也。大体言之，陕北二十三县近驻井岳秀师，担任守榆林府属五县及米脂县，情形较安，绥德以南迄延安郡州一带七八百里间路早不通，多不可问，近月陷城之县有六，即延长、延川、安塞、保安、安定、靖边，高桂滋师驻绥德，目下可维持两三县，余不可及。近时最危者为延安城之运命，驻有井高两师部队，已月余不通音耗。延安以南，情形更不可知。"

7月23日的《大公报》报道了山西阎锡山的讲话："陕北共匪甚为猖獗，全陕北二十三县几无一县不赤化，完全赤化者有八县，半赤化者十余县。""全陕北赤化人民七十余万，编为赤卫队者二十余万，赤军者二万。"

8月1日的《大公报》上说："现在陕北状况正与民国二十年之江西情形相仿佛。"报上还登载了国民党军第84师师长高桂滋的话，盘踞陕北者为红二十六军，其确实人数究有若干，现无从统计，但知其枪有万余，共军军长刘志丹辖三师，为主力部队，其下有十四个游击支队，此外各种小组及赤卫队等则甚多，共军现在完全占领者，有五县城，为延安、延长、保安、安塞、安靖等。

《大公报》在这一时期大密度地报道陕北红军的情况，可以看作是从另一个方面向中央红军传递信息。

张闻天在这天的笔记中说："据我们所知道的徐海东同志所领导的二十五军，以前曾占领甘南之两当、徽县，逼近天水，陷秦安，渡渭水，而至陕甘之交，取得许多伟大胜利，现在想来已与陕北之二十六军取得了联系。"

根据这些报纸，毛泽东、周恩来、张闻天等作出了长征落脚陕北的正确决定。在哈达铺的关帝庙里，毛泽东向团以上干部作报告，动员大家振奋精神，继续北上，到陕北去。他说：现在民族危机在一天天加深。我们必须继续行动，完成北上抗日的原定计划。首先要到陕北去，那里有刘志丹的红军。从现地到刘志丹创建的陕北根据地不过七八百里的路程，大家要振奋精神，继续北上。[*1]

长征路上的加油站

中央红军顺利通过迭部地区到陕北，与刘志丹率领的陕北红军胜利会师，并建立新的革命根据地。一年之后，1936 年 8 月，朱德、刘伯承、贺龙、徐向前等同志率领红二、红四方面军从川北包座出发，进入甘南藏区，8 月 5 日，红二方面军先头部队红六军、红四方面军先头部队进入迭部境内。杨土司再次秘密派人引路，二、四方面军沿一方面军的路线顺利走出迭部沟，进入勾洁寺，途经达拉乡，北出达拉沟，经高吉、尼傲、旺藏、花园、洛大、翻越鹰鸽嘴进入腊子口，从这里到达哈达铺，完全是按中央红军的路线走的。因部队太多，腊子口峡谷十分拥挤，大部队无法展开，二方面军绕过另一座山口进入陕北。四方面军过了腊子口，接着攻下岷县城，沿洮河南岸进入羊化桥，接管临潭县政府，建立了苏维埃政权。杨积庆亲拟书信，派员牵马送羊，连夜到临潭新城红军指挥部慰问，表示友好。红二、四方面军从进入迭部到全部出境，先后长达一个月左右时间，他们都得到了杨土司的帮助。

迭部地区成为长征途中一个重要的加油站。

红军走了以后，国民党反动派和地方军阀开始反扑，捕杀流落红军和伤病员，破坏苏维埃政权。杨积庆想方设法，尽其所能，保护安置流落红军和伤病员，让他们与当地藏族妇女成家立户。现在一些健在者，提及往事，感慨万分，无不感激当年藏族人民和杨土司对他们的保护和帮助，他们现在已儿孙满堂，安度着幸福的晚年。

[*1] 参见力平、余熙山、殷子贤著《中国红军长征史》，中共党史出版社 1996 年 8 月版，第 205 ～ 207 页。

第十二章 周副主席与杨土司

一张老照片透露的历史信息

杨积庆烈士博物馆有一张老照片，是黑白的，画面上有三个人，他们是：美国地理学会调查团负责人约瑟夫·洛克，《大公报》记者范长江，另一个人就是卓尼土司杨积庆。背景是辽阔美丽的卓尼草原，他们三人坐在草原上，显得轻松而潇洒。

这张照片摄于 1935 年 8 月 20 日。

这时，红军已分左、右两路纵队走进茫茫大草原，向甘南藏区进发。距离林彪率领的红一军团到迭部地区只有十五天。

洛克作为美国地理学会的负责人，在卓尼住了三年多，后来到云南德钦藏区，即现在的迪庆藏族自治州，是最早到我国藏族地区进行学术考察的美国学者之一。由于他进行了开拓性的工作，并取得了多方面的成就，早已为人们所熟知，他本人也成为一个研究对象。

范长江是位著名的新闻工作者，是新中国新闻事业的创始人之一，在国内外享有盛誉。但当时他仅仅是个刚刚担任记者的年轻人，名不见经传。

但是，卓尼土司则不被外界所知。而他恰恰是这个地方的主人，在当时具有重要影响和作用，洛克和范长江都是作为他的客人来到卓尼。

在当时，范长江只是受聘于《大公报》的一个普通的年轻记者，在社会上毫无影响和名气，也没有任何资料表明他与美国学者洛克有什么关系，他不是来找洛克的，这一点是可以肯定的。

他们三个人为什么在一起？洛克是什么人？

洛克是什么人？

约瑟夫·洛克（Joseph F. Rock, 1884～1962），1884年出生于奥地利维也纳，1905年只身到美国夏威夷学院教植物学，从1920年至1949年，他由美国国家地理学会、美国农业部、哈佛大学植物园、哈佛燕京学社派往中国考察。他在中国考察期间还受聘美国《国家地理》杂志，给杂志拍摄照片和撰写文章。洛克是一位具有语言天赋和识别植物能力的天才人物，精通英、德、拉丁、阿拉伯文和汉、藏、纳西族文字在内的十个语种，特别是他描画地图的能力尤为出众。1924年至1927年洛克大部分时间生活在甘青藏区，主要考察范围在甘南藏区，考察期间他的足迹遍布青海湖、青海果洛、祁连山、夏河、合作、卓尼、迭部、临潭等地。在甘南进行科学考察时，与拉卜楞寺五世嘉木样活佛丹贝坚赞（黄正光）和活佛的父亲贡保端主（黄位中），西北军阀马麒、马麟，卓尼土司杨积庆，临潭回教西道堂教长均有往来。在当地土司、活佛、头人的帮助下，采集了大量的植物种子和植物、鸟类标本，为后人留下了大量反映当时民俗、宗教、生态、交通、贸易等历史的图片和文字资料。

洛克第二次到甘南是1925年4月23日，从岷县到达甘南的卓尼，认识了西北最大的土司杨积庆并结为朋友。

1928年11月的美国《国家地理》杂志上，洛克写的《生活在卓尼寺院》一文和在文中附的四十九幅照片（其中十六幅为彩色图片），用了四十六页的篇幅对卓尼土司杨积庆管辖的禅定寺、卓尼版《大藏经》以及卓尼的民俗风情和优美风光进行了全面描述，为研究禅定寺及卓尼乃至安多藏区藏传佛教文化提供了珍贵的文字影像资料，在西方世界引起了轰动，然而国内对这些情况以及洛克在甘南藏区的考察成果鲜为人知。

当洛克徜徉在迭部广袤的植物海洋之中陶醉其间时，发出这样的感慨："迭部是如此令人惊叹，如果不把这绝佳的地方拍摄下来，我会感到是一种罪恶"，"我平生未见过如此绚丽的景色。如果《创世记》的作者曾看见迭部的美景，将会把亚当和夏娃的诞生地放在这里。迭部这块地方让我震惊，绝对是一块处女地。她将会成为热爱大自然的人们和所有观光者的胜地"。在今天"香巴拉"被丽江、中甸、稻城、迪庆等地"争夺"不休的时候，翻开被尘封的这段历史，有谁能够知道就是这块神秘的地方，早在八十年前就被洛克称赞为人间天堂"香巴拉"了。形成今天滇西北地区乃至世界性的旅游热点，是因为和这个叫洛克的奥地利人联系在一起，然而却鲜有人知坐落在祖国西北边陲的甘南藏族自治州的卓尼迭部，曾被洛克最早称为"香巴拉"。

范长江为什么到卓尼？

范长江虽然受聘于《大公报》，但《大公报》并没有给他采访藏族地区的任务，更没有指派他去采访杨土司。范长江是第一次来到大西北，通过这次采访，回上海后写了一本书，书名就叫《中国的西北角》。考察"中国的西北角"，不先到西安、兰州，也不到西宁，却直奔草原深处的卓尼。

那么，这位年轻人为什么从大上海来到这个当时还很偏僻的卓尼？一到卓尼，就与大土司杨积庆取得联系，成为他的座上客，受到热情接待。是谁派他来的？此行的主要任务是什么？

后来的事情表明，范长江此行，与红军长征有着密切关系。

前面谈到，遵义会议改组了中央领导，恢复了毛泽东对红军的领导权，成立了以周恩来、王稼祥和毛泽东组成的新"三人团"。红军飞夺泸定桥，在泸定召开中央会议，决定派陈云和潘汉年到上海。他们的主要任务是：

一、向共产国际汇报红军的近况和遵义会议的精神。

二、恢复遭到国民党严重破坏的党的地下组织。

三、为正在长征途中的党中央提供外界的信息，使中央能够及时地选择正确的前进方向。

30 年代初，党中央在上海时，陈云和潘汉年就在周恩来直接领导下的中央特科从事秘密工作，是两位卓越的地下工作者，为保卫党中央作出了重要贡献。上海地下党和党的情报工作都是由周恩来直接领导的。

这次也是根据周恩来的建议，经中央同意而派遣的。陈云和潘汉年到上海后，遵照中央的指示，开展了卓有成效的工作，迅速恢复了遭到严重破坏的党的地下组织。陈云主要负责与共产国际的联系，不久到莫斯科向共产国际汇报，并担任中共中央驻共产国际的代表。

潘汉年主要负责恢复和发展地下党的工作。潘汉年是一位作家，思想敏锐，才华横溢，曾经参加过鲁迅领导的左翼作家活动，与鲁迅有过直接的交往，与上海的文化艺术界和进步青年有着广泛的联系。与冯雪峰一样，潘汉年是党组织与鲁迅之间的联系人。潘汉年是在长征途中、遵义会议之后离开红军的，他自然十分关心中央红军的前途和命运。在当时敌强我弱的形势下，红军不可能在国民党反动势力强大的中心城市求得生存和发展，并建立巩固的根据地，只能在敌人势力比较弱小的大西南和大西北求得生存和发展。而这些地区很多是少数民族，主要是藏族和回族同胞聚居的地方。

做好这些地方的少数民族同胞的工作，消除历史上遗留下来的民族隔阂，加强民族团结，建立广泛的反蒋抗日统一战线，就显得特别重要和迫切。

这一时期《大公报》大密度报道有关红军的消息，与潘汉年和上海地下党有着直接关系。

范长江就是在上海地下党的影响和帮助下参加革命工作的一位进步青年，后来成为一位优秀的新闻工作者。当时，他是作为《大公报》的记者，从大上海直接来到偏僻的卓尼地区。而这时毛泽东、周恩来、张闻天、彭德怀、林彪率领的中央红军正行进在川西北的大草地，处于最困难的境地。在中央红军走出草地、到达卓尼地区的前七天，林彪率一军团到迭部的前十五天，范长江来到卓尼，并与卓尼土司杨积庆直接见面，这件事绝非偶然。虽然我们没有找到范长江受上海地下党的派遣来做杨土司工作的直接材料，但从范长江与上海地下党和进步人士的密切联系，他与续范亭和潘汉年的来往，以及以后得到周恩来副主席的直接关怀并参加革命，后来一直在周恩来领导下从事新闻工作这一系列情况，可以看到范长江到卓尼是带有重要任务，要为红军顺利通过藏族地区创造条件。

那么，范长江来到大西北的藏族地区后，为什么首先与杨积庆取得联系？这是因为，杨积庆在川西草原和卓尼地区具有重要地位和影响。

范长江在《中国的西北角》一书中写道：

在临潭休息一日，二十日至洮河南岸访问杨土司。洮河与白龙江之间，为终年积雪之叠山，树林茂盛，山势重叠，因以得名。杨土司受封于明代，世袭已十余代，至现在土司，其家族殆已完全汉化。现任土司名积庆，号子瑜，年在四十左右，受甘肃省政府委为洮岷路保安司令。其司令部及私人住宅，原皆在卓尼，有大喇嘛庙，曰卓尼寺。曾盛极一时。（民国）十七年回乱后，迁泼鱼。泼鱼在叠山山脉北麓，洮河南岸，为一幽美恬静之村庄。离卓尼寺十五里。记者过洮河后，山风袭来，冷不可支，经数重碉堡，始到泼鱼。杨氏住宅即为司令部，司令部门前颇缺乏整作气象。其所率军队，曰"番兵"，皆为藏民，既无组织，又无训练，有事调之出，即以乌合之形势而临阵。枪械、弹药、粮食、马匹，皆为自备，故难有统一行为。杨氏自练有特务营一营，以为护卫，完全照汉军编制、装束，唯精神不振，司令部大门内放有迫击炮数门，尘土已满。相见后，杨氏以极流利之汉语相寒暄，其院内及客室中布置，完全如汉人中上等人家。其用以待客之酒席，完全为内地大都市之材料，烟茶亦为近代都市上用品。杨氏衣汉式便服，衣料亦为舶来品之呢绒等货。记者颇惊此边陲蛮荒之中，竟有此摩登人物也。

杨氏聪敏过人，幼习汉书，汉文汉语皆甚通畅。对于藏语反所知甚少。喜摄影，据云已习照相二十余年。其摄影之成绩，以记者观之，恐非泛泛者所能望其项背。杨氏足未曾出甘肃境，但因经常读报，对国内政局，中日关系事件，知之甚详。

杨之经济与政治基础，至为薄弱。藏民之在洮河一带者，所谓"熟番"，对杨之赋贡，每年不过以"什一"之比例，提供其牲畜而已。其在白龙江上之藏民，每年仅纳现款二百钱。洮州银价，每元合五千文，是藏民每年对土司之赋贡，尚不到五分大洋也。此外藏民打猎所得，如虎豹之类，亦有贡纳之规定，然所得无多。杨氏所处之社会，为牲畜到初期农业时代，而其生活之消费，则已至近代工商业鼎盛时期。生产与消费相差之时代，当以千年计。杨氏经常来往商店，为上海先施公司，为上海柯达公司货物通用邮寄。尤以其对柯达公司有二三十年长期交易，信用卓著，即不汇款亦可以请公司先行寄货，且已屡试不爽。以如是之收入，作如是之支出，则其入不敷出之差额，必异常巨大。赖以挹注之方者，唯其自己派人直接经营之土产贸易。每年伊必有大批党参运卖天津北平等地，近年来市场阻滞，此种收入逐渐摇动。

政治思想方面，杨之趋向，倾于接受汉族文化，承认汉族统治，对鲁大昌之情感，虽甚恶劣，而对甘肃省政府，与南京中央，则绝对服从，对胡宗南观念尤佳。对胡宗南部之接济，极卖气力。唯其对藏人之统治，则采完全封建的、神权的方法，毫无近代有力的政治机构，更丝毫无民族主义之意识。

但杨与记者谈过去一般汉人对彼之态度，辄使之摇头不已。凡与杨氏及其部下办理任何交涉之汉人，几无人不视之为野蛮愚劣之下等民族，而以愚弄、欺骗、恐吓、压迫等方法取藏人之财货。正谈话中，适有藏兵送报告至，杨氏看毕叹息，转以示记者。视之，则其第一团团长姬某所呈报告，姬团现住白龙江南岸之杨布大庄，有某委员至杨布大庄视察碉堡，姬团整队欢迎，并妥为招待，次日，某委员问姬团长索虎豹狐狸等皮，及鹿茸、麝香、骒马等，姬团无以应，乃推该地不出产上述各物。某委员大怒，立命限于一日内筑成一百余座碉堡，否则呈报上峰究办！

杨土司生于安乐，无发奋有为之雄图，虽其有为藏族前途努力之机会，亦视其自身是否善于利用之耳。

杨氏晚间更对记者谈其处境之困难，请记者为之代办数事。伊仅有秘书长一人，无参谋人员，司令部中此外更无助手，当不足以言发展。次日临去时，杨谓近十年来英美法人之至其辖区内调查者，已有二三十人，甚有其家中住居一二年者，中国新闻记者之至其境者，尚以记者为第一人，言罢，不禁唏嘘。

二十一日冒大雨绕道卓尼回临潭，马行甚滑，下山尤难。次日，雨仍不止，二十三日始首途赴旧城。沿途所有村庄，只剩颓垣一片，其回家者，亦寥寥无几人。下午三时许达旧城，城内外亦只残败土墙，家屋全好者无多。可以想见当时种族仇杀之惨烈。[1]

范长江在《中国的西北角》里，以很大篇幅介绍了有关红军长征的情况。范长江的采访记是要在国民党统治下的大上海发表，所以他在文中只泛泛地谈了到卓尼的过程，而没有谈他此行的目的，也没有透露他与杨积庆土司谈话的内容。人们不禁要问：此行何为？更增加了神秘色彩！

从范长江的文章人们至少可以看到：

第一，范长江基本上是沿着红军走过的路到卓尼的。只是他没有走水草地，路上没有耽误，早到了卓尼。

第二，到了卓尼之后，作为记者他没有采访独具特色的藏族风情和宗教文化，却很快就离开了。他离开之后，红军到来之前，杨土司下令修复了他根据国民党政府的命令而毁坏的栈道、桥梁和道路，调离了在迭部的部队，并开仓放粮，为红军提供帮助。

第三，第一次在有影响的《大公报》含蓄而又客观地介绍了红军的情况。在中央红军离开苏区开始长征后，国民党统治区域里的报纸上，铺天盖地全是红军"溃散""败走"、被"剿灭"的消息。范长江的文章告诉人们，红军剿而不灭，溃而不散，败而弥坚，依然存在，依然在奋斗。这在当时对广大国统区的人们来说，具有重要意义，给他们以鼓舞和信心。

红军北上之后，杨积庆土司和迭部地区的藏族人民还尽力保护、安置红军的伤病员和流落的红军战士。杨高峰主编的《迭部史话》一书中，有这样的记载：

红军在两次长征经过迭部途中，先后流落了七八百名人员。因为从川西若尔盖县最后一个村庄毛弄到哈达铺，长达三百余公里，几乎都是在崇山密林、峡谷栈道行军。路途崎岖不平，岔路隘口众多，方位难辨，一不留神就会摔下深涧，或迷路，或失散。特别是在红军军部的机关里，设有新兵团，大都是由十五岁以下的男女儿童混编而成。他们因年幼体弱，又缺乏粮食，往往走不动路，在半途昏厥、迷路、掉队者特别多。

红军过去后，鲁大昌疯狂地进行"清乡"，在迭部腊子口、桑坝、洛大等乡大肆搜捕、屠杀流落掉队的红军。他们把红军留下的遗物全部以"战利品"的名义搜去请赏；对藏匿在当地群众家中的红军战士，挨家逐户进行搜捕和惨杀。而杨土司和迭部地区

---

[1] 范长江：《中国的西北角》，载沈谱编《范长江新闻文集》，新华出版社2011年版，第129～131页。

的一些开明人士及土官头人，没有对流落红军采取任何迫害措施。特别是杨土司，他为了不让大批流落红军落入鲁大昌的魔掌，就把失散在迭部沟的部分红军先集中起来，有的派去挖淘金；有的在崔古仓整修了一段时间的粮仓后，分别让当地藏民领去抚养，一些被收为养子、养女；有的与当地藏族青年婚配联姻。到解放初期，迭部县境内就有流落红军二百余人，在90年代初还有十余人。他们能幸运地活下来，见到新中国的成立，与当年杨土司等人的暗中掩护和收容是分不开的。[*1]

军阀鲁大昌下毒手，杨积庆遭遇灭门之灾

杨积庆接到朱绍良和鲁大昌的命令后，不但未堵截红军，反而暗中让道，开仓放粮，使鲁大昌腊子口防务失利。鲁将失利的责任推给杨积庆，把仇恨全部发泄在杨积庆身上，当即向国民党中央、省政府和第八战区司令部指控杨积庆"阳奉阴违，不但不遵命阻击，反而开仓供粮，私通红军"，该报告称："匪抵若尔盖后，即决定由第二路入迭部而出岷县，杨土司遣代表赴迭部欢迎毛泽东，一面向省长王宁国虚报抵御，一面放弃达拉沟天险，于鹦哥花园地方资匪麦粮两千石，匪经草荒饥饿之余，赖此粮食得以从容休息，然后猛出岷县而转窜陕北。(民国)二十四年(1935)秋，毛泽东窜甘转陕后，杨土司通匪之事实，人莫不知之者。省政府以宽大为怀，未加过问，而杨则狡诈成性，多方弥缝，以毛泽东赠彼之轻机枪多架，向外宣传系彼剿匪之胜利品。二十五年(1936)6月朱、徐股匪由西康甘孜县东窜阿哇，时洮岷方面165师驻防兵力甚单。杨土司以中央大军不在西北，于是大胆公然与朱、徐合作，派遣多数土民，将岷山迭部山道险路修建平坦，并沿途于匪供应粮食。一面向鲁师长报告匪由阿哇南窜松潘，迭部清静，并无匪，乘县各方无备之机，大股共匪由杨派人向导出拉子口(即腊子口)而围岷县，匪围岷县之后，杨更结合沿岸之番民欢迎徐向前，于8月22日由犀牛沟过杨花桥而犯临潭县城，临潭汉民以杨通匪故，均皆附和之。"

鲁大昌的报告，从反面证明了杨积庆土司的确给予了红军极大的帮助。

该报告陈述杨土司的所谓"通匪""罪行"之后，要求严惩。不久朱绍良调离甘肃，对于"杨积庆私通红军"之事才不了了之。朱绍良清楚：如果深究杨土司"通共"的责任，朱绍良自己也脱不了干系，他与胡宗南、薛岳等人矛盾很深，他们也不会放过他。但是，鲁大昌并不甘心，进一步策划更险恶的阴谋。一面收买杨部下属2团团长姬从周、房科书记官方秉义等，一面联络临潭地痞陆剑平、李识音、王禹九等，在

---

*1　杨高峰主编：《迭部史话》，甘肃文化出版社2010年3月版，第45～46页。

岷县鲁大昌师部、兰州昆仑饭店等处秘密聚会，策划杀害杨积庆的阴谋。1937 年 8 月 26 日夜，鲁大昌派其团长窦得海率领一营兵力，着便衣，深夜从临潭新堡渡洮河，潜入杨积庆官邸博峪，在内部叛徒的接应下，突然袭击，将杨积庆及长子杨琨等一家七口人杀死，此外还杀害其他亲属及随从十余人，年仅七岁的幼子杨复兴因熟睡滚落到床底下，未被发现，奇迹般地活了下来。窦得海及便衣队，满载劫掠杨积庆之财物连夜撤回岷县向鲁大昌报功。第二天鲁大昌派人从岷县带来已印好的"杨积庆私通共匪、供应粮秣，奉上级指示，已予以惩办"的布告公布示众。历史上将这一事变称为"卓尼事变"。

消息传到卓尼各地，群情激愤，四十八旗民兵纷纷集结，袭击了叛变分子，击毙了首恶姬从周等人，并电告省政府，要求惩办杀人犯鲁大昌。这时"七七事变"爆发，全面抗战的局面已经形成，国民党迫于形势，派田昆山前来卓尼处理事变，宣布由杨积庆幼子杨复兴继承父职，为卓尼第二十代土司，并任命为洮岷路保安司令，那一年，杨复兴才七岁。

周总理关心杨土司的亲属和后代

早在新中国成立不久，1949 年 11 月 3 日，毛主席在致彭德怀的电报中，就提出了"经营西藏"的任务。与此同时，周恩来总理即指示西北局和西南局要了解当年曾经帮助过红军的土司头人、上层人士和喇嘛寺院。据说，周总理特别提到杨土司和小叶丹。[1] 得知国民党已将杨土司全家人杀害，周总理立即指示西北局进一步了解杨土司还有没有其他家属和子女。遵照周总理的指示，西北局统战部部长汪锋曾亲自过问此事。当得知杨土司还有一个儿子幸存，即杨复兴，便安排他为全国政协委员和西北军政委员会委员。西北政委员会主席是彭德怀，当年他任陕甘支队司令员，参加俄界会议、突破腊子口，对杨土司支援红军的情况也是很清楚的。

1950 年，遵照党中央、毛主席的指示，中央组织了以中央统战部副部长、中央民委副主任刘格平为团长的西南访问团，以最高人民法院院长、民盟中央主席沈钧儒为团长，中央民委副主任萨空了为副团长的中央西北访问团。访问团的工作，由周恩来总理亲自负责，周总理给两个访问团都交代了这样的任务：要了解当年曾经帮助过红军的土司头人、上层人士、喇嘛寺院和各界群众，要关心留在藏区和其他少数民族地区的红军战士。

1950 年 9 月，中央西北访问团到兰州时，周总理特意请访问团派专人到卓尼进行访问，并写了一封慰问信。遗憾的是，这封珍贵的信件在"文革"中丢失了。据萨空了副主任回忆，信的大意是说：杨积庆和卓尼各族各界人民当年曾开仓放粮，以各种形式帮助过困难中的红军。为此，周总理代表党和国家表示深切谢意。萨空了还带去了周总理送给杨复兴及其部属的礼物。其中包括：给杨复兴送了红色和紫色缎子各两匹，毛主席丝织像一帧；给杨锦华、雷兆祥、赵国璋三个团长每人送了一幅丝织杭州西湖景、一支英雄金笔、一个笔记本和一个景泰蓝的茶杯；给其他官员送了钢笔、笔记本和茶杯；给禅定寺和旺藏寺的僧众每人送了一枚毛主席像章，给寺院集体送了几包砖茶。后来又以西北军政委员会主席彭德怀的名义，由汪锋部长经办，给禅定寺、旺藏寺及卓尼地区的寺院发放了布施。访问团的活动使当地僧俗群众甚为感动。

这里就出现了一个问题：既然杨土司对红军作出了这么巨大的贡献，周恩来、彭德怀等都非常清楚，毛主席和其他中央领导也应该知道，作为红一军团领导人的林彪和聂荣臻更应该清楚，他们是吃了杨积庆土司和卓尼人民提供的粮食，得到了他们的帮助。那么，解放后为什么不追认杨土司为烈士，只安排他唯一的儿子杨复兴为全国政协委员？有人曾提出这样的疑问。

实际上，当时就曾有人提出应追认杨积庆土司为革命烈士。但是，在当时那种思想认识下，解放初期正在大规模开展土地改革、斗争地主的政治形势下，要追认一个大土司、大地主、在北洋政府和国民政府都当过"司令"的人为"革命烈士"，觉得不好理解，在我党和人民军队的历史上没有先例，担心群众不能理解和接受。有关部门只是根据周总理和彭德怀的指示，对杨积庆土司帮助红军给予积极评价，对其家属子女给予很好的照顾。

另一方面，当时了解到，国民党军阀鲁大昌杀害杨土司，不仅仅是因为杨土司帮助了红军，鲁大昌是甘肃地方军阀，与独占一方的杨土司历来就是冤家对头，相互仇杀。更重要的是，杨积庆土司也曾杀害临洮县城的很多回族同胞，民族仇杀，积怨甚深。因此，回族同胞也不赞成追认他为"革命烈士"。不久，彭德怀担任中国人民志愿军司令员兼政委，率部出征，抗美援朝，保家卫国。周总理更是日理万机，当时事情多，运动多，顾不上，就放下了。

这也不奇怪，袁文才、王佐是井冈山上的绿林好汉，袁文才还是共产党员，后来王佐也加入了共产党，为建设井冈山革命根据地作过重大贡献。但是，由于当时中央的错误政策，错误地杀害了他们两位革命功臣，成为中国工农红军历史上最大的一起冤案。解放后，毛主席曾多次说过，杀袁文才和王佐是杀错了的。解放后担任江西省第一任省委书记的陈正人正式向毛主席和中央提出，应该为袁文才和王佐平反昭雪，恢复名誉。毛主席和很多参加过井冈山斗争的领导人都非常赞成。但是，就是没有能为袁文才和王佐这两位革命功臣正式平反昭雪，恢复名誉。五十多年后，直到十一届三中全会以后，经中央批准，有关部门才正式为袁文才和王佐这两位革命功臣平反昭雪，恢复名誉。

历史上往往有这样的情况：处理一个人，冤枉一个人，甚至错杀一个人很容易，一句话，一个文件，就可以定案，可以执行。但是，纠正一个错误，就十分困难，障碍重重！

这是一个体制性的弊端。这个历史教训，应该深刻吸取。

直到十一届三中全会之后，杨复兴再次向有关部门提出请求，得到杨成武、黄火青等当年红军指挥员的关心和支持。他们认为，三路红军都通过迭部地区，经过腊子口，杨积庆土司都给予积极帮助，对中国革命作出了重大贡献。国民党杀害杨土司的直接原因，还是因为这一点。正像国民党杀害与刘伯承将军结拜为兄弟的小叶丹一样，否则鲁大昌一个地方军阀也不敢下手。国民党宣传是部落仇杀，那只是为了推卸责任，掩人耳目。

时任全国政协副主席的汪锋也积极支持。他是解放初期西北局第一任统战部部长，"文革"前曾任西北局书记、甘肃省委第一书记，他的话，应该具有权威性，起了很大作用。他说：追认杨土司为革命烈士，是完全应该的，既可告慰先烈，也圆满地落实了总理生前的关怀和指示。同时可以告诉各民族同胞，凡是为人民、为革命事业做过好事的人，人民不会忘记，共产党、人民政府不会忘记。

周总理也很关心华尔功赤烈、索观瀛、德格土司、格达活佛、邦达多杰、夏克刀登等长征时曾帮助过红军的藏族人民和各界人士。1950年年初，遵照党中央、毛主席的指示，准备进军西藏、解放西藏，在北京举办藏民训练班时，周总理亲自作了长达四个多小时的长篇讲话，其中专门谈到藏族同胞对红军的帮助，说藏族同胞为中国革命的胜利作出了巨大贡献，也付出了很大的牺牲，我们永远也不能忘记。

历史是公正的，杨积庆终于被追认为革命烈士

十一届三中全会后，卓尼县县委、县政府配合有关部门，深入进行调查研究，访问当时还健在的老红军和有关领导，向甘南藏族自治州人民政府呈报了关于追认杨积庆为革命烈士的报告。现全文抄录如下：

州人民政府：

根据省委书记顾金池同志、省长阎海旺同志的批示精神和省民政厅甘民优（1993）18号函通知，卓尼县委县政府组织工作组抽调专人就卓尼第十九代土司、洮岷路保安司令杨积庆在一九三五年、一九三六年中国工农红军长征途经原卓尼藏区时，主动撤出迭部沟防务，打开崔古粮仓接济红军，以及由此而使杨积庆本人在一九三七年惨遭国民党军阀鲁大昌杀害的情况进行了调查，现报告如下：

一、基本情况

杨积庆，藏名罗桑丹增南杰道吉，生于一八八九年（光绪十五年），一九〇二年（光绪二十八年）承袭卓尼第十九代土司，兼任卓尼禅定寺护国禅师。一九二八年（民国十七年）被国民党省政府委任为洮岷路游击司令，一九二九年（民国十八年）改任为洮岷路保安司令。一九三七年农历八月二十六日，因支援中国工农红军北上抗日，惨遭国民党新编陆军154师师长地方军阀鲁大昌杀害，终年四十八岁。

二、主要事迹

一九三五年九月，毛泽东等同志率领中国工农红军第一方面军一、三军团和中央军委直属纵队翻雪山、过草地到甘川边境的行动被国民党获悉后，国民党第八战区司令长官甘肃省主席朱绍良奉蒋介石令，命甘肃军阀鲁大昌在岷县、腊子口一带重兵防守，令卓尼土司、洮岷路保安司令杨积庆出动全部藏兵两万余到迭部阻击红军，凭借天险隘口，达到消灭红军之目的。

红军到甘川边境将要向迭部进发的消息，杨积庆早有所闻，并得到部下通报，得知红军"抗日反蒋"，"红军不压迫番民"及红军缺衣少粮，人困马乏等情况后，经过挚友进步人士王佐卿（贡觉才让）（一九三一年在杨积庆部任参谋长，上学时曾参加过共青团，当时任杨部驻兰州办事处主任）、续范亭（辛亥革命前同盟会员，一九三三年在邓宝珊新编第一军任参谋长，抗日战争期间到陕甘宁边区，一九四七年九月逝世，后追认为中共党员）的建议，秘（密）令迭部仓官杨景华（丹增），秘密召集迭部辖区头人总管会议，传达司令手谕"不要把枪口对准红军、不要阻击，开仓给粮食吃，让其顺利过境"，并组织当地百姓抢修了因受国民党反动宣传而拆除的木桥、栈道。

九月初，中央红军陆续进入杨土司辖区迭部达拉沟，于九月十一、十二日在今达拉乡高吉村召开了中央政治局会议，即著名的"俄界会议"。会后，红军在未受任何阻击的情况下，顺利地通过了达拉沟天险、尼傲、九龙险峡

（两峡长三四华里，悬崖对峙，悬崖中间是人工凿成的木桥栈道，下面是湍急奔腾的白龙江水，实有一夫当关，万夫莫开之险），沿途藏族群众目睹红军衣不御寒，食不果腹，尚能遵守纪律不欺压百姓的情景后纷纷回村送粮送衣，红军也回赠了枪支、碎银、苏维埃纸币等。大部队经过崔古卡，仓官丹增（杨景华）按照杨土司密令秘密和红军领导接头将崔古仓五万多斤小麦开放接济过境红军，红军回赠枪支、苏维埃币及借据等。使爬雪山、过草地、吃草根、煮皮带历尽千辛万苦的红军从给养上得到很大补充，为红军攻破鲁大昌"天险腊子口"防线提供了物质条件，奠定了基础。

一九三六年八月，朱德、徐向前等同志率领红二、四方面军进入甘南藏区，杨土司秘密派人引路，沿一方面军的路线顺利走出迭部，打通腊子口，攻下岷县，沿洮河南岸进入杨土司辖区，渡羊化桥接管临潭县政府，建立了苏维埃政权。杨积庆亲自拟定书信，派员牵马送羊，连夜到临潭新城红军指挥部慰问，表示友好。红军过后，国民党反动派和地方军阀开始反扑，捕杀流落红军和伤病员，破坏苏维埃政权，杨积庆采取仗义之举，保护安置流落红军，让其和当地藏族女子成家立户。现在一些健在者，提及往事，感慨万分，无不感谢当年藏族人民对他们的保护，他们现在已是儿孙满堂，安度着幸福的晚年。

杨积庆接朱绍良的命令后，不但未堵截红军，并暗中让道，开仓济粮，使鲁大昌腊子口防务失利。鲁将失利的仇恨全部发泄于杨积庆身上，当即向国民党中央、常委会、省政府、第八战区，指控杨积庆"阳奉阴违，不但不遵命阻击，反而开仓供粮，私通红军"，要求严惩，但不久朱绍良调离甘肃，对于"杨积庆私通红军"之事才不了了之。但是，反动军阀鲁大昌并不甘心，开始策划更险恶的阴谋。一面收买杨部下属二团团长姬从周、房科书记官方秉义等，一面联络临潭地痞陆剑平、李识音、王禹九等，在岷县鲁大昌师部、兰州昆仑饭店等处秘密聚会，阴谋策划谋杀杨积庆的活动。一九三七年八月二十六日夜，鲁大昌派其团长窦得海率领一营兵力，着便衣，深夜从临潭新堡渡洮河潜入杨积庆官邸博峪，在内部叛徒的接应下，突然袭击，将杨积庆及长子杨琨和眷属十余人杀害。历史上称之为"卓尼事变"。

事变消息传到卓尼各地，群情激愤，四十八旗民兵纷纷集结，首先袭击了叛乱分子，击毙了首恶姬从周等人，并电报省政府要求惩办杀人犯鲁大昌。国民党迫于形势，派田昆山前来卓尼处理事变，宣布由杨积庆次子杨复兴继承父职，为卓尼第二十代土司，并任命为洮岷路保安司令。

三、意见

卓尼第十九代土司杨积庆，受党的民族宗教政策感召和进步人士思想的影响，置个人与地方的安危于不顾，对蒋介石、朱绍良阻击消灭红军于迭部天险隘口的命令，只作表面应付，而暗中有意疏散群众回避，开仓济粮，修复栈道，让开天险隘口，派向导引路，支援红军顺利过境。在红军长征爬雪山、过草地、吃草根、煮皮带的艰难困境和张国焘另立"中央"分裂红军的危急时刻，为长征的胜利，为中国革命的胜利作出了不朽的贡献。

为此，国民党军阀鲁大昌发动了"卓尼事变"，杀害了杨积庆及长子杨琨等眷属十余人。半个世纪以来，杨积庆支援中国革命的功绩和惨遭国民党反动派杀害的经过，卓尼、迭部及临潭各族人民有口皆碑。"卓尼事变"，实属杨于三五、三六年红军北上抗日途经迭部（原杨土司辖地）时，暗中让道放粮、支援红军、补充给养而被鲁大昌所杀害。这一历史事实已早为人知，并被后人传颂。从表面现象看，好似杨让道放粮、补充红军给养，是"守土自保"的举措，但分析实情，确系杨接受进步思想，支持抗日，在国民党当局的高压下所采取的一种隐蔽的支持红军北上抗日的革命之举。但由于"文化大革命"等影响，他的业绩还没有载入我们党和国家的史册。故此，根据《革命烈士褒扬条例》的有关规定，应批准杨积庆为革命烈士，以激励当地藏族人民，团结一致，坚定信念，紧紧跟着共产党，沿着建设有中国特色的社会主义道路继续前进。

附：1. 关于卓尼第十九代土司杨积庆开粮仓让道接济红军与殉难之调查报告。

2. 证明材料二卷。

卓尼县人民政府

一九九三年十一月十二日

附件一，关于卓尼第十九代土司杨积庆开粮仓让道接济红军与殉难之调查报告：

根据省委书记顾金池、省长阎海旺的批示精神和县委、县政府的安排，我们就卓尼第十九代土司杨积庆于一九三五年红军北上抗日长征途经卓尼藏区（现迭部县境内）时开粮仓、让通道接济红军的情况和后来惨遭国民党军阁鲁大昌杀害的情况进行了调查。调查工作从一九九三年四月开始，六月五日基本结束，历时四十六天，先后在兰州、迭部、合作、临潭、岷县、陇南、北京等地查阅旧政权档案、资料、报刊等八十六卷；老红军回忆录二十一部；走访老红军、知情老人六十四人（年龄最大的八十六岁、最小的六十四岁）。并在北京晋见了跟随毛泽东、朱德等领导同志长征途经迭部、临潭的老将军、老革命、原全国政协副主席杨成武、原最高人民检察院检察长黄火青、原林业部顾问马玉槐等中央领导同志，他们对卓尼土司杨积庆，卓尼、迭部藏族人民当年支援红军的壮举作了肯定，给予了较高的评价。现将调查情况报告如下：

一、让通道开粮仓接济工农红军

杨积庆藏名罗桑丹增南杰道吉，系卓尼第十九代土司，国民党洮岷路保安司令。据记载属西藏藏王松赞干布后裔，属民四十八旗，五百二十族，一万一千五百九十九户，分布于"一河一江"（洮河、白龙江）两岸，历代土司，长期实行上马为兵，下马为民，寓兵于民，守土自保。据《大公报》著名记者范长江在《中国的西北角》中称："他虽身居僻壤，未迈出卓尼一步，但每天都看全国各大小报纸，及时掌握国内外形势，他在上海、天津等地设有商行，他们之间常有书信来往，他的思想激进，易于接受新事物，推广先进技术和文化，时逢国难当头，日寇发动了侵华战争，他很关心政治时局，忧国忧民感慨激愤。"

一九三五年九月（即民国二十四年）毛泽东等同志率领的中国工农红军第一方面军一、三军团和中央军委直属纵队翻雪山、过草地到甘川边境的行动被国民党获悉，国民党第八战区司令长官、甘肃省主席朱绍良奉蒋介石令，命甘肃军阎鲁大昌在岷县腊子口一带重兵防守，令卓尼土司、洮岷路保安司令杨积庆出动全部藏兵两万余到迭部阻击红军，凭借天险隘口，达到消灭红军之目的。

红军到甘川边境将要向迭部进发的消息，杨积庆早有所闻，并得到心腹通报，得知红军"抗日反蒋""红军不压迫番民"及红军缺衣少粮，人困马乏等情况后，经过挚友进步人士王佐卿（一九三一年在杨部任参谋长，上学时曾参加过共产主义青年团，当时任杨部驻兰州办事处主任），续范亭（辛亥革命前同盟会员，一九三三年在邓宝珊新编第一军任参谋长，抗日战争期间到陕甘宁边区，一九四七年九月逝世，后追认为中共党员）的建议，密令迭部仓官杨景华（丹增），秘密召集迭部辖区头人、总管会议，传达司令手谕"不要把枪口对准红军，不要阻击，开仓给粮吃，让其顺利过境"。并组织当地百姓抢修了因受国民党反动宣传被拆除的木桥、栈道。

九月初，中央红军陆续进入杨土司辖区迭部达拉沟，并决定在俄界（高吉）休整，其间于十一、十二日在俄界（迭部县达拉乡高吉村）召开了中央政治局会议，即著名的"俄界会议"。会后，红军沿达拉河继续前进，在勾吉寺停留期间，不慎将活佛昂欠住宅失火，红军以军法处置了两名主要责任者，同时食用寺院存粮约五万余斤，红军留下枪支、书信、钱币等物以示谢意。九月十四日，红军在未受到任何阻击的情况下，顺利地通过地势相当险要的尼傲峡（峡深约四华里，悬崖对峙，木桥、栈道下是湍急奔腾的白龙江水，实有一夫当关，万夫莫开之险）到达下迭部最大的佛教寺院旺藏寺。在旺藏寺红军派通司（翻译）宣传红军的宗旨、军纪和民族宗教政策，回避在山林中的藏族群众纷纷回村，看到红军衣不御寒，食不果腹，便送粮送衣，互赠礼物。红军离开旺藏寺时，还留下了枪支、碎银及很多酬谢的藏汉文书信。

九月十五日，红军以第二师为前卫，第四团为先头部队，计划三天内夺取腊子口。之后驻扎在旺藏寺的大部队由旺藏寺出发，经九龙峡入然尕沟到崔古卡，毛主席等部分中央领导翻越瑞耀大山到崔古卡（此地有杨积庆粮仓一座），仓官丹增（杨景华）按杨土司密令和红军领导接头，将崔古仓五万多斤小麦开放接济过境红军，红军回赠了枪支等，使历经千辛万苦，爬雪山、过草地、吃草根、煮皮带的红军从给养上得到很大的补充，为红军攻破鲁大昌"天险腊子口"防线提供了物质条件，奠定了基础。

一九三六年八月，朱德、徐向前等同志率领红二、四方面军进入甘南藏区，杨土司秘密派人引路，沿一方面军的路线顺利走出迭部沟，打通腊子口，攻下岷县城，沿洮河沿岸进入杨土司辖区，渡羊化桥接管了国民党临潭县政府，建立了苏维埃政权。杨积庆亲拟书信，派员牵马送羊，连夜到临潭新城红军指挥部慰问，表示友好。红军过境后，国民党反动派和地方军阀开始反扑，捕杀流落红军和伤病员，破坏苏维埃政权，杨积庆又采取仗义之举，保护安置流落红军，让其和当地藏区女子成家立户。现在一些健在者，提及往事，感慨万分，无不感谢当年藏族人民对他们的保护，他们现在已是儿孙满堂，安度着幸福的晚年。

二、鲁大昌发动"卓尼事变"，杨积庆等惨遭杀害

一九三五年秋杨积庆接到第八战区司令长官朱绍良的命令后，不但未堵截红军，并暗中让道开仓济粮，部队得以休整。使鲁大昌腊子口防务失利。

鲁将失利的仇恨全部发泄于杨积庆身上，当即向国民党中央、省政府、第八战区，指控杨积庆"阳奉阴违，不但不遵命阻击，反而开仓供粮，私通红军"。并策动伪临潭县政府难民救济委员会向省政府控告杨积庆称："匪抵莫尔盖（若尔盖）后，即决定由第二路入叠部（迭部）而出岷县，杨土司遣代表赴叠部欢迎毛泽东，一面向省政府虚报抵御，一面放弃达拉沟天险，于鹦哥花园地方资匪麦粮两千石，匪经草荒饥饿之余，赖此粮食得以从容休息，然后猛出岷县而转窜陕北。""二十四年秋，毛泽东窜甘转陕后，杨土司通匪之事实，人莫不知之者。省政府以宽大为怀，未加过问，而杨则狡诈成性，多方弥缝，以毛泽东赠彼之轻机枪多架，向外宣传系彼剿匪之胜利品。""二十五年六月朱、徐股匪由西康甘孜县东窜阿哇，时洮岷方面一百六十五师驻防兵力甚单。杨土司以中央大军不在西北，于是大胆公然而与朱、徐合作，派遣多数土民，将岷山叠部山险路，修建平坦，并沿途于匪供应粮食。一面向鲁师长报告匪由阿哇南窜松潘，叠部清净，并无匪纵，乘县各方无备之际，大股共匪由杨派向导出腊子口而围岷县，匪围岷县后，杨更结合沿岸之番民欢迎徐向前，于八月二十二日由西牛沟过杨花桥而犯临潭县城，临潭汉民以杨通匪故，均皆附和之。"第八战区司令长官、甘肃省主席朱绍良得知后欲将从严查处，但不久朱调离甘肃，对于"杨积庆私通红军"之事才不了了之。但是，反动军阀鲁大昌并不甘心，开始策划更险恶的阴谋。一方面收买杨部下属二团团长姬从周、房科书记官方秉义等，一面联络临潭地痞陆剑平、李识音、王禹九等，在岷县鲁大昌师部、兰州昆仑饭店等处秘密聚会，阴谋策划谋杀杨积庆的活动。一九三七年八月二十六日夜，鲁大昌派其团长窦得海率领一营兵力，着便衣，深夜从临潭新堡渡洮河潜入杨积庆官邸博峪，在内部叛徒的接应下，突然袭击，将杨积庆及长子杨琨和眷属十余人杀害。窦得海及便衣队，满载劫掠杨积庆之财物连夜撤回岷县向鲁大昌报功。第二天鲁大昌派人从岷县带来已印好的"杨积庆私通共匪、供应粮秣，奉上级指示，已予以惩办"的布告公布示众。事变消息传到卓尼各地，群情激愤，各旗民兵纷纷集结，首先袭击了在博峪的叛乱分子，击毙首恶姬从周等人，在袭击博峪及追赶姬从周时，鲁大昌的部队从洮河北岸向藏兵射击，掩护叛乱残余分子逃往岷县，在鲁大昌师部得以豢养保护，而后由鲁大昌保送到兰州警官班（军统特务训练班）受训。当时卓尼聚集民兵万余人声言暴动，为土司报仇，并电报省政府要求惩办杀人犯鲁大昌，国民党当局迫于形势，派田昆山前来卓尼处理事变，宣布由杨积庆次子杨复兴继承父职，为卓尼第二十代土司，并任命为洮岷路保安司令。

三、调查结论

根据老红军回忆，旧政权档案和现健在流落老红军及当地知情老人证词，卓尼第十九代土司洮岷路保安司令杨积庆，受进步人士思想的影响和红军民族政策的感召，对蒋介石、朱绍良阻击消灭红军于迭部天险隘口的命令，只作表面应付，而暗中有意疏散群众回避，开仓放粮，修复木桥、栈道，让开天险隘口，派向导引路，支援红军顺利过境，北上抗日，在当时红军长征爬雪山、过草地、吃草根、煮皮带的艰难困境和张国焘另立"中央"、分裂红军的最关键时刻，杨积庆冒国民党之高压和伪政府陷害之极大风险，置个人与地方的安危于不顾，鼎力支援红军长征，绝非只是"守土自保"，也非当时红军军事力量之压力，实属同情革命和支持红军北上抗日之举。确实是难能可贵的精神，他的此举，为长征的胜利，为中国革命的胜利作出了不朽的贡献。

一九三七年八月二十六日，国民党地方军阀，新编陆军一百六十五师师长鲁大昌因杨积庆"阳奉阴违，不但不遵命阻击，反而开仓供粮，私通红军"，发动了"卓尼事变"，杨积庆及长子眷属十余人惨遭鲁大昌的杀害，皆因杨积庆三五年、三六年支援红军之举。

茫茫岁月，已流逝五十八载，藏族儿子的忠魂失落了半个世纪，他的功绩有口皆碑，广为流传，他的业绩应将永载青史，永远激励着藏族人民，跟着共产党奔向富裕文明的未来。

甘肃省民政厅的回复，见甘民优〔1993〕函10号：

卓尼县人民政府：

原省人大副主任杨复兴写给省委关于要求为其父杨积庆评烈的报告，省委组织部一九九二年十一月五日转给我厅。杨复兴在报告中陈述：其父生前系卓尼十九代土司兼洮岷路保安司令，一九三五年红军两次路过卓尼，其父给红军让开通路，为红军开仓供粮。一九三六年八月红军到达临潭新城一带，其父派人携带书信及马、车等慰问品与驻新城红军总部联系。此举引起国民党当局和军阀鲁大昌的极为不满，于一九三七年八月二十六日突然发动袭击，将杨积庆等家眷十余人全部杀害。为此要求追认其父为烈士。

杨积庆生前系卓尼十九代土司兼洮岷路保安司令，在当地是有一定影响的人。关于追烈问题我们意见亦应按《革命烈士褒扬条例》的有关条件和批烈程序办理，先由县一级人民政府调查核实并收集确切证明材料后向省人民政府正式呈报。请你们按革命烈士审批程序上报省政府审批。

　　附：杨复兴同志要求为其父追认革命烈士的报告一份。

甘肃省民政厅
一九九三年三月十七日

　　经过有关部门认真的调查研究，甘肃省民政厅终于在1994年正式作出决定，追认杨积庆为革命烈士，并在他的故乡卓尼县县城修建"杨积庆烈士纪念馆"，现已成为全县的爱国主义教育基地。同时建立烈士纪念碑，永志纪念。

杨积庆烈士纪念碑文

　　20世纪30年代，中国工农红军进行了震惊世界的二万五千里长征，北上抗日。1935年，红一方面军和中央直属纵队；1936年，红二、四方面军先后通过卓尼迭部，土司杨积庆不顾个人安危，大力支援红军，开仓供粮为敌所害，终以身殉。

　　杨积庆（一八八九～一九三七），藏名罗桑丹增南杰道吉，光绪二十八年承袭卓尼十九代土司。民国肇选，响应共和，曾任洮岷路保安司令等职，时为北洋军阀统治，民不聊生。杨土司为维护地方治安，保障各族人民安居乐业和民族生存作了重大贡献。

　　杨积庆敏而好学，接受新事物较快，喜读进步书刊，接触进步人士，了解国内外形势。三十年代初，《大公报》著名进步记者范长江访问卓尼，杨与范深谈数日，逐渐接受了新的思想，为国民党欺侮压迫少数民族不满，尤其对卓尼历次流血迫害更为愤慨。一九三五年秋，长征红军到达甘川边境，向卓尼迭部推进，杨土司接报后下达指示，藏兵撤退，进山林不与红军对抗。迅速修复已毁达拉沟、尼傲峡绝壁栈道，让红军通过，迭部仓粮不要转移，让红军取食，设法与红军联系，对外严加保密，仓官丹增（杨景华）奉命后立即传达所嘱并认真执行，不久红军进入迭部，在俄界峡谷，经联系，接通关系，而后红军分数路前进，迭部三个粮仓供应粮食三十万斤以上，为红军迅速突破腊子口向洮岷胜利进军，提供了坚实的物质基础。对流落迭部的红军和伤员均做了妥善安顿。杨土司支援红军的壮举，受到萧华、杨成武、黄火青诸红军将领的充分肯定和高度赞扬。

军阀鲁大昌扩张地盘并吞卓尼的野心不死，一九三〇年派李和义屡进攻卓尼，被杨部大头目杨锡龄率藏兵击溃，一九三二年派乔南坡营将晋省返回途中杨锡龄暗杀于辛店。随从十余人同时遇难，一九三七年借口杨土司私通红军开仓供粮，勾结杨部内奸并派其窦得海营夜袭博峪，将杨土司及长子杨琨和眷属十余人杀害，引起群众极大愤怒，聚众万人，一举击溃叛逆，鲁大昌并吞卓尼的野心，终未得逞。国民党甘肃省政府迫于形势，任命杨积庆次子杨复兴继任父职。一九四九年九月，杨复兴率部起义，卓尼和平解放，一九九四年甘肃省民政厅追认杨积庆为革命烈士。

杨积庆在党的民族平等团结政策鼓励下，审时度势，采取果敢行动，积极支援红军，得到各族广大人民的响应和拥护，为中国工农红军北上抗日的伟大事业作出了巨大贡献。

革命先烈的功绩和献身精神永垂不朽！

原甘肃省文史研究馆馆长杨生华撰文并书

公元一九九九年十月

2009 年 10 月，在庆祝中华人民共和国成立六十周年时，杨积庆被评为"感动甘肃百位优秀人物"之一。历史给予杨积庆以公正的、实事求是的评价。

第十三章　张国焘另立"中央"

张国焘公开打起分裂旗子

党中央和毛主席率中央红军向北，张国焘却率领红四方面军南下，用毛主席的话说，两支红军"屁股对屁股"地分头走向两个方面。

张国焘预言一、三军团一定不能北出，一定会被消灭、"葬送"，"孤军北上，不拖死也会冻死"，"至多剩几个中央委员到达陕北"。他屡电一、三军团表示"诚意"："如遇阻则折回，并准备来接。"

就在中央在俄界召开政治局会议、整编中央红军、准备继续北上的 1935 年 9 月中旬，张国焘命令左、右两路红军分别从阿坝和包座南下到大金川流域。

9 月底，徐向前、陈昌浩与张国焘、朱德等在大金川北端的党坝会合。在沙窝会议分兵后的两个月，左、右路军又会师了。但是中央已经不在了。张国焘显得踌躇满志，谈笑风生，而徐向前他们却心事重重，笑不出来。分裂的噩梦还在头脑中搅扰。

此时的张国焘，是他人生中最得意的时候，毛泽东、周恩来率领红一军团和红三军团单独北上，而一方面军的五军团和九军团作为左路军的组成部分，都在他手下。红军的总司令朱德和总参谋长刘伯承也跟他在一起，有总司令，有总政委，有总参谋长，就是名副其实的总司令部。他自己作为中央任命的总政委，名正言顺地成了红军的领导，红一方面军的董振堂、罗炳辉、何长工、廖承志、李卓然、刘志坚、方强、李聚奎、胡底等将领都在左路军。他最担心徐向前、陈昌浩不听他的命令南下，而跟着毛泽东、周恩来北上。现在好了，徐、陈率部南下，跟自己会合了，如今在他手下有近九万红军，加上后勤人员有十万之众，而毛泽东和周恩来那边只有区区数千人。现在，张国焘所在的阿坝，才真正是革命运动的中心，是中央，他自己当然也就是革命的领袖。

10 月 5 日，张国焘在卓木碉（今马尔康县脚木足乡）的白莎喇嘛寺里，主持召开高级干部会议。出席会议的有红军总部和各军的负责人朱德、张国焘、徐向前、陈昌浩、刘伯承、王树声、周纯全、廖承志、李卓然、罗炳辉、何长工、余天云、曾传六、李特、黄超、李聚奎、方强、刘志坚等军以上干部四五十人。

会议由张国焘主持。陈昌浩首先报告在毛儿盖的一切经过，说明总司令部移到刷经寺后，他和徐向前与毛泽东等中央政治局委员相处得很融洽，遇事互相商量，并无争执。毛泽东等北逃的那一天，行动是突然的、秘密的、不顾信义的，也是破坏党和红军团结的。

张国焘接着作报告。他说：中央没有粉碎敌人的第五次围剿，实行战略退却，是政治路线的错误，而不是单纯的军事路线问题。一、四方面军的会合，终止了这种退却，但中央拒不承认自己的错误，反而无端指责四方面军。南下是终止退却的战略反攻，而中央领导人被敌人的飞机大炮吓破了胆，对革命前途丧失信心，继续其北上的右倾逃跑主义路线，直到发展到私自率一、三军团秘密出走，这是分裂红军的最大罪恶行为。他还说：中央领导人是吹牛皮的大家，是"左"倾空谈主义。他们只是在有篮球打，有馆子进，有捷报看，有香烟抽，有人伺候时才来参加革命（这话后来张国焘还讲过多次）。一旦革命困难，就要悲观逃跑。有鉴于此，张国焘宣布：中央已经威信扫地，失去了领导全党的资格。提议仿效列宁与第二国际决裂的办法，组成新的临时中央，要大家表态。[*1]

张国焘得意洋洋，要朱德表态。朱德的话虽然心平气和，却是语重心长。他说：大敌当前，要讲团结嘛！天下红军是一家。中国工农红军在党中央统一领导下，是一个整体。大家都知道，我们这个"朱毛"在一起好多年了，全国全世界都闻名。要我这个"朱"去反"毛"，我可做不到呀！不论发生多大的事，都是红军内部的问题，大家要冷静，要找出解决的办法来，可不能叫蒋介石看我们的热闹！

张国焘又让刘伯承表态。刘伯承说，革命形势相当困难，现在更要团结，不要分裂。还是不肯说一句支持张国焘的话，更不肯向张国焘低头。张国焘见朱、刘二人还不屈服，怀恨在心，当众不便发作。在大家发言表态之后，张国焘掏出一份事先拟好的名单，当即表决通过了新的"中央委员会"和"政治局"的名单。张国焘的"中央"就这样产生了。

以红军各方面军、南方红军游击队的领导人和中共驻共产国际代表团的负责人共

[*1] 张国焘：《我的回忆》第 3 册，东方出版社 1991 年版，第 272 页。

三十八人组成"中央委员会";以任弼时、陈绍禹、项英、陈云、朱德、张国焘、陈昌浩、周纯全、徐向前、李维汉、曾传六组成"中央政治局";以朱德、张国焘、陈昌浩、周纯全、徐向前组成"中央书记处";以朱德、张国焘、陈昌浩、徐向前、林彪、彭德怀、刘伯承、周纯全、倪志亮、王树声、董振堂组成"军事委员会",以朱德、张国焘、徐向前、陈昌浩、周纯全为常务委员。[1]

张国焘炮制的这个"中央委员会"名单,颇费了不少心机。首先,他要建立一个能让共产国际承认的"正统",所以尽可能把中共"六大"选出的中央委员排在前面。由于张国焘的闭塞无知,在名单里闹了不少笑话。例如原江苏省委书记朱阿根、原闽浙赣苏区特派员曾洪易在此之前都已被国民党逮捕,当了叛徒。原湘鄂西中央分局书记夏曦因为在洪湖苏区肃反中大量杀人,1934年5月受到中央严厉批评并被撤职。原湘鄂赣军区司令徐彦刚在坚持斗争失败后,于1935年9月被敌人杀害。张国焘都不知道,把叛徒和烈士一起选进来了。

张国焘炮制的"中央",似乎也照顾到了不同地区和红军,几个方面都拉了些人。但是分析一下就可看出,完全是以他个人的好恶和成见为标准。在中央和一方面军中,毛、周、张、博不用说,已被他"开除"了。作为中央政治局委员的王稼祥,候补委员凯丰、刘少奇、邓发,一个也未选进。刘伯承、董振堂也都没选上,仅有个"军委委员"的虚名。[2]

会议结束后,朱德找到张国焘,义正词严地告诉他:"要搞(中央),你搞你的,我不赞成。我按党员规矩,保留意见,以个人名义做革命工作,不能反中央。"朱总司令在红军中的崇高威望,使张国焘无可奈何。没有朱老总,张国焘成不了气候。为了保存红军主力,朱德也不能与张国焘公开决裂,扔下四方面军和五、九军团不管。所以,朱德决定在不失原则的前提下,运用策略与张国焘周旋。

刘伯承彻底认清了张国焘的真面目。虽然他和朱总司令暂时处于少数,但他们坚信自己是正确的。张国焘软硬兼施,也丝毫不能动摇朱、刘的立场。实际上从阿坝会议以后,刘伯承的职务就被剥夺了,张国焘只让他教交通队如何打骑兵、放排哨。

一天,朱德悄悄告诉刘伯承:"有人说你是日本人派来的侦探。"刘伯承冷笑道:"说那些做什么,要杀就杀嘛。"对个人的生死,刘伯承是置之度外的。但有一件大事一直压在他的心头:与共产国际通信的密码掌握在他的手里,这件事张国焘还不知

---

[1] 中共中央党史研究室第一研究部编著:《红军长征史》,中共党史出版社2006年3月版,第296页。
[2] 《第四方面军战史资料选编——长征时期》,解放军出版社1992年版,第230页。

道。刘伯承想：张国焘这一搞，说中央是什么"右倾逃跑主义"，谁又是什么"侦探"等等，如果他把密码搞去，把他那一套报告国际，不知要给中国共产党造成多大的麻烦。张国焘公开另立"中央"，使刘伯承下了决心不与他合作，密码写在一本英文的《鲁宾逊漂流记》里，在参谋刘绍文手里。刘伯承让刘绍文把密码烧了。这事做得很机密，除了他们二人谁也不知道。刘伯承回忆："如果张国焘知道了，那我们也就完蛋了。"

刘伯承这一决断，具有重要的意义。因为当时中央已经控制不了张国焘，张国焘唯一畏惧的就是共产国际。当林育英到陕北后，以共产国际代表的名义对张国焘下达指示，张国焘无法与共产国际联络，终于接受了林育英的意见，取消了自己的"中央"，再次北上与一、二方面军会师。如果张国焘能直接与共产国际联络，和驻莫斯科的王明搞在一起，中国革命的前途就难以预料了。

卓木碉会议结束后，张国焘来找刘伯承，做最后的"劝降"。张国焘说："我们的中央成立了，你要是同意，军委委员有你一个。否则，就不行。"刘伯承说："我不同意这样搞法。"张国焘怒气冲冲地说："你不想当总参谋长了？"刘伯承说："你要做什么就做什么吧。"张国焘说："那你马上办交代。"刘伯承交代完了工作，张国焘又要刘伯承作出一个南下行动计划来，限两小时完成。刘伯承说时间太紧，张国焘还是只给两小时。刘伯承知道他是存心整人，硬是在两小时内把计划完成了。然后，刘伯承离开红军总部，到红军大学当校长去了。[*1]

西方有句谚语：上帝要让谁灭亡，必先让他疯狂。张国焘另立"中央"，遭到朱德、刘伯承的反对，连徐向前和陈昌浩也觉得事发突然，没有表示坚决支持，但也没有反对。一次高级干部会议，就宣布成立"中央"，事情比张国焘原来想象的要顺利。撤销刘伯承总参谋长的职务，也是他一句话，刘自己服从了，别的将领也没有表示反对。张国焘认为自己在红军中拥有了绝对权威，为了进一步树立自己的权威，打压中央领导，他利令智昏，更加疯狂，又召集"临时中央"会议，强行通过他自己起草的《决议》，指出："毛泽东、周恩来、博古、洛甫应撤销工作，开除中央委员会及党籍，并下令通缉。杨尚昆、叶剑英应免职查办。"

这个《决议》在没有人反对，在朱德、刘伯承等人保持沉默的情况下通过了。

张国焘疯狂了。这是灭亡前的疯狂。

1935年10月7日，张国焘以"中革军委主席"的名义下达了《绥丹崇懋战役计划》，四方面军和原一方面军的五、九军团，开始了南下的战斗。

[*1] 转引自刘伯承著《1961年1月26日的谈话》，载《军史资料》1964年第1期。

徐向前回忆当时的情形说：

1935 年 9 月中旬，左路军和右路军奉张国焘的命令，分别从阿坝和包座、班佑地区南下，向大金川流域的马塘、松冈、党坝一带集结。我和陈昌浩率右路的四军、三十军及红军大学部分人员，回头再将穿越草地。

浩渺沉寂的大草原，荒草漫漫，寒气凛冽，弥漫着深秋的肃杀气氛。红军第一次过草地时留下的行军、宿营痕迹，还很清楚。有些用树枝搭成的"人"字棚里，堆着些无法掩埋的红军尸体。衣衫单薄的我军指战员，顶风雨、履泥沼、熬饥寒，再次同草地的恶劣自然条件搏斗，又有一批同志献出了宝贵生命。回顾几个月来一、四方面军合而后分的情景，展望未来的前途，令人百感交集，心事重重，抑郁不已。一路上，我话都懒得说。

我军抵毛儿盖略事休息，旋即沿着黑水、芦花以西的羊肠山路，向党坝、松冈开进。时值苹果、核桃、柿子的收获时节，部队沿途找藏民购买或交换，弄来充饥果腹。月底，我们在大金川北端的党坝同左路军会合。朱德、张国焘、刘伯承、王树声等，已来到这里。朱总司令面色黧黑，目光炯炯，步履稳健，见到我们有说有笑，一如往常，似乎天塌下来，也没放在心上一样。

10 月 5 日，张国焘在卓木碉（脚木足）召开高级干部会议，出席会议的有朱德、张国焘、徐向前、陈昌浩、刘伯承、王树声、周纯全、李卓然、罗炳辉、余天云等军以上干部四五十人。会址在一座喇嘛寺庙里。就在这个会上，张国焘公然宣布另立"中央"，打出了分裂主义的旗帜。

会议由张国焘主持。他的发言，蛊惑人心，欺骗性很大。大意是：中央没有粉碎敌人的第五次"围剿"，实行战略退却，是"政治路线的错误"，而不单是军事路线问题。一、四方面军的会合，终止了这种退却，但中央拒不承认自己的错误，反而无端指责四方面军。南下是终止退却的战略反攻，是进攻路线，而中央领导人被敌人的飞机、大炮"吓破了胆"，对革命前途"丧失信心"，继续其北上的"右倾逃跑主义路线"，直至发展到"私自率一、三军团秘密出走"，这是"分裂红军的最大最恶行为"。他攻击中央领导人是什么"吹牛皮的大家""'左'倾空谈主义"，还说他们有篮球打、有馆子进、有捷报看、有香烟抽、有人伺候才来参加革命；一旦革命困难，就要"悲观""逃跑"等等。他宣布中央已经"威信扫地"，"失去领导全党的资格"，提倡仿效列宁和第二国际决裂的办法，组成新的"临时中央"，要大家表态。

另立"中央"的事，来得这么突然，人们都傻了眼。就连南下以来，一路上尽说中央如何如何的陈昌浩，似乎也无思想准备，没有立即表态支持张国焘。会场的气氛既紧张又沉闷，谁都不想开头一"炮"。张国焘于是先指定一方面军的一位军的干部发言。这位同志长征途中，一直对中央领导有意见，列举了一些具体事例。讲得很激动。四方面军的同志闻所未闻，不禁为之哗然。大家你一言我一语，责备和埋怨中央的气氛，达到了高潮。

……

这次会议，明显带有突然袭击的性质。所谓"决议"，并未经郑重讨论，不过是一哄而起罢了。我在会上没有发言，也没有举手表决，对眼前发生的一切，既不理解，也很痛心。拥护吧，没有多少道理，原来就有党中央，这边又成立一个，算什么名堂？但自己有些事还没有想清楚，说不出个所以然来。头一回遇上如此严重的党内斗争，左右为难，只好持沉默态度。会后，张国焘找我谈话，我表示不赞成这种做法。我说：党内有分歧，谁是谁非，可以慢慢地谈，总会谈通的。把中央骂得一钱不值，开除这个、通缉那个，只能使亲者痛、仇者快，即使是中央有些做法欠妥，我们也不能这样搞。现在弄成两个中央，如被敌人知道有什么好处嘛！我的主导思想是希望团结，不要感情用事，免得越弄越僵，将来不堪收拾。张国焘呢？大言不惭地以列宁反对第二国际、成立第三国际的事例为自己辩解，根本听不进我的劝告。[*1]

12月5日，张国焘以"党团中央"的名义，致电彭德怀和毛泽东，说"此间已用党中央、少共中央、中央政府、中革军委、总司令部等名义对外发表文件，并和你发生关系……你们不得再冒用党中央名义"。就这样，张国焘从与中央在战略方针上的分歧，发展、激化到路线上、政治上、组织上尖锐对立；从抗拒中央指令到公开另立"中央"，在中国共产党和红军的历史上制造了严重的反党分裂红军的罪行。

卓木碉会议后，朱德、刘伯承等同张国焘另立"中央"的分裂主义行为进行了不懈的斗争。朱德后来回忆说：

"那段时间张国焘造反。我们当时的处境很困难，但碰上困难有什么办法呢？坚持吧！"

"他那几天想叫下边互相打架，下边有人要打架，我反对。我对他说：我们现在是如何支持下去，下面再打架，就活不下去了。要不要命？我们都要命。我威胁他，打架被制止了。"

"这时他又搞了个'中央'，我说：要搞，你搞你的，我不赞成。我按党员规矩，保留意见，以个人名义做革命工作，不能反中央。一直和他斗，我们人少，但理直气壮。我们的办法是，他搞他的，我们做我们的工作。只要革命，总会到一块的。"*1

张国焘另立"中央"、率军南下的分裂活动，在随左路军南下的红一方面军部队中引起了不满。由红一方面军调任红四方面军第九军参谋长的陈伯钧就曾直接找张国焘谈话，坚持原则，陈述己见，呼吁团结，反对分裂。他被调到红军大学任教期间，一面培训干部，一面积极支持刘伯承同张国焘的斗争。红五军（原红五军团）、红三十二军（原红九军团）的一些干部、战士对张国焘的分裂行为很不满，有的提出：单独北上，找党中央去！有的说：如果张国焘要阻拦我们，就跟他干！

对于这些坚持原则、反对分裂和南下的指战员，张国焘肆意进行打击迫害，有的甚至遭到逮捕或杀害。红军总部侦察科科长胡底，著名的"红色间谍"，因反对张国焘的分裂活动，并说了"张国焘是军阀""张国焘是法西斯"等话，被秘密毒死。

面对张国焘的高压政策，朱德、刘伯承等人一面同张国焘斗争，一面利用同部队接触的机会，耐心地教育红一方面军的指战员顾全大局，掌握正确的斗争方针和策略。朱德对红五军团的营以上干部说：我们一定要坚持真理，坚持斗争，坚决拥护中央北上抗日的路线，但要有正确的斗争方法，要顾全大局，讲革命，讲团结。红四方面军广大干部战士都是好的、革命的，都是我们的阶级兄弟。他们有许多优点，英勇善战，吃苦耐劳，你们应该很好地向他们学习。你们五军团能攻善守，英勇顽强，优点也不少，但你们人少嘛，光有你们也不行。所以同志们要注意和他们搞好团结，切不要上少数人破坏团结的当。团结就是力量，只有加强全体红军的团结，才能克服一切困难，争取革命事业的胜利。*2

胡底牺牲后，朱德找红军总部三局局长伍云甫谈话，叮嘱他：注意不要闹，注意团结红四方面军的同志。不要性急，斗争是要斗争，不过是又要团结又要斗争，胡底同志就是因为过于性急，张国焘就把他陷害死了。*3

刘伯承也对陈伯钧说：伯钧同志，你还年轻，斗争可要注意方法呀！不要以为张国焘不杀人！张国焘是要杀人的！*4

在朱德、刘伯承等的引导下，红一方面军干部、战士的情绪逐渐稳定下来，增强了信心，相信只要坚持团结，掌握正确的斗争方法，眼前的曲折是能够克服的。

为了避免不必要的牺牲，朱德还尽一切可能保护遭到迫害的干部、战士。红五军

*1 朱德与红二方面军战史编写组的谈话，转引自《徐向前传》，战士出版社 1986 年版，第 232 ～ 233 页。
*2 欧阳毅：《朱总司令和我们在一起》，载《星火燎原》选编之三，解放军出版社 1982 年版，第 377 ～ 378 页。
*3 伍云甫：《战士的伟大榜样》，载《红旗飘飘》第 17 辑，中国青年出版社 1957 年版。
*4 谢良：《骡子的故事》，载《红旗飘飘》第 21 辑，中国青年出版社 1957 年版。

参谋长曹里怀因对张国焘不满，被调任红军总部一局局长。他从机要科得知红一方面军主力已胜利到达陕北吴起镇的消息，悄悄告诉了两个盼望北上的同志，不料被张国焘发现了，遂把他关押起来。张国焘召开紧急会议，说曹里怀泄露军事机密，要严加惩处。朱德担心曹里怀会被处死，立即说：曹里怀就讲了那么几句，你说他反革命够不上。他这红小鬼我知道，井冈山时期就跟我们在一起，你有什么理由乱杀人呢？这样，曹里怀才免遭毒手。

红三十军参谋长彭绍辉写了一封不赞成南下错误方针的长信给朱德，不料这封信落到了张国焘手中。张国焘把彭绍辉找来谈话。彭绍辉一进门，有人就上前打了他一个嘴巴，厉声问道："为什么反对南下，反张主席？"并拔出驳壳枪，把枪顶在彭绍辉的胸口上。朱德见状，急忙上前把枪夺下来，气愤地说："打人是不对的，这是党内斗争，应该允许同志讲话！"又说："这样谈话怎么行呢？"他让彭绍辉"回去吧"，使彭幸免于难。

总卫生部部长贺诚、红军大学教育科长郭天民和长征途中一直被关押着的廖承志等，都是由于受到朱德的保护而免遭不测。

还有一次，红五军的二十多个掉队人员被张国焘派人抓住，强加给他们的罪名是"一股有组织的反革命武装，抢老百姓的东西，准备武装叛乱"。红五军保卫局局长欧阳毅说明这是些零星的掉队人员，不是一个单位的，不是有组织的反革命武装。张国焘的追随者说欧阳毅是"假革命""反革命"，掏出手枪对准了他。又是朱德挺身而出，加以制止，才避免了一场悲剧的发生，被抓的二十多人也安全回到了红五军。[1]

张国焘对朱德、刘伯承等人反对分裂、反对南下的立场和活动甚为恼火，但是，由于朱德、刘伯承在红军中有很高的威望，红一方面军留下来的部队和红四方面军徐向前等许多同志也多方关心他们，张国焘出于种种顾虑，终于未敢对他们采取极端措施。朱德等的处境虽然非常艰难，但他们仍坚持工作，在逆境中不当"空头司令"，尽量发挥自己的作用。

朱德非常关心红四方面军的干部、战士，经常利用各种机会同他们接触、谈心，了解他们的想法，解释中央的北上方针，循循善诱，以诚待人，赢得了广大干部、战士的尊重。就是一些一时不明真相，当面围攻辱骂过他的人，也逐渐改变了对他的态度。[2]

---

[1] 欧阳毅：《朱总司令和我们在一起》，载《星火燎原》选编之三，解放军出版社1982年版，第376～377页。

[2] 参见中共中央党史研究室第一研究部编著《红军长征史》，中共党史出版社2006年3月版，第296～299页。

年轻的藏族红军 "转昏了头"

党坝是天宝的故乡，那时他就在故乡做群众工作，主要任务是筹集粮草，准备南下。作为刚刚参军的新战士，他对中央的斗争、张国焘的分裂活动，一无所知。当时他只觉得奇怪：天天喊"北上抗日"，为此付出了巨大牺牲，死了多少人，怎么转了一大圈，又回到草地来了？！我们这些刚刚当红军的年轻战士，转昏了头。

胡宗林在谈到当时的情况时说：这年 10 月，部队又回到了理番地区，我们红三十一军也回到了我的家乡。10 月 15 日，张国焘在理番的卓木碉开会，公开分裂党和红军，成立"临时中央"和"中央军委"，自任主席。张国焘把他的"临时中央"和"中央军委"设在扎谷垴。

胡宗林说：我们这些刚参加红军的新战士，也不知道中央发生了什么事，只能跟着大部队走，上级让我们做什么就做什么。

这样，扎谷垴这个山区小镇，再次成为引人注目的地方。

李中权将军在回忆当时的情形时说：

由于张国焘制造分裂，我们不得不第二次过雪山草地南下。那时，我亲眼看到张国焘的马背上驮着两口袋鼓鼓的大米，他自然不用吃野菜。有一次，当他眯着眼睛从大家身边走过去的时候，不少人对他投以嫉恶的目光。这虽然不能解决什么问题，但表明了人心所向，说明大家是不赞成分裂的，是愿意跟着党中央北上的。

退出草地再往南走，必须翻越两座大雪山——虹桥山和夹金山。当我们来到山脚下的时候，上一次过雪山时摔死的马匹和弃下的鞍具、炊具、脸盆等物品，有不少还没有完全被雪埋没。烈士们的遗体，有的还依稀可辨。

忽然，走在我前边的老沈倒下了。他含着汪汪泪水，用尽全身的力气对我说："中权同志，我不行了，把我的枪背上，好打敌人，打敌人！"

面对这悲壮的情景，我流泪了，却没有哭声。[1]

四方面军的很多干部、战士是四川人，乡土观念很强，他们不愿远离家乡，不愿到北方吃苦，张国焘就利用这种情绪，提出"打到川南吃大米饭"的口号，有很大的号召力。天宝说，那时他也懂不了多少汉话，但有些口号很有吸引力，很有意思，至

---

[1] 李中权：《李中权征程轶事文集》，蓝天出版社 2001 年 8 月版，第 178 页。

今记得很清楚，如"想吃大米，就要南下""打到成都吃大米，同志你说好不好"，在张国焘"打下成都吃大米饭"的口号蛊惑下，有的战士表示"宁可战死，不愿饿死"，作战十分勇敢。那时，天宝也不知道"川南""成都"在什么地方，但有一点他很清楚，大米是好东西，只有土司头人、地主老财才能吃得上。当了红军，有大米吃，那自然是求之不得的好事，尤其是在现在，有大米吃，总比在草地饿肚子、吃野菜好，就跟着大部队南下。有生以来第一次离开草地，第一次到了内地。

1935年10月，红军相继攻占绥靖、丹巴、崇化、懋功后，又于11月占领了天全、芦山、宝兴、名山地区。

红军攻占宝兴、天全、芦山等县城后，又成立了大金和四川两个省委。由周纯全任大金川省委书记，总政治部副主任傅钟兼任四川省委书记。为了加强几个中心县委的领导，总部决定调原川陕苏维埃保卫局局长李维海任宝兴县委书记，调红三十一军政治部主任张承台任芦山县委书记，调总政地方工作部部长李中权任天全县委书记。这几个县人口比较多，仅天全县就有六十多万人口，物产也比较丰富，成为支援前方作战的供应基地。

李中权后来被任命为藏民独立师政委，天宝被调到师政治部做青年工作，李中权成为天宝的直接领导。李中权在回忆当时的情形时说："那时藏族战士很多，战事紧迫，时间又短，很多人的名字叫不上来，但因为天宝在师部，我还记得住，他工作很努力，又爱学习，为人朴实，是个好同志。"

第十四章　百丈关受挫

一意孤行，冒险南下

毛泽东和中央多次告诫张国焘，"南下是死路一条"，苦口婆心地劝他与中央红军一道，北上抗日。还在中共中央离开草地的前一天（1935 年 9 月 9 日），中央在发给张国焘的电报和次日发出的《为执行北上方针告同志书》中，就已经指出："只有北上才是出路"，"南下是绝路"。中央这一预见的正确性，完全为后来的事实所证明。

但是，张国焘冥顽不化，顽固地坚持错误路线和方针，一意孤行，冒险南下。

张国焘自立"中央"后，与中央关于《为执行北上方针告同志书》针锋相对，先后发布了《大举南下政治保障计划》和南下命令。

张国焘为贯彻南下的战略方针，于 1935 年 10 月 7 日以"中革军委主席"名义发布《绥丹崇懋战役计划》。具体部署是：王树声率右纵队八个团沿大金川南下，夺取绥靖、丹巴；徐向前、陈昌浩率左纵队十六个团沿抚边河南下，夺取懋功、达维。《计划》要求红军主力以"秘密、迅雷的手段"占领上述地区，为红军南下天全、芦山铺平道路。

当时四川军阀的部队在大小金川一线布防，分兵把口，阻止红军南下。刘文辉部两个旅在大金川的绥靖、丹巴、崇化（今安宁）一带，杨森部四个旅在小金川的懋功、达维一带，邓锡侯部一个团把守抚边以东的日隆关。自红军北上后，这里多日太平无事。川军松松垮垮地混日子，没有想到红军会原路返回南下。

南下部队包括红四方面军的五个军和原一方面军的五、九军团（即五军、三十二军），红军自建军以来，从来没有在一次战役中集中这么多的队伍，浩浩荡荡，斗志昂扬。张国焘得意非凡，以为胜券在握，急欲创造一个奇迹，给中央和毛周等人看。

作战计划下达后，各部队立即开始行动。对久困草地、饥寒交迫的红军战士来说，没有比"南下成都坝子吃大米"更令人兴奋的了。部队行动出奇的快，士气也是前所未有的高涨。

获悉红军南下的消息，蒋介石判断红军的目标是成都平原。为了堵截和消灭红军，他在重庆建立"行营"，主持"剿匪"事宜。派遣大批国民党军政大员到四川，加强统治。对川军进行整编，将部队员额缩减三分之一，但充实了建制，补充了武器弹药，使川军战斗力比以前有了明显的增强。蒋介石把川军统一到他的指挥下，任命刘湘为四川"剿匪"总司令。所有经过整编的川军都要听从统一调遣，不得各行其是。蒋介石虽然出了不少钱和枪炮，但也收到蓄谋已久的"一箭双雕"之效。他让川军打红军，打赢就扼杀了革命力量，打不赢也削弱了川军，然后中央军再来收拾局面。当红军南下懋功、丹巴时，刘湘已经调兵遣将，在雅安、天全、名山一带严密布防了。

蒋介石发现红军少部兵力北上，大部兵力南下，乃令薛岳等嫡系部队和川军向川西南地区集结，准备与红军决战。

红军南下川西南作战，与蒋介石的"剿匪"大军，碰个正着。

蒋介石的"攘外必先安内"方针，包藏着"一箭双雕"的企图：一方面，彻底消灭红军，扼杀革命力量；另一方面，乘机削弱和收服地方军阀势力，形成蒋家的一统天下。四川一地，正如诸葛亮所谓："益州险塞，沃野千里，天府之土。"蒋介石早就垂涎三尺。他借着"追剿"中央红军的机会，派大批嫡系部队入川，进而控制了四川的各派军阀势力，正力图把"天府之土"变成他的战略大本营。10月间，蒋介石决定结束其"剿共"指挥中心"武汉行营"的工作，正式成立"重庆行营"，宣布"指挥剿匪之军事重心，即移于重庆"。他鼓吹四川"不愧为我们中国的首省，天然是复兴民族最好的根据地"，随即派大批国民党军政要员入川"建设四川"，并对川军进行了整编。

整编后的川军，编制情况如下：

二十军军长杨森，辖133、134、135师，共15个团。

二十一军军长唐式遵，辖第1、第2、第4师，共16个团另12个独立营。

二十三军军长潘文华，辖教导师、第5师，共14个团另6个独立营。

二十四军军长刘文辉，辖136、137、138师及军直属旅，共15个团另1个特务大队。

四十一军军长孙震，辖122、123、124师，共18个团另1个特务团。

四十四军军长王缵绪，辖第1、第2师，暂编第1师，共16个团另11个独立营。

四十五军军长邓锡侯，辖125、126、127、128、131师，共24个团。

第104师师长李家钰，共9个团另1个补充团。

四川善后公署直辖部队，包括暂编第3、第4师，模范师，暂编第3旅，独立第5、6、7旅，警备第一路及边防第6混成旅等。

由此，四川军阀即被蒋介石一手控制，天府之国，遂成蒋土。

整编后的川军，紧缩约三分之一的名额，但充实了建制，补充了武器弹药，战斗力有所增强。这时，蒋介石令川军集中力量对付红军；胡宗南部北向甘南，对付中央红军；吴奇伟部南下，对付红二、六军团；李抱冰部则扼守西康一带。

四方面军南下的第一个战役，是攻取绥靖、崇化、丹巴、懋功，打通进军川西南的通道。总部决定以五军、九军25师、三十一军93师组成右纵队，沿大金川右岸前进，抢占绥靖、丹巴；以四军、三十二军及九军27师大部组成左纵队，在大金川以东地区进攻，夺取崇化、懋功；三十三军及九军27师一个团，驻守马塘、梦笔山地区，屏障红军总司令部；三十一军91师师部及277团、红军大学，留守阿坝，掩护后方。

10月8日，左、右两路纵队发起进攻。大小金川地区地形复杂，多高山绝壁、峡谷急流。红军机智英勇，灵活迅速，充分发挥山地战、隘路战、近战、奇袭、夜袭的特长，大胆迂回穿插，斩关夺隘，消灭敌人。十多天内，连克绥靖、丹巴、崇化、懋功及日隆关、巴郎关、火烧坪、邓生等地，共击溃刘文辉部、杨森部六个旅，毙俘敌三千余人。

第二个战役是攻取天全、芦山、名山、雅安、邛崃、大邑，以便进而直下川西平原。具体部署为：以四军、三十二军为右纵队，由丹巴经金汤攻取天全，并以一部向汉源、荥经活动；以三十军全部、三十一军93师及91师两个团、九军25师为中纵队，取宝兴、芦山，得手后向名山、雅安及其东北地区进攻；以九军27师为左纵队，除以一部巩固抚边、懋功外，主力向东伸进，威胁理县、灌县、大邑之敌。另以五军为右支队，巩固丹巴地区；三十三军为左支队，留驻马塘、两河口，相继威胁理县，占领威州；以三十一军91师师部率277团，驻守达维、懋功。

10月24日，红四方面军展开进攻。十余日内，连克宝兴、天全、芦山等县城，继续向名山、邛崃推进，前锋直逼邛崃县境，共毙俘川敌五千人以上。再打下去，便是人稠粮丰的川西平原，利于红军获得较大补充。

这时，为初战胜利所鼓舞，四方面军上上下下一片欢腾，士气高昂，以为很快就能横扫川西平原，直捣川军老巢成都，实现"打到成都吃大米"的战略目的。

徐向前回忆当时的情形说：

当时，敌人发现红军一部北上，大部南下，乃沿大小金川地区，布阵防堵。刘文辉二十四军两个旅，位于大金川沿岸的绥靖、崇化、丹巴一线；杨森二十军四个旅另一个团，布于小金川沿岸的懋功、抚边、达维一线；邓锡侯二十八军一个团，扼守抚边以东的日隆关等地。为打开南下通道，我们制定了夺取绥靖、崇化、丹巴、懋功的战役计划，报请红军总部批准实施。

朱德总司令虽不同意张国焘的分裂主义行为，但认为部队既然已经南下，就应打开战局，找块立脚生存的地方。那么多红军，没有地盘，没有饭吃，无异于不战而自毙。同时，他又坚信，只要大家是革命的，最后总会走到一起的。因而，在军事行动方面，积极行使总司令的职权，及时了解敌情，研究作战部署，定下决心。早在大革命时期，他就和川军打过交道，对军阀部队的作战特点，了如指掌。他说：川军向来欺软怕硬，惯打滑头仗，我们不打则已，要打就抓住打，狠狠地打！他要求各级指挥员要讲究战术，发挥运动战的特长，以快以巧制敌，用小的代价去换取大的胜利。朱总司令在逆境中不当"空头司令"，尽量发挥自己的作用，完全是从爱护和发展红军力量出发的。

根据《绥（靖）崇（化）丹（巴）懋（功）战役计划》，我们作了具体部署。以五军、九军25师、三十一军93师组成右纵队，由王树声率领，沿大金川右岸前进，抢占绥靖、丹巴；以四军、三十军、三十二军及九军27师大部组成左纵队，由我和陈昌浩率领，从大金川左岸进攻，直取崇化、懋功；三十三军及27师一个团，驻守马塘、梦笔山地区，屏障红军总司令部驻地卓木碉；三十一军91师师部及277团、红军大学，留驻阿坝，掩护后方。

大小金川地区地形复杂，多深山绝壁和峡谷急流，易守难攻，不便大部队运动。战役开始后，右纵队九军25师首先向绥靖河以北绰斯甲附近的观音桥强攻，以便渡河南下，与左纵队的进攻夹岸相应。但因守敌刘文辉部凭坚固守，红军硬攻难克，右纵队渡河受阻。我们临时调整部署，令左纵队的四军从党坝地区出动，强渡大金川。（1935年10月）11日，四军渡河成功，沿右岸疾进，12日克绥靖，16日克丹巴。与此同时，左岸之三十军亦向南疾进，15日攻占崇化，以一部继续向懋功方向发展。九军27师于15日夜间，对绥靖以东之两河口守敌杨森部第7旅发起攻击，经三小时激战，将敌击溃，继而跟踪追击，于16日克抚边，19日溃杨森第4旅，占达维。20日，三十军一部克懋功。守敌杨森部两个旅南逃，被我进占达维之27师主动截击，俘获一部；该师继而乘胜向东南发展，连克日隆关、巴郎关、火烧坪、邓生等地。至此，这一战役胜利结束。总计溃敌刘文辉、杨森部六个旅，毙俘敌三千余人。

徐向前对部队的表现是满意的，他说：这一仗是山地隘路战，很难打。红军机智英勇，灵活迅速，充分发挥夜摸、奇袭和小部队大胆迂回穿插等战术特长，渡激流，穿峡谷，破敌垒，夺要隘，表现了红军无坚不摧的优良战斗素质。九军27师连续作战，疾进五百余里，打得最出色。夜袭达维之战，行动秘密、神速，当部队摸进街里时，敌人还在睡大觉。敌第四旅旅长高德州惊醒后，顾不上穿衣服，仓皇逃走。战后，朱德总司令高度评价红四方面军的战斗力，认为是一支过得硬的红军队伍，继承了叶挺独立团的铁军传统。[1]

四方面军总部估计，红军趁势南攻，打击川敌，夺取天全、芦山、名山、雅安、邛崃、大邑地区，有较大把握，遂制定了《天芦名雅邛大战役计划》。朱德、张国焘批准并发布了这个作战计划。

四方面军的具体作战部署是：以四军、三十二军为右纵队，倪志亮任司令员，由丹巴经金汤攻取天全，并以一部向汉源、荥经活动；以三十军全部、三十一军93师及91师之两个团、九军25师为中纵队，王树声任司令员，李先念任政委，取宝兴、芦山，得手后向名山、雅安及其东北地区进攻；以九军27师为左纵队，陆海松任司令员，除以一部巩固抚边、懋功、达维外，主力向东伸进，威胁灌县、大邑之敌。另以五军为右支队，巩固丹巴地区；以三十三军为左支队，留驻马塘、两河口，相机威胁理县，占领威州；以三十一军91师师部率277团驻守达维、懋功。这一部署，以主力夺取天、芦、名、雅、邛、大等县为目的，对康定、汉源、荥经、灌县方向，采取佯攻姿态，配合主力行动。

朱德总司令完全同意以上部署，并就战术问题作了重要指示。他认为，这一战役与绥崇丹懋战役的不同点在于：部队已经打出了川西高原的山险隘口，作战形式将由山地战、隘路战变为平地战、城市战，由运动战变为阵地战、堡垒战。为打破敌人的堡垒封锁线，在战术上必须充分注意集中兵力，择敌弱点攻击，尽可能在野战中溃敌，乘胜追击，袭取堡垒和城市。要熟悉攻击敌人堡垒和阵地的方法，详细侦察，周密计划，多用夜袭手段取胜，并注意对付敌人的阵地反击。针对部队在开阔地形条件作战的情况，他特别强调加强防空教育的重要性，既要消除畏惧敌机的心理，又要采取应付敌机的具体措施，万万不可掉以轻心，等闲视之。他说：我们是工农红军，不是拜物教主义者，绝不惧怕帝国主义的清道夫——蒋介石的飞机大炮。但是，我们又要承认敌人的飞机确有杀伤威力，是要吃肉的。口头上空喊不怕，而不去研究对付它的科学方法，只会使红色战士经受无代价的牺牲。他对如何组织对空射击、对空侦察、对空隐蔽和伪装、疏散队形及战斗中应注意之点，都作了具体要求。

川敌为遏阻红军前进，自南而东加强兵力，筑碉封锁。以刘文辉部防守金汤、泸定至汉源、雅安一线；杨森部防守宝兴至大硗碛一线；邓锡侯部防守宝兴以东大顺场至

---

[1] 《徐向前回忆录》，解放军出版社2007年8月版，第341～342页。

水磨沟一线；郭勋祺模范师九个团集中天全；另从绵竹等地抽调十八个团，向西增援。

战役开始后，红军势如破竹。10月24日，红三十三军从懋功出发。27日，三十军的88师越过夹金山，居高临下冲击驻守在山脚菩生岗的川军杨森部一个团。山谷中林木茂盛，浓雾弥漫，还下着蒙蒙细雨。川军在红军冲杀下溃不成军，沿着隘路逃命，被挤下深渊丧命的就有二百余人。红军一口气追到距宝兴县城五十里的盐井乡，才停下来休息。

11月1日，王树声率中纵队一部沿东河南下，到达宝兴城西。敌军破坏了河上的铁索桥，红军搭起浮桥过河，与对岸红军会合，一同向宝兴县城发起攻击。守敌弃城向灵关逃跑，红军攻占宝兴城，又穷追猛打，击溃刘湘部一个团，直逼芦山城下。

红军左、右纵队也进展顺利。许世友指挥四军由金汤翻越夹金山。山高路险，红军找采药农民当向导，用大刀砍断荆棘，一昼夜翻过夹金山，11月8日，抵达紫石关下。驻守紫石关的是刘文辉部袁国瑞旅，半年前在泸定桥曾是中央红军的手下败将。此时有两个营守紫石关，心想这里地势险要，只有小路一条，凭借碉堡完全可以用火力封锁红军。没想到红军从悬崖绝壁爬上来一个排，夺取紫石关。袁旅的士兵撒腿往后跑，红军在后面高喊缴枪不杀，劝川军不要跑。川军听见红军也是四川口音，就坐下不跑了。剩下的残部好不容易逃到天全城外，守城的刘湘部郭勋祺师拒不开门，还向袁旅士兵扫射，扬言"把这些杂牌部队清除掉，我们好去打红军"。袁旅士兵愤怒至极，突然来了勇气，奋不顾身冲上郭师的阵地，闯进城内。[*1]

红军尾随袁旅溃军来到天全城外，在大岗山与郭师交火。黄昏时许世友来到前沿，发现敌军在小河对岸和大岗山上都构筑了工事，并以猛烈的机枪火力封锁河面和桥头，红军几次冲锋都被打了回来。许世友下令停止正面进攻，改用夜袭战术。当天深夜，红军在向导带领下从侧面摸上大岗山，敌军正在烤火做饭，就当了俘虏。许世友看到偷袭成功的信号，下令进攻。郭师的一个团大部被歼，红军紧紧追赶，直扑天全县城。11月9日拂晓攻进城内，堵住了师部的门口。郭勋祺跳墙逃跑，险些当了俘虏。天全战斗是一场硬仗，四军三天连续作战没有休息，从紫石关一直打到天全，先后击溃川军一个师又一个旅，取得南下以来的最大胜利，也让川军领教了红军的厉害。

这一时期，红军南下各路都进展顺利，形势十分乐观。左纵队击溃邓锡侯一部，逼近邛崃县境。右纵队占领天全后，配合中纵队包围芦山。11月12日，芦山守敌弃城逃跑，红军又占领了芦山。十几天内，红军连克宝兴、天全、芦山三县，歼敌五千余人，控制了大渡河以东、懋功以南、邛崃山以西和青衣江以北大片地区，造成直下

---

*1　参见《围追堵截红军长征亲历记》（下），中国文史出版社1990年版，第80页。

川西平原、威胁成都的态势，令蒋介石和四川军阀极为震惊。

在南下的过程中红军也付出了相当大的代价。长征的艰苦生活使红军体质大为下降，战斗中掉队的越来越多。半个月的行军作战，把红军的锐气差不多耗尽了，急需休整。红军的装备也很差，遇见顽强的敌军，这些弱点就暴露出来了。

红军战若雷霆，声威大震。十多天内连下宝兴、天全、芦山等县城，共歼敌五千余人，击落敌机一架。邛崃山以西、大渡河以东、青衣江以北及懋功以南的川康边广大地区，均被我控制，造成了东下川西平原，直掠成都的战略态势。成都告急，重庆震动，国民党军政要员和大小军阀，无不惶惶然。

战役过程中，红军以主力西取康定、泸定，还是东叩名山、芦山，发生了不同意见。张国焘要四方面军重点夺取康、泸，将来以道孚为战略后方，在西康地区发展。徐向前和陈昌浩商量，觉得还是按原定的作战计划，重点加强左翼的攻击，夺取天、芦、名、雅地带为上策。一是这带人烟和粮房较多，部队易于补充；二是我军与川敌作战，较易得手，如能乘胜东下川西平原，可获更大补充，过冬不成问题；三是距离转战于川黔边的红二、六军团较近，能对他们起到有力的策应作用。如果重点向西康发展，则人、粮补充不易，气候寒冷，过冬困难，不利策应二、六军团的转战。徐向前说："现在早已不是'山大王'的时代了，我能往，寇亦能往，蒋介石不会让我们僻处一方，优哉游哉的。陈昌浩和我的看法一致，认为蹲到川康边，被敌人封锁住，我们的处境将会更困难。张国焘未再坚持他的意见，我们遂挥军向名山、邛崃地区进击。"

川军是四方面军的老对手，对付他们，有点把握。红军计划从名山和邛崃间的通道上，实施夜袭突破，完全切断两城敌军的联系，进而围攻名山，吸引邛崃方向的援敌，相机发展攻势，打到岷江西岸，控制青衣江以北、岷江以西、邛崃以南的三角地带。

11月13日，我们集中中纵队全部及右纵队四军的兵力，计十五个团，向朱家场、太和场发起猛攻。当天，溃敌两个团，乘胜前进。16日，直下邛崃、名山大路上的重镇百丈。再打下去，我军即将进入人粮极丰的川西平原。敌人着忙，出动六个旅的兵力，进行反扑。经半日激战，被我三十军及九军一部击退。九军27师乘胜沿百丈通邛崃的大路进击，势如破竹。仅75团一营人即连破敌堡二百多个，当天下午占领了黑竹关、治安场、王店子。由于敌人沿邛名公路纵深配备，碉堡林立，兵力集中，我军继续突进不利，我们遂令部队停止前进，主力向百丈左右靠近。以93师围攻名山，三十二军向名山至洪雅的大路突击，吸引邛崃方向的援敌出动。[1]

红军南下的胜利，使蒋介石和刘湘感到震惊和恐慌，蒋介石立即飞抵成都，坐镇

---

[1] 《徐向前回忆录》，解放军出版社2007年8月版，第343～344页。

指挥。四川各地大大小小的军阀，为了自身利益，暂时放弃过去的矛盾和冤仇，在"阻击共匪""保境安民"的口号下，联合起来，统一服从刘湘的指挥。在这种形势下，刘湘为确保成都、重庆，急调其主力王缵绪、唐式遵、范绍曾等部及李家钰部，向名山东北集结，连同原来的守敌，共八十多个团，层层布防，阻击红军。以保卫成都为中心，防止红军南下，摆开了要与红军决战的架势。

在蒋介石的严厉督促下，中央军胡宗南部和薛岳部也快速向成都周围集结。

张国焘不顾敌情发生如此重大变化，仍坚持攻取名山，然后向川西平原发展，最后夺取成都。他用仅有的十五个团的兵力与刘湘决战。11月中旬，红军分左、中、右三路，再次发起进攻，集中十五个团的兵力，沿名山、邛崃间的大道破垒前进，连克重镇百丈关及黑竹关、治安场、王店子。19日，刘湘挥军反扑，以十几个旅在飞机掩护下向百丈关猛攻。在百丈关一带打了一场恶战。

血战百丈关

红军攻克天全、芦山的消息传来，张国焘非常高兴。这时，陕北中央于11月12日致电张国焘，通报中央红军与陕北红军会合的消息，并指示四方面军："你们目前应坚决向天全、芦山、邛崃、大邑、雅安发展，消灭刘、邓、杨部队，求得四方面军的壮大，钳制川敌主力残部，川、陕、甘、晋、绥西北五省局面的大发展。"张国焘当日复电，通报了占领天全、芦山的情况后，他口气傲慢地说："这一胜利打开了川西门户，奠定了建立川康苏区胜利的基础，证明了向南不利的胡说，达到了配合长江一带的苏区红军发展的战略任务。这是进攻路线的胜利。甚望你们在现地区坚决灭敌，立即巩固扩大苏区和红军。"[*1]

1935年11月13日，南下红军展开新一轮进攻。左路九军27师向邛崃、大邑方向，中路三十军向名山、百丈、黑竹关方向发起猛烈攻击。驻守这一带的川军李家钰部十二个团被打得晕头转向，四散溃退，红军占领名山县城和百丈镇，直接威胁设在邛崃县城内的刘湘"剿匪"总部。刘湘心情极为紧张，他急电催促廖敬安旅长赶赴桑园镇布防，又对四川省府秘书长邓汉祥说："军事情况紧急，我手边部队已经用光，你赶紧回去组织力量守成都。"徐向前得知占领百丈镇的消息，非常高兴，红军即将进入富饶的川西平原了。

11月16日起，形势突然逆转。一向被红军赶着跑的川军竟然集中兵力，向红军

---

*1 《第四方面军战史资料选编——长征时期》，解放军出版社1992年版，第266页。

发起大规模反扑。过去川军与红军作战，总是以保存实力为目的，互相观望扯皮，恨不得对方被红军吃掉，他坐收渔翁之利。现在他们终于清醒过来，红军一旦进入川西平原，就是川军的末日来临。为了共同的利益，一向不团结的川军，此时竟然抱成一团，要与红军决一死战了。刘湘发布《告剿共官兵书》，下了死命令：凡有临阵退缩，畏敌不前，或谎报军情，作战不力者，一律军前正法。各级官兵倘有违令者，排长以下的由连长枪决；连长由营长枪决；营长由团长枪决；团长由旅长枪决；旅长由师长枪决；师长由总指挥枪决；总指挥倘有瞻徇隐匿者，由总司令查照依法严办。如有努力作战，不顾牺牲者，无论各级官兵，均由总指挥随时注意考察，从优奖励。命令一下，在川军内部震动极大。11 月 17 日下午，红军向黑竹关廖泽旅阵地发起攻击后，廖旅士兵抵挡不住，又想溃退。廖泽亲自跑到前方碉堡里督战，对部下吼道："这里是我们死守的阵地，人在阵地在，不能后退，也无可退之地。后面就是邛崃总指挥部，你们如果发现有后退的官兵，准予执行我的命令，就地枪毙！"在廖泽和手枪队的督战下，川军士兵又抄起机枪，向红军猛烈扫射，居然遏制了红军的进攻。廖旅的士兵从 15 日起就连续作战，构筑工事，又要防备红军夜袭，昼夜不得休息，疲劳得坐下就睡着了，连吃饭也叫不醒。军官们非常着急，组织非战斗人员站岗放哨，与以前相比真是判若两军。川军这只纸老虎，看来要变成真老虎了。[*1]

刘湘迅速调兵遣将，将不中用的李家钰部调到后方当预备队，将自己手下战斗力最强的郭勋祺师（模范师）和范绍增师调到名山、百丈前线。加上其他军阀部队共八十多个团的兵力，准备与红军决战。这时，蒋介石也来增援，把精锐的薛岳纵队和部分空军调到川西前线。敌我双方力量对比发生倾斜，从 11 月 18 日起，川军在百丈地区大举反攻，拉开了决战的序幕。

百丈关位于名山至邛崃间的大路上，是雅安通向成都的必经之地。这一带基本上是小丘陵，地势开阔，除了靠近百丈关的挖断山是横断公路的一座小山，其余无险可守。这样的地形适合大兵团作战，而不利于擅长游击战和山地攻坚战的红军。11 月 18 日，川军以六个旅、二十个团的兵力，在飞机大炮的掩护下向红三十军阵地猛攻。红军指战员忍耐着连日作战的疲劳与优势之敌殊死搏斗，子弹打光了就用大刀。方圆十余里内的水田、山丘、沟壑都成了敌我争夺的战场，杀声震天，尸横遍野。88 师政委郑维山回忆："师指挥部跟前一个班，打到下午时只剩下三个人了。但是这三个人却像钉子钉在那片树林里似的，扼守着阵地。敌人冲上来，他们从三个方面投出集束手榴弹，趁着爆炸的浓烟，呼叫着分头冲下去，把敌人杀退，三个人又从容地回到原处。

*1 《围追堵截红军长征亲历记》（下），中国文史出版社 1990 年版，第 91 页。

战士们就是这样以一当百地和敌人厮杀。"

与此同时，川军也向黑竹关的红93师阵地猛攻。激战两个小时，红军火力不足，被迫后撤到百丈关附近的挖断山。这时增援部队赶到，一个反冲锋将敌军击退。川军又调上预备队，与红军展开拉锯战。打到天黑，红军向百丈镇撤退。

19日，激烈的战斗达到顶点。19日拂晓，敌十几个旅从东、北、南三面向红军进攻。红军占据了敌军修筑的碉堡，用机枪向川军扫射。整连的敌军呼喊着向前冲，在红军几十挺机枪的密集扫射下，一排排被打倒在水田里，横七竖八躺倒一大片。川军指挥官急红了眼，以每人二十块大洋的代价组织敢死队，同时用迫击炮、重机枪压制红军火力，拼命往上冲。三十军战士打得十分英勇，寸土必争。战至15时，川军终于支持不住，开始后退。就在红军胜利在望时，天空中突然出现国民党飞机，在红军阵地纵深狂轰滥炸。红军没有防空武器，也没有对空射击经验，顿时四散隐蔽。不少战士在开阔地找不到隐蔽地方，在敌机轰炸扫射下负伤牺牲。川军乘势卷土重来，红军伤亡过大。在这关键时刻，四军10师师长陈锡联率援军赶到，一阵冲杀，把川军敢死队头目、土匪出身的王廷章击毙。这个亡命之徒一死，川军乱了阵脚，又被赶出百丈镇。川军团长谢浚站在东桥头提着大刀督战，也无法阻挡部下的溃退。谢浚气急败坏，大声喊："要与阵地共存亡，后退者杀无赦！"天将黄昏，川军援军赶到。红军恶战一天，伤亡也不小，双方在百丈镇东对峙。

谢浚打了一天，全团伤亡过半，也没攻下百丈镇。气急之下竟于20日凌晨四面纵火，企图烧死红军。当红军和镇上居民救火时，川军用机枪扫射，滥杀无辜。红军只保住了半个镇，东半部的房屋都化为灰烬。

红军抓到敌人的俘虏，据俘虏供称：刘湘下了死命令，要川军拼死夺回百丈，援救名山守敌，临阵不前者，一律就地枪决。战斗一打响，敌人即集中强大炮火，向红军阵地猛烈轰击。成批敌机盘旋上空，疯狂实行轰炸。整营整团的敌军，轮番向红军阵地猛攻。从黑竹关到百丈关十多里的战线上，处处是战火硝烟、刀光血影，是爆炸声、枪炮声、喊杀声，是敌我双方的殊死搏斗。

百丈一带，地势开阔，多丘陵、树丛、深沟、水田。战斗开始后，徐向前骑马赶到那里，观察情况，现场指挥。徐向前说："三十军指挥所设在百丈附近一座小山包上，我绕来绕去，好不容易才摸到。见了李先念他们，简单问了问情况。他们当时判断，刘湘是狗急跳墙，孤注一掷，如果我军顶住敌人的攻势，打敌一部，有可能胜利转入反攻，直下岷江西岸。唯敌机太讨厌，对红军前沿至纵深轮番轰炸，威胁甚大。部队在开阔地带运动和作战，不易隐蔽，对付敌机又缺炮火，伤亡增大，叫人很伤脑筋。红军坚守在月儿山、胡大林、鹤林场及黑竹关至百太公路沿线的山冈丛林地带，与敌反复拉锯，血战三昼夜。敌用两旅兵力企图通过水男进占百丈，在红军几十挺机枪扫射下，整营整连的敌军，被击毙在稻田里，横七竖八，躺倒一大片。但因该地交通方便，敌人调兵迅速，后继力量不断增加，攻势并未减弱。21 日，红军黑竹关一带的前锋部队被迫后撤，敌跟踪前进。22 日，百丈被敌突入，我军与敌展开激烈巷战。我到百丈的阵地上看了看，有些房屋已经着火，部队冒着浓烟烈火，与敌拼搏，打得十分英勇。百丈附近的水田、山丘、深沟，都成了敌我相搏的战场，杀声震野，尸骨错列，血流满地。指战员子弹打光，就同敌人反复白刃格斗；身负重伤，仍坚持战斗，拉响手榴弹，与冲上来的敌人同归于尽。百丈战斗，是一场空前剧烈的恶战。"[1]

双方恶战七天七夜，打得尸横遍野，血流满地，战况惨烈至极。这场决战，红军共毙伤敌一万五千人，自身伤亡万余人，但未能战胜敌人。刘湘的后续部队源源不断，薛岳的大军又压了上来，红军深感兵力不足，遂被迫从战役进攻转入防御。

徐向前说：战局没有打开，薛岳部又从南面压了上来。敌我力量悬殊，持久相峙对我不利。我们只好放弃原计划，从进攻转入防御。11 月下旬，我三十军、九军撤出百丈地带，转移到北起九顶山，南经天品山、王家口至名山西北附近之莲花山一线。四军在荥经方向，遭薛岳部猛攻。因敌众我寡，被敌突进，部队遂撤至青衣江以北。在西面大炮山的三十三军，则继续巩固阵地，与李抱冰部对峙。红军遭敌重兵压迫、堡垒封锁，南下或东出已不可能。

红军总指挥部果断决定：不在名山、邛崃、大邑一线与敌军拼消耗，全军后撤到九顶山、天台山和莲花山一线扼险防守。当夜，红军撤离百丈镇，向新店、万古退却。历时十八昼夜的天芦名雅邛大战役，至此结束。

百丈决战是红军南下以来打得最激烈、最残酷的一场恶战。

徐向前在总结南下失利的原因时说：

我军百丈决战失利，教训何在呢？第一，对川军死保川西平原的决心和作战能力，估计不足，口张得太大。川军是我们的老对手，被红军打怕了的，历次作战中往往一触即溃，闻风而逃。但这次却不同。经过整编，蒋介石向各部队都派了政工人员，多数军官又经峨眉军官训练团的训练，敌军的战斗力有较大加强。为确保成都平原，刘湘亲自坐镇，不惜代价，挥军与我死打硬拼。加上敌人兵力众多，运输方便，地形熟悉，堡垒密布，炮火强大诸条件，便成了难啃的硬骨头。战役过程中，薛岳部又压了上来。对于这些情况，我们战前缺乏足够估计，想一口吞掉敌人，打到川西平原

---

[1]《徐向前回忆录》，解放军出版社 2008 年版，第 348～349 页。

去。这是导致决战失利的主要原因。第二，与此相联系，我军高度集中兵力不够。刘湘在这带集结的兵力，达八十个团以上，纵深配备，左右呼应，凭碉坚守。我们只集中了十五个团的兵力进击，一旦遇到敌人的拼死顽抗和反扑，深感兵力不足，捉襟见肘。部队两过草地，体力消耗很大，乍到新区，人地生疏，群众还没发动起来，无法积极配合红军作战。这样，就难以取得战役战斗中的优势地位。第三，战场的选择失当。百丈一带，地势开阔，部队的集结、隐蔽、攻防受很大限制，极易遭受敌机袭击与炮火杀伤。当敌发起反攻时，我军处在十余里的长弧形阵地上，三面受敌，相当被动。另外，部队习惯于山地战、隘路战，而对平地、水田、村落战斗，则缺乏经验。有些干部到了平川地带，连东西南北都辨别不清；敌机来了，无法对付；部队撒出去作战，抓不住，收不拢，影响了指挥信心。仗打得比较乱，有的部队"放了羊"；有的部队你打你的，我打我的，协同配合不好；有的部队不讲战术，增大了伤亡。凡此种种，都与我们在战役指导思想上的急躁和轻敌有关，广大指战员的浴血奋战精神，是可歌可泣的。

百丈决战，是我军从战略进攻转入战略防御的转折点，也是张国焘南下方针碰壁的主要标志。战后，我军遂以巩固天全、芦山、宝兴、丹巴地区为中心任务，在这带与敌相峙，发动群众，准备过冬。红军总部和方面军总部，住芦山城北的任家坝。[1]

假若说湘江之败，标志着博古以及他所依靠的军事顾问李德错误路线的彻底破产，那么，百丈关之败，则宣告张国焘分裂主义错误路线的彻底失败。

藏族战士的南下经历

为了照顾新参军的藏族战士，没有将天宝等人编入战斗部队，组织上分配他在四方面军总部政治部做青年工作，一边学习汉语。因此，天宝没有直接投入百丈关战斗。但是，他经历了战斗的全过程，参加政治鼓动、运送食品和救护伤员等工作。战斗打了七天七夜，天宝也跟着老战士们忙了七天七夜。由于他在领导机关，了解的情况就更多一些。敌人的疯狂、红军的顽强、战斗的惨烈、人民群众的牺牲精神，都给他留下了终生难忘的印象。六十个春秋过去了，到了晚年，多少往事如云烟消散，但是，百丈关战斗的情景，却深深地留在他的记忆之中。每当天宝回甘孜州和阿坝州，路经天全、名山、邛崃等地时，就情不自禁地想起当年激战的情形，回忆红军悲壮的历程，

---

[1] 《徐向前回忆录》，解放军出版社 2007 年 8 月版，第 349 ～ 350 页。

缅怀先烈的业绩，总是心潮激荡。

天宝也曾跟随汉族和藏族民工组成的救护队和担架队到战场上救护伤员。在一次战斗中，他的入党介绍人吴瑞林腿部负伤，严重失血，有生命危险。天宝等人冒着敌人的炮火将吴瑞林从战场上背下来。战斗在十分激烈地进行着，战局随时有可能发生重大变化，弹头穿进吴瑞林的大腿，取不出来，流血不止，又没有什么医疗器械，情况非常紧急，大家一筹莫展。这时天宝突然想起，他小时见一些人受了伤，敷上滚烫的酥油汤，据说可以止血，防止伤口化脓、溃烂，愈合得也快。天宝和几个藏族战士，按住吴瑞林，也没有麻药，天宝用一把钳子硬把弹头取了出来，然后把菜籽油烧得滚烫，用块干净的布敷在伤口上。痛得吴瑞林这位坚强的红军战士大声喊叫，浑身冒汗。治疗过后，竟然产生了奇效，吴瑞林的伤口慢慢愈合了，跟部队回到了草地。

解放后，1955 年吴瑞林被授予中将军衔，成为开国将军，后来担任海军副司令员，带着腿上的枪伤，跑遍了万里海疆，为保卫海防，作出了重要贡献。他始终没有忘记天宝等藏族战士对他的救护，他说："若不是天宝他们及时抢救，我可能早就牺牲在百丈关，或者成为残废，离开部队。那时国民党实行白色恐怖，反攻倒算，血腥屠杀革命群众，后果不堪设想。"

胡宗林身体壮实，过草地时又说自己是汉族，就编入战斗部队。他在谈到南下的经历时说："张国焘决定南下打成都，不要翻译了，那些抽大烟的通司都让他们回家了，也不要我当通司，把马也收了，让我到三十一军 93 师 272 团，给参谋长当传令兵。我说，我不当传令兵，我会喂马，让我当马夫。参谋长不同意，找了一个汉族战士当马夫，还是要我当传令兵。

"那时，传令兵的任务很重要，没有文件，基层部队没有电台，电话也不畅通，上级有什么指示和命令，就靠我们传达，要准确、迅速。领导上说：首长让你告诉谁，就告诉谁，打死也不能给别人讲，这是革命军队铁的纪律。

"1935 年 10 月，几万大军离开藏区，浩浩荡荡开始南下，我们第二次翻越夹金山。翻雪山时，白天遇到大太阳，高原的阳光，紫外线很强，晒得很毒，眼睛刺痛，雪山一反光，照得更难受，睁不开眼，直流泪，有的晒得眼睛红肿，很多指战员都得了雪盲。我们知道怎样防止雪盲，边走边用雪擦。上级不知道，批评我们，说用冰冷的雪来擦，容易刺激眼睛。后来得雪盲的人越来越多，看不清路，走不了，又没有别的办法，证明用雪擦，还是比较有效，就让大家用雪擦。上级还表扬我们，说我们的办法好。尽管如此，情况还是很严重，不少人的眼睛肿得很厉害，用雪擦也没有用，几乎失明，看不见路，我们就搀扶着他们爬山。后来病人多了，一个人扶不了那么多，便用绳子牵着；得雪盲的人越来越多，连绳子都没有了，就把腰带和绑腿解下来，接成绳子。

"人们常说，大雪山的气候，跟娃娃脸一样，说变就变，这话一点也不假。中午时分，晒得直冒汗，脸发烫，眼发肿。可是，到了午后，狂风大作，暴雪夹着冰雹，扑打在身上，这时，气温骤降，头发上、眉毛上都结成冰，从脊背上发冷。那时我们没有温度表，也不懂什么多少度，反正冷得很厉害，浑身发抖，牙齿打战，连话也说不利落，估计至少有零下十几二十度。每向上爬一步，就要付出艰苦的努力。生病的、得雪盲的同志就更困难了。有时狂风一吹，一脚没有踩稳，就滚下山去，跌进深渊，救都没有办法救。有一次，我牵着根绳子，带着几个得雪盲的战士，突然一股狂风刮来，我赶紧让同志们趴下，后面一组结绳，也有几个得雪盲的，一个同志没有站稳，滚下了山，其他人来不及松手，一个接一个，四五个同志都滚下山去了。我们很难过、很悲痛，但一点办法也没有。我们只好默默地哀悼，然后忍着悲痛，继续前进。"

胡宗林说：红军毕竟是英雄汉。前面的倒下了，后面的人继续前进。广大指战员以大无畏的革命英雄主义气概、钢铁般坚强的意志、坚忍不拔的毅力，咬紧牙关，一步一步向上攀登。几万红军战士，如同一条钢铁巨龙，蜿蜒在风雪弥漫、高耸入云的崇山峻岭。举头仰望，看不清前面的先头部队；回头远看，看不见后面的兄弟部队。只见这条钢铁巨龙，冒风顶雪，慢慢地、艰难地、然而又是顽强地、坚定不移地向前攀登，非常悲壮、非常雄伟、非常豪迈、非常壮观。狂风暴雪无阻拦，高山峻岭挡不住，空气稀薄、天寒地冻不可怕，被藏族同胞顶礼膜拜、奉为神圣的护法神的夹金山，恐怕也没有见过这样的景象，不得不向英雄的红军低头致敬！这真是"红军不怕远征难，万水千山只等闲"。只有共产党、毛主席领导的红军，才能克服这样的艰难困苦，才能创造这样伟大的英雄业绩。

翻过夹金山，就到了大小金川。夹金山两边都是藏区。过了藏区，就到了宝兴县，再到天全、芦山、邛崃、雅安、大邑，都是汉族地区，到了"天府之国"的边沿地区，都很富足，有大米、猪肉吃，指战员们都很高兴。开始时，打了几次胜仗。当时的方针是：边打仗、边建政、边扩红，根据地扩大了，建立了好几个县委和苏维埃政府，部队的给养和兵员都得到补充。

在谈到百丈关战斗时，胡宗林的心情也很不平静，他说：这时，国民党中央军和四川军阀先后调集八十多个团的兵力，向四方面军进行围攻，两军对峙，连续激战，仗越打越大，越打越困难。最大的一仗，在百丈关。那次战役打得十分惨烈。蒋介石严令四川军阀坚决阻击红军南下，蒋介石还派薛岳等中央军增援。以四川省主席刘湘为首的四川军阀，内部矛盾重重、争权夺利、互相征伐、战乱不已。但是，为了自身利益，不让红军入川，在"保境安民"的口号下，他们暂时联合起来，一致对付红军。因此，打得很顽强。

"我和很多藏族战士都参加了这次战役。我在第二梯队，给参谋长当传令兵。有一次我去传达命令，要过独木桥，桥上结了冰，对面有土匪，把桥板撤了，我不小心，一脚没有踩稳，掉进河里。部队以为我被淹死了，很着急。我背着'夹背'，就是竹子编的筐子，没有被淹死，但冻晕了。后来被战友救上来，用大被子捂住发汗，再灌辣椒水，才慢慢缓过来了。

"当时我们团在侧翼，准备打援。一天夜里，参谋长又让我去传达命令。我装扮成老百姓，用竹竿做火把照明。我走得快，没有误事。回来后，参谋长表扬我，说：'你这个小蛮子，胆子还挺大，敢走夜路。'

"还有一次，我去传达命令，情况很紧急，我跑步前进，一枪打在腿上，子弹没有劲，没有打穿。归队后，才发现子弹还在腿上，卫生员用钳子硬拔下来，也没有麻药什么的。参谋长很关心、心疼我，嘴里却骂我：'你这个小蛮子，为什么不小心！'我心想，谁愿意挨枪子啊！敌人打在身上，你想躲也躲不了。幸好离得远，伤势不重。

"这是我参军以来第一次负伤。是在百丈关战役中。"

再回雪山草地

百丈决战，是张国焘南下由胜利走向失败的转折点。本来，百丈大战后红军和川军都打得筋疲力尽，战场呈相持状态。红军打算巩固天全、芦山、宝兴地区，在这里发动群众，准备过冬。如果有几个月的休整，红军就可能东山再起，卷土重来。但是命运偏与红军作对，这一带物产不丰、人口稀少，红军的兵员、粮食、被服补充都发生困难。这里本来冬季并不太冷，但1935年的冬天却下了十年来罕见的大雪。夹金山以北的懋功等地也是大雪封山，天寒地冻。驻守丹巴的五军军长董振堂、政委黄超1936年1月8日报告总部："37团在牦牛坝获得敌人的军米，吃了半个月，军直属队只吃了一餐大米稀饭，现在各部队每天一顿馍两顿稀饭，包谷占大部分，小麦差不多已吃尽。尤其是37团因牦牛东固地区小，粮食不多，现在的粮食要从丹巴供给一天吃一天，蔬菜以萝卜为主。油盐问题由于供给的注意，部队未感缺乏。但驻丹巴部队柴火非常困难，要离城数十里才有柴火，现由政府发动群众卖，能解决一部分的困难。"[1]在这样的形势下，红军要再次出山冲击成都平原，显然是不可能了。张国焘虽处于艰难处境，还是想让主力在宝兴、荥经地区熬过冬天，再作打算。

但是蒋介石却不给红军喘息的机会。他见红军和川军拼得差不多了，便将嫡系部

---

[1] 《第四方面军战史资料选编——长征时期》，解放军出版社1992年版，第313页。

队——薛岳的六个师近十万人马从贵州调到川西，担任"进剿"红军的主力。在成都，国民党军事委员会重庆行营副主任兼参谋长贺国光与薛岳长谈，详细介绍了他们掌握的红军情报和川军与红军作战的经过。薛岳曾经参加围追堵截红一方面军的行动，从江西一直打到四川，有些经验。与贺国光谈话后，心里有了底。他回到指挥部对部下分析说："自古以来事业成功者，都要得到天时地利人和。如今红军天时很坏，严寒将至，岷山已降雪，天寒无衣岂能久居？论地利，红军所据尽是汉彝杂处的山区，地瘠民贫，作战无粮何以为继？论人和，据贺国光说：毛泽东主张北上，张国焘主张南下，这显然是分裂征兆。红军分散兵力，加之久战疲惫，同心协力的条件已不复存在。又加之弹药不足，虽因滇川军屡败使他们得到一点弹药，也不能久战。红军防线北自大邑、邛崃，南至荥经、汉源，区区一个方面，数万之众扼守三百里以上的防线，已到了强弩之末。中央军增援上去，当然旗开得胜。"部下听了薛岳这番见解，都点头称是。中央军毕竟比川军老谋深算得多，贺国光的行营参谋团与薛岳共同制定了"围剿"红军的计划：第一步要在年底以前解名山、雅安之围，打通川西荥经、雅安、汉源一线交通；然后第二步收复天全、芦山、宝兴地区，将红军主力逼到雪山以北。[*1]

　　1935 年 12 月下旬，薛岳部队集结完毕后，开始向荥经方向进攻。担任主攻的是吴奇伟纵队。荥经南边是四军许世友的防区，陈昌浩找许世友布置任务，要他在峡口一带阻击敌军。许世友认为：敌人来者不善，守峡口至少要三个团。陈昌浩不以为然，认为薛岳是稳扎稳打，堡垒政策，不会一下把主力用上来，红军在峡口摆一个团就够了。许世友只好服从命令，把 35 团调上去。谁知战斗打响后，才发觉国民党军用了绝对优势的兵力，对红军阵地猛攻。在激烈的炮火下，35 团寡不敌众，团长、政委和大部分战士都牺牲了。许世友打过许多恶仗，还没有经历过这样惨痛的失败。红军防线被连续突破，许世友不得不边打边撤，退至天全、紫石关一线。薛岳的第一步行动达到了目的。国民党军官巡视战场，发现死去的红军衣衫破烂，断定红军后勤供应十分困难，决定不停顿地向红军发起第二轮进攻，并催促川军的刘湘、刘文辉部配合，从三面向红军压来。

　　1936 年 1 月，薛岳命令孙震的四十一军攻占名山的金鸡关，逼近蒙顶山红军主阵地前沿。吴奇伟纵队占领冷水场，打通了荥经到泸定的交通。为解雅安之围，薛岳派一个师攻飞仙关。飞仙关是雅安北至芦山、西至天全的要隘，南临雅江，水流湍急，就是冬季枯水季节也很难徒涉。在渡河攻击时，国民党军的一个团长被打死在河里，但他们投入两个团兵力猛攻飞仙关。红军弹药缺乏，被迫撤退。薛岳部占领天全县城，解雅安之围。在城内困守三个月的刘文辉得救，对薛岳感激不尽。这时，刘湘的川军

---

*1 《围追堵截红军长征亲历记》（下），中国文史出版社 1990 年版，第 102 页。

也攻到了宝兴境内。

在各路敌军的联合进攻下，红军处境日见艰难。三个月的恶战，红军的有生力量消耗过大，得不到补充。去年9月南下时，红军有八万多人，此时已锐减到四万人，损失近半。指战员们都意识到：再打下去会把红军损失殆尽。面对现实，张国焘也承认"难以在此与敌长期周旋"。1936年2月初，张国焘、朱德、徐向前、陈昌浩、刘伯承在芦山任家坝红军总部开会，研究制定了《康（定）道（孚）炉（霍）战役计划》，其纲领是："我军为继续扩大南下胜利，扩大民族统一战线，更有力地策应二、六军团行动，并取得在广大地区的运动战中粉碎蒋介石卖国军，决以一部位邓生、硗碛、达维、抚边钳制南、东两方之敌，主力迅速向西增进，取得道孚、炉霍、康定一带地区，以便尔后之发展。"[1]

根据这个新计划，红军于1936年2月15日后陆续撤离天全、芦山、宝兴地区，再次翻越夹金山，经达维、懋功、丹巴向西转移。跟随总部行动的军委三局局长伍云甫（原中央红军无线电总队长）在日记中写道："2月21日，晴。0时30分由草棚出发，6时30分至夹金山顶，20时到达维宿营（约八十里）。在冰雪中行数十里，寒冷彻骨，溜滑难行，甚疲劳，右腰跌伤。"[2]寥寥数语，表现出一种沉闷的心情。这次行军已经失去了南下时那种热烈高昂的气氛。张国焘也不得不承认："我们的南下计划，显然没有什么收获。"[3]去年9月毛泽东的警告："南下是绝路。"果然得到了证实。

红四方面军南下天全、芦山后，虽经半年苦战，仍不能立足，无法建立根据地，战斗频繁，部队疲惫不堪，减员严重。1936年2月中旬，天全、芦山地区的形势日益严重，中央军薛岳部六个师配合川军主力向天全、芦山疯狂进犯；康定之敌李韫珩之53师也由康定向丹巴发起进攻，以策应东线之敌。四方面军这时处于前有强敌，后无根据地，部队得不到补充的境地，因此难以与敌长期周旋。于是红军从1936年2月11日至23日陆续撤离天全、芦山、宝兴，再次翻越夹金山，经达维、懋功，又回到川西草原，回到天宝的故乡。

天宝说，他当时不知道红军为什么要南下，也不知道南下错在什么地方，但有两件事，给他的印象很深，一是张国焘提出的"打下成都吃大米饭""要想吃大米，就到川南去"的口号，对他们有很大的吸引力，结果大米没有吃上几天，红军损失惨重。仅百丈关一仗，就损失近万人。南下时四方面军有八九万人，到了天全、宝兴等地后，又大力"扩红"，发展红军。但回草地时，只剩下四五万人。二是第一次离开故乡，来到汉族地区，见了那么多汉族同胞，使他大开眼界。

————————

[1] 《第四方面军战史资料选编——长征时期》，解放军出版社1992年版，第367页。

[2] 中国革命博物馆编：《红军长征日记》，档案出版社1986年版，第227页。

[3] 张国焘：《我的回忆》第3册，东方出版社1991年版，第279页。

第十五章　把民族工作提到重要地位

共产党和红军的民族政策

自从红军进入藏族地区以后，为了在雪山草地站稳脚跟，争取最广大的藏族僧俗群众的拥护和支持，建立最广泛的抗日民族统一战线，共产党和红军必须制定一套正确的民族政策。

中国共产党是以马克思列宁主义的基本原理为指导思想的政党。在党的幼年时期，为了中国各民族人民的翻身解放，党就依据马克思列宁主义关于民族问题的一般原理，提出了解决国内少数民族问题的一系列主张。

在九十年前，党的第一次代表大会的主要任务是建立中国共产党，这是中国几千年的历史上从未有过的"开天辟地"的大事。因此，"一大"的党纲里没有谈到国内民族问题；从第二次代表大会到第六次代表大会通过的党纲里，都有一条专门论述共产党关于民族问题的基本理论和基本原则，关于国内民族问题的基本方针和政策。

由于国民党蒋介石实行白色恐怖，残杀镇压和屠杀共产党人，党的第六次代表大会是在共产国际指导下，在莫斯科召开的。周恩来出席了"六大"，受到苏联共产党和苏联政府的隆重欢迎，并得到斯大林的单独接见。这在当时来说是很高的荣誉。毛泽东、朱德带领红军上了井冈山，开辟中央苏区，没有能出席"六大"。红军长征时，实行的是"六大"的纲领。

共产党和红军关于国内民族问题的方针和政策的基本点是：

一、中国少数民族的解放是中国人民解放的组成部分。只有经过民主革命，驱逐帝国主义，打倒国民党反动派，推翻本民族的地主、土司、喇嘛、贵族的政权，并经过社会革命使少数民族获得完全的解放，才能实现各民族的平等和自决自治。

二、承认中国境内各少数民族有完全的自决权，即加入或脱离中华苏维埃联邦，或建立自己的自治区域。党和苏维埃政府首先要帮助少数民族摆脱帝国主义和国民党军阀、王公、土司、喇嘛等的压迫统治，从而获得自由民主。

三、中国各民族在法律上一律平等，反对民族压迫和民族歧视，坚决反对一切大汉族主义倾向，各民族不分大小，不分民族和宗教信仰，在苏维埃法律面前一律平等。

四、党和苏维埃政府为了保障少数民族的自决自治，必须注意培养和选拔使用本民族干部以管理本民族事务；必须注意提高少数民族地区的生产力，帮助发展其经济和文化；尊重少数民族的语言文字，允许在一切政府机关中使用民族语言文字，发展民族语文教育，设立民族语言编辑馆和印刷局。

五、保障宗教信仰自由和反宗教宣传的自由，绝对实行政教分离的原则。帝国主义教会在服从苏维埃国家法令时才允许存在。[1]

长征开始以后，各路红军先后撤出国民党统治势力强大的汉族聚居的各革命根据地，转战于湘、桂、黔、滇、川、康等国民党统治势力相对薄弱的各少数民族地区，接触了苗、壮、布依、水、仡佬、土家、回、彝、白、藏、羌等众多的民族。当时红军的主要任务是对敌作战，摆脱国民党军队的围追堵截，沿途的民族工作不可能深入细致和全面系统地开展，但毕竟大量地接触到了国内少数民族问题。尤其是 1935 年 6 月一、四方面军在懋功会师后，由于红军较长时间滞留于川西北民族地区，较为有系统地开展了民族工作，党如何领导少数民族人民革命的问题被提到重要地位。为此，党和红军部队发布了一系列重要指示、文告、决议，阐明了党的民族工作的方针政策。其中有两个具有代表性的文献较为系统地阐述了党的民族政策和具体方针：

一、四方面军会合后不久，1935 年 6 月中旬，中央发表《中国共产党中央委员会告康藏西番民众书——进行西藏民族革命运动的斗争纲领》。

《纲领》指出：

松理茂七属和西藏西康的民众，在英帝国主义和中国军阀的剥削压迫掠夺屠杀之下，康藏日渐变为英国的殖民地和中国军阀的屠杀场，民众日渐衰落以至于灭亡，生活日益贫苦，经济愈陷于破产与崩溃，而康藏的统治阶级和各地的土司衙门，都在帮助英帝国主义和中国军阀，对于松理茂七属的康藏民族进行亡国灭种的奴役。

康藏的民众要跳出这种水深火热的情况，只有照着现在中华苏维埃红军所做的事业去做，就是彻底地反对帝国主义中国军阀和本国的统治阶级，建立自己的革命政权。

---

[1]　参见中央档案馆编《中共中央文件选集》第 1、第 7 册，中共中央党校出版社出版。

中国共产党的民族政策与国民党帝国主义完全相反，国民党帝国主义的民族政策就是殖民的奴役的政策，中国共产党的民族政策是主张解放各被压迫民族，因此主张彻底的民族自决，建立自由的选举的革命政府，并积极帮助一切的革命的民族运动。

《纲领》分十个问题，全面阐述中国共产党关于西藏民族革命运动的基本原则和方针、政策：

一、英帝国主义和中国军阀是康藏民族解放运动最凶恶的敌人。

二、没收英帝国主义中国军阀衙门在康藏和松理茂七属的一切财产和土地。

三、坚决地进行反对内部的反革命内奸的斗争。

四、康藏民族自决建立人民革命政府。

五、康藏民众武装起来，建立游击队自卫军人民革命军，并参加中国的红军。

六、改善民众生活，实行八小时工作制，废除一切苛捐杂税兵差徭役，取消奴隶制度。

七、政教分立，人民有信仰宗教自由。

八、限制剥削商业自由与革命发展的前途。

九、提高康藏民众的文化，运用康藏自己的语言文字设立学校。

十、与全世界无产阶级和被压迫的民族联合，与中华苏维埃联合。

《纲领》最后说：

康藏的民众们！起来组织自己的政党，领导民族革命为康藏民族的解放。

我们的口号：

打倒帝国主义中国军阀！

康藏民族解放万岁！

全世界无产阶级和被压迫民族联合起来！[*1]

1935年8月中央政治局（沙窝会议）通过的决议，把党的民族工作列为七大问题之一，实际上对长征以来党的民族工作进行了总结，阐明了党对民族工作的新认识和新的工作方针。

决议首先指出，红军将到达西北地区，中国无产阶级革命事业处处离不开少数民族的支援。因此，"争取少数民族在中国共产党和中华苏维埃政府的领导之下，对于中国革命胜利前途有决定的意义"，把党的民族工作的重要性提高到了关系革命成败的关

[*1] 中共中央统战部编：《民族问题文献汇编（1921.7～1949.9）》，中共中央党校出版社1991年12月版，第285～291页。

键地位。[1]

其次，决议重申了党的民族自决原则，阐明了党和苏维埃政府在少数民族中的基本方针是"无条件地承认有民族自决权"。并主张以联邦制方式"成立真正的民族平等与民族团结的中华苏维埃联邦"，"中国共产党与中华苏维埃应该实际上帮助他们的独立与解放运动"，强调"目前党要首先帮助各少数民族的独立解放"。

再次，决议提出应该依据各少数民族的阶级分化程度与社会经济发展状况去组织少数民族革命政权。"不能到处以苏维埃的方式去组织民族的政权。"在阶级分化不明显、阶级斗争还处于开始阶段的民族中，除少数上层分子外，"还有民族统一战线的可能"，政权形式上应分别采取人民共和国及人民革命政府的形式。在阶级斗争已深入开展的民族中，则可以组织工农苏维埃或劳动苏维埃的形式。决议指出不加区别地在不同民族中"一般地组织工农民主专政的苏维埃是不适当的"。对于四方面军在一、四方面军会合前，在川西北地区组织番民游击队，建立革命政权，发动番民内部的阶级斗争等方面取得的成绩与经验进行了初步总结。

在当时强调阶级斗争、正在内地进行残酷的阶级斗争的形势下，中央已经敏锐地发现在某些少数民族地区存在着"阶级分化不明显"的社会现象，注意到中国社会发展的不平衡性，并提出了相应的方针政策。这是非常难能可贵的。

决议第一次提出在少数民族地区建立"民族统一战线"的可能性。这是认识上的一个飞跃，政策上的大调整。

决议最后要求全党认真学习马列主义关于民族问题的理论与方法，要求全党"在番民中的工作必须有迅速的转变"，要"搜集各地番民工作中的经验与教训以教育自己的干部"。提出"必须挑选一部分优良的番民给予阶级的与民族的教育，以造就他们自己的干部"。[2]

从以上文献中可以看出，在一、四方面军会合后党对少数民族问题的基本主张，与长征之前比较并没有大的变化，但在一些具体政策方面却更加符合少数民族的实际情况了：

第一，指出红军活动于民族地区，必须争取少数民族人民的支援，"争取少数民族在中国共产党与中华苏维埃政府领导下，对中国革命胜利前途有决定性的意义"，把党对少数民族工作的领导和民族工作的重要性提到一个全新的高度来认识。

---

[1] 中共甘孜州委党史研究室：《红军长征在甘孜藏区》，成都科技大学出版社1993年5月版，第139页。

[2] 中共中央统战部编：《民族问题文献汇编（1921.7～1949.9）》，中共中央党校出版社1991年12月版，第305～307页。

第二，在党帮助少数民族组织革命政权的形式问题上，则应依据各民族阶级分化和阶级斗争发展程度来决定，指出了"一般地组织工农民主专政的苏维埃是不适当的"，强调必须考虑不同地区、不同民族的特殊性。

第三，由于接触了回、藏、彝民族普遍信仰宗教的问题，提出了保护喇嘛寺、清真寺，保护经书神像，实行政教分离原则，尊重各民族的宗教感情，信教自由等，使党的宗教政策更加全面，同时把宗教问题同民族问题相联系。这对于争取藏、彝、回民族对党和红军的支持具有重要作用。

第四，提出了建立上层统一战线的可能性，即联合小喇嘛、小土司、土官建立联合战线反对国民党反动统治，有利于争取更多的群众支持红军。[1]

1934 年 10 月以后，中国工农红军第一、二、四方面军三大主力陆续开始了战略大转移——长征，接着便分别通过了苗、瑶、壮、侗、水、布依、土家、仡佬、白、纳西、彝、藏、羌、回和裕固等十多个少数民族聚居和杂居的地区。有人统计，以红一方面军第一军团为例，长征时共走了 371 天，其中在藏、苗、彝、回、瑶、壮、侗、水、仡佬等少数民族地区就达 125 天，占全行程总日数的 33.7%；红二、四方面军在少数民族地区停留的时间更长，特别是红四方面军，仅在川、康的藏、羌民族地区滞留的时间就达一年以上。[2]

红军经过的各少数民族地区，自然环境和社会情况都非常复杂，阶级矛盾和民族矛盾十分尖锐。同时，苦难深重的各少数民族人民渴望解放的心情也相当迫切。红军长征途经这些地区，客观上就给党和红军广泛地与少数民族接触，运用马列主义民族理论当机立断地处理许多复杂而紧迫的民族问题提供了条件，从而在革命的实践活动中大大地丰富了党的民族政策的内容。

少数民族工作是党当前工作的一个新的问题

虽然党早期就根据马克思列宁主义的民族理论，结合中国的实际，提出了关于民族问题的主张，但由于红军长征进入少数民族聚居区以前，党主要在汉族地区和大城市开展工作，民族工作尚未提到议事日程上来，已有的民族问题的主张也还来不及通过实践的检验，这正如红军政治部当时指出的那样："少数民族工作是党当前工作的一个新的问题。当我们还没有进入番人区域时，对这一问题的研究是很少的。因此，一

---

[1] 中共甘孜州委党史研究室：《红军长征在甘孜藏区》，成都科技大学出版社 1993 年 5 月版，第 137～141 页。
[2] 《中国工农红军第一方面军长征记》附表，人民出版社 1955 年 5 月版。

直到今天党对少数民族的策略路线还是在从实际运用中求得进步与发展的过程中。"而四川边陲居住着许多个兄弟民族，这也正如当年红军的《少数民族工作须知》中指出的："在四川全省居住的五千万人口中间，除汉人占最大多数外，还有藏人、回人、番人、苗人、倮倮等各种民族。"

当时红军的文件中，有"藏人"和"番人""蕃人""波巴""博巴"等不同称谓，实际上指的都是藏族。在当时红军的文件里，还没有出现"藏族""藏胞"这样的词，说明对藏族还有个了解和认识过程。

中央红军渡过金沙江进入凉山地区以后，蒋介石曾试图调动十万兵力，利用复杂的地形，特别是利用大小凉山彝族社会特殊的情况，策划一场能够形成南追北堵态势的大渡河会战，妄想重演石达开全军覆灭的历史悲剧。为了粉碎国民党蒋介石的阴谋，红军一踏上凉山的土地，立即以朱德总司令的名义颁发了《中国工农红军布告》，布告全文如下：

中国工农红军，解放弱小民族；一切夷汉平民，都是兄弟骨肉。
可恨四川军阀，压迫夷人太毒；苛捐杂税重重，又复妄加杀戮。
红军万里长征，所向势如破竹；今已来到川西，尊重夷人风俗。
军纪十分严明，不动一丝一粟；粮食公平购买，价钱交付十足。
凡我夷人群众，切莫怀疑畏缩；赶快团结起来，共把军阀驱逐。
设立夷人政府，夷族管理夷族；真正平等自由，再不受人欺辱。
希望努力宣传，将此广播西蜀。

红军总司令朱德

布告的起草者是红军总政治部宣传部主编《红星报》的陆定一。他在布告中采用流行的六言骈句，短短一百五十六个字，通俗简明，易记易传，鞭挞了四川军阀欺压夷人的罪行，表述了工农红军的民族平等政策和严明纪律。《布告》里说："红军万里长征"，可以说"长征"这一具有历史意义的特定用词是陆定一的创造，并经朱德总司令首肯传播开来的。在这之前中央和红军的所有文献中，我们还没有看到"长征"这个词汇。

这张布告宣传党的民族政策，为红军和平借道通过彝民区，抢渡大渡河创造了条件。由于长期以来统治阶级对彝族的压迫和挑拨，彝、汉两族隔阂和误解很深。因此红军一进入汉彝杂居的越西、冕宁一带，就张贴出了这张以朱德总司令名义发布的《中国工农红军布告》。

布告以通俗生动的语言，鲜明地解释了"中国工农红军，解放弱小民族"的基本原则。同时"希望努力宣传，将此广播西蜀"。让四川各族人民都了解。红军打开冕宁和越西两县的监狱，释放了数百名被关押的彝、汉族"换班作质，轮流坐监"的"人质"。红军先遣司令刘伯承与彝族果基家支头人果基约达（小叶丹）在彝海歃血结盟，顺利打通了大凉山的道路，使红军赢得了抢渡大渡河的宝贵时间。不仅如此，由于妥善地处理了民族关系，成为共产党、工农红军联系少数民族同胞，成功地解决民族问题的光辉典范和历史佳话。

后来到了雪山草地，又向藏族僧俗群众宣传。在毛主席亲自关怀、指导下，将《布告》翻译成藏文，广泛散发。毛主席还亲自向索观瀛等上层人士宣讲《布告》的内容和共产党、红军民族政策的基本内容。

与中央红军在凉山彝族地区争取少数民族一样，红四方面军在川西北藏族、羌族地区也出色地开展民族工作。红四方面军的布告指出："只有中国共产党是解放少数民族的唯一政党，红军是解放少数民族的唯一军队。"红一、四方面军先头部队会师的当天，徐向前在代表四方面军向党中央的报告中还特别提到："此方对番回夷羌少数民族工作正加紧进行中。"

红一、四方面军懋功会师不久，中央政治局沙窝会议通过的决议中就明确指出："马克思、列宁、斯大林关于民族问题的理论与方法，是我们解决少数民族问题的最可靠的武器。"因此，学习马列主义"关于民族问题的理论与方法，是目前我们全党的迫切任务"。会议还把"关于少数民族中党的基本方针"作为政治局讨论、研究的七个大问题之一，提出："争取少数民族在中国共产党与中华苏维埃政府领导之下，对于中国革命胜利前途有决定的意义。"把党的民族工作的重要性提高到了关系革命成败的关键地位，教育全党提高对民族问题的认识，推动全党对马列主义民族理论的学习，并且在理论与实践相结合的基础上，从中国少数民族的实际出发制定民族政策。根据沙窝会议精神，红军指战员开始"用马克思列宁主义的原则来解决与研究番人民族问题"。

四川的少数民族从与红军接触中亲身感受到，只有共产党及其领导下的红军，才没有丝毫的民族偏见和民族歧视。由毛泽东、周恩来、朱德、张闻天、陈云、刘伯承等党和红军主要负责人亲自帮助建立起来的冕宁县革命委员会，针对该县彝族占三分之一的特点，专门成立了"弱小民族科"。红军在冕宁期间，"弱小民族科"的工作人员深入山寨彝乡，宣传群众，在大小凉山的彝族同胞中，撒播革命的火种。总政治部在凉山彝区发出指示，强调"动员全体战士向少数民族做广大的宣传红军的主张，特别是民族自主和民族平等"。与此同时，长征中党中央和中革军委的《红星报》连续发表有关强调民族团结和民族平等的文章。中央红军在渡过大渡河后颁发的标语口号中，有十四条是"针对夷藏番回苗等少数民族"的。

中央政治局候补委员、宣传部部长凯丰在总政治部出版的《前进报》1935年6月第1、2期上发表文章，强调民族平等的重要性，并追溯从清王朝到国民党政府及英帝国主义对藏族人民的统治和压榨，分析藏族的社会结构和宗教影响，说明红军对少数民族应采取的政策。

红四方面军在西渡嘉陵江以后，也立即组织干部专门调查川西北少数民族的社会情况，并在各级政治部门中增设"少数民族委员会"，吸收当地少数民族战士参加，还在川陕省苏维埃和西北联邦政府中设立"回番夷民委员会"等机构。同时，四方面军在文告中指出："回番蒙藏苗夷各民族得组织自己苏维埃或人民政府，各民族一律平等。"

长征开始以后，党和红军就接连不断地发布了一系列指示、决议和布告，为民族工作指明了方向。

1934年11月9日，红军总政治部在《关于争取少数民族工作的指示》中指出：

"野战军今后的机动和战斗都密切地关联着争取少数民族的问题。这个问题之解决，对于实现我们的战略任务有决定性的意义。因之各军团政治部，必须立即把这个问题提到最重要的地位。

（甲）必须向全体战士解释争取少数民族的重要性……

（1）严格的政治纪律，绝对不许对少数民族有任何骚扰……

（2）动员全体战士向少数民族广大的群众宣传红军的主张，特别是民族自主和民族平等。

（3）努力争取少数民族加入红军。在最初的时期即使个别的亦是宝贵的，政治部对于这些分子在生活上、政治上、教育上都应加以特别的注意。在人数较多时，应成立某个少数民族的单独的连队，并特别注意与培养他们自己的干部。"[1]

1934年11月29日，红军总政治部在《关于瑶苗民族中工作的原则指示》中号召全党全军"在一切的工作中，必须不疲倦地"做好民族工作。1935年1月，以总政治部代主任李富春名义颁发的《中国工农红军总政治部布告》强调：

"对于苗、傜（瑶）等少数民族，主张民族自决，民族平等，与汉族工农同等待遇，反对……地主财富佬的压迫。"[2]

红军长征到达川西北草地后，1935年8月5日中央政治局毛儿盖会议通过了《中

---

[1] 转引自《红军长征时期有关党的民族政策的文献资料选辑》，四川民族出版社1985年版，第99页。

[2] 转引自《红军长征时期有关党的民族政策的文献资料选辑》，四川民族出版社1985年版，第101页。

央关于一、四方面军会合后的政治形势与任务的决议》，对于少数民族中党的基本方针作出了明确的规定。指出："中国共产党与中华苏维埃政府应实际地帮助他们的民族……解放运动，反对帝国主义国民党，反对他们的内奸卖国贼、土司喇嘛与他们自己的剥削阶级。"[*1]

红军到达陕北以后，又以中华苏维埃中央政府的名义先后发表了《对内蒙古人民宣言》和《对回族人民的宣言》，重申了党的各项民族政策和抗日救国的主张。[*2]

建国以后，各地都不断地发现长征时期党和红军以及地方红色政权颁发的有关民族政策的文告，其中较重要的有黔东特区《关于苗族问题决议》，红四方面军《告川西北藏彝民族书》《告回番民众》《回民斗争纲领》《共产党红军对番人主张》《红军对番民十大约法》，红一方面军《回民区域政治工作》，以中华苏维埃人民共和国中央革命军事委员会湘鄂川黔滇康分会主席贺龙署名的《布告》，以红三十军政委李先念署名的保护寺庙的《布告》等等。

红军长征时期党的民族政策的主要内容，可以归纳为以下几个方面：

第一，主张民族平等和民族团结。

由于我国历代统治阶级长期推行大民族主义，因而在旧中国，各民族之间是不平等的。少数民族人民横遭摧残和镇压，受到百般歧视和侮辱，以致许多人不敢承认自己是少数民族，不敢使用本民族的语言，穿本民族的服装，有的少数民族已经濒于亡族灭种的边缘。

用马列主义理论武装起来的中国共产党，以解放全人类为己任，坚决主张"国内各民族绝对平等，并无条件地保护一切少数民族的权利"；坚持民族不分大小，无论先进与落后、聚居或杂居都一律享有平等的权利，反对任何形式的民族歧视和压迫。1934年1月中华苏维埃第二次全国代表大会通过的《中华苏维埃共和国宪法大纲》规定："在苏维埃政权领域内，工人、农民、红色战士及一切劳苦民众和他们的家属，不分男女、种族（汉、满、蒙、回、藏、苗、黎和在中国的高丽、安南人等）、宗教，在苏维埃法律面前一律平等，皆为苏维埃共和国的公民。为使工农兵劳苦民众真正掌握着自己的政权，苏维埃选举法特规定，凡上述苏维埃公民在十六岁以上皆享有苏维埃选举权和被选举权，直接派代表参加各级工农兵苏维埃的大会，讨论和决定一切国家的地方的政治事务。"[*3]到红军长征的后期，党和苏维埃政府更进一步强调："民族是至

[*1] 转引自《红军长征时期有关党的民族政策的文献资料选辑》，四川民族出版社1985年版，第102页。
[*2] 转引自《红军长征时期有关党的民族政策的文献资料选辑》，四川民族出版社1985年版，第103页。
[*3] 转引自《红军长征时期有关党的民族政策的文献资料选辑》，四川民族出版社1985年版，第108页。

尊的，同时，一切民族都是平等的。"[1]

为实现民族平等，增进民族团结，红军每到一个地方，不厌其烦地向少数民族人民揭露民族压迫的阶级根源，指出党和红军的任务就在于把各族人民从被奴役的制度下解放出来，实现祖国各族人民的大统一、大团结。1934 年 11 月 29 日，中央红军途经广西全州、龙胜的壮、瑶、苗、侗等民族聚居区时，发布了《关于对苗瑶民族的口号》，指出："共产党是主张民族平等，民族自治，解放弱小民族的。"[2]红军抵达贵州省镇宁、锦屏等县也曾郑重宣告："不论汉族、苗族、布依族；不论各民族人口多少，都一律平等"，"政治上、经济上，苗人、侗人与汉人有同样的权利"。[3]1935 年 8 月 1 日，中国共产党在《为抗日救国告全体同胞书（八一宣言）》和《中央关于一、四方面军会合后的政治形势与任务的决议》均严正声明：实行中国境内各民族一律平等政策；成立真正的民族平等与民族团结的中华苏维埃。当红军二、四方面军踏入云南、西康藏区后，也曾宣布：境内藏、汉、回各民族一律享有平等权利，禁止民族压迫和民族歧视，任何人不准称呼藏人为"蛮子"。并号召各族人民像兄弟姊妹一样团结友爱，共同反抗国民党军阀的统治，打倒帝国主义。

红军不仅大力宣传民族平等、加强民族团结的主张，而且积极实践。贺龙将军一方面颁发布告声明："本军以扶助番民（即藏民），解救番民的痛苦，兴番灭蒋，为番民谋利之目的，将取道稻城、理化（今理塘）进康川……"[4]同时亲临云南省中甸喇嘛寺向藏族僧俗群众宣传党的主张和民族平等、民族团结的政策，并题赠一幅红布横匾，上书"兴盛番族"四个大字，使受尽民族歧视和压迫的藏族同胞深受感动。当中央红军到达越西县和冕宁县时，曾打开民族的牢狱——"夷卡"[5]，释放了数以百计长期被清王朝和国民党政府当作人质而监禁起来的彝族各家支大小头人，并宣布永远废除反动统治阶级推行的"换班坐质"制度。"换班坐质"始于清咸丰年间，被征服的彝族各家支头人要押解到县城专门关押彝人的"夷卡"坐牢，坐牢的"质彝"必须世代换班，以子代父、以弟代兄或以侄代叔。由于红军的这一具体行动体现了党的解放各族人民、实现民族平等的政策，因而深受彝族人民的拥护，不少青年当即报名参加了红军队伍。

第二，尊重和保护少数民族的风俗习惯和语言文字。

民族的习俗包括饮食、服饰、居住、生产、婚丧、节庆、娱乐、礼节、禁忌等物

---

[1] 转引自《红军长征时期有关党的民族政策的文献资料选辑》，四川民族出版社 1985 年版，第 100 页。

[2] 转引自《红军长征时期留下的有关民族政策的标语口号》，四川民族出版社 1985 年版，第 167 页。

[3] 转引自《红军长征时期留下的有关民族政策的标语口号》，四川民族出版社 1985 年版，第 169 页。

[4] 转引自《红军长征时期有关党的民族政策的文献资料选辑》，四川民族出版社 1985 年版，第 112 页。

[5] 国民党反动政府为镇压彝族人民的反抗，专门用来监禁彝人的监狱。

质生活和文化生活各方面，它反映了民族的历史传统和心理素质。民族习俗和语言文字一样，都是该民族的民族特征的主要组成部分。因此，尊重民族的习俗和语言文字就是尊重少数民族，也是党的民族政策的重要内容。红军刚到云贵地区，总政治部发出通知，要求各部队"绝对遵从少数民族群众的宗教、风俗、习惯，并将这些习惯向战士说明"。各部队每到一个地方，立即派出人员深入调查少数民族的社会经济，风土民情，并印成"情况通报"供大家参照执行。红军的干部、战士频繁地活跃在街道、广场、村寨、田间，写标语、讲演、唱歌、演戏，向群众宣传党的"尊重彝人风俗""切实尊重苗族和其他少数民族的风俗习惯""反对伤害回、番民族的风俗习惯和宗教感情"等主张。

党和红军十分尊重少数民族的语言文字，曾经三令五申："彝、回民族有语言文字的自由""重视发展民族的文化、学校"。1935年12月20日发表的《中华苏维埃中央政府对内蒙古人民宣言》指出："凡在内蒙古区域的汉、回、藏、满等民族，应根据民族平等的原则……有应用自己的语言文字及信仰与居住等的自由。"[*1] 接着，《中华苏维埃中央政府对回族人民的宣言》中又规定："保护回文，发展回民的文化教育，举办回民的报纸，提高回民的政治文化的水平。"[*2] 红军在经过民族地区时，还提倡红军中的汉族指战员认真"学番民语言"和其他少数民族语言，优待通司。红军还把尊重少数民族语言文字的政策编成通俗的歌谣来唱。[*3] 红军尊重少数民族语言文字的政策，与国民党反动派禁止使用少数民族语言文字，咒骂少数民族的语言是什么"蛮语黑话""兽言鸟语"形成了鲜明的对比。

第三，严格遵守群众纪律，保护少数民族人民利益。

党和红军注意保护人民的利益，严格遵守《三大纪律八项注意》。长征中，一、四方面军会合后进入川西北草地以及二、六军团进入滇、康接壤的藏区时，缺粮问题相当严重。为了不侵犯少数民族人民的"一丝一粟"利益，红军颁发了保护藏民利益的布告，在藏民青稞地里插上保护牌，责令一切部队不得侵犯。这在红军总政治部《关于收割番民麦子问题的通令》中规定得尤其详尽具体：

（甲）各部队只有在其他办法不能得到粮食的时候，才许派人到番人田中去收割已熟的麦子。

（乙）收割麦子时，首先收割土司头人等的，只有在迫不得已时，才去收割普通番

*1 转引自《红军长征时期有关党的民族政策的文献资料选辑》，四川民族出版社1985年版，第133页。

*2 转引自《红军长征时期有关党的民族政策的文献资料选辑》，四川民族出版社1985年版，第139页。

*3 参见中国科学院民族研究所四川少数民族社会历史调查组编印的《红军长征经过藏区的情况》。

人的麦子。

（丙）收割普通番人的麦子，必须将所收数量，为什么收麦子的原因等，用墨笔写在木牌上，插在田中，番人回来可拿这木牌向红军部队领回价钱。

（丁）只收割已成熟的麦子及粮食，严格禁止去收割未熟的麦子及洋芋等。

（戊）收麦子时应连根拔起或用镰刀去割，应将麦田割干净，严禁零星拔麦头，践踏田中麦子。[*1]

红二军团进驻滇康边的时候，给养极端困难。老百姓受反动宣传逃跑了，部队靠野菜充饥。有一个连队在一家老乡牛圈里发现一缸青稞，主人不在，部队又急需，群众纪律又不能违反，怎么办？于是连队党支部专门召开一次支委会讨论，决定用白洋买下这缸粮食。他们留下字条，对主人表示抱歉和谢意，落款是"中国工农红军某部二连全体"，同时将五十块白洋和十二块云南造的小银币一并放入缸里，埋在原地。红六军团团长萧克一再告诫部队说："我们就要进入藏族地区，在路上可能遇到一些身披羊皮袍，面色粗黑的大汉子，那就是藏族同胞。大家要尊重、爱护他们，遵守军纪，千万不能开枪伤了少数民族同胞。"[*2]

第四，认真执行党的宗教信仰自由政策。

党和红军深知宗教的起源、存在和发展有其历史和社会原因，而喇嘛教和伊斯兰教在藏、回等少数民族中又颇有群众性，苗、彝、羌、仡佬等民族亦大都信奉万物有灵或多神崇拜。因此，宗教问题实际上已和民族问题有着密切联系，成为其中的重要部分。

红军进驻各民族地区，郑重宣告："回、番民族宗教信仰自由""念经敬佛、当喇嘛听其自愿""准许人民信菩萨，不愿当喇嘛的准许还俗""反对伤害回番民的风俗习惯和宗教感情""反对侮辱回教，清真寺财产由教民选人管理"[*3]等。毛泽东主席签发的苏维埃政府对回族人民的宣言第二条亦明确宣告："我们根据信仰自由的原则，保护清真寺，保护阿訇，担保回民信仰的绝对自由。"[*4]所谓"担保信仰的绝对自由"的含义，当指：各少数民族群众有信仰宗教的自由，有不信仰宗教的自由；有信仰这种宗教的自由，也有信仰那种宗教的自由；在同一宗教里面，有信仰这个教派的自由，也有信仰那个教派的自由；有过去不信教而现在信教的自由，也有过去信教而现在不信教的自由等。

[*1] 转引自《红军长征时期有关党的民族政策的文献资料选辑》，四川民族出版社1985年版，第142页。

[*2] 《艰苦年代》，载《征途》，贵州人民出版社1981年版。

[*3] 转引自《红军长征时期留下的有关民族政策的标语口号》，四川民族出版社1985年版，第171页。

[*4] 转引自《红军长征时期有关党的民族政策的文献资料选辑》，四川民族出版社1985年版，第148页。

这些内容，基本上奠定了后来党的宗教信仰自由政策的基础。

从 1934 年 10 月中央红军开始长征不久，到 1936 年三路红军胜利会师，在陕北建立新的革命根据地，党中央和各路红军作出了一系列决议和决定，发布了一系列宣言、指示、训令、通令、布告、标语和口号，通过各种形式宣传共产党和红军的民族政策。就民族问题如此密集地发布一系列文件，在中国共产党九十年的历史上，只有两次：第一次是长征时期；第二次是新中国建立之初的 1949 年 9 月召开第一届全国政协委员会第一次会议制定《共同纲领》，到 1954 年 9 月召开第一届全国人民代表大会第一次会议制定新中国的第一部《中华人民共和国宪法》。从这里也可以看到长征时期共产党、红军对国内民族问题的高度重视。

第十六章　建立"格勒得沙共和国中央政府"

建立大小金川革命根据地

张国焘不愿跟党中央、毛泽东北上，坚持南下，连个小小的天全县和雅安市也打不下来，更谈不上"打下成都吃大米"。这时，从康定到宝兴，从二郎山到夹金山，在方圆几百里的土地上，国民党中央军薛岳部和胡宗南部，以及四川军阀几十万大军严密封锁，防止红军南下入川。红军只得再翻夹金山，回到雪山草地，寻找落脚点，建立新的革命根据地。

红四方面军重返藏区时，在政策上也作了一些调整，放弃了"打土豪、分田地""打倒反动的土司头人，建立穷人自己的苏维埃政府"等口号和政策，更加注重民族宗教界上层人士的统战工作；将过去提出的"兴番灭蒋""振兴博族"等口号加以调整和规范，更加响亮地提出了"灭蒋兴藏"的方针，主张建立包括各民族、各阶层人士在内的最广泛的抗日民族统一战线。这些政策、方针和口号，深得人心，得到广泛的拥护和支持。

大金川乃大渡河上游丹巴以上之称谓，包括有革什扎河、小金川、绰斯甲河（又称观音河、杜柯河）、梭磨河等支流，属于川西北的金川流域，紧邻康区，在地域上包括丹巴、懋功两县，抚边、崇化、绥靖三屯，梭磨、卓克基、松岗、党坝四土司所辖地域，及绰斯甲、壤塘、阿坝地区。当时总人口在二十万左右，其中百分之九十以上分布在"四土"以南，东起巴郎山，南达丹巴，西迄喇嘛山，八万多平方公里的地区。壤塘、阿坝属游牧地区，人烟稀少。"四土"以南，属农区或半农半牧区，主产玉米、青稞、圆根、马铃薯和豌豆、胡豆，农牧产品基本自给，但盐、茶等生活必需品要靠内地输入，以皮毛等山货交换。在很多方面还处于"以货易货"的原始贸易阶段。当地藏族人口占绝大多数，也杂居有部分汉族和回族。藏族操嘉绒语，信藏传佛教，也有信奉苯教的。风俗习惯略区别于其他藏区，受内地政治、经济、文化影响程度也较其他藏区深。在一、四方面军会师以前，党中央和四方面军，都曾提出过在包括大小金川地区在内的川西北建立根据地的主张。

红四方面军于 1935 年 4 月下旬提出了松理茂计划，希望在川西北地区站住脚跟，建立赤区。5 月初，又制定了一系列与建立根据地相适应的方针政策。其主要内容是：政治上，实行民族自决，发动民族解放斗争；建立回、番人民革命政府，作为过渡到苏维埃政权的一种组织形式，吸收广大群众参加；建立番人自己的红军、游击队；同时，发动少数民族内部的阶级斗争。经济上，取消国民党军阀的一切苛捐杂税，提高回番民生产品价格；没收军阀、汉官、地主的一切土地、财产，分给回番民众；对回番民发财人，开始不没收和征发，等回番群众有此要求时，始赞助之。策略上，同反对民族压迫、赞成民族独立解放的小资产阶级知识分子、小喇嘛和部分小土司、土官建立联合战线，反对汉官统治阶级，这种联合战线的具体形式是建立番人革命党。

党中央于 1935 年 4 月底决定渡过金沙江在川西建立根据地后，又在 5 月中旬的会理会议上提出在川西北创建新苏区。6 月 8 日，在翻越夹金山前夕，党中央及中革军委给各军团发出指示，要求克服困难，与四方面军会合，"在遇特殊情况使我们暂时无法达到岷江上游时，则以大小金川流域为临时立足之地，争取在以后与四方面军直接会合"。同时，党中央又提出"以最坚强的意志为实现创造川西北新苏区与赤化全川的伟大任务而斗争"。[1] 一、四方面军先头部队相会后，总政治部于 6 月 13 日给各军团政治委员和政治部主任发出关于两军会合后加强政治工作的指令，曾指出"两大主力的会合是为着以更大的战斗胜利消灭敌人，赤化川西北，以至全四川"。16 日，党中央又在为一、四方面军会合复四方面军电中提出："今后我们将与你们手携着手，打大胜仗，消灭刘湘、胡宗南、邓锡侯等军阀，赤化川西北。"

一、四方面军都把"赤化川西北"作为当时的主要方针。

两大主力会师后，党中央根据各方面条件，虽然改变了在川西北建立苏区的主张，但一直强调要把这一地区变为苏区的一部分。在 6 月 16 日给四方面军的另一份电报中，中央指出："邛崃山脉区域只能使用小部队活动，主力出此似非良策。"6 月 26 日的两河口会议上，中央确定了建立川陕甘革命根据地的方针，同时要求在大小金川地区继续展开革命工作。会议作出的《关于一、四方面军会合后战略方针的决定》说："大、小金川流域在军事、政治、经济条件上均不利于大部红军的活动与发展，但必须留下

---

*1 《前进报》第 1 期，《卷头语》，1935 年 6 月 10 日。

少部分力量发展游击战争，使这一地区变为川陕甘苏区之一部。"

两河口会议后，中革军委于 6 月 29 日和 8 月 3 日制定的《松潘战役计划》和《夏洮战役计划》，都明确规定金川流域的卓克基地区，为红军北上时的总后方，党及苏维埃的工作应在这一地区特别加强，将这一地区造成苏区。8 月 9 日，中共中央发布的《关于一、四方面军会合后的政治形势与任务的决议》在谈到目前中心工作时指出："必须加强川康省委与省军委工作，使他们能够真正集中地方工作与游击战争的领导，以巩固这一地区成为川陕甘苏区之一部。"

根据上述精神，1935 年 6 月上旬和中旬，红四方面军和红一方面军先后进入金川流域，相继占领了小金川沿线、大金川以东及"四土"地区。在开展"赤区"工作中，红军首先做的是争取群众工作。

由于国民党反动派的造谣煽动，绝大多数百姓在红军到达前夕，便躲入深山。崇化屯崇宁镇有人口近千，红军到达后，召开的第一次群众大会，精壮男人仅赵相才、李洪兴、张孝伦、蔡兴堂、蔡兴玉等五人到会。这五个人都是汉族，或有汉族血统的藏人。金川流域的不少村寨，红军到时，仅几个老弱病残在家，有的地方甚至连人影也见不到。

争取群众返回家园，红军主要通过两种途径：一是以实际行动做在家群众的工作，通过他们找回其他群众。红军到达马尔康木尔宗的斯米村时，村里只有一位年逾古稀、重病在身的喇嘛，藏在离村子不远的帐房里。红军战士发现他后，将其扶回村，安置在铺上。睡在潮湿地上的红军战士，还给他煮饭熬药，精心照料，并告诉他红军战士也是苦出身，是保护群众的，请他向群众宣传，让他们返回家园，不要在外面挨冻受饿了。在红军实际行动的感召下，老喇嘛喊回了一批又一批群众。

二是派出工作组，到四乡动员群众回家。据绥靖一带老人回忆，红军工作组到各处找人，并向山上喊话，见到群众就耐心地宣传：红军是穷人的队伍，是打富济贫的队伍，是保护群众利益的。有的群众因惦念家园和留在家里的亲人，趁夜深人静回家探望，见到家中财物未损，亲人安然，遂叫回了避入深山的群众。

广大群众返回家园，为赤区工作的广泛展开，提供了先决条件。红军中的政治工作、地方工作部门，按照党中央部署和上级指示，积极进行了多种形式的宣传、组织、发动群众建立了县、区、乡、村各级苏维埃和游击队。从 6 月下旬起，懋功、抚边、达维以及崇化、"四土"等地区，广大群众在苏维埃政权的领导和红军地方工作干部的指导下，开始了分配土地、牛羊及拥护红军等运动。

两河口会议后，为了加强对金川流域工作的领导，7 月间，红四方面军参谋长倪志亮、九军政治部主任王新亭奉命到懋功分任军政指挥，红九军一部也奉命担负守卫这一地区的任务。解放后王新亭被评为开国上将，担任西南军区副政委，主管民族工作。1955 年 4 月，接待过达赖喇嘛副委员长。

"四土"地区作为红军北越草地及四方面军南下举行两大战役的出发点和总后方，从 1935 年 6 月至 1936 年七八月，一直掌握在红军手中，该区域内党坝、卓木碉、木尔宗、松岗、本真、草登、卓克基、梭磨等地的红色政权和游击队在川康省委的领导下，发动藏族群众在扩红，筹集、运输粮食和军需物资，开展后方工作、支援前线等方面，作出了极大贡献。

1935 年 10 月，红四方面军南下后，收复了崇化、抚边、懋功，解放了绥靖、丹巴、绰斯甲等地区。在金川流域建立了金川省委（大金省委）、中华苏维埃西北联邦政府、格勒得沙革命政府、金川军区、金川独立师等党政军组织，统一领导金川流域的各级革命政权和红色武装，展开了建立和巩固赤区、实现少数民族人民当家做主、支援前线等各种工作。以绥靖为中心，包括崇化、丹巴、懋功、抚边、绰斯甲、"四土"地区的金川赤区得以确立。红五军（含合编前的红三十三军）作为后方留守部队，一直守卫在金川赤区。[*1]

一件具有重要意义的大事情

为使少数民族人民真正获得解放，党和红军十分重视帮助各族人民建立自己的革命政权。中共中央《告康藏西番民众书——进行西藏民族革命运动的斗争纲领》（草案）指出："康藏的民众要结束这种水深火热的情况"，必须"建立自己的革命政权"，而"这种政权是以广大的劳动群众为基础，但是不拒绝一切真正反对帝国主义、国民党军阀的分子参加的自己的革命政权"。[*2] 根据中央的这些方针政策，在红军的帮助下，我国民族地区第一批民族自治政权——工农兵苏维埃或革命委员会先后建立起来。

在这批新生的民族自治政权中，比较著名的有：

长征尚未开始，1934 年 8 月 1 日，在川黔边的南腰界建立的土家、苗、汉各族组成的苏维埃，主席陈显朝；

长征开始不久，1935 年年初，在湘鄂川黔边地区的龙山、永顺、大庸等县、区、乡建立的土家、苗、汉人民联合的苏维埃政府；

1935 年 5 月 22 日，在四川省大凉山地区建立的彝汉人民联合政权——冕宁县革

---

*1 参见朱成源主编《长征在雪山草地》，四川民族出版社 1986 年版，第 177 ～ 181 页。

*2 转引自赵雅琴、田正惠、莫宝文著《党在红军长征中的民族工作》，载《中央民族学院学报》1981 年第 4 期。

命委员会，革命委员会主席陈荣檀（陈野萍），副主席李井泉、向德伦、李发明、萧佩雄、彭杰、鲁成高（彝）；

1935年初夏，在四川省藏族、羌族地区建立的茂县、理县和汶川县工农兵苏维埃及其所辖的各区、乡苏维埃；

1935年夏天，在阿坝藏区的小金、阿坝及瓦钵梁子区（下辖六个乡）建立的藏民苏维埃；

1935年秋，在绰斯甲（今壤塘）地区建立的藏族苏维埃，主席申扎喇嘛，军事部长瓦士匹；

1935年秋，在丹巴县建立的县、区、乡各级苏维埃，县苏维埃主席曾广才；

1935年年底，在阿坝地区建立的绥靖县苏维埃（下辖五个区十九个乡）和崇化县苏维埃（下辖四个区十个乡）；

1935年年底，在绥靖建立的回族苏维埃政府，主席萧桦（红军中的阿訇），副主席姓周，当地阿訇；

1936年春，在泰宁（乾宁）巴里、秋卡等六个乡建立的波巴自治政府。[1]

天宝、沙纳、杨东生、袁孝刚、胡宗林等人是幸运的，他们刚刚加入红军队伍，就参加了在共产党的领导下，建立不同形式的民族自治地方政权的工作。尽管他们没有思想基础和理论准备，也谈不上实践经验，只是在上级和老同志的指导和带领下，做一些具体工作，但这段经历是极其宝贵的，对他们以后的发展，具有重要意义。对于这一点，天宝、沙纳、杨东生、袁孝刚、胡宗林等人当时没有、也不可能意识到，是在实践过程中，逐步加深认识的，并在马列主义、毛泽东思想指导下，上升到理论高度，反过来指导实践，成为自觉的行动。

当时，四川少数民族地区也是中国半殖民地、半封建社会各种矛盾特别尖锐和充满了革命危机的地区之一。凉山彝族地区保存着奴隶制度，川西北高原（阿坝）和康藏高原东部（甘孜，当时的四川省西康行政督察区）两大藏区保存着封建农奴制度，岷江上游羌族聚居区保存着封建领主制度。这里社会形态不同，宗教信仰各异，阶级关系复杂。历史上遗留下来的民族隔阂和同一民族内部以"打冤家"为主要形式的部落间的武装械斗不但依然存在，而且在反动势力"以夷制夷"方针的怂恿下愈演愈烈。四川和西康大部分少数民族地区不但是四川军阀事实上的禁区，而且对长征前还未正式打进四川的蒋介石中央政府也呈半独立状态。装备精良、补给充足的中央军和四川军阀几十万大军就是进不了雪山草地，他们只能在周边地区转圈子。可是，雪山草地

---

[1] 参见周锡银著《红军长征时期党的民族政策》，四川民族出版社1985年9月版，第38～40页。

却偏偏奇迹般地向红军敞开了大门。十多万红军在这里站住了脚，于困境中开拓了新的领域，为北上获得较长时期的休整。这是为什么？根本的原因之一，就在于党经过艰辛地探索，制定了正确的民族政策，成功地开展了民族工作。由于红军在四川停留的时间长，涉及区域广，所以在四川较为完整地展示了中国共产党民族区域自治政策的雏形，为后来民族区域自治政策的制定和完善，积累了多方面的宝贵经验。

由于红军坚持民族平等和民族团结的政策，在红军和少数民族之间出现了新型的民族关系。

苏维埃政权建立起来后，为了使广大群众了解苏维埃政权的性质、目的、任务和建立政权的意义，在党政干部和当地红军的帮助下，深入村寨进行宣传。通过宣传、解释，使广大群众明确了苏维埃政府就是穷人自己的政权机关，是领导穷人打富济贫，为穷人办事的政府。在苏维埃发动和组织下，不仅搞好生产，而且纷纷开展了向反动分子和发财户的斗争，向他们罚粮罚款，把没收的粮食和物资除救济群众外，还上交红军。有的苏维埃政府，还带领游击队到山上搜查发财人埋藏的粮食和物资。苏维埃政府贯彻执行党和红军的政策，群众对共产党和红军有了更深的了解，对党和红军更加爱戴、更加支持，只要通过苏维埃政府交办的事，群众都尽力而为。比如各地都安排了部分群众给红军磨面、做干粮，有的地方还组织妇女为红军战士洗补衣服、做军鞋，群众都乐意去做。为了方便过往红军，女花队还在路旁设立茶水站，为红军烧热水。由于该地区交通不便，再加上敌人的堵截封锁，缺乏食盐，为了解决红军的吃盐问题，群众还利用土法制作硝盐支援红军。少先队和儿童团在苏维埃政府领导下，主动站岗放哨，或在红军政工干部的带领下学唱歌、跳舞，或到附近村寨宣传。

"格勒得沙共和国中央政府"

共产党领导下的少数民族人民自己当家做主的第一批革命政权，是在藏族地区建立的。这在我国民族关系发展史上，具有十分重要的意义。

民族区域自治是中国共产党把马列主义的基本原理和我国实际情况相结合，解决中国民族问题的基本政策。这一基本政策的最后形成，经历了一个探索与实践的过程。民族区域自治的主要精神是少数民族在管理内部事务方面有当家做主的权利。党和红军经过在其他省区建立少数民族民主政权的实践，已经对这一问题有了一定的考虑，所以在进入四川后，解决这一问题的思路更加清晰。

党和红军不但在理论上丰富和发展了民族区域自治的主张，而且在实践中进行了大胆的探索，其中，在四川阿坝和甘孜两大藏区帮助建立的带有民族区域自治性质的两个省一级的少数民族政权机构，就是有深远影响的典型范例。一个是大小金川等地建立的格勒得沙共和国中央革命政府，一个是包括康区北部各县的甘孜波巴人民共和国（"波巴"为藏族之意）。这两个自治地方政府不但制定了涉及政治主张、军事党团、统战宗教等政治方面和经济、文化等一系列法规和条例，而且其政权结构形式也同今天的《民族区域自治法》的要求基本上是一致的。波巴政府中不但有少数民族的劳动群众，也有民族上层人士和宗教界人士，以便开展这一方面的工作。这两个具有民族自治政府性质的少数民族人民政府分别履行了八个月和三个月的民族自治、当家做主的职责，在藏族人民的心中留下了难以磨灭的印象，为今天阿坝、甘孜两个藏族自治州人民政府的建立打下了坚实的基础。

四方面军开始南下，1935 年 10 月占领绥靖（今金川）后，宣布建立大金省，省会设在绥金，并成立以邵式平为书记的大金省委。

1935 年 11 月 12 日，在绥靖成立中华苏维埃共和国大金政府，隶属于以张国焘为主席的中华苏维埃共和国西北联邦政府。由于筹备时间较短，成立之初，政府内的一些机构还不甚健全。在工作开展的过程中，为适应工作需要，大金联邦政府充实了一批本地少数民族干部，机构也日臻完善。

西北联邦政府大金政府主要负责人：

主席	邵式平
副主席	熊国炳　刘伯承
	马显文（回族、后）　兰　卡（藏族、后）
土地部部长	余洪远
粮食部部长	郭纯德　　副部长　赵启贵
劳动部部长	罗大周
财政经济部部长	吴永康
少数民族部部长	张然和
裁判部部长	张然和
教育部部长	康克清　彭福寿（后）
军事部部长	（不详）
内务部部长	（不详）
保卫局局长	李维海
秘书长	杨中行

效法在瑞金的中华苏维埃临时中央政府的组织机构，大金联邦政府也建立了相应的组织机构：

这里是红军走过的地方

　　裁判部：裁判员　检查员　书记　看守队

　　民族部：交际科　宣传教育科　通司科　秘书科　组织科　特务员

　　财政经济部：会计科　保管科　财经科　没收征发科　秘书

　　秘书处：文印科　会计科　收发科　总务科

　　教育部：编辑科　学校教育科　社会教育科

　　内务部：交通科　卫生科（戒烟局　人民医院　工农诊疗处）抚恤科

　　　　　　选举科　民敬科—民警局　优待红军科—拥护红军委员会

　　劳动部：社会保险科　劳动检查科　失业救济科

　　粮食部：分配调剂科　统计保管科　收集科　秘书

　　土地部：没收分配科　耕种科　牧畜科　水利科　山林培养科

　　军事部：（不详）

　　保卫局：（不详）

除上述机构外，西北联邦政府属下有两个共和国，一是金川流域地区的格勒得沙共和国（成立于1935年11月），一是康北地区的波巴依得瓦共和国（成立于1936年5月）。[1] 联邦政府在上述两个共和国的中央政府中，派驻全权代表以指导工作。

西北联邦政府建立后，曾制定和颁布了一些重要决定、条例，如《关于地方政权的组织与工作决定》《土地条例》等。联邦政府还专门成立了条例起草委员会，由张然和为主任，成员包括罗大周、吴永康、张琴秋、余洪远、彭福寿、克基、朱澜云等。为了加强对回民工作的领导，联邦政府又成立了回民委员会，并派1935年4月在北川参加红军的回族阿訇萧福帧负责其工作。每遇重大问题，联邦政府便召开部长联席会议加以讨论，然后形成决定，付诸实施。联邦政府各部的组织机构及人员定额，就是在1935年12月16日召开的第三次部长联席会议上讨论通过的。

大小金川又是民族杂居地区，历年来国民党军阀的明争暗斗，反动势力竭力挑拨、煽动的民族仇视情绪，民族矛盾、阶级矛盾较为尖锐。针对上述情况，大金省

---

*1　格勒得沙：系嘉绒藏语，意即藏族百姓。"格勒得沙共和国"当时译为"番人共和国"，又简称"格勒共和国"或"得沙共和国"。"格勒"是嘉绒地区藏民的自称，"得沙"即民众、百姓的意思，"格勒得沙"即"藏族人民"。"波巴"即"博巴"，意为藏族；"依得瓦"是康方言，意为民众、百姓。

委领导广大红军干部和战士，做了大量的富有成效的工作。一方面组织红军工作队、宣传队，采取各种形式（如錾刻标语、印发传单、表演歌舞等）走乡串寨、四处活动，用通俗而生动的语言动员群众、宣传群众，用自己严格的革命纪律和踏实的工作作风取信于民；另一方面，从当地人中间挑选一批积极分子，经过短期培训，然后再派往各地喊话，宣传解释中国共产党和工农红军的政策及其主张，动员群众回家进行生产。经过努力，终于取得了广大藏、回人民的信赖，陆续返回故里进行生产。在此基础上，省委选用了一批真心拥护红军的积极分子一百五十余人，组织集中学习和培训，开始筹建格勒得沙革命政权及其各级苏维埃政权的工作。经过二十四天的酝酿准备工作，于11月18日在绥靖（今金川）城隍庙召开了有来自绥靖、崇化、丹巴、绰斯甲、党坝、卓克基等地各族代表以及各党政军民数千人参加的群众大会。会上中共大金省委书记邵式平宣布格勒得沙共和国正式成立，同时还成立了格勒得沙革命政府、革命军团。

关于格勒得沙政府的组织机构没有留下完整的资料，主要领导人是：

中央政府主席　　克　基（藏族）
副主席　　　　　杨海山（藏族）孟六发（藏族）
革命军总司令　　卡格尔·江根（藏族）
联邦政府代表　　邵式平

格勒得沙共和国中央政府的成立，在当时来说，对于发动群众，支援红军北上抗日，具有重要意义。

格勒得沙政府参考了我党第二次革命战争时期建立农村革命根据地、农村革命政权——苏维埃政府的经验和教训，确立了它的宗旨，建立了一套较完整的行之有效的组织系统。格勒得沙中央政府设在绥靖城内一座庙宇内（今金川中学内）。

格勒得沙共和国的宗旨是：在中国共产党的领导下，取消封建地主经济，推翻国民党军阀的反动统治，实行民族自治，进行民族解放斗争。它的辖地最初定为包括大小金川十八土司区域，北至阿坝、毛儿盖，东至松、茂、理，西至雅砻江，南达木坪、康定。但实际上，主要在丹巴、懋功、抚边、梭磨、卓克基、松岗、党坝、绰斯甲、绥靖、崇化等地区开展工作。

共和国有自己的国语，即嘉绒藏语。1936年年初发布的《格勒得沙革命党党章》中明确规定："以格勒官话为格勒得沙共和国国语。"

共和国制定了自己的国歌，即《格勒得沙共和国国歌》。歌词为："格勒得沙全国代表大会开幕了，民族独立的法宝，动员起来，武装起来，扩大格勒得沙革命军五万，推翻封建地主，驱逐帝国主义的贪官，完成格勒得沙民族解放，争取社会主义的成功！前进。"

共和国在当时就拟定了自己的革命政府组织系统，即全番族人民代表大会、全番族人民革命政府、地方人民革命政府、区乡人民政府。全番族人民代表大会：共和国最高的权力机关，其代表由共和国所辖各地经民主选举而产生，共计一百五十余名。全番族人民政府：共和国最高的行政机构，由主席、副主席、经济商业部、革命法庭、交通部、教育部、粮食部、土地和畜牧部、内务部组成，主要负责人由人民代表大会选举产生。地方人民政府、区乡人民政府：共和国的基层权力机构，习惯上也称之为苏维埃政府。在共和国境内共设县级政府六个：丹巴、绥靖、党坝、抚边、懋功、崇化，以及相当于县级的绰斯甲道和阿坝特区。各县以下又设有若干区乡苏维埃政府，各级苏维埃政府设主席、副主席、土地、粮食、裁判、内务、妇女等部或委员，主要负责人由上级指派或选举产生。此外，在绥靖城内清真寺设有回民苏维埃政府，由主席、副主席、粮食、宣传、妇女等委员组织，其负责人均为回民。回民苏维埃政府直接隶属于格勒得沙中央政府领导。

为了保卫金川赤区，维护社会稳定，保障生产秩序，协助主力红军剿匪肃反和作战，补充新鲜血液于红军，格勒得沙共和国在组建各级苏维埃政府的同时，还组建了各级地方武装和各民族的游击队。格勒得沙革命军，全称为"格勒得沙中央民族革命军"，1935年11月由金川地区游击队改编而成，千余人，由藏族青年组成，归中央政府直接管辖，总指挥卡格尔·江根（藏族）。在红军的帮助下分别于绥靖、丹巴建立金川独立一师和金川独立二师（亦称丹巴独立师），总兵力达两千余人，这是一支由红军干部指挥的保卫金川赤区的重要地方武装。番民骑兵连，或称番民骑兵队，1936年初建立于党坝，后移驻绥靖，由当地藏民中能骑善战的青年组成，红军派干部协助培训，后随主力红军进入康北地区，扩编为番民骑兵大队。回民支队，或称回民骑兵连，主要由绥靖一带的回族青年组成，约一百二十人，支队长马善全、吴三哥（回民苏维埃政府副主席），是我国回族中最早的一支革命武装。此外还有各地不脱产农民组织的区、乡游击队，其任务为搜山肃反、筹粮带路、运送伤员等。这些地方武装先后达六千余人，由格勒得沙共和国、大金省军区及各级苏维埃政府领导指挥。[1]

共和国境内的基层政权是各县、区、乡人民革命政府，也是格勒得沙中央政府的

*1 陈学志、范永刚主编：《红军长征过阿坝论文选编》，四川省阿坝藏族羌族自治州文物管理所2006年编印，第108～110页。

下属政权机关。由于习惯上的原因，这些基层政权又被称为苏维埃。县级政权有绥靖（主席龙光赢、高吉安）、崇化（主席赵相才、副主席何松廷）、丹巴（主席曾广才、副主席阿布、吴盛云）、抚边、懋功、绰斯甲等。各县人民革命政府内分设粮食、宣传、妇女、少共、内务、土地等部，并直接领导全县各区乡人民革命政府的工作。

格勒得沙共和国于1935年11月建立，1936年七八月间，主要领导人随红军北上，存在不到十个月。新中国成立后，政务院规定：曾建立六个月以上革命政权的地方，都属于"革命老区"，享受革命老区的优待。格勒得沙是在我国少数民族地区建立的第一个革命老区。

金川地区党的组织

党和红军十分重视在藏族地区撒播革命火种，建立民族自治政权。同时，十分重视建立和发展各级党的组织。

红军长征在四川和西康境内，主要在藏彝地区，一面执行频繁的战斗任务，一面积极开展卓有成效的地方工作。其间，建立了中共川康省委、大金省委（也称金川省委）、四川省委（也称川康边区省委），加上红四方面军于1933年建立、延续到长征以后的川陕省委，共计建立了四个以红军干部为主体的省委，同时吸引少数民族主要是藏族干部参加。西北联邦政府副主席杨海山就曾担任大金省委副书记。另外，建立了三个省级苏维埃政府、两个省级少数民族共和国和近二十个中共县委、近四十个县的革命政权。

川康省委的前身是中共川陕省委，周纯全为书记。1935年7月下旬，川陕省委改称川康省委，积极在川西北地区开展工作，支援红军一、四方面军分左、右两路过草地时，川康省委随左路军行动，并奉命以阿坝为中心开展工作。

1935年8月21日，川康省委曾在查理寺发出《关于赤化川陕甘与通过草地时地方党的工作指示》，解释北上建立川陕苏区的意义和可能性，指出过草地时必须进行赤化草地的工作。《指示》强调：应努力争取番民群众，要用各种方法号召群众回家；优待俘虏来的番兵，号召其他番兵向我们投诚，参加革命斗争；必须研究当地的社会经济制度、政治情形、群众的要求，依据我党对番民政纲，提出具体的口号，并宣布敌人的罪恶，具体揭发反革命谣言；应以实际行动向番民群众证明，我们是保护其利益的，不允许有任何侵犯群众利益的举动，不准到穷苦番民群众家中乱翻东西或拿东西。借东西要还，不要损坏房屋，收买穷苦番民的粮食要给钱；不要损坏喇嘛寺及经书和神像，不要伤害番人的宗教感情。《指示》提出了在番民中的中心口号："反对汉官国民党军阀压迫，反对帝国主义的侵略，民族自决。"《指示》要求加强对番民阶级斗争的领导，发动群众没收土司、大头人的土地、牛、羊、马匹、茶叶、粮食，分给穷苦番民群众。一定要建立群众政权。一开始可建立革命委员会，吸收番民中的积极分子参加工作。革委会担负的是临时政权的任务，它必须发动群众的斗争，武装群众积极革命，同时建立番民群众的各级人民革命政府、独立政府或劳动苏维埃。组织番、回民游击队，番、回民红军，红色骑兵，人民自卫军等，不但领导他们打汉官发财人，同时要领导他们打本族的反动土司、头人和发财人，在斗争中扩大这些武装，发动大批番民、回民参加红军，组织以工人、雇工、娃子、丫头、贫农和贫苦牧民为基础的番人革命党，动员群众拿粮食、打草鞋等拥护红军。

左路军到达阿坝后，川康省委建立了阿坝人民政府。1935 年 11 月红四方面军南下后，又成立四川省委，在夹金山以南地区开展工作。红军北上之后，四川省委几经改组，继续坚持斗争，直到大西南解放。著名长篇小说《红岩》里描写的被国民党关押在重庆白公馆和渣滓洞的革命志士，主要都是四川省委的领导人。

中共金川省委又叫大金省委，成立于 1935 年 10 月。红四方面军占领绥靖后，省委机关设于绥靖。金川省委的任务是根据上级指示，领导金川赤区各项工作的开展。其所设机构及负责人如下：

书记　　　　邵式平　何柱成（后）

副书记　　　兰　卡（藏族）

组织部部长　何柱成　陈庆先（后）

宣传部部长　李中权

经济部部长　赖　义

妇女部部长　吴朝祥

内务部部长　祝义亭

军事部部长　李彩云　余洪远（后）

金川省委成立后，很快组建了格勒得沙中央政府及革命军、金川独立师，领导金川流域地区的藏、回、汉各族人民开展土地革命和民族革命。为加强基层工作的领导，省委还先后建立了绰斯甲县委（书记薛仕宏）、绥靖县委（书记龙光赢，后樊学文，副书记傅崇碧）、崇化县委（书记杨本友）、懋功县委（书记谢富治）、丹巴县委（书记韩文炳），其中绥靖、崇化两县委还各辖五个区委。各级党委的建立，有力地推动了各地革命工作的开展。

1935 年 12 月 25 日，中央红军到陕北后，中央召开瓦窑堡会议，决定建立抗日反蒋民族统一战线，改变党的策略路线，12 月底，中央致电金川省委，通告了会议通过的政治决议案的主要精神。[*1] 金川省委执行了党中央新的策略，并以之为依据对金川赤区的工作，作了进一步改进。

1936 年 2 月，金川省委召开第一次全省党代表大会，总结前期工作的经验教训，根据全党建立抗日反蒋民族统一战线的策略和前期工作存在的不足，进一步制定政策，提出今后的工作任务。会议分别于 2 月 7 日和 14 日作出了《关于目前政治形势和金川党的任务决议》及《关于民族工作决议》。会议还强调，要猛烈发展党的组织，大胆向工农群众中的积极分子打开大门，大批地介绍工农入党，加强党的基础和骨干。并明确指出：能否遵守党章，能否为党的新策略、路线坚决斗争，是发展党员的主要标准，成分与社会关系不是主要标准。

第一次党代会后，金川省委的工作进一步深入，大批发展藏族党员，领导人民群众克服种种困难，巩固赤区，有力地配合和支援了主力红军的战略行动。

1936 年 7 月，红军北上，金川省委从此结束了它约十个月的历史。

格勒得沙革命党

格勒得沙共和国成立后，在中共金川省委的领导下，成立了格勒得沙革命党，意为藏族人民革命党。它是在共产党领导下由藏族先进分子所组成的第一个，也是唯一一个革命政党。后来其成员大部分转为中国共产党党员。其组织系统为：分支党部—支党部—县党部—省党部—中央党部。中央党部为全党的最高机关，设于绥靖。

1936 年 1 月 1 日，格勒得沙革命党中央党部发布《格勒得沙革命党党章》，宣布本党党纲亦即十二大主张如下：

一、格勒要独立，要自由平等，要有格勒的独立政府，格勒得沙要有自己的土地。

二、打倒压迫格勒的二十四军、二十八军和一切汉官军阀国民党。

三、打倒强占格勒的、康藏的英国和一切帝国主义。

四、建立格勒得沙共和国革命政府，格勒自决，格勒管理格勒自己的事。

五、废土司，为百姓取消等级制度，不交土司租，不还土司的债，不当娃子，不当差，把土司和土司的管家的土地财产没收，分给格勒得沙。

六、没收汉官军阀地主阶级的土地财产，分给格勒得沙。

[*1] 参见《土地革命纪事》，求实出版社 1982 年版，第 539 页。

七、取消二十四军、二十八军及汉官军阀国民党的一切捐税厘金。格勒不出款，不交粮，实行统一累进税。

八、反对天主教、基督教，不反对喇嘛教。格勒有信喇嘛教的自由。喇嘛不得干涉政治，喇嘛照样可以分土地，喇嘛寺的财产由教民自己公决处理。反对强迫信教、强迫当喇嘛。

九、发展格勒文化教育，设立格勒得沙学堂，以格勒官话为格勒得沙共和国国语。

十、成立格勒得沙自己的得沙革命军、自卫军，保护格勒得沙自己。

十一、格勒、格巴、回回一律平等，反对叫格勒"蛮家"。

十二、联合苏维埃红军及赞成本政纲的任何团体、政府和军队。

《党章》还宣布："本党只是为群众利益，时刻在群众的前面，领导着全国革命群众坚决奋斗，争取格勒得沙共和国的全部胜利。""中国共产党是中国革命唯一的领导者，是中国各少数民族唯一的救星。本党为本民族独立自由平等，只有在中国共产党领导之下才能保证胜利。因此，本党完全接受中国共产党的领导，其他反对本党的任何党派，本党坚决与他作斗争。""党员必须是民族中觉悟最先进，斗争最坚决，能为本党党纲坚决奋斗不顾一切牺牲的分子。"

格勒得沙革命党，发展党员约三百人，主要是地方政权、军队中的领导成员和骨干分子，对金川地区革命工作的开展，起了积极作用。

此外还成立了少共大金省委：书记吴瑞林，副书记熊作方，组织部部长林月琴（后李先吉），宣传部部长周宗富，妇女部部长萧成英。

格勒得沙革命军

格勒得沙革命军是在共产党领导下，由藏族人民的优秀儿子组成的一支革命队伍，为在藏族地区建立革命根据地、打击国民党反动势力，帮助红军渡过难关，北上抗日，作出了自己一份光荣的贡献。

格勒得沙革命军是红军金川军区领导下的一支部队。

金川军区始建于 1935 年 10 月，初称大金军区。主要任务是统一领导金川赤区内除红军正规部队外的地方各种红色武装。

金川军区主要负责人：

司令员　　　朱良才　李维海（后）

副司令员　　胡文高

政治委员　　邵式平

政治部主任　张克求

参谋长　　　李彩云

　　1935年10月25日，金川军区曾发出《给各县游击队的一封指示信》，具体阐述游击队的重要性，游击队的任务，游击队的一般动作的方针，游击队的侦察，游击队的通信联络，必须学习的基本动作，管理与教育游击队的方法等八个问题。这封指示信，实际上是培养地方军事干部的教材。

　　金川军区司令员朱良才，1955年被评为开国上将，曾任北京军区政委，是一位战功卓著的优秀的将领，毛主席称赞他为"军中良才"。

　　格勒得沙革命军于1935年11月由金川地区的部分游击队改编而成，总司令卡格尔·江根。总部设于绥靖，直接掌握一个四百多人的建制营（警卫营），营长唐家寿。下辖第1、2、3连，连长、指导员均系本地藏族。各县人民革命政府也都建有以营为建制的革命军。格勒得沙革命军除受金川省委、金川军区、西北联邦政府军事部领导外，同时受格勒得沙政府领导。其任务大致与金川独立师相同，但装备略差于独立师。1936年7月随右纵队北上。

　　红四方面军南下后，在绥靖和丹巴分别建立了金川独立一师（又称金川独立师）和金川独立二师（又叫丹巴独立师）。独立一师师长姓陈（原红五军团干部），政委何志宇。师以下设1、2两团，每团三个营，九个步兵连，兵员一千多人。独立二师师长马骏（藏名阿部），政委李中权，副师长金世柏。全师三个团，无营，每团直辖五六个连，共一千余人。

　　金川独立师的主要任务是沿大金川一线守卫重要交通路口，打击反动残余势力的破坏捣乱，宣传群众，筹集粮食，扩大队伍。由于独立师的战士绝大多数是当地百姓，因而工作实效较大。

　　1936年7月，独立师随右纵队离开金川地区北上。

　　番民骑兵连，1936年年初始建于党坝（今属马尔康县），后驻绥靖，亦称番民骑兵队。大部分成员均由当地藏民中能骑善战者组成，五军团调派干部协助进行训练。后来随同主力西进康北地区，至甘孜又在骑兵连的基础上扩编为番民骑兵大队。后又与甘孜的藏民骑兵大队合编，组成藏族骑兵师。1936年7月，随主力红军北上。

　　回民支队，主要由绥靖一带的回族青年组成。辖三个排，一百二十人。支队长马善全，副支队长吴三哥。

　　此外，格勒得沙共和国境内还建立有青年革命党、喇嘛教改进会、劳动学校、工农医院、国家商店等机构和组织。[*1]

革命政权的建设、土地革命的开展和武装斗争是共产党领导下工农武装割据的基本内容。藏族地区长期以来就实行"寓兵于民"的军事制度，许多土司、头人都有一定数量的武装。对此，部队曾规定"对于番族中原有的武装组织，只要他们赞助番族的独立解放，愿意打国民党军阀，我们可和他们建立有条件的联盟，派人到里边工作，逐渐转变他里边的领导成分，并加强对里边的政治训练"，并"设法选择穷苦番人中的积极分子到红军大学受训锻炼，培养成番人军队中的干部"。在红军帮助下，金川根据地组建了各种少数民族革命武装，均隶属于金川省军区。

通过艰苦的工作，党的政策得到了群众的理解，红军受到了群众的拥护，各族劳苦群众和党的关系越来越密切了。在红军的帮助下，先后建立起藏民政权、藏民武装和地方游击队，有的地方还把妇女和儿童组织起来，成立了女花队、少先队或儿童团。他们在支援部队、积极筹集物资、维护地方秩序、协同红军作战等方面发挥了很大作用，作出了积极的贡献。

天宝、沙纳、杨东生、袁孝刚和胡宗林等人有幸参加党和红军在藏族地区建立的第一个红色革命政权，先后担任各种职务，既作出了贡献，也经受了锻炼。

红军长征在四川和西康地区，不但立下了赫赫战功，而且在许多方面创造了成功的经验，产生了深远的影响。红军长征在四川和西康地区的光辉业绩和卓著功勋，是留给各族人民取之不尽、用之不竭的宝贵财富。

[*1] 参见朱成源主编《长征在雪山草地》，四川民族出版社 1986 年版，第 181～192 页。

第十七章　丹巴藏民独立师

大渡河畔一古城

丹巴是坐落在大渡河畔的一座古老的县城，红军长征经过这里，给这座高原古城增添了新的光彩。

丹巴人杰地灵，从藏族内部来讲，她是嘉绒文化与康巴文化的交汇点；从民族关系方面来讲，她是汉族与藏族这两个兄弟民族聚居的地方；从地域上讲，是青藏高原与川西平原的接合部。因此，她总是得风气之先，工农红军历史上第一支藏族人民自己的革命武装在这个地方诞生，绝非偶然，有着历史的必然性！

丹巴地处青藏高原东南边缘，位于甘孜藏族自治州东部，东与阿坝藏族羌族自治州的小金县接壤，南和东南与康定县交界，西与道孚县毗邻，北和东北与阿坝州金川县相连，是连接甘孜、阿坝两个自治州的交通要道。波涛汹涌的大渡河横穿县境，两岸悬崖壁立，雄伟而险峻，因而称作"绒麦扎果宗"，意为下部农区的群岩之首。境内山川交错，江河奔涌，森林茂密，土地肥沃，气候宜人。

全县面积 5649 平方公里，境内高山对峙、峰峦重叠、峡谷深邃、景色独特。地势西高东低，海拔 1700～5521 米，县城位于大渡河畔的章谷镇，海拔 1800 米。

民国时期，也就是红军来到丹巴县的时候，丹巴有"三土司两雍二十四村"之说。"三土司"指巴旺、巴底、丹东三个土司辖区，"两雍"指上、下宅垄雍姓千总和守备统治地区。"二十四村"指梭坡、中路、东谷、水子、城厢、格宗六乡原明正土司属下百户统治区域，有二十四个自然村。1935 年国民党为防堵红军，推行保甲制度，委任土司头人为联保主任，并把土司武装编为民团，以国民党所派县长任团长，土司、千总、千户分任大队长，土司属下小头人任小队长。

丹巴也是红四方面军南下和西进康北的重要通道，1935年10月7日，张国焘在卓木碉以"中革军委主席"的名义，发布《绥（靖）崇（化）丹（巴）懋（功）战役计划》，将丹巴作为战役进攻方向。

红军重占丹巴后，当即建立丹巴县委。县委机关驻丹巴县城，下辖七个区委。县委书记韩文炳（1935年10月~1935年12月），后为曾旭清（1936年1月~1936年7月）。[1]丹巴县委设有组织部、宣传部、少共部、军事指挥部、妇女部、保卫部。在县委的领导下，驻守丹巴的红军选派大批干部，宣传党的民族政策和抗日主张，开展民族工作，帮助建立各级红色政权和乡村游击武装。

在县委领导下，很快成立了丹巴县格勒得沙政府，属格勒得沙共和国中央革命政府领导。丹巴县格勒得沙政府的前身为丹巴县苏维埃政府，建立于1935年10月下旬，曾广才为主席，麻孜阿交（麻孜阿布的父亲）、麻孜阿布、吴盛云、董青云为副主席。1935年11月15日，丹巴县苏维埃政府派代表到绥靖参加金川地区番民代表大会，大会决定取消苏维埃名义，成立格勒得沙共和国人民革命政府，游击队改为人民革命军。11月下旬，丹巴县苏维埃政府改称格勒得沙政府，主席、副主席人选未变，丹巴县格勒得沙政府主席：曾广才；副主席：麻孜阿交（藏）、麻孜阿布（藏）、吴盛云、董青云（藏）。

丹巴县格勒得沙政府（苏维埃）下辖区、乡、村政权有：[2]

大桑区苏维埃政府：主席宋才富

半扇门区苏维埃政府：主席郑冰武

巴底乡苏维埃政府：主席格支兰

边耳乡苏维埃政府：主席恩泽射

牦牛村苏维埃政府：主席目却

巴身小村苏维埃政府：主席桂拉降初

瓦足村苏维埃政府：主席俄日甲嘎

麦龙沟村苏维埃政府：主席康光远

喇嘛寺村苏维埃政府：主席袁绍明

大平桥村苏维埃政府：主席吴显召

---

[1] 韩文炳为第一任丹巴县委书记。据老红军张显金、权卫华、苏毅然、熊作芳、曾旭清、伍能光等同志回忆，后曾旭清继代丹巴县委书记。曾旭清同志也说他继韩文炳之后任书记。

[2] 由于习惯上的原因，格勒得沙政府下属的基层组织仍称苏维埃政府，在阿坝地区也有类似情况，见阿坝州党史办编《红军在雪山草地》。

卡桠村苏维埃政府：主席袁文华

丹巴县格勒得沙政府内部设有粮食、宣传、内务、土地、调解、妇女、少共等部，其主要任务是配合和支援红军作战，为红军筹集粮食物资，同时还要领导人民群众开展反对国民党军阀统治，废除封建剥削，进行土地革命，实现民族自决和独立解放的斗争。丹巴格勒得沙政府在丹巴部分地区没收了封建地主和土司头人的土地和财物，分给贫苦的农民和农奴。如牦牛村的贫苦群众就在村苏维埃政府的领导和红军的帮助下，把村上的汪登、克舍米、夺巴、格斗阿加等地主抓来游斗，对他们罚粮、罚款，村政府把收来的粮款一部分分给群众，一部分用来支援红军。巴底乡苏维埃政府除了没收富人的粮食财产外，还进行了土地改革，没收地主和土司头人的土地，分给贫苦群众。[1]

丹巴县的第一支革命武装

在建立县委、县苏维埃政权和地方各级党组织和苏维埃政权的基础上，组建了党领导下的第一支藏族人民自己的革命武装——丹巴番民独立团，马骏被任命为团长。

组织少数民族人民自己的革命武装，是党的民族政策的一项基本方针。1935 年 10 月 16 日，红四方面军南下占领丹巴后，在组建丹巴县苏维埃政府的同时，即开始组建丹巴民族地方武装。据当时驻丹巴的红五军军长董振堂、政委黄超、副军长罗南辉给红军总部的《关于敌情及部队情况的报告》记载："丹巴县及区均已建立了番族人民革命政权，共分七个区，群众很好。武装除独立团外，各区有二十个、三十个不等的游击队……番民独立团现成立了三个营，约八百人，有枪二百余支，每连我们都派有军队干部去领导。"[2]

马骏，丹巴县白呷依乡人，藏族，藏名阿布，家族名为麻孜，当地人称麻孜阿布，1906 年 7 月生，排行第三。四岁丧母，其父麻孜阿交，以种地和骡马驮运为业，抚养子女。为人正直、仗义豪爽、爱交朋友、乐于助人。丹巴建立苏维埃政权时，父子俩均当选为县格勒得沙政府副主席。

马骏少年时，常随父到县城卖柴，为天主教堂老师所识。民国八年（1919），教

---

[1] 参见《红军长征在甘孜藏区》，成都科技大学出版社 1993 年 5 月版，第 193～196 页。

[2] 原丹巴藏民独立师副师长、红军干部金世柏：《忆丹巴藏民独立师》，1982 年 9 月 10 日文，载丹巴县《文史资料选编》1983 年第 1 集。

堂为推行天主教，免费招生授学。其父为了减轻家庭负担，让孩子学点文化，将十三岁的阿布送到教堂读书，得到教堂老师赞许。阿布入学后，勤奋好学，克服语言障碍，数年后，不仅学习成绩优异，而且能说一口流利的汉语。十七岁时，他已成为一个有主见的青年，遇事冷静、头脑机智、行为果敢。十几岁时，他即随父帮人驮运货物，以补家庭收入。二十岁时，他独立经营茶、盐、粮、油、布匹、牛羊、皮毛等商品，与周边地区及汉族同胞有较多的交往。他为人诚恳、讲义气、守信用、性格豪爽、乐善好施。因此，不仅在读书时结识了不少藏、汉、回族青年，成为他后来参加红军的可靠帮手，就是在经商时亦得到朋友提供的资金，因而获利颇丰，除解决家庭生计外，多数用于资助穷困朋友，由此朋友越来越多。

1935 年 5 月，红三十军政委李先念率该军 88 师和红九军的 25、27 两个师向金川地区进军，6 月 8 日，攻占懋功（今小金县）。那时，国民党反动派散布各种谣言，诬蔑红军，闹得人心惶惶。二十四村千户杨国林十分惊慌。为了探察红军的情况，杨遂派会说汉语的麻孜阿布（时为千户衙门译字房翻译）和纳交村的杨哈基前往懋功打探红军的动向。

9 日，二人连夜赶到懋功，受到红军的热情接待。红军首长握着他们的手说：“红军是共产党领导的人民军队，是穷人的队伍，是保护老百姓的”，“共产党的政策是各民族一律平等，尊重各民族的风俗习惯与宗教信仰自由”。二人听后，加上在懋功看到红军纪律严明，待人平等和气，受到穷苦百姓的欢迎，深为感动和敬佩。听说红军要到丹巴，便自愿给红军做向导、当翻译。

14 日，红九军 27 师 81 团在他们的带领下，抵达丹巴县城大渡河对岸一带。因甲楚桥（索桥）板已被敌军拆除，河水暴涨，部队无法过河。22 日，麻孜阿布带领一部红军，经中路乡翻越大寨梁子进占梭坡乡，立即找朋友寻熟人，宣传群众，组织群众，为红军筹粮。当天，他又带领部分红军在梭坡乡真波喇嘛寺下面使用牛皮船和木排抢渡大渡河。过河部队向宋达寨敌守军发起攻击；他则带领部分红军战士绕过敌军，经蒲角顶村到白呷依乡，以期配合进攻宋达的红军进攻县城。因红军后续部队渡河受阻，敌军一个团兵力居高坚壁固守，在敌众我寡的态势下，攻击宋达的红军决定，交替掩护，撤回河东。是日深夜，麻孜阿布只好将到达白呷依乡的红军干部战士，护送回河东归队。一个多月后，红军部队撤离丹巴北上。红军首长让他留在故乡，给他的任务是：“发动群众，等待机遇，迎接红军。”

红军走了以后，麻孜阿布隐藏家中不出，亲朋好友悄悄来到他家，听他讲述担任红军向导的所见所闻，询问红军对藏民的态度，想了解国民党和共产党两个军队究竟有什么不同。他就自己所了解的情况、自己的感受，向乡亲们作了详细介绍。他说：

共产党与国民党不同，共产党讲民族平等，对我们藏民好，尤其对穷人好。过去国民党和土司头人说共产党"杀人放火""共产共妻""不信佛，也不让藏民信佛"，还要"灭族灭教"，完全是造谣诬蔑，不可信。在他的启发引导后，大家白天进入深山老林，晚上串门宣传，消除了群众对红军的误会，群众都陆续返回家园，并按照藏族风俗煨"桑烟"祝福红军，准备粮草迎接红军。

10月15日，南返红军右纵队沿大金川右岸而下，傍晚时分抵达丹巴县城外西河桥北，桥被逃敌破坏，过不了河。没有办法，红军战士只好举起火把，整齐地连续高呼："麻孜阿布，你的红军朋友回来了，快来架桥迎接！"麻孜阿布听到后，立即组织十几名青年朋友，下山赶到西河桥，就近到乡亲们家借来木材，连夜抢修便桥，迎接红军入城。16日，红军部队占领县城。从此，他正式参加了红军，经过党的培养教育和红军干部的帮助提高了觉悟，增长了才干，深得红军首长的信任和喜爱。一位首长说："麻孜阿布不好，不好叫，也不好听。你这么个英俊的美男子，人家光听名字，还以为你是个大麻子。"说得周围的人哈哈大笑，麻孜阿布自己也不太好意思。红军首长正经地说："我给你取个名字好不好？"麻孜阿布爽快地说："谢谢首长，那您给我取个好听的。"红军首长想了想说："保留你们家族的姓氏，麻孜，就姓马；叫马骏吧！"借用"麻孜"的谐音，取名马骏，意为他是藏族人民的俊杰。

马骏担任番民独立团团长后，积极配合主力红军，维护地方治安，打击反动民团和地主武装。那一年的11月，伪区长周文玉纠集地方反动武装数百人，乘红军驻三岔沟长胜店陈家房征粮队势单力薄，晚间突袭包围红军征粮队驻地，激战一夜，百余名红军干部战士全部壮烈牺牲。之后，周文玉又在喇嘛寺（一地名）和龙王庙杀害少工书记和妇女部部长等多人。

针对这种严重的反革命事件，马骏奉命清剿地方反动武装，他与各地红色游击队联系，让他们夹击周部两侧，羌民游击队断周后部，马骏亲率独立团正面攻击。12月中，经激战，一举扫平周文玉反动武装数百人，为被杀害的红军战士和地方干部报了仇。接着，马骏又率部清剿上宅垄千总雍鹤龄民团和懋功属汉牛地区周绍清反动武装，将周绍清反动武装击溃，赶出丹巴县境，千总雍鹤龄逃到汉牛隐匿。马骏率部修复被雍、周反动民团武装破坏的道路，又率部清剿蒲角顶、井备、白玉等头人的反动武装。

为发挥番民独立团在军事战斗、宣传群众、组织群众和维护地方治安等方面的优势，红军总部决定扩编团的建制，调金世柏（宝兴县委书记）、李中权（天全县委书记）等百余名红军干部战士到丹巴，与马骏父子和格勒得沙政府的干部反复磋商，决定以番民独立团为基础，动员各民族青年参军，加上各区乡游击队，扩编为丹巴番民独立师。红军领导人了解到，旧时统治阶级将藏族同胞称作"番民"，将藏族地区称作"番地"，有歧视的意思。故在成立独立师时，改称为"藏民独立师"。

丹巴藏民独立师正式建立

1936年1月中旬，丹巴藏民独立师正式建立，建制三个团、九个营、二十七个连和一个警卫通信连，员额约两千人。马骏任师长，李中权任政治委员，金世柏任副师长，团营连排干部正职由原番民独立团骨干担任，副职和政治工作干部及军事、文化教员由主力红军干部战士担任。杨义文任师直属警卫通信连连长，负责师部的警卫和通信联络。

丹巴藏民独立师成立大会上，马骏身着藏装，脚蹬藏靴，头戴狐皮帽，英俊高大，魁梧健壮，精神抖擞地走进会场。副师长金世柏宣布丹巴藏民独立师的建制和师团营连任职人员名单，政委李中权和丹巴县格勒得沙政府副主席麻孜阿交讲话。然后由师长马骏讲话，马骏以其洪亮的声音，诚挚的语调，先用藏语，后用汉语说："丹巴藏民独立师正式建立了，热烈欢迎各民族青年参加。今后，新老干部战士都要发扬红军革命到底的精神，要团结得像一个人，打倒我们的所有敌人。"他强调指出："民族有别不是冤家，敌我之分才是对头。在共产党的领导下，团结抗日，实现民族解放，民族平等，是我们的奋斗目标。"会后，各民族青壮年纷纷报名参加红军，员额超过两千人。

丹巴藏民独立师经过短暂的政治教育和军事训练，即配合红军主力开展对敌作战。1936年1月11日，驻康定的国民党军李抱冰部，为配合国民党东线部队与天（全）芦（山）雅（安）邛（崃）大（邑）一线的红军作战，以两个团的兵力袭击驻守大炮山、牦牛沟等地的红五军第37团，并占据这一带。37团退守铜炉房，与敌军对峙。为打退敌军的进攻，马骏建议：藏民独立师派便衣侦察敌情，并诱使敌军深入，红军主力增派三个团设伏泥冲沟两山密林中，待敌军入伏击圈一举围歼。上级采纳了马骏的建议，并立即部署。结果在泥冲沟歼敌一个营，俘敌百余，并乘胜追击。2月底，将敌军赶到大炮山以西康定县属的新店子，从此敌军不敢出动，保证了根据地各项事业的顺利开展。

1936年春节期间，国民党西康宣慰使诺那，拨枪一百五十支，资助丹东土司登昆山袭击驻丹巴红军。并令道孚民团三百余人守党岭山，做丹东土司后盾。于是，丹东土司集结土兵二百余人，袭击革什扎乡独狼沟一带，配合诺那所率卫队攻击驻泰宁的红军。马骏奉命率藏民独立师一部，分三路沿大桑河两岸而上，打击丹东土司民团。代理营长甘底甲干率一分队走北岸山冈，马骏率一分队居中，营长陈东元率一分队走南岸山坡。北岸属阳山日照强，冰雪易融化，便于行军；南岸河谷属阴坡，冰雪融化慢，行军难。北岸分队快速行军，失去配合，误中敌人埋伏，与敌激战。另两路分队听到激战枪声，急速赶到，将敌击退。当时，北岸分队三十余名战士，除沙洛丹巴一人生还外，全都壮烈牺牲。马骏令一小分队掩埋阵亡同志的遗体，然后带领干部战士即刻追击，打得丹东土司土兵作鸟兽散。守卫党岭山的道孚民团闻风遁逃，诺那率亲兵败走炉霍，侥幸逃命。几天后，红军主力攻占道孚，打通了丹巴至甘孜的交通线，为红军大部队进军甘孜，创造了极好的条件。

敌人遁逃后，马骏率部一方面清剿残敌，一方面深入村寨宣传组织群众，支援红军。在各种场合，他都说："红军是共产党领导的抗日队伍，是解放各兄弟民族的军队，是为穷苦人民打天下的军队。""红军将要进军康北休整，我们要有力出力，有粮出粮，量力行动，支援红军。"群众听他的话，纷纷动员起来，热情非常高涨，有的架桥铺路，有的筹粮，有的送肉油，有的捐献皮毛，为红军主力西进康北开辟了一条安全顺畅的通道。几十年的时间过去了，当年任独立师政委的李中权将军在回顾当时的情况时，心情依然十分激动，满怀深情地说："藏族同胞热情支援红军的情景，实在令人感动，假若没有藏胞的无私援助，红军的困难不知要增加多少倍！"

为了开辟康（定）道（孚）甘（孜）根据地，巩固大小金川区域，1936年3月9日，红军总司令朱德发布命令：丹巴藏民独立师划归金川军区建制，授予"金川军区红军独立第二师"番号，仍驻防丹巴县城一带。

由朱德总司令亲自颁发命令，将丹巴藏民独立师划归红军正式建制，由地方部队变为正规军，使马骏和全师指战员深受鼓舞，精神倍增，斗志更加昂扬。

3月，红军主力西进康北，相继攻占道孚、炉霍、甘孜等县，为保障西进康北通道的安全畅通，并警戒大金川区域丹巴段，上级命独二师驻巴旺、革什扎乡一带。这期间，马骏率领指战员们学习政治文化，加强军事训练，提高政治素质，加强战斗力。马骏以自己特殊的身份，争取二十四村千户杨国林投诚归顺红军，驻白呵依乡效力，进一步巩固了丹巴地区的治安。

红军主力北上康北后，敌人以为后方空虚，派川军和地方反动武装不断袭扰，抢劫粮食和物资，破坏红军的运输线。奉上级命令马骏率独二师，配合驻防丹巴的红三十一军91师，利用熟悉地理民情的优势，主动出击，出色地完成了阻击敌人，保卫丹巴地区的任务。

马骏在任师长的同时，还担任丹巴县格勒得沙政府的副主席。他和他的父亲运用平时广交朋友的影响，以及独二师的干部战士是本地人的优势，深入村寨，走亲串户，发动和争取各界人民支援红军。据不完全统计，先后为红军筹集粮食二百多万斤、猪牛羊等近万头（只）、肉油三万多斤、柴草五十多万斤，以及大量的羊毛、皮张等物资。动员上万名群众为红军磨面、做干粮、缝军衣、捻毛线、织毛衣毛袜，搞运输，侦察敌情，有力地支援了主力红军。

红军于 1935 年的 10 月中旬第二次占领丹巴，到 1936 年的七八月间离开丹巴，前后长达近十个月。四方面军总部一度设在丹巴，朱德、刘伯承、徐向前、张国焘、陈昌浩、王树声、王维舟等红军将领都曾在这里居住。后来董振堂率领的红五军到达丹巴，军部也设在这里。在这期间，为了巩固后方，支援南下部队，方面军和金川省委派出的红军干部和党政工作人员，同时将一批新参加红军的藏族战士，调到丹巴，加强藏民独立师。天宝也被派到丹巴，在独二师政治部工作。

天宝回忆说：他参加红军后，停留的时间最长，工作做得较多，印象最深的是在他的故乡马尔康和丹巴这两个地区。

老政委李中权说马骏

李中权将军现在还健在，2006 年，是长征胜利七十周年，那一年，李老将军当选为"感动中国"的先进人物，中央电视台著名主持人白岩松满怀激情地介绍了李中权将军的光荣历史。

李中权，1915 年出生在四川达县碑牌河石家坝世代贫苦农民家庭。达县是著名的革命老区，也是著名的"将军县"，李中权就是一位达县籍的开国将军。李中权 1932年参加红军。兄妹八人，小妹夭亡，其余兄妹七人跟着父母亲参加红军。一个家庭有九个人参加红军，真是满门忠烈。这样的情况，在全党、全国也不多。全家人参加长征。二哥李中池在战斗中壮烈牺牲，父母亲和一个哥哥、一个妹妹在长征途中过雪山草地时牺牲。三过草地，到陕北时，只剩兄妹四人。因此，长征和雪山草地，给老将军留下了刻骨铭心的难忘记忆。

李中权回忆当时的情形说：

1936 年 4 月，我跟随四川省委直属机关的同志一起北上，终于到达了丹巴县城，这时，原来的四川省委书记傅钟同志又调回总政治部任副主任，他当时就住在红三十一军的军部里。

一天，傅钟同志把我叫去。先是介绍我同红三十一军的军长王树声、政委詹才芳、政治部主任朱良才见了面，然后对我说："中权同志，组织上决定叫你去大金川的独立二师任政委。"

我很激动，深感责任的重大。

傅钟同志接着把情况向我简单说了一下：当时，我红四方面军的主力九军、三十军等部队已越过党岭山，眼下正向着西康的理塘、巴塘、甘孜县前进，准备迎接红二、六军团，然后一起北上，会合党中央。位于川西的我红三十一军等部队为后卫，正与四川军阀部队和蒋介石的李抱冰部形成了对峙，以保障前方部队的胜利进军。

我听到目前北上的形势这么好，真是说不出的高兴。身旁的王军长和朱主任见我兴奋不已，笑着说："年轻人，要沉住气。"

我们都会心地笑了，不过，我觉得脸上火辣辣的，真有些不好意思。1935 年夏，在中国工农红军一、四方面军大会师的影响下，散居在川西的各少数民族先进分子，纷纷响应党的号召，武装起来，反抗国民党的军阀统治。在我地方党的领导和主力红军的帮助下，丹巴的藏族头人马骏，于 1936 年春拉起了一支队伍，被总部授予金川红军独立第二师的番号，并任命了马骏为该师师长，金世柏为副师长。为了巩固、提高这支武装力量，又从一、四方面军抽调了一百多名红军干部到该师任职。眼下，这个师共有两个团，两千多人，多数同志是藏族同胞，一半是骑兵，装备了三百多支步枪，其余是长矛大刀。他们强壮精悍，能骑善射，作战非常勇敢。为了便于开展工作，我们派去的汉族同志，也一律着藏族服装。

接受任务后，我的心情无比激动和欢乐，为我党有了第一支藏族武装而高兴，又为自己将在新环境中担任的角色而担忧。此次之行，非同小可呀！在回去的路上，我一会儿欢乐地跳起来，一会儿又沉思呆视着前方，想象着藏族兄弟的特征、习性……

11 月初的一天，在部队的护送下，我沿大金川北上，到达了独立二师师部所在地——巴旺。

前来迎接我的是一位非常英俊的藏族汉子。那人身材魁梧，体格匀称，英姿勃勃地站在我面前。他穿一领半旧的青缎袍，腰间系着藏蓝色的绸带，袍边和袖口上都镶着宽宽的滚条锦边，在阳光下闪闪耀眼。看上去，他不过三十多岁，脸膛微黑而细润，淡蓝色的大眼睛，透出和蔼诚恳的目光。他看完军部的介绍信，乐滋滋地望着我，然后腰身一躬，深深地给我行了一个藏族礼。

我赶紧照他的样子还了一个藏族礼。

"可把政委盼来了！欢迎你，中权同志。我是马骏。"他操一口谙熟的汉语，显然受过良好的教育。一面迎我进屋，一面吩咐备置酒宴。

接着，我们相互介绍了各自的简况。马师长说："民族有别，不是冤家；敌我之分，才是对头。"他那直爽的性格、开朗的胸怀，深深地打动了我，使我感到，民族问题的历史隔阂是可以通过共同的理想、信念而消除的。我为自己有一个满意的共事者而高兴。

"我父亲是头人（藏名麻孜阿交），又是郎中，今年六十出头了，正天天忙着为我们筹粮……"马师长继续说着。

我临行之前，就听王军长说过，马师长的父亲为我们红军筹集了十多万斤粮食。他为人开朗，向往革命，是个难得的大好人。我赶紧对马师长说："请马师长向令尊转达我的问候，祝他老人家长寿安康。"

马师长又以藏礼相谢。

不一会儿，马师长叫人送来一套崭新的藏族服，并亲自帮我穿戴好。

酒宴过后，马师长叫来几个藏族骑手，给我做骑射表演。有的骑手带两匹马，坐骑不用鞍子，可以从这匹马上跳到另一匹马上，枪也打得很准，我惊叹不已。

第二天，马师长陪我到部队去。每到一处，他都对部队作一次简短的讲话，先说一段藏语，再用汉语重复一遍，他说："要听党的话。党了解全局，党的指示最正确。我们都要遵守这个道理。"他讲话的时候，部队精力非常集中，一双双神采飞扬的眼睛，不时地跟着他的手势转动。看得出，他在部队中有很高的威望，也说明了党的政策在少数民族中扎下了根。

晚上，马师长又和我欢快地聊起来。他说我穿上藏袍，很像藏族人，不过，有些动作还不够自然。说着，就给我做了示范动作。

我问他："藏族的袍子为什么那么长呢？"

马师长笑了："汉人衣服有口袋，藏袍没有口袋，可装的东西比口袋还多。"

我笑问："这是怎么回事？"

他摸了摸腰间扎的宽布带："这腰带一扎，上半身的袍衣就成了一个大口袋，里面可以放衣服、糌粑、盐巴和木碗等。"

"那——下边为什么还拖那么长？"

他又滑稽地朝我笑笑，说了声："看着。"便站起身来，像跳舞一样，身子一转圈，藏袍摆了起来，然后向地上一倒，长长的藏袍将他的身子全盖上了。

"这叫有铺有盖，起卧动作最快。"

听他这么一说，我也照他的样子做了几次，的确如此。不用脱衣和穿衣，不用铺褥和盖被，说走就走，真是一个好方法。

他还给我讲起了藏人的习俗、历史及心理。他说：如果藏族姑娘骑马在前，可不能与姑娘赛起马来，否则就是求爱了。他玩笑似的说："李政委，你可要小心哟。"

我们会心地笑了。

他又说："我们少数民族只有投入祖国的怀抱，才能进步，才能幸福；而祖国只有共产党领导才能走向光明。"他列举了许多事实，听得出，他的信仰是经过长久思考的，否则，不会这么坚定。

后来，我曾问他："你对令尊大人当头人怎么看呢？"

他笑笑说："眼下还得这样，他老人家要是不当头人了，怎么能筹集到那么多粮食呢？红军的事业需要他这么做。"他向我投来征询的目光。我赶紧点了点头。他接着又说："不过，老人绝对听我指挥，只要革命胜利了，他就不做头人了，情愿去做郎中。"

"到那时，人民知道了这一切，要是选你父亲当苏维埃的主席呢？"

"那——他就听人民的指挥呗！"

我听着他的回答，感到心里甜甜的。这是多么好的父与子呀！我深感肩负的责任，一定要建设好这支少数民族的武装。

马师长对金副师长很佩服，他曾对我说："金副师长不愧是鄂豫皖根据地出来的战将，战斗勇敢，组织指挥精明细巧。红军里面人才多呀！"

他还赞扬了天宝同志，那时天宝还用藏名，说桑吉悦希同志年轻英俊，精明强悍。对他很感兴趣。他还赞扬了我军派去的两个团政委，一个姓杜，一个姓卜，都是文武双全的好手。

独二师，就是在这样一位有知识、有气魄、有能力、有教养的师长带领下，完成了一次又一次的重要任务。我和马师长也相处得像一个人一样，欢快而又舒畅。马骏同志不但处处理解我，而且时时将自己"亮"出来，让别人来了解他。人与人相处，再也没有比相互理解更可贵的了。

李中权说："4月的中旬，在一次剿匪战斗中，我的左腿中弹负伤，被送到了红91师的医院治疗。马骏同志闻讯赶来看望我。我对这支部队、对马骏同志产生了深厚的感情，结下了深厚的友谊。"

根据当时的具体情况，对各团作了适当的部署：1团住丹巴县城以西的大桑沟；2团住小巴旺；3团住大巴旺；师部和警卫排原住丹巴县城，为了指挥方便，不久便移住小巴旺背后半山坡上的一个寨子。[*1]

独立师建立起来后，根据上级指示，主要承担了对敌斗争、维护社会治安、为红军筹集粮食和其他物资、开展群众工作等任务。部队还抓紧时间进行军政训练，如练习射击、投弹、列队和构筑工事，学习做群众工作的方法等。

[*1] 李中权：《忆马骏师长》，载中国人民政治协商会议丹巴县委员会编印《丹巴文史资料选辑》第二辑，1989年12月版，第35～37页。

在写作本书的过程中，我有机会多次拜访李中权将军，向他请教，李中权满怀深情地向我讲述了独立师广大指战员在极其艰难的情况下，英勇作战，顽强奋斗的英雄业绩。

李中权说："天宝就是这个时候被派到独立师来的，我任命他为政治部青年部部长，做藏族青年的工作。"老将军称天宝"是一个很能干的年轻人"。

这位"很能干"的青年部长究竟做了哪些工作？天宝说，当时战事紧迫，情况危急，革命需要他们做什么，他们就做什么；需要他们到哪里去，他们就到哪里去。独立师担负全军的警戒，警戒线东西长百多公里，南北宽四五十公里，作为青年部长，他不用值勤、站岗放哨，却要在这广阔的区域里来回跑，跟着师长、政委下连队宣讲政策、传达命令、检查工作。天宝说，那时他参加红军不久，做不了多少工作，但却有机会接触各个部队、各个部门，见到了朱德、刘伯承、徐向前、张国焘、陈昌浩、董振堂、王树声、李先念、洪学智、秦基伟等当时红军的很多高级将领，他们对这个年轻的藏族红军战士很关心、很爱护，这对天宝后来的发展，有很大的影响。

天宝坦率地说，自己参加红军的时候，不认识一个汉字，汉话也说不了几句，入伍几个月，跟着老同志学了一点，马上就派上了用场。那时真是"现炒现卖"，学一点，就用一点，有时说不通，就打手势。李中权说："在同时代的青年当中，天宝是文化学得较好、进步较快的一个，我常带他下连队。"

天宝在政治部，看起来天天跟着首长，事情很多，但最主要的，还是为部队筹集粮草。当时整个丹巴县只有三万多人口，而驻扎在丹巴县境内的红军就有三万多人。此外还有大批骡马、运输队，也需要饲料。到寺院、土司头人家、群众中筹集粮草的任务，就落在天宝这些刚刚参加红军的藏族战士身上。

天宝等人的一个主要任务是翻译，向藏胞宣传党和红军的宗旨、民族平等、民族团结政策和抗日救国的方针。当过小喇嘛（扎巴）的天宝，有着惊人的记忆力，凡是学过用过的话，他大部分都能记住，然后"照本宣科"，向群众宣讲。

1936年春，朱德、刘伯承、张国焘、徐向前、陈昌浩率四方面军主力到康北甘孜、炉霍，将总部设在炉霍。命令董振堂率领红五军（即五军团），还有三十一军的91师和独二团驻守丹巴。丹巴的战略地位更显突出，成为四方面军数万大军的屏障。丹巴与道孚、炉霍、甘孜是一条线，一旦丹巴有个闪失，整个四方面军就暴露在敌人面前，可以长驱直入，无险可守。五军有丰富的作战经验，董振堂是位优秀的指挥员，守卫丹巴的战斗任务，主要由五军承担，独二师积极配合，他们也有自己特殊的作用。经过不断地"扩红"，招收新兵，又把周边一些游击队和地方武装编入独二师。到1936年四五月，独二师的人员发展到了三千人，锻炼成为一支既能打仗，又能做群众工作的部队，在整个红军中和群众中的名声也越来越大。独一师在大金，与独二师没有什么直接联系，因此，无论是红军还是群众，甚至国民党军队，都依然称他们为丹巴藏民独立师。

部队南来北往，行军打仗，还有大量的后方机关和医院留驻丹巴，数万红军所需的粮食供给全靠当地供应。独立师又担负着筹粮任务，动员丹巴各族人民群众节衣缩食，尽全力支援红军。

在红军帮助下，丹巴境内县、区、乡、村各级苏维埃政府相继成立。各级苏维埃政权组成人员主要是当地贫苦百姓，有个别红军干部参加。在县苏维埃政府五名正副主席中，有三名藏族干部，马骏父子就占了两个。藏族干部在苏维埃政府中占多数，初步体现了少数民族当家做主的基本特征。丹巴苏维埃政府在性质上属于"格勒得沙"即藏族人民的苏维埃政权，不再特别强调必须有工人阶级代表参加。金川革命根据地境内各个县的基本情况，也大体相似或相近。

丹巴县格勒得沙政府内部设有粮食、宣传、内务、土地、调解、妇女、少共等部，其主要任务除配合和支援红军作战、为红军筹集粮食物资外，还领导人民开展反对国民党军阀统治、废除封建剥削、进行土地革命、实现民族自决和独立解放的斗争。

在所有这些活动中，丹巴藏民独立师都发挥了重要作用。

第十八章　*最寒冷的冬天*

粮食问题关系到红军的生死存亡

在谈到当时的形势时，徐向前说：

"那年冬季，天气异常寒冷。临近川中盆地的宝兴、天全、芦山，本属温热地区，冬日气候较暖，但却一反往常，下了十多年未遇的大雪。位于大小雪山——折多山和夹金山附近的丹巴、懋功地区，更是漫山皆白，地冻三尺。部队派出筹集粮食、牦牛的人员，大都得了雪盲症，有些同志冻死在雪地里。当地人口稀少，粮食、布匹、棉花无继，兵员扩充有限。敌军重兵压迫，战斗不止。我军处境日趋艰难，广大指战员越来越清楚地认识到，张国焘的南下方针是错误的。"[1]

四方面军远离中央，张国焘另立"中央"；说南下到成都吃大米，大米没有吃上；说回师康区吃糌粑，糌粑也吃不饱。南下时有八万多人，浩浩荡荡而去，损兵折将，回来时只剩下四万多人。广大指战员看不到前途、思想混乱、目标不明、士气低落，是四方面军自成立以来最困难的一个冬天。

两路大军在达维会师后参加红军的藏族战士们，也面临严峻的考验。两军会师，全军上下一片喜气洋洋，斗志昂扬，说是要团结起来，开创革命的新局面，在川、陕、甘地区建立新的革命根据地。那么，国民党反动统治相对薄弱的雪山草地，就将成为新的革命根据地的中心。在这种胜利气氛鼓舞下，这些年轻的藏族青年，踊跃参军。刚刚几个月，红军分家了，转了一大圈，又回到自己的故乡。今后的日子怎么过？要往哪里走？前途在哪里？他们大多数人是参军半年左右的年轻人，面对如此复杂而困

---

[1] 《徐向前回忆录》，解放军出版社 2007 年 8 月版，第 350～351 页。

难的局面，他们感到十分困惑，有人感到沮丧，有人产生怀疑、发生动摇，个别人离队而去。

重返藏区后，战斗任务并不重，如何解决几万大军的吃饭问题，成为红军必须解决的首要任务。

大军云集，需要的粮食、物资要靠当地群众筹集，不可避免地"与民争粮"，反动分子便利用这一机会挑拨离间，造谣破坏，不让藏族同胞与红军合作，因此，红军在群众工作中遇到了极大困难，所控制的区域，实际上只是若干点线，不能成为巩固的后方。

国民党反动派为了堵截红军，在军事上积极调兵遣将，筑碉防守；在政治上对共产党和红军大肆进行造谣诬蔑，什么"红军是霉老二""跟着红军要倒霉""红军走一路、杀一路，杀得鸡犬不留""老的拿来当马骑，小的拿来抛刀"等，妄图以此诋毁党和红军的声誉，破坏党和红军的形象。国民党军队和川军贪生怕死，经受不了高原艰苦的环境，他们进不了雪山草地，便派飞机撒传单、投炸弹。不但从成都、新津起飞，在松潘也修建了一个机场，传单是用汉藏两种文字，在成都翻译印制的。这些传单，对共产党和红军极尽造谣、诬蔑和谩骂。飞机几乎每天都来撒传单，有时还扔炸弹、扫射，一方面制造舆论，诋毁红军，在思想上制造混乱；另一方面，在心理上制造压力，仿佛在告诉广大藏族同胞：我们国民党几十万大军就在周围，很快就会进入藏区，谁要胆敢同共产党、红军合作，帮助他们，"通匪""资匪"，等国军到来时，一定饶不过你们。

由于历代反动统治阶级实行阶级压迫和民族压迫，历史上在藏汉民族之间造成了很深的隔阂，已经给红军增加了在民族地区开展工作的困难，再加之国民党反动派的造谣诬蔑，老百姓更加害怕红军。红军进到各个县城时，街上往往仅剩下几家老百姓，而且大部分都是与汉商和汉族居民有联系的人。

为了发动和争取群众，红军进入各村寨后，一面帮助老百姓生产，一面通过各种形式宣传党的方针政策，宣传抗日救国的主张，解释红军是劫富济贫，保护穷人，帮助穷苦人闹翻身的队伍；同时，在县城张贴"打倒日本帝国主义！""打倒国民狗党！""打倒蒋介石！""打土豪，分田地！"等标语。由于红军认真执行党的民族政策、宗教政策，保护人民的利益和财产，尊重少数民族的风俗习惯，不仅有力地戳穿了反动派的谎言，填平了民族隔阂的鸿沟，而且取得了群众的信任。

张国焘如是说

张国焘在他的回忆录中，也谈到红军在藏区的情况，他说："1935年10月底，我军翻越万年雪山（即大雪山）到达道孚、炉霍、甘孜地区。我军在大金川流域和懋功一带停驻了一个多月，从天全、芦山运进来的粮食已经吃光了。当地的粮食，又因红军在那里先后驻扎了约四个月，已经消耗得差不多了。我们要迁地为'粮'。道孚、炉霍、甘孜是川藏大道上的要镇，人口较多，我们估计那一带的粮食可供我军过冬。而且时已深秋，再不迁移，待到大雪封山，那就无法翻越这座大山了。

"我们选择了由丹巴通道孚的一条捷径，向西进发。翻越大雪山，须费两天的时间，第一天进到山腰雪地边缘露宿，第二天上午，翻过海拔七千米左右的山顶，再下山到了山脚才找着村庄驻足。山顶空气稀薄，通过时呼吸困难，我们都带有生姜一类的强心药品，为临时救急之用。全山白雪皑皑，我们步履稍一不慎，便可能发生雪崩。幸而我们事先做了充分的准备，所以能够顺利通过。"

在谈到民族关系时，张国焘说："藏汉两族间的关系十分恶劣。从清到民国，统治者传统地歧视藏族。那时统治西康的军阀刘文辉，尽量搜刮藏人的钱财。汉人在此经商者，也多用欺诈手段图利。我和一些藏人及喇嘛们谈及这些事，他们大多叙述怎样被汉人撵到山里去的故事。

"藏族的文化较低。藏人一年四季，不分冷暖，总穿着一件油渍的羊皮统子，这件皮统子往往重达三十磅，成了他们日常生活很大的负累。他们虽有自己的文字，但结绳记事的方法还是很普遍，而且文字也极不完备，很多较复杂的概念，就无由表达出来。譬如'团体'这个名词，在他们的文字中就没有。我和他们研究，藏文中只有'一心一意'这个名词，较接近于'团体'这名词的意义。"

张国焘对藏族文化的了解是很肤浅的，有关的表述也是很不准确的。对藏族同胞更没有什么感情，与毛泽东、周恩来、朱德、彭德怀、刘伯承、贺龙等人不同，在藏族地区近二十个月的时间里，基本上没有同藏族同胞直接交往，他没有交一个藏族朋友，就忙着搞内部斗争，争权夺利。

张国焘说："我们既履斯土，就得尽量取得当地人民的谅解和合作。藏族自治政府经过我们的推动，在各地组织起来了，但大多只是一个空名义。藏人始终不完全了解红军，在他们看来，我们是掠夺粮食的可恶汉族，但是我们对他们的态度和蔼，又使他们惊异不解。甘孜的活佛是这个区域的'神'，他曾这样表示对我们的观感：'如果红军处境好一些，不会比刘文辉坏；可是它现在贫困，搜刮超过了刘文辉。'活佛的这句话，适当地描绘出当时我们在那一带的真相。

"我们在西康停留的期间——1935年11月到1936年6月——前线大致没有战争。驻在康定的刘文辉部与我军隔着折多山对峙，相安无事。我军向西伸展到金沙江的左岸，西藏达赖喇嘛属下经英国训练的少数军队则驻防右岸，彼此也从未向对方射击。

蒋介石、刘文辉也曾利用少数藏人，组成游击队向我军骚扰，但这些受蒋介石利用的藏人，往往被藏人视为'藏奸'，没有群众基础，经我军予以打击，也就烟消云散了。其他藏人的零星反抗，我军多数是用政治方法来解决。

"这就是说，国民党反动派利用极少数'藏奸'反对红军，没有群众基础，成不了气候。"[*1]

《中国工农红军长征简史》里说：

"当时红军最大的困难，仍是物资匮乏。时已隆冬，但部队的棉衣尚无着落，战士们把棕树上的棕毛撕下来絮在单衣里御寒，把未经熟制的牛羊皮做背心穿；口粮无着落只好以野菜充饥。由于粮食困难，当时在部队中组织了'牵牛队'，广泛训练捉野牛以及牵牛、杀牛、吃牛的方法。这时，张国焘打算要进入青海，'建立抗日根据地'，'准备宣传品及向西发展的工作计划'。但经过探路，从那里到青海路途遥远又无人烟，是根本不可能的。"[*2]

甘孜是半农半牧地区，哪有什么"野牦牛"，牦牛都是有主人的，放牧在山上，红军极度缺粮，就误以为是"野牦牛"加以捕杀，还要"广泛训练捉野牛以及牵牛、杀牛、吃牛的方法"。在当时迫不得已的情况下，为了红军的生存，发生了不少违反纪律的事。

从1936年1月8日红5师的一个报告中，可以看到当时的困难情况："药品材料现在完全是用中药，现在最缺乏的是解热剂及收疮剂、纱布、棉花，丹巴附近买不到，早已用完，现也感困难。"伤病员"每天一餐馍两餐稀饭，吃的菜是萝卜、酸菜"。"粮食收集三十四万斤，已吃完，现在是现买现吃。""斗笠、脚马子因无材料全未制造。"据有的将领说："我军在懋功、宝兴、天全、芦山等地瘠民贫的县内，兵员、补给都十分困难。在百丈关附近作战的部队稍好些，能吃上粮食。而散布在夹金山南北的后方机关和医院的同志们，则靠野草树叶充饥。有不少的同志，因饥饿、疾病而牺牲。"[*3]

在筹集红军给养时，红军和苏维埃政府采取的办法是：一打（打土豪劣绅），二借（向有粮户借），三换（用银元或烟土），四没收（没收国民党军队溃退时来不及带走的粮食）。

[*1] 参见张国焘著《我的回忆》，东方出版社2004年版，第379～384页。

[*2] 《长征简史》，中共党史出版社1996年8月版，第223页。

[*3] 《长征简史》，中共党史出版社1996年8月版，第219页。

十次翻越夹金山

四方面军南下失利，退回川康地区时，控制了宝兴、芦山、天全等地，这些地区当时对红军来说，非常重要，既可以保持一条到川西平原的通道，又可以拥有一个比较富裕的地方，从汉族地区往藏族地区运送粮食。

南下受阻，张国焘又不想北上与中央红军会合，在川康地区徘徊。当时他还是有一种幻想：一旦四川军阀再次发生混战，或者四川军阀与中央军发生冲突，他便可以得渔翁之利，再次南下，攻打成都。一方面可以使四方面军摆脱当前这种极端困难被动的局面，另一方面也可以证明他张国焘主张南下的方针还是正确的，而毛泽东和中央主张北上的方针是错误的。在这关系到红军生死存亡的严重时刻，张国焘关心的还是他个人的荣辱得失，他视若命根子的是党权和军权。而欲再次南下，保证宝兴、芦山和天全这条通道，就是至关重要的。

胡宗林在回忆当时的情况时说："百丈关战役后，红军从战略进攻转为战略防御，也成为张国焘南下路线失败的重要标志。在没有办法的情况下，张国焘被迫决定撤出川康边界，红军只好再次回到藏区。南下时，四方面军有八万多人，回返时，只有四万多人，其中还有几千新兵。损失是很大的。长征途中，红军遭受重大损失有两次，一次是一方面军的湘江之战，再就是百丈关战役。"

胡宗林接着说："总部命令董振堂率领红五军翻过夹金山，进驻丹巴，但那里是山区，在大渡河边，地广人稀，粮食短缺。据说部队只能靠吃洋芋、包谷和圆根坚持。

"四方面军总经理部，也就是后勤部，建立了两个粮站，一个在宝兴县的硗碛镇，另一个在懋功的达维镇，也就是一、四方面军会师的地方。总部指示三十一军组织运粮队，负责从硗碛镇运到达维，再由别的部队运往丹巴。

"百丈关战役结束，我被调回政治部地方部，上级派我到运粮队当通司。那时已是1935年底，快过年了。上级要求我们把粮食、腊肉和其他生活必需品在年前送到达维，让部队过好年，也就是1936年的春节。"

胡宗林接着说：

当时运粮队很多，因为运输量很大，宝兴、天全、邛崃等汉族地区粮食很多，而藏族地区缺少粮食，上级决定要尽可能多地往藏区运粮。为了不让国民党反动派知道红军的动向，运粮队都用代号，我们三十一军运粮队的代号为"431部队"，意为四方面军三十一军，共有四十七人，分四个排，一个排十个人，共四十人。实际上是四个班，叫排，可能显得大一点，加上队部，队部有队长、协理员，一个号兵，一个文书，加上我这个翻译，另外还有两个战士，共七个人。

政治部保卫部和军法处把犯了错误的干部战士组成"常夫队"，让他们负责运输，或做其他劳役，是一种处罚，相当于后来的劳改队。上级从"常夫队"抽调四十个身体好、表现好的人，参加运粮队，编为四个排。

上级对运粮工作十分重视，要求我们做好充分的思想准备和物质准备。思想准备包括政治动员，讲清形势和任务，做好运粮工作的重要意义。当兵的人都知道"兵马未动，粮草先行"的道理，有了两次过草地、多次过雪山的经历，加上在川康地区往返活动，部队备尝缺粮之难、饿肚子之苦，无须动员，都知道粮食的极端重要性。"常夫队"的人态度也很积极，纷纷表示要"立功赎罪"。

我们运粮，上级规定，一粒大米也不能吃。那时部队的纪律很严。运的是大米，我们自己却只能吃洋芋和包谷。我们政治思想好，准备充分，没有违反纪律。

物质准备做得也很好，队长和协理员事先做了一点调查研究，老乡告诉我们，翻山运输，要"三子俱全"，就是脚夹子，套在脚上防滑；背夹子，用来背东西；拐耙子，当拐杖用，它有两个用处，走路当拐杖，休息时支撑背夹子。后来的实践证明，这"三子"东西虽小，作用很大，在运粮过程中，发挥了重要作用。不少运粮队没有这"三子"，吃了不少苦头，有的战士过雪山、爬冰坡时，脚下打滑，掉进深渊。

爬雪山，还要自己带水。开始我们没有经验，用竹筒装水。到了山上，水结成冰，竹筒胀裂，存不了水。后来当地老乡告诉我们，要用猪尿泡，放一半水，不能装满，放在怀里，保温防冻。带一袋水，简直像照顾婴儿一样。

夹金山在两个粮站之间。一来一回，就要翻两次山。我们共过了五次，就是十次。

在谈到过雪山的艰难时，胡老说：

你们知道，藏族有句谚语："一、二、三，雪封山；四、五、六，雨淋头；七、八、九，正好走；十、冬、腊，学狗爬。"七、八、九，正好走的时候，部队南下到气候温和、物产丰富的川西坝子去了，现在正是大雪封山的季节，一般人在这个季节是绝不会过雪山的，更不敢过夹金山这样高大险峻的雪山。但是，我们恰恰在这个时候组织运粮队，就是要翻越夹金山，因为，山那边有董振堂率领的红五军。上级强调，是整整一个军的部队，他们是中央红军，一定要保障他们的给养。从当时的形势看，敌强我弱，国民党数十万军队正向宝兴一带推进，形成包围态势，蒋介石亲自到成都督战。红军不可能下到川西坝子，更不可能回到川陕根据地。张国焘不愿北上与中央红军会合，想在少数民族地区建立"川康边革命根据地"。朱德、刘伯承等人主张执行中央北上抗日的方针，到陕北与中央红军会合。无论是北上抗日，还是在藏区建立"川康边根据地"，红军都必须占领康北地区，否则就无法突破国民党几十万大军的围追堵截。因此，这关系到红军的生死存亡。上级指示我们要不惜一切代价保障红五军的给养，而且要保证这条运输线畅通。蒋介石、刘湘早就叫嚷要把红军困死、饿死、冻死在地瘠民贫、山险水恶的蛮荒之地。在当时的情况下，从盛产大米的川西平原，到地瘠民贫的康藏高原，夹金山是唯一的通道。上级说：这条运输线，也是红军的生命线。

夹金山终年积雪，我们运粮时，正值隆冬季节，经常下大雪，有时路面积雪有一米多深，十分难走。夹金山上气候多变，刚刚还是晴空万里，大家都为这样难得的好天气而高兴，加快步伐，想早一点翻过山去，忽然一阵风吹来，乌云密布，狂风暴雪扑面而来；一会儿雪过天晴，骄阳似火，猛然间暴发雪崩，让人感到天崩地裂，积雪塌陷，道路阻隔，有时还会连人带牲口跌入万丈深谷。为什么夹金山的气候如此多变，难以掌握？在当时的条件下，人们无法给予科学的解释，当地藏胞有一种说法：夹金山不但是一个护法神，而且是一个无比凶猛的战神，性格异常暴烈，使得夹金山的气候变化无常。笃信佛法的藏族同胞，不敢去冒犯战神，只能虔诚地诵经祈祷，顶礼膜拜。

从部队来说，上级让谁参加运输队，谁就得去，这是命令。但老百姓就不一样了，当地的马帮和商队都不愿去，给高价也不去，说不敢冒犯战神，不能白白去送死。部队领导就找当地头人和寺院协商，连劝说带强迫，高价雇了几个马帮，给的都是现大洋。四方面军在川北根据地打土豪、攻打国民党县城，弄到不少银元和烟土；这次南下，打军阀，攻县城，又缴获不少。即便这样，马帮也不愿去，跑了一两回后，再怎么劝说，给多少大洋都不愿去。我们只好再雇别的马帮。马帮不够，运粮任务又重，上级就抽调部队的牲口参加运输。内地的牲口，不适应高原气候，连牲口也有高山反应，也过不了高山缺氧这一关，往往走到半山腰就走不动了，有的倒毙在路旁。就把东西驮在别的牲口上，有时驮不动，只好连牲口和货物一起丢下。后来大量从当地征用牲口和牦牛，组织牦牛运输队，往返几次，损失很大。但上级说得很清楚，要不惜一切代价，保障供给。

除了爬雪山、运粮食本身遇到的困难，我们还遇到一些麻烦。那些地方有不少土匪武装，经常打冷枪。土匪也没有什么明确的政治目的和政治态度，主要是抢枪抢东西。人少了，如商队、马帮，能抢就抢，见到大部队，他们就跑。

夹金山上有一股土匪，红军的大部队他们不敢碰，见我们赶着牲口、背着东西，像个马帮或是商队，兵不多，东西倒不少，就打我们的主意，在半山腰挡住我们。他们并不乱开枪，更不乱杀人。我们与他们谈判，他们说，他们不会伤害我们，但要买路钱。我们说，没有钱。他们不信，要来搜查。我们说：我们是红军，不能让你们搜身。他们说：没有钱，给枪，给子弹也行。我们说：红军的枪和子弹怎么能随便给人，当官的要批评我们。

他们问：红军是什么人？我说：红军是好人。他们回答说：好什么？把我们的地方都占了，把我们赶到山里来。我便说土话，宣传红军的政策，讲红军的好处，说不是来占他们的地方，而是要北上抗日，是路过此地。让他们不要同红军作对。我的话他们听得懂，他们半信半疑，说：没有钱，枪和子弹也不能给，那就给点东西吧。

我们给了一点盐巴和茶叶。他们嫌少。我说：给多了，我们当官的要杀我的头，这些都是军用物资。他们还是不答应，不让走，协理员让我告诉他们："今天我们就算认识了，交个朋友。这次我们的确带得不多，我们自己还要吃，还要翻过山来，下次一定给你们多带一点。"他们见我们说得很诚恳，不像是在骗他们，就放我们走了。

我们过五次山，给了五次买路钱，上级也是允许的。交往多了，彼此都熟悉了，我们了解到，他们也不是坏人，大部分是贫穷出身，遭到土司头人和国民党军队的欺压，不得已上了山，有点像绿林好汉的样子。我们也做了一点调查，他们不抢老百姓的东西，不欺负穷人。他们向我们要茶叶和盐巴，还给我们烧茶喝，给饼子吃，说吃饱了好爬山。我们留在山上、带不走的东西，他们还保存起来，交给我们。

362

这期间，宝兴兵站、地方部和各运粮队的一个重要工作是熬茶膏。什么叫"茶膏"？怎样熬茶膏？胡宗林解释说：

天全、邛崃、名山和宝兴一带，盛产茶叶，蒙顶山茶，是很有名的花茶，行销全国。藏民主要喝马茶，又叫砖茶。花茶主要是茶尖、嫩茶加工而成，而马茶主要是茶树的叶子发酵而成。古代汉藏民族茶马互市，用内地的茶叶，换藏区的马，所以叫"马茶"，压成砖块，便于运输，叫砖茶。也有不做砖茶，放在麻袋里。在古代，邛崃地区就是一个重要的茶马市场。有人说，吐蕃王朝时期，邛崃是吐蕃部队的后方基地。

几万大军，需求量大，运输也困难，就把茶叶在大铁锅里熬，再把茶叶捞出来，加一点碱，继续熬，让茶汁浓缩、凝固，晒干后，就成了茶膏，到了雪山草地，烧锅开水，放点茶膏，就可以饮用。这是过去马帮想出来的办法，我们就照他们的办法做，效果好得很。在甘孜时，部队从寺院和商家买了大批茶叶，熬茶膏，在过雪山草地时，方便得很，起了很大作用。

1936 年的春节前，我们胜利完成了运粮任务，不但受到军首长的表扬，还受到总部领导的嘉奖，把我们作为榜样，说运输任务完成得好，群众工作做得好，安全工作也做得好，翻越十次夹金山，没有牺牲同志。受处分后派到运粮队的那些同志，表现也很好，上级说他们有"立功赎罪"的表现，大部分送回原部队，有的还当了干部，领导部队继续长征。

硗碛兵站给我们奖励一头大肥猪，犒劳我们。还开展讲评活动。领导说，现在是经理部即后勤部奖励你们，你们回到各自的部队，还要评功授奖。召开颁奖大会时，给我发了一块油布，是白布在桐油里浸泡过，可以防雨。现在看不到这种油布了，当时用处可大了，过草地有块油布，可以遮风避雨，防潮防冻，简直是个宝贝。

胡宗林说："运粮队过了五次夹金山，但参加运粮的民夫、雇来的马帮，是不固定的，有的参加一两次，有的两三次；'常夫队'人员的流动性更大，有时保卫部让他们参加别的工作，有的审查结束，回部队了。从头到尾参加五次运输的人不多。与四方面军的大多数同志一样，我两过夹金山，真正一共翻越是十二次。实事求是地、毫不夸张地讲，在整个红军队伍中，十二次翻越夹金山的，只有少数一些人，我是其中的一个。这是一段十分宝贵、值得永远怀念的经历。"

朱德、刘伯承身处逆境，力挽狂澜

当时，作为红军总司令的朱德和总参谋长的刘伯承，处境也十分艰难。可以说是他们革命生涯中最艰难的日子。

《刘伯承军事生涯》一书中说：

张国焘的一系列分裂活动，遭到了刘伯承、朱德的强烈反对，他俩想方设法加以阻止和抵制。他们三番五次向张国焘提出建议，要求停止南下，还不断向干部做工作，宣传北上的意义。对此，张国焘极为恼火。他派人严密监视两人的行动，尽可能减少两人与外界的接触。由于刘伯承曾经几次面对面地批评过张国焘，张国焘怀恨在心，他几乎停止了刘伯承总参谋长应该行使的一切权力，到最后，连电报都不让看了。

但是，这一切并没有使刘伯承和朱德屈服，他俩仍旧坚持斗争。继在阿坝召开了所谓"川康省委扩大会议"之后，为了打击刘伯承和朱德，张国焘又召开了一次所谓党的活动分子会议，斗争刘伯承和朱德，张国焘亲自作了动员，接着便是一些人吵吵闹闹地发言。刘伯承和朱德并排坐在一起，时而静听，时而进行反驳。

"快说！你们为什么坚持北上？！"

朱德态度从容地说："北上的决议，我是在政治局会议上举过手的。我不反对北上，我拥护北上。我是一个共产党员，我的义务是执行党的决定。"

"别说了！我们现在要南下，你支持不支持？！"

"我支持北上，但你们要南下，我也没办法……"

"别说了！你简直是个老糊涂！"

"你是个老右倾！"

"住嘴！"刘伯承拍案而起，厉声喝道，"你们是在开党的会议，还是审案？！"

会场的矛头一下子转了向，都对准了刘伯承。

"你不用喊，你的罪状也不小！几十万红军，你们总司令、总参谋长都搞到哪里去了？！还想指挥我们，让我们跟你们北上逃跑，我们不上当！"

刘伯承见把大家都吸引了过来，为朱德解了围，心里静了一些。他劝大家说：

"我们北上，是上前线抗日。从全国的形势来看，这样做很有利，怎么能说是逃跑？川康地区各方面的条件都比较差，不利于驻军。而且现在敌人的部队还在那一带没走，如果南下，一定会遇到许多的麻烦，弄不好就会自投罗网，最后还得要北上。"

刘伯承的话似乎打动了一些人，会场斗争的气氛小了一些。张国焘怕冷了场，也怕干部们被刘伯承拉了过去，即宣布散会。

会后不久，部队开始南下。朱德、刘伯承为了挽救张国焘，随军行动。10月5日，部队集结于卓木碉地区。张国焘奸心毕露，召开了秘密会议，公然成立了"临时中央""中央军委"等非法组织。为了遮人耳目，还强行将朱德、刘伯承、董振堂、罗炳辉、邵式平等拉入伪中央，并狂妄地以"中央"的名义致电毛泽东、周恩来等人，"以后不许再冒用中央的名义"，甚至悍然宣布开除毛泽东、周恩来、张闻天等人中央委员的职务。为了进一步欺骗舆论，张国焘又威逼朱德、刘伯承发表反对毛泽东和北上抗日的宣言。朱德再次严词拒绝，明确表示说："北上决议，我是举过手的，我不能反对。过去是这样，现在是这样，将来还是这样，我永远不会当墙头草；过去人们都把朱毛当成是一个人，朱怎么能反毛？你们就是把我劈成两半，也割不断我和毛泽东的关系。"

刘伯承也表示说："中央毛儿盖会议是正确的，北上是正确的，我双手拥护。什么力量也不会使我反对中央的决议！"

朱德和刘伯承的话，激怒了张国焘，也激怒了陈昌浩、黄超等人。陈昌浩谩骂朱德是"老不死""老顽固"。张国焘也几次威胁刘伯承说："不念你是南昌起义的参谋长，我就杀了你！"

刘伯承觉得，曾经反对南昌起义的张国焘，竟然也讲起思念南昌起义的话来，十分可笑。他斩钉截铁地说："你杀了我，我也拥护中央和毛泽东的路线！"

黄超听了刘伯承的话，几次把枪掏了出来，但都被张国焘制止了。张国焘考虑到，这里不光是第四方面军的部队，还有一方面军的五军团和九军团。如果伤害了朱德和刘伯承，弄不好就会引起一场内部血战，这无论对四方面军还是一方面军都是不利的。

实际上，这时留在四方面军中的一方面军的部队，对于朱德和刘伯承的处境，已经开始注意。他们利用各种方法向朱德和刘伯承传递信息，请示该如何做。朱德和刘伯承都明白这些"请示"的意思，他们从整个红军的大局出发，置个人荣辱于度外，告知部队：要看到长远利益，服从现在领导的指挥；要搞好与四方面军部队的团结，不能搞分裂；要少讲空话，多做实际工作；不要鲁莽行事，不作无意义的牺牲……这些指示，使一方面军部队的指战员心明眼亮，在迷雾中看到了光明，从而在受到张国焘的排斥打击和迫害时，能安下心来，埋头工作，没人去做那种冒险的行动，避免了无谓的牺牲，保持了四方面军部队的团结。

在这段时间，刘伯承思想上是十分苦闷的。这种苦闷主要来自对中国革命前途的担心。他时常想，如果没有眼前的这种分裂，会师后的十万红军压向陕甘，革命形势一定会迅速好起来。但是，由于张国焘的分裂，这个局面被破坏了。尤其是眼下自己的处境，简直像是被软禁了一样，一切活动都受到监视和限制。出于对张国焘为人的了解，他也做好了准备，有一次他找到朱德说："看来情况越来越严重，看样子，他们要逮捕人，不知他有没有这个决心？"

朱德苦笑了一下说："人家大权在握，有可能啊。"

刘伯承说："我们生是共产党人，死是共产党的鬼！没什么了不起的。"

"对！"

"你有几支枪？"刘伯承突然严肃地问。

"一支小手枪，两支驳壳枪。你呢？"

"五支。"

说完，两人哈哈大笑。

这虽是两人的玩笑话，但也反映了当时他俩处境的艰难和危险。正如刘伯承后来对人说起的那样："张国焘待我们如同俘虏。我们能脱险出来，是很大的幸运。这一年的生活是很痛苦、很困难的。"

可庆幸的是张国焘一直没敢加害朱德和刘伯承，并且感到有朱德和刘伯承随着部队南下很有好处。因为有这两个过去的四川名将，可以叫他们与川军的旧友进行通融，能减少部队所遇的阻力。

张国焘率军南下，到达天全、芦山一带后，国民党中央军与四川军阀部队，先后调集了八十多个团的兵力向红四方面军进行围攻。两军对峙，连续激战，仗越打越大，四方面军在各方面都陷入十分被动的局面中。广大指战员转战数月，伤亡惨重，特别是百丈关一仗，主力受挫，部队损失很大，使四方面军完全陷入困境。尽管在这段时间里，朱德和刘伯承也参与了指挥，刘伯承还写出了《当前的隘路战斗》一文，教导指战员如何在急河险山中战斗，但最终也没能挽回局面，红军的防线不断被敌人突破。在没有办法的情况下，张国焘被迫决定撤出川康边界，向西北方向的道孚、炉霍、甘孜一带转移。这时，部队已由八万多人减少到四万多人，损失一半。

转移中，朱德和刘伯承随三十一军93师274团行动。他们由宝兴翻夹金山到达丹巴，再由丹巴西进，来到党岭山下。终年积雪不化的党岭山，横跨丹巴、道孚两县的交界处，海拔四千多米。这时正值2月的风雪季节，山上大雪纷飞，风暴不时出现。据报，先头部队不少人被冻倒在雪地或被狂风卷下山涧。274团在党岭山下宿营，一些战士看到这种情况，产生了畏难情绪，加上前一段时间的连战失利，思想很混乱。

刘伯承看到这种情况，心里十分着急。虽然这时他受到张国焘的排斥和打击，已经不担任什么重要职务，但是他仍旧多次向石志本团长和赵炳伦政委建议，要他们抓紧做好过雪山的准备工作和教育工作，并且一有机会就向干部战士们进行正面宣传，坚定大家对前途的信心。

一天傍晚，刘伯承和朱德、石志本等在部队驻地散步，饲养员也跟在后边牵着朱德的红毛大骡子准备去饮水。突然，他们听到旁边有两人在议论：

"你看，那是不是我们周时源团长（274团前任团长）在黑水芦花送给总司令的那匹骡子？"

"像，我看像。"

听到人们议论，朱德和刘伯承走了过去。

朱德说："不错，这匹骡子就是你们周团长送给我的。驮我第一次过了雪山草地，它还要驮我第二次过雪山草地！"

刘伯承插话说："听说你们周团长送这匹骡子给总司令，你们三十一军前任军长余天云为此大骂过周团长。真有这么回事吗？"

一个人回答："有这么回事，周团长和我讲过。"

那还是1935年6月的事情。一、四方面军会师后，朱德在黑水、芦花接见274团营以上干部。周时源看到朱德骑的马又瘦又小，就把自己的红毛大骡子送给了朱德。这事不知怎么被余天云知道了，在一次团以上干部会议上，把周时源责骂和训斥了一顿。后来，由于余天云犯了严重的军阀主义错误，被撤销了军长职务，他本人想不通，在丹巴投江自杀了。

刘伯承望着浓云密布的党岭山，深沉地说："余天云不仅骂你们周团长，在返回阿坝的途中还想打朱总司令呢！是徐向前同志阻拦，他才没敢动手。一个共产党员，必须把党的利益、人民的利益放在第一位，要维护党的统一和红军的团结。如果置党的利益、革命的事业而不顾，光在一个地区、一个单位、一个人的利益圈子里打转转，那就不是一个真正的共产党员，就会像余天云一样，是个利己主义者。"他停了一下，接着对两个红军战士说："我们要做一个对党、对人民忠诚老实，心怀坦白，顾全大局，坚持团结的好党员。你们想一想，若是我们第一次跟随党中央、毛主席过雪山草地不回来，那就不会有面前的这个苦了。"

朱德也在一旁说："是这样，我们应该永远记取这个教训。"

274团翻过雪山，不久便进到道孚县城。这时，中共中央电告四方面军关于红军在陕甘发展的形势和二、六军团即将北进入川的消息。刘伯承听到后，精神振奋，他要求给部队连以上干部讲一讲形势。他讲了陕北的胜利，讲了根据地的发展，讲了抗日民族统一战线，也讲了党中央对红四方面军的关怀。他希望大家振作起来、团结起来，用胜利迎接二、六军团，迎接第二次北上。他的报告，受到广大干部的热烈欢迎，大家满怀胜利的信心，开始了群众工作和迎接二、六军团的准备工作。[1]

"分裂不得人心"

徐向前在谈到当时的形势时说："1936年2月间，蒋介石集中薛岳等部六七个师及川军主力，向我大举进犯。经一周激战，我军被迫撤出天全、芦山。中央来电指出：'育英动身时，曾得斯大林同志同意，主力红军可向西北及北方发展，并不反对靠近苏联。'同时，提出三个行动方案，供四方面军选择：一是北上陕甘；二是就地发展，夺取四川；三是南下与二、六军团取得近距离的会合，向云贵边发展。方面军总部讨论的结果，一致同意北上。

"2月下旬，我们制定了《康（定）道（孚）炉（霍）战役计划》，分兵三路，向道孚、炉霍、甘孜进军，准备在该地区稍加休整补充，即北上陕甘。我军顶风雪，熬饥寒，翻过大雪山脉中段海拔五千多米的折多山，取道孚、炉霍，继占甘孜。至4月上旬，控制了东起丹巴，西至甘孜，南抵瞻化、泰宁，北接草地的大片地区。总部指定由李先念、何长工、李天焕、曾日三等同志组成粮食委员会，负责筹足全军平均每人半月需用的粮食，以备北上。但因当时二、六军团已转战到川黔滇边，拟与四方面军会合。朱德总司令决定，四方面军暂就地休补，待接应二、六军团后一道北上，我

---

[1] 杨国宇、陈斐琴、李鞍明、王伟编：《刘伯承军事生涯》，中国青年出版社1982年7月版，第113～119页。

们都同意。"

李先念、何长工、李天焕、曾日三等同志都是红军的高级将领，责令他们亲自负责筹粮，说明红军高度重视粮食问题。这是关系到红军生死存亡的大事。

徐向前接着说："部队一面发动群众，一面整编训练。整编后的四方面军，辖四军、五军（原五军团与三十三军合编而成）、九军、三十军、三十一军、三十二军及骑兵师、抗日救国军、红军大学等。因南下期间部队损失很大，由八万余人降到四万余人，故整编中砍掉了一些师、团的建制，并尽力精减机关人员，充实连队。地方工作在红军帮助下，甘孜、道孚、丹巴等县，均成立了'波巴依得瓦'政府（藏族人民政府）。根据新的策略路线，注意开展藏族上层人士与喇嘛的统一战线工作。我军与藏民的关系处得比较好，扩大了党和红军的影响，基本保证了筹集物资任务的完成。4 月中旬，我们派四军、三十二军一部南下，歼敌两个多团，占领东、西俄洛，将李抱冰部阻于雅江以东，以策应二、六军团北上。二、六军团即将与我军会师的消息，鼓舞着全军指战员和藏族同胞，赶制慰问品，捐献粮食、牛羊、衣物，准备文娱节目，气氛十分感人。"

四方面军在物资供应方面，遇到极大的困难，与此同时，在政治上，也面临严重局面，是四方面军自建军以来最困难的一个冬天。对张国焘个人来说，更是如此，是他从事革命活动以来最困难、最寒冷的一个冬天。这一个冬天，张国焘的日子最不好过。也许他当时并没有意识到，这个最寒冷的冬天，已经在政治上将张国焘冻僵，离政治上的死亡为期不远了。这是因为，张国焘制造分裂，给党和红军，给藏族人民，给中国革命事业造成严重损失，同时也使自己陷入众叛亲离、孤家寡人的绝境。

徐向前说："分裂不得人心。大敌当前，党的团结和红军的团结，是党和人民的根本利益所在，是一、四方面军广大指战员的迫切要求所在。张国焘愈是公开制造分裂，煽动分裂，广大指战员就愈加渴望团结，珍视团结。红四方面军的不少同志，脑子里都打了问号：'这样做对吗？''符合党章要求吗？''有利于一致对敌吗？'他们虽然不敢公开表示自己的意见，但对'张主席'的盲目崇拜心理，开始怀疑动摇，窃窃私议之风，不可遏止。红一方面军的指战员，不满情绪尤甚。调来四方面军任军参谋长的陈伯钧同志，就曾直接找张国焘谈话，呼吁团结，反对分裂。他是黄埔五期生，参加了毛主席领导的秋收起义，任过红军师长、军团参谋长等职。他秉性刚直、豪爽，敢于坚持原则，陈述己见。红四方面军南下期间，他调红军大学执教，一面培训干部，一面积极支持刘伯承对张国焘的斗争，表现不错。"[1]

陈伯钧，四川达县人，1955 年被评为开国上将。因意见不合，就被张国焘派到学

*1 《徐向前回忆录》，解放军出版社 2007 年 8 月版，第 341 ～ 342 页。

校当一名普通教官，可见张国焘心胸狭窄，不能容人，独断专行。

徐向前又说："张国焘虽挂起了分裂党的伪中央招牌，但一直不敢对外公开宣布。据我观察，他是做贼心虚，骑虎难下。

"张国焘的'中央'，完全是自封的，并不合法。既未按党规党纪，经民主选举产生，又未向共产国际报告，得到批准。那时，中国共产党是隶属共产国际的支部之一，一切重大问题的决定，必须经共产国际认可，方能生效。张国焘是老资格的政治局委员，当然更明白这一点。他深怕公开打出另立'中央'的旗号后，一旦被斯大林和共产国际否决，局面将不堪收拾。特别是王明、博古等人，都是共产国际的'宠儿'，斯大林绝不会轻易否定他们。张国焘对此颇有顾虑，要给自己留条退路，便不敢把事情做得太绝。"

徐向前强调指出："朱德同志坚决反对另立'中央'，对张国焘也起了有力的制约作用。朱德总司令在党和红军中的巨大声望，人所共知。也只有他，才能同张国焘平起平坐，使之不敢为所欲为。自从张国焘另立'中央'起，朱德同志就和他唱对台戏。他同张国焘的斗争，绝不像'左'倾教条主义者那样，牙齿露得越长越好，而是心平气和，以理服人，一只手讲斗争，一只手讲团结。我去红军总部汇报工作时，曾不止一次地见过他同张国焘谈论另立'中央'的问题。他总是耐心规劝张国焘，说你这个'中央'不是中央，你要服从党中央的领导，不能另起炉灶，闹独立性。张国焘就劝朱德同志出面，帮他做党中央的工作，要中央承认他的'中央'是合法的，是全党的唯一领导。俩人的意见针锋相对，谁也说不服谁，但又不妨碍商量其他问题。张国焘理不直、气不壮、矮一截子，拿朱老总没办法。朱总司令的地位和分量，张国焘是掂量过的。没有朱德的支持，他的'中央'也好，'军委'也好，都成不了气候。张国焘是个老机会主义者，没有一定的原则，没有一定的方向。办起事来忽'左'忽右。前脚迈出一步，后脚说不定就打哆嗦。朱总司令看透了他，一直在警告他、开导他、制约他。因而张国焘心里老是打鼓，不敢走得更远。"

徐向前元帅的这些话，第一次是在1985年出版的回忆录《历史的回顾》里讲的；2007年修订再版的《徐向前回忆录》里再次讲到这个问题。一、四方面军会师后，分成两路北上，毛泽东、周恩来、徐向前率右路军北上，朱德、刘伯承、张国焘率左路军，到了噶曲河后，违抗中央指示，率部南下，致使红军队伍造成严重分裂。这期间，朱德、刘伯承的政治态度，他们两位与张国焘的关系、对毛泽东的态度，在党内、军内一直有不同意见，甚至发生分歧和争论。一部分人认为，这期间朱德、刘伯承犯了"严重的右倾机会主义错误"，"不敢与张国焘的分裂活动作斗争"，如果他们"立场坚定""旗帜鲜明"，就可以率领左路军，跟毛主席一同北上。到了"文化大革命"时期，有人竟然诬蔑朱德是"老右倾""大军阀"，"与张国焘同流合污"，"反对毛主席革命路线"，先是在中南海贴大字报，后来违背中央规定，将"打倒朱德"的大字报贴到北京各大专院校，贴到天安门广场，一时间闹得沸沸扬扬。1967 年夏天，在中南海公开批斗刘少奇，在北京工人体育场召开十万人大会批斗彭德怀的刺激下，有人要公开批斗朱德，周恩来总理苦口婆心地劝说，态度严厉地制止，都无法阻挡。最后反映到毛主席那里，毛主席作出明确指示，大意是说："朱毛朱毛"，连蒋介石都知道。"朱毛"是不能分的，朱老总有问题，也有我毛泽东一份。你们要批斗朱德，我这个毛泽东也要来陪斗。毛主席一席话，使那些"革命左派"再也不敢张狂。

徐向前是当事人和历史见证人。十一届三中全会之后，拨乱反正，恢复了党的"实事求是"的传统，将有关情况讲清楚，给历史一个交代。

徐向前接着说："南下以来，我一直支持朱总司令的意见，几次劝张国焘放弃第二'中央'，但他就是不听。我毫无办法，心里很不痛快，常常借口军事工作忙或身体不适，不去参加总部的会议。有段插曲，我印象很深。百丈关战斗后，我们前敌指挥部收到党中央发来的一份电报，说中央红军在陕北打了个大胜仗，全歼敌军一个师。这就是直罗镇战役。我很高兴，拿着电报去找张国焘。我说：中央红军打了大胜仗，咱们出个捷报，发给部队，鼓舞鼓舞士气吧！张国焘态度很冷淡，说：消灭敌人一个师有什么了不起，用不着宣传。我碰了一鼻子灰，转身就走。心想：这个人真不地道，连兄弟部队打胜仗的消息，都不让下面知道。可是，没过几天，张国焘又准许在小报上登出了这条消息。从这个小小的侧面，也能反映出他那种七上八下的心理状态。消息传开，中央红军北上的胜利与我军南下的碰壁，成了鲜明对比。张国焘散布的中央'率孤军北上，不拖死也会冻死''至多剩下几个中央委员到得陕北'的谬论，不攻自破。不少同志窃窃私议：'还是中央的北上方针对头'，'南下没有出路'，'我们也该北上才对'。全军要求北上的呼声日渐高涨起来。

"张国焘上不着天，下不着地，心里着慌。特别是张浩来电，传达共产国际的指示，肯定中央北进路线是正确的，高度评价中央红军的英勇长征，这对张国焘的分裂主义，无疑是当头一棒。这个时候，陈昌浩也转变了态度，表示服从共产国际的决定。孤家寡人的张国焘，被迫'急谋党内统一'。朱总司令和大家趁机做他的工作。我们还是老主意：取消这边的'中央'，其他分歧意见，待日后坐下来慢慢解决。为了给张国焘一个台阶下，有同志提出，这边可组成西南局，直属共产国际中共代表团领导，暂与陕北党中央发生横的关系。这个过渡性的办法，大家认为比较合适，张国焘能够接受。经与中央协商，中央表示同意。"[1]

---

[1] 《徐向前回忆录》，解放军出版社 2007 年 8 月版，第 351～353 页。

第十九章　红军来到迪庆高原

二、六军团开始长征

由二、六军团组成的红二方面军的长征，是整个长征的一个重要组成部分，在贺龙、任弼时、关向应、萧克、王震等同志的指挥下，基本上沿着中央红军长征的方向和道路，进行了一次胜利的长途远征。他们于 1935 年 11 月 19 日自湘鄂川黔革命根据地出发，1936 年 10 月 19 日到达陕甘宁革命根据地结束，纵横湖南、湖北、贵州、云南、西康、四川、甘肃、宁夏、陕西 9 个省，历时 360 天，行程 1.6 万里。

在红二方面军长征前的 1934 年 10 月，由任弼时领导的红六军团和由贺龙领导的红二军团在川黔地区会合后，组成红二、六军团总指挥部。为了钳制湖南的敌人，策应中央红军的战略转移，红二、六军团向湘鄂边区的敌人展开了强大攻势。从 11 月初到 12 月份，接连攻占了永顺、大庸、桑植三县。1935 年初，红二、六军团根据中央的指示，组成了中共中央革命军事委员会湘鄂川黔军委分会，贺龙任主席，任弼时、关向应、萧克、王震等任委员，彻底纠正了夏曦在湘鄂西推行的"左"倾机会主义路线，使革命武装力量和根据地得到了很大发展。

红二、六军团和湘鄂川黔革命根据地的迅速发展，使湖南军阀何键惶恐不安，即电蒋介石告急。蒋介石集中二十万军队，组成东、西、南、北四路纵队，采用经济封锁，筑堡推进的政策，向湘鄂川黔革命根据地大举"围剿"。这时，遵义会议成功召开，中革军委为粉碎敌人对湘鄂川黔根据地的"围剿"，于 1935 年 2 月及时地发出了一份十分重要的电报，指示二、六军团集中红军主力，选择敌人弱点，不失时机地在运动中各个击破敌人；在斗争确实不利时，主力可以突破敌人封锁线，向川黔广大地区活动。贺龙根据中央指示精神，统率二、六军团，从 1935 年初到 8 月的半年期间，连续作战三十多次，取得了陈家河、桃子溪、板栗园以及忠堡等战斗、战役的重大胜利，打退了敌人的进攻，打乱了敌军对中央红军围追堵截的部署。这一时期的战斗打得有声有色，取得了重大胜利。

红二、六军团经过半年多的艰苦奋战，虽然打了许多胜仗，却仍不能完全粉碎敌人的重兵"围剿"。为了调动敌人，补充兵员物资，贺龙向军委分会提出：应抓住敌人原"围剿"已被粉碎，新"围剿"尚未到来的有利时机，集中主力向敌侧后出击。大家赞成贺龙的意见，8月28日先后占领了湘西重镇津市、澧州和石门、临澧，并在澧州以北消灭了敌樊松甫纵队一部，随即在津、澧扩兵、筹款，使兵员、物资得到了补充。当敌东路纵队李觉等部慌忙东调时，他们已向桑植地区撤退。

1935年10月，经过二万五千里长征的中央红军胜利到达陕北后，蒋介石对湘鄂川黔根据地又开始了新的更大规模的"围剿"。动用了一百三十个团的兵力，从四面筑堡推进，企图逼红二、六军团困在龙山、桑植、永顺的狭小地区内，进行有利于国民党军的战役决战。这时又接到中央两次来电，要二、六军团仍然留在原有苏区附近。贺龙和军委分会其他同志根据中央2月的电报指示及当前的敌我态势，对战略方针进行了多次研究，认为眼前十多倍于我的敌人不断逼近，根据地日益缩小，部队给养也很困难，固守根据地已不可能；在敌人包围线外原有苏区的地理条件也不利于我军主力活动。于是决定向贵州的石阡、镇远、黄平方向转移，并决定在突破敌人封锁线后，先在湘中之雪峰山东、西两侧作战役展开，而后的行动视情况而定。军委分会最后确定根据中央二月电示的精神，向南突围，相机建立新的根据地。11月19日开始突围，红二方面军的长征实际上从此开始了。

二、六军团冲出重围上高原

贺龙选择的突围时间和突围地点，是一个具有卓越的军事思想和远见的战役行动。突围时间过早了，红军得不到时间进行必要的休整和思想动员与物质准备；过迟了，敌人可能调整部署，使红军丧失主动。若向西南突围，没有江河阻隔，又是以前的游击区，行军作战条件较好。但这个地区都是贫瘠的山区，补充人力、物力较困难。同时敌人预料红军会从西南突围，在这一带防范甚严。向东南突围，地方富庶，补充人力、物力较为容易。但敌人李觉、樊松甫两个纵队依据澧水、沅江，虎视眈眈，正等待着红军。权衡利弊，贺龙还是决定向东南突围。贺龙把突围时间选在红军进攻津、澧后，敌人被打乱的部署尚未重新调整，而红军又在桑植附近做好了突围准备的时候。由于许多战士是当地群众的子弟，部队要走，老百姓依依难舍，红军又向群众做了许多工作。同时根据贺龙的指示将地方独立团编为 5 师、16 师，使主力部队增加到 1.7 万多人，并派出 18 师担任掩护主力行动的任务，向西佯动，到敌人力量薄弱的龙山地区积极活动，使敌人看不出红军要离开根据地和向东南突围的意图。

11 月 19 日主力出发，先以一部突破了大庸城东南的碉堡线，打垮了援敌一个营，摆出一副要打大庸的架势，而主力却从大庸东边强渡澧水。等敌人发现红军并非进攻大庸，即派飞机轰炸、扫射，派部队堵截，妄图阻挡红军前进时，红军主力已全部渡过澧水。红军又以神速行动占领洞庭溪，跨过了沅江。至此，敌人据为天险的澧、沅二水，都被二、六军团突破了。

二、六军团立即按预定计划实行战役展开。六军团迅速渡过资水，占领了雪峰山以东的新化、蓝田和锡矿山。二军团占领了雪峰山以西的辰溪、溆浦和浦市，控制了湘中广大地区。这时，贺龙命令部队在这些地区广泛宣传党的政策，动员群众打土豪，分财物，参加红军，七天中，六军团就扩兵一千多名，二军团也成立了新兵团。红军进入湘中，对长沙威胁甚大，弄得敌人心惊胆战，慌忙将"围剿"改为"追剿"。湘中的土豪、富户也惶惶不可终日，埋怨对苏区进攻推得太远，以致后方空虚。事实证明，贺龙选择的突围时机和突围地点是完全正确的。贺龙声东击西，使敌人疲于奔命。湘中工农群众纷纷参加革命活动，红军人力、物力都得到了补充，部队士气大为高涨。红军原想以溆浦为中心建立根据地，但部队稍事休整，跟在红军屁股后面之敌李觉、陶广、郭汝栋等追击部队就赶到了。红军即向南转移，并在武冈地区的瓦屋塘和晃县地区的便水两次作战，消灭敌追击部队千余人，并击退了敌阻击部队，进入贵州，占领了石阡。这时，担任掩护任务的红 18 师，经过两个月辗转行军，也按预定计划到达这里与主力会合了。部队又经余庆、瓮安、修文、渡鸭池河，以迅雷不及掩耳之势，进占黔西、大定、毕节三县，消灭了堵截的敌人。

黔、大、毕三县地处云南、贵州、四川三省交界，高山险峻，道路崎岖。加上"天高皇帝远"，国民党统治也比较薄弱。1935 年年初，中央红军经过这里，曾播下革命的种子。因此部队一到这里，就较顺利地展开了轰轰烈烈的群众工作。县城四处，贴满了标语，打土豪，分财物，穷人抬起了头。宣传队、扩红队、工作队积极活动，建立群众武装，组织群众团体，闹得十分红火。老百姓兴奋地说：真是闹红了一角天呀！许多同志都想在这里落脚生根，建立新的根据地。但只有半个多月时间，以顾祝同为总指挥的十几万敌军，妄图协同云南、广西军阀，围歼红军于乌蒙山、金沙江之间。红军只好恋恋不舍地离开黔、大、毕，继续前进。由于敌人的围追堵截，红军几次想建立根据地的想法都未能实现，贺龙幽默地说："我们的根据地还是在我们这双脚板上！"

红军退出黔、大、毕后，在威宁、水城、宣威之间，用"盘旋打圈子"的战术，扔掉了尾追的敌人，进占了盘县。从盘县出发的前一天，贺龙指示先头部队向兴义走，相机建立新根据地。第二天天没亮，李达参谋长对先头部队负责人说："行动方向改变了。中央指示我们沿一方面军长征的路线，渡金沙江，去甘孜会合四方面军。"

在红军进占盘县后，敌人便一窝蜂似的向东扑来。而红军却掉头向西，进入云南，经宣威、沾益、马龙、寻甸到了普渡河。在普渡河，遭到云南军阀龙云率全部滇军的阻击，展开了激烈的战斗。这时，贺龙又指挥部队连夜行军，直逼昆明。敌人生怕红军进攻昆明，端了他们的老窝，慌忙把滇军主力调回昆明。而红军采用"虚晃一枪，回马便走"的战术，转而向西攻占富民，把滇军主力扔在屁股后面了。红军又继续向西挺进，敌人害怕红军进攻下关、大理，又连忙调兵去防守。蒋介石也把他的中央大军调来增援，并亲自坐上飞机在空中督战。龙云也派飞机侦察、轰炸，妄想在金沙江、澜沧江之间把红二、六军团一口吞掉。贺龙用"调虎离山""避实就虚"的战法，牵着敌人的鼻子团团乱转，使敌十几万大军疲于奔命，而红军在滇中却如入无人之境。

鹤庆、宾川、祥云三个县都隶属于大理地区，也是一个多民族聚居的地区。这里气候适宜，土地肥沃，物产丰富，历史悠久。早在一千多年前，这里就建立了南诏国和大理国，一度成为云南的政治经济中心。1936年4月21日，红二、六军团抵达鹤庆，当先头部队到达县城时，恰逢生前曾任清军提督、民国陆军上将的丁槐出殡，他们做梦也没有想到红军来得这么快。红军的突然出现让县太爷及送葬队伍霎时成鸟兽散，因此红军不费一枪一弹就占领了县城，缴获了不少枪支弹药，还有一些青年参加了红军。

红二、六军团接着进入宾川境内，红军的前卫12团在县城南的南熏桥一带、红14团在北门都曾与敌人有过激烈的战斗。红军很快占领了宾川县城，毙伤、俘获敌人六百余人，但红军也有百余人伤亡。

这是一座老式的拱形石桥，上面建有木质桥廊，因年代久远，木质的颜色已经发黑，多年的泥土淤积，小河早已没了流水，干涸的河床中长满了杂草。1985年5月，当年指挥南熏桥战斗的老团长，原成都军区副司令员黄新廷将军旧地重游时，曾向当地干部详细回顾了这场战斗的经过。他指着南熏桥附近一座旧物尚存的碉楼说，当年红军曾经攻打过这座碉楼，黄老竟然准确地说出碉楼有几个射击孔，一数丝毫不差，令乡政府那些年轻的干部惊讶不已。的确，这些身经百战的老将军，虽然年事已高，但他们对过去亲身参加过的战斗经历却总能记忆犹新。现在年轻的一辈人也许已经难以理解，在这些战斗中，有他们胜利的喜悦和失利的教训，更有让他们深深怀念的战友情谊和他们永远不能忘记的烈士们流下的鲜血。

红军在宾川只停留了五天，有二百七十多人参加了红军，至今县里还有不少红军时期的文物和标语。

为了避免敌机轰炸，红军分兵两路，夜间行军，白天休息。不管距离多远，一天攻取一座县城，打得敌人闻风丧胆，草木皆兵。有的县太爷听说红军快到了，早早就卷起细软财物跑了。

1936 年 4 月 24 日，红二、六军团占领丽江，贺龙即命令红 4 师师长卢东生亲自带领黄新廷的红 12 团作为先头部队，急行军直奔石鼓镇渡口。

红军在石鼓镇渡过金沙江

丽江位于玉龙雪山脚下，是一个风景秀丽的山城，纳西族人民聚居的地方。新中国成立后，建立丽江纳西族自治县，是一个由纳西、汉、彝、傈僳、白、普米、傣、苗、藏、回等二十多个民族聚居的地区，属丽江市管辖。丽江古城被联合国批准为世界文化遗产。在城内就可以看见海拔 5596 米的玉龙雪山，山上的积雪终年不化。现在可以乘缆车直到峰顶观光游览，在玉龙雪山峰顶，周围群山和丽江古城就可以尽收眼底。

丽江古城作为历史文化名城，城市的新、旧两个区域承担着不同的功能。古城的街道、房屋完全保留了历史旧貌，这里曾是通往西藏的茶马古道的要冲。丽江市充分利用其原始风貌的旅游资源，一切为旅游服务。店铺、饭馆装修都极具民族风情，尽量返璞归真。旧城中心每天都有穿着民族服装的群众载歌载舞，到了晚上还有篝火舞会，各地来的游客也一起笙歌欢舞。丽江古城以自己独有的民族特色吸引了来自全国及世界的游客，让古城焕发了勃勃生机和新的活力。

但是，七十六年前，丽江地区一片萧条，民不聊生，各族人民生活在苦难之中。二、六军团在贺龙率领下，来到这里，渡过金沙江，走向雪山草地。

石鼓镇在丽江城以西三十多公里，因镇上的寺庙里有一巨型石鼓而得名。渡口对岸群峰叠嶂，地势险要。金沙江的上游是通天河，通天河是万里长江的发源地。本来江水是由北向南，流到石鼓镇后，突然一个 U 字形转弯，河水向东北方向回流二百余公里，形成著名的"长江第一弯"。左右两侧，是绵延数百公里的玉龙雪山与云岭山脉，山高涧深，因此，石鼓自古以来就是北进藏区、南出滇西的唯一通道。1253 年，忽必烈"革囊渡江"，南征大理，给石鼓留下了千古流传的佳话。

蒋介石得知红二、红六军团在石鼓渡江的情报后，一面命令空军出动飞机，到石鼓一带沿江轰炸；一面命令地面部队全速追击。滇军孙渡奉命率四个旅向丽江尾追，原来向鹤庆包抄的刘正富旅向石鼓迫近，李觉纵队沿滇西大道向大理、邓川一线急追。

强敌压来，时间就是胜利。红二、红六军团从4月25日开始抢渡金沙江。当时，红二军团第4师第12团担任前卫，团长黄新廷到达江边时，看到民团首领汪学鼎已将渡船全部撤到北岸，将民团散布在北岸一带山上，只在渡口的海洛塘一处找到一只未来得及撤走的木船。于是决定由他率一个加强班，利用这条木船到上游木瓜寨渡口先行渡江，占领对岸滩头，寻找船只，勘察渡口，为大部队过江创造条件。

随后，他们又在松坪子找到一条木船，分出一部分部队在离木瓜寨三公里的木取独渡口过江。经过一夜奋战，全团于4月25日全部渡江，无一伤亡。26日，又征得几条木船和若干木筏，在木瓜寨、木取独、士可、格子四个渡口同时渡江，军团部和第4师全部，第5、第6师一部顺利过江。27日，又扩大了巨甸余化达渡口。这样，就在石鼓以上六十公里的地段，从五个渡口，用七条木船同时抢渡，形成了渡江高潮。至28日，两个军团的主力大部渡江。为了跟敌人抢时间，有水性的同志拉着骡马的尾巴游过了江，还有的抱着木头，拖在船后过了江。

红六军团第16师是28日从巨甸渡江的，他们成功地将一百多匹骡马带过了江。师长周仁杰后来回忆说：

"组织骡马渡江是我最担心的事。为了解决好这一问题，我亲自组织后勤干部、驭手进行骡马泅渡的适应性操练……此后，我又召集师运输队、各营、团的驭手，现场研究、传授骡马泅渡的要领和注意事项，让他们充分了解骡马泅渡的程序，切忌蛮干和瞎指挥，宣布了泅渡纪律。

"全师的一百多匹骡马是分几批渡江的，每批之间还有半小时间隔，以避免在岸边拥堵而发生混乱，对于调皮的骡马，还要设法制服它。骡马泅渡完，即使是较有经验的驭手，也累得筋疲力尽。这些湘西、黔、滇产的骡马是我们的亲密伙伴，它们运载能力较强，行走灵活，善于爬山越岭，在长征中，特别是过雪山草地时发挥了很大作用。"[1]

这样，短短的四天时间里，红二、六军团1.8万余人及数百匹骡马，全部渡过金沙江天堑，创造了一大奇迹。[2]

经过三昼夜摆渡，当滇军刘正富旅赶到石鼓镇的当天，红军已全部渡过金沙江。

---

[1] 周仁杰：《抢渡金沙江》，载《红六军团征战记》（下），解放军出版社1994年版，第329～330页。

[2] 中共中央党史研究室第一研究部编著：《红军长征史》，中共党史出版社2006年3月版，第380～381页。

在蒋介石、龙云严厉督促下，中央军和滇军急速追赶。当他们来到金沙江边时，红军早已过了江，他们在江边看到红军刻在岩石上的大幅标语："吓死川军，拖死滇军，气死中央军，英雄是红军！""来时接到宣威地，走时送到石鼓镇。费心，费心！请回，请回！"敌人看到这些标语，哭笑不得，只好隔江胡乱放一阵枪了事。

总指挥部在渡过金沙江后，贺龙、任弼时、关向应联名向朱德、张国焘发了电报："我两军团，本日已安全渡过金沙江……明29日向中甸前进。"

红二、红六军团顺利渡过金沙江，朱德、张国焘发来贺电："金沙既渡，会合有期，捷报传来，全军欢跃；谨向横扫湘、黔、滇，万里转战的我二、六军团致以热烈的祝贺和革命的敬礼！"[1]

渡江胜利结束后，红六军团军团长萧克兴奋之余，欣然命笔，赋诗《北过金沙江》一首，形象地概括了红二、红六军团长征过云南的光辉历程：

> 盘江三月熣烽飙，铁马西驰调敌忙。
> 炮火横飞普渡水，红旗直指金沙江。
> 后闻金鼓诚为虑，前得轻舟喜欲狂。
> 遥望玉龙舒鳞甲，会师康藏向北方。[2]

为了策应红二、红六军团抢渡金沙江，张国焘、朱德于4月20日致电徐向前、王树声，指出"应以足够兵力扼住雅江要点，确实保障瞻（即瞻化，今新龙）、理（即理化，今理塘）、乡（即定乡，今乡城）交通"，准备迎接红二、六军团。于是，徐向前、王树声即派红四方面军第三十二军和第四军一部，由道孚南下，进占雅江、理化，有力地配合了红二、红六军团的渡江北上。[3]

到迪庆高原

云南省迪庆藏族自治州位于云南省西北部，邻接四川省，在青藏高原南缘，横断山脉腹地，是滇、川、藏三省区交会处，也是举世闻名的"三江并流"风景区腹地。总面积11613平方公里，总人口15.41万人。

---

[1] 转引自《朱德传》，第373页。
[2] 转引自丽江著《石鼓渡江》，载《红六军团征战记》（下），解放军出版社1994年版，第336页。
[3] 中共中央党史研究室第一研究部编著：《红军长征史》，中共党史出版社2006年3月版，第382页。

香格里拉县是州政府所在地，原名迪庆县。"迪庆"藏语意为"吉祥如意的地方"，是世人寻觅已久的世外桃源——"香格里拉"。

香格里拉县东与四川省稻城、木里二县接壤；西、南与丽江县、维西县隔金沙江相望；北与德钦县一衣带水。

境内雪山耸峙，草原广袤，河谷深切。海拔在四千米以上的雪山有巴拉更宗雪山、浪都雪山、哈巴雪山等，山山气势磅礴，姿态万千。"高山急峡雷霆斗，枯木苍藤日月昏"，虎跳峡以其磅礴的气势吸引着中外游人；"一线中分天作堑，两山峡斗石为门"，苍凉的茶马古道上的许多石门关及滇西奇观的色仓大裂谷都以其绝妙的景致向游人敞开怀抱。

在雪山深处，在草原的腹地，林海中的碧塔海、属都湖、纳帕海等无数清幽宁静深邃神秘的高山湖泊呼唤人们去撩开她们美丽的面纱。这些湖泊全都清冽纯净，植被完整，未受过任何污染。

中国最大的华泉台地——白水台及下给温泉、天生桥温泉、上桥头温泉等组成一幅名泉流溪图。

长江第一湾在这里，垂柳和稻香氤氲，小桥流水人家铺陈着一派江南田园风光；云南最广阔的牧区在这里，草原千里，牛羊成群，牧歌起处，风情醉人。

香格里拉县境内兼有亚热带、温、寒三种气候。境内金沙江河谷一带气候干燥炎热，而大小雪山为寒、温带高山气候。当地民谚说：山高十丈，大不一样；一山有四季，十里不同天。

宗教文化是这里最富有魅力的文化之一，藏传佛教文化深深影响着藏族人民生活的各个方面。

群山蕴宝，众水流金，香格里拉县是有名的森林王国，木材蕴藏量在1亿立方米以上，森林覆盖率为36.4%，这里出产的云杉、冷杉等木材木质细腻、粗壮笔直，还有红豆杉、榧木等珍贵木材。在原始森林中栖息着数不胜数的珍禽异兽，如金丝猴、小熊猫、野熊、黑麝、金钱豹、白鹇等。香格里拉县出产大量名贵中药材如：冬虫夏草、贝母、雪上一枝蒿、珠子参等数百种。香格里拉县还有众多的名贵观赏植物，如墨兰、雪莲、报春、百合等数百种。此外食用菌类丰富，木耳、鸡枞、羊肚菌等储量惊人，香格里拉县成立了松茸及其他野生菌类交易市场，以规范对大宗野生菌类的市场交易。

七十五年前，红军来到这片美丽而又神奇的地方。红军自然没有时间、没有心情领略这里神秘诱人的景色。

红二、红六军团渡过金沙江后，便沿着金沙江东岸往北走，至格鲁湾开始翻越玉龙雪山。

玉龙雪山是横断山中段的一个支脉，海拔 5596 米，山上空气稀薄，积雪终年不化，并且山高谷深，素有"关山险阻，羊肠百转"之说。红军到滇西北的中甸地区，必须翻越这座雪山，别无他路可走。[1]

红军在山下做了充分的物质准备。师以上的侦察部门都请了通晓藏汉语的翻译，请藏民给部队讲了过雪山要注意的事情。藏民还卖给部队一批牦牛。为了御寒，部队还准备了辣椒水。贺龙总指挥亲自给部队作了过雪山的动员报告，他说："现在情况变了，我们面前的敌人是雪山。我们要发扬团结友爱、互相帮助的精神，像同敌人作斗争一样，向大自然斗争，翻过雪山去！"

雪山下，高大的树木成林；到了山腰，就只有低矮的灌木了；到山上，连一点动植物都没有，到处是终年不化的积雪。由于日晒，表面的雪化了后又冻成一层冰壳，而下面往往是很深的大雪坑，人一掉下去就再也爬不出来了。雪的反光，又把人映得头晕目眩。走累了还不能坐，一坐下来就别想再起来了。国民党李抱冰部为了阻击红军，从打箭炉派了一个营翻过雪山，结果死了一半人才到了巴安。今天，要翻雪山的是红军。有的同志走累了，别的同志架着他走；有的同志眼睛被雪光映花了，别的同志拉着走；红旗引着路，鼓动的口号此呼彼应。这样，战士们团结一致，互相帮助，胜利地翻过了雪山。

接着翻越了终年积雪、海拔超过五千米的哈巴和雅哈两座雪山。当时正值农历三月下旬，山上狂风呼啸、大雪纷飞，战士们踏着一两尺厚的积雪前进。红二、六军团长征途中从金沙江谷地到茫茫雪山，一下子上升了几个台阶，跨越了几个季节。红军指战员们大多来自江南，水土、气候很不适应，加之高寒缺氧，有数百名战士在征途中献出了宝贵的生命。

迪庆是红二、六军团路过的第一个藏民地区。七十五年前的中甸，不过是一座只有三百户人家的高原小城。红二、六军团到达中甸后，总指挥部就设在中心镇（独克宗）公堂，这里也被称为藏经楼。在正殿侧面的一座房子里设立了中华苏维埃人民共和国中央军事委员会湘鄂川黔分会——中甸城军分会。红二、六军团在这里休整了十九天。

贺龙拜访松赞林寺

中甸地区主要居民是藏族，历史上曾包括在康区的范围内，其政教势力与康区联

*1 中共中央党史研究室第一研究部编著：《红军长征史》，中共党史出版社 2006 年 3 月版，第 382～383 页。

系密切，社会发展状况与康南藏区相同，这里聚居着藏、汉同胞。金碧辉煌的喇嘛寺，十分雄伟。红军一到中甸，贺龙就召集干部会。贺总说，这里是少数民族地区，我们一定要了解少数民族的风俗，尊重他们的风俗。他命令部队，没有房子住也绝不允许住喇嘛寺。起先，藏族同胞受国民党反动派宣传影响，对红军的到来疑虑重重。

中甸最大的一座寺院，叫松赞林寺，清朝时改为"归化寺"，意为要归顺朝廷、教化番邦。松赞林寺是云南最大的一座喇嘛寺，也是中甸的统治中心，寺内设有武装，与土司头人联合控制着当地的政治、经济和文化。寺内有八大"康参"，其上有八大老僧组成的"老庄会议"，成为寺庙最高统治机构，老僧之上有活佛，是寺庙最高统治者。红军到中甸时，松谋活佛命众僧紧闭寺门防守。红军部队要求指战员严格执行党的民族政策和宗教政策。贺龙亲自写信给八大老僧，阐明党的民族政策和宗教政策，保护喇嘛和喇嘛寺，欢迎寺庙派代表与红军洽谈。信是这样写的：

"掌教八大老僧台鉴：一、贵代表前来，不胜欣幸。二、红军允许人民宗教信仰自由，因此对贵喇嘛寺所有僧侣生命财产绝不加以侵犯，并负责保护。三、你们须即回寺照安生业，并要所有民众，一概回家，切不要轻信谣言，自造恐慌。四、本军粮秣请帮助操办，决照价支付金钱。五、请即派代表前来接洽。"*1

松赞林寺有两位活佛，一位叫松谋活佛，另一位叫衮曲活佛，受共产党和红军宣布的民族政策和宗教政策的感召，主动与红军联系，并赠送红军最急需的粮食、牛羊肉以及其他物资。贺龙总司令也亲自去寺院拜访两位活佛和其他僧众，并赠送一幅锦幛，题写**"兴盛番族"**四个大字。

1936 年 5 月 2 日，贺龙等领导同志共四十余人应邀进入松赞林寺做客。松赞林寺破例为红军领导同志举行跳神仪式。贺龙将写有"兴盛番族"的锦幛赠给归化寺，表达红军帮助藏族人民繁荣昌盛的美好愿望，体现了中国共产党的民族政策。归化寺僧众为红军的民族政策所感动，八大老僧当即表示拥护红军，随即动员商人、富裕户，并打开本寺的三个大仓库，向红军出售青稞十余万斤。同时还支援了食盐和红糖。中甸地区不产糖，红糖是康藏高原十分珍贵的食品，松赞林寺将他们珍藏的红糖拿来支援红军，表明他们对红军怀有真诚的友谊。

松赞林寺的僧众十分重视红军贺龙总司令赠送的礼品和他们所表达的民族团结的友好情谊，不顾国民党反动派的迫害，一直珍藏着这幅锦幛，保存了十五年。1949 年云南解放后，松谋活佛和衮曲活佛派松赞林寺的堪布专程到昆明，把这幅锦幛送给参加过长征的西南军区副司令员兼云南军区司令员陈赓将军和云南省委第一书记宋任穷。

---

*1 转引自《贺龙年谱》，解放军出版社 1986 年版，第 196 页。

现在，这幅锦幛就珍藏在中国人民革命军事博物馆。

解放后，衮曲活佛当选为全国人大代表，云南省人大常委；松谋活佛当选为全国政协委员，并担任迪庆藏族自治州州长。我国有五个自治区，三十个自治州。从新中国成立到"文化大革命"，一般认为有五位优秀的州长，称作"五大州长"，他们是：延边朝鲜族自治州州长朱德海，西双版纳傣族自治州州长刀京版，凉山彝族自治州州长瓦渣木基，甘孜藏族自治州州长、阿坝藏族羌族自治州州长天宝，迪庆藏族自治州州长松谋活佛。松谋活佛是一位爱国爱教的民族宗教界上层人士，共产党和红军的忠诚朋友，多次受到周恩来总理和其他中央领导的亲切接见。

在寺院的带动下，红军又从其他村寨和商贩那里买了几万斤粮食，一批牦牛和骡马，为红军下一步翻越连绵的雪山、进军甘孜做了充分准备。

改革开放后，中甸县改名为香格里拉县。现在的香格里拉已成为中外闻名的旅游胜地，每天都有大批国内外的游客川流不息地涌向这里，来欣赏这片最后的人间仙境。

贺龙出安民告示稳定人心

二、六军团离开中甸，再渡金沙江，就到了甘孜地区，即原西康省境内。

为了尽量减少通过藏区时的筹粮困难，红二、六军团分成两路进军。二军团走左路，经得荣、巴塘（巴安）、白玉至甘孜。六军团走右路，经乡城（定乡）、稻城、理塘（理化）、新龙（瞻化）到甘孜。

为了迎接二、六军团北上，四方面军派出四军占瞻化，并派小部队到理化，派三十二军占雅江，策应理化，同时发动康北民族宗教界人士向康南僧俗地方势力写信，宣传党和红军的各项政策和主张，劝告他们不要和红军打仗。1936年出版发行的《川边季刊》报道：红军"派人四处宣传，散发传单"，"各保正大喇嘛寺均接此宣传品"，"并唆使瞻化降匪，通函白玉、定乡、稻（城）各县喇嘛寺，各头（人）保（正），谓匪当保护喇嘛寺，不违西康人民习俗"。由于康北红军事先对康南各寺庙和头人（保正）进行了及时有力的宣传争取工作，二、六军团通过康区几乎没有受到寺庙和土司武装的阻击。

在中甸休整期间，红军还积极做好通过西康藏区的思想准备。二军团和六军团16师召开了连以上干部会议，提出了北上任务与党的少数民族政策。六军团军直机关和17师召开了政治干部会议，王震报告了形势与任务，六军团政治部主任张子意报告了少数民族问题。张子意解放后任中宣部副部长，主管民族、宗教方面的宣传工作。

二、六军团刚到甘孜地区境内，即以贺龙主席的名义颁发了《中华苏维埃人民共和国中央革命军事委员会湘鄂川黔滇康分会布告》，全文如下：

> 本军以扶助番民，解除番民的痛苦，兴番灭蒋，为番民谋利之目的，将取道稻城、理化进康川，军行所至，纪律严明，秋毫无犯，幸望沿途番民群众及喇嘛僧侣，其安居乐业，勿得惊慌逃散，尤望各尽其力，与本军代买粮草，本军当一律以现金按价照付，决不强制，如有不依军令或故意障碍大军进行者，本军亦当从严法办，切切此布。

公历一九三六年五月

主席　贺龙

这一则布告详细地阐述了党的民族政策，红军铁的纪律，要求沿途僧俗群众要安居乐业，代买粮草，警告反动势力。

六军团指挥机关驻扎在冲村拉珍家，他们家的西绕是稻城最大寺庙雄登寺管理财产的喇嘛，军团领导通过西绕与雄登寺取得了联系。雄登寺郑重开会讨论后决定支援红军，先后共支援粮食二百多驮（一驮约一百二十市斤），四十头菜牛。红军向寺庙赠送了七八支步枪，留了一张说明以后归还的借条。

1936年6月3日，六军团与三十二军在理化甲洼胜利会师，6月9日红军进驻理化县城，受到长青春科尔寺的热烈欢迎。

长青春科尔寺（一般称理塘寺），始建于明万历八年的寺庙，其影响遍及康南各县。该寺僧众多达四千名。该寺利用宗教特殊地位，不仅可调动理塘全境僧侣和部分群众，还能在雅江之崇西、西俄洛及乡城、稻城、义敦等县调动部分力量，总计可调动人枪一万之众。这一势力如被国民党反动派所利用，无疑会成为北上红军一个重大障碍。由于红军事前做了团结、争取工作，该寺收到甘孜寺和瞻化寺的信件和红军的传单后，对红军尊重藏族的宗教信仰，保护喇嘛和喇嘛寺的政策已经有所了解。长青春科尔寺决定不与红军对抗，但根据他们过去与汉族军阀打交道的经历，仍然不敢完全相信红军。香根活佛二世阿旺·洛桑丁增赤烈令留寺喇嘛们尽量满足红军需要，不要与红军冲突，他自己则携带细软避往毛垭牧场。红军进驻县城时没有遇到任何抵抗，寺庙还组织部分群众手捧哈达出城热情迎接红军。红军在理化的短短几天中，为尊重群众宗教感情，保护喇嘛寺，没有进驻到寺庙里面，而借宿在老街居民家里。红军和寺庙互设盛宴款待，进行座谈。以阿西格西为首的喇嘛，从寺庙仓库中拿出大量糌粑、牛肉、食盐、碗碗糖（一种红糖）支援了红军。

得荣县城，当时只有几十户藏民，红军到时均逃避山野，部队所需给养得不到补充。贺龙到得荣后，亲自到龙绒寺宣传北上抗日宗旨和红军"灭蒋兴番""扶助番民""保护寺庙"的政策，请寺庙支援红军。该寺郑重召开"堪布会议"，决定支援红军，售给大批粮食。离开得荣、到巴安县境，茨巫乡仁波寺听信谣言，聚集僧兵凭险阻击红军。红军采取围而不打的方针，进行政治争取。贺龙通过拉波喇嘛写了一封藏文信，说明情况，晓以大义，希望寺庙停止抵抗，和平解决。寺庙接信后大开寺门，举行隆重仪式欢迎红军，并筹集了一批粮食和牲畜支援红军，还派拉波喇嘛当红军的向导。

离开巴安，沿金沙江而上，贺龙率部来到白玉。白玉是德格土司辖区，红军与德格土司签订了《互不侵犯条约》，并且在波巴中央政府所辖区域，红军不放一枪顺利过境。白玉寺和噶陀寺是著名的红教寺院，有悠久的历史，众多的僧人，雄厚的财力，他们按德格土司吩咐，热烈欢迎红军、支援红军。[1]

桑披寺是定乡（现为乡城县）最大的格鲁巴寺院。六军团到达定乡时，上层活佛喇嘛出走，留下木雅阿朱等人接待红军。萧克、王震热情接待了来访的木雅阿朱等人，向他们进行了耐心细致的宣传解释工作，解除了他们的顾虑。木雅阿朱等以寺庙名义号召上山群众回家，动员附近村寨的群众卖粮给红军。在短短几天里，各村群众送来的粮食在桑披寺院坝中间堆得像小山一样。为了感谢桑披寺对红军的支援，萧克军团长向寺庙赠送了绣有"**扶助番民，独立解放**"的锦幛，以及五十两重的马蹄银一块、银壶一把。这三件礼品一直为寺庙精心保管，视如珍宝。

[1] 中共甘孜州委党史研究室：《红军长征在甘孜藏区》，成都科技大学出版社1993年5月版，第168～174页。

第二十章　甘孜苏维埃波巴政府

在甘孜地区寻求发展

甘孜地区当时属于正在筹建的西康省范围，解放后成立四川省甘孜藏族自治州，面积153002平方公里。现辖康定、泸定、丹巴、炉霍、九龙、甘孜、雅江、新龙、道孚、白玉、理塘、德格、乡城、石渠、稻城、色达、巴塘、得荣18个县。境内居住着藏、汉、彝、羌、回、纳西等民族，各民族同胞以大范围聚居、小范围杂居形式分布于全州。现在藏族人口占全州总人口的78.8%，红军到那里时藏族占90%左右；过去省府在康定县，现在是州政府所在地。

甘孜藏族自治州是四川省三个民族自治州之一，全州地处青藏高原东南缘，山川呈南北纵列式排列。有贡嘎山等著名大山，有金沙江、大渡河、雅砻江等主要河流。雪山、高原、峡谷、草原，自然风光多姿多彩；森林、矿藏、自然资源十分丰富。

该地区气候主要属青藏高原气候，随高差呈明显的垂直分布姿态，其特点是气温低、冬季长、降水少、日照足。该区经济呈地域分布的特点，平坝河谷为农业区，高原草地以畜牧为主。森林区木材、药材和野生动植物资源丰富。甘孜州境内有丰富的水力资源和地热资源；有大熊猫、小熊猫、金丝猴、白唇鹿等珍贵野生动物。名贵中药材有天麻、虫草、贝母、当归、黄芪等。矿产资源有金、银、铜、铁、钼、锂、大理石、花岗岩等。

甘孜地区系康巴的主体，俗称康区，地处川、康、滇、藏、青五省交界处，是我国第二大藏区的重要组成部分。自宋代以来，一直在政治上、军事上发挥着东屏四川、南控云南、西摄西藏、北啸青海的战略作用，是历代兵家必争之地。

境内自然资源十分丰富，地处长江、黄河的上游地区，长江上游重要的干流金沙江、支流雅砻江、大渡河流经境内 18 个县，流域面积 14.61 万平方公里，占全州幅员面积的 96%，占长江流域面积的 8.5%；天然草场面积占总面积的 61.7%，是全国五大牧区之一的川西北牧区的重要组成部分；森林面积占全省的 20% 以上。茂密的森林、辽阔的草地是长江水源涵养、水质保护的天然屏障，在维系长江流域乃至全国生态平衡中发挥着重要的作用。

甘孜地区是历史上民族频繁迁徙的"民族走廊"腹心地带，又是内地通往西藏的交通枢纽、藏汉贸易的主要集散地和"茶马互市"的中心。在长期的历史发展过程中，多元文化历史印记和鲜明的地域特征交织，文化资源底蕴深厚，源远流长，民族风情绚丽多彩。同时，又是藏传佛教派系保留最全，藏族文化典籍、文献保存最完整，藏医药理论研究与制药发展最早的地区之一。德格县与西藏拉萨、甘肃夏河被称为藏区三大文化中心，素有"藏族文化宝库"之誉，其中德格印经院收藏有藏族文化典籍印版 27.5 万余块，文献总字数达 3 亿之巨。全州格鲁、萨迦、宁玛、噶举、苯波五教派齐兴并举，宗教文化十分丰富。享有"宇宙歌曲"之誉的《康定情歌》、"东方《伊利亚特》"之称的《格萨尔王》史诗等文化遗产成为康巴文化最亮丽、最耀眼的闪光点。

习惯上以康定为起点，划分为康北和康南两个部分，道孚、炉霍、新龙、甘孜、白玉、德格、石渠、色达为康北；雅江、理塘、巴塘、稻城、乡城、得荣为康南。

1936 年 2 月初，国民党蒋介石经过周密准备，集中中央军薛岳部六个多装备精良的正规师，会同刘湘为总司令的川军主力，向天全、芦山地区大举进犯。天全、芦山守不住了；红军几万大军聚集在懋功、金川、丹巴一线，既不能发展，粮食供应成为严重问题，连部队的生存也产生了困难。在这种情况下，张国焘和四方面军总部于 2 月上旬下达《康（定）道（孚）炉（霍）战役计划》，决定南下红军主力转进西康省境内，夺取康定、道孚、炉霍、甘孜一带，以便在康北地区寻求发展机会。

2 月 11 日至 23 日，南下红军先后撤离天全、芦山、宝兴地区，经达维、懋功地区西进。3 月 1 日，红军先头部队第三十军一举攻占道孚，15 日占炉霍。接着乘胜前进，又占领西康省东北部重镇甘孜。与此同时，第四军经炉霍向西南疾进，攻占瞻化（今新龙）；第三十一军及第九军第 25 师，分别由丹巴、道孚南下，钳击泰宁（今乾宁），守敌李韫珩（李抱冰）第 53 师一部弃城南逃康定；第三十二军及第九军第 27 师，在懋功以南地区完成掩护主力转移任务后，随即进驻道孚、炉霍。至 4 月上旬，红军已控制了东起懋功、丹巴，西至甘孜，南达瞻化、泰宁，北连草地的广大地区。

部队西进时，正值风雪严寒，广大指战员发扬英勇顽强、艰苦奋斗的革命精神，不屈不挠，勇往直前，战胜了高山缺氧、冰雪风霜、衣食不继等严重困难，翻过了海拔五千米的折多山，到达甘孜地区。

为了在甘孜地区站稳脚，四方面军到康北地区后，在总结大小金川地区建立苏维埃政权经验的基础上，也积极建立各级苏维埃政权。

红军第二次到藏区后，逐渐放弃了"阶级斗争"的口号，也不实行"打土豪，分田地"的方针，开始制定符合藏族地区和新形势下的民族政策和宗教政策，实行了建立广泛的民族统一战线的新策略和新方针，开始放宽、最后放弃了对土司头人和上层喇嘛进行阶级斗争的政策，明确提出"灭蒋兴藏""民族解放"的口号，从而赢得各阶层人士的欢迎和拥护。

与此同时，红军在极其困难的情况下，贯彻执行党的民族政策，帮助藏族人民建立各级苏维埃波巴政府，取得了重大成就，产生了深远影响。

红军在甘孜藏区执行的民族政策，可以划分为两个阶段。

第一阶段，从 1935 年 10 月至 1936 年 2 月，红四方面军执行《绥、崇、丹、懋战役计划》和《天、芦、名、雅、邛、大战役计划》，南下作战，在丹巴县和康定县之多汤、鱼通、孔玉等大渡河流域执行的民族政策，是以土地革命和武装反抗国民党反动派的总方针为指导，"打土豪，分田地"，斗争土司头人和上层喇嘛活佛。

第二阶段，自 1936 年四方面军西进康北，建立川康革命根据地，与包括丹巴在内的金川革命根据地连成一片。

在这一阶段，中共中央在陕北召开了瓦窑堡政治局扩大会议，确定了关于建立广泛的抗日民族统一战线的新的策略路线，对康北及金川根据地的民族工作产生了巨大的指导作用。

中央红军到陕北后，以毛泽东和朱德的名义发表布告，再次阐述了共产党和红军关于民族政策的基本精神：

中华苏维埃人民共和国中央政府

中国人民抗日红军革命军事委员会

布　告

日本帝国主义侵略中国，四年以来，我国失地八万方里，东北四省亡掉之后，华北五省也名存实亡，现在的日本帝国主义又在宁夏和阿拉善旗设立特务机关，要国民党南京政府实行广田三原则，并把陕西、甘肃、宁夏、青海、新疆五省送给他。日本帝国主义血手，伸到我们西北五省同胞的头上来了！

红军是人民的军队，是抗日的先锋，在此困难严重、大祸临头的日子，用自己的热血，坚决同人民在一起，向人民的仇敌作战。中华苏维埃人民共和国中央政府，中国人民抗日红军革命军事委员会及其指挥下的红军，同全国人民、党派团体、军队提出下列救国救民的主张：

一、全国工农商学兵团结起来抗日救国。

二、停止内战，不分红军白军，一致抗日。

三、全国各党各派各团体，创立抗日人民联合战线。

四、召开全国抗日救国代表大会，成立国防政府和抗日联军。

五、联俄联共，一致抗日，取得中华民族的解放与独立。

六、释放一切政治犯，保障抗日的言论、出版、集会、结社自由。

七、争取迅速对日作战。

八、全国红军与全国军队集中河北打日本。

九、全国人民武装起来，一致对日作战。

十、推翻汉奸卖国贼的统治。

十一、废除苛捐杂税。

十二、废除高利贷。

十三、打倒贪官污吏。

十四、打倒土豪劣绅。

十五、救济灾民、难民及一切失业人民。

十六、保护爱国运动。

十七、保护知识界、科学界、文艺界一切进步分子。

十八、保护工农利益。

十九、保护工商业。

二十、帮助回族与蒙古族人民建立独立政府。

全国人民全国军队团结起来，拥护苏维埃红军的主张，为保卫西北而奋斗，为保卫华北而奋斗，为保卫中国而奋斗，打倒日本帝国主义，打倒汉奸卖国贼，中国民族独立解放万岁！

中华苏维埃人民共和国中央政府　主席　毛泽东

中国人民抗日红军革命军事委员会　主席　朱　德

公历一九三六年六月一日[1]

---

[1]　转引自周锡银著《红军长征时期党的民族政策》，四川民族出版社 1985 年 9 月版，第 142～143 页。

根据这一总的精神，在甘孜和金川地区建立"抗日人民联合战线"，广泛团结民族宗教界上层人士。

四方面军政治部以抗日红军政治部主任周纯全、副主任李卓然的名义发布政策口号，宣称：

一、红军保护不反对（动）的喇嘛寺。

二、建立夷人政府处理夷人事。

三、驱逐贪官，欠债不还。

四、西康人民向红军输纳谷秣，免除以前苛捐杂差。

五、南京政府卖东三省与日本，又要卖康藏与英法。

六、反对英法侵占康藏。

与甘孜寺、白利寺签订《互助条约》

四方面军到达炉霍之后，张国焘下令攻占寿灵寺，并把他的伪"中央"和"中央军委"设在寿灵寺。寿灵寺是炉霍县最大的寺院，也是"霍尔十三大寺"之一。由于红军强占寿灵寺，并把一部分僧俗赶出寺院，在群众中引起不满和骚动。

张国焘让朱德、徐向前和陈昌浩率四方面军总部和红三十三军进驻甘孜，而让刘伯承带领红军大学的几百个师生，驻在距炉霍县城几十华里的朱倭寨。

朱德、徐向前和陈昌浩率领红军向甘孜进军之时，派政治部地方部（即后来的群工部）负责人，与孔萨土司德钦旺姆、甘孜寺的香根活佛等土司头人和喇嘛活佛联系，明确宣告共产党和红军"灭蒋兴藏"、北上抗日的方针，得到孔萨土司和香根活佛的积极响应，那时德钦旺姆尚在甘孜，他们紧急磋商，作了两项决定：

第一，不参与国民党宣慰使诺那活佛倡导和推动的反对红军的活动。

第二，与红军直接建立联系。

根据这一决定，3月31日，香根活佛派出嘎吉诺珠、图多郎加、志玛达吉和诺泽仁四个喇嘛为代表，与红军接触，他们走到离甘孜城几十华里的罗锅梁子，见到红军先遣部队，即红三十军88师师长熊厚发，双方进行友好协商，并达成协议，协议规定：甘孜寺负责说服土司头人和僧俗民众，欢迎红军和平进驻甘孜，并尽一切可能提供支援；红军保证不进驻喇嘛寺院，尊重藏族同胞的宗教信仰和风俗习惯。

根据这一协议，朱德、徐向前和陈昌浩率领红军顺利进驻甘孜。甘孜寺还派出僧兵配合红军，在绒坝岔一带消灭了诺那的别动队，肃清了甘孜城外的国民党军队。

这些行为，使国民党当局十分惊恐，当年出版的《康藏前锋》杂志有这样的记载："3月25日至29日，朱倭喇嘛寺投匪，夹击秦部（指诺那别动大队队长秦仲文部），甘孜喇嘛寺亦投匪。"

3月28日，红三十军在军长李天佑、政委李先念的率领下，从炉霍向甘孜进发。这时，从炉霍逃到甘孜的诺那活佛，为了堵击红军，守住甘孜，从甘孜派出他的别动大队和一部分甘孜地方武装，由大队长秦仲文（汉族）和甘孜县长马成龙率领，准备联合朱倭觉日寺的武装，在甘孜、炉霍两县交界处的罗锅梁子凭险阻击红军。

3月29日，红三十军88师在师长熊厚发、政委郑维山率领下，攻占朱倭。由于寿灵寺大管家益西多吉事先做了觉日寺的工作，该寺扎日活佛便率全寺僧众，大开寺门，迎接红军。致使秦仲文和马成龙感到恐慌，急忙率队逃回甘孜。

3月30日，红三十军翻越海拔四千多米的罗锅梁子，顺利向甘孜进发。诺那所部无力抵抗，仓皇溃逃。其中秦仲文率别动大队，逃向甘孜绒坝岔。红88师265团在郑维山率领下，连夜从甘孜出发，在绒坝岔追上秦仲文的别动大队，经过一场激战，大部被歼，只有秦仲文率少数随从经白玉逃到巴塘。诺那活佛率宣慰公署人员一百余人，逃向瞻化，准备逃往康南。

对诺那活佛，国民党、蒋介石是下了很大功夫，寄予厚望。1935年6月，红军到雪山草地不久，6月9日，蒋介石亲自接见诺那，并任命他为"西康宣慰使"。在当时，藏族人士中，被国民政府委任为"宣慰使"的，只有在南京的九世班禅一人，诺那是第二人。诺那是昌都地区类乌齐宗类乌齐寺的活佛，这么一个小寺院的小活佛，得到"宣慰使"这样的高位，与藏族地区的第二大活佛班禅大师齐名，他受宠若惊，感激涕零，发誓要"效忠国民政府和蒋委员长"，并以"西康宣慰使"名义发表《告康藏同胞书》，广为散布，号召康藏同胞联合起来，在"国民政府和蒋委员长领导下"，反对共产党，阻击红军不让红军到藏族地区来。

诺那活佛拿着国民政府的委任状和一批枪支弹药和大批银元，来到康区，广泛联络当地土司头人和喇嘛活佛，自吹自擂，招摇过市，拉拢欺骗，使尽各种手段，东拼西凑，用半年多的时间，拉了一支队伍，也只有二三百人，称作"康北反共救国军"，自任"司令"，并组成一支有一百多人的别动队。但在甘孜刚与红军交手，便溃不成军，作鸟兽散。他带着宣慰公署一百多人刚到新龙，就与四军政治部相遇，被全部围歼，诺那自己也成了红军的俘虏。

诺那是个知名人士，四军政治部主任洪学智就让侦察参谋张天伟带几个战士把诺那送到甘孜，交给总部处置。经过教育，诺那对自己的所作所为有所悔悟，对国民党、蒋介石的反动本质有所认识，说自己受了他们的骗，上了他们的当。后来甘孜县成立苏维埃波巴政府时，还安排他担任副主席。*1

与诺那活佛相反，甘孜寺的香根活佛积极支援红军，在他和格达活佛的积极推动下，甘孜寺、白利寺与红军签订了《互助条约》。这个条约是以"中国红军总政治部、甘孜喇嘛寺、白利喇嘛寺"的名义签订的，代表红军签字的是总政治委员陈昌浩；代表甘孜寺签字的是重孜活佛，他是寺内负责行政事务的大管家；代表白利寺的是格达活佛。《互助条约》是汉藏两种文字书写的。这是一份非常重要的文献。鉴于很多读者现在很难看到这些历史文献，不妨全文引用：

中国红军总政治部
甘孜喇嘛寺　　　　　　　　互助条约
白利喇嘛寺

兴番灭蒋是中国红军与卜巴民族共同的责任，为了达到兴番灭蒋的很快成功，中国红军总政治部与甘孜喇嘛寺、白利喇嘛寺特订立下面的互助条约：

第一条　大大（力）宣传兴番灭蒋的政策及红军帮助卜巴独立的行动，号召全西康、西藏所有卜巴一致联合，共同兴番灭蒋，建立卜巴独立的卜巴人民共和国。

第二条　逐渐消除西康甘孜卜巴喇嘛与大金寺西藏卜巴喇嘛过去的仇恨，实行卜巴民族的团结与一致，以加强民族解放的力量。

第三条　设法宣传回族与青军*2对卜巴独立的友好援助与联合。

第四条　参照卜巴原来习惯，建立甘孜卜巴政府，为了加强政府的力量，须参加一批先进勇敢坚决为卜巴奋斗的人民及青年到政府中。

第五条　以甘孜为康藏卜巴独立运动策源地，准备最近在甘孜召集康藏番民代表大会，成立中央政府，完全脱离蒋介石汉官的统治。

第六条　喇嘛寺、土司在执行上面条件下红军负责保护。

第七条　喇嘛寺负责供给红军给养和一部分物资××（后二字斑驳不清）。

第八条　喇嘛寺最近负责号召所有逃到外边未回来的人民及牛羊牲口财物回来，安居乐业，红军一定保护。

第九条　红军与卜巴及喇嘛联合到底，如发生争执和不合问题时，双方

*1　洪学智、张天伟访谈录。参见《洪学智回忆录》，解放军出版社 2008 年版，第 101 ～ 105 页。
*2　青军，指青海军阀马步芳的军队。

商量解决。

第十条 本条约于签订日施行。

中国红军总政治委员 陈昌浩（盖章）

甘孜喇嘛寺佛都督 重 孜（盖章）

白利喇嘛寺佛都督 格 打（盖章）[*1]

公历一九三六年四月十二日 签订

这一条约的签订，在广大藏族僧俗群众中产生了广泛的影响。

十一届三中全会以后，逐渐落实党的民族政策和宗教政策，开放寺院。据说，1985年维修白利寺时，在格达活佛生前用过的枕头里还发现一份《互助条约》的藏文副本。

十天后，4月22日，红三十军政委李先念与夏克刀登签订了《互不侵犯协定》，德格土司停止对红军的军事行动，地方武装退回辖区内，红军亦不西进土司辖区；德格土司支援红军一部分粮食和物资；红军主张"灭蒋兴番"，在红军帮助下建立波巴人民共和国。

红军与德格土司签订《互不侵犯协定》，其意义十分重大，不仅解除了康北西部最强大的土司武装的军事威胁，金沙江以西至西藏地方政府藏军也难以越过土司辖区进攻红军了；康区各大小寺庙，土司头人得知实力雄厚的德格土司已与红军合作，一般也不再采取对抗行动。从此康区土司、寺庙在国民党欺骗煽动下对红军的军事对抗基本结束，红军获得了一个相对稳定的环境，使南下以来损失惨重、疲惫不堪的红军赢得了补充休整的宝贵时间。波巴人民共和国中央政府成立时，德格土司泽旺顿登当选为中央政府主席，夏克刀登担任了军事部长职务。二、六军团路经白玉境内没有受到阻击，噶陀寺、白玉寺两座寺院都是德格土司家庙，他们欢迎红军，还支援了一大批粮食和物资。

筹建苏维埃波巴政府

1936年3月至4月，红军先后帮助藏族人民建立泰宁、道孚、炉霍、甘孜、雅江、瞻化六个县级波巴政府。与此同时，以孔萨土司德钦旺姆为委员长，白利土司贡布泽

[*1] 格打，即格达活佛。

登为副委员长，甘孜寺香根活佛为秘书长，积极联系十二人，组成波巴人民临时中央政府筹备委员会，发布告示、传单，派人四处宣传，把党和红军抗日反蒋的主张及民族平等、民族团结、保护喇嘛寺等民族宗教政策宣传到高原各个藏寨、牧场、寺院，为波巴中央政府的成立奠定了广泛的群众基础。[1]

四方面军总部对成立苏维埃波巴政府非常关心和重视，由朱德和刘伯承负责民族工作和上层统战工作，并指定邵式平和王维舟协助筹建甘孜苏维埃波巴政府。

邵式平，出身于书香门第，1900年出生，那一年三十五岁，正值盛年，精力充沛，思想敏锐，办事干练。邵式平是江西弋阳县人，1925年入党，1927年大革命失败后，回故乡与方志敏、黄道等领导著名的弋横（弋阳、横峰）暴动，创建红十军，任红十军政委，年仅二十七岁，便成为一位优秀的红军将领，时称"朱毛方邵"，与红军创始人朱德、毛泽东、方志敏齐名，成为当时湘赣地区著名的四大革命领袖之一。曾先后担任中共弋阳县委书记、闽浙赣省苏维埃政府主席、军区司令员等职，不仅有指挥军事斗争的才能，也有建设苏维埃政权的丰富经验。解放后担任江西省委书记、省长，1956年在"八大"当选为中央候补委员。

红军到藏区后，邵式平先后担任中共金川省委书记、西北联邦政府大金政府主席、金川军区政治委员等职。李中权将军说：在金川时，邵式平"为便于做少数民族工作，与一藏族姑娘结了婚"。[2]

王维舟，1887年6月出生于四川省宣汉县清溪场一个贫苦农民家庭。时年四十九岁，他具有丰富的革命经历，体魄强壮，高大魁梧，脸上总是带着慈祥的微笑，更像一位忠厚长者，让人感到可亲可敬。

1943年1月，中共中央在西北局高级干部会上，王维舟受到表彰，毛泽东亲笔为他书赠了**"忠心耿耿，为党为国"**八个大字。

有这样两位领导人来指导波巴政府的工作，各个土司头人、喇嘛活佛和广大农牧民代表，都感到非常高兴，对他们表示由衷的欢迎和真诚的尊重。

四方面军总指挥徐向前是鄂豫皖根据地和川陕根据地的创始人之一。那些地区，都是多民族聚居的地方。徐向前不但是一位杰出的军事指挥员，而且有建立苏维埃政权的丰富经验。四方面军政委陈昌浩，曾留学苏联，精通俄文，对马克思列宁主义，尤其是列宁、斯大林关于民族问题的理论，有深入研究，是一位优秀的理论家和翻译家。他们两位主要负责部队工作，但只要有时间，也抽空协助朱德、刘伯承指导波巴

---

*1 中共甘孜州委党史研究室：《红军长征在甘孜藏区》，成都科技大学出版社1993年5月版，第164页。
*2 李中权：《李中权征程轶事文集》，蓝天出版社2001年8月版，第53页。

政府的工作。

当时红军的文件中，有"藏人""番人""蕃人""博巴""波巴""卜巴"等不同的称谓和不同的写法，各个部队和各个人的写法也不尽相同，红军当时提出的一个著名方针，就有"灭蒋兴番"和"灭蒋兴藏"两种不同写法，在这里，"番""蕃"和"藏"，指的是一个意思；"博巴""波巴"和"卜巴"，是藏语 buo ba 的不同音译。

朱总司令亲自主持成立大会

在朱总司令、刘伯承总参谋长的亲自关怀和指导下，在王维舟、邵式平直接领导下，经过认真的准备，中华苏维埃波巴依得瓦全国代表大会于 1936 年 5 月 1 日至 5 月 5 日在甘孜召开。5 月 1 日下午，隆重举行开幕式，德格、甘孜、炉霍、道孚、泰宁、瞻化、白玉、邓柯、石渠、同普、雅江、大小金川共十六个县的七百多名代表出席，朱德亲自主持大会，并发表重要讲话；邵式平作工作报告。

德格土司和格达活佛作了大会发言。

所有大会发言，都有翻译，这样使双方得到很好的沟通，也增进了汉、藏两个民族之间的感情和友谊。

大会宣布成立"波巴依得瓦苏维埃人民共和国中央政府"，并发表宣言。

"波巴"，即"博巴"，是藏语，意为"藏族"；"依得瓦"是甘孜方言，意为"人民"，"波巴依得瓦"即"藏族人民"。

经过充分的协商讨论，选举产生了波巴人民共和国中央政府组成人员，德格土司泽旺顿登当选为主席，孔萨土司德钦旺姆、白利土司邓达吉、麻书大头人、格达活佛等当选为副主席。下设九个机构，德格土司的大管家夏克刀登任军事部长，藏族巨商邦达多吉担任财政部长，海正涛担任波巴自卫军司令。

5 月 5 日，大会通过了《波巴第一次全国代表大会宣言》，宣告波巴依得瓦苏维埃人民共和国中央政府成立，选举了波巴中央政府的领导人员，宣布了波巴政府的十大政纲。

《宣言》历数千百年来封建王朝和国民党反动军阀、官僚实行残酷的民族压迫政策给藏族人民带来的深重灾难，强调指出："蒋介石更是变本加厉引进日本侵略者，不但出卖满洲，还要出卖康藏"，提出"我们的旗子是波巴独立，我们当前的任务是兴番灭蒋"，号召波巴人民"一致奋斗，为解除我们过去的痛苦""不分教别派别，不分区域、族别，不分僧俗贵贱，大家团结得像一个人一样，一条心地去干这番为我们全体波巴人民永远过好日子的大事"。大会决定，由于红军帮助藏族人民实行"兴番灭蒋"，因此与抗日红军"订立永远的盟好"。

大会经过几天热烈讨论通过了《十大政纲》：

一、推翻汉官（指国民党官僚和军阀）、国民党、蒋介石在波巴领土内的衙门官府。

二、没收汉官、军阀、外族侵略者在波巴领土内所侵占的一切土地财产，分给波巴人民。

三、没收出卖波巴沟通敌人的奸臣贼子的土地财产，分给穷苦的波巴人民。

四、建立波巴自己的政府，凡赞助和参加波巴运动的波巴人民都有选举权被选举到政府办事的权利和义务。

五、居住在波巴领土内的汉、回及其他非番族的民众，在赞助兴番灭蒋和遵守波巴政府的各种法令的条件之下，可以享受与波巴人民同样的权利，可以派代表参加波巴政府及组织自治区。

六、成立波巴自卫军，保卫波巴……（字迹不清）人民的利益。

七、信教自由，保护喇嘛教。

八、发展工商业、废除一切苛捐杂税、高利贷，保护牛厂、商人、娃子和手工艺工匠。

九、奖励改良农具，兴办水利和工厂，开发富源。

十、在平等互惠条件之下，欢迎外来投资和通商，并特别优惠。

波巴政府还明确宣告："我们的旗帜是波巴独立，我们当前的任务是兴番灭蒋！"并号召全体波巴人民：

"从城市到偏僻乡村的寨子、牛厂中的每一个波巴，一致奋斗，为解除过去的一切痛苦，为波巴的真正自由而奋斗！不分教别、派别，不分区域、族别，不分僧俗贵贱，大家团结得像一个人一样，一条心地去干这番为我们全体波巴人民永远过好日子的大事，为实现波巴政府的政纲而斗争！"[1]

中华苏维埃波巴政府参照第二次国内革命战争时期建立农村革命根据地政权的经验，尤其是中华苏维埃临时中央政府的组织机构，确立了一套较为完整的有效率的组织系统，设有主席、副主席以及政府常务委员十一人，下设总务厅（处理本府日常事务）、民政部、农业部、畜牧部、军事部、外交部、司法部、民族部、财政部、宗教部、国家政治检查处（进行肃反工作）。

为了帮助和领导波巴政府的工作，党和红军派遣中共川康省委书记邵式平担任党

---

[1] 《波巴第一次全国人民代表大会宣言》，载《红军长征在甘孜藏区》，成都科技大学出版社1993年5月版，第164～166页。

代表，刘绍文任顾问。

波巴人民共和国中央政府和各县政府的组建工作，充分吸取了金川根据地格勒得沙共和国各级政府组建中的经验教训。四方面军在康北总结金川工作经验时指出："在格勒得沙的各级政府中完全不允许有一个富裕的番人"，其结果是格勒得沙政府没有成为完全"名副其实的政权"，"无法发挥番人的积极性和创造性"。这些政策性的调整较完整地贯彻了党中央关于建立广泛的抗日民族统一战线的路线，实现了红军与民族、宗教上层人士及各阶层在抗日反帝反蒋基础上的联合，使康北地区成为新型的革命根据地，初步实现了民族平等与民族团结、民族自治。康北根据地呈现出稳定、团结、生机蓬勃的局面，就连当时国民党出版的书刊中，也指出红军在康北"大肆提倡僧士合作，四处宣传不杀人，不改西康人民习俗，保护喇嘛寺，商人照常做生意，一律保护"。这些做法，"深得藏人欢迎及拥护"。

中央波巴政府设在孔萨土司官寨，下辖炉霍、道孚、甘孜等七个县的波巴政府。大会通过决议，确定各级波巴政府的主要任务是：

一、为红军筹集粮食、柴草、羊毛等物资。

二、在有条件的地区打土豪、分田地。

三、向逃亡在外的群众作宣传，动员他们回乡生产。

四、积极帮助群众生产，接济贫苦农、牧民。

五、动员群众为红军当向导、做翻译，宣传党的民族政策。

六、安置红军伤病员。

七、执行宗教信仰自由政策。

波巴人民共和国中央政府成立后，宣布加入中华苏维埃共和国西北联邦政府，成为其成员国，实践了党帮助少数民族独立解放，以联邦制形式贯彻民族自决自治的主张。它是我党在少数民族问题上早期的主张，有其历史的局限性，也表明我们党在如何正确解决国内民族问题方面，有一个不断探索、不断成熟、不断完善的过程。

与金川格勒得沙政府不同，甘孜的波巴中央政府从组成人员看是以藏族僧俗上层人士为主的抗日民族统一战线性质的藏族自治政府，波巴中央政府的主席、副主席，已知的政府机构主要负责人，都是赞同"灭蒋兴番"的大土司、大头人。如德格土司担任主席，孔萨土司德钦旺姆、麻书大头人、格达活佛等担任副主席。在九个政府部级机构中，德格土司的大管家夏克刀登任军事部长，藏区巨商邦达多吉担任财政部长，邦达多吉的亲信、诺那活佛的副官海正涛则担任波巴自卫军司令，香根活佛当选为秘书长。

代表大会通过十二个决议

代表大会发表了大会宣言和政府成立宣言（均为藏文与汉文对照），讨论通过了十二个决议，主要内容如下：

一、关于土地问题暂行条例，共十三条，主要内容有：没收汉官及天主堂的土地分给波巴、回、汉无地或少地的人民；汉官、军阀、洋人侵占的金厂、药山和森林，收归波巴人民政府所有；喇嘛寺的土地不没收，可出租给波巴人民耕种，但需减轻地租；破坏波巴独立的民族叛徒的土地财产没收，分给波巴人民，土地分给谁，即归谁所有，由波巴政府发给土地证；波巴政府鼓励群众开荒等。

二、关于喇嘛和喇嘛寺暂行条例，共十条，其主要内容是：保护喇嘛和喇嘛寺，喇嘛寺土地不没收；信教自由，但也不得强迫信教，已当喇嘛者有还俗的自由；喇嘛寺不得干涉政府行政，法律面前无论僧俗一律平等，喇嘛犯法一样依法处理，执法权属政府；喇嘛寺修建寺庙及举办法事时不准向群众派差派款，群众自愿捐助政府不禁等。

三、关于波巴依得瓦独立军暂行条例，共二十款，其主要内容有：组织独立军的意义、独立军的编制、独立军的党政工作、独立军的武器、独立军的教育、独立军的休息和轮换制度、独立军的卫生工作、独立军的后勤给养、独立军的赏罚与抚恤。

四、关于发展农业的暂行条例，共七条，主要内容有：不准杀吃耕牛等有利发展生产的牲畜；规定最高地租不能超过四六分，佃户得六地主得四的比例；奖励改良肥料；提倡新农具和奖励种树；奖励驱除害虫鸟等。

五、关于商业的暂行条例，共七条，主要内容有：保护商业，反对大斗小秤，反对奸商行为，减免商业税、捐，奖励对外贸易等。

六、关于保护工人和娃子暂行条例，共五条，主要内容有：规定工人的最低工资，娃子可分土地。可自由安家；反对打骂工人和娃子。工人、娃子和主人在法律上一律平等，双方有纠纷时可以对等告状，由政府解决等。

七、关于借贷和投资的暂行条例，共三条，主要内容有：反对高利贷盘剥，普遍月利不能超过三分，对过去的高利贷，还本不还利；欢迎外来资本投资，给予投资者以便利和保护；特别保护和奖励人民合资共办实业，并给予免税以至由政府发给奖金。

八、关于交通暂行条例，共六条，主要内容有：政府保护和修理桥梁道路，渡河船工由政府分给足够的土地或给较好的工资；破坏道路、桥梁、船只者处重刑等。

九、关于税收暂行条例，共二条四款，主要内容有：废除以前汉官的一切苛捐杂税和厘金，规定新的税种和税额，即粮食税、畜牧税、屠宰税、商业税。

十、关于粮食问题的决定，共三条，主要内容有：废除过去汉官、军阀毫无报酬强派粮食的办法。群众不在家，红军吃了一部分粮食而未给价和未给借据者，由政府补发执据，以后从粮税中扣除；为红军筹措粮食；反对奸商操纵粮食市场，囤积不卖，运粮出口，提高粮价。救济无粮和少粮的群众等。

十一、关于发展牲畜的决定，共七条，主要内容有：保护牛厂[*1]，发保护证；优待兽医、预防畜疫；提倡饲养家禽，反对抢劫等。

十二、关于春耕生产的决定，共九条，主要内容有：宣传和号召群众回家生产，火速分配土地，发给土地证；红军用水磨时不与群众争水，多种洋芋小菜。责成春耕生产由各村寨首负责等。[*2]

各县相继成立苏维埃政权

这期间先后在甘孜、炉霍、道孚、德格、瞻化（今新龙）、白玉等县成立了苏维埃波巴政府。

甘孜县位于甘孜州北部，康北地区腹心地带。甘孜县是一座多山的县城，境内山环水绕。"甘孜"系藏语，意为洁白、美丽，原为寺庙名。传说甘孜城的西北坡有一块形如绵羊的白玉，毛泽洁白无瑕，阳光照射下闪闪发亮，光彩夺目，十分美丽。由此，人们就称这个地方为"甘孜"，在这里修建了一座寺院，随着寺院的兴盛，人口也不断增加，逐渐发展成城镇，这个地方也就叫甘孜——洁白、美丽的地方。甘孜县城海拔3390米，距州府所在地康定385公里。甘孜县幅员辽阔，全县面积7357平方公里，现在总人口为5.5万人。1936年红军到甘孜时的人口，没有精确统计，有人估计为3.5万人左右。甘孜县境内居住有藏、汉、回、苗、彝、壮、布依、满、白、土家等11个民族，藏族人口占95%以上。

川藏公路北线穿城而过。甘孜全境原系孔萨、麻书、白利三大土司辖地，宣统三年（1911），"改土归流"后设置了近似县一级的甘孜委员会。民国后改为甘孜县，沿袭至今。1936年在红军帮助下成立了甘孜县苏维埃波巴政府。

甘孜县波巴政府：主席赵成武（汉）；副主席严少云（汉）、多吉（藏）；委员扎西彭措（藏）、拉民马（藏）、诺那活佛……

[*1] 牛厂，即牧场，汉语四川方言。四川人称牧区、牧场为"牛厂"或"牛场"，称牧民为"牛厂娃"。

[*2] 中共甘孜州委党史研究室：《红军长征在甘孜藏区》，成都科技大学出版社1993年5月版，第207～209页。

炉霍县位于甘孜藏族自治州中北部，面积 5796 平方公里，县城海拔 3250 米；现有人口 3.9 万，藏族人口占 92% 以上。红军到炉霍时的人口也没有精确统计，一般估计有 2.5 万多人，藏族人口占 98% 以上。东接道孚县，西北与甘孜县相邻，西南与新龙县接壤，北面毗邻色达县，东北则与阿坝州的壤塘、金川两县相邻。距成都 654 公里，距康定 291 公里。位于康北中心，交通要地，历来为赴藏抵青之要衢和茶马古道之重镇。炉霍是一个典型的半农半牧县，有耕地 9.5 万亩，天然草场 33.07 万公顷，境内森林茂密，是西南重点原始林区，也是长江上游重要的水源涵养区之一。解放后修建康藏公路，从东南至西北贯通全境。

炉霍县境内森林众多，河流纵横，气候宜人，风景优美，传说中的藏民族英雄格萨尔曾在这里征战，炉霍作为"霍岭大战"的主战场，留下了无数动人的传说和丰富的遗迹。每到此地，会让人引发无限的感慨，产生思古之幽情。但是，当时的红军却没有时间，更没有心思去倾听英雄格萨尔的故事，更无暇发思古之幽情，他们要集中精力去面对严峻而残酷的现实。

县城驻地：新都镇。县名来历：炉霍，昔称"霍尔章谷"，藏语"霍尔"泛指古代北方的游牧部落；"章谷"意为山岩石之上。因霍尔章谷土司的官寨建在山岩之上，故称"霍尔章谷"。清光绪二十三年（1897）置屯时取名"炉霍"，因炉（打箭炉，即康定）至霍尔为入藏要道，故名。

张国焘把红军总部设在炉霍，是有道理的。炉霍县苏维埃波巴政府的组成人员是：

主席洛泽仁（藏、雇农）、副主席周廷玉（汉、雇农）、益西多吉（藏、喇嘛）、秘书袁汝兰（汉、中医）、委员泽仁公布（藏、雇农）、阿刀（藏、雇农）、冯青云（汉、雇农）、杨海山（汉、雇农）、泽窝（藏、雇农）、拥中隆泽（藏、娃子）、曲登泽仁（藏、娃子）、四朗拉姆（藏、女、娃子）。

道孚县位于四川省西北部，甘孜州东北部，雅砻江支流——鲜水河中下游，东与丹巴，西同新龙，南和康定、雅江，北与炉霍及阿坝州的金川、壤塘等共 7 县接壤相邻。地处青藏高原东南缘的鲜水河断裂带，是山地与高原间的过渡带。全县土地总面积 7053 平方公里。

道孚，古名道坞，历史悠久。隋为附国地，唐属吐蕃，至清宣统三年（1911）"改土归流"置道坞设治局，民国元年（1912）设县治，始称道坞县，翌年更名为道孚县。

道孚县森林资源十分丰富，境内地势北高南低，山峦起伏，沟壑纵横，河谷幽深，山高林密，莽莽林海，交错分布，集中在沟谷阴坡、半阴坡的湿润地带。主要树种有冷杉、云杉、桦木、青枫、高山柏、杨树、沙棘等，经济林木有苹果、花红、甜杏、蜜桃、核桃、花椒、山梨等。林区内动植物种类繁多，珍稀野生动物活跃其间，如一级保护动物有豹、雪豹、金雕、胡兀鹫、西藏野驴、褐马鸡等；二级保护动物有黑熊、棕熊、小熊猫、细嘴松鸡、藏马鸡、岩羊、盘羊等。并盛产虫草、贝母、雪莲花、大黄、黄芪等名贵中药材，松茸、对鸡油菌、羊肚菌、大脚菇等食用菌类。

所有这些野生动植物为红军提供了丰富的食品。

道孚县波巴依得瓦独立政府：主席觉洛（藏），副主席张德喜（汉）、荣中（藏），土地委员班居（藏），粮食委员何松廷（汉），青年委员当宗旺修（藏），妇女委员宗地（藏），波巴独立团，赤卫队。

1936年4月15日，道孚县波巴依得瓦独立政府（后统称波巴政府）成立，并通过了《关于土地问题暂行条例》《关于喇嘛和喇嘛寺条例》等十余个政府条例和决定。当时担任中共道孚中心县委书记的钟永清回忆，这十多个条例都是经过充分的调查研究，同省委书记吴永康等反复研究后，确定以波巴政府名义颁布。道孚波巴代表大会通过的这十余个条例，经波巴第一次全国代表大会讨论批准后，作为全国性的条例，在各县贯彻执行。目前已收集到的道孚波巴依得瓦政府颁布的《关于土地问题暂行条例》主要内容如下：

一、没收汉官、天主堂的土地、官地、差地，分给波巴、回汉无地或少地的人民。

二、没收汉官、军阀、洋人、帝国主义侵占的金厂、药山和森林，一律收回为波巴人民所有。

三、喇嘛寺的庙地不没收，可以出租给波巴人民耕种。但需减轻地租。如发生纠纷，由政府召集当地群众和喇嘛会议共同解决。

四、破坏波巴独立的反动头子及民族叛徒的土地财产一律没收，分给波巴依得瓦。

五、土地分给谁即归谁所有，由特区政府发给土地证（每张收回纸张印刷费壹角），种地不当差。

六、过去因反抗汉官而被充公的土地，一律退还原主，但如已分给群众耕种的土地，得酌量当地情形和该群众意见公允解决之。

七、因受不了汉官、国民党的压迫剥削而逃避的群众，于最近期内回家，其房屋土地立即归还。如已外出多年无法找到回家者，其土地可分给当地群众耕种；如本人回家，分土地给他。

八、土地买卖、典、当、出租一律自由，佃户只交租不当差，并规定最高地租，保证佃户生活。

九、为增加农业生产，特别奖励开荒地，如属官地，谁开出即是谁的；如属私人山地树林，须酌给地价。

十、药山分给谁即是谁的，外人掘药要给山价。

十一、山林分给各区人民公共采伐，狩猎自由。

十二、水磨分给谁即属谁所有，别人使用要给磨课。

十三、水磨在放水耕地时，由当地群众公推水首，分配放水，水沟修理由当地群众共同负责。

这一《关于土地问题暂行条例》中，对土司、头人、寺庙的土地是否没收的问题，其规定是明确的。在波巴全国代表大会通过的政纲中则更加明确地规定了"赞助波巴独立与遵守政府一切法令的土司，土地不没收"，"喇嘛寺的土地不没收"，要没收的只是汉官、军阀、教堂及"出卖波巴、沟通敌人的奸巨贼子的土地财产"。[1]

瞻化（新龙）县，位于甘孜州中部，面积为8674平方公里，现有人口3.9万余人，其中藏族占82%，境内森林密布，雅砻江流经全境，将新龙切为两部分。

1936年4月2日，红四军军长王宏坤率10师28团、12师36团和军部机关抵达瞻化。5月，瞻化县苏维埃代表折马塔、琪塔、阿呷等三十余人，到甘孜参加波巴苏维埃全国第一次代表大会。回来后即成立瞻化县波巴政府，主席：巴登多吉；副主席：卡特阿戈、翁须多吉、巴金。下设民政部、司法部、妇女部、军事部等机构。并先后建立了沙堆、日巴、甲拉西等二十一个乡波巴苏维埃政府。

县波巴政府妇女部由红军干部冯明英任部长，泽日布直为副部长。妇女部在组织发动藏族妇女筹集粮食、帮助运输、救护伤病员等方面做了大量工作。百岁老红军、原西南民族学院副院长张天伟，当时是红四军侦察参谋，直接参加了瞻化县波巴政府的筹建工作，对瞻化县和瞻化人民有着深厚的感情。几十年后，当年波巴政府妇女部副部长泽日布直的孙子罗布江村从雪山草地来到西南民族学院学习，成为老红军张天伟的学生。罗布江村这位老苏维埃干部的后代天资聪慧，勤奋好学，以优异的成绩毕业后，留校工作，担任西南民族大学党委书记，成为一位优秀的民族教育工作者。老红军张天伟与罗布江村一家三代人的友谊，也成为民族团结的一段佳话，老红军的传统、长征精神，在西南民族大学代代相传。

尊重群众的宗教信仰，保护喇嘛寺院

红军在挺进康北时，对诺那煽动阻击红军的道孚灵雀寺、炉霍寿灵寺，均采取围而不打，以政治解决为主的方针，在被迫攻破寺庙时避免破坏寺庙，对逃跑的喇嘛不

---

[1] 中共甘孜州委党史研究室：《红军长征在甘孜藏区》，成都科技大学出版社1993年5月版，第176～178页。

予追击，对被俘者予以优待，保护经堂和经书佛像，完整地保存了寺庙。对少数违反宗教政策的行为，部队进行了严肃的批评和认真的纠正。如针对灵雀寺部分经书佛像被毁坏的问题，张国焘在4月1日召开的有关活动分子会议上严厉批评："为什么要做这样的笨事呢？一定要去捣毁经书佛像呢？偏偏要断送群众？这真是胡闹极了！"[1] 假若不因人废言，张国焘的批评应该说是切中要害的。

后来，四方面军总部和张国焘本人都住在寿灵寺。红军还团结争取该寺大管家相佐益西多吉，帮助红军筹粮，益西多吉后来当选为炉霍县苏维埃波巴政府副主席。

为了纠正违反宗教政策的现象，切实保护喇嘛和喇嘛寺，各级波巴政府和红军颁布了许多保护寺庙的告示，严令部队遵守。如道孚县波巴独立政府就颁布了保护亚隆甲活佛住宅的布告，全文是：

来往部队同志们：

这个房子是佛都督喇嘛的，要求凡来往部队不要随便侵入此房、任意乱翻和毁坏及收拾经堂用具。但家内之一切东西需要用，必须经过本人同意才能去取，绝对不准强取，特此要求为荷！

道孚县波巴独立政府

主 席 觉 洛

副主席 张德喜

公历一九三六年四月

抗日红军先遣军红三十军以李先念名义在甘孜发布了保护觉母寺的布告：

此系合则觉母寺[2]院，凡一切人等不得侵犯。

中国抗日红军先遣军政治部 李先念布告

在道孚波巴代表大会上通过并颁布的《关于喇嘛和喇嘛寺暂行条例》，较为全面系统地规定了波巴政府的宗教政策：

一、保护喇嘛和喇嘛寺以及一切经书佛像。

---

[1] 《张国焘问题研究》，四川省新四军史料征集研究会2006年编印，第184页。

[2] 觉母寺即尼姑寺，合则觉母寺在甘孜县境内。

二、喇嘛寺土地不没收，可以出租。

三、信教自由，不得强迫信教，已当喇嘛的有还俗自由，并可以分到土地。

四、喇嘛寺不得干涉政府行政，但喇嘛个人有参加政府的权利。

五、喇嘛外出念经自由，但报酬得由群众自愿。

六、喇嘛与喇嘛寺有经商自由，但不得用大斗小秤高利盘剥。

七、喇嘛及喇嘛寺枪支，必须在政府登记，领取使用证。

八、喇嘛修理寺庙及举行斋醮时不准派差、派款或估要[*1]财物，但群众乐捐，政府不禁。

九、法律面前无论僧俗一律平等，喇嘛犯法一样处理，执法之权属于政府。

十、喇嘛寺堪布由喇嘛寺全体喇嘛公推，经当地政府呈请中央政府批准授职。[*2]

以通俗易懂的形式宣传党的民族政策

为了使党的民族政策通俗易懂，深入人心，红军把尊重藏民宗教信仰、民族风俗习惯和保护群众利益等若干注意事项编成歌谣，普遍教唱。留在道孚、炉霍、甘孜等地的一些老红军至今还能吟唱，在藏族群众中也有广泛影响，深受群众拥护。其中《四要十不准》是一首流传较广的歌谣：

> 番民工作中注意的事情，
> 努力执行"四要十不准"。
> 努力来宣传我们的主张，
> 对待番民兄弟一个样。
> 细心调查番民的情形，
> 号召番民回家庭。
> 不准说蛮子，说话要注意，
> 免得引起他们的误会。
> 不准乱打枪，不准乱没收，
> 不准乱拉群众的牛和羊。
> 不准毁坏经堂和佛像。

[*1] 估要，四川方言，意为强行索取。

[*2] 中共甘孜州委党史研究室：《红军长征在甘孜藏区》，成都科技大学出版社1993年5月版，第181～183页。

不准乱屙屎，不准用经书擦屁股。

要优待通司，学会番民语言。

大家应时刻执行并努力，

十项大家要记牢。[1]

藏族本来就是个能歌善舞的民族，甘孜地区又是康巴文化的中心，甘孜的民歌、弦子，全藏区有名；波巴政府副主席格达活佛本人就是一位优秀的诗人，他们创作了很多歌颂共产党和红军，宣传红军的民族政策和宗教政策的新民歌，在群众中广为传唱，影响深远。

建立各级党的组织

一、中共川康省委。

中共川康省委，1936 年 4 月建立于炉霍，在此之前，红四方面军曾于 1935 年 8 月在阿坝地区建立有川康省委，1935 年 11 月红军南下进入天、芦、宝地区后，川康省委改为四川省委。1936 年 4 月红军进入康北后，又重建川康省委，由邵式平任书记，后邵式平调甘孜波巴中央政府任党代表，吴永康继任书记。5 月，吴永康调红四方面军总部工作，李维海任川康省委书记。

中共川康省委下设组织部、宣传部、军事指挥部、青年部、妇女部、保卫部等组织。其中军事指挥长由红四军政委王宏坤兼，参谋长杨明生，青年部长梁仁芥，妇女部长吴福莲（后何莲芝），秘书于江震。

中共川康省委下辖道孚、炉霍、甘孜、瞻化、泰宁、雅江六个县委。1936 年七八月间，川康省委随红军北上。

川康省委除领导各个县委工作外，还具体负责指导地方苏维埃政权及群众组织的工作。

二、中共各县县委。

中共道孚中心县委：

中共道孚中心县委建立于 1936 年 3 月。书记：钟荣清；组织部长：张显金；宣传部长：杨林纲；军事指挥长：孙超群；保卫部长：蒲胜刚；妇女部长：何莲芝（后华前双）。

---

[1] 中共甘孜州委党史研究室：《红军长征在甘孜藏区》，成都科技大学出版社 1993 年 5 月版，第 185～186 页。

道孚中心县委下辖两个分县委，其中有一个是泰宁分县委。

中共泰宁分县委：

1936年2月，四方面军三十军89师攻占泰宁（当时为设治局，相当于县）。3月组建中共泰宁县委，由道孚中心县委领导。

泰宁分县委书记姓名不详。

中共炉霍县委：

中共炉霍县委建于1936年3月，县委书记李维海。后李维海调任川康省委书记，四方面军另派毛廷芳为炉霍县委副书记，主持炉霍县委工作。

中共甘孜县委：

中共甘孜县委组建于1936年4月，县委书记夏显章。甘孜县委下设有区委和支部，还秘密发展了党员，有汉族，也有藏族，县委委员中，有五至六个是本地藏族，姓名已不可考。

中共瞻化县委：

中共瞻化（今新龙县）县委建立于1936年4月，县委书记罗华民。

中共雅江县委：

1936年4月19日红军攻占雅江，川康省委派人随部队到雅江开展地方工作，建立党团组织，成立中共雅江县委。雅江县委书记姓名不详。

各县县委建立后，积极开展地方工作，帮助当地藏族人民建立革命政权，组织群众武装和群众组织，向广大藏族人民宣传党和红军的政治主张和政策。就当时来说，最重要的任务是为主力红军筹集粮食给养，寻找翻译和向导。[1]

建立自治地方武装

没有人民的军队，便没有人民的一切。党和红军十分重视少数民族地方人民武装的建设，几乎在所有有关民族问题的决议中，都一再强调建立民族地方武装的重要性。1935年《中国共产党中央委员会告康藏西番民众书——进行西藏民族革命运动的斗争纲领》中，就明确提出："要组织赤色游击队、自卫军、人民革命军，与反革命进行武装斗争，保护群众，巩固革命政权，镇压反革命活动。"

1936年3月，四方面军进入康北后，红军总部在《关于少数民族工作的指示》中也提出："号召群众加入其自己武装，肃清反动武装，配合红军作战。这样来从斗争中

[1] 参见《红军长征在甘孜藏区》，成都科技大学出版社1993年5月版，第200～202页。

锻炼和巩固少数民族的政权，扩大其武装组织，努力使他们的民族解放斗争与苏维埃运动结合起来。"

在帮助藏族人民建立波巴政府的同时，即积极帮助组建民族地方武装。波巴中央人民政府在其宣布的十大政纲中，就明确宣告："成立波巴自卫军，保卫波巴的独立和波巴人民的利益。"波巴政府并制定了《波巴依得瓦独立军暂行条例》，规定：

一、波巴独立军是为保障波巴独立，保障全波巴民众的利益，所有波巴民众在十五岁以上都有参加的权利和义务。

二、波巴独立军是反对汉官、军阀、洋人的。兴番灭蒋是独立军目前的战斗任务。

三、红军是帮助番人独立的。独立军要联合红军打倒共同的敌人汉官、军阀、洋人、蒋介石。

条例规定波巴独立军的编制是：波巴人民共和国独立军—县波巴政府独立军—区独立军支队—大队—中队—分队。大队以上单位由波巴革命党派驻党代表一人。共和国独立军总司令部设党政工作委员会。县独立军设党政工作委员会分会。

独立军的武器：

一、主要由番民把自己所有的快枪、土枪、刀、矛，自动地拿出来武装自己。

二、红军不要番民的枪支、马匹。同时红军也支援独立军部分武器弹药。

波巴民族武装的组建工作，也和波巴政府组建时一样，首先是建立县一级的地方武装。开始时名称也不统一，有的称自卫军，有的叫独立军，也有的叫游击队。1936年5月波巴中央政府成立后，正式组建了中央波巴自卫军，统辖各县武装。各县地方武装也改称自卫军。

中央波巴自卫军：1936年5月建立。司令：泽仁贡布（汉名海正涛）。直属一个骑兵大队，约三百人马。中央波巴自卫军拥有武装力量约一万人。[1]

县波巴自卫军——

甘孜波巴自卫军：1936年4月建立时称波巴自卫队，5月改称自卫军。队长：达娃洛仁（兼任县波巴政府副主席）。下设两个排六个班，常备枪七十余支。红军撤离后，达娃洛仁被杀害。

泰宁波巴自卫军：1936年3月建立，有常备队员五十余人。队长：桑娃。同年5月改称泰宁波巴自卫。1936年4～7月红军撤出泰宁后，自卫军被国民党侦缉队和杨章瑞的反动民团武装包围缴械，队长桑娃被捕，后押往康定关押，下落不明。

道孚波巴自卫军：1936年4月在道孚成立时称波巴独立军。司令：扎西。5月改称

---

[1] 参见《中科院民族研究所四川少数民族社会历史调查组1959年4月调查》，民族研究所编印。

自卫军。下设大队、中队和分队，常备队员约八百人枪。

炉霍波巴自卫军：1936 年 4 月建立时称游击队。队长泽仁贡布（兼任县波巴政府副主席）。5 月改称自卫军，红军北上后，泽仁贡布被炉霍寿灵寺反动喇嘛杀害。

瞻化波巴自卫军：1936 年 4 月建立两个自卫团。由上瞻堆土司女婿翁须多吉（县波巴政府副主席）和河西人巴登多吉（县波巴政府主席）二人分任团长[1]。主要武装即是二人的私人武装。

雅江县波巴自卫军：1936 年 4 月建立波巴自卫大队。队长：扎西[2]。[3]

各地苏维埃政府、各级自治地方武装还帮助红军招兵扩红，为红军补充兵员。有的地方武装成建制地加入到红军队伍中去。

最重要的是，甘孜波巴政府帮助四方面军在甘孜建立了第一个骑兵师。中央红军在井冈山时代和中央苏区都没有正规的骑兵部队。二、四方面军也没有。建立这支骑兵师，是为了适应西南、西北地区尤其是为了对付北上途中的马步芳、马步青骑兵而组建的。红军长途远征，道路崎岖，多有高山大河阻隔，四方面军两过草地，损失很大，除了部队首长用马，基本上没有军马。骑兵师的战马绝大多数都是在甘孜和嘉绒地区征集的。红军总部对这支新组建的骑兵部队非常重视，任命骁勇善战、武艺高强的许世友为师长，下辖三个团，直属总部领导。

1935 年 5 月上旬，在甘孜召开成立大会，朱德总司令、刘伯承总参谋长、徐向前总指挥等红军首长检阅了部队。朱德发表讲话，号召大家团结一致，英勇作战，为保障四方面军顺利北上与党中央会合作出贡献。[4]

波巴政府藏民骑兵警卫连连长扎喜旺徐带他的骑兵，也接受了检阅。这是这位新兵引以为光荣和骄傲的事，使他终生难忘。到了晚年，扎喜老人每当谈起这件事，也总是激动不已。

在《中国人民解放军将帅录》里，对许世友上将作了这样的介绍：

"许世友（1905 ~ 1985），出生在河南新县乘马岗镇田铺乡许家合村。1926 年在国民革命军第一师任连长，同年加入中国共产主义青年团，1927 年转入中国共产党。参加了黄麻起义。土地革命战争时期，任中国工农红军第四军 31 师班长、排长、营长，红四方面军第 12 师 34 团团长，红九军副军长兼 25 师师长，红四军军长，红四方

---

[1] 原国民党瞻化县政府 1936 年 11 月 1 日的报告中称："翁须多吉、巴登多吉……投奔共匪……伊二人充当共匪团长。"

[2] 原国民党雅江县政府在 1936 年 9 月的报告中称："红军到雅江……组织雅江自卫大队，委任扎西为大队长。"

[3] 参见《红军长征在甘孜藏区》，成都科技大学出版社 1993 年 5 月版，第 212 ~ 214 页。

[4] 郑广瑾、方十可：《中国红军长征记》，河南人民出版社 1987 年 6 月版，第 709 页。

面军骑兵司令员。参加了长征。抗日战争时期，任中国人民抗日军政大学校务部副部长，八路军 129 师 386 旅副旅长，山东纵队第 3 旅旅长，山东纵队参谋长，胶东军区司令员。解放战争时期，任华东野战军第九纵队司令员，东线兵团司令员，山东军区副司令员、司令员。中华人民共和国成立后，任山东军区司令员，中国人民志愿军第三兵团司令员，华东军区第二副司令员，中国人民解放军副总参谋长，南京军区司令员，国防部副部长兼南京军区司令员，广州军区司令员，中共中央军委常委。1955 年被授予上将军衔。是第一、二、三届国防委员会委员，中国共产党第八届候补中央委员，第九、十、十一届中央政治局委员。在中国共产党中央顾问委员会第一次全体会议上被选为中央顾问委员会常务委员、副主任。"

这里说许世友担任"红四方面军骑兵司令员"，指的就是在甘孜组建的骑兵师，除此而外，当时的红军都没有组建过团以上建制的骑兵部队，因为没有这个条件。在工农红军、八路军、新四军和解放军的历史上，只组建过若干个骑兵师，而没有组建过师以上建制的骑兵部队。骑兵部队的最高领导人也只有许世友一人。许世友先后担任中国人民志愿军第三兵团司令员、华东军区第二副司令员、中国人民解放军副总参谋长、南京军区司令员、国防部副部长兼南京军区司令员、广州军区司令员、中共中央军委常委等重要职务，1955 年被授予上将军衔。他领导下的师长、军长难以计数，简历的作者是否考虑"师长"这个职务对许世友上将来说实在太低，于是便用了"骑兵司令员"这样的称谓，以示其庄重和显赫？但在当时，许世友的的确确是骑兵师师长。在那样一个特殊年代，这已经是很重要的岗位。在没有飞机大炮、坦克和原子弹以前，骑兵被称为"战争之神"。

受到观众广泛欢迎的电视连续剧《亮剑》有这样一个情节：李云龙是四方面军的老团长，抗战期间，他领导的独立团缴获敌人的许多战马，便以此为基础，组建了第一个骑兵连。这虽然是文艺作品，但也反映了一定的历史事实。到抗战期间，八路军才组建自己的骑兵部队，而在长征途中那样艰苦的环境里，在雪山草地，在甘孜人民的支援下，红军就组建了骑兵师，这在红军和解放军发展的历史上，是一件具有重要意义的事情。

波巴政府唯一的一位女主席

甘孜波巴政府有一位女土司当选为副主席，她就是孔萨土司德钦旺姆。德钦旺姆的一生，富于传奇色彩。孔萨家族是康北地区最大的土司之一，但他们家族与别的土司不一样，没有与周围的土司发生过大的武装械斗，关系处得较好；又因为甘孜寺的香根活佛出生于孔萨家族，在政教两方面都有较大影响。

当时，孔萨土司的辖区东界 140 里至炉霍朱倭，西界 70 里至白利，南界 350 里至瓦述崇喜，北界 350 里至革喷。管辖农牧民 923 户。

德钦旺姆虽然出生在土司家，但她从小就历尽磨难，社会的变革、政局的动荡、家族内部的权力纷争，都给她以深刻影响，经历了同时代的年轻人未曾经历的磨难，因此也磨砺了她刚强的性格，使她过早地成熟了。她继任土司职位时年仅十七岁，但凭着她的智慧和能力，能够控制整个局面，被称为康区"三位女杰"之一，其他两杰是她的祖母央金堪珠和德格土司降央伯姆。

就在德钦旺姆继承土司职位那一年，红军来到了她的故乡。

由于德钦旺姆从年轻时就显示出不同寻常的才干，她外柔而内刚，为人谦和又有主见，加上孔萨家族出了几位活佛，其中包括第十六世噶玛巴这样在全藏区都很有影响的大活佛，还有甘孜寺的香根活佛，她的弟弟又是白利地区土司。因此，在信教群众中有着较大的影响。

在这种情况下，争取德钦旺姆与红军合作，而不站在国民党和刘文辉一边，对红军有极大的好处，因此，红军积极争取德钦旺姆参加波巴政府的工作，并选举她担任波巴政府副主席。她的叔叔香根活佛担任波巴政府副秘书长，她的弟弟白利寺土司当选为委员，一家人都在波巴政府里担任重要职务。

红军到甘孜那一年，她才十七岁。她虽年轻，但是个有思想、有主见的人。她对清朝末年的赵尔丰川军、国民党的中央军、刘文辉的地方军阀都没有好感，认为他们对藏民都不怀好意，都是欺压藏族同胞的。今天支持这个土司，反对那个土司；明天又支持这一家土司，反对另一家土司；今天支持一个寺院、一个教派，去反对另一个寺院、另一个教派；明天又支持另一个寺院、另一个教派，去反对别的寺院、别的教派。制造矛盾，利用矛盾，分化瓦解，各个击破，其目的都是为了他们自己的私利，为了扩大自己在藏族地区的地盘和势力，最终受苦受害的是藏族人民，受到损害的是藏族人民的利益。因此，她对国民党军队和政府没有好感，一直存有戒心。她收到华尔功赤烈派专人送来的信件，看到红军的有关文件，得知共产党和红军提倡民族团结和民族平等，提出"灭蒋兴藏"，内心里感到特别高兴，衷心拥护这一主张，她和香根活佛，以及孔萨家族的人，都把维护孔萨土司的利益、复兴藏族的希望，寄托在共产党和红军身上。

当诺那活佛以"西康宣慰使"身份，手里拿着蒋介石的训令、委任状和大批经费到甘孜，劝说拉拢德钦旺姆时，她明确表示拒绝。当时，孔萨益多先生还未到甘孜，后来德钦旺姆和孔萨家的人告诉他，最能打动他们的心的，是共产党、红军提出的"灭蒋兴藏"的口号。九十高龄的孔萨老人，生前说起这件事，总是心潮澎湃，激动不已。

红军到甘孜的前几天，国民党甘孜县长马成龙和当地驻军胁迫德钦旺姆到青海去暂避一时。她被国民党军挟持，身不由己。临走时，悄悄地对管家普嘉和贡布泽登说：你们不用跟我去，我暂时还不会有危险，他们现在还不会加害于我。你们要看好家，当心有人趁乱抢劫。还要尽我们家所能，帮助红军。要告诉僧俗群众，千万不要听信国民党散布的那些谣言，不要跟着诺那活佛他们去反对红军。

遵照德钦旺姆的吩咐，红军到甘孜后，普嘉和贡布泽登将孔萨土司家窖藏的十八孔粮食，全部捐献给红军。一"孔"是当地的一个计量单位，约一万斤，共十八万斤。这在当时来说，是一个很大的数目。在当地群众中，也产生了很好的影响。

他们还把官寨腾出来，让给红军。红三十三军军长王维舟的军部就设在孔萨土司的官寨。自那以后，王维舟与孔萨土司家族建立了很好的友谊。

在成立甘孜苏维埃波巴政府的过程中，孔萨土司家族作出了重要贡献。1935 年 4 月，在朱德、刘伯承亲自主持下，成立苏维埃波巴政府筹备委员会时，德钦旺姆当选为委员长，她的弟弟、白利土司白日旺堆当选为副委员长，她的叔叔香根活佛当选为秘书长。一家三个人担任重要职务。筹委会的办公地点就设在孔萨官寨。

在正式成立苏维埃波巴政府时，德钦旺姆当选为副主席，成为波巴政府中唯一一位女领导人。

甘孜苏维埃波巴政府成立大会就是在孔萨官寨召开的，后来波巴中央政府也设在孔萨官寨。

十四年后的 1950 年夏天，遵照党中央、毛主席、朱总司令的命令，以十八军第二参谋长为司令员、副政委王其梅为政委的十八军前进指挥部（简称"前指"）到甘孜时，德钦旺姆又主动把自己的官寨让给"前指"住，为进军西藏、解放西藏，作出了重要贡献。

第二十一章　朱总司令与格达活佛

一个娃子和一个活佛

一般的读者都很熟悉，美国著名作家、记者埃德加·斯诺是中国人民真诚的朋友。正是这位美国友人，第一次向全世界介绍了中国共产党、毛主席领导的中国工农红军，介绍了这支英雄的军队所进行的艰苦卓绝的万里长征，介绍了革命圣地延安，介绍了这支英雄的军队的卓越领导人毛泽东、朱德、周恩来等人。同时也第一次向世人介绍了红军队伍中的藏族战士。埃德加·斯诺的夫人海伦·斯诺在《延安笔记》中有这样一段记述："我们在延安的那些日子里，一次曾碰到一位瘦高个儿，一头卷发，行为比较异样，说话不大听得懂的红军战士。通过翻译知道他是一个来自川西北的战士，现在延安一所学校读书识字。看来他和这些多数战士相处得很融洽。"

海伦·斯诺讲的这位红军战士，就是藏族老红军扎喜旺徐。

扎喜旺徐 1913 年农历六月二十五日出生在原西康省、今四川甘孜藏族自治州新龙县一个贫苦牧民的家庭，从七岁开始，给牧主放羊，当长工，受尽了阶级压迫和民族压迫之苦，整整过了十四年的娃子生活。后来离开老家，到甘孜谋生。

1936 年年初，四方面军来到甘孜地区。当时，也正是国内军阀混战时期。反动军阀竞相在少数民族地区扩张势力范围，设立防区，委任官吏，强征苛捐杂税，滥发纸币，并极力扶持地方势力和少数民族的土司、头人，扩充团防武装。他们互相勾结，对各族劳动大众进行残暴的政治压迫和敲骨吸髓的超经济剥削。不仅如此，还不断地制造隔阂、矛盾和纠纷，在汉族与少数民族之间，在藏、彝、回等各少数民族之间，在少数民族内部，在各个教派之间，在一个教派内部，在各个部落之间，在一个部落内部，采用"以夷制夷""分而治之"的方针，制造隔阂，挑动纠纷，煽动武装械斗，更增加了少数民族，尤其是作为少数民族主体的劳苦大众的苦难。

苦难深重的藏族人民，盼望着雪山出红日，渴望着翻身得解放。

红军到甘孜地区后，实行民族平等和民族团结的政策，尊重藏胞的宗教信仰，保护喇嘛寺庙，不拿群众一针一线，纪律严明，秋毫无犯。红军还贴出告示，明确宣布："本军以扶助番民，解除番民的痛苦，兴番灭蒋，为番民谋利之目的……军行所至，纪律严明，秋毫无犯，幸望沿途番民群众以及喇嘛僧侣，各安居乐道，勿得惊惶逃散。"

红军开始长征，在进入藏区之前，国民党反动派进行反动宣传，极力丑化、污蔑共产党和工农红军，挑动红军与藏族同胞的关系，企图阻止红军在藏族地区落脚。受这种反动宣传的影响，加之历史上留下来的民族隔阂，当红军要到藏区的消息传出后，引起一片恐惧和骚动，土司、头人、牧主、大喇嘛、大管家和有钱人家，怀着恐惧的心情，东藏西躲，自不待言，甚至许多贫苦牧民也逃到深山老林或边远地区去躲藏。

也有没有躲藏的，扎喜旺徐就是一个。他后来告诉人，他为什么没有跑？当时他想：天上的飞鸟，林中的野兽，河里的鱼儿，都有人射杀、抓捕，唯有黑乌鸦没有人打。为什么？因为肉不能吃，毛不值钱。我就像只黑乌鸦，是一个一无所有的穷光蛋。红军杀我干什么？

有一天，扎喜旺徐大着胆子跑到县城去看看。在旧县城门口，有两个红军战士站岗，仔细检查进进出出的红军。他心想，都是汉人，自己还不认识自己人？检查什么？

他在城门口转悠时，站岗的士兵走过来同他搭话，扎喜旺徐听不懂汉话，一个劲地摇头。战士请来翻译，问他有什么事？扎喜旺徐回答得挺干脆："没有什么事，只是想看看红军是什么样子，和以前的汉兵究竟有什么不同。"

正在这个时候，从里面出来一个当官模样的红军，样子挺和蔼的，问他是哪个村子里的人？乡亲们的情况如何？跑进深山老林的人回来没有？他们的牛羊有人照看吗？生活有困难吗？扎喜旺徐就他知道的，作了回答。

见扎喜旺徐的衣服很破烂，那位当官的给了他一件衬衣，一条毛巾，一块肥皂。还给了他一块红布条子，让他挂在胸前。当时扎喜旺徐并不知道，那块红布条，是"代表证"，上面写着"民族代表"四个字。扎喜旺徐后来才知道，在红军领导下，当时正在甘孜召开各界僧俗人民代表大会，准备成立苏维埃"波巴政府"。他们村子没有人参加会议，他自己找上门来，就让他当了代表。

在谈到这件事时，扎喜旺徐总是风趣地讲："我是糊里糊涂地当上了'民族代表'。"那是扎喜旺徐第一次同红军打交道。红军官兵平等待人、和蔼可亲的态度，给他留下了深刻印象，使他消除了对红军的恐惧心理。

第二天，他又带着两位老人到县城。红军战士见了他，向他敬礼。他感到很奇怪：过去国民党军队歧视藏民，动辄打骂，称我们是"蛮子"，可红军对我们藏民却这么亲切，还向我敬礼。红军战士向扎喜旺徐致以军礼，给扎喜旺徐留下了终生难忘的印象，他认为这不是一件小事，它说明红军实行民族平等、民族团结的政策，尊重藏族同胞。

凭着那个代表证，扎喜旺徐和两位老人进了红军总部。一个当官的人亲切地接见他们，通过翻译，同他们交谈。那位当官的人告诉他们，红军是共产党领导的各族人民自己的军队，是为各族人民谋幸福的，是穷人自己的军队。还讲了许多道理。扎喜旺徐记不住，也理解不了那么多道理。但有一点，给了扎喜旺徐很深的教育和感受，那就是：红军与国民党不一样，对我们藏民好，对穷人好！

后来扎喜旺徐才知道，那位干部就是邵式平同志。解放后担任江西省委书记、省长。

邵式平了解到扎喜旺徐的身世后，仿佛看出了扎喜旺徐的心愿，问他想不想参加红军，扎喜旺徐很爽快地回答说："愿意。"邵式平满意地点了点头，邵式平对扎喜旺徐说：你们回去以后，要把跑出去的乡亲们找回来，告诉他们，我们红军和国民党军队不一样。我们有严明的纪律，不准打骂群众，不拿群众一针一线，尊重藏族同胞的风俗习惯和宗教信仰，保护喇嘛寺院。你们亲眼看见了，红军有那么多人马，我们宁愿露宿草原，也不进驻寺院。想办法告诉乡亲们，不用害怕，赶快回家来，照看好自己的牛羊，安居乐业。

从那以后，扎喜旺徐更加积极地帮助红军进行宣传活动，散发文告，张贴标语，劝说受国民党反动宣传而逃到深山里的乡亲们，告诉他们要安心生产，不要轻信谣言，自相惊扰。

有一天，邵式平把扎喜旺徐叫去，询问情况，还特意嘱咐他要设法请格达活佛和其他一些高僧大德回自己的寺院来。邵式平说："你要设法尽快找到格达活佛，听说他是一位德高望重、深受群众尊重的活佛。"

格达是甘孜县白利寺的住持活佛，法名格桑登增·扎巴塔耶，1902年出生于甘孜县康贡德喜底村的一个贫苦农民家庭，比扎喜旺徐大十岁。他的父亲是当地土司的一名"差巴"。"差巴"是藏语音译，意为"支差役的人"，相当于内地的佃农，家境十分贫穷。

格达活佛到七岁那一年，被认选为转世灵童，迎请到寺院，举行坐床大典，成为第五世格达活佛，取法名为格桑登增·扎巴塔耶。

格达活佛十四岁赴西藏拉萨噶丹寺朝佛学经。经过八年的苦读，他谙熟佛学义理，对佛教显宗经典尤为精通。经过无数严格的考试之后，他以出众的学识获得甘丹寺格西（藏传佛教最高等级的学衔）。1928年格达活佛返回故乡，成为白利寺的住持。

格达活佛知识渊博，不仅谙熟藏族的宗教、历史、文学、艺术，而且在天文历算、藏医学等方面均有较深造诣。加之格达活佛为人公正，生活俭朴，又喜欢帮助穷苦群众，因而深受当地藏族群众的崇拜和敬仰。白利寺所得布施和其他收入，除供养寺庙外，大都用来周济附近的穷人。他还略懂医术，经常用藏医藏药为群众治病。格达活佛极富正义感和同情心，一些深受国民党政府和地方军阀迫害、无家可归的藏民，经常得到他所在寺院的保护和救济。

格达活佛虔诚信佛，富于正义感，自己又出身于一个贫苦农民家庭，对广大僧俗群众，有一种本能的同情心，对国民党反动派散布的那些谣言，不大相信，因为他知道那些"汉官"历来不说真话，不做好事，专门欺压藏族老百姓。但是，对红军也没有什么了解，只是在去年收到华尔功赤烈和阿坝格尔底寺堪布寄来的信，说红军与国民党不一样，他们对我们藏族很友好，不歧视我们，讲民族平等、民族团结，还说我们要团结起来，共同打倒蒋介石，帮助藏族发展进步，共产党、红军的方针是"灭蒋兴番"。格达活佛感到很新鲜，他不太理解，也不太相信，但也没有理由怀疑。因此，在红军到来之前，悄悄地在寨子里隐藏起来了。他没有走远，想看看情况再说。

扎喜旺徐很快找到格达活佛，告诉活佛，红军是劳苦群众自己的军队，经过甘孜，是为了北上抗日，反对日本侵略者。很多道理，当时扎喜旺徐自己也不懂，他说，他是照着邵式平和其他红军战士讲的话，讲给格达活佛听。由于从小没有学习机会，扎喜旺徐的文化水平不高，藏文、汉文都不懂，但他有很高的悟性，有着惊人的记忆力和理解力，往往能从复杂纷纭的事务中，抓住问题的实质，找出症结所在，并用三言两语准确地表达出来，这一特点，后来在领导岗位上表现得更为明显。这是一些文化水平较高的人也无法比拟的。没有想到，活佛听得很认真，还真的起了作用。

格达活佛问扎喜旺徐："扎喜，你看那些汉人可靠不可靠？他们不会骗我们吧？"近一年来，县府的汉官经常召集土司头人和喇嘛活佛开会，说共产党不信佛，他们到藏区的目的，就是要"灭族灭教"，他们对藏民是"先甜后苦"。县府的官员们还造访寺院，讲共产党和红军的坏话。听多了，连格达活佛也受到影响。

扎喜旺徐肯定地说："我看红军和过去的汉人不一样，他们都很诚实，和我一样，都是穷苦百姓出身，不会骗人。"又把邵式平和其他红军讲的道理按照自己的理解讲了一遍。格达活佛听得很认真。后来活佛又看了红军的布告和有关的宣传材料，通过别的渠道，也作了一些调查研究。经过一段时间的观察和思考，他对自己的随员说："我作为一个活佛，十四岁就到拉萨噶丹寺学经。佛法的真谛是要救度受苦受难的众生出苦海，看来，共产党领导的红军，与国民党的军队不一样，是为了劳苦大众求解放，让汉族同胞和藏族同胞，都有好日子过。我们的信仰虽然不同，但为了广大的劳苦大众，这一点是一样的。"

几天后，格达活佛带领随从回到寺院。见红军宁愿露宿草地，也没有进驻寺院，经堂和佛像完好无损，使格达活佛深受感动，更增加了对红军的信任和崇敬之情。

扎喜旺徐得知佛爷回寺了，也非常高兴，立即带活佛去见邵式平，邵式平亲切会见佛爷，向他介绍了红军的政策。

格达活佛拜会朱总司令和刘伯承总参谋长

两天后，邵式平带格达活佛去会见朱德和刘伯承。朱德时任红军总司令，住在县城东南角一家小商人家。刘伯承是红军总参谋长，与红四方面红军总部一起，住在一家土司官寨。与他们在一起的，还有四方面军总指挥徐向前，政委陈昌浩。四方面军主要负责人张国焘当时在炉霍县。

格达活佛经扎喜旺徐引荐，与红军相见才几天，对红军说不上有什么了解，现在邵式平要带他去见红军最大的官，不免有些紧张，不知红军的长官会怎样对待自己，他怀着兴奋、激动而又忐忑不安的心情，走进大院。刚一跨进大门，在铺满石板的院子中央，站着两位年纪稍大的军官模样的汉人，穿着一身灰色军装，显得很破旧，一位的膝盖上打着补丁，另一位的袖子上也有补丁，两个人都戴着银灰色的军帽，帽子上镶嵌着鲜红的五角星。格达活佛以为这两位是前来迎接的副官或侍卫官之类的军官，双手合十，微微弯腰，点点头，向他们致意。只见邵式平向前一步，向他们两位敬礼，然后转过身，向他们介绍："这位是格达活佛。"又通过翻译，对格达活佛说："这位是朱德总司令，这位是刘总参谋长。"

格达活佛没有想到面前这两位衣着朴素、态度谦和的军人，竟是名震天下的红军最高领导人，赶紧从随从手里拿出一条雪白的哈达，献给朱总司令，朱德很熟练地接过哈达，按照藏族的礼节，双手合十，向格达活佛致意，满脸笑容地说："谢谢活佛，活佛吉祥，扎西德勒！"

格达活佛又向刘伯承总参谋长敬献哈达，刘伯承同样以藏族的礼仪向活佛致谢。

朱德通过翻译对格达活佛说："佛爷，我们欢迎您，真诚地欢迎您到红军总部来做客。"然后亲切地拉着格达活佛的手，说："佛爷，我们上楼去谈吧！"

朱德与格达活佛手拉手在前面，刘伯承和邵式平在后面，一起走进二楼的客厅。分宾主坐下后，朱德说："红军到康区，对藏胞多有打扰。这座官寨，也借给我们总部用，我们非常高兴。住在这里的还有徐总指挥、陈政委，他们两位下部队去了。本来我和刘伯承也要去，式平向我们报告，说佛爷要来访问，我俩就留下来，专门恭候，代表徐总指挥和陈政委，代表张主席（国焘）和全体红军指战员欢迎佛爷。"

格达活佛微微欠身，双手合十，向朱德和刘伯承致意，连声说："不敢当，不敢当！"

这时，一个年轻战士拿着个银碗走进来，双手恭恭敬敬地放在格达活佛前面的藏式桌子上，另一个战士拿着茶壶，斟满酥油茶。他们的动作很地道，完全是藏族式的。一碗酥油茶见真情，格达活佛默默地对自己说：邵式平和扎喜旺徐说，红军尊重藏胞的风俗习惯，看来是真心实意的。格达活佛还注意到，朱德和刘伯承面前没有银碗，他们两位和邵式平用的是搪瓷缸子，而且还是旧的，喝的是清茶。格达活佛知道，这家土司是比较富有的，藏式的、汉式的餐具一应俱全，酥油、茶叶和粮食，堆满了楼下的仓库，可是红军一点也没有动，若是国民党军队遇到这种情况，早已一抢而光了。

格达活佛轻轻端起茶碗，慢慢喝了一口，双眼却仔细打量着面前的两位将军。朱德是中等身材，看上去和自己差不多高，圆圆的脸盘，两道浓眉下，有一双明亮而充满智慧的眼睛，厚厚的嘴唇，唇角上始终露出和善的微笑，显得厚道而又慈祥。格达活佛心想，与其说他是一位驰骋疆场的将军，不如说更像一位充满慈悲之心的长者、智者。

再看看刘伯承将军，比朱德消瘦一些，没有朱德壮实，戴着眼镜，早听说他是"川中名将"，可惜一只眼受过伤。他举止稳重，谈吐文雅，更像一位学者。格达活佛心想，刘将军若不从军从政，能入佛门，肯定会成为一位大"格西"、大法师，就是这样两位慈祥而又充满智慧的将军，与国民党官员宣传的"赤匪""匪首"等等辱骂他们的话语，怎么也联系不上。

格达活佛双手合十，微微低头，真诚地说："二位是川中名将，你们的英名我们早已闻知，今日得见尊容，真是莫大的荣幸，也是难得的缘分。"

自从红一方面军和红四方面军在达维会师，进入藏族地区以来，朱德接触了各界人士，也见到不少高僧大德和喇嘛活佛，但因军务繁忙，与一位活佛面对面单独交谈，还是第一次，又听说格达在甘孜地区是一位有影响的活佛，因此朱德十分看重这次会见。他感到格达活佛真诚、纯朴，给了他一个很好的印象，朱德向格达活佛讲述了共产党、红军对藏族同胞和藏胞所信奉的佛教的基本态度和政策，用事实驳斥了国民党反动派对共产党和红军的攻击和诬蔑。朱德说："我们共产党和共产党领导的工农红军的根本宗旨，就全国范围来说，是要打倒国民党蒋介石的反动统治，解放全中国，让全国各族人民过上民主、自由、幸福的新生活；就藏族地区来讲，就是要让藏族同胞与全国人民一道获得翻身解放，实现伟大的民族复兴。因此，我们红军一进入藏区，就提出'灭蒋兴藏'的口号，国民党蒋介石是包括藏族人民在内的各族人民共同的敌人，只有打倒蒋介石，推翻国民党反动统治，才能实现藏民族的伟大复兴。从这个意义上讲，藏族、汉族和我国各族人民的根本利益是一致的，命运是相同的。"

格达活佛说："朱总司令所言极是。过去我也通过朋友的帮助，拜读了总司令的布告，深受教益。贵军来到藏区之后，我们亲眼所见，红军尊重藏民的风俗习惯和宗教信仰，宁可住破旧的民房，甚至露宿草地，也不进寺院，军纪严明，实在令人感到钦佩。作为佛门弟子，万分感激。国民党官员们所说的共产党不信佛法，要'灭族灭教'的谎言也不攻自破。不仅如此，"说到这里，格达活佛激动了，"刚才朱总司令说，共产党和红军要帮助我们藏民享受自由、幸福的新生活，实现伟大的民族复兴，为此目的提出'灭蒋兴藏'这样的方针，我个人非常拥护，我相信广大藏族僧俗民众，也一定会衷心拥护。"

格达活佛又说："为了表达我们对红军的敬意，略备薄礼，请朱总司令和刘总参谋长笑纳。"他让随从将礼品献上。格达活佛带来的礼物有酥油、茶叶、虫草，还有两包银元。

朱德说："感谢佛爷的美意。说来惭愧，正如佛爷所知，目前红军正处在困难时期，战事不断，处于流动状态，我们无以回赠。"朱德拿出一份文件，说："这是我们党针对当前国内局势发表的《八一宣言》，宣言明确提出团结抗日的方针，号召全国各族人民团结起来，一致对外，抗击日本帝国主义侵略。这份文件，附有藏文译本，一并送给佛爷作为见面礼！"

格达活佛真诚地表示感谢，说："这是总司令给我的最珍贵的礼物，我要认真拜读和学习。"

朱德赠送的《八一宣言》，格达活佛今天是第一次看到，他很快扫视了一下藏文译文。这份文件是以中国共产党中央委员会和中华苏维埃中央政府名义发表的《为抗日救国告全国同胞书》，于1935年8月1日发表，故称之为《八一宣言》。文件强调指出："近年来，我国家我民族已处在千钧一发的生死关头。抗日则生，不抗日则死，抗日救国，已成为每个同胞的神圣天职。"宣言号召："中国境内一切被压迫民族（蒙、回、朝、藏、苗、瑶、黎、番等）的兄弟们，大家起来，冲破日寇蒋贼的万重压迫，勇敢地与苏维埃政府和东北各地抗日政府一起，组织全中国统一的抗日政府；与红军和东北人民革命军及各种反日义勇军一块，组织全中国统一的抗日联军。"

格达活佛说："这个文件里讲得太好了，表达了我国各族人民共同的心愿。日本帝国主义侵占我国土，杀害我同胞，罪恶滔天，真是一群魔鬼转世。不把日本帝国主义赶出中国，我中华民族就有亡国灭种的危险，佛法会遭灭绝。红军北上抗日，此乃救国救民之义举，我们藏族僧俗人民理当积极支持。"

朱总司令、刘伯承总参谋长与格达活佛的第一次见面，给双方都留下了良好的印象、美好的回忆，自那以后，格达活佛多次来拜访朱德和刘伯承，还拜会了四方面军总指挥徐向前和政委陈昌浩，到孔萨土司官寨拜会了王维舟军长。

这一年朱德五十岁，刘伯承四十四岁，格达活佛三十四岁，格达活佛把朱德、刘伯承当作兄长，当作良师益友，十分信任和敬重。

经邵式平引荐，格达活佛还先后拜会了徐向前、陈昌浩、贺龙、任弼时、关向应、萧克、王震等红军将领，在与他们的接触过程中，使他深受教育和感动，格达活佛以他的聪明才智和政治敏锐意识到只有工农红军才是为各族人民谋利益的军队；只有跟着共产党和工农红军走，藏族人民才能从苦难中得到解救，人间也才能有真正的净土。

格达活佛这样民族宗教界的上层人士和扎喜旺徐这样出身于贫苦农民家庭的藏族青年从不同的方面，积极帮助红军进行宣传活动，散发文告，张贴标语，派人召回受国民党反动宣传而逃到深山里的乡亲们，告诉他们要安心生产，不要轻信谣言，自相惊扰。更重要的是，动员藏族群众和寺院里的僧侣，把粮食和肉食品献出来，支援红军。

从此，格达活佛积极支援红军。他派人召回躲藏在山上的群众，动员群众卖粮给红军，亲自到亚龙寺、更龙寺，说服两个寺庙出钱出粮支援红军。康藏地区地瘠民贫，几万人的红军队伍在此活动，粮食供给十分困难。

当时，红军的活动经费也十分缺乏。甘孜寺、大金寺、寿灵寺、白利寺以及其他一些寺院，主动给红军赠送银元、马蹄银和金条、金砖，用来购买粮食、布匹和其他军需用品。还带去一部分，作为继续北上时的费用。

当时甘孜地区的藏族同胞，究竟援助了红军多少粮食，已经无法统计。

中国人民革命军事博物馆保存了一张红军当年写的收条，收条记载："今收到白利寺拥护红军粮食一百三十（石）零八斗。政治部。"收条上有藏文，盖有"中国工农红军第四方面军第三十军八十八师政治部印章"的篆体汉文圆形印章。

另一张保存于中国历史博物馆的收条上写道："收到白利喇嘛寺青柯（稞）五十石，豌豆四十七石九斗，六月十三日供给部。"收条落款处有李先念印章。

另一张收条上有"五十石"，系另收粮后补记的。

格达活佛积极发动群众为红军筹备粮草，仅白利寺就支援了三万多斤青稞，四千多斤豌豆。这对仅有几百个喇嘛的白利寺来说，贡献是十分巨大的，可谓是倾囊相助了。

此外，白利寺一位管家个人的统计，白利寺捐献的"拥护红军粮"，计有青稞134石，豌豆22石，马15匹，牦牛19头。

为了感谢白利寺僧众对红军的支援，1936年4月17日，四方面军专为白利寺发布布告，明确指出：

> 查白利寺配合红军共同兴藏灭蒋，勋劳卓著。我军给予保护，任何部队不得侵犯，违者严办，切切此布！

红军总司令官陈昌浩（印）

公历一九三六年四月十七日

红军进驻甘孜地区以后，由于不适应高原气候，营养不足，长途跋涉过度疲劳等种种原因，病员骤增，原有的伤病员也没有得到很好的救治。红军总部对此十分关心，朱德、刘伯承、徐向前、陈昌浩等领导人亲自下部队看望伤病员，与有关人员共同想办法。当时最重要的一个问题是缺医少药，格达活佛、香根活佛等人知道后，就主动找王维舟、邵式平等人，说：我们这里缺少西医西药，中草药也不多，但有藏医藏药，也可以帮助红军治病。

格达活佛说："甘孜寺里有一个医学院，叫'曼巴扎仓'，那里有一些藏医的医术很高明，可以请香根活佛让他们来帮忙。"

香根活佛说："那没有问题。"他又笑了笑说："王军长，邵代表，你们可能还不知道，白利寺虽然没有医学院，可是在你们面前的这位活佛，不但学问高深，而且医术也很高明，经常为僧俗百姓看病，是一位著名的医生。"

王维舟和邵式平同时说："那太好了，就请佛爷帮我们救治伤病员。"

格达活佛谦虚地说："谈不上高明，略懂一点。"

当时的藏族社会，基本上还是一个以部落社会为基础，实行政教合一的政治制度，现代教育很不发达，文化教育基本上都在寺院，较大的寺院如甘孜寺、大金寺、寿灵寺都设有医学院。医学是藏族传统文化"五明"之一，是一门必修课。甘孜寺的藏医院，在全国藏区都很有名，他们培养了很多名医。他们生产的一种药丸，藏语叫"甘孜仁布"，可翻译为"甘孜药丸"，与拉萨藏医院研制的"珍珠七十"齐名，享誉全藏。波巴政府通过自己的组织系统，动员各寺院和社会上的藏医为红军治病，发动群众上山采集药材。有一种说法：1936年春夏之交，甘孜地区的药材，差不多采集光了。格达活佛亲自给红军战士看病，指导僧俗群众上山采药，到藏医学院制药，熬汤药。

在当时那样缺医少药的特殊困难条件下，藏医藏药对救治红军的伤病员发挥了重要作用。这一点，也给朱德、刘伯承、王维舟等领导人留下了深刻印象。

解放后，1951年6月1日，在政务院和西南军政委员会的关怀下，西南民族学院在成都成立，王维舟任院长。在建院之初，王院长就明确提出：要开办畜牧兽医科（当时只有科，没有系），还要积极创造条件开办藏医科。

西南民族学院是新中国成立后最早建立的民族院校之一，后来在全国先后创办了十多所民族院校，但是，唯独只有西南民族学院开办了畜牧兽医科。长征时走过雪山草地，王维舟可能深切感受到发展畜牧业的极端重要性，也深刻意识到保护好传统的藏医藏药的重要性。

从此以后，格达活佛与共产党和红军的领导人和广大指战员建立了友好联系，尤其与朱德、刘伯承和王维舟建立了亲密友谊，这种友谊成为共产党、红军—解放军与藏族民族宗教界人士之间肝胆相照、休戚与共、团结共事、风雨同舟、荣辱与共、患难相助，共同为国家统一、民族团结、人民幸福而奋斗的光辉典范。

在红军长征的过程中，在路过大小凉山时，刘伯承与彝族首领小叶丹歃血盟誓，使红军冲破国民党的封锁，顺利通过大小凉山；在甘孜与格达活佛建立亲兄弟般的亲密关系，在藏族地区撒下革命的火种，同时也使红军摆脱敌人的围追堵截，胜利实现北上抗日的目标，加强了军民团结和民族团结。这在我军的历史上，在我国民族关系史上，成为永久的佳话。朱德总司令和刘伯承总参谋长也永远受到彝族人民和藏族人民的怀念和爱戴。

为了永久地纪念朱德与格达活佛的友谊，经中央批准，2006年，甘孜藏族自治州和甘孜县人民政府在纪念长征胜利七十周年前夕，在甘孜县建立了"朱德与格达活佛纪念馆"。

朱总司令给格达活佛讲了三件事

一天，格达活佛去拜会朱德和刘伯承，朱德坦率地向他介绍了红军当前面临的任务和遇到的困难，说："我们知道，佛爷在僧俗群众中享有很高的威望、很好的影响，我们希望佛爷帮助红军做几件事。"

格达活佛说："威望和影响说不上，红军有什么事要办，请总司令尽管说，我一定尽力去办。"

朱德憨厚地一笑，说："我们是朋友，我就不客气了。"朱德伸出左手，用右手的食指按着指头说："第一，不少乡亲听了国民党的谎言，逃到山里去了，牛羊没人管，庄稼也荒废了，这样下去，到了秋天，地里没有收成，乡亲们吃什么？这日子怎么过？"

"我也正为这事犯愁。"格达活佛忧心地说。

朱德说:"所以要积极想办法,劝说乡亲们早日回来,各安其事,再不要听信国民党的谎言。"

格达活佛连连点头:"对,对,这事很重要。红军已经用自己的模范行动戳穿了国民党的谎言。"

"第二,"朱德又按下一根指头,"几万红军到藏区,给藏族同胞添了不少麻烦,但也没有办法,我们尽量节省,也需要不少粮食。四川是我的故乡,被称为'天府之国',有的是大米、白面,但国民党反动派实行严密封锁,不论是汉商,还是藏商,一粒粮食也不让往关外运。所以只好请佛爷和各位土司头人帮助红军购买粮食和牛羊,解决给养困难。"

"好,好!我们尽量想办法,不让一个红军饿肚子。"格达活佛点头承应。

朱德又说:"此外还要购买一些羊毛、布匹和氆氇,为战士们准备冬装。"

刘伯承补充说:"我们的部队都是从江西、湖南和四川来的,那些地方气候炎热,佛爷看到了,很多战士现在还穿着单衣。在内地不要紧,但到了高原,一会儿雨雪,一会儿冰雹,很多战士都冻病了。那冬天就更难过了。"

格达活佛有点为难地说:"藏民只会生产氆氇,一般都是自家用的自家织,拿到市场上卖的很少。藏区不产布匹,都是从内地运来的。现在国民党严禁从内地运送粮食和布匹,由国民党军队把守关口,只要发现是往藏区运送的,不管是谁家的,一律没收。"

刘伯承作为总参谋长,对这些情况了解得很清楚,他说:"佛爷说得对,困难是很大的。不管是布匹,还是氆氇,只要能御寒就行。"

格达活佛说:"我同大家商量商量,尽量想办法。"

刘伯承又说:"据侦察部队报告,藏军为了防止红军西渡金沙江到西藏,加强了防务,但并没有禁止商旅往来。据我们了解,甘孜寺、大金寺、寿灵寺、竹庆寺、白玉寺、噶陀寺等这些大寺院都有自己的商号和马帮,与西藏有商务往来,佛爷在拉萨学经多年,有广泛的社会联系,请你们设法从西藏购买一批粮食和布匹,如果有药品,更加需要,红军可以用银元和黄金支付,价格上对商家可以优惠一些。"

格达活佛连声说:"这是好办法,这是好办法,我怎么就没有想到这一层。"

"第三,"朱德按下第三根指头,"现在康北地区的各县各乡,都在召开各族各界代表会议,建立各级苏维埃政权。我们正在这里筹备召开各族各界代表大会,成立波巴苏维埃政府。这对藏族同胞来说,是一件非常重要、非常有意义的事。"

刘伯承说:"红军总部对这件事非常重视,请朱总司令亲自负责。"

朱德说:"在这方面,希望活佛发挥更多更大的作用,我们还准备请佛爷在波巴政府担任重要职务。"

格达活佛谦虚地说:"格达何德何能,能担任什么重要职务?只愿在各位指导下,做一点有利于众生的事。"

白利寺是只有几百个喇嘛的小寺,在藏传佛教的活佛世系中,格达活佛也算不上大活佛,但由于他本人对佛法有很深的修养,品德高尚,所以在群众中有很高的威望。自从与朱德、刘伯承、王维舟和邵式平这些红军将领深入交往,看到广大红军战士纪律严明,对藏胞友好,使格达活佛深受感动和教益。熟知藏族政教史的格达活佛知道,不说远古时代,从吐蕃王朝到现在,在藏族历史上有过各式各样的军队,包括现在的藏军和各地土司头人自己养的卫队和民兵,外来的军队,从有文字记载的历史看,从元朝的军队到现在国民党军队,没有一个军队是为藏族人民谋利益,为了藏族的复兴和发展,只有红军是真心实意为藏族人民谋利益,为了藏族的复兴和发展,明确提出"灭蒋兴藏"的方针。因此,格达活佛真心拥护共产党和红军。

白利寺离甘孜县城比较远,为了很好地完成朱总司令亲自交办的任务,格达活佛搬到孔萨官寨来住。后来准备在那里召开各族各界代表大会,波巴政府也准备在那里办公,王维舟军长领导的红三十三军军部也在孔萨官寨,于是格达活佛就搬到甘孜寺,与香根活佛住在一起。

当时,甘孜县总共有四十多座佛教寺院,其中规模最大、在信教群众中影响也较大、而且有一定经济实力的,是甘孜寺和大金寺,是著名的"霍尔十三大寺"之首。甘孜寺就在甘孜镇,坐北朝南,依山而建,错落有致,蔚为壮观。大金寺在卡贡乡,依山傍水,殿堂高耸,交相辉映。它们都是有几千名喇嘛的大寺。白利寺位于森康乡,建在雅砻江北崖的台地上,靠山临水,景色优美,其规模比甘孜、大金两座寺院要小得多。

当时的藏族地区,基本上实现政教合一的政治制度,藏族基本上又是一个全民信教的民族,因此,社会财富有很大一部分都集中在寺院,只有土司头人和寺院才有财力和物力支援红军。遵照朱总司令和刘伯承总参谋长的嘱托,格达活佛利用自己的关系和影响,奔走于各个寺院,动员他们支援红军,发挥了重要作用,筹集了大批粮食、物资和资金。

第二十二章　甘孜会师

二、六军团来到甘孜

波巴政府成立不久，1936年6月底，二、六军团也到达甘孜，与四方面军会合，两个方面军在甘孜绒坝岔胜利会师。这便是长征过程中著名的"甘孜会师"。绒坝岔在甘孜县城西边三十公里。

为迎接二、六军团，四方面军积极进行各种物资，特别是粮食的准备，并派出部队策应二、六军团北上。

6月底，萧克、王震率领的六军团率先到达甘孜。

四方面军派出红三十二军前往理塘的甲洼迎接六军团。6月22日，六军团到达甘孜普玉隆。

6月29日，贺龙、任弼时、关向应率领的二军团也来了。

张国焘等领导人也从炉霍到甘孜。

甘孜地区各族僧俗群众为迎接二、六军团，胜利实现"甘孜会师"，作出了重要的贡献。

中央对二、四方面军的胜利会师，非常重视。中共中央、陕甘苏区和一方面军等，于7月1日发出贺电：

朱德、张国焘、徐向前、陈昌浩、任弼时、贺龙、萧克各同志转二方面军与

四方面军指挥员、战斗员同志们：

我们以无限的热忱庆祝你们的胜利的会合，欢迎你们继续英勇的进军，

北出陕甘与一方面军配合以至会合，在中国的西北建立中国革命的大本营与

苏联外蒙打成一片，与全国抗日人民抗日军队抗日党派建立抗日救国的统一战线，组织人民的国防政府与抗日联军，向着日本帝国主义及其走狗卖国贼开展神圣的民族革命战争，挽救中国之危亡，解放中华民族于日本帝国主义的铁蹄之下。中央及一方面军自去年北上与陕甘红军鄂豫皖红军会合以来，首先粉碎敌人对陕甘苏区的围剿。在中央十二月政治决议案，及国际七次大会决议案的领导之下，组织了人民红军抗日先锋军渡河东征，占领了同蒲铁路，击溃了阎锡山的主力，推动了全国抗日反卖国贼运动的向前发展，唤醒了许多国民党军队同情于我们抗日救国的主张。第一方面军现在转向甘肃宁夏方面策应你们北上，又复连战皆捷，占领了定边县，盐池县，豫旺县，环县，宁条梁，曲子镇，洪德城，同心城等十余个大小城镇。消灭马鸿逵，马鸿宾的许多队伍，开辟了九个苏维埃县，夺取了出产丰富的盐区，与长城外的蒙古民族及甘宁回族，建立了良好的统一战线。同志们，西北的政治环境是很好的，二、四方面军北上之后，我们就有更伟大的力量来进行西北各民族各党派各武装势力的大联合。目前全国革命形势，已经进入了一个新阶段，日本向华北大举进兵之后已经引起了与正在引起着中国内部许多重大的变化。平津沪粤各地如火如荼的抗日人民阵线，在中国共产党的领导之下，大踏步的前进着，东三省境内的人民抗日联军是英勇的斗争着，两广当局抗日救国军的发动，引起了全国的注目，在广西是执行着联俄联共的政策，在各省已有许多反蒋势力正酝酿着继续的发动。蒋介石一贯的卖国政策，不但引起了全国的反对，而且把他自己系统里的势力，推进到动摇分化与缩小的道路上去了。各方面的特点都指出中国革命是发展到一个新阶段了。在国际，苏联是发展到了一个崭新的地位，他不但有力量防御外国的侵略者，并且能够广泛的援助世界上一切反对侵略的和平集团及一切弱小的国家与民族，苏联对于中国红军与人民抗日的集团是更加积极援助的。此（外）法国人民阵线的伟大胜利，西班牙的革命胜利，欧洲反侵略阵线的扩大，英国和美国和平运动的增长，埃及，印度，阿拉伯民族斗争的展开，亚比西尼亚英勇战争的影响，中美洲与南美洲半殖民地各国革命运动的前进，主要侵略国家日本德国意大利各阶级营盘间的斗争与统治营盘内部间的斗争之极端的尖锐化。所有这些，指出世界革命形势，也是推进到一个新阶段上面去了。全世界的共产党与革命势力包括中国的共产党、红军，苏维埃与一部（切）革命势力在内，通通都在共产国际反对侵略战争反对压迫剥削的统一战线的方针之下而一天一天团结起来了，中国革命与世界革命是联结起来了，革命在全中国全世界上的胜利是有了保障了。同志们，我们相信你们将更加激励你们无上热忱，勇敢，与自我牺牲的精神，为全民族的解放而斗争，为苏维埃红军的光荣旗帜而斗争，为共产国际与中国共产党的正确领导而斗争。我们是准备着庆祝你们北上抗日的伟大胜利。中国主力红军大会合万岁！西北革命大联合万岁！全中国抗日讨逆的统一战线万岁！中国革命万岁！

林育英、张闻天、毛泽东、周恩来、博古、彭德怀、王稼祥、林彪、凯丰、罗迈、林伯渠、徐特立、董必武、叶剑英、杨尚昆、罗瑞卿、张云逸、左权、聂云（荣）臻、朱瑞、邓小平、徐海东、程子华、郭述中（申）、王首道、周昆、袁国平、罗荣桓、陈赓、黄克诚、周士梯（第）、宋时轮、宋任穷、萧劲光、阎红彦、蔡树藩、王相（传）、冯文彬、郭洪涛、马明方、李富春、贾拓夫、朱理治、聂洪钧、蔡畅、邓颖超、刘群先、刘英、周兴、杨森、高岗、马锡武、崔田夫、贺景（晋）年、张达光（志）、郑（霍）维德、马义、刘英勇、钟赤兵、王达成、赖大超、马丕勋、刘子义（久）、刘景范、史秀芸、白爱玉、崔田民、王世泰。及中国人民红军第一方面军，中国陕甘宁人民红军各军全体指挥员战斗员。西北抗日红军大学，共产主义大学全体教职员学生。陕甘宁三省苏维埃政府，共产党部，青年团部，抗日人民团体，抗日赤卫军，抗日少先队联合致意。

七月一日[*1]

六十八位红军的高级将领和党政领导人，那么多党、政、军机关联名致电，在共产党和红军的历史上是非常罕见的，甚至可以说绝无仅有，说明中央对二、四方面军的胜利会师，给予高度评价，也抱以极大的期望。两支部队，共有近六万人，比在陕北的中央红军多得多，很好地团结这支部队，关系到党和红军的前途和命运。

热烈而隆重的庆祝大会

两军会师后，在甘孜寺前的大广场，召开庆祝大会，甘孜寺把只有举行重要法会时才使用的大帐篷拿出来，搭在广场东侧，作为主席台，二、四方面军将领，波巴政府领导人，各地土司头人、活佛、堪布，在主席台就座。甘孜各界僧俗群众两万多人

[*1] 《中国工农红军长征史》，山西人民出版社 1996 年 9 月版，第 270 ～ 272 页。

参加大会，他们当中有各县、乡、村苏维埃政府的负责人和代表。此外还有妇女、青年、儿童团、少先队等各个群众组织的代表。

甘孜寺、大金寺、寿灵寺、白利寺等各寺院的喇嘛也参加了庆祝大会。喇嘛们穿着绛红色袈裟，黄教派僧俗戴着宗喀巴大师式的黄帽，极富特色。甘孜人民穿着节日盛装，男子穿上用水獭皮或豹子皮镶边的皮袍，头戴狐皮帽；妇女身穿氆氇藏袍，佩戴玛瑙、珊瑚、珍珠的装饰品以及金银制作的护身符，珠光宝气，光彩夺目。红军指战员们包括他们的最高领导人，自长征以来，还从来没有看到如此多彩多姿的服饰和这么热烈的场面，真是大开眼界、大饱眼福，显得异常兴奋。

甘孜寺和大金寺的喇嘛搬出了只有举行最盛大的法会时才使用的各种铜号，大的有一丈多长，要四个或六个喇嘛抬着，一个身体强壮的喇嘛吹号，底气不足的，根本吹不响，更不要说吹出浑厚的声调。有的战士惊叹道："好家伙，比我们的大炮还大！"此外还有海螺和唢呐。海螺悠扬，令人遐想；唢呐嘹亮，振奋人心。

有两万多红军战士参加会师大会，他们大多数人穿着银灰色或浅黄色的军装，也有穿各色服装的。绛红色的袈裟与银灰色、浅黄色的军装，对比鲜明，更显得热烈而庄重。

泽仁贡布（海正涛）率领的波巴中央自卫军和直属的骑兵大队共四千多人参加了会师大会。此外还有骑兵部队。二方面军没有骑兵，四方面军有一个骑兵师，和尚出身、英勇善战的许世友任师长。四方面军到藏区后，组建了一个藏民骑兵师，在甘孜组建了一个藏民骑兵团。还有由扎喜旺徐任连长的波巴政府骑兵警卫连。他们只有少数人穿着红军军装，绝大多数人穿着藏装，都是康巴汉子的打扮，威武雄壮。

二、六军团的人看到一大群穿着藏袍的藏民混在红军队伍之中，感到很新奇，他们并不知道，这些藏族同胞不是普通的藏民，是共产党和波巴政府领导下的革命武装。那时红军自己的服装都很困难，没有办法给新参加红军的藏族青年发军装，他们就穿着自己的衣服，骑着自家的马，带上自家的武器参加了红军，成为甘孜波巴政府地方武装的成员。衣服是各式各样的，武器也是什么样的都有：英式步枪，"汉阳造"，七九步枪，还有打猎用的最原始的火枪。也有没有枪的兵，他们就佩带一把藏刀。这也是部落社会的一个特点，平时为民，战时为兵；招之即来，挥之即去。

张国焘让波巴中央自卫军和藏民骑兵师参加庆祝活动，是有他的用意，一来显得热烈隆重，表达对二、六军团的欢迎之情；另一方面，也要在贺龙和任弼时等人面前显示他的实力和威力，人气很旺，群众基础深厚。

朱德、徐向前、贺龙分别代表一、二、四方面军发表热情洋溢的讲话；张国焘以中共中央北方局书记、中华苏维埃北方政府主席的名义讲话。

苏维埃波巴政府主席德格士司泽旺顿登、副主席格达活佛、秘书长香根活佛，发表热情洋溢的讲话，热烈欢迎英勇善战的各路红军到甘孜，衷心祝贺各路红军胜利会师。两位活佛还带领广场上的数千名喇嘛，念诵祈祷经，祝愿红军发展壮大，夺取更大胜利。

这别具特色的诵经法会，把会师大会引向高潮。各族僧俗群众兴高采烈；红军将士精神振奋。自长征以来，他们一直在几十万国民党军队的围追堵截中浴血奋战，前面有敌军堵击，后面有敌军追击，头上有敌人飞机轰炸，就是在阿坝草原，国民党飞机也常常飞来轰炸、扫射、散发传单，几路红军从来没有在一个没有战斗、没有敌机轰炸的安静的环境召开几万人的群众大会。只有到了康北地区，夹金山、四姑娘山、二郎山、贡嘎山和折多山等大雪山把国民党几十万大军挡在川西平原，连敌人的飞机也飞不到这样高海拔的地区，甘孜上空被当作"空中禁区"，不敢来犯。

红军将士们说，在没有战斗的情况下，几万军民召开这样热烈、隆重的军民联欢会，自长征以来还是头一次。

李伯钊领导的红军总部前进文工团表演了节目。看了前进文工团的精彩表演，贺龙当即让艺术指导李伯钊帮助二方面军培养一些文艺骨干，并成立了二方面军的战斗剧社。后来在抗日战争、解放战争，直到新中国成立后，战斗剧社的建制一直保存下来。战斗剧社先后培养了大批文艺骨干，如著名编剧和导演欧阳山尊、严寄洲、成荫、著名作曲家时乐蒙等许多文艺界的知名人士都曾在战斗剧社学习和工作。解放后，成立西南军区，贺龙任司令员。按中央规定，撤销战斗剧社的建制，成立西南军区文工团。为了继承红军的光荣传统，贺龙司令员将西南军区文工团命名为战斗文工团。1955年4月达赖喇嘛副委员长到重庆参观视察时，战斗文工团曾为达赖喇嘛举行专场演出。

战斗剧社在我军革命文艺发展的历史上，具有重要地位和影响，创作了一大批优秀作品，培养和造就了一大批优秀的革命文艺工作者。但是，很多人并不知道，战斗剧社最早是在甘孜组建的。

甘孜，藏语意为"洁白、美丽的地方"，这一天的甘孜，显得更加美丽，更加洁白。这一天的天气也特别好，7月的高原，晴空万里，纤尘不染，骄阳当空，光华万丈，吉祥的白云，在湛蓝的天空下自由舒卷，轻轻飘浮，仿佛在向英雄的红军战士和欢快的藏族同胞祈祷祝福。

大会结束，接着召开军民联欢会，红军的文艺战士演出了自己编排的、歌唱胜利会师的节目，藏族同胞男男女女、老老少少一起跳弦子，跳锅庄。喇嘛们也不甘落后，他们跳一种叫"羌"的宗教舞。

藏民跳完锅庄舞，就举行赛马。参加赛马的，主要是藏民骑兵师和骑兵团、骑兵大队、游击队，还有当地的康巴汉子，康巴汉子以剽悍勇敢著称，马术也非常高超。他们进行各种马术表演，挥舞战刀，在马上射击，捡哈达、挑红布，十分精彩，连红军战士看了也大声喝彩。

中央波巴政府和四方面军总部为二方面军准备了大量食品。这一天各部队分别举行会餐，整个甘孜坝子，处处升起缕缕炊烟，空气中都弥漫着牛羊肉和酥油茶的香味。这样壮观的会餐场面，在二、四方面军的历史上，也极其少有。红军里有很多四川人，有的战士情不自禁地说："今天耍得开心，吃得安逸！"

太阳落山，夜幕降临，按照当地习俗，举行盛大的篝火晚会。

按照香根活佛的吩咐，普布嘉和贡布泽登两个管家，从库房里拿出牛羊肉和大米、白面、酥油、砖茶，当天晚上，在孔萨官寨为王维舟军长和军部的其他同志，以及波巴政府的工作人员，准备了一顿丰盛的晚餐。

藏族战士亲历的会师盛会

胡宗林是参加过甘孜会师的老红军。他回忆当时的情形说：

过了1936年的春节，二三月份，四方面军总部决定全军往康北方向前进。因为国民党薛岳部和四川军阀数十万人，正在向宝兴方向推进。我们离开宝兴，经大小金川，向丹巴前进，没有过夹金山，而是过党岭山到丹巴。

在丹巴略作休整后，上级命令我们继续前进，到炉霍和甘孜，我还在收容队。从丹巴到炉霍，全是山路，要翻越好几座大雪山，最高的一座大雪山，叫巴郎山，有六千多米高，比夹金山还要高，还要难过。红军自南下以来，就没有得到很好的休整，疲惫不堪，每翻越一座大雪山，就有很多同志倒下去。我们收容队一路上照顾伤病员，有时还要掩埋牺牲的战友。几万部队，拉得很长，指战员们走得很累，走得很苦，掉队的越来越多。我们也不管是哪个部队，只要是红军，我们都管，想方设法帮助他们。我的马，我自己一天也没有骑过，都让给伤病员骑。

有一次过雪山，远远看见有两个红军靠在路边躺着，我们以为是走不动了，想去帮他们，走到跟前一看，两个红军已经冻僵了，与山体上的冰冻在一起了，拉都拉不起来。我们只好在附近挖一点土，铲一点雪，将他们掩埋。每当遇到这种情况，我都非常难受。比在战场上看到战友牺牲还要难受。打仗嘛，枪一响，总要死人。汉族同志们，为了革命的事业，历尽千辛万苦，来到雪山草地，壮志未酬，却长眠在雪山草地，连好好安葬的条件也没有。作为收容队，我总觉得没有尽到责任，对不住这些牺牲的同志，心里总不是滋味。

上级命令我们军驻扎在炉霍，张国焘的伪"中央"也在炉霍县。张国焘本人和他的伪"中央"住在寿宁寺。朱总司令和徐向前、陈昌浩率领主力到甘孜。四方面军的总部也在甘孜。炉霍还有红军大学，刘伯承任校长。

不久，听说二、六军团要到康北，四方面军组织慰问团，准备热烈迎接。遵照上级指示，三十一军也组织了慰问团，下面分慰问组和接待组，慰问组负责赠送慰问品、宣传鼓动、贴标语口号、演出节目等活动。让我到接待组做接待工作，我们的任务是安排房子，打扫卫生，不但要把房子打扫得干干净净，还要把院子和大街也打扫干净。当地老乡也很满意，夸奖说：过去甘孜城过年过节，也没有打扫得这么干净。

上级特别强调，贺龙、萧克率领的二、六军团，能征善战，他们打了许多大仗，转战数省，经云南，来到西康，我们一定要热情欢迎，做好接待工作。大家听了都很高兴，又一支红军队伍要到藏区，革命的力量会更强大。还编了欢迎二、六军团的歌曲。我们高高兴兴，唱着歌去迎接。现在时间长了，歌词记不得了，但当时热烈的场面，还是记得很清楚。

萧克、王震率领的六军团于1936年6月先到甘孜，与四方面军胜利会师，三十一军负责接待。

我们借了一栋房子，房东男的叫仁增杰布，是个积极分子，在甘孜县苏维埃政府工作，女的叫央宗卓玛。上级说，要把二军团的机关安排在这里，要我们好好收拾。房东家的院子很大，是平房，平时做马厩，养奶牛，堆草料，可以住几十个人。与主人家商量，把马和奶牛牵到别处，我们把院子打扫得干干净净，那里灰尘很大，一洒水，又成了泥巴，只好用嘴来喷水，做得非常细心周到。还有一个三层的楼房，第一层堆放粮食等杂物，第二层住人，第三层是经堂。主人家自己只留下卧室和灶房，其余全部腾出来让红军住，连经堂里也安排了一些人。当地群众对红军很热情，真心诚意帮助红军。

房东把大火塘也借给我们用，我们在大锅里烧开水，等着六军团的同志到来。

第二天，来了很多人，在门口站岗，由三十一军的战士担任警卫。第三天，六军团的同志们来了，后来才知道，政委王震就住这里，隔壁有一栋比较小的房子，军团长萧克住那里。领导上把照顾王震和萧克的任务交给了我们。

第一天见到王政委就给了我很深的印象，他骑着马，威风凛凛，后面跟着许多战士。到了大门口，他跳下马，先不进门，看了看甘孜的大街，高兴地说："这街道很宽敞嘛！"又看了看周围的房子，才走进门来。我们当时也不认识王震，见一位首长进来，就立正敬礼，问首长好！王震亲切地同我们一一握手，说："我叫王震。"后面一个参谋模样的人介绍说:"是我们的政委。"可能是看到院子打扫得干干净净,王震说:"你们辛苦啦!"我们回答说:"首长辛苦,六军团的同志辛苦。"

等王震他们进了房子,我们赶紧把早已烧好的热水端去,让他们洗脸洗脚。然后又把熬好的马茶,也就是砖茶,加上一点盐巴送去。他们一路艰苦跋涉,有时连一碗开水也喝不上,今天能喝上盐茶水,感到很高兴。头一天,就给他们一个亲切友好、回到自己家里的感觉。

房东对红军也很热情,说:"光喝开水和茶水不行,要喝酥油茶。"就拿出自己家的酥油给我们打酥油茶。王震同志也跟大家一起喝。房东看到大家都会喝酥油茶,感到很奇怪,问:"你们是什么时候学会的?"

他们回答说:"在云南路过藏区时就喝过。"

有个战士说:"我喝不习惯,还是茶水好喝。"

王政委说:"不行!到了藏族地区,要学会喝酥油茶,不喝,捏着鼻子,灌也得灌下去。"然后讲了在高原喝酥油茶的好处。我听了很惊讶,王政委刚到甘孜,对藏区的情况了解得这么清楚,对喝酥油茶的好处讲得那么透彻。

那时吃饭,分大、中、小灶。我们吃大灶,师、团长吃中灶,王政委吃小灶。都要到伙食团打饭。我们吃的是包谷饭,有时还要加没有磨成面的青稞和麦子,一起煮来吃。小灶吃的是包谷和大米饭。包谷是黄的,米饭是白的,炊事员取了一个好听的名字,叫"金包银"。吃饭时,王政委同大家在一起,把他自己的"金包银"拿来,倒在大锅里一起吃。王政委艰苦朴素、平易近人的作风,给了我深刻的教育。

6月29日,贺龙、任弼时、关向应率领的二军团也来了,几路红军胜利会师。

张国焘、刘伯承等领导人也从炉霍到甘孜。四方面军先到甘孜,人也多,算是主人,总部决定四方面军住城外,搭帐篷;让二、六军团的同志住城里,把房子全部让给他们。四方面军还准备了毛袜、毛手套、毛坎肩等衣物,都是战士们亲手编织的,作为慰问品送给二、六军团的同志。

接着在甘孜寺前的大广场,召开庆祝大会,有二、四方面军的指战员,还有藏民骑兵师和一个藏民骑兵团,他们都骑着马,有的穿红军的军装,有的穿着藏装,都是康巴汉子的打扮,威风得很。此外还有苏维埃波巴政府的骑兵警卫连,连长是扎喜旺徐。后来他参加长征,解放后先后担任青海省委副书记、副省长、省人大主任等职,成为一位优秀的领导干部。还有当地组织的游击队。

甘孜寺、大金寺、白利寺的喇嘛也参加了庆祝大会。广场上红旗招展,人山人海,自我参军以来,还是第一次看到这种热烈盛大的场面,心情非常激动。

大会结束,接着召开军民联欢会,红军的文艺战士演出了自己编排的、歌唱胜利会师的节目，藏民们男男女女、老老少少一起跳弦子，跳锅庄。喇嘛们也不甘落后，他们跳一种叫"羌"的宗教舞。

红军和波巴政府的领导人坐在主席台上，我们在广场上值勤，维持秩序。王政委在主席台上，看见我，就让警卫员来叫我，我以为有什么事，赶紧上去，王政委说："你就站在这里看，多好的节目啊！"

站在主席台上，果然看得很清楚，藏民跳完锅庄舞，就举行赛马，二方面军没有骑兵，四方面军的骑兵参加了赛马。参加赛马的，主要是藏民骑兵师和骑兵团、游击队，还有当地的康巴汉子，康巴汉子以剽悍勇敢著称，马术也非常高超。他们进行各种马术表演，挥舞战刀，在马上射击、捡哈达、挑红布，好看得很。我参加红军不久，上级就分配给我一匹马，但那是做通信和收容用的，没有进行马术训练，也没有见过这样精彩的马术表演，看得很过瘾，很振奋人心。

这时，一些青年人和妇女端着酥油茶壶给主席台上的首长们倒茶，还用木盘端着油炸果子，藏语叫"卡赛"，果子很长，很大，又脆又香，非常好吃。这种"卡赛"只有土司头人和喇嘛活佛才能吃得到，我们普通老百姓，就是过年过节，也很难吃到一点。王政委让我吃。王政委与格达活佛坐在一起，他指着我，对格达活佛说："他也是藏族，是阿坝的藏族。"格达活佛懂一点汉话，他用康巴话问我："你是阿坝什么地方的？什么时候当的红军？"康巴话我不会讲，但听得懂，我用我们家乡话夹杂着几句刚学的康巴话回答，格达活佛都听懂了，满意地点点头。

格达活佛拿一个果子给我，说："你们辛苦啦！"又问："你们那里做不做'卡赛'？"格达活佛很慈祥，也很和蔼，我低着头，双手接过"卡赛"，他在我头顶上摸了一下，算是加持祝福。我用康巴话说："卡卓次仁！"表示感谢，格达活佛高兴地笑了。

当时的气氛非常之好，二、四方面军胜利会师，红军团结，党政团结，军民团结，汉藏两个兄弟民族，亲密团结，革命的形势也非常之好。这种气氛、这种形势，我们这些普通战士也能够感觉得到。

胡宗林的回忆，从一个侧面，反映了"甘孜会师"的盛况，反映了当时红军内部团结、军民团结、汉藏两个兄弟民族团结的友好情谊和热烈气氛。

团结一致，共同北上

1936 年 7 月 5 日，中革军委颁布了关于组建红二方面军的命令：

军委命令：

七月五日决以二军、六军[*1]、三十二军组织二方面军，并任命贺龙为总指挥兼二军军长，任弼时为政委兼二军政委，萧克为副总指挥，关向应为副政委，陈伯钧为六军军长，王震为政委，即分别就职。此令。

朱德、张国焘、周恩来、王稼祥

7月7日，在甘孜寺的香根拉让即香根活佛的家庙里召开高级干部会议。这是一次重要的会议，传达了党中央、中央军委的重要指示，决定二、四方面军团结一致，共同北上。

会议由任弼时主持，朱总司令发表重要讲话。朱总司令主要讲了两个问题：一是坚决拥护中央北上抗日的正确方针。二是要加强团结，加强党内、军内的团结，加强各方面军之间的团结，加强汉藏两个兄弟民族之间的团结，加强各民族之间的团结，建立广泛的民族统一战线，一致抗日，把日本帝国主义赶出中国去。朱总司令反复强调团结的重要性和必要性，说团结就是力量，团结就是胜利。

接着，张国焘宣布中共中央、中央军委关于组建二方面军的命令。

7月27日，中央决定成立中共中央北方局，张国焘任书记，任弼时任副书记。

二、四方面军会师前夕，张国焘擅自成立的"临时中央"，是一个必须解决的问题。徐向前说："取消'临时中央'的问题，大家都很关心。经张国焘与中央磋商，决定由二、四方面军领导人组成西北局。6月上旬，张国焘在炉霍召开党的活动分子会议，正式宣布取消伪中央。"[*2]这就为共同北上，扫除了障碍。

两军会师后，群情振奋，形势很好，与此同时，面临的困难也很多，最主要的是要为几万大军筹集粮食，准备过草地的物资。从总部领导到普通战士，要做的事情很多很多，也都很紧迫。就在这关键时刻，张国焘贼心不死，继续坚持分裂主义的错误立场，派人给二方面军送去一批小册子，诬蔑中央，鼓吹他的错误路线。这些小册子被贺龙、任弼时发现后，立即命令全部封存，没有下发部队。

张国焘还向贺龙、任弼时提出召开军事联席会议，讨论当前的政治路线问题，也受到抵制。贺龙、任弼时说："开这样的联席会议，报告由谁来作，如果出现分歧，由谁来作结论？"他们主张先搁置问题，从维护团结的大局出发，制造和谐气氛，先按

[*1] 二军、六军即二军团和六军团。

[*2] 《徐向前回忆录》，解放军出版社2008年版，第361页。

党中央的指示北上，政治路线问题可等待一、二、四方面军会师后，再找适当的时机召开中央会议解决。

1936年7月2日，二、六军团和四方面军领导人在甘孜召开会议，着重讨论红军北上同中共中央和一方面军会合问题。张国焘在会上采取颠倒是非、挑拨离间和封官许愿等手段，欺骗、拉拢二、六军团领导人，当即遭到贺龙、任弼时等的坚决抵制和反对。由于朱德、贺龙、刘伯承、徐向前、任弼时、关向应等的坚决反对，张国焘的阴谋未能得逞，会议决定了继续北上与党中央会合的行动方针。对此，《中国工农红军第二方面军战史》作了比较详细的记载：

1936年6月23日，六军团到达蒲玉隆时，朱德总司令就来到这里与萧克、王震等会了面，进行了亲切的交谈。7月1日，贺龙、任弼时、关向应等率二军团到达甘孜甘海子，也会见了朱德总司令。

在这两次见面时，朱德总司令都详细地介绍了有关张国焘反对党中央，另立"中央"，分裂党和红军等阴谋活动的情况。在会见贺龙、任弼时、关向应时，还拿出中央政治局两河口会议、毛儿盖会议的决定，以及中央严令张国焘率部北上的电报给他们看，并说：由于张国焘的错误，使四方面军南下以后受到了严重挫折，最后退到了这里——西康的甘孜一带。经过党中央一再批评督促以及我和刘伯承、徐向前等四方面军领导同志及广大指战员的坚决斗争和要求，张国焘才被迫取消了非法中央并同意北上，但他还是反毛（泽东）周（恩来）张（闻天）博（古）的，他反对中央的问题并没有完全解决。朱德强调指出："此时，我们的工作是做团结工作，就是如何想办法会合中央。"朱德与任弼时、贺龙、关向应、萧克、王震谈话后，刘伯承也来与贺龙、任弼时作了深谈。他说："对张国焘不能冒火，冒火要分裂。中央在前面，不在这里。"[1]

以前在红军总部，除了朱老总以外，可以说张国焘谁也不放在眼里。两军会师后，任弼时是中央政治局委员，贺龙是南昌起义的总指挥，关向应是中央委员，贺龙对张国焘在南昌起义的关键时刻临阵退缩的表现印象深刻。任弼时、贺龙在党内、军内都有很高的威望，这样张国焘也不得不有所收敛。二、四方面军会师时，为了防止张国焘以势欺人，重演一、四方面军会师后的故伎，二方面军对所属兵力进行了严格保密，所以张国焘一直没有掌握二方面军到底有多少人马，不敢轻举妄动。在朱德、刘伯承、任弼时、贺龙、关向应等同志的耐心说服及二、四方面军广大干部战士的强烈要求下，张国焘最终只得同意率军北上。可以说二、四方面军的胜利会师，对两个方面军最终

---

[1] 转引自《中国工农红军长征史》，山西人民出版社1996年9月版，第275页。

一起北上起到了关键作用。

谈到甘孜会师的意义和影响时，徐向前说："7月初，二、四方面军在甘孜会师。四方面军先行，二方面军跟进，共同北上。任弼时同志高度评价两军会合后的团结气氛，积极为促进党和红军的团结而努力。他在7月10日致电党中央：'四方面军曾以很大动员迎接慰劳二、六军。现在二、四方面军阶级友爱的关系极好，在目前政治形势和党的策略路线决议基础上是团结一致的。'他不顾劳累，在甘孜，在行军途中，分别找红军总部和四方面军领导同志谈话，了解过去党内分歧的经过，实事求是、珍重团结之情，溢于言表。弼时同志向中央建议，在三个方面军靠拢时，召集一次中央扩大会议或政治局扩大会议，并请共产国际派代表出席，分清是非，消除以往的分歧与隔阂。中央同意他的意见。"[1]

朱总司令亲自担任筹粮委员会主任

红军决定北上。贺龙率领的二方面军是第一次过草地，四方面军则有两次过草地的经验，他们深知过草地的艰难，但不走草地，也没有别的路可走，所有道路都被国民党几十万大军封锁。在谈到当时的形势时，有人说：红军万里长征，白军万里长追。事实的确是这样，在国民党军队的围追堵截下，红军在人烟稠密、物产丰富、群众基础好的地方没有落脚之地。张国焘作为书记，他分工，自己总管全局，徐向前、陈昌浩、贺龙负责军队行动，而把筹备粮食的任务交给朱德，总司令亲自担任筹粮委员会主任，成员包括周纯全、李先念、王维舟、邵式平等红军高级将领。并指定刘伯承协助朱德。在当时局势下，朱德、贺龙、任弼时等人也只能同意这种安排。

会师大会之后，红军准备过草地，从各方面积极做准备。

四方面军的人，过了两次草地，大部分人是半路返回，其间的艰难困苦，大家有亲身经历，现在说，又要过草地，而且是"大草地"，从这一头，走到那一头，大家都有点害怕。二方面军从云南过来，爬过一些雪山，但没有爬过夹金山那样的大雪山，也没有走过草地。一听四方面军的同志讲过草地的艰难，也有些胆怯。

领导上就反复讲：我们有两次过草地的经验，这第三次，也一定能胜利走过。要求全军指战员树立不怕困难、勇往直前的大无畏革命精神。

做了思想工作，就做物质准备。大家都知道过草地很冷，第一、二次过草地，由于准备不充分，冻死、饿死了很多人，造成很大损失。总结过去的经验教训，朱德、

---

[1] 《徐向前回忆录》，解放军出版社2008年版，第364页。

刘伯承和红军总部提出明确要求：每个红军战士每人平均要准备三斤羊毛、十五斤粮食，条件允许的话，每人还要准备七八斤干柴。

这个要求，不是针对少部分人，而是全体红军战士，包括二方面军、四方面军、原一方面军参加左路军的董振堂的五军团和罗炳辉的九军团，加上机关人员和后勤部门。四方面军包括五军团和九军团，有五六万人；二方面军有一万多人，加起来有七八万人。每人三斤羊毛、十五斤粮食，就需要二十多万斤羊毛、一百二十多万斤粮食，这是一个不小的数目。在筹粮过程中，充分发挥了各级苏维埃波巴政府、各级党组织和群众团体的作用。当时的藏族社会，政治制度落后，社会生产力低下，就广大贫苦农牧民群众和娃子们来说，温饱尚不能保证，常常是家无隔夜粮，没有余粮支援红军，红军把工作重点放在土司头人、富商和喇嘛寺方面。征粮委员会派出大批工作队到各地、各寺院征粮。

遵照朱德、刘伯承的要求，格达活佛和香根活佛等人利用自己的社会关系和社会影响，四处联系，并劝说、恳求甘孜寺和大金寺的其他活佛和堪布，将寺内大小库房的存粮尽可能拿来支援红军。甘孜寺有两千多名喇嘛，大金寺号称有三千八百名喇嘛，在当地来说，是个大寺，而且比较富裕，但他们的存粮也很有限，要供给几万大军的给养，无异于杯水车薪。他们便到外地想办法。德格土司和夏克刀登也很热情。邦达多吉紧急从昌都运了一些粮食和茶叶。

红军在甘孜期间，每天的消耗，就是一个不小的数目。仅靠甘孜地区不行，红军就通过各级波巴政府，到德格、邓柯、白玉、色达、班玛和道孚、炉霍地区筹措。香根活佛把甘孜寺和孔萨官寨的堪布、管家都派了出去，格达活佛也四处奔走。

与此同时，各级苏维埃波巴政府发动积极分子到草原和森林里挖人参果、虫草，采集蘑菇、菌类和野菜。老人们回顾当时的情况说，无论是阿坝草原，还是甘孜地区，那一年雨水都特充沛，蘑菇等野生食物长得特别好，人参果和虫草长得也很多。人们高兴地说："天助红军。"人参果是优质食品，而虫草是珍贵药材，是很好的滋补药材。对经过长途跋涉、体质衰弱的红军官兵来说，是最好的补品。总经理部规定，人参果和蘑菇等野生食物分给各个部队，虫草上缴卫生部，重点保证伤病员。

还组织积极分子和藏族战士上山狩猎，下河捕鱼。张国焘在《我的回忆》里也谈到这些情况。藏族群众普遍信奉佛教，禁止杀生，由汉族战士直接去狩猎、捕鱼，容易伤害群众的宗教感情，产生违反群众纪律的问题，由藏族战士和积极分子去狩猎和捕鱼，就可以减少这方面的矛盾和麻烦。上级规定：捕到的鱼，可以当即分给各部队改善伙食，算是加餐。肉食要列入粮食供应的指标，半斤肉算一斤粮食。

通过这些办法，极大地缓解了红军的粮食困难。当然，靠打猎、抓鱼，只能救急，解决一时之需，不可能解决红军长期的供应。在严峻的现实面前，张国焘意识到雪山草地不是久留之地，必须尽快离开，否则红军会陷入绝境，很难度过第二个冬天。

除了吃饭，穿衣方面也遇到了很大困难。甘孜县城，有三四家缝纫店，有几台缝纫机，都是汉人开的小店铺。四方面军总部和张国焘本人所在的炉霍县，连一家缝纫店也没有。道孚、新龙等小县城更没有。总经理部将从邦达仓和其他商人、寺院购买的布匹和氆氇分给各部队，让战士们自己缝制背心、坎肩，有的战士还自己缝棉衣。当地没有棉花，就用羊毛代替。

上级给每人发了两三斤羊毛，这些羊毛要自己编织毛袜、毛手套和毛背心。绝大多数战士是第一次看到羊毛，羊毛拿到手里，不知该怎么办。红军就请当地群众教战士们，要经过洗、撕、捻、编织等很多道工序。羊毛很脏，油腻也很多，不洗干净，无法编织。这羊毛很难洗，房东教战士们，要拿到河边，放在石板上，用木棍敲打，这样才能洗得干净。

当时，在甘孜的雅砻江两岸，在炉霍、道孚，在金川，在丹巴，江河畔、湖水边，到处是洗羊毛、鞣羊皮的人，成百上千的人，有红军战士，也有藏族同胞，也有一些小喇嘛，形成一道别具特色的风景线。

藏族地区是以牧业为主，半农半牧、半林半牧的地区，剪羊毛、洗羊毛、编织羊毛是很普遍、很寻常的生产劳动，然而，如此众多的人聚集在一起洗羊毛，过去从未有过，以后也不会有了。

羊毛一沾水，就卷成一团，也没有别的工具，只好用手一点一点撕开，然后捻成线。战士们有的在家捻过棉线，但没有捻过羊毛，捻羊毛，比捻棉线难多了。藏胞教战士，让他们用一个木陀拉着，才能捻好。几万指战员，也没有那么多木陀，有的人想办法，用洋芋（土豆）代替，还有用圆根的。这办法果然很灵。指战员们用拿惯了枪的手，笨手笨脚地捻羊毛，虽然粗细不匀，长短不齐，但总算捻成了线。于是开始编织毛袜、手套，羊毛多的，就织成帽子、围脖，或背心、坎肩。

胡宗林当时被派到六军团为王震政委服务，住在城里，他回忆当时的情形说："上级给我发了三斤多羊毛，房东大妈帮我，织了一双袜子，一双手套，一顶帽子，还织了一件背心。羊毛不够，又领了一点，房东大妈给了我一点。"

胡宗林说："房东阿妈知道我们要走了，很舍不得，说你这么小，到那么远的汉人地方行吗？房东夫妇俩年纪比较大，我叫他们阿爸、阿妈，他们像对自己的孩子一样关心我，照顾我。看我们实在要走，阿妈给了我一件氆氇做的毛坎肩。我收下了，阿妈又给我一坨酥油，让我带在路上吃。我不敢要，说：红军有纪律，不能拿群众的东西。阿妈说：这不是你拿的，是我送给你的。我还是不敢要，说：我拿了你的东西，就要给钱，可是我没有钱。

"这事让王政委的警卫员知道了，他向首长汇报。王政委对我说：'没有关系，你拿上吧，这是主人家的一片心意。我们负责统一给钱。'

"我就把那坨酥油放在米袋子里。藏族阿爸、阿妈很厚道，很善良，对红军给了很多帮助。我们那么多人住在他们家，他们把好房间腾出来，让王政委和机关的同志住，用他们的柴火烧水做饭，一分钱的房钱都没有要。"

张国焘在《我的回忆》中，谈到当时的情形时说："在'吃'的问题上，我们花的力量还要多些。当地的青稞大体是由我们统制，实行定量分配，奖励节约，反对浪费。每人的青稞分配量，多数时间是每天一斤。宰牛统制得更严，奖励制牛肉干，以便一条牛能供一连人约一周之用。粮食加工的工具很缺少，经我们分配，由军队和藏人轮流使用，但仍不够分配，战士们有时要将没有加过工的青稞煮熟来吃。

"蔬菜在这一带亦极缺乏，生产量供给藏人已感不足，我们来了之后，每天吃的都是青稞牛肉牛酪之类，没有蔬菜是相当严重的问题。所幸当地盛产一种野生的根科植物名叫人参果（也许《西游记》上所说猪八戒吃的是人参果，就是这一类东西），可以佐餐。我们用竞赛的方法，鼓励战士们去搜掘，每人每天可掘得十几斤或更多些，最高纪录曾达到五十斤。人参果和青稞煮在一块吃，相当可口，而且也很富营养。不过我们人数太多，这种野生植物，经过我们大量搜掘之后，不久也就稀少了。此外，我们也派战士去猎禽兽和打鱼，但藏人迷信甚深，看见我们的战士去渔猎，往往不乐意的表示。"[1]

1935 年夏天至 1936 年夏秋之交，红军在藏族地区的经历和筹粮筹款过程，给朱德、刘伯承、贺龙留下了深刻印象。十五年后，朱德作为中国人民解放军总司令，刘伯承作为西南军政委员会主席、第二野战军司令员，贺龙作为西南军政委员会副主席、西南军区司令员，遵照党中央、毛主席的指示，指挥人民解放军进军西藏、解放西藏、巩固国防，进行"我军历史上的第二次长征"时，深刻总结、充分运用了红军经过藏族地区的经验，因而胜利完成了进军西藏、解放西藏、巩固国防的伟大使命。

---

[1] 张国焘：《我的回忆》第 3 册，东方出版社 1991 年版，第 382～383 页。

第二十三章　焚香祝祷送亲人

"第一重要的任务"

四方面军主力之所以要离开阿坝地区，到甘孜地区，一个重要原因是阿坝地区解决不了几万大军的吃饭问题。红军一到藏族地区，就积极开展群众工作，建立各级苏维埃波巴政府，就是要依靠广大僧俗群众筹集粮食，帮助红军，渡过难关。在召开第一次全国波巴人民代表大会时，朱德总司令恳切地对中央政府的各位领导人说：波巴政府现在正式成立了，我们波巴政府要做的事情很多，很重要，但是，当前第一重要的任务，就是帮助红军筹集粮食。朱总司令员担心翻译得不准确，或者引不起各界人士的高度重视，举起右手，伸出食指，用浓重的四川口音，一个字一个字地说："这是第一重要的任务。"

红军长征在藏区所面临的一个最大、最迫切的问题就是粮食供给问题。康区地处高原，土地贫瘠，物产不丰，人口稀少，粮食和物资十分匮乏。南下失利，通往内地的道路被敌人严密封锁，供应线被切断，经过 1935 年年底至 1936 年年初最寒冷的冬天，四五万大军的吃饭问题就显得更加迫切，更加突出。与此同时，与民争粮的矛盾也显得更加尖锐。

红军的粮食供应，一靠红军自己筹集，二是靠广大群众支援。而这两个筹粮途径的基础都是群众，只有争取了群众的支持和拥护，才能解决这一对红军生死存亡攸关的大问题。

由于红军在筹粮工作中始终坚持了对群众做深入细致的宣传解释工作，动员群众，依靠群众，争取群众的理解和帮助，并力求做到节约粮食开支，尽量减轻群众负担，保障群众基本生活需求，筹粮时严格执行纪律，不烧、不杀、不抢，充分尊重藏族人民群众的民族习惯和宗教感情，这样就在一定程度上缓和了红军与民争粮的矛盾，从而获得了康区藏族人民的爱戴和拥护。藏区人民在极其困难的情况下，积极为红军筹集粮物，为红军的筹粮工作作出了最大的努力，作了力所能及的最大贡献，也付出了巨大的牺牲。

与内地不同，藏族地区实行政教合一的政治制度，土司头人掌握着地方政权，加上生产力落后，农牧民群众十分贫穷，粮食和牛羊，基本上都掌握在土司头人和寺院手中，只有通过他们，才能筹集到红军急需的粮食和肉类，以及必要的经费和物资，这就必须有效地开展对民族、宗教界上层人士的统一战线工作。

在这种社会历史背景下，特别值得一提的是土司头人和喇嘛寺对红军的支援。

根据这种新形势、新政策，共产党、红军与土司头人、喇嘛活佛以及各类商家、商号建立广泛的联系，多方接触，广交朋友，消除了隔阂，增进信任。与这种方针和政策相适应，红军进入藏区后，与那里的寺院和土司头人签订了各种口头的和书面的协议，土司头人和各寺院的喇嘛活佛承担支援红军，帮助红军筹粮筹款、筹集军需用品的责任；共产党、红军则承诺在当前，尊重藏胞的风俗习惯和宗教信仰，保护喇嘛寺院；打倒国民党蒋介石、建立新中国以后，共产党红军帮助藏胞发展进步，实现伟大的民族复兴，全面贯彻"灭蒋兴藏"的方针。

在这一政策感召下，很多土司头人和喇嘛活佛，拒绝与国民党合作，不接受国民党的委任，不要国民党给的枪支弹药和经费，转而与红军合作，支援红军。

德格土司的大管家夏克刀登也很有代表性，红军到藏区之前，刘文辉委任他为"保安司令"，要他负起阻挡红军、"保境安民"的责任。

德格土司极盛时其疆域，北至河源与青海界；东至绒坝岔与甘孜界；南至巴安界；西至达玛拉山与昌都界，西北一隅连塔里木沙漠地方。红军到康北时，德格土司所辖行政区包括德格、白玉、邓柯、石渠及金沙江以西至江达县，是康区势力最大的土司。为了巩固自身的统治地位，历代德格土司与中央王朝均保持了良好的隶属关系，与西藏地方既保持良好的政教关系而又不受其控制，基本的方针和政治态度是：拥护中央，康人治康，自己的地方自己治理。国民党西康宣慰使诺那到甘孜后，即写信命令德格土司尼麦·泽旺顿登组织土司武装阻击红军。红军进占甘孜后，刘文辉答应其二十四军从康定向西进击，电令德格土司配合诺那的别动队，由西向东阻击。但刘部始终未能翻越折多山。德格土司按刘文辉命令，调集辖区五县的一千五百余名士兵，多数为骑兵，由大管家夏克刀登率领，在甘孜西部绒坝地方对红军形成弧形包围，并不断袭击红军。夏克刀登那一点士兵哪里是红军的对手，在顾乃山刚一交手，部队被击溃，夏克刀登负伤，被红军三十军88师俘获，先遣团立即向李先念政委汇报，李先念指示要以礼相待，不能当"俘虏"对待，要精心治伤。李先念本人带着少数几个警卫员，纵马赶到绒坝岔，连夜对他进行耐心细致的教育，争取他与红军友好合作。夏克刀登为红军执行的优待俘虏、主张民族平等、民族团结的政策所感动，感到自己被刘文辉欺骗利用，于是转变了对红军的态度。红军把他送到甘孜，并让他与德格土司联系。第二天便与李先念签订了《互不侵犯协定》。

德格土司之子俄马相子在顾乃山战斗中侥幸逃回柯鹿洞，不知夏克刀登生死，遂派江达小头人乌金泽登去甘孜了解。他在绒坝岔见到红军，问明情况后，红军把他送到甘孜，见到了夏克刀登。夏克刀登向他叙述了红军的民族、宗教政策，以自己的亲身经历说明红军对待藏民的友好态度，其他被俘人员也都得到很好的待遇，并被释放。乌金泽登回到柯鹿洞报告了俄马相子。

夏克刀登是一个典型的康巴汉子，他性格豪爽，敢作敢为，庞大的德格土司的家业他能当大半个家，他当即从玉隆牧场派出一个庞大的运输队，包括三百多头牦牛和一百多匹马，驮着当时红军最需要的粮食，送到甘孜，一并送给红军。他对李先念说：牦牛可以运输，还可以宰杀吃肉；马匹可以作为军马。三十军经理部一位负责人说："这太好啦！连皮带馅全给我们啦！"

当时各界人士、各个寺院究竟支援了多少粮食和物资，没有精确统计，很多资料也散失了。据四川省民族研究所 80 年代统计的资料：

炉霍县苏维埃波巴政府副主席相佐·益西多吉是寿灵寺的大堪布，比较富有，将家藏的数万斤粮食和几十头牲畜全部支援红军，当时红军开了借据。道孚县瓦日乡波巴政府主席陈戈，将自己家中仅存的 50 斗粮食和 200 斤猪肉全部献给红军。

康定的金汤、鱼通群众为红军筹集粮食约 30 万斤。泸定岚安群众支援红军粮食10 万余斤。泰宁八美区群众了解到康定金刚寺在拍桑村存有大量粮食后，就由泰宁波巴独立军派人与红军一道去运回了 200 多驮粮食。一驮至少是 120 斤，200 多驮，至少是 2 万多斤。八美、下龙吧、中谷等村的群众主动把惠远寺会首的粮食从窖中挖出支援红军。

苏维埃波巴政府的大多数成员都出身于劳动人民家庭，他们并不富裕，但也尽其所能，支援红军。据不完全统计，红军在道孚期间，道孚人民支援红军粮食约 400 万斤。红军到雅江后，雅江呷拉、本达宗、八角楼等地的群众也帮红军筹集了很多粮食。炉霍朱倭一个名叫玛嘉切绕的藏民把家里储存起来准备为年迈的父母办丧事的粮食，全部献给了红军，受到红军的称赞。炉霍雅德、泥巴、宜木、斯木的群众，一次就支援红军粮食 400 万余斤。甘孜的贫苦群众把仅有的一袋、半袋粮食拿出来支援红军，仅绒坝岔的群众就支援红军粮食 660 袋，合 52800 斤。生康乡的群众支援红军粮食 2 万多斤。瞻化（新龙）群众积极支援红军，河西乡支援粮 300 多斤，牦牛 15 头；沙堆乡粮 6000 多斤，牛羊毛 6000 多斤，牦牛 100 多头；乐安乡粮 5000 余斤；阿色乡牦牛 1000 多头。据老红军张天伟等人回忆，瞻化各地为红军筹集的牦牛有 2000 多头，因此部队专门成立了饲养连，与当地牧民一起放牧，逐渐分给各部食用。雅江、道孚、炉霍、甘孜、瞻化的群众，还帮助红军筹集了大量的羊毛、羊皮和牛皮。并为红军搓羊毛，鞣皮子，织毛衣，织袜子，做皮衣、皮靴，解决红军所需的御寒装备。

各级波巴政府成立后，都把支援和帮助红军作为政府的一项重要工作。如道孚县波巴政府成立后，就专门作了《关于粮食问题的决定》。要求："一、由群众共同商议，依照存粮多少，筹出一部分粮食出来，平价卖给无粮群众和红军吃用；二、现在正是打康定的时候，凡我波巴群众都应一致赞助，决定本特区借给红军战粮 3000 石。有粮的多出，无粮的少出。"各级波巴政府还专门在政府内设有粮食部或粮食委员，其主要的工作就是为红军筹集粮物。此外，波巴政府还派出大批工作人员和积极分子，深入村村寨寨，不辞辛劳地挨门过户向群众作支援红军的宣传和动员。他们有的到远离县城几百里的地方，用钱物换回粮食和牛羊支援红军。有的到喇嘛寺和土司头人处耐心地向上层喇嘛和土司头人做宣传动员工作，动员寺庙和土司头人支援红军。[1]

据甘孜县文史资料记载，签订《互助条约》后，甘孜寺委派喇嘛洛绒牛拥、土登郎加负责向下属的 7 个喇嘛寺和奇多寺征集，据现存于四川省博物馆的甘孜寺支援红军粮食登记簿（藏文）记载，这 8 个喇嘛寺共交给红军经理部青稞 7746 斗、豌豆 5305 斗，共计 195760 余斤。更龙寺也支援红军粮食 50 多石，约 1 万余斤。[2]

"天邦达，地邦达"

邦达仓是康区一家巨商，在整个藏区也很有名。"仓"即家族之意。邦达家族主要是邦达多吉、邦达养丕、邦达饶噶三兄弟在经营，他们的影响力遍及全藏区，有所谓"天邦达，地邦达"的说法，意思是说，普天之下，大地之上，都是邦达的经营范围，在成都、南京、上海、西宁等地有他们的商号，在印度和尼泊尔也有他们的商号。这样的巨商在整个西藏也只有几家。

当时邦达多吉正在甘孜，受刘伯承委托，格达活佛就请邦达仓利用他们特殊的关系，从西藏运一批布匹。邦达多吉问："要多少？"格达说："有多少要多少，红军等着

---

[1] 参见《红军长征在甘孜藏区》，成都科技大学出版社 1993 年 5 月版，第 221～226 页。

[2] 参见《红军长征在甘孜藏区》，成都科技大学出版社 1993 年 5 月版，第 227 页。

用。"格达活佛又说："最好能从印度进一点货。"格达活佛并不知道红军究竟要在甘孜和康区停留多久，那时张国焘不愿北上抗日，一再提出要建立"川康革命根据地"，所以格达活佛也替红军作长远打算。

邦达仓经营的布匹，少量是从内地来的，大部分是从印度进的货，那时边贸是畅通的。邦达多吉说："从印度进货，路途太遥远，不能保证红军的急需，但我可以从康区和昌都地区把所有的存货都运来，必要时还可以从拉萨和亚东调运。"

邦达多吉如此慷慨，使格达活佛非常高兴，立即向朱总司令和刘总参谋长汇报。刘伯承马上会见邦达多吉，商谈有关事宜。

邦达多吉有自己的骡帮，很快运来了红军需要的布匹，还有红军急需的少量药品，有盘尼西林、阿司匹林，还有纱布和药棉。

邦达仓有不少库存的茶叶。茶叶不但是很好的饮料，而且有丰富的维生素。将茶叶煮了，熬成茶膏，在缺少燃料的地方，开水一冲，就能饮用，既可解渴，助消化，能缓解高原反应，还有解毒作用，是一种很适合高原饮用的饮料。过去远行的骡帮，朝佛的香客，都带着茶膏。藏胞把这个办法教给红军，在过草地时，发挥了重要作用。

刘伯承信守诺言，付给了银元和金砖、金条，邦达仓的骡帮将一箱箱银元和金砖、金条运走。红军带来的银元和金砖、金条差不多都用完了，采购粮食和药品的银元和金砖、金条，大部分是甘孜寺、大金寺、寿灵寺等几个大寺院支援的。

群众看见了，编了顺口溜，述说这种情况：

"活佛出了力，商人赚了钱，红军受了益。"

由于邦达多吉在支援红军方面作了重要贡献，又善理财，在成立甘孜波巴中央政府时，被任命为财政部长。解放后，邦达多吉先后担任昌都解放委员会副主任，昌都警备区副司令员、司令员，西藏自治区筹备委员会委员等职。

1955年授衔时，授予邦达多吉大校军衔，还当选为全国人大代表；邦达养丕当选为全国工商联常务委员，生前多次受到周总理和陈云副总理、刘伯承元帅的亲切接见。

授予一个大商人大校军衔，在全国也是绝无仅有，主要还是表彰邦达家族当年为支援红军作出的巨大贡献。

邦达多吉与夏克刀登、德钦旺姆和孔萨家族、格达活佛、香根活佛都有密切交往。他们共同担负了支援红军这样一个重要的历史任务。

当时，一般人只看到邦达仓赚了钱，从红军那里运走了大批银元和金砖、金条，他们不知道，邦达仓也有赔钱的时候。前面谈到，遵照刘伯承的要求，格达活佛建议从拉萨和亚东运一些布匹和药品等物资来。但是，这批货物还没有运到，红军就走了，只好将这批货物存放在昌都，受了损失还不敢声张，生怕被国民党政府和噶厦政府发现，当时他们都严禁商人卖给红军东西，一旦发现，就以"通共""通匪、资匪"的罪名，不但没收全部货物，还会给予严厉惩处。

解放后，担任西南军政委员会民族事务委员会主任的王维舟曾当面对邦达多吉说："长征时，你帮了红军的忙。红军买卖公平，你先赚了钱，后来又赔了钱。"王维舟又风趣地说："赚了的钱，全归你，我也不会向你借。赔了的钱，我们会加倍偿还，决不会让你吃亏。"

红军部队里的翻译队伍

红军长征到藏区后，除粮食问题之外，遇到的另一大困难是语言不通和缺乏对藏区情况的了解。对此，藏族人民在提供翻译、向导等方面做了大量工作，各级苏维埃波巴政府成立后，有计划、有组织地从社会上选拔翻译人才，办短期训练班，然后输送到红军队伍中去，很多人就直接参加了红军。

阿坝和甘孜藏区是藏族聚居地区，藏族占当地居住人口的百分之九十以上。藏文和藏语是当地通用的语言文字。只有少数人懂汉文和汉语。红军进入藏区，语言不通成为一大障碍。红军早就考虑到这一问题，在进入康区前，就十分重视学习藏族语言文字的问题，如红军总部在1936年年初曾电令驻丹巴的五军副军长罗南辉和大金省委，要求部队"干部要学番话（即藏话），除加龙（即嘉绒）话外，更须学西番（即藏族）文字、语言，组织番话训练班"。但事实上这并不是能立即做到的事。红军要筹粮吃饭，开展地方工作，宣传党和红军的主张，这些工作的开展，首先要解决的是语言沟通的问题。所以，红军到藏区后，每到一个地方，首先是要找翻译，当地称"通司"。

这里顺便说明一下，在关于长征的文献和图书资料里，很多地方提到给红军当翻译的"通司"，有人以为是藏语。其实不是藏语，而是汉语。"通司"，也有写作"通事"的，就是管沟通的人，从清朝开始就称翻译为"通司"或"通事"。清朝是少数民族占据统治地位的一个王朝，满族入关后，为了与汉族同胞交流、交往，首先必须培养很多翻译人才，朝廷有专门负责翻译工作的机构。然后才自己逐渐学习汉文汉语、汉族文化。在整个清王朝时期，朝廷始终重视各民族之间的翻译工作，也重视对翻译工作者即通司的培养，各个地方政府、各地的衙门，都设有专职翻译。最晚从清朝开始，甘孜、阿坝地区就出现过许多精通汉藏语言文字的翻译人才。甘孜州巴塘县就被称作"出翻译的地方"。

长征时期，一下子来了十几万红军，面对基本上不懂汉文汉语的藏族同胞，对"通司"即翻译的需求量自然就很大了。

正因为这样，红军对通司很重视。在当时红军传唱的歌谣中就有"要优待通司，学番民语言，大家时刻执行并努力"的内容。在实践中，红军也十分优待通司，部队没有粮吃，也要保证通司的粮食。还专门给通司备有马匹，同红军首长一样对待。曾给红军当过通司的道孚灵雀寺喇嘛边巴说："红军首长对我们可好啦，刚开始我觉悟不高，不愿为红军工作，就找各种借口，说脚痛走不得路，生活不习惯等。红军首长一点不生气，耐心帮助教育，还从生活上关心我们。"在康区，曾为红军担任过通司的人难以计数，其中有不少人为革命献出了生命。甘孜地区与汉人的接触多一些，懂汉话的人也相应地多一点，他们很多人都曾为红军当翻译，有的后来都参加了红军。孔萨益多先生说：孔萨家的管家告诉我们，官寨里懂一点汉话的，全派出去给红军当翻译了。

天宝、沙纳、扎喜旺徐、王寿昌、杨东生、胡宗林、黄德璋、袁孝刚、孟特尔等人都担任过翻译。

天宝说，当时领导上让藏族战士们当翻译和向导。但天宝只懂一点汉话，实际上当不了翻译，他自己还要别人帮他翻译。他是喇嘛出身，过去没有出过远门，不熟悉路，也当不了向导，只是跟着老同志们走，他们让他做什么，就做什么。

天宝说，当了红军的藏族战士差不多都派出了，还是不够，上级就找了一些到过内地、跑过生意、上过学、懂汉话的藏胞当翻译，找一些赶过马帮、走过草地的人带路。刘伯承总参谋长把他们当作宝贝，亲自给他们布置任务。

解放初期，四川省甘孜、阿坝、凉山三个自治州的主要领导人都是长征时参加红军的藏族和彝族同志，他们都是老战友、老朋友，都在省委、省政府领导下一起工作，彼此都十分熟悉，亲密无间。在开玩笑时，藏族老红军对彝族同志说："你们彝族真是不行，连个翻译也找不出来，当年刘司令员（刘伯承）到你们凉山，与小叶丹饮酒结盟，当翻译的还是我们藏族。"

彝族同志则反唇相讥："我们不需要培养翻译、我们只要用翻译、管翻译就行。"他们又说："你们藏族才不行，只能出点小翻译，连一个将军也培养不出来，看我们彝族有多少将军！共产党里有罗炳辉，国民党里有龙云、卢汉，解放前夕，他们率部起义，差一点把蒋介石都给活捉了，吓得蒋介石到了昆明，连顿饭都没有敢吃就跑到台湾去了。他要晚跑一步，中国当代的历史就要改写了。你说我们彝族厉害不厉害？"

这倒是事实，彝族没有著名的、优秀的翻译家，但出了很多将军，红军著名的将领、九军团军团长罗炳辉就是彝族。改革开放后拍摄的电影《从奴隶到将军》，就是以罗炳辉的传奇经历为题材创作的。卢汉、龙云率部起义，云南和平解放，使国民党蒋介石退守云南，建立"反共救国"基地的幻想彻底破灭。

藏族在历史上，在红军时代，都出了很多翻译，有些还是著名的翻译家、翻译大师。但在当代却没有出现过真正带兵打仗的将军。

玩笑归玩笑，藏族出翻译，彝族出将军，这倒是一个值得关注的文化现象。

朱总司令对格达活佛说："红军一定会回来！"

红军在甘孜期间，四方面军总部在国民党县政府和团部（国民党二十四军在甘孜有一个团的驻军），徐向前、陈昌浩住在那里，张国焘从炉霍到甘孜后，也住在那里。王维舟的红三十三军军部、邵式平和西康省委在孔萨官寨，与中央波巴政府在一个大院。红军大学在炉霍县的朱倭村，刘伯承作为校长，开始也住朱倭村，后因工作需要，来到甘孜，也曾住孔萨官寨。

朱德住在老街一家小商人家。这是一家二层的藏式楼，中间有个庭院，铺着青石板。门前有条小河，从雪山脚下流淌，沿着甘孜寺，流经老街，注入雅砻江。小河对面是孔萨大院和甘孜寺，红军的一些重要会议就在甘孜寺的"香根拉让"召开。"香根拉让"是香根活佛的家庙，那里有一间宽敞明亮的大殿，能容纳二三百人，香根活佛常在这里举行佛事活动。朱德住在西面的二层楼上。房东家的老人都已过世，家里有个小女孩，叫阿耶，那一年她才十二岁。2007年7月底，我去德格参加康北八县《格萨尔》学术研讨会，途经甘孜，县委宣传部长刘小凤带我去参观朱德故居，并拜访当年见过朱总司令的房东的小女孩阿耶。七十一年，弹指一挥间，当年十二岁的小女孩，如今已是八十三岁的老阿妈。当年的情形，老阿妈还记得很清楚。老阿妈说："几万红军到甘孜，是件大事情。朱总司令住我们家，是我们家的光荣。当时我小，不懂事，只是看热闹。等长大后，阿爸、阿妈经常给我们讲红军的故事，我就懂了不少的事。十四年以后，也就是1950年，那一年我二十六岁，甘孜解放了，解放军来到我们家乡。老人们都说：当年的红军回来啦！在格达活佛等人主持下，召开了欢迎解放军的大会，广场上挂着两幅大画像，一个是毛主席，另一个就是朱总司令。阿爸、阿妈指着画像，高兴地说：'朱总司令当年就住在我们家。'我们全家人好高兴啊！"

老阿妈怀着激动的心情，向我讲述了她所看到、所听到、所知道的有关朱总司令和红军的故事。那时老阿妈身体不太好，有点哮喘，说话比较吃力，小凤部长告诉我，老阿妈一讲起朱总司令，讲起红军的故事，就特别激动，特别兴奋。怕老阿妈累着，我们就告辞了，约好下次再来拜访。

万万没有想到，8月初我从德格回到甘孜，立即想再去拜访老阿妈，刘小凤沉痛地告诉我:"老阿妈昨天刚去世。"我感到十分震惊,问是怎么回事? 小凤部长说:"前几天老阿妈得了感冒,发高烧,送到医院治疗。没有想到转成急性肺气肿,抢救无效,过世了。"

我感到十分悲痛,朱总司令老房东家最后一个人走了,永远地走了,我们再也听不到房东家的人讲朱总司令的故事。由此,我也深深感到抢救口述历史的紧迫性和重要性。

红军离开甘孜前夕,格达活佛带着翻译单独去阿妈阿耶家,拜见朱总司令,坦诚地问:"红军走了以后,还回不回来? "

朱德坚定地回答说:"一定会回来! "

格达活佛又问:"什么时候回来? "

朱德想了想,用浓重的四川话说:"三五年就回来。"

在藏语里,没有"三五""三几"这样的概数,只有"三四""四五""五六"这样的实数,不知是翻译表达得不准确,还是格达活佛自己的理解,他很认真地记住了"三""五"这两个数字。

格达活佛默默地念着两个数字:"三年、五年",心情显得很沉重。

朱德很理解格达活佛这时的心情,就宽慰他说:

"北上抗日,是党中央制定的方针,一年多的实践证明,这一方针是完全正确的。可是我们内部产生了不同意见,一会儿要南下,到'成都去吃大米',一会儿又带部队到康区来,想建立川康边根据地,所以耽误了时间,贻误了战机。"

"难道不能在康区建立革命根据地吗? "格达活佛听朱总司令和其他红军讲过根据地的故事,他听得很入神,也十分向往。

朱德说:"佛爷,不行啊! 藏族同胞善良纯朴,真诚待人,我们红军是深有体会,我们也舍不得离开你们。但是,康藏地区地广人稀,高寒缺氧,粮食产量不高,物资匮乏,几万大军住在这里,连生存都很困难,更谈不上发展。"

格达活佛点点头,觉得有道理,不无遗憾地说:"是,是! "

朱德又说:"国民党蒋介石和四川军阀,想把红军困死饿死在康藏地区。现在他们调动四川军阀一百多个团,又派中央军入川,包围我们。如果我们不设法尽快离开这里,形势将非常危急。"

军事上的事,格达活佛不懂,他想,红军要离开,自有他的道理,就问:"总司令,现在我们能为红军做点什么? "

朱德说:"要麻烦你们的事还很多,现在我们还在商量,等决定以后,会正式告诉波巴政府的各位领导和各界僧俗人士。"

"有什么事，请吩咐，我们一定会尽力去办。"

朱德说："红军到甘孜地区，得到活佛和广大僧俗人民的大力支持和帮助，客气的话就不说了。所有这一切，我们铭记在心，等打倒了反动派，革命胜利之后，我们一定会很好地报答藏族同胞。"

格达活佛真诚地说："总司令这话就见外了，汉族、藏族，我国各族人民的命运是一致的。我们支援红军，也是为了藏民族的前途和命运，国民党蒋介石是我国各族人民共同的敌人，共产党、工农红军提出的灭蒋兴藏的口号，甚合我们藏民的心愿，我们愿与共产党和红军亲密合作，为早日实现灭蒋兴藏的崇高理想而共同奋斗。"

朱德点点头，深有感触地说："佛爷说得对，我国各族人民的命运是相同的，根本利益是一致的。共产党和红军愿意带领我国各族人民，为实现中华民族的伟大复兴而努力奋斗。"

格达活佛双手合十，说："这是我们藏族人民的企盼，我相信，这也是四万万同胞共同的心愿。"

朱德端起茶缸，喝了一大口茶，长长地舒了一口气，仿佛要让自己激动的心情平静下来，然后说：

"我们这就要走了，有两件事还要拜托活佛和各位高僧大德、土司头人。"

格达活佛说："请讲。"

朱德说："我们走了以后，国民党军队马上就会回来，他们会对各族人民进行疯狂的报复和残酷的屠杀，中央苏区和川陕根据地都曾发生这样的情况。因此，第一，请活佛和各界人士很好地保护和安排各级苏维埃政府的领导人和骨干，有的可以安排到山区和牧场。"

格达活佛点点头："好！"

"第二，我们留下了两千多名伤病员，他们实在没有办法跟部队走，请你们好好保护和安排。一些轻伤员，等伤好了，可以设法送他们北上找我们。"

格达活佛爽快地说："这些我们都会尽力去做，请总司令放心！"

回去后，格达活佛用做袈裟的上好氆氇，请人做了四件坎肩，他亲自送给朱德、刘伯承、邵式平和王维舟。

十四年后，1950年，刘伯承和邓小平、贺龙率大军解放大西南，在重庆建立西南军政委员会和西南军区，刘伯承任西南军政委员会主席、第二野战军司令员。王维舟任西南军政委员会副主席兼西南民族事务委员会主任，天宝任副主任。刘伯承诚邀远在甘孜的格达活佛担任西南军政委员会委员，据天宝说，刘伯承和王维舟曾多次满怀感激之情地谈到这件事。刘伯承还说：总司令和我穿着佛爷送的坎肩过了草地，感到特别暖和。刘司令员还说：长征后不久，爆发了全民抗战，我和小平率129师上了前线，一次战斗中，一个战士负重伤，要送他到后方医院，我见他衣服单薄，就把坎肩脱下来给了他。说到这里，刘伯承不无惋惜地说："后来就要不回来了，那件坎肩，是格达活佛送我的呀！"

解放后，王维舟担任西南民族学院院长，他十分重视对各民族的师生员工进行革命传统教育，他亲自作报告，讲红军过雪山草地的经过，还特别谈到格达活佛，谈格达活佛给他送氆氇坎肩的事。

甘孜县文史资料收集的一份材料记载：在甘孜驻留期间，朱德总司令与格达活佛分别在白利寺和甘孜县城会面九次。两人互赠礼品，秉烛长谈，常常是彻夜不眠。在两人谈过话的一座藏式碉楼墙上，有一幅用白粉画的宣传画：一个威武的红军战士，扛着长枪坚定地走向远方。

离开甘孜的前一天，朱德向格达活佛告别，总司令鼓励格达活佛为藏族人民解放事业多做贡献。格达活佛难过地说："你们走吧，国家需要你们，民族需要你们，你们是一支正义之师，是一支仁义之师，佛祖会保佑你们的。"朱德在一幅红缎子上题写了**"红军朋友，藏人领袖"**八个大字，并将自己的八角军帽一起送给格达活佛，满怀深情地说："这几个字，表达我对您的心意和敬意；这顶帽子，我从瑞金戴到这里，送给您作个纪念，看到它，就像看到了红军。"朱德坚定地说："三五年以后我们一定会回来。"格达活佛再次记住了"三"和"五"两个数字。

袅袅香烟寄深情

1936年七八月间，在朱德、刘伯承、贺龙、徐向前、任弼时、陈昌浩，还有张国焘率领下，红军离开甘孜，离开雪山草地，向遥远的北方走去，走向抗日前线。

经过各级苏维埃政府的协商和联络，加上一些开明的土司头人的资助和布施，甘孜的甘孜寺、大金寺、白利寺，炉霍的寿灵寺，道孚的雀灵寺，德格的竹庆寺，白玉的白玉寺、噶陀寺，丹巴的巴尔底寺，阿坝的郭芒寺、格尔底寺等大约有几十个大小寺院举行法会，焚香祈祷。在辽阔的雪山草地升起缕缕青烟，寄托着广大藏族僧俗百姓对红军的无限深情和衷心祝福。

藏族社会过去长期实行政教合一的政治制度，几乎是全民信教，藏传佛教的影响深入到社会生活的各个方面。但是，如此众多的有影响的寺院，如此众多的活佛和高僧大德，如此众多的僧众和信徒，为出征的部队举行法会，焚香祈祷，在藏族的历史上还没有这样的记载。这一事实充分说明：共产党领导的工农红军，作为正义之师、仁义之师，各族人民自己的军队，他们实行的民族政策和宗教政策，深得人心，深受广大藏族僧俗大众的信任和拥护。与此同时，藏族人民也把获得翻身解放、实现伟大的民族复兴的希望，寄托在共产党和红军身上。

7月初，在苏维埃波巴政府主持下，在甘孜寺前面的广场，举行了隆重的欢送大会，朱总司令、刘伯承参谋长、陈昌浩政委、格达活佛和孔萨香根活佛等人发表了满怀深情的讲话。

在丹巴和大金等地同样举行了隆重的欢送大会。在丹巴的欢送大会上，董振堂、徐深吉和苏维埃政府的领导人发表了热情的讲话。

胡宗林、扎喜旺徐等老红军参加了在甘孜举行的欢送大会；天宝、沙纳、黄德璋、袁孝刚、丹巴扎西等人参加了在丹巴举行的欢送大会。几十年后，这些当年的新战士们到了耄耋之年，每当回忆起那时军民团结、汉藏团结的感人场面，总是激情满怀，感慨万千！

雪山草地的广大僧俗群众，怀着依依惜别的深情，欢送红军。为红军焚香，为红军诵经，为红军祈福。祈求佛祖保佑，祝愿红军一路平安，祝愿红军多打胜仗，打败日本帝国主义，打败国民党蒋介石，解放全中国！衷心希望红军早日再到藏区来，解放苦难深重的藏族僧俗大众。

红军出发之时，格达活佛撰写道歌，为红军祝福：

> 天空出现雨积云，干旱土地多高兴；
> 红军带了红雨来，红旗红军亮红心。
> 云雨出现在天空，红旗布满了大地；
> 未见过如此细雨，最后降遍大地。
> 啊，红军，红军，今朝离去，何日再归。
> 啊，红军，红军，藏族人民的亲人，
> 为了祖国的统一，你们历尽艰辛，
> 愿佛祖保佑你们，盼你们早日归回。

关于格达活佛，最新出版的《李先念传（1909—1949）》里有这样的记载：

"白利寺的格达活佛，是藏族上层宗教人士中的杰出代表，为支援红军作出了重要贡献。红军进驻甘孜后，采取的一系列保护寺庙、尊重喇嘛、爱护藏民的行动，使他对红军颇有好感。特别是后来通过与朱德、陈昌浩、李先念的交往和交谈，更加深了他对红军的了解，认为红军是藏民的真正朋友。朱德离甘孜北上时，专程到白利寺向格达活佛告别，并语重心长地对他说：'红军北上抗日去了，你们留在这里，要团结起来，坚持斗争，红军至多十年、十五年一定会转回的！'格达牢记朱德的教导，红军北上后，他冒着风险将二百三十多名红军伤病员接到寺内保护起来，为他们的治病疗伤和安全转移，花费了大量心血。他还将红军保护寺庙的文件、与红军签订的互助协议及波巴政府的大印，都收集保存起来。"[1]

牢记朱总司令的嘱托

1936年七八月间，红军陆续北上。国民党军阀和封建农奴主还乡后，波巴自治政府的成员和积极分子惨遭杀戮。仅甘孜县一个地方，最后一批红军离开的第二天，波巴政府的工作人员和积极分子被屠杀者即达四十余人。

那时，国民党军队还在折多山、二郎山以东地区，一时赶不到，杀害他们的主要是国民党县政府的保安队、土司头人和上层喇嘛，因为这些积极分子闹革命、分田地，要革他们的命，分他们的地，他们具有明显的阶级报复的性质。格达活佛、香根活佛、夏克刀登等人知道后，极为震惊，没有想到反动分子的动作如此之快，手段如此之残忍。认为应该尽快想办法，保护波巴政府的工作人员、积极分子和红军的伤病员。夏克刀登提出：应该把红军的伤病员疏散到牧场和山区去。他说："我的玉隆草原、德格、邓柯、白玉地区，就可以安排一两千人。我们那里有五千多米高的雀儿山阻挡，国民党军队进不来，至于那些保安队，一个县只有百十来人，成不了气候，不是我们德格土司家的对手，他们只会欺负普通老百姓。难的是那些苏维埃干部。"夏克刀登说，"他们主要就靠你们几位活佛保佑啦！"

格达活佛和香根活佛认为夏克刀登说得很有道理，自从朱德总司令找格达活佛谈话之后，他一直在考虑如何完成朱总司令的嘱托，也曾多次与香根活佛等人商量。他说："我看最好让他们到拉萨去朝佛，一时走不了的，可以让他们到寺院里住一段时间，保安队是不敢到寺院来搜查的。土司头人更不敢到寺院来胡作非为。"

夏克刀登也认为这个办法好，立即分头行动。

格达活佛牢记朱总司令的嘱托，以自己在宗教界的地位和影响，满怀慈悲之心，冒着极大的风险，游说大金寺、甘孜寺中与国民党当局关系密切的上层人士，请他们出面，制止对藏胞进行屠杀；同时想方设法把数以千计的红军伤病员转移到安全地带。他派手下最得力的喇嘛色波等将二百多名红军伤病员护送到道孚县章谷寺，委托扎夏

---

[1]《李先念传（1909—1949）》，中央文献出版社2009年6月版，第214～215页。

活佛掩护治病。临行时他对色波等人说:"若完不成任务就不要再回到我的庙里。"

在那艰难的岁月里,格达活佛在给桑根寺桑根顿珠活佛的一封信里写道:"据透露,红军冲破了险阻,已胜利到达北方,开始了新的战斗,甚慰……要知道,我们这里明媚的春天已经过去,盛夏的鲜花将经受暴风雨的摧残。要留根种,等待着未来的春天——开花、结果吧。那娇嫩的羊羔、牛犊要保护,要备足草料越寒过冬。当心夜里的魔鬼、严冬的虎狼扑来吞噬人间的一切生灵。它们罪恶多端的劣迹,菩萨不赦,佛旨难容,终有一天会被烈火焚身,让它们自食其果吧!"

格达活佛又说:"我格达的心和你桑根的心是连在一起的。我有朱总司令临行时的嘱托,你有贺总指挥辞行时留下的期望。我们都要有一颗赤诚的心,心里怀着宏伟的理想。当前群魔舞、风云变,我们心里要放宽,眼光要放远。当你看到东方霞光万道,那就是即将来临的希望。我们是佛门兄弟,你不会辜负我的期望……请转告森林里的伤病员。"

桑根顿珠活佛接信后,立即给在森林里苦斗的红军伤病员写信,转达了格达活佛的问候。在格达活佛和藏族僧俗群众的照料和帮助下,留在康北草原的三千余名红军伤病员,绝大多数得到了救护和妥善安置或安全转移。鉴于格达活佛在藏族群众中的声望和地位,国民党军阀一时不敢对他下手,而是采取威逼利诱的手法,主动要封给他种种官衔,企图把他拉到"国民政府方面"去。但是,格达活佛严词拒绝了军阀当局的种种利诱,公开声明自己是属于"红军方面的人",并引以为自豪。

为了避免反动派的纠缠和迫害,格达活佛收藏好红军和波巴政府留下的珍贵文物,告别家乡,以"朝佛"为由,悄悄地到拉萨避难。

关于当年藏胞支援红军的情况,为纪念建党九十周年,国家民族事务委员会研究室编写的《中国共产党民族工作九十年》一书中,有这样的记载:

"红军在撤出康北藏区时,留下很多伤病员,仅甘孜、道孚、炉霍就达三千人左右。受朱德总司令委托,波巴政府成员格达活佛就收留了二百多名红军伤病员,为掩护方便,还为每人起了藏族名字。藏族人民对红军长征作出的贡献是巨大的,因此,邓小平在 1950 年深情地讲:甘孜藏区人民在红军长征期间'对保存红军尽了最大的责任'。"[1]

红军北上时,各部队进行整顿和整编。胡宗林说:"我们三十一军有一个通司班,也就是翻译班,一路之上,对他们照顾很好,供应有保障,有的要抽鸦片,也让他们

---

[1] 国家民族事务委员会研究室编著:《中国共产党民族工作九十年》,民族出版社 2011 年 6 月版,第 59 ~ 60 页。

抽，只要带好路，当好翻译就行。他们人人有马骑，有的是自己带来的，有的还带有枪，那些人一般都比较有钱。到了甘孜，说要继续往北走，他们有的人就不愿意，怕受苦，怕走远了，回不了家。他们懂得的事也比较多，知道过草地很难，就是走出草地，那里有国民党的军队等着，又要打仗。领导上给他们做工作。大部分人的工作做通了，但有的人说什么也不愿再往前走，还说，到了草地，讲的是草地话和康巴话，嘉绒话他们也听不懂，我们也不熟悉路况，再往前走，我们也没有什么用。这倒也是事实。"

那些实在不愿走的，组织上就让他们回去了，自己有马、有枪的，允许他们带走；红军发的马和枪，要留下，也给他们发了路费。

二方面军在甘孜期间，胡宗林一直负责接待萧克和王震两位首长，他认真负责，尽心尽职，两位首长都很满意。按规定，胡宗林也要返回自己的部队。临离开时，王震对他说："这段时间你表现很好，做了很多工作，帮了我们很大的忙，我们感谢你这个藏族小同志。听说你在收容队工作，收容队的工作很重要，要认真负责，要把伤病员和掉队的同志，当作自己的亲兄弟，好好帮助，好好照顾，尽量不让一个同志掉队，争取让所有的同志都胜利地走出大草地，走向北上抗日的前线。"

王震还鼓励他努力学习："回到部队，要听领导的话，和同志们搞好团结，作为一个革命战士，还要更先进一些，更勇敢一些，进步要更快一些。"王震还说："别看你现在是个普通战士，当通司，做接待工作，收容工作，等我们打倒国民党、蒋介石，建立新中国，你就成了藏族里的老干部，要发挥很大的作用。"王政委一席话，给胡宗林这个年轻的战士很大的教育和鼓舞。

回到部队，政治部地方部尚部长亲自找胡宗林谈话，说他在慰问团期间的工作，慰问团的负责人和六军团萧克军团长、王震政委都很满意。后来慰问团的同志和地方部的领导开会，作总结，还点名表扬了胡宗林，使他非常激动。

胡宗林在慰问团工作期间，他的马交给地方部，由他们掌握；归队后，组织上让胡宗林继续到收容队工作，又给他配备了一匹马。胡宗林说："这时的收容队与过去不同，队伍扩大了，人多了，物资也丰富了，有马、牛、羊，驮着粮食、牛羊肉、茶叶、盐巴和其他食品。还发了三顶帐篷、两个铜锅。我们的任务，不只是收容伤病员和掉队的同志，还担负着为部队供应给养的任务。与第一次过草地相比，这次的准备工作做得很充分。"

不久，四方面军先行北上，邵式平不让扎喜旺徐随部队走，给他安排了新的任务，要为二方面军过松潘草地准备粮食和其他物资。扎喜旺徐是个很勤奋、办事认真的人，又是个年轻人，充满热情。他当时没有很高的觉悟和很深的认识，但他本能地意识到，为红军筹粮，不是为土司、头人干事，不是为牧主干事。他不感到苦，不感到累，不分白天黑夜，翻山越岭、走村串户，依靠着红军留下的良好影响和自己的努力，在短短四十多天里，筹集到粮食四万六千多斤，此外还有一些酥油和肉类。他还曾动员一个寺院，一次赠送青稞五千斤。

现在看来，四五万斤粮食，也算不得什么。但是，在当时情况下，筹集这么多粮食，却是一件十分困难的事。红军马上就要过草地，这粮食是最宝贵的。在最关键的时刻，一斤青稞，能够救活一个红军战士的命。这五万斤粮食的价值和意义，就不同寻常了。

四方面军走了不久，二方面军也要离开甘孜了。走，还是留，邵式平征求扎喜旺徐的意见。扎喜旺徐心想：红军一走，藏族地方还是那些土司、头人掌权，是他们的天下，我们穷人还要继续受苦。国民党军队一回来，绝对不会放过曾经帮助过红军的人。想来想去，还是跟着红军闹革命好，他向邵式平表示：愿意跟着红军走。邵式平很高兴，赞扬他觉悟高，有勇气。就把他介绍给贺龙。说：一、四方面军都有不少藏族战士，唯有二方面军没有。这样，扎喜旺徐毅然决然走上了长征之路。如果扎喜旺徐的记忆没有错，他是二方面军为数不多的藏族战士之一。

从甘孜出发，扎喜旺徐一直在二方面军司令部工作，途经色达、壤塘，到阿坝地区。

第二十四章　雪山悲歌

热烈欢庆劳动人民自己的节日

1936 年的 5 月 1 日，可以说整个雪山草地都沸腾起来了。这一天，从甘孜、炉霍、道孚、丹巴到阿坝、理番、茂县、大小金川、马尔康，在这方圆几千公里、面积达十多万平方公里的土地上，在红军控制的区域里，到处都举行了庆祝五一劳动节的活动，庆祝劳动人民自己的节日。这也是红军进入雪山草地后的第一个劳动节。

453

四方面军之所以要如此隆重、热烈地举行庆祝活动，这有多方面的原因。共产党是无产阶级的先锋队，五一劳动节是劳动人民自己的节日，每当这一天，从中央苏区到各个根据地，都会举行庆祝活动，甚至在白色恐怖下，地下党和进步组织也会发动工人和学生举行各种形式的庆祝活动，包括"飞行集会"，用以发动群众。

四方面军自从南下失利，百丈关受挫；张国焘搞分裂，另立"中央"，不得人心。在粮食供应等方面遇到严重困难。整个部队笼罩着一种压抑、低沉的气氛。张国焘和四方面军总部，企图通过热烈隆重地庆祝劳动节，鼓舞斗志，振奋人心，加强团结。所以上上下下都十分重视这一年的劳动节。

而在整个雪山草地，最热烈、最隆重的，有两个地方，一个是甘孜，一个是丹巴。

甘孜是四方面军总部所在地，为迎接二、六军团，徐向前和张国焘等领导人也都来到了甘孜。苏维埃波巴政府成立大会也在 5 月 1 日这一天举行，各地代表会聚一起，兴高采烈，欢欣鼓舞，整个甘孜城充满了节日气氛。

大街小巷贴满了用汉藏两种文字书写的标语口号："五一劳动节是全世界工人的节日！""全世界无产者联合起来！""热烈欢迎二、六军团！""苏维埃政权万岁！""打倒国民党蒋介石和四川军阀！""打倒帝国主义的走狗龟儿子蒋介石刘湘！"……没有那么多纸和笔，也没有那么多石灰，就用当地写嘛尼经文的白土、黄土和红土，写在墙上。当时甘孜有几万红军战士，还有那么多拥护红军和苏维埃的积极分子，短短几天之内，把个甘孜城打造成革命标语的海洋，连寺院和土司官寨的墙上也写满了标语口号。有的标语口号还像刻六字真言凿刻在岩石上。看到这种情形，当地一些绅士和汉商感慨道：共产党就是有本事，国民党就是不行！

《李先念传》里有这样的记载："5月1日，波巴全国人民第一次代表大会在甘孜召开。来自四面八方的十六个县的代表共七百余人出席会议，准备选举成立波巴中央政府。为庆祝大会的召开，上万的部队和群众在县城的广场上，举行了盛大的阅兵仪式和集会。方面军领导人和李先念、程世才等出席会议，并检阅了部队。数千藏民穿上节日的盛装，载歌载舞，沉浸在无比喜悦的气氛中。"[1]

曾经当过李先念马夫的老红军高寿芝同红三十军的战友们一起，在甘孜等待同二、六军团会合共同北上。他回忆当时的情形说，1936年的那个五一劳动节特别热闹，他们四方面军的战友们一起，在甘孜等待同二、六军团会合共同北上。"热烈欢迎二、六军团！"几千老百姓骑着马上街庆祝会师，寺庙里的喇嘛也参加了游行。部队领导还让他们"打牙祭"，改善伙食。这在当时来说，是最实惠的事。连长、指导员作报告，讲"五一劳动节"的来历和意义："五一劳动节是世界工人的节日，是芝加哥工人最早发起的。"高寿芝对连长指导员的讲解一知半解，虽然明白了"我们是工人阶级领导的队伍"，但"工人阶级究竟是干啥子的"，还是搞不清楚。

但是，像高寿芝这样的普通战士并不知道，就在他们高高兴兴庆祝"五一节"，"打牙祭"改善伙食的时候，甘孜县城里还发生了一件意义深远的大事：甘孜苏维埃波巴政府正式成立，他们的总司令朱德亲自主持了这次大会。

老红军高寿芝在这里看到的"骑着马上街参加庆祝活动"的可不是普通的藏族老百姓，他们是波巴政府领导下的"藏民骑兵师"。

董振堂率领的红五军团和独二师即丹巴藏民骑兵师都在丹巴，还有三十一军91师的官兵，他们在大渡河畔同样举行了热烈而隆重的庆祝活动，除红军部队，还有各族各界人士参加，也有很多披着袈裟的喇嘛参加，他们的参加给庆祝活动增色不少，成为一道亮丽的风景线。董振堂军团长和二师政委李中权讲话，马骏师长亲自担任翻译，然后发表了热情洋溢的讲话。

大会结束，举行群众游行和阅兵式。丹巴县城位于大渡河畔，沿江而建，没有甘孜那样宽阔的广场，只有丹巴独立师参加阅兵式。马骏师长穿着一身崭新的藏装，骑

---

[1] 《李先念传（1909—1949）》，中央文献出版社2009年6月版，第212～213页。

着一匹高大的骏马，腰间挎着盒子枪，枪套上按照藏族的习惯镶着银子的装饰，显得威武而潇洒，他满怀豪情地走在队伍的最前面，接受董振堂军团长和格勒得沙苏维埃政府领导人的检阅。丹巴人民看到由自己的子弟组成的第一支革命武装，威武雄壮，斗志昂扬，感到特别高兴。李中权说："那一天，我陪董军团长在检阅台上，看到我们自己的队伍威武雄壮地从主席台前走过，董军团长挥手致意，连连称赞：'真是一支好队伍！'丹巴人民对自己的子弟兵表现出极大的热情，我作为这支部队的政治委员，心里有说不出的高兴，感到光荣和自豪。"

那一天的五一节，给丹巴人民留下了深刻印象。也让李中权将军以及天宝这些年轻的红军战士终生难忘。

当时，天宝在独二师政治部青年部工作，他参加了那一天的五一节，而且是工作人员，参与了整个庆祝活动的全过程。天宝又悲痛地说：那是我们藏族战士第一次过五一劳动节，对马师长来说，却成了最后一次，一个多月后，他就被张国焘杀害了。

不应该发生的悲剧

南下失利，再回丹巴时，张国焘、徐向前和陈昌浩命令董振堂率五军团翻越古拉山（即四姑娘山）到丹巴。徐向前也曾率四方面军总部一度在丹巴，丹巴县至今保存有徐向前居住过的四方面军总部的遗址。徐向前、董振堂等领导人到丹巴后，受到马骏父子的热情接待，为部队提供粮草，安排住宿。五军团加上四方面军总部一万多人，都被安排在土司官寨、老百姓家和寺院里。在丹巴，没有一个红军战士露宿荒野，也没有住在帐篷里。仅此一点，也可以看出丹巴人民为支援红军作出了重要贡献。而在这一方面，马骏父子发挥了特殊重要的作用。

张国焘、徐向前、陈昌浩率主力向康北地区发展时，把五军团和独二师留在丹巴，将"钳制东南两方之敌"的任务交给他们。他们面对的是十倍于己、装备精良的国民党中央军薛岳部和以刘湘为"剿共"总司令的四川军阀。他们很好地完成了任务，在东起夹金山、西至古拉山（四姑娘山）和折多山几百里长的警戒线，阻挡了中央军和四川军阀的西进，成为坚强屏障，保障了四方面军主力的安全，给他们提供了一个难得的休整机会。也保障了二、四方面军胜利会师。

董振堂是宁都起义的领导人之一，长征时任五军团军团长，属于一方面军。一、四方面军会师，决定共同北上，组织右路军和左路军时，毛泽东、周恩来、张闻天率右路军北上，五军团划归左路军，由朱德、刘伯承、张国焘带领。中央红军单独北上后，就把五军团留下了。

五军团在中央苏区是打过很多次硬仗、恶仗的英雄部队，是一支劲旅。张国焘十分看重这支部队。张国焘这个人野心很大，宗派观念很强，他把四方面军看作是"自己的队伍"，是他向党要权、要地位的"资本"，而把五军团当作异己力量，对他们抱着戒备心理，用而不信，时时提防。

1936年1月，张国焘派黄超到五军团任政委。黄超1931年4月到鄂豫皖苏区，曾任张国焘秘书，后来担任中共鄂豫皖分局政治部秘书长。他没有独立带过兵，更不懂军事，是一个奸佞之徒，由于他积极追随张国焘，得到张的赏识和重用，委以他五军团政治委员这样的重任。实际上是在控制和监督董振堂和五军团。

张国焘对马骏领导的藏民骑兵师更不信任，带着"非我族类，其心必异"这样一种深深的偏见。当时他在炉霍和甘孜，对马骏和藏民骑兵师并不了解，听说五军团与独立师关系密切，董振堂对马骏十分信任，马骏对董振堂更是十分敬重。一些奸佞之徒和好事之人，也可能趁机给张国焘讲了一些诬蔑不实之词，更增加了张国焘的嫉妒心和猜疑心。

二、四方面军在甘孜会师，准备共同北上，与中央红军会合的时候，张国焘却对马骏下了毒手。

南下受阻，事实证明南下是条绝路。广大干部战士逐渐认识到张国焘错误路线给革命事业造成的严重危害，在朱德、刘伯承、贺龙、徐向前、任弼时、萧克等同志的共同努力下，张国焘不得不放弃其错误主张，同意北上，与中央红军会合。

接到方面军总部北上抗日的命令，独二师的指战员们也与广大红军将士一样，欢欣鼓舞，准备投入抗日民族解放的伟大斗争。

五军团本来就是一方面军的，一年来，跟着张国焘南下，吃了很多苦，受了很多气，部队也遭到很大损失，现在听说要北上，与中央会合，自然十分高兴，恨不得马上出发。

就在这重要时刻，却发生了一桩意想不到的事件，天宝等新战士们，也经受了自参加红军以来第一次最严峻的考验。

红军北上前，张国焘毫无根据地怀疑马骏有二心，不愿随红军北上，反而会从背后协助反动派攻击红军。7月初，五军团和驻丹巴的红军开始北上时，他让四方面军政治部主任兼金川省委书记周纯全以红军总部的名义，越过董振堂和五军团，直接向驻扎在丹巴的三十一军91师师长徐深吉、政治委员桂干生下达处决马骏的命令。徐、桂都是参加过黄麻起义的老红军，是四方面军的老人，也是周纯全的老部下，周曾任三十一军政委。张国焘和周纯全把他们当作信得过的"自己人"。

张国焘的密令现在无法查找，但是，几位重要的当事人，下命令的周纯全、91师师长徐深吉、独二师政治委员李中权、独二师副师长金世柏等领导人和藏族红军战士天宝等直到十一届三中全会之后还健在。当我在撰写这本书时，周纯全和天宝已经逝世，徐深吉、李中权、金世柏等老同志都还健在。他们怀着悲痛的心情，比较详细地讲述了当时的情况，并撰写了回忆文章或证明材料，一致认为这是一件"不应该发生的悲剧"。

关于马骏被害的情况，李中权在《忆红军藏族独立骑兵第二师师长马骏》《长征途中的一曲悲歌》和《痛悼马师长》等文章中作了详细叙述，他满怀深情地说："我和马骏师长相处得像一个人一样，欢快而又舒畅。马骏师长不但处处理解我，而且时时处处把他自己'亮'出来，让别人也理解他。的确，人与人之间相处，再没有比相互支持，互相理解更崇高的了。我对这支队伍，对马骏同志产生了尤为深厚的感情，结下了源远流长的友谊。"李中权说："马骏同志始终把革命队伍的团结和党的领导看得极为重要，常常以此精神教育干部战士，并指导自己的言行。他向干部战士们讲话时总是要讲：'我们祖国是一个多民族的国家，我们少数民族只有投入祖国的怀抱，才能进步，才有幸福。而我们的祖国，只有共产党领导，才能走向光明。'并列举了很多事实向干部战士们说明这个道理。马骏同志在与干部战士们朝夕相处之中，关系十分融洽，亲如弟兄，情同手足。他在给干部战士讲话时，总是先用藏话讲，然后又用汉语讲一遍。向群众宣传时总是强调：'要听党的话，共产党知道的东西多，了解全面，党的指导最正确，我们大家都要遵守这个道理。'他的讲话总是深深地吸引着广大群众、干部和战士们的心境，赢得大家的爱戴。正确的民族政策在广大人民群众中、在干部和战士中确实深入了人心，扎下了深根。"

李中权不无悲愤地说："正当马骏同志竭诚为党为革命努力奋斗之际，1936 年 7 月红军第二次北上前夕，张国焘疑其不愿北上，强令将他秘密杀害，时年仅仅三十岁。"

李中权在《痛悼马师长》一文中说："记得这是 7 月的一天，红军 91 师师部骑兵班两名战士送来一封给我的亲收信件，拆开一看，是 91 师师长徐深吉、政治委员桂干生联名写的。内称：'总部有紧急绝密电报，令你连夜去 91 师面谈。'当时 91 师师部住在丹巴县城内天主教堂里，距我们独二师驻地大巴旺三十多里。我即星夜赶去师部，徐深吉师长、桂干生政委、黄立清主任与我会面，并把张国焘发给 91 师的绝密电报交给我看。电报内容是：'红军即将北上，估计藏民独立第二师师长马骏不会随红军长征北上，特令徐、桂同李（指李中权）设法将马诱至 91 师师部秘密处决。事关紧急，不得有误。'"

李中权接着说：91 师领导"确定由我立即回独立第二师师部佯称 91 师有重要军事会议，要马师长和我去参加。待我和马师长到达后，由徐、桂、黄三同志出面接待并请我们吃饭，席间以桂干生政委击杯为号，当即处死马骏。我怀着极为不安的心情，回到独立第二师师部，立即向金世柏副师长说明了情况，要他坚决稳定部队，绝对保密"……"我即通知马骏师长去91师参加军事会议。他高兴地表示即去。"随同前去的有马骏师长和他的七个警卫人员、李中权政委的两个警卫人员。文章里说："我们到后，91师的同志就把警卫人员安排到另一个地方去了。徐、桂、黄三人热情地接待我们。先是在91师师部办公室饮茶，抽烟，谈谈一般工作情况，寒暄一阵。之后，请我们吃饭。虽然我们身上都带有枪，这在战争年代里是习以为常的事情，马骏师长没有一点介意。在当时条件和情况下，酒席是比较丰盛的。马师长性情豪爽，汉话流利，知识广，他边说边饮，十分自然，没有点滴异样。他万万没有想到，这竟是他一生生命最后的一刻。"

李中权在文章里没有写，但向笔者详细讲述了具体过程。李中权将军说："杀害马骏师长的手段极其残忍，马骏师长谈到红军马上要北上，与中央红军会合，他非常激动，站起身，真诚地先向徐师长敬酒，徐师长一饮而尽；他然后斟满酒，走到桂干生政委面前敬酒，桂干生突然用力把酒杯摔在地上，还没有等马骏弄清是怎么回事，早已潜伏好的五六个红军战士猛地冲出来，七手八脚，把马骏按倒在地，一个战士举起砍刀，朝马骏的后脑狠狠砍下去，立即脑浆四射。"李中权说，他不忍看到这残忍的场面，马上把头转了过去。其他几个战士也都拿着刀，一阵乱砍，当即把马骏砍死了。

后来李中权才知道，上级指示：马骏在部队的威信很高，在当地群众中也有很大影响，公开处决，会引起骚乱。也不要开枪，枪一响，会惊动大家，也担心董振堂和五军团会干预，明确指示要用乱刀砍死，然后将尸体秘密处理。

李中权说：在处死马骏师长的同时，"91师政治部敌工科科长张百春带领警卫排收缴了马师长七名警卫人员枪支，把他们另外关起来，秘密处置"。有六个警卫员也都是被乱刀砍死，手段更加残忍，然后秘密掩埋了。只有马师长的贴身警卫员莫尔吉机智灵活，手段不凡，他一看形势不对，趁哨兵不备，跳窗逃回藏民独立师。

十一届三中全会后，三十一军91师师长徐深吉在给中共丹巴县委党史办公室的信件说："关于原大金川军区丹巴藏民独立第二师师长马骏同志被害一事。那是1936年7月，红军准备过草地北上，出发前约半个月左右，接到张国焘的一封绝密电报，内称：'我军即将北上，马骏是不会同我们走的，很可能叛变，令徐（深吉）、桂（干生）立即将马骏处死，以防后患。事关紧急，绝对保密。'我立即找藏民独立第二师政委李中权来看电报，并询问马师长有无叛变和可疑行为。李中权同志回答说：'马师长没有可疑行为和叛变迹象。'"因此，"我和师政委桂干生联名向张国焘回电：马骏没有可疑行为，不宜杀害。否则对团结藏民独立第二师藏民干部战士不利，更对不起马氏父子为我们红军做的大量有益的工作。第三天张国焘回电称：'马骏是少数民族上层知识分子，反复无常，肯定不会同我军北上，在我离开后，定会叛变我军。你们不处决马骏，一切后果以徐、桂的人头是问。'于此，我们又找李中权来 91 师师部商量，决定照电令执行。背信弃义，杀害了马骏同志"。

徐深吉，1910 年出生，湖北省黄安（今红安）县人，1927 年参加黄麻起义，1930 年参加红军，1931 年入党，长征时担任红三十一军 91 师师长。那一年才二十五岁。解放后先后担任空军副司令员和北京军区副司令员等重要职务。1955 年被评为开国中将。

徐深吉将军在北京军区干休所接受笔者采访时，详细地回顾了当时的情形，他痛心地说："马骏师长是一位很优秀的指挥员。杀害他绝对是错误的。我作为师长，没有能保护马骏同志，也有很大责任。但是，在当时那样一种情况下，军令如山，而且是张国焘亲自下的命令，不执行不行啊！"

徐深吉又说："后来我仔细想了想，冷静分析，当时张国焘在千里之外的甘孜，那时二、六军团刚上来，两军会师要处理的事很多，他头脑发昏，另立'中央'，给自己招来很多麻烦，不得不宣布取消，弄得他自己焦头烂额，他与马骏又不熟悉，没有什么个人恩怨，没有必要一定要处决马骏同志。"徐深吉说："我怀疑是总部政治部保卫局的那些人干的。他们把一些不真实的甚至伪造的情况报上去，上级也不调查研究，信以为真，便以军委、总部甚至军委主席张国焘的名义下达命令，我们作为下级，无法辨别，也无权辨别，只好执行。"

徐深吉还说："电报是周主任（周纯全）发给我们的，他说是张主席（张国焘）的命令。"

徐深吉深沉地说："很多冤假错案就这样造成了。"沉思片刻，徐深吉老将军愤慨地说："张国焘是个大坏蛋，罪恶滔天。保卫局那些人也不是什么好东西，他们干了很多坏事，制造了很多冤假错案。我们鄂豫皖革命军事委员会副主席曾中生、徐总指挥的爱人程训宣都是让他们害死的。徐总带部队在前线与敌人浴血奋战，他们在后方把他的爱人当作'反革命'杀害了。他们极其残忍，杀人如麻！"

原藏民独立师副师长金世柏同志在《忆丹巴藏民独立师》一文中说："1936 年初秋，红军即将离丹巴北上的时候，传来一个意外的消息：一天上午，红军 91 师师部骑兵排两名骑兵送来一封李中权同志亲收信件，李拆开一看，不觉大吃一惊！信中说：张国焘向 91 师发了一封密电，红军要北上，担心马骏不会跟红军走，若留下恐今后是个后患，故令将马骏秘密处决。几天后，李中权从丹巴返回独立第二师驻地大巴旺，向我讲述了马骏师长被害的经过……我听了之后，不禁毛骨悚然，难过地盯着马师长原先睡过的床铺，半晌没有说出话来……"

老红军、原藏民独立师警卫排排长柳义文同志，以及当年参加藏民独立师和苏维埃政府的干部群众也都详细叙述了藏民独立师和马骏师长的功绩以及马师长被害的真实情况。

独二师发生哗变

尽管张国焘在电报中特别强调要"绝对保密"，但马骏师长被害的消息很快传了出去，独二师的部分干部战士和一部分丹巴群众十分愤慨，他们包围了独二师师部，要求李中权政委和金世柏副师长出来说明情况。师部的干部战士和警卫连也荷枪实弹，保卫政委和副师长。双方情绪激动，大有一触即发之势，形势非常严峻。

丹巴有许多碉楼，素有千碉之国的美誉，师部设在巴旺的一座碉楼，愤怒的干部战士和当地群众将碉楼层层包围，隔断了师部与各团的联系。碉楼易守难攻，干部战士和当地群众又没有统一的指挥，凭借他们的力量，很难攻进来，红军若来解围，他们势必处于内外夹击的困境。作为政治委员的老红军李中权，冷静地分析了当时的局势，认为只要有一声枪响，愤怒的战士和群众便会失去控制，发生一场混战，等于红军打红军，群众打红军，红军打群众，汉族打藏族，藏族打汉族，造成严重后果，其政治影响更加严重。包括李中权政委和金世柏副师长在内，91 师派到藏民独立师的干部总共只有七十多人，全师有近三千人，师部和警卫连的干部战士大多数也是当地藏族。他们的情绪也很冲动，愤愤不平，一旦打起来，枪口对准谁，也很难说，情况就会变得更加复杂和严峻。鉴于这种情况，李中权果断地决定：要尽一切努力避免武装冲突，以最大的诚意，用和平的方式平息这场风波。

李中权说，在处理这场风波的过程中，天宝起了很大作用。李中权等汉族干部都不懂藏语，独二师的干部战士大部分是丹巴人，基本上不懂汉语，而天宝自参军以来，学了不少汉语，尤其是经过南下的锻炼，到过内地，政治上也有一定进步。李中权就让天宝在自己身边当翻译。碉楼外人声鼎沸，喊声不断，李中权问天宝："他们在说什么？"天宝回答说："他们在问：你们为什么要杀我们的师长？还我们的马师长！你们不讲信用，过河拆桥，没有良心……"

事情发展到这个地步，要隐瞒也隐瞒不了，但又不能公开承认这个事实，李中权便走出碉楼，向群众作解释，让干部战士各自回自己的部队。在双方对峙，情绪激愤的情况下，很容易发生危险，但李中权注意到，面对这种严重局面，天宝很镇静，从容不迫，他讲一段，天宝翻译一段。李中权自己也知道，他的解释是没有说服力的，在血的事实面前，再动听的语言也显得苍白无力。他只能反复地劝大家不要激动，先回家去，事情总会弄清楚，会得到妥善解决。天宝在碉楼内外，跑过来，跑过去，大声解释，嗓子都喊哑了。那一年，天宝还不满十九岁，当过扎巴的他，显得虔诚又稚嫩，他的真诚也感动了不少人。

即便这样，问题依然没有得到解决，虽然没有发生武装冲突，但闻讯而来的人却越来越多。被害者的家属和亲戚朋友也都来了，他们要红军还他们的亲人。看到家属和亲戚们伤心地哭泣，悲恸欲绝，更激起战士们和群众的愤怒，一些年轻战士说了一些激愤的、不中听的话，群众高声呼喊，要李政委出来把事说清楚。局势再次紧张起来，大有失控的危险。

在这关键时刻，五军团政治部主任杨克明带着翻译丹巴扎西纵马赶来。他通过翻译，大声对战士们和群众说：希望大家不要冲动，有话慢慢讲，有什么事好好商量。杨克明主任说："董振堂军团长对这件事非常关心，是他亲自派我来的，军团长说：工农红军是革命的军队，红军内部绝不能发生冲突，自己打自己。藏族和汉族，和我们红军都是一家人，一家人要好好团结，千万不能伤了和气。"

独二师的人认识五军团的干部，也认识杨主任。他们说，是董振堂军团长亲自派他们来的，要听军团长的话，事情会得到圆满解决。这样，大家的心情才慢慢静下来，到天黑时，独二师的战士们和群众才逐渐散去。

独二师的部分战士和群众包围师部时，李中权政委和金世柏副师长都在碉楼里，师部没有电报和电话，平时联络、通信，全靠骑兵通信员传递。事发突然，通信员派不出去，他们与外界断绝了一切联系。91师在几十里之外，不知道这里发生什么事。五军团的人发现师部被包围，很多战士和群众情绪激动地吵吵闹闹，不知发生了什么事，立即回去向军团首长汇报。政委黄超已经知道马骏师长被杀，一听师部被包围，他第一个反应就是："藏民师闹事了！"主张五军团派兵镇压，平息骚乱。

军团长董振堂不同意派兵镇压。他说："独二师也是红军，徐总指挥早就说过，哪有红军打红军的道理。"董振堂又说："再说，我们也不知道究竟发生了什么事。先派人去看看，把情况弄清楚。"

独二师直属金川军区领导，不归五军团管，黄超也没有再坚持自己的意见。他同意董振堂军团长的意见，派政治部主任杨克明去了解情况，帮助处理。

董振堂特别嘱咐杨克明："一定要想办法用和平的方式处理，千万不要把事情闹大。"

在五军团领导的关心和帮助下，这场风波总算平息下去了，没有发生任何意外。

事后，李中权对天宝说："小伙子，这次你立了大功。"天宝这个扎巴出身的红军战士，在李中权和其他同志心目中，也留下了很深的印象。半个多世纪的时间过去了，李中权依然清楚地记得当时的情形，对天宝的作用给予很高的评价。

1936年7月，驻大金川流域的红军部队，奉命在军团长董振堂的率领下，开始踏上了北上的征途。驻丹巴的91师在师长徐深吉、政治委员桂干生的指挥下，沿大金川流域西岸北进。丹巴藏民独二师在政委李中权、副师长金世柏带领下，掩护红军北上。

马骏被害后，徐深吉、李中权和金世柏等领导人都去看望他的父亲马阿交，说明情况。徐深吉和李中权都说：我们自己也知道，我们的解释和说明，是没有说服力的，只好反复对老人说："节哀珍重！"

当问到老人下一步打算时，马阿交说：我们父子俩参加红军、支援红军的事，大家都知道了，你们走了，国民党马上会来，他们不会放过我。马阿交坚定地说："我和我的儿子马骏，活着是红军的人，死了是红军的鬼。现在儿子不在了，我这老头子还是愿意跟着红军走。"

老人的一席话，使在场的人都十分感动，他们立即向上级汇报。四方面军政治部主任周纯全认为，把马阿交留在战斗部队也不合适，让他们把老人送到三十一军政治部，安排一个适当的工作。同时让金川格勒得沙政府的主席、副主席等主要骨干也都集中到政治部，说要跟随大部队一同北上。这批人至少有二百多，天宝说，他们都是红军和格勒得沙的骨干。

徐深吉、李中权和金世柏都说：当时形势很紧急，接到命令，我们就出发，离开了丹巴。他们也都沉重地说：从那以后，我们再也没有见到马骏师长的父亲。

天宝等独二师的藏族战士们说：离开丹巴后，再也没有见到师长的父亲马阿交，也没有见到格勒得沙的领导们。

胡宗林在三十一军军直收容队，他跑前跑后，三过草地，从军部到基层的情况都比较熟悉，他也说，他没有看到马阿交和格勒得沙的领导人。

丹巴藏民独二师是红军长征途中创建、培育、发展、壮大起来的第一支革命的藏族武装力量，有红军的正式建制和番号。在党的领导教育下，在红军的具体帮助下，进步很快，阶级觉悟和战斗素质都有很大提高，是一支过得硬的、很好的人民子弟兵。他们组织纪律性好，吃苦耐劳，群众关系极为密切，战斗力强，作风过得硬，配合红军出色地完成了一次又一次的战斗任务。

马骏被害，部队发生哗变，有关人士认为这支部队不可靠，周纯全传达张国焘的指示，丹巴独二师的建制也被撤销，愿回家的，让其回家，不愿回家，编入红军主力部队。不少青年战士，则因他们的师长被害，愤然离队。在红军历史上第一个以藏族青年为主体的革命武装，在张国焘错误路线指导下，就这样结束了它短暂而辉煌的革命历程。这是张国焘这个叛徒对中国革命事业犯下的又一个严重罪行。

在这关键时刻，天宝作出了正确的选择：无论发生什么样意想不到的不幸事件，无论需要经历什么样的艰难险阻，跟着共产党、跟着红军革命到底的决心不动摇，绝不离开革命部队。于是，离开故乡，走上了艰难而悲壮的征程。对于整个红军来说，是继续进行长征。而对于天宝和广大藏族战士来说，是刚刚踏上长征之路。

张国焘是个迫害狂

早在鄂豫皖革命根据地，张国焘就制造了骇人听闻的大冤案。徐向前说：

"白雀园'大肃反'，是鄂豫皖根据地历史上最令人痛心的一页。将近三个月的'肃反'，肃掉了两千五百名以上的红军指战员，十之六七的团以上干部被逮捕、杀害，极大削弱了红军的战斗力。"[*1]

到了通南巴苏区，张国焘继续搞他那一套任人唯亲的方针政策，大搞"肃反"，顺我者昌，逆我者亡，滥杀无辜，草菅人命。面对四川军阀对通南巴根据地的大规模围剿于不顾，在战火硝烟弥漫的紧急关头，重新清算鄂豫皖革命根据地时的老账，软禁曾中生，杀害红四军指挥员旷继勋，以及师团级干部余笃三、舒玉章等同志，在敌人残酷围剿根据地的炮火声中，掀起了又一场迫害和杀害自己同志的"肃反"浪潮。

张国焘在通南巴地区把"肃反"范围扩大，直到地方党组织和普通群众。解放后担任中央统战部副部长的老红军徐以新回忆："当时我们的方针是打土豪分田地，分衣物，对地主是'左'的，差不多都是扫地出门。后来富农也是扫地出门，中农也连带着，这是'左'的政策。这些跟'肃反'结合起来，搞得中农也不满意，说几句怪话，就抓起来当反革命。所以通南巴'肃反'继承了鄂豫皖'肃反'的'左'的政策，在部队里，干部中，只要对张国焘有意见，就抓起来。在地方也是这样，除地、富外，有些干部也抓起来当反革命'肃'了。后来在苏区待不下去，恐怕就是这样。我当时在保卫局看到一份报告，大概是县保卫局送来的报告，一个县一杀就是几千，没有口供，只是很简单的名单，说杀多少，一个个圈起来，送上来叫保卫局审查。一个县就有杀人的权力，有的乡开公审大会就杀。所以乱杀人、乱抓人、乱用刑，造成了人民的不满。"[*2]

[*1] 《徐向前回忆录》，解放军出版社 2007 年 8 月版，第 108 页。
[*2] 徐以新 1961 年 4 月 28 日的谈话。

徐向前也证实："张国焘在川陕根据地，推行的还是王明那一套，许多东西是'左'的。如对地方政策，只要当过保长的，多要杀掉。认定是地主、富农的，也要杀掉。其实，有些保长是穷人，大家推举他出来干这份差事的。有些地主、富农虽有剥削，但民愤不大，可以改造，不同于罪大恶极的土豪劣绅。不问青红皂白，把他们通通杀掉，只能扩大敌对势力，吓跑中立者，孤立自己。土地改革、经济政策也'左'，地主不分田，富农分坏田；侵犯中农利益，甚至将一些中农划成地富成分，无条件地剥夺，使他们失去了生产积极性；把小经纪人当资本家打倒，搞得根据地商业凋敝，连日用生活物资都很难买到。俘虏政策上，要兵不要官，放兵不放官，尤其是对营以上被俘军官，杀掉不少，增强了敌军的对抗、报复心理。这些'左'的政策和在鄂豫皖时期差不多。"[1]

据当年老红军回忆，"左"的政策到了荒唐可笑的地步。打土豪拿来的法币、茶叶都当成反动的东西烧掉了。后来到了松理茂地区，许多战士不服水土拉肚子，才后悔不该烧掉茶叶，茶叶可以解毒。"左"的政策把川陕根据地搞得民穷财尽，要粮没粮，要衣没衣。农村开个会，参加者大多是妇女，男的都当红军去了。当时扩大红军，贫下中农出身的年轻人都参加了红军。如果你看到年轻人没当红军的，那就是地主富农出身的。这样的结果就是待不下去，只好放弃川陕根据地，再次转移。

张国焘的"左"还表现在他对川陕地方党组织和游击队的打击迫害。张国焘生性多疑，对川陕党的同志根本不信任。当时活跃在川东地区的是王维舟领导的川东游击军。1933年10月，王维舟率领部队与红四方面军会合，奉命改编为红三十三军。以王维舟为军长，原达县中心县委书记杨克明为政委，四方面军来的罗南辉为副军长。但是会合的欢庆刚过去不久，张国焘就以其当地人多，社会关系复杂为借口，在三十三军内部大搞肃反和清洗。王维舟回忆说："最不幸和最令我痛心疾首的，是经过党多年培养出来的三百余青年革命干部，遭受了无辜的杀害。这些同志几年来在地下艰苦的环境中，与敌人进行了殊死的斗争，未遭反动派杀害，却在自己内部，在叛徒张国焘'左'倾路线的毒手下牺牲了。游击军和红四方面军刚会合，张国焘派人在宣汉双河场以开会名义杀害了地下党的干部百余名。在巴中县，张国焘把我们三十三军的两个师长（98师、99师）蒋群林、冉南轩从前线调去，也被暗中杀害。又在宣汉清溪乡三弯崖杀了三个团的团级干部（其罪状是他们过去当过保甲长）。又在黄中铺前线正当与敌人激烈战斗中（当时我在虹口养病），把正在火线上指挥作战的军政委杨克明同志撤职调离前方，又将排级干部以上五十余人都调到后方，大部分被杀害了。未被

---

[1]　徐向前：《历史的回顾》，解放军出版社1985年版，第407页。

害的只有少数几个人。"[1]

张国焘对川东地方革命同志的屠杀和连根拔的政策，被人们称为"拔萝卜"，引起了党内强烈的义愤。后来在延安清算张国焘错误的政治局扩大会议上，朱德痛心地说："对于肃反，错误是很严重的。四川同志谈：红军不来，我们还发展了一些党员；红军来了，把我们杀光了。同志们带武装来，不慢待罢了，我们总不该要他们的命！把这些革命同志当反革命，是罪恶。有些地方把整个地方肃光。"[2]

原西藏自治区党委书记、西藏军区第一政委、老红军任荣在回忆录《戎马生涯》中详细叙述了张国焘迫害曾中生的情况。

洪学智也谈到当时肃反扩大化的严重情况：

当时，鄂豫皖苏区红军在同国民党军队以及反动武装浴血战斗的同时，还受到了革命队伍内部"左"倾错误路线的伤害。1931 年 3 月 28 日，王明"左"倾教条主义统治的中央政治局作出了《关于富田事变的决议》，下发各个根据地。决议指出："反革命势力在苏区还是一个严重的力量，它的基础建筑在各种剥削分子——地主、豪绅、富农、大商人以及旧官僚的身上……他们更侵入我们的党、团、红军、苏维埃与工会中进行他们的破坏工作，以援助南京政府向革命进攻。"由此，在各个根据地掀起了"肃反"的浪潮。

1931 年 8 月初，正当红四军南下作战时，住在红军总医院的俘虏伤员中，有几个反动分子图谋在饭内下毒，被政治保卫局发现。经保卫局审问，他们胡乱说同红 28 团团长潘钣佛之妻（医院司药）有联系。张国焘借此说是在医院破获了"AB 团"反革命组织。经过严刑逼供，这些俘虏伤员还供出了鄂豫皖苏区有所谓"AB 团""改组派""第三党"等庞大阴谋组织。

这时，鄂豫皖红军主力在军长徐向前、政委曾中生的指挥下，南下作战，连战皆捷，奔浠水，克罗田，进占广济县城，计歼敌七个团，形成了威逼蕲春、武穴、黄梅，与湘鄂赣红军遥相呼应的好形势。

同月，南下红军攻克英山后，国民党特务头子曾扩情以黄埔军校同学会的名义，写了一封信，派一个叫任连杰、一个叫钟蜀武的特务到英山送交红四军 11 师师长许继慎，表示欢迎许继慎投靠蒋介石。

许继慎接到信后，光明磊落，当即把人和信一起送到军部。徐向前和曾中生研究，

465

认为是敌人的反间计，一边把来人扣押，一边把信送到分局去，同时向分局陈述了军部的意见，认为许继慎"不会有什么问题"，"完全是敌人用各种阴谋破坏我们"。

但张国焘已决定要"改造"红四军。他一方面指责红军领导人未执行其东进安庆、威逼南京的作战计划，不等红四军返回，即派从上海与张国焘一起来鄂豫皖的陈昌浩携中央分局和军委的命令，到达麻埠红四军军部，撤销了曾中生军政委职务，由陈昌浩接任。另一方面，对敌人的反间计不问事实真相，抓住两条所谓的"线索"，就在新集逮捕了原1师政委李荣桂、10师参谋主任柯柏元、28团团长潘皈佛和其他一些人，经过严刑逼供，炮制出所谓许继慎、熊受暄等人"确有准备把部队拉到长江边投降蒋介石"的"全盘反革命计划"。接着，在红四军北返途中，先后逮捕了许继慎、周维炯、萧方等二十多位红四军的师团级干部。

9月下旬，张国焘把部队集中于光山县白雀园一带，搞了三十多天"肃反"。他从中央分局驻地新集赶到白雀园，亲自坐镇指挥。

公审许继慎大会是在白雀园火神庙那里召开的，每个团派几名代表参加，我也参加了。在公审大会上，没见到许继慎，只听到宣布判决书，把两个特务就地枪决了。

我们29团在商城二十里铺同戴民权部打了一仗，战后回到白雀园就开始"肃反"。团政委李奚石刚从苏联学习回来，头天还给我们讲话，第二天就被抓走。查子清团长后来也被逮走，政治处主任何国钧也给抓了。罪名都是"改组派""AB团"。那时，我们连"AB团"是什么玩意儿都不知道，只是见天天抓人，主要是抓那些知识分子干部。

重机枪连打仗，出了子弹不连发的故障，就说是"改组派"搞破坏，把28团重机枪连连长杀了。我们连3排排长周鹏举刚出医院就被抓走。2排排长张汉清是从夏斗寅部队哗变过来的，也被"调"走，后来不知下落。错误的"肃反"在大小各级干部中造成了极大的恐怖，谁也不敢讲话。当时我一直想不通，思想困惑得不得了，整天想别把自己也给抓去。后来又把我团调到了西余集。29团和33团的团长对调。33团团长胡云山当了我们的团长，这个人非常能打仗。不久又把曾传六调到我们团来当政委。

实际上，鄂豫皖苏区当时根本不存在"改组派"等组织。"肃反"中被错杀的领导干部，如许继慎、舒传贤、周维炯、萧方等人，都是早年加入共产党，长期从事革命斗争的红军中久负盛名的重要将领，与所谓"改组派""AB团"等组织丝毫没有联系。

商城县是张国焘点名"肃反"的重点县。他说："这个苏区的第二个发源地是商城……大部分商城共产党员实是国民党左派……如周维炯、陈慕尧（党的负责者）等始终与改组派联系着。"所以，商城县"肃反"的规模和受害的程度最大。湘南起义的领导人，除战斗中牺牲者外，大部被杀害。

"肃反"扩大化，搞逼、供、信，造成了严重的损失，教训十分深刻。但广大党员和红军指战员革命信心不动摇，仍前仆后继，坚持英勇斗争。实践证明，共产党和红军是任何力量也搞不垮的。*1

历史事实反复证明了这样一个客观实际：凡是野心家、阴谋家，都要制造冤假错案，都要篡改历史。

从以上简要的叙述，可以清楚地看到，张国焘是个迫害狂，他对马骏父子和格勒得沙政府领导骨干的残杀和迫害绝不是偶然的。是他多疑、残忍、专断、独裁的本性所决定的，同时也暴露了他色厉内荏的虚弱本质。

历史事实证明：唯残暴者最虚弱，唯虚弱者最残暴！

人们也不应该忘记张国焘制造大冤案、大悲剧的历史教训。

痛定思痛，徐向前曾经深沉地说：

"历史的教训，值得注意。我们的子孙后代，一定不要再重演。"*2

这一天等得太久，太久！

马骏遇害，红军北上后，马骏的妻子扎西娜姆被土司头人迫害，投入狱中，关押达八个月之久，后经马骏生前亲朋好友营救，变卖了马骏家的全部财产、房屋和土地，才将扎西娜姆赎出监狱。为躲避土司头人的再度迫害，扎西娜姆带着两个儿女外逃到绥靖（今大金县）的党坝，给人打工度日。两个孩子由亲戚好友资助，先后接回丹巴抚养成人。解放后，扎西娜姆才返回丹巴与儿女团聚，于 1966 年去世。

为撰写天宝传，当我到马骏烈士的故乡调查时，当地干部群众怀着悲痛的心情告诉我：让我们马骏的故乡人十分痛心的是，直到他的夫人扎西娜姆逝世的时候，距离马骏遇害已经三十年，长征胜利三十年，新中国建立也十七年了，但是，依然没有能给丹巴人民的优秀儿子、杰出的红军将领麻孜阿布——马骏平反昭雪。他的父亲麻孜阿交跟随红军北上抗日，结果下落不明。

为什么马骏同志长期得不到平反昭雪？为什么丹巴藏民独立师即独二师的历史功绩一直得不到公正的评价？这有多方面的原因。

---

*1 《洪学智回忆录》，解放军出版社 2007 年 8 月版，第 38 ～ 40 页。
*2 《徐向前回忆录》，解放军出版社 2007 年 8 月版，第 115 页。

据老同志们讲：在红军将领里，与马骏和丹巴藏民独立师接触时间最长的是董振堂和五军团，最了解他们的是董振堂，其他领导人都到甘孜和炉霍去了，基本上没有什么直接的接触。

老同志们说：假若董振堂将军活到解放后，当了解放军的元帅或高级领导人，他就能够证明一切，主持公道。

遗憾的是，董振堂将军在西征途中壮烈牺牲。

直到十一届三中全会以后，徐向前在《历史的回顾》一书中，对有些问题作了实事求是的论述，对董振堂及五军团也作了积极评价。

20世纪80年代，是一个伟大的时代，光明的时代，充满正义和正气的时代，是高扬革命人道主义的时代，是真理战胜邪恶的时代。很多历史上的冤假错案在这一时期得到平反昭雪。

1988年，经党中央、中央军委批准，确定了我党、我军历史上的三十六位军事家，董振堂名列其中。这是党和人民对董振堂光辉一生的公正评价。

与此同时，沉冤五十多年的马骏遇害事件，沐浴着十一届三中全会的灿烂阳光，党的民族政策的光辉又照耀到雪山草地，在时任总书记的胡耀邦同志亲自关怀下，中共丹巴县委根据国务院国发（83）91号文件规定精神，经过反复调查核实，报省、州核准，终于在1989年为马骏烈士平反昭雪，将其子女作为烈士家属，长期抚恤。

在马骏被害整整六十年之后，在马骏的夫人扎西娜姆逝世整整三十年之后，1996年，经中共四川省委批准，丹巴县委发动干部群众集资，在大渡河畔修建烈士陵园，天宝和阿沛·阿旺晋美副委员长用汉藏两种文字为革命烈士纪念碑题词。纪念碑上赫然书写的第一位烈士就是藏族人民的优秀儿子、杰出的红军将领马骏。

历史是公正的，人民是有情的。无论要经历什么样的艰难和曲折，蒙受什么严重的冤屈和污垢，最终人民是不会忘记任何一个曾经为人民做出有益的事情的人；人民也不会饶恕任何一个有负于人民的人。历史是不容歪曲、不容篡改的。历史终究是历史，最终会以本来的面目出现在人类发展的历史长河中，是什么样，就是什么样。

马骏蒙冤遇害，藏民独立师被解散，这是长征途中的一起重大事件，一个重大冤案。红军离开藏区，迈向北上征程，从一开始就笼罩在浓郁的悲壮气氛之中。

第二十五章　番民骑兵独立师

重新组织队伍

张国焘下令撤销独二师即丹巴藏民独立师的番号后，这支队伍很快就散了，原有近三千人的部队，一下子走了一千多人，只剩下一千多人。当时形势紧急，大事要事急事很多，上级便命令将剩下的人就近编到各个部队去。

当时的四方面军，实际上分成两大部分：主要的领导人朱德、刘伯承、张国焘、徐向前和陈昌浩等人和主要的领导机构都在甘孜；董振堂和五军团、金川军区、金川省委以及格勒得沙中央苏维埃政府都在金川—丹巴地区，相隔千余里，雪山阻隔，交通不便，基本上只能用电报联系。

红军北上之后，格勒得沙中央苏维埃政府肯定也无法再坚持下去。按照当时的组织机构，有格勒得沙中央政府直接领导的一支少数民族的革命武装——格勒得沙革命军以及少先队，天宝就是少先队的领导人之一。当时的"少先队"，不像现在的少年先锋队，只是在学校里由少年组成的一个群众组织，而是红军的一个组成部分，在中央苏区，就有赫赫有名的"少共国际师"，萧华上将曾担任"少共国际师"师长。此外，各县和乡镇也有自己的地方武装，有的叫自卫队，有的称"赤卫队"，这些武装力量怎么办？也没有一个统一的考虑和安排。情况反映上去，总部指示，将格勒得沙革命军、金川独一师和丹巴藏民独立师的剩余人员合编在一起，组建"番族人民自卫军"，划归金川军区直接领导，由军区选派干部。

天宝回忆当时的情况说："番族人民自卫军"组成后，是跟随红军北上，还是留下来打游击，创建新的革命根据地，也都不明确。红军入川后，一度曾想在川西北地区建立新的革命根据地，中央红军一路之上，也组织了地下党，建立游击队，还从正规部队选派干部充实地方武装。红军走后，有的部队被国民党消灭或打散，有的一直坚持到抗战；有的甚至坚持十几年，直到全国解放，配合解放军解放大西南。

几天后，上级传达徐向前总指挥的指示：以番族人民自卫军为基础，组建番民骑兵独立师，归四方面军总部直接领导，随主力一同北上。并任命91师师长徐深吉兼任番民骑兵独立师师长。

四方面军两过草地，都遭遇马步芳骑兵的袭击，受到很大损失。在雪山草地，在高原地区，骑兵的机动性强，杀伤力大，给步兵造成很大威胁。假若没有强大的火力配合，如配备炮兵和重机关枪，步兵几乎就成了骑兵任意砍杀的活靶子。可能是考虑到这些因素，徐向前决心组建红军自己的骑兵，以利于今后在大西北的发展，尤其要对付前进路上凶悍而残忍的马步芳骑兵。在甘孜，组建骑兵师，任命许世友为师长。离开甘孜时，又将甘孜波巴政府的藏民骑兵师和骑兵大队合编到许世友的骑兵部队。

遵照徐向前的指示，金川军区将大金、卓克基、党坝、绰斯甲、梭磨等地的地方武装，全部合编到番民骑兵独立师，共约三千人马。大部分藏族战士参军时都把自己的马带来了，没有马的把土司头人和牧主的马牵来，骑着马参军，这在红军的历史上还不多见。

年轻的党代表

参加红军一年多的新战士天宝即被任命为番民骑兵独立师的党代表，这在红军历史上也不多见，是在一个极为特殊的历史条件下产生的特殊现象。天宝自己后来说，如果马骏师长不被张国焘杀害，如果丹巴藏民独立师不被张国焘强行解散，也不会发生这种情况。因为丹巴藏民独立师有不少优秀的指挥员。

天宝被任命为党代表，独立师没有政委，天宝实际上担负着政委的职务。在当时来说，四方面军有五个军，一方面军四个军团都没有军一级建制，师成为独立作战单位，因此，师的建制十分重要。师政委是很高的职务，余秋里、杨成武、萧华、杨得志、陈锡联、张爱萍、黄永胜等人那时都是团职干部，担任团政委或团长。

徐深吉师长回忆当时的情形说：我当时任三十一军91师师长，军部和其他部队都跟总部在一起，留下我们91师，跟五军团在一起，但又不归董振堂和五军团领导。按建制，我们91师与丹巴独二师都是平级的，他们隶属于金川军区。但军区在金川，有些事就让我们代办、代管。我们有一部电台，独二师没有，上级的很多指示就通过我们传达。徐深吉又说："番民骑兵独立师"成立后，基本上也是这么个关系。遵照总部的命令，任命我为师长，就要负起责任来，我带着几个干部去帮助组建，先把班子搭起来。番民骑兵独立师实际上是以丹巴独二师为基础，"格勒得沙革命军"名声很大，人数也不少，有两千多人，但组织比较松散，是个地方武装。经过整编，有三千人左右。下辖三个团，一个警卫连，一个侦察连。正职都是总部派来的老同志，副职大部分是从新参军的藏族战士中选拔。

徐深吉说：红军历来很重视政治思想工作，一支部队首先要配备一个好政委。上级说，总部派不出合适的人选，让我们从当地选拔一个，报上级审批。金川军区和我们选来选去，选不出一个合适的。最后大家觉得桑吉悦希这个年轻人不错，他当过格勒得沙政府的青年部长。他参加红军才一年，让他当一个师的政委也太嫩了点，就决定让他当党代表，再慢慢培养。我们也请了董振堂军团长，那时我们离得近，只有几十里。他也同意。

天宝说：总部派来一百多名老红军，任师团主要领导和政工人员，团的副职和营、连干部，绝大多数是藏族。

当谈到各团、营的领导人时，天宝说："时间过得太久，当时流动性也大，那些同志的名字，大部分都想不起来。"只记得他的同乡人沙纳担任二团副团长。对此，作为党代表，天宝感到深深的遗憾和歉疚。

赶着马帮当红军

由于错误地杀害马骏师长，撤销丹巴独立师，造成很坏影响，使不少藏族红军战士离开了红军，造成很大损失，也使一部分群众对红军产生怀疑和不满。但是，总体来讲，共产党领导的工农红军，代表着包括藏族人民在内的我国各族人民最长远、最根本的共同利益，共产党和红军的民族政策和宗教政策从根本方面来讲是正确的，符合藏族人民的愿望和心意。藏族人民从共产党和红军身上看到藏民族实现民族复兴的希望，看到了藏族人民光明的未来和美好的前景。因此，当红军处在最困难的日子里，他们尽一切努力，支援红军走出雪山草地，完成北上抗日的壮举，走向新的胜利！不仅如此，藏族人民的优秀儿女，一批又一批地加入到这支革命队伍当中，他们英勇顽强，前仆后继，义无反顾地走上了革命的道路。

就在番民骑兵独立师离开丹巴，开始北上时，有一个年轻人，赶着马帮来追赶部队。那时红军没有自己的服装厂，当红军时，自己穿什么衣服来就穿什么，顶多给你发一顶红军帽，有时连帽子也没有，就找一块红布剪个红五星。有的从牺牲的烈士身上摘下帽子、脱下衣服穿在自己身上。在汉族地区，都穿汉装，这问题不突出，红五星就是红军的标志。到了藏区，穿的是藏袍，这样的新战士在红军队伍中就特别显眼。番民骑兵独立师的大部分战士都穿着藏袍，头戴狐皮帽、毡帽或藏式"博士帽"，上面缝个红五星，也很有特色，很雄壮。

那个赶马帮的年轻人赶上这支队伍，就对他们说："我要当红军！"红军战士们问他："赶着马帮来干什么？"年轻人理直气壮地说："送给红军！"

战士们就把这个年轻人带到徐师长和党代表那里。天宝一看这个年轻人，可能比自己大几岁，中等个子，长得很健壮，看样子也很机灵，就问他："你叫什么名字？"

"哲巴洛赛。"

"这个名字好听。""哲巴"是马帮的意思；"洛赛"是聪明人的意思。一听这名字就知道是跟马帮赶牲口的人。"你叫什么名字？"年轻人问天宝。

"桑吉悦希。"

天宝又问："你为什么要参加红军？"

哲巴洛赛看着桑吉悦希，反问他："你们为什么要参加红军？"

桑吉悦希笑了笑说，"你这个问题问得好！"就把他的话翻译给徐深吉师长，徐师长也笑了笑，对桑吉悦希说："看你怎么回答！"

桑吉悦希简单地回答了他，说：红军是穷人的队伍，是藏族人民最忠诚的朋友，我们都参加了红军，也欢迎你当红军。

哲巴洛赛高兴地说："好！好！"然后告诉徐师长和桑吉悦希，他是乾宁县一家土司的马帮。他们那里需要粮食和茶叶，但国民党当局为了围困红军，封锁了所有关卡，没有办法到内地购买，就到康定，卖了一批皮货和药材，买了粮食和茶叶。年轻人愤怒地说："我们的土司坏得很，带马帮的管家也很坏，对我们用人凶得很。听说红军是穷人的队伍，对穷人好，对藏族好，我就想参加红军。到丹巴时，听说你们走了，我就跟上来了。"

桑吉悦希问他："这些马帮是你的？"

哲巴洛赛说："我是个穷人，连只小羊羔也没有，哪儿来的马帮？"

"那是谁家的？"桑吉悦希问。

"土司家的。"哲巴洛赛说，"红军不是主张打土豪、分田地吗？我就打一次土豪，把这些东西都捐献给红军。"

徐深吉高兴地夸奖他："好！好！你一参加红军，就对红军作出了重要贡献。现在我们红军最需要的就是粮食、茶叶，还有这些骡马。"

这样，给土司的马帮当"腊都"（赶马人）的哲巴洛赛成了一名光荣的红军战士。

几十年后，骑兵师的两位主要领导人徐深吉和天宝谈起哲巴洛赛时，印象都很深刻，连他的名字、长相、性格，都记得很清楚。

与哲巴洛赛一样，有不少藏族青年参加红军，跟随红军北上。据天宝等人回忆，至少有五六百人。大部分编入骑兵师，一部分人分配到别的部队。他们在红军过雪山草地的过程中，发挥了重要作用。

一支特殊的队伍

番民骑兵独立师刚刚组建完毕，就开始继续北上，第三次过草地。

他们随主力部队再次翻越雪山、走过草地。开始时，与五军团在一起，整建制行动。91师奉命归建，回三十一军，一同北上。徐深吉师长带着队伍走了，离开了番民骑兵独立师。上级说要派一位新的师长来，但后来始终也没有派，由一位姓高的副师长和天宝负责。

进入草地后，头等大事是要保证几万大军顺利过草地，要解决部队的吃饭问题。上级交给他们新的任务，让他们为部队筹粮。很快把这支部队分配到各个部队，五军团、三十一军，都分了一部分。师团的建制也打乱了。天宝说：我这个党代表成了一个高级传令兵，上级有什么指示，就往下传达；下面有什么情况，向上反映，别的也干不了什么事。哪些部队需要多少人，就派多少人；需要做什么，就让他们去做什么。骑兵师自成立以来没有搞过训练，也没有打过什么大仗，成了一支特殊的部队，担负着特殊的任务。

高副师长和天宝还遵照上级指示，挑选政治思想比较强、身体健壮、懂一点汉话的藏族战士给各路红军当翻译，做向导，深受广大红军指战员的欢迎。

天宝还说：有的部队知道我们这里有人，而且身强力壮，要翻译，要向导，要抬担架的，都来找我们要。我就给他们派。现在想起来，那些战士很听话，觉悟挺高，叫谁去谁就去，派到哪里，就到哪里，二话没有，从来不讲条件。

这支部队有人有马，在草地，马是最可宝贵的。很多部队争着来要人，后来把人和马都留下了，不让他们归队。

徐深吉将军还谈到这样一件事：91师有一个姓郭的营长，四川人，在川陕根据地时参加红军，人挺机灵，打仗也很勇敢。我带他到骑兵师当3团副团长。走到草地时，他突然回部队了，我问是怎么回事，他说：骑兵师哪像支部队啊？完全是给人家当差的。要我们当翻译，当向导，我不会藏话，又没有走过草地，当什么翻译？当什么向导？又把我派到收容队，让我抬担架。老子堂堂正规部队的一个副团长，听一个小小的连长指挥，还要给人家抬担架，老子才不干！

徐深吉严肃地问："你离队，给领导请示没有？"

郭副团长说："领导？我到哪里去找领导？自打进入草地，我就没有看到党代表和高副师长。"

从这件事，也可以看到当时部队的流动性之大！

这支特殊的队伍，就这样时而集中，时而分散；时而走在前面，为大部队开路；时而在后，阻击追兵，对付来骚扰、偷袭的马步芳骑兵和当地民团；时而又担负护送伤病员、收容掉队或迷路的战士的任务；更多的时候就是去找粮食，找牛羊。在草地，那时粮食比金子还贵，没有粮食，主要是找牛羊。找到牛羊，就送给各个部队。天宝不无得意地说："那时我们骑兵师可受欢迎啦！只要我们的人去，就知道有好事！"

贺龙、任弼时、关向应率领的二方面军，由于在藏区的时间短，基本上没有藏族战士。朱总司令、徐向前、刘伯承决定从四方面军调一部分藏族战士到二方面军，张国焘和陈昌浩也同意他们的意见。扎喜旺徐就是那个时候到贺龙身边，跟着贺老总过草地。扎喜旺徐等老红军都说：那个时候藏族战士可受欢迎，都当成宝贝！后来从骑兵师也派了一些人去。

天宝说：红军第三次过草地，比第一、二次要艰苦得多。第一、二次，在半农半牧区，还有点吃的。由于国民党中央军和地方军阀向川西北藏区逼近，从后面追击红军；马步芳的骑兵在前面，在左右两边不断骚扰、偷袭，给红军造成很大困难，因此第三次不得不走草原的纵深地带，人烟稀少，泥泞难行。因为有前两次过草地的经验，知道准备粮食的重要性，方面军总部要求每个战士要准备十五斤粮食。出发前我们到处去找，草地本来就穷，不产粮食，人也少，几万大军来回过，粮食差不多吃光了。但是，藏族同胞还是想方设法找粮食，支援红军，一些寺院把多年积存的粮食和茶叶都拿出来了，连我们马尔康那座小寺院，也找出几百斤青稞，支援红军。没有粮食就支援牛羊，肉可以吃，皮子拿来做背心、坎肩，穿几个眼，还可做皮鞋，在草地，草鞋根本用不上。藏族人民为了帮助红军过草地，为了中国革命的胜利，作出了巨大贡献，也付出了极大的代价。天宝说，党是不会忘记这一切的。

天宝的老战友、西南民族学院原副院长张天伟，是1927年参加革命的老同志，如今身体还很硬朗。这样的老同志，全党、全军也不多了。他也是四方面军的，在今甘孜藏族自治州新龙县负责建立苏维埃政权，达半年之久，曾三次过草地。他说：十多万大军过草地，有的部队还来回走，三过草地。张老满怀深情地说：没有藏族同胞的热情支援，红军很难走出草地，度过那艰难的岁月，走向胜利。

到了草原深处，上级命令将大部分马杀了，把肉分给部队。剩下的分给其他部队。

骑兵师也改称为"番民独立师"。天宝说：有的战士爱马如命，不愿交出去，更不愿杀了吃，为了这些事，还闹了不少麻烦！有的藏族战士组织纪律观念不强，觉悟也不高，骑着自己的马，偷偷离开了部队。

押送"犯人"

最让天宝和番民独立师的藏族战士感到为难、感到惊讶的是，曾经有段时间，将押送"犯人"的任务交给了他们。

这些年轻的战士很不理解、感到困惑，甚至震惊的是：与国民党反动派的斗争十分激烈。自然环境十分恶劣，环境十分艰苦，粮食极度匮乏，很多优秀的红军战士饿死、病死、冻死、累死在雪山草地，而党内的斗争也十分残酷。在长征途中，在红军队伍中，他们看到一种根本无法理解、甚至感到恐惧的情形：一部分红军战士紧握钢枪，神色严峻，用比对国民党俘虏更严厉的态度，押着另一部分红军，他们衣衫褴褛，面色发黄，有的还戴着手铐和脚镣，可能是"重犯"，大部分用一根绳子拴着几个人，让他们无法逃跑——实际上在雪山草地，让他们跑也无处跑。当时这些藏族战士还不懂"党内斗争""肃反""政治斗争"这样的词汇，更不懂它们的概念和含义。但给他们留下了很深很深的印象。他们不敢问别人，只能问自己：都是共产党领导的红军，为什么一部分红军要押着另一部分红军？一部分红军整另一部分红军？他们犯了什么罪？为什么要这样对待？更让他们感到为难的是，有段时间，上级让他们番民独立师押送部分红军"犯人"。

天宝他们当时并不知道，在这些"犯人"当中，有后来任全国人大副委员长的廖承志，任海军副司令员、国务院国防工办主任、1955年被评为中将的方强将军等人。

张国焘把川陕根据地当作他的独立王国，不仅对地方同志不信任，甚至对中央派来的干部也随便怀疑打击。党中央把廖承志从上海调到川陕根据地参加领导工作，任省总工会秘书长和红四方面军政治部秘书长。1934年10月，廖承志参加川陕根据地第四次党代表大会时，张国焘借口有人提出廖承志的父亲廖仲恺是国民党中央执行委员，母亲何香凝是国民党中央妇女部长，就把廖承志关起来审查。老共产党员谁不知道廖仲恺、何香凝是孙中山先生的亲密战友、中国共产党人尊敬的朋友，李大钊、周恩来、董必武、林伯渠等共产党的领导人对廖仲恺、何香凝都十分敬重。而这居然成为关押廖承志的理由，还有比这更荒唐的事情吗？廖承志因为能写会画，宣传工作上有一技之长，张国焘也不能不考虑廖承志的家庭背景和社会影响，所以才不敢杀他，以"犯人"的身份参加了长征。与廖承志命运相同的还有中央派来的朱光、四川省委书记罗世文等同志。[*1]

使天宝这些刚刚参加红军的藏族战士百思不得其解的是，在那样艰苦的环境中，一部分红军拿着枪，押着另一些红军爬雪山，过草地。不少人手上还戴着手铐。这些手铐是从敌人监狱和警察局抢来的。使这些年轻战士不能理解的是，没有看见这些手铐戴在国民党反动派和土豪劣绅手上，却戴到红军战士手上。

1949 年 9 月，天宝与廖承志一起参加第一届全国政协第一次会议，都当选为全国政协委员；后来廖承志担任华侨事务委员会主任、全国人大副委员长等重要职务。天宝又了解到他的父亲廖仲恺是著名的国民党左派、孙中山先生的主要助手，坚决拥护孙中山先生"联俄、联共、扶持工农"的三大政策；廖承志的母亲何香凝与宋庆龄一起，是中国妇女运动的杰出领袖，也是著名的国民党左派，新中国成立后先后担任全国政协副主席、全国人大副委员长等重要职务。毛泽东、周恩来、朱德、刘少奇等党和国家领导人对何香凝都十分敬重，称之为革命前辈；廖承志的妹妹廖梦醒以她特殊的身份在周恩来总理身边从事秘密工作，发挥了别人无法替代的重要作用。可谓满门忠烈，革命家庭。天宝说，每当看到廖承志出现在公众场合，表现得光彩照人，才华横溢，让众人倾倒，他就情不自禁地想起长征途中廖承志被戴上手铐，衣衫褴褛、蓬头垢面，在红军战士的押解下艰难行走的情景，感到疑惑不解：怎么会发生这样的事？廖承志这样的人怎么会成为"反革命"？那些人是怎么想的？他们怎么做得出来？！

比天宝年长六岁、至今健在的方强将军回忆当时的情形：

方强在长征开始前就被关押，他是被押着走上长征的。他认为，恶劣的自然条件与残酷的政治斗争是考验一个革命者生命意志与革命信仰的试金石。1934 年，方强背着政治上的"黑锅"，踏上了二万五千里的漫漫长征路。长征前，方强被关进了国家保卫局。方强说："大概是我年纪还轻，出身较好，是师级干部等等，算是侥幸地把我带上长征了。"

红军到赤水河畔，"一个晴朗的下午，"方强回忆说，"国家保卫局局长邓发把我们被关的同志召集在一起，郑重地向我们宣读了遵义会议决议。第二天，我们被放出来，我被分配到中央军委干部团工作。"

抛开了政治"包袱"，方强随干部团 3 营在刘伯承和宋任穷的率领下，伪装成为国民党部队，日夜兼程，两天一夜赶了几百公里的路，强行渡过金沙江的皎平渡。"一路上尽管是羊肠小道，崎岖不平，有时还要攀登悬崖峭壁，但部队丝毫没有减低行进的速度。"

[*1] 参见刘统著《北上》，广西人民出版社 2004 年 5 月版，第 70～73 页。

方强回忆起夺取通安州的情形：

"敌人从山头上不时向我们打冷枪、推滚石。尖刀连的学员有的中弹牺牲，有的被滚石砸伤。后续学员，就利用地形地物，贴着悬崖、死角跃进，才避免伤亡。"

干部团一接近通安州，便和刚从西昌、会理方向赶来的川军一个旅遭遇。敌军有两个团和一个迫击炮连，企图抢占通安州，阻止红军北进。干部团只有三个营，力量对比悬殊。同时，敌人又居高临下，占据易守难攻的地势。

"冲锋部队在迫击炮、重机枪的火力掩护下，插入敌阵，用刺刀与敌人展开肉搏战。在战斗异常激烈的紧急情况下，周士第和我率领侦察排出击，卫生队长也参加了，一举打下火焰山阵地，歼灭了数倍于我的守敌。"

夺取通安州的胜利，保证了中央红军主力顺利渡过金沙江，使红军跳出了数十万敌人的围追堵截。在这一战斗中，方强所在部队，作出了重要贡献。这位不久前的"犯人"表现十分英勇。

到了草地，方强患病住进红军医院，他凭借顽强毅力战胜疾病，可是又一次倒在了自己人的手里。

方强说："我病愈出院后，便转向阿坝寻找朱德、刘伯承和五、九军团。"方强在找到总司令部后，将沿途所见所闻不利于红军团结的事情，向刘伯承作了详细的汇报。而方强不知道，此时的刘伯承早已丧失了对部队的指挥权，处于张国焘的软禁之中。

"刘伯承对我说，要注意口紧，党内现在有斗争，你赶快到五军团去，随五军团行动。"

可是刘伯承没有能够保护方强，方强第二次被关进了保卫局。不久，方强被一根绳索绑着双手，在警卫人员的押送下，再度翻越千年积雪的夹金山……

这就是说，不但张国焘领导下的四方面军制造了很多冤假错案，中央红军从一开始离开苏区时，也制造了很多冤假错案，方强等人就是在保卫局的押送下开始了长征。遵义会议后获得自由，分配到干部团；到了雪山草地，再次被张国焘关押。

天宝就是在这个时候见到方强的。

天宝说：上级派部队把这批"犯人"交给番民独立师，他们就走了，就说要把这些"犯人"管好，不要让他们跑了，没有进一步的指示和具体的任务。当时徐深吉回部队了，高副师长带队到别的部队执行任务去了，师部只有天宝一个人。这批"犯人"有二三十人，好像都是"要犯"，大部分人都戴有手铐。那时的路，除了山路，就是草地。天宝和藏族战士们参军不久，也没有多高的觉悟，分不清谁是谁非，更不知道"冤案""错案"这样的词，但藏族战士大部分都信佛，心地善良，富于同情心，天生有一种同情弱者的心理和观念。天宝本人又当过喇嘛，更富于同情心。加之错杀马骏师长，给他留下很深的印象，所以他没有把这些"犯人"当作"坏人"和"敌人"，从一开始就善待他们，在"犯人"中，有十几个人戴着手铐，不但走路困难，连大小便也很麻烦，要打开手铐，解了手，再戴上，不但麻烦，还耽误时间，影响行军速度。过草地时，更加困难，一旦摔倒，双手不能支撑，面朝污水，有呛死的危险。藏族战士向天宝反映，过草地再不能戴手铐，要不会淹死人。那时在草地上，队伍拉得很长，有几十里远，前后都看不到人，更不知道领导在哪里，无处请示，天宝就自己作决定，把手铐全部打开了。他让战士们把手铐拿好，但走了两天，战士们嫌沉，带不动，就扔了。天宝说，他曾为自己的这个决定担心，怕上级批评。过了草地，有了新的情况、新的任务，就没有人过问这件事。

战士们对这些"犯人"在生活上照顾得很好。他们负责征粮、运输、收割、抬担架，手里有粮、有肉。藏族战士们年纪轻、身体好、情况熟、办法多，在不了解情况的人看来，草地十分荒凉，十分恐怖，一旦熟悉它，了解它，就会发现大草地有很多宝，有很多可以吃的东西，水塘里面有很多很大很肥的鱼；草丛里有各种飞禽，有野鸭，有黄鸭，黄鸭有人把它叫"天鹅"，只要运气好，方法对，在草丛中可以找到很多鸭蛋和鸟蛋。在比较干燥的草地，还会有野兔和黄羊。藏族战士们一有机会去找这些东西，收获多了，就送给别的部队和伤病员及掉队的战友。跟了这些藏族战士，那些"犯人"再也没有饿过肚子。

十几年后，1949年9月，在北京召开全国政协第一届第一次会议，廖承志和天宝作为代表出席会议，两人相见，分外高兴。廖承志说："是你们帮我取掉了手铐，假若没有你们藏族同志的帮助，我不被张国焘害死，也会饿死、累死在雪山草地。"藏族同志对他自己和红军战士的帮助，廖承志铭记在心，一再表示感谢。以后在各种场合，廖承志曾多次谈到这件事。

长征时期的特殊遭遇，在他最困难的时候，藏族战士对他的关心和帮助给廖承志留下了终生难忘的印象。

尝百草的"现代神农"

大草原里有飞禽走兽，水塘里有鱼，有很多可吃的东西，但也经不起几万红军战士来吃，而且是来回走，来回吃。当时，最困难的还是粮食。

骑兵师和其他部队的红军战士，当时可能没有多少人知道什么是"神农"，他是干什么的？但是，在长征路上，在雪山草地，这些年轻的藏族战士为了给饥饿的红军战士寻找能吃的野菜，遍尝野草，区别哪些能吃，哪些不能吃，哪些有毒，吃了要死人。著名作家、长征亲历者成仿吾称这些藏族战士是"现代神农"。

粮食吃光了，牛羊杀完了，骡马也杀得差不多了，只剩下首长、警卫人员、侦察兵和危重病人的坐骑，不到万不得已不能宰杀。红军战士开始吃野菜。草地里的野菜，便成了填充红军士兵们极度饥饿的肠胃的重要资源。

草地草地，遍地是草，但不是所有的草都能吃，不但人不能吃，连牲口吃了也会中毒。上级把识别野菜的任务交给了骑兵师的战士们。

一开始，大家都找了不少野菜。但是，很快，问题出来了，各种野菜一下肚，不少人头昏脑涨，上吐下泻，因为没有什么药，只能靠喝水解毒；有时靠水也解不了毒，有的人就这样中毒死去。有的野菜，人吃了后会肿起来，然后死掉。

经历过那段生活的老同志说："那阵子，我们都害怕别人说自己'胖'了，因为那等于是死亡通知。"

水草地的水是雨水汇聚而成的，长期淤积，排不出去，腐烂发霉，产生毒气，使野草也变得有毒；而草原上有些草本身就含有毒素，吃了要死人。要区别哪些能吃，哪些有毒，不能吃，是一件很困难的事。

不吃吧，人就会饿死；吃吧，中毒的人越来越多……野菜问题，一时成了红军各部队面临的一个重大问题。

天宝说："上级以为藏族同志都能识别野菜，其实不是，我就不懂，我的家乡是半农半牧地区，但我从小当喇嘛，在寺院，没有到过大草原。"天宝说，作为党代表，他就组织去过草地的人去找，然后拿出样子，用现在的话讲就是标本。但当时不知道这些词，拿着样子派人到各个部队，说这种能吃，这种不能吃。上级还要他们画成图，发给各部队，但他们没有纸，没有笔，也画不好，后来可能就画了那么几张，主要还是靠人去识别。

草地上，不光有有毒的野菜，很多地方的水也有毒。喝下去就会死人，如果脚上有伤，在这种水里泡久了，伤口会溃烂，走不动路，严重的也会死掉。

红军就是钢铁汉

这些年轻的藏族红军战士，参军前绝大多数人都没有上过学，不识字，用当时的说法是"双文盲"，既不懂藏文，更不懂汉文。他们异口同声地说："长征路上是我们的第一所大学。"他们说，翻雪山时，连长、指导员在前头喊："跟上就是顶呱呱，落后要学乌龟爬。""是英雄好汉，还是窝囊废，我们雪山顶上见！"

"国民党蒋介石把东三省出卖给日本鬼子，要让中国人当亡国奴！""打倒国民党蒋介石！""打倒四川军阀刘湘、刘文辉！"

然后又不断地向战士们一遍遍地提问："中国有多少大山？日本鬼子从哪里来？""中国有东岳泰山、西岳华山……日本鬼子从东北来！"有的老战士响亮地回答。藏族战士不知道"东岳"是什么，"西岳"是什么，更不知道泰山在哪里，华山又在哪里。老同志们就向他们解释，既认了字，又增加了知识。

不但藏族战士不识字，不少汉族战士也不识字，他们大部分都是穷人的孩子。2004年，为纪念开始长征七十周年，新华社军事部和《北京青年报》组织我们采访健在的一些老红军，撰写《我的长征》。原四方面军老战士、与天宝等人三过草地的老红军夏精才参军前同样没有上学读书的机会，他说："长征就是我的大学。"与扎喜旺徐和天宝他们一样，在长征开始前，他连一个大字都不认识，报名参军，还是别人帮他写的名字。他说："我是在长征路上开始认字的。"

夏精才回忆说，当时他们是这样学习的：连队的文书或者指导员写好字，贴在每一个行军战士的背包上，后面的战士行军时，可以看前面战士的背，一次识一字，这样日积月累，识的字就会增多。

因为部队老是在行军，走得如此着急，基本上没有时间吃午饭，常常从早上开始行军，一直要走到深夜。实际上，当时的粮食也极度缺乏。夏精才和那些与他差不多大小的孩子们，走得实在太累了，就会哭鼻子。

夏精才说："一到宿营时，我们倒头便睡着了，从不翻身。"因为太累，宿营时根本无法学文化。而行军时，由于太枯燥，学几个字，反而能减少行军中的困意，能提精神，甚至忘记饥饿和疲劳。夏精才回忆说，默默的行军中，那沙沙的脚步声，比安眠药都厉害。

夏精才清楚地记得，最早学会的，就是"红军""我们是人民的军队""打倒蒋介石"等句子。

如果偶尔有行军不是十分紧张的时候，连队的文书就会把大家组织起来考一考。

就这样，在艰难的长征征途中，夏精才还同时完成了另一个"长征"——学习文化的漫漫长征，他认了不少字，基本上脱离文盲了。对于他来说，这也是一个了不起的奇迹。

夏精才说，他到现在认识的字也不是特别多，看报纸时，一篇文章时常有几十个字不认识。对于这一点，这位八十三岁（2004年）的老人很后悔。他说，这也是自己在后来进步不快、不大的原因。

扎喜旺徐和天宝这些老红军战士更是这样，他们认识的第一个汉字，就是在行军途中学的。老同志最先让他们认识"共产党""工农红军""打土豪、分田地"，后来教他们"国民党""蒋介石""帝国主义"，再后来就教他们"蒋介石、刘湘是帝国主义的走狗""打倒蒋介石""反蒋抗日""灭蒋兴藏""民族大团结""民族解放万岁"等等。

这些老红军到了晚年回顾他们学文化的经历时，总是无限感慨：谁能想象得到，红军战士在那样艰苦的环境里，还能坚持学文化。他们自豪地说：红军就是钢铁汉。在那样艰苦的环境里，世界上还有哪一个军队能坚持学文化？只有我们共产党领导的工农红军。每当谈到自己的学历时，扎喜旺徐总是骄傲地说："我是红军大学的学生。我们的课堂在长征路上，在雪山草地。你们有这样的学历吗？上过这样的大学吗？见过这样的课堂吗？"

在谈到这段艰难岁月时天宝不无自豪地说：红军还是红军。共产党领导的红军，有钢铁般坚强的意志，尽管环境非常艰苦，前有敌人阻挡，后有追兵围剿，没有吃的，弹药得不到补充，打一发，少一发，战友们一个个倒下去，内部还有错误路线的干扰（这一点我们这些刚参加红军的人并不知道），我们还是保持高昂的斗志。一路上，不但要走路，要打仗，还要学习，要认字。走路也要学。我的步枪和背包上写着汉字，后面的人看着学，我学前面的。会念，会写，记住了，又换一个字。休息时还要考试，考不及格，要挨批评。

天宝说：我这一点汉文，就是在行军途中，在长征路上开始学的。哪里像现在，有课堂，有黑板，有电脑，还有什么现代化的东西，我都叫不上来。现在的年轻人，再不好好学习，真对不起我们的党，对不起我们的国家，对不起我们这个时代。

天宝又说：不但学认字，还要学唱歌。唱歌也是学习，讲红军的政策，一路歌声，一路宣传，鼓舞斗志。同志们知道我是藏族，就要我唱藏族民歌。我是喇嘛出身，唱不好，但大着胆子，高声唱，鼓舞士气呗，也不参加评奖。在那样艰苦的环境，斗志很重要。

第二十六章 三过草地，历尽艰辛

再次走进茫茫大草地

离开甘孜和丹巴，二、四方面军分左、中、右三路纵队北上，董振堂率领右纵队，徐向前率领中纵队，朱德、刘伯承、张国焘率领左纵队。二方面军在贺龙、任弼时率领下担任左纵队的后卫。

1936年7月6日，陈伯钧、王震率领六军从甘孜东谷出发，在色达县的日清沟与红三十二军会合后，经日庆、唐牙沟进入青海省班玛县的鱼头寺、绒玉、哑公寺，在作木沟翻过横排山后于7月22日到达下阿坝。贺龙及二方面军总部率红二军于7月14日离开甘孜东谷，7月26日到达阿坝，再与红六军、红三十二军会合。在阿坝作短期休整、筹粮后，便进入茫茫大草地。

张国焘在回忆录里说：

"1936年春夏之交，我们还组织了一个野菜委员会。这个委员会的任务，是在漫山遍野的野草之中，搜寻一些可以吃的东西。委员会有二十几个人工作，以朱德为主席，委员之中包括老农和医生等。他们从野草中找出了可以佐餐的二十二种野菜，解决了我们缺乏叶绿素的问题。有一次委员会判定某一种野草是可以吃的，先由少数人试吃，结果试吃者竟发生昏迷现象，经过急救，才告无恙。在20世纪中，这种神农尝百草的办法，似令人发笑，但这种冒险犯难精神相当可佩。"

除了缺粮，疾病给红军的危害也十分严重。张国焘在谈到当时的情形说："我军在藏族地区，曾受到伤寒病的严重威胁。患病的人数不少，时间也拖得很久。从一、四两方面军在懋功会师后，直到我们离开西康地区，这种病魔老是在与我军为伍。所幸我军还相当注重卫生，伤寒病的传染速率，受到了相当的抑制，其他传染病也没有大规模地发生过。

"在福建漳州基督教医院服务过的傅连璋医生，对于这次防御和医治伤寒症，有过极大的贡献。在高原地区，空气稀薄，又缺乏燃料，我们烧煮食水，往往不易达到一百度，因而不能将水中的细菌全部杀灭。傅医生认为，食水不洁是引起伤寒及其他病症的主要原因。我们根据他的指示，在火炉旁安置一个牛皮风箱，增加火力，使食水能煮达一百度，这样，不仅可减少伤寒症的蔓延，同时也减少了其他的疾病。

"我们缺乏药品，对于伤寒病无能为力。傅医生便采用中医的医治方法，救活了不少人。从此，这位不重视中医的西医生傅同志，也就对中医发生很大的兴趣。后来他在上海著名的医学杂志上，发表了一篇论文，说明他用中医方法，曾治好了百分之九十左右的伤寒患者。他现在任中共政府卫生部副部长，特别热心提倡中西医学并用。

"那次的伤寒病牺牲了我们成百战士，其中有好几个是师团长级的干部。还有一位无线电侦察专家蔡同志，他是福建籍的知识青年，聪敏而有毅力，自鄂豫皖起他就担任对敌的密电侦察工作，建树极多。他与我不仅是同事，而且是好友，他的死亡，在友情上我固然十分伤感，而且使我们军中少了一双千里眼，尤为令人痛惜。"[1]

张国焘在这里说得不全面，傅连璋是位杰出的医生，他对红军和新中国的卫生事业，都曾作出重大贡献，但长征途中，三路大军，几万人马，傅连璋一个人的作用也非常有限，藏医藏药在帮助红军医治疾病方面，发挥了重要作用。当时，不但普通战士患病，连红军的最高领导人毛泽东、周恩来、王稼祥以及邓颖超等人都曾患病，不能走路，更不能骑马，只好用担架抬。红军找了大批藏族民夫，担任运输、抬担架。经过长途跋涉，那时红军战士的身体十分虚弱，连自己走路都很困难，抬担架、扛电台等任务，主要由藏族民夫承担。天宝和扎喜旺徐等人说，到了水草地的腹心地带，有时连战斗部队的轻重机枪都要让民夫抬，实在扛不了就只好扔掉，毕竟战士的生命比武器更宝贵。藏族红军战士的一个重要任务就是组织和协调这些藏族民夫，遵照上级的意图，对他们做政治思想和宣传鼓劲工作，鼓励他们克服困难，坚持下去，帮助红军完成长征，为中国革命做贡献。天宝和扎喜旺徐等老红军说：很多藏族同胞在雪山草地献出了宝贵的生命。

一位老红军的回忆

2004 年夏天，在纪念红军长征七十周年的时候，与天宝一起三过草地的老红军戴

---

[1] 张国焘：《我的回忆》第 3 册，东方出版社 1991 年版，第 383～384 页。

绍怀在回忆当时的情形时说："我爬了五座雪山，三次过草地。"老人的开场白很简练，然后便是长时间的沉默。他掏支烟点燃后夹在手指间，任由一缕青烟袅袅上升，开始回忆那段刻骨铭心的经历。

戴绍怀，四川省宣汉县大成乡戴家沟人，与王维舟是同乡。1929年参加王维舟领导的川东大巴山区赤卫军游击队，1932年正式参加红军。

戴绍怀说，开始爬雪山的时候并不感到特别困难，噌噌噌地随着一条线的队伍往上走。"眼看着离山顶不远了，胸口突然像压上了一块大石头似的，喘不过气，腿却像灌了铅似的，费很大劲就是迈不动步。"戴绍怀说。

就在他"真想一屁股坐在雪地里歇一会儿"的时候，前面的队伍传来死命令：走不动也不能坐下。他拄着拐棍继续前行，一路上不时看到躺坐在雪地里的战友们冻僵的尸体，戴绍怀感到又痛心，又害怕，还有点庆幸，他说："幸亏没坐下休息，要不小命丢在雪山上了。"

然而在他看来，过草地比爬雪山更难走，也更凶险，他回忆说："几百里的草地除了满眼的杂草枯叶，便是隐藏在杂草枯叶下面的黑水泥潭。"

第一次过草地，戴绍怀还觉得挺新奇。"以前哪见过一天之内出现狂风、浓雾、暴雨、大雪、烈日、冰雹那么多情况。"可新鲜劲也就那么一天，其后便开始一而再，再而三品尝草地的厉害滋味了。

"从四川撤退后，几乎就没有休整过，衣服都破破烂烂的，背后是个大窟窿。没有太阳的时候草地里就到了冬天，冻得我龇牙咧嘴。藏族战友送给我一个皮坎肩——"戴绍怀说，"哪里是什么坎肩，就是大半张羊皮，中间戳个窟窿，套在头上，还挺暖和。可太阳一出来，又是一股子膻气。周围到处也散发着难闻的腐臭味，令人窒息。茫茫一大片，望都望不到头，污水烂草混在一块，走在上面深一脚浅一脚的，比爬雪山累多了。不定什么时候，脚下突然会冒出个水坑来，就得赶紧卧倒，从上面滚过去，否则，稍一犹豫，很快就整个人都陷进去，越挣扎就陷得越深。其他同志想救也很难，不是没工具，就是饿得没力气，也害怕一块陷进去，反搭上一条命。"

我们在采访时，老人激动得有些说不下去了，他的孩子接着说："老爷子告诉我们，他的不少战友都在草地里牺牲了。有饿死的，有陷在泥潭里死去的，还有的晚上睡下后第二天就再也没有起来，被活活冻死的……"

老人继续说："唉，除了青稞就是野菜，肚子里一点油水都没有，再加上长期吃不上盐巴，每个人的脸是尖的，脚是软的，走路轻飘飘的，浑身没点力气，甚至在休息时想小便都站不起来，只能像女人一样蹲着解。唉！"

"什么野菜呀、野菜根呀，什么牛皮缰绳、牛皮带、皮马鞍子……凡是沾点皮的东西都吃过。"戴绍怀说，即便是这样，他还救过一个小战士的命。

一天中午过后，他看到路边一个小战士一动不动，两手压着肚子，头垂到膝盖上。"我摸摸他的胸口，心脏还在扑扑地跳，使劲喊了两声，他睁了睁眼又合上了。我捏捏他的米袋子，一粒粮食也没有了，心里就明白了。我倒出自己米袋子的最后一小把青稞面，送到他的面前。"

"小家伙接过来，像品尝山珍海味似的，一小口一小口吃起来。吃完这把青稞，眼睛着有精神。"戴绍怀说，"我不知道他叫什么，以后再也没有见过他的面。"

"唉！想想在草地上那些日日夜夜，想想那些长眠在草地上的战友们。我比他们幸福多了！"戴绍怀已是泪流满面。

"第三次过草地，比前两次更为艰苦，甚至连野菜都很难找到了。走了两三天，掉队的人愈来愈多。""大家都知道，掉队的基本上没有生还的可能。后面虽然有收容队，但他们也没有什么办法，只能在后边简单地掩埋牺牲同志的遗体。"戴绍怀伤心地说。

戴绍怀说："如果遇到藏族战友的收容队，那情况就好得多，他们身强力壮，带得有粮食，有牦牛和骡子。他们会给你粮食吃，还把你驮到牦牛或骡马上，追赶队伍，送回部队。"戴绍怀说的"藏族战友"，指的就是天宝他们的番民独立师。有一天，戴绍怀和两个战友实在走不动，掉队了，茫茫草地，前后左右都看不见人，只有荒草在寒风中抖动，发出"嗖！嗖！"的声音，大草原的天，说黑就黑，太阳一落山，黑压压的云彩便随着一阵狂风，笼罩着整个大草原，也笼罩着他们的心头，这三个红军战士又累又饿又冷，紧紧地抱在一起。他们心里都明白，但又不愿说出来，默默地等待着最后的时刻到来。

当他们感到绝望的时候，忽然隐隐约约听到后面有动静，还听见牦牛的吼声和吆喝牦牛的声音。他们知道，在这大草原，只有同志，没有敌人。一定是收容队来了。他们立即产生了生的希望，三个人不约而同地呼喊出连他们自己也难以相信的巨大声音："同志！我们在这里！快来救我们！""同志……"

在荒漠的大草原，"同志"是最亲切的称呼。同志就是最高的命令，哪里有同志就到哪里去救助。同志就是希望，哪里有同志他们就会奋不顾身地去救助需要救助的同志，那些同志就会有生还的希望，就会有继续走上革命征程的希望！

戴绍怀和他的两个战友大声呼唤："同志……"

同志终于来了。番民独立师的收容队赶着牦牛，驮着青稞和野味来了。这个收容队的负责人是哲巴洛赛，他参加红军后，他赶来的骡马被分配给红军。他当过马帮，赶牦牛、搞运输有经验，有办法，就交给他十几头牦牛，让他负责运输和收容。哲巴洛赛给他们煮熟的青稞和烤好的兔肉吃，然后把他们三人驮在牦牛上，继续追赶队伍。

戴绍怀回忆当时的情形，不无得意地说："我们也享受了两天首长的待遇。"

第三天，收容队把他们三人送回自己的部队，又去救助别的部队去了。

六十八年后，2004 年 10 月，天宝与戴绍怀这两位老战友在成都相会，天宝在四川成都商业街省委大院热情地接待了戴绍怀这位老战友，这是一幢并不豪华但十分宽敞舒适的住宅。两位老战友满怀深情地回顾了那段难忘的岁月，戴绍怀满怀感激之情地对天宝说："要是没有你们这些藏族同志，我们三个人早在草地深处革命到底了，也看不到今天改革开放后的大好时光。"[1]

黄新廷将军忘不了在草地牺牲的四百多名战士

解放后，天宝与黄新廷长期在中共西南局、成都军区工作，他们是老战友、老同志，又是老朋友。他们相聚在一起，除了谈工作，谈得最多的还是红军过雪山草地的事。黄新廷多次对天宝说："我这一生中最难忘的还是你们家乡的那些事！"黄老将军晚年写了一篇回忆长征的文章，题目就叫《毕生难忘唯长征》。

长征时，黄新廷任二军团 12 团团长，那一年他才二十二岁。1955 年被评为中将，后来担任成都军区副司令员。1959 年又到西藏昌都，遵照中央军委命令，组建"黄新廷指挥部"，简称"黄指"，协同西藏军区指挥西藏的平叛斗争。黄新廷对西藏和四川藏区的情况非常熟悉，有很多藏族朋友，对雪山草地有一种特殊的感情。但是，每当谈到过草地时，心情总是显得十分沉重，黄老将军常常会伸出四个指头，痛心地说："光我们团，就有四百多位战士牺牲在水草地。四百多啊！"然后陷入长时间的沉默，饱经战火硝烟、刻下深深的岁月痕迹的黝黑色的脸上，显现出异常痛苦的神情。

1936 年 7 月 11 日，二方面军从甘孜出发，通过大草地北上。

平时日行百里的 12 团，在草地中每天只能前进三四十里。23 日到达阿坝，二军团已经完全断粮。

黄新廷和新任政委杨秀山各带一个营外出寻找粮食。黄新廷先让部队分散在就近村子，在打过的秸垛中搜拣遗落的青稞，一天一人仅拣小半茶缸。后来他带部队到更远的村落中找粮，在一个没有牛的牛圈里，竟然挖出满满一坛青稞，足有四百多斤。团政委杨秀山带的分队也找来几皮囊粮食，还有几小包豆子和盐巴。

贺龙和红二方面军副政委关向应到 12 团检查工作，黄新廷隆重招待首长，给每人

---

[1] 参见戴绍怀著《戎马一生未负伤》，载《我的长征》（下），解放军文艺出版社 2004 年版，第 664～673 页。

冲了一茶缸炒青稞面，他们吃得津津有味，边吃边说："好吃，好吃！"

在随后的寻粮日子里，黄新廷又找到了一些青稞，更让他高兴的是，说服了一位寺庙住持喇嘛，卖给他们几皮囊酥油。

即便如此，粮食还是远远不够。黄新廷虽规定青稞面必须和野菜掺在一起吃，青稞面由值班干部掌握，可野菜却得就地采摘。

"那时，行军路上容易识别的野菜早被前面的部队采光了。"黄新廷说，自己把司号长、警卫员等身边的工作人员组成了一个小组，专门做识别野菜有毒无毒的工作。他们采取一看二摸三尝的办法，确认无毒，才允许部队采食。而自己就是第一个尝试野菜的人。

在草地行军最困难的时刻，关向应来到12团，对黄新廷说："贺老总的腰带又收紧了两个扣。你能不能找点吃的东西给老总补补？"黄新廷毫不犹豫地说："我这里有好东西。"大家感到纳闷，团长天天吃野菜，能有什么好东西？黄新廷竟然拿出一小皮囊酥油。

早在头一年中央红军到阿坝的时候，华尔功赤烈就听周恩来和彭德怀讲过贺龙，称赞他是红军队伍中的一位"大将军"。当贺龙的红军到阿坝时，华尔功赤烈知道，他们最需要的是粮食。于是他想方设法筹集了一批粮食，还有酥油、茶叶和盐巴，又从自己的牧场赶了三四百头牦牛和五六匹马，派人送给贺龙，贺龙非常高兴，说："这下解决了大问题，我们过草地就有保证了。"贺龙和关向应立即命令，将粮食、酥油和牦牛、马匹，按比例分配给各部队。贺龙又特意派他的外甥、时任二方面军政治部组织部部长的廖汉生（土家族）到阿坝县城，向华尔功赤烈表示感谢，说："等革命成功了，我们一定要好好报答你们！"

解放后，贺龙任西南军政委员会副主席、西南军区司令员，他曾多次谈到华尔功赤烈和藏族同胞对红军的帮助，他曾当面向华尔功赤烈表示感谢，称他送来的那批粮食是二军团的"救命粮"。黄新廷任成都军区副司令员，华尔功赤烈是四川省政协副主席，同在成都工作，他们两位成为交往甚密的好朋友，黄新廷说："红军过草地时，我们没有见过面，但得到您很大的帮助。现在您来到成都，我们要好好招待您，您有什么事请尽管吩咐。"

十一届三中全会后，廖汉生与阿沛、班禅、赛福鼎同时当选为全国人大副委员长，这几位少数民族的副委员长在一起的时候，廖汉生多次说："长征时期，华尔功赤烈、索观瀛、夏克刀登这些上层人士和藏族同胞对红军的帮助，无论怎样评价都不为过。"

尽管得到华尔功赤烈和藏族同胞很大的帮助和支援，但红军还是遇到很大的困难，因为当时的条件太艰苦，环境太恶劣。

黄新廷说，回顾草地，最难忘的就是倒在草地中的那四百余名官兵。

黄新廷的 12 团，长征开始前有两千多人，经过长途跋涉、激烈战斗，到甘孜与四方面军会合时，损失一半多，全团不到近千人。大部分是在战斗中牺牲的。

在甘孜进行休整，粮食得到补充，体力得到恢复，过草地时，竟然还损失四百多人。由此，也可以看到过雪山草地之艰难。12 团是二军团的主力团，长征开始时，贺龙让他们担任先锋。从甘孜出发后，又命令他们团担任二方面军的后卫，负责收容和阻击敌人的追兵，保护全军的安全。走出草地，到达陕北时，这个主力团只剩下五百多人。[1]

二军团 6 师 18 团参谋长张秀龙的回忆：

从湖南出发时，张秀龙负了伤。与四方面军会合之时，张秀龙的伤好了大半，可以自己骑马了。在断粮的日子里，张秀龙扯了把野草吃，眼睛一下变得灰蒙蒙的，全肿了。以后他再也不敢吃野草，饿了就喝凉水，肚子一个劲儿地咕咕叫。

部队路过一片青稞地，青稞还没有完全成熟。张秀龙回忆说，部队管不了，到那走不动了。干部不敢吃，因为吃老百姓的东西违反纪律，张秀龙口里有气无力地喊着，"不能吃啊，往前走，不能违反纪律啊。"可是他也不能看着战士们饿死，就在这种矛盾的心情中，他看着战士们狼吞虎咽，让他没有想到的是，有两个战士吃得太多胀死了。

张秀龙说，全国解放以后，有关部门专门用四匹马驮着白洋去当年红军长征的沿途向老百姓赔偿。

长征时担任卫生员的老红军陈斌回忆当时的情形说："草地上的死人是个什么样子，我们生活在现在的人很难想得出来。"也许是身为卫生员的缘故，他当时对草地路两侧的一些尸体看了几眼，就深深地印在脑海中，终生难忘那个场面。

那是 1936 年 7 月，在没有水的草地上走出来了一条十几米宽的路，走着走着就出现了臭味，把空气都污染了。臭气来自路两侧一具具的尸体。这些尸体有的隔十几米远一具，有的二三十米就有一具。不知为什么，尸体上没有衣服，只有蠕动着的蛆。陈斌说，那些狗日的蛆在或长或短的尸体上翻滚，养得又白又胖，还在明晃晃的太阳下闪着亮光！

长的尸体是大个子，短的则是小个子，每具尸体都已经高度腐烂。有人说，这些都是前面的部队（红一方面军）牺牲的红军战士。至于为什么没有埋，那就是由于急行军，有的就埋了，有的来不及就没有掩埋。但他们身上的衣服哪儿去了，这个现象

---

[1]　参见黄新廷著《毕生难忘唯长征》，载《我的长征》（下），解放军文艺出版社 2004 年版，第 589 ～ 598 页。

实在是个难解之谜。

陈斌老人说：我们走那有水的草地时，也就是沼泽地，哪能像电视演的长征那样，扑通扑通地跟下饺子一样。真正走沼泽草地时，应该是"溜羊羔"。

陈斌解释说，那沼泽地是水草茂密的泥泞地带，由于水草在泥上长了多少年，一个人走过去没事，但如果大量的人马一起过，就会陷进烂泥潭。所以部队走这段草地时，就跟放羊一样，左边走走右边走走，队伍比较分散。后来，战士们就给这样的走法起了个名字，叫"溜羊羔"。

当队伍行至有一些石头山的地方时，伤病员就非常多了，有的伤员抬着抬着就牺牲了。每天快黑的时候，就已经有多人掉队了。这时候，贺老总命令所有骑马的干部回去接伤病员，让那些小鬼拉他们的马尾巴，就这样挽救了好多体弱多病的同志。陈斌老人说：那些拉马尾巴活过来的同志，在后来的抗日战争中都是骨干了，我还拉过贺老总的马尾巴呢。

陈斌说，过草地时还有一个现象，就是到了晚上，一些战士靠着凹进去的石头山，在那里烤火避雨，一些战士拿着找来的青稞在火上烧，青稞还没有吃上，有的战士就牺牲了。红军战士在过草地时，怎么牺牲的都有，太惨了。老人说，等过完草地后，牺牲的战士至少也有几千人吧。[1]

一、二方面军只过了一次草地，而四方面军则由于张国焘错误路线的罪过，三过草地。一些负责运粮食、抬担架、搞收容的战士，来回走了四五趟，虽然不是全程，但也十分艰苦。有的走着走着，一倒下，就再也起不来了。他们负责救助别人，但当他们自己倒下时，再没有人能够来救助他们。很多藏族战士亲身经历了这一历程，亲眼看见红军所付出的巨大牺牲。

大家知道先锋团、突击队英勇顽强，斩关夺隘，披坚执锐，战功卓著。但是，很少有人知道担任后卫和负责收容的部队同样非常重要，非常艰苦，而且要付出巨大的牺牲。没有后卫部队作保证，前锋部队也很难完成战斗任务，创建奇功。一旦后卫部队失利，前卫部队将腹背受敌，后果不堪设想。

振奋人心的军号声

喇嘛出身、从小听惯了法号声的天宝，对军号有一种特殊的感情。他说：在无边无际的草地，又饿、又冷、又累的时候，每当听到号声，就感到精神振奋，顿生奋勇

---

[1] 参见陈斌著《活到三十也心甘》，载《我的长征》（下），解放军文艺出版社 2004 年版，第 743～754 页。

向前的劲头。天宝认为：军号声对鼓舞斗志有很大的作用。番民独立师的各个团、营，也都配备了号兵。他不无伤感地说：可惜现在都叫不上名字，很久没有联系，也许不在了。

四方面军的老号兵段克礼现在还健在，只是与天宝不在一个部队。段克礼是四川通江县人，于1933年参加红军，比天宝早两年。虽然互不认识，但有着共同的经历，一同走过了那艰难的历程。

段克礼参军那年十二岁。年龄太小打不了仗，被分配到军委会司号连学号。

他吹的是一把铜质双管短号，每天天不亮就得起来练音，吹"多来咪法索"。老人说："嘴巴吹肿出血，吹几天又消炎了。"

和一起入伍、一同学号的战友老红军王金武一样，段克礼至今清楚地记得各种号令："集合号一吹'嘀嘀嗒嗒嘀——嘀嘀嗒嗒嘀——'，那边就回答'嗒嘀嘀嗒——'，意思是'收到命令'。"

这一令一答，是长征路上乃至后来的战斗中最重要的联系方式。老人严肃地说："吹错命令要枪毙，误号也要枪毙。"

"长征的时候号兵打仗死的少，饿死的多。"段克礼说，团里的司号排一直保持在四十二人左右，"死一个调进来一个"，说不清楚究竟饿死了多少人。"吹号的人怕饿，更怕渴。"好几次，段克礼渴了就喝马尿，才能让喉咙稍微湿润些。

在大草地，各部队之间，无法发报，更无法打电话，主要就靠号兵联络，因此部队首长特别重视号兵，爱护号兵，在粮食和肉食的分配上，尽可能照顾。天宝和独立师的藏族战士们，对号兵也是情有独钟，让他们给号兵和伤病员送粮食时，他们的积极性一般都很高，会想方设法完成任务。

另一位四方面军三十军的老红军高寿芝说，最苦的是在雪山草地，在那样艰苦的环境，听到号声，特别高兴。早上起床，开始行军，晚上宿营，都按军号行动。在战场上，枪声就是命令；在雪山草地，号声就是命令。掉队的人听到号声，知道前面有自己的队伍，就会打起精神追赶。高寿芝无限感慨地说，三次过草地，他一路上都在掩埋死去的战友，"比打仗还累"。白天在水里走，晚上在水里睡，他最大的愿望是用干净水舒舒服服洗个澡，这在泥潭连片、暗流纵横的草地里，却是个不可及的奢望。"你们身上的美味挺多，"一天，在草地上李先念政委遇到这些小战士，他又心痛、又风趣地对他们说，"汗臭、霉臭、酸臭、馊臭，四臭皆全！"

高寿芝从曾经掉队的战友那里听说了一个关于朱德总司令的小故事。草地行军，几个战士掉了队，他们拉着马尾巴追赶大部队的路上，遇到了朱总司令，总司令慈祥地说："马也没吃饱，你们不要拉它了，慢慢走，我在前头给你们烧水。"

几个战士半信半疑地向前走了一程，果然看到朱总司令坐在路边等待，为他们准备好了不多但足以救命的青稞面和一锅热腾腾的汤。

"你说说，人家是总司令，还给我们战士烧水！"高寿芝不住地感慨。比起行军打仗的苦累，长征给他留下更深的印象，是一路上学了文化、长了见识。

老红军夏精才至今还记得，过草地吃粮食那严格的规定：一天只能吃一小茶杯，多吃要处分。

"就算你身体好，多背，吃的时候也不能多吃。"夏精才说，草地海拔很高，加上地面又软，行走非常费力。自己常常饿得虚汗直流，有时候都会出现幻觉。

"有的人因为偷吃了一口别人的粮食，都被处决了呢。"

夏精才说，他看过反映红军过草地的电影《万水千山》，实际上，他们过草地比电影里面苦多了。

那会儿，许多红军战士肠胃非常虚弱，吃青稞消化不了，吃什么拉什么。前面过草地的许多红军战士的粪便里含有完整的青稞，后面的红军把它们捡起来，洗一洗，接着煮了吃。夏精才说，他自己就吃过"大便"。

有时，他们一个营一天都没有见过一粒粮食。后来，团里送来一批马，他们就杀了吃。连马蹄子都吃光了。

接着，极少量的皮带、皮鞋、皮斗篷……都被战士们想出各种办法吃掉了。

所以，草地里的野菜，便成了填充红军士兵们极度饥饿的肠胃的重要资源。

对于野菜，夏精才很有经验。从小就没少吃过，参加红军后，也是一路走，一路吃过来的。草地上到处都是草，肯定有可吃的野菜。所以，每到宿营地，再累，他们也要组织起来，寻找野菜。这些东西虽然比不上粮食，但皱着眉头咽下去，也能填充一下饥饿已极的肚皮。

"一开始，大家都找了不少野菜。"夏精才回忆说，但是，很快，问题出现了，各种野菜一下肚，不少人头昏脑涨，上吐下泻，因为没有什么药，只能靠喝水解毒，有的人甚至就这样中毒死去。有的野菜，人吃了后会肿起来，然后死掉。

"那阵儿，我们都害怕别人说自己'胖'了，因为那等于是死亡通知。"夏精才说，自己也有过一次惊险的经历，但是，可能是因为年轻的原因，他挺过来了。

草地上，不光有有毒的野菜，很多地方的水都有毒。喝下去就会死人，如果脚上有伤，在这种水里泡过，人也会死掉。

不吃吧，人就会饿死；吃吧，中毒的人越来越多……野菜问题，一时成了红军各部队面临的一个重大问题。

"听说，朱德总司令专门组织过一个认野菜的大会，把能吃的和有毒的野菜展示出来。"夏精才说，那会儿，他们都在研究野菜，什么冬苋菜，什么马齿菜、苦菜、灰灰菜，这些是上等菜；大黄叶子、野芹菜、野韭菜、籽籽菜、刺儿菜、花菜、锯齿菜、野蒜……

夏精才说，其实，很多野菜，他们并不准确地知道它们的名字，大部分是按照它们的形状、味道起的名字。每次发现新的野菜品种，就会有勇敢者出来品尝，如果没有危险，就通知大家，这种野菜可以吃。

由于没有盐，锅里煮的都是各种野菜，粮食只能撒一点，加个味——"那时，有一点粮食的味道，就觉得满锅都是香味。"

夏老回忆说，有一次，发现一种像山药蛋一样的山萝卜，颜色是灰的，大家以为一定很好吃，结果，到了半夜，有的人就开始上吐下泻，有的还大喊大叫。

除了粮食外，草地上还有一个困难就是冻。夏精才和战友们宿营时，都背靠着背取暖。他说："草地上死人，都是一堆一堆的，背靠着背，就是为取暖。第二天大清早吹起床号，自己一醒来，常常会看见旁边有好多人，再也起不来了。"

夏精才说，还有一个问题，就是草地上雨多，与自己一起走的，有好几个红小鬼在过草地时被河水冲走了。"我比较聪明，过河时，要么跟着个子大的人走，拉着他们的衣服；要么跟着马走，拉着马尾巴。"那些被河水冲走的红小鬼大部分都是单独过河。当然，被冲走的不完全是红小鬼，也有大人，夏精才亲眼见到一个背着药箱的大个子战友被水冲走了。

掉队是最可怕的。几乎肯定会饿死在路上。或者更惨，被从后面追赶的反动武装打死。夏精才就见过一位掉队的伤员，后脖子被马刀几乎砍断了一半，骨头也断了，流了大量的血，但已被太阳晒干了，还在努力地追赶部队。他说："我们的红军战士很坚强啊！"

这样的情景见得多了，人都麻木了。夏精才说，在草地上，到处都是前面部队留下的死人，许多人都已经腐烂，生了数不清的蛆。

夏精才回忆说，他在草地上差一点就死了。

当时，夏精才和一营走在最前面，后来生病了，掉在全团的最后，心里非常绝望。这时，听到一声嘹亮的军号，顿时产生希望，凭着一股心劲儿，他咬着牙关往前走，终于追上了前面的宿营部队。营长问："小鬼，怎么掉队了？"夏精才说："我生病了！""快过来，拉着我的马尾巴走。"

六十九年后，八十三岁的夏精才回忆这段经历说：我当时觉得，拉着马尾巴走，真是舒服极了。就是今天坐小轿车也没有那会儿拉着马尾巴舒服。

过草地后，这位营长给了夏精才三毛钱，让他去买饼。夏精才买了饼跑回去时，部队遭到了敌人飞机的轰炸，自己再也没有找到这位营长——可能牺牲了。

过草地后，红军战士终于可以吃饱饭。夏精才说，第一顿饱饭，吃死了很多人——西北的大饼太硬，而太久没有吃过饭的红军士兵，肠胃已经极为虚弱，用夏精才的话说，就是肠子太薄。饼吃得太多，很多红军战士的肠子都被饼剐断了。

水草地的收容队

国民党蒋介石一再严厉督促中央军和四川、青海、宁夏和甘肃等地的地方军阀对红军加紧围剿，扬言要把红军消灭在雪山草地。但是，国民党几十万大军就是不敢到雪山草地来，他们只是在周边地区加强防范，不断收缩包围圈，构筑碉堡和战壕，也就是第五次围剿时对付中央苏区的"堡垒政策"，想把二、四方面军饿死、困死、冻死在雪山草地。因此，到了草地，基本上没有战斗任务，而因饿、因病、因累而掉队的人日益增多，收容工作就显得特别重要。各军直机关，各师团部有收容队和担架队。在收容队的胡宗林，对此感受最深。

胡宗林说：

1936 年 8 月份，几万大军分别从甘孜、炉霍、丹巴、马尔康出发，到了半农半牧区，那时正是秋天，是收获的季节，青稞、麦子熟了，牛羊也肥了，真是五谷丰登，六畜兴旺，部队有吃的，大家很高兴，走起路来，也有精神。

走了五天，过了农业区，就到了草地，部队在查岭寺休整两天，那里有兵站，给指战员补充粮食，有马的还有三四斤饲料，最多的发五斤，我要了五斤，多了也带不动。每人还要带十斤干柴。

我们开始第三次过草地；二方面军的同志是第一次过草地。收容队的人，身体都比较好，还有骡马。在草地，讲康巴话，也讲安多话。这次过草地，我们再次来到噶曲河边，那里还有座寺院，好像叫唐卡寺。回想头一年到噶曲河边的情形，真是感慨万千。那次红军过草地，有八万多人，这次再过草地，只剩下四万多人。如果不是张国焘搞分裂，另立"中央"，带部队南下，我们四方面军也和一方面军一样，早就到了陕北，共同奔向抗日前线。

总结历史的经验教训，回顾这段悲壮的历史，饱经沧桑的胡老，深有感触地说："张国焘对抗党中央、毛主席制定的正确方针，个人野心膨胀，给革命事业造成严重损失，犯下了不可饶恕的罪行。"

胡老说："离开查岭寺，走了一天，就到了分水岭。分水岭是个大山脉，呈人字形，向两边延伸。山口上有个泉水，水很清，怪得很，还冒白烟，泉水里还有青蛙。1963年，我还专门到那里去看了一次。泉水里的水，往两边流，向南，流到长江，向北，流到黄河，所以叫分水岭，是长江与黄河水系的分水岭。站在泉水边，黄河就在不远处，看得很清楚。

"我们收容队比大部队晚走一天。第一、二天，还没有什么，第三天，掉队的、病号就多起来了。有的人带不了那么多东西，就把柴火什么的扔了，我们有牦牛，有骡马，帮他们驮上。反正柴火是烧一点少一点。

"我们一天走不了多远，晚上找高一点的干草地宿营。前面的部队，都给我们打得有记号，有的地方还清理了泥塘，有清水喝。

"一路之上，我们到处都可以看到一方面军过草地和四方面军两次过草地时扔下的东西，还可以看到一些红军战士的遗体，有的漂浮在水草地，有的曝晒在干草地上，腐烂发臭。可能是当时掩埋得浅，暴雨冲刷或狂风吹过之后，就裸露出来。看到这种情形，我们都非常难过，便重新掩埋，让先烈的英灵得到安息。

"我们带的帐篷，走了几天，就带不动了，只好扔掉。骡马和牦牛要驮伤病员，羊早已宰杀吃掉了，牦牛也是边走边杀了吃，连牛皮拔了毛也煮来吃。我们带得有铜锅，我的马上就驮着一口大铜锅，铜锅比铁锅好用，不容易碰破。战士们叫它'万能锅'，为什么叫'万能锅'？因为它的用处很多：一到宿营地，先用它烧开水，大家先喝口开水，然后烧热水大家轮流洗脸，洗完脸，再加一点热水洗脚。在草地行军，就靠两条腿走路，洗脚比洗脸更重要。头一天用热水洗一洗、泡一泡，第二天走路就轻快得多。洗完脚，就烧水做饭。那时的饭，真是五花八门，有的部队有的人有点肉，就煮肉吃；有的熬糌粑糊糊喝；有的煮生粮食，如青稞、麦子吃。有的熬茶喝。在这个时候，茶膏既方便，又实惠。粮食吃完了，就只好挖野菜吃。到后来，连野菜也很难挖到，都让前面的部队吃光了。"

胡宗林说："除了路途的艰苦，还时常有马步芳的骑兵骚扰，他们不敢碰大部队，专门袭击小股部队和掉队的伤病员。收容队便成了敌人袭击的主要对象。开始大家有些紧张，队伍也有点乱。后来领导上及时总结经验，怎样打骑兵，还编了一首短歌，我现在还记得，有这样的歌词：'敌人骑兵不可怕，我们集中来打它，排炮快枪一起打。大家瞄准它，打垮它，消灭它……'"

胡宗林接着说："开始时，大家没有经验，一看到敌人的骑兵，就先打人。可是打死了敌人，战马照样往前冲，践踏我们的战士；打伤了，还能把伤员带着往回跑。后来发现应该先打马，马一倒地，骑兵也失去战斗力。离开了战马，骑兵不如步兵。我们收容队也遇见过几次敌人的骑兵，远远发现，我们就趴在草地上，等靠近了，先吹号，再用排子枪打。吹军号，作用很大，能吓唬敌人，鼓舞自己的士气。大草原上，号声传得很远很远，听起来很振奋人心。"

胡宗林说：

由于南下、北上，来回折腾，战斗激烈，路途险恶，加之供应不足，指战员们的体力消耗很大，在第三次过草地时，生病的、牺牲的人很多，我们收容队都忙不过来。

越往前走，越困难，连烧的柴火也没有了，有的人走不动，就把枪管子丢了，用刺刀把枪托劈开当柴烧，皮带煮来吃。有的饿得不行，等不及煮熟，在火上烤一烤就吃。

有一次，我们遇到一个营长，带着七八个战士，他病得很厉害，我们让他骑我的马，他不肯骑，还关心我们，让我们不要管他们，去照顾别的掉队的同志，说：我们人多，可以互相照顾。我们看他病得很重，不管他同意不同意，硬把他扶上我的马，我牵着。到晚上，大家一起，在一块干草地上宿营，我们有点粮食，把糌粑、青稞、野菜，还有一点肉，一起煮在铜锅里，大家一起吃。他们的粮食早就吃光了。

晚上大家挤在一起睡，我和营长挨着，每人有一块小被单。刚躺下，感到很冷，我怕把马冻着，心想，它可不能倒下，驮伤病员，驮粮食，它的任务还很重，就起来把我的被单盖在马身上，又躺在营长身边。营长一定要把他的被单给我，我说这无论如何不行，你有病，我身体好，扛得住。我还说："我们挤紧一点，就暖和了。"

营长见我态度坚决，也就没有说什么。我因为太劳累，一躺下就睡着了。第二天一早醒来，感到很冷，一看，身上盖了条被单，我知道这是那位营长的，马上爬起来，拿着被单要给营长盖上。只见通信员趴在营长身边哭。我说："小同志，快起来，我给营长盖上。早晨天冷，容易冻着。"通信员哭着说："盖啥子啊，营长早就咽气了。"我蹲下去一看，用手心摸摸营长的嘴，没有气，嘴唇冰凉，整个身子完全冻僵了。我拿着营长盖在我身上的被单，难过得放声痛哭。我们俩的哭声，把大家吵醒了，战士们也跟着我们一起哭。

过了一段时间，有个干部模样的人说："大家都不要难过了，营长牺牲了，我们也没有办法，大家不要伤了身子，我们还要继续往前走。"大家觉得他说的也有道理，我们忍着悲痛，我和战友们怀着沉重的心情，用刺刀和小铲子挖了一个坑，我用那块被单包着营长的遗体，我把他抱起来，还有点手劲，其他同志一起帮忙，把营长放进坑里。通信员要把营长的挎包也放进去，那位干部说："不行，你要把它背着，赶紧去追部队，向部队首长汇报，把挎包交给组织上。"

我们用泥巴盖上，堆成一个坟堆，向营长默哀致敬。然后又继续前进。有几个人说，实在走不动，要休息一会儿，缓口气，等后面的同志来了，一起走。

还有一次，我和收容队的几个人牵着马，驮着东西往前走，遇到两个病号，走不动，旁边还有点火，看样子是头一天的宿营地。他俩说，他们有几个同志，昨晚在这里宿营，早上起来，有一个同志已经冻僵了，他们掩埋了战友，一起喝了一点野菜汤。他们俩实在太累，其他人先走了，让他俩在这里等收容队。我就说，我这匹马，可以驮一个人，到了宿营地，再回来接另一个。你们俩商量，谁先走？两个人互相谦让，都让对方先走。我们大家商量，一个病重一点，先把他带走，送给部队，另一个身体好一些，可以坚持一下。他们都同意这么办。我们找了一些干一点的草根，把火加大，让他边烤火边等。

我们到了宿营地，把那个病号安排好，其他同志都住下了，我只喝了一缸子水，来不及吃饭，就去接另一个同志。我的马喂得比较好，还能走，很快就赶到了宿营地，那个同志还在火堆旁坐着，头靠在腿上。我说："同志，快起来，我来接你来了！"他没有回话，我以为他睡着了，就过去叫。一推，没有反应，蹲下去一看，摸摸嘴，没有气了，身子也冻僵了。我好难过！中午还好好的，能说话，让别的同志先走，怎么这么一会儿就倒下了？我自己可能也是又累又难过，一整天没有吃东西，一屁股坐在地上，起不来。

也不知过了多长时间，傍晚时，来了一拨人，走近一看，是我们收容队的队长带着一些人来了，他向我询问白天的情况，我作了简短的汇报，又累又饿，连话都不想多说。看来那些同志也是疲劳至极，坐下来，就不想动，今天要在这里宿营。

一个同志突然说："不能在这里宿营。"有个人问："为什么？我实在走不动啦！"那个同志说："刚才小胡不是说，这里有两个同志牺牲了吗？你们看，这个同志还没有掩埋呢！"大家不觉打了个冷战，心头阴沉沉的。都不说话了，但也不愿在这里宿营，虽然大家都是又累又饿，恨不得一头倒地就睡。

队长带领大家，挖了一个小坑，把那个同志掩埋了，又迈着疲惫而又坚定的步伐，继续前进。

又有一次，我送几个走不动的人到宿营地，回来接人，半路遇到几个女兵，她们看见我牵着匹马，就说："小同志，把马借给我们骑吧！"

我看到几个女同志，穿得破破烂烂，头发蓬松，脸也是脏兮兮的，相互搀扶，显得疲惫不堪，就产生了同情心，赶上前两步，说："可以。"看着有好几个女兵，我又说："我这匹马只能驮一个人啊！"

有个人笑着说："当然是让重病号骑，都上去还不把你的小马给压死。"

有一个女兵，看来病得很重，有两个人搀扶着她。大家一起帮忙，把那个女同志扶上马，又把两个小背包搭在马上。我的马负担已经够重的，但我更同情这些女兵。我在前面牵着，让其他的女兵在后面慢慢跟着。

我不断回头，看女兵们跟上没有。忽然，发现马鞍上和马垫上全是血水，我有点不高兴，骑我的马就骑吧，我也没有意见，可是你怎么能在马背上尿尿？就是有病，尿尿也应该说一声，下马来尿，弄得脏兮兮的，在这水草地，我到哪里去洗！

不过在大草地，女同志要找个解手的地方也不容易，茫茫草地，无边无际，无遮无拦。上级有明确规定，解了大便，一定要用土埋上，要不几万人都在草地上解大便，不但臭气熏天，而且很容易传染疾病。

我心里不高兴，也不好说什么，只能自个儿生闷气，低着头继续往前走。

到了宿营地，那个女同志还不下马，趴在马背上，马鞍、马垫上流的血水更多了，我忍不住，生气地说："你这个同志也真不像话，怎么能在马背上尿尿，你看把我的马弄得多脏！"我这么一说，其他的女同志都笑了，一个年纪稍大的人说："小同志，你还小，不懂事，等长大了你就会明白。这位同志不是尿尿，是有特殊情况。"

我当时不知道什么"特殊情况"，后来才知道，是来例假了。女同志在过水草地时，赶上来例假，是非常困难的。

原来她们是我们军政治部剧团的，有人说，还认识我，是地方部的"小通司"。地方部归政治部管，说起来还是一个部门的。她们这么一说，我也想起来，还看过她们演的戏。那时她们化了妆，一个比一个漂亮，又会唱，又会跳，还能做宣传鼓动。现在像一群逃难的乡下人，要不说，我还认不出来。

我也不生那个女兵的气了，就一直把她们送到政治部。她们一再向我表示感谢，说走出草地，她们演出时，一定要请我来看。一个同志说：我们请你坐在首长席上。

我们收容队一直在后面，这次为了送这些剧团的同志，才赶到前面来，还遇到好多熟人，他们让我今晚就住在政治部，我说不行，我们还有任务，又连夜赶到收容队。第二天又往回走，去接掉队的同志。这样来来回回，我们收容队在草地上走了一个多月。

到了草原深处，收容队也不能整体行动，分散做收容工作。

越往前走，越困难。杀一头牦牛，不但要把肉分给部队，连骨头也要砸碎了分，熬汤喝，里面放点野菜。牛皮也要分了吃，有的煮烂了吃，没有那么多柴草，就烤一烤吃。牛杀光了，首长把自己的坐骑也杀了分给大家。上级明确规定，收容队的马不能杀，我的马才能保存下来。

牛和马杀光了，就吃皮鞋，有的皮鞋底是生牛皮做的。挎包、皮带、枪带，凡是能吃的都拿来吃。鞋底烤黄了，在嘴里嚼，就是咽不下去，直想吐。饿得实在不行了，在嘴里有个东西嚼着，心里舒服一点，好像总有点什么吃的，不那么难受。

没有粮食，就挖野菜，有一种野菜，叫"海葱"，有点像普通的葱，白白嫩嫩的，嫩的甜，老的辣。顾不了那么多，甜的辣的都捡来吃。光吃野菜，没有一点油水，吃多了，胃里难受。为了能够走出草地，难受也要吃。

遇到水塘，我们就去抓鱼，草地上鱼很多。可能有史以来，除了我们红军，就没有人到这若尔盖草原深处来抓过鱼。若尔盖草原上的鱼，也为红军胜利走出水草地、北上抗日，作出了一份贡献。

抓鱼也不容易，有的同志不小心，掉进泥潭，就出不来。

就这样走啊走，前面的队伍一批又一批地走出了水草地，我们收容队来来回回接人，不但接我们三十一军的战友，也帮助其他兄弟部队的同志。

有一天，我们正走着，突然在前面看到一棵树。虽然只有一棵不大的树，但我们都很高兴，大家知道，有了树，就说明快走出水草地了。这是一个标志，一个象征，一个希望，就像航行在汪洋大海中的一叶扁舟，战胜汹涌澎湃的波涛，绕过暗滩险礁，历尽千辛万苦，终于看到海岸上闪闪发光的灯塔，心里别说有多么高兴。同志们精神振奋，不约而同地加快了步伐。

啊！我们没有想到，在大草原，看到前面有棵树，整整走了两天，才走到跟前。后来我们才知道，一方面军第一次过草地时，就看到这棵树，考虑到后面的部队还要过草地，中央军委下了死命令：任何部队，在任何情况下，都不准砍伐这棵树。

在回顾三过草地的艰难历程时，胡老说：二、四方面军共五万多人，前前后后走了一个多月，才走出水草地。据有关部门统计，最快的，走了二十七天，最慢的，走了三十一天。而我们收容队最辛苦，接病号，送给养，挖野菜抓鱼，在中间来来回回走了无数遍。有的同志多次问我：你们究竟走了多少遍？我也说不清楚。有时一天就要打两个来回。你说，怎么算？！

过草地时，李光明同志也在收容队。李光明是四川人，1932年参加红军的老战士，在部队担任卫生员，与胡宗林等同志一样，她也是三过草地。李光明是原十八军政治委员谭冠三将军的夫人，1950年遵照毛主席、朱总司令的命令参加进军西藏、解放西藏，也就是刘伯承元帅说的"第二次长征"。在进藏途中，李光明同志这位老红军就经常给我们这些年轻的战士讲长征的故事，用长征精神教育年轻战士，鼓舞斗志，完成光荣的第二次长征。

李光明同志对我撰写《这里是红军走过的地方》一书非常关心和支持，她认为是一件很有意义的事。令我痛心的是，正当我在积极撰写本书时，成都军区司令部给我打来电话，说李光明同志不幸于 2011 年 1 月 5 日在成都军区总医院病逝。享年九十二岁。

噩耗传来，我十分悲痛。

扎喜旺徐不知道"见马克思"是什么意思

埃德加·斯诺在《红星照耀中国》里写道："贺龙的二方面军在长征中经受的艰难困苦较之红军的主力甚至更大。在雪山上死去的人成千上万，又有成千上万的人在草地饿死。"

事实的确是这样。从甘孜出发，扎喜旺徐一直在红二方面军司令部工作，途经色达、壤塘，到阿坝地区。

在川西草地，张国焘不顾大局，从事分裂红军的罪恶活动，因而延误了红军东出四川的时机，给国民党留出了重新调动军队、部署兵力的时间。红军处于前堵后逼，四面受敌的困境，形势非常严峻。二方面军是殿后的部队，困难更大。

茫茫草原，一望无际，人迹罕至，天气异常。缺粮断炊，为了充饥，可以说把一切可以吃的东西都吃了。

在长征路上，扎喜旺徐一直跟贺龙在一起。贺龙是性格开朗的人，不管遇到什么样的艰难困苦，总是满怀必胜的信念。人们说他是"乐天派"。贺龙总是有说不完的笑话。那时扎喜旺徐听不懂，但从战友们开心的笑声中，感觉得到他们的总指挥乐观开朗的性格。

离开家乡时，扎喜旺徐带了一包烟叶，乡亲们告诉他，过草地时，抽一点烟，可以消除瘴气，还有消毒的作用。贺龙烟瘾很大，但在当时，连饭都吃不上，哪里去找烟抽？当贺龙知道扎喜旺徐带得有烟叶，就向他要烟抽。

在旧社会，国民党反动派实行民族歧视和民族压迫的政策，骂藏族同胞是"蛮子"，把藏话说成是"蛮话"，在正式场合不让讲藏语。在红军队伍，从总指挥贺龙到普通战士，都对扎喜旺徐很关心，把他当作自己人，使扎喜旺徐真正感到革命大家庭的温暖。

作为一个藏族战士，扎喜旺徐适应高原气候，熟悉当地环境，在过雪山、草地时，发挥了自己的优势，起到了别人起不到的特殊作用。一次，为了从敌人手里争夺几百只羊，扎喜旺徐奋不顾身地冲在最前面，终于把羊群赶了过来。为此，他也付出了代价。敌人一枪打在他的左肩上，从前胸穿过去，却奇迹般地没有伤到心脏，否则有生命危险。贺龙知道后，亲自来看望，并检查伤口。贺龙诙谐地说："你这个'小蛮子'

命还挺大，子弹要是偏一点，你就见马克思去了。看来还是你们的佛爷保佑了你。"

那时扎喜旺徐还不知道"马克思"是什么人，更不知道"见马克思"是什么意思。贺龙还表扬他"勇敢机智"，找来这么多羊，为部队立了大功，要给他"记功"。

走过了雪山、草地这段最艰难的路程，到了岷县境内，扎喜旺徐因吃了生冷的东西，气候不适应，又染上了当地的一种瘟疫，发高烧，几天没有知觉，头发、指甲全部脱落了。那次和他一起生病的好几个同志，不幸都牺牲了，只有他一个人活了下来。贺龙再次称赞他"命大"。

扎喜旺徐风趣地对贺龙说："马克思对我说，中国革命没有胜利，藏族人民没有解放，小扎喜，我现在还不要你来。"贺龙听了哈哈大笑，用食指敲打扎喜旺徐的头，说："你这个'小蛮子'，进步还蛮大的嘛！"

前次贺龙说"见马克思"，扎喜旺徐竟然不知道马克思是什么人，后来同志们告诉他，马克思是伟大的革命导师；而且告诉他，"见马克思"是什么意思。

关于二方面军过草地的情况，梁宁宁在《追寻：一个红军后代的长征故事》中有这样的描述：

"由于红二方面军离开云南的中甸后约两个月的时间一直在康藏高原行军，所带粮食、物资早已消耗殆尽。到达甘孜时，张国焘为了拉拢红二方面军，曾答应调拨一批粮食和牛羊，但因任弼时、贺龙抵制他的错误路线，便找借口不给了。到了阿坝，在这个地广人稀的地方，前面过去的大批部队，已征集了不少粮食，因此，红二方面军很难再筹集到足够的粮食，便只好匆匆进入草地了。

"渺无人烟的茫茫草地，自然条件极为恶劣，忽而刮起大风，忽而在雨中夹着雪花和冰粒，让人感到阵阵寒意。数万人的队伍先后穿过草地，前后历时一个多月。在甘孜出发时，红二方面军断后，刚开始每人每天还能抓几把炒面煮野菜汤，但没过多久，粮食就开始紧张，总指挥部看到这种情况，几次下令削减粮食定量，从每人每天四两，很快变成每人每天二两、一两，最后部队几近断粮。特别是红6师作为全军后卫的收容队，最后连野菜也吃不上了，因为能吃的野菜基本都让前面的部队吃光了。破牛皮带、皮鞋、捡来的牛骨头，甚至人畜粪便中未消化的青稞粒子，也都被捡来充饥。草地里腐草和污水形成了一个个大大小小的泥潭，软绵绵的，人走在上面非常费力，稍不注意便会有没顶之灾。许多泥潭的水和野菜有毒，不少同志因此中毒而亡。一望无际的荒凉草地基本上没有树，想拾些树枝、干草烧水都非常困难，也没有树干可架设雨布。草地昼夜温差很大，夜晚露营，只能几个人背靠背，坐在潮湿的地上，用手支着雨布、被单，相互依偎着避寒取暖。遇到刮风下雨，战士们只有穿着单薄、破烂的军衣淋上一夜。因为饥饿、疾病，战士们已经极度虚弱，每天只能走十几里路，有不少同志就在这样恶劣的条件下牺牲在这片沼泽泥泞的水草地。

"过草地时，最困难的是女同志和小同志。总部文工团在穿越阿坝草地的时候，整整走了二十二天，才到了一个草地的中间站。李伯钊团长组织一个十六人的小分队，让她们在这里停留一夜，为二方面军的红6师（郭鹏任师长、廖汉生任政委）演出。那时已近黄昏，她们为红6师唱了五六支歌，跳了三个舞，演奏了两个小曲和一个小话剧，官兵们高兴极了。她们在红6师住了一夜，但第二天起来时，却有四位文艺战士已经牺牲了。

"文工团的人把这一情况向郭师长、廖政委汇报时，他们正在肃穆地对着几个帐篷默默不语。这一夜，红6师共牺牲了一百一十四位同志。他们都是在极度疲劳、虚弱的情况下，因为饥寒、缺氧或野菜中毒而牺牲的。"

几十年后，时任副委员长的廖汉生，还向班禅大师和阿沛副委员长讲过这件事，一夜之间，一个师就有一百一十四位同志牺牲，给廖汉生留下太深的印象。

据原湖北省军区副司令员老红军曾敬凡（1955年评为少将）回忆，在过草地时，红6师政治处除留两人外，其余的同志组成了五个工作组到下面部队或机关帮助工作。那时的政治工作主要就两点：一是节省粮食，搞到吃的，坚持到底。二是加强部队的战斗观念，防备敌人骑兵的突然袭击。

老红军刘月生说，过草地时，"路"的两边，隔不远就有十几个红军战士的遗体。许多同志牺牲前，还把身上仅有的军装脱下来，叠好留给后面的同志穿。有一天早晨出发时，他看一个帐篷还没有动静，就进去查看，结果里面睡着的二十多个同志都牺牲了，他们很可能是吃了有毒的野菜或脏水中毒而亡了。伤、病、冻、饿，极度恶劣的自然环境和粮食、药品的严重缺乏使红军战士们的身体已虚弱到了极点。刘月生是幸运的，因为在过草地之前，他在阿坝发现了一个藏民打过的青稞草垛，看见里面还有不少青稞粒，便和颜金生（原解放军总政治部副主任、后任文化部部长）又翻来覆去地打了一整天，才得到十多斤青稞，他俩把这些青稞炒熟，就是靠这点青稞他们才走出了草地。

还有许多女同志和红小鬼，他们付出了比男同志和成年人更大的艰辛。如王新兰、陈其等同志，当年过草地时只有十一岁。他们不仅和大人们一样顽强地走出了草地，还承担着宣传、医护、服务等许多工作。

王新兰的叔叔王维舟是红三十三军军长。王新兰在叔叔的影响下，九岁就参加了革命，成为长征中最小的女红军之一。王新兰的丈夫就是《长征组歌》的词作者萧华将军。

正是因为红军战士那种坚定不移的革命信念，勇往直前的必胜斗志和官兵互爱的战友情谊，红军才能战胜一切困难，最终走向胜利。1936年8月7日，二方面军经过一个多月的艰难跋涉，终于走出草地，到达包座，再次与四方面军会合。

经历过这样难忘岁月的老前辈们始终保持着艰苦朴素的作风，直到离休后的耄耋之年，仍然在尽其微薄之力去服务人民。

刘月生将军的家和许多老前辈一样，简朴的居室几乎没有像样的家具，而墙上挂的却是老区人民赠送的几块横匾，那是感谢他和夫人王世昌捐学助教的义举。王世昌经常亲自到希望小学的建筑现场督察，却从没有让当地人请她吃过一顿饭，也从不接受任何礼物。她严肃地对当地的同志说："你们要把所有的钱都用到办学上，谁要给我送礼，我就认为他是在贪污。"直到现在，他们还用自己的工资为四所学校的每个班级订了报纸。王世昌多次被中组部、民政部、中直机关评为优秀党员和先进离休干部，保持了一位老共产党员的本色。

刘月生将军说："过草地时，许多同志只要再有一斤粮食，"他伸出一个手指，强调地说，"只要再有一斤粮食，就能熬过最后的几天，活着走出草地，但那时就是连这点粮食也没有。就这样，我们又牺牲了许多好同志。"

李中权回忆三过草地

原丹巴藏民独立师师长李中权于1936年10月在延安写了一篇文章，题为《三过雪山草地的点滴回忆》。二、四方面军于1936年10月到达陕北，与一方面军胜利会师，在会宁举行会师大会。那时长征刚刚结束，李中权同志就写了这篇文章，应该说长征过程历历在目，记忆犹新，具有真实性和准确性，是我们现在所能看到的最早回忆长征的文章之一，因而弥足珍贵。李中权在文章里说：

我们第一次过雪山、草地是1935年的夏天。那是一、四方面军大会师以后，党中央明确提出了北上抗日的方针，决定占领川陕甘边区，把革命的大本营转移到西北，促进全国抗日民主运动的高潮。毫无疑问，这是唯一正确的方针。党中央、中央军委根据各部队的所在位置，决定把一、四方面军所属部队混编为左、右两路军向北挺进。

那时，我在总政治部工作，随着左路军一起行动。正当我们历尽千辛万苦，翻过雪山，快要走出草地的时候，张国焘公然违抗党中央的决定，擅自命令左路军停止北上，又调右路军中原属四方面军的两个军南下，并下密令，妄图裹胁党中央和红一方面军全部南下。党中央、毛主席发现张国焘的阴谋后，决定迅即脱离危险区，率领红一、三军团继续北上。就这样，我们红四方面军又折回长征途中这段最艰难的路程。

草地的情景是令人触目惊心的。一望无际的草地，时常笼罩着阴森迷蒙的浓雾，使你东西难辨。草丛里河沟交错，水呈淤黑色，散发着腐臭的气味。茫茫的泽国，到处都是草茎和腐草结成的泥潭，稍不注意，就会踩上去，你越使劲，就下陷得越深。草地的天气也好像在与我们作对，忽而漫天大雪，忽而冰雹骤下。夜晚的严寒更是令人难耐，大家只好挤在一起，背靠着背地取暖。我们携带的粮食已经全部吃完，全靠野菜草根充饥。风雨、泥泞、寒冷的折磨和饥饿的煎熬，使大家的身体越来越弱了。不少同志走着走着就倒了下去，长眠在这片荒无人烟的草地上。

退出草地再往南走，必须翻越两座大雪山——虹桥山和夹金山。这两座山海拔都在几千米以上，山上终年冰雪覆盖。我们来到山脚下时，上一次通过时被摔死的马匹和弃下的鞍具、炊具、脸盆等，还有不少暴露在雪外，被积雪覆盖着的烈士遗体依稀可辨。为了中国人民的解放事业，有多少革命先烈在这里献出了宝贵的生命，而张国焘的错误路线，又使我们多少阶级兄弟遭到了无谓的牺牲啊！

尖尖的山峰直插云霄。我们一个跟着一个，深一脚、浅一脚地向山顶爬去。越往上爬，山势就越陡峭，空气也越稀薄，胸口就好像压上了千斤重担，透不过气来。大家一步三喘地爬着，但谁也不敢坐下来休息片刻，因为一坐下来，就再也站不起来了。有的同志实在支持不住，就倒了下去。他们牺牲前总是含着眼泪说："同志们，我不行了，把我的枪背过去，好打敌人。"这些悲壮的情景，至今我还历历在目，一想起他们就无比难过。

红四方面军南下天全、芦山后，虽经半年苦战仍然不能立足，被迫于1936年2月退向西康甘孜地区。正当我们遭受挫折的时候，毛主席率领一、三军团于1935年10月胜利到达陕北吴起镇，与红十五军团会师。尽管张国焘造谣污蔑和封锁消息，我们还是从报纸上得知，党中央、毛主席到达陕北后，指挥一方面军打了很多胜仗。他们还东渡黄河，打击阎锡山的军队。号召建立抗日民族统一战线，一致对日作战。由于朱德、刘伯承、任弼时、贺龙、关向应等同志的坚决斗争，以及红四方面军的徐向前同志和广大指战员逐步认识到南下是错误的，纷纷要求北上同党中央会合，张国焘才被迫放弃了自己的错误主张。

于是，我们红四方面军又踏上了北上的征途，这是我们第三次过雪山草地了。这一次的准备工作比上次稍微充分了一些。多数同志穿上了自织的军服，每个同志的米袋也都装满了，有的还带上了帐篷。但是，这还远远不能解决爬雪山、过草地时所遇到的困难，其中最大的困难仍是粮食问题。因为通过这一地区，至少得一个多月的时间，沿途又没有什么补给，全靠出发前自带的那点粮食。但是，谁也没有被这些困难所吓倒，大家向往着陕北，想念着党中央、毛主席，盼望能早日回到党中央的怀抱，更紧地攥起红军的铁拳，打向中华民族的仇敌——日本帝国主义。凭着这样一种坚强信念，我们克服了一个又一个难以想象的困难。在空气稀薄、白雪皑皑的雪山上，在茫茫无际、险象环生的草地上，睡觉，也找不到一块干燥的地方，如果当时能找到一席不湿之地睡上一觉，一定会感到比今天睡在沙发床上还要甜美；行军，爬完高高的雪山，就是通过泥泞的草地，哪怕能找到一条像样的小路，也一定会感到比今天漫步在林荫大道上还要轻松。

然而，最令人难熬的还是饥饿。进入草地以后，原先每个同志鼓鼓的米袋越来越短了，直到倒不出一粒粮食为止。这时，我已调红军大学学习。我们那么多人，最后只剩下了一袋面粉，这点粮食成了大家的一点安慰，每天像宝贝似的轮流背着。尽管一个个饿得肚皮紧贴着脊梁，但谁也舍不得吃上一口。忽然，队伍中有人传说牛皮可以吃。消息传开后，不少同志就煮起牛皮来。于是，我也解下身上系着的那条唯一的牛皮带，切下一段，先放在火苗上烧一烧，牛皮很快膨胀起来，发出诱人的香味。然后再放到锅里煮，时间要稍稍长一点，牛皮就会变嫩变厚，吃起来味道确实不错。这比起天天吃野草总算是一次改善了。

一天，前面突然传来了鼓舞人心的好消息："很快就要走出草地了，前面就是甘南汉人区了。"大家听了，都高兴得跳了起来。为了庆幸走出草地，我们煮了一大锅水，把仅存的那碗面粉抖了抖，全部倒了出来，和着野菜做一锅清清的面糊糊。然后你一碗我一碗地喝了起来。从首长到战士，人人都吃得那么香甜。但我们的心里更香甜，因为我们即将走出草地，离陕北、离党中央、毛主席越来越近了。[1]

几万红军战士几过草地，表现得英勇顽强，艰苦卓绝，创造了人类军事史上罕有其匹的英雄奇迹。与此同时，草原人民也付出了巨大牺牲，作出了重大贡献。

《中国共产党民族工作九十年》一书中说："在四川，各族人民支持红军长征的事例也是不胜枚举。格勒得沙和波巴两个民族政权为红军在筹集粮食、动员各族青壮年参加红军、组织群众配合红军作战等方面作了突出的贡献。以筹集粮食为例，据1935年有关资料统计，当年红军过阿坝地区的前后十六个月中，格勒得沙革命政府区域各族人民支援红军粮食约一千万斤，牛、羊、马等各类牲畜总数约为二十万头，还为红军筹集一大批畜皮、牛羊毛及盐、麻和野兽皮等物资。"[2]

一千万斤粮食，二十万头牲畜，这对人烟稀少、地瘠民穷的草原人民来说，不是

---

[1] 李中权：《李中权征程轶事文集》，蓝天出版社2001年8月版，第45～49页。

[2] 国家民族事务委员会研究室编著：《中国共产党民族工作九十年》，民族出版社2011年6月版，第59页。

一个小的数字。

改革开放后，80 年代天宝等一批老红军当时还健在，在十一届三中全会精神鼓舞下，实事求是，解放思想，在深入调查的基础上，向中央有关部门提出应将阿坝、甘孜两州的一些地区定为"革命老区"的报告。当时，若尔盖县人民政府在申报材料里说：

"草地边缘的巴西农区在 1935 年、1936 年秋季粮食收获季节两次支撑了三过草地的主力红军，很及时地发挥了重要的粮食中转基地作用，当地百姓几乎倾尽所有，致使在 1937 年这一带发生了严重的饥荒……

"可以这样说，雪山草地的各族百姓与红军将士一起，共同度过了艰苦卓绝的长征岁月。

"1935 年、1936 年的长征期间，10 多万大军到达川甘边界今若尔盖农区，仅就消耗的粮食，据初步估算，1935 年红军人数 3 万余人，按每人每天 0.75 公斤口粮，每天消耗 3 万 ×0.75 公斤 / 人 =2.25 万公斤；1935 年红军在当地留驻 19 天，消耗粮食 19（天）×2.25 万公斤 =42.75 万公斤。右路军中的红四军、三十军二过草地时至少需带 6 天口粮，带走粮食 6（天）×2.25 万公斤 =13.5 万公斤。共筹集口粮 42.75 万公斤 +13.5 万公斤 =56.25 万公斤。

"1936 年第二、四方面军人数约 7 万人，陆续留驻 20 天，带走 5 天的口粮，计算方法同上，筹集口粮 181.5 万公斤。两年共筹集口粮 237.75 万公斤。

"阿坝等其他各县，也都有类似的统计资料。"[1]

与其他地方一样，草原儿女响应共产党、红军的号召，参加穷人自己的队伍，更多的草原儿女被红军组织起来为红军带路当向导，参加运粮队和担架队；有的是华尔功赤烈、索观瀛等土司头人和寺院派差给红军送粮、送牦牛、送军马，也有红军强征强购的。来回过四五次草地的，大部分是红军的征粮队。在当时那样一个特殊的历史条件下，为了红军的生存，也是不得已而为之，是可以理解的。据当地人说，这些参加运输队和担架队的人，包括被他们赶去的牦牛和骡马跟红军走了以后，大部分再也没有回来。人没有回来，牦牛和马匹更没有回来。1936 年 7、8、9 月份，红军最后离开若尔盖大草原后，这里出现了"两光"现象，即十六岁至五十岁的男子走光了，就是说，基本上没有了；这里的牛羊差不多吃光了。一个走光，一个吃光，本来就地域辽阔、人烟稀少、生产力低下、群众十分贫穷的若尔盖草原，更加荒芜、更加贫穷了。原全国政协委员、著名藏学家木格·桑旦活佛当时还是个八九岁的孩子，又被认选为

---

[1] 中共若尔盖县委宣传部、中共若尔盖县委党史研究室主编，蒋桂花编著：《走进历史现场：中国工农红军出川北上重要革命遗址、遗迹概况》，中国和平出版社 2010 年 10 月版，第 29～30 页。

活佛，才活了下来。他圆寂前写过一篇长文，详细叙述了他亲身经历和他从老人们那里听到的事情经过。文章里说：红军最后于1936年秋天离开若尔盖草原，经过十四年，1950年草原得到解放时，那里的人口没有恢复到1935年的水平；那里的牛羊也没有发展到1935年的水平。

天宝于1950年回到自己的故乡，当选为第一任阿坝藏族自治州州长（当时称"四川省藏族自治区主席"），他受命进行调查，他当时的调查结果，与后来木格·桑旦在文章里所叙述的大体相同。

正是针对这种情况，解放初期，共产党和人民政府在甘孜、阿坝两个自治州（当时称自治区）明确制定了"**人畜两旺**"的方针。就是说：既要发展人口，又要发展牲畜，使草原上的人口和牲畜尽快得到恢复，并不断发展，达到"**人畜两旺**"的目的。

番民独立师又遭遣散

红军到达甘肃省岷州时，上级撤销了番民独立师的建制，编入其他部队，继续北上。天宝被调到四方面军总政治部。

在谈到番民独立师的命运时，天宝说，他是上级正式任命的独立师的党代表，但解散独立师时，不但没有同他商量，连招呼都没有打一声，张国焘一纸命令，就撤销了整个师的建制。命令下达后，在部队引起极大的思想混乱。番民独立师三个团，每个团七八百人，一共两千多人。除一百多名红军派来的政工干部外，基本上全是藏族，大部分是各级格勒得沙政府的积极分子和民兵、自卫队成员，拥护共产党和红军，革命热情很高，绝大多数想一心一意跟着共产党闹革命。他们走完了长征的最后一段路程，过草地前，骑兵下了马，变为步兵，但是，在最后阶段、尤其在过草地时，发挥了重要作用。由于藏族战士身体好、适应高寒气候，损失很小，到岷州时，尚有一千多人。

天宝认为，张国焘对少数民族干部战士总有一种"非我族类，其心必异"的戒备心理，杀害马骏、撤销丹巴藏民独立师，是出于这种心理；刚刚走出草地，迫不及待地撤销天宝他们的独立师，也是出于这样的原因。

当时，就总体来说，藏族红军战士是一支很大的力量。马骏的独立师有近三千人；金川独立师有两千多人；后来组建的天宝他们的独立师有两千多人。甘孜波巴政府也输送了一大批藏族战士到二、四方面军，扎喜旺徐就是波巴政府骑兵警卫连连长，红军离开甘孜时，他带领一队藏族战士跟随贺龙到了延安。藏族红军战士加起来至少有六千多人。而贺龙、任弼时率二方面军到甘孜时，只有七千多人；党中央、毛主席率中央红军到陕北时，只有六千多人，就是说，当时藏族红军战士的总数，与二方面军和中央红军差不多。如果能够正确对待、充分运用这支藏族红军战士的力量，不但能为党保存一支经过长征锻炼的优秀干部，对后来藏族地区革命和建设事业的发展有很大的好处，对当时革命形势的发展，也具有重要作用。假若能够把这支革命力量保存下来，甚至有一支红军自己的骑兵队伍，西路军到河西走廊与马步芳、马步青的马家军相遇，那敌我力量的对比就会发生重大变化，红军可以借助这批藏族战士，去联系、团结青海、甘肃地区的藏族同胞，与马家军抗衡。西路军也不至于全军覆灭。

可惜张国焘没有这么做，他不但两次撤销了藏民独立师的建制，还把他们大多数人遣送回家。张国焘对他们说：愿意当红军的，可以跟着部队北上，不愿当红军的，我们发路费，可以回家。

张国焘南下碰壁，另立"中央"，搞分裂，不得人心，众叛亲离，他不愿北上，又不得不北上；他不愿见中央，又不得不见中央。他心虚、心慌，自己有一大堆麻烦事，焦头烂额，没有心思、没有精力去管藏族战士的事。

天宝说：愿意留下的人，并没有好好安排，把他们编入哪支队伍，处于无人管理的状态；愿回家的，更没有人理，只好各奔前程。说要发"路费"，只是一句空话、套话，当时红军也无钱可发。藏族战士普遍有一种被欺骗、被利用、被愚弄、被抛弃的感觉，原来想留在红军的，有不少人也愤然离去。他们人地生疏、语言不通，又没有路费，不少人在再过草地的途中牺牲了，个别战士是四过草地。有的人流落异乡。不少人被国民党和地主武装杀害了。他们的亲属在故乡又被国民党当作"赤匪的眷属"，以"通匪资匪"的罪名，遭到残酷迫害，甚至被杀害。

解放后，天宝回到故乡，担任甘孜州和阿坝州州长，他想方设法打听这些红军战士的下落和他们亲属的情况，但能找到的是极少数。

天宝为人纯朴，待人宽厚，和蔼可亲，不但不骂人，连重话也很少说一句。但是，在讲到张国焘对藏族红军战士的态度时，他愤慨地说："张国焘这个人造的孽太多了，他死了要下地狱。"

党中央承认番民独立师的历史功绩

1988年3月，天宝在题为《从塞北草原到康藏高原》的回忆录中说："我原在内蒙古军区'蒙汉骑兵支队'工作。1949年3月间，西北局通知我以藏族人士的身份，出席中国人民政治协商会议。我怀着依依惜别和喜悦激动的矛盾心情，离开了曾纵马驰骋战斗和生活过的塞北草原，经延安到达北京。"在谈到到北京的经过时，天宝说：

"1949年4月，我已从内蒙古回到延安，有一天，领导上给了我一封介绍信，让我赶紧到北京，那时叫'北平'，去找李维汉。我问到北京干什么，具体任务是什么？那位领导人说：我们也不知道，这是上级的指示。还说：延安有十几个内蒙古青年团的干部，他们也要到北京去，你负责带他们一起走。"

到了北京，有关人士直接把他们带到中南海，周副主席亲自接见了他们。周恩来简短地说：新政协就要召开，新中国即将成立，你们几位有的将出席政协会议，有的将作为战斗英雄代表，参加开国大典。具体的事，由办公厅的同志安排。

周恩来特别对天宝说："组织上决定让你作为藏族同胞的代表，参加新政协筹备会，以后你就是我国藏族的第一位政协委员啦！维汉同志这几天正在接待各民主党派的领导人，忙得很，请办公厅与统战部联系，先安顿下来。"

又过了两天，办公厅送天宝到中央统战部，李维汉部长接见了他。一落座，李维汉就开门见山地说：中央决定，最近在京举行新政协筹备会，周副主席亲自负责，我们统战部全力以赴，参加筹备工作。中央决定让你作为藏族代表，参加会议。

在众多的藏族干部和各界人士当中，为什么要推选天宝做藏族代表？一个重要原因是他曾担任番民独立师的党代表。天宝说，刚到北京时，他并不知道自己要参加新政协这样重要的会议。到了北京，见到各方面人士之后，才知道这次会议重要的历史意义，各行各业的代表们，都是领袖人物和知名人士，他觉得自己没有资格，更没有资格做"藏族唯一"的代表。天宝向周副主席和李维汉部长汇报了自己的想法，说：我可以作为一个工作人员参加会议，希望组织上另外选一位更合适的人做代表。

周恩来亲切地说："你怎么没有资格？早在长征时期，你就担任了波巴独立师的党代表。那个时候，我们整个红军也没有多少独立师。而波巴独立师，就只有一个。一个师的领导，那就是高级干部啦！"

到延安后，中央认为用"番民"来称呼藏胞，有歧视的意义，就改为"波巴""博巴"或藏胞。

到了晚年，天宝还深有感触地说："我个人的水平不高，做的工作也很有限。但是，让我以番民独立师党代表的名义参加新政协会议，我认为是对我们番民独立师历史地位的充分肯定。张国焘下令撤销了独立师，十五年后，中央却给了我们很高的评价。番民独立师的番号消失多年之后，又在新华社的广播和《人民日报》里出现了，让全国人民都知道了。我作为番民独立师的一个老战士，感到十分光荣和欣慰。那些牺牲了的战友们的英灵也可以得到安息！"

1949年6月15日，在毛主席主持下，新政协筹备会在北平中南海怀仁堂举行。

出席会议的有中国共产党和赞成中共主张的各民主党派、各人民团体、各界民主人士、国内少数民族和海外华侨，共计二十三个单位、一百三十四人。当时全国藏区尚未解放，整个大西南和大西北也还没有解放，天宝是唯一一位藏族代表，来自解放区的乌兰夫和天宝是为数不多的国内少数民族代表。

会上，毛主席作了重要讲话，指出："这个筹备会的任务，就是：完成各项必要的准备工作，迅速召开新的政治协商会议，成立民主联合政府，以便领导全国人民，以最快的速度肃清国民党反动派的残余力量，统一全中国，有系统地和有步骤地在全国范围内进行政治的、经济的、文化的和国防的建设工作。"毛主席在讲话中还阐述了召开新的政治协商会议的重要意义，指出："必须打倒帝国主义、封建主义、官僚资本主义和国民党反动派的统治，必须召集一个包含各民主党派、各人民团体、各界民主人士、国内少数民族和海外华侨的代表人物的政治协商会议，宣告中华人民共和国的成立，并选举代表这个共和国的民主联合政府，才能使我们的伟大的祖国脱离半殖民地和半封建社会的命运，走上独立、自由、和平、统一和强盛的道路。这是一个共同的政治基础。这是中国共产党、各民主党派、各人民团体、各界民主人士、国内少数民族和海外华侨团结奋斗的共同的政治基础，这也是全国人民团结奋斗的共同的政治基础。"接着，毛主席在总结了中国人民解放战争所取得的伟大胜利后，充分肯定了"我们召集新的政治协商会议成立民主联合政府的一切条件，均已成熟"，特别指出："中国民主联合政府一经成立，它的工作重点将是：一、肃清反动派的残余，镇压反动派的捣乱；二、尽一切可能用极大力量从事人民经济事业的恢复和发展，同时恢复和发展人民的文化教育事业。"最后，毛主席用诗一般的语言，描绘了一幅新中国的宏伟蓝图："中国人民将会看见，中国的命运一经操在人民自己的手里，中国就将如太阳升起在东方那样，以自己的辉煌的光焰普照大地，迅速地荡涤反动政府留下来的污泥浊水，治好战争的创伤，建设起一个崭新的强盛的名副其实的中华人民民主共和国。"[1]

多年以后，天宝回忆起当时情景，依然心潮激荡，充满了幸福感和自豪感。他说，他是含着幸福的热泪聆听了毛主席的讲话，新中国美好的前景，展现在各族人民面前。

会议的整个进程，充分显示出和谐团结的气氛和实事求是的精神。会议一致通过了《新政协筹备会组织条例》，并根据这个条例，选出了毛泽东、朱德、周恩来、李济深等二十一人组成的筹备会常务委员会，负责办理日常工作。对于参加新政治协商会议的单位及其代表名额与人选问题，筹备会是用非常慎重、非常严肃的态度来处理和

---

[1] 《在新政治协商会议筹备会上的讲话》，载《毛泽东选集》（一卷本），人民出版社 1967 年版，第 1355 ～ 1356 页。

拟定的。常务委员会又推出毛泽东为主任，周恩来、李济深、沈钧儒、郭沫若、陈叔通为副主任，李维汉为秘书长。下设六个小组，分别完成下列各项任务：

一、拟定参加新政协会议的单位及其代表名额。

二、起草新政治协商会议的组织条例。

三、起草共同纲领。

四、拟定中华人民共和国政府方案。

五、起草宣言。

六、拟定国旗、国歌及国徽方案。

天宝出席新政协筹备会，在毛主席亲自主持下，与来自各个方面、各条战线的领导人一起研究建国大计，心情十分激动。6月20日，在接受新华社记者采访时，怀着兴奋的心情，谈了自己的感受。在新闻媒体十分发达的今天，接受记者采访，对记者发表谈话，是很平常的事。但是，在建国之前，接受记者采访，尤其是对我们党创办的第一个通讯社——新华社发表谈话，是一件不同寻常的事，会被当成一种殊荣。在天宝的一生中，有很多"第一"，他是第一个接受新华社记者采访的藏族人士；是第一个在《人民日报》上发表文章的藏族人士。

1949年6月21日，新华社的电讯第一次播报了藏族人士的声音：

"国内少数民族代表天宝先生对新华社记者说：我们有毛主席的道路，一定会解放的。他说：新政协筹备会开幕了，我们不久就会彻底解放。他这种论断，完全是从自己的切身经历中引申出来的。"

通讯详细介绍了天宝从一个贫苦喇嘛成为红军战士的战斗历程，特别提到，长征时，桑吉悦希曾担任番民独立师的党代表。

西路军西征

三路红军胜利会师后，为了适应抗日战争的需要，建立强大的后方基地，并争取苏联的援助，以便"背靠苏联闹革命"，中央制定了"宁夏战役"作战方案，决定发起宁夏战役，其战略目标是控制河西，接通苏联。

1936年10月底，四方面军奉中央军委命令渡黄河。在"进行宁夏战役"和"打通国际路线"的鼓舞下，红四方面军的主力三个军，在陈昌浩、徐向前率领下，奋勇向前，胜利渡过黄河天险，占领了一条山、红水堡、五佛寺等地，消灭了马家军一部分守敌。

就在这时，国民党派飞机狂轰滥炸，封锁黄河渡口。马步芳亦派精锐骑兵来阻击。形势急骤发生变化，四方面军被截为两个部分，两个军未能过黄河。

不久，中央作出决定，放弃宁夏战役计划，命令已渡黄河的部队组建西路军，在河西走廊创建革命根据地。11月11日，中央批准成立西路军，陈昌浩任政治委员，徐向前任总指挥。

天宝的老战友、中共西藏工委第一届委员、原十八军第一参谋长、西藏军区司令员、成都军区副司令员陈明义在西路军总部任作战参谋，一直在徐向前和陈昌浩身边工作。还有原成都军区司令员、后任国防部部长的秦基伟等同志。他们与很多藏族战士共同经历了那艰难的岁月。

原番民独立师剩下的藏族战士大部分过了黄河，天宝、沙纳、孟特尔、袁孝刚等人则因为国民党封锁黄河渡口，留在了北岸。天宝被派到刘伯承身边任干事，继续做青年工作。当时天宝并不知道，后来才知道，十八军政委谭冠三将军的夫人、老红军李光明也未能渡黄河。此外还有任荣同志，后来他到西藏，任西藏自治区党委第一书记、西藏军区第一政委、成都军区副政委，天宝任西藏自治区党委书记、西藏军区第二政委。

秦基伟、陈明义、任荣、李光明、天宝等这些老红军、老西藏在一起，每当谈到西路军的艰难历程时，总有一种悲壮的情怀。

西路军在西进途中，遭到以马步芳、马步青为首的马家军三万骑兵和十万民团武装的围追堵截。国民党与共产党、白军与红军的殊死的阶级搏斗，加上国民党反动派蓄意挑动民族仇恨和宗教仇视，斗争就变得更加复杂和惨烈。敌人主力马家军是骑兵，他们是当地人，熟悉地理环境，装备精良，弹药充足，早已备有富裕的粮草，以逸待劳；西路军是步兵，经过长途跋涉，已成疲惫之师。更为严重的是，缺少弹药，粮食匮乏，服装单薄。

徐向前总指挥在回顾当时的形势时说：

渡河后的我军，共二万一千八百人。首要目标是横扫沿岸守敌马步青部，控制一条山、五佛寺等战役枢纽地段，打开北进宁夏的门户。下一步，向宁南进击，乘胜取中卫和定远营，并策应一方面军西渡。

部队在"打通国际路线""配合一方面军夺取宁夏"的口号鼓舞下，不顾疲劳，英勇进击。10月27日，我前卫军三十军于吴家川、尾泉等地，先后击破敌骑5师马禄第1旅和祁明山第3旅的阻击，继而占领一条山大部村寨，将韩起禄第2旅一团人，包围在一条山西北的堡寨里。月底，九军亦进占一条山南的锁罕堡、打拉牌一线，将马禄旅六百余人围在锁罕堡以北的堡寨里。五军驻三角城，掩护后方，看守船只。方面军总指挥部进驻赵家水。接着，三十军又一举攻克重要渡口五佛寺，消灭马鸿逵部一团人。河西部队初战的胜利，为宁夏战役创造了有利条件。

宁夏战役计划，不能如期进行，使我们深为焦虑。第一，部队渡河时，每人只带了三四天的干粮。此地人户稀少，粮缺水咸，没有补充来源，绝非大军久驻之地。第二，地形开阔，堡寨稀疏，不便我军集结隐藏，却利于敌骑兵的运动和突击。我军三面临敌，背靠黄河，如固守待机，势必处于被动挨打、有耗无补、进退无路的地位。第三，如我们单独北进取定远营，通过腾格里大沙漠至少需四天以上的行程，部队缺粮、缺水、缺骆驼，很难完成任务。

11 月 3 日，中央军委电令河西部队西进占领永登、古浪一线。一条山、五佛寺地区，可留少部兵力扼守，便于机动。5 日，朱、张电示河西部队，目前最主要的任务是消灭马步芳部，独立开展一个新局面，首先占领大靖、古浪、永登，必要时应迅速占领凉州地区。但这时，马步青、马步芳部，已向我军发起了疯狂反扑。

统治甘、青两省的回族军阀马步青、马步芳，共有正规军三万余人，民团武装十多万人。马步青任骑 5 师师长，辖三个骑兵旅、一个步兵旅及炮兵、工兵、手枪各一团，统治地盘仅限于大靖、永登、古浪、民勤、永昌一带。其弟马步芳任新编第二军军长兼 100 师师长，辖四个骑兵旅、三个步兵旅及手枪、炮兵、宪兵各一团，统治着青海全省和甘肃河西走廊的甘、肃二州及以西地区，势力比马步青大得多。红军渡河前，蒋介石即令马步青所部开向兰州至靖远间黄河西岸，进行防堵。红军渡河后，蒋介石又任命马步芳为西北"剿匪"第二防区司令，统一指挥新二军及骑 5 师。马家军阀代表着回族上层封建统治者的利益，以狭隘的民族观念和宗教迷信欺骗群众，巩固统治地位。马步芳号称"野马"，性情残暴，反共坚决，有当"西北王"的野心，比马步青更反动些。

坐地称王的封建军阀，历来视地盘为生命。马步芳一怕渡河红军西进，扼控河西走廊，进攻青海，端掉他的老巢；二怕蒋介石以"剿共"为名，派嫡系部队深入河西，吞并他的地盘。所以当红军渡河后，他即火速派出其前敌总指挥马元海，率两个骑兵旅向一条山地带驰援，进攻红军。

11 月 2 日，马步芳部由寺儿滩向我一条山阵地猛犯。李先念、程世才指挥红三十军英勇抗击，将敌击退。3 日，敌又纠集三个骑兵旅和两个步兵旅，向三十军阵地发起连续进攻。4 日，我打拉牌一线的九军，亦与敌一个骑兵旅及特务团、民团共五千人，展开激战。敌人的进攻，多先以强大炮火轰击我阵地，而后开始集团猛冲，步骑交加，刀枪并举，乱喊乱叫。虽受猛烈杀伤，亦能组织第二次、第三次、第四次冲锋，不肯轻易败阵。子弹每人携带三五排，打完后回去补充，以免被我缴获。遇我出兵反击时，则迅速退却，诱我追击，利用空旷地带，发挥骑兵特长，实行快速反击包抄。我军初次对付马家步骑兵的集团进攻，边打边摸索经验，从容应战。激战四天，毙敌骑5师参谋长马廷祥以下千余人，顿挫敌人的凶焰，与敌暂成对峙状态。我们的最大困难是少粮缺水，一条山那带产盐，水是咸的，越喝越渴。部队激战终日，找不到水喝，嘴唇干裂，喉咙生烟，实在难熬。[*1]

徐向前在这里说得很清楚：敌军弹药充足，而我们的红军战士打一发，少一发，根本得不到补充。

根据上述新的战略行动计划，8日，中央电令河西部队称西路军。为统一领导，批准成立西路军军政委员会，委员包括陈昌浩、徐向前、曾传六、李特、李卓然（以上五人为常委）、熊国炳、杨克明、王树声、李先念、陈海松、郑义斋。由陈昌浩任军政委员会主席，徐向前任副主席。

西路军的建制和装备情况如下：

总指挥：徐向前。

政治委员：陈昌浩。

副总指挥：王树声。

参谋长：李特。

政治部主任：李卓然。

供给部部长：郑义斋。

卫生部部长：苏井观。

总部一局局长：郭天民。

三局局长：宋侃夫。

四局局长：杜义德。

五局局长：欧阳毅。

政治保卫局局长：曾传六。

五军：军长董振堂，政治委员黄超，参谋长李屏仁，政治部主任杨克明。辖13师（师长李连祥，政治委员谢良）、15师（师长郭锡山，政治委员朱金畅）。共4个团，3000余人，枪1000余支，平均每枪子弹5发。五军团开始长征时，有1万多人，是中央红军的一支劲旅，到这时只剩3000多人，其中大部分是到四川后补充的新兵。

九军：军长孙玉清，政治委员陈海松，参谋长陈伯稚，政治部主任曾日

*1　参见《徐向前回忆录》，解放军出版社2007年8月版，第381～384页。

三。辖 25 师（师长王海清，政治委员杨朝礼）、27 师（师长陈家柱，政治委员易汉文）。共 6 个团，6500 人，枪 2500 支，每枪平均子弹 15 发。

三十军：代军长程世才，政治委员李先念，参谋长黄鹄显，政治部主任李天焕。辖 88 师（师长熊厚发，政治委员郑维山）、89 师（师长邵烈坤，政治委员张文德）。共 6 个团，7000 人，枪 3200 支，每枪平均子弹 25 发。

骑兵师：师长董彦俊，政治委员秦贤道。共 200 人马，枪 200 支，平均每枪子弹 25 发。

妇女独立团：团长王泉媛，政治委员吴富莲，政治处主任华全双。

回民支队：司令员马良骏（后叛变）。

全军共 21800 人。机关、医院、伤病员及勤杂人员，约占 40% 左右。[1]

按照徐向前总指挥的说法，西路军的骑兵师只有"200 人马，枪 200 支，平均每枪子弹 25 发"。人马是番民独立师的十分之一，也是丹巴独立师的十分之一。而这两支共产党、红军帮助组建，直接领导，在长征路上发挥了重要作用的以藏族战士为主的革命武装被张国焘搞垮了，不但伤害了这些藏族战士，也给革命事业造成严重损失。

董振堂壮烈牺牲

董振堂 1895 年生，河北省新河县人。1918 年毕业于保定陆军军官学校，即参加冯玉祥的西北军，历任连长、营长、团长、旅长、师长。1926 年跟随冯玉祥参加北伐战争。1931 年春，他所在部队二十六路军被蒋介石调到江西参加"围剿"红军。董振堂是一位具有正义感、对人民群众怀有同情心和关爱心的正直的军人。他不满意国民党蒋介石打内战，于 1931 年 12 月 4 日与赵博生、季振同等率部举行了著名的宁都起义。

1932 年加入中国共产党。组建红五军团时，被任命为副总指挥兼第十三军军长。1932 年夏任红五军团总指挥，后统一改称军团长，与一军团军团长林彪、三军团军团长彭德怀齐名，是红军著名将领。参加第四、第五次反"围剿"作战，功勋卓著，曾荣获中华苏维埃共和国临时中央政府颁发的"红旗奖章"。1934 年 10 月参加长征。

王明、博古等人窃取中央最高领导权力之后，政治上实行"左"倾冒险主义；组织上实行狭隘的宗派主义。他们认为五军团的主要成分是国民党的旧军队，"根子不纯"，采取不信任的态度。长征开始前，临时中央毫无根据地怀疑宁都起义的主要领导

---

[1] 《徐向前回忆录》，解放军出版社 2007 年 8 月版，第 386 ～ 387 页。

人季振同与国民党有联系，秘密将他杀害。长征开始，让一、三、九军团打先锋，让五军团和刚刚组建的八军团担任全军的后卫，中央纵队在中间最安全的位置。

从于都渡河到血战湘江，五军团和八军团打得最英勇、最顽强，也最艰难。他们用自己的血肉之躯抵挡敌人的疯狂进攻，保障了中央首脑机关的安全。为此，他们也付出了沉重的代价：八军团全军覆灭；五军团伤亡惨重，为了掩护中央机关安全过江，五军团浴血奋战，一个整师被敌人堵在江边，全军覆灭。

从离开中央苏区到进入雪山草地，董振堂率领的五军团一直担任全军的后卫，成为中央红军的钢铁屏障。稍有军事常识的人都知道，大部队转移，担任后卫是最艰巨、最危险的。突围成功，胜利了，是先锋部队的战功，没有后卫部队什么事。强渡湘江，攻占遵义，四渡赤水，突破乌江，巧渡金沙江，飞夺泸定桥，抢夺天险腊子口，等等，莫不如此。但是，万一后卫部队不能胜任阻击任务，防线被敌人突破，中央首脑机关都有可能成为敌人的俘虏。其后果是非常严重的。

可惜，五军团担任全军后卫的这一巨大功绩，则很少被人认识，很少被人提及。

到了左路军，在张国焘领导下，董振堂和五军团被看作是一方面军的人，当作异己力量，更加受到排斥和压制。二、四方面军会师，继续北上，又让五军团担任全军后卫，阻挡中央军薛岳、胡宗南以及四川军阀和地方武装的追击。张国焘和四方面军主力在甘孜地区，让董振堂率五军团和藏民独立师孤军坚守丹巴。在国民党当局的挑动和唆使下，一些地区土豪劣绅和土司头人的"保安队""反共救国军"等地方武装也对红军的后卫部队和收容队以及掉队的伤病员进行骚扰袭击。黑水的大土司苏永和也带领他的保安队，从后面袭击红军。到了草地，还有马步芳的骑兵骚扰。所有这些反动武装都要由五军团对付，以保障主力部队安全北上。为此，董振堂和五军团作出了重大贡献，也付出了极大的牺牲。

历尽艰辛，走出草地，到了陕北，又不让五军团归建，回一方面军；也不让到延安，与中央会合，却命令董振堂率五军团跟随四方面军参加西路军，"打通国际线"。但西路军军政委员会里，又没有董振堂。

当时的形势，正如徐向前所说的那样："敌人有补充，有后备力量，攻势不是减弱，而是不断加强。我们与敌相反，孤军血战，有耗无补，勉力支撑，处境越来越艰险。"[1]

关于董振堂将军牺牲的情况，徐向前在回忆录里说：

"我军停在临泽、高台地区不动，数万马家军追踪而至。1月12日，敌以一部兵力钳制临泽地区我九军、三十军，而集中四个旅另三个团和民团一部，猛攻西面的五

---

[1] 《徐向前回忆录》，解放军出版社 2007 年 8 月版，第 405 页。

军驻地高台县城。五军仅有电台一部，置于住临泽的该军政委黄超处，无法与总指挥部取得联系。董振堂指挥部队孤军奋战，拼死坚守阵地。经一周激战，因原收编的部分民团叛变，里应外合，20日凌晨，县城被敌攻入。五军与敌巷战十余小时，终因敌众我寡，被敌消灭。军长董振堂、政治部主任杨克明、13师师长叶崇本、参谋长刘培基以下三千余人，大部壮烈牺牲。少部突围进入南山的部队，亦被反动民团俘获残害。我们获悉五军危急的情报后，立即派出骑兵师前往接应，但途中与敌遭遇，激战中大部损失，师长董彦俊、政委秦贤道均壮烈牺牲。那时，我们的骑兵部队是临时组成的，没有时间训练，所以战斗力不强。

"董振堂是宁都暴动的主要领导人之一。他指挥的五军团，在中央红军反五次'围剿'中，在长征途中，在与四方面军会合后的转战中，英勇奋斗，作出了重要贡献。后与四方面军三十三军合编，成为五军。红四方面军南下期间，他一面积极完成作战任务，一面站在朱老总一边，对张国焘的分裂主义进行抵制和斗争。他和杨克明、叶崇本、刘培基、董彦俊、秦贤道等许多指战员的牺牲，是党和人民的重大损失。西路军上下极为震惊和悲痛。"[1]

作为政治委员，黄超带着五军团唯一的一部电台离开部队，却以政治委员的名义命令董振堂带着将士们在高台死守待命，不准突围。在无外援的形势下，命令他们"坚守待援"，等于让他们作无谓的牺牲。董振堂和五军团的将士们只好服从命令，战斗到流尽最后一滴血。

董振堂在世时，一直受到张国焘、黄超等人的怀疑、排斥和压制，认为他"右倾""斗争不坚决""立场不坚定""旗帜不鲜明"……张国焘、黄超要的是董振堂坚决同毛泽东和党中央的正确路线作"坚决斗争"，"立场坚定""旗帜鲜明"地支持张国焘反对中央的分裂主义路线。

结果，张国焘叛变投敌，当了国民党的特务。

黄超到了新疆，当时延安正在批判张国焘的错误，清算他的罪行。黄超怕受牵连，不愿到延安，1938年，悄悄离开部队，从此下落不明。在新疆时，天宝还看见过他，那时已没有昔日的威风，态度很消沉。

八军团军团长周昆的部队在湘江战役中全军覆灭，抗战初期，1938年2月，他拿着部队的党费开小差了。

唯有董振堂浴血奋战，为革命流尽最后一滴血，壮烈牺牲，成为顶天立地的英雄汉，光照千秋！

---

[1] 《徐向前回忆录》，解放军出版社2007年8月版，第400～401页。

董振堂是宁都起义的主要领导人之一。在毛泽东亲自主持下，中华苏维埃共和国中央政府成立不到一个月，发生了国民党第二十六路军在参谋长赵博生（共产党员）、73旅旅长董振堂、74旅旅长季振同、74旅1团团长黄中岳等和中共秘密特支领导下发动的宁都起义。像这样一支有着很强战斗力的国民党正规部队成建制地投入红军，从内战开始以来未曾有过，这就引起了巨大的震动。

第二十六路军原属冯玉祥的西北军。大革命时期，刘伯坚、邓希贤（即邓小平）等一批共产党员曾在西北军工作过，党的主张在这支部队里有一定影响。中原大战中冯玉祥失败，西北军的重要主力孙连仲部被蒋介石收编为第二十六路军，在第二次"围剿"时被调到江西参加对红军的进攻。在作战过程中，许多官兵受到红军的很大影响；"九一八"事变日本强占我国东北，又引起他们强烈的民族义愤；蒋介石对第二十六路军的处处歧视和压制，更激起他们的愤慨。宁都起义后不久，季振同曾对萧劲光说过：我参加红军，第一是相信毛主席，第二是相信刘伯坚。

毛主席对宁都起义给予很高的评价，认为是"在反革命的心脏上捅上一刀"。"你们能把二十六路军这支反动武装争取过来，那在中国革命史上将有重大意义。"[1]

1931年12月14日，第二十六路军一万七千人在宁都宣布起义，带着两万多件武器，开入中央苏区。起义部队改编为红五军团，由季振同为军团总指挥，董振堂为副总指挥兼十三军军长，赵博生为军团参谋长兼十四军军长，黄中岳为十五军军长。

毛泽东十分重视发展红五军团中原有的进步军官加入中国共产党。他批准董振堂入党。当董振堂得知被批准入党时，将三千多元（光洋）私人积蓄全部交给党。军政委何长工把这件事报告给毛泽东。毛泽东说：不要全交嘛，寄些给家里，留一点自己用。董振堂却坚持全交，说："革命了，个人的一切都交给党，还要钱干什么？"毛泽东还找在宁都起义中起了积极作用的军官季振同、苏进、卢寿椿谈话，详细了解情况，批准他们三人入党。卢寿椿随后担任了红五军团第43师师长，苏进担任第十五军第44师师长。

关于宁都起义和红五军团的建立，周恩来后来在一次中央政治局会议上说过：宁都暴动时，毛泽东领导争取五军团干部。从红五军团后来参加历次战役时在战场上的表现来看，说明对这支部队的团结、教育、改造工作是非常成功的。

宁都起义胜利和红五军团诞生，极大地增强了红军的力量，红一方面军由第一次反"围剿"时的四万多人发展到六万多人。

---

*1 袁血卒：《"宁都兵暴"闪耀着毛泽东思想光辉》，载《我与毛泽东的交往》，山西人民出版社1993年11月版，第193～196页。

五军团在董振堂领导下，在第四、第五次反"围剿"中，曾参加过著名的赣州战役和水口大战，打得很漂亮。长征路上，五军团一直担任后卫，用殊死战斗和巨大代价保卫了中央纵队的安全。1935年8月，一、四方面军会师后，又奉命担任左路军前卫，率先走过草地。

10月，三军会师前的华家岭之战，为阻击胡宗南部主力的进攻，副军长罗南辉牺牲，部队减员。

11月，五军奉命渡过黄河西进，沿途与敌马家军苦战三个月，进至高台，又与敌血战九天九夜，直至弹尽粮绝。

1937年1月20日凌晨，敌人倾其全力再次冲上城墙。守城的红军战士用最后的手榴弹和捡到的石头、瓦块与敌进行殊死的厮杀。五军团的领导人见形势危急，高台很难坚守，准备突围。在外面的政委黄超发来电报，命令他们"坚守待援"。黄超自己却带着少数警卫人员到徐向前、陈昌浩那里去了。谁都知道，总部是最安全的。按照当时的体制，政治委员有最后的决定权，他们只好继续坚持。那时，里面弹尽粮绝，外面没有援兵，很难持久坚守。正在这个紧急关头，红五军刚收编的民团八百人哗变，他们打开了城门，敌人像蝗虫一样扑进城内。

顿时，城墙上、巷道里、民宅、农舍到处都展开了白刃格斗。上午7时左右，董振堂在东城门楼上让通信员找来骑兵团团长吕仁礼，眼中喷火，大声喊道："吕仁礼，我要你把东城门守住，坚持战斗到最后一人！"吕仁礼带着两个连立即奔赴东门与敌拼杀。激战中，吕仁礼头部被敌军骑兵的马刀砍伤，不省人事。

此时董振堂带部分机关人员从东门城楼沿着城墙向东南角冲去。当他们冲出四百多米，只见董振堂身子一歪，就从城墙上摔到了城墙外脚下。警卫员急速沿着城墙壁飞下，接着，科长寇惠民和几名警卫战士也来到墙根下。参谋孔建光将董军长的衣服撕开一看，惊愕地张大了嘴巴，只见子弹从他的左胸穿过，血流不止，孔参谋一直不停地呼喊："董军长！董军长！"过了一会儿，董军长苏醒过来，慢慢地睁开眼睛，微弱地说："我不行了，别顾我了，不走就冲不出去了……"讲着讲着，头一歪，就停止了呼吸。警卫员林炳才扶着董军长的头猛摇，可是，他再也不能说话了。

在高台之战中，五军政治部主任杨克明也壮烈牺牲。高台县城的许多老乡都认识他，因为五军一举攻占高台的第二天，即1月2日，杨克明在高台县城的十字街头，召开群众大会，宣讲了党的抗日救国主张，号召穷人起来求解放、参加红军。高台失守，敌人闯进街巷，杨克明领几名警卫员，在城东南角的一座财主宅院里指挥战斗，高呼："共产党员、共青团员要坚持到底！"突然，敌人的炮弹将房子击中起火，杨克明头部被烧伤。在烈火中，杨克明带伤组织战士们增援西关，和敌作殊死搏斗，刀砍石砸、拳打脚踢，最后中弹壮烈牺牲。

高台之战，董振堂、杨克明和13师师长叶崇杰、参谋长刘培基、20师师长吴代朝以及前来援救五军的骑兵师师长董俊彦、政委秦道贤等以下三千多名将士，除少数同志突围外，都光荣战死。

高台失守后，马步芳下令残忍地把董振堂、杨克明、叶崇杰、刘培基四烈士的头颅砍下悬挂在高台城楼上示众。1937年2月中旬，这些头颅又被马步青带回武威新城兵营。为了向蒋介石显示战功，请功领赏，他特地叫传令兵把四颗烈士首级送往骑5师医院保存。当时敌八战区政治部搞宣传的李启之等人拍摄了照片，由兰州大北照相馆洗印、放大。照片中，还有红五军年轻的护士长被钉在街头的大树上，狞笑着的数十名敌人与之并列合影。拍摄中还强令几十名被俘的红军战士分成两排，前排蹲，后排站，合影，继之打死，再留影……在被俘人员中，还有穿着藏袍、头戴皮帽的红军，他们肯定是藏族战士。

后来又把董振堂等人的头颅带到西宁，在城头悬挂示众，以展示马家军的"战功"。悬挂在西宁城头的只有三颗首级，左边是董振堂，中间是杨克明，右边的是孙玉清。孙玉清，湖北红安县高桥乡孙家湾人。1929年11月参加红军，不久加入中国共产党。在红军中历任战士、班、排、连、营、团、师长等职，长征途中，毛儿盖会议之后，他由红三十一军调任红九军军长。

在西征路上，红九军奋战古浪失利后，孙玉清受到不公正的批判后被撤职，调到总部直属队当指挥，他丝毫没有动摇自己的战斗意志。梨园口一仗之后，他和王树声、李聚奎、方强、朱良才、徐太先等领导干部组成一支小分队，艰难地沿着祁连山向东前进。一天，他们刚刚准备宿营，突然遭到敌人的袭击。小分队被打散了，孙玉清又一次负了伤。在这紧急的时刻，孙玉清还一心想着党中央，带领十多名干部战士准备化装奔向陕北，不幸于1937年3月在酒泉南山三道沟被搜山的地方民团包围，孙玉清被俘，押到敌298旅旅部后，因叛徒告发，敌人弄清了孙玉清的身份。

受审时，他慷慨激昂地回答："老子就是红九军军长！"

马步芳闻报孙玉清军长被俘，即令298旅旅长马步康进行诱降，其参谋长受命陪孙玉清洗澡，同吃同住，形影不离，但孙玉清不卑不亢，漠然视之。5月17日，孙玉清被敌团长马忠义从张掖提解到西宁。

马步芳特意"会见"他，得意地说："你是军长，我也是军长，今日被俘有何话说？"孙玉清从容自若地说："胜败乃兵家常事，我从参加红军时起就把生死置之度外，现在我死而无憾，并引以为荣。"他还当场揭露了马家军征夫抽丁、耗资派兵不抗战、专打红军的罪行。

马步芳还是决定以"情"感化，派人"陪"着孙玉清来到敌100师陆军医院，看望被俘后在这里服苦役的妻子岳兰芳。孙玉清看着显得过早衰老的妻子，疼爱、难过、愤恨之情一起涌上心头。岳兰芳有多少心里话要说，但身处虎狼窝，怎能将这一切流露给敌人。孙玉清抑制住感情，郑重地说："不要怕，战死和被杀一样光荣。"不久，蒋介石以"危害民国罪"下达了"处以极刑"的命令。

解放后，当年杀害孙玉清烈士的凶手喇文彬交代了具体情况：那是1937年的5月，西宁古城，寒气袭人。身陷囹圄的孙玉清被关押在敌旅长马忠义的土楼里，他们得到密裁孙玉清的命令后，派出两个传令兵，先把孙玉清押到一家照相馆给他照了相。孙玉清被害后又由喇文彬和马昌隆找了马车，将孙玉清埋在南门外体育场一个坑内。第二天为了给孙玉清照相，喇文彬和马昌隆又到孙玉清被埋处，由喇文彬抱住孙玉清的肩膀，马昌隆将孙玉清的头割下来交给郇应南，送到马步芳的100师师部（地点在火神庙）照了相。

最后，董振堂、杨克明和孙玉清三烈士的首级，在西宁火神庙前被敌人摆在一条长凳上拍了照。

这张照片解放初被查出来，曾存放在青海省档案馆里。后来，经过一番周折，青海省的同志终于在中国革命博物馆查到了孙玉清一张单人首级像，照片背后写着：红九军军长孙玉清。他们将这张照片精心复制，带回西宁，与西路军三颗烈士首级照片对照，大家发现，中国革命博物馆的照片和右侧的照片完全是一个人，从而断定，三颗首级照片右侧的人是孙玉清。

在甘肃省档案馆里，珍藏着三十多幅红军西路军将士血染河西的历史照片。这些照片是1949年8月26日兰州解放时，被解放军从马家军的地下室和国民党甘肃省警察局刑警大队长范宗湘家里查获的，它真实地记载了半个多世纪前高台发生的那桩动天地、震人寰的历史血案。其中一幅三颗烈士首级的照片尤其令人惨不忍睹，也充分暴露了蒋介石、马步芳的滔天罪行。

祁连悲歌

河西走廊自古人烟稀少，缺粮少水。莽莽苍苍的祁连山，冰峰雪岭，蜿蜒数百里，千百年来，这里就是古战场，争战不休。诗人李白在《塞下曲》中咏诵："五月天山雪，无花只有寒。"这里的"天山"，就是指祁连山。蒙古语称"天"为"祁连"，"祁连山"，即为"天山"。藏语称"朵拉查姆"，意为"壮丽的雪山"，所谓"安多地区"，就是指阿尼玛沁雪山以东、朵拉查姆雪山以西的广大土地。李白在《关山月》中又说："明月出天山，苍茫云海间……由来征战地，不见有人还。"

西路军孤军深入，无后方补给，缺粮食又缺弹药；加之历史上遗留下来的民族隔阂，马步芳的反动和顽固，残暴和凶狠，红军的处境就更加艰难。西路军过黄河时是秋天，很快进入冬季，风雪严寒，气温降到摄氏零下 20～30 度，红军将士依然穿着单衣，衣被得不到任何补充。在极其艰难险恶的条件下，徐向前、陈昌浩率领西路军将士浴血奋战，董振堂等红军将领壮烈牺牲。经过四个多月的恶战，西路军消灭敌军两万余人，给马家军以沉重打击。

但是，随着西进作战的深入，西路军离后方越来越远，处于孤军外线作战地位，粮食弹药越来越少，伤病员越来越多。在经过高台、临泽、倪家营子等几次大的战斗后，终因弹尽粮绝，寡不敌众，西路军遭到严重损失。由过黄河时的两万余人，锐减到三千多人。

在谈到当时的形势时，徐向前说：

"我军从康龙寺地区边打边撤，退到石窝一带的山上，已是斜阳晚照时分。我在前沿阵地指挥部队打退追敌的最后一次进攻，还没喘过气来，就接到陈昌浩的通知，去石窝山顶开会。我到那里一看，剩下的师、团以上干部，还有二三十人。部队吃了前所未有的败仗，大家异常难过。会上，陈昌浩宣布了军政委员会的决定：徐、陈离队回陕北，向党中央汇报情况；现有部队分散游击，坚持斗争。关于我俩离队的事，他可能和别的军政委员会委员酝酿过，但我毫无思想准备。我说：我不能走，部队打了败仗，我们回去干什么？大家都是同生死、共患难过来的，要死也死到一块嘛！陈昌浩说：这是军政委员会的决定，你如果留下，目标太大，个人服从组织，不要再说什么了。会议决定，西路军残部分三个支队就地游击：王树声率一路，约五连步、骑人员；张荣率一路，有病号及妇女、小孩千余；李先念、程世才率一路，系三十军余部五个营及总部直属队，共千余人。成立西路军工作委员会，由李先念、李卓然、李特、曾传六、王树声、程世才、黄超、熊国炳等同志参加，统一指挥部队。李先念负责军事领导，李卓然负责政治领导。

"散会后，我还想动员陈昌浩，不要回陕北。我拉着他的手，恳切地说：昌浩同志，我们的部队都垮了，孤家寡人回陕北去干什么，我们留下来，至少能起到稳定军心的作用，我看还是不要走吧！陈昌浩很激动地说：不行，我们回去要和中央斗争去！他要斗争什么呢？无非是西路军失败的责任问题。我那时的确不想走，但没有坚持意见，坚决留下来。事实上，李先念他们并不想让我走。我迁就了陈昌浩的意见，犯了终生抱憾的错误，疚愧良深。如果我留下来的话，军心会稳定些，最低限度可以多带些干部去新疆。后来，留下的三个游击支队，有两个被敌搞垮。只有李先念那个支队，沿祁连山西进，经四十多天风雪转战，历尽千辛万苦，克服了常人难以忍受的种种困难，终于抵达新疆，保存了四百余人，受到中央代表陈云、滕代远的热情迎接和慰问。李先念同志受命于危难时刻，处变不惊，为党保存了一批战斗骨干，这是很了不起的。

"我和陈昌浩同志是3月16日启程东返的。开始，由陈明义、萧永银带了个警卫排护送我们。快走出祁连山时，为减小目标，留下他们就地游击，只剩下我和陈昌浩及一名保卫干部同行。第二天，那个保卫干部失踪，听说是碰上马家军，当了俘虏。

"我和陈昌浩走到大马营一带，天已擦黑。转来转去，找到个屯庄，就在老百姓家里住下来。那家户主大概姓但，汉人，业医，湖北人。家里人来人往，和周围居民的关系不错。陈昌浩也是湖北人，碰上了老乡，格外兴奋，有了安全感。我们吃了顿饱饭，就睡下了，睡在一个炕上。我对陈昌浩说：明天早点起来，好走哇！他答应得很痛快。可是次日拂晓前我喊他起床时，他变了卦，说：太累了，休息几天再走吧！我想，他有老乡掩护，住几天没关系，我不行，得坚决走。就说：如果你不想走，就留下住几天，我的口音不对，在这里有危险，得先走了。他表示同意，我便匆匆离去。

"归心似箭的我，孑然一身，形影相吊，沿着祁连山边的戈壁滩，大步流星，昼夜兼程。那时，我几个月没刮胡子，好些天没洗脸，穿着件羊皮袄，打扮成羊倌模样。沿途找老乡要点吃的，倒没遇上麻烦。经永昌至凉州地带，碰上了我们的特务营长曹光波，外号叫曹大头，跟我一路走。经土门、景泰，到了黄河渡口，坐羊皮筏子渡河，直奔打拉池。打拉池是个小镇子，有些店铺。我们找了个旅店住下。我用金戒指换了身棉袍穿上，像商人，又像教书先生。给曹大头也换了套衣服，打扮成伙计模样。这里已不属马家军的统治地盘，归邓宝珊管，离陕甘根据地不远，我心里稍微踏实了些。

"翻过六盘山，走到平凉，住了一天。那天国民党队伍正往西开，城里乱糟糟的，气氛有点紧张。我在书店里买了张地图，赶紧找个旅店住下，关起门来看地图。因怕敌人搜查，觉也没睡好。离开平凉城，一路向东走，路边有个农民摆摊子卖小吃，我们买了点吃的，边吃边和他拉呱。后来我问他：你们北边的山上住的什么军啊？他说：是红军。这下我就有了数，吃完东西，赶紧往北走。到了小屯，见到耿飚、刘志坚同志。悲喜交集的心情，真是难以形容。第二天，刘伯承同志派人把我接到镇原援西军总部。我们谈了些西路军和援西军的情况，他就安排我去休息。那时我疲劳得要死，好像浑身百分之九十九的精力都耗尽了，只想好好睡几天觉。"[*1]

作为作战参谋，陈明义清楚地记得，1937年3月14日，西路军总部在祁连山区康龙寺南山石窝子召开了最后一次军政委员会会议，由陈昌浩主持，徐向前作军事部

[*1] 《徐向前回忆录》，解放军出版社2007年8月版，第409～411页。

署。会议决定：将现有三千余人编为三个支队，分散突围，深入祁连山区坚持游击战。陈昌浩、徐向前两位领导人离开部队回陕北，向中央汇报西路军失败的情况。

总部首长同时决定：由萧永银等二十余名传令兵组成别动队，由陈明义任队长兼政委，李天保任副队长，护送陈、徐首长回陕北。

党中央、中央军委对西路军的情况十分关怀，组成援西军，任命刘伯承为司令员，接应西路军。天宝在援西军司令部任参谋，主要任务是设法联系当地的藏族和回族群众，了解西路军的情况。

1937 年 7 月 15 日，陈明义和他的战友萧永银走过崎岖难行的祁连山，横穿浩瀚的戈壁沙漠，行程两千多里路，终于来到黄河边上，找到援西军司令部，见到刘伯承司令员。

刘伯承闻讯，立即迎出来，他扶了扶眼镜，看着眼前这两个穿着破羊皮袄、又瘦又黑的青年战士，激动得热泪盈眶……这就是往日那个机灵的、英俊的小参谋陈明义吗？这就是那个勇敢机智的交通队长萧永银吗？刘伯承紧紧握着陈明义的手，说："小参谋！你们受苦了！你都变形了，我都认不出你了。见到你们，我真高兴啊！……"

热泪止不住从陈明义的眼里涌了出来，他有多少心里话要向敬爱的总参谋长诉说啊！可是，此时此刻，他的嘴唇微微颤抖，什么话也说不出来……

刘伯承用慈祥的目光看着陈明义激动的样子，轻轻拍拍他的肩头，关切地问："你们俩是怎么从祁连山走来的？两千多里路呀！又是雪山，又是沙漠，人烟稀少，敌人又是那么残忍，到处搜山'围剿'，你们从这么艰险的环境里走出来，真不容易啊……"

听了陈、萧两人的汇报，刘伯承沉默良久，感慨地说："真正是九死一生，死里逃生。作为一名红军战士，你们这种坚定的革命信念，顽强的革命意志，是最可宝贵的，是我们能够克服一切艰难困苦，战胜一切残暴的敌人的最重要的保证。"刘伯承让管理科长方塑带他们去换军装，要他们好好休息。

十四年之后，1951 年 1 月 15 日，刘伯承司令员和邓小平政委在重庆西南军区司令部接见十八军师以上干部，传达党中央、毛主席关于进军西藏、解放西藏的指示。这时，陈明义已经是十八军的第一参谋长。刘伯承再次谈到西路军西征的艰难历程，他对着张国华、谭冠三、陈明义等参加过长征的老同志们说："两万五千里的长征路我们走过来了，河西走廊两千多里的大沙漠，大雪山，你陈明义也走过来了，在我们红军战士面前，还有什么困难不能克服？我相信你们一定能够胜利完成党中央、毛主席交给的光荣任务，解放西藏，完成祖国统一大业。"

天宝在刘伯承的司令部见到陈明义。刘司令员指示天宝要好好照顾历尽千难万险回到部队的陈明义和萧永银。天宝从他们二人那里，详细了解到西路军的悲壮历程，可以说是第一手资料。他们时刻惦记着他们的总指挥徐向前和总政委陈昌浩，衷心希望他们能脱离危险，早日回到延安，回到党中央身边。喇嘛出身的天宝，虽然参加红军一年多，担任过独立师的党代表，但身上依然悄悄地戴着护身符。这时，他情不自禁地悄悄地念经祈祷，祝愿徐总指挥、陈政委和余下的战友们平安归队。

一个星期后，刘伯承亲自安排陈明义、萧永银以及突围出来的秦基伟等人到援西军随营学校学习，陈明义任第7班班长。

天宝是幸运的，由于国民党狂轰滥炸，封锁了黄河渡口，他未能过黄河，没有遭受陈明义和西路军战友们所遭受的那种艰难困苦。而且有机会直接在刘伯承身边工作。那时援西军指挥部总共也只有几十个人，天宝又是唯一一位藏族战士，受到刘伯承将军特殊的关怀和爱护，使天宝深受教育和感动，刻骨铭心，终生难以忘怀。

当秦基伟和陈明义等战友们在援西军随营学校学习的时候，天宝等人被送到中央党校民族班学习。

解放后的秦基伟、陈明义先后担任成都军区司令员和副司令员，天宝任西藏军区第二政委，是他的直接上级。

到中央党校学习，自然是好事。但是，此时此刻，天宝的心情十分沉重，番民独立师大多数人牺牲或失散了，有的被俘，与天宝一起到中央党校学习的藏族战士只剩三四十个人了。

第二十七章　长征路上的宗教政策

用正确的民族、宗教政策感召信教群众

解放前的藏族社会，各地区虽然有所不同，但从总体来看，基本上停留在封建农奴制社会，实行政教合一的政治制度，具有明显的部落社会的特征。正因为这样，如何正确对待宗教和信教群众，以及宗教界上层人士、喇嘛活佛和高僧大德，是一个非常重要的问题。红军来到藏族地区后，针对新的情况、新的形势，制定了一系列方针和政策，提出了许多深得人心的口号。因此，得到了宗教界上层人士和广大信教群众的理解、拥护和支持，使红军能在藏族地区站稳脚跟，建立各级苏维埃政权，撒下革命的种子，同时也使红军自己冲破国民党蒋介石百万大军的围追堵截，得到一次难得的喘息、休整和补充的机会，顺利通过雪山草地，走向抗日前线。

三个方面军十多万红军战士来到藏族地区，走过雪山草地，途中至少经过一百多座寺院，与这一百多座寺院都有不同程度的联系，得到这些寺院的帮助和支持。

我这些资料来自两个方面：

第一，有关长征的文献资料中提到的喇嘛寺。

第二，在陈明义、李中权、李光明、天宝、扎喜旺徐、胡宗林等老红军的指导下，根据他们的提示，实地考察，访问当事人和知情人。

其中最重要的应该说是陈明义和天宝。天宝本人是喇嘛出身，熟悉寺院情况，参加红军不久，就走上领导岗位，接触面广，了解情况多。关于天宝，书中有不少叙述。陈明义曾任十八军第一参谋长，后来担任康藏公路（现改名为川藏公路）筑路部队司令员兼政治委员，成都军区副司令员兼西藏军区司令员。早在川陕根据地时，陈明义就在四方面军司令部任作战参谋，在整个长征过程中，一直在徐向前、陈昌浩身边。

走出雪山草地，又参加西路军。兵败祁连，又是陈明义奉命带领一个警卫排，护送徐向前和陈昌浩，走出祁连山。到了黄河边上，陈明义见到援西军司令员兼政委刘伯承，第一个向刘伯承、同时通过刘伯承向党中央、毛主席、朱总司令汇报了西路军兵败祁连的情况，汇报了徐向前和陈昌浩这两位主要领导人还健在的消息。使中央了解到西路军最真实、最准确的消息，及时调整了相关的方针、政策、策略和部署，使中央认识到在当时的条件下，要占领青海、新疆，打通国际线，争取苏联的援助，背靠苏联干革命是根本不可能的，进而提出"独立自主，自力更生"的方针。"独立自主，自力更生"的方针，是用两万多名红军将士的鲜血和生命换来的。

90年代末，为了弘扬"老西藏"精神，我们十八军一些老同志在一起，商量确定，我撰写谭冠三传，著名女诗人、作家杨星火写陈明义传。这期间，我专程到成都，与星火一起采访我们的老首长陈明义，请他讲他不同寻常的经历。长征是一个重要内容。

一方面军看到的第一个寺院是宝兴县硗碛寨的硗碛寺。当时红军队伍里没有一个藏族战士，在当地藏族翻译和向导的带领下，毛主席参观了硗碛寨的永寿寺。周恩来、朱德、张闻天等中央领导，没有来得及参观就直接上山了。红军先头部队与硗碛寺联系，并得到他们的帮助。寺院将自己储藏的粮食、茶叶和盐巴等物品赠送给红军。还帮助红军熬砖茶和姜汤御寒，翻越长征路上的第一座大雪山——夹金山。

翻过夹金山之后，毛泽东等人在来迎接他们的红四方面军红25师师长韩东山的陪同下，来到了达维镇喇嘛寺。毛泽东、周恩来、朱德、张闻天、刘伯承等中央领导人进驻的第一座喇嘛寺是达维寺，使共产党和红军的领导人对藏族地区的寺院有了一个直观的了解。

1935年6月14日晚上，总政治部在达维镇外喇嘛寺附近的坡地上，举行了两军会师联欢会。达维寺是个很小的寺院，只有二十多个喇嘛，没有活佛，在藏区也没有多大影响，但是，由于中央红军和四方面军的会师大会在这里举行而载入史册，名扬天下。

寺院，藏语称"衮巴"，而不能叫作"喇嘛寺"。但是，藏族地区的寺院与汉族地区的寺院有明显的差别，汉人习惯上将藏传佛教寺院称作"喇嘛寺"；在当时红军的很多文件里，也写作喇嘛寺。为了叙述的方便，本书沿用"喇嘛寺"。

四方面军徐向前和陈昌浩看到的第一座寺院是理番县（现在的理县）的扎谷垴镇的扎西岭寺。"扎谷垴"，实际上就是扎西岭，嘉绒藏语发音较重，读浊音，又用四川方言翻译，便成了"扎谷垴"。藏族老红军胡宗林就是理番县人，在他的回忆录里，有详细记载。徐向前和四方面军总部就在扎谷垴。扎西岭寺是理番地区最大的一座寺院，有四五百个喇嘛，由于受国民党反动派的宣传，对红军不了解，红军初到扎谷垴时，他们关门闭寺，不让红军进寺院，也不与红军交往。经过红军耐心细致地作宣传解释，并以广大红军战士良好的军纪影响和争取群众，使他们改变了对红军的态度，帮助、支援了红军。

四方面军南下失利，再次到嘉绒地区，建立格勒得沙共和国苏维埃政府时，扎西岭寺的广大僧众积极参与，活佛和堪布还参加了格勒得沙共和国政府和理番县苏维埃的工作，并积极支援红军。

嘉绒地区还有很多寺院，他们大部分都与红军建立了友好的关系。

红军到了马尔康，马尔康寺从怀疑、观望到采取友好态度，热情帮助红军。天宝，就是马尔康寺的小喇嘛。

阿坝县的郭芒寺和格尔底寺是川西草原比较大的两座寺院，每座寺院当时都有五六百个喇嘛，也有较强的经济实力。阿坝属于华尔功赤烈的管辖范围，华尔功赤烈拜会了周恩来、彭德怀等红军领导人，对红军采取友好态度，并参加了格勒得沙苏维埃政府的领导工作，在他的影响下，郭芒寺、格尔底寺和其他寺院也对红军采取友好合作态度，积极支援。

四方面军总部曾一度设在丹巴县，董振堂率领的红五军团在丹巴前后驻扎一年左右，还有四方面军三十一军的91师、藏民独立师等大批红军，所需粮食、给养等物资是很多的。丹巴县有大小十几座寺院，在马骏父子的影响和带动下，与红军的关系最为密切，对红军的帮助也最大。

甘孜的甘孜寺、大金寺、白利寺，炉霍县的寿宁寺等大小寺院与红军的关系，在前面有较多的叙述。共产党、红军与甘孜寺和白利寺、格达活佛和香根活佛的友好合作关系，成为共产党、工农红军与藏族宗教界人士亲密团结、友爱合作、肝胆相照、荣辱与共的一种典范。

"兴盛番族"的口号深得人心

前面谈到，贺龙率二、六军团到云南，渡过金沙江来到雪山脚下的中甸。中甸最大的一座寺院，叫松赞林寺。红军到中甸后，贺龙亲自去寺院拜访两位活佛和其他僧众，并赠送一幅锦幛，题写"兴盛番族"四个大字。"兴盛番族"深得人心，受到藏族各界僧俗人士和广大藏族群众的拥护。

松赞林寺的僧众十分重视贺龙总司令赠送的礼品和他们所表达的民族团结的友好情谊，不顾国民党反动派的迫害，一直珍藏着这幅锦幛，保存了十五年。云南解放后，松谋活佛和衮曲活佛派松赞林寺的堪布专程到昆明，把这幅锦幛送给参加过长征的西南军区副司令员兼云南军区司令员陈赓将军和云南省委第一书记宋任穷。

从中甸到康巴地区之后，在稻城县，贺龙又出《安民告示》，以贺龙主席的名义颁发布告，明确宣示：

"本军以扶助番民，解除番民的痛苦，兴番灭蒋，为番民谋利之目的。"

这一则布告较详细地阐述了党的民族政策的基本方针，这一方针，完全符合广大藏族人民的心愿和根本利益，因此，得到藏族人民的衷心拥护。

四川甘孜州乡城县"红军纪念馆"有一件珍贵的历史文物——馆藏红色团花锦匾，他们认为，这是乡城人民和乡城桑披寺的光荣和骄傲。

1936年5月14日，萧克、王震、张子意率领的红六军团从中甸翻越雪山，来到乡城县定乡镇，受到当地藏胞和喇嘛们的热烈欢迎，并赠送了红军最需要的粮食、酥油、牛羊肉、牲畜和草料。当时，乡城县苏维埃波巴政府尚未成立，国民党县政府的官员们早已跑了，由于喇嘛寺在群众中有很大的影响力和号召力，欢迎和支援红军的工作，主要由喇嘛寺负责。六军团于6月13日进入乡城境内，20日离开乡城，前往稻城，在乡城停留八天，人员得到了很好的休整，给养得到了补充。红军离开前夕，军团长萧克、政委王震、政治部主任张子意亲自到寺院，将一面写有"**扶助番民，独立解放**"的团花锦匾送给桑披寺的堪布，以表达红军对他们的感激之情。锦匾上注有："给定乡喇嘛寺院番民，中国工农红军第六军团军团长萧克、政治委员王震、政治部主任张子意。"同时随赠一块十克重银锭。这幅锦匾一直由桑披寺喇嘛珍藏着，解放后，献给了人民政府，现在珍藏在县红军纪念馆。

贺龙、任弼时、萧克、王震率领的二、六军团进入藏族地区后，高举民族平等、民族团结的旗帜，一路上宣传"**兴盛番族**""**扶助番民，独立解放**"，深受藏族僧俗群众的欢迎和拥护。

六军团离开乡城，来到稻城和理塘（当时叫理化）县。这之前，四方面军已经做了大量的宣传组织工作，又派部队接应，六军团到稻城和理塘后，受到当地僧俗群众的欢迎，并支援了大批青稞和牛羊肉，以及一部分牦牛和骡马。理塘是牧区，牛羊和马匹很多，理塘的曲科寺，是康南最大的一座寺院，与康巴的甘孜寺、大金寺齐名，他们有雄厚的财力，将库存的大批青稞、酥油、牛羊肉、茶叶、布匹和氆氇送给红军。萧克、王震、张子意亲自到曲科寺，向理塘寺第四世香根活佛和僧众表示感谢，并赠送了几支步枪，留作纪念。

解放时，第四世理塘香根活佛已经圆寂，人民政府对他的转世灵童第五世香根活佛给予特别关怀和爱护，安排他担任甘孜州副州长、州政协副主席，并先后当选为全国人大代表和全国政协委员。

六军团离开理塘，很顺利地到达新龙（当时叫瞻化），与红四军会师。这是二方面军与四方面军第一次会师，早于甘孜会师，被称作"瞻化会师"，也称作小会师。

新龙县有个小头人叫巴顿多吉，经红军做工作，成为红军的朋友，瞻化成立苏维埃政府时，当选为主席。洪学智在回忆录里说："他就告诉所管辖的寺庙，不准反对红军。再后来，寺院也主动捐了许多牛羊和粮食送给红军。"

洪学智接着说："6月16日，六军团到时，我们组织两千多少数民族群众在路两旁欢迎。我们给六军团准备了十天粮食，还有鞋子、帐篷。晚上请六军团营以上干部吃饭，牛羊肉四大盆，还有杂碎汤、大饼。六军团的同志说，好久没这样吃过荤了。接着，开了联欢大会。"[1]

从以上简要的叙述，可以清楚地看到，二军团离开中甸，过金沙江，经得荣、乡城直达甘孜，与四方面军胜利会师，一路之上，得到包括喇嘛寺和僧众在内的广大藏族同胞支援和救助。

贺龙、任弼时率领的六军团也是这样，从中甸出发，过了金沙江，在得荣、乡城与二军团分手，经巴塘（当时叫巴安）、白玉，到甘孜，与四方面军会师。白玉是德格土司的管辖范围，那时他已担任甘孜波巴共和国中央政府主席，他下令让白玉寺和噶陀寺积极支援红军。白玉寺和噶陀寺有悠久的历史，在整个藏区都很有影响，藏传佛教黄教派有著名的六大寺院，红教派也有六大寺院，白玉县就占了两个。解放后，贺龙还特别提到白玉寺和噶陀寺对红军的援助。1950年夏天，昌都战役之前，贺龙司令员特意指示十八军领导人要代表他到两座寺院看望广大僧众，表示感谢。本来，张国华军长要亲自去，但因军务繁忙，在甘孜离不开，派第二参谋长李觉代表贺龙司令员和十八军领导人，专程看望两座寺院的活佛，并赠送礼品，发放布施。

喇嘛寺是援助红军的一支重要力量

前面谈到，当时金沙江以东的藏族地区，基本上还处于部落社会，宗教在社会生活的各个方面，具有广泛而深刻的影响。寺院既是传承佛法的道场，又是继承和发展文化教育的场所，也是一个重要的经济实体，他们拥有自己的庄园、土地、牧场和牛羊，还有马帮和商号。某些寺院的经济实力比土司头人还要大。因此，在当时的情况下，寺院是最有能力帮助红军的。他们还能影响广大的贫苦农牧民。而土司头人和贵族农奴主则没有这种能力和影响，他们与广大贫苦的农牧民群众处于尖锐的阶级对立之中，有着巨大的利益冲突，贫苦农牧民不会听他们的话，跟随他们走。由于党和红

---

[1] 《洪学智回忆录》，解放军出版社2007年8月版，第104页。

军执行了正确的民族政策和宗教政策，争取和团结了大多数寺院和宗教界人士站到红军的方面，帮助红军渡过难关，从雪山草地走向胜利的坦途。

在当时的藏区，最有政治影响力的是喇嘛寺，最有经济实力的是喇嘛寺，修建得最宏伟、最富丽堂皇的也是喇嘛寺。

正因为这样，红军的首脑机关多住在寺院。中央和红军的一些最重要的会议，也是在寺院召开的。一、四方面军的会师大会是在达维寺召开的，毛泽东、周恩来、朱德出席，并发表重要讲话。两军会师后，毛泽东、周恩来、张闻天、朱德等与张国焘第一次见面，研究两军会师后前进方向这样极为重要的会议，是在刷经寺召开的。二、四方面军会师后第一个高级干部会议是在甘孜寺的香根拉让，即香根活佛的家庙召开的。中央关于组建二方面军、任命贺龙为总指挥的命令，是在香根拉让宣布的。

此外，在草地上一些不知名的小寺院，在当时那样一个特殊的环境里，也与红军发生了密切联系。过草地时，担任中央红军先锋团政委的杨成武在《忆长征》里说："巴西是一个山谷小镇，房屋较稠密。那里的房子多半是木头建的两层楼房，与毛儿盖藏胞的一样，上边住人，下边养牲口，尤其是那个喇嘛寺，造得很精致。毛主席、周副主席、张闻天同志都住在喇嘛寺里。寺边有一条小溪，常年喷着白浪，溪水清澈见底。"[1]

在党史、军史上具有重要影响的"巴西会议"，就是在巴西喇嘛寺召开的。

中央红军快走出大草原，到毛儿盖时，张国焘却突然违背中央决定，不愿北上。1935 年 8 月 20 日，中央政治局召开会议，批评张国焘的错误，督促他北上。史称"毛儿盖会议"。"毛儿盖"是个大的范围，政治局会议是在毛儿盖的索化寺召开的。

朱德、刘伯承、张国焘率左路军到噶曲河，张国焘借口河水上涨，不愿北上，要率部南下，当时，朱德、刘伯承、张国焘等人都住在噶曲河畔的唐卡寺。唐卡寺是个小寺，但却为他们提供了一个较为舒适而温暖的环境，至少能遮风避雨，比露宿草原要好得多。

在左路军，董振堂率领五军团向班佑前进时，途经查理寺，在那里休息了一天。查理寺是个小寺，属于华尔功土司管辖范围，在红军到来之前，华尔功赤烈已派人给查理寺送信，让他们尽力帮助、支援红军，并派人赶去一批牛羊，要他们转交红军。五军团到查理寺的前两天，这批牛羊刚好赶到查理寺，寺院喇嘛如数送给红军。这真是雪中送炭。董振堂非常高兴，当即分给各部队宰杀，饱餐一顿，剩余部分带走准备在草地上食用。董振堂和黄超向寺院堪布表示感谢，说：等革命胜利后，我们一定要再回草原，报答你们的恩情，还要帮你们把寺院修建得更加漂亮。

---

[1] 杨成武：《忆长征》，现代教育出版社 2005 年 8 月版，第 165 页。

这是 1935 年 8 月五军团第一次过草地时发生的事。董振堂率五军团到噶曲河，张国焘却以总政委的身份命令左路军南下，他们不得不二过草原，再次找查理寺帮助。

四方面军三过草地，在与一方面军会师前夕，遵照中央指示，8 月 5 日，在张国焘、任弼时主持下，召开了中共西北局会议，制定了《岷洮西固战役计划》，决定将二、四方面军合编为第一、第二、第三三个纵队。9 月 9 日，红军 93 师攻克漳县，岷洮西固战役宣告胜利结束。这是二、四方面军自长征以来取得的最大一次胜利。也是贯彻西北局 8 月 5 日会议精神的结果。因此，这次的会议，与以往吵吵闹闹、争论不休的情况不同，被称作是一次团结的会、胜利的会。很多人至今不清楚，这样一个重要的"团结的会、胜利的会"，是在求吉寺召开的。求吉寺的僧众为红军提供了一个安全、舒适的环境，为三大红军的胜利会师，作出了重要贡献。

炉霍县的寿灵寺是康北地区最大的一座寺院。当时，四方面军总部、张国焘另立"中央"后的所谓"第二中央""西北联邦政府"都设在寿灵寺，张国焘和陈昌浩等人长期住在寿灵寺，徐向前基本上也在寿灵寺，那里海拔比甘孜低，气候温和，能种植蔬菜。只有朱德、刘伯承、王维舟等领导人在甘孜。

寿灵寺当时主要有两位活佛，一位到拉萨朝佛去了，一位还小，主要由大管家相佐·益西多吉主持寺务。相佐·益西多吉积极支援红军，与红军领导人的关系很好，他还积极参加苏维埃波巴政府的工作，当选为炉霍县苏维埃政府的副主席、解放后担任炉霍县人民政府副县长。

在长征过程中，寿灵寺具有重要作用，朱德、刘伯承、徐向前、王树声以及张国焘、陈昌浩等领导人都曾在这里居住。红军还曾在这里举行全军运动会，不但得到寿灵寺的资助，寿灵寺的喇嘛还为红军表演"羌姆"舞——一种带宗教色彩的面具舞，给运动会增添了热烈的气氛，也给红军将士留下深刻印象和美好回忆。几十年后，洪学智将军回忆当时的情形，依然记忆犹新。老将军还说："我是第一次看到喇嘛跳舞，很有意思。"喇嘛们还与红军举行拔河比赛，引起大家极大的兴趣。人们只知道万里长征，爬雪山、过草地，艰难困苦、艰苦卓绝，不知道在长征途中、在雪山草地，还举行过如此盛大而热烈的运动会。

洪学智当时是红四军政治部主任，他们住在新龙县，王宏坤军长让他带队到炉霍参加运动会。他说，按照他自己的理解，红军总部决定举行如此盛大的运动会，具有重大的政治意义，南下失利，兵困康北，给养困难，士气低落。总部是想通过运动会这种形式，凝聚人心，鼓舞士气，加强民族团结和军民团结，加强军队内部的团结和统一。洪学智说：朱总司令对这次运动会非常重视，亲自担任运动会总指挥。我们四军和红军大学比赛篮球时，朱老总亲自担任裁判。

洪学智是安徽金寨县人，1929年5月参加湘南起义，后来参加鄂豫皖根据地的建设，一直在四方面军，长征前没有见过朱总司令。两军会师后，才见到朱总司令，但四军总是单独行动，他作为部队中层领导，没有机会见到总司令。这次参加运动会，才有机会第一次近距离地见到总司令。面对严重的困难局面和尖锐复杂的党内斗争，朱总司令临危不惧，举重若轻，藐视一切艰难困苦的大将之风，对战士们慈祥而亲切的长者风范，对各路红军、各个部队一视同仁、关怀爱护的博大胸怀，都给洪学智留下了深刻印象，使他更加崇敬朱总司令。洪学智说，在当时的情况下，没有朱总司令的亲自参与和指导，运动会不可能开得如此成功。

当谈到寿灵寺和章阁寺以及周边的喇嘛们对红军的态度时，洪学智说：喇嘛们对红军很友好。如果得不到喇嘛们的支持，我们的运动会不可能顺利进行。喇嘛们的参与，给运动会增添了不少光彩。

寿灵寺有很多红军留下的文献资料和文物。红军离开后，国民党回来了，在实行白色恐怖的严重局势下，寿灵寺的僧众冒着危险，千方百计保存了这些文献和文物，解放后献给人民政府。但是，因为张国焘和陈昌浩的缘故，这些珍贵的文献和文物，大部分被毁坏掉了。

全军运动会结束后，各部队分别举行运动会和军民联欢会，红四军军长许世友因为不满意张国焘的一些做法，当面提意见，得罪了张国焘，他一怒之下，撤销了许世友的军长职务，让他去当新组建的骑兵师师长，任命王宏坤接任四军军长。

洪学智说：

1936年5月30日，红四军在瞻化的一块草地上召开全军运动会。军长王宏坤、参谋长陈伯钧和我都坐在主席台上。

运动会上有体育比赛，也有军事训练项目表演。红四军的战士在杀敌战场上是英雄，在运动会上也是好汉。他们的英勇精神精彩表演，博得大家的不断喝彩。

比赛结束后，又表演文娱节目。大会宣布由供给部和卫生部两个女兵班给大家唱歌。张文（原名张熙泽）带领供给部一班的女兵走到主席台上，唱了一支《打骑兵》和《捉牛歌》。唱完歌，她们都害羞得不行，低着头笑着就跑回队伍中去了。

这时，四方面军总部决定高级干部单身的可以结婚。军长王宏坤和爱人冯明英、参谋长陈伯钧和爱人何克春（也在供给部工作）、供给部政委谢启清都很关心我，要把张文介绍给我。[1]

---

[1]《洪学智回忆录》，解放军出版社2007年8月版，第105页。

洪学智接着说：

6月1日晚上，大雨哗哗下个不停。

红四军政治部办公室点着油灯，我和张文的婚礼在红军战士的欢闹声中举行。军长王宏坤和爱人冯明英，参谋长陈伯钧和爱人何克春，供给部的领导、政治部工作人员都参加了。仪式完毕，大家围坐在一起，喝了面疙瘩汤，算是结婚宴席。

那时，我只有一条被单、一条旧毛毯。这条毛毯，1949年在香河县徐官屯时送给老百姓了。[*1]

这真是革命的年代，革命的速度，革命的婚礼。5月30日看节目，组织介绍，31日组织上派人带张文与洪学智见面。6月1日，便举行婚礼。洪学智在长征途中，因举办一场特殊的运动会，找到了自己的革命伴侣，陪伴洪学智这位革命家走过了坎坷而又极富传奇色彩的一生。

假若没有这次运动会，洪学智会不会遇到张文？假若没有见到张文，他的生活又会是一种什么样的结局？洪学智对这个婚姻是非常满意的，因此，他永远记住、怀念并感谢这场在雪山脚下举行的运动会。

百岁老红军张天伟当时作为红四军的侦察参谋参加了这场特殊的运动会，并留下了难忘的印象。也许张天伟有点偏执，他说，那是他一生所参加过的最热闹、最激动人心的运动会。

瞻化（新龙）县没有寿灵寺、甘孜寺、大金寺那样的大寺院，但有二十几座小寺院，其中最大的寺院之一叫嘎绒寺，有七八十个喇嘛。红军与新龙的喇嘛们相处得很好，寺院和喇嘛们积极为红军筹粮筹款，有的还参加了苏维埃波巴政府的工作。

原红四军军长王宏坤说："瞻化的老百姓对我们支持很大，贡献很大。"[*2]

长征时陈锡联任四军31师副师长，在新龙时患了重病，得到喇嘛的救治。解放后陈锡联先后担任沈阳军区司令员、北京军区司令员、国务院副总理、中央政治局委员等职，1955年被评为上将。1984年3月，陈锡联重走长征路，到新龙时，他说："……我当时得了伤寒病，战士用担架把我抬到瞻化，在瞻化北边十五至二十华里的河边有一个喇嘛寺，寺内的老喇嘛与我关系很好，他的汉话说得很好，那时刻，我的病刚刚

[*1] 《洪学智回忆录》，解放军出版社2007年8月版，第107页。

[*2] 转引自《新龙县志》，四川人民出版社1992年7月版，第236页。

才好转，吃不下牛羊肉、酥油糌粑这些东西，也没有别的东西吃。这个喇嘛就给我熬酥油，用布过滤，告诉吃糌粑和酥油茶的好处，他还用麦面给我做糖饼子吃，每天都给我送这些东西，他还一直给我熬药，护理我，这样，我吃了茶，肚子就不胀了，也不拉了。一个多月后我的头发也长出来了，我的身体慢慢地好起来了。临走时，我为了感谢他的照顾，送了一匹白马和用银子包的马鞍子，这个喇嘛也送给我不少糌粑、茶叶，还专门用汉族的做法选上等的牛肉煮熟后，再晾干磨成糌粑，给我两皮口袋。过草地时，我的粮食没发愁，还送了一些给朱老总和其他一些老同志。"[1]

长征途中没有一座喇嘛寺公开对抗红军

在拜访老红军，在查阅文献资料、实地考察的过程中，我有一个重要发现：红军经过的这些寺院的政治态度、社会背景不尽相同，与红军的关系也有好有坏。但是，没有一座寺院以整座寺院的名义，全体僧众集体对抗红军，阻击红军。也没有一个在群众中有名望、有影响的高僧大德响应国民党蒋介石的号召，听信他们的煽动和蛊惑，组织"反共救国军"之类的反动武装，来打红军。

唯一一个例外是诺那活佛，他是西藏昌都地区类乌齐宗（县）类乌齐寺的一位活佛。类乌齐宗在金沙江西面，属昌都专区管辖。类乌齐是一个偏僻的小县，就是在七八十年后的今天，在改革开放三十多年后，那里依然十分偏僻而贫穷，交通闭塞，至今只通简易公路。类乌齐寺也是一座小寺，只有一百多个喇嘛。但诺那活佛个人的活动能力很大，参政意识很强。他不甘寂寞，到过拉萨，与原噶厦政府联系，又到南京，与国民党中央政府来往。红军到藏族地区前夕，1935 年 6 月 9 日，蒋介石在成都接见诺那活佛，委任他为"宣慰使"，煽动他回到藏区组织"反共救国军"，"保境安民"，阻挡红军到藏区，并答应给他经费和武器。此举连国民党的报纸都讥讽政府是"临时抱佛脚"，对能起什么作用表示怀疑。

受到蒋介石本人的接见，诺那自己则受宠若惊，急匆匆回到藏区，先到甘孜，在甘孜得不到支持，便到德格，利用德格土司与夏克刀登的矛盾，说他有政府和"蒋委员长"本人的支持，煽动夏克刀登组织"反共救国军"，拉了几百人，并任命他为"反共救国军总司令"，自己以"宣慰使"的身份当"监军"。德格离他的故乡类乌齐宗仅一江之隔，诺那还打算到江西去组织队伍。他的队伍还没有组织起来，国民党政府答应的武器弹药还没有运到，手头只有随身从南京带来的银元和金条，不敷开销，正在

---

[1] 转引自《新龙县志》，四川人民出版社 1992 年 7 月版，第 237 页。

为难之际，李先念率领的四方面军先头部队就来到甘孜，刚一交手，"反共救国军"就被打得四处逃散，夏克刀登和诺那也都成了红军的俘虏。

红军对他们两位以礼相待，揭露国民党反动派的谎言，阐明共产党、红军的民族政策和宗教政策，晓以大义，使他们两位受到教育与感动。夏克刀登对共产党和红军心悦诚服，表示愿意与红军合作，跟着共产党走。成立甘孜苏维埃波巴政府时，他被任命为军事部长。他是康北地区的地方实力派，积极支援红军。红军北上抗日，直到原西康省解放，夏克刀登一直与国民党政府保持距离，采取不合作态度。新中国成立，西康省尚未解放，他便与格达活佛、邦达多杰等人商量，派人绕道草原，秘密到兰州拜会彭德怀司令员，表示欢迎解放军再到雪山草地。彭德怀司令员让他们前往北京，向毛主席和中央人民政府表示拥戴之忱。解放后，夏克刀登先后担任甘孜藏族自治州副州长、西康省副省长、四川省政协副主席、全国人大代表、全国政协委员等职。

诺那活佛则不然，红军离开藏区后，他不愿去南京继续投靠国民党，又无脸回故乡，更不能客居甘孜，这里没有他的寺院和信徒，左右为难，进退失据，羞愧交加，心情郁闷，一场大病之后，于1936年年底在甘孜圆寂。

这些情况充分说明，共产党和红军当时制定的方针政策是正确的、成功的，而国民党反动政府所策划的阴谋，遭到了彻底失败。

535

毛泽东、周恩来住过的最后一座寺院

从我们现在所能看到的资料来看，迭部县旺藏寺是毛泽东、周恩来和其他中央领导人住宿过的最后一座喇嘛寺。俄界会议后，红军在未受任何阻击的情况下，顺利地通过了达拉沟天险。这里有尼傲、九龙两个峡谷，两个峡谷长约三四华里，宽则只有二三十米，最狭窄处，只有十米左右宽，只能容一人一马通过。

走过峡谷，中央红军来到旺藏乡。毛主席就住在旺藏乡次日那村一处藏族民房的楼上。底层是泥土墙体，二层是未经刷漆的木板结构，院里有一个简易的木楼梯，上到二楼，毛主席就住在一间很昏暗的小房子里，毛主席在这里住了三天。这座房子现在基本上还保存完好，改革开放后，作为重要的历史文物得到保护，供游人参观。

旺藏乡有个旺藏寺，是一座比较大的寺院，当时有四五百个喇嘛。红军到旺藏寺后，除黄开湘、杨成武率领的红四团作为先遣部队准备攻打腊子口，整个中央红军几千人绝大多数都住在旺藏寺，可见寺院之大。

旺藏寺给红军提供了几万斤粮食，还有牛羊肉、酥油、盐巴等食品，使红军的给养再次得到补充，同时也保证了腊子口战役的胜利进行。

旺藏寺是一方面军长征过程中住宿的最后一个寺院。

毛主席和中央军委在这里下达了攻打腊子口的命令。

迭部是全民信教的地区，最早传入那里的是藏族古老的原始宗教苯教，中央召开"俄西会议"的俄西乡，就是一个信奉苯教的村庄，直到现在，大多数群众依然信奉苯教。后来佛教传入该地区，以卓尼的禅定寺为中心，在其周围建立了很多小寺。有的与禅定寺有直接联系，是他们的子寺，有隶属关系，如旺藏寺就是禅定寺的子寺，他们的堪布要由禅定寺委派。过去传说禅定寺有一百零八座子寺，可见规模之大，影响之广。没有隶属关系的，受禅定寺的影响也是很大的，禅定寺举行的一些重大的佛事活动，周边的中小寺院都会参加。

中央红军到迭部时，当地有三十四座寺院。杨积庆土司为了摆脱国民党军队的监视和控制，以举行佛事活动为名，住在禅定寺，迭部的不少喇嘛活佛，也到禅定寺去参加佛事活动。按照杨土司的吩咐，留在当地的僧众，以"慈悲为怀""救助有困难者"的名义，尽其所能救助红军。红军与当地的喇嘛和群众相处得很好。中央红军离开迭部、翻越岷山之后，周恩来仅带二十多名警卫人员在旺藏寺养病，而不用担心安全问题，与这样的群众基础，有着密切关系。在杨土司和当地僧俗百姓的救助下，中央红军得到一次难得的休整机会，然后翻越岷山山脉，顺利地离开了藏族地区。

一方面军通过腊子口一年之后，朱德、刘伯承、徐向前、贺龙、任弼时、张国焘、陈昌浩率领二、四方面军来到迭部地区，当时他们有四万多人，总部住在勾吉寺。也是一座寺院，走出草地后，得到一个很好的休息机会。他们由此进入甘肃，四方面军从腊子口到哈达铺；贺龙、任弼时没有走腊子口，率领二方面军从另一个山口到达甘肃境内。

第二十八章　群星在雪山草地闪烁

开天辟地第一回

　　中国共产党和中国工农红军汇聚了中华民族的优秀儿女，也是鲁迅所热烈称赞的民族的脊梁，而这些优秀儿女在长征途中大部分来到了雪山草地。在雪山草地这片苍茫而又辽阔，美丽而又神奇的土地上，从来也没有会聚过这么多英雄豪杰，这么多民族的精英，这是开天辟地第一回。

　　五大书记，在具有伟大历史意义的党的"七大"以后逐渐形成，直到"八大"召开，作为党的核心领导的中央书记处的五位书记，即毛泽东、刘少奇、周恩来、朱德、任弼时，习惯上将他们称作"五大书记"，都曾到过雪山草地。

　　十大元帅，即朱德、彭德怀、林彪、贺龙、刘伯承、陈毅、罗荣桓、徐向前、聂荣臻、叶剑英。

　　只有陈毅元帅没有参加长征，因伤留在南方坚持游击战争。其他九位都曾到过雪山草地。其中朱德、刘伯承、徐向前三位元帅在藏族地区坚持斗争有一年多的时间。

　　十位大将，即粟裕、王树声、许光达、陈赓、罗瑞卿、张云逸、萧劲光、徐海东、黄克诚、谭政。

　　其中粟裕和许光达两位大将没有参加长征；徐海东大将从鄂豫皖根据地到达陕北，没有到雪山草地。其他七位大将都到过藏族地区。

　　五十七名上将，即王平、王震、王宏坤、王新亭、韦国清、乌兰夫、邓华、叶飞、甘泗淇、谢富治、吕正操、朱良才、刘震、刘亚楼、许世友、苏振华、李达、李涛、李天佑、李志民、李克农、杨勇、杨至诚、杨成武、杨得志、赖传珠、萧华、萧克、宋任穷、宋时轮、张宗逊、张爱萍、陈士榘、陈再道、陈伯钧、陈明仁、陈奇涵、陈锡联、周桓、周士第、周纯全、赵尔陆、洪学智、钟期光、贺炳炎、郭天民、唐亮、陶峙岳、阎红彦、黄永胜、董其武、彭绍辉、韩先楚、傅钟、傅秋涛、王建安、李聚奎。

其中陈明仁、陶峙岳、董其武三位上将是国民党起义将领，在红军出身的上将中，只有叶飞、傅秋涛、乌兰夫、阎红彦、吕正操五位没有参加长征。

就是说，在五十七位上将中，有四十九位参加了长征，他们都到过藏族地区。

中将一百七十七名，即丁秋生、万毅、王诤、王必成、王近山、王尚荣、王秉璋、王宗槐、王恩茂、王紫峰、王辉球、王道邦、韦杰、文年生、方强、方正平、邓逸凡、孔从洲、孔石泉、孔庆德、甘渭汉、卢胜、田维扬、邝任农、皮定均、成钧、毕占云、匡裕民、朱明、朱辉照、向仲华、刘飞、刘忠、刘少文、刘西元、刘先胜、刘兴元、刘志坚、刘转连、刘昌毅、刘金轩、刘浩天、刘培善、刘道生、庄田、汤平、孙毅、孙继先、朵噶·彭错饶杰、杜平、杜义德、杨秀山、杨国夫、杨梅生、苏静、李耀、李天焕、李成芳、李寿轩、李作鹏、李雪三、邝伏兆、吴先恩、吴克华、吴法宪、吴信泉、吴福善、吴瑞林、何德全、邱创成、邱会作、余立金、余秋里、张震、张藩、张才千、张天云、张仁初、张令彬、张达志、张池明、张贤约、张国华、张经武、张南生、张祖谅、张翼翔、阿沛·阿旺晋美、陈康、陈仁麒、陈正湘、陈先瑞、陈庆先、林维先、范朝利、欧阳文、欧阳毅、罗元发、罗舜初、周彪、周仁杰、周玉成、周志坚、周赤萍、周希汉、周贯五、冼恒汉、郑维山、胡奇才、赵镕、赵启民、钟汉华、钟赤兵、饶子健、饶正锡、饶守坤、姚喆、贺诚、秦基伟、袁子钦、袁升平、莫文骅、聂凤智、聂鹤亭、顿星云、晏福生、钱钧、倪志亮、徐立清、徐深吉、徐斌州、郭鹏、郭化若、唐天际、唐延杰、陶勇、萧向荣、萧望东、萧新槐、黄火星、黄志勇、黄新廷、曹里怀、常乾坤、崔田民、康志强、阎揆要、梁从学、梁必业、梁兴初、韩伟、韩练成、韩振纪、彭林、彭明治、彭嘉庆、覃健、程世才、傅连璋、温玉成、曾国华、曾泽生、曾韶山、曾思玉、谢有法、赖毅、鲍先志、詹才芳、蔡顺礼、廖汉生、廖容标、赛福鼎·艾则孜、谭甫仁、谭希林、谭冠三、谭家述、滕海清。

其中赛福鼎·艾则孜是参加过新疆"三区革命"的领导人之一。现在很多年轻人不知道解放前在新疆发生的在共产党领导下的"三区革命"。毛主席曾充分肯定："三区革命"是中国革命的一个部分。阿沛·阿旺晋美和朵噶·彭错饶杰两位中将是原噶厦政府即西藏地方政府的噶伦，根据《关于和平解放西藏办法的协议》，西藏地方武装要改编为中国人民解放军。1952年2月，在拉萨成立西藏军区时，阿沛·阿旺晋美和朵噶·彭错饶杰被任命为西藏军区副司令员。

在红军出身的中将里，只有十六位没有参加长征，他们是刘培善、张达志、赵启民、饶守坤、卢胜、张藩、黄火星、万毅、常乾坤、崔田民、阎揆要、梁从学、韩练成、曾泽生、林维先、孔从洲。

就是说，在一百七十七位中将里，有一百五十八位将军到过藏族地区。

在一千三百六十位少将中，由于没有必要的资料，很难作精确统计，但是，可以肯定地说，在1955年评定的开国将领中，绝大多数都参加了长征，都到过藏族地区。

此外还有红军时期的著名将领董振堂、罗炳辉、彭雪枫、陈光、关向应、罗炳南、曾日三、袁国平、周子昆、邓发等人，都参加了长征，都到过雪山草地。董振堂在西征时被马步芳杀害；彭雪枫在抗战时期牺牲；陈光、罗炳辉、关向应、罗炳南等同志也都已病故。

党的五老：党和红军里有五位对革命有重大贡献、受人尊敬的老同志，他们是董必武、林伯渠、徐特立、谢觉哉、吴玉章。其中吴玉章受中央委派，当时在莫斯科参加中共代表团的工作，没有参加长征。其他四位都参加了长征，到过藏族地区，对雪山草地留下了深刻印象。后来他们都撰写了很多诗文，回忆这段不同寻常的经历。

革命领导人：邓小平、陈云、张闻天、王稼祥、杨尚昆、李富春、胡耀邦、陆定一、李维汉、王维舟、廖承志、张际春、李井泉、邵式平、廖志高、博古、凯丰、毛泽民、曾三、曾希圣、刘晓、耿飚、张子意、李一氓等革命领袖和领导人都到过雪山草地，他们都是党和国家的栋梁之才，其中很多人在新中国成立后成为共和国的主要领导人。

妇女领袖：蔡畅、邓颖超是毛泽东、周恩来同时代的革命家，是中国妇女运动的杰出领导人，她们参加了长征，也走过了雪山草地。此外，张琴秋、林月琴（四方面军妇女团领导人）、王泉媛（妇女独立团团长）、曾广澜（妇女独立二团政委）、陶万荣（妇女独立团营长）、康克清、刘英、王定国、贺子珍、李贞、刘群先（博古夫人）、廖似光(凯丰夫人)、钱希钧(毛泽民夫人)、陈慧清(邓发夫人)、金维映(李维汉夫人)、邓六金(曾三夫人)、李桂英(戴元怀夫人)、谢小梅(罗明夫人)、钟月林(宋任穷夫人)、关富莲（刘晓夫人）、杨厚珍（罗炳辉夫人）、李建华（罗若遐夫人）、曾玉（周子昆夫人）、邱一涵(袁国平夫人)、吴仲廉(曾日三夫人)、李光明(谭冠三夫人)、管秀英(钟赤兵夫人)、周越华(贺诚夫人)等许多优秀的女红军战士也来到了雪山草地。

此外还有潘汉年、成仿吾、黄镇、冯雪峰、李伯钊、陈其通等优秀的学者、作家和艺术家也来到了雪山草地。他们以长征为题材，创作了第一批反映长征的文学艺术作品。

十几万英雄的红军战士，中国共产党和工农红军中如此众多的领袖人物和英雄豪杰来到雪山草地，来到藏族地区，这是藏族人民的光荣，是藏族人民的骄傲，也是藏族人民对中国革命应该担当的一份责任和义务，一个神圣的历史使命。

"苍山如海，残阳如血"

毛泽东是伟大的革命家、思想家、政治家、军事家，同时也是一位伟大的诗人。毛泽东的诗篇，是展现中国革命历史的壮丽画卷。毛泽东的诗，具有史诗的品格，史诗的气魄。

毛泽东在长征过程中创作的诗篇，深刻地反映了长征的全过程，是展现长征过程的壮丽画卷。

遵义会议是一个重要的历史转折点，也是党和红军的民族工作一个重要的转折点。我们从毛主席的诗词，也可以清楚地看到这种变化。

1935 年 2 月，毛主席写了一首词：《忆秦娥·娄山关》：

> 西风烈，长空雁叫霜晨月。霜晨月，马蹄声碎，喇叭声咽。
>
> 雄关漫道真如铁，而今迈步从头越。从头越，苍山如海，残阳如血。

中央红军浴血奋战，历尽千辛万苦，流血牺牲，于 1935 年 1 月 7 日深夜占领遵义城。1 月 15 日至 17 日在城里召开了具有重要意义的遵义会议，取消了博古、李德的最高军事指挥权，同时选举毛泽东为中央政治局常委。会后，又由周恩来、毛泽东、王稼祥组成三人军事指挥小组。1935 年 1 月 19 日，中央红军离开遵义，挥师北上，经娄山关、桐梓而西渡赤水河进入川南。这是红军第一次进入四川境内，计划在泸州和宜宾之间北渡长江，到川西创建根据地。但因土城一仗红军受挫，未能如愿。于是毛泽东果断地放弃北渡计划，命令红军改向云南东北边境的扎西（今威信）集结。但由于蒋介石此时已调重兵从三面迫近扎西，企图截堵红军。于是毛泽东又决定出敌不意，立即折返遵义。2 月 18 日至 19 日，红军二渡赤水河，24 日攻占桐梓，25 日再克娄山关，28 日重占遵义。

再克娄山关、二取遵义，是遵义会议之后实践毛主席军事战略指挥所取得的第一次胜利。这次胜利，是在极其艰难困苦的情况下取得的。《忆秦娥·娄山关》就是在这种背景下写的。这首词悲壮苍凉，声情激越。著名诗人臧克家评论说："整首词的气氛是壮的，可是这壮里也多少带一点凄凉的意味。"二十多年后，1958 年 12 月，毛泽东在广州重读这首词时，仍以自注的方式深有感慨地说："万里长征，千回百折，顺利少于困难不知有多少倍，心情是沉郁的。过了岷山，豁然开朗，转化到了反面，柳暗花明又一村了。以下诸篇[*1]

[*1] 指《长征》《昆仑》《六盘山》以及《给彭德怀同志》等诗篇。

反映了这一种心情。"

　　毛泽东从娄山关迈步而过时，站在山顶上放眼西望，那望不尽的山峦起伏，就好像无边无际的翻腾着的大海波涛；而那快要落山的夕阳，则像烈士的血那样鲜红。这幅画面，有雄奇、磅礴、壮美的一面，但同时，这幅画面也包含着崎岖、艰难、悲壮、沉重、流血、牺牲的一面，是豪迈、忧伤、悲观等复杂情愫的结晶。"马蹄声碎，喇叭声咽。""苍山如海，残阳如血。"声碎、声咽、如海、如血，一幅苍凉悲壮的氛围，反映了诗人毛泽东"沉郁"的心情。

十六字令三首
（一九三四年到一九三五年）

　　山，快马加鞭未下鞍。惊回首，离天三尺三。

　　山，倒海翻江卷巨澜。奔腾急，万马战犹酣。

　　山，刺破青天锷未残。天欲堕，赖以拄其间。

　　天欲堕，赖以拄其间：《淮南子·天文训》，"昔者共工与颛顼争为帝，怒而触不周之山，天柱折，地维绝。"神话中有以山为撑天之柱的讲法。

　　这首词始作于长征途中湘贵一带群山之间。毛泽东一生爱山，长征中登了大大小小不可胜数的名山、大山、高山、险山。《十六字令三首》中所写的山，不只是"我见青山多妩媚"的爱恋，也不再是自然界中的真实山川，而是经过作者的艺术想象而升华出的山的形象。《十六字令三首》之所作非一时一地，正如诗人自己所说，是在"马背上哼成的"，是经过长时间的酝酿、修改和润色才定稿的。所以词题下标明写作时间为"一九三四年到一九三五年"，有个过程。

　　这三首小令气势博大雄浑，豪放洒脱，气韵天成，第一首写山之高，写山的突兀；第二首写山之大，写山的峥嵘；第三首写山之坚，写山的峻峭，尽显山之体势、风骨，也折射出作者宽阔的胸襟和高远的抱负。

　　有的评论家认为，这三首十六字令的创作，时间范围是1934年10月到1935年10月之间，肯定是反复推敲，改来改去的。毛泽东所指的没有哪一座具体的山，而是长征路上很多很多的山给他的整体印象。这是很有道理的。诗人脑海中肯定浮现出夹金山、梦笔山、党岭山、亚克雪山、昆仑山、岷山，等等。

第一首写的是山的崔嵬和险峻。"山，快马加鞭未下鞍。惊回首，离天三尺三。"长征其实就是大范围的转移，前有崇山峻岭，后有几路追兵，这就促使部队快速行进，所以当毛泽东上到一高点回望时已经很高了，好像离天已经很近了。当毛泽东把它们精确地描绘出来的时候，也显示出了他卓越的观察能力和超凡脱俗的审美眼光。

第二首写的是山的雄浑气势。"山，倒海翻江卷巨澜。奔腾急，万马战犹酣。"这一句没有用典。山是静止不动的，最多是山上风大时，草木会随之摇摆，而由于毛泽东本身是行动的，他观察的角度也是动态的，或许他骑在奔腾的骏马上。那么山在他的眼里就可以像是江海那样翻腾起波浪来，而他本身也在这种波涛当中。他觉得山势实在是太磅礴了，在奔腾，在怒吼，在旋转，甚至是在跳跃和倾倒。于是他可以自然而然地想到这伟岸的群山就好像千军万马在厮杀，在酣战。

第三首写的是山的宏大。"山，刺破青天锷未残。天欲堕，赖以拄其间。"这里的山，气势更大，意象更加悲壮。如果说第一首里的山是"离天三尺三"，还有"三尺三"的距离的话，那么这首词里的山更是好像枪和戟一样直接刺破了青天，甚至成了天地间赖以存在的中介。没有山支撑的话，天就会坠落下来。这是一幅难以描摹而又宛若眼前的画面，个人主观色彩浓厚，很好地说明了毛泽东极度雄奇和大胆的想象力。

三首词是一个整体，毛泽东写的是山，但是通过对山的描写，毛泽东那博大的胸怀、宏伟的抱负和超凡的品格完全显露了出来。

艰苦卓绝的长征也为毛泽东诗词创作提供了更多的灵感和更加丰富的素材，是毛泽东诗词创作的一个高峰。作为长征主要领导者，毛泽东以深远睿智的目光、开阔宏大的胸怀，用如椽大笔艺术地再现了长征这一重大历史事件。三首词从行军到战斗，浑然一体，表现了红军在过大山时那种不怕困难、毫不退缩、勇往直前的精神，表达了诗人毛泽东的革命志向和宏大情怀。山是他的道路，是描写的对象也是创作的灵感；山是他的性格，他的形象，他的情怀；山的深沉、山的坚韧、山的博大精深与他的诗词浑然一体。

红军就是顶天立地的英雄汉，"天欲堕，赖以拄其间"，在日寇入侵、民族危亡的关键时刻，中国各族人民的前途和命运就寄托在红军身上，正如红军胜利到达陕北后，鲁迅和茅盾联名写给党中央的贺电所说的那样："在你们身上，寄托着中国人民的前途和希望。"

"红军不怕远征难"

1935 年 9 月 29 日中央召开了榜罗会议之后，毛泽东和中央领导又率陕甘支队的第一、第三纵队来到通渭县城。这是中央红军走出草地后占领的第一座县城，就在现在文庙街小学这个地方召开了连以上干部会。会上，毛泽东心情极佳，首次向部队朗诵了他两天前在榜罗镇创作的《七律·长征》这首诗：

> 红军不怕远征难，万水千山只等闲。
> 五岭逶迤腾细浪，乌蒙磅礴走泥丸。
> 金沙水拍云崖暖，大渡桥横铁索寒。
> 更喜岷山千里雪，三军过后尽开颜。

毛泽东和他的战友们在率领红军冲破敌人重重封锁，越过万水千山，长征即将取得最后胜利时，诗人的豪迈气魄和喜悦之情溢于言表，写下了这首七律。

五十六个字，负载着长征路上的千种艰难险阻，流血牺牲，饱含着中国共产党人的万般豪情壮志。它是中国革命的壮烈史诗，也是中国诗歌宝库中的灿烂明珠。无论对中国革命史而言，抑或对中国诗歌史而论，它都具有里程碑的意义。

"红军不怕远征难，万水千山只等闲。"开门见山地赞美了红军不怕困难、勇敢顽强的革命精神，这是全篇的中心思想，也是全诗的艺术基调。它是全诗精神的开端，也是全诗意境的结穴。"不怕"二字是全诗的诗眼，"只等闲"强化、重申了"不怕"；"远征难"包举了这一段非凡的历史过程，"万水千山"则概括了"难"的内外蕴涵和千难万险。这一联如高山坠石，滚滚而下，牵动着全篇，也笼罩着全诗。"只等闲"举重若轻，显示了诗人视自然之敌若稊米，玩社会之敌于股掌的统帅风度。"只"加强了坚定的语气，具有强烈的感情色彩。它对红军蔑视困难的革命精神作了突出和强调，表现了红军在刀剑丛中从容不迫、应付自如、无往不胜的铁军风貌。

全诗展开了两条思维线，构造了两个时空域，一个是客观的、现实的："远征难"，有"万水千山"之多之险；一个是主观的、心理的："不怕"，"只等闲"。这样就构成了强烈的对比反衬，熔铸了全诗浩大的物理空间和壮阔的心理空间，奠定了全诗雄浑博大的基调。

诗人按照红军长征的路线，选取了四个具有典型意义的地理名称，它们都是著名的天险，高度地概括了红军长征途中的"万水千山"和千难万险。与其他诗词相比，以地名入诗的做法在本篇更为集中，所显示的空间距离也更大。

红军长征走过了"万水千山""五岭逶迤""乌蒙磅礴"，金沙江，大渡河，还有岷山，都在少数民族地区。毛泽东和他的战友们，第一次来到少数民族地区，第一次遇到苗、瑶、侗、壮、彝、羌和藏等兄弟民族同胞，他们生活在山里，在水边，在边疆，交通闭塞，山河阻隔，人烟稀少，经济不发达，人民纯朴忠厚，又十分贫穷，其特点是山、水、边、穷。所有这些都给红军以深刻印象。新中国成立后，党和国家对井冈山、中央苏区等革命老区和少数民族地区，即"老少边穷"地区给予特殊的关怀和照顾，制定了特殊的方针和政策，恐怕与长征的经历有着密切关系。

"不到长城非好汉"

1935 年 9 月 17 日中央红军突破天险腊子口，18 日乘势占领哈达铺，27 日进占甘肃南部的榜罗镇和通渭。在榜罗镇，中共中央政治局召开常委会议，根据陕北尚有相当大的苏区和红军等情况，决定率陕甘支队进至陕北，与当地红军一起，保卫和扩大陕甘苏区。会后，陕甘支队突破国民党军渭河封锁线，翻越六盘山。毛泽东登上六盘山顶峰时，心潮澎湃：

> 天高云淡，望断南飞雁。不到长城非好汉，屈指行程二万。
> 六盘山上高峰，红旗漫卷西风。今日长缨在手，何时缚住苍龙？

1935 年 10 月初，国民党蒋介石一方面调集重兵"围剿"陕北革命根据地，另一方面在六盘山一带建立防线，妄图围歼长征红军。红军在毛泽东和他的战友们指挥下，佯攻天水，示行于东，然后出敌不意，从哈达铺掉头北进，攻克通渭城，进入平凉、固原大道。10 月 7 日，在六盘山的青石嘴，又击败了前来堵截的敌骑兵团，扫清了阻碍，摆脱了追敌，当天下午一鼓作气，翻越六盘山。之后，长驱直入，于 10 月 19 日到达陕北保安县吴起镇（今吴旗县），与陕北红军胜利会师，完成了震惊世界的二万五千里长征。这首《清平乐·六盘山》就是毛泽东翻越六盘山时的咏怀之作。

毛泽东率领红军登上六盘山主峰，面对西部的高天白云，清朗秋气，再凝望阵阵南飞的大雁，一抒胸中情怀，以欢欣之情眺望又要开始的新的征战。

"不到长城非好汉，屈指行程二万。"长征已取得决定性胜利，长城的关口已经到达，好汉的业绩就要进入新的历史。

任何艰难险阻都阻挡不了英雄的红军战士，走出了雪山草地，展现在红军面前的是一片光明的前程，诗人禁不住抒发这样的豪情："今日长缨在手，何时缚住苍龙？"预示着中国革命从此由胜利走向新的更大的胜利。

"唯我英勇红军"

毛主席在陕北吴起镇获悉彭德怀指挥红军打垮了马鸿逵、马鸿宾骑兵的捷报后，非常高兴，怀着赞佩的心情写下了一首诗：

> 山高路远坑深，大军纵横驰奔。
> 谁敢横刀立马？唯我彭大将军。

这首诗充分表达了毛主席无比喜悦的心情，也是毛主席在长征途中写下的最后一首诗。

这首诗是在这样的背景下写的：

当中央红军冲破蒋军的重重围追堵截而进入甘南后，蒋介石即急令甘肃军阀马鸿逵、马鸿宾的骑兵对红军进行最后追堵。因此红军在甘南即与马家骑兵屡次交战。1935 年 10 月 7 日，红军翻过宁夏南部的六盘山脉后，在山的东面一带露营，马家骑兵仍尾追甚紧，因此中央红军于 10 月 8 日拂晓即连续昼夜兼程北上，终于在 10 月 19 日到达陕北苏区边境吴起镇。20 日，马家五个团的骑兵仍气势汹汹地追袭而来。毛泽东、周恩来、彭德怀、叶剑英等面对敌情，当即研究如何打马家骑兵的事。他们经过商议，为了防止马家骑兵窜入陕北苏区袭扰，决定给马家骑兵一个致命打击，并指定彭德怀到前线指挥。同时拟定了一份关于打击马家骑兵的电文，电文中提到陕甘地形时用了"山高路远沟深"的句子。10 月 21 日清晨，当马鸿宾的骑兵团进入二道川后，突然遭到了彭德怀率领的中央红军的沉重打击，一举歼灭马家一个先遣骑兵团。马家其余四个团骑兵不甘心失败，奉令反扑，结果也很快被击溃。毛泽东获悉此捷报后，非常高兴，当即挥毫成诗，首句即借用电文中的成句，仅把"沟"改作"坑"字，写完后即用电报发给彭德怀。彭德怀看了诗后，提笔将诗最末一句的"彭大将军"改成"英勇红军"，同时将原诗退送给毛泽东。[*1]

这次战斗，又被称作"切尾巴"战斗。自长征以后，国民党几十万大军一直对红军进行残酷的围追堵截，红军万里长征，敌军万里长追，不给红军喘息机会。过了雪山草地，又遇到凶悍残暴的马家军的骑兵部队。红军没有骑兵，骑兵追步兵，敌人的优势更加明显，他们以逸待劳，装备精良，弹药充足；刚刚走出雪山草地的红军是疲

---

*1 参见蔡清富、黄辉映编著《毛泽东诗词大观》，四川人民出版社 1992 年 6 月版，第 204～205 页。

惫之师，部队减员严重，武器弹药得不到补充，劣势是明显的。在这种艰难的形势下，彭大将军以超凡的军事天才，以少胜多，以劣胜强，出敌不意，打了一个漂亮的围歼战，歼灭了残暴骄横、穷追不舍的马家军一个团，干净利落地切掉了紧跟在红军后的"尾巴"，保证了中央红军的安全。

捷报传来，这对长缨在手、誓缚苍龙的红军统帅毛泽东来说，无疑是一件振奋人心的喜讯，诗人按捺不住激动和兴奋之情，欣然命笔，写了这首铿锵明快的六言诗。这首诗，字里行间跳动着凯歌的欢快音符，激越昂扬，也表达了对前线指挥员的亲切、依赖、钦佩之情，彭大将军，横刀立马，威风凛凛，气压群顽。这是一尊非物质铸造的英雄雕像，在读者心目中树立了胸怀大志、指挥若定的彭大将军的英雄形象。

彭德怀将毛主席的诗改了四个字："唯我英勇红军"。在我党我军，能改毛泽东诗词的有几人？彭德怀可能是唯一一位。但是，就这一改，使全诗的主题得到升华，更加符合历史事实。长征的胜利，是英勇的红军艰苦奋斗、流血牺牲换来的。

毛泽东在这首诗里，热烈地赞扬彭大将军，称他是"横刀立马"的英雄。

的确，彭德怀在中国革命历史上的贡献，任何人代替不了，抹杀不了，将永载史册，光照千秋。

在中央红军，林彪率领的一军团和彭德怀率领的三军团，像两把锋利的钢刀，斩关夺隘，所向披靡。董振堂率领的五军团，一直担任全军的后卫，如同坚固的钢铁盾牌，挡住了国民党几十万大军的追击，使中央首脑机关安全前进。这些"英勇红军"，都是"横刀立马"的英雄。

"山高路远坑深，大军纵横驰奔。"两万五千里的征程，没有数十万红军战士的浴血奋战，流血牺牲，是不可能胜利完成。长征，取得了辉煌的胜利；长征，也付出了巨大的牺牲。有人统计：长征开始时，全国的工农红军有三十多万人，到陕北时，只剩下三万多人，牺牲了十分之九。也有人统计：长征的每一里路上，平均有四个红军战士倒下去。

每一个红军战士后面有多少亲人？三十万大军后面有多少人民？他们一个个都是鲜活的生命！

长征的胜利，换来了新中国的诞生，"五星红旗迎风飘扬"。中华人民共和国的每一个公民，永远也不要忘记：鲜艳的五星红旗，是千千万万革命先烈的鲜血染红的。没有千千万万烈士前仆后继、英勇顽强的奋斗牺牲，就没有五星红旗在古老的神州大地的迎风飘扬。

毛泽东在一方面军胜利结束长征时写的这首诗，告诉我们：要记住"横刀立马"的"彭大将军"，要记住千千万万像"彭大将军"那样的英勇红军。

"太平世界，环球同此凉热"

念奴娇·昆仑
(1935 年 10 月)

横空出世，莽昆仑，阅尽人间春色。飞起玉龙三百万，搅得周天寒彻。夏日消溶，江河横溢，人或为鱼鳖。千秋功罪，谁人曾与评说？

而今我谓昆仑：不要这高，不要这多雪。安得倚天抽宝剑，把汝裁为三截？一截遗欧，一截赠美，一截还东国。太平世界，环球同此凉热。

昆仑山是我国最大的山脉之一，西起帕米尔高原，沿新疆西藏边界向东延伸。东端分为北中南三支。南支可可西里山，是长江上游通天河的一些支流的源头。南支东延为青海境内的巴颜喀拉山，是黄河的源头。巴颜喀拉山东接四川的岷山和邛崃山处，是一片海拔六千米的雪原，毛泽东在岷山所看到的就是昆仑山的这片余脉。

在《念奴娇·昆仑》里我们可以看到，诗人的胸怀在这首诗中不仅仅是容纳了祖国河山，而且容纳了整个人类世界，气魄之大仅祖国山川已不能包容，它必向外奔溢，穷尽八荒，涵盖寰宇。如此宽广的视野，如此博大的胸怀，如此高远的志向，那么，诗人究竟表达了一种什么样的主题思想？见仁见智，各抒己见。20 世纪 60 年代，根据中央指示，我们在翻译藏文版《毛泽东诗词》时，也进行过认真的学习、深入的探讨。1958 年 12 月 21 日毛泽东为这首诗作批注时作了回答："昆仑：主题思想是反对帝国主义，不是别的。"接着作者继续批注道："改一句，'一截留中国'，改为'一截还东国'。忘记了日本人民是不对的，这样英、美、日都涉及了。"这样的解释，是很多评论家没有想到的。一位民主人士曾当面请教毛主席："您这个批注是新解，还是原意？"诗人回答说："诗无达诂，见仁见智，我有我的解释权，你有你的欣赏权。"

纵观毛主席的一生，从来都是"胸怀祖国，放眼世界"，不屑于一寸一地之得失，他输得起，也赢得起；他放得下，也拿得起。他胸怀世界的抱负是从青年时代就开始的，他读过世界上众多英雄的传记并以此激励自己的壮志。他在长沙还是一英俊书生时就指点祖国江山，创办新民学会和《湘江评论》，激扬文字。青春时的抱负随着岁月的流逝没有丝毫减退，反而越来越高涨，一浪高过一浪，终于在 1935 年 10 月，满怀长征胜利的豪情，借昆仑山为着眼点，抒壮士之胸怀，同时表达了他对于全世界的义务、责任及抱负，这一切都是很具体的，说到底就是要把世界范围内的无产阶级革命事业进行到底，而且要铺展到世界的每一个角落，形成燎原之势，从东到西，从南到北。

最后一句带有预言性质，在未来的和平世界里，全人类将共享一个冷暖适应的气候，这是字面之意，但它的潜在之意是诗人坚信他所捍卫及奉行的理想属大道中正，必将大行于全人类。这理想是将世界革命进行到最后胜利，彻底埋葬帝国主义。

所以诗人解释说："主题思想是反对帝国主义，不是别的。"

"俱往矣，数风流人物，还看今朝"

出生在江南水乡的毛泽东，过去没有见过雪山，更没有见过大雪山。长征路上翻越了一座又一座大雪山。既有跋涉的艰难，又有登上顶峰、"一览众山小"的无限风光，一首更加雄伟的诗篇蓬勃而出：

沁园春·雪

(1936 年 2 月)

北国风光，千里冰封，万里雪飘。望长城内外，惟余莽莽；大河上下，顿失滔滔。山舞银蛇，原驰蜡象，欲与天公试比高。须晴日，看红装素裹，分外妖娆。

江山如此多娇，引无数英雄竞折腰。惜秦皇汉武，略输文采；唐宗宋祖，稍逊风骚。一代天骄，成吉思汗，只识弯弓射大雕。俱往矣，数风流人物，还看今朝。

毛主席的这首词，是围绕一个"雪"字写景抒情，抓住"望、欲、看"三个动作，赞美祖国大好河山，融情于景。"北国风光，千里冰封，万里雪飘。"这三句总写雪景，把读者引入一个冰天雪地、广袤无垠的银色世界。诗家评论，认为是写"北国风光"，这当然不无道理，但是，我宁愿把它加以扩展，加以延伸，我相信诗人看到的不仅仅是眼前黄土高原的雪，诗人的"慧眼"肯定还看到夹金山的雪，梦笔山的雪，党岭山的雪，贡嘎山的雪，昆仑山的雪，岷山的雪，青藏高原的雪。"千里"与"万里"两句是交错来写的，但是，"千里""万里"都远非目力所及，普通人的视力，无论如何达不到"千里""万里"之外，只有藏族传统文化所说的"智者"，才具有这样的"慧眼"。我深信，诗人毛泽东是这样的大智者，他具有常人所没有的慧眼，能够领略到千里的冰封，万里的雪飘。诗人登高远望，眼界广阔，神思飞扬，这是诗人的视野在想象之中延伸扩展，意境更加开阔，气魄非常宏大。天地茫茫，浑然一色，包容一切。"冰封"凝然安静，"雪飘"舞姿轻盈，静动相衬，静穆之中又有飘舞的动态。艺术来源于生活。生活是文学艺术最深厚、最丰沃的源泉和土壤。长征之前，在到雪山草地之前，毛泽东的诗词里没有出现过如此壮丽的雪景。因此，我宁愿相信诗人的这种灵感来自生活，来自长征，来自雪山草地。

伟大的长征，给诗人毛泽东提供了丰富的创作源泉，激发了诗人的创作灵感，我们可以说：没有长征，就没有《沁园春·雪》。雪山草地成就了诗人毛泽东。只有毛泽东，只有经历过长征的毛泽东，只有走过雪山草地的毛泽东，才能写出这样的千古绝唱。

"江山如此多娇，引无数英雄竞折腰。"展现祖国山河的壮丽，长征途中的山山水水，都涌现在诗人胸中，流淌到笔头，化成对祖国大好河山的赞美，祖国的山河这么辽阔美丽，"引无数英雄"，自然也包括英雄的红军战士为她献身。红军是真正的英雄汉。

"俱往矣，数风流人物，还看今朝。"

"俱往矣"三个字，有力地结束了旧中国几千年的历史。

好一个"看"字，看似明白如话，通俗易懂，却有千钧之力，点出全词"数风流人物，还看今朝"的主题。"今朝"是一个新的时代，新的时代需要新的风流人物。"今朝"的风流人物不负历史的使命，超越于历史上的英雄人物，具有更卓越的才能，并且必将创造空前伟大的业绩，这是诗人坚定的自信和伟大的抱负。

这首词画面雄伟壮阔而又妖娆美好，意境壮美雄浑，气势磅礴，感情奔放，胸怀豪迈，在毛泽东的诗作里，在艺术上、思想上都达到了最高水平，最高境界。

看毛泽东关于长征的诗，有两个突出的特点，或者说是两个关键词：一是山，一是雪。艺术作品是现实生活的反映，这些长征诗作，与诗人的经历密切相关。长征从瑞金出发，经过云贵高原和四川盆地，翻越夹金山，来到雪山草地。这里是青藏高原与云贵高原、四川盆地的接合部，也是藏族地区与汉族地区的分界线。在这里，诗人第一个感受是看到山的巍峨、雪的飞舞。这样的景色，在诗人毛泽东的故乡是没有的，在他长期工作过的北京、上海、武汉、广州等地都没有。诗人到藏族地区看到的第一座山是大雪山——夹金山。经过千难万险，千辛万苦，千折百回，走出大草原，翻越的最后一道关，也是大雪山——岷山，它是昆仑山的余脉。岷山是青藏高原与黄土高原的接合部，也是藏族地区与汉族地区的分界线。毛泽东和他的战友们，翻越夹金山来到雪山草地，来到藏族地区；又翻越岷山山脉，走出雪山草地，离开藏族地区。看到的还是山，还是雪。

诗人以山和雪为题材，创作了千古绝唱《念奴娇·昆仑》和《沁园春·雪》。这样的诗，在长征前的作品中没有；在长征后，尤其是建国后在和平的环境里创作的作品中也没有。《念奴娇·昆仑》把山写到了极致，而《沁园春·雪》把雪写得淋漓尽致。在诗人笔下，给山和雪都赋予生命，把山写活了，把雪也写活了。

关于长征的诗，在毛泽东的诗作里，在艺术上、思想上都达到了最高水平、最高境界。同时也创造了中国诗歌创作上的一个新的高峰，新的里程碑。

中央红军胜利结束长征

1935年10月19日，毛泽东、周恩来、彭德怀率领的陕甘支队到达陕甘苏区的吴起镇。至此，中共中央及红一方面军主力历时一年、转战十一个省、行程二万五千里的长征胜利结束。

长征，是中国革命生死攸关的转折点！

而长征途中的毛泽东，则是这场伟大历史转折的主要领导人之一。

1935年11月9日，陕西甘泉县南面象鼻子湾一个打谷场上，经过一年多长途征战的红一方面军举行全军干部会议。这是1934年10月开始长征以来举行的第一次全军干部会议。会议由张闻天主持，毛泽东作长征总结：

"同志们，辛苦了！"会场上立刻报以热烈的掌声。毛泽东两眼放着光芒，屈起手指接着说道，"从瑞金算起，十二个月零二天，共三百六十六天，战斗不超过三十五天，休息不超过六十五天，行军约二百六十七天，如果夜行军也计算在内，就不止二百六十七天。"

毛泽东接着说："我们走过了赣、闽、粤、湘、黔、桂、滇、川、康、甘、陕，共十一个省，根据一军团的统计，最多的走了二万五千里，这确实是一次远征，一次名副其实的、前所未有的长征！

"二万五千里中，红军占领了几十个中小城镇，筹款数百万元，扩红军数千人，建立了数百个县、区的苏维埃政府，我们走遍了五岭山脉、苗山、雷公山、娄山、云雾山、大凉山、夹金山、梦笔山、岷山、六盘山，渡过了于都河、信丰河、潇水、湘江、清水江、乌江、赤水河、北盘江、金沙江、大渡河、白龙江、渭水河，经过了苗、瑶、彝、回、藏等兄弟民族地区。我们完成的空前伟大的远征，是历史上从来没有过的。"

全场再次响起雷鸣般热烈的掌声。

从笔者所能找到的文献来看，自风华正茂的毛泽东办《湘江评论》开始，到中央苏区担任红军最高领导人、中华苏维埃临时中央政府主席，发表的讲话和文章难以计数，但是，从来也没有这样具体地提到过"苗、瑶、彝、回、藏等兄弟民族"，在总结长征的过程时，第一次提到，"经过了苗、瑶、彝、回、藏等兄弟民族地区"，再也没有使用"倮倮""番民""番人"这样的词汇。这是因为，毛泽东和他的战友们第一次亲自来到"苗、瑶、彝、回、藏等兄弟民族地区"，与兄弟民族同胞有了最直接的接触、交往和了解；用自己的双脚丈量了祖国大地，对兄弟民族地区辽阔的土地和壮丽的景色有了最直观的感受。一位出生在兴国县、当红军前没有出过远门的老红军深有感触地说："不走长征路，真不知道我们国家有多大。"对民族问题在中国革命中的重要地位和重要意义，也有了切身感受和深刻认识。

毛泽东用更加激昂豪迈的语调说道："长征是历史记录上的第一次，长征是宣言书，长征是宣传队，长征是播种机。自从盘古开天地，三皇五帝到于今，历史上曾经有过我们这样的长征吗？十二月光阴中间，天上每日几十架飞机轰炸，地下几十万大军围追堵截，路上遇着了说不尽的艰难险阻，我们却开动了每个人的两只脚，长驱两万余里，纵横十一个省。请问历史上曾有过我们这样的长征吗？没有，从来没有的。长征又是宣言书，它向全世界宣告，红军是英雄好汉，帝国主义者和他们的走狗蒋介石等辈则是完全无用的。长征宣告了帝国主义和蒋介石围追堵截的破产。长征又是宣传队。它向十一个省内大约两万万人民宣布，只有红军的道路，才是解放他们的道路。不因此一举，那么广大的民众怎么会如此迅速地知道世界上还有红军这样一篇大道理呢？长征又是播种机。它散布了许多种子在十一个省内，发芽、长叶、开花、结果，将来是会有收获的。总而言之，长征是以我们胜利、敌人失败而告结束。"

那时候没有扬声器，正值盛年的毛泽东充满活力，底气很足，毛泽东那洪亮的湖南乡音在打谷麦场四周的山谷里久久地回响。从那以后，半个多世纪过去了，以各种形式赞美和讴歌长征的作品，不知涌现出多少，红军英雄们的长征业绩，震撼着中国和世界亿万人的心灵。但当我们今天重温六十多年前那感人至深的语言，仍被毛泽东那人民必胜的坚定信念和豪迈的英雄主义气概所折服，所感染，所激励。

一个多月后，中央在瓦窑堡召开党的活动分子会议。12月27日，毛泽东在大会上作了题为《论反对日本帝国主义的策略》的报告，对长征的意义，再次作了深刻阐述。[*1]

原中央人民政府驻西藏代表、中共西藏工委书记张经武将军，原西藏军区司令员张国华和政委谭冠三将军参加了这次在党史上有重要意义的会议，直接聆听了毛主席的教导，深受教育，深受鼓舞，终生难忘。解放后，张经武、张国华和谭冠三率部进军西藏、解放西藏、巩固西南国防，他们经常用长征精神来教育指战员们，完成被刘

---

*1 《毛泽东选集》（一卷本），人民出版社 1967 年版，第 135 ～ 136 页。

伯承元帅称为我军历史上的"第二次长征"。[1]

俄西会议之后，中央红军改编为陕甘支队，张经武被分配到彭德怀直接领导下的参谋部任参谋，张国华和谭冠三被编入林彪、聂荣臻领导的第一纵队，张国华在三大队任副大队长，谭冠三在四大队任政治处主任，大队长是黄开湘，政委是杨成武。

在六盘山青石嘴围歼国民党何柱国骑兵的战斗中，毛泽东和彭德怀来到一纵队，亲自指挥。由四大队正面出击，一、三大队策应，红军三面夹击，像猛虎扑食一样冲击过去，消灭敌骑兵一部，缴获一百多匹战马和许多枪支弹药。开创了红军步兵歼灭国民党骑兵的先例。在这次战斗中，谭冠三所在的四大队作战勇敢，战果卓著，受到纵队领导的嘉奖。随后，张国华和谭冠三又参加了著名的直罗镇战役。对这次战役，毛泽东给予高度评价说："直罗镇一仗……给党中央把全国革命大本营放在西北的任务，举行了一个奠基礼。"

直罗镇一仗，为长征的胜利，谱写了一个辉煌的篇章，画了一个圆满的句号。

三大红军胜利会师

1936 年 10 月，一、二、四方面军三大主力，终于在会宁会师。旋即在山城堡打了一仗，消灭胡宗南部一个师，胜利地结束了长征。

胡宗林、黄德璋等同志是参加过达维会师、甘孜会师和会宁会师即长征路上三大会师的为数不多的藏族老红军。天宝、沙纳、袁孝刚、杨东生等同志参加了达维会师和会宁会师，但没有参加甘孜会师，那时他们还在丹巴；扎喜旺徐等同志参加了甘孜会师和会宁会师，但却没有参加达维会师，当时他们还没有参加红军。

50 年代初，黄德璋在西南民族学院任总务长时，经常向各民族的师生讲三大会师的盛况，进行革命传统教育，并由此生发开来，讲党内团结、军内团结、民族团结的重要性，说团结就是生命，团结就是胜利。这位老红军用他自己的亲身经历，教育各民族的师生员工，要像爱护自己的眼珠一样，维护祖国大家庭里各民族的大团结。

胡宗林回忆当时的情形说："走出草地，树木逐渐多起来了。有没有树，是区分牧区和农业区的一个重要标志。"

胡老接着说："走出水草地，就到了甘南地区，在迭部一带，看到大片原始森林。在当地藏族群众帮助下，红军顺利通过腊子口。从此走出藏区，进入回、汉地区。到了岷县、洮州一带，那里老百姓都睡炕，炕很大，一般是一家人一个炕。那里树多，

*1　参见降边嘉措著《雪山名将谭冠三》，中国藏学出版社 1996 年 8 月版，第 71 ～ 83 页。

老乡都烧柴，羊也多，炕上铺着羊毛毡子，很暖和。老乡们很热情，让我们到炕上睡。"

胡宗林说："那些地方的老百姓也很穷，吃的是杂粮，也有麦子，我们能吃到馍馍和饼子。长期饿了肚子，吃野菜、嚼皮带，能吃馍馍和饼子，我们多高兴啊！"

遵照中共中央关于速出甘南、抢占腊子口、攻占岷州的指示，西北局于1936年8月5日在求吉寺开会，制定了《岷洮西固战役计划》，决定将四方面军编为两个纵队，五军、九军、三十军为第一纵队，四军和三十一军为第二纵队，二方面军为第三纵队。岷洮西固战役取得了长征以来最大的胜利，9月7日，三十一军第93师攻克漳县，洮西战役宣告结束。

胡宗林说："到了汉族地区，不要翻译了，很多人被分配到骑兵师，过了黄河。收容队也不要了，我又回到三十一军政治部。"

岷洮西固战役结束后，部队并没有直接北上与中央红军会合，而是一会儿向北，一会儿又向西，像拉锯一样来回走。胡宗林这样的基层红军当时不知道为什么会这样，只好跟着走，后来才知道，张国焘野心不死，还想继续搞分裂，不愿到陕北，不愿受中央直接领导，使他们吃了许多苦，红军受到很大损失。

胡宗林说："张国焘命令部队向甘南方向走，到通渭县，现在归宁夏，胡宗南的部队在后面追，敌人的飞机在头上轰炸。那里是平地，无遮掩。有一次，遇到敌机轰炸，扔下很多炸弹，我们躲在菜地，一颗炸弹就在附近爆炸。炊事班班长就在我的前面，他背着一口大铁锅，炸弹把铁锅炸成碎片，老班长也牺牲了，他是陕西汉中人，是一位老红军。见他牺牲了，我心里很难过。

"当时我自己也受了伤，几个弹片打在我的头顶、额头和脸上，满脸是血。头顶几处受伤，鼻子里打进一小块弹片，横在鼻子里，直流血。护士长是个男的，他说，这样不行，要拔出来，要不会留下残疾。那时也没有什么药，连麻药也没有，他就用一把镊子，硬把弹片拔下来了。受伤后，我的头晕得厉害，抬头低头都很困难，护士长说，我是脑震荡，要好好保养。但那时天天打仗，哪有条件住院治疗。凭着年纪轻，体质好，硬扛过来了。不过留下后遗症，到现在头上坑坑洼洼有好几处伤疤，鼻子经常不通气，医生说是鼻中隔弯曲，时间长了，也无法医治。"

胡宗林接着说："三十一军最后撤离，背水而战，掩护部队向陕北前进。三十一军打胡宗南一个辎重团，整整一个辎重团啊，取得一次重大胜利，缴获了很多物资和武器弹药。大家都很高兴，说发了大财。每人发一样东西。给我一件军衣，我说这是国民党的，不要。上级换了条毯子给我，说这个没有国民党的标志。战斗结束，我受到嘉奖。三十一军召开祝捷庆功大会时，让我坐主席台，与军首长在一起，我感到非常高兴。"

1936年9月30日，红四方面军分五个纵队，自岷州、漳县北进。10月5日，重占通渭城。10 月 8 日，四方面军先头部队抵达会宁的青江驿、界石铺，与红一军团第1 师胜利会师。

9 日，徐向前率领四方面军指挥部到达会宁城。

10 日，朱总司令和张国焘到达会宁，受到红 1 师师长陈赓和广大指战员的热烈欢迎。

这一天，中共中央、中央工农民主政府、中央革命军事委员会联合发出了《为庆祝一、二、四方面军大会合通电》，向三个方面军的领导人及全体指战员致以热烈的慰问和祝贺。

红军三大主力胜利会师，极大地激发了全国人民的抗战热忱，为促进抗日民族统一战线的形成，创造了极为有利的条件。第二天即 10 月 11 日，中央发布《十月份作战纲领》。中央决定，三大方面军协同作战，发起山城堡战斗，任命彭德怀为前敌总指挥，直接指挥。

胡宗林所在的三十一军参加了这次战斗，11 日下午 2 时，配合兄弟部队，向山城堡之敌，发起猛烈进攻。经过整整一夜激战，歼敌第 78 师 232 旅全部及 234 旅两个团，缴获了大批武器弹药。

山城堡战斗，是红军三大主力会师后的第一仗，也是结束第二次国内革命战争的最后一仗。

第二十九章　开辟胜利的新局面

毛主席给红军战士取名字

毛主席说："长征一结束，新局面就开始了。"

1936 年 12 月 12 日，张学良、杨虎城将军发动了震惊中外的"西安事变"，逼蒋抗日。在中国共产党和各种爱国力量的共同努力下，"西安事变"得到和平解决，国共两党实现第二次合作，出现了全国抗战的大好局面。

红军经过长征，到达陕北后，1936 年在定边县创办中共中央党校。红军到陕北后，尚未站稳脚跟，国际国内形势急剧变化，战事频繁，中央亟须处理和解决的问题很多很多。尽管如此，为了中国革命长远和根本的利益，为了苦难深重的少数民族人民早日得到翻身解放，在刚刚创办的中央党校，专门办了一个少数民族班，廖志高任班主任，桑吉悦希任学员班班长。长征之前，廖志高在四川做地下工作，曾领导川康边境的民族工作。解放后廖志高先后担任西康省区党委书记、四川省委书记，直到"文化大革命"开始。桑吉悦希一直在他的直接领导下工作。

民族班有二十几位学员，大部分是经过长征的彝族、藏族、羌族同志，还有少数土地革命时期参加革命的蒙古族、回族和其他民族的一些同志。

天宝现在能回忆起来的，有彝族战士王海民（阿尔木呷）、陈占英、瓦渣木基、潘占云，藏族扎喜旺徐、沙纳、协饶顿珠（杨东生）、孟特尔、袁孝刚、王寿昌等，羌族的苏新，苗族的石邦智，土家族的彭祖贵等同志。

1937 年，党校从定边县迁到延安，党校的规模扩大了，人数增加了。为了加强对少数民族干部的培养，组成少数民族干部班，编制序列为中央党校第 7 班。桑吉悦希继续担任班长兼学员党支部书记及学校党总支委员。

毛主席亲自担任中央党校校长，学校的日常工作，由董必武和成仿吾等领导同志负责。桑吉悦希说，党中央、毛主席对中央党校的工作十分关心和重视，对他们这批少数民族干部更是给予无微不至的关怀。他常常怀着幸福和感激的心情，回忆当时的情形。桑吉悦希说，那时毛主席、周恩来、朱德、刘少奇、张闻天等中央领导人经常来党校讲课，此外还有董必武、成仿吾、李维汉、乌兰夫等领导同志。每周至少有一位中央领导来作报告。少数民族班的大多数同志文化低，不少人连汉话也说不好，学校就专门给他们开"小灶"，找文化高的学员给他们辅导。

有一次，毛主席到党校讲课。讲完课，学员们出于对毛主席的热爱，自动列队到校门口欢送。桑吉悦希带领全班学员，也站在门口。他们班来的人最多，队伍最整齐。与桑吉悦希在同一时期参加红军的扎喜旺徐、沙纳、协饶顿珠、袁孝刚、王寿昌、孟特尔等藏族红军战士也在队列之中。毛主席看到这些少数民族学员，显得很高兴，亲切地询问学习和生活情况，又问：今天我讲的话，你们听懂没有？听懂多少？还一个一个问叫什么名字？什么地方人？什么民族？什么时候参加红军？打过几次仗？听到枪声，害不害怕？听到枪声，你们是往前冲，还是往后跑？毛主席还风趣地抱着头，做往后逃跑的姿势，引起大家开怀大笑。扎喜旺徐大声说："主席，红军战士都是好样的，听到枪声都是带头往前冲，没有一个人往后跑。"他解开衣襟，说："主席，您看，我还负过伤，白匪的子弹是从前胸穿到后背的，不是从后背打到前胸的。"

毛主席亲切地说："好啦，好啦，我相信红军战士都是好样的，快把衣服穿好，小心着凉。"

当问到桑吉悦希时，学校领导向毛主席介绍，他是少数民族班的班长。毛主席幽默地说："了不得嘛，当了领导，还带'长'嘛！"说得桑吉悦希有些不好意思。看到桑吉悦希的窘态，毛主席亲切地问："你叫什么名字？"桑吉悦希回答之后，毛主席又问："桑吉悦希"是什么意思？听说藏族的名字都很有讲究。桑吉悦希回答说："桑吉"是佛祖的意思，"悦希"是宝贝的意思。桑吉悦希解释说：是喇嘛给我取的，有点迷信色彩。

毛主席点了点头，笑着说："了不得，了不得嘛！又是佛爷，又是宝贝。"毛主席抬起他那巨大的手，向着少数民族班的全体学员招了招手，收起笑容，严肃地说："你们大家都是党和红军的宝贵财富。是上苍，"毛主席指着桑吉悦希和扎喜旺徐等藏族学员，"也就是你们说的佛祖，赐给我们红军队伍的宝贝。"

这一天，毛主席的兴致显得很高，想了想，对桑吉悦希说："汉族有句古话，叫物华天宝，也就是和你那个'悦希'的意思差不多。我给你取个名字，就叫天宝吧！"

在场的少数民族和汉族学员一起鼓掌，连声说："好！好！"

就这样，"天宝"这个名字在中央党校传开了，后来在延安也传开了，解放后传到他的故乡，传遍大西南，很多人反而不知道"桑吉悦希"这个名字。

培养民族干部，研究民族问题

"西安事变"后，中国工农红军改编为八路军，朱德任总司令、彭德怀任副总司令，红军整编为115师、120师和129师，奔赴抗日前线。

中央党校的许多同学，都是久经革命战争锻炼的杰出的红军将领，抗战爆发后，他们纷纷离校，率领八路军指战员，杀敌报国。

胡宗林跟着部队上了前线，没有在民族学院学习。他可能是唯一一位上前线打过日本鬼子的藏族红军。因为他当时隐瞒了自己的身份，说自己是汉族，是茂县人。

藏族红军战士们与许许多多热血青年一样，也不愿坐在安静的窑洞里埋头读书，要求到抗日前线。但是，他们的要求没有被批准，上级明确规定：少数民族学员一律要继续留校学习。

1941年，随着抗日战争的发展，党中央决定在陕北公学民族部的基础上，创办延安民族学院。高岗任院长，高克林任副院长，乌兰夫任教育长。学院的日常工作，由乌兰夫主持。这是我们党的历史上创办的第一所专门培养少数民族干部的学校，也是我国多民族的国家里，创办的第一所民族学院，成为培养民族干部的摇篮。充分体现了党对广大少数民族人民的亲切关怀。

在民族学院，藏族学员们比较系统地学习了政治课和文化课，政治课包括中国革命问题、民族问题、时事政治。文化课包括汉语文、历史、地理、数学和自然常识。

乌兰夫曾在苏联学习和工作，并在莫斯科中山大学任教，系统地学习和研究过马列主义关于民族问题的理论。乌兰夫亲自给学员们讲授马列主义关于民族问题的基本原理和基本方针，讲述列宁、斯大林关于民族问题的论述。他还给大家讲苏共党史和中共党史，讲李大钊、多松年、李裕智、马骏（回族）等革命烈士忠于党、忠于人民，为民族解放事业献身的英雄事迹，号召学员们向先烈学习，使天宝深受教育。

在党中央、毛主席的亲切关怀下，当时延安的教学方法不墨守成规，一切从实际出发，灵活多样，大课堂与小课堂结合，大报告与小辅导结合，课堂学习与社会实践相结合。那时，中国人民抗日军政大学已经成立，简称"抗大"，毛主席担任抗大教育委员会主席，林彪为校长。毛泽东、周恩来、朱德、彭德怀、刘少奇、张闻天、王稼祥、博古、董必武、徐特立、李维汉、周扬等中央领导同志都曾亲自来讲课，或作报告。中央对民族学院的师生们非常关心，除特殊情况外，抗大有报告，就让他们去听。

毛主席的《中国革命与中国共产党》这部重要著作，就是这个时候在抗大讲的。民族学院的全体师生聆听了毛主席的报告。这部著作后来成了延安民族学院学习中国革命史和中共党史的基本教材。毛主席亲自制定的抗大的教育方针，即坚定正确的政治方向，艰苦朴素的工作作风，灵活机动的战略战术，团结、紧张、严肃、活泼，也是民族学院的教育方针。

当时周副主席主要在国统区和南方局工作，一回延安，一般都要到抗大作形势报告。天宝至今清楚地记得，周副主席那时正是风华正茂，风度翩翩，精力充沛，神采飞扬，口若悬河，滔滔不绝，一讲就是几个小时，从国际到国内，从沦陷区到国统区，从延安到各个抗日根据地的形势，讲得清清楚楚。天宝和他的同学们感到心中豁然亮堂，虽然身在延安的窑洞，但却看到了外面的大世界，进一步坚定了抗日战争必将取得最后胜利的信心，对中国各族人民必将获得翻身解放充满希望。

天宝、扎喜旺徐等人回忆当时的情形说，延安民族学院最大的特点是理论联系实际，教学与研究相结合。

我们党和国家民族工作的开创者、新中国成立后成为我国统战、民族、宗教工作最高领导人的李维汉、乌兰夫、刘格平等领导同志，先后都曾担任民族学院的领导，或给学员们授课。学院的老师和工作人员杨静仁、刘春、马寅、牙含章、赵范、韩戈鲁等同志，都是我们党从事民族工作的专家，解放后都在统战、民族、宗教战线担任重要的领导职务，为胜利解决我国民族问题、建立新型的民族关系、促进各民族共同发展，作出了重要贡献。他们也与这批少数民族红军战士建立了亲密的革命友谊，成为他们的良师益友，在这批红军战士成长道路上产生过重要影响。

延安民族学院还成立了研究室，由李维汉亲自负责。那时，我们党关于解决国内民族问题的理论和政策，还处在探索阶段。在党中央、毛主席指导下，在李维汉、乌兰夫的直接领导下，研究室进行研究，然后分专题给学员们讲授，再组织学员们讨论。研究室实际上成了教研室，研究、教学、学习，三位一体，互相促进，互相推动。

我们党解决国内民族问题的理论和实践，有一个逐步探索、形成、发展和成熟的过程。1921 年召开的第一次代表大会的历史任务，是要完成建立中国共产党这样一个开天辟地的大事，不可能涉及其他领域的具体问题。从"二大"到"五大"的党纲和党章中，都写了民族问题，但基本上都是照搬照抄共产国际和苏联的理论和政策。"六大"是在一个特殊的历史条件下，在斯大林和共产国际的直接指导下，在莫斯科召开的。当时国民党蒋介石对中国共产党人和革命人民实行血腥大屠杀，国内一片白色恐怖，红区和白区的同志连在一起开会的地方也没有。当时的主要任务是要粉碎国民党蒋介石对革命根据地的反革命"围剿"。因此，"六大"的党纲和党章关于民族问题的理论和政策，基本上还是照抄苏联的模式，还没有能完成将马克思列宁主义关于民族问题的理论与中国国内民族问题相结合这一历史任务。

另一个情况是，从建党初期到长征以前，我们党的领导核心和主要领导人一直在上海、北京、广州、武汉等大城市和中央苏区，没有机会深入到少数民族当中。毛主席生前一再强调，一切真知都是从实践得来的。没有实践，也就不可能有正确的理论概括，也不可能制定正确的方针和政策。

长征，给了中国共产党人这样一个机会和实践。长征二万五千里，经过十一个省，大部分是在我国西南、西北少数民族地区。当时，国民党蒋介石掌握着全国政权，实行血腥的白色恐怖，猖狂叫嚣"宁可错杀三千，也不放过一个""要斩草除根"，在井冈山和其他革命根据地疯狂地进行反攻倒算，阶级报复，"地要掘三尺，茅草要过火，石头要过刀，人要换种"，共产党的组织和红军在汉族地区，尤其在经济发达、交通便利的地区和大中城市站不住脚。在这种形势下，毛主席、周副主席、朱总司令和他们的战友们，第一次有机会深入到人迹罕至的偏僻少数民族地区，直接与少数民族同胞接触，其中最有意义、最有影响的是在云贵高原召开遵义会议、四渡赤水，与苗、瑶等少数民族同胞广泛接触，到大凉山的彝族地区和整个西南、西北的藏族地区。在红军走过的地方，播下了革命的种子，同时也取得了实践经验。在这些地方建立不同形式的以少数民族人民当家做主为基本目的的苏维埃政权。由于情况特殊、战事紧迫，这些红色政权有的只存在短短的几周，甚至十几天。最长的格勒得沙和甘孜波巴苏维埃政府，也只有半年左右的时间。但却给我们党提供了宝贵的实践经验，很多宝贵的启示。

在长征过程中，毛泽东、周恩来、朱德、刘少奇、张闻天、彭德怀、刘伯承、贺龙、徐向前、林彪、聂荣臻等都曾亲自做民族、宗教上层人士的统一战线工作。各少数民族青年踊跃加入红军，使红军获得源源不断的扩充。据不完全统计，仅一方面军和红二、六军团在云、贵、川、康四省就扩充了近两万人。四方面军在川、康边境扩充了近两万人。当时叫"扩红"。吸收了一大批少数民族青年。比湘江之战后中央红军的总数还要多。

到了延安，有了一个巩固的根据地，有了一个相对安定的环境。共产党就有可能认真学习和研究马克思列宁主义关于民族问题的基本理论，学习和借鉴苏联处理民族问题的经验和教训，成功之处和不足之点，同时密切结合我国少数民族的实际情况，提出圆满解决国内民族问题的理论、方针和政策。

作为马克思列宁主义普遍真理与中国革命的具体实践相结合的毛泽东思想，就是在延安时期基本形成，并不断发展和完善。

作为毛泽东思想一个重要组成部分的我们党关于国内民族问题的理论、方针和政策，也在延安时期基本形成，在新中国成立后，不断成熟，不断完善，不断丰富，不断发展。

延安民族学院成了我们党研究民族问题的重要阵地；师生们则成了我们党的民族工作战线的领导力量和骨干队伍。

民族学院的院歌，也清楚地揭示了他们的历史使命：

我们是各民族优秀的子孙，
我们是中国真正的主人，
汉、满、蒙、回、藏、苗、彝，
今天是各民族学习的伙伴，
明天是革命战斗的先锋，
同志们，让我们携起手来，
高举起民族革命的旗帜，
迈步走向平等、幸福各民族团结的新中国！

这批少数民族红军战士们是幸运的。从长征到延安，从建国初期到改革开放，他们亲身参加了毛泽东和中国共产党关于国内民族问题的理论、方针和政策从探索阶段、初创时期，到不断形成、完善、丰富和发展的全过程。而延安时期，艰苦创业，继往开来，具有极其重要的意义，是一个十分关键的阶段。

在这革命的摇篮，他们有幸聆听毛泽东、周恩来、刘少奇、朱德等领袖们的教诲，在我们党民族工作战线卓越的领导人李维汉、乌兰夫、刘格平等老一辈无产阶级革命家的直接领导和指导下学习和工作。

1941年，在抗日战争处于最艰难的相持阶段，日本帝国主义对抗日根据地进行残酷的扫荡，实行烧光、杀光、抢光的"三光"政策。这批少数民族红军战士们一起参加毛主席亲自发动的大生产运动，开荒种地，纺纱织布，烧木炭，挖窑洞，增长了知识，经受了锻炼。

他们的课外活动也是丰富多彩的，这些少数民族学生活泼开朗，唱歌、跳舞，他们还自编自演具有民族特色的文艺节目。天宝这位喇嘛出身、又缺乏文艺天赋的战士，虽然不擅长歌舞，但在这种热烈的气氛感染下，也成为一个积极分子，从藏族舞蹈到陕北秧歌，他什么都跳；从草原牧歌到革命歌曲，他什么都唱。天宝特别喜欢《义勇军进行曲》《黄河大合唱》和《延安颂》，到了晚年，已是九十高龄，有时兴起，还会与青年们一起，高歌一曲，怀念那激情燃烧、如火如荼的岁月。

民族学院是一个团结、和睦、友爱的民族大家庭。各族学员互相尊重、互相信任、互相学习、共同进步。延安精神、学院生活，使天宝、扎喜旺徐等藏族战士们获益匪浅，终生难忘。

当时，在外界看来，延安不过是黄土高原上一块弹丸之地，地瘠民贫，又被国民党四面包围。但是，中国共产党人在这里，不但有战胜日本帝国主义、夺取民族解放战争最后胜利的坚定信念和坚强决心，更为重要的是，在规划新中国未来壮丽的蓝图。对这批少数民族红军战士们的保护、关怀和培养，就是一个最好的证明。

长征结束不久，就爆发了全面抗战。红军改编为八路军和新四军，纷纷走向抗日前线。这批少数民族红军战士们也想上前线，杀敌报国。但是，党没有让他们上前线，一个也没有去，全部留在延安学习。抗战八年，他们几乎在延安学习了八年，他们受到特殊的关怀和照顾。天宝说："自我参加红军时起，听得最多的就是'北上抗日'，但是，八年抗战，我没有打过一次仗，甚至没有看到一个日本鬼子。"就是在抗战胜利以后，在解放战争时期，也没有让他们上前线。当国民党胡宗南向延安大举进攻，党中央、毛主席决定暂时放弃延安时，首先就把这些少数民族干部输送到内蒙古草原深处，交给乌兰夫，一方面分配适当工作，给他们锻炼的机会，更重要的还是要保护他们。

当时有一种说法，延安有两个保育院。一个是专门收养、教育革命烈士子弟和上了前线的领导人孩子的，对于这个保育院，大家都十分熟悉，媒体作了广泛宣传，以此为题材的电影、电视片也不少。对于另一个"保育院"，人们并不太熟悉，这就是延安民族学院，这里的学员们像孩子般受到爱护和保护。党认为，经过长征留下来的这批少数民族干部，是我们党的宝贵财富，是骨干里的骨干，精英里的精英。抗日前线需要人，需要大批英雄战士，但前线不缺少这几十个战士。在新中国成立后，在解决国内民族问题、实现中华民族共同繁荣发展的伟大事业中，这批少数民族干部将会发挥重要作用。他们的这种作用是别人无法替代的。

听毛主席讲课

天宝离休后，住在成都，在他家并不宽敞更不豪华的客厅东面的墙上，恭恭敬敬地挂着一幅毛主席像。这是在平常人家也都能见到的普普通通的毛主席标准像，没有华丽的装饰和时尚的裱褙，与房子的主人一样：朴实、自然、庄重、真诚，充分体现了天宝对毛主席发自内心的热爱和敬仰之情。

一说到毛主席，天宝就充满感情，有说不完的话题。对于天宝这样的老红军战士来说，他一生的革命经历，他的人生道路，乃至他的生命，与毛主席、与共产党毛主席领导的伟大事业是密不可分的。而最受教益、最让人难忘的，还是在延安时期，在陕北高原的窑洞里度过的日日夜夜。

与同时代的许许多多藏族红军战士相比，与同时代的千千万万红军战士相比，天宝是幸运的。走过雪山草地，到陕北不久，就见到毛主席，而且由于一个偶然的机会，由于毛主席的幽默和风趣，和蔼和慈祥，毛主席给他取了个名字。正因为这个原因，天宝比其他同时代的红军战士，与毛主席有了更多更亲近的关系。

前面谈到，毛主席和其他中央领导同志经常到中央党校来讲课、作报告，那时，他们就能经常见到毛主席，毛主席和其他中央领导同志对民族班的学员给予特殊的关怀和照顾，天宝是班长，就向他了解学员们的情况，接触的机会就多一些。后来办了抗大，毛主席经常到抗大来作报告。毛主席的一些重要著作，先是在抗大讲课，然后再根据记录整理，加工修改，最后才正式发表。毛主席没有到民族学院讲过课，但中央对他们很关心，只要毛主席和其他中央领导同志到抗大作报告，一般都让民族学院的学生们去听。天宝回忆当时的情形说："不是因为后来中央领导发生变化才这样说，实事求是地讲，当时我们就最爱听毛主席和周副主席作报告，毛主席讲话，深入浅出、生动有趣，总是有的放矢，针对性很强，还能与学员们交流，主席讲的，是大家关心、大家想知道的事，所以就能引起大家的兴趣。毛主席讲课时，所举的例子，所讲的事，都是大家熟悉，甚至亲身经历过的，听起来很亲切，很容易理解。当时我们这些少数民族学员，文化水平一般都不高，汉话也讲不好，讲深了我们听不明白。有的领导人说话口音很重，我们也听不懂。主席的湖南话，我们听惯了，听得懂，而且很亲切。

"周副主席那时主要在南京和重庆工作，回延安，就在中央机关或抗大作报告、讲形势，讲外面的情况，也都是大家关心的事。周副主席讲话，也是通俗易懂、生动活泼，大家听得懂，听得明白。"

天宝说："不是因为王明后来变坏了，才说他的坏话，王明很有学问，口才也很好，但他作报告时，总是不着边际，一讲就是三四个、四五个小时，旁征博引，大段大段地引马恩列斯的著作，举的例子大部分都是外国的，这个'斯基'，那个'耶夫'，主要是苏联的，不时还讲一些古希腊的事，自我陶醉，扬扬得意，也不管大家听得懂听不懂，感不感兴趣。不看对象，不联系实际，只顾自己讲自己的。有人批评他是教条主义。那时我也不知道什么叫教条主义，后来一想，还真有点教条主义，难怪大家不愿意听。"

毛主席作完报告，只要有时间，还特意与天宝等少数民族的学员们交谈几句，问他们听得懂听不懂。毛主席还风趣地说：你们要是听不懂，不感兴趣，听了对你们没有什么帮助，下次我就不来了，你们另请高明吧。要不我辛辛苦苦备课，风尘仆仆跑来，讲得唇焦口燥，我自己累得要命，对你们又没有什么帮助，那又何苦呢？

毛主席还问天宝等人：你们愿意听什么？希望我给你们讲点什么？天宝还听见毛主席问其他同学，与他们亲切交谈，共同讨论一些大家关心的问题。天宝后来才知道，那些同学可不是一般的学生，他们大多是各个部队、各个根据地的领导人，甚至创始人，身经百战，具有丰富的革命斗争经验，不少人与毛主席很熟悉，是参加过井冈山斗争的老同志。

毛主席在与学员们交谈时说：讲话不看对象，不看效果，也不管别人听得懂听不懂，愿不愿意听，只顾自己讲自己的，这叫对牛弹琴。毛主席怕少数民族同志不能正确理解他的意思，产生误会，就解释说：我这不是骂你们。对牛弹琴，责任不在"牛"，而在弹琴的人，谁叫你不看对象，乱弹一气！这叫犯了主观主义的错误。

天宝满怀深情地说：当时我只以为毛主席关心我们这些少数民族同志，担心我们听不懂。后来才慢慢体会到，主席这些话，看似简单平常，实际上却包含着丰富的内容，深刻的道理，也充分体现了主席亲自提倡的群众路线、群众观念，体现了调查研究、一切从实际出发的工作方法和工作作风。使我一辈子受用不尽，后来我自己在作报告、办事情的时候，也十分注意这些。

谈到这里，天宝略微沉思，对我说：比如今天我与你谈话，你老远从北京来，我也不管你想听什么，想了解什么情况，只顾自己乱说一气，这不是"对牛弹琴"是什么？我就犯了主观主义、自以为是的错误，尽管我自己是好心，哇啦哇啦讲了半天，对你却一点好处也没有，还白白耽误你的时间。这叫事与愿违，好心办坏事。我的用心可能是好的，我并没有想害你，耽误你的时间，更没有想坏你的事，让你的书写不成。但是客观效果并不好。后来主席在讲《矛盾论》和《实践论》时，上升到理论的高度，哲学的高度，概括为动机与效果的统一论。我们共产党人，不但要有全心全意为人民服务，使国家富强、民族兴旺的善良愿望，还要有使各族人民获得实际利益，使国家真正富强、民族真正兴旺的好的效果。如果没有这样的好的效果，那我们就应该本着对人民高度负责的精神，进行反思，检查我们的工作，看在哪些地方出了毛病，是方针政策的原因，还是执行中的问题？一旦发现问题，就要坚决予以纠正。这就叫对人民负责。

毛主席用"摆龙门阵"的形式进行调查研究

一提到毛主席，天宝总是激情澎湃，有说不完的话。天宝说：在延安的时间长了，我们的文化水平、汉语水平都有所提高，也熟悉延安的情况了，我们就到处跑，主席、总司令让我们到枣园他们的住处去，我们也大着胆子去了。那时我们是普通的学员，我们的任务就是学习，没有别的任务。到主席、总司令那里去，也是耍。现在回想起来，也真有点冒昧。可没有想到，主席和总司令对我们很热情。起初，警卫员可能是怕我们影响主席和总司令的工作，不让进院子，问我们有什么事，我们说：没有什么事，来耍。警卫员有点生气，说：你们这些同志真怪，哪里不能去，怎么跑到这里来耍?! 我们老远跑来，见不到主席，也不甘心，一定要进去，争了几句，没有想到惊动了主席。主席从窑洞里出来，看到我们，笑着说："我的兄弟民族的朋友们来了，快请进！"

警卫员有意无意地用身子挡住院子的门，不高兴地说："他们没有什么事，说是来耍的。"故意用四川口音把"耍"字拉得很长。主席反问他："他们为什么不能来耍呀？"也故意把"耍"字拉长。警卫员却严肃地说："延安这么大，哪儿不能去，偏偏跑到这里来耍？"

主席也一本正经地对警卫员说："这就是你的不对啰！他们为什么不能到这里来耍？"说着就把天宝等人带进自己的房子，还让警卫员给他们倒茶。

以后他们再到毛主席那里，警卫员也不挡了。天宝说，不但不挡，他们还成了好朋友。有时毛主席不在，或者有客人，或忙着写东西，他们就与警卫员、炊事员一起玩，帮他们打扫院子，种菜，做饭。有时主席还留他们吃饭。

后来天宝、扎喜旺徐他们也懂点事了，知道主席领导着全国的抗战，每天要见很多人，非常之忙，就不敢去"耍"了。可是，长时间不去，毛主席却派警卫员去找他们。还问他们："为什么不来啊？""是不是我这里不好耍，没有你们民族学院和鲁艺那么热闹？"

有一次，毛主席特意派警卫员到民族学院去叫他们，还点名要天宝和扎喜旺徐去。他们以为有什么事，赶紧跟着警卫员去。到了主席那里，毛主席高兴地说：今天我这里有好东西，我请你们"打牙祭"！原来是有人给毛主席送了一点猪肉，毛主席让炊事员做红烧肉，招待这些少数民族学员。这使天宝和扎喜旺徐等人感到很意外，也很感动：没有想到主席这么关心我们，有一点好东西，就想到我们，还专门派人来叫。

天宝说，以后他们还去过好几次。天宝带着既惭愧、自责，又不无得意、自豪，甚至是怀着美好幸福的心情说："说起来，我们这些人也没有出息，那时延安供应困难，学校伙食不好，我们嘴馋，知道主席、总司令那里有好东西，就找个借口，去改善伙食，'打牙祭'。"

解放以后，天宝担任各种职务，作为一位高级干部，有很多机会，出入各种场合，住星级宾馆，参加各种宴会，虽不能说是"美食家"，遍尝美味佳肴，但国内国外、中餐、藏餐，还有西餐，也都品尝过，这些食品，不能不说不高雅，不能说不上档次，不能说不好吃，可是，都没有给天宝留下什么特别难忘的印象。使天宝记忆深刻、难以释怀、萦绕于心、心怀感激、心向往之的，还是在延安窑洞里毛主席请他们"打牙祭"时吃的红烧肉。那样的时代，那样的环境，那样的情意，那样的友爱，那样的氛围，在天宝心灵深处留下的影响，是一般人难以感受，甚至难以理解的。

有一段时间，毛主席把天宝、扎喜旺徐，还有几位彝族学员叫去，让他们讲他们家乡的事，嘉绒地区的碉楼，康巴地区的藏式民居，凉山的寨子；西藏的庄园，西康的"锅庄"，彝族的山地；藏族的农奴、彝族的奴隶，彝族的"娃子"，藏族的被称作"朗生"的家奴；还有种什么，吃什么，怎样吃，婚丧娶嫁，风俗习惯……毛主席都很有兴趣，问得很详细。毛主席对藏传佛教也十分关心。在这方面，天宝最有发言权，在他们当中，唯一一个当过喇嘛、住过寺院、懂得藏文的，就是他。天宝说，主席问得很仔细，有些问题提得很深，他答不上来。他们谈得很随便，没有固定的题目，自己想说什么就说什么，谈得很热烈、很融洽，也很开心。他们觉得很平常、司空见惯的事，有时毛主席听得也很认真，很感兴趣。毛主席用朱总司令的话说，叫"摆龙门阵"。

毛主席对少数民族、主要是藏族和彝族的风俗习惯、婚姻状况、家庭和家族的组成情况，也十分感兴趣。当得知藏族有一夫多妻和一妻多夫的习俗时，毛主席很注意听，问得很仔细，如：为什么要搞一夫多妻？为什么又要搞一妻多夫？家庭怎样组合？谁当家？谁干活？经济利益怎样分配？一夫多妻制，在内地也有；但藏族地区的一夫多妻，与汉族地区军阀和地主老财娶几个偏房或姨太太的情况不同；而一妻多夫制，在其他地方基本上没有，因此，毛主席就问具体的家庭情况。有一次，在谈到一妻多夫的家庭关系时，毛主席问天宝：他们之间争风吃醋吗？那时天宝还不懂什么叫"争风吃醋"，回答说："醋酱油都吃，不过当地不产，都是从内地运来的，很贵，一般穷人吃不起。"毛主席听了哈哈大笑，指着天宝的鼻子说："到底是小喇嘛，不懂世俗的事情。"笑得天宝很不好意思，但也没有弄清主席为什么笑得那么厉害。很久以后，天宝才知道什么叫"争风吃醋"，主席为什么对一妻多夫制那么感兴趣。

原来，在这之前，毛主席并不知道藏族社会还有一妻多夫这种婚姻形式。民族学院开设"社会发展史"这一课程时，陈昌浩和张仲实来作报告，讲解恩格斯的《家庭、私有财产和国家的起源》，还专门谈到藏族的一妻多夫制，恩格斯认为这是"一个特殊的例外"。那时，恩格斯的那部重要著作还未翻译成汉文，他们两位是根据俄文版进行宣讲。后来才知道，毛主席、张闻天和刘少奇等中央领导同志非常重视这部著作，请张闻天、陈昌浩、师哲、张仲实等同志给毛主席等中央领导讲读，并在抗大专门开了这门课，请陈昌浩和张仲实讲课，附带给民族学院讲。据说，中央当时就组织陈昌浩、张仲实等同志翻译《共产党宣言》《联共党史》和《家庭、私有财产和国家的起源》等经典著作。由于战事紧迫，条件有限，恩格斯的这部著作，直到解放后，陈昌浩任马恩列斯编译局局长，在他主持下，才正式用汉文翻译出版。后来又由民族出版社翻译成藏文和其他民族文字出版。

多年以后，天宝、扎喜旺徐等人才逐渐意识到，主席是在通过"摆龙门阵"这种形式，在不经意之中，在调查研究我国藏族、彝族、蒙古族、回族等各少数民族的婚姻家庭情况，结合学习马恩列斯的经典著作，研究人类社会发展的历史这样的大课题，进而更深刻地理解马克思和恩格斯在《共产党宣言》里论述的"资本主义的灭亡和共产主义的胜利都是不可避免的"这一科学论断，进一步坚定日寇必亡、抗战必胜、中国革命必胜的信念。

在毛主席的窑洞里，院子里，与毛主席一起"摆龙门阵""打牙祭"，是天宝、扎喜旺徐等这批少数民族红军战士们一生最难忘、最开心，也最引以为豪的事。

学习的东西多了，尤其在参加延安整风以后，这些少数民族红军战士们才恍然大悟，原来主席不是没有事，同他们"摆龙门阵"耍，而是用这种特殊形式，在被日本侵略者和国民党反动派围困的延安这样一个特殊的地方，进行调查研究，研究中国的民族问题，探索我国各民族同胞翻身解放的道路，设计和规划建设新中国的宏伟蓝图。

有一次，毛主席与天宝、扎喜旺徐、沙纳、杨东生、蒙特尔、袁孝刚等藏族学员"摆龙门阵"，毛主席一改过去轻松、风趣的态度，认真地问："我问你们一个问题：打败日本帝国主义，新中国成立以后，你们西藏怎么办？"

天宝说："打倒土司头人、领主贵族，劳动人民彻底翻身解放。"

毛主席高兴地点点头："好！好！"主席沉吟一下，说："光这一点还不够。"

扎喜旺徐说："办学校，发展文化教育，让孩子们都能上学。"参加革命、尤其在延安学习之后，扎喜旺徐深感自己年纪大了以后才学习，基础太差，无论怎样努力，也学不了多少，人家汉族同志，一来就是大学生，至少也是中学生，有的还是留洋归来，起点都很高，他们这些人，什么都得从头学起，十分吃力。他认为：革命胜利以后，再不能让我们的下一代人像我们这样。

沙纳、杨东生、蒙特尔、袁孝刚等人都讲了自己的想法，有的说要盖商店，有的说要修路，有的说要像苏联那样，办集体农庄，用机械化种地……

毛主席很有兴趣地听大家议论，不时插一两句，点拨一下。大家谈了不少问题，兴致也很高，但毛主席好像还不满意，又问他们："革命胜利后，少数民族同胞怎样当家做主，管理自己的事务？新的中国，应该实行什么样的国体和政体？"

天宝回忆那时的情况说，当时他们都答不上来。天宝坦率地说："不知道。"他又补充一句，"我们没有想过这些问题。"

毛主席却严肃地说："不知道可以原谅，没有想过可就不对了。"

毛主席对他们说：你们的邻居（指印度），现在沦为英国帝国主义的殖民地，属于英联邦。他们实行联邦制。革命胜利了，我们要把帝国主义势力统统赶出中国去，我们要完全的独立自主，中国再不做殖民地，也不做半殖民地，所以不搞联邦制那一套，不能受人家控制。美国是共和制，有几十个州，还有什么两党制，一个在台上，一个在台下，吵吵闹闹，好不热闹。好像很民主，但我看未必。美国的工人、农民，广大劳动人民就享受着充分的民主自由？他们与掌握着国民经济命脉的大资本家、大企业家享有同样的平等权利？他们投了票，就算数？我有怀疑。

毛主席接着说：苏联是社会主义国家，我们以后也要走社会主义道路。他们也有很多民族，他们实行加盟共和国，有一点联邦制的味道，叫联盟制吧！我们中国怎么办？社会主义的道路、原则和方向，各个国家都应该是一致的。但是，各个国家的具体情况不同，恐怕不能照搬照抄别的国家的做法，即便是社会主义国家的成功经验，也不能完全照搬照抄，否则就会犯教条主义的错误。我们的党，吃教条主义的亏是很大的，给革命事业造成很大的损失。你们知道吗？接着主席给他们讲教条主义给中国革命造成的严重危害。

毛主席问几个少数民族学员："你们说，以后我们是搞联邦制、加盟共和国，还是从我们中国的实际出发，实行一种符合中国国情的政治制度，走我们自己的路？"

这个问题太严肃、太重大，学员们都回答不出来，一阵冷场。毛主席环视大家，亲切地说："说说你们的意见，说错了也没有关系，大家可以讨论嘛！"

学员们互相看看，还是没有人说话。天宝想了想，说："我们跟主席走。主席说怎么好，我们就怎么办。"

毛主席轻轻摇摇手："不能这么说，真理在谁的手里，大家就跟他走。"

天宝记得主席对他们说："民族学院的学生应该研究这些问题，要不以后革命胜利了，怎么管理自己的国家？回去给乌兰夫同志讲，你们学校的领导、老师、学生都应该学习，应该讨论。"

这些问题当时对这些少数民族红军战士来说，还太深奥，理解不了。主席一再对他们说：不知道没有关系，可以原谅，可以学习，从不知道到知道，从知之不多到知之甚多。但是，不学习、不思考，就不对了，我给这些同志送一个雅号，叫"思想懒汉"。主席问他们："你们谁愿意做思想懒汉？谁想戴这顶帽子？我可以双手贡奉。"

天宝赶紧说："主席，我们不做思想懒汉，我们不要戴这顶帽子。"

毛主席高兴地说："这就对了，别的人我管不了，我希望你们几位，还有民族学院的同志们，不要做思想懒汉，而要做学习模范。"

民族学院来了一位年轻的汉族老师

有一件事，给天宝和扎喜旺徐这些藏族战士的教育很深，思想上触动很大。民族学院开办不久，来了一位新老师。说是老师，年纪并不大，与他们是同龄人，他就是牙含章同志。牙含章一到学校，就主动与藏族学员们联系，对西藏的情况很熟悉，也很关心。后来才知道，牙含章是党派到西藏，专门研究西藏问题的。抗战开始后，牙含章与千千万万热血青年一样，满怀报国热情，从老家甘肃临夏来到革命圣地延安，想投身于抗日救亡的伟大事业。但是，完全出乎牙含章意外的是，与他同来的青年，有的上了前线，有的上了抗大或其他学校，早晚也能上前线。但是，组织上却让他一个人留下，决定派他到西藏，全面学习和研究西藏的政治制度、社会历史、宗教文化，重点是西藏的宗教。牙含章一点思想准备也没有，他不理解，想不通：别的同志都到烽火连天的抗日前线，怎么让我一个人到遥远偏僻而又十分陌生的地方去？我一个人去，又能干什么？有什么意思？

牙含章想不通，不理解，组织上对他进行说服教育，具体布置任务，这些情况就自不必说。1938 年下半年，在全国掀起全面抗战的高潮中，经党组织联系，牙含章跟随黄正清的马帮，以黄正清"汉文秘书"的身份，到了拉萨。黄正清，藏名叫阿巴阿乐，是安多地区最大的活佛之一、拉卜楞寺寺主第四世嘉木样活佛的哥哥，在甘南藏区很有影响，是一位地方实力派。为了深入了解藏传佛教的真谛和寺院的组织机构、教规教义，牙含章削发为僧，在哲蚌寺当了一名喇嘛，成为哲蚌寺历史上为数不多的"汉人喇嘛"之一。在拉萨和哲蚌寺住了几年，学了不少东西。后来他的身份被西藏当局发现，加之长期与组织失去联系，不但安全没有保证，工作也不好开展，就跟随黄正清的马帮回到甘肃，又辗转来到延安。组织上让他到民族学院，一面教学，一面继续研究西藏问题。解放以后，1952 年年初，牙含章被西北军政委员会派到班禅行辕任副代表，护送十世班禅回他的故乡日喀则。后来任中共西藏工委第一任秘书长兼统战部副部长。以后又根据西藏工作的需要，专门从事藏学研究，撰写了《达赖喇嘛传》和《班禅额尔德尼传》，成为新中国藏学研究的经典之作。"文革"结束后，任中国社会科学院民族研究所党委书记兼所长，为拨乱反正、发展我国的藏学研究事业和民族问题的研究，作出了新的贡献。

后来牙含章自我调侃地说："我这个三八式干部，满腔热情地来到延安，本想上前线，参加抗日救亡，杀敌报国。可是，抗战八年，我没有见过一个日本鬼子，没有放过一枪。实在是很遗憾。"

但是，牙含章不必遗憾。他做了一番意义十分深远的事业。三路红军冲破国民党几十万大军的围追堵截，长驱二万五千里，到达陕北时，不到三万人。日本帝国主义大举进攻，占了半个中国；国民党蒋介石的几十万大军层层包围，红军被围困在地瘠民贫的陕北高原，外无援兵，内缺粮草，更缺枪支弹药。在外界看来，红军在这弹丸之地很难生存下去，还奢谈什么发展？蒋介石咬牙切齿地叫嚷要消灭共产党和工农红军，恨不得把共产党和他领导的工农红军从中国的版图上抹掉。就是在这样严峻的形势下，共产党和工农红军坚定地相信自己的事业是正义的，而正义的事业必将取得最后的胜利。因此，在日伪顽敌百万大军层层包围的险恶环境下，党中央、毛主席在领导神圣的抗日战争，与穷凶极恶的法西斯强盗浴血奋战的同时，在延安阴暗狭窄潮湿的窑洞里，在忽明忽暗的煤油灯下，描绘着建设新中国的美好蓝图，规划着解决包括西藏问题在内的国内民族问题的最佳方案，在这些年轻的少数民族红军战士面前，展示了新中国灿烂辉煌的前景。

什么叫高瞻远瞩、远见卓识？什么叫无产阶级革命家的博大胸怀和英雄气概？天宝、扎喜旺徐、杨东生等人从自己身边发生的事情，从牙含章这样一个具体事例，受到一次最深刻、最实际的教育。从那时起，牙含章与天宝、扎喜旺徐、杨东生等人成为亲密无间的好同志、好战友、好朋友。

有一段时间，毛主席经常叫天宝、扎喜旺徐他们去"摆龙门阵"，后来才知道，毛主席正在主持编写《中国革命与中国共产党》这部重要著作。

开篇第一章《中国社会》，第一节《中华民族》里，对"中华民族"的含义，作了全新的阐述。文章一开始便用诗一般的语言，描述了我们伟大祖国辽阔的疆域和丰富的物产：

"我们中国是世界上最大国家之一，它的领土和整个欧洲的面积差不多相等。在这个广大的领土之上，有广大的肥田沃土，给我们以衣食之便；有纵横全国的大小山脉，给我们生长了广大的森林，贮藏了丰富的矿产；有很多的江河湖泽，给我们以舟楫和灌溉之利；有很长的海岸线，给我们以交通海外各民族的方便。从很早的古代起，我们中华民族的祖先就劳动、生息、繁殖在这块广大的土地上。"

文章接着说:"我们中国现在拥有四亿五千万人口,差不多占了全世界人口的四分之一。在这四亿五千万人口中,十分之九以上是汉人。此外,还有蒙人、回人、藏人、维吾尔人、苗人、彝人、壮人、仲家人、朝鲜人等,共有数十种少数民族,虽然文化发展的程度不同,但是都已有长久的历史。中国是一个由多数民族结合而成的拥有广大人口的国家。"[1]

从这篇著作,我们可以清楚地看到,毛主席比以往任何时候都更加重视国内民族问题,开始研究"中华民族"这个大课题。

毛主席是湖南人。湖南也是一个多民族聚居的省份。但是,从毛主席的经历和革命生涯来看,从青少年时代到 1934 年 10 月,中央红军开始长征前,毛主席基本上没有到过少数民族地区,甚至也没有去过他的故乡湘西少数民族地区,基本上没有接触过少数民族同胞,也没有研究过民族问题。如果实事求是地说,毛主席也没有阅读和研究过革命导师马恩列斯的经典著作中关于民族问题的理论,这一点可以从毛主席自己的读书笔记、传记和党史资料中得到印证。

长征是个巨大的、有重要意义的转折。

国内民族工作的一个重要转折点

在长征途中,毛主席、周副主席、朱总司令和他们率领的红军,以坚忍不拔的毅力,用自己的双脚丈量了祖国大地,对祖国领土的辽阔广袤,祖国山河的壮丽秀美,各族人民的勤劳智慧,都有了最真切、最实际、最深刻的感受。长征途中,经过悲壮的湘江之战,激战数日,与数倍于我的敌人进行殊死搏斗,给予参加追剿的国民党军队以沉重打击,红军也付出了极为惨重的代价,伤亡惨重,血染湘江,尸横遍野。这时的中央红军已从出发时的八万六千人锐减到三万多人。

湘江战役的严重失败,事实上宣布了"左"倾冒险主义路线的破产。惨重的失败和血的教训教育了中国共产党和红军的领导人。红军渡过湘江以后,一路向西前进,进入贵州境内。1935 年 1 月,红军攻占遵义城,召开了具有重大历史意义的遵义会议,终于结束了"左"倾路线的错误领导。

遵义会议是我们党的历史上一个重要的转折点。这一点,大家都知道得很清楚,基本上取得了共识。但是,人们并没有注意到,遵义会议也是我们党关于民族工作一

---

[1] 《中国革命与中国共产党》,载《毛泽东选集》(一卷本),人民出版社 1967 年版,第 584～585 页。

个重要的转折点。在遵义会议之后，党中央、中央军革委制定了一系列关于民族问题的方针和政策，提出了很多切合实际、深得少数民族人民拥护的政策和口号。由于处于艰苦的战争环境，还没有时间也没有可能将这些政策和口号具体化，更难以实施。但是，毕竟提出了这些方针、政策和口号，并且深入人心。

遵义会议以后，毛主席开始接触少数民族同胞，思考民族问题，寻求解决国内民族问题的正确途径。在这一过程中，天宝和他们同时代的红军战士，具有重要意义和作用。

毛主席受命于极其危难的严峻时刻，又面对丧失根据地、孤军作战的空前艰难的形势，表现出一位卓越的革命领袖非凡的才智、勇气、胆识和坚毅，充分发挥了他指挥战争的高超艺术，与国民党、蒋介石展开了一场斗智斗勇的殊死搏斗，从而使中国革命化险为夷，转危为安，从低谷走向高潮，夺取一个又一个胜利，直至创建新中国。

湘江战役之后，毛主席和红军的其他领导人认识到红军已经不可能到国民党蒋介石统治相对稳固的城市和交通要道，只能转移到交通闭塞、国民党统治相对薄弱、穷乡僻壤的大西南和大西北地区，寻找立足之地。

交通闭塞、穷乡僻壤的大西南、大西北，绝大地区是少数民族地区。共产党、毛主席领导的工农红军，进入少数民族地区，同时也就与少数民族同胞有了广泛的接触，这就不能不考虑和研究民族问题，寻求解决民族问题的正确途径。这既是夺取中国革命胜利的客观需要，也是共产党和红军自身生存和发展的需要。

共产党、毛主席领导的工农红军进入少数民族地区，主要是彝族和藏族地区的过程，也是中国革命化险为夷、转危为安的过程，从此使中国革命从胜利走向胜利，直至打倒蒋介石，建立新中国。在这一过程中，彝族人民、藏族人民和其他少数民族同胞作出了重大贡献，也付出了巨大的民族牺牲。这一点，给毛泽东、周恩来、朱德和共产党、工农红军的其他领导人以深刻印象。在延安，有了一个相对安定的环境，共产党便有组织、有领导地研究国内民族问题。毛主席无疑是他们当中最杰出的代表。

也许天宝、扎喜旺徐等少数民族红军战士们当时根本没有意识到，毛主席在研究国内民族问题、考虑如何解决国内民族问题这样一个重大的理论问题和现实问题的时候，天宝等人既是教育、培养的对象，又是调查、研究的对象，更是团结、依靠的对象，靠他们这批红军战士去贯彻执行共产党、毛主席制定的民族政策。解放以后，毛主席广泛会见各民族的代表，进一步研究国内民族问题，在《论十大关系》和《关于正确处理人民内部矛盾问题》这两部建国后最重要的著作里，毛主席都辟专章论述国内民族问题。遗憾的是，在1957年"反右派"、1958年"大跃进"、1959年"反右倾"之后，一个政治运动接着一个政治运动，直至"文化大革命"，国内外政治局势发生一系列重大变化，毛主席再无暇系统地研究国内民族问题，他自己拟定的研究课题，也未能进行下去。

这样看来，刚刚走出雪山草地的毛泽东在延安时期，是他一生中比较集中地研究和思考国内民族问题的时期。天宝、扎喜旺徐等少数民族红军战友们是幸运的，毛主席、党中央在延安十三年，天宝、扎喜旺徐和藏族红军们基本上都在延安，亲自聆听毛主席的教诲，在延安窑洞里，以"摆龙门阵""打牙祭"的形式，毛主席与他们谈论国内民族问题，描绘着新中国美好的蓝图。他们直接受到毛主席、朱总司令、周副主席等领导人的教诲，他们是受教育、培养的对象，又是调查研究的对象。从某种意义上说，天宝和扎喜旺徐等人参与了制定我们党和我们国家民族政策的全过程，更是共产党、毛主席民族政策最忠诚的拥护者、最坚决的执行者，也是最大的受益者，假若没有共产党、毛主席的民族政策，就没有这批藏族红军战士的发展进步。

毛主席对天宝、扎喜旺徐和其他少数民族红军战士给予亲切关怀和殷切期望。

天宝、扎喜旺徐等少数民族红军战士们总是怀着无比喜悦的心情回忆延安时期的生活，回忆在延安窑洞里与毛主席一起"摆龙门阵""打牙祭"的情景，天宝满怀深情地说："在延安的日子，是我一生中最幸福、最难忘的日子。"

第三十章　当年的红军又回到雪山草地

盼望红军回到雪山草地

国共合作、全面抗战开始后，国民党也不敢公开以"通共""资匪"的罪名迫害曾经帮助过红军的各界人士。格达活佛也从拉萨回到甘孜。

在那些艰难的日子里，格达活佛始终坚信朱总司令的话——"红军一定会回来，藏族人民一定会获得翻身解放。"他设法买了一本有朱德照片的书供在家里，又请人从青海西宁买回一张《八路军山西奋战图》，挂在墙上，时常对着这些图片思念亲人，并为他们战胜日寇、早奏凯歌而日夜诵经祈祷。

曾经给格达活佛担任翻译、兼做汉文秘书的巴塘人白志说："红军北上之后，格达活佛经常念经祈祷，祝愿红军多打胜仗，消灭反动派，早日到藏区。"

红军离开甘孜时，朱总司令曾亲自对格达活佛说："红军三五年就回来。"格达活佛拿着念珠计算，一天又一天，一月又一月，一年又一年，三年过去了。红军没有回来。1936年离开甘孜，三年之后，全面抗战进入高潮，毛主席、朱总司令一定是带领红军打日本去了。又过了两年，就是五年了。红军还是没有回来。又过了三年，三加五，应该是八年，红军没有来。等呀等，红军还是没有回来。等得格达活佛着急。那么，这"三五年"究竟是多长时间？格达这位经常给别人占卜打卦的活佛，自己却犯难了，算不出来了。

1950年春天，终于从内地传来喜讯：在共产党、毛主席领导下，新中国成立了。不久，又传来新的喜讯，西康和平解放了，他的老朋友刘伯承将军率领红军要到西藏来。格达活佛又掰着指头数：毛主席、党中央离开藏区，到今年整整十五年。格达活佛兴奋地说："三五一十五，朱总司令说得多准啊！总司令不信佛，不打卦，但他老人家比我们喇嘛活佛打卦、占卜、讲预言，说得还要准！"

当新中国成立的喜讯传到雪山草地时，格达活佛异常兴奋，他与夏克刀登、邦达多吉等原苏维埃波巴政府的领导人商量，派自己的翻译兼汉文秘书白志，夏克刀登的管家汪嘉，邦达多吉的管家蔡良和翻译扎西朗杰（汉名张继尧，巴塘人）悄悄穿过国民党军队严密封锁的道路，绕道青海、甘肃，在兰州拜会了彭德怀司令员，然后到北京，向毛主席、朱总司令、周总理敬献锦旗，表达藏族人民盼望解放的强烈愿望。当时，毛主席不在北京，朱总司令和周总理亲切接见了他们。

1950年春天，康定解放后，格达活佛在甘孜召开了三千多人的庆祝大会，欢呼解放，并组织代表团赴康定欢迎解放军，动员藏族人民积极为解放康藏的部队修筑道路，运送粮草，当向导，做翻译。这时，甘孜寺的第四世香根活佛已经圆寂，新的转世灵童还小，不能视事，寺院的大管家和其他活佛，孔萨土司德钦旺姆和孔萨益多等各界人士也积极支持和配合格达活佛等人的活动。

在解放军到来之前，召开大规模的群众集会，欢庆解放，迎接解放军，支援解放军，在整个藏族地区，绝无仅有，在汉族地区也不多见，重庆、成都、雅安等地都是解放军入城之后，才召开庆祝大会。

不久，当年的藏族红军、现在担任中央西藏工作团团长的天宝率领人民解放军进藏部队先遣支队来到了甘孜，立即去拜会格达活佛。

天宝告诉格达活佛：正如您日夜想念红军一样，朱德、刘伯承、贺龙、萧克、王维舟也没有忘记您这位尊敬的老朋友。新中国一成立，朱总司令就设法托人给格达活佛捎信，并以中央人民政府副主席名义，邀请格达活佛到北京参加新政协会议，共商建国大计。

西南军政委员会成立之时，刘伯承将军又以西南军政委员会主席的名义，邀请格达活佛到重庆来会面，并选举他为西南军政委员会委员。天宝告诉格达活佛：西南军政委员会里现在只有两位藏族委员，一位是您，另一个是我。

西康省人民政府成立时，格达活佛又当选为政府副主席兼康定军管会副主任。一位活佛，担任军管会负责人，全中国仅格达活佛一人。

党中央、毛主席亲切关怀少数民族同胞

新中国成立伊始，为了报答老区人民对中国革命的巨大贡献，中央决定派出以一大代表、德高望重的老革命家董必武为团长的中央人民政府南方革命根据地访问团，亲切慰问老区人民。毛主席亲自为访问团题词：**"发扬革命传统，争取更大光荣"**，送

给老区人民。同时派出以中央统战部副部长、回族老革命家刘格平为团长的中央西南访问团和以著名民主人士、民盟中央主席沈君儒为团长的中央西北访问团。毛主席又亲自为中央西南访问团题词："**中华人民共和国各民族团结起来！**"解放初期毛主席的这两幅题词，成为两个经典，充分体现了党中央、毛主席对老区人民和少数民族人民的亲切关怀，也是指导我们国家革命和建设事业的基本方针。

新中国刚一成立，党中央、毛主席就对在旧中国备受苦难的少数民族同胞寄予深切同情，对民族工作给予高度重视。当时中央确定的民族工作的一个重要方法是：**走下去，请上来**。所谓"走下去"，就是中央和各大区、各级政府派人下去，向广大少数民族同胞宣传《共同纲领》和民族政策，传达党中央、中央人民政府对各族同胞的亲切关怀。"请上来"，就是请各少数民族的各方面、各阶层的代表人物到祖国内地，到首都北京，参观访问，促进各民族人民之间的相互了解，消除隔阂，增进友谊，加强团结，增强祖国大家庭的凝聚力、向心力和亲和力。为此目的，1950年春，根据毛主席的提议，中央决定向全国各民族地区派遣访问团。那时，新中国成立才几个月。考虑到大西南是新解放的地区，西藏尚未解放，新疆刚刚解放，中央决定将民族工作的重点放在西南和西北，为此，中央决定首先派遣赴西南的访问团，由刘格平担任团长，费孝通、夏康农为副团长。有关部门通知刘格平：中央希望尽快成行。

遵照中央指示，刘格平和有关同志一起，立即筹办，与政务院文教委员会、内务部、卫生部、贸易部、团中央等二十多个单位进行联系，抽调了一百多人。

6月14日，全国政协一届二次会议在中南海怀仁堂举行。会议期间，毛主席见到刘格平，关切地问："首席代表先生，这次有劳你了，准备得如何呀？"刘格平知道，毛主席指的是访问团的事，立即向主席作了汇报。他说，中央各部门都很关心和支持，部领导很重视，准备工作进行得很顺利，大家精神饱满，信心十足，一定能圆满完成任务，绝不辜负党中央、毛主席的重托。毛主席听了十分高兴，连声说："好！好！"

刘格平以为主席是因为见了面，顺便问问。没有想到，几天后，毛主席专门接见李维汉、刘格平、赛福鼎等民委领导人，听取李维汉关于民族工作的汇报和刘格平关于访问团筹备情况的汇报。毛主席在听取汇报后，专门对访问团的工作作了重要指示，主席说：少数民族同胞在政治、经济和文化上都长期处于落后状态，生活上也比较贫穷，这是历代反动统治者造成的。他们与我们有隔阂，对我们有误解，加上西南地区残余的国民党匪帮捣乱和破坏，你们不可以掉以轻心。你们又是很光荣的，因为你们是代表中央人民政府对各族人民作历史上第一次平等友爱的访问，是以加强各民族团结为使命的。希望你们帮助中央人民政府在这一方面做一个良好的开端。

毛主席讲话幽默、风趣，朴素易懂，是无与伦比的语言大师，在平实无华的言谈中，常常蕴含着丰富的智慧和深刻的哲理。在与少数民族同胞交谈时，毛主席可能是考虑到他们的理解水平、接受能力和语言上的差异，经常用比喻，从不同的角度、用不同的方法，讲述同一个道理，还常常打手势，借助肢体语言来表述。这时，毛主席双手握拳，对刘格平和赛福鼎说："这次就拜托二位了。"毛主席又对赛福鼎说："这次先去西南，以后还要到西北去，你要做好准备，好好接待他们，你是主人家，这叫'尽地主之谊'。"

李维汉补充说："我们正在筹备西北访问团，准备请沈君儒沈老担任团长。"

毛主席连连点头，说："好，好！沈老是一位著名的爱国民主人士，是抗战七君子之首。"毛主席又问赛福鼎："你知道什么叫七君子吗？"赛福鼎摇摇头，说："不知道。"毛主席作了简要的介绍，又说："沈老反蒋抗日，对中国革命是有贡献的，他学问渊博，品格高尚，德高望重，你要好好照顾，怠慢不得啊！"

赛福鼎说："我一定照主席的指示办，我亲自陪同沈老，好好服务，请主席放心。"

在谈到访问团的任务时，毛主席说：访问团一是要依靠当地领导；二是一切工作要坚决遵循《共同纲领》中民族平等和民族团结的方针，不要做少数民族不喜欢、不愿意做的事情；三是对过去的反动统治者对少数民族同胞所犯下的罪恶，所做的错事，要赔礼道歉，要说声对不起。毛主席担心有的干部不能正确理解和对待这个问题，强调指出："我们共产党人既然有勇气从反动派手中接过整个国家这个烂摊子，建设繁荣昌盛的新中国，当然也要有勇气接受这笔欠债了。要向少数民族同胞说一声'对不起'，要把过去汉族统治阶级压迫少数民族的历史宣告结束，建设平等、团结、友爱的新型的民族关系。"

毛主席问刘格平、赛福鼎："我讲的有没有道理呀？你们赞成不赞成呀？！"刘格平、赛福鼎都表示，主席讲得很好，他们完全拥护。

毛主席笑着说："赞成就好，说明我们大家都是团结派，没有反对派，更没有分裂派。"毛主席又特别对赛福鼎说："这次你不参加慰问团，但你的任务也不轻呀！格平到西南，你到西北，到新疆，也要讲这个道理。如果有不同意见，就说是我毛泽东讲的。"

最后，毛主席问刘格平：你们还有什么困难？还需要中央做什么事？刘格平回答说：没有什么困难，总理和中央各部门对我们非常关心和重视，今天主席又作了许多重要指示，进一步明确了访问团的方针任务，我们心里更有底了。我们一定遵照主席的指示，做好访问工作。说到这里，刘格平看着毛主席慈祥的神态，犹豫了一下。主席见刘格平欲言又止的样子，亲切地说："有什么话，尽管讲！"

刘格平马上说："主席，大家有一个愿望，想请主席给各民族同胞题个词。"

毛主席笑了笑，说："这个要求不高嘛！"主席问刘格平："你说写什么好？"刘格平说："主席写什么都好。"毛主席风趣地说："那不一定吧！我又不是王羲之，我的字值不了几个钱。"刘格平知道主席当时非常忙，担心没有时间题词，以后又不便催问，希望当场就写几个字，赶紧说："还是请主席题个词，对大家是个鼓励。"

赛福鼎也向主席请求："主席，还是请您题个词，不只是对访问团，也是对全国各族人民的关怀和鼓励。"

毛主席说："那好吧，我写一个，就算我给你们访问团的礼物，也是给少数民族同胞的礼物。"

毛主席从沙发上站起来，走到书桌前，聪明机智的田家英早已让工作人员准备好笔墨纸砚。李维汉、刘格平、赛福鼎也站起来，立即跟了过去。毛主席用他那扭转乾坤的巨手，拿起毛笔，轻轻蘸墨，略一沉吟，立即挥毫题词。

刘格平一看，主席的题词是："**中华人民共和国各民族团结起来**！"这十四个大字，气势磅礴，苍劲有力。赛福鼎情不自禁地鼓起掌来，连声说："好！好！谢谢主席，谢谢主席！"

他们拿到最珍贵的礼物，即向主席告辞，毛主席拱手对李维汉、刘格平和赛福鼎说："民族方面的事情，就拜托你们啦！"

毛主席的亲切关怀和殷殷嘱托，使刘格平和赛福鼎深受感动和教育。几十年的时间过去了，回顾往事，刘格平和赛福鼎多次向少数民族同志谈起这件事，心情依然十分激动。

回去后，李维汉、刘格平立即指示民委办公厅，派专人将主席的题词送到琉璃厂去精心装裱、印制，作为给各民族同胞最珍贵的礼品。

统战部和中央民委又给中央写报告，请朱德、少奇、总理、宋庆龄等领导人题词。过了几天，周总理到访问团住地老北京饭店来看望大家，亲自带来了朱德、少奇、宋庆龄和总理自己的题词。

朱德的题词是："**全国各民族亲密团结起来，为建设独立、民主、和平、统一、繁荣、富强的新中国而奋斗**！"

刘少奇的题词是："**过去汉族的统治阶级是压迫国内各少数民族的，但是中华人民共和国必须帮助各少数民族的人民大众发展其政治、经济、文化、教育的建设事业。**"

周总理的题词是："**中华人民共和国境内各民族一律平等，团结互助，反对帝国主义和人民公敌，实行少数民族的区域自治和人民自卫，尊重宗教信仰和风俗习惯，发展经济文化，使中华人民共和国成为各民族友爱合作的大家庭。**"

据刘格平回忆，他清楚地记得，当时宋庆龄副主席也题了词，但因时间太久，具体内容记不清了。朱德、少奇和总理题词的复印件，现珍藏在北京民族文化宫。20世纪80年代后，国家民委编辑出版的有关资料里也收录了这些题词，可惜的是，没有宋庆龄的题词。一些从事民族工作的老同志回忆，那个题词，是宋庆龄副主席给少数民族题写的第一个可能也是唯一一个题词。因此这幅题词具有十分重要的意义，它充分体现了中华人民共和国第一位也是唯一一位名誉主席、卓越的国家领导人、尊敬的宋庆龄女士对新中国民族工作的高度重视，对各族人民的亲切关怀。

一切准备工作就绪后，政务院文教委、中央民委、文化部等部门举行晚会，李维汉、王维舟、郭沫若、沈雁冰、邓颖超、周扬等领导人出席，为访问团送行。

在文教委员会、民族事务委员会联合举行欢送中央访问团的晚会上，文教委员会主任委员郭沫若指出：中国少数民族并不是生来就落后的，如禾稻类植物，最初生长在印度支那，然后由西南传入，饮水思源，我们应对西南各族人民表示感谢。他叮嘱访问团全体团员要抱谦虚和学习的态度，化除过去民族间历史的隔阂，学习他们丰富的艺术宝藏。

文化部亦举行晚会欢送中央访问团中的文教工作者。会上，沈雁冰部长，周扬、丁燮林副部长及中央戏剧学院副院长曹禺等对访问团一再勉励。周扬勖勉访问团文教工作者将现有的人民的艺术介绍给各兄弟民族，并吸收各兄弟民族富有生命的艺术，通过艺术来促进民族间的团结。他要求访问团文教工作者体贴兄弟民族的情感，以无限的热情搞好民族关系；同时，要实事求是，弃绝"猎取奇物"的观点和态度。

半个多世纪过去了，形势发生了巨大而深刻的变化，但郭沫若、周扬的这些话，依然闪烁着思想的光芒，具有强烈的现实针对性。

几十年之后，刘格平、赛福鼎和天宝等同志回顾当年的情景，依然感慨无限，他们认为：郭沫若、李维汉、邓颖超、王维舟、沈雁冰、周扬等领导同志的讲话和指示，不仅当时对访问团和西南地区的民族工作具有重要的指导意义，即便是现在，对我们的民族工作和民族文化工作，仍然具有重要的启示和指导意义。

访问团离京前夕，周总理专门接见访问团团长刘格平，陪同接见的有李维汉、赛福鼎。周总理听取汇报后，作了重要指示。周总理深刻地阐述了新中国民族政策的基本原则和基本方针，周总理强调指出：访问团下去，一定要大力宣传共产党、毛主席的民族政策，要深刻领会毛主席指示的重大意义。新中国成立后，在共产党毛主席的领导下，我们要把旧的民族关系来一个结束。要告诉各兄弟民族同胞，在旧社会，你们受苦了，委屈了，落后了，贫穷了。你们要代表共产党、人民政府说一声"对不起"。然后在共产党、毛主席的领导下建立新型的民族关系。

周总理对刘格平和李维汉、赛福鼎说：在旧社会，在三座大山压迫下，反动统治阶级对各族人民进行压迫和剥削,各族人民深受苦难,汉族人民同样也遭受压迫和剥削,他们的苦难也十分深重。对反动统治阶级造成的罪恶,广大的汉族人民是没有责任的。但是,新中国成立了,反动统治阶级已经被我们各族人民打倒了。在我们国家,汉族是主体民族,占绝大多数,各少数民族同胞亲切地称汉族同胞为"老大哥"。既然是"老大哥",我们就要担负起"老大哥"的责任。周总理问李维汉:你赞成不赞成这个意见?

李维汉表示赞成和拥护。

周总理还谈到西藏工作。周总理说:全国大陆基本上已经解放,唯有西藏尚未解放,主席已经作出明确指示,今年务必完成进军西藏、解放西藏的任务。访问团的工作做好了,对西藏当局和广大藏胞也会产生积极影响。

1950年7月2日,中央西南民族访问团一百二十余人,在刘格平团长的率领下,带着党中央、毛主席对各族人民的亲切关怀,前往西康、四川、云南、贵州的少数民族地区。

这时,新中国成立刚刚十个月,党中央、毛主席就派出这样高规格的访问团,深入边疆少数民族地区进行访问,充分体现了党中央、毛主席对民族工作的高度重视,对在旧中国遭受深重苦难的各族人民的亲切关怀。

当天的《人民日报》以《加强各族人民的友爱团结,中央西南访问团今天出发》为题,发表专稿,文章说:

代表中央人民政府及各人民团体访问西南各族人民的中央访问团今日自首都出发。访问团的任务是加强民族团结,了解各族人民疾苦,对各族人民作历史上第一次平等友爱的访问,并将把各族人民的意见直接带给中央。访问团包括民族事务委员会、文教委员会、内务部、卫生部、贸易部、青年团中央等二十余单位。以刘格平为团长,费孝通、夏康农为副团长。团员共一百二十余人,分为三个分团。每分团内设文工队、医疗队、录音队、摄影队、电影放映队等组织。全团经过月余学习,先后听取了民族事务委员会主任委员李维汉、西南军政委员会民族事务委员会主任委员王维舟等有关民族政策及西南诸省情况介绍等报告。并初步了解西南各族人民风俗习惯。三个分团将分别深入川、康、滇、黔各兄弟民族地区进行访问工作。

新华社又发布消息:中央访问团访问西南各兄弟民族,首都各方备极重视。中央民族事务委员会主任委员李维汉、中华全国民主妇联副主席邓颖超、西南军政委员会民族事务委员会主任委员王维舟等均至访问团指示工作。邓颖超希望访问团多多了解各族人民生活疾苦,多多带回各族人民,特别是妇女同胞的意见。李维汉主任委员指出访问团的主要任务是沟通融洽民族间情感,做到满意而归。因之,访问团的一切工作、行动，必须取得当地兄弟民族的同意。王维舟将军称：西南人民热烈欢迎中央访问团，西南各界将尽力协助访问团完成这一具有历史意义的光荣任务。

政协全国委员会特邀代表梁聚五（苗族）、代表温少鹤（回族）叙述苗、回诸民族受历代反动统治阶级摧残的情形，指出中央访问团平等友爱地访问各兄弟民族，还是有史以来的第一次，访问团在沟通民族情感、融洽民族关系上将起桥梁作用。

不仅如此，《人民日报》还于当天发表社论《送西南访问团》，社论指出：

中央人民政府派出的西南访问团，今天要出发了。这个访问团是代表中央人民政府，向西南地区各兄弟民族进行慰问；以加强与各兄弟民族人民的联系、加强国内各民族人民的团结为使命的。我们谨祝这个负有光荣使命的访问团的成功。

我国境内各民族人民，曾饱受了数千年来封建主义的压迫、百余年来帝国主义的侵略和近二十余年来官僚资本主义的掠夺。在帝国主义和国民党反动统治的年月，各民族人民普遍遭受了残酷的奴役与剥削。历代反动的统治者，特别是汉族的反动统治者，有意地制造各民族间的歧视和分裂，以便利于他们的压迫统治，甚至于消灭少数民族。汉族的反动统治者在历史上对于各少数民族做了许多罪恶，欺诈、掠夺、奴役和屠杀，无所不至，使少数民族困居偏僻的山地，政治、经济和文化生活，长期处于落后状态，人口亦逐渐减少。

在国民党反动派统治的时期，汉族的反动统治者蒋介石，不但勾结帝国主义和国内一切反动势力，压迫汉族的广大人民；而且变本加厉地实行大汉族主义，残暴压迫我国境内各少数民族的人民，甚至不承认少数民族的存在。正如毛泽东同志在《论联合政府》一书中所说："国民党反人民集团否认中国有多民族存在，而把蒙、回、藏、彝、苗、瑶各少数民族称之为'宗族'。他们对于各少数民族，完全继承满清政府及北洋军阀政府的反动政策，压迫剥削，无所不至。"

但是，现在的情形已经有根本的改变了。汉族人民在中国共产党的领导下，生长了历史上空前的伟大革命力量，打倒了汉族的反动统治集团，使汉族和其他各族人民都得到了解放。这不但在中国的历史上，而且在国内各民族的关系上，展开了一个新时代。过去民族歧视、压迫和分裂的历史从此一去不复返了。中华人民共和国成立了，我们有了属于各民族人民自己的政府。这个政府执行着正确的民族政策。共同纲领规定："中华人民共和国境内各民族一律平等，实行团结互助，反对帝国主义和各民族内部的人民公敌，使中华人民共和国成为各民族友爱合作的大家庭。反对大民族主义和狭隘民族主义，禁止民族间的歧视、压迫和分裂各民族团结的行为。"在这个共同纲领的民族政策之下，我们要把过去汉族压迫少数民族的历史宣告结束。我们要把过去汉族的反动统治者在国内各民族间所造下的罪恶和历史误解一扫而空，使各族人民从此亲密携手，走进团结互助、友爱合作的大家庭。

西南访问团的出发，正是我国各民族真正友爱合作的一个象征。访问团将代表中央人民政府，对于各兄弟民族的人民在过去所遭受的痛苦，致以深切的慰问，并且征求他们对于中央人民政府各种政策实施的意见。应该使各兄弟民族的人民了解现在我们已经走进了历史的新时代，国内各民族人民必须平等互助、亲密团结。为了实现民族的平等，需要我们作种种的努力。把蒋介石匪帮打倒，还只是为民族平等开辟道路；过去反动统治历史所造成的我们民族的政治、经济和文化的落后状态仍然存在。这就要求我国各民族人民团结一致，共同努力，发展各民族人民大众的经济和文化教育事业。希望西南访问团的工作能帮助中央人民政府在这一方面作一个良好的开端。

为一个访问团的出访，由《人民日报》发表社论，这也是一件不同寻常的事。

半个多世纪的时间过去了，这篇社论的主要精神和基本原则依然没有过时，依然闪烁着真理的光芒，依然是指导我国民族工作的基本原则和根本方针。

7月中旬，中央访问团到达重庆。

19日，西南局、西南军政委员会、西南军区联合举行晚宴，欢迎中央人民政府西南各族访问团抵渝。刘伯承致欢迎词，他说："西南少数民族从红军北上抗日起，一直到今天，对中国革命事业尽了很大的努力，今天中央访问团特来与各兄弟民族商量许多事情，对建设西南必有很大帮助。"

7月21日，西南军政委员会举行会议，欢迎访问团，刘伯承在讲话中指出，正确执行民族政策，首先要调查研究西南少数民族的情形，尤其调查帝国主义的侵略情形，了解少数民族的社会组织、经济关系及他们的心情，有计划地进行工作。

会上，邓小平作《关于西南少数民族问题》的报告。

邓小平说："在少数民族问题上，我还是一个小学生。同志们对这个问题的研究比我要多，又是专门做这方面工作的。我今天主要是把西南的情况，同少数民族的问题联系起来讲一讲。

"少数民族问题，在西南来说是很重要的。我们中国的少数民族最多的地区，一个是西北，一个是西南。恐怕西南比西北还多，而且情况也比较复杂。西南的国境线从西藏到云南、广西，有几千公里，在这么长的边境上，居住的绝大多数是少数民族。因此从西南的情况来说，单就国防问题考虑，也应该把少数民族工作摆在很高的位置。"

邓小平接着说："在中国的历史上，少数民族与汉族的隔阂是很深的。由于我们过去的以及这半年的工作，使这种情况逐渐地在改变，但不是说我们今天已经消除了隔阁。少数民族要经过一个长时间，通过事实，才能解除历史上大汉族主义造成的他们同汉族的隔阂。我们要做长期的工作，达到消除这种隔阂的目的。要使他们相信，在政治上，中国境内各民族是真正平等的；在经济上，他们的生活会得到改善；在文化上，也会得到提高。所谓文化，主要是指他们本民族的文化。如果我们不在这三方面取得成效，这种历史的隔阂、历史的裂痕就不可能消除。我们中华人民共和国是一个多民族的国家，只有在消除民族隔阂的基础上，经过各族人民的共同努力，才能真正形成中华民族美好的大家庭。我们是有条件消除民族隔阂的。历史上的反动统治实行的是大民族主义的政策，只能加深民族隔阂，而今天我们政协共同纲领所规定的民族政策，一定能够消除这种隔阂，实现各民族的大团结。"

邓小平说："我想讲点西康藏族的情况，过去藏族与汉族的隔阂很深，但是我们进军西南，特别是宣布了解放西藏的方针，提出十项条件以后，发生了很大的变化。过去他们的情况怎样呢？过去西康的反动统治把他们搞苦了。我们进去以后，首先宣布了共同纲领的民族政策，同时我们军队的优良作风也在一些具体问题上体现出来，例如执行三大纪律八项注意，尊重藏民的风俗习惯、宗教信仰，不住喇嘛寺等，这样就赢得了藏族同胞的信任。他们说，我们的军队太好了，老百姓的房子，就是下大雨，不让进就不进，不让住就不住。这是实行正确政策的结果。历史上的统治者，何尝没有宣布过好的政策，可是他们只说不做。我们的政策只要确定了，是真正要实行的。对于我们提出的十条，有的西藏的代表人士觉得太宽了点。就是要宽一点，这是真的，不是假的，不是骗他们的。所以这个政策的影响很大，其力量也不可低估。因为这个政策符合他们的要求，符合民族团结的要求。"

在谈到红军长征过藏区的情形时，邓小平说："在西南少数民族地区，历史上我们党曾经做过一些工作，产生过好的影响。长征时，红军经过的地方，如云南、贵州，散布了一些革命的种子，就是在西康，也有一些革命影响。**红军北上时，为了自己的生存，做了一些犯纪律的事，那时饿慌了，没有办法。现在我们应该跟他们说，当时全国革命的负担放在你们的身上，你们对保存红军尽了最大的责任。**对那时办得不对的事，应当向他们赔礼。这次我们到那里，一些藏族人士也很坦白地说，那时把粮食吃光了，心里不愿意，现在了解了。他们为自己的解放感到高兴。

"经过这些历史上的工作，加上今天的工作，我们完全可以解决几千年遗留下来的民族隔阂，把各民族团结好。在世界上，马列主义是能够解决民族问题的。在中国，马列主义与中国革命实践相结合的毛泽东思想，也是能够解决这个问题的。只要我们真正按照共同纲领去做，只要我们从政治上、经济上、文化上诚心诚意地帮助他们，就会把事情办好。只要一抛弃大民族主义，就可以换得少数民族抛弃狭隘的民族主义，而是应当首先老老实实取消大民族主义。两个主义一取消，团结就出现了。"

小平同志的这篇讲话，具有重要的意义。几十年后，小平同志亲自编纂、审订《邓小平文集》时，选录了这篇讲话。在《邓小平文集》中，关于民族问题的报告仅此一篇。由此可以看到小平同志本人也十分看重这篇讲话。

据刘格平和他的秘书江山说，关于长征过藏族地区那一部分，小平同志当时讲得很多，讲了很多具体的事。主持会议的刘伯承主席，也有几次插话。西南军政委员会副主席、西南民委主任王维舟也在场，他也讲了很多。刘格平说："小平同志是政治家，也是思想家，平时讲话就不爱让秘书代劳，照稿子宣读。何况那天只有几十个人，很融洽，很亲切，更不会照本宣科，那样就见外了。"刘格平还说："那天我也讲了话，是小平同志让我先讲。我就没有带讲稿。"

刘格平和江山说这些情况的意思是，小平同志的讲话正式发表，是几十年以后的事，作了许多补充删改。但是，关于长征时红军到藏区的情况，基本精神讲得还是很清楚的。

访问团由西康、云南和贵州三个分团组成，刘格平、夏康农、费孝通分任团长，分赴康、滇、黔，调查研究各少数民族的历史和现状，宣传党的少数民族政策，解决少数民族急需解决的问题。

毛主席、朱总司令命令人民解放军进军西藏

毛主席高瞻远瞩地指出："**西藏人口虽不多，但国际地位极重要。**"并指示进藏部队："**进军西藏宜早不宜迟。**"

这是公元 1950 年的第二个凌晨。实际上是第一个工作日的继续。以西历计，历史的车轮已经滚动到了 1950 年，进入 20 世纪 50 年代。一千九百五十年，与创造了灿烂文化的东方文明古国五千多年的悠久历史相比较，那似乎也不算太长。五千年也好，一千九百五十年也好，在中国的历史上，从来没有像 20 世纪那样发生如此巨大而深刻的变化，演出了，而且还在继续演出着一幕幕惊心动魄、波澜壮阔、英勇悲壮、可歌可泣的历史话剧。而站立在这个宏伟的历史舞台中心，驾驭着历史风云变幻的，是一位历史的巨人，是中华民族空前未有的伟大的民族英雄，他的名字叫毛泽东。

此时此刻，他正站在莫斯科郊外一座并不豪华但却十分舒适的别墅里。这座别墅叫姐妹河别墅，第二次世界大战期间，斯大林就住在这里，指挥伟大的卫国战争，打败了希特勒法西斯匪徒。毛主席到莫斯科后，斯大林请他在这里下榻，以示对新生的人民共和国领袖的尊重和友谊。

20世纪上半叶，中国各族人民前仆后继、英勇奋斗，从义和团运动到辛亥革命，从北伐战争到土地革命，从抗日战争到解放战争，整整五十年，终于战胜了国内外一切敌人，建立起人民自己的国家。就在九十一天前，这位历史巨人用他那震撼宇宙的声音，向全世界庄严宣告：中华人民共和国成立了！中国人民从此站起来了！用他那扭乾转坤的巨手，按动电钮，在天安门广场上升起了鲜艳的五星红旗。这是中华民族五千年历史上，最具有深远意义的一个辉煌篇章。

中华民族的历史，揭开了崭新的一页。

新中国是在旧中国的废墟上建立起来的。旧中国留下的烂摊子，满目疮痍，千疮百孔，百废待兴，百端待举。急需要办的事何止千千万万！但是，最重要的是要一个和平安定的国际环境，防止帝国主义可能发动新的侵略战争，以便专心致志地进行经济建设。为此，毛主席亲赴苏联，与斯大林会谈。毛主席和他的随行人员是1949年12月6日离开北京，坐火车穿越俄罗斯大平原，横跨欧亚两大洲，于16日到达莫斯科。到今天已半个月了。

与苏联同志的谈判，进行得并不太顺利。几天前，毛主席电召周恩来总理，来莫斯科参加谈判。与斯大林和苏联方面要商谈的事还很多很多。

但是，此时此刻，毛泽东主席深邃而睿智的目光已经超越莫斯科大平原，转向国内，转向九百六十万平方公里的锦绣河山。使毛泽东感到欣慰的是：人民解放战争以国内外所有人、包括他本人和中共中央的估计还要快的速度（党中央原来估计需要五年左右的时间），仅用了三年多时间，就以雷霆万钧之力，摧枯拉朽之势，埋葬了蒋家王朝。另一方面，时时萦系于胸的是，1949年10月1日那一天，他亲手升起的五星红旗，还不能在我们祖国的三个地方飘扬：

东边，青天白日旗伴随着阵阵海风，在宝岛台湾上空簌簌抖动。

南边，号称"日不落国"的老牌帝国主义的米字旗，还插在香港；与其紧邻的澳门，也插着葡萄牙的旗子。这是殖民主义的产物，是腐败的清政府割地赔款、丧权辱国的恶果，是民族屈辱的象征。

在西南边境，那片世界上最高、离太阳最近的地方，辽阔壮丽而又古老神奇的西藏高原，尚未解放。国内外有那么极少数心怀叵测的人，企图进行分裂祖国的罪恶阴谋。随着解放战争的节节胜利，这种分裂活动也紧锣密鼓，一时间闹得甚嚣尘上。

这不能不引起我们严重注意和高度警惕。

正因为这样，尽管毛主席日理万机，千头万绪，但是，西藏问题始终是他关心的一个重要问题。早在1949年8月6日，新中国尚未成立，毛主席在给彭德怀和西北野战军的电报里，对兰州战役和进军大西北的作战部署作了周密安排的同时，对十世班禅问题作了专门指示，特别强调："请十分注意保护，并尊重班禅及甘青境内的西藏人，以为解决西藏问题的准备。"

就是说，早在新中国成立之前，毛泽东已将"**解决西藏问题**"提到议事日程。

根据毛主席的指示，第一野战军很快与客居青海塔尔寺的班禅及其行辕取得联系。10 月 1 日，几乎是毛主席在天安门广场升起五星红旗的同时，十世班禅怀着无比激动的心情，从西宁向毛主席和朱总司令发出了致敬电：

> 钧座以大智大勇之略，成救国救民之业，义师所至，全国腾欢。……今后人民之康乐可期，国家之复兴有望。西藏解放，指日可待。班禅谨代表全藏人民，向钧座致崇高无上之敬意，并矢拥护爱戴之忱。

11 月 23 日，毛主席和朱总司令联名复电班禅：

> 接读十月一日来电，甚为欣慰。西藏人民是爱祖国而反对外国侵略的，他们不满意国民党反动政府的政策，而愿意成为统一的富强的各民族平等合作的新中国大家庭的一分子。中央人民政府和中国人民解放军必能满足西藏人民的这个愿望。希望先生和全西藏爱国人士一致努力，为西藏的解放和汉藏人民的团结而奋斗。

12 月 30 日，毛泽东在致中央的电报里，再次强调："进军西藏宜早不宜迟。"

根据毛泽东主席的提议，中共中央于 1949 年 12 月 31 日发表《告前线将士和全国同胞书》，祝贺 1949 年在各条战线取得的伟大胜利，并把"解放西藏"列为 1950 年的一项光荣战斗任务。

此刻，毛主席接到国内电报，向他汇报解放西藏的准备情况，并提出了一些建议。新年伊始，有许多事情等待他处理。但是，西藏问题是个重要问题，必须由他亲自作出决策。

眼下正是严冬时节，尽管室内是暖融融的，室外气温却在零下三十度左右，俄罗斯平原被厚厚的积雪覆盖。毛主席伫立窗前，神思飞扬。从俄罗斯的积雪，他仿佛看到了万里高原的崇山峻岭，皑皑白雪，从克里姆林宫的红灯看到了布达拉宫的金顶。

这次来苏联，毛主席带来了他的政治秘书陈伯达。陈号称"中共一支笔"，很多重要的文稿都出于他之手。现在就住在隔壁，给国内的复电本可由他起草。但他不熟悉西藏情况，毛主席不放心，于是展纸挥毫，亲自起草致中央的电文。

毛主席在电文上签名之后，又特意注明："1月2日上午4时于远方"。

元旦上午，苏联共产党中央委员会、最高苏维埃、部长会议联合举行盛大的团拜会，邀请毛主席及中国代表团参加，下午莫洛托夫、米高扬拜会毛主席，安排毛主席在莫斯科和列宁格勒参观的具体事宜。按照毛主席的习惯，晚饭后稍事休息，夜里开始工作。这就是说，毛主席在1950年所做的第一件事，就是部署解放西藏的有关事宜。

1月7日，根据中央的指示，刘伯承、邓小平致电中共中央、毛主席，汇报说已确定由第十八军担任进藏任务。

毛主席当时还在莫斯科，正在同斯大林进行重要而又艰难的会谈。根据毛主席的建议，中央决定周总理率中国政府代表团访苏，并协助毛主席参加与斯大林的会谈。

1月10日，周总理一行前往苏联。这是新中国成立后，派出的第一个高规格的政府代表团。毛主席以急迫的心情等待周总理的到来，以便尽快签订中苏友好互助同盟条约，请求苏联援助中国恢复和发展遭受战争严重破坏的国民经济。即使在这样的情况下，毛主席依然惦记着西藏问题。

1月10日，也就是周总理率中国政府代表团离京前往莫斯科的当天，毛主席再次亲笔起草致中央的电文，再次对西藏工作作了重要指示。

历史已经证明：毛主席的决策是非常正确的。

历史同时也证明并将继续证明：毛主席在西藏问题上采取慎而又慎的态度，更是非常英明的，完全必要的。

1月18日，西南局向中共中央报告进藏工作计划及西藏工委组成名单。西南局提出："以张国华、谭冠三、王其梅（副政委）、昌炳桂（副军长）、陈明义（军参谋长）、刘振国（军政治部主任）、天宝（即桑吉悦希，藏族，全国政协委员）等七人为委员，张国华任书记，谭冠三任副书记。"

1月24日，中央复电同意此名单。

当年的小喇嘛、红军战士天宝是第一届中共西藏工委中唯一一位藏族成员。

在七名委员中，除副政委王其梅，其他六位都是参加过长征、到过雪山草地的老红军战士。遵照毛主席、朱总司令的命令，为了驱逐帝国主义势力出西藏，为了捍卫祖国神圣领土、维护祖国统一和民族团结，他们率领进藏部队来到了雪山草地。

1950年1月15日，刘伯承和邓小平在重庆接见十八军师以上主要领导干部，正式传达了党中央和毛主席关于进军西藏的命令。刘伯承说："毛主席命令今年进军西藏，这是现在民主力量与世界帝国主义斗争这个大的形势下作出的战略决策，势在必行，宜早不宜迟。迟则生变，夜长梦多。""结合西藏的地理环境和气候条件，毛主席要求我们在4月至11月内控制全西藏。"

在会上，刘伯承、邓小平深刻阐述了进军西藏的伟大意义，邓小平说：毛主席把经营西藏的任务交给我们，这是非常光荣的，也是非常艰巨的，你们要做好充分的思想准备。

邓小平讲完之后，刘伯承略一沉吟，与经历过长征的战友们一起，回忆起当年路过藏族地区的情形。长征时，爬雪山，过草地，给刘伯承留下了永生难忘的印象。历来性格内向、深沉、喜怒不外露的刘伯承，今天却颇动感情地说："我们是在中国革命处于最危险、最艰难的时候，到达藏区的。同志们知道，那时外有蒋介石几十万大军的围追堵截，内有王明错误路线和张国焘分裂主义的干扰破坏，还有共产国际的错误指导，情况非常危急。就在这最关键的时刻，藏族同胞热情地帮助了危难中的共产党和工农红军，顺利走过雪山草地，摆脱了蒋介石几十万大军的围追堵截，粉碎了张国焘分裂党、分裂红军的罪恶阴谋，从此以后，在毛泽东同志的领导下，中国革命从一个胜利走向新的胜利，直至全国解放，建立起人民自己的共和国。"

说到这里，刘伯承略一停顿，用右手扶了扶眼镜框，然后对着张国华、谭冠三说："藏族同胞为中国革命的胜利，作出过重要贡献，这一点同志们务必牢记在心，永远也不能忘记。"

毛主席指示进藏部队："进军西藏，不吃地方。"

早在 1950 年人民解放军进军西藏之初，毛主席就明确指示进藏部队"**进军西藏，不吃地方**"。毛主席还指示进藏部队"**一面进军，一面修路，背着公路前进**"。但是，许多人并不知道毛主席是在什么情况下、针对什么问题制定了这样的方针。

这就是总结了当年红军长征时正反两方面的经验教训。毛主席曾经当面对十八军军长张国华说："长征时我们把人家吃苦了，对人家不起。这次你们进藏，再不能那样，你们进藏部队的全部费用由中央政府负担，所有给养，都从内地运输。"毛主席还说："现在解放了，新中国成立了，我们有这个条件，有这个能力。"[1]

张国华作为长征的亲历者，懂得毛主席指示的深刻意义，回到甘孜后，及时向进藏部队全体指战员传达、并坚决贯彻执行。

为了贯彻执行党中央、毛主席关于进军西藏的指示，在周恩来亲自指导下，中央统战部和中央民委在北京举办"藏族干部研究班"，培训藏族干部。

---

[1] 原中央统战部副部长、中央民委副主任刘格平，原十八军第二参谋长、西藏军区副司令员兼参谋长李觉，原张国华秘书党雨川同志访谈录。

1950年2月1日，藏族干部研究班在中央民委礼堂举行开学典礼，由刘格平主持。朱总司令亲自出席，并发表重要讲话。这是新中国成立后，朱总司令第一次到民委机关来。中央政法委员会副主任彭泽民代表政务院副总理、中央政法委员会主任董必武出席开学典礼。

刘格平回忆当时的情形说：看来总司令事先也做了准备。我请总司令作指示，总司令站起来，慈祥地看着坐在礼堂里的藏族学员，然后谦虚地说："今天我没有什么指示。你们这个班的名称叫'藏族学员研究班'，我就和大家一起研究研究西藏问题，看怎样做，才能更好地完成党中央、毛主席关于进军西藏、解放西藏的战略决策。"然后缓缓地从上衣口袋里拿出讲稿，约有三四张信纸，看来是讲话提纲。刘格平就坐在总司令身边，他说：总司令拿出讲稿，但没有看，把稿纸放在桌子上，就讲了起来。

朱总司令离家多年，戎马一生，但乡音不改，讲的还是一口地地道道的四川话，藏族学员们听起来，特别亲切。朱总司令讲话，声音不高，但十分清晰、有力。可能是考虑到藏族学员们的理解程度，总司令的讲话，没有引经据典，没有许多空洞的大道理，讲得很实际，很具体，从毛主席的指示讲起，谈到当前部队的部署。朱总司令说："经中央批准，刘、邓、贺已经把进军西藏的任务交给十八军，部队正在积极准备。你们完成学业后，中央也决定派你们参加十八军，一同进藏。"

朱总司令说："伯承同志把进军西藏称作我军历史上的'第二次长征'。我认为讲得很好，我赞成伯承的意见。"接着，朱总司令讲了中央对西藏的基本方针和原则，讲了部队进藏时应注意的问题。朱总司令满怀深情地回顾了红军长征时到藏族地区的经过，讲了他和刘伯承在藏区、主要是在甘孜的生活和工作的经历，也谈到了在甘孜等地建立"苏维埃波巴政府"的过程和意义，讲了自己与藏族同胞的友谊，特别是与格达活佛、香根活佛、夏克刀登、德格土司等人的亲密关系。总司令说："我已邀请格达活佛来北京重述友谊，共商国是。"

朱总司令特别谈了红军到藏族地区时，藏族同胞对红军的支援和帮助。朱总司令说：长征时藏族同胞对红军的帮助是很大的，假若没有藏族同胞的帮助，我们很难走出雪山草地。那时国民党蒋介石封锁我们，想把我们困死饿死，我们没有吃的，只好找藏族同胞帮助。有些地方我们把粮食吃光了，牛羊杀光了。听说我们走了以后，那里的藏胞到外地去买粮食，买牛羊，艰难度日，重新发展生产，我听了心里很难过。这次解放军进军西藏，一是要向藏族同胞表示感谢，二是要向藏族同胞表示道歉。要向他们讲清楚，那个时候我们的一些做法是不对的，但也是没有办法。藏族同胞是纯朴善良的，通情达理的，只要把道理讲清楚，藏族同胞是会理解的。

朱总司令加重语气，强调地说：这第三条最重要，这次解放军到西藏，再不能重复我们过去的错误，再不能做对不起藏族同胞的事。主席和中央给进藏部队作了明确规定："**进军西藏，不吃地方。**"进藏部队的所有费用，由中央政府承担。新中国成立了，整个国家是我们的，我们有能力做到这一点。

4月初，董必武来作报告，着重从《共同纲领》规定的民族政策，谈到必须用国家法律来保护少数民族同胞享有民族平等和当家做主的权利，反对任何形式的民族歧视和民族压迫。

4月27日，周总理到研究班作报告，统战部和民委的干部一起来听总理讲话。那天的报告会，由刘格平主持。刘格平说，从上午9点开始，到下午1点多结束，中间只休息了十五分钟，一口气讲了四个多小时。

在谈到国内各民族的关系时，周总理说：从历史上来看，汉族人数多些，文化水平高些，在政治经济各方面占优势地位，向外发展把有些民族赶出长城，有些由平原赶到高山，赶到沙漠地带、边疆及高原，使各民族政治经济不能提高，文化也不能发展，甚至人口日渐减少。这是汉民族对不起其他民族的，汉民族子孙应该赔不是，还祖宗欠下的债。还债还得好，各民族更能团结。所以汉民族负有很大责任，应该还债，帮助其他民族解放。至于少数民族有被压迫民族的情绪，这是完全可以理解的，一点也不奇怪。我们被帝国主义压迫时也有反抗、仇视，以至有对一般外国人都仇视的情绪，这是要加以区别的。少数民族的反抗也是有根源的，但应该从感情上谅解，在理智上要区别敌友。汉民族帮助少数民族翻身解放，是偿还祖宗遗留下的债。在少数民族方面，也应该承认这一点，共产党是从来没有歧视过少数民族的，并坚决反对继承国民党反动派压迫其他民族。漠不关心、不帮助少数民族发展也是错误的，汉民族处于有利条件，有较高的经济文化，是应该帮助其他民族发展的，友好地扶助少数民族的发展是需要的。汉民族要以还债心情才能搞得好。应该承认少数民族的被压迫民族的感情，这是由于以前被压迫受欺骗所造成的，是有根据有道理的。你们学习后，是有觉悟了，自然不会有排外思想，但仍不要满足。

周恩来以马列主义、毛泽东思想关于民族问题的理论为指导，高屋建瓴，总结历史上汉族与各少数民族之间的关系，尤其是汉族与藏族两个兄弟民族之间的关系，认为历代反动统治阶级，都对我国境内的各兄弟民族实行民族歧视和民族压迫的政策，损害了少数民族同胞的利益，伤害了少数民族同胞的感情和尊严，阻碍了少数民族同胞的发展和进步，在各民族之间，造成了很深的隔阂和矛盾。从某种意义上说，汉藏两个民族之间的矛盾和隔阂，更为严重，近百年代，随着帝国主义、殖民主义的侵略，外国反动势力的挑拨离间，进一步加深了这种矛盾和隔阂，民族关系出现了更为复杂的局面。

周恩来总理认为：新中国成立以后，在党中央、毛主席领导下，我们要实行一种与历代反动统治阶级截然不同的民族政策，也就是共产党、毛主席的民族政策。这种民族政策的基本原则和主要内容，集中体现在党中央、毛主席领导下制定的《共同纲领》之中，共产党、毛主席民族政策的核心内容，就是民族平等，民族团结，反对民族歧视和民族压迫，逐步消除历史上遗留下来的民族矛盾和民族隔阂，建立平等团结、友好合作的崭新的民族关系。

周恩来是新中国建立之初起到国家根本大法作用的《共同纲领》的主要制定者之一，也是坚决贯彻执行《共同纲领》的典范。针对当时的形势和任务，周恩来指出：必须加强《共同纲领》规定的民族政策的学习和民族干部的培养。

胡耀邦说："藏族人民对中国革命有很大的贡献。"

三十年以后，1980 年 5 月，新任总书记胡耀邦同志受中央委托，与中央书记处书记、国务院副总理万里等同志一起到西藏考察工作。到拉萨不久，因高山反应发高烧，耀邦同志躺在病床上依然坚持作调查研究。5 月 23 日，是西藏和平解放二十九周年，在万里副总理和阿沛·阿旺晋美副委员长主持下，举行了座谈会。耀邦同志因病未能出席，但他依然在医院请了一些老同志座谈讨论西藏工作，作了一系列重要指示。中央民族学院教授王尧作为翻译和工作人员，自始至终跟随耀邦同志参加了考察工作。

2010 年 6 月，在北京召开的一次关于西藏工作的讨论会上，王尧教授详细介绍了耀邦同志的有关指示和论述，在谈到历史上藏族与汉族的关系，藏族同胞对祖国大家庭和对中国革命的贡献时，耀邦同志特别谈到长征到藏族地区时，藏族人民对红军的帮助。耀邦同志说："长征到草地时，我负责筹粮。藏族同胞积极帮助我们，作了很大的贡献。那时我们也做了很多违反纪律、对不起藏族同胞的事。但那也是没有办法，为了红军的生存，为了中国革命的胜利，不得不与民争粮，红军也是人，总不能饿着肚子打仗。为了全局的利益，只好暂时牺牲局部的利益。"说到这里，耀邦同志话锋一转，强调地说："藏族人民对中国革命有很大的贡献，这一点我们什么时候都不应该忘记。忘记了，就对不起人家。"耀邦同志又说："我们这次到西藏，只有一个目的，就是坚决贯彻执行十一届三中全会和西藏工作会议精神，加强各族人民的大团结，治穷致富，建设团结、富裕、文明的新西藏。"

第三十一章 "第二次长征"

长征时担任红军总参谋长的刘伯承元帅，解放后担任西南军政委员会主席、第二野战军司令员，他所率领的部队担负了进军西藏、解放西藏、巩固西南国防、完成祖国统一大业的光荣使命。刘伯承将"进军西藏、解放西藏"，称为我军历史上的"第二次长征"。

率部进藏的十八军主要领导人，都是参加过长征的老红军。

天宝率中央西藏工作团进藏

新中国成立后，遵照党中央、毛主席、周总理的指示，以中央人民政府的名义，派遣了两个中央工作团，到藏族地区开辟工作。一个是中央西藏工作团，另一个是中央果洛工作团。率领这两个工作团的团长就是当年参加过长征的老红军战士天宝和扎喜旺徐。

为了支援十八军进藏，经中央批准，中央统战部组成中央西藏工作团，任命天宝为团长，杨东生（协饶顿珠）、韩戈鲁、阿旺格桑为副团长。

工作团的四位正副团长里，有三位藏族，一位汉族。其中天宝和杨东生是参加过长征的红军战士；阿旺格桑是巴塘地下党的领导人之一。韩戈鲁是延安民族学院的老师。从西藏回来后，先后担任中央统战部民族宗教局副局长、民族出版社副总编等职。

中央西藏工作团的任务，主要是：

第一，开展有关西藏问题的调查研究，为中央和西南局决策、制定有关的方针、政策，提供咨询。

第二，广泛吸收藏族青年参军参干，动员他们参加解放西藏的工作。

第三，团结、争取民族、宗教界上层人士，建立广泛的反帝爱国统一战线，动员他们参加支前运输。

为了全面贯彻党中央、毛主席关于西藏的方针政策，在西藏这样一个特殊的地域环境，必须结合民族地区的特点，创造性地执行《三大纪律八项注意》。在十八军党委的领导下，工作团与十八军政策研究室共同制定了《进军守则》，共四个方面，三十四条，包括"关于部队管理方面""关于组织纪律方面""关于风俗习惯方面""关于政策方面"，对有关问题作了详细规定。

以后，又根据新的情况，制定了《入城纪律》，以十八军政治部名义颁布执行。《入城纪律》要求全体指战员在进入拉萨、太昭、江孜、黑河、亚东等各大城市之前，必须普遍地、反复地、深入地进行入城纪律教育，一切部队及城市工作人员必须坚决遵守。明确规定：入城部队只有保护城市公共财产之责，无检查、没收、处理之权；严禁乱打人、乱抓人；严禁各部供给人员乱抓物资、乱抢购物资，必须统一采购、公平交易，不得自定银元与藏币之比值，不得乱买强买；进入拉萨后，严禁到布达拉宫、三大寺以及拉萨当局之高级官员住宅驻扎或参观。

这些规定的制定和贯彻实施，对顺利完成进藏任务，起到了有力的保障作用，更重要的是，在藏族人民的心目中，树立了人民解放军的良好形象。

在两三个月的时间里，工作团和政策研究室还写出了一些文件，报西南局和中央统战部审阅。其中比较重要的有《对西藏各种政策的初步意见》（1950年3月）。根据毛主席关于民族问题的指示及《共同纲领》中关于民族政策的规定，对今后西藏民族自治问题，提出如下政策建议：

一、西藏民族及西藏境内各民族及中国境内所有各民族一律平等，应实行团结互助，反对大民族主义和狭隘民族主义，禁止民族间的歧视、压迫和分裂各民族团结的行为。

二、西藏人民应和中华人民共和国的全体人民团结一致，共同反对英美帝国主义及其他外国的侵略，以争取西藏人民首先从帝国主义的侵略压迫下获得真正的解放。

三、西藏人民必须认识西藏人民的真正解放必须在中华人民共和国中央人民政府领导下，及中华人民共和国的其他兄弟民族的团结与帮助之下，才能达到。因此西藏民族自治区就必须是中华人民共和国中央政府领导下的自治区，西藏民族也必须是中华人民共和国各民族亲密团结的大家庭的一员。

四、西藏人民在中央人民政府领导、帮助及西藏人民的自愿的原则下，可以成立各级人民自治区政府，在不违反《共同纲领》的原则下，可以制定区域性法律和处理西藏民族内部的一切事务。并按照统一的国家军事制度，有参加人民解放军及组织地方公安部队的权利。

五、西藏人民有发展其语言、文字及保持或改革其风俗、习惯及宗教信仰的自由。

六、中央人民政府应帮助西藏人民发展其政治、经济、文化、教育等建设事业，以便使西藏人民达到真正的解放与平等。

1950 年 5 月 27 日，西南局综合各方面的意见，包括中央统战部和中央民委的建议，向中央报送与西藏地方政府进行和平谈判的十项政策。

5 月 29 日，中央批准了西南局拟定的同西藏地方政府进行谈判的基本原则，共十项条件，后被称为"十大政策"。即：

一、西藏人民团结起来，驱逐英美帝国主义侵略势力出西藏，西藏人民回到中华人民共和国祖国的大家庭中来。

二、实行西藏民族区域自治。

三、西藏现行各种政治制度维持原状，概不变更。达赖活佛之地位及职权不予变更。各级官员照常供职。

四、实行宗教自由，保护喇嘛寺庙，尊重西藏人民的宗教信仰和风俗习惯。

五、维持西藏现行军事制度不予变更，西藏现有军队成为中华人民共和国国防武装之一部分。

六、发展西藏民族的语言文字和学校教育。

七、发展西藏的农牧工商业，改善人民生活。

八、有关西藏的各项改革事宜，完全根据西藏人民的意志，由西藏人民及西藏领导人员采取协商方式解决。

九、对于过去亲英美和亲国民党的官员，只要他们脱离与英美帝国主义和国民党的关系，不进行破坏和反抗，一律继续任职，不咎既往。

十、中国人民解放军进入西藏，巩固国防。人民解放军遵守上列各项政策，人民解放军的经费完全由中央人民政府供给。人民解放军买卖公平。

这十大政策，具有重要意义，后来成为中央人民政府与西藏地方政府进行关于和平解放西藏谈判的基础。

在人民解放军开始向西藏进军、实现解放西藏、完成祖国统一大业的崇高事业中，以藏族老红军天宝为团长的中央西藏工作团，发挥了重要作用，作出了巨大贡献。

扎喜旺徐率中央工作团到果洛开辟工作

全国解放前夕，扎喜旺徐被派到彭德怀将军率领的第一野战军，参加了解放大西北的战斗。青海一解放，党即派他到青海工作，任省军政委员会副秘书长。青海省人民政府成立后，任省政府副秘书长兼工商厅副厅长。1950年10月，在青海省第一届各族各界人民代表会议上，当选为政治协商委员会副主席。

著名藏族学者、高僧喜饶嘉措大师任副省长，扎喜旺徐对大师十分尊重，在工作中他们合作得很好，成为党员干部和民族宗教界上层人士相互信任、相互尊重、肝胆相照、患难与共、合作共事的一个范例。1949年9月，青海刚一解放，扎喜旺徐就与当时在香日德的第十世班禅接触，向他介绍了党的民族政策。1950年9月，受西北军政委员会主席彭德怀的委托，将彭德怀主席给班禅的信函和礼品，送交班禅，并请班禅号召西藏人民协助人民解放军进军西藏、解放西藏。从那以后，直到1989年班禅大师圆寂，扎喜旺徐同班禅大师一直保持着很好的友谊，成为至交。

果洛，历史上称作"果洛三部落"，因为它由上果洛、中果洛、下果洛三个大部落组成，土地面积约为十万平方公里，比浙江省还要大，是中华民族母亲河黄河的发源地。果洛是一个藏族聚居的牧业地区，以牧业生产为主，平均海拔在四千米以上，是我国平均海拔最高的一个地方。解放前，由十多个互不统属的大部落和若干中小部落分治，基本上属于封建部落社会，具有浓厚的奴隶社会的残余。秦始皇统一中国后，在全国范围内实行郡县制。但是，两千多年的时间过去了，直到解放，果洛地区还处于原始部落社会，没有建政。

历代反动统治者对边疆少数民族实行民族压迫和民族歧视政策，果洛地区更是深受其害。历史上存在着严重的民族隔阂。特别是国民党统治时期，封建军阀马麒、马步芳父子连续不断地对果洛地区进行军事镇压和经济掠夺。他们还在各个藏族部落之间挑拨离间，制造隔阂，挑动武装械斗和部落仇杀，更加重了藏族人民的苦难。各种社会矛盾错综复杂，果洛人民遭受着阶级压迫和民族压迫的双重苦难，人民的灾难十分深重，生活十分贫穷。

党中央、毛主席对苦难深重的果洛人民寄予深切关怀和同情。青海解放不久，遵照党中央、毛主席的指示精神，西北局和西北军政委员会即作出派工作团、到果洛地区开辟工作的决定。遵照上级指示，1951年上半年，扎喜旺徐以青海省委、省政府的名义，专门托人给果洛地区几个大部落的头人写信，邀请他们自己或派能够代表他们的人到西宁，看看解放了的西宁，并共商建设和发展果洛的大计。

那些头人积极响应人民政府的号召，到西宁来了。扎喜旺徐热情接待他们，向他们宣传党的民族政策和宗教政策，张仲良、廖汉生、贺炳炎等省委和省政府的领导同志亲切接见了那些头人和代表。大家都感到很满意。

同年12月，省委领导让扎喜旺徐带着果洛的代表到北京和西安，向中央和西北局汇报。

12 月 31 日，也就是 1951 年的除夕之夜，是扎喜旺徐永远难以忘怀的一天。这一天，毛主席在中南海接见出席中央民委第二次扩大会议的同志。李维汉安排果洛代表团也参加接见。李维汉带着扎喜旺徐去见毛主席。李维汉刚要向毛主席介绍，毛主席带着慈祥的微笑，拉着扎喜旺徐的手，亲切地说："我们在延安就认识，还在一起打过'牙祭'。"毛主席对扎喜旺徐说："你是我们党培养的第一批藏族干部。你们这批少数民族同志在延安时，学习很刻苦，进步很大。当时美国作家斯诺的《西行漫记》中有你们几个藏族红军战士的合影。这本书出版后，在全世界引起轰动，现在看来，我们当时的政策是正确的，你们这批少数民族干部在抗日战争和后来的解放战争中，发挥了重要作用。"说到这里，毛主席加重语气，说："在新中国成立后，你们要发挥更重要的作用。"

毛主席还对扎喜旺徐说："学习是很重要的一件事，不能放松。希望你们在今后的工作中，不断地学习马列主义理论，努力为本民族多做工作。"当李维汉向毛主席汇报果洛工作，说经与西北局商定，中央决定让扎喜旺徐同志担任果洛工作团团长时，毛主席语重心长地说："果洛工作团团长这副担子可是不轻啊！你是藏族，熟悉当地情况，又是老同志，我相信你能把工作做好。"

扎喜旺徐受到很大鼓舞，坚定地向主席保证："回去以后我一定努力学习和工作，绝不辜负主席对我的鼓励！"毛主席听了很高兴，连声说："好！好！"

1952 年 2 月，经中央批准，西北局正式组建中共果洛工委和西北军政委员会果洛工作团，任命扎喜旺徐为团长，马万里任工委书记。

1952 年 7 月 1 日，果洛工作团数百人，包括各个民族成分的干部、战士，在马万里和扎喜旺徐的带领下，向果洛进发。8 月 4 日，果洛全境宣布和平解放。没有放一枪一炮，没有一个人伤亡。

工作团进驻果洛后，在中央、西北局和青海省委的关怀和领导下，坚决执行"更加慎重稳进"的方针，实行"特殊优惠政策"，以"做好工作，站稳脚跟"为总体指导思想，全面贯彻执行党的民族、宗教政策，扎实稳妥地开展两大项基础工作：一是化解矛盾，促进团结；二是诚心服务，赢得人心。

由于工作团很好地贯彻执行了中央、西北局和青海省委制定的正确的方针政策，不但使工作团站稳了脚跟，而且很快打开了局面，形势的发展比原来预想的还要好，原来估计可能出现的一些问题和矛盾，被消除，被化解了；原来设想的一些困难，得到比较圆满的解决。整个果洛地区社会稳定，各部落之间消除了历史上造成的一些隔阂和冤家纠纷，团结一致，和谐相处，共同恢复和发展牧业生产。

汉、藏民族之间的团结，解放军和果洛人民之间的团结，不断得到巩固和加强。

从北洋军阀到国民党，几十年来争战不休的果洛问题，新中国成立之后，在共产党、毛主席领导下，短短两年多的时间里，就得到了圆满解决。

为了进一步发展这种大好形势，经西北局和青海省委批准，于1952年12月，组织"果洛各界人士参观团"，由扎喜旺徐任团长，到祖国内地参观访问，同时代表果洛三部落的僧俗人民，向党中央、政务院献旗、致敬。他们到北京时，受到朱德、邓小平等中央领导同志和中央统战部、民委负责人的亲切接见。那一年，邓小平刚从西南调到北京。李维汉、乌兰夫、刘格平等同志在听取他们的汇报后，对于果洛地区在短短一年多的时间里，站稳脚跟，打开局面，取得如此显著的成绩，给予高度评价。

李维汉还说：中央对果洛地区的工作十分关心和重视。最近主席和总理很忙，没有时间接见你们，但我一定要向主席和总理汇报。李维汉说：毛主席、周总理知道果洛地区的工作取得这样好的成绩，一定会感到高兴。果洛人民献给毛主席、少奇同志和周总理的礼品，我们一定负责转赠。

李维汉、乌兰夫、刘格平还代表党中央、政务院回赠了礼品，请参观团带给果洛各界人民。并请参观团代表党中央、政务院，以及中央统战部和中央民委，向果洛人民致以亲切慰问。并对进一步做好果洛地区的工作，作了重要指示。

参观团在内地的活动，取得了很大的成功，各界人士开阔眼界，增长知识，进一步密切了中央与地方的联系，加强了汉藏两个兄弟民族的团结，增强了祖国大家庭的凝聚力。

组织"果洛各界人士参观团"到祖国内地参观访问，这是建国以后单独以"果洛地区"的名义组织的第一个参观团，也是历史上的第一个。在旧中国，也不可能组织这样的参观团。因此，在果洛地区工作发展的历史上，具有重要意义。

遗憾的是，由于以后形势发生了急剧变化，这"第一个"，也就成了"唯一一个"，以后再也没有组织这样的参观团。因此，其意义就显得更为重要。

根据上级指示，1953年5月，果洛工委和工作团决定组成五个分团，分别到各部落访问，宣传党的民族政策和宗教政策，并为在各部落建立基层政权奠定基础。

工委和工作团给各分团制定了"三个尊重"的方针：一是尊重民族宗教界上层人士，二是尊重现有的经济制度和生活方式，三是尊重藏族同胞的风俗习惯。

由于各分团很好地贯彻执行了上述方针，各部落和基层的建政工作进行得很顺利。在果洛地区建立统一的人民政权的条件成熟了。根据《共同纲领》规定的民族政策和政务院颁布的《民族区域自治条例》的有关规定，1953年底召开了果洛第一届人民代表大会。1954年元旦，青海省果洛藏族自治区人民政府正式宣告成立。扎喜旺徐当选为第一任主席。

1955年7月，召开果洛自治区第一届人民代表大会第二次会议，根据1954年颁布的《中华人民共和国宪法》，将"果洛藏族自治区"改为"果洛藏族自治州"。各县也先后建立了人民政权。

至此，遵照中央的指示精神，西北局和青海省委给工作团制定的"和平解放果洛，建立人民政权"的任务，圆满完成。千百年来延续下来的以单一的牧业经济为基础、带有浓重的奴隶制残余的部落统治、分裂割据的封建社会，宣告结束，果洛人民以崭新的面貌，出现在祖国大家庭。

在这一过程中，老红军战士扎喜旺徐发挥了重要作用，他与果洛人民也建立了深厚的友谊。

派遣以天宝为团长的中央西藏工作团和以扎喜旺徐为团长的中央果洛工作团，是新中国成立之初党中央、毛主席、周总理为开展西藏和其他藏区的工作而采取的一项重大举措。两个工作团的工作是互相配合、互相促进的。果洛地区工作的顺利开展，也推动了西藏问题的圆满解决。

格达活佛献身于和平解放西藏的崇高事业

1950 年 6 月，全国政协第二次会议定于在京召开，格达活佛被聘为特邀委员，毛主席、朱总司令联名电邀他来京开会，共商建国大计。刘伯承、邓小平、贺龙亦致电，建议他尽快来渝，一同赴京。中央西藏工作团团长天宝和十八军 52 师师长吴忠及时将毛主席、朱总司令的指示和刘、邓、贺首长的意思转告格达活佛，告诉他：朱总司令、刘司令员和贺司令员说他们非常想念您，希望能尽快见到您。天宝说：如果您愿意，我就陪您到北京去开会，我也是全国政协委员。吴忠说：天宝是我们十八军唯一一位政协委员，你们两位一起赴京开会，也是我们大家的光荣。

格达活佛十分高兴，也十分感动，他请天宝和吴忠向毛主席，朱总司令和刘、邓、贺首长表示感谢。他经过慎重考虑，说：毛主席、朱总司令已制定了和平解放西藏的方针，最近西南局又发布关于和平解放西藏的十大政策。我坚决拥护，我愿意为和平解放西藏作一份贡献。

格达活佛诚恳地说："我也非常想去拜会毛主席、朱总司令，拜会刘司令员、贺司令员和邓副主席。过去国民党政府请诺那活佛和我到重庆、到南京开会，他去了，我没有去。现在新中国成立了，又蒙毛主席、朱总司令盛情邀请，理应速去北京，晋见毛主席和朱总司令。可是，"说到这里，格达活佛略一停顿，双手轻轻搓动佛珠，心情也变得沉重起来，"天宝同志，目前的形势你最清楚，解放大军已到甘孜、德格，即将进藏，而江对岸，噶厦政府又陈兵数千，据说最近还在加紧征召僧兵和民兵，企图凭借金沙江之险，阻挡大军进藏。一场大战，迫在眉睫。"格达活佛对天宝说："你是共产党人、红军战士，我是出家人、佛门弟子，也许我们的理念不尽一致，在我们佛门弟子看来，战争对于一个民族、一个国家来说，总是一场灾难，一次浩劫。"

格达活佛又说："一旦西藏不幸而发生战争，这将破坏汉藏两个兄弟民族的团结，造成藏族内部的分裂，其影响是十分严重的，这种民族间的隔阂，是很难消除的，心灵上的创伤是很难愈合的，冤冤相报，相互仇杀，甚至会延续几代人，争战不止，械斗不息，隔阂日深。"

早在延安时代，天宝就系统地学习了共产党、毛主席的民族政策，又亲自参与制定了《共同纲领》；全国政协会议前后，又直接受到中央统战部、中央民委主要领导人李维汉、乌兰夫和刘格平的帮助和指导；在重庆时，又直接聆听了刘、邓、贺首长的指示，他便尽他所知，向格达活佛详细介绍、宣讲了毛主席、中央人民政府关于和平解放西藏的宗旨、原则、方针和政策。天宝说："消除各民族内部的矛盾冲突，消除各民族之间的隔阂，促进和加强各民族内部的团结，以及各民族之间的团结和合作，是共产党、毛主席民族政策的精髓，也是共产党、毛主席与国民党、蒋介石之间的根本区别。"天宝强调地说："正是从这一根本原则、根本立场出发，中央人民政府，毛主席、朱总司令关于和平解放西藏，把这次向西藏的进军，变为一次和平的进军，友好的进军，团结的进军的方针，是真诚的，坚定不移的。"

天宝还告诉格达活佛说："毛主席、中央人民政府向西藏当局发出了和平解放西藏的召唤，喜饶嘉措大师也多次发表广播讲话，进行劝和。可是西藏当局不仅不响应毛主席、中央人民政府的召唤，反而加紧扩军备战，妄图用武力阻挡解放军。"天宝强调地说："是极少数分裂主义分子在挑起战争，制造灾难。"

格达活佛说："可是，西藏当局的某些决策人物，不理解毛主席、中央人民政府的方针，也不相信共产党、解放军的诚意。达扎仁波切也是一位十分守旧、十分固执的人，因此，我想亲自到拉萨，面见达赖活佛，向佛爷禀报，并向噶厦当局解释，说明共产党、解放军的方针政策。今年我就不去北京开会，等西藏解放了，我们西康、西藏的代表，高高兴兴地一起到北京，去拜见毛主席和朱总司令。请你向中央给我请个假。"

作为一个藏族干部，天宝完全能够理解格达活佛的心情。在这一点上，他们的心灵是相通的。格达活佛热情地盼望红军回到藏区，天宝也急切地希望能回到草地，回到故乡，使故乡人民早日获得翻身解放。他对格达活佛博大的胸怀、高尚的情操、高贵的品质，感到由衷的敬仰和钦佩。

天宝和吴忠立即将格达活佛的意思向十八军军党委和西康区党委及西康省政府汇报，两个党委又即刻向西南局汇报。西南局又请示中央。

几天后，天宝和吴忠收到西南局的电报，说：鉴于目前西藏的局势，建议格达活佛最好不要去，因为安全没有保障。最好先到北京来开会。

天宝和吴忠又将中央和西南局的意思转告格达活佛。格达活佛经过反复考虑，认为西藏局势十分严峻，战争有一触即发之势，正因为如此，他要到拉萨，面见达赖喇嘛和达扎仁波切，宣传中央的方针，陈述利害，晓以大义，争取西藏和平解放，避免战争浩劫。格达活佛对天宝说："为了祖国的统一，为了汉藏兄弟民族的团结，为了藏族人民内部的团结，为了祖国大家庭长远的利益，还是应该尽量避免战争。为了这一目的，我就是冒一点风险，也是应该的，值得的。"

天宝和吴忠又向军党委和西南局汇报。事关重大，刘、邓、贺首长也决定不了，立即请示中央。

这期间，天宝、吴忠与军党委、西南军区多次电报往来，及时汇报情况。

1950 年 5 月 6 日，格达活佛再次致电朱总司令，要求去西藏做达赖喇嘛的工作，尽快促成西藏的和平解放。中央经过慎重考虑，从大局出发，最终同意了格达活佛的请求，朱德和刘伯承复电格达活佛：

天宝转格达先生：

　　来电敬悉。先生入藏进行和平谈判，用意极嘉，无限欣慰。谈判条件当由天宝同志转告。你对此有何意见，请告。至于你入藏名义，亦请提出意见，总之以有利于工作者为妥。

朱德　刘伯承

六月一日

1950 年 6 月 2 日，在西南局致电格达活佛的当天，格达活佛亦致电朱总司令，提出对解放西藏的建议。据天宝回忆，他去白利寺送交西南局转发朱德、刘伯承的电报时，格达活佛也已拟好报告，并由白志翻译，请他转呈朱总司令。真可谓心照不宣，心心相印。

朱总司令转政协全国委员会全体委员勋鉴：

　　政协委员会首届大会将于六月十日在京召开，达以公务羁身，交通阻隔，殊难亲临参加，实为遗憾，谨以热忱祈祝大会成功。西藏地处边疆，首当国防要冲，百余年来即为帝国主义所垂涎。值当全国即将全部解放，为建设国防，完成统一富强之新中国，则西藏问题之解决实为当前刻不容缓之急务。至于一般具体方针如团结少数民族、信教自由等，中央早于《共同纲领》中有明确之规定，此亦为我藏族人民所竭诚拥护者。西藏民性羸弱，风向颓萎，笃信教义，争杀与夺，实非藏民之所能为者。且解放军具有战无不胜、攻无不克之威力。愚意以为西藏问题之解决应以和平为主，军事为辅。兹将陋见及就目前西藏一般具体情况提出以供与会委员之商榷：

（一）西藏内部情况

A. 拉萨当局属于集体领导制，政权掌握在少数亲英派手中，彼等对共产党确有不甚了解者，且常有诬蔑性宣传，此或系受外蒙古以前实行过左政策影响所及。

B.（19）35年朱总司令率军抵康后组织博巴政府，当时所作各项措施至今对西藏人民以及喇嘛寺院等，仍留有深刻良好的印象。此种印象，并曾直接影响于西藏内部。与那同时，达又奉朱总司令命令入藏工作，曾以公开及秘密各种方式对西藏人民宣传，亦促使藏民对共产党增加较好的了解，且在目前国内外有利形势影响下，由于中国共产党已获得无比的胜利，更直接影响大多数人，使他们不会再跟随亲英派。

C. 我出身噶丹寺，因与大扎以下及三大寺和群众中皆有工作基础，此以为今后开展工作的有利条件。

（二）对西藏内部的政策

A. 人民政府实行信教自由的政策及康藏人民笃信佛教的结果，西藏问题应用良好方法去解决，并施行朱总司令十五年前的指示，保留班禅与达赖的地位。

B. 西藏问题如能按照和平解决，则应保留西藏贵族生命财产之安全，并尊重其风俗习惯。

C. 加强藏族人民中间的宣传，积极培养组织广大的群众，以达到孤立少数亲英贵族的目的。同时人民解放军亦可采取稳扎稳打的办法，向西藏进军。

（三）作好进军西藏的工作准备

A. 康藏地势高寒，交通不便，故工作准备实成为进军西藏的首要任务。愚意首先应复修康青公路及建修玉树经黑河至拉萨线，并积极抢修甘孜及玉树的机场，并在二处集中大批粮草，与汽车飞机部队之配合，稳步齐进。

B. 根据历史进军情况，旧道山多路险，空气稀薄，且为藏军防地，进军非易。可用少数部队牵制大规模部队，可走北路，由甘孜经玉树、黑河直捣拉萨，此线山稀路平，多为草原与时节水草方便，适合部队前进。唯须准备露营及涉河之帐篷食粮及木材等（以备修桥造船用），事先宜充足准备之。以上各端绝非妥善，语误所在，希多指摘。最后敬祝大会胜利，各委员健康。

格达拜　六月二日于甘孜

天宝回忆当时的情形说：6月2日，西南局指示西藏工委，要我将中央已经批准的"十条"作为同西藏地方政府和平谈判的条件，与格达活佛、大金寺的阿旺罗布交换意见。我再次到白利寺，把十条政策的全文告诉了格达。他听过后，非常激动地说："共产党太宽宏大量了！西藏的现行政治制度维持原状，达赖喇嘛的地位及职权不予变更，各级官员照常供职，西藏实行民族区域自治。中央考虑得比我们想象的还要周到。有这十条，我去西藏的劝和使命就一定能实现。"

格达活佛身边的随从和白利寺的僧众，非常关心佛爷的安全，千方百计加以劝阻。但是，为了早日解放西藏、完成祖国统一大业，同时也是为了避免不必要的流血冲突，使藏族同胞免遭涂炭，格达活佛不避艰险，毅然决然到西藏去，他要面见达赖喇嘛，转达毛主席、中央人民政府关于和平解放西藏的方针。

格达活佛对白利寺的僧众说："我是为了藏族人民脱离帝国主义的羁绊，为了西藏人民少受牺牲，早日获得解放而去西藏的。我要面见达赖活佛，请他早做决断，尽快派代表到北京，进行和谈。"格达活佛还说："我两进拉萨，那里有我的老师，我的教友和朋友，我要告诉他们：和平解放西藏，是藏族人民的根本利益所在。西藏人民不要再受帝国主义和反动分子的欺骗，应该回到祖国大家庭。"

格达活佛的翻译、兼做汉文秘书的巴塘人白志，是最坚决反对佛爷只身前往的一个。他说："政治斗争是异常残酷的，西藏上层贵族中的极少数人，心狠手毒，什么丧心病狂的事都做得出来。几年前，正是这位达扎活佛（即上述文件中的"大扎"），用阴谋手段，从自己的学生、亲汉爱国的热振活佛手里夺取了摄政王的职位，不久又将热振活佛勒毙于布达拉宫，制造了震惊全藏的惨案。手段之残忍，令人发指。后来又毒死了坚持亲汉、内向立场的达赖喇嘛的生身父亲。他们敢加害于摄政王和达赖喇嘛的父亲，向您这位康巴活佛下毒手，还不是很容易的事？"白志劝活佛按照刘伯承主席的指示，到北京去参加全国政协会议。白志还借助格达活佛对毛主席、周总理的爱戴之情，加以劝阻，他对佛爷说："您见过朱总司令和刘司令员，但还没有见过各族人民的伟大领袖毛主席，没有见过刘副主席和周总理，您应该先去北京，见毛主席、周总理，聆听他们的教诲，再去西藏。"

但格达活佛决心已定，不为所动，他说："等到西藏解放了，我再到北京去见毛主席和总司令也不迟。"格达活佛也充分意识到此行的艰巨性和危险性，他说："为了本民族的解放事业，万一出事也是光荣的。西藏人民了解我，他们都知道我是好人。谁杀害了我，老百姓就会反对他们，就会更加拥护共产党，拥护解放军。"他叮嘱白利寺的堪布（寺院住持），除管理好寺内事务外，还要全力支持解放军进军西藏："如果我回不来了，你们就照样干下去！"

格达活佛就要启程了。消息传出后，每天都有上百名信徒聚集在白利寺的院子里，以隆重的宗教仪式祝福格达此行吉祥如意。天宝和吴忠也在他动身前的一个星期，专门到白利寺住下，为格达逐条讲解西南局关于和平解放西藏的十项条件，以便格达能够更有针对性地向西藏地方当局解释宣传。

天宝和吴忠深感格达此行风险很大，因此专门与格达研究了应付各种情况的方案，叮嘱他要处处多加戒备，切不可掉以轻心。

格达活佛本人则显得比较乐观，说："请你们放心，我的安全是有保障的。西藏回归祖国大家庭，是民心所向，何况解放军现在金沙江畔集结，西藏方面如果敢于顽抗，就是以卵击石。有这种有利的形势，我到拉萨去，估计他们也不敢轻举妄动。"

临别时，天宝再三叮嘱格达活佛多加珍重。天宝深知，政治斗争是异常残酷的，西藏上层统治集团中的极少数反动分子，不顾国家利益、民族大义，为了一己私利，什么伤天害理的事都做得出来，连摄政王热振呼图克图大活佛和达赖喇嘛的父亲都敢害死，还有什么事，他们不敢干？！天宝真诚地为格达活佛祈祷，祝愿他旅途安康，事业圆满。并派人一直护送到岗托渡口。

7月10日，格达活佛带着几个随从动身前往拉萨。成千上万的藏民赶来送行，好像是预料到要发生什么事情，许多人失声痛哭。格达活佛上马后，一些长者手摇转经筒，跟在马后，高声为活佛祝福。

天宝、吴忠与格达并辔前行，一直送出十余里路。格达活佛下马，坚决不让天宝、吴忠再送。两人方勒马伫立，目送格达活佛一行融入茫茫草原。

这是格达活佛第三次踏上赴西藏的旅途。早年进藏是为了拜佛求学，壮年入藏是为了躲避国民党反动派的迫害，这一次则是为了祖国统一和民族解放的崇高事业。一路之上，不知疲倦地为藏族僧俗群众祝福，向他们宣传中央人民政府的政策法令，以自己的所见所闻来证明人民政府和人民解放军如何尊重宗教信仰自由，保护喇嘛寺庙，尊重藏族风俗习惯。

7月24日，格达活佛抵达昌都，受到当局的重重阻挠，不能前行。当时担任昌都总督的是拉鲁·才旺仁增噶伦，格达活佛苦口婆心地向总管及其属员宣传《共同纲领》和共产党的民族宗教政策。8月13日，格达活佛拟用电报直接与拉萨方面协商，请噶厦批准他尽快到拉萨，便到昌都电台接洽发报事宜。负责电台技术工作的是英国人福特。不幸的事就在这里发生了，福特在里屋发报，请活佛在外屋喝茶。格达活佛在电台饮茶后，感到头痛腹痛，呕吐不止，旋被隔离，随行人员和亲信弟子都难以接近。即使在这种危难时刻，格达活佛仍然念念不忘所负的使命，想方设法与外界联系，他对身边的人说："解放军和藏族人民是一家人，我们应帮助解放军解放西藏，能为西藏的和平解放出力，我死也不悔。"

8月22日，格达活佛病情恶化，与世长辞。时年仅四十七岁。

格达活佛圆寂后，他的随行人员全部被昌都总督府扣押，只有一个贴身用人逃回甘孜。他说："佛爷到昌都后，精神一直很好，每天去拜访人，宣传和平解放西藏的方针。有一天总督府宴请佛爷，吃完饭佛爷就拉肚子，便血，血都是黑的。"

格达活佛是在英国人福特那里喝了他的茶就生病，还是参加总督府的宴会后生病，一直有不同的说法。也许两个原因都存在。

格达活佛不幸遇难的噩耗传来，举国震惊。

天宝更是悲痛万分，他感到痛心，感到惋惜，也感到自责和内疚。他很难接受这严峻的、残酷的现实。天宝认为，格达活佛是藏民族中的优秀人物，他不幸圆寂，是藏族人民的重大损失，是西藏工作的一大损失，同时也是祖国大家庭共同的损失。

西南军政委员会决定组织以王维舟副主席为主任委员的格达活佛追悼大会筹备委员会，并责成西康省人民政府办理善后事宜，委任张国华委员代表该会致祭。在康定和甘孜两地，沉痛悼念格达活佛，缅怀他的爱国壮举和光荣业绩。

1950年11月15日，在重庆隆重举行追悼大会。西南局、西南军政委员会、西南军区负责人邓小平、王维舟、李达、张际春、梁聚五等亲临大会致祭。出席追悼会的各族各界人士八百余人，他们一致表示，决心以解放西藏的实际行动来告慰格达活佛的英灵。

同一天，西南局机关报《新华日报》发表社论：《西藏一定要解放——悼念格达活佛》。

贺龙司令员撰写题为《悼格达委员》的纪念文章。社论和贺龙司令员的文章，对格达活佛崇高的爱国主义精神给予高度评价。

刘伯承主席赠送挽联：

> 具无畏精神，功烈允垂民族史；
> 增几多悲愤，追思应续国殇篇。

贺龙和邓小平联名赠送挽联：

　　为和平解放西藏，惨遭帝国主义和反动分子的毒害而光荣殉国的格达委员永垂不朽！

　　为了维护祖国统一和领土完整，为了维护汉藏两个兄弟民族的团结，为了维护藏族人民内部的团结，为了国家的长治久安和中华民族的繁荣昌盛，格达活佛献出了自己宝贵的生命。半个多世纪的时间过去了，每当谈及这件事，天宝的心情都显得十分沉重，他感到深深的愧惜和痛心，对帝国主义分子和西藏极少数分裂主义分子的罪行感到万分愤慨。天宝认为，格达活佛是一个榜样、一面旗子，是爱国主义的典范，是维护民族团结、军民团结的典范，是支援红军北上抗日、支援解放军解放西藏，完成祖国统一大业的功臣。

　　天宝经常缅怀格达活佛的光辉业绩，赞颂格达活佛的高尚品德，并勉励广大宗教界人士和青年一代要学习和弘扬格达活佛的榜样，鼓励文艺工作者要大力宣扬格达活佛，使格达活佛的爱国主义精神和高尚情操，世代相传。

　　天宝的这一愿望，终于在中央政治局委员、国务委员刘延东的关怀和支持下得以实现。刘延东同志亲自担任领导小组组长，组织专门班子，拍摄了电视连续剧《格达活佛》。刘延东在任中央统战部长期间，还专门拨款三百万元，维修格达活佛的住寺、长征时为红军作过重大贡献的白利寺。

西藏实现和平解放

　　1951 年 5 月，在党中央、毛主席的亲切关怀下，在周恩来总理直接指导下，以李维汉为首席代表的中央人民政府代表与以阿沛·阿旺晋美为首席代表的西藏地方政府代表在北京举行关于和平解放西藏的谈判，经过严肃认真而又和谐友好的协商，终于达成协议。

　　1951 年 5 月 23 日，在中央人民政府朱德副主席、李济深副主席和中央人民政府政务院陈云副总理主持下，举行《关于和平解放西藏办法的协议》的签字仪式，周恩来总理因身体不适，由陈云副总理代行。参加签字仪式的还有董必武、郭沫若、黄炎培三位副总理，陈叔通、聂荣臻、彭真、马叙伦、章伯钧、谭平山、张浩若、许德珩、蓝公武、张志让、龙云、沈雁冰、乌兰夫、傅作义、李书城、李四光、叶季庄、朱学范、刘格平、贺诚、赛福鼎等有关方面负责人及各民主党派领导人。

　　无论在西藏民族发展的历史上，还是在我国各民族关系发展的历史上，"5·23"

这一天都具有十分重要的意义。"5·23"，作为一个光辉的日子，永远为西藏人民，同时也将为我国各族人民所怀念。

5月23日，《协议》签订后的当天下午，毛泽东即在丰泽园召见李维汉、张国华，听取汇报。一见面，毛泽东就高兴地说："好哇，你们办了一件大事，这是一个胜利。但这只是第一步，下一步要实现协议，要靠我们的努力。"

李维汉和张国华汇报了有关情况。毛泽东听了后，表示满意，并指示：部队要"**一面进军，一面建设**"。要坚持"**进军西藏，不吃地方**"的方针，不能增加藏族群众的负担。毛泽东特别叮嘱张国华："你是书记，又是司令，担子不轻。你们在西藏考虑任何问题，首先要想到民族和宗教问题这两件事，一切工作必须慎重稳进。"又对着李维汉，重复了一遍。

汇报完毕，毛泽东亲自送李维汉、张国华到大厅门口，张国华举手向毛主席敬礼，准备告辞。毛泽东微笑着说："不用啦！不用啦！"用左手轻轻拍了拍张国华的肩头，又用右手紧紧握着张国华的手，亲切地说："我的江西老表，你们此去，山高水险，路途遥远，要多珍重！"

张国华激动得热泪盈眶，说不出话来。张国华是1929年参加红军的老战士，跟随毛主席转战南北，身经百战，参加过保卫井冈山的斗争和二万五千里长征，但是，坐在毛主席身边，直接聆听毛主席的教诲，这还是头一次。毛泽东用慈祥的目光，看着张国华，再次用力握了一下张国华的手，像是嘱托，又像是期望："你们要把西藏的事情办好！"又转过脸，对着李维汉，重复了一遍："一定要把西藏的事情办好！"[1]

毛泽东的这次谈话，十分重要。毛泽东提出的"慎重稳进"的思想，成了党指导西藏工作的基本方针。据张国华回忆，毛泽东特别强调了民族和宗教问题的极端重要性，指示在西藏工作的领导同志，在西藏考虑任何问题，进行任何工作，首先要想到民族和宗教这两件事。半个世纪以来，正反两方面的经验教训反复证明了这样一个真理：什么时候认真贯彻执行毛主席的这些教导，坚持慎重稳进的方针，正确处理民族和宗教两个问题，西藏地区就发达兴旺，民族团结，人民高兴，局势稳定；什么时候违背毛主席的这些教导，就会犯右的或"左"的错误，西藏工作就会遭受挫折，民族团结会受到破坏，群众的生产、生活受到影响，人民就不满意，局势就不稳定，就会发生动荡，就会贻误我们的事业，使党和人民的事业受到不应有的损失。

5月24日下午，毛泽东主席在中南海怀仁堂分别接见了阿沛·阿旺晋美等和谈代

---

[1] 见原张国华秘书党雨川回忆文章《张国华同志在西藏》，载《西藏党史资料》（1994年第1、2集合刊，第18～19页）；张国华夫人樊近真、秘书党雨川访谈录。

表和班禅一行。班禅在计晋美、益西楚臣、班禅父亲的陪同下，向毛主席献了哈达，赠送了锦旗。锦旗用藏、汉两种文字绣着"中国各族人民的大救星"。此外还有金盾、长寿铜佛、银曼扎、藏香，以及1904年西藏抗英战士使用过的武器弹药等珍贵礼品。

当晚，毛泽东主席举行盛大宴会，庆祝《协议》的签订。中央人民政府副主席朱德、刘少奇、李济深，政务院副总理董必武、陈云、郭沫若、黄炎培，中国人民政协全国委员会副主席陈叔通，最高人民法院副院长吴溉之、张志让，最高人民检察署副检察长蓝公武，人民革命军事委员会代总参谋长聂荣臻等在京的党和国家领导人，几乎全部应邀出席，充分说明了党中央、中央人民政府对西藏工作的高度重视和对西藏人民的亲切关怀。

毛泽东发表重要讲话，他说：

> 几百年来，中国各民族之间是不团结的，特别是汉民族与西藏民族之间是不团结的，西藏民族内部也不团结。这是反动的清朝政府和蒋介石统治的结果，也是帝国主义挑拨离间的结果。现在，达赖喇嘛所领导的力量与班禅额尔德尼所领导的力量与中央人民政府之间，都团结起来了。这是中国人民打倒了帝国主义及国内反动统治之后才达到的。这种团结是兄弟般的团结，不是一方面压迫另一方面。这种团结是各方面共同努力的结果。今后，在这一团结基础之上，我们各民族之间，将在政治、经济、文化等一切方面，得到发展和进步。

1951年5月25日，也就是毛主席为《协议》的签订举行盛大宴会并发表重要讲话的第二天，毛泽东以中央军委主席的名义，颁布《关于进军西藏的训令》。[1] 训令指出："和平解放西藏的协议已于本月二十三日在北京签字，我人民解放军为了保证协议的实现与巩固国防的需要，决定派必要的兵力进驻西藏。"

训令强调指出："此次进军系在和平协议下的战备进军，各部万勿以和平协议已成而松懈战斗意志与战斗准备，因协议虽然签字，但尚未付诸实施，同时帝国主义必会用各种阴谋手段来破坏我们和平解放西藏的实现，因此应提高警惕性，随时都有应付意外情况的充分准备，同时必须加强部队的政策纪律教育，以保证解放西藏巩固国防任务的圆满实现。

"各部接此训令后，应立即进行各种准备工作，并随时将准备情况报告军委。进军

---

[1] 《毛泽东军事文集》第六卷，军事科学出版社、中央文献出版社1993年12月版，第278～280页。

行动待军委进军命令颁布时实施之。"

同一天，朱德总司令为进军西藏撰文，要求进藏部队谦虚谨慎，戒骄戒躁，发扬艰苦奋斗的精神，保持和发扬我军的优良传统，同西藏人民亲密相处，胜利地完成具有历史意义的和平解放西藏的光荣任务。

周恩来作为政务院总理，中央军委副主席兼秘书长，坚决贯彻毛主席、朱总司令的命令，指挥和协调各部队向西藏进军，并指示政务院各部委，认真做好进藏部队的粮食和其他装备的供应。周总理明确指示各部委领导人："宁可内地的部队和机关缺一点、少一点，也要保障志愿军和进藏部队的需要。"[1]

最高统帅一声令下，全军上下热烈拥护，坚决执行。人民解放军西南军区和西北军区所属各部，分四路向着雪域之邦、向着世界上最高、最壮美的地方，开始了具有重要历史意义的大进军。

刘伯承将军将这次进军称作我军历史上的"第二次长征"。

进藏部队从四川乐山出发，经康定到甘孜，再到昌都。昌都到拉萨，约1150公里，共走了56天。他们横穿藏东北草原，翻过连绵横亘、终年积雪的19座大雪山，几十个山冈和丘陵，渡过几条大河，蹚过无数条季节性河流，涉过寒冷刺骨的数十条冰河。这期间，他们几乎没有睡过一次安稳觉，没有吃过一顿饱饭，长期处于半饥饿状态。对身体的损害是很大的，甚至终身都有影响。体重普遍下降，当时有人统计，全军几万名干部战士，竟没有一个胖子，被称为"群体轻量级"。有人幽默地说："如果全军举行运动会，我们进藏部队只能参加轻量级比赛。"

更有不少战士长眠在雪山草地，为祖国的统一、为藏族人民的解放事业，献出了宝贵的生命。

在回忆这段历程时，参加过第一次长征的老战士、十八军政委谭冠三说："头上没有敌机，后面没有追兵，除此而外，进藏的路比长征的路还要艰难。"谭冠三的夫人、老红军李光明说："我们三次过草地，也没有这么难。"

张国华将军在一篇回忆文章中，不无感慨地说："进藏部队所经受的艰难困苦，真是一言难尽，进军西藏同红军北上抗日所经受的困难相比，只有过之而无不及。"

经过千辛万苦，他们于10月24日到达拉萨河畔，休整两天，10月26日，在拉萨各界僧俗人民的热烈欢迎下，举行庄严隆重的入城仪式。走在队伍最前面的是张国华将军和谭冠三将军。

历史将永远记住这一天，也将记住张国华、谭冠三和他们率领的英雄部队。

607

这里是红军走过的地方

---

[1] 刘格平、赵范访谈录。

这一天谭冠三的心情特别激动，当天晚上，他挥笔写下了这样的诗句：

贺人民解放军进驻拉萨

汉将班超斗敌顽，拯民水火戍边关；
卅载忠心护西域，定远侯[1]名万古传。
茫茫雪山疆域宽，祖国版图岂容奸；
驱逐英帝和匪叛，进军宜早不宜晚。
大军西进一挥间，二次长征不畏难；
数月艰辛卧冰凌，世界屋脊红旗展。
男儿壮志当报国，藏汉团结重如山；
高原有幸埋忠骨，何须马革裹尸还。

1951 年 10 月 24 日，达赖喇嘛致电毛主席，表示拥护十七条协议，欢迎解放军进军西藏，巩固国防，驱逐帝国主义出西藏，保护祖国领土主权的统一。达赖喇嘛的电报是这样写的：

中央人民政府毛主席：

今年西藏地方政府，特派全权代表噶伦阿沛等五人，于一九五一年四月底抵达北京，与中央人民政府指定的全权代表进行和谈。双方代表在友好基础上，已于一九五一年五月二十三日签订了关于和平解放西藏办法的协议。西藏地方政府及藏族僧俗人民一致拥护，并在毛主席及中央人民政府领导下，积极协助人民解放军进藏部队，巩固国防，驱逐帝国主义势力出西藏，保护祖国领土主权的统一，谨电奉闻。

西藏地方政府达赖喇嘛
公历一九五一年十月二十四日
藏历铁兔年八月二十四日[2]

---

[1] 谭冠三自注：定远侯，即班超，东汉名将，在西域戍边 31 年，保卫了祖国的安全和"丝绸之路"的畅通。后封为定远侯，名传万古。

[2] 转引自《和平解放西藏》，西藏人民出版社 1995 年 8 月版，第 206 页。

10月26日，毛主席复电达赖喇嘛：

达赖喇嘛先生：

　　你于一九五一年十月二十四日的来电，已经收到了，我感谢你对实行和平解放西藏协议的努力，并致衷心的祝贺。

毛泽东

一九五一年十月二十六日 [1]

　　达赖喇嘛致毛主席的这份电报，具有重要意义，它意味着西藏地方政府向毛泽东主席和中央人民政府表明态度，正式承认并拥护《关于和平解放西藏办法的协议》，达赖喇嘛明确表示："西藏地方政府及藏族僧俗人民一致拥护，并在毛主席及中央人民政府领导下，积极协助人民解放军进藏部队，巩固国防，驱逐帝国主义势力出西藏，保护祖国领土主权的统一。"

　　1951年8月22日，从西北入藏的部队组成"第十八军独立支队"，在范明将军和慕生忠将军率领下，自青海省香日德出发。他们渡过通天河，翻越唐古拉山，走过人迹罕至的亘古荒原，走过长江、黄河的发源地，历尽千辛万苦，于12月1日到达拉萨，同张国华、谭冠三率领的十八军主力胜利会师，于12月20日召开会师大会。

　　同年8月24日，从云南入藏的部队向察隅开进。步兵第126团先遣队由门工出发，8月30日抵瓦根。团长高建勋率该团之一部于10月1日进抵察隅，10月25日进驻沙马。

　　1950年8月1日，李狄三率进藏先遣连从于阗出发，向阿里高原进发。

　　1951年5月，新疆独立骑兵师一部，在安子明同志率领下，向被称为"世界屋脊上的屋脊"的阿里高原进军，于28日进至改则县境内，与李狄三率领的先遣连会合。在安子明到达的当天，李狄三因劳累过度，不幸病逝。

　　现在的一些年轻人也许不知道，李狄三同志是一位无私无畏、具有奉献和牺牲精神的孔繁森式的优秀干部。严格来说，孔繁森是李狄三式的优秀干部，在新的历史条件下，继承了李狄三等人的"老西藏精神"，并使之发扬光大。为了祖国的统一，为了藏族人民的解放事业，李狄三献出了年轻的生命，长眠在阿里高原。

　　7月27日，安子明率部进抵阿里首府噶达克（今噶尔宗）。

　　1951年11月，52师154团分批向西藏重镇江孜、日喀则开进。

---

*1　转引自《和平解放西藏》，西藏人民出版社1995年8月版，第206页。

次年 7 月 17 日，154 团进驻边境重镇亚东。

至此，我中国人民解放军进藏部队，胜利完成了多路向西藏进军、把五星红旗插到喜马拉雅山的神圣使命。

这不是在理念上、象征意义上，或者说是文学语言的表述上"把五星红旗插在喜马拉雅山上"，而是实实在在地把鲜艳的五星红旗插在了中印边界的喜马拉雅山，并在漫长的国境线上建立了第一批边防哨所。指挥这一具有历史意义的军事行动的是西藏军区参谋长李觉，执行这一任务的部队是 52 师 154 团。当时的团长是郄晋武，后来担任西藏军区司令员。郄司令员回顾当年执行这一任务的情形时，依然心潮激荡，热血沸腾，为能完成这一神圣使命而感到骄傲和自豪。郄晋武和他领导的英雄部队在风雪弥漫的喜马拉雅山口建立了查果拉边防哨所。这个哨所至今仍是全军海拔最高、条件最艰苦的边防哨所之一。由于查果拉边防哨所的突出贡献，多次受到中央军委的嘉奖，受到西藏人民的称赞和爱护。[1]

---

[1]　降边嘉措：《李觉传》，中国藏学出版社 2004 年 10 月版，第 140～142 页。

第三十二章 生根·开花·结果

按照《中华人民共和国宪法》和《民族区域自治法》规定，我们国家建立了5个自治区，30个自治州，119个自治县、旗，1200多个民族乡。

其中，内蒙古自治区成立于1947年，在建国之前，其他所有自治地方都是新中国成立后建立的。新疆维吾尔自治区成立于1955年；广西壮族自治区和宁夏回族自治区成立于1958年；西藏自治区成立最晚，建国十六年后，才于1965年9月正式成立。

原西康省和四川省的藏族、彝族地区，是中国内地最晚解放的地区。但是，在三十个自治州里，最早成立的是甘孜藏族自治州；紧接着成立了阿坝藏族自治州和凉山彝族自治州。这是为什么呢？这是因为，红军长征路过这些地方时，撒下了革命的种子，新中国成立后，在共产党、毛主席民族政策阳光雨露哺育下，开花结果了！解放后成立的甘孜藏族自治州基本上就是当年红军在甘孜建立的苏维埃巴政府的基础上成立的；阿坝藏族自治州，基本上就是当年红军在金川建立的苏维埃格勒得沙波巴政府的基础上成立的；而凉山彝族自治州，基本上就是当年红军在冤宁建立的苏维埃政府的基础上成立的。这三个自治州的主要领导人，也都是当年在长征途中参加红军的藏族和彝族同志。

因此，我们可以说，这三个地方解放最晚，但最早建立民族自治地方，绝不是偶然的，是有深厚的历史渊源、光荣的革命传统和广泛的群众基础。

新中国建立的第一个民族自治地方

西康省藏族自治区人民政府是新中国建立的第一个民族区域自治政权，党中央、中央人民政府、西南军政委员会和西康区党委、西康省人民政府对此十分关怀和重视。

大西南解放后，西南局就在考虑根据《共同纲领》，在少数民族地区实行区域自治。1950年3月24日，人民解放军才进驻康定。两个多月后，6月初，西康区党委即派西康省人民政府副主席白认到康定，向康定地委传达西南局和西康区党委关于率先在康定实现民族区域自治的指示精神，并指导和协助地委筹建区域自治工作。

7月12日，康定军事管制委员会召开有民族宗教上层人士参加的座谈会，协商实行民族区域自治问题，形成《关于西康省康区实行区域自治的初步意见》。根据《共同纲领》第六条规定，尽快实行民族区域自治，成立藏族自治区人民政府。

9月6日，康定区党委将《藏族区域自治方案》上报西南局。西南局于11日正式批准在康区实行民族区域自治，并批复同意西康区党委《关于西康藏族自治区成立藏民团的请示报告》。

从这个时间表可以清楚地看到，西康解放后短短几个月里，藏族地区各项事业发展很快，很顺利，工作效率很高，已经把实行民族区域自治提到议事日程上来了。

9月13日，中央访问团刘格平团长一行六十八人到达康定。在康定先后召开各族各界人士参加的座谈会，宣传党的民族政策，了解各阶层人士的希望和要求，赠送了毛泽东主席像章、相片及题词。并遵照中央的指示，指导和帮助地委筹备成立西康省藏族自治区。

1950年11月17日至24日，在康定召开西康省第一届各族各界人民代表会议，出席会议的代表共273人，其中藏族182人，占代表总数的66.67%；汉族74人，占27.11%；彝族12人，占4.4%；回族5人，占1.83%。代表中有妇女13人。从这些数字可以清楚地看到具有广泛的代表性。

中央访问团团长刘格平，西康区党委书记、省人民政府主席廖志高，军区代司令员方升普等领导人专程赴康定出席会议并讲话。他们分别代表党中央、中央人民政府、中央领导、西南局、西南军政委员会、西康区党委和省人民政府向全区各族人民、全体干部和解放军指战员表示慰问和祝贺，对自治区政府今后的工作作了指示。大会主席团一致推举天宝主持开幕式。

老红军天宝脱去军装，穿藏装参加会议，与代表们说藏语，虽然说得不流利，但尽量讲藏语，大家感到很亲切，受到与会代表的欢迎和称赞。

刘格平知道天宝自参加红军后，长期没有使用藏语藏文，本来基础就不好，藏文忘得差不多了，藏话也说不好，因此，建议天宝努力复习藏文藏语，才能更好地联系群众，行使当家做主的权利。刘格平还对天宝、沙纳、王寿昌等老红军说：访问团离开北京时，总理作了重要指示，总理说，民族区域自治，实质上就是民族自治与区域自治相结合。我想补充一点，也是革命化与民族化相结合。没有革命化，我们的民族自治地方就没有灵魂；没有民族化，就没有特点。你们是藏族当中的老同志，在这方面，要发挥积极作用，克服片面性，防止两种倾向。

会议听取康定军管会主任苗逢澍《关于康定军事管制委员会七个月工作总结报告》。通过《西康省藏族自治区人民政府的工作任务》《关于加强团结的决议》和《西康省藏族自治区人民政府组织条例》。

会议在团结友好的气氛中，经过充分的协商讨论，选举了藏族自治区人民政府组成人员，桑吉悦希（即天宝，藏）为自治区人民政府主席，夏克刀登（藏）、苗逢澍、阿旺嘉措（藏）、洛桑倾巴（藏）为副主席。选出政府委员二十八人：刀登（藏）、土登（藏）、日库（藏）、扎日（藏）、白雪峰、次登郎加（藏）、扎西巴马（藏）、甲安仁（藏）、甲日尼巴（藏）、沙纳（藏）、沙筱舟（回）、却多土登（藏）、李春芳、李占林、阿曲（藏）、昂旺格桑（藏）、降央伯姆（藏、女）、所隆旺吉（藏）、贡呷降则（藏）、哲央丹增（藏）、纳瓜（藏）、达瓦（藏）、钦绕（藏）、乔志敏、樊执中、德钦旺姆（藏、女）、刘长健、罗洪则拉（彝）。昂旺格桑（藏）为秘书长，李春芳、孔萨益多为副秘书长。

11月24日政务院第六十次会议通过任命西康省藏族自治区人民政府主席、副主席和委员名单，并以周恩来总理名义任命。这说明中央对西康省藏族自治区的高度重视。

自治区主席天宝、委员沙纳是老红军，长征时曾参加金川地区格勒得沙苏维埃政权的工作；副主席夏克刀登、洛桑倾巴，委员德格土司降央伯姆、孔萨土司德钦旺姆、日库活佛等人都是当年甘孜苏维埃波巴政府的主要领导人。副秘书长孔萨益多是孔萨土司德钦旺姆的丈夫。

国民党、蒋介石撤离大陆，逃到台湾的时候，留下了大量的国民党残匪和潜伏特务，此外还有大量的地主恶霸和土匪武装，反动会道门，蒋介石和杀人不眨眼的特务头子毛人凤亲自布置，要在川康地区建立所谓"陆上台湾"，与国民党在东南沿海策划的所谓"反攻大陆"活动遥相配合。因此，这一地区的社情、敌情十分复杂。

原西康省是刘文辉通电起义后，宣布和平解放的。解放军第二十六军186师于1950年3月24日进驻康定，到11月24日宣布成立西康省藏族自治区，仅仅只有八个月的时间。就全国范围来讲，西康省是除西藏而外整个大陆解放最晚的省份，却又是新中国成立后，根据《共同纲领》的规定，建立的第一个民族区域自治政权。

这就说明，解放以后，我们党在西康藏、彝地区开展了卓有成效的工作，彻底清除了国民党、蒋介石留下的残渣余孽和反动武装，消除了历史上遗留下来的民族隔阂，促进了民族团结，为建立新中国成立后第一个民族区域自治政权，创造了条件，奠定了坚实的基础。党和国家各项正确的方针政策得到各族人民的衷心拥护。邓小平在《关于西南少数民族问题》的报告中，也充分肯定了这一点。

首都北京和全国各族同胞也关怀着雪山草地的这些巨大变化，中央媒体高度评价自治区成立的意义，认为标志着西南少数民族进入了一个"新时代"，1950年12月15日《人民日报》以显著位置发表了该报记者沈石采写的报道，醒目的标题是：《西南少数民族的新时代——记西康省藏族自治区域第一届各界人民代表会议》。

文章指出："西康省藏族自治区域第一届各界人民代表会议，于11月17日召开，24日胜利结束。

"这一会议标志着西康省康定地区藏、汉、彝、回四个民族的大团结，也标志着藏族内部的大团结，整个会议充满了团结、友爱、合作的气氛，这是千百年来西康省藏族聚居地区首次出现的新气象。全康定地区包括各阶层的藏族人民代表，聚集一堂，并和汉、彝、回族代表，按照政协共同纲领的民族政策，协商本地区有关各民族的大事，成立自治区域人民政府，制定今后的工作任务，这在藏族发展史上还是第一次。"

天宝说，与会代表认真学习、贯彻《共同纲领》，将它当作我们国家的"大宪章"。《人民日报》记者沈石以《大宪章——政协共同纲领——照耀着我们》为题，报道了有关情况：

尽管出席会议的代表，来自牛场，来自偏远的山地，尽管他们说没有见过大的"世面"，然而朴实的藏、彝族代表，在会议当中已经显出了他们的能力。他们初次主持会议虽然生疏，经过一试再试，也就学会了。

他们知道这样的会议，是他们本民族有史以来的第一次，日库活佛说：我们今天能够开这样的会议，是政协共同纲领——中国人民的大宪章——照耀着我们，给我们少数民族辉煌灿烂的前途。

西康解放后，在短短八个多月里，藏汉两个兄弟民族的关系发生了重大变化，历代反动统治者造成的民族隔阂在逐渐消除，在共产党、毛主席民族政策的光辉照耀下，以民族平等、民族团结为基础的新型民族关系正在形成，并不断发展。

天宝说：新中国成立不久，毛主席亲自决定派出以刘格平为团长的访问团到西南少数民族地区，向各少数民族人民传达共产党、中央人民政府对他们的亲切关怀，同时下大力气消除历史上造成的各民族之间的隔阂和各民族内部的矛盾，努力促进各民族内部和各民族之间的团结和友谊。格平同志和他率领的访问团，在这方面开展了卓有成效的工作，取得了显著成绩。

这一时期，天宝一直处于十分兴奋的状态，心情很不平静。回顾自己成长历程，回想党对自己的培养教育，天宝满怀深情地说：我们这一代人，是在毛主席和老一辈无产阶级革命家培养下成长的。天宝知道，早在革命战争年代，毛主席和中国共产党就十分重视培养少数民族干部。由于特殊的历史条件、地理环境等诸多方面的原因，大革命、抗日战争和解放战争基本上都没有在藏族地区进行，只有红军长征经过藏族地区时，一批藏族青年，参加红军，到了陕北。他们在毛主席、党中央的直接培养下成长，是藏族第一代革命者。

解放后，毛主席和党中央对培养藏族干部更加关心和重视。新中国成立伊始，1949 年 11 月 14 日，在给彭德怀和西北局的电报中，毛主席就对培养少数民族干部作了重要指示，提出了"要彻底解决民族问题，完全孤立民族反动派，没有大批少数民族出身的共产主义干部，是不可能的"这样一个重要论断。

1950 年 6 月 6 日，毛主席在七届三中全会的讲话中指出："没有群众条件，没有人民武装，没有少数民族自己的干部，就不要进行任何带群众性的改革工作。我们一定要帮助少数民族训练他们自己的干部，团结少数民族的广大群众。"

根据毛主席的这些指示精神，1951 年 1 月 8 日，成立了西康省藏族自治区民族干部学校，简称"民干校"，第一期有学员九十一人，其宗旨就是培养少数民族干部。

开学那一天，天宝亲自到学校祝贺，并发表长篇讲话，他要求全校师生学习和继承毛主席亲自创建的"抗大"和延安民族学院的光荣传统，努力学习。民干校在培养干部方面，发挥了重要作用，后来甘孜藏族自治州的很多干部，都是从这所学校培养的。有的还输送到西藏去。

刘格平告诉天宝和自治区的同志们，实行民族区域自治，最关键的一条，是要根据《共同纲领》的规定，充分行使少数民族人民当家做主的权力。具有一定数量有共产主义觉悟，能够贯彻执行党的路线、方针和政策，维护祖国统一、民族团结，又与本民族人民保持密切的血肉般联系的少数民族干部，是决定性的因素。而当时的西康省和川西地区，就具备了这样的干部条件。当年红军走过藏区时撒播的革命种子，在新中国阳光雨露的催化下，迅速成长，开花结果。解放前夕建立的巴塘地下党和东藏民主青年同盟，以及康定进步青年组织"新青年联盟"，也为自治区的成立，准备了一批优秀干部，成为实行民族区域自治的骨干力量。

而经过万里长征、抗日战争、解放战争艰苦岁月血与火的考验，革命熔炉的长期锤炼，接受过毛主席、朱总司令、周总理等老一辈无产阶级革命家教育培养的老红军战士们，理所当然地成为新中国第一个自治区的中坚力量，天宝则是他们当中的优秀代表。因此，天宝当选为第一任主席，也是历史的必然，顺理而成章。

西南局、西南军政委员会坚决贯彻执行党中央、毛主席的指示，为加快培养少数民族干部，决定成立西南民族学院，任命王维舟为第一任院长，任命张天伟为教务长。

并指示天宝以西南民委副主任的身份，协助王维舟院长筹建学校。张天伟也是红四方面军的老红军，他和天宝成为西南民院初创时期王维舟的主要助手。

1951 年 6 月 1 日，西南民族学院在成都举行成立暨第一期开学典礼大会。刘伯承致电祝贺，王维舟、李井泉、徐方庭、天宝等参加了开学典礼。王维舟在讲话中指出，西南民院的任务是培养大量少数民族干部和适量志愿为各兄弟民族服务的汉民族干部，建设民族区域自治和民族民主联合政府，进行各民族地区的经济、文化建设，建立各民族的人民武装，保卫各民族的解放。

邓小平为学院题词："**各兄弟民族团结在毛主席和中央人民政府的周围，建设一个独立强盛，繁荣富强的新中国。**"

西南民族学院成为新中国诞生后建立的第一批民族院校。第一期学生有五百多人，包括西南各地藏、彝、苗、羌等二十四个民族人民的子弟。

天宝热爱自己的故乡，十分注意保护自治区境内的森林、草原和其他自然资源。1951 年 4 月，以自治区人民政府名义发布《关于保护森林》的布告，强调要很好地保护自治区境内的自然环境，禁止滥伐滥砍森林。这可能是新中国颁布的第一个关于保护森林的布告。

1951 年 10 月 12 日，西康省藏族自治区人民政府根据中央人民政府政务院《关于处理带有歧视或侮辱少数民族性质的称谓、地名、碑碣、匾额的指示》发出通告：将巴安县更名为巴塘县，瞻化县更名为新龙县，理化县更名为理塘县，定乡县更名为乡城县。

10 月 21 日，西康省藏族自治区各族各界人民代表会议致电毛泽东主席暨政函西南军政委员会刘伯承主席，汇报一年来全区在建立县区人民政权，实行民族区域自治，建立藏族人民武装，提拔培养民族干部等方面取得的巨大成绩，感谢中央人民政府和西南军政委员会送医送药，帮助藏族同胞发展经济，表示今后更加团结，进一步做好各项工作。

西康省人民政府十分关心曾经支援过红军的僧俗民众，关心烈士的家属，以及留在藏族地区的老红军战士。1951 年，西康省人民政府发布了《关于救济长征留康工农红军的指示》。

建立四川省藏族自治区

四川省藏族自治区即现在的阿坝藏族羌族自治州，面积 83426 平方公里，辖 13 个县。20 世纪 30 年代中期，这块雪山环绕、鲜为人知的古老神奇的土地，伴随着中国工农红军长征爬雪山、过草地的壮举而闻名于世。从那以后，"雪山草地"成为阿坝和甘孜地区的象征，成为中国革命历史的一个丰碑，与中国革命的历史，紧密地联系在一起。这是阿坝和甘孜各族人民引以为骄傲和自豪的。

阿坝地区与甘孜地区紧紧相连，它们既有共同之处，又有各自的特点。阿坝地区地处青藏高原东缘与四川盆地西北边缘交错的接触带，地形复杂，地势西北高、东南低。西北部为高原区，海拔平均3500至4000米，丘状高原与山原地貌广布，属长江、黄河水系分水岭，嘎曲（白河）、墨曲（黑河）、贾曲三条河蜿蜒流淌，自南向北注入黄河；东南部为高山峡谷区，岷山、九顶山、邛崃山山脉雄峙其间，山势陡峭，峰峦叠嶂，沟壑纵横，谷底幽深，河谷最低海拔780米，最高峰四姑娘山海拔6250米，亦为州境内之最高峰。

1952年12月21～29日，四川省藏族自治区首届各族各界人民代表会议在茂县凤仪镇召开。出席会议的代表363人，列席人员173人。到会代表中藏族168人，占46.3%；汉族150人，占41.3%；羌族31人，占8.5%；回族14人，占3.9%。会议广泛吸收工人、农民、妇女、学生和工商界、文教界、宗教界人士参加，西南军政委员会和四川省人民政府派代表团到会祝贺。会议通过了《四川省藏族自治区人民政府组织条例的决议》，通过了给毛主席和中央人民政府的致敬电。

会议选举天宝为自治区人民政府主席，张承武、索观瀛、华尔功赤烈、苏新为副主席，并由42名委员组成自治区人民政府委员会，以天宝、任明道、贡唐喇嘛等59人组成协商委员会。

四川省藏族自治区的主要领导人都是从当年格勒得沙苏维埃政府和各级苏维埃波巴政府的领导人中选拔的，自治区的区域基本上也是当年格勒得沙苏维埃政府的管辖范围。

会议通过决议，正式将茂县专区专员公署更名为四川省藏族自治区人民政府。

1953年，将靖化县更名为金川县，懋功县更名为小金县，建立汶川、理县、茂县、松潘、南坪、金川、小金、芦花和阿坝几个县的人民政府，同时建立绰斯甲、若尔盖、包座行政委员会和四川省藏族自治区人民政府办事处这四个相当于县级的临时机构，一个直属自治区人民政府领导的壤塘工作委员会。自治区共有区级政权机构36个，乡级政权机构154个，其中民族乡7个、过渡性乡级行政委员会29个。

1954年9月在北京召开的第一届全国人民代表大会第一次会议制定的第一部《中华人民共和国宪法》，将我国的民族自治地方规定为自治区、自治州、自治县和自治乡四级。

1955年12月25～31日，阿坝藏族自治州第一届第一次人民代表会议在刷经寺举行。根据《中华人民共和国宪法》第五十三条规定和四川省第一届人民代表大会第二次会议决议，将原四川省藏族自治区人民政府更名为四川省阿坝藏族自治州人民委员会。

几经调整，现在全州共辖 13 个县、59 个区、285 个乡（镇）。

与此同时，将西康省藏族自治区改名为甘孜藏族自治州。1955 年，国务院决定撤销西康省，将甘孜藏族自治州划归四川省。

红军长征的过程使党的民族平等、民族团结的主张深入藏族人民心中，为西康省藏族自治区和四川省藏族自治区的建立创造了条件。

在筹建西康省藏族自治区和四川省藏族自治区的过程中，原格勒得沙苏维埃政府和甘孜波巴政府的成员发挥了积极的作用。中共康定地委、康定军管会贯彻以"团结上层为主，慎重稳进"的民族工作方针，与康定区民族宗教上层人士磋商建政事宜，由于原波巴政府成员对民族区域自治政策不甚了解，提出仍用"波巴政府"这个名字[1]，经过耐心解释，问题迎刃而解。康定地区各族各界代表会议召开前夕，中央访问团到达康定，开展慰问活动，传达了邓小平接见访问团时有关长征问题的指示："长征北上时，为了自己的生存，做了一些犯纪律的事，那时饿慌了，没有办法。现在我们应该跟他们说，当时全国革命的负担放在你们身上，你们对保存红军尽了最大的责任。对那时办得不对的事，应该向他们赔礼！"[2]甘孜藏区民族宗教界上层人士听了传达非常感动，绝大多数上层人士不仅没有要求兑现当年红军购买粮食、牛羊时所留欠条，而且引以为荣，因自己曾经为革命所作的贡献感到自豪。

1951 年西康省藏族自治区人民政府派出南、北两路工作组开展县级政权建设工作，受到各县民族宗教界上层人士的热烈欢迎。南路工作组刚到理塘，乡城桑颇寺纳瓜活佛即赶赴理塘，向工作团献上长征时红军六军团萧克同志所赠的"扶助番民，独立解放"的锦幛，要求工作团立即赴乡城开展建政工作。北路工作团在各县原波巴政府成员支持下，建政工作更为迅速。在不到一年时间里，全自治区二十个县级人民政府即告成立。就连国民党政府称为"化外之地""野番地区"，历史上从未建立过政权的色达地区，也于 1952 年 11 月派代表出席自治区第一届第三次各族各界人民代表会议，1956 年正式建立色达县，圆满完成了全区县级政权的建设任务。[3]

---

[1] 《邓小平文选（一九三八——一九六五年）》，人民出版社 1989 年 5 月版，第 165 页。

[2] 《邓小平文选（一九三八——一九六五年）》，人民出版社 1989 年 5 月版，第 163 页。

[3] 中共甘孜州委党史研究室：《红军长征在甘孜藏区》，成都科技大学出版社 1993 年 5 月版，第 254～255 页。

第三十三章　没有走完的长征路

重新认识雪山草地

红军长征走过金沙江以东的广大藏族地区，包括现在的四川省阿坝、甘孜两个自治州，云南省迪庆藏族自治州，甘肃省甘南藏族自治州以及青海省果洛藏族自治州，在这辽阔的土地上，在雪山草地，宣传了革命的真理，撒播了革命的种子。如今遍开幸福花，结下了累累硕果。

在革命年代，这片辽阔壮丽的土地和世世代代生活在这片土地上的藏族人民，为中国革命作出了重大贡献。如今，在建设年代，又为建设社会主义祖国作出新的贡献。

从革命时期转入建设时期，也存在着一个在认识上转变观念的问题。

在长征过程中，把"爬雪山，过草地"，作为艰难困苦的象征；一说到雪山草地，也只看到雪山的险峻，草原的荒凉。实际上，雪山草地也有它的另一面。

一个人的心态、心境、心情，决定着对环境的态度，影响到人与自然的关系。你有什么样的心态、心境、心情，就会看到什么样的景色，此所谓"情景交融"也，寓情于景，寓景于情。

红军在长征途中，处于几十万敌军的围追堵截之中，战斗频繁，环境险恶，缺衣少食，疲于奔命，看山山险，看水水恶，看大草原，一片荒凉，真是穷山恶水，蛮荒之地。看人人更穷，甚至可怕、可恶，没有一点亲近感，亲切感。

那么，平原地区，芙蓉国里，三湘之地，鱼米之乡，天府之国，这些地方就好吗？在当时的情况下也不好。敌人占领着大中城市，红军打不进，守不住，只好到"穷山恶水"的边远地区，到雪山草地，才能有立足之地，才能保存红军，保存革命的火种。这是一个十分矛盾的现象。

现在，在改革开放的新时代，在建设时期，有必要重新认识雪山草地，重新评价雪山草地在建设时期的作用。

就以红军最早进入的阿坝藏族羌族自治州为例，现在人们已经认识到，阿坝州不是荒无人烟的不毛之地，苦寒之地，蛮荒之地，它被誉为"风景帝国""旅游胜地"。

这里，山清水秀，草原辽阔，雪山耸列，江河纵横，融气势磅礴、广袤宽阔、俊秀幽深于一体。这里，地形地貌复杂，沟谷交错，气候多样，构成独特的地理环境，保留了世界上别的地方早已绝迹的动植物资源，如熊猫，如珙桐等活化石；保留了在工业文明中难以找到的静谧、古朴、壮丽的自然景观，如九寨沟、黄龙等世界自然遗产。阿坝州被世界旅游专家誉为世界生态旅游最佳目的地。当你拿起相机随便按下快门，摄下的就是一张张精美的画面。

千百年来，我国古代的吐蕃、氐羌诸部、鲜卑、汉、回等各民族同胞用辛勤的劳动和无穷的智慧共同开发了这片土地，他们在这里互相救助，互相融合，共同进步，逐步构成这块土地的主体民族：藏、羌、回、汉。既有统一性、共同性，又有差异性、独特性。由于特殊的自然环境，地势地貌，形成一山一景色，一寨一幅画。在这里，保留了早已在民族融合的大潮中消失了的古老民风，独特民情。当你走进藏寨、羌村，映入眼帘的就是一幅幅灿烂的民族风情画卷。

很多人至今不知道当年红军走过的雪山草地，阿坝地区是世界上唯一一个同时拥有三处世界级自然遗产的地域：

有世界自然遗产、被誉为"童话世界"的九寨沟；

有世界自然遗产、被誉为"人间瑶池"的黄龙；

有被列入"国际生物保护区"的大熊猫天然保护基地卧龙保护区。

此外，还有国家级风景名胜区小金县四姑娘山和夹金山国家森林公园、米亚罗红叶温泉风景区、黑水客龙沟风景区、红原草地、叠溪—松坪沟风景区、白羊自然保护区、辖曼自然保护区，等等。

红军走过的若尔盖大草原是我国五大草原之一。

人们都知道，我们是一个以经营农业为主的古老的农业大国，与此同时，有广阔的草原，草原占我们国土的百分之二十以上。一般认为，我们祖国有五大草原，它们分别是：以天山牧场为中心的新疆伊犁大草原；以锡林郭勒草原为中心的内蒙古呼伦贝尔大草原；以环绕祁连山脉牧场为中心的甘（肃）、青（海）大草原；以西藏阿里地区和那曲地区为主体的藏北大草原。第五个就是以阿（坝）、若（尔盖）、红（原）为中心的若尔盖大草原。

伊犁草原水草茂盛，风景秀丽，但它距离我们祖国的腹心地区比较遥远。呼伦贝尔大草原离我国政治、经济、文化中心北京最近，但它干旱少雨，沙化严重，近几十年来草原在不断退化、沙化，成为我国北方一个重要的沙尘暴起源地，日益恶化的生态环境，严重影响着首都的生态环境。随着建设事业的发展，人口的增多，草原面积在急骤缩小。"风吹草低见牛羊"的景色，早已不复存在。祁连山脉草原，同样干旱缺雨，交通不便，当年给西路军造成极大困难，如今也在不断沙化。藏北大草原海拔高，高寒缺氧，载畜率低，草原沙化、退化严重，距离腹心地区极其遥远，开发起来十分困难。

若尔盖大草原，海拔较低，相对来讲雨水比较充沛，资源丰富，极具开发价值。若尔盖大草原在四川境内，毗邻被称为"天府之国"的成都平原。四川是我国的人口大省，农业大省，在开发西部的战略中，占有重要地位。因此，若尔盖大草原在开发西部的过程中，具有重要的战略地位，可以发挥重大作用，作出新的重要贡献。

长征时，雪山草地给红军造成严重困难，使红军遭受巨大损失。但是，责任不在雪山草地，不要错怪，更不要诅咒雪山草地。责任在国民党蒋介石，应该诅咒的是国民党蒋介石和四川军阀。他们占领了全国所有的大中城市，占领了平原地区，占领了人烟稠密、物产丰富、粮食充足的所有好地方，把红军赶到在他们看来是"穷山恶水"的边远山区，不毛之地，赶到雪山草地，企图把红军困死、饿死、冻死在雪山草地。连大草原的边缘地区都被国民党中央军、四川军阀、马步芳的骑兵以及反动民团所占领，被他们严密控制，红军只能走敌人不敢走进来、也无法走进来的草原深处，这便是给红军造成巨大困难的水草地。红军的确是英雄汉，在敌人认为不敢走、不能走、无法走、走进去会"全军覆灭"的"死亡之地"水草地，走出了一条胜利的道路，创造了人间奇迹。为此，红军也付出了巨大代价。

但是，对于若尔盖大草原来说，不能没有水草地。当年给红军长征造成极大困难的水草地，实际上是一片很好的湿地，它承担着保护大草原的责任。湿地被称作是草原的肺，湿地消失了，草原就会干枯，就会沙化，沙尘暴就会向城镇袭来，使整个地区的生态环境日益恶化。

由于水草地给红军长征造成极大困难，印象太深，影响太大，很多人至今意识不到，水草地对于保护草原、保护生态环境的极端重要性。有人甚至主张开沟排水，改造水草地。

看看今天内蒙古的腾格里沙漠，看看新疆的塔克拉玛干沙漠，就会明白这个道理。如果我们不好好地保护水草地，保护若尔盖大草原，今天水草茂盛的若尔盖大草原，明天就会成为第二个腾格里沙漠、第二个塔克拉玛干沙漠，整个成都平原、"天府之国"就会被沙尘暴淹没。就在我撰写本书的时候，联合国确定 2011 年 2 月 2 日为"全球湿地日", 呼吁、提醒全世界人民都来保护湿地, 保护人类生存的地球母亲。可见保护草原、保护湿地的极端重要性。

让雪山草地为祖国建设作出新贡献

令人高兴的是, 现在若尔盖湿地被列为国际重要湿地, 享有"中国最美的高寒湿地草原"和"中国黑颈鹤之乡"的美誉。

当年达维会师的小金县, 如今已开辟了以四姑娘山国家级风景名胜区和夹金山国家森林公园为代表的生态文化资源, 有以"四座山、四座桥、四处遗址"为代表的红色文化资源, 有以汗牛歌舞、宅垄锅庄、结斯风情为代表的民俗文化资源, 有以四姑娘山汉代古墓、红军长征大会师为代表的历史文化资源, 有以达维喇嘛寺、长坪喇嘛寺、结斯喇嘛寺为代表的宗教文化资源, 有以嘉绒三大土司、丹巴土司和穆平土司为代表的土司文化, 是研究民族学、人类学、社会发展史的重要社会资源。

优美的自然风光与极具特色的民族文化的有机结合, 形成了阿坝地区独特而丰富的旅游资源。九寨沟、黄龙寺风景名胜区已被联合国教科文组织列为世界自然遗产, 四姑娘山属国家级风景名胜区, 卧龙、若尔盖高原湿地属国家级自然保护区, 卓克基土司官寨属国家级人文景点。

阿坝州现有 3 个世界级风景区, 3 个省级风景区, 4 个省级自然保护区, 101 个一级景点, 38 个二级景点, 19 个三级景点。此外还有几个人文景观板块: 长征史诗、藏文化、羌文化、历史文化、藏传佛教文化。形成了北看黄龙九寨水, 南观卧龙四姑娘山, 中游峡谷大草原, 重走红军长征路, 再赏民族风情和远离都市的幽静环境。多样的气候、古老智慧的民族和远离都市的地理位置, 造就了独特的山川地貌、动植物、历史文化遗迹等丰富的旅游资源, 造就了森林公园式的阿坝地区, 造就了阿坝地区为世界级的旅游胜地。

阿坝是这样, 甘孜、果洛、甘南、迪庆所有当年红军走过的地方, 也都是这样。在祖国这片辽阔美丽的土地上, 有着丰富的宝藏, 既有极其丰富的地下资源, 也有极其丰富的地上资源; 既有自然资源, 又有文化资源; 既有传统文化的资源, 也有红色文化的资源, 都尚待充分开发利用。

在过去革命年代, 雪山草地为中国革命作出过重大贡献; 在改革开放的新时代, 必将为建设繁荣富强的社会主义祖国, 建设富裕文明的社会主义新藏区, 作出新的更多更大的贡献。

这是一个宏伟壮丽而又艰难曲折的历程。早在新中国成立之前, 毛主席就高瞻远瞩地指出：

"夺取全国胜利，这只是万里长征走完了第一步。如果这一步也值得骄傲，那是比较渺小的，更值得骄傲的还在后头。在过了几十年之后来看中国人民民主革命的胜利，就会使人们感觉那好像只是一出长剧的一个短小的序幕。剧是必须从序幕开始的，但序幕还不是高潮。中国的革命是伟大的，但革命以后的路程更长，工作更伟大，更艰苦。这一点现在就必须向党内讲明白，务必使同志们继续地保持谦虚、谨慎、不骄、不躁的作风，务必使同志们继续地保持艰苦奋斗的作风。"*1

任重而道远，这条长征路远没有结束，还要继续走下去。还需要继承和发扬长征精神。

长征精神永放光芒！

2011 年 7 月于北京

---

*1 《毛泽东选集》（一卷本），人民出版社 1967 年版，第 1328 ～ 1329 页。

后 记

当我对《这里是红军走过的地方》这部书稿进行最后的修改润色，并交给出版社审阅时，既感到欣慰，又满怀感激之情。

我之所以感到欣慰，是因为经过多年的努力，这部书稿终于得以完成，可以告慰天宝、扎喜旺徐、陈明义、李觉等老红军、老前辈、老首长的英灵，他们生前的嘱托终于完成了；我也可以有个交代，至少没有辜负他们的期望和嘱托。

我之所以满怀感激之情，是因为在这十多年的时间里，得到很多同志和朋友的热情帮助，也结识了很多新朋友。而连接我们友谊的纽带，就是万里长征，就是雪山草地，就是伟大的长征精神。他们帮助我经历了一次精神上的长征，心灵得到一次洗礼，思想得到一次升华。在这漫长的写作过程中，关心我，帮助我，支持我，鼓励我的人很多很多，我在这里没有办法——写出他们的名字——那将是一张很长很长的名单。我只好将对他们的感激之情，永远地铭记在心，并作为我继续进行学术研究和文学创作的动力和源泉。

但是，我在这里还是想特别地提出：

衷心感谢至今健在的三位老红军：百岁老红军张天伟（西南民族学院第一任教育长）、李中权（长征时任丹巴藏民独立师政治委员）、胡宗林（长征时曾十二次翻越夹金山，为红军运粮），衷心祝愿他们健康长寿！

感谢甘孜藏族自治州、阿坝藏族羌族自治州、甘南藏族自治州、果洛藏族自治州、迪庆藏族自治州、成都军区政治部宣传部、四川省民委、四川民族出版社等有关部门。

感谢我的母校西南民族大学党委书记罗布江村、校长赵心愚以及校友们。

感谢中国作家协会主席铁凝、党组书记李冰以及作协其他领导和有关同志，感谢作家出版社的领导和编辑同志。

当这部书稿最终得以完成并能够与读者见面的时候，我要对所有关心、帮助、支持和鼓励我的同志和朋友，说一句：谢谢！真诚地感谢你们！

感激之余，我的心情又感到特别沉重。

那么，在完稿之际，不感到高兴，为什么反而"感到特别沉重"？这是因为：

时光飞逝，十几年的时间很快就过去了，《这里是红军走过的地方》这部书稿尚未完成，这期间，天宝、扎喜旺徐、陈明义、李觉等老红军、老首长相继过世，永远地离开了我们。他们都没有能看到本书问世。为此，我感到非常痛心和遗憾。

由此，我再一次深深地感到记录整理口述历史的重要性和紧迫性，在藏族地区这样一个特殊的地方，尤其如此。人亡事息，很多历史事实和历史人物，往往会湮没在历史的尘埃之中，留下永久的遗憾，造成无法弥补的重大损失。

降边嘉措

2011 年 9 月 19 日于北京

参考书目

《毛泽东选集》（一卷本），人民出版社 1967 年版。

毛泽东：《中华苏维埃共和国中央执行委员会与人民委员会对第二次全国苏维埃代表大会的报告》，载《中央苏区历史文献选编》，江西省党史研究室 1982 年编印。

《毛泽东军事文集》第 1～6 卷，军事科学出版社、中央文献出版社 1993 年版。

金冲及主编：《毛泽东传（1893—1949）》，中央文献出版社 1996 年版。

逢先知主编：《毛泽东年谱（1893—1949）》，人民出版社、中央文献出版社 1993 年版。

金冲及主编：《周恩来传（1898—1949）》，中央文献出版社 2001 年版。

《周恩来年谱（1898—1949）》，中央文献出版社 2007 年版。

《周恩来书信选集》，中央文献出版社 1988 年版。

《彭德怀自述》，人民出版社 1981 年版。

《彭德怀传》，当代中国出版社 1993 年版。

程中原：《张闻天传》，当代中国出版社 1993 年版。

《刘伯承回忆录》，上海文艺出版社 1981 年版。

杨国宇、陈斐琴、李鞍明、王伟编：《刘伯承军事生涯》，中国青年出版社 1982 年版。

刘伯承：《回顾长征》。

徐向前：《历史的回顾》，解放军出版社 1985 年版。

《徐向前回忆录》，解放军出版社 2007 年版。

徐向前：《红四方面军的英勇长征》，载《军史资料》1986 年第 5 期。

《邓小平西南工作文集》，中央文献出版社、重庆出版社 2006 年版。

王维舟：《我的回忆》，见冰昆编著《王维舟传》，中国展望出版社 1984 年版。

《聂荣臻传》，当代中国出版社 1994 年版。

《聂荣臻回忆录》，解放军出版社 1986 年版。

《在历史的激流中——刘英回忆录》，中共党史出版社 1992 年版。

杨成武：《忆长征》，现代教育出版社 2005 年版。

《宋任穷回忆录》《宋任穷回忆录（续集）》，解放军出版社 1994 年版。

《李先念传（1909—1949）》，中央文献出版社 2009 年版。

《洪学智回忆录》，解放军出版社 2007 年版。

《萧劲光回忆录》，解放军出版社 1987 年版。

《张爱萍传》，人民出版社 2000 年版。

《陈再道回忆录》，解放军出版社 2006 年版。

《王平回忆录》，解放军出版社 1992 年版。

姜锋等：《杨勇将军传》，解放军出版社 1991 年版。

中央档案馆藏：《林伯渠同志长征日记》。

《杨尚昆回忆录》，中央文献出版社 2001 年版。

杨尚昆：《毛泽东是个了不起的人物》，载《中国出了个毛泽东》，解放军出版社 1991 年版。

《老帅在长征中》，解放军出版社 1986 年版。

成仿吾：《长征回忆录》，人民出版社 2006 年版。

杨星火：《高路入云端——陈明义将军传》，四川人民出版社 1999 年版。

曹琦：《长征》（上、下），四川人民出版社 2006 年版。

《童小鹏军中日记》，解放军出版社 1986 年版。

李中权：《李中权征程轶事文集》，蓝天出版社 2001 年版。

金世柏：《忆丹巴藏民独立师》，载丹巴县《文史资料选编》1983 年第 1 集。

韩东山：《攻克懋功会师达维》，载《艰苦的历程》（下），人民出版社 1984 年版。

萧锋：《长征日记》，上海人民出版社 1979 年版。

程世才：《包座之战》。

宋时轮：《最艰难处显奇才》，载《萦思录》，解放军出版社 1986 年版。

中共中央统战部编：《民族问题文献汇编（1921.7～1949.9）》，中共中央党校出版社 1991 年版。

国家民族事务委员会研究室编著：《中国共产党民族工作九十年》，民族出版社 2011 年版。

《我的长征》，解放军文艺出版社 2004 年版。

吴启权：《毛泽东长征在四川》，四川人民出版社 1996 年版。

吴启权：《长征在川大事记要》，四川人民出版社 1995 年版。

李海文主编：《中国工农红军长征亲历记》，四川人民出版社、人民出版社 2010 年版。

张树军：《张国焘传》，红旗出版社 2009 年版。

张国焘：《我的回忆》，东方出版社 1991 年版。

中共甘孜州委党史研究室：《红军长征在甘孜藏区》，成都科技大学出版社 1993 年版。

沈谱编：《范长江新闻文集》，新华出版社 2001 年版。

周锡银：《红军长征时期党的民族政策》，四川民族出版社 1985 年版。

吴国屏：《卓尼土司杨积庆给红军供粮的回忆》，载《杨积庆资料》。

《红军长征时期有关党的民族政策的文献资料选辑》，四川民族出版社 1985 年版。

朱成源主编：《长征在雪山草地》，四川民族出版社 1986 年版。

陈学志、范永刚主编：《红军长征过阿坝论文选编》，四川省阿坝藏族羌族自治州文物管理所 2006 年编印。

阿坝藏族羌族自治州文化局编：《红军长征过阿坝革命文化史料汇编》，1996 年印制。

蒋桂花编著：《走进历史现场：中国工农红军出川北上重要革命遗址、遗迹概况》，中国和平出版社 2010 年版。

《长征路上树金碑》，松潘县文化局编印。

中共若尔盖县委党史研究室编：《三军过后——巴西的记忆》，四川人民出版社 2006 年版。

杨高峰主编：《迭部史话》，甘肃文化出版社 2010 年版。

中共四川省党史工作委员会编：《红军长征在四川》，四川社会科学院出版社 1986 年版。

《红军长征时期留下的有关民族政策的标语口号》，四川民族出版社 1985 年版。

《红军长征过冕宁》，《凉山地方党史资料研究》1984 年第 1 期。

《红军长征经过藏区的情况》，中国科学院民族研究所四川少数民族社会历史调查组 1982 年编印。

《红军长征过云南》，云南省政协文史资料，1986 年编印。

罗布江村、徐学初：《四川藏区的红军故事》，四川民族出版社 2006 年版。

张天伟：《历史的光点》，西南财经大学出版社 2010 年版。

魏贤玲：《卓尼藏族研究》，民族出版社 2010 年版。

龚自德、任昭坤：《重走红军长征路》，四川人民出版社 2006 年版。

四川省政协文史资料委员会编：《四川文史资料集粹》第 1～6 卷，四川人民出版社 1996 年版。

姜克夫著：《民国军事史》，重庆出版社 2009 年版。

《嘉绒藏族的历史与文化》，四川民族出版社 2008 年版。

《嘉绒秘境马尔康》，四川人民出版社 2006 年版。

四川省社会科学界联合会、四川省新四军史料征集研究会编：《中国工农红军会师四川研究文集》，四川人民出版社 2006 年版。

《红四方面军几次会议情况》，载《党史研究》1983 年第 5 期。

《中国工农红军第四方面军战史资料选编》，解放军出版社 1992 年版。

刘翀霄编著：《天下无敌——长征大纪实》，四川人民出版社 1995 年版。

冯亚光：《西路军》第 1～3 卷，陕西人民出版社 2009 年版。

《中国工农红军长征史》，山西人民出版社 1996 年版。

中共中央党史研究室第一研究部编著：《红军长征史》，中共党史出版社 2006 年版。

军事科学院军事历史研究部编著：《中国人民解放军战史》，军事科学出版社 1987 年版。

中共中央宣传部编：《红军长征记》，1954 年编印。

中央档案馆编：《中共中央文件选集》第 1～9 册，中共中央党校出版社出版。

《中国人民军队报刊史》，解放军出版社 1986 年版。

《中国工农红军第一方面军长征记》，人民出版社 1955 年版。

军事科学院编：《中国人民解放军第二次国内革命战争史料选编》，解放军出版社出版。

《中国工农红军第二方面军战史资料选编》（四），解放军出版社 1996 年版。

郑广瑾、方十可：《中国红军长征记》，河南人民出版社 1987 年版。

《红军长征回忆史料》（2），解放军出版社 1992 年版。

《中国工农红军第三军团史》，国防大学出版社 1992 年版。

袁血卒：《"宁都兵暴"闪耀着毛泽东思想光辉》，载《我与毛泽东的交往》，山西人民出版社 1993 年版。

萧永正：《一次意外的发现》，载《星火燎原》丛书之二，解放军出版社 1986 年版。

徐焰、马祥林：《重解长征之谜》，人民出版社 2007 年版。

古风编著：《1955 年授衔回眸》，海潮出版社 2000 年版。

刘统：《北上》，广西人民出版社 2004 年版。

李安葆：《长征史》，中国青年出版社 1986 年版。

李勇、殷子贤编著：《红军长征编年纪实》，中共中央党校出版社 1996 年版。

力平、余熙山、殷子贤：《中国红军长征史》，中共党史出版社 1996 年版。

莫休：《大雨滂沱中》，载《党史资料》1954 年第 1 期。

王行娟：《贺子珍的路》，作家出版社 1985 年版。

刘瑞龙：《难忘的征程》，载《回顾长征》，人民出版社 1985 年版。

吕黎平：《青春的步履》，解放军出版社 1984 年版。

江平主编：《中国民族问题的理论与实践》，中共中央党校出版社 1994 年版。

中共中央统战部：《统一战线工作的光辉典范——怀念周恩来》，载 1998 年 2 月 24 日《人民日报》第 5 版。

国家民族事务委员会编：《中国共产党关于民族问题的基本观点和政策》，民族出版社 2002 年版。

中共中央文献研究室、中共西藏自治区委员会编：《西藏工作文献选编》，中央文献出版社 2005 年版。

国家民族事务委员会政策研究室编：《中国共产党主要领导人论民族问题》，民族出版社 1994 年版。

斯诺：《红星照耀中国》，河北人民出版社 1992 年版。

艾格妮丝·史沫特莱:《伟大的道路》，东方出版社 2005 年版。

奥托·布劳恩:《中国纪事》，现代史料编刊社 1980 年版。

布热津斯基:《沿着长征路线朝圣记》。

索尔兹伯里:《长征——前所未闻的故事》，解放军出版社 1986 年版。

钟文、郑艳霞编著:《见证长征的外国人》，军事科学出版社 2004 年版。

刘革学:《中国地方军阀大结局》，湖北人民出版社 2007 年版。

胡羽高编:《共匪西窜记》，贵阳羽高书店 1946 年印制。

李炳藻:《在川西北截击红军的经过》，载《围追堵截红军长征亲历记》，中国文史出版社 1990 年版。

图书在版编目（CIP）数据

这里是红军走过的地方 / 降边嘉措著 .—北京：作家出版社，
2013.1（2021.6 重印）

ISBN 978-7-5063-6247-4

I.①这… Ⅱ.①降… Ⅲ.①纪实文学－中国－当代
Ⅳ.① I25

中国版本图书馆 CIP 数据核字（2012）第 280460 号

这里是红军走过的地方

作　　者：降边嘉措
责任编辑：罗静文　杨新月
装帧设计：意匠文化·丁奔亮
出版发行：作家出版社有限公司
社　　址：北京农展馆南里 10 号　　　邮　　编：100125
电话传真：86-10-65067186（发行中心及邮购部）
　　　　　86-10-65004079（总编室）
E-mail:zuojia @ zuojia.net.cn
http://www.zuojiachubanshe.com
印　　刷：唐山嘉德印刷有限公司
成品尺寸：170×240
字　　数：790 千
印　　张：40.75
版　　次：2013 年 1 月第 1 版
印　　次：2021 年 6 月第 4 次印刷
ISBN 978-7-5063-6247-4
定　　价：78.00 元